ULLSTEIN

## Das Buch

Gesellschaftliches Ansehen, beruflicher Erfolg, glückliches Familienleben: Benjamin Tyson, Anfang Vierzig und leitender Angestellter eines großen Konzerns in New York, kann mit seinem Leben zufrieden sein. Da erscheint eines Tages das Buch *Huê – Tod einer Stadt*, in dem Tyson beschuldigt wird, vor Jahren in Vietnam ein grausames Massaker angeführt zu haben, bei dem über hundert Menschen – Guerillas wie Zivilisten – ums Leben gekommen seien.
Der Sensationsbericht erregt ungeheures Aufsehen. Tysons Leben und Vergangenheit werden brutal ins Licht der Medien gezerrt, die nationale Entrüstung schlägt hohe Wogen, ein Militärgerichtsverfahren wird eingeleitet. Selbst von den engsten Freunden verlassen und geächtet, muß Tyson mit einer hohen Strafe rechnen – unter Umständen droht ihm sogar die Verurteilung zum Tode. Doch dann taucht eine unerwartete Zeugin auf ...

## Der Autor

Nelson DeMille, Jahrgang 1943, wurde in New York geboren. Er ist berühmt für seine atemberaubend spannenden Thriller, die lebensechte Figuren durch die Abgründe der Zeitgeschichte führen. Zu seinen internationalen Bestsellern zählen u. a. die Romane *Goldküste, Die Kathedrale, Das Spiel des Löwen* und *Die Tochter des Generals* (mit John Travolta in der Hauptrolle verfilmt).

Von Nelson DeMille sind in unserem Hause bereits erschienen:

*An den Wassern von Babylon*
*In den Wäldern von Borodino*
*Die Kathedrale*
*Das Spiel des Löwen*
*Wolfsbrut*

Nelson DeMille

# Das Ehrenwort

Roman

Aus dem Englischen
von Hartmut Zahn

Ullstein

Besuchen Sie uns im Internet:
www.ullstein-taschenbuch.de

*Umwelthinweis:*
Dieses Buch wurde auf chlor- und säurefreiem Papier gedruckt.

Ullstein Verlag
Ullstein ist ein Verlag des Verlagshauses Ullstein Heyne List GmbH & Co. KG.
1. Auflage Dezember 2003

Titel der amerikanischen Originalausgabe: *Word of Honor* (Warner Books, Inc., New York)
Übersetzung: Hartmut Zahn

Umschlaggestaltung: Thomas Jarzina, Köln
Titelabbildung: Oliver Spies / LOOK, München; Mauritius, Mittenwald
Druck und Bindearbeiten: Ebner & Spiegel, Ulm
Printed in Germany
ISBN 3-548-25793-3

Für Ginny,
in Liebe

Ich danke Tony Gleason für seine grundlegenden Auskünfte über die Militärgerichtsbarkeit, Reid Boates und Nick Ellison für ihre redaktionellen Ratschläge, Sergeant First Class Susan Rueger für ihre Unterstützung in Fort Hamilton und Kathy Haley für ihren aufopferungsvollen nächtlichen Einsatz an der Schreibmaschine.

# TEIL 1

*Es ist leichter, falsche Zeugen gegen einen Zivilisten zu finden, als einen Menschen, der willens ist, gegen das Interesse und die Ehre eines Soldaten die Wahrheit zu sagen.*

Juvenal

# *Kapitel 1*

Ben Tyson faltete das *Wall Street Journal* zusammen und starrte aus dem Fenster des schnellen Vorortzuges. Draußen zog der trostlose Stadtteil Queens vorbei. Morgens, in der hellen Maisonne, sah die Gegend täuschend behaglich aus.

Tyson warf einen flüchtigen Blick auf den Mann, der ihm gegenübersaß. Er hieß John McCormick, wohnte in seiner Nähe und war ihm von einigen gesellschaftlichen Anlässen her bekannt. McCormick las in einem Buch. Tysons Blick fiel auf den Titel: *Huê – Tod einer Stadt.*

McCormick blätterte eine Seite zurück und las etwas nach. Dann blickte er verstohlen über den Buchrand, doch als er Tysons Augen auf sich gerichtet sah, wandte er sich rasch wieder dem Buch zu.

Plötzlich hatte Tyson eine böse Vorahnung. Wieder konzentrierte er sich auf den Umschlag des Buches: Auf der Frontseite war ein rötlich getöntes Foto der alten Kaiserstadt Huê zu sehen, eine Luftaufnahme aus spitzem Winkel. Die Stadt erstreckte sich zu beiden Seiten des Perfume River, dessen zerstörte Brücken ins Wasser gestürzt waren. Große schwarze und scharlachrote Rauchschwaden hingen über der brennenden Stadt. Die Sonne, ein blutroter Halbkreis, ging gerade am fernen Horizont über dem Südchinesischen Meer auf, so daß sich die höchsten Gebäude als Silhouette abzeichneten: der Kaiserpalast, die mächtigen Mauern und Türme der Zitadelle und die schlanken Kirchtürme der katholischen Kathedrale.

Ein beeindruckendes Bild, dachte Tyson und nickte gedankenverloren. *Huê!*

»Ist das Buch gut?« fragte er.

McCormick blickte mit gespielter Gleichgültigkeit auf.

»Oh, nicht übel.«

»Werde ich lobend erwähnt?«

McCormick zögerte einen Augenblick, dann reichte er Tyson wortlos das aufgeschlagene Buch.

Ben Tyson las.

> Am sechzehnten Tag der Schlacht um Huê hatte sich ein Trupp amerikanischer Infanteristen unter schwerem feindlichem Beschuß in den westlichen Außenbezirken der Stadt verschanzt. Die Soldaten gehörten zur Alpha-Kompanie (5. Bataillon, 7. Regiment, 1. Luftlandedivision). Es ist zwar nur von historischem Interesse, aber dieses 7. Regiment war die Einheit, die General Custer in der unglückseligen Schlacht von Little Big Horn befehligte.
> Zugführer der unter Beschuß liegenden Infanteristen war der fünfundzwanzig Jahre alte, aus New York stammende Lieutenant Benjamin J. Tyson.

Tyson starrte gebannt in das offene Buch, aber er las nicht weiter. Dann warf er einen kurzen Blick auf McCormick, dem – so schien es Tyson – die Sache offenbar peinlich war. Tyson las weiter.

> Der folgende Bericht über die Ereignisse an jenem Tag basiert auf den Aussagen von zwei Soldaten, die zu Tysons Zug gehörten. Ich will sie PFC X und Specialist 4 Y nennen. Schwester Theresa, eine Nonne halb französischer, halb vietnamesischer Abstammung, war es vorbehalten gewesen, meine Aufmerksamkeit erstmals auf diese Vorgänge zu lenken, von denen bis zum heutigen Tag nichts an die Öffentlichkeit gedrungen ist. Weitere Einzelheiten über die Entstehung dieses Berichtes finden sich am Schluß des vorliegenden Kapitels.

Tyson schloß die Augen. Ein Bild trat aus dem Dunkel: Es war eine weißgekleidete junge eurasische Frau. Ein silbernes Kreuz baumelte zwischen ihren Brüsten. Ihr Körper war fülliger als der einer Vietnamesin, und ihr langes schwarzes Haar war leicht gewellt. Sie hatte hohe Wangenknochen und mandelförmige, sanfte braune Augen. Wenn man genau hinschaute, sah man auf ihrer Nase ein paar Sommersprossen. Während sich Tyson ihr Bild noch einmal vergegenwärtigte, überzog ein Lächeln ihr Gesicht, das sie völlig zu verändern schien und ihre europäischen Züge hervorhob. Sie spitzte ihren sinnlichen Schmollmund und sagte leise: *»Tu es un homme intéressant.«*

*»Et toi, Thérèse, tu es une femme intéressante.«*

Tyson öffnete die Augen und blickte wieder in das Buch.

Das feindliche Feuer, das Tysons Männern galt, kam aus der Nähe eines kleinen französischen Krankenhauses, dem *Hôpital de la Miséricorde.* Es wurde von einer katholischen Wohltätigkeitsorganisation betrieben. Auf dem Gebäude wehten zwei Fahnen: die Flagge des Roten Kreuzes und die des Vietcong. Das Feuergefecht hatte kurz vor Mittag beim Eintreffen der amerikanischen Einheit begonnen. Die Männer gingen sofort in Deckung, und es gab anfangs keine Verluste. Nach etwa fünf Minuten heftiger Schießerei stellte der Feind das Feuer ein und zog sich in Richtung Innenstadt zurück. Im Krankenhaus ließ daraufhin jemand aus einem Fenster im zweiten Stock ein weißes Bettlaken wehen, was soviel bedeutete wie: »Die Luft ist rein« oder: »Wir kapitulieren«. Lieutenant Tyson sammelte seine Männer um sich und befahl ihnen, das Gebäude zu besetzen und die Umgebung zu sichern. Der Feind hatte jedoch mindestens einen Scharfschützen zurückgelassen, der auf dem Dach des Krankenhauses postiert war. Als sich Tysons Leute näherten, krachten Schüsse. PFC Larry Cane war sofort tot, zwei weitere Männer, Sergeant Robert Moody und PFC Arthur Peterson, wurden verwundet. Vermutlich hatte ein zweiter Scharfschütze aus einem der Fenster gefeuert.

Wieder ließ Tyson das Buch sinken und dachte an jenen Tag im Jahr 1968 zurück. Es war einer der schlimmsten Tage während der schweren *Tet*-Offensive des Vietcong gewesen, die am ersten Tag des neuen Mondjahrs, dem »Jahr des Affen«, begonnen hatte. Der Himmel war damals so von Rauchwolken verhangen gewesen, daß man erst gewahr wurde, daß er wirklich bedeckt war, als kalter, mit Asche vermischter Regen herabprasselte.

Tyson hörte im gleichmäßigen Rattern des Zuges wieder das

unablässige Krachen einschlagender Mörsergranaten und das endlose Stakkato automatischer Waffen.

Der Zug pfiff an einer Kreuzung. Tyson erinnerte sich an das Heulen anfliegender Raketen, das einem das Blut in den Adern gefrieren ließ. Sie detonierten mit solcher Wucht, daß die Erde erbebte. Man brauchte ein paar Sekunden, bis man begriff, daß man noch am Leben war.

Und Leichen, erinnerte sich Tyson, überall Leichen! Auf Wegen und Feldern stolperte man über verrenkte, verstümmelte Leiber, in den Dörfern lagen sie massenweise herum, und niemand dachte daran, sie zu begraben. Die Spezialeinheit der Amerikaner, die für die Beseitigung der Gefallenen zuständig war, trug Gasmasken und Gummihandschuhe. Nur die eigenen Toten wurden geborgen, alle anderen Leichen verbrannte man auf Scheiterhaufen, die man mit Benzin übergoß und mit Flammenwerfern in Brand setzte – makabre »Lagerfeuer« mit knackenden Knochen, brutzelndem Fett und grinsenden Totenschädeln. Noch immer vermeinte Tyson, das verbrannte Menschenhaar zu riechen.

Er entsann sich, was sein Kompaniechef, Captain Browder, einmal gesagt hatte: »Die Überlebenden bilden hier die Minderheit.« Wenig später gehörte auch Browder der »Mehrheit« an.

Der Tod, überlegte Tyson, war in jener düsteren, sterbenden Stadt, in jenem finsteren, regnerischen Winter so allgegenwärtig gewesen, daß die Überlebenden – Zivilisten und Soldaten gleichermaßen – es fast aufgegeben hatten, gegen ihn anzukämpfen. Die Menschen duckten sich zwar noch instinktiv und suchten Deckung, aber es war ihnen anzusehen, daß sie nicht mehr an eine bessere Zukunft glaubten. *Huê – Tod einer Stadt; Huê – Stadt des Todes.* Kein Wunder, sagte sich Tyson, daß wir dort alle verrückt gespielt haben. Er wandte sich wieder dem Buch zu, übersprang eine Seite und las aufs Geratewohl weiter:

> Die französische Krankenschwester Marie Broi versuchte die Amerikaner daran zu hindern, die verwundeten feindlichen Soldaten zu töten, aber jemand schlug sie mit dem Gewehrkolben. Daraufhin fing der australische Arzt Evan Dougal an, die Amerikaner unflätig zu beschimpfen. Alle Beteiligten waren eindeutig überreizt, um nicht zu sagen hysterisch.

Plötzlich feuerte ein amerikanischer Soldat ohne jede Vorwarnung eine Garbe aus seinem Schnellfeuergewehr ab. Die Geschosse trafen Dr. Dougal mit solcher Wucht, daß er quer durch den Raum geschleudert wurde. Specialist 4 Y beschrieb die Szene folgendermaßen: »Er (Dr. Dougal) lag zukkend auf dem Fliesenboden und preßte die Hände gegen den Bauch. Sein weißer Kittel färbte sich schnell rot, und sein Gesicht wurde immer weißer.«
In der Station, in der noch vor wenigen Sekunden ein wahres Inferno geherrscht hatte, war es nun sehr still, abgesehen von den Lauten, die der sterbende Dr. Dougal von sich gab. PFC X erinnert sich, aus der angrenzenden Kinder- und Entbindungsstation Weinen und Gewimmer gehört zu haben. Was in der Folge geschah, ist nicht restlos geklärt, aber nachdem Tysons Männer nun den ersten Neutralen umgebracht hatten, waren einige von ihnen offenbar der Meinung, es sei besser, keine Zeugen zu hinterlassen. Sie trieben die Ärzte, Schwestern und Nonnen in einen kleinen, weißgetünchten Operationssaal und...

»Jamaica Station!« rief der Zugschaffner. »Nach New York umsteigen! Dieser Zug fährt weiter nach Brooklyn.«

Tyson schlug das Buch zu und stand auf. McCormick blieb sitzen; zögernd fragte er: »Möchten Sie, daß ich Ihnen das Buch – ?«

»Nein.«

Tyson ging auf die andere Bahnsteigseite zu seinem Anschlußzug. »Warum muß mir so etwas ausgerechnet an einem sonnigen Tag wie heute passieren?« fragte er sich.

## *Kapitel 2*

Vom Fenster seines Büros blickte Tyson auf die Park Avenue hinab, die achtundzwanzig Stockwerke unter ihm lag. Ein Bürogebäude wie dieses hier war *eine* Version des »American Dream«, ein Gebäude, von dem herab die Industrie- und Handelsbosse wie von einem Feldherrnhügel ihren Kampf gegen den Achtstundentag, gegen die Regierung, die Verbraucher, die Umweltschützer und auch untereinander austrugen. Nach seiner Ankunft im Büro hatte Tyson sich eingestanden, daß er sich für diesen Kampf eigentlich nie sonderlich hatte begeistern können. Aber er hatte sich klugerweise nicht zu lange mit dieser Erkenntnis beschäftigt. Außerdem hatte sich die Welt für ihn irgendwo zwischen Hollis und Jamaica Station verändert.

Miss Beale, seine Sekretärin, fragte: »Wollen Sie den Brief zu Ende diktieren?«

Tyson wandte sich vom Fenster ab und starrte die Frau an. »Schreiben *Sie* ihn zu Ende!«

Miss Beale erhob sich und drückte den Stenoblock fest an ihre üppige Brust. »Fühlen Sie sich nicht gut?«

Tyson sah Miss Beale in die Augen. Sie hatte, wie viele Sekretärinnen, einen scharfen Blick für gewisse Anzeichen von Schwäche bei ihrem Arbeitgeber. Und schon die kleinste Schwäche konnte ausgenützt werden. Zuviel Schwäche jedoch beschwor Visionen von Arbeitslosigkeit herauf – für beide.

Tyson erwiderte: »Selbstverständlich geht es mir nicht gut! Oder sieht man mir das etwa nicht an?«

Sie war einen Augenblick lang verwirrt und stammelte: »Nein... Sie... Ich meine...«

»Sagen Sie meine Verabredung zum Essen heute mittag und die Termine für den Nachmittag ab«, sagte er.

»Gehen Sie nach Hause?«

»Höchstwahrscheinlich!«

Miss Beale drehte sich um und ging.

Tyson blickte sich in seinem Büro um. Er fragte sich, welche Farbe Büros wohl früher gehabt hatten, bevor man die Farbe Beige erfunden hatte. Er öffnete die Garderobentür und betrachtete sich in dem daran angebrachten Spiegel. Er war knapp über 1,80 Meter groß und machte, wie er meinte, eine gute Figur. Er bürstete seinen grauen Nadelstreifenanzug ab, rückte Krawatte und Weste zurecht und fuhr sich mit den Fingern durch das rotblonde Haar. Es gab wenig Firmen, zu deren Image er nicht gepaßt hätte, und wenige Militärs auf der Welt hätten ihn nicht als »Offizier und Gentleman vom Scheitel bis zur Sohle« beschrieben.

Große Menschen sind erfolgreicher, behauptete eine Studie zum Thema »Erfolg im Geschäftsleben«. Der Präsident der Firma maß jedoch nur 1,57 Meter. Übrigens waren die meisten leitenden Angestellten in der Firma und in der Muttergesellschaft kleiner als 1,70 Meter. Und das hat seinen guten Grund, dachte Tyson: Sie sind alle Japaner.

Tyson schloß die Schranktür und ging zu seinem Schreibtisch. Er setzte sich, nippte gedankenverloren an einer Tasse kaltem Kaffee, und dann fiel sein Blick auf einen Firmenbriefkopf: *Peregrine-Osaka.* Tyson war nicht besonders glücklich gewesen, als *Osaka* die *Peregrine Electronic Aviation* aufkaufte, und seine innere Einstellung hatte sich in den zwei Jahren seit der Übernahme nicht geändert. »Ich bin kein Rassist«, sagte er sich selbst, und doch war es lästig, im Gespräch auf Mr. Kimura hinabzusehen, und es war ihm auch irgendwie unangenehm, mit »T-san« angeredet zu werden. Die Japaner waren sehr feinfühlig und von unauffälligem, freundlichem Auftreten, herrschten jedoch auf undefinierbare Weise mit eiserner Faust. Tyson hatte unaufgefordert seine Kriegsandenken von den Wänden entfernt: sein Offizierspatent, Auszeichnungen und Fotografien – Kriegserinnerungen, die bei Leuten des Verteidigungsministeriums ihre Wirkung nicht verfehlt hatten und auf die der frühere Eigentümer und Gründer von *Peregrine* mit Wohlwollen geblickt hatte, die aber nicht mehr in das psychologische Muster des jetzigen »Regimes« paßten. Des weiteren mußte eine Fotografie in Tysons Aktentasche den Heimweg antreten; sie zeigte seinen Vater in einer Marinefliegeruniform. Im Hintergrund war auf dem Deck des Flugzeugträgers *Lexington* die »Grumman Tomcat« seines Vaters zu sehen, auf dem Flugzeugrumpf drei aufgemalte aufgehende Sonnen, was drei tote Japsen bedeutete.

Mr. Kimura hatte dieses Foto einmal aufmerksam betrachtet, sich jedoch nicht dazu geäußert, und Tyson hatte, um sein Gesicht zu wahren, noch eine Woche abgewartet, bevor er es entfernt hatte.

Tyson stand auf, nahm seinen schmalen Aktenkoffer und verließ das Büro. Er kam an Miss Beales Schreibtisch vorbei, deren forschender Blick ihm nicht entging.

## *Kapitel 3*

Ben Tyson ging die 42. Straße in östlicher Richtung hinunter und betrat einen kleinen Buchladen in der Nähe der Grand Central Station. Auf einem Tisch mit dem Hinweis »Neuerscheinungen« lagen ganze Stapel davon: Rote, schwarze und weiße Buchrücken sprangen ihm ins Auge. Zuoberst war jeweils ein Ansichtsexemplar aufgestellt. Tyson entdeckte das Huê-Buch, nahm es in die Hand und blätterte darin.

Der Text war durch Fotografien ergänzt, und jeweils nach einigen Kapiteln fanden sich Landkarten von Huê und Umgebung, wie sie das Militär benutzte.

Auf dem Titelblatt befand sich ein Autogramm von Andrew Picard, dem Verfasser.

»Der Autor war gestern hier.«

Tyson sah auf und blickte in die Augen einer jungen Frau, die Jeans und ein T-Shirt trug. »New York ist ein Bücherparadies«, sagte sie. »Dieser Titel ist erst letzte Woche ausgeliefert worden. Er hat mir ein Exemplar geschenkt und es signiert. Gestern abend habe ich einen Teil gelesen. Ich versuche die wichtigsten Bücher, die reinkommen, zumindest zu überfliegen.«

Tyson nickte.

Sie fuhr fort. »Das Buch schildert gewissermaßen eine große Schlacht aus der Sicht der kleinen Leute.« Sie sah ihn abschätzend an. »Waren Sie auch dabei? Ich meine in Vietnam?«

»Schon möglich«, antwortete Tyson.

Die Frau lächelte. »Nun, ich würde es Ihnen als gutes Buch empfehlen – wenn Sie dort waren. Ansonsten – nicht unbedingt mein Geschmack.«

»Es soll darin einen Bericht über ein Massaker in einem französischen Krankenhaus geben«, sagte Tyson.

Die Verkäuferin verzog das Gesicht: »Richtig. Einfach ungeheuerlich.« Sie überlegte einen Moment und sagte dann: »Wie konnten wir nur so etwas tun?«

Tyson war erstaunt, wie die jungen Leute einfach »wir« sagten und sich damit selbst für die Greueltaten der Regierung und des

Militärs mitanklagten. »Das ist alles lange her«, entgegnete er. »Ich kaufe das Buch.«

Tyson ging bis zur Kreuzung zwischen der 42. Straße und der Second Avenue. Er betrat *Ryan McFadden's*, einen ziemlich feinen »Irish Pub«. Seine Augen mußten sich erst an das gedämpfte Licht gewöhnen, dann ging er an die lange Bar und setzte sich auf einen freien Barhocker. Das Publikum war bunt zusammengewürfelt: Ausländer aus dem nahe gelegenen UNO-Gebäude, Fernsehleute von der WPIX-Station und ein paar selbsternannte Literaten, deren Anwesenheit sogar den Besitzern ein Rätsel aufzugeben schien, denn sie hatten für solche Leute nicht viel übrig. Geschäftsleute kamen gewöhnlich nicht hierher, und so ging Tyson davon aus, daß er keine Bekannten antreffen würde. Einer der Besitzer, Dan Ryan, begrüßte ihn herzlich.

»Ben, wie ist's Ihnen die letzte Zeit ergangen?«

Tyson erwog verschiedene Antworten und erwiderte schließlich: »Nicht schlecht.«

Ryan bestellte einen *Dewar's* mit Soda für ihn und rief ihm das für irische Gastwirte übliche *»Good luck!«* zu.

Tyson hob sein Glas. *»Cheers!«*

Ryan entfernte sich, um ein paar neue Gäste zu begrüßen.

Zum erstenmal, seit er an diesem Morgen auf Picards Buch gestoßen war, dachte Tyson länger an seine Frau: Marcy war nicht der Typ von Ehefrau, den man in den Nachrichten sieht, eine, die ihrem berühmten Mann treu zur Seite steht, wenn er politischer Korruption, Unterschlagung oder sexueller Vergehen beschuldigt wird. Sie war eine sehr selbständige Frau, die ihre Loyalität sehr wählerisch verteilte, so wie es wohl auch sein sollte. Sie war zum Beispiel nicht die typische Mustergattin eines Managers, sondern sie hatte ihren eigenen Beruf und hatte auch sonst ihren eigenen Kopf. Sie war immer mit aller Entschiedenheit gegen den Krieg gewesen und war es auch jetzt noch; sie war gegen das Militär und gegen alles, was nicht genau in ihre »linke« Weltanschauung paßte. Ihre Reaktion würde sehr aufschlußreich sein.

Tyson öffnete seinen Aktenkoffer, zog das Buch hervor und legte es auf die Theke. Rasch überflog er die entsprechenden Kapitel, aber er las wie jemand, der eigentlich gar nichts davon verstehen wollte, oder wie einer, der gerade einen Bittbrief oder eine Todesnachricht erhalten hatte. Sein Name tauchte in verschiedenen Zusammenhängen auf: Tysons Soldaten, Lieutenant Tyson, Tysons Männer, Tysons Truppenarzt, Tysons Funker…

Er schlug das Buch zu, leerte sein Glas und bestellte sich einen neuen Drink. Kurz darauf öffnete er das Buch dort, wo er eine Seite umgeknickt hatte, und las einen Abschnitt.

> Als die Soldaten näher kamen, sahen sie drei sich widersprechende Symbole: die Fahne des Vietcong, die des Roten Kreuzes sowie ein weißes Tuch. Letzteres mag sie dazu verführt haben, sich irrtümlicherweise in Sicherheit zu wähnen, als sie den ungeschützten Hof vor dem Gebäude überquerten. Da fielen plötzlich Schüsse. Larry Cane wurde sofort tödlich getroffen, Moody und Peterson wurden angeschossen. Der Trupp ging in Deckung und erwiderte das Feuer. Moody war nur leicht verletzt, während Peterson schwer verwundet war. Die Moral der Soldaten, mit der es von Anfang an nicht zum besten gestanden hatte, verschlechterte sich. Ein Gefühl verzweifelter Wut und Machtlosigkeit machte sich unter den Männern breit, das Gefühl, hereingelegt und getäuscht worden zu sein.

Tyson nickte. Ja, genauso war es gewesen. *Wut und Machtlosigkeit.* Sie waren an der Nase herumgeführt worden. Nicht nur vom Feind, sondern auch von ihren Vorgesetzten im Feld, in den Hauptquartieren und in Washington.

Deshalb hatten sie nach etwas oder jemandem gesucht, an dem sie sich abreagieren konnten. Rückblickend wurde Tyson klar, daß die Menschen im Hospital überhaupt keine Chance gehabt hatten.

Er übersprang eine Seite.

> Im Krankenhaus verlangte Tyson sofort ärztliche Hilfe für die beiden Verwundeten.
> Der Leiter des Personals, der Franzose Dr. Jean Monteau, erklärte Tyson in passablem Englisch, das Krankenhaus sei total überlastet; es fehle an ausreichendem Personal und genü-

genden Medikamenten für die vielen Patienten. Verwundeten, die – wie Peterson – sowieso sterben würden, könne nicht geholfen werden, und diejenigen, die – wie Moody – nur leicht verwundet seien, müßten warten. Woraufhin Dr. Monteau Tyson den Rücken zukehrte und einen Vietcong-Soldaten behandelte, dessen Arm von einer Schrapnelladung zerfetzt worden war und der demnach eindeutig das Anrecht auf ärztliche Hilfe hatte.

Dr. Monteaus Urteil als Arzt mag begründet gewesen sein, seine Einschätzung der Lage aber hätte nicht verheerender sein können.

Tyson sah vom Buch auf. Da haben Sie in der Tat recht, Picard. Er versuchte sich das Gesicht von Dr. Monteau vorzustellen, aber er konnte lediglich die höhnisch grinsende Karikatur eines arroganten kleinen Franzosen heraufbeschwören. Sicher, dachte er, ist das ein Abwehrmechanismus in meinem Kopf, eine Rechtfertigung für das, was geschehen ist. In Wirklichkeit hatte Dr. Monteau ihm gegenüber die gebührende Haltung und Höflichkeit gezeigt. Was ihm damals wie Schroffheit vorgekommen war, war nichts weiter als Müdigkeit gewesen. Tyson überlegte noch einmal und kam dann zu dem Schluß: Nein, mit Sicherheit war Monteau ein arroganter kleiner Schweinehund gewesen. Aber deshalb hätte er nicht sterben müssen. Tyson rührte in seinem Drink herum und las aufs Geratewohl weiter.

Tysons Leute hatten – wie ich schon erwähnte – über eine Woche lang unabhängig von ihrer Kompanie operiert.

In den sechzehn Tagen seit Beginn der Offensive hatten sie bereits hohe Verluste erlitten. Von den ursprünglich vierzig Mann des Zuges waren nur noch neunzehn am Leben. Zudem waren sie vor diesem Vorfall sieben Tage lang ohne Rast und ohne Nachschub im Einsatz gewesen.

All dies soll keineswegs eine Entschuldigung für das sein, was geschehen ist, sondern lediglich als Hintergrundinformation dienen.

Sicher wurde anderen Soldaten noch übler mitgespielt, viele mußten noch mehr entbehren und waren dem Feind und den

Schrecken des Krieges noch stärker ausgeliefert als diese unglückseligen Soldaten, was nicht heißen soll, daß...

Tyson schlug das Buch zu. Er zündete sich eine Zigarette an und beobachtete den aufsteigenden Rauch. Dann drehte er das Buch abrupt um und sah sich Andrew Picards Bild auf der Rückseite genauer an. Das Foto war etwas unscharf, aber es zeigte das Profil eines bärtigen Mannes, der ungefähr in seinem Alter war und der eine Art Uniformhemd mit Achselklappen trug.

Quer über das Bild liefen Linien. Tyson erkannte, daß es sich um Namen handelte. Er bemerkte plötzlich, daß sich Picards Gesicht in einer dunklen, glänzenden Fläche spiegelte, und begriff, daß dies die schwarze Granitwand des Vietnam-Denkmals in Washington war. Einige Zeit starrte Tyson auf dieses außergewöhnliche Foto, wobei er die in die schwarze Wand eingravierten Namen der Gefallenen las, die quer durch Picards Spiegelbild bis in die Ecken des Schutzumschlages verliefen. »Es überbrückt Zeit und Raum«, dachte er, »das Heer der Gefallenen.«

Tyson öffnete das Buch erneut und überflog die kurze Biographie auf dem Einband. »Andrew Picard hat an der Yale-Universität studiert. Danach diente er während der Tet-Offensive in Huê, Vietnam, als Kriegsberichterstatter bei den *Marines.* Heute lebt und arbeitet er in Sag Harbor, Long Island.«

Tyson nickte. Yale. Wahrscheinlich hatte Picard nach dem Studium einen Unteroffizierslehrgang besucht, sich danach aber einen bequemen Job bei einer PR-Einheit gesucht und auf diese Weise vermieden, eine Infanterieeinheit im Fronteinsatz führen zu müssen.

Die kleine Stadt Sag Harbor – Tyson hatte dort draußen vor einigen Jahren ein Sommerhaus gemietet gehabt. Er konnte sich vage an einen Briefkasten am Straßenrand erinnern, auf dem die Namen Picard/Wells gestanden hatten und an dem er öfters vorbeigefahren war, aber er wußte nicht mehr genau, wo das gewesen war. Es schien, als ob sein Leben und dasjenige Picards sich manchmal einander annäherten, ohne sich jedoch zu berühren: erst 1968 in Huê, dann im Sommer 1976 und jetzt wieder in einem Buchladen in der 42. Straße. Tyson hatte das Gefühl, daß es ihnen beiden irgendwie vorbestimmt war, einander zu begegnen.

Bei seinem dritten Scotch versuchte Tyson sich einen Vorfall ins Gedächtnis zurückzurufen, der sich etwa zwei Jahre zuvor ereignet hatte. Jemand, der Recherchen für ein Buch über Vietnam anstellte, hatte zu Hause bei ihm angerufen. Tyson erinnerte sich, daß er dem Anrufer so wenig wie irgend möglich weitergeholfen hatte, ohne daß es ihm bewußt gewesen war. Einige Wochen später hatte der Mann erneut angerufen. Tyson war kurz angebunden gewesen und hatte aufgelegt. *Andrew Picard.* Tyson nickte.

Er blätterte weiter im Buch und betrachtete die Fotografien. Da war die übliche Auflistung der Befehlshaber: Amerikaner und ihre südvietnamesischen Verbündeten auf der einen Seite, Soldaten des Vietcong und Nordvietnamesen auf der anderen. »Wie die Aufstellung einer Fußballmannschaft«, dachte Tyson. Dann folgten die schockierenden Bilder: noch nicht geborgene Tote; Lastwagen und Panzerfahrzeuge, die Leichen wegkarrten; Zivilisten, die auf Knien die reglosen Leiber beklagten und beweinten; Fotos von Schwerverwundeten und schließlich sogar von Massengräbern. Es waren durchweg Schwarzweißbilder, was Tyson für einen Fehler hielt. Der Zweite Weltkrieg hatte vielleicht in Schwarzweiß stattgefunden, dieser hier jedoch in Farbe.

Tyson hielt inne und betrachtete eine Fotografie, die eine halbe Seite einnahm: Um das ausgebrannte Wrack eines gepanzerten, gegnerischen Amphibienfahrzeugs gruppierten sich die Männer des Ersten Zuges (Alpha-Kompanie, 5. Bataillon, 7. Regiment). Es waren knapp vierzig, eine Gruppenaufnahme aus der Zeit vor der Tet-Offensive, also bevor die Namensliste durch Verwundungen auf knapp die Hälfte dezimiert worden war.

»Das war schon eine selbstbewußt aussehende Truppe«, dachte er, »unerschrocken und arrogant.« Natürlich war das zum größten Teil nur Pose, aber er erinnerte sich, daß das Foto im Dezember 1967 um Weihnachten herum gemacht worden war – vor jenem 30. Januar 1968, dem ersten schicksalhaften Tag des Tet-Jahres, an dem die Alpha-Kompanie in einem Dorf namens Phu Lai an einem einzigen Morgen ein Drittel ihrer Leute verloren hatte.

Der Dezember war trotzdem ein guter Monat gewesen. Nur leichte Regenfälle, warme Winde und keine übermäßige Hitze. Sie hatten einen Monat lang keine Verluste gehabt, jedoch in ihrer Bilanz einige Gefallene auf seiten des Gegners verzeichnet. Wenigstens Weihnachten war ohne Blutvergießen vorübergegangen. Daher die selbstzufriedenen Gesichter der Soldaten des ersten Zuges der Alpha-Kompanie.

Tyson sah sich selbst aufrecht im Panzerturm des vietnamesischen Fahrzeugs stehen, wie ein Feldherr auf dem zerstörten Schloßturm des besiegten Feindes, umschart von seinen Mannen.

Mit der Aufmerksamkeit eines Menschen, der sich ein Klassenfoto ansieht, sah er sich die Gesichter etwas näher an und konnte auf Anhieb sagen, wer von ihnen später sein Leben hatte lassen müssen und wer verwundet worden war.

Tyson schloß das Buch und schob es in seinen Aktenkoffer. Als er die Hand nach seinem Drink ausstreckte, fiel ihm auf, daß sie leicht zitterte. Er stellte das Glas wieder auf die Theke und atmete tief durch.

Dann stand er auf, trat hinaus in das grelle Sonnenlicht und ging los. Als er die Fifth Avenue erreichte, hatten seine Gedanken wieder zur Gegenwart zurückgefunden. Er überlegte, welche Folgen diese Veröffentlichung nach sich ziehen könnte. Dabei dachte er vor allem an seine gesellschaftliche Stellung, seine Familie, seinen Bekanntenkreis und an seinen Beruf.

Die Gefahr erschien ihm vorerst unwirklich und fern, aber genau das war die schlimmste Art von Gefahr, weil man sich ihr nicht von Angesicht zu Angesicht stellen konnte. Solch eine Gefahr war anfänglich form- und gestaltlos, aber je mehr man sie leugnete, desto deutlichere Umrisse nahm sie an, bis sie einem sichtbar vor Augen stand.

Es war fast wie im Dschungel, wenn es nachts plötzlich ringsum still wird: weit und breit kein Mensch; die Bambusrohre schlagen wie bei Wind aneinander, aber es weht kein Lüftchen. Aus den Augenwinkeln nimmt man Schatten wahr, die sich am Rand des Gesichtsfeldes durch die mondhelle Nacht bewegen. Doch da ist kein Mond, und es gibt auch keine Wolken, die Schatten werfen können. Das Herz beginnt zu rasen, und plötzlich tauchen die leisen, gestaltlosen Schatten auf, beängstigend schwarz in der finsteren Nacht. Sie schieben sich unaufhaltsam vorwärts und beseitigen die letzten Zweifel über ihre Existenz, die letzte Spur von Sicherheit, die man sich nur mühsam eingeredet hatte.

Tyson blieb stehen und wischte sich den Angstschweiß von der

Stirn. Er blickte um sich, als wolle er sich vergewissern, daß er sich auf einem Gehsteig in New York befand. Seine Gedanken schweiften erneut zu jenem regnerischen Morgen in Huê. Es war ihm, als wäre dies alles einem anderen Menschen auf einem anderen Planeten in einem anderen Leben geschehen. »Jener Ben Tyson«, dachte er, »war damals fünfundzwanzig Jahre alt und unverheiratet.« Er hatte noch nie ein Neugeborenes im Arm gehalten oder einen Toten gesehen – außer im Leichenhaus. Jener Ben Tyson hatte nur eine vage Vorstellung von Liebe, Haß, Tragik, Mitleid oder Gewissensnot gehabt. Nichts in seinem so wohlbehüteten Leben hatte den jungen Amerikaner auf den 15. Februar 1968 in Huê vorbereitet.

Nun aber fragte er sich, ob ihn seit damals irgend etwas darauf vorbereitet hatte, sich den Folgen jenes Tages zu stellen.

## *Kapitel 4*

In der Penn Station bestieg Ben Tyson den 13.40-Uhr-Zug und suchte sich einen Platz im Raucherabteil. Der Zug rollte durch die dunklen Tunnels von Manhattan, fuhr unter dem East River hindurch und gelangte in Queens an die Oberfläche ins gleißende Sonnenlicht.

An der Jamaica Station erwarteten ihn das gewohnte laute Durcheinander von Zugdurchsagen und die Suche nach dem richtigen Gleis, ehe er endlich seinen Zug nach Hause besteigen konnte.

Zweiundzwanzig Minuten später erreichte der Zug Garden City Station. Tyson trat auf den sonnenbeschienenen Bahnsteig vor dem altmodischen Bahnhofsgebäude.

Er roch die Blumen, die in bunten Büscheln wild entlang den Gleisen wucherten. Instinktiv wandte er sich nach rechts, um den Weg zu seinem Haus einzuschlagen, besann sich jedoch, machte kehrt und ging auf dem erhöhten Bahnsteig in Richtung Zentrum. Er stieg die wenigen Stufen hinab und überquerte die Hilton Avenue.

Tyson wurde sich bewußt, daß er schon seit Jahren keinen Nachmittag mehr an einem Werktag zu Hause gewesen war. Die Schule war gerade aus, und Kinder liefen oder fuhren mit dem Fahrrad nach Hause. Er sah schwerbepackte Hausfrauen, die vom Einkauf kamen, Lieferwagen, Postboten und all die anderen Bilder der für eine Vorstadt am hellichten Tag typischen Betriebsamkeit. Fast befremdet lief Tyson durch die ihm vertrauten Straßen, in denen er als Kind gespielt hatte.

Vor einem malerischen Backsteinhaus mit Bogenfenstern blieb er stehen. Dieses hundert Jahre alte Gebäude hatte dem Dorf schon als Stall, Schule und später als Lagerhaus gedient. Inzwischen hatte man es auf vornehm getrimmt, und es beherbergte eine Vielzahl von Anwaltskanzleien, in denen an Dickens erinnernde Kanzleigehilfen die Tage über Akten und Testamente gebeugt verbrachten.

Tyson betrat eine Kanzlei im Erdgeschoß und fand sich in einem leeren Vorzimmer wieder. Er nahm den Aktenkoffer in die linke Hand und wurde sich plötzlich wieder des Buches bewußt. Es war wie ein gerade entdecktes Geschwür, das sich noch im Anfangsstadium befand und auf dessen Diagnose man nun wartete.

Eine Frau trat ein. »Kann ich Ihnen helfen?«

»Ben Tyson. Ich muß Mr. Sloan sprechen.«

»Ich bin Anne, seine Sekretärin. Bitte nehmen Sie Platz.«

Sie verschwand und kam kurz darauf mit Philipp Sloan zurück. Er war ein Mann in den Fünfzigern und trug einen unvorteilhaften Anzug mit Karomuster, Schuhe mit kleinen Troddeln und seine Clubkrawatte, die farblich einfach zu nichts passen wollte. Er begrüßte Tyson überschwenglich und fragte dann: »Hatten wir etwa eine Verabredung, Ben?« Er gab sich überrascht und blätterte umständlich im Terminkalender seiner Sekretärin.

Tyson machte einen Schritt in Richtung auf Sloans Büro.

»Es dauert nicht lange, Phil.«

Sloan warf seiner Sekretärin einen fragenden Blick zu und folgte ihm. Er führte Tyson in die Bibliothek. »Ich habe gerade einen Mandanten im Büro.«

Tyson nahm an einem langen Lesetisch Platz und ließ seinen Blick über die vollen Bücherregale schweifen. *Corpus Juris Secundum* – »Bürgerliches Gesetzbuch« –, kodifiziert und mit Index.

Mit peinlicher Genauigkeit regelt es in glanzloser Prosa die Rechte und Pflichten aller Menschen in einer letztlich absolut gesetzlosen Gesellschaft.

Tyson legte das Buch aufgeschlagen auf den Mahagonitisch und schob es Sloan zu. Dieser warf einen kurzen Blick auf die Titelseite und begann zu lesen, während Tyson sich eine Zigarette anzündete und auf die gegenüberliegende Wand starrte.

Nach einer Weile sah Sloan mit ausdruckslosem Gesicht auf.

Als er merkte, daß Sloan von sich aus nichts sagen würde, begann Tyson: »Heute morgen saß McCormick mir gegenüber im Zug und las in dem Buch.«

Sloan nickte professionell nichtssagend. Tyson mochte ihn nicht sonderlich, aber Sloans Vater war viele Jahre lang der Anwalt der Tysons gewesen, und so war es irgendwie selbstverständlich, daß sich Philip Sloan nun um Tysons Angelegenheiten kümmerte. Sloan war ein guter Anwalt, wenn auch nicht besonders sympathisch.

Tyson stand auf. »Ich wollte Sie nur darauf aufmerksam machen, bevor Sie es auf dem Golfplatz hören – oder wohin auch immer Sie sich an schönen Tagen verziehen. Wenn da noch etwas hinterherkommt, lasse ich es Sie wissen.«

Sloan zögerte, dann forderte er Tyson mit einer Handbewegung auf, Platz zu nehmen. »Ein paar Minuten kann ich mir für Sie Zeit nehmen.«

Und ob du das kannst, dachte Tyson. Von solchen Fällen, mit denen man dir so ins Haus platzt, träumst du doch immer! Tyson blieb stehen.

Sloan begann zu sprechen, und seine Stimme klang auf einmal ziemlich besorgt: »Tja, das ist natürlich alles andere als angenehm.« Er überlegte kurz und sagte: »Ich nehme an, Sie haben daran gedacht, eine Anzeige zu erstatten?«

Aber Tyson hörte ihm nur halb zu. Er fragte unvermittelt: »Kann man mir wegen dieser Geschichte einen Strafprozeß anhängen?«

Sloan schwieg eine Weile, während der er Tyson musterte, und meinte dann: »Das kommt darauf an.«

»Worauf?«

»Offensichtlich darauf, wieviel an der Geschichte dran ist.« Er hielt inne und sagte dann: »Setzen Sie sich, Ben! Ich will mir das Buch noch einmal ansehen.«

Tyson nahm wieder Platz, und Sloan schaute sich das Buch genau an. Er betrachtete den Umschlag, überflog das Inhaltsverzeichnis und warf einen Blick auf das Impressum. Er sah Tyson offen in die Augen. »Ein bekannter Verlag. Der Autor scheint einen guten Namen zu haben. Das Buch ist mit Anmerkungen und Literaturangaben versehen. Sieht nach tadelloser Arbeit aus.«

Tyson zuckte die Achseln.

»Sie wissen, Ben, daß alles, was wir hier bereden, streng vertraulich ist«, sagte Sloan. Er holte tief Luft. »Nun?«

Tyson erwiderte zögernd: »Hören Sie, was ich von Ihnen wissen will, ist, ob ich... oder die Soldaten, die mit mir gedient haben... zur Rechenschaft gezogen werden können.«

Sloans Stimme hatte einen Anflug von Schärfe. »Wofür? Sie haben meine Frage nicht beantwortet!«

»Wegen Mordes!«

Sloan lehnte sich zurück. Er überlegte einen Augenblick und erwiderte: »Bei Mord gibt es keine Verjährung.«

Tysons Gesicht blieb ausdruckslos.

Der Anwalt fuhr fort: »Dies wäre jedoch ein Fall fürs Kriegsgericht.«

»Was bedeutet das?«

»Man müßte Sie wieder einziehen können.«

Tyson nickte. »Können sie das?«

»Das ist die Frage«, antwortete Sloan. »Wenn nicht, dann kann Sie auch kein Zivilgericht verurteilen. Sehen Sie, Sie schlüpfen durch die Maschen des Gesetzes. Wenn überhaupt, dann müßten Sie vor ein amerikanisches Kriegsgericht. Ansonsten gibt es keinen Prozeß. Dafür gibt es genügend Präzedenzfälle.«

»Sicher gibt es die.« Tyson überlegte. »Okay. Schlimmstenfalls ziehen sie mich noch mal ein. Was dann?«

»Der springende Punkt sind die Zeugen. Gibt es von Ihrer damaligen Einheit jemanden, der gegen Sie aussagen würde?«

»Anscheinend ja.«

Sloan schüttelte den Kopf. »Mit einem Schriftsteller reden und vor den Geschworenen eines Kriegsgerichts aussagen – das ist zweierlei.«

Tyson erwiderte nichts.

Sloan spielte eine Weile mit seinem Stift. Dann sagte er: »Sehen Sie, wir haben es hier mit einem vermeintlichen Verbrechen zu tun, das ein Schriftsteller siebzehn, achtzehn Jahre danach ans Licht gebracht hat. Mein Gott, ist das wirklich so lange her? Jedenfalls viele Jahre nach der angeblichen Tat. Der Verfasser nennt für seinen Bericht drei Quellen: zwei GIs, die angeblich in Ihrer Einheit waren und deren Anonymität er wahren zu müssen glaubt, und eine Nonne europäisch-vietnamesischer Abstammung, die lediglich mit ›Schwester Theresa‹ ausgewiesen wird und die nach seinen Worten die einzige Überlebende jenes Blutbades ist...«

Der Anwalt sah Tyson in die Augen. »Kennen Sie diese Schwester Theresa?«

Tyson zögerte mit der Antwort. »Ich kannte die besagte Nonne«, sagte er dann.

Sloan beharrte nicht länger darauf, sondern meinte nur: »Wie dem auch sei, es geht hier um ein angebliches Verbrechen, das in einem fremden Land, zu dem wir gegenwärtig keine diplomatischen Beziehungen haben, verübt wurde...«

»Das weiß ich alles.«

»... während eines militärischen Einsatzes, mitten im Krieg. Und Sie werden nicht ausdrücklich als einer von denen genannt, die aktiv an diesem... Massaker beteiligt waren.«

Tyson starrte auf das Buch, das zwischen ihnen lag. »Ist ja schön und gut. Und wo ist nun der Haken?«

Sloan beugte sich vor. »Wissen Sie, als Vorgesetzter...«

»... der für die Handlungen seiner Soldaten verantwortlich ist, trage ich die volle Verantwortung und so weiter. Das ist mir alles klar!«

»Haben Sie jemanden erschossen?«

»Nein.«

»Waren Sie am Ort des mutmaßlichen Verbrechens?«

Tyson setzte zu einer ausführlichen Antwort an, doch dann sagte er nur: »Picard behauptet es.«

»Picard war nicht dabei. Ich frage *Sie!*«

»Nein. Ich war nicht einmal in der Nähe. Damit wäre die Sache wohl erledigt.«

»Ich fürchte, nein, Lieutenant.« Sloan klopfte mit seinem Stift auf den Tisch und dachte nach. »Okay. Dann werde ich halt noch einmal den Advokaten des Teufels spielen. Oder den Ankläger für die Armee, wenn Sie so wollen. Ausgehend von dem, was ich hier gelesen habe, möchte ich als Ankläger von Ihnen wissen, ob Sie diese Morde *angeordnet* haben oder ob Sie irgend etwas getan haben, um sie zu *verhindern.* Ich möchte wissen, ob Sie *Kenntnis* von ihnen hatten, sie aber nicht *gemeldet* haben, oder ob Sie Kenntnis hätten haben oder damit hätten rechnen *müssen.* Sollte irgend etwas davon zutreffen, wird Ihnen das Militär die Morde anlasten, so als hätten Sie sie mit eigenen Händen ausgeführt.«

Nach längerem Schweigen atmete Tyson hörbar aus und bemerkte: »Als Offizier genießt man gewisse Privilegien.«

Sloan erhob sich und ging zur gegenüberliegenden Wand der Bibliothek. Aus einem der oberen Regale zog er einen dicken Folianten, den er erst regelrecht entstauben mußte, bevor er ihn mit den Worten auf den Tisch legte: »Die Army würde sich bei der Anklage gegen Sie auf jeden Fall zum Teil an den Präzedenzfällen und den Grundsätzen orientieren, die bei den Nürnberger Prozessen gegen nationalsozialistische Kriegsverbrecher und bei den Prozessen gegen japanische Kriegsverbrecher in Tokio erarbeitet wurden.«

»Dann bin ich ja in guter Gesellschaft.«

Sloan blätterte in dem Buch, während er weitersprach. »Ziel dieser Prozesse war natürlich, unseren Feinden die Schlinge um den Hals zu legen. Aber einige dieser Fälle sind nun gewissermaßen wiederauferstanden und machen den amerikanischen Militärs sehr zu schaffen.« Er hörte auf, die Seiten umzublättern. »So der spektakuläre Fall von General Yamashita, dem Befehlshaber der japanischen Truppen auf den Philippinen. Yamashita wurde von uns beschuldigt, seine Pflichten als Befehlshaber rechtswidrig mißachtet und vernachlässigt zu haben, weil er zuließ, daß Soldaten seiner Einheit Greueltaten und schwere Verbrechen verübten.«

Sloan warf Tyson einen raschen Blick zu.

»Es wurde nie behauptet, daß Yamashita persönlich eine dieser Greueltaten *begangen* oder daß er den *Befehl* dazu gegeben hat, noch, daß er irgend etwas davon *wußte.* Die Anklage warf ihm lediglich vor, daß er sich in der Zeit, in der er das Kommando führte, insofern strafbar gemacht habe, als er nicht vorhergesehen habe, was seine Leute tun würden. Denn es sei seine Pflicht gewesen, über die Handlungen seiner Truppe Bescheid zu wissen. Er habe seine Leute also nicht in dem Maße unter Kontrolle gehabt, wie es die Umstände erfordert hätten.« Sloan schlug das Buch zu. »General Yamashita wurde schuldig gesprochen und gehenkt.«

»Vielen Dank für die aufmunternden Worte, Phil.«

Der Anwalt sah auf die Uhr. »Ich habe jetzt zu tun.« Er erhob sich. »Sehen Sie, es sagt sich leicht: Das oder das hätten Sie wissen müssen, aber dies ist auch für mich eine ziemlich ausgefallene Angelegenheit. Die Army wird Sie nach all den Jahren nicht wegen so etwas anklagen, wenn Sie nicht unmittelbar an den Geschehnissen beteiligt waren. Oder waren Sie das?«

»Es wäre doch immerhin möglich.« Tyson stand auf.

»Waren Sie in irgendeiner Form aktiv daran beteiligt? Mir ist noch immer nicht klar, was für eine Rolle Sie in dieser Sache wirklich gespielt haben!«

Tyson griff nach seinem Aktenkoffer. »Nun, das liegt weit zurück, Phil. Ich muß erst über meine ›Rolle‹ damals nachdenken.«

Sloan schien durch diese ausweichende Antwort verstimmt. Er ging zur Tür, drehte sich aber nochmals zu Tyson um. »Angriff ist die beste Verteidigung. Das gilt beim Fußball genauso wie im Krieg und im Rechtswesen. Sie sollten sich ernsthaft überlegen, ob Sie diesen Picard nicht anzeigen wollen. Tun Sie das nicht, so werden Regierung und Army das registrieren, und das wird die Entscheidung darüber, ob und wie man gegen Sie vorgeht, beträchtlich beeinflussen.«

Sloan wartete vergeblich auf eine Antwort. Er fuhr fort: »Sie sollten auch daran denken, wie es auf die Öffentlichkeit, Ihre Bekannten, Ihre Familie und Ihre Arbeitgeber wirken dürfte, wenn Sie gegen Picard *nicht* wegen Verleumdung vorgehen!«

Tyson hatte über all dies schon nachgedacht. Er wußte auch, daß Sloan ihn köderte, als er ihn durch die Blume fragte: »Angenommen, Sie werden wegen Mordes angeklagt: schuldig oder nicht schuldig, Tyson?«

»Natürlich erwäge ich, Anzeige zu erstatten«, wich Tyson aus.

Sloan nickte bedächtig. »In Ordnung, Ben. Halten Sie mich

über die weitere Entwicklung auf dem laufenden. Lassen Sie mir inzwischen das Buch zum Lesen hier. Besorgen Sie sich noch ein Exemplar, und lesen Sie es genau durch.« Er ging hinaus, und Tyson folgte ihm. Sie verabschiedeten sich auf dem Gang. »Nehmen Sie in keiner Weise Stellung dazu, weder privat noch öffentlich!« mahnte Sloan.

Tyson sah an ihm vorbei. »Das hatte ich auch nicht vor.«

»Grüßen Sie Marcy von mir.«

Tyson verließ das Haus und ging die von schattenspendenden Bäumen gesäumte Allee entlang. »Die Gefahr«, dachte er, »ist jetzt greifbarer.« Irgendwie war ihm wohler. Aber der Bestie war ein neuer Kopf gewachsen, und ihre Zähne waren bei weitem größer und gefährlicher, als es von weitem ausgesehen hatte.

Ben Tyson überquerte erneut die Hilton Avenue und betrat die Bücherei des Ortes. Er ging sofort nach oben in die Abteilung für juristische Fachliteratur. Nach kurzer Suche setzte er sich mit vier dicken Büchern an einen kleinen Tisch. Er zog einen gelben Notizblock aus dem Aktenkoffer und versah das erste Blatt mit der Überschrift: *Bericht des Peers-Ausschusses über das My-Lai-Massaker.* Auf das zweite Blatt schrieb er: *Byrne, Kriegsrecht.* Blatt drei und vier betitelte er: *Gesetzessammlung zur militärischen Rechtsprechung* und *Handbuch für das Kriegsgerichtswesen.*

Tyson öffnete den Bericht des Peers-Ausschusses und begann zu lesen. Während er das Buch durchging, machte er sich Notizen. Nach einer halben Stunde schob er es beiseite und schlug die Gesetzessammlung zur militärischen Rechtsprechung auf. Das Buch war ihm vertraut, und er war sich ziemlich sicher, daß es sich in den achtzehn Jahren, seit er das letzte Mal ein Exemplar davon in der Hand gehalten hatte, nicht verändert hatte: Die militärische Gesetzgebung veränderte sich ungefähr mit demselben Tempo wie eine Tierart im Laufe der Evolution.

Er hatte als Offizier in Ausschüssen von Kriegsgerichtsverfahren gesessen und manchmal sogar als Rechtsbeistand fungiert. Das geschriebene Kriegsrecht erschien ihm fair, logisch und sogar menschenfreundlich. Es wies ein gewisses Maß an gesundem Menschenverstand auf, das, wie er rein gefühlsmäßig urteilte, dem Zivilrecht fehlte.

Tyson überflog die einschlägigen Kapitel der Gesetzessammlung, machte wieder ein paar Notizen und nahm sich dann das Handbuch für das Kriegsgerichtswesen vor. Er ging den Band schnell durch, mehr aus Neugier und einer seltsamen Anwandlung von Nostalgie als aus rechtlichen Erwägungen. Das Handbuch war kaum mehr als ein Stapel Fotokopien, gewissermaßen eine Art Prozeßordnung. Als Offizier hatte er auf dieses Buch immer nur dann zurückgegriffen, wenn alle Anzeichen und Hinweise die Eröffnung eines Kriegsgerichtsverfahrens befürwortet hatten.

Er schloß das Buch, rieb sich die Augen und stand auf. Das Licht des ersterbenden Tages fiel durch das nach Westen gelegene Fenster, und im Raum war es sogar für eine Bücherei ungewöhnlich still. Tyson sah auf die Uhr. Fast 18 Uhr. Er suchte seine Notizen zusammen, schob sie in seinen Aktenkoffer und ging die Treppe hinunter. Er verließ das Gebäude und ging zu einer Bank in einem kleinen Park, in dem ein Kriegerdenkmal stand. Eigentlich war es nur ein kleiner Grünstreifen zwischen der Bücherei und dem Bahnhof. Ein später Nahverkehrszug lief gerade ein. Frauen und Männer saßen wartend in PKWs und kleinen Lieferwagen. Das große Hotel auf der anderen Straßenseite thronte gelassen inmitten seines mit Bäumen bestandenen Grundstücks.

Einiges von dem, was Tyson gelesen hatte, vor allem in Byrnes Werk und im Bericht des Peers-Ausschusses, ließ ihm keine Ruhe. Eine Weile hatte er geglaubt, daß er vielleicht dem Zugriff der Gesetze entzogen wäre, daß ihn die Zeit, die Entfernung und der Verlauf seines Lebens endgültig von jenem kleinen, stinkenden, mit Stuck verzierten Krankenhaus erlöst hätten. Aber nun war er sich dessen nicht mehr so sicher.

Er stand wieder auf, wandte sich um und setzte sich in Bewegung. In seiner Phantasie sah er sich selbst in seiner grünen Offiziersuniform im Saal eines Kriegsgerichtes sitzen, jedoch nicht auf der Anklägerseite, sondern als Angeklagter. Er hielt dieses Bild vor seinen Augen fest, während er weiterging, und er versuchte es so lebendig wie möglich werden zu lassen. Er wollte sich dadurch selbst zwingen, alles Erforderliche zu tun, um zu verhindern, daß dies alles Wirklichkeit wurde.

## *Kapitel 5*

Ben Tyson ging den mit Steinplatten belegten Weg entlang auf sein Haus zu. Es war in der Vorkriegszeit im holländischen Stil erbaut worden und lag an einer hübschen, von stattlichen Ulmen gesäumten Straße. Weiße Schindeln aus Zedernholz, Fensterläden, ein Satteldach, holländischer, mit rötlichem Schiefer gedeckter Giebel – ein Haus, das ein gutes Gefühl vermittelte. Zwei Kutschenlaternen flankierten die schwarze Kassettentür. Durch das runde Fenster über dem Eingang konnte Tyson den Kandelaber in der Diele erkennen.

Er schloß den Briefkasten auf und entnahm ihm einen dicken Stapel Post, zumeist Drucksachen, die ihn daran erinnerten, wieviel Prestige mit der Postleitzahl seines Wohnortes verbunden und daß er folglich in den Kundenkarteien aller Versandhäuser des ganzen Landes gespeichert war. Im übrigen verriet ihm dieser Haufen Papier, daß Marcy noch nicht zu Hause war.

Tyson drückte die Klinke nieder. Die Haustür war nicht abgeschlossen; David mußte also daheim sein. Er trat ein und rief: »Dave!«

Die Klänge, die oben im ersten Stock einer Stereoanlage entströmten, ließen die Wände und die Zimmerdecke erbeben: ungefähr Stärke 4 auf der Richter-Skala. Tyson warf den Stapel Post auf den Tisch in der Diele, ging durch das Wohnzimmer und betrat ein Hinterstübchen, das Marcy »unser Büro« zu nennen pflegte.

Dort hängte er sein Jackett über die Lehne des Schreibtischstuhls und setzte sich in einen Eames-Sessel. Dann blickte er sich in dem Raum um, dessen ursprünglich männliche Note von Marcy verändert beziehungsweise »neutralisiert« worden war – durch ein bunt zusammengewürfeltes Potpourri von Gegenständen, die sie hübsch und geschmackvoll fand. Alles andere war ostentativ entfernt worden, an erster Stelle die Andenken und Abzeichen, die an die Dienstzeit ihres Mannes in der Army erinnerten. Offenbar war es dieser kleinen Sammlung beschieden, nie einen festen Platz zu finden.

Der Rest dieses traditionellen amerikanischen Hauses hatte dieselbe Veränderung durchgemacht. Lediglich Davids Zimmer war Marcys Zugriff entzogen geblieben. Es enthielt noch immer dieselben, vom Kolonialstil angehauchten Möbel aus Ahornholz, die schon Ben Tyson in seinem Kinderzimmer gehabt hatte. Gegen Davids starken Revierverteidigungsinstinkt hatte Marcy nichts auszurichten vermocht. Dabei war sich Tyson ziemlich sicher, daß sich sein Sohn nicht allzuviel aus den Möbeln machte.

Marcy läßt sich zwanghaft von irgendwelchen utopischen Ideen leiten, überlegte Tyson. Sie führt unseren Haushalt wie eine Kommune: Wir entscheiden gemeinsam, jeder hilft im Haus mit, und wir teilen nicht nur unseren Besitz, sondern auch unsere Gedanken. Trotzdem kam es ihm so vor, als würde er nicht seinen vollen Anteil erhalten, ganz abgesehen von der Tatsache, daß er doppelt soviel wie seine Frau verdiente und auch mehr Stunden als sie arbeiten mußte. Marcy zitierte Karl Marx zwar nicht wörtlich, aber ihr philosophisches Gegenargument lautete: *Jeder soll entsprechend seinen Fähigkeiten geben und gemäß seinen Bedürfnissen nehmen.* Die Bedürfnisse ihres Mannes stufte sie offenbar geringer ein, und wenn er auf seine größeren Fähigkeiten verwies, antwortete sie ihm mit eisigem Schweigen. Oft drängte es ihn, ihr klarzumachen, daß er einmal in einem Krieg dafür gekämpft hatte, daß in jenem fernen Land nicht die Zustände einrissen, wie sie jetzt in seinem eigenen Haus herrschten. Aber auch damit stand er auf verlorenem Posten.

Tyson entnahm seinem Aktenkoffer die beiden Bücher, die er vor ein paar Stunden gekauft hatte: einen Paperback-Roman von Picard mit dem Titel *Die Untersuchung* und, vom selben Autor, *Huê – Tod einer Stadt.* Er hatte dafür achtzehn Dollar fünfundneunzig berappen müssen. Wenn ich so weitermache, steht der Schmöker bald auf der Bestsellerliste der *Times*, und Picard ist ein gemachter Mann, dachte Tyson.

Er legte den Roman beiseite, schlug das andere Buch auf und überflog ein paar Seiten in dem Teil, der nicht von dem Vorfall im *Hôpital de la Miséricorde* handelte. Dieser Picard schreibt gar nicht so schlecht, sagte er sich. Das Buch entsprach in Stil und Aufmachung genau dem Muster fetzig aufgemachter Zeitgeschichte, angereichert mit menschlicher Tragik, Anekdoten und Gesprächen mit Überlebenden des Krieges – vom Bauern und einfachen Soldaten bis hin zum General oder Gouverneur einer Provinz. Im übrigen hatte dieses Buch etwas Impressionistisches: Das Gesamtbild ergab sich aus einer Vielzahl kleiner Punkte, wie bei einem Gemälde von Seurat.

In einem der ersten Kapitel war zu lesen:

> Huê, einst eine Stadt, die nicht von dieser Welt zu sein schien, ein Kleinod, das den Begriff Stadt bei weitem transzendierte – Huê war die Seele Vietnams, des Nordens wie des Südens, ein Zentrum der Gelehrsamkeit, der Kultur und der Religion, reich an Geschichte und Erinnerungen. Einundzwanzig Jahrhunderte lang war Huê die Hauptstadt des Annam-Reiches, ein Verschnitt von Exotik und kultureller Raffinesse, von urbanem Stil und bukolischer Schlichtheit. Dem Wesen nach war die Stadt eher vietnamesisch als französisch, doch die alten Cafés am südlichen Ufer des Perfume River hatten noch immer etwas von der Atmosphäre der Kolonialzeit, und die grandiose Phu-Cam-Kathedrale kündete vom ökumenischen Geist der Stadt.
>
> Huê – das war auch ein buntes Durcheinander von Bildern, Gerüchen, Geräuschen und Stimmungen, unwirklich und vital zugleich. Diese Stadt war das Herz und die Verkörperung einer Nation.
>
> Solange es die Stadt gab, gab es für das vietnamesische Volk, vom einfachen Landbewohner bis zum korrupten Politiker in Saigon, Grund zu hoffen…

»Hallo Dad!«

Tyson klappte das Buch zu und blickte zu seinem Sohn auf. »Hallo David!«

»Was lieste denn da?«

»Ein Buch. Du hast heute nicht die Post aus dem Briefkasten genommen.«

»Aber ich hab' den Müll rausgebracht, außerdem hab' ich die Milch und die Zeitung reingeholt. Wo ist Mom?«

»Genau das wollte ich *dich* fragen.«

David lächelte.

Tyson schaute sich seinen Sohn genauer an. Der Junge war gut angezogen. Sich aufwendig zu kleiden war eben mal wieder *en vogue.* Das Haar trug David so kurz, daß höchstens ein Hauptfeldwebel etwas daran auszusetzen gehabt hätte. Der Bursche sieht gut aus, sagte sich Tyson. Vielleicht ist er ein bißchen zu schlank – wie seine Mutter. Er hatte auch ihren schönen, dunklen Teint und ihre aufregend grünen Augen.

David kam ein bißchen näher und beäugte das Buch auf Tysons Schoß. »Hu?«

»Es wird *Hu-e* ausgesprochen. Die Franzosen haben den Vietnamesen zuerst das lateinische Alphabet beigebracht und dann alles falsch übertragen.«

»Oh, es geht also um Vietnam?«

»Richtig. Willst du mal reinschauen?«

David lachte. »Nein. Was gibt es heute abend zu essen? Du bist mit dem Kochen dran. Mom muß den Tisch decken, und ich hab' danach Küchendienst.«

»Tatsächlich?«

»Ja, schau doch in den Kalender!« Aus Davids Stimme sprach kaum verhohlener Tadel. Er nahm das Buch mit dem Titel *Die Untersuchung* in die Hand und fragte: »Was ist das?«

»Noch ein Buch. Ich möchte wetten, daß du schon mal eins von diesen Dingern in einem Museum oder im Fernsehen gesehen hast. Man macht Filme daraus.«

David überging die spöttische Bemerkung. Er betrachtete das Bild auf dem Schutzumschlag und las den Klappentext. »Der heilige Gral. Darüber hab' ich mal was gelesen. König Artus. Ist das eine wahre Geschichte?«

»Es ist eine Sage, und eine Sage ist wie die Wahrheit, aber eine Sage ist auch ein Mythos, und ein Mythos ist wie eine Lüge. Kapiert?«

»Nein.« Davids Blick schwenkte zurück zu dem Buch über Huê.

»Und das? Ist das eine wahre Geschichte?«

Tyson antwortete nicht.

David legte den Roman an den Tischrand und fragte: »Stimmt was nicht, Dad?«

Tyson dachte einen Augenblick nach, dann antwortete er: »Ich möchte im Augenblick nicht darüber sprechen.«

»Wolltet ihr beide, Mom und du, euch etwa scheiden lassen?«

»Nein, soviel ich weiß, nicht.«

David lächelte. »Okay. Wir können ja später den Familienrat einberufen.«

Wieder glaubte Tyson in Davids Tonfall einen spöttischen Unterton zu bemerken. »Es gibt ein paar Dinge, die man nicht durch eine Sitzung des Familienrates aus der Welt schaffen kann, David. Und es gibt Dinge, die man Kindern am besten vorenthält, wenn man sie nicht unnötig belasten will.«

»Sag das mal Mom!«

»Das werde ich tun. Aber ich möchte jetzt mit dir über etwas sprechen, das mir ziemlich viel Kummer macht. Ich muß dir ja nicht alle Einzelheiten erzählen.«

»Okay.« Der Junge zögerte kurz, dann meinte er: »Soll ich uns telefonisch was zu essen bestellen?«

»Ja, bitte, such was aus. Ich lass' mich überraschen. Aber keine Pizza.«

David nickte und ging zur Tür. Tyson merkte seinem Sohn an, daß er gern noch etwas gesagt hätte, aber er ermunterte ihn nicht dazu. Während David hinausging, stand Tyson auf, öffnete die Hausbar in der Schrankwand und goß sich einen kleinen Drambuie ein.

Manchmal fragte er sich, ob es nicht besser wäre, wenn sie mehrere Kinder hätten. Er selbst war zusammen mit drei Schwestern aufgewachsen, Marcy mit drei Brüdern, und er hatte den Verdacht, daß diese Erfahrung für sie zu einem Trauma geworden war. Seine eigenen Schwestern hatten ihn stets liebevoll behandelt. Als Einzelkind würde David weder geschwisterliche Liebe noch Rivalität kennenlernen. Die Entscheidung, keine weiteren Kinder zu haben, war vor acht Jahren gefallen, nach der Geburt, dem kurzen Leiden und dem Tod von Jenny. Alles hatte nur eine Woche gedauert. Marcy war der Meinung gewesen, daß daran das LSD schuld gewesen sei, das sie als Schülerin im College geschluckt habe. Tyson hatte eingewandt, es könne genausogut an *Agent Orange* gelegen haben. Der Pfarrer der Gemeinde, Reverend Symes, hatte verkündet, es sei Gottes Wille gewesen, und die Ärzte hatten sich jeglicher Meinung enthalten.

David war in jeder Hinsicht gesund, so daß sich Tyson manchmal überlegte, ob die Sache nicht doch noch einen Versuch wert sei. Aber weder Marcy noch er selbst hatten den Mut, ein Kind zu zeugen, das eventuell behindert auf die Welt kommen könnte.

Tyson verschloß sich diesem Gedanken und ergriff das Buch über Huê. Er sah im Register nach, ob er auch auf den Seiten, die nicht von den Geschehnissen im *Hôpital de la Miséricorde* handelten, namentlich erwähnt wurde. Zwei Seitenzahlen waren angegeben, die eine ziemlich am Anfang und die andere gegen Ende des Buches. Er schlug die erstgenannte Seite auf und las im Stehen.

> Die Wahrsager hatten prophezeit, daß das Jahr des Affen Unglück bringen würde, und es stellte sich binnen kürzester Frist heraus, daß sie recht hatten. Das Jahr war nämlich noch keine drei Stunden alt, als die feindliche Offensive begann. Ungeachtet solcher Voraussagen herrschte jedoch an jenem Tag in Huê überall festliche Stimmung. Traditionsgemäß kamen die Verwandten alle zusammen, und die Leute feierten in den Häusern und auf den Straßen. Es war wie Weihnachten, Neujahr und *Mardi Gras* in einem. Vor den Ahnenschreinen ehrte man seine Vorfahren, und in den zahlreichen Pagoden und Tempeln der Stadt wurden religiöse Zeremonien abgehalten. Papierdrachen schlängelten sich durch die Straßen, und gleich einem Omen explodierten über der Stadt Feuerwerksraketen.
>
> Es war zwar ein Waffenstillstand ausgehandelt worden, doch die militärische Führung hatte ein ungutes Gefühl. Alle amerikanischen Truppen waren in normaler Kampfbereitschaft. Die Südvietnamesen hatten über einen Teil ihrer Streitkräfte Ausgangssperre verhängt, aber nur über einen Teil. So kam es, daß fast die Hälfte der kämpfenden Truppe und ein hoher Prozentsatz der Führungskräfte dienstfrei hatten. Man kann davon ausgehen, daß auch der Rest, der offiziell Dienst hatte, an der einen oder anderen Feierlichkeit teilnahm.
>
> Am Abend des 30. Januar marschierten siebentausend nordvietnamesische Soldaten – das 4., 5. und 6. Regiment – tollkühn und im Gleichschritt über die Brücken, die den Fluß in den südlichen Stadtvierteln von Huê überspannten. Niemand hielt sie auf.

Tausende von Vietcong waren zuvor in die Stadt eingesickert und hatten sich unter die Feiernden gemischt. Andere Einheiten des Feindes lauerten im Dunkeln und warteten auf das Zeichen zum Losschlagen. Huês Stunde war gekommen.
Die eigentliche Schlacht um Huê begann jedoch schon früher am Tag, wenngleich zu jenem Zeitpunkt noch niemand die Tragweite jenes ersten Feuergefechts ermessen konnte. Die Alpha-Kompanie (5. Bataillon, 7. Regiment, 1. Luftlandedivision) befand sich am späten Nachmittag gerade auf Patrouille, ungefähr sechs Kilometer westlich von der Stadt. Rund zweihundert Mann stark, wurde die Kompanie von Captain Roy Browder aus Anniston in Alabama befehligt. Die Soldaten hatten gerade begonnen, routinemäßig das angeblich verlassene Dorf Phu Lai zu durchkämmen, als sie auf gut bewaffnete feindliche Einheiten stießen. Es war das 9. nordvietnamesische Regiment, wie sich später herausstellte, das schätzungsweise über eintausend Mann stark war und in dem Dorf in Deckung gegangen war, um sich auf den mitternächtlichen Angriff auf Huê vorzubereiten.
Der erste Zug der Alpha-Kompanie wurde von Lieutenant Benjamin Tyson angeführt, über den später noch einiges zu sagen sein wird. Seine Männer bildeten die Vorhut und befanden sich schon mitten im Dorf, als sich nach Aussage eines der Überlebenden (ich will ihn hier aus Gründen, die später ersichtlich werden, PFC X nennen) plötzlich alles zu bewegen begann. »Heuhaufen teilten sich, überall krochen diese *gooks* aus Erdlöchern und Brunnen, sie standen in den Türöffnungen und lauerten hinter den Fenstern der Hütten um den Dorfplatz, und wir waren mittendrin. Es war ein Alptraum. Ich traute meinen Augen nicht. Es dauerte eine Ewigkeit, bis der erste Schuß fiel, aber vielleicht waren es auch nur ein paar Sekunden. Dann war plötzlich die Hölle los.«

Tyson blickte hoch und stellte fest, daß er zu Hause auf einem Stuhl saß. Nach all den Jahren war es seltsam zu entdecken, daß seine Kompanie vor dem eigentlichen Beginn der Tet-Offensive als eine der ersten Einheiten Feindberührung gehabt hatte. Obwohl er keine Ahnung davon gehabt hatte, daß er damals tausend feindlichen Soldaten gegenübergestanden hatte, glaubte er es jetzt ohne weiteres. Es waren immer Leute wie dieser Picard, die genaue Angaben über die beteiligten Kampfverbände und sonstige Details lieferten – Einzelheiten, die damals unwichtig schienen, die es jedoch im nachhinein ehemaligen Kriegsteilnehmern wie ihm selbst, Tyson, erlaubten, die Ereignisse in ihrer Gesamtheit zu verstehen, sofern ihnen überhaupt daran gelegen war.

Tyson lehnte sich zurück und gähnte. Er fühlte sich auf einmal sehr schläfrig. Das Buch entglitt seiner Hand und fiel zu Boden.

»Was um Gottes willen sollen wir tun? Was?«

Tyson lag auf dem Dorfplatz zwischen dem toten Funker und einem ebenfalls gefallenen Unteroffizier seiner Einheit. Er drehte sich zu dem verwundeten Soldaten um, der neben ihm lag, und antwortete ihm: »Nichts. Wir sind erledigt.«

Maschinengewehre beharkten den Platz, die Geschosse von Raketenwerfern explodierten zwischen Lebenden und Toten. Nie zuvor hatte Tyson in so exponierter Stellung unter derartig schwerem feindlichem Dauerfeuer gelegen, und noch nie war ihm so eindringlich vorgeführt worden, wie schnell eine straff geführte Einheit aufgerieben und vernichtet werden konnte. Es gab keinen taktischen Schachzug, durch den er sich aus diesem Massaker auf dem schlammigen Dorfplatz hätte retten können. Er konnte nur abwarten, bis es ihn erwischte. Vielleicht war es am besten, aufzustehen und die Sache hinter sich zu bringen.

Eine Raketengranate landete so dicht vor seinem Gesicht, daß ihm lehmig-trübes Wasser in die Augen spritzte. Zur Hälfte von dem bräunlichen Morast bedeckt, starrte Tyson das Ding an, überzeugt, daß dies das letzte sei, was ihm von der Welt zu sehen vergönnt sei. Doch die Granate explodierte nicht. Später hörte er, daß ein paar seiner Leute ebenfalls den khakifarbenen, eiförmigen Tod aus nächster Nähe angestarrt hatten. Viele dieser Granaten russischer Herkunft schienen Blindgänger zu sein. Irgendein lustloser, vom Wodka berauschter Arbeiter in einer Munitionsfabrik in Wolgograd hatte wohl einen kleinen Fehler gemacht. Jedenfalls war Ben Tyson einstweilen mit dem Leben davongekommen.

Eine Kugel streifte sein Ohr, und er brüllte laut, jedoch mehr aus Überraschung als vor Schmerz. Er sah, wie einige Männer auf die Füße sprangen und losrannten, aber sie wurden sofort niedergemäht. Verwundert fragte er sich, wohin die Soldaten hatten rennen wollen, wo das feindliche Feuer doch von allen Seiten kam. Sie waren vom Rest der Kompanie abgeschnitten, und sie waren weder genug Leute noch ausreichend gerüstet, um auszubrechen. Tyson betete allen Ernstes um einen raschen Tod und zog seine 45er Automatik, die letzte Sicherheit gegen die Gefahr, lebendig gefangengenommen zu werden.

Dann, als hätte Gott das Gebet eines anderen Kameraden erhört, traf ein Geschoß eine Rauchgranate, die keine zehn Meter von Tyson entfernt am Koppel eines der Gefallenen baumelte. Er beobachtete, wie der rote Rauch langsam von dem Toten aufstieg, als verblutete er in einem schwerelosen Raum.

Jetzt nahm Tyson eine Rauchgranate, die in seinem eigenen Gürtel steckte, entsicherte sie und rollte das Ding etwa einen Meter von sich weg. Es machte *plopp,* und eine grüne Rauchschwade stieg in die schwüle, übelriechende Luft. Gleich darauf wurden ringsherum weitere Rauchgranaten gezündet. Die Überlebenden von Tysons Zug hatten offenbar begriffen, daß es vielleicht doch noch einen Ausweg gab. Über dem Schlachtfeld vermischten sich leuchtend rote, blaue, gelbe, orangefarbene und grüne Schwaden zu einem Rauchpilz.

Tyson streckte die Hand aus und löste das Funkgerät aus den erstarrenden Fingern des toten Funkers. Er nahm sich zusammen und gab mit möglichst ruhiger Stimme eine Meldung für Captain Browder durch: »Hallo Mustang Sechs, hier spricht Mustang Eins-Sechs. Wir hauen hier ab. Nehmen denselben Weg wie beim Reinkommen. Könnt ihr uns entgegenkommen?«

Im Funkgerät knisterte und knackte es, dann meldete sich Browder mit der kühlen, sachlichen Stimme eines Mannes, der daran gewöhnt ist, normal zu reden, während ihm die Kugeln um die Ohren pfeifen: Roger. Sind in schwere Kämpfe verwickelt. Liegen noch am Dorfrand. Versuche, Verbindung mit euch aufzunehmen. Ist das euer Rauch?«

»Roger. Richtet euch danach. Wir müssen die Gefallenen liegenlassen.«

»Verstehe.«

»Was ist mit den Fliegern und der Artillerie?«

»Sind unterwegs. Aber wartet nicht auf sie! Macht euch sofort auf die Socken! Papa kommt euch entgegen. Viel Glück, Partner!«

»Roger.«

»Ende.«

Tyson richtete sich auf. Auf den Knien hockend, brüllte er in den Lärm und in den Qualm hinein: »Zurück! Nehmt die Verwundeten mit und laßt die Toten liegen! Aber nur die wirklich Toten!«

Die Männer vom ersten Zug der Alpha-Kompanie begannen, sich von dem schlammigen Dorfplatz abzusetzen. Kriechend, rennend und stolpernd versuchten sie die erste Reihe der Hütten zu erreichen, die irgendwo am Rand der freien Fläche stehen mußten. Dort angekommen, steckten sie die Hütten mit Flammenwerfern an, zündeten ihre letzten Rauchgranaten und schleuderten Tränengasgranaten in die Richtung, aus der sie gekommen waren. Gleichzeitig feuerten sie aus allen Rohren – mit M-16-Schnellfeuergewehren, Maschinenpistolen, Granatwerfern und Pistolen. Wie verzweifelt ihre Lage war, bewies allein schon ihr Munitionsverbrauch. Meter für Meter kämpften sie sich durch das Gewirr von Bambushütten hindurch. Bei ihrem Versuch, aus der Falle auszubrechen, nachdem sie vom Gros ihrer Einheit abgeschnitten worden waren, schlugen sie durch das Dorf Phu Lai eine lodernde Schneise.

Verbindung zu ihrer Kompanie bekamen sie auf einem schmalen Weg, der zwischen einem Schweinestall und einem Ententeich hindurchführte. Die weniger erschöpften Kameraden vom zweiten und dritten Zug übernahmen die Verwundeten und schafften sie zu einer Pagode aus Beton, wo schon die vier Sanitäter der Kompanie warteten. Der Gegner schoß noch immer drauflos, aber da inzwischen niemand mehr wußte, wo die Kampflinie verlief, zog die Alpha-Kompanie einstweilen kein gezieltes Feuer auf sich.

Dann tauchte Browder auf, ein untersetzter Mann mit lehmverschmiertem Gesicht. Lässig kam er den schmalen Weg entlang und sagte ziemlich barsch zu Tyson: »Na, da habt ihr ja wirklich bis zum Hals in der Scheiße gesteckt, Junge, und wegen euch steck' ich jetzt selbst bis zu den Knien drin.«

»Danke für die Hilfe.«

»Schon gut. Entweder buddeln wir uns jetzt hier ein und kämpfen, bis die da drüben aufgeben, oder wir ziehen uns über denselben Damm da hinten im Reisfeld zurück, über den wir gekommen sind. Irgendwelche Vorschläge?«

Tyson betastete sein blutendes Ohr. »Die Sache hier gefällt mir nicht. Zu viele *gooks* mit zuviel Munition. Scheinen sich mächtig stark zu fühlen. Schätze, daß die 'n paar Leute mehr haben als wir. Höchste Zeit, daß wir abhauen.«

»Aber wir haben ein paar Schwerverletzte und Gefallene«, wandte Captain Browder ein.

Tyson schüttelte den Kopf. »Ich glaub' nicht, daß sich Charlie diesmal zurückzieht und uns laufenläßt. Ich meine, wenn wir hierbleiben, dann machen die uns garantiert fertig.«

Browder dachte einen Augenblick nach, dann nickte er. »Gut, dann nichts wie raus hier, bevor sie sich wieder auf uns eingeschossen haben. Sollen die Artillerie und die Cobras dieses Scheißkaff in Grund und Boden rammen!« Er griff zum Funkgerät und gab Befehl zum Rückzug.

Wenig später trafen die Cobra-Kampfhubschrauber ein. Niemand hatte damit gerechnet, daß sie mit großkalibriger Flak empfangen werden würden. Eine der Maschinen stürzte brennend auf das Dorf. Dann begann die Artillerie, Phu Lai unter Beschuß zu nehmen – mit einer Salve Phosphorgranaten nach der anderen, so wie es Browder verlangt hatte. Als die Alpha-Kompanie den Deich zwischen den Reisfeldern am Westrand des Dorfes erreichte, standen schon viele Hütten in Flammen.

Die Männer stolperten durch die überschwemmten Reisfelder und schleppten die Verwundeten und ein paar Gefallene mit sich. Ihr Weg war von weggeworfenen Ausrüstungsgegenständen gesäumt. Tyson sah einen Stiefel, der im Morast steckengeblieben war. Der Feind feuerte hinter ihnen her, aber sie achteten kaum darauf. Ihnen lag nur daran, möglichst rasch die Entfernung zwischen sich und dem Dorf zu vergrößern. Der Rückzug, der eigentlich eine Flucht war, wurde von den Hubschraubern und der Artillerie gedeckt. So wurden sie wenigstens nicht über die offenen Reisfelder verfolgt. Ihr Gegner zog sich lieber in die Unterstände und gegrabenen Tunnels zurück, um abzuwarten, bis es nicht mehr Stahl und Feuer regnete.

Die Alpha-Kompanie sammelte sich auf einem höhergelegenen, trockenen Stück Land mit lauter kleinen Erdhügeln: der Dorffriedhof. Die Soldaten nahmen ihre Feldspaten und begannen Gruben auszuheben, in denen sie Deckung suchten. Je mehr sie die rötliche Erde umwühlten, desto mehr Knochen förderten sie zutage. Die Schädel stellten sie auf den Rand der Gruben, mit dem Gesicht nach außen, ein Kreis grinsender Totenschädel, die sich grell weiß von der zerwühlten Erde abhoben. Einer der Soldaten stieß auf ein frisches Grab. Der Gestank war so schlimm, daß der Mann sich übergeben mußte. Eiligst scharrte man das Loch wieder zu.

Die Unteroffiziere der einzelnen Züge stellten Gefallenenlisten auf, die die Offiziere lasen und abzeichneten: fünf Tote, die man in Sicherheit hatte bringen können; achtunddreißig Verwundete, davon zehn schwer; fünfzehn Vermißte. Captain Browder nahm per Funk Kontakt mit dem Hauptquartier des Bataillons auf und meldete, die Vermißten seien mit großer Wahrscheinlichkeit gefallen. Das bewahrte ihn nicht davor, gehörig abgekanzelt zu werden, weil er Landsleute zurückgelassen hatte.

Unter normalen Umständen, sagte sich Tyson, wären sowohl er als auch Browder wegen des Fiaskos von Phu Lai ihres Postens enthoben worden. Sie hatten eine Schlappe erlitten, und das hieß, daß sie irgendwo einen groben Fehler gemacht hatten. Aber in jener Nacht des 30. Januar steckten die Amerikaner bis zu den Rotorblättern ihrer Hubschrauber in der Scheiße, wie sich Roy Browder ausdrückte, und deshalb blieb ihnen beiden eine demütigende Degradierung erspart. In der allgemeinen Aufregung und Panik, die die ohnehin verunsicherte amerikanische Nation während der darauffolgenden Wochen durchmachte, wurden Kleinigkeiten wie die Schlappe von Phu Lai vergeben und vergessen. Browder meinte augenzwinkernd, die gesamte militärische Führung, vom Generalstab bis zum Geheimdienst der Army, sei ja schließlich an der Schlamperei mit schuld, denn niemand habe gemerkt, was sich da zusammenbraute.

Von bleichem Gebein und stinkender Erde umgeben, verbrachte die Alpha-Kompanie eine ruhelose Nacht. Eine Brise vom Südchinesischen Meer trug aus Osten gedämpfte Detonationsgeräusche herüber. In der Nähe von Huê wurde der Himmel von

Leuchtraketen und -kugeln erhellt. Ein wachhabender Sergeant erklärte nach seinem zweiten Rundgang: »Drüben in Huê wird gefeiert. Die *gooks* nennen es Tet, es ist ihr Neujahrsfest. Na dann, ein glückliches neues Jahr!«

Aber in Huê wurde nicht gefeiert. In Huê hielt der Tod Einzug.

Im Morgengrauen setzte sich der Rest der Alpha-Kompanie in Richtung auf die mittlerweile belagerte Stadt in Bewegung. Die Soldaten brauchten fast zwei Wochen, um die sechs Kilometer zurückzulegen, und für manch einen waren das die letzten zwei Wochen seines Lebens.

»Ben!«

Tyson schlug die Augen auf und erblickte Marcy. Sie saß ihm gegenüber in einem Polstersessel und hielt ein Glas in der Hand. Er räusperte sich. »Hallo!«

»Hart gearbeitet?«

Tyson setzte sich auf. »Hat schon schlimmere Tage gegeben.«

Marcy betrachtete ihn ein paar Augenblicke lang, dann meinte sie: »David hat chinesisches Essen bestellt.«

»Das riecht man.«

»Möchtest du essen oder willst du reden?«

»Ich möchte einen Drink.« Tyson hielt ihr sein Glas hin. Sie zögerte, dann stand sie auf und nahm das Glas.

»Drambuie. Ohne alles.« Er hob das Buch über Huê vom Boden auf und schob es über den kleinen Teetisch, der zwischen ihnen stand. Sie reichte ihm seinen Drink.

»Setz dich wieder hin, meine Liebe, ich habe gute und schlechte Nachrichten«, sagte er. »Die gute Nachricht ist, daß dein Ehemann jetzt berühmt ist, und die schlechte Nachricht ist der Grund, weshalb er jetzt berühmt ist. Seite zweihundertsiebzehn.«

Marcy schlug das Buch auf und begann zu lesen.

Sie zog sich gerne gut an. Ihre feministischen Überzeugungen hinderten sie nicht daran, eine Schwäche für Rüschenblusen mit hübschen Broschen zu haben. Heute trug sie dazu einen pinkfarbenen, eng anliegenden Rock mit seitlichem Schlitz. Ihr dunkelbraunes Haar war zu einem dichten Wuschelkopf frisiert, der ihr Gesicht mit den großen, wässerig-grünen Augen umrahmte, aus denen mit derselben Intensität Zorn, Sinnlichkeit und eisige Kälte sprechen konnten. Ben Tyson beobachtete seine Frau aufmerksam, während sie las. Sie spürte es und versteckte ihr Gesicht hinter dem Buch. Tysons Blick wanderte zum Fenster. Auf der Rasenfläche hinter dem Haus pickten Amseln. Die Sonne war schon fast untergegangen, auf der Terrasse wurden die purpurnen Schatten immer länger, und im Zimmer war es dämmerig. Nur Marcys Leselampe verbreitete einen kreisrunden Lichtschein.

»Ist das alles wahr?«

Er wandte sich ihr wieder zu. Das aufgeschlagene Buch lag in ihrem Schoß, und sie starrte ihn gespannt und erwartungsvoll an.

Alle Worte, die ihm in den Sinn kamen, hätten wie eine Ausrede geklungen. »Ja, was die reinen Tatsachen betrifft, stimmt alles.«

Sie schwieg lange, dann fragte sie: »Und gibt es sonst noch etwas dazu zu sagen?«

»Viel. Viel mehr.«

»Inwiefern, Ben? Inwiefern ist dieses Buch ungenau?«

»Es ist eine Frage des Aspekts. Es kommt drauf an, wo man selbst steht.«

»Und wo hast du damals gestanden?«

Er überging ihre Frage und sagte: »Weißt du, nach so langer Zeit ist es schwer, die Wirklichkeit von Phantasiegebilden oder Alpträumen zu unterscheiden.«

»Hier heißt es« – sie klopfte auf das aufgeschlagene Buch –, »daß ihr zusammen, du und deine Männer, Kranke und Verwundete niedergemetzelt habt. Angeblich habt ihr nicht nur Männer, Frauen, Kinder und Säuglinge erschossen, sondern zahlreiche andere sogar bei lebendigem Leib verbrannt. Ist das *wirklich* geschehen?«

Tyson ließ ein paar Sekunden verstreichen, dann sagte er ruhig: »Ja. Allerdings nicht ganz so, wie Picard es beschreibt.«

»Dann erzähl mir, wie es war! Sag mir alles, was du weißt.«

Tyson zögerte wieder, dann antwortete er: »Nein.«

»Warum nicht?«

»Ich habe mein Ehrenwort gegeben, nicht darüber zu reden.«

»Wem?«

Tyson blickte irgendwohin in die Ferne. Geistesabwesend sagte er: »Wir haben es uns gegenseitig gegeben. Wir haben einen Schwur geleistet.«

Marcy machte eine zornige Bewegung mit der Hand. »Das ist absurd! Ich bin deine Frau.«

Tyson stand auf und goß sich noch einen Drambuie ein, dann drehte er sich zu ihr um und blickte sie an.

Auch Marcy war aufgestanden. Sie warf das Buch auf den kleinen Tisch. »Ich glaube, ich habe ein Anrecht darauf, alles zu erfahren. Dein Schwur ist mir ziemlich egal. Jemand hat ihn gebrochen, das steht fest. Irgendein X oder Y hat gesungen, stimmt's?«

»*Du* warst nicht dabei, du warst hier! Verlang jetzt nicht, daß ich dir erzähle, was in diesem Scheißkaff vor achtzehn Jahren passiert ist. Wer weiß schon, was da wirklich los war? Und wer hätte etwas davon?« Tyson riß sich zusammen und nahm wieder auf seinem Stuhl Platz. »Ich kann mich nicht mehr genau erinnern.«

Marcy holte tief Luft und starrte ihn unverwandt an. »Das ist nicht wahr! Ich weiß noch genau, was sich in meinem Leben vor achtzehn Jahren ereignet hat.«

»Kein Wunder, es wurde ja auch in einer großen Zeitung darüber berichtet.«

»Sehr witzig, Ben.« Sie wandte sich zur Tür, als wollte sie gehen, doch dann trat sie mit ein paar Schritten hinter seinen Stuhl und legte ihm eine Hand auf die Schulter.

Er ergriff sie und sagte: »Gib mir ein bißchen Zeit zum Nachdenken. Dann erzähl' ich dir alles. Ich möchte dir die Wahrheit sagen, aber das ist jetzt noch nicht möglich.«

Sie antwortete nicht.

»Sieh mal«, fuhr er fort. »Falls diese Sache gewisse... Ermittlungen nach sich ziehen sollte, dann wird es verschiedene Versionen der Wahrheit geben... glaub mir, es ist besser abzuwarten...«

»Was meinst du mit *Ermittlungen*? Kann man etwa... Anklage gegen dich erheben?«

»Laut Phil Sloan, ja.«

Sie schüttelte den Kopf, dann meinte sie: »Du warst bei ihm? Bevor du mit mir geredet hast?«

»Er hat Jura studiert, du hast es nicht. Er war zu erreichen, du warst es nicht. Hier geht es um Mord, nicht um einen Ehekrach.«

Marcy entzog ihm ihre Hand. »Sag mir nur eines: Hast du jemanden... getötet? Ich meine, in dem Buch wird nicht behauptet, du hättest jemanden mit eigener Hand umgebracht...«

»Ein Offizier ist für die Taten seiner Männer verantwortlich.«

»Unsinn! Ein typischer Macho-Spruch! Egoistischer, militärischer Quatsch! Jeder geistig gesunde Mensch ist für seine Handlungsweise selbst verantwortlich.«

Er ließ sie nicht weiterreden. »Ich will dir noch etwas sagen: Ich bin nicht nur für die Aktionen der Männer verantwortlich, die ich befehligte, sondern ich muß auch für ihre Verbrechen geradestehen, falls sie welche begangen haben. Das ist Gesetz.«

»Idiotisch!«

»Meinetwegen. Aber hier geht es um die Rechtsprechung der Militärs, um ihre Institutionen, ihre Gepflogenheiten und ihre Denkweise. Das mußt du in Betracht ziehen und nicht deine eigenen Überzeugungen.«

»Schon gut, das verstehe ich, Ben. Sei jetzt aber bitte nicht dumm und spiel den edlen Helden! Wenn du niemanden umgebracht hast, dann kann man dir auch keinen Mord anhängen. Das solltest du dir von Anfang an klarmachen, falls diese Geschichte irgendwelche Folgen hat.«

Tyson erwiderte nichts. Er ging zum Fenster und stieß es auf. Eine duftende Brise wehte herein. Die große Sykomore raschelte im leichten Wind. Kinder spielten auf dem Grundstück nebenan. Welch unglaublich schönes Zwielicht, dachte Tyson. Einer dieser Abende, an dessen Gerüche man sich noch Jahre später erinnert. »Was ist das? Geißblatt?«

»Wahrscheinlich.«

»Warum kann es nicht immer Mai sein!«

»Ich dachte, du liebst den Wechsel der Jahreszeiten.«

»Schon, aber manchmal hätte ich gern, daß es immer Mai wäre.«

Marcy starrte eine Weile seinen Rücken an, dann sagte sie leise: »Ich habe Angst um dich, Ben.«

»Mit mir ist alles in Ordnung.«

»Nein, das stimmt nicht. Ich weiß genau, womit du dich jetzt herumschlägst: Pflicht, Ehre, Vaterland, Gott – oder so ähnlich. Du hast eben einen Hang zum Märtyrer.«

»Wirklich?«

»Du hast den Krieg heil überstanden, aber dieses hier überlebst du nur, wenn du –«

Tyson fuhr herum. »Das reicht!«

»Na gut, aber eins will ich dir sagen: Wenn du mich fragst, dann war alles, was mit dem Krieg zu tun hatte, ein Verbrechen. Doch deswegen mußt du dich nicht aus einem falschen Verantwortungs- und Schuldgefühl heraus als obersten Bösewicht hinstellen.«

»Hör auf! Ich brauche deine guten Ratschläge nicht!«

Tyson lehnte sich gegen das Fenstersims. Er sagte sich, daß seine Frau für ihn wahrscheinlich mehr Verständnis gehabt hätte, wenn er nach Hause gekommen wäre und ihr eröffnet hätte, er sei rauschgiftsüchtig oder er habe sich an einem kleinen Mädchen vergriffen. Oder – besser noch – er habe einen ganzen Haufen von Spendensammlern der Republikanischen Partei mit einer Maschinenpistole niedergemäht. Die in dem Buch geschilderten Verbrechen schienen in ihr einen besonders wunden Punkt zu berühren. »Ich hielt es für richtig, daß du Bescheid weißt«, sagte er.

»Danke, aber beim Einkaufen hätte ich bestimmt mehr erfahren.«

Er zwang sich zu einem Lächeln und meinte leichthin: »Kann sein, daß ich ein bißchen übertreibe. Vielleicht verläuft alles im Sande. Wahrscheinlich hätte ich nicht einmal zu Phil in die Kanzlei gehen sollen.«

»Hoffentlich behältst du recht«, erwiderte sie. »Aber weißt du, Ben, selbst wenn die Sache keine rechtlichen Folgen nach sich zieht – hier zu Hause, in der Stadt, bei dir im Büro...«

»Ja, ich weiß, vielen Dank.«

Sie schien ganz in ihre Gedanken verloren, aber er erriet instinktiv, daß sie sich noch einmal die gräßlichen, in dem Buch geschilderten Einzelheiten vor Augen führte. Nach einer Weile blickte sie auf und fragte: »Wie haben sie die Kinder getötet? Ich meine: *auf welche Weise?*«

Es klopfte, und die Tür wurde einen Spaltbreit geöffnet.

David spähte herein. »Unsere chinesischen Delikatessen werden kalt«, verkündete er.

»Dann tu sie noch mal kurz in den Mikrowellenherd«, sagte Tyson. »Wir kommen gleich.«

David schloß die Tür wieder.

Marcy und Ben Tyson blickten sich sekundenlang an. Sie fragten sich, wieviel David wohl mitbekommen hatte. Ohne ein weiteres Wort wandten sie sich zum Gehen.

»Möchtest du Wein zum Essen?« fragte sie ihn, als sie an ihm vorbei durch die Tür ging.

»Nein, ich glaube, Bier paßt besser zu chinesischem Essen. Hattest du übrigens einen guten Tag?«

»Es war hektisch. Ach, und ich muß diese Woche verreisen.«

»Wohin?«

»Chicago. Zwei Tage...«

Er erwiderte nichts.

## *Kapitel 6*

Tyson erwachte. Er schlug die Bettdecke zurück und drehte sich zu Marcy um. Sie schlief das ganze Jahr über nackt – genau wie er. Er betrachtete ihren nackten Körper, der sich dunkel vom weißen Baumwollaken abhob, und beobachtete, wie sich ihre vollen, festen Brüste beim Atmen hoben und senkten. Seine Augen wanderten zu ihrem Schamhaar, und er staunte darüber, daß die sexuelle Anziehungskraft zwischen ihnen auch nach sechzehn Jahren Ehe kein bißchen nachgelassen hatte.

Tyson war sich darüber im klaren, daß es kaum jemanden gab, der sie nicht für ein auf geradezu klassische Weise unpassendes Paar gehalten hätte. Er selbst hielt sich für einen eher konventionellen Menschen, nämlich für das Produkt eines Elternhauses, in dem traditionelle Wertvorstellungen vorherrschten. Er hatte seine Jugend in einer Umgebung verbracht, die als Bastion konservativen Geistes bekannt war, und anders als Marcy hatte er die turbulenten sechziger Jahre nur am Rande miterlebt. Das lag einerseits daran, daß man ihn im tiefsten Süden des Landes auf Colleges geschickt hatte, und andererseits an der Tatsache, daß er von 1966 bis 1969 bei der Army gewesen war.

Marcy Clure Tyson und Benjamin James Tyson hatten hinsichtlich Musik, Kleidung, Literatur und Kunst einen fast entgegengesetzten Geschmack. Er machte sich nichts aus Politik, sie hingegen war sehr engagiert. Dennoch heirateten sie und blieben auch verheiratet, während sich viele ihrer Freunde und Bekannten scheiden ließen, in Scheidung lebten oder mit dem Gedanken einer Scheidung spielten. Tyson hatte sich schon oft gewünscht, seine Frau nie kennengelernt zu haben, aber er verspürte nie den Wunsch, sie loszuwerden.

Er schwang seine Beine über den Bettrand, stand auf und trat ans Schlafzimmerfenster, wie er es jeden Morgen tat, um persönlich den neuen Tag zu begrüßen. Im Osten wurde es schon hell. Alles deutete auf einen weiteren schönen Tag hin. Unten in der dämmerigen Straße sah er zwei Frühaufsteher auf dem Weg zur Arbeit. Ihre Aktenköfferchen schwangen beim Gehen wie zwei Pendel hin und her, während sie zielstrebig die Straße entlangeilten, um den nächsten Zug zu schaffen. Tyson hörte das Morgenläuten einer nahen Kirche. *Es spricht der Herr: Mit jedem einzelnen Glockenschlag rückt näher euch der letzte Tag.*

Tyson betrat das Laufband seines Jogging-Gerätes und rannte los, immer auf der Stelle, die Augen starr auf das nach Osten gehende Fenster gerichtet. Drüben, auf der anderen Straßenseite, brannte Licht in den Schlafzimmern, und am südlichen Ende des Häuserblocks, wo sich eine verkehrsreiche Kreuzung befand, fuhr ein Auto nach dem anderen vorbei, unterwegs zum großen Parkplatz vor dem Bahnhof oder zu einer der Schnellstraßen. Die Bewohner der Vorstädte machten sich auf die Beine, in Scharen strömten sie nach Westen, der großen Stadt entgegen, eine Infusion von sauberem, mit Sauerstoff angereichertem Blut, eine Huldigung an die Wall Street und die Madison Avenue – mit Tennisplatzbräune und Wochenendgeschichten.

Tyson sprang von dem Jogging-Gerät herunter, schlug mitten auf dem grauen Teppich einen Purzelbaum, machte ein paar Minuten lang gymnastische Übungen und ging dann mit elastischen Schritten ins Badezimmer. Es war modernisiert worden und hatte jetzt sogar einen recht geräumigen Whirlpool. Tyson ließ Wasser einlaufen, rasierte sich, putzte sich die Zähne und stieg dann in das heiße, wirbelnde, nach Eukalyptus duftende Bad. Durch den aufsteigenden Wasserdampf hindurch sah er sich in der Spiegelwand. Er war in jeder Hinsicht kräftig gebaut und gehörte zu den ziemlich behaarten Männern. Manchen Frauen gefiel das, aber nicht allen. Marcy liebte es jedenfalls, den Dschungel auf seiner Brust zu kraulen. Die asiatischen Mädchen, erinnerte er sich, hatten seine

Behaarung entweder gräßlich oder amüsant gefunden, nie jedoch sexy. Immerhin hatten sie sich stets anerkennend über seine Größe geäußert, und das war nicht nur die billige Schmeichelei von Prostituierten gewesen. Nein, die Männer aus dem Westen waren tatsächlich besser bestückt als die Asiaten. Das war ihm klargeworden, als er einmal in einer einheimischen *pharmacie* ein Päckchen Kondome gekauft hatte, das nicht aus einem amerikanischen PX stammte. Eine lustige Geschichte, ich sollte sie vielleicht Mr. Kimura beim Mittagessen erzählen, dachte er.

Er lehnte sich zurück, so daß Kopf und Schultern auf dem Marmorrand der Wanne ruhten und der restliche Körper wie schwerelos auf dem schäumenden Wasser schwamm.

Dann stieß er sich vom Rand der großen Wanne ab und genoß es, wie sein ganzer Körper von dem wirbelnden Wasser umspült wurde. Eine Zeitlang hatte er einen Psychiater aufgesucht, der sich auf kriegsbedingte Neurosen von Mitgliedern der oberen Mittelklasse und begüterten ehemaligen Frontkämpfern, vorzugsweise Ex-Offizieren, spezialisiert hatte. Das war wirklich der Gipfel der Spezialisierung, sagte sich Tyson. Nur in der Park Avenue konnte man einen solchen Seelendoktor auftreiben. Tyson hatte diesen Dr. Stahl sogar ziemlich gemocht, er fand seine Erkenntnisse aufschlußreich und sein Wissen um kriegsbedingten psychischen Streß geradezu verblüffend.

Dr. Stahl und er hatten sich über das Schuldgefühl unterhalten, das darauf beruhte, daß man im Gegensatz zu so vielen anderen überlebt hatte. Und natürlich hatten sie auch über die spezielle Schuld, andere Menschen getötet zu haben, gesprochen. Lang und breit hatten sie die spezifischen Probleme diskutiert, die daraus resultierten, daß man andere Männer an der Front befehligt hatte, daß man also Befehle erteilt hatte, die zum Tod von Untergebenen und Zivilisten geführt hatten. Mit derartigen Problemen verdiente sich Dr. Stahl 200 Dollar pro Stunde, und er verdiente sie wirklich, das war beiden klar. Populärwissenschaftliche Literatur und Allerweltsweisheiten – das taugte vielleicht für die ganz normalen Beschwerden des gewöhnlichen Fußvolkes. Er, Dr. Stahl, hatte begriffen, daß die Analyse der psychischen Problematik von Ex-Offizieren nicht nur interessanter und vielschichtiger, sondern im allgemeinen auch einträglicher war.

Tyson war drauf und dran gewesen, dem Psychiater vom *Hôpital de la Miséricorde* zu erzählen, aber seine Intuition hatte ihm gesagt, daß das Beichten rasch zu einer schlechten Gewohnheit werden könne. Auf Dr. Stahl würde Marcy folgen, und nach Marcy der Pastor, Reverend Symes. Und irgendwann wäre er dann mit ziemlicher Sicherheit auch vor den Army Judge Advocate General, den Chef des Militärjustizwesens, getreten. Deshalb erzählte er diesem Dr. Stahl lieber nichts, und da eine weitere psychotherapeutische Behandlung nur von Nutzen gewesen wäre, wenn er den Seelendoktor in das »große Geheimnis« eingeweiht hätte, hatte Tyson die Beziehungen zu ihm abgebrochen, sehr zu dessen Überraschung und Bedauern. Er hatte Tyson interessant, Tyson hatte ihn zu einnehmend gefunden.

Dr. Stahls letzte Worte an Tyson – der Arzt schrieb ihm in seiner etwas förmlichen, mitteleuropäischen Schrift einen Brief – lauteten: »Sie tragen da noch etwas anderes mit sich herum, ein großes, schreckliches Geheimnis, Mr. Tyson. Ich kann es nicht erkennen, aber ich sehe seine Schatten, und ich fühle seine Präsenz in allem, was Sie sagen. Es wäre müßig, Spekulationen darüber anzustellen, aber lassen Sie sich von mir versichern, daß im Krieg alles normal ist. Ich habe mit tapferen Männern gesprochen, die auf dem Schlachtfeld hysterisch wurden, die vor dem Feind davonliefen, die ihre Freunde sterben ließen und die sich in der Hitze des Gefechtes in die Hosen machten. Mir sind Dinge offenbart worden, von denen Sie nicht einmal träumen würden. Ich will Ihnen etwas sagen, mein Freund: Der Krieg ist die Hölle, aber verzagen Sie deshalb nicht – wenn ein Soldat in den Krieg zieht, ist alles von vornherein vergeben.«

Jene kryptischen letzten Worte hatte Tyson nie vergessen: *... ist alles von vornherein vergeben.* Aber wer vergibt was? Und wie? Wann wird alles von vornherein vergeben? Jene Worte sollten wohl nur seine Neugier anstacheln, sie sollten ihn zurückzwingen auf die Couch dieses Dr. Stahl. Und fast hätten sie es geschafft. Doch am Ende beantwortete er den Brief doch nicht, denn es gab keine Antwort darauf.

Einige Zeit später hatte sich Dr. Stahl, wie ein statistisch nicht unerheblicher Prozentsatz seiner Kollegen, selbst umgebracht. In der *Times* hatte gestanden, die Überdosis Preludin sei eventuell einem Versehen zuzuschreiben, aber Tyson war anderer Meinung gewesen. Tyson war überzeugt, daß Vietnam wie gewisse Krankheiten tötete: durch Berührung, Übertragung und Anfälligkeit.

Dr. Stahls Selbstmord hatte ihn nicht sonderlich überrascht. Mochte der Psychiater noch so oft versichert haben, er sei unvoreingenommen und nichts könne ihn schockieren – schließlich und endlich war er eben doch ein Mensch wie alle anderen gewesen. Ganze Heerscharen kranker Männer hatten ihm mit ihrem Kummer die Ohren vollgeheult, bis sein Herz und seine Seele randvoll und sein Immunsystem wie von einem langsam wirkenden Virus außer Kraft gesetzt worden war. Dann, eines Tages, nachdem er entdeckt hatte, daß er nur noch eine lebende Leiche war, hatte er sein Dasein ganz und gar beendet.

Zu seiner eigenen Verblüffung hatte Tyson Trauer empfunden, als er die Todesanzeige las. Doch als praktisch denkender Mensch machte er sich dann letztlich mehr Sorgen um den Verbleib von Dr. Stahls schriftlichen Unterlagen, ohne jedoch jemals Nachforschungen anzustellen.

Marcy betrat nackt das Badezimmer und stieg in die Wanne. Sie atmete tief die Eukalyptusdämpfe ein, lächelte und schloß die Augen. Tyson betrachtete ihre im Wasser hin und her schaukelnden Brüste, dann wandte er seine Aufmerksamkeit ihrem Gesicht zu. Der Schweiß rann ihr in kleinen Rinnsalen über die Stirn und die Wangen hinab. Er fand, daß sie auch ohne Make-up sehr hübsch aussah. Sie streckte die Beine aus, so daß ihr Körper an der Oberfläche des schaumigen Wassers schwebte. Tyson packte einen ihrer Füße und begann ihre Zehen zu massieren. »Oh, das tut gut«, murmelte sie. Sie spreizte ihre Beine. Tyson kniete sich hin, schob seine Hände unter ihr Gesäß und beugte sich vor. Als sein Kopf schon fast zwischen ihren Schenkeln war, warnte sie ihn: »Du wirst ertrinken, wenn du das versuchst.«

»Was für ein Tod!«

»Ben!«

Er vergrub sein Gesicht tief in ihrem Schoß, aber da drückte sie die Schenkel zusammen, ließ sich tiefer ins Wasser sinken und zog ihn mit sich. Es kostete ihn einige Mühe freizukommen. Als er prustend auftauchte, sagte er: »Miststück!«

Sie lachte.

Tyson zog sich scheinbar gekränkt an sein Ende der in den Boden eingelassenen großen Wanne zurück. Marcy stand auf, stellte sich außen auf den Rand der Wanne und reckte sich gähnend.

Augenblicklich fühlte sich Tyson an ein bestimmtes Foto erinnert. Es war ursprünglich im *Life*-Magazin veröffentlicht und danach in zahlreichen Büchern über die sechziger Jahre abgedruckt worden. Das Schwarzweißfoto zeigte eine Studentengruppe im Griffith Park von Los Angeles im Winter 1968. Wahrscheinlich wurde es an einem sehr milden Tag aufgenommen, denn die jungen Leute tummelten sich splitternackt im Mulholland-Brunnen.

Laut Bildunterschrift der *Life* war der eigentliche Anlaß ein Rockkonzert gewesen, doch jedesmal, wenn das Foto in der Folgezeit im Rahmen eines TV-Dokumentarfilms gezeigt wurde, hieß es, es habe sich um ein *love-in* gehandelt. In einem Fotoband war auch von einer Friedensdemonstration die Rede, und in anderen Zeitschriften hatte Tyson Worte wie *happening* oder *sit-in* gelesen. Mochte der Anlaß auch strittig gewesen sein, eines war sonnenklar: Marcys Bild. Sie war im Kreis ihrer Kommilitonen der Blickfang, denn sie stand splitternackt auf dem Brunnenrand, so wie sie jetzt am Rand der Badewanne stand. Einen Arm hatte sie um die Schultern eines schlanken Jünglings mit schütterem Haar gelegt. Den anderen Arm hielt sie mit geballter Faust in die Höhe. Ihre Beine waren leicht gespreizt. Der Ausdruck auf ihrem Gesicht war eine Mischung aus Trotz und hemmungsloser Freude. Seitlich waren zwei Polizisten zu sehen, die sich auf den Brunnen zubewegten, der von nackten jungen Frauen und Männern nur so wimmelte.

Tyson vergegenwärtigte sich das Bild: Marcys üppiges Schamhaar sah aus wie das schwarze Zentrum einer Zielscheibe, und sie reckte stolz ihre festen Brüste. Doch trotz all der Nacktheit im Brunnen wirkte das Ganze kaum erotisch. Dies war als politische Zusammenkunft gedacht, und das war es auch.

Ähnlich wie andere berühmte Bilder – zum Beispiel das Hissen der Flagge in Iwo Jima – wies dieses Foto über den eigentlichen Anlaß hinaus, denn es hatte etwas vom Wesen eines ganzen Zeitalters eingefangen. Keine der darauf abgebildeten Personen wurde namentlich genannt, denn ihre Namen waren ebenso unwichtig wie der des Fotografen oder der Zeitschrift, die das Bild zum erstenmal gebracht hatte. Dieses Foto war Allgemeingut geworden, es war in die Geschichtsbücher und ins Bewußtsein der ganzen Gesellschaft eingegangen. Niemand dachte daran, dafür Copyright-Gebühren zu zahlen oder zu verlangen. Doch für jene Menschen, die die abgebildeten Personen namentlich kannten, oder für die Betroffenen selbst hatte das Foto nach wie vor einen höchst persönlichen Wert, und es erweckte in ihnen Gefühle der Trauer, der Freude oder der Empörung über ihre verletzte Privatsphäre.

Tyson blickte zu seiner Frau auf, die noch immer mit ihren Streckübungen beschäftigt war. Ihr Körper und auch ihr Gesicht hatten sich in den vergangenen zwei Jahrzehnten nur unwesentlich verändert. Auf dem Foto hatte sie jedoch langes Haar gehabt, das in nassen Strähnen bis auf ihre Brust reichte. Als Tyson ihr zum erstenmal in der Wohnung eines Freundes in Manhattan bei einer Party begegnet war, trug sie ihr Haar noch immer schulterlang. Dieses Bild einer jungen Frau mit langem Haar und wenig Make-up, die barfuß lief, aber ein hübsches Kleid trug, hatte er im Gedächtnis bewahrt. »Ich liebe dich noch immer«, sagte er laut.

Sie unterbrach ihre Turnübungen und lächelte ihm zu. »Wir *beide* lieben uns immer noch. Vergiß das nicht in den nächsten Wochen und Monaten!«

»Egal, wie gemein wir zueinander sind?«

»Egal.«

Tyson schaltete den Whirlpool ab, kletterte aus der Wanne und legte sich auf eine Bastmatte. Sein Kopf ruhte auf einer zylindrischen Kopfstütze aus Bambus. Er zog die Beine an und betastete die Narbe auf einer der Kniescheiben. Sie war im heißen Wasser purpurrot angelaufen. Die meisten verheilten Schrapnellwunden waren gezackt und häßlich, also genau, wie man sie sich vorgestellt hätte, aber diese hier wirkte geradezu verspielt: Sie hatte die Form eines großen Fragezeichens.

»In dem Buch bin ich irgendwo mit den Männern von meinem Zug abgebildet«, sagte er zu seiner Frau.

»Ich muß es übersehen haben«, erwiderte Marcy. Sie trat in eine geräumige Kabine und stellte die Massagedusche mit den sechs pulsierenden Strahlen an. »Wo hast du übrigens das Buch hingelegt?« fragte sie. »Ich möchte nicht, daß David es sieht.«

Tyson stand auf und trat zu ihr unter die Dusche. Am liebsten hätte er sie daran erinnert, daß das am 8. März 1968 erschienene Heft von *Life* irgendwo im Küchenregal steckte, wo es jeder finden konnte, doch er sagte nur: »Das Buch ist in meinem Aktenkoffer. Irgendwann wird David es lesen müssen.«

Marcy ließ sich von den Wasserstrahlen massieren, während sie sich das Gesicht und die Brust einseifte. »Stimmt, aber vorher solltest du mit ihm reden.«

»Das Buch spricht für sich selbst. Ich werde ihm einfach sagen, er soll es von Anfang an durchlesen, dann sieht er meine Rolle im Zusammenhang.«

Sie warf ihm einen Blick über die Schulter zu. »Zusammenhang oder nicht – es ist auf jeden Fall furchtbar, Ben. Und es wird ihn ziemlich durcheinanderbringen. Du mußt vorher mit ihm reden! Gib ihm einen Anhaltspunkt, zeig ihm den richtigen Blickwinkel, damit er beim Lesen weiß, wo er selbst steht.«

Tyson verließ die Duschkabine.

»Tut mir leid!« rief sie ihm hinterher. Tyson riß mit einer heftigen Bewegung ein Handtuch von der Stange und trocknete sich rasch ab.

Marcy drehte das Wasser ab und öffnete die Tür der Duschkabine. »Sag mal, wie hast du damit all die Jahre leben können? Nein, werde nicht gleich wütend, das ist nicht als Vorwurf gemeint. Ich versuche die Sache ganz praktisch zu sehen. Wie konntest du das für dich behalten und niemandem etwas sagen? Oder hast du jemandem etwas gesagt?«

»Nein.«

Sie nickte und fuhr fort: »Du hast nie auch nur die kleinste Andeutung gemacht. Nein, du hast es verdrängt, total verdrängt.«

»Psycho-Gequatsche!« Tyson warf sein Handtuch in den Wäschekorb. »Ich habe nie irgend etwas verdrängt. Ich fand es lediglich besser, nicht darüber zu reden. Im Gegensatz zu anderen Leuten habe ich den ganzen Mist für mich behalten und habe niemanden mit meinen persönlichen Problemen belästigt, meine Bekannten nicht und auch nicht meine Freunde. Nicht einmal dich!« Er wandte sich ab und ging nach nebenan in den Ankleideraum. Die Tür machte er hinter sich zu.

Er öffnete seinen Kleiderschrank. Irgendwie war ihm klar, daß

Marcy ihn am heftigsten kritisieren würde, allerdings auch am ehrlichsten. Am besten, er hörte genau hin, wenn sie etwas sagte, denn dann erfuhr er, was andere Menschen dachten, ohne es auszusprechen. »Der zweite Tag«, sagte er mit lauter Stimme zu sich selbst. »Jeder weitere Tag wird etwas Neues bringen.«

## *Kapitel 7*

Ben Tyson bog mit seinem gelben Volvo in die Zufahrtsstraße zum »Garden City Hotel« ein und schloß sich der langen Schlange langsam vorrückender Autos an, die darauf warteten, geparkt zu werden. Direkt vor sich hatte er eine Cadillac-Limousine, und im Rückspiegel sah er den Kühlergrill eines Rolls Royce. »Ich glaube, wir brauchen ein neues Auto, irgend so eine richtig dekadente Kiste«, sagte er zu Marcy.

Sie schüttelte den Kopf. »In deiner gegenwärtigen Situation würde dir eine neue Krawatte mehr nützen, Ben. Vornehme Zurückhaltung, lautet die Devise der Woche. Wer weiß, vielleicht wackelt auch dein Stuhl im Büro ein bißchen.«

Tyson nickte. Trotzdem muß der alte Volvo ausrangiert werden, dachte er bei sich. Aber es stimmte: Seit jenem Dienstagmorgen vor zwei Wochen mußten selbst die alltäglichsten und persönlichsten Entscheidungen stets mit Blick auf die Wirkung in der Öffentlichkeit getroffen werden.

Wieder kam Tyson ein kleines Stück vorwärts. Vor ihnen erhob sich das Hotel, ein neunstöckiges Gebäude inmitten eines Dorfes mit Vorstadtcharakter, umgeben von zehn Morgen Parklandschaft. Es war ein neues Gebäude, mit einem Anflug von »Georgian style«, gekrönt von einer Nachbildung der Kuppel des ursprünglichen »Garden City Hotels«. Die sinkende Sonne wurde grellrot von den Fenstern reflektiert. Tyson kniff die Augen zusammen. Er rief sich den rötlichen Ziegelbau aus der Mitte des vergangenen Jahrhunderts in Erinnerung, der dort vorn in seiner Jugendzeit gestanden hatte, und der Maiabend brachte ihm auch die Feier im »Regency Room« anläßlich seines College-Abschlusses in Erinnerung. Er erinnerte sich der jährlichen Familientreffen, der Hochzeiten und sonstiger feierlicher Anlässe, einschließlich der Silberhochzeit seiner Eltern im »Jagdzimmer«. Ich habe es während meiner Kindheit und Jugend besonders gut gehabt, überlegte er. Es war eine angenehme Zeit, eine Zeit der Hoffnung, denn ich war noch nicht geprägt vom Krieg und von den darauf folgenden Wirren, die alles und jeden verändert haben. Aber so war das eben, wenn man in den Fünfzigern und Anfang der sechziger Jahre groß wurde. Fast zu sich selbst sagte er: »Genieße es, solange du kannst.«

»Was?«

»Das Leben. Tanze und amüsier dich!«

Sie warf ihm einen raschen Blick zu. »Philosophische Grübeleien stehen dir nicht sonderlich.«

»Mag sein. Ich hab' ja auch nur versucht, meine kleinen Probleme aus der richtigen Perspektive zu sehen. Das ist übrigens nach wie vor das Gebot der Stunde.«

»Ich freue mich, daß du es so siehst.«

»Außerdem ist die letzte Zuflucht einer bekümmerten Seele die Religion. Ich werde Reverend Symes einen Besuch abstatten.«

Sie dachte einen Moment darüber nach, dann sagte sie: »Warum nicht? Das ist besser, als mit deiner Frau zu reden. Und so wie sie kann er nicht gegen dich aussagen. Das erinnert mich daran, daß du mir nie erzählt hast, was dir Phil Sloan gesagt hat.«

»Warum sollte ich? Du hast dich doch sowieso verplappert und mir schon verraten, daß du bei ihm warst. Vertrauliche Gespräche! Daß ich nicht lache!«

Marcy erwiderte nichts darauf.

Tyson ließ sich weiter über das ursprüngliche Thema aus: »Das Leben ist eigentlich schön – zumindest unseres. Es gibt keinen Krieg, keine wirtschaftlichen Krisen, keine Hungersnot und keinen Aufruhr im Lande.«

»Nein, nicht in Garden City, auch bekannt unter dem Namen Garten Eden. Diese Gegend ist gegen die Realität abgeschottet.«

Tyson atmete tief aus. Wahrscheinlich habe ich dieses Gespräch über Garden City – Marcys Lieblingsthema – unbewußt herbeigeführt, um mich von anderen Dingen abzulenken, sagte er sich.

Marcy war ein Produkt von Manhattans Upper West Side, und dort waren die Leute mindestens so linkslastig, wie die Bürger von Garden City nach rechts tendierten. Es war Tyson klar, daß Marcy gern auf ihren vertrauten Tummelplatz zurückgekehrt wäre, und als hätte sie seine Gedanken erraten, sagte sie: »Weißt du, eigentlich kannst du hier nicht mehr leben.«

»Ich kann leben, wo es mir gefällt, verdammt noch mal.«

»Nein, das kannst du nicht«, beharrte Marcy und schwieg gekränkt. Tyson dachte schon, sie beabsichtige, einen Ehekrach zu inszenieren, aber da lachte sie unerwarteterweise. Er warf ihr einen Blick zu, und sie sagte: »Ist dir schon aufgefallen, daß wir uns immer dann streiten, wenn wir irgendwohin wollen?«

Er brachte den Wagen unter dem Vordach des Hotels zum Stehen. »Aber diesmal haben wir unser Ziel erreicht, so wie vorgesehen.«

Ein Portier in Livree und mit einem Zylinder auf dem Kopf öffnete Marcys Tür, und sein Gehilfe hielt Tyson die Tür auf. Tyson gab dem Mann seine Autoschlüssel und erhielt dafür einen Parkschein. Ein Türsteher salutierte, als sie die Hotelhalle aus rosa Marmor betraten. Auf einem handgeschriebenen Schild stand:

FÖRDERUNGSVEREIN FÜR DAS NASSAU-HOSPITAL
JÄHRLICHER WOHLTÄTIGKEITSBALL
GROSSER BALLSAAL

Ein Pfeil wies nach links.

»Laß dir vorher von mir einen Drink spendieren«, sagte Marcy.

Die Tische im gedämpft beleuchteten »Jagdzimmer« waren alle besetzt, aber Tyson fand einen freien Barhocker. Marcy nahm Platz, Tyson blieb neben ihr stehen. Er bestellte sich einen Scotch, sie ein Glas Weißwein. Ihre Augen schweiften durch den Saal, und nachdem sie sich an das dämmerige Licht gewöhnt hatten, nickten sie ein paar Leuten zu.

Als die Drinks serviert waren, rührte Tyson in seinem Scotch herum und sagte: »Bin ich eigentlich verrückt hierherzukommen, oder habe ich einfach nur ein dickes Fell?«

Marcy griff nach ihrem Glas. »Das beantwortet sich irgendwann von selbst. Vorerst weiß niemand, wie er sich dir gegenüber verhalten soll.«

Tysons Augen wanderten über die dämmerigen Nischen und Winkel des Raumes. Vor dem Ersten Weltkrieg hatten zur Kundschaft dieses Hotels Leute wie die Astors, Morgans und Vanderbilts gehört. Aber das Rad der Geschichte drehte sich weiter. Irgendwann würde hier an dieser Stelle ein Mensch sitzen und verkünden, Benjamin Tyson habe sich öfters im neuen »Jagdzimmer« aufgehalten.

*Benjamin* wer?

*Der Bursche, der wegen Mordes vors Kriegsgericht mußte, erinnerst du dich nicht? Die Zeitungen waren voll davon: das Massaker in dem vietnamesischen Krankenhaus.*

*Oh, richtig. Und der Kerl hat sich hier ab und zu einen Drink genehmigt? Ehrlich?*

Doch all das lag in der Zukunft. Früher, wenn er beschwipst im alten »Jagdzimmer« gesessen hatte, beschwor er immer Bilder aus der Vergangenheit herauf, besonders jedoch die großen Asse unter den Fliegern, die sich hier zwischen den beiden Weltkriegen ab und zu einen genehmigten: Glenn Curtiss, Jimmy Doolittle, Billy Mitchell, Lawrence Sperry, Amelia Earhart, Leroy Grumman... Tyson erinnerte sich, daß es der Traum seiner Kindheit gewesen war, Jagdflieger zu werden, genau wie sein Vater.

Marcy riß ihn aus seinen Gedanken. »Noch einen?«

Er wandte sich ihr zu. »Ja, noch einen.«

Sie bestellte, und Tyson sagte zu dem jungen Barkeeper, den er flüchtig kannte: »Ed, haben Sie jemals von der Schlacht um Huê gehört?«

»Midway-Inseln, oder? Die haben was im Fernsehen darüber gebracht.«

»Und die Tet-Offensive?«

Der Barkeeper wandte sich der Registrierkasse zu. »Tet-Offensive? Aber sicher. Das war in Vietnam. Der Vietcong griff Tet an, und unsere Leute kriegten Prügel.« Er legte einen Kassenzettel vor Tyson auf die Bar.

»Tet war ein Datum, kein Ort!«

»Ach, wirklich?«

»Ja, ganz sicher.«

Ed zuckte mit den Achseln und ging weg, um einen anderen Kunden zu bedienen. »Kluges Kerlchen«, sagte Tyson. Er nahm einen Schluck und fuhr fort: »Siehst du, im Grunde wird auf den Schlachtfeldern umsonst gestorben. Niemand erinnert sich. Also was soll das Ganze?«

»Sag du es mir!«

Aber das konnte Tyson nicht. Er spürte schon die wundersame Wirkung des Alkohols und fühlte sich besser.

»Zeit für ein Tänzchen«, sagte Marcy.

Tyson lächelte. Er ergriff ihre Hand, und dann gingen sie Arm in Arm denselben Weg zurück, den sie gekommen waren. Unterwegs begrüßten sie ein paar Bekannte mit einem Kopfnicken. Als sie den großen, ganz in Malve gehaltenen Ballsaal betraten, überflog Tyson rasch die blaßblau gedeckten Tische rings um die Tanzfläche. Die Kapelle spielte noch nicht, und der weitläufige Raum war von gedämpftem Stimmengewirr erfüllt.

»Am besten, wir trennen uns für ein Weilchen und treffen uns an der Bar wieder«, sagte Tyson.

»Einverstanden... ach du lieber Gott!«

Mrs. Livander, die Vorsitzende des Förderungsvereins, hatte sie erspäht und pflügte quer durch den Raum auf sie zu, die Arme schon vorsorglich für die Umarmung ausbreitend. Tyson trat ein paar Schritte vor, als wollte er sich opfern, damit Marcy überlebte. Mrs. Livander korrigierte ihren Kurs geringfügig und schloß ihn in ihre fleischigen Arme. »Ben Tyson, lieber Junge! Sie sehen wieder einmal verdammt gut aus. Wenn ich zehn Jahre jünger wäre – nun, ich könnte für nichts garantieren!«

Zwanzig Jahre wäre besser, dachte Tyson, aber er legte trotzdem seine Arme um Lydia Livander und gab ihr einen flüchtigen Kuß auf die Wange.

Mrs. Livander wandte sich nun Marcy zu und rief überschwenglich: »Wie *hübsch* Sie aussehen! Was für ein hinreißendes Kleid! Wie schaffen Sie es bloß, Ihre gute Figur zu behalten?« Sie packte Marcy an den Schultern, als wollte sie sie in den Boden rammen, und überschüttete sie mit einem Strom nichtssagender Schmeicheleien. Tyson blickte sich verstohlen nach der Bar um. Ohne Vorwarnung packte Mrs. Livander die beiden am Arm und zog sie hinter sich her zu einem Pressefotografen von der *Garden City News.* »Sam!« sprudelte es aus ihr hervor, »Sam, Sie *müssen* ein Foto von diesem schönen Paar machen, und zwar *sofort!*« Tyson und Marcy lächelten, ein Blitzlicht zuckte, und bevor Tyson wußte, wie ihm geschah, hatte Mrs. Livander sie schon wieder ins Schlepptau genommen. Er warf Marcy einen raschen Blick zu und zuckte resignierend mit den Achseln.

Während Mrs. Livander sie hierhin und dorthin schleppte, um ihnen Leute vorzustellen, die sie schon kannten oder die sie nicht kennenlernen wollten, glaubte er mit ziemlicher Sicherheit zu bemerken, daß sich viele Köpfe nach ihm umdrehten.

Unter Berufung auf ein natürliches Begehren von großer Dringlichkeit machte sich Tyson von Mrs. Livanders wohlmeinender Umklammerung schließlich frei und steuerte ohne Umweg auf die Bar zu. Er bestellte sich einen Scotch mit Soda und verdrückte sich damit in eine neutrale Ecke. Kurze Zeit später stieß Marcy zu ihm. »Siehst du, es hat sich nichts geändert. Die gute Lydia hat alle zweihundert hier anwesenden Paare genauso behandelt wie uns.«

Tyson verschluckte sich fast an seinem Drink. »Ich hab' mich dabei gefühlt wie der Alibineger bei einem geselligen Abend der Liberalen Partei. Ich hatte einfach nicht genug Mumm, um durchzuhalten.«

Marcy lächelte. »Kopf hoch, Benjamin!«

»Schon gut. Trotzdem – dies wird ein schrecklich langer Abend werden.«

»Aber auch ein denkwürdiger. Und vielleicht dein letzter öffentlicher Auftritt.«

»Vielleicht.« Insgeheim hegte er jedoch den Verdacht, daß er bei seinem allerletzten öffentlichen Auftritt keine dunkle Krawatte, sondern vielmehr eine grüne Uniform tragen würde – und das an einem weniger gastlichen Ort als diesem.

Ben Tyson saß an einem runden Tisch. Er betrachtete die vollen Aschenbecher, die leeren Gläser und die liegengebliebenen Programmzettel: der übliche Kehraus einer dieser Veranstaltungen, deren Unkosten man von der Steuer absetzen konnte. Wenn das Hospital auch nur den zehnten Teil davon bekommt, hat es einen guten Schnitt gemacht, dachte er.

Alles in allem konnte er froh sein, hierhergekommen zu sein. Falls irgend etwas an der alten Aussage dran war, daß die öffentliche Meinung schneller als das Gesetz war, dann durfte er sich jetzt ein wenig erleichtert fühlen. Niemand hatte ihm die kalte Schulter gezeigt, und man hatte ihn auch nicht vor ein Femegericht in der Herrentoilette gezerrt, um ihn an Ort und Stelle zu teeren und zu federn. Gewiß, da hatte es eine gewisse Beklommenheit und so manches gezwungene Lächeln gegeben, aber dies war kein Zeitalter absoluter Wertvorstellungen, und im übrigen gab es keine einhellige Meinung darüber, wie man sich gegenüber einem mutmaßlichen Kriegsverbrecher zu verhalten hatte. In gesellschaftlicher Hinsicht war er nach wie vor akzeptabel, und rechtlich war er so lange unschuldig, bis man ihm eine Schuld nachwies.

Zeit zum Nachhausegehen, sagte er sich. Er blickte sich im Raum um. Die Hälfte der Leute hatte sich schon zerstreut, von Marcy war nichts zu sehen. Tatsächlich hatte er sie während des ganzen Abends kaum zu Gesicht bekommen, doch zweifelte er nicht daran, daß sie mit einer Anzahl von Männern getanzt, dieselbe Anzahl von Ehefrauen verärgert, zumindest einen ernstgemeinten Antrag erhalten und ein oder zwei Einladungen zum Lunch in der City angenommen hatte.

Tyson steuerte auf die Tür zu und bemerkte, daß er sich auf Kollisionskurs mit Phil Sloan befand. Sloan fing ihn in der Nähe des Ausgangs ab. »Hallo Ben, haben Sie sich gut amüsiert?«

»Hallo Phil.«

»Wo ist Ihre Frau?«

»Und wo ist Ihre?«

Sloan lächelte dünn. »Haben Sie einen Augenblick Zeit?«

»Ich möchte lieber nicht mit meinem Anwalt gesehen werden«, erwiderte Tyson.

Sloan schien ein bißchen pikiert darüber, daß ihn jemand behandelte, als sei er ein Buchmacher oder Kredithai. »Lassen Sie uns hier rausgehen«, sagte er.

Sie betraten die geräumige Vorhalle, und Sloan wies auf die Herrentoilette.

»Ihre Zweigstelle?« erkundigte sich Tyson.

Der Anwalt ging voraus, Tyson folgte ihm.

»Können wir hier reden?« fragte Sloan knapp.

»Wenn Sie eine Vorliebe für rosa Marmor haben...«

»Hören Sie mal, Ben, Sie sind als Mandant nicht sonderlich hilfsbereit –«

»Und Sie waren kein sonderlich diskreter Anwalt, Phil.«

Sloan wollte etwas erwidern, doch statt dessen sagte er: »Sie wissen selbst, wie lange unsere Familien miteinander zu tun haben. Für mich sind Sie mehr als ein Mandant, Sie sind ein –«

Tyson wandte sich ab und pinkelte in eines der Becken.

»– Freund. Unsere Frauen sind auch miteinander befreundet.«

»Ja, wir sind alle Freunde«, bemerkte Tyson. Er drehte sich wieder um. »Wieso wollten Sie mich eigentlich sprechen?«

Sloan versicherte sich mit einem Blick, daß sie allein waren. »Ich habe mich in der City mit einem Kollegen in Verbindung gesetzt, der auf Verlagsrecht spezialisiert ist.«

Tyson wusch sich die Hände.

»Er rät uns, Anzeige zu erstatten.« Der Anwalt machte eine kurze Pause, dann fuhr er fort: »Er geht davon aus, daß ein Strafverfahren gegen Sie äußerst unwahrscheinlich ist, weil die mutmaßlichen Vorkommnisse so weit zurückliegen. Letztlich beruhen Picards Aussagen nur auf unbewiesenen Behauptungen. Einfacher ausgedrückt: Wir haben ihn am Wickel. Können Sie mir folgen?«

»Einigermaßen.«

»Übrigens wird im ganzen Buch niemand außer Ihnen namentlich beschuldigt. Jedesmal, wenn Picard über andere Leute schreibt, die angeblich Zivilisten erschossen haben, verschweigt er deren Namen.«

»Das ist mir auch aufgefallen.«

»Aber Sie erwähnt er namentlich als Zeuge des Massakers. Immer wieder wird darauf hingewiesen, daß Sie nichts getan haben, um das Blutbad zu verhindern. Es gibt sogar eine Zeile, in der angedeutet wird, Sie seien bei der Vertuschung der Sache der führende Kopf gewesen. Weiterhin gibt es einen doppelsinnigen Satz, der so interpretiert werden kann, als hätten Sie den Befehl gegeben, die feindlichen Soldaten zu erschießen.«

»Ja, der Satz ist wirklich doppelsinnig. Aber ich habe nicht befohlen, verwundete oder gefangene feindliche Soldaten zu ermorden, sondern ich habe meinen Leuten den Auftrag gegeben, alle gegnerischen Soldaten, die sich noch in dem Krankenhaus befanden und Widerstand leisteten, zu stellen und unschädlich zu machen.«

Sloan schien sich für diese Erläuterung nicht zu interessieren. »Der springende Punkt ist doch, daß derjenige, der Picard alles erzählt hat, es auf *Sie* abgesehen hat. Ich glaube, Picard hat das meiste von diesem Quatsch geglaubt und es in seinem Buch einfach als Tatsachen hingestellt. Mein Kollege und ich sind uns darin einig, daß es sich hier um einen schweren Fall von Verunglimpfung handelt.«

Tyson rückte seine Fliege zurecht.

»Ben, ich hätte gern, daß Sie sich mit meinem Kollegen treffen. Er heißt Beekman und ist eine echte Kanone –«

»Und ich? Was bin ich? Vielleicht seine Zielscheibe?«

»Sie haben zuviel getrunken.« Sloan machte Anstalten zu gehen, doch dann holte er tief Luft und blieb. »Dieser Beekman hat ein paar aufsehenerregende Prozesse wegen literarischer Verunglimpfung geführt. Vielleicht haben Sie seinen Namen schon mal gehört.«

Tyson blickte zu Sloans Spiegelbild auf und sagte: »Wir wissen beide, daß es Zivilprozesse gegeben hat, die kaum noch von Strafverfahren zu unterscheiden waren. Es wird eine Menge Staub aufgewirbelt, und die Presse berichtet darüber, als ob ein Mörder vor Gericht stünde. Und selbst wenn am Ende der Kläger gewinnt, ist er der Verlierer.« Tyson nahm ein Fläschchen Aramis und spritzte ein wenig davon auf seine Handfläche. »Am besten, wir lassen die ganze Sache auf sich beruhen.« Er verteilte das Eau de Cologne über sein Gesicht.

»Auf sich beruhen lassen? Sie müssen das Ganze abschießen! Wenn Sie nicht klagen und gewinnen, werden diese Behauptungen bis an Ihr Lebensende über Ihnen hängen. Rezensenten und Kritiker werden aus Picards Buch zitieren, andere Autoren werden das eine oder andere aus dem Zusammenhang herauspicken, und dieser ganze verdammte Vorfall in dem Krankenhaus wird als wahre Begebenheit in die Geschichte eingehen.«

Tyson schwieg.

»Vielleicht ist es tatsächlich besser, ein paar Wochen lang stillzuhalten und abzuwarten, wie die Medien auf diese Angelegenheit reagieren.«

»Wozu soll das gut sein?« fragte Tyson.

»Nun, laut Beekman ist der Schaden für Sie bisher gering, weil das Buch erst vor kurzem erschienen ist. Der Verlag könnte es zurückrufen, um weiteren Schaden zu vermeiden. Wir könnten natürlich auch einfach so tun, als wüßten wir nichts von der Existenz des Buches. Nach einer gewissen Zeit hätten dann Ihr Name und Ihr guter Ruf größeren Schaden genommen, beispielsweise durch die Zahl der verkauften Exemplare, durch Interviews mit dem Autor, durch Werbung und Rezensionen.«

Tyson sagte noch immer nichts.

»Nehmen wir einmal an«, fuhr Sloan vorsichtig fort, »Sie verlieren Ihren Job. Ihr Sohn wird in der Schule gehänselt, und Marcy ... na ja, irgendwas. Dann schlagen wir zurück und klagen. Peng! Wir schnappen uns nicht nur diesen Picard, sondern auch den Verlag, den Vertrieb und vielleicht sogar Picards namentlich nicht genannte Informanten. Wenn das Gericht Ihnen dann recht gibt, wird Ihnen ein riesiger Schadenersatz zugesprochen. Damit ist Ihr Name reingewaschen, und obendrein sind Sie reich.«

Tyson war erstaunt, wie unverblümt Sloan ihm ein solch heimtückisches Manöver vorschlug.

»Solche Verleumdungsklagen sind äußerst selten. Es geschieht nicht oft, daß der gute Ruf eines Menschen durch ein Buch geschädigt wird. Solche Fälle machen höchstens ein Prozent aller zivilrechtlichen Klagen aus. Die Presse läßt sich so etwas nie entgehen. Wenn ich Sie richtig verstehe, Ben, dann möchten Sie weiteres öffentliches Aufsehen vermeiden. Aber Sie sind ein Kämpfer, und Sie werden es nicht zulassen, daß für alle Zeiten ein dunkler Schatten auf Ihre Ehre fällt.«

»Sparen Sie sich den Quatsch, Phil!«

Sloan zupfte an seiner Lippe, als müßte er sich zu einem schweren Entschluß durchringen. Er blickte Tyson an und sagte: »Sie gehen wahrscheinlich davon aus, daß sich niemand auf Sie einschießen wird, bloß weil Sie in einem kurzen Kapitel von diesem dicken Buch erwähnt werden. Nun –« Er griff in die Tasche und zog einen Zettel heraus. »Beekman hat mir dies hier gegeben. Es gibt da ein Fachblatt für den Buchhandel, das *Publishers Weekly* heißt. Diese Leute erhalten schon Monate vor dem Erscheinen eines Buches die Druckfahnen. Dies hier ist eine Kritik, die vor sieben Wochen in der Zeitschrift veröffentlicht worden ist.« Er reichte Tyson eine Fotokopie der entsprechenden Seite.

Tyson warf einen Blick darauf. Die Seite bestand aus sechs Kurzkritiken. Seine Augen wanderten zu der Überschrift *Huê – Tod einer Stadt (Andrew Picard).* Darunter ein paar Angaben des Verlages, dann die eigentliche Kurzkritik von rund hundertfünfzig Worten. Er überflog den Text und stellte fest, daß es sich insgesamt um eine günstige Rezension handelte. Ungefähr in der Mitte las er:

> »Das Werk enthält einen Bericht über ein Massaker, das amerikanische Soldaten in einem vollbesetzten französischen Hospital an den Patienten und dem europäischen Personal verübten. Picard beschreibt dieses Blutbad mit großer Eindringlichkeit und legt dem Leser die Frage nahe, warum dieser Vorfall, der zusammen mit My Lai zu den besonders abscheulichen Verbrechen des Vietnamkrieges gezählt werden kann, nie eine offizielle Untersuchung nach sich gezogen hat.«

Tyson faltete das Blatt zusammen und gab es Sloan zurück. Sloan schlug damit mehrmals leicht gegen seine Handfläche und meinte: »Sehen Sie? Sogar in einer so kurzen Rezension –«

»Verstehe.«

»Nun stellen Sie sich ausführlichere Kritiken in Zeitungen und Illustrierten vor!«

Zwei Männer betraten die Toilette. Tyson ging zurück in die Halle, und Sloan folgte ihm. Leute kamen aus dem Ballsaal, einige standen herum und unterhielten sich, andere bewegten sich auf den Hotelausgang zu. Tyson registrierte, daß kaum jemand von ihm Notiz nahm. Zu Sloan gewandt, sagte er: »Wissen Sie, als ich von unserer Gemeinde wegen meiner besonderen Verdienste eine Medaille erhielt, da schien sich kaum jemand darüber Gedanken zu machen, aber jetzt, wo ich in irgendeinem obskuren Schmöker als Kriegsverbrecher hingestellt werde, spricht sich die Sache innerhalb von zwei Wochen herum.«

»So ist das Leben, mein Freund.«

»Was Sie nicht sagen!«

Sloan ergriff Tysons Arm. »Ich muß es Ihnen einfach sagen, Ben: Eine Menge Leute haben mich heute abend gefragt, ob Sie prozessieren werden. Ich weiß nicht mehr, was ich antworten soll.«

Es war Tyson klar, daß Sloan ihn so ähnlich in einen Prozeß hineinzumanövrieren versuchte, wie ein Chirurg einem Patienten den Operationssaal schmackhaft macht. Und es war ihm genauso klar, daß er noch das Urteil eines anderen Menschen brauchte, allerdings nicht Beekmans. »Falls wir einen Prozeß anstrengen und vor Gericht gehen – was meinen Sie wohl, wie viele Anwälte der Army dann im Zuschauerraum sitzen?« fragte er Sloan. »Und wie viele Juristen aus dem Justizministerium?«

Der Anwalt schwieg.

»Sehen Sie«, fuhr Tyson fort, »ob wir einen Zivilprozeß gewinnen oder nicht – die Leute von der Regierung werden auf jeden Fall hellhörig. Haben Sie das berücksichtigt, Herr Rechtsanwalt?«

Sloan zuckte mit den Achseln. »Das ist natürlich eine Möglichkeit, aber ich gehe eben davon aus, Ben, daß Sie nach streng rechtlichen Gesichtspunkten nicht des Mordes schuldig sind. Und falls die Jungs vom Justizministerium den Zivilprozeß verfolgen, werden sie zu derselben Schlußfolgerung gelangen.«

Tyson lehnte sich näher zu Sloan hin. »Sie werden nichts dergleichen folgern, mein Freund.« Er zupfte Sloans rotes Kavalierstuch zurecht und sagte: »Gute Nacht.« Dann drehte er sich um und ging in die Hotelhalle, wo er Marcy in einem Sessel sitzend fand. Sie stand auf, als sie ihn kommen sah. Wortlos nahm er ihren Arm und verließ mit ihr das Hotel durch den Haupteingang. Die Nachtluft war kühl und feucht. Aus Süden wehte eine leichte Brise.

Tyson holte tief Luft, um einen klaren Kopf zu bekommen. »Ich glaube, ich kann den Ozean riechen.«

»Das sagst du immer, wenn du Kanapees mit Anchovispaste gegessen hast. Einmal hast du das sogar in der Schweiz gesagt.«

Tyson gab dem Portier seinen Parkschein. Ungefähr ein Dutzend Menschen warteten unter dem Vordach auf ihre Autos. »Hast du dich gut amüsiert?« fragte Tyson seine Frau.

Marcy zögerte sekundenlang, dann erwiderte sie: »Nein, zum erstenmal hatte ich nicht das Gefühl, Marcy Clure Tyson zu sein, sondern Ben Tysons Ehefrau.«

»Zu schwaches Ego, Marcy.«

Sie schwieg.

Tyson steckte sich eine Zigarette an und lehnte sich gegen einen Pfeiler. Er blickte über das Hotelgelände in Richtung Landstraße. Linker Hand befand sich die Hauptstraße der Ortschaft, eine lange Häuserzeile mit kleinen Geschäften und Banken. Ein beliebiges Städtchen in den Vereinigten Staaten. So hatten sie vor dem Siegeszug der Einkaufszentren und -passagen alle ausgesehen. Vorne links war die öffentliche Leihbibliothek, rechts davon das kleine Kriegerdenkmal. Genau gegenüber dem Hotel befand sich der Vorortsbahnhof. Weiter hinten ragte der hohe, neugotische Glockenturm der *Episcopal Cathedral of the Incarnation* über die Baumwipfel. Das illuminierte Kreuz hob sich von der mondbeschienenen Skyline des Städtchens ab. Dies war vertrautes Gelände, hier fühlte man sich sicher.

»Alles in Ordnung?«

Er blickte seiner Frau in die Augen. »Ja.«

»Du warst gerade ganz woanders.«

»Ja, das kommt eben vor.«

»Deine Mutter hat heute angerufen«, berichtete Marcy. »Fast hätte ich es vergessen.«

»Und was wollte sie?«

»Sie bittet dich, gut auf dich aufzupassen. Du sollst genug essen und dich schonen. Ich glaube, Florida hat aus ihr eine richtige jiddische Mama gemacht.«

Tyson lächelte. In den vergangenen beiden Wochen hatten ihn ein paar alte Freunde und Verwandte von auswärts angerufen. Er staunte ein bißchen, wie schnell sich gewisse Dinge herumsprachen. Es erinnerte ihn an die Army, die Gerüchteküche *par excellence*.

Als wüßte sie, woran er gerade dachte, sagte Marcy: »Falls jemand heute abend noch nicht Bescheid wußte, dann weiß er es jetzt. Vielleicht solltest du in unserer Stadtzeitung und im Mitteilungsblatt von deinem Club eine offizielle Stellungnahme abdrukken lassen.«

Wieder lächelte Tyson. »Keine Stellungnahmen, weder öffentlich noch privat, meint Phil.«

Er hatte inzwischen jedoch schon ein paar Leute angerufen, enge Freunde und Verwandte. Die Verschiedenartigkeit ihrer Reaktionen hatte ihn verblüfft. Manche Leute schien die Angelegenheit überhaupt nicht zu berühren, andere hielten sich zurück, und viele schienen vom Ausmaß der gegen ihn erhobenen Vorwürfe unbeeindruckt. Und dann gab es noch ein paar Leute, die, wie er heute abend hatte feststellen können, in ihm so etwas wie eine künftige Berühmtheit witterten, ob dieser Ruhm nun zweifelhaft war oder nicht. Er konnte sich des Eindrucks nicht erwehren, daß diese Leute seine Nähe suchten, um ein bißchen von seinem Glanz abzubekommen.

»Die Grenvilles zählen hier zu den wichtigsten Leuten der alten Garde, das weißt du, Marcy. Und sie haben uns zum Cocktail eingeladen. Nächsten Freitag, falls du interessiert bist.«

»Ich nehme an, sie werden dir Picards Buch vorlegen und dich um ein Autogramm bitten. Ich kann ja die *Life*-Nummer mitnehmen und herumzeigen«, erwiderte Marcy.

Tyson lächelte. Eines mußte man Marcy lassen: Sie wußte, wie man mit Freunden, Nachbarn und Verwandten umging.

Gerade als Tyson sein Auto die Auffahrt entlang auf sich zukommen sah, rief eine Stimme hinter ihm: »Ben! Marcy!«

Sie drehten sich um. John McCormick und dessen Frau Phyllis waren durch die Tür ins Freie getreten. »Ich hatte heute abend keine Gelegenheit, mit euch ein einziges Wort zu wechseln«, sagte McCormick. Die Männer schüttelten sich die Hand, die Frauen gaben sich einen flüchtigen Kuß auf die Wange. Dann platzte McCormick heraus: »Ich hab' schon wieder schlechte Nachrichten, Ben, aber ich hoffe, Sie gehören nicht zu den Leuten, die ihre Wut über eine schlechte Nachricht an deren Überbringer auslassen.«

Tyson mochte McCormick ziemlich gern, aber zwei schlechte Nachrichten von derselben Person innerhalb von zwei Wochen konnten dieser Sympathie vielleicht doch abträglich sein. Er sah die dicke Zeitung, die sich McCormick unter den Arm geklemmt hatte, und konnte fast erraten, was es mit dieser Nachricht auf sich hatte.

»Das ist die Sonntagsausgabe der *Times*«, sagte McCormick. »Gerade eingetroffen. Das Buch wird ausführlich besprochen. Und Ihr Name wird auch erwähnt.«

Tyson nickte. »Schön.« Er bemerkte, daß McCormick zögerte,

genau wie im Eisenbahnabteil, bevor er ihm das Buch gereicht hatte. Es kam ihm so vor, als habe er all dies schon einmal erlebt, aber er hatte im Magen ein flaues Gefühl, als McCormick ihm den Literaturteil der Zeitung hinhielt. Er lächelte lahm. »Soll ich mein Autogramm draufschreiben?«

McCormicks Lächeln wirkte gezwungen. »Sie können es behalten.«

Der Volvo fuhr vor, und die beiden Wagentüren wurden von dem Portier und seinem Helfer aufgerissen. Nachdem man sich eine gute Nacht gewünscht hatte, setzte sich Tyson hinter das Steuer und fuhr los.

Marcy saß schweigend neben ihm, den Literaturteil der *Times* auf dem Schoß.

»Na also«, sagte Tyson.

»Also was?«

»Nun, bei einer landesweiten Auflage von ungefähr zwei Millionen kommt der Stein jetzt wohl allmählich ins Rollen.«

Marcy nickte. »Am Montag beantrage ich eine neue Telefonnummer, eine, die nicht im Telefonbuch steht.«

»Gute Idee.«

»Das Schuljahr ist fast vorbei.«

»Richtig.«

»Soll ich einen Makler mit dem Verkauf des Hauses beauftragen?«

»Das wäre wohl ein bißchen voreilig.«

Sie dachte einen Moment nach und fragte: »Wie wird dein Brötchengeber reagieren?«

»Wer weiß? Ich werd' aus den schlitzäugigen Kerlen nicht schlau. Die lassen sich nie was anmerken.«

»Und ich lass' dir diese rassistische Bemerkung durchgehen, weil ich weiß, daß du ziemlich im Streß bist, Ben.«

Tyson antwortete nicht darauf.

»Phil suchte nach dir. Hast du mit ihm geredet?«

»Ja. Wir haben im Männerklo miteinander gesprochen. Ist dir eigentlich klar, wie viele Geschäfte in Männerklos abgewickelt werden?«

»Und was meint er?«

»Daß ich der Bande einen Prozeß anhängen soll.«

»Dann ist er überzeugt, daß du unschuldig bist.«

»Nein, er geht davon aus, daß die Leute von der Regierung nicht clever genug oder nicht ausreichend motiviert sind, um eine gerichtliche Untersuchung anzuordnen. Folglich würde Picard bei einem Zivilprozeß einen schweren Stand haben. Der arme Andrew Picard! Vielleicht wird er feststellen, daß die Wahrheit nicht soviel einbringt, wie sie kostet.«

Sie warf ihm im Halbdunkel einen Blick zu. »Würdest du gegen einen Mann prozessieren, der die Wahrheit gesagt hat?«

Tyson fuhr die lange Auffahrt zu seinem Haus hinauf. Er zog den Zündschlüssel aus dem Schloß und lauschte ein Weilchen dem Summen der Insekten.

»Würdest du das tun?« beharrte Marcy.

## *Kapitel 8*

Lieutenant General William van Arken, Chef des Militärjustizwesens, blätterte in der Personalakte. »Wie ich sehe, sind ihm zwei *Purple Hearts* verliehen worden. Eins zu null für Mr. Tyson.«

»Er wurde beide Male nur leicht verwundet«, bemerkte Fraser Duncan, der in Tysons Krankenbericht blätterte. »Das gibt nur einen halben Punkt.«

»Er ist auch Träger der Vietnamesischen Tapferkeitsmedaille«, gab Herbert Swenson, ein Berater des Verteidigungsministers, zu bedenken. »Sie wurde ihm von der vietnamesischen Regierung für seinen Einsatz in Huê verliehen. Das macht die Sache ziemlich heikel.«

Thomas Berg, ein Berater des Präsidenten, ließ seinen Blick über den langen, glänzenden Mahagonitisch wandern. »Es geht hier darum, ob er vor ein Kriegsgericht kommt oder nicht. Wenden wir uns also den Fakten von Belang zu!«

General van Arken, der am anderen Ende des Tisches saß, erwiderte: »Mr. Berg, falls Sie jemals der Verhandlung eines Kriegsgerichts beigewohnt haben, dann wissen Sie, daß wir uns darum gerade bemühen.«

Berg zuckte die Achseln und wandte sich Peter Truscott zu, einem jungen Anwalt vom Justizministerium. »Ich glaube Ihren Worten entnehmen zu können, daß der Justizminister nicht an einer Verfolgung dieses Falles interessiert ist.«

Truscott schwieg so lange, daß es fast schon unhöflich wirkte, dann meinte er bedächtig: »Das wollte ich damit nicht unbedingt sagen. Ich habe nur darauf hingewiesen, daß dies vom rechtlichen Standpunkt aus gesehen ein ziemlich wackeliger Fall ist, Mr. Berg. Im übrigen ist der Justizminister der Meinung, daß diese Angelegenheit in erster Linie das Militär angeht.«

Thomas Berg musterte die anderen vier Männer, die in dem fensterlosen Raum an einem langen Tisch saßen. Über ihnen baumelten Lampen mit grünen Schirmen und beleuchteten die Stelle, an der sie saßen. Dazwischen herrschte tiefe Dämmerung. Nur das leise Rauschen der Klimaanlage war zu hören. »Dunkle Machenschaften«, dachte Berg, »gehören in dunkle Räume.«

Die Unterredung wurde nicht mitstenografiert, und Berg hatte auch darauf bestanden, daß nichts auf Band aufgenommen wurde. Keiner der Anwesenden durfte sich Notizen machen. Dies war angeblich eine lockere Gesprächsrunde, und in den Terminkalendern der Teilnehmer stand etwas von einer Diskussion, die der Verbesserung der Kommunikation zwischen den einzelnen Behörden diene. Tatsächlich war dieses Thema sogar ein paar Minuten lang erörtert worden. Von van Arken abgesehen, gab es hier nur Vertreter verschiedener Regierungsstellen, genauer gesagt vertrauliche Mitarbeiter ihrer Chefs. Vom Weißen Haus war die Weisung ergangen, die Angelegenheit äußerst diskret zu behandeln und Neugierige mit der Antwort abzufertigen, der Fall Tyson stünde überhaupt nicht zur Debatte.

Fraser Duncan wandte sich direkt an Thomas Berg: »Könnten Sie uns die Haltung des Weißen Hauses ein bißchen näher erläutern?«

Berg rieb sich nachdenklich das Kinn, dann sagte er: »Der Präsident ist nicht eingeweiht. Seine Militärberater haben mich aufgefordert, die Sache auszuleuchten und ein geheimes Dossier zusammenzustellen, für den Fall, daß es notwendig wird, den Präsidenten zu unterrichten. Im übrigen wäre der Präsident an dieser Angelegenheit lediglich in seiner Eigenschaft als Oberkommandierender der Streitkräfte interessiert.« Berg hielt es für ratsam, diese Lüge ein wenig abzuschwächen, und meinte: »Die Berater des Präsidenten sind offenbar wegen der politischen Tragweite dieses Falles besorgt. Keiner von ihnen hat vergessen, welche Rolle Nixon im Fall Calley spielte.« Rasch fügte er noch hinzu: »Aber es geht hier nicht primär um politische Aspekte. Die Rechtsberater des Präsidenten wollen sichergehen, daß der Präsident in jeder Phase absolut auf dem Boden des Gesetzes steht.«

Berg schaute van Arken an, der als junger Major im My-Lai-Prozeß auf der Anklageseite gestanden hatte, und sagte zu ihm: »Wir sind heute zusammengekommen, weil es hierzulande nur wenige Präzedenzfälle dieser Art gibt – Gott sei Dank! Tatsächlich hat hier niemand außer Ihnen Erfahrung mit Kriegsverbrechen, Herr General, und niemand ist sich seiner Sache so sicher wie Sie.« Berg bemerkte, daß die anderen am Tisch lächelten.

Mit gezwungener Unbekümmertheit erwiderte van Arken: »Ich bin mir ziemlich sicher, daß diese Geschichte irgendwann auf meinem Schreibtisch landet und daß die Army dann nicht um einen Prozeß vor einem Kriegsgericht herumkommt. Falls das passiert, möchte auch ich sichergehen, daß wir nicht wieder ein Fiasko wie bei Calley/Medina erleben.«

Berg nickte. »Das will man auch im Weißen Haus vermeiden, Herr General.« Berg hatte sich die Zeit genommen, einen Blick in van Arkens Personalakte zu werfen und gewissen Leuten, die er kannte, ein paar Fragen zu stellen. Van Arken war fünfundfünfzig, also noch jung für die Position, die er innehatte. Sein Auftreten wie seine Ausdrucksweise und sein sonstiges Verhalten waren sehr militärisch. Für einen Angehörigen des Judge Advocate General's Corps – kurz JAG genannt – war das verwunderlich, denn in jenen Kreisen wurde genau das Gegenteil geschätzt.

Als Berg sah, daß niemand das Wort ergreifen wollte – auch das verwunderlich bei einer Besprechung von Regierungsleuten –, sagte er: »Meine Herren, wir haben festgestellt, daß ein Offizier unter bestimmten Umständen in rechtlicher Hinsicht für die Morde verantwortlich gemacht werden kann, die von seinen Untergebenen begangen worden sind. Wir sind uns ebenfalls darüber einig, daß es für Mord keine Verjährung gibt. Abgesehen von diesen elementaren Fakten haben wir nichts Wesentliches zutage gefördert. Wir können nicht einmal mit Sicherheit sagen, daß ein Kapitalverbrechen begangen worden ist.«

Die laute, klare Stimme des Generals füllte den Raum. »Wenn wir von den Behauptungen in dem Buch über Huê ausgehen, haben wir jeden Grund zu der Annahme, daß dort eines oder mehrere schwere Verbrechen begangen worden sind.«

Swenson erwiderte gereizt: »Sie glauben doch wohl nicht alles, was Sie lesen?«

Ein bißchen weniger selbstbewußt meinte van Arken: »Nein, Sir, aber ich hatte beim Lesen irgendwie das Gefühl, daß da wirklich eine... kriminelle Handlung begangen worden ist.« Er nahm das Wasserglas, das vor ihm stand, und trank einen Schluck. »Genau wie beim zivilen Recht muß eine amtliche Untersuchung eingeleitet werden, wenn Informationen oder Verdachtsmomente eine Verletzung des Gesetzes vermuten lassen.«

Berg war sich schon zu Beginn der Besprechung darüber klargeworden, daß van Arken zu einer solchen amtlichen Untersuchung entschlossen war und es nicht bei einer inoffiziellen Prüfung des Falles bewenden lassen wollte, wie es dem Weißen Haus vorschwebte. Dieser Mann war eindeutig darauf aus, sich diese Angelegenheit für sein eigenes Renommee zunutze zu machen. Oder er wollte seinen von dem Calley/Medina-Prozeß angeschlagenen Ruf aufbessern. Aber der Fall Tyson roch nach noch mehr Problemen als der My-Lai-Fall, und zwar nicht nur nach innenpolitischen, sondern auch nach internationalen Komplikationen.

»Wenn ich mich nicht irre, geht es hier auch um Fragen der juristischen Zuständigkeit. Der Justizministerium vertritt den Standpunkt, daß weder die Gerichte eines bestimmten Bundesstaates noch die Bundesjustizbehörden zuständig sind«, sagte Berg.

Truscott nickte. »Das stimmt. Das mutmaßliche Verbrechen wurde im Ausland begangen, und der mutmaßliche Täter war damals Angehöriger der Streitkräfte. Er ist inzwischen jedoch wieder Zivilist – und genau das ist der Haken.«

Berg wandte sich van Arken zu. »Wie denken Sie darüber, Herr General?«

Van Arken ließ sich ein bißchen Zeit mit der Antwort, was für ihn untypisch war, dann sagte er: »Es stimmt, was Mr. Truscott sagt: Das mutmaßliche Verbrechen wurde von Bürgern unseres

Landes begangen – damit meine ich natürlich auch Tysons Untergebene –, die zu jenem Zeitpunkt den Gesetzen der Militärgerichtsbarkeit unterworfen waren. Darüber gibt es keinen Zweifel. Meiner Meinung nach ist es allerdings unerheblich, ob dieser Sachverhalt auch gegenwärtig noch zutrifft oder nicht –«

Truscott schaltete sich ein. »Unerheblich, sagen Sie, Herr General? Dieser Punkt ist von entscheidender Bedeutung! Tyson ist jetzt nicht mehr bei der Army, das ist bekannt, und wer von den anderen noch dabei ist oder nicht, läßt sich leicht feststellen. Die Army wird jedoch niemals ein Verfahren gegen Zivilisten eröffnen. Auf keinen Fall!«

Van Arken erwiderte ruhig: »Wollen Sie damit sagen, Mr. Truscott, daß nur diejenigen wegen Mordes belangt werden sollen, die das Pech haben, noch in den Streitkräften zu dienen? Und sollen Zivilisten demnach ungeschoren davonkommen?«

Truscott hatte schon eine Antwort auf den Lippen, aber dann sagte er: »Dieses Problem ist wahrscheinlich gar keines. Finden wir doch erst einmal heraus, ob von diesen Männern überhaupt noch jemand bei der Army ist.«

»Nun gut, nehmen wir einmal an, daß es nicht so ist«, fuhr van Arken fort. »Von Tyson wissen wir ja, daß er Zivilist ist. Was muß also geschehen, wenn wir den rechtlichen Status dieser Männer verändern wollen?«

Als Truscott schwieg, ergriff Berg das Wort: »Täusche ich mich, oder wollen Sie darauf hinaus, daß wir diese Männer wieder in Uniformen stecken sollen?«

Van Arken nickte. »Mr. Truscott hat recht, die Army ist nicht bereit und in der Lage, Zivilisten vor Gericht zu stellen. Folglich können wir keine Untersuchung gegen einen Mr. Tyson, wohl aber gegen einen Lieutenant Tyson einleiten.«

Eine Weile schwiegen alle, dann meldete sich wieder Berg: »Ich habe mir von Experten sagen lassen, daß das Problem, das sich ergibt, wenn ein Angehöriger der Streitkräfte Zivilist wird, *bevor* ein von ihm als Uniformträger begangenes Verbrechen aufgedeckt wird, bislang zu niemandes Zufriedenheit gelöst worden ist. Offenbar klafft hier in unserer Rechtsprechung eine breite Lücke. Wir müssen also diesen Sachverhalt in juristischer Hinsicht klären, bevor wir weitere Schritte unternehmen.«

Van Arken pflichtete ihm bei: »Stimmt. Ungefähr alle zehn Jahre haben wir es mit einem solchen Fall zu tun, und jedesmal erhebt sich die Frage der rechtlichen Zuständigkeit. Bei den meisten Fällen handelte es sich allerdings bisher um kleinere Verbrechen, doch diese Angelegenheit ist von ungeheurer Tragweite und hat zudem völkerrechtliche Implikationen.«

»Vielen Dank, Herr General, ich glaube, das ist uns allen klar«, sagte Berg.

»Der springende Punkt ist«, fuhr van Arken unbeirrt fort, »daß in der militärischen Rechtsprechung zwar keine Strafverfolgung bei *Kriegsverbrechen* vorgesehen ist, wohl aber bei *Mord* – und genau das ist die Anschuldigung, die wir hier untersuchen müssen. Sonst, Mr. Berg, stehen wir vor dem peinlichen Problem, daß die gegenwärtige Regierung von Vietnam beziehungsweise die Regierungen jener Länder, aus denen die mutmaßlich in jenem Krankenhaus ermordeten Personen stammten, die Sache vor den Internationalen Gerichtshof in Den Haag bringen könnten. Und dann würde die Anklage auf Verbrechen gegen die Menschlichkeit, also Kriegsverbrechen, lauten.«

Dazu hatte keiner der Männer etwas beizutragen, und van Arken fuhr weiter fort. »Nach amerikanischem Recht, das wissen wir alle, hätten weder Tyson noch seine Männer ein solches Verfahren zu fürchten. Um jedoch einer Klage in Den Haag vorzubeugen, muß die gegen sie erhobene Beschuldigung, sie hätten einen oder mehrere Morde begangen, unverzüglich geklärt werden.«

Berg war von van Arkens Exkurs über Völkerrecht und diplomatische Komplikationen unbeeindruckt, aber ihm war klar, daß der General einen Punkt für sich verbucht hatte. Trotzdem sagte er: »Amerikanische Bürger dürfen nicht des Mordes angeklagt werden, nur um der öffentlichen Meinung, ob im Inland oder Ausland, gerecht zu werden.«

»Ich wünschte, es wäre so, aber genau das ist einigen Angehörigen unserer Streitkräfte im Ausland passiert«, erwiderte van Arken. »Wenn Sie die Sache zu sehr hinauszögern, könnte sich diese Angelegenheit bis zu einem gewissen Grad genauso entwickeln. Dies ist ein Fall, wo die Justiz der öffentlichen Meinung zuvorkommen muß, damit später nicht der Eindruck entsteht, wir hätten uns dem Druck von außen gebeugt. Anders ausgedrückt, meine Herren: Bevor die Massenmedien einen Sturm der Entrüstung gegen uns entfachen, sollten wir offiziell bekanntgeben, daß wir eine Untersuchung eingeleitet haben.«

Berg hatte zuinnerst das Gefühl, daß van Arken recht hatte, was auch immer seine Motive sein mochten. Aber der Präsident und seine Berater hofften, daß sich der ganze Ärger von alleine erledigen würde, wenn man nichts unternahm. Bergs Verstand sagte ihm zwar, daß es nicht so sein würde, aber rein gefühlsmäßig hätte er es gern selbst geglaubt. Er hatte den Eindruck, daß er dem Weißen Haus im Augenblick genug schlechte Nachrichten vorzulegen hatte, und blickte zu Herbert Swenson hinüber. Der verstand die stumme Bitte sofort und sagte: »Nach allem, was ich hier gehört habe, bin ich nicht der Meinung, daß diese Angelegenheit dem Verteidigungsminister persönlich vorgelegt werden sollte. Ich meine, daß dieser Fall eher den Stabschef der Armee angeht.«

Fraser Duncan lächelte verdrießlich. »Ich werde ihm empfehlen, die Sache im Auge zu behalten, aber ich gebe den Schwarzen Peter gleichzeitig an das JAG-Corps weiter.«

Peter Truscott ergriff nun das Wort: »Das Justizministerium wird wie immer mit allen ihm zur Verfügung stehenden Mitteln der Regierung zu Diensten sein, sofern es sich nur um rein rechtliche Fragen handelt. Alle strategischen Überlegungen sind Sache der Army, des JAG und des Oberbefehlshabers unserer Streitkräfte.«

Berg nickte. Es gibt wenige Präzedenzfälle, auf die man sich stützen kann, sagte er sich. Möglich, daß hier ein Verstoß gegen Militärgesetze vorlag. Und es gab sicher auch einen Behördenapparat, der dafür zuständig war. Aber dieser Fall war seinem Wesen nach so einzigartig und ungewöhnlich, daß auf dem Weg zum Gerichtssaal viele subjektive Entscheidungen gefällt werden mußten.

Berg raffte seine Papiere zusammen. »Ich schlage vor, wir vertagen uns und machen erst einmal ein bißchen Hausaufgaben beziehungsweise Gewissensforschung.« Er stand auf. »Wir werden uns dann wieder zusammensetzen, um über interministerielle Kommunikationen zu diskutieren. In der Zwischenzeit bitte ich Sie, nicht zu vergessen, daß es hier nicht nur um abstrakte rechtliche Probleme oder um Öffentlichkeitsarbeit, sondern um Menschen aus Fleisch und Blut geht, genauer gesagt, um einen Mann namens Benjamin Tyson, der vielleicht eines Tages vor ein Kriegsgericht gestellt wird, und zwar wegen Mordes, also wegen eines Verbrechens, auf das als Höchststrafe Tod durch Erschießen steht. Guten Tag!«

## *Kapitel 9*

David Tyson kam in die Küche. Sein Vater saß bei einer Tasse Kaffee am langen Eßtisch und las.

»Ich gehe jetzt zu Bett«, sagte David.

Tyson warf einen Blick auf die Küchenuhr. Es war fast elf Uhr abends. Es konnte nicht mehr lange dauern, bis Marcy von ihrem abendlichen Einkaufsbummel zurückkam.

Die Nacht war warm. Tyson war barfuß und trug nur eine abgeschnittene Jeans.

»Was liest du da?« fragte David.

»Das sind Fotokopien von Presseberichten. Persönliche Schilderungen der Schlacht von Huê. Ich habe sie mir in der Bibliothek besorgt.«

»Das nehmen wir gerade in der Schule durch, ich meine Vietnam. Im Geschichtsunterricht.«

Tyson lächelte. »Wir sind im zweiten College-Jahr nur bis zu dem Jahr gekommen, als Eisenhower die Marineinfanterie in den Libanon geschickt hat.«

David nahm sich einen Stuhl und setzte sich seinem Vater gegenüber.

Tyson schob die Fotokopien beseite. »Wie geht's dir eigentlich in der Schule?«

»Ganz gut.«

»Ich habe da aber was anderes gehört.«

»Was meinst du damit?«

»Daß sie dir ganz schön zusetzen.«

David warf seinem Vater einen Blick zu und erwiderte: »Ich pack' das schon.«

»Wirklich?«

»Du hast mir immer gesagt, daß ich mich um meine eigenen Probleme kümmern soll. Einmal, als ich noch kleiner war, hast du mich ausgeschimpft, als ich geheult habe, weil mir irgendeiner was getan hatte. Seit dem Tag bin ich nicht mehr heulend nach Hause gekommen.«

Tyson betrachtete seinen Sohn ein paar Sekunden lang, dann sagte er: »Aber jetzt ist es anders, diesmal bin ich schuld. Du kannst dich bei mir beklagen.«

»Ich beklage mich aber nicht. Es hat sogar Vorteile: Ein paar von den Jungs... und auch ein paar Mädchen sind jetzt irgendwie freundlicher zu mir als früher.«

Tyson nickte. »Bei mir ist es genauso. Aber mach dir nichts vor und sei auf der Hut!«

»Ja, ich weiß.«

Tyson begriff plötzlich, daß er seinen Sohn in einem neuen Licht sah. David gehörte zu den Jungen, die ihren eigenen Vater für einen besseren Menschen hielten als ihren liebsten Rocksänger oder ihr Sportidol. So etwas war heutzutage angeblich selten, aber vielleicht wurde es auch bloß nicht ausgesprochen. Jedenfalls schien sich das wie ein roter Faden durch seine Familie zu ziehen, denn er, Tyson, hatte seinen eigenen Vater auch immer wie einen Helden verehrt.

»Möchtest du ein Bier?«

David zögerte, dann nickte er. Er ging zum Kühlschrank und kam mit zwei Flaschen zurück. Er öffnete sie, schob eine seinem Vater hin und setzte sich wieder.

Sie tranken einen Schluck.

»Weißt du, David, die Erwachsenen haben fast in jeder Generation die jungen Leute betrogen und sie für sich und ihre Überzeugungen sterben lassen. Verstehst du das?«

»Ich glaub' schon.«

»Ich will nicht, daß du für mich kämpfst.«

David betrachtete das Etikett der Bierflasche. »Ich brauch' mir von niemandem was gefallen zu lassen.«

»Okay, solang du *dich selbst* verteidigst und auf persönliche Angriffe reagierst, aber verteidige nicht *meine* Ehre!«

»Warum nicht?«

»Das habe ich dir gerade gesagt. Die jungen Leute werden von den Erwachsenen beschwindelt, damit sie deren Kämpfe austragen.«

»Du hast das nicht getan.«

»Wirklich nicht?« Wenn ein Mensch erwachsen wird und den letzten Rest an kindlicher Unschuld verliert, sagte sich Tyson, dann muß er auch Schläge einstecken von jemandem, an dem er besonders hängt. Das gehört dazu. Jetzt ist der Zeitpunkt gekommen, wo ich David die Illusion nehmen muß, daß sein Vater unschuldig sei. Das wird ihn reifer machen, und er kann dann für den *echten* Ben Tyson kämpfen – wenn er will – und nicht für einen idealisierten. »Ich werde dir jetzt etwas erzählen, das sonst nur die Soldaten meiner damaligen Einheit wissen. Ich möchte dir, so gut es geht, erklären, was damals in diesem Krankenhaus in Vietnam passiert ist. Okay?«

David nickte ein wenig unentschlossen. »Okay.«

»Zuerst einmal mußt du wissen, daß die meisten Sachen, die Picard in seinem Buch behauptet, stimmen. Meine Leute haben damals mehr als hundert Menschen ungebracht – Frauen, Kinder und Säuglinge. Der jüngste Soldat in meinem Zug war kaum älter als du. Er hieß Simcox, und ich habe mit eigenen Augen gesehen, wie er eine etwa gleichaltrige Krankenschwester erschossen hat. Soll ich weiterreden?«

David biß sich auf die Unterlippe. Schließlich sagte er: »Lieber nicht.« Er stand auf. »Es spielt auch keine Rolle, ich wußte sowieso, daß es stimmte. Es ist mir egal. Ich geh' jetzt nach oben.«

»Und dann ziehst du dir die Decke über den Kopf?«

»Ich will es einfach nicht hören, Dad.«

Tyson nickte. »Gut, aber jetzt weißt du es: Was die Leute über mich reden und schreiben, ist zumindest teilweise wahr. Du mußt auch begreifen, daß das nichts mit dir zu tun hat. Es gibt nichts, dessen du dich schämen mußt. Du bist David Tyson, und du bist nur für dich selbst verantwortlich.«

David ging zur Küchentür, drehte sich aber noch einmal um. »Und was ist mit den Dingen, die man sich über Mom erzählt?«

Tyson wußte nicht recht, wie er darauf reagieren sollte. Irgendwie war er eher bereit, mit seinem Sohn über einen Massenmord zu reden als über Marcys Vergangenheit. »Was im Leben von einem Mann oder einer Frau früher passiert ist, geht niemanden etwas an. Deine Mutter hat keinem Menschen etwas zuleide getan, und deshalb hat niemand das Recht, sie zu beleidigen – und dadurch auch dich oder mich. Darauf solltest du überhaupt nicht reagieren.«

»Ich will ehrlich mit dir sein, Dad«, erwiderte David. »In der Schule sind sie nicht über dich hergezogen. Es ging um Mom.«

Tyson holte tief Luft. »Das ist doch blödsinnig.«

»Sie schmuggeln mir immer Zettel mit solchen dreckigen Anspielungen in meine Schublade, Dad. Wenn du über etwas mit mir reden willst, dann über diesen Quatsch, der Mom betrifft.«

»Dazu gibt es nichts zu sagen. Das meiste ist erlogen.«

»Ehrlich?«

»Ja. Geh jetzt zu Bett, es ist spät. Wir unterhalten uns ein andermal darüber.«

David nickte. »Gute Nacht.« Er ging.

Tyson nippte an seinem Bier. Mein Gott, dachte er, dem armen Kerl geht die ganze Welt in die Brüche, aber er läßt sich nach außen nichts anmerken.

Er trank sein Bier aus. David ist härter im Nehmen, als ich geglaubt habe, überlegte er weiter. Aber wer weiß, ob er bis zum Ende des Schuljahres durchhält. Armer David. Arme Marcy. Armer Ben.

Marcy stellte die Einkaufstüte auf die Anrichte. Ben saß noch immer auf seinem Stuhl und las, eine Tasse Kaffee in der Hand. »Hallo!« sagte er. »Schon zurück?« Er blickte nicht auf.

»Nein, ich bin noch im Supermarkt.«

»Gut.« Er blätterte eine Seite um und gähnte.

»Es war seltsam«, sagte Marcy, »richtig irre. Ich meine am Ausgang. Da lag nämlich der *American Investigator* – mit mir auf der Titelseite. Kannst du dir das vorstellen? Der Traum jeder Hausfrau.«

Tyson blickte von seiner Zeitung auf.

Marcy redete weiter, während sie die Einkaufstüte auspackte. »Untenrum haben sie einen schwarzen Balken drübergedruckt, aber die Brüste haben sie frei gelassen. Mein Gott! Wer sind die Leute, die so was brauchen?«

Tyson beobachtete sie genau, während sie die braune Tüte leerte. Äußerlich schien sie ganz ruhig, aber er vermutete, daß sie innerlich ziemlich aufgewühlt war. Sie sah heute abend sehr jung aus in ihrem khakifarbenen Baumwollrock, den Sandalen und dem marineblauen, am Hals weit aufgeknöpften Polohemd.

Er warf einen Blick auf die Küchenuhr. Es war fast Mitternacht, eine ziemlich ungewöhnliche Stunde zum Einkaufen. Er überblickte die auf dem Tisch übereinandergestapelten Lebensmittel und fragte: »Hast du das Käseblatt mitgebracht – wie hieß es doch gleich?«

»Den *American Investigator*?« Sie zögerte kurz und sagte dann: »Im Auto.«

Er nickte. Das Leben im Hause Tyson hatte seit einiger Zeit eine surrealistische Note, ganz zu schweigen von der Geheimnistuerei und der Menschenscheu. Tyson fuhr jetzt zu unterschiedlichen Zeiten nach New York zur Arbeit, während Marcy noch immer mit demselben Zug fuhr, genau wie früher. Gesellschaftlichen Kontakten gingen sie im allgemeinen aus dem Weg. Die gelegentlichen Restaurantbesuche in ihrem Viertel hatten sie ebenfalls gestrichen, aber Tyson ging nach wie vor in den *Men's Club*, der eine Welt für sich bildete.

Tyson spielte mit den Zuckerwürfeln und baute daraus auf dem Tisch einen kleinen Turm. Ohne aufzublicken, fragte er: »Als Public-Relations-Spezialistin kannst du mir wohl bestimmt etwas über die innere Dynamik dieser Angelegenheit sagen. Ich meine: Wie kommt es, daß wir plötzlich in den Schlagzeilen sind?«

Marcy verstaute ein paar Konserven im Schrank. »Dafür gibt es eine Menge Gründe. Zuerst einmal macht Andrew Picard selbst Schlagzeilen, und bei Talkshows macht er sich auch gut. Der Kerl sieht gar nicht übel aus. Vielleicht ist dies auch ein flauer Monat für die Presse. Und erinnere dich an den Kernsatz der gesamten Public-Relations-Branche: *›Schlechte‹* Reklame ist auch Reklame.«

»Na, dieser ganze Mist sieht aber mächtig danach aus.« Er erhöhte den Turm um weitere Zuckerstückchen.

Nach der Kritik in der *Times* hatte Picard seinen Auftritt im Radio und im Fernsehen gehabt und seine Ware an den Mann gebracht. Dieser Picard wußte, wofür sich die Leute interessierten. Nicht für die Schlacht von Huê, das war zu abstrakt und für die

Massenmedien nicht spannend genug. Nein, Picard nutzte klug seine Sendezeit aus und konzentrierte sich auf das »Massaker im *Hôpital de la Miséricorde*«, wie es jetzt allgemein hieß.

Tyson hatte Picard sogar einmal morgens in Radio gehört, und hätte er nicht vorher das Buch gelesen, dann hätte er leicht glauben können, daß sämtliche neununddreißig Kapitel nur von einem gewissen Benjamin Tyson handelten, der mit seiner Horde von Psychopathen die gesamten Insassen einschließlich der Belegschaft eines Krankenhauses über den Haufen geschossen hatte. Die eigentliche monatelange Schlacht stellte dabei für dieses »zentrale« Ereignis nur so etwas wie eine Rahmenhandlung dar.

Marcy riß Tyson aus seinen Grübeleien. »Das ist genau das, was sich ein Sachbuchautor erträumt. Raus aus dem Literaturteil und rein in den Nachrichtenteil. Es gibt Autoren, die sich vor Freude naßmachen, wenn sie von irgendeinem Leitartikelschreiber namentlich erwähnt werden.«

Tyson nickte. Seine ganze Aufmerksamkeit galt dem wackeligen Turm aus Zuckerstücken. *Huê, Tod einer Stadt.* Das Buch war *Newsweek* einen Artikel wert gewesen. Wie konnte da das *Time*-Magazin hinterherhinken? Vor zwei Wochen war das Werk in die Bestsellerliste der *Sunday Times* aufgenommen worden und kletterte seitdem stetig in die Höhe. Picard hatte bestimmt seine helle Freude.

»Es gibt so etwas wie einen kritischen Schwellenwert«, erläutertete Marcy. »Wenn so was erst einmal in den Medien ist, verbreitet es sich systematisch weiter. Das soll nicht heißen, daß es keine gute Story ist. Laß uns objektiv sein, Ben. Natürlich spielt es auch eine Rolle, daß wir nur vierzig Kilometer vom wichtigsten Nachrichtenumschlagplatz der Welt entfernt leben. Wenn wir irgendwo in Omaha hausen würden, kämen wir bestimmt besser davon, das ist eine Tatsache.«

Tyson blies sachte gegen den sechseckigen Zuckerturm und beobachtete, wie er schwankte.

»Was zum Teufel machst du da?«

»Dies ist ein strahlend weißer Marmorturm auf einer öden Ebene aus Resopal. Es ist die letzte Bastion der zivilisierten Menschheit in einer untergehenden Welt. Die letzten gebildeten Männer und Frauen haben sich hier versammelt –« Wieder blies er gegen das Gebilde. Diesmal purzelte ein Zuckerwürfel auf die braune Kunststofffläche. »Der Turm ist von Wilden umzingelt, und –«

»Geht es dir gut? Ich meine, soll ich vielleicht eine Ambulanz rufen?«

Tyson blickte auf. »Ich spiel' nur ein bißchen. Wir Männer werden nie erwachsen. Das hast du doch ein paarmal selbst zu mir gesagt.«

»Na gut...« Sie drehte sich um und verstaute ein paar Päckchen im Gefrierfach. »Ich habe übrigens heute morgen bei unserer Polizei vorgesprochen. Man war dort sehr verständnisvoll. Es sieht aber so aus, als hätten die Gesetze, die das Belästigen von Mitbürgern, die Behinderung des Straßenverkehrs und die Erregung von öffentlichem Ärgernis verbieten, nur für normale Sterbliche Gültigkeit, nicht jedoch für die Leute von der Presse, es sei denn, man erwirkt eine Einstweilige Verfügung oder etwas Ähnliches... Wenn diese Scheißkerle noch einmal draußen ihre Kameras aufbauen, dann...« Sie knallte die Kühlschranktür zu.

Tyson erinnerte sich daran, daß der regionale Fernsehsender dem sich immer deutlicher abzeichnenden Drama eine halbstündige Sendung gewidmet hatte. Sie bestand aus einem Interview mit Picard, das ab und zu durch Archivfilmmaterial über die Schlacht von Huê unterbrochen worden war. Der Krieg war in die amerikanischen Wohnzimmer zurückgekehrt. Das Filmmaterial war von guter Qualität: Luftaufnahmen von der brennenden Stadt, danach Nahaufnahmen von Marinesoldaten, wie sie versuchten, auf der einzigen noch intakten Eisenbahnbrücke den Perfume River zu überqueren. Es wurde auch die von armseligen Flüchtlingen wimmelnde Universität gezeigt. Das waren nicht die typischen Bauern, sondern Vietnamesen der oberen Mittelschicht – Studenten, Ärzte, Priester, Mönche und Beamte. Die Creme der Gesellschaft, schmutzig und verloren, setzte vor den Kameras ein weinerliches Gesicht auf. Wirklich sehr gutes Material.

Die Sendung hatte mit einem Reporter draußen vor einem Haus geendet, und Tyson hatte ein paar Augenblicke gebraucht, bis er begriff, daß es *sein* Haus war. Der Reporter hatte seinen Spruch heruntergesagt, während die Kamera langsam über die stattlichen Häuser im näheren Umkreis glitt und auch ein paar neugierige

Nachbarn einfing. Am Schluß holte der Kameramann mit dem Zoom Tysons Haustür ganz dicht heran, und der Reporter hatte mit den Worten geschlossen: »Hinter dieser schönen Tür lebt der Mensch, der alle von Andrew Picard aufgeworfenen Fragen beantworten könnte, doch dieser Mensch schweigt. Es wird sich zeigen, ob er jemals zu den Ereignissen Stellung nehmen wird, die sich vor nunmehr achtzehn Jahren in jenem Krankenhaus abgespielt haben.«

Tyson versetzte der Tischplatte einen trockenen Schlag und beobachtete, wie der kleine Zuckerturm einen Hopser machte, ohne jedoch einzustürzen. »Erdbeben, schwere Schäden, aber der Turm, vom letzten großen Baumeister dieser Welt errichtet, steht noch immer.« Wieder gähnte Tyson. »Weißt du, Marcy, die Leute haben ja wirklich viel Interesse für mich und meine Probleme gezeigt, aber ich vermute, daß ein Großteil von ihnen das aufschlußreichste Kapitel in Picards Buch nicht richtig gelesen hat. Trotzdem bilden sie sich ein, daß sie wissen, worum es hier geht.«

Auch Marcy mußte gähnen. »Die Leute warten eben ab, bis ein Fernsehfilm daraus gemacht wird, Ben.« Sie verstaute die letzten ihrer Einkäufe. »Übrigens vielen Dank fürs Mithelfen.«

»Oh, entschuldige, ich war in Gedanken woanders.« Er senkte den Kopf, bis er auf Augenhöhe mit dem Turm aus Zuckerwürfeln war. »Ich sehe genau, wo er am schwersten beschädigt ist...«

Marcy schnippte mit den Fingern dagegen, und der Turm fiel in sich zusammen.

»Gemeinheit!« Tyson schob die Würfel beiseite und blies die Zuckerkörnchen fort. »Möchtest du, daß ich die Schlacht von Huê aus Würfelzucker nachbaue?«

»Vielleicht morgen früh.«

»Nach der Lektüre von Picards Buch weiß ich genau Bescheid.« Rasch legte er mehrere Zuckerwürfel in eine Reihe. »Dies ist die südliche Mauer der Zitadelle, okay? Jede Mauer war etwa drei Kilometer lang. Der südliche Teil der Zitadelle grenzte an das Nordufer des Perfume River.« Tyson erspähte den Milchkrug. Er nahm ihn und träufelte ein weißes Rinnsal auf die Tischplatte. »Nehmen wir einmal an, das ist der Perfume River. Und dies hier ist der Kanal –« Er befeuchtete eine Fingerspitze mit Milch und zeichnete einen schmalen Nebenarm. »Komm, hilf mir mit den drei anderen

Festungsmauern. Hast du noch mehr Zuckerwürfel? An dieser Stelle müssen wir den Kaiserpalast bauen, und dort, in die nordöstlichste Ecke der Zitadelle, wo Picard mit den südvietnamesischen Soldaten in der Falle gesessen hat, gehört die von Mauern umgebene Enklave hin. Ja, da drüben. Drei komplette Bataillone von unserer 1. Division sollten sich von Norden bist dorthin durchkämpfen. Ihr Auftrag war, die hartbedrängten Marinesoldaten und die ARVN – das waren die Südvietnamesen – zu entsetzen, die Fluchtwege nach Norden abzuschneiden und den Nachschub des Feindes zu unterbinden. Verstanden? Diese Zuckerzange und diese beiden Teelöffel stellen die drei Bataillone dar. Du kannst mir doch folgen? Gut. Die Zuckerzange ist das 5. Bataillon, also meines. Aber mein Zug war aus dem Hauptverband herausgelöst worden und operierte weiter westlich. Hier. Ich selbst bewegte mich mit meinen Männern am Nordufer des Flusses entlang, vor uns die brennende Stadt. Dieses Zuckerstückchen hier ist das *Hôpital de la Miséricorde.* Klar?« Er blickte zu ihr auf. »Warum baust du nicht die Mauern?«

Marcy Tyson drehte sich um und trat vor das Wandschränkchen über dem Müllschlucker. Sie entnahm ihm eine Flasche Grand Marnier und schenkte ein Wasserglas halb voll. »Auch einen?«

»Nein, danke.«

Sie bemerkte, daß er inzwischen ohne sie die vier Mauern der Zitadelle aufgestellt hatte. »Ben, hör auf damit! Im Ernst!«

Er blickte auf, und seine Augen trafen ihre. Lächelnd schob er die Zuckerwürfel beiseite.

Sie atmete erleichtert auf. »Reif fürs Bett?«

»Noch nicht. Ich habe nachgedacht... Es müssen die Nachbarn gewesen sein. Ich meine das Foto aus dem *Life*-Magazin. Da sind die Presseleute nicht durch Zufall drübergestolpert. Als das Bild zum erstenmal abgedruckt wurde, stand nicht einmal dein Name dabei.«

Marcy schwenkte den Orangenlikör in ihrem Glas. »Ehrlich gesagt, hab' ich ihnen das selbst zugeschanzt, Ben. Ich wollte sie loswerden, weil ich die Nase voll hatte.«

Tyson lächelte. »Ich dachte, ein guter PR-Mensch hält sich immer aus dem Rampenlicht heraus?«

Marcy führte das Glas an ihre Lippen. »Na ja, ich habe eben euch ein Ego.« Sie trank einen Schluck.

»Aber was haben die Leute davon, dich in diesen Dreck mit reinzuziehen?«

Marcy lehnte sich ans Spülbecken. »Es gibt eben kleinliche, neidische und dumme Menschen. Ich hatte geglaubt, daß dir das klar ist.«

»Und ich hatte geglaubt, du würdest die Menschen für grundsätzlich gut halten. Lauter Brüder und Schwestern und so weiter.«

»Daran glaube ich auch, aufrichtig und mit ganzer Kraft. Trotzdem: Eine Menge Leute sind ausgemachte Arschlöcher.«

Sie trank ihr Glas leer.

Tyson starrte aus dem Küchenfenster. Drüben, im Haus der Thompsons, brannte Licht in der verglasten Veranda. Er sah Kerry, die siebzehnjährige Tochter des Hauses. Sie bewegte sich ganz ungeniert und natürlich, obwohl sie nur BH und Höschen trug. Eine Gestalt näherte sich von außen der Veranda. Die Glastür wurde geöffnet, die Gestalt trat ein. Dann ging das Licht aus.

Marcy warf einen schnellen Blick nach draußen. »Kerry?«

»Richtig.«

»Hattest du auch manchmal solch ein Rendezvous, als du noch ein geiles junges Bürschchen warst?«

»Ich kannte hier in unserem Städtchen jeden Zaun und jeden Hintereingang.«

Marcy lachte. »Mein Gott, in der Stadt war das anders. Wir fummelten ein bißchen im Park an uns rum, und wenn es dann ernst wurde, gingen wir manchmal aufs Dach von dem Haus, in dem wir wohnten. Im Winter war es der Heizungskeller.«

»Wie neckisch.« Tyson ging zum Kühlschrank und öffnete ihn. »Herrgott, lauter schlaffes Zeug – Joghurt, Salat, Erdbeeren.« Er schloß die Tür wieder.

Marcy redete weiter. »Zwei Ereignisse, Huê und die Demonstration im Griffith Park, beides ungefähr zur gleichen Zeit.« Sie lächelte. »Weißt du eigentlich, daß sie dich in den Zeitungen jetzt schon beim Vornamen nennen? Als Journalistin und PR-Frau kann ich Ihnen versichern, Mr. Tyson, daß das erst der Anfang ist.« Sie trank ihren zweiten Grand Marnier aus, und Tyson bemerkte, daß ihre Augen schon ein bißchen glasig waren. Er setzte sich wieder an den Tisch. Marcy füllte Bens halbleere Kaffeetasse mit Grand Marnier auf.

»Danke«, sagte Tyson. Und nach einer Pause: »Wir müssen David von hier wegbringen, sobald das Schuljahr zu Ende ist. Der Junge muß Höllenqualen leiden, obwohl er kein Wort sagt.«

Marcy nickte.

Ben nippte an seinem Gemisch aus Kaffee und Orangenlikör. David, das war ihm klar, wußte schon seit langem von der Existenz des berüchtigten Fotos. Er selbst hatte seinen Sohn vor einem Jahr in der Rumpelkammer ertappt, das aufgeschlagene Heft von *Life* auf dem Schoß. Unverwandt hatte er das Bild seiner Mutter angestarrt.

Tyson hielt es damals für besser, nicht einfach wortlos darüber hinwegzugehen. Ein paar Tage später hatte er sich mit seinem Sohn an einen Tisch gesetzt und ihm einen kurzen Vortrag über die sozialen Verhältnisse Ende der sechziger Jahre, im »Zeitalter des Wassermanns«, gehalten. Seltsam, hatte er gedacht, daß ich, ein Mann in mittlerem Alter, gegenüber einem Teenager die Moral einer Generation von Verlierern rechtfertigen muß. Aber die Moral war eben zyklischen Abläufen unterworfen, genau wie die Mode und die Literatur. Davids Generation war zwar nicht prüde, aber bestimmt nicht so locker wie die seiner Eltern. David hatte zugehört und verständnisvoll genickt, aber etwas an dem Jungen erweckte in Tyson den Verdacht, daß er nicht einverstanden war, nicht mit dem Nacktfoto und auch nicht mit dem Lebensstil seiner Eltern.

Tyson mußte sich eingestehen, daß die Sache mit dem Foto und überhaupt Marcys Vergangenheit im allgemeinen für ihn einen gewissen Reiz hatte, genau wie die Art ihrer ehelichen Beziehung. Marcy hatte einmal gegenüber Freunden geäußert: »Ben ist jetzt liberaler und weniger verklemmt, ich dagegen werde mit den Jahren immer konservativer. Typisch achtziger Jahre.«

Tyson war sich ebenfalls darüber im klaren, daß nicht nur Marcys Vergangenheit ihn reizte, sondern auch ihr gegenwärtiger Job, der sie mit erfolgreichen Männern in Berührung brachte. Da gab es Geschäftsreisen, Einladungen zum Frühstück, zum Lunch, zu einem späten Abendessen. Manchmal kam sie erst spät nachts von der Arbeit oder von irgendeiner PR-Veranstaltung nach Hause.

Gründe zum Eifersüchtigsein gab es genug, und tatsächlich hatte es zwischen ihnen schon heftige Diskussionen gegeben, wenn Marcy gelegentlich in den frühen Morgenstunden leicht torkelnd heimgekehrt war. An *einem* jedenfalls litt ihre Ehe nicht: an Langeweile. »Du wirst gut mit dieser Sache fertig«, sagte er zu ihr. »Aber du hast auch recht, wenn du sagst, daß du so was nicht unbedingt brauchst.«

Sie goß sich den dritten Drink ein. Die Zunge war ihr schon ein bißchen schwer. »Nein, ich brauche das nicht, egal, ob was Gutes oder was Schlechtes dabei rauskommt. Zum Teufel damit!« Sie besann sich kurz und fuhr dann fort: »Du wirst auch gut damit fertig. Ich... ich habe immer Achtung vor dir gehabt... Es gab Zeiten, da fand ich dich ziemlich wischi-waschi. Das mußt du wissen. Vielleicht war ich daran ein bißchen mit schuld. Aber ich wollte dich nie unter den Pantoffel kriegen, nie! Und jetzt freue ich mich, daß wirklich was in dir steckt... Ich meine: Man wächst an den Widerständen, oder? Wir brauchen ein bißchen Streß, um uns lebendig zu fühlen. Das hält uns und unsere Ehe in Schuß. Aber zuviel Streß und Probleme –« Sie kippte den Inhalt ihres Glases hinunter und unterdrückte einen Rülpser. »– nein, ich weiß nicht recht.«

Tyson nickte. Marcy war eine selbstbewußte Frau. Sie war lebendig. Und wo Leben ist, da gibt es auch Probleme. »Ich hab' mich gerade daran erinnert, wie das war, als ich Kimura, Saito und ihre Frauen zum Abendessen mitbrachte und du ihnen chinesische Fertiggerichte vorgesetzt hast.«

»Das war wohl nicht so gut?« fragte Marcy scheinbar naiv.

Tyson lächelte nur.

»Du hast nie ein Wort darüber verloren.« Jetzt grinste sie auch. »Mein Gott, immerhin hab' ich das Zeug mit Stäbchen serviert.« Als sie fortfuhr, klang sie fast ein bißchen beleidigt: »Ich hab' doch sogar einen prima Drink aus Sake und Bourbon gemixt. Den Hiroshima-Bomber. Alle fanden ihn toll.«

Tyson lachte jetzt.

»Lach mich nicht aus, du arroganter, verklemmter Spinner!«

Tyson hörte auf zu lachen und machte einen Schritt auf sie zu. »Wer ist hier verklemmt?«

»Du, du spießiger, analfixierter –«

Er packte sie an den Schultern, hob sie hoch und drückte sie auf den Tisch, mitten zwischen die Zuckerwürfel, die Kaffeetassen und die Zeitung.

»Was zum Teufel machst du da, Tyson?«

»Ich werd's dir jetzt besorgen, meine Lady!«

»Hier?«

»Ja, hier.« Er machte den Reißverschluß von ihrem Rock auf, zog ihn ihr gleichzeitig mit dem Slip aus und ließ beides zu Boden fallen. »Mach die Beine breit!«

Sie spreizte die Schenkel, wobei ein paar Tassen und der Aschenbecher vom Tisch fielen. Tyson stieg rasch aus seinen Shorts und hievte sich auf den Tisch zwischen ihre Beine. Ohne weitere Umstände drang er in sie ein und fand ihren Schoß feucht und aufnahmebereit.

Marcy streckte die Arme aus und hielt sich an der Tischkante fest.

Tysons Stöße kamen kurz und schnell, aber seine Knie rutschten auf der glatten Tischplatte aus. Er ging in die Hocke. »Dreh dich um!«

Marcy drehte sich auf den Bauch, sie stemmte sich hoch und stützte sich auf die Knie und die Hände. Tyson packte sie an den Schultern und drang von hinten in sie ein. Ein dutzendmal stieß er in rascher Folge sein Glied in sie hinein. Marcy rutschte nach vorn, bis ihr Kopf die Wand berührte. Der Tisch wackelte so sehr, daß die Zuckerdose ruckweise auf die Kante zuwanderte, hinunterfiel und krachend auf dem Boden landete, gefolgt von der Milchkanne.

Tyson kam ganz plötzlich. Als er fertig war, zog er sich aus ihr zurück und sprang vom Tisch. Er gab ihr einen Klaps auf den Hintern, steuerte auf die Küchentür los und rief über die Schulter zu ihr zurück: »Räum den Mist auf!«

Eine ganze Minute lang verharrte Marcy in ihrer Stellung, sie fühlte, wie Feuchtigkeit über ihre Schenkel lief. Schließlich kletterte sie langsam vom Tisch herunter und inspizierte das Durcheinander. Noch immer von der Taille an nackt, fegte sie das Gemisch aus Milch, Zucker und zerbrochenem Porzellan zusammen. Dann kniete sie sich hin und schob das Zeug mit einem Schwamm auf eine Kehrschaufel. Als sie damit fertig war, stand sie auf und machte sich daran, den Tisch abzuwischen. Plötzlich hielt sie inne und starrte die kleinen, glänzenden Spermapfützen auf der braunen Plastikfläche an. Sie fühlte sich gedemütigt und mißbraucht, aber das war genau das, was an diesem Abend von ihr erwartet wurde. Dies war Teil ihres sexuellen Repertoires: Marcy bringt Ben auf die Palme, und Ben behandelt Marcy wie ein Flittchen. Auch so konnte man gemeinsam seine sexuellen Phantasien ausleben. Marcy hatte einmal im Monat Spaß an dieser unterwürfigen Rolle. Doch diesmal war da noch etwas anderes. Etwas war schiefgelaufen... Tränen stiegen ihr in die Augen, und ihre Hände zitterten, als sie schließlich den Tisch abwischte.

## *Kapitel 10*

»Unser Tagungsort ist ein anderer, meine Herren«, sagte Thomas Berg. »Ich nehme an, daß Ihnen das zusagt.« Er ging in dem kleinen, geschmackvoll eingerichteten Raum auf und ab. Sie befanden sich in dem im viktorianischen Stil errichteten *Old Executive Office Building,* einem betagten Bürogebäude im Regierungsviertel. Berg fuhr fort: »Wir kommen dem Weißen Haus näher, physisch und metaphysisch.« Bei diesen Worten wies er mit einem Kopfnicken auf ein Fenster, durch das man, nach Osten blickend, in einer Entfernung von wenigen hundert Metern den Amtssitz des Präsidenten sehen konnte.

Berg ließ sich in einen Sessel mit hoher Rückenlehne sinken. General van Arken saß auf einem mit Wildleder bezogenen Sessel in der Nähe des Fensters. Peter Truscott vom Justizministerium hatte sich auf einer ledernen Couch niedergelassen. Die Vertreter des Verteidigungsministeriums und des Stabschefs der Armee waren nicht anwesend. »Wir haben unseren Handlungsspielraum eingegrenzt, und deshalb können wir auch die Zahl der Teilnehmer an dieser Besprechung auf uns drei reduzieren.«

Die Klimaanlage in dem hundertjährigen Gebäude hatte ihre Tücken, und in dem nach Osten gerichteten Raum war es durch die späte Morgensonne warm geworden. Truscott und Berg hatten ihre Jacketts ausgezogen und die Knoten ihrer Krawatten gelockert. Van Arken behielt seine grüne Uniformjacke an. Gemäß der Dienstvorschrift war sie bis oben hin zugeknöpft. Berg brauchte den Mann nur anzuschauen, um ins Schwitzen zu kommen. Die Militärs haben aus der körperlichen Unbequemlichkeit eine eigene Kunst gemacht, dachte er.

Er räusperte sich. »Nun denn, bei unserer ersten Besprechung stellten wir fest, daß wir ein potentielles Problem haben. Bei unserem zweiten Treffen vergangene Woche sah es so aus, als würde sich General van Arkens Prophezeiung hinsichtlich der Presse und deren Wachsamkeit bewahrheiten. Noch weitere Vorhersagen, Herr General?«

Van Arken lehnte sich vor. »Ich besitze keine Kristallkugel, Mr. Berg, aber ich habe wohl engeren Kontakt mit der Wirklichkeit als die Leute da drüben.« Er wies mit dem Daumen über die Schulter in Richtung des Weißen Hauses.

Berg nickte. »Mag sein.« Er dachte kurz nach. »In genau drei Wochen hat der Präsident eine Pressekonferenz anberaumt. Dann wird auch dieser Fall zur Sprache kommen, es sei denn, er ist bis dahin ad acta gelegt. Das würde der Presse jedoch nicht gefallen. Natürlich kann der Präsident sich hinter dem Argument verschanzen, es sei nicht ratsam, zu einem anstehenden Gerichtsverfahren Stellung zu nehmen, aber wir möchten gern, daß er in der Lage ist, sich eindeutiger zu äußern.« Berg blickte die beiden anderen Männer an. »Darüber werden wir uns aber später noch Gedanken machen.«

Stille machte sich in dem Raum breit. Truscott schenkte sich ein Glas Wasser ein. Draußen, auf der südlichen Rasenfläche des Weißen Hauses, landete ein Helikopter. Das gedämpfte Geräusch der Rotorblätter war in der Stille des kleinen, sonnenhellen Zimmers zu vernehmen.

Berg wandte sich van Arken zu. »Eine weitere Ihrer Prophezeiungen hat sich bewahrheitet, Herr General: Diese Woche sind im Außenministerium Anfragen der Botschaften von Frankreich, Holland, Belgien, Deutschland und Australien eingegangen. Man will wissen, was getan wird, um die mutmaßliche Ermordung von Bürgern ihrer Staaten durch Angehörige der amerikanischen Streitkräfte in Vietnam aufzuklären und so weiter.« Berg machte eine kleine Pause. »Ich kann Ihnen jedoch glücklicherweise mitteilen«, fuhr er fort, »daß der Botschafter der Schweiz, der, wie Sie alle wissen, hier inoffiziell die Interessen Hanois vertritt, bisher noch keine entsprechende diplomatische Note von der Regierung der Volksrepublik Vietnam erhalten hat. Vielleicht ist sie jedoch schon unterwegs. Auch bei der UNO hat noch niemand das Thema aufgegriffen.«

Van Arken schaltete sich ein. »Es käme extremer Heuchelei gleich, wenn Hanoi versuchen würde, mit dieser Angelegenheit Propaganda zu machen, wenn man bedenkt, was deren Truppen in Huê angerichtet haben!«

Berg zuckte die Achseln. »Meine Theorie ist, daß Hanoi es den betroffenen Ländern und der katholischen Hilfsorganisation CRA überlassen will, uns Ärger zu bereiten.« Er warf Truscott einen Blick zu. »Jedenfalls hat General van Arken in der Zeit zwischen der ersten und der zweiten Besprechung im Archiv der Army in Fort Leonard Wood angefragt, und wir können jetzt davon ausgehen, daß keiner der Männer, die zum Zeitpunkt des angeblichen Massakers zu Tysons Einheit gehörten, heute noch in den Streitkräften dient. So einigten wir uns dann, daß es am besten wäre, den ehemaligen Angehörigen besagter Einheit als Gegenleistung für eine Aussage unter Eid Straffreiheit zuzusichern.«

»Genau wie im Calley-Prozeß«, sagte Peter Truscott, »muß man die kleinen Fische sausen lassen, um einen großen zu fangen. Aber es ist sowieso fast unmöglich, ehemalige Wehrpflichtige wieder einzuziehen. Tyson hingegen ist als Ex-Offizier ein leichterer Fang. Stimmt's?«

Van Arken sagte nichts, aber Berg sah ihm an, wie unbehaglich er sich fühlte.

Truscott fuhr fort: »Ich habe nebenbei ein paar diskrete Anfragen bei der Polizei im Nassau County gemacht – das ist der Bezirk, in dem Tyson wohnt. Offenbar hat Tyson weder diesen Picard noch den Verlag wegen übler Nachrede angezeigt.«

»Und was können wir daraus schließen?« fragte Berg.

»Es gibt ein Dutzend Folgerungen«, antwortete Truscott achselzuckend. Er überlegte kurz und fuhr dann fort: »Manchmal versuche ich mich in Tysons Lage zu versetzen. Ich frage mich, was ich tun würde.«

Berg lächelte. »Ich glaube, *ich* würde darüber lieber in Brasilien nachdenken.«

Auch Truscott mußte lächeln, aber er wurde gleich wieder ernst. »Ich glaube, daß Tyson genau wie wir auf das Prinzip Hoffnung und auf Zeitgewinn setzt. Aber er weiß genausowenig wie wir, was ihn erwartet und worauf er hoffen kann. Und er hat Angst – genau wie wir.«

Berg nickte bedächtig. »Das bringt uns zum nächsten Punkt unserer Tagesordnung: Wie weit können wir diesen Fall aufrollen, bis es unumgänglich wird, Mr. Tyson wieder in eine Uniform zu stecken? Mr. Truscott?«

»Im Justizministerium ist man der Ansicht, daß Sie wie bisher mit Ihren inoffiziellen Besprechungen und Nachforschungen weitermachen können, bis Sie der Meinung sind, daß die Anschuldigungen fundiert sind.«

Berg blickte zu van Arken hinüber. Der General schüttelte den Kopf. »In rechtlicher Hinsicht steht die Sache bisher auf schwachen Beinen.«

Truscott und Berg warteten, und van Arken erläuterte seinen Standpunkt. »Sie müssen wissen: Wenn wir Mr. Tyson wieder einberufen, wäre er nicht nur der *Rechtsprechung* des Militärjustizwesens unterworfen, sondern er hätte auch auf dessen *Schutz* Anspruch. Bei unserer ersten Besprechung haben Sie völlig richtig bemerkt, Mr. Truscott, daß die Army keinen Zivilisten vor ein Kriegsgericht stellen kann. Folglich kann die Army auch nicht gegen einen Zivilisten ermitteln. Solch ein Ermittlungsverfahren meiner Dienststelle oder der für strafrechtliche Ermittlungen bei der Army zuständigen Behörde wäre gewiß eine Verletzung bürgerlicher Rechte.«

Berg nickte vor sich hin. Das hatte sich van Arken eindeutig zurechtgelegt. Und genauso eindeutig war es, daß er es auf einen Kräftevergleich ankommen lassen wollte. Berg wandte sich Truscott zu. Der rieb sich das Kinn und sagte: »Nun, das ist alles recht kompliziert... vielleicht könnte das Weiße Haus meiner Behörde oder dem FBI Anweisung geben, eine Untersuchung einzuleiten. Wir könnten dann unsere Ergebnisse an den JAG weitergeben –«

Van Arken fiel ihm ins Wort: »Ich kann bei einem Fall wie diesem nicht auf die Resultate der Ermittlungen einer zivilen Dienststelle zurückgreifen. Meine Herren, wenn Sie diesen Fall niederschlagen oder aufgrund von Verfahrensfehlern verwässern wollen, dann sind Sie auf dem richtigen Weg!«

Berg warf van Arken einen wütenden Blick zu, sagte aber nichts. Sie befanden sich offensichtlich in einer Sackgasse.

Plötzlich sagte van Arken: »Ich vermute, das Weiße Haus wünscht nicht, daß Mr. Tyson wieder eine Uniform anzieht.«

Berg goß sich Mineralwasser in ein Glas. »Nun, das hält man dort für einen Schritt, nach dem es kein Zurück mehr gibt.«

»Diesen Punkt haben wir schon erreicht und sogar überschritten. Lesen Sie die Zeitungen!«

Berg ging nicht darauf ein. »Wäre es nicht auch vom rechtlichen Standpunkt aus gesehen eine unzulässige Benachteiligung von Mr. Tyson, wenn wir ihn wieder einziehen, bevor wir alle Fakten zusammenhaben? Mir scheint, daß das überstürzt und schädlich wäre. Mr. Truscott?«

»Nun, es würde nicht mehr bedeuten, als wenn ein Mensch, der im Verdacht steht, ein Verbrechen begangen zu haben, von einer ausländischen Regierung des Landes verwiesen wird. Eine Regierung muß eben manchmal gewisse Maßnahmen ergreifen, um die Frage der rechtlichen Zuständigkeit zu klären. Das sollte jedoch nicht als Schuldzuweisung interpretiert werden.« Berg nahm einen Schluck von seinem Mineralwasser. Unwillkürlich wanderten seine Augen zum Fenster und starrten zum Weißen Haus hinüber. Nach einer Weile wandte er den Blick wieder davon ab und meinte: »Wenn wir das tun – ich meine, wenn wir Tyson wieder einberufen –, dann stürzen sich die Zeitungen im ganzen Land darauf. Ich finde, wir sollten uns noch ein Hintertürchen offenlassen, um das zu verhindern.« Zu van Arken gewandt, fuhr er fort: »Betrachten wir einmal die menschliche Seite. Was ist, wenn dieser Tyson sechs Monate oder ein ganzes Jahr bei der Army bleiben muß und sich hinterher doch herausstellt, daß er unschuldig ist? Man kann wegen ein paar unbewiesenen Verdachtsmomenten nicht so im Leben eines Menschen herumpfuschen! Warum lassen wir diesen Mann nicht sein normales Leben weiterführen, bis wir genauer wissen, ob es einen Grund gibt, ihn wieder in eine Uniform zu stecken?«

»Das habe ich Ihnen schon erklärt«, erwiderte van Arken. »Ich glaube übrigens nicht, daß Mr. Tyson im Moment sein normales Leben weiterführt. Vielleicht wäre es für ihn wie eine Erlösung, wieder einberufen zu werden!«

Berg gab bissig zurück: »Ein Gestellungsbefehl der Army im Briefkasten ist einem ungefähr so willkommen wie die Mitteilung des Gesundheitsamtes, die Frau, mit der man zuletzt sexuellen Verkehr gehabt hat, leide an einer Geschlechtskrankheit.«

Truscott grinste, während van Arkens ohnehin rötliches Gesicht noch dunkler anlief. Er stand auf und ging in die Mitte des Raumes. Es sah aus, als würde er ihn jeden Augenblick verlassen. Offensichtlich kostete es ihn Mühe, seine Stimme unter Kontrolle zu halten, als er sagte: »Es gibt genügend Hinweise dafür, daß ein Verbrechen begangen worden ist. Und wir haben einen Verdächtigen. Entweder unterstellen wir den Mann unserer Rechtsprechung, oder wir lassen den Fall auf sich beruhen. Aber vergessen Sie nicht: Wenn wir uns einfach von den zweihundert Opfern abwenden, von denen die Rede ist, so wie Tyson es damals vermutlich getan hat, dann machen wir uns genauso schuldig wie er.« Nach kurzem Schweigen fügte der General hinzu: »Wahrscheinlich müssen wir dann damit rechnen, daß wir irgendwann vor einen parlamentarischen Untersuchungsausschuß zitiert werden.«

Berg atmete tief aus und sagte: »Ich werde den Präsidenten persönlich über diese Besprechung unterrichten.«

Van Arken, der noch immer stand, schlug vor: »Warum bitten Sie nicht den Präsidenten in seiner Eigenschaft als Oberkommandierender der Streitkräfte, einen Gestellungsbefehl für Tyson zu unterschreiben? Das würde weniger Wirbel machen als eine Wiedereinberufung durch die Army.«

»Herr General«, erwiderte Berg, »Sie wissen verdammt gut, daß der Präsident gerade *das* nicht will. Dies ist eindeutig eine Angelegenheit der Army, darin sind wir uns alle einig. Also halten Sie bitte den Präsidenten aus der Sache raus! Es geht hier um ein Verfahren wegen Mordes und nicht um eine völkerrechtliche Angelegenheit, ist das klar? Also: Wie lange braucht die Army Ihrer Meinung nach, um Tyson in ihre Reihen zurückzuholen?«

Van Arken holte Luft und erwiderte kurz angebunden: »Ich bin kein Prophet. Es kommt darauf an, wie sehr sich dieser Tyson gegen eine Wiedereinberufung sträubt.«

»Er könnte sich durch alle Instanzen bis zum Obersten Gerichtshof klagen«, pflichtete Truscott dem General bei.

Berg fragte sich, ob ein langer Rechtsstreit um die Wiedereinberufung und die juristische Zuständigkeit wirklich so schlimm wäre. Vielleicht würde dann nicht die Exekutive unter Druck geraten, sondern die Justiz, so wie es sich gehörte.

Truscott schien zu ahnen, woran Berg dachte. »Wir könnten Tysons Anwalt oder sogar Tyson persönlich ansprechen.«

Berg blickte zu ihm hinüber. »Warum?«

»Weil ein direkter Kontakt manchmal das beste ist«, meinte Truscott. »Wenn wir ihn oder seinen Anwalt informieren, daß eine Wiedereinberufung in Betracht gezogen wird, damit das Ermittlungsverfahren anlaufen kann, dann erfahren wir vielleicht, wie er darauf zu reagieren gedenkt.«

Berg warf van Arken einen raschen Blick zu.

»Wenn ich Tysons Anwalt wäre«, fuhr Truscott fort, »dann würde ich ihm dringend raten, einen Kompromiß einzugehen. Als Gegenleistung dafür, daß ich meine Wiedereinberufung nicht anfechte, würde ich vom JAG verlangen – tja, was?« Er wandte sich an van Arken. »Was hätten Sie denn zu bieten?«

»Nichts.«

Berg sagte versöhnlich: »Nun, Sie würden ihm doch ein faires Verfahren vor dem Kriegsgericht anbieten, stimmt's?«

Er erhob sich. »Also, meine Herren, bevor wir uns vertagen, möchte ich noch eine persönliche Anmerkung machen: Bis zu einem gewissen Grad hat die Öffentlichkeit für die in unseren Streitkräften wohnenden Schuldgefühle mehr Verständnis als für die von gewöhnlichen Verbrechern. Wenn wir also diesen Benjamin Tyson vor ein Kriegsgericht stellen, ihn aburteilen und ins Gefängnis stecken, dann dürfen wir nicht erwarten, als Helden der Nation gefeiert zu werden!«

Van Arken bekam einen harten Zug um den Mund. »Ich mache mir keine Sorgen um meine Beliebtheit bei der Army. Und ich will mich auch nicht um ein öffentliches Amt bewerben!«

Truscott erhob sich nun auch. »Wir wollen uns deswegen nicht in die Haare geraten.« Er wandte sich an Berg. »Im Grunde hat der General recht, und das sollten Sie dem Präsidenten sagen. Versuche, so etwas zu vertuschen, funktionieren heute nicht mehr.«

Berg nickte zustimmend. »Ich habe nicht empfohlen, etwas zu vertuschen. Ich wollte nur darauf hinweisen, daß es den Nutzen eines Kriegsgerichtsverfahrens gegen den Schaden abzuwägen gilt, der dadurch unserem Land entstehen könnte.«

»Wenn wir uns selbst daran hindern oder uns von anderen daran hindern lassen, diesen Fall weiterzuverfolgen, dann hat unser System versagt«, sagte van Arken im Brustton der Überzeugung. »Und ich kann mir für einen Rechtsstaat keinen größeren Schaden vorstellen, als wenn die Justiz versagt. Außerdem bin ich davon überzeugt, daß Mr. Tyson, wäre er jetzt hier im Zimmer, mir zustimmen würde, sofern er zu objektivem Denken fähig ist.«

Berg lächelte mokant. »Dieser Benjamin Tyson kämpft um sein Leben, und deshalb wird er nicht objektiv sein. Nein, er wird diese Regierung und dieses Land vor große Probleme stellen. *Ich* kann ihm daraus keinen Vorwurf machen.« Berg nahm seinen Aktenkoffer. »Viele alte Wunden werden aufbrechen, und aus diesen Wunden wird frisches Blut tropfen. Dieser Scheißkrieg hat uns wieder eingeholt! Gott steh uns bei!« Er wandte sich zum Gehen. »Die Sitzung ist vertagt.«

## *Kapitel 11*

An diesem Dienstagmorgen betrat Benjamin Tyson schon um sieben Uhr dreißig das Clubhaus des *Garden City Golf Club,* inoffiziell *Men's Club* genannt. Das Gebäude stammte aus dem Jahr 1899, dem Jahr, in dem die Frauen mehr oder weniger diskret aufgefordert worden waren, aus dem Club auszutreten. Seitdem herrschte hier die gediegene, unverkennbare Atmosphäre einer ausschließlich von Männern geprägten Einrichtung. Einmal im Jahr wurden die Frauen zwar eingeladen, auf dem Golfplatz zu spielen, aber nur wenige machten von dieser zweifelhaften Ehre Gebrauch.

Tyson blickte sich in der Halle um. Rund um einen Tisch saßen ein paar Männer und spielten Würfelpoker. Tyson ging an der Bar entlang und betrat den Speisesaal, der so hoch war wie ein Kirchenschiff. Er durchquerte den Raum, nickte dabei ein paar Leuten zu, die beim Frühstück saßen, und trat auf die rückwärtige Terrasse hinaus.

Philip Sloan saß an einem kleinen runden Tisch unter einem blaugestreiften Sonnenschirm und las Zeitung. Tyson setzte sich ihm gegenüber. Sloan blickte auf. »Guten Morgen.« Er goß Tyson eine Tasse Kaffee aus einer Zinnkanne ein.

»Danke.« Tyson trank einen Schluck, dann blickte er hinaus in die grüne Parklandschaft. Männer in bunter Kleidung vollführten die sich stets wiederholenden rituellen Bewegungen mit Ball und Golfschläger. Vor einem Jahrhundert, als dieses Areal noch eine unberührte, aus eiszeitlichen Ablagerungen bestehende Ebene gewesen war, hatten sich hier die Schießstände des *Carteret Gun Club* befunden. Im Verlauf der Jahre hatten die Clubmitglieder an dieser Stelle Tausende von Tauben abgeschossen. Und auch der *Meadow Brook Hunt Club* war von Zeit zu Zeit über dieses Gelände galoppiert, begleitet vom Gebell der Hunde und dem Klang der Jagdhörner. Dagegen war Golf ein vergleichsweise zahmer Sport, genauso zahm wie diese Epoche.

Tyson hatte für Golf nicht sonderlich viel übrig, das gleiche galt auch für das Taubenschießen und die Fuchsjagd. Dennoch hatte er irgendwie das Gefühl, daß diese elysischen Felder durch ein Jahrhundert Hedonismus geadelt worden waren. Und er fand es in Ordnung, daß die gesellschaftlichen Veränderungen, die einen Lichtschein auf die Welt geworfen und der amerikanischen Demokratie ihr Gesicht gegeben hatten, spurlos an diesen paar Morgen Land vorbeigegangen waren, so daß sich hier wie eh und je ein Häuflein feiner Herren wie ausgemachte Narren aufführen konnte – zumindest bis zur nächsten Eiszeit.

Sloan legte seine Zeitung beiseite, und er schien erst jetzt zu bemerken, daß sein Gegenüber einen normalen Anzug und nicht, wie er, einen Golfanzug trug. »Ich dachte, Sie würden eine Runde mit mir spielen?«

»Nein, ich nehme den Zug um acht Uhr zweiundvierzig. Schauen wir also zu, daß wir bis halb neun alles besprochen haben.«

Sloan machte ein enttäuschtes Gesicht. Er blickte Tyson nachdenklich an und meinte: »Haben Sie da eigentlich noch einen guten Stand?«

»Wo?« fragte Tyson zurück und goß sich noch einmal Kaffee ein. »Im Zug um acht Uhr zweiundvierzig?«

»Nein, ich meine Ihren *Job*!«

Tyson nippte an seiner Tasse. Frauen, das war ihm aufgefallen, spielten immer auf die mögliche Belastung seiner Ehe an. Die meisten Männer hingegen erkundigten sich nach seinem Job. Kaum jemand wollte etwas über seine psychische Verfassung wissen. »Schwer zu sagen, Phil«, beantwortete Tyson die Frage. »Ich meine, einerseits gibt es da natürlich den berühmten japanischen Paternalismus, aber dem steht die ebenso berühmte japanische Tüchtigkeit gegenüber. Ich fürchte, daß ich zur Zeit nicht sehr tüchtig bin. Hinzu kommt noch, daß die Japaner ja sehr viel Wert auf ihr Gesicht und so weiter legen. Ich bin für sie bestimmt keine wahre Freude.« Lächelnd fuhr er fort: »Als ehemaliger, in Ungnade gefallener Samurai müßte ich eigentlich einen ehrenhaften Abgang machen, aber wir amerikanischen Manager haben uns noch nicht mit der japanischen Todessehnsucht befreunden können.«

Sloan schien die Richtung, die das Gespräch genommen hatte, nicht zu passen.

Tysons Stimme hatte einen bitteren Unterton, als er schloß: »Wenn mein alter Boß noch am Ruder wäre, dann hätte er bestimmt die Anwälte unserer Firma beauftragt, diese Angelegenheit für mich zu erledigen.«

Sloan machte eine abwehrende Handbewegung.

Ein Kellner trat an den Tisch. Tyson bestellte Rühreier und Orangensaft, Sloan Rosinenbrötchen und eine weitere Kanne Kaffee.

Der Anwalt griff in seine Aktentasche und zog die zusammengefaltete Seite einer Zeitung heraus. Er schob sie Tyson buchstäblich unter dem Tisch zu.

Tyson faltete sie auseinander und sah, daß es sich um die Titelseite des *American Investigator* handelte. Darauf war allerdings nicht Marcy abgebildet, denn dies war die neueste Ausgabe des wöchentlich erscheinenden Boulevardblattes. Eine der zahlreichen Schlagzeilen lautete: HERR PRÄSIDENT, WIRD DIE GERECHTIGKEIT SIEGEN? Eine solche Schlagzeile mit einem Fragezeichen, sagte sich Tyson, stellt eine schlaue Methode dar, um bei der Leserschaft den Eindruck zu erwecken, daß einmal in der Woche ein Exemplar des *American Investigator* auf der obersten Treppenstufe des Weißen Hauses liegt. Eine zweite Schlagzeile fiel Tyson auf: MARCYS FREUNDE UND LIEBHABER PAKKEN AUS. Tyson faltete das Blatt zusammen, ohne den Text gelesen zu haben, und gab es Sloan zurück. »Na und?«

»Nun, die Story über Marcy überschreitet alle Grenzen des Anstandes und der journalistischen Ethik, selbst bei einem Skandalblatt wie diesem. Dieser Kerl namens Jones, der sich die Story ausgedacht hat, hat ein paar von Marcys ehemaligen Freunden aus ihrer Collegezeit interviewt – und ein paar männliche Personen, die behaupten, mit ihr intim gewesen zu sein.«

Tyson goß ein bißchen Sahne in seinen Kaffee.

»Dieser Artikel ist eine Verleumdung«, fuhr Sloan fort. »Er ist reine Sensationsmache und enthält nichts als üble Nachrede, Anzüglichkeiten und willkürliche Anspielungen auf unzüchtige Handlungen gewalttätiger Natur. Marcy war politisch radikal, das wissen wir, aber soweit bekannt ist, hat sie nie von Gewalt Gebrauch gemacht. Es gibt da auch ein paar unbewiesene Behauptungen über Drogen.« Sloan zögerte. »Und außerdem enthält der Artikel einen kaum verhüllten Hinweis auf eheliche Untreue.«

Tyson schwieg.

»Schund«, fuhr Sloan fort, »Schund und Verleumdung, verdammt noch mal! Ich finde, jetzt reicht es. Meiner Meinung nach sollte *sie* klagen. Ich spreche zu Ihnen von Mann zu Mann, Ben. Sie hätten mit dem Prozeß ja nichts zu tun, aber ich dachte mir, daß ich trotzdem zuerst mit Ihnen rede. Wir beide wissen, daß Marcy als Frau ziemlich selbständig ist, und sie braucht nicht die Erlaubnis ihres Mannes, um einen Prozeß anzustrengen, aber aus Gründen der Tradition und des Respektes schien es mir geraten, mich zuerst an Sie zu wenden.«

»Sagen Sie so was ja nicht zu Marcy!«

Sloan zwang sich zu einem Lächeln. »Na gut, dann behalten wir dieses Gespräch einfach für uns. Aber sie ist meine Mandantin, und deshalb werde ich sie beraten.«

»Das ist Ihr gutes Recht.«

Das Frühstück wurde serviert. Sloan nahm eine kleine Zuckertüte aus einer Schale und schüttete den Inhalt in seinen Kaffee.

»Jetzt gibt's hier auch keinen Würfelzucker mehr«, stellte Tyson fest. »Alle verwenden nur noch diese idiotischen Tüten. Ich glaub', ich muß mal mit dem Manager reden.«

»Tüten sind viel hygienischer –«

»Aber mit Tüten kann man nichts *bauen*! Ich wollte Ihnen zeigen, wie das mit der Schlacht von Huê war. Aber ich kann es genausogut aufzeichnen.« Tyson zog einen Kugelschreiber aus seiner Brusttasche. »Geben Sie mir mal einen von den gelben Blökken, die ihr Anwälte immer mit euch rumtragt!«

Sloan verdrehte ein bißchen die Augen, aber er förderte trotzdem aus seiner Aktentasche einen Schreibblock zutage.

Tyson aß von seinem Rührei, während er zeichnete.

Sloan sah sich unauffällig auf der Terrasse um. Es entging ihm nicht, daß ein paar Leute den Blick abwandten. Nach einer Weile sagte er schließlich zu dem noch immer zeichnenden Tyson: »Jetzt lassen Sie uns mal über Ihre Anzeige reden. Sie sind also in der Presse, im Fernsehen und im Radio verleumdet worden. Schlimmer konnte es nicht getan werden. Sie sind als Person in Ihrer Würde verletzt worden, Sie haben in beruflicher und in psychischer Hinsicht irreparable Schäden erlitten und –«

Tyson blickte von seiner Zeichnung auf. »Sind Sie sich da sicher? Ich fühle mich prima!«

»Hören Sie mal, Ben, wenn wir noch lange zögern, in aller Form Klage zu erheben, und nur faul auf unserem Hintern rumsitzen, dann überschreiten wir die zulässige Frist. Das Gesetz sagt ausdrücklich, daß Schadenersatzklagen nicht grundlos verzögert werden dürfen, und das Gesetz geht außerdem davon aus, daß potentielle Kläger, die sich so verhalten, ein Spielchen spielen und versuchen, den ihnen zugefügten Schaden zu vergrößern...«

»Aber Sie haben doch selbst gesagt, daß mein Name erst einmal richtig durch den Dreck gezogen werden soll, damit wir einen Mordsschadenersatz einklagen können, Phil!«

Sloan räusperte sich. »So habe ich es nicht gesagt. Aber egal. Wenn wir keinen falschen Eindruck erwecken und die Frist einhalten wollen, dann müssen wir *jetzt* klagen, sofort –«

Tyson drehte den gelben Notizblock zu Sloan hin. »Das eigentliche Problem war die Stadt selbst«, begann er. »Sehen Sie mal, innerhalb der Zitadelle bestand die Altstadt aus langen, geraden, engen Straßen. Panzer konnten da nicht frei manövrieren. Die Südvietnamesen haben es versucht, aber die Vietcong haben ihre Tanks mühelos mit Panzerfäusten geknackt. Na ja, und dann gab es innerhalb der Zitadelle noch die Mauern der Verbotenen Stadt, und hinter diesen Mauern stand der kaiserliche Palast des Himmlischen Friedens. Auf den Festungsmauern waren Wachttürme, und die wurden gleich zu Anfang von den Vietcong und den Nordvietnamesen erobert. Die Lage wurde dadurch noch komplizierter, daß der Perfume River die Stadt in zwei Hälften teilt. Ziemlich weit im Süden der Stadt ist das Gelände mit den Kaisergräbern. Es wurde schon immer von den Vietcong kontrolliert. Sie sehen also, wie schwierig alles in dieser Stadt war, viel zu schwierig. Unser Oberkommando hätte sich nicht vom Feind die Bedingungen diktieren lassen dürfen. Das war der Grund für die vielen Toten und all die Zerstörung. Huê wurde zu einer Art Verdun, weil alle in die Stadtmitte drängten und sich gegenseitig abschlachteten. Eine schlechte Taktik. Die Amerikaner und die Südvietnamesen hätten sich zurückziehen und einen *cordon sanitaire* bilden sollen, meinen Sie nicht auch?«

»Hören Sie«, erwiderte Sloan, der sich seinen Ärger nicht anmerken lassen wollte, »ich lass' mich hier nicht von Ihnen an der Nase rumführen, weil wir Freunde sind und weil ich weiß, daß Sie ganz schön unter Druck stehen. Aber jetzt ist es Zeit, mit dem Quatsch Schluß zu machen und zu *handeln*!«

Tyson betrachtete die Skizze, die er gezeichnet hatte, und fügte ihr noch ein Detail hinzu.

Sloan lehnte sich über den Tisch. »Die Frage lautet: Prozessieren wir, oder sagen Picard beziehungsweise die von ihm zitierten Zeugen die Wahrheit? Hat Benjamin Tyson in irgendeiner Weise an der Ermordung von Männern, Frauen, Kindern, Nonnen und Personal im *Hôpital de la Miséricorde* mitgewirkt?«

Tyson kaute nachdenklich an einem Stück Toast. Dann blickte er dem Anwalt gerade in die Augen und sagte: »Ich glaube, es ist besser, wenn Sie alles wissen: Ja, es stimmt, was in Picards Buch behauptet wird. Ich bin des Mordes schuldig.«

Es spricht für Sloan, dachte Tyson, daß er keine Überraschung oder andere Gefühle heuchelt, die er gar nicht empfindet. Der Anwalt hatte nur wortlos genickt.

Tyson fuhr fort: »Damit hat sich die Sache mit dem Prozeß von selbst erledigt. Tut mir leid, Sie enttäuschen zu müssen und daß ich Sie so lange habe zappeln lassen. Sie verstehen wohl, warum.«

Sloan antwortete ein bißchen kühl: »Ich bin nicht enttäuscht. Na gut, vielleicht bin ich doch ein bißchen enttäuscht, weil Sie sich mir nicht früher anvertraut haben und weil Sie glauben, daß Sie *nicht* unschuldig sind –«

»Ich *bin* auch nicht unschuldig!«

Sloan ließ sich mit seiner Antwort ein wenig Zeit. »Das entscheiden nicht Sie, sondern das Gericht bei einem Strafprozeß. Hören Sie mal, falls Sie angeklagt und freigesprochen werden, dann können Sie mit großer Wahrscheinlichkeit eine Verleumdungsklage gewinnen. Kapiert?«

Tyson nickte. Dieser Sloan war wirklich zäh und hatte sich anscheinend alles gut zurechtgelegt.

Unbeirrt fuhr er fort: »Aber wir müssen die Klage sofort einreichen. Den Prozeß selbst können wir so lange hinausschieben, bis alle strafrechtlichen Anschuldigungen gegen Sie geklärt sind. Das bedeutet, daß die Staatsanwaltschaft durch unsere Zivilklage in Zugzwang gerät, denn während ich ohne weiteres das Verfahren jahrelang verzögern kann, ohne daß es zu einer Gerichtsverhandlung kommt, würde dies bei einer Strafsache einer Verletzung Ihrer Rechte gleichkommen.«

Die Strategien der Anwälte sind machiavellistischer als alle politischen Strategien, dachte Tyson. Bei der militärischen Strategie geht es letztlich um recht einfache Dinge, nämlich um rasches Handeln und das Erreichen allseits bekannter Ziele. »Ich blicke da kaum noch durch«, sagte er. »Auf jeden Fall stimmt das, was ich vorhin zu Ihnen gesagt habe – von ein paar kleinen Korrekturen abgesehen. Was Picard geschrieben hat, entspricht der Wahrheit –«

»Ach was, wer interessiert sich schon für die Wahrheit!« Sloan beugte sich noch weiter über den Tisch vor und fuhr leise fort: »Hören Sie gut zu: Mir ist es verdammt gleichgültig, ob Sie schuldig sind oder nicht. Sie haben viel von meiner Zeit mit dem Versuch verschwendet, einen solch unerheblichen Sachverhalt zu vertuschen. Mich interessiert nur, was *jetzt* geschehen soll. Die Presse hat Ihnen übel mitgespielt, Ihre Brötchengeber zeigen Ihnen gegenüber die kalte Schulter, Ihre Bekannten haben sich von Ihnen abgewandt, und Picard, dieser Schaumschläger, zieht in Radio und Fernsehen über Sie her. Jetzt lassen sie uns mal überlegen, wie wir mit denen gleichziehen können.«

Tyson blickte auf die grüne Rasenfläche, dann wandte er sich wieder Sloan zu. »Dieser Picard ist kein Schaumschläger. Ich habe sein Buch gelesen, und ich habe ihn im Fernsehen gesehen. Ich wünschte mir, er wäre irgend so ein Hohlkopf, aber das ist er nicht. Er ist ein arroganter Bursche, aber er läßt sich von niemandem was vormachen. Außerdem finde ich, daß wir uns vielleicht zivilisiert benehmen, wenn wir denen einen Zivilprozeß anhängen, aber ich würde niemals aus Rache klagen. Und zu guter Letzt: Ihre Bemerkungen über die Justiz und einen eventuellen Strafprozeß treffen zwar zu, aber ich habe in letzter Zeit eine Menge Bücher gewälzt, und ich bin mir nicht mehr sicher, ob mich ein Kriegsgericht freisprechen würde.«

»Auch für die gilt die Regel, daß sie Ihnen Ihre Schuld beweisen müssen.«

Tyson erwiderte achselzuckend: »Sehen Sie sich mal die Verhandlung eines Kriegsgerichts an, dann reden wir weiter.«

Sloan trommelte mit den Fingern auf die Tischplatte. »Wissen Sie, ich glaube, es ist Zeit für eine öffentliche Stellungnahme. Irgend etwas in der Art von dem, was Sie vorhin sagten... etwas über die Schlacht von Huê selbst und das Chaos, das dort herrschte... Schlamperei der militärischen Führung... ihre haarsträubende Dummheit, die vermeidbare Opfer gefordert hat...«

»Und wozu soll das gut sein?«

»Oh, Sie würden staunen! Unerwiesene Behauptungen sind *eine* Sache, fundierte Anschuldigungen eine andere.«

Tyson beobachtete, wie der Schatten eines Flugzeuges über den Golfplatz wanderte. »Nein, denn es gibt solche Behauptungen und solche. Ich bin kein Anwalt, Phil, aber ich sage Ihnen, daß ich mich mit der menschlichen Natur ein bißchen auskenne. In diesem Fall geht es darum, daß die breite Öffentlichkeit Kenntnis von einem angeblichen Verbrechen erlangt hat, von einem ziemlich schweren Verbrechen. So, wie Sie immer darauf achten, daß die Kasse stimmt, gibt es Juristen im Justizministerium und bei der für die Streitkräfte zuständigen Anklagebehörde, die nur von Ruhm und aufsehenerregenden Fällen träumen.« Tyson steckte sich eine Zigarette an. »Wir haben hier ein öffentliches Spektakulum mit allen wichtigen Zutaten: Mord, Verschwörung, Vietnamkrieg, die Enthüllung finsterer Machenschaften ... es ist ein kompletter Zirkus mit Akrobaten, Jongleuren, Zauberern, Clowns und einem Drahtseilakt. Sie haben recht: Unschuld oder Schuld haben kaum etwas damit zu tun.«

»Sie sind zynisch.«

Tyson lachte. »Das muß ich mir von einem Anwalt sagen lassen?«

»Hören Sie auf, Ben, ich versuche ja nur, Ihnen zu helfen! Mir hat übrigens nicht gefallen, was Sie vorhin über Geld gesagt haben.«

»Ich weiß, daß es Ihnen nicht nur ums Geld geht, Philip. Sie haben auch den Presserummel im Auge. Durch das Unglück eines Menschen kann ein anderer berühmt und reich werden. Das ist durchaus in Ordnung. Nichts für ungut.«

»Ich glaube, Sie werden allmählich paranoid.«

»Meine Paranoia hat mir mal das Leben gerettet.«

Sloan schenkte Tyson und sich selbst Kaffee ein. »Was Sie vorhin gesagt haben, eröffnet in rechtlicher Hinsicht wirklich völlig neue Perspektiven.«

Tyson tat so, als hätte er nicht hingehört. »Ich glaube, wichtig für das Urteil, das letzten Endes ein Gericht oder meine Mitmenschen über mich fällen werden, ist auch die ethnische Zugehörigkeit der Opfer.«

Sloan musterte ihn aufmerksam, sagte jedoch nichts.

Tyson nickte vor sich hin und fuhr fort: »Es waren auch ein paar Weiße dabei, Phil, Weiße wie Sie und ich. In My Lai hatten es unsere Soldaten leichter, sie mußten nur wegen zwei- oder dreihundert schlitzäugigen Leichen Rede und Antwort stehen. Aber ich muß mich für ein Dutzend toter Weißer verantworten. Im Krieg kommt es eben wie in allen anderen Daseinsbereichen auf die Qualität an, nicht auf die Quantität!«

Philip Sloan zog es offenbar vor, den in dieser Bemerkung enthaltenen Sarkasmus nicht zur Kenntnis zu nehmen. Er nickte zustimmend und sagte leise, wie zu sich selbst: »Katholiken ... diese Asiaten waren Katholiken ...«

»Richtig, Phil. Die vietnamesischen Nonnen waren anscheinend ausnahmslos Katholiken, wahrscheinlich auch viele der Patienten. Die Sache passierte eben in einem vorwiegend katholischen Vorort von Huê. Mag sein, daß ein paar der Europäer Protestanten waren. Das macht alles noch komplizierter.« Tyson steckte sich eine neue Zigarette an. »Immerhin waren keine Priester dabei.«

»Ja, Gott sei Dank.«

»Aber Babys, eine Menge Babys! Und schwangere Frauen, kleine Kinder, Kranke und Verwundete –«

»Mein Gott!«

»In einem Krankenhaus trifft man eben solche Leute an, Phil. Und im Krieg muß man nehmen, was da ist.«

Sloan warf ihm einen raschen Blick zu. »Sind Sie verrückt?«

»Eine hochinteressante Frage, randvoll mit Möglichkeiten«, erwiderte Tyson, stand auf und reichte dem Anwalt den gelben Notizblock. »Sehen Sie, welchen Fehler unsere ›Marines‹ gemacht haben?«

»Aha«, sagte der nur und blickte sekundenlang verwirrt auf die Zeichnung.

»Es ist offenkundig, stimmt's? Schauen Sie mal: Statt in nördlicher Richtung über den Fluß ins Herz der Zitadelle vorzustoßen, hätten sie im Eiltempo einen weiten Bogen nach Westen schlagen, anschließend von Norden her den Fluß überschreiten und das westliche Tor in der Zitadellmauer abriegeln müssen.« Tyson klopfte mit dem Finger auf das gelbe, linierte Papier. »Das war die Schlüsselposition. Die Kommunisten pumpten durch das westliche Tor Nachschub und Verstärkung, und niemand war in der Lage, sie zu stoppen. Meine Kompanie rückte gegen die westliche Festungsmauer vor, aber wir waren zahlenmäßig zu schwach und zu weit auseinandergezogen. Interessanterweise verschweigt Picard den Murks der ›Marines‹. Nach all diesen Jahren fühlt er sich eben immer noch ein bißchen als einer von ihnen. *Semper fidelis.* Nur nichts Schlechtes über das Marinecorps sagen! Selbst wenn man so tut, als wäre man hinter der Wahrheit her.«

»Es ist ihm aber nicht schwergefallen, über Sie und Ihre Einheit herzuziehen«, meinte Sloan. »Schuldhaftes Verhalten und Versagen der militärischen Führung auf höherer Ebene – darauf wollte ich vorhin hinaus. Wenn man Sie vor ein Kriegsgericht stellt, dann müßte auch jeder höhere Offizier angeklagt werden, der damals nicht weiter als zwanzig Meilen von Huê entfernt war. Sie müssen den Leuten von der Army klarmachen, daß Sie nur ein kleines Schräubchen in einem schlecht funktionierenden Räderwerk waren und daß Sie nicht bereit sind, die Suppe alleine auszulöffeln. Lassen Sie die großen Tiere nicht ungeschoren davonkommen!«

Tyson starrte Sloan an, dann beugte er sich nahe zu ihm hin und sagte: »Aber verstehen Sie denn nicht, mein Freund? Das wäre nicht fair! Jeder Idiot, sogar ein Reserveoffizier wie ich, kann sich zwanzig Jahre später am Frühstückstisch wie ein militärisches Genie aufführen, nachdem er eine detaillierte Schilderung der Schlacht gelesen hat. Aber echte Genialität besteht aus der Fähigkeit, das Wesentliche im Moment des Geschehens zu erfassen und einen klaren Kopf zu behalten, wenn man auf dem Bauch liegt und aus einem halben Dutzend Funkgeräten angebrüllt wird, während rings um einen herum die eigenen Männer krepieren oder vor Schmerz brüllen, man sich selbst vor Angst in die Hosen pißt und das Bumbumbum der feindlichen Artillerie immer näher kommt!« Tyson klopfte dreimal auf den Tisch. »Bumbumbum!«

Sloan blickte sich schnell um und sah, wie ein paar Leute den Kopf wegdrehten.

Tyson richtete sich auf und schleuderte seine Zigarette auf den Steinfußboden der Terrasse. Mit ruhigerer Stimme fuhr er fort: »Wie heißt es doch gleich? Richtet nicht, auf daß ihr nicht gerichtet werdet! Das alliierte Kommando hat durch seine Dummheit in Huê mehr eigene Leute umgebracht als der Feind mit seiner überlegenen Taktik. Aber ich würde diesen Offizieren vergeben, wenn sie mich darum bitten würden. Wissen Sie, mein Freund, in der Hitze des Gefechts läßt sich über niemanden ein Urteil fällen. Daran sollten die Leute denken, wenn die Schlacht vorbei ist und man den Überlebenden einen Kaffee serviert. Vielen Dank für das Frühstück, Phil!«

## *Kapitel 12*

Benjamin Tyson saß nackt auf den Keramikfliesen und beobachtete den zur Decke steigenden Dampf.

Der Mann, der eine Stufe über ihm saß, wartete ab, bis das laute Zischen aufhörte, dann sagte er: »Ich hoffe, Sie verstehen, warum ich Sie ausgerechnet hier sprechen wollte.«

Tyson genoß es, wie der Schweiß an ihm herunterlief. Er blickte zu dem Mann auf, der dort oben mit angezogenen Knien hockte. »Ich nehme an, es hat etwas mit Abhöreinrichtungen zu tun«, meinte er.

»Richtig. Heutzutage leiden alle unter Verfolgungswahn. Aber kann man es den Leuten verdenken, seit es diese Minisender und Richtmikrofone gibt? Hier sind wir davor sicher. Ich habe schon viele Gespräche in Dampfbädern geführt. Später gehen wir ein bißchen schwimmen.«

Tyson setzte sich auf und lehnte sich mit dem Rücken gegen die Wand. Auch er hatte hier, im »New York Athletic Club«, schon geschäftliche Besprechungen gehabt, aber nicht, um eventuelle Befürchtungen wegen Abhöranlagen zu zerstreuen, sondern wegen der kameradschaftlichen Atmosphäre.

»In welchen Clubs sind Sie?« fragte der Mann.

»In einem Buchclub beispielsweise.«

Der andere lachte. »Sind Sie nicht auch Mitglied von zwei Vereinen draußen in Ihrem Vorort? Dem ›Garden City Country Club‹ und dem ›Garden City Golf Club‹? Der Golfclub ist ein reiner Männerclub, wenn ich mich nicht täusche.«

»Ich muß zugeben, ich verstehe nicht ganz, in wessen Auftrag Sie hier sind, Mr. Brown«, sagte Tyson.

»Ich vertrete die Regierung.«

»Die ganze Regierung? Einfach so?«

Der Mann lächelte. »Das spielt im Augenblick keine Rolle.«

»Für mich schon. Hören Sie, Sie haben mich am Telefon davon überzeugt, daß Sie mir etwas Wichtiges zu sagen haben. Deshalb bin ich hier.«

Tyson starrte den anderen durch den weißen Dampf an. Brown

war ein bißchen jünger als er, und wie die meisten Männer, die erst vor kurzem entdeckt haben, daß sie in den sogenannten besten Jahren sind, mochte Tyson keine autoritären Personen, die jünger waren als er selbst. Der Bursche war gut gebaut und sonnengebräunt. Er hatte lockiges, blauschwarzes Haar, manikürte Fingernägel und ganz allgemein das Aussehen eines Mannes, der auf sein Äußeres achtet. Tyson sah, daß er einen Ehering und an einer Halskette einen Anhänger mit irgendeinem religiösen Motiv trug. Er glaubte nicht, daß Brown etwas mit dem Militär zu tun hatte, aber er hatte das sichere Gefühl, daß er früher einmal dabeigewesen war. Seine Sprache ließ auf teure Privatschulen und ein Ivy-League-College schließen. »Was kann ich also für Sie tun, Mr. Brown?« erkundigte sich Tyson schließlich.

»Nennen Sie mich Chet. Okay?«

»Okay, Chet. Was kann ich sonst noch für Sie tun?«

Der Mann lächelte. »Darf ich Sie Ben nennen?«

»Klar.«

»Gut«, sagte Chet Brown und massierte seine schweißnassen Waden. »Ich möchte mit Ihnen über... über gewisse Dinge reden. Dies ist eine inoffizielle, aber von höherer Stelle genehmigte Unterredung. Entscheidungen, die wir hier gemeinsam treffen, sind bindend.«

»Das klingt ja ganz so, als hätte die Regierung Kummer.«

»Durchaus nicht. *Sie* sind derjenige, der Kummer hat.«

Tyson antwortete nicht gleich. Nach einer Weile sagte er: »Warum also verhandeln? Wie sagte doch gleich der alte Benjamin Franklin, Chet? ›Weder eine Festung noch eine Jungfrau hält lange stand, wenn sie sich erst einmal auf Verhandlungen einlassen.‹«

Brown lachte. »Gut gesagt! Ich glaube, wir werden uns gefallen, Ben. Sie sehen nicht wie ein Massenmörder aus.«

Tyson erwog und verwarf mehrere Antworten darauf. Eine wäre gewesen, diesem Chet Brown einen Schwinger zu verpassen.

»Sehen Sie, Ben«, fuhr Brown fort, »in der Justiz spielt auch Mitgefühl eine Rolle. Genauer gesagt: Es gibt populäre und unpopuläre Fälle. Auf der einen Seite haben wir die Theorie, auf der anderen die Realität.«

Tyson schaltete ab, während der Mann sich warm redete. Er

wischte sich den Schweiß aus den Augen und blickte auf die Glastür. Irgendein Angestellter hatte ein Schild daran gehängt. Wahrscheinlich stand »Kein Zutritt« oder etwas Ähnliches darauf. Er gähnte und reckte sich. Nein, überlegte er, es macht mir wirklich nichts aus, hier mit diesem Kerl splitternackt rumzusitzen. Dadurch bin ich auch psychologisch nicht im Nachteil. Ich fühle mich nur ein bißchen schläfrig, aber genauso sollte man sich hier wohl fühlen. Ich darf nur nicht vergessen, daß ich hier eventuell mit einem Gegner über mein Schicksal diskutiere.

Brown redete noch immer, und jetzt hörte Tyson wieder hin.

»Sehen Sie«, sagte Brown gerade, »diese ganze Angelegenheit hat wohl schon im In- und Ausland zuviel Aufsehen erregt, um einfach ignoriert zu werden. Wir würden es zwar gern tun, aber es geht leider nicht.«

»Versuchen Sie's doch mal!«

»Hören Sie, Ben, dies hat sich zu einer ziemlich emotionalen Angelegenheit entwickelt. Es war vorauszusehen. Der ganze alte Mist wird wieder hervorgeholt.«

Tyson schloß die Augen.

»Die öffentliche Meinung ist geteilt, verstehen Sie?« sagte Brown. »Die Debatte hierzulande verläuft nach altem Muster: Ein paar Kolumnisten und Kommentatoren haben darauf hingewiesen, daß in Picards Buch zwar lang und breit über die vom Feind in Huê begangenen Greuel berichtet wird, daß die Massenmedien jedoch – wie immer – nur Interesse an den angeblich von Amerikanern begangenen Verbrechen zeigen.«

Dieses Argument gefiel Tyson.

»Andere Leute haben wiederum hervorgehoben«, fuhr Brown fort, »daß man von Amerikanern ein besseres Benehmen als von ihren Gegnern erwarten könne: musterhaft und vorbildlich. Es würde Ihnen jedenfalls nichts nützen, mit dem Finger auf die Schweinereien des Feindes zu zeigen. Die Leute, die das Massaker im *Hôpital de la Miséricorde*« – Brown hatte eine gute französische Aussprache – »angerichtet haben, unterliegen der Rechtsprechung der zuständigen amerikanischen Gerichte.«

»Nein«, wandte Tyson ein, »jetzt nicht mehr.«

»Genau *das* ist der springende Punkt«, sagte Brown nachdenklich.

»Stimmt, Chet.«

Die beiden Männer schwiegen eine Weile. Dann sagte Brown: »Manche Leute reden schon ganz offen von einem Verfahren vor dem Kriegsgericht. Das haben Sie bestimmt in der Zeitung gelesen oder in Radio oder Fernsehen gehört.«

»Ja, ich hab' da was läuten gehört, aber ich sitze nicht sehr oft vor dem Fernseher. Ich höre mir lieber Kassetten an.«

»Hören Sie, Ben, es gibt da eine ganze Menge Leute, die auf Ihrer Seite sind. Ich gehöre auch dazu.«

»Und was *ist* meine Seite, Chet?«

Brown beugte sich zu Tyson hinab, bis ihre Gesichter nur noch ein paar Zentimeter voneinander entfernt waren. »Bitte versuchen Sie nicht, mit mir kleine Spielchen zu spielen, Ben. Okay?«

Tyson starrte den anderen so lange an, bis er sich wieder in seine sitzende Position begab. Die Dampfzufuhr wurde erneut eingeschaltet. Brown verschwand in den weißen Schwaden. Die beiden Männer schwiegen, solange der Raum von lautem Zischen erfüllt war. Tyson schloß die Augen. Plötzlich war es wieder still. Er atmete tief durch die Nase ein, dann hörte er Brown mit leiser Stimme sagen: »Wie die Dinge liegen, sind fast alle Leute, die auf Ihrer Seite sind, Zivilisten: im Weißen Haus, im Armee-, Verteidigungs- und Justizministerium... es sind die Militärs, die Ihnen an den Kragen wollen!«

»Wie undankbar.«

»So könnte man es nennen. Ich glaube, gewisse Herren bei der Army und besonders bei der für das Militärjustizwesen zuständigen Staatsanwaltschaft sind ganz scharf darauf, sich wieder in ein gutes Licht zu rücken. Ich denke dabei natürlich an die Schlappe von My Lai. So etwas können die nicht noch einmal durchziehen, aber jetzt sehen sie die Chance, es besser zu machen.«

Tyson erwiderte nichts.

»Die Army möchte sozusagen einen großen Hausputz veranstalten, und der JAG reißt sich darum, den Besen dafür zur Verfügung zu stellen: General van Arken.«

Tyson nickte. Der Name war ihm schon ein paarmal in Presseartikeln begegnet.

»Sehen Sie, bei der Army erinnert man sich noch allzu genau an My Lai. Es gibt eben bei den Militärs eine Kontinuität, die wir beispielsweise im Weißen Haus nicht haben, denn dort hat es seit My Lai ein halbes Dutzend Regierungsmannschaften gegeben. Außerdem sieht es so aus, als hätten die Jungs im Weißen Haus keine Möglichkeit, diesen van Arken mit seinen Leuten zurückzupfeifen oder ihm gar die ganze Sache aus der Hand zu nehmen.«

Tyson nickte stumm vor sich hin. Das klang überzeugend. Die Militärs waren seit eh und je von der Idee besessen, ihre Ehre reinzuwaschen, wenn die mal etwas abbekam. Er hatte den Verdacht, daß dieser Fall etwas mit der kollektiven Psyche der Militärs zu tun hatte und daß es nicht nur um die Geschehnisse im *Hôpital de la Miséricorde* ging, sondern um Vietnam als Ganzes.

»Die Army hat ein Verfahren mit dem Ziel eingeleitet, Sie wieder einzuberufen«, sagte Brown langsam und bedächtig.

Tyson spürte, wie sich etwas in seinem Bauch verkrampfte, aber sein Gesicht blieb ausdruckslos.

»Ihnen ist doch wohl klar, daß Ihr Fall nur vor einem Kriegsgericht verhandelt werden kann?«

»Ja, das weiß ich.«

»Sie haben einen Anwalt namens Sloan?«

»Richtig.«

»Haben Sie noch irgendwelche anderen Anwälte?«

»Brauche ich denn mehr als einen?«

»Es war nur eine Frage. Hören Sie, ich will ehrlich mit Ihnen sein –«

»Danke.«

»Die Army hätte es verdammt schwer, vor Gericht mit einem Wiedereinberufungsbefehl durchzukommen, aber soll ich Ihnen was sagen?«

»Was denn?«

»Die holen Sie zurück! Das kann zwar zwei Jahre dauern, aber sie werden es schaffen. Haben Sie überhaupt die Kraft und die Mittel, um gegen den Staat anzutreten?«

»Das geht niemanden etwas an.«

»Aber Sie sind dazu entschlossen?«

»Worauf wollen Sie hinaus?«

»Ich möchte Ihnen ein paar gute Ratschläge geben.«

Tyson ahnte, daß man ihm eine Kompromißlösung anbieten wollte. »Schießen Sie los!«

»Fechten Sie Ihre Wiedereinberufung nicht an.«

Tyson stand auf und meinte: »Eine großartige Idee, Chet.« Er beugte sich so weit nach unten, bis er seine Zehen berühren konnte. »Na gut, was wäre denn für mich drin?«

»Ein schnelles Verfahren.«

»So wie es die Verfassung vorschreibt?« Tyson machte ein paar Streckübungen. »Sie verschwenden Ihre Zeit mit mir.«

»Gott segne Amerika, Ben«, erwiderte Brown. »Wie viele Länder gibt es wohl in der Welt, wo ein des Massenmordes Verdächtigter sich solche Worte gegenüber einem Regierungsbeamten herausnehmen kann, der ihm einen Handel anbietet?«

»Mindestens eins, und in dem Land befinden wir uns gerade.«

»Richtig, aber wenn wir woanders wären, dann würde dieser weißgekachelte Raum vielleicht auch für etwas anderes benutzt werden. Beispielsweise würde ich vielleicht gerade die Scheiße aus Ihnen rausprügeln.«

Tyson richtete sich auf. »Versuchen Sie's mal, Freundchen!«

Brown schien über diese Möglichkeit nachzudenken, doch dann schüttelte er den Kopf. »Nein, ich will lieber den geschäftlichen Teil erledigen. Danach können Sie für ein paar Runden gegen mich antreten. Wir fühlen uns dann bestimmt besser.«

Tyson machte ein paar Liegestütze. Brown trat dicht neben ihn und sagte: »Ich bin bereit, Ihnen ein Angebot zu machen, wenn Sie mitspielen.«

Tyson sprang auf die Füße, baute sich vor Brown auf und fragte: »Ist das alles legal?«

Brown erwiderte achselzuckend: »Ich bin kein Anwalt, genausowenig wie Sie. Sie haben am Telefon eingewilligt, mich ohne Rechtsbeistand zu treffen.«

»Gehen wir erst mal unter die Dusche.« Tyson ging zur Tür.

Die beiden Männer traten in einen kurzen Gang hinaus, der zum Duschraum führte.

Als Tyson unter der kalten, prickelnden Brause stand, fühlte er sich sofort viel klarer im Kopf. Brown, der gleich nebenan duschte, sagte: »Wissen Sie, Ben, dieser van Arken glaubt, daß er ausreichende Gründe hat, Sie wieder einberufen zu können. Aber wenn Sie diesen Wiedereinberufungsbefehl anfechten, dann könnte der Präsident gezwungen sein, Sie per Sonderanordnung wieder zu den Fahnen zu rufen. Er hätte es allerdings nicht gerne, in diese Lage gebracht zu werden.«

»Sagen Sie ihm, daß ich auch seine Anordnung anfechten würde.«

»Der Präsident denkt nicht nur an sich selbst, er ist überzeugt, daß es sich negativ auf ein Verfahren gegen Sie auswirken würde, wenn er persönlich eingreift.«

Tyson drehte den Wasserhahn zu und ging in den Ankleideraum, wo ein Angestellter ihm ein Handtuch reichte. Brown folgte ihm. »Ich habe zwei Masseure für uns reserviert. Sie sind herzlich eingeladen.« Er führte Tyson in einen kleinen Massageraum. Dort standen zwei Tische dicht nebeneinander. Tyson sprang auf den ersten und legte sich auf den Bauch. Brown setzte sich auf den anderen Tisch. »Es dauert noch ein Weilchen.«

Trotz der unangenehmen Unterhaltung fühlte Tyson sich entspannt. Er schloß die Augen und gähnte. Eine träumerische Mattigkeit überkam ihn. Im Grunde war er bereit, sich alles anzuhören, was dazu dienen konnte, ihn vor einem Leben im Gefängnis zu bewahren. Zu Brown gewandt, sagte er: »Wenn Sie es wirklich ehrlich mit mir meinen, dann sagen Sie mir jetzt, wie man einen solchen Wiedereinberufungsbefehl zu rechtfertigen gedenkt. Danach erzähl' ich Ihnen, was ich dagegen unternehmen würde.«

»Einmal Offizier, immer Offizier, wie?« fragte Brown.

»Ich fühle mich nicht wie ein Offizier. Da müssen Sie sich schon was Besseres ausdenken, Chet.«

*»Ich entbiete allen, die diese Urkunde sehen werden, meinen Gruß.* Kommt Ihnen das nicht bekannt vor? Das steht auf Ihrer vom Präsidenten unterzeichneten Ernennungsurkunde – und auf meiner auch. *Wisset, daß ich, hohes Vertrauen und Zuversicht in die Vaterlandsliebe, Tapferkeit, Treue und Befähigung von Benjamin James Tyson setzend, selbigen zum Offizier bei den Streitkräften der Vereinigten Staaten von Amerika ernenne.«*

Tyson starrte Brown an. Der fuhr fort: *»Dieser Offizier soll infolgedessen sorgfältig und umsichtig der Pflichten seines Amtes walten, die ihm aufgetragen werden, indem er alle dieserhalb dienlichen Taten und Handlungen vollführt.«* Brown lächelte. »Die Ausdrucksweise ist ganz schön altmodisch, aber so was kommt bei Gericht gut an. Das klingt, als wäre es aus George Washingtons Regierungszeit überliefert, und das ist es auch. Na gut, hören wir uns noch die Stelle an, die uns jetzt unmittelbar interessiert: *Diese Ernennung soll in Kraft bleiben, solange es dem Präsidenten der Vereinigten Staaten von Amerika beliebt.*«

Tyson rümpfte die Nase. »Hübsche Vorstellung, Chet.«

»Ihre Ernennungsurkunde wurde von Präsident Lyndon B. Johnson unterzeichnet«, fuhr Brown fort. »Aber auch der jetzige Präsident kann sich auf ihre Rechtsgültigkeit berufen. Schließlich haben Sie diese Ernennung ja selbst akzeptiert. Sie haben damals die rechte Hand gehoben und einen feierlichen Schwur geleistet.«

Tyson krallte seine Zehen um die Kante des Sprungbretts, sprang ein paarmal auf und ab und tauchte hinunter in den Swimmingpool. Er kraulte ein paar Längen, dann schwamm er zur Mitte des Beckens und hielt sich dort durch Wassertreten an der Oberfläche. Brown machte ein paar Züge, bis er bei ihm war.

»Da wäre noch eine Sache im Zusammenhang mit diesem Wiedereinberufungsbefehl. Wußten Sie eigentlich, daß Sie noch immer als Reserveoffizier außer Dienst in den Akten geführt werden?«

»Nein, das wußte ich nicht«, log Tyson.

»Nun, so ist es aber. Irgendwann wurden Sie schriftlich aufgefordert mitzuteilen, ob Sie weiterhin Reserveoffizier bleiben oder endgültig ausscheiden wollten. Sie haben in keinem der beiden entsprechenden Kästchen ein Kreuz gemacht, sondern statt dessen eine freche Bemerkung auf den Vordruck geschrieben und ihn ans Armeeministerium zurückgeschickt. So etwas hatte man von Ihnen nicht erwartet, Ben! Sie sollten nur ein Kreuzchen machen. Heutzutage hängt im Leben vieles davon ab, wo man ein solches Kreuzchen macht.«

Tyson schwamm zum Rand des Schwimmbeckens und hielt sich an dem gekachelten Sims fest. Er schloß die Augen, streckte die Beine aus und schwebte im Wasser. Ja, er erinnerte sich noch genau an das Formular, das ihm das Armeeministerium damals zugeschickt hatte. Es war irgendwann Mitte April 1975 gewesen. Kambodscha war in die Hände der Roten Khmer gefallen, Laos wurde gerade vom Pathet Lao erobert, die nordvietnamesische Armee und der Vietcong standen vor Saigon. Genau wie viele andere Männer, die er aus seiner Dienstzeit in Vietnam kannte, war Tyson verbittert und wütend gewesen. Er hatte geglaubt, seit Jahren über Vietnam hinweg zu sein, aber dann hörte und las er in den Nachrichten Namen, die alte Erinnerungen heraufbeschworen. Eine Stadt nach der anderen, ein Stützpunkt nach dem anderen fiel in rascher Folge dem Feind zu: Quang Tri, Huê, Da Nang, Pleiku – und dann, eines Nachts, das Hauptquartier seiner eigenen Einheit bei An Khe. Jeder Name, den er hörte oder las, erinnerte ihn an Bilder voller Blut, Tod, Opfer und Tapferkeit. »Der Brief kam zu einem ungünstigen Zeitpunkt«, sagte er laut.

Brown stand neben ihm im flachen Wasser. »Das glaube ich gern. Sie haben folgende Worte quer über das Schreiben gekritzelt: *Fünfzigtausend tote Amerikaner und einhunderttausend Verwundete – wofür?* Es gibt beim JAG kaum jemanden, der diese aufmüpfigen Worte nicht gelesen hätte. Ich habe gehört, daß es einige Diskussionen über den Mann gegeben hat, der sich auf diese Weise in den Archiven der Army verewigt hat.«

Tyson öffnete die Augen. »Ich habe jetzt langsam die Schnauze voll, Chet. Ich ärgere mich über die Tatsache, daß Leute mich analysieren und über mich reden, als wäre ich ein Gegenstand. Und ich mag nicht, wenn irgendwelche Leute in meiner Personalakte herumschnüffeln, ob sie das nun dürfen oder nicht!«

»Natürlich, und ich kann es Ihnen auch nicht verdenken. Aber vergessen Sie bitte nicht, daß wir zwar im Augenblick hier nicht über Massenmord reden, daß es aber letztlich darum geht.«

Tyson warf einen Blick auf die große Wanduhr in der Schwimmhalle.

»Ich werde Sie nicht mehr lange aufhalten«, sagte Brown. »Wahrscheinlich stapelt sich die Arbeit auf Ihrem Schreibtisch. Eigentlich wollte ich Sie nur über diese Wiedereinberufung informieren. Falls Sie sie anfechten, wird sich die Army wehren. Irgendwann kommen die damit durch, das wissen Sie selbst. Sie haben dann zwar ein bißchen Zeit gewonnen, aber um welchen Preis!«

»Besser, als sich seelenruhig zur Schlachtbank führen zu lassen.«

»Das ist keine Schlachtbank, sondern ein Prozeß. Und noch etwas, Ben: Falls Sie bis vor den Obersten Gerichtshof ziehen und der für *Sie* entscheidet, sind Sie trotzdem der Verlierer. Es würde sich nie wieder die Gelegenheit ergeben, die Anschuldigungen gegen Sie aus der Welt zu schaffen. Ihr ganzer Kampf, einer Rechtsprechung zu entgehen, würde als indirektes Geständnis ausgelegt werden. Wenn Sie jedoch andererseits freiwillig wieder zur Army gingen, dann könnten Sie einen wichtigen psychologischen Vorteil verbuchen und hätten außerdem einen tollen PR-Coup zu Ihren Gunsten gelandet. Bei der Army würde man einen solchen freiwilligen Schritt mit Wohlwollen betrachten!«

»Und was bietet man mir als Gegenleistung, wenn ich mitmache?«

»Nun, was das eigentliche Verfahren angeht, kann ich Ihnen nichts versprechen. Meine Aufgabe ist es nicht, mich in ein Ermittlungsverfahren der Army einzumischen. Auch einen eventuellen Prozeß vor einem Kriegsgericht kann ich nicht manipulieren, aber ein paar andere Dinge könnte ich Ihnen garantieren, sofern Sie mir im Gegenzug gewisse Zugeständnisse machen.«

Tyson ging die paar Stufen hinauf, die aus dem Pool führten, setzte sich an den Rand des Beckens und ließ die Beine ins Wasser baumeln. »Lassen Sie mal was über diese Garantien hören.«

Brown kam ein bißchen näher an ihn heran. »Erstens: Wenn Sie sich freiwillig der Gerichtsbarkeit der Army unterstellen, teilt man Ihnen ein Quartier zu, das nicht weiter als vierzig Kilometer von der Stadt entfernt ist.«

»Sie reden wie ein Anwerber. Kriege ich auch eine neue Uniform?«

»Na klar. Aber wichtiger ist, daß Ihre Bewegungsfreiheit überhaupt nicht eingeschränkt wird. Sie werden genauso frei sein wie jetzt – im Rahmen Ihrer eventuellen dienstlichen Pflichten. Ist das soweit okay?«

»Nein, aber machen Sie nur weiter.«

Brown wurde ungeduldig. »Hören Sie, Ben, wenn die Army Sie nach einem Rechtsstreit zurückholt, dann wird die Sache für Sie dadurch nicht leichter werden, dann schickt man Sie nach Fort Bumfuck irgendwo in der Wüste von Arizona. Und Ausgangssperre bekommen Sie obendrein.«

»Hören Sie auf, mir zu drohen, junger Mann!«

Brown stand auf der Betontreppe im flachen Wasser und ballte die rechte Faust, daß die Knöchel knackten. »Die Sache mit der Ausgangssperre würde Ihnen bestimmt nicht gefallen, Ben. Und Ihrer Familie auch nicht. Ihre Frau müßte wahrscheinlich wegen ihrer Arbeit in New York bleiben. Sie würde sich verdammt einsam fühlen, mein Freund. Oder auch nicht –«

Tysons Fuß traf Brown genau am Solarplexus. Brown riß die Augen und den Mund weit auf, krümmte sich zusammen und stolperte die Stufen hinunter, die in den Pool führten. In der Nähe erhob sich ein junger Mann aus einem Liegestuhl und blickte zu Tyson hinüber.

Brown richtete sich auf und holte tief Luft. Er schüttelte mehrmals rasch den Kopf und gab dem jungen Mann mit der Hand ein Zeichen. Tyson machte ein paar Schritte rückwärts vom Pool weg. Er ließ den Mann dabei nicht aus den Augen, doch der ließ sich wieder in seinen Liegestuhl fallen.

Brown atmete mehrmals tief durch und starrte Tyson dabei von unten an. »Schon gut, schon gut, den hatte ich wohl verdient«, sagte er. »Alles klar. Waffenstillstand?«

Tyson nickte.

Brown stieg die Treppe hoch, ging zu seinem Liegestuhl, wikkelte sich ein Handtuch um die Hüfte, setzte sich auf den Stuhlrand und klopfte mit der Hand mehrmals auf einen zweiten Liegestuhl dicht neben sich.

Tyson ging zu ihm hin, schnappte sich ebenfalls ein Handtuch und wickelte es um sich.

»Fühlen Sie sich jetzt besser?« fragte Brown. »Setzen Sie sich.«

Tyson fühlte sich viel besser. Er streckte sich auf dem Liegestuhl aus.

Brown massierte sich den Bauch. »Herrgott, Sie sind ja wirklich ein gewalttätiger Mensch, aber ein ganz normaler.« Er lächelte etwas gequält.

Tyson entspannte sich, behielt jedoch Brown im Auge. Er wurde sich plötzlich bewußt, daß er seit Vietnam nicht mehr solche starken Gefühle, so viel Wut und Trotz empfunden hatte. In gewisser Hinsicht ist das zeitlich und emotional ein Rückschritt, sagte er sich, eine Rückverwandlung in die Person, die ich war, bevor Marcy, das Vorstadtleben, die sogenannten mittleren Jahre und mein Job anfingen, meine Aggressivität abzuschwächen. Ich habe mein eigenes Leben in die Hand genommen, aber jetzt scheint doch alles aus den Fugen zu geraten. Laut sagte er: »Tut mir leid, aber wenn Sie mir noch einmal solche Scheiße erzählen, fangen Sie sich noch so 'n Ding ein.«

Brown lächelte säuerlich. »Okay. Können wir jetzt wieder übers Geschäft reden?« Er lehnte sich vor und stützte die Hände auf die Knie. »Also – falls Sie wirklich vor ein Kriegsgericht gestellt werden, dann kann ich Ihnen auch garantieren, daß Sie sich während des Verfahrens ungehindert frei bewegen können. Wenn der Prozeß dann schiefläuft, können Sie sich ja immer noch endgültig dem Zugriff der Army entziehen. Übrigens könnten Sie das natürlich sofort tun. Sie werden nicht überwacht.«

Tyson schwieg.

»Ihr Paß wird nicht eingezogen oder ungültig gemacht, wie es bei solchen Angelegenheiten üblich ist. Falls Sie jetzt oder später abhauen wollen, dann gehen Sie bitte irgendwohin, wo Sie unsere Regierung nicht vor das peinliche Problem einer Auslieferung stellen. Die meisten entscheiden sich für Brasilien, aber Schweden käme für Sie auch in Frage.« Er lehnte sich näher zu Tyson hin. »Hören Sie, alles, was ich Ihnen hier offeriere, liegt für meine Dienststelle durchaus im Bereich des Möglichen –«

»Schweden! Wollen Sie mir damit sagen, daß ich jetzt, achtzehn Jahre nach meiner Rückkehr aus einem Krieg, in dem ich für unser Land gekämpft habe, einfach nach Schweden abhauen soll? *Ich* soll nach Schweden, wo –«

»Bitte nicht so laut!«

Tyson hatte sich aufgerichtet. »– wo sich all die Deserteure und Drückeberger rumtreiben? Denen hat unser Präsident Amnestie gewährt, wo ist *meine* Amnestie?«

»Ja, es ist schon ein Witz, wenn man darüber nachdenkt –«

»Ich scheiße auf Sie, Brown, und ich scheiße auf die Leute, die Sie hergeschickt haben.«

»Bitte schreien Sie nicht so!«

»Ich gehe nirgendwohin, verdammt noch mal! Ich bin amerikanischer Bürger, und dies ist mein Land. Scheiß auf Schweden und scheiß auf die Army!«

Brown blickte sich in der Schwimmhalle um. »Beruhigen Sie sich doch!«

Tyson stemmte sich aus dem Liegestuhl hoch. »Hören Sie mir gut zu, Chet, oder wie immer Ihr beschissener Name auch lautet! Sagen Sie Ihren Bossen folgendes: Ich werde zwar des Massenmordes verdächtigt, aber ich bin auch ein Soldat, der wegen besonderer Tapferkeit ausgezeichnet worden ist. Ich habe zwei von diesen blöden *Purple Hearts* –« Tyson zeigte auf das weißliche, vernarbte Gewebe an seinem rechten Ohr und auf die dicke, purpurrote Linie, die rund um seine Kniescheibe und dann am Schienbein entlang nach unten verlief. »Ich habe eine Handvoll Medaillen und Kampfabzeichen, und ich bin außerdem Ehemann, Vater, hart arbeitender Steuerzahler und ein geachtetes Mitglied der Gesellschaft. Meines Wissens habe ich nie in meinem Leben ein Gesetz übertreten, und was da vor achtzehn Jahren in diesem Scheißland passiert ist, in dieser einen halben Stunde meines vierzigjährigen Leben, das... das...« Tyson wurde sich bewußt, daß sein Herz heftig klopfte und daß er die Fäuste geballt hatte. Wütend blickte er auf Brown hinab, der ganz still saß.

»Das war der erste Krieg in der Geschichte unseres Landes, der nicht einen einzigen vorzeigbaren, von den Medien verhätschelten und von der Öffentlichkeit beklatschten Helden hervorgebracht hat«, meinte Brown schließlich leise. »Keinen einzigen!« Er stand auf, blickte Tyson eine Weile lang unverwandt an und fuhr dann fort: »He, Sie müssen einfach verstehen, mein Freund, daß dieses Theaterstück nicht aus lauter Bösewichtern besteht. Ich bin keiner, van Arken ist keiner, die Leute im Weißen Haus sind es nicht, die Jungs von der Presse nicht und sogar Sie nicht. Aber wir sind alle Teil eines Systems. Und es gibt nun einmal Gesetze.«

Brown berührte Tyson leicht am Arm und wies mit einem Kopfnicken in Richtung Umkleideraum. Sie setzten sich in Bewegung, und Brown sagte: »Niemand hat persönlich etwas gegen Sie. Alle Leute, mit denen ich über Sie geredet habe, sind Ihnen wohlgesonnen. Aber Sie müssen verstehen, Ben, daß die Militärs den Fall brauchen. Sie haben doch den Bericht des Peers-Ausschusses über My Lai gelesen, nicht wahr? Nun, alles, was General Peers an der Angelegenheit auszusetzen hatte, von Anfang bis Ende, soll diesmal richtig laufen. Keine Pfuscherei, kein Vertuschen, kein rechtswidriger Druck von oben, kein Gezeter im Kongreß, keine Enthüllungsstorys in der Montagmorgenpresse, keine faulen

Tricks. Es soll einfach nur Gerechtigkeit geschehen – selbst wenn wir ein bißchen nachhelfen und die Sache zurechtbiegen müssen. Verstanden?«

Sie waren vor der Tür zum Umkleideraum stehengeblieben. »Sagen Sie Ihren Leuten, daß ich ein Kämpfer bin, Chet«, sagte Tyson.

»Das werde ich tun.« Brown rieb sich die Bauchmuskeln. »Sie sind wirklich einer.« Er blickte sich um. »Ich schwimme noch ein paar Runden, aber Sie müssen jetzt wohl gehen.« Er schien zu zögern, dann sagte er: »Da wäre noch etwas. Sehen Sie, Ben, Sie können der Army, der Regierung und unserem Land ziemlichen Kummer bereiten, wenn Sie wollen. Wenn Sie also kämpfen, dann bitte mit sauberen Mitteln. Und wenn Sie abhauen wollen, dann machen Sie es auf die faire Art. Fallen Sie nicht über die Army, den Präsidenten und unser ganzes System her. Keine Kritik an der Militärjustiz, keine Auslassungen über die moralische Verwerflichkeit des Krieges, keine Presseerklärungen. Die alten Wunden dürfen nicht wieder aufplatzen.«

»Ist das alles? Oder kommt noch etwas?«

»Das war's fast. Wir hätten gerne, daß Sie einen vom JAG gestellten Verteidiger akzeptieren.« Brown warf Tyson einen raschen Blick zu, dann fuhr er fort: »Wir möchten nicht, daß Sie sich irgendeinen Staranwalt nehmen. Den könnten Sie nicht unter Kontrolle behalten, und unser Handel würde mit einem Zivilisten nicht funktionieren, weil der die Sache unheimlich aufblasen und auf alle mögliche Weise für sich Propaganda machen würde. Uns liegt daran, den Prozeß abzuschließen, bevor die Reporter von der *Times* und der *Washington Post* Zeit haben, ihre Griffel zu spitzen. An einem Fortsetzungsroman über Ben Tyson in den Abendnachrichten sind wir nicht interessiert, und Sie bestimmt auch nicht.« Nach einer kurzen Pause fuhr Brown fort: »Sie können zwar nicht hingehen und sagen: Ich bin schuldig, aber Sie könnten wenigstens darauf verzichten, Entlastungszeugen vorladen zu lassen, die Zeugen der Anklage ins Kreuzverhör nehmen zu lassen und so weiter. Niemand kann Ihnen verbieten, auf einen Verteidiger Ihrer Wahl zu verzichten. Im Gegenteil, so etwas kommt bei einem Kriegsgerichtsverfahren gut an. Wahrscheinlich kriegen Sie dafür einen anständigen Bonus, weil Sie sich wie ein Gentleman verhalten haben. Okay? Verstehen Sie, was von Ihnen erwartet wird? Übrigens würden wir uns von Zeit zu Zeit an Sie wenden und Ihnen sagen, wie Sie sich in der jeweiligen Situation zu verhalten haben.« Brown stand auf. »Das ist kein schlechter Deal, Ben. Er garantiert Ihnen, daß Sie nicht ins Gefängnis kommen. Denken Sie mal darüber nach, ja?«

»Sicher.«

Brown lächelte, aber dann warf er Tyson einen strengen Blick zu. »Wenn Sie unser Angebot ablehnen, haben Sie von uns nichts zu befürchten, aber von dieser Unterhaltung dürfen Sie niemandem etwas erzählen, auch nicht Ihrer Frau oder Ihrem Anwalt. Wenn Sie es trotzdem tun und wir dahinterkommen, dann... dann wird die Sache ernst!«

Tyson nickte.

»Ich lasse von mir hören«, sagte Brown und streckte die Hand aus. »Nichts für ungut.«

Tyson nahm Browns Hand. »Der Fußtritt gegen den Solarplexus galt Ihnen nicht als Person, Chet, ich habe nur meine Wut gegen das System auslassen müssen.«

Brown lachte. Er drehte sich um und ging zum Schwimmbekken. Tyson beobachtete, wie Brown ins Wasser sprang. Er stieß die Tür auf und ging in den Umkleideraum. Ja, dachte er, es wird Gerechtigkeit geschehen, selbst wenn man ein bißchen nachhelfen und die Sache zurechtbiegen muß.

## *Kapitel 13*

General William van Arken stand hinter einem Rednerpult, das vorn mit dem aus zwei gekreuzten Schwertern und einem Federkiel bestehenden Emblem seiner Dienststelle, des Judge Advocate General's Corps, geschmückt war.

»Es liegt zwar gegenwärtig noch außerhalb unserer Kompetenz, Ermittlungen im Fall Tyson anzustellen, doch können wir jetzt schon einen Offizier beauftragen, der von dem Tag an, an dem Mr. Tyson seinen Wiedereinberufungsbescheid erhält, die

Ermittlungen leitet und sich als erstes mit Mr. Tyson in Verbindung setzt, um ihn über ein eventuelles Strafverfahren gegen ihn, aber auch über seine Rechte zu informieren.« Van Arken warf einen Blick auf die drei Männer und die Frau, die ihm in dem kleinen, im Pentagon gelegenen Konferenzzimmer gegenübersaßen und zuhörten. Colonel Sam Spencer, van Arkens Adjutant, hatte direkt vor seinem Vorgesetzten Platz genommen. Der Mann zu Spencers Rechten war Oberstleutnant Eugene Pellum, van Arkens Sonderberater. Links von Spencer saß Captain Lorraine Connelly aus der Personalabteilung und neben ihr Lieutenant Jack Gibbs, van Arkens rechte Hand.

»Wie Sie wissen, empfiehlt unser Militärrecht im Falle eines Kapitalverbrechens, daß ein Major oder ein noch ranghöherer Offizier mit den Ermittlungen beauftragt wird. Deshalb habe ich Captain Connelly gebeten, die auf Mikrofilm aufgenommenen Personalakten von fünfundzwanzig für diese Aufgabe in Frage kommenden Offizieren zusammenzustellen und mitzubringen.« Van Arken wies auf den Projektionsschirm hinter sich. »Ich muß Sie daran erinnern«, fuhr er fort, »daß wir diesen Fall der Fairneß halber hier nicht als solchen diskutieren sollten, sondern es bei dieser Besprechung lieber mit der Nennung bestimmter Sachverhalte bewenden lassen, sofern uns dies bei der Auswahl eines unparteiischen Untersuchungsbeauftragten dienlich ist.« Er blickte seinen Rechtsberater an. »Colonel Pellum?«

Pellum nickte. »Ich möchte alle Anwesenden außerdem daran erinnern, daß wir durch unseren Eid einerseits verpflichtet sind, einen Offizier mit der Untersuchung zu beauftragen, der gegenüber dem Verdächtigen nicht voreingenommen ist, daß wir andererseits jedoch auch eine Person auswählen müssen, die nicht mit ihm sympathisiert.«

Colonel Spencer fügte hinzu: »Uns ist allen klar, daß ein solcher vom Judge Advocate General's Corps beauftragter Offizier unparteiisch und für alle Seiten akzeptabel sein sollte. Im Idealfall sollte er hinsichtlich des Vietnamkrieges sowohl positiv als negativ so unvoreingenommen sein wie irgend möglich.« Er lächelte grimmig. »Und da käme nur einer in Frage, der sehr jung ist oder die letzten beiden Jahrzehnte auf dem Mond verbracht hat.«

Lieutenant Gibbs meldete sich zu Wort: »Vielleicht sollte der fragliche Offizier jemand sein, der sich entschlossen hat, seine militärische Karriere nicht weiter zu betreiben.« Er zögerte kurz, dann fügte er hinzu: »Jemand, der nichts zu verlieren und nichts zu gewinnen hat, ein Offizier, der... der sich nicht genötigt fühlt, ein Ergebnis vorzulegen, das seiner Meinung nach der Army gefallen könnte.«

Van Arken sagte nichts dazu, aber Colonel Spencer nickte.

»Das ist ein gutes Argument. Dann kann uns später niemand beschuldigen, eine gefügige Marionette ins Spiel gebracht zu haben, die sich profilieren wollte.«

Die Diskussion wurde ein paar Minuten lang fortgesetzt, bis van Arken sagte: »Alles in allem sind wir uns also hier einig, daß dieser Offizier nicht in Vietnam gedient haben, ja, daß er sogar während des Vietnamkrieges nicht bei den Streitkräften gewesen sein sollte. Daraus ergibt sich logischerweise, daß er kein Berufsoffizier sein darf. Er sollte jung genug sein, um nicht in der Studentenbewegung mitgemacht zu haben, egal, ob für oder gegen den Krieg.« Van Arken dachte einen Moment lang nach. »In dieser Altersgruppe kann es nicht viele Männer geben, die Majore sind und die ihre militärische Laufbahn nicht weiter verfolgen.«

»Ich glaube, daß ein Offizier, der als Stipendiat des Verteidigungsministeriums gerade sein vierjähriges Studium abgeschlossen hat, der Richtige wäre.«

Van Arken dachte über diese Vorschläge nach. Es war nicht genau das, was ihm vorschwebte. »Ich will dafür einen Mann, der die Army und das Militärjustizwesen in einem günstigen Licht erscheinen läßt.«

Dazu schwiegen alle.

»Also gut, gehen wir mal die Personalakten durch«, fuhr van Arken fort. Er drückte auf einen Knopf, um dem Mann in dem schalldichten Vorführraum ein Zeichen zu geben.

»Entschuldigen Sie, General«, ließ sich Captain Lorraine Connelly vernehmen. »Darf ich einen Vorschlag machen?« Die Lichter gingen langsam aus, und auf der Leinwand wurde es hell.

»Ja bitte?« sagte der General.

»Ich nehme an, es steht keinem von uns zu, einen Kandidaten vorzuschlagen«, sagte sie, »aber genau das möchte ich jetzt tun.«

»Und an wen dachten Sie?«

»An Major Karen Harper.«

In dem dunklen Raum wurde es sehr still. Captain Connelly sprach weiter. »Einige von Ihnen haben sie vielleicht schon kennengelernt.« Sie machte eine Pause und sagte dann: »Ihre Personalakte ist unter jenen, die wir hier prüfen wollen. Warum schauen wir sie uns nicht zuerst an?«

Als alle schwiegen, fuhr sie fort. »Major Harper erfüllt alle Voraussetzungen, über die wir uns geeinigt haben. Außerdem ist sie sehr gründlich, achtet auf Details, hat ein gesundes Urteilsvermögen, ist außerordentlich tatkräftig und hat ein tadelloses äußeres Erscheinungsbild.« Lorraine Connelly bemerkte trotz der spärlichen Beleuchtung, daß der General auf die Aufzählung dieser bei Militärs so geschätzten Tugenden offenbar positiv reagierte. Ermutigt fuhr sie fort: »Colonel Pellum hat die witzige Bemerkung gemacht, wir müssen jemanden finden, der die letzten beiden Jahrzehnte auf dem Mond verbracht hat. Nun, mir will scheinen, daß wir einen noch besseren Eindruck machen, wenn wir einen Offizier mit den fraglichen Ermittlungen beauftragen, der in den vergangenen Wochen gewissermaßen in einem Vakuum gelebt hat, zumindest was die Massenmedien angeht. Zufälligerweise ist Major Harper erst kürzlich von einem einmonatigen Urlaub aus dem Nahen Osten zurückgekehrt, und ich glaube nicht, daß sie dort jeden Tag amerikanische Zeitungen gelesen hat.«

»Ich finde die Idee nicht schlecht«, sagte Colonel Spencer, van Arkens Adjutant. »Und bei den Medien kommt so etwas bestimmt auch gut an.« Er wandte sich Lorraine Connelly zu. »Können Sie uns etwas über den persönlichen Werdegang von Major Harper erzählen?«

»O ja, Sir. Ich glaube, sie entstammt einer kinderreichen Familie vom Land. Ihre Eltern haben wohl eine Farm irgendwo in Ohio.« Fast hätte sie »im Herzen unseres Landes« hinzugefügt, aber sie widerstand der Versuchung, so dick aufzutragen, und fuhr fort: »Wie Sie ihrer Personalakte entnehmen können, studierte sie anfänglich an der Ohio State University, aber ihre gesamte schulische und akademische Laufbahn stand wohl immer unter dem Zeichen des Geldmangels. Als sie Mitte Zwanzig war, erhielt sie ein Stipendium vom Verteidigungsministerium und schrieb sich bei der American University Law School ein.«

»Und als Gegenleistung mußte sie vier Jahre lang büffeln, genau wie ich«, murmelte Lieutenant Gibbs und lachte ein wenig verlegen, als ihm aufging, daß diese Bemerkung hier vielleicht etwas fehl am Platz war.

Wieder herrschte Stille im Raum, und nachdem van Arken eine Weile vor sich hin gebrütet hatte, drückte er plötzlich auf den Knopf der Gegensprechanlage und sagte zu dem Mann hinter dem Projektor im Vorführraum: »Zeigen Sie uns mal die Akte Harper, Sergeant!«

Bereits eine Minute später wurde die erste Seite der Personalakte auf die Leinwand projiziert. Die fünf Offiziere lasen den Text, und Colonel Spencer meinte: »Sie ist also zur Zeit Dozentin an der juristischen Fakultät unserer Militärakademie in Charlottesville. Das ist nicht zu weit weg von hier, auch nicht zu nahe. Mit dem Flugzeug könnte sie jederzeit rasch in New York sein, wenn sie dort benötigt wird.«

»Ihr Lehrauftrag endet am sechzehnten Juli, und er läßt ihr genug Zeit, um eine Voruntersuchung durchzuführen«, meinte Colonel Pellum.

»Laut Personalakte hat sie schon mit großem Erfolg Untersuchungen gemäß Artikel einunddreißig und zweiunddreißig geleitet und sich auch bei Vernehmungen besonders ausgezeichnet –«, warf Captain Connelly ein.

»Und das soll heißen?« unterbrach der General sie grob.

»Das soll heißen, Sir, daß sie der Wahrheit auf die Spur kommt. Verdächtige – vielleicht sollte ich sagen: Männer – reden offenbar sehr freimütig mit ihr. Sie ist keine dieser übereifrigen, knallharten Autoritätspersonen –«

»Wir brauchen aber niemanden, der diesen Tyson mit Samthandschuhen anfaßt!«

»Herr General, dieser Tyson ist offenbar ein kluger Kopf«, schaltete sich Oberstleutnant Pellum ein. »Um ein Untersuchungsverfahren gemäß Artikel einunddreißig zu unterlaufen, bräuchte er genauso lange wie für den Entschluß, von seinem Schweigerecht Gebrauch zu machen, nämlich zwei Sekunden. Aber wenn er es dabei mit einer Frau zu tun hat... nicht, daß ich glaube, daß das Geschlecht eine so große Rolle spielt, aber es könnte helfen. Gegenwärtig steht es uns nur zu, inoffizielle Ermittlungen anzustellen, aber dabei sollte natürlich möglichst viel herauskommen, bevor wir dann weitere Schritte unternehmen.«

Van Arken sah, daß die anderen zustimmend nickten. »Dieser Tyson ist vielleicht alles andere als erfreut, wenn eine Frau die Untersuchungen gegen ihn leitet«, wandte er übellaunig ein und drückte wieder auf den Knopf. Die nächste Seite der Personalakte erschien auf der Leinwand.

»Sie ist also ledig«, kommentierte van Arken. Niemand reagierte auf seine Worte. »Dann lassen Sie uns mal ihr Foto sehen, Sergeant!« rief er in die Gegensprechanlage.

Der Mikrofilm wurde schnell vorgespult und stoppte abrupt. Auf der Leinwand waren die verschwommenen Umrisse eines Fotos zu erkennen. Der Vorführer betätigte die Scharfeinstellung, und nun sah man, daß es sich um das Schwarzweißfoto einer Frau mit einem hübschen, zerzausten Lockenkopf handelte. Ihr Mund war zu einem breiten Lächeln verzogen, sie hatte große Augen und Sommersprossen. Als die anderen schwiegen, bemerkte Lieutenant Gibbs: »Die würde ich nicht abweisen, wenn sie bei mir an der Tür klingelte.«

Unterdrücktes Gekicher. Van Arken hörte, daß Gibbs noch etwas anderes sagte. Er schnappte nur das Wort »Ehefrau« auf. Die andern lachten leise. »Ruhe, bitte!« sagte er unwillig.

Colonel Spencers Stimme unterbrach die eingetretene Stille. »Herr General, mir ist klar, daß die Entscheidung, eine Frau heranzuziehen, gewisse Probleme mit sich bringen kann. Falls Sie aber die Wirkung auf die Öffentlichkeit im Auge haben, dann ist diese Frau hier genau die Richtige.« Er wies auf das Foto von Karen Harper. »Die sieht aus wie aus einer Coca-Cola-Reklame!«

Van Arken rieb sich nachdenklich das Kinn. Wenn wir eine Frau mit der Leitung der Untersuchungen beauftragen, überlegte er, kann das dem Image des JAG-Corps nur nützen. Dadurch wirken wir gewissen kritischen Stimmen entgegen, die in letzter Zeit an dem Einsatz und der Beförderung des weiblichen Personals meiner Dienststelle herumgemeckert haben. Im Pentagon wäre man damit bestimmt zufrieden.

Lieutenant Gibbs schien van Arkens Gedanken lesen zu können. »Dies könnte dem Werbeslogan der Army: *Mach aus dir, was in dir steckt!* mehr Glaubwürdigkeit verleihen.«

Van Arken warf Gibbs einen ärgerlichen Blick zu. Dann dachte er wieder angestrengt nach. Falls diese Karen Harper das Untersuchungsverfahren verpfuschte, würde dies bestimmt nicht dem vorwiegend männlichen, aus Berufsoffizieren bestehenden Stab des JAG angelastet werden. Und falls sie bei ihren Nachforschungen auf größere Probleme stieß, konnte man dahingehend Druck auf das Weiße Haus ausüben, daß der Militärjustiz in aller Form die Erlaubnis für ein Untersuchungsverfahren großen Stils erteilt werde, einschließlich des Rechtes, Zeugen vorzuladen, Mitarbeiter bereitzustellen und die Amtshilfe des militärischen Geheimdienstes und des FBI beanspruchen zu dürfen. Natürlich gab es die Möglichkeit, daß Major Harper überhaupt kein belastendes Material fand, das die Eröffnung eines Strafverfahrens vor einem Geschworenengericht rechtfertigte, aber das war angesichts der hier zur Frage stehenden Tatsachenbehauptungen nicht sehr wahrscheinlich, schloß van Arken seine Überlegungen ab. »Hat irgend jemand etwas dagegen, Major Karen Harper im Fall Benjamin Tyson mit einer Untersuchung gemäß Artikel 31 zu beauftragen?« fragte er die vor ihm sitzenden Offiziere schließlich. Schweigen.

Van Arken starrte Captain Lorraine Connelly in einer Weise an, die vermuten ließ, daß sie sich seiner Meinung nach ziemlich weit vorgewagt hatte und sich nun auf die Konsequenzen gefaßt machen mußte. »Also gut, es bleibt bei Major Harper«, sagte er kurz. Er drehte sich zu dem Foto auf der Leinwand um. Hinter der Frische und Gutmütigkeit dieses Gesichts und dem warmen Lächeln glaubte er einen starken Charakter entdecken zu können – und eine scharfe Intelligenz. General van Arken wandte sich wieder den anderen zu. »Captain Connelly, Sie werden Major Harper *nicht* über diese Entscheidung unterrichten. An dem Tag, an dem Tyson seinen Wiedereinberufungsbescheid erhält, wird Major Harper offiziell für die Dauer des Verfahrens mit den Ermittlungen beauftragt werden. Und ich mache nochmals darauf aufmerksam: Nichts von allem, was hier besprochen worden ist, darf an die Öffentlichkeit gelangen. Falls dem nichts hinzuzufügen ist –« er faßte jeden der Anwesenden einzeln ins Auge, »dann möchte ich Ihnen hiermit für Ihr Kommen danken. Sie können jetzt gehen.«

## *Kapitel 14*

Der alte Volvo rollte in östlicher Richtung den Montauk Highway entlang, vorbei an Southampton und Water Mill. An der Methodistenkirche bog Tyson links ab und fuhr die Scuttle Hole Road hinauf. Die späte Nachmittagssonne tauchte die gepflegten, wohlhabend aussehenden Farmhäuser in ein mildes, angenehmes Licht. An der Kreuzung nach Sag Harbor bog Tyson nach Norden ab. Er drehte sich zu David um, der sich auf dem Rücksitz zwischen Kartons und Koffer geklemmt hatte. »Erinnerst du dich noch an diese Gegend, David?«

»Ein bißchen. Sieht wirklich hübsch aus.«

Es dauerte keine zehn Minuten, bis sie das alte Walfängerdorf Sag Harbor erreichten. Stattliche Häuser mit überdachten Terrassen säumten die untere Main Street, die sich weiter oben zur Einkaufsstraße des Städtchens weitete.

Tyson ordnete sich in den langsam fließenden Verkehr ein. Auf den Gehsteigen herrschte ein fröhliches Durcheinander von Familien, Einzelgängern, Einheimischen, Fischern, Bauern und Seglern aus fernen Häfen.

Der Volvo kam nur langsam voran. Tyson ließ den Blick über die Schaufenster schweifen und fand, wonach er suchte: eine Buchhandlung. Zwischen den ausgestellten Büchern leuchtete ihm der nicht zu übersehende scharlachrote Umschlag von *Huê – Tod einer Stadt* entgegen.

»Noch immer ein Renner.«

»Was?«

Tyson wies mit dem Kinn auf den Buchladen. »Oh, natürlich!« sagte Marcy. »Fünf Wochen auf der Bestsellerliste der *Times*. Nummer zwölf, und es geht weiter aufwärts. Vielleicht könnten du und Picard hier im East End zusammen die Werbetrommel rühren. Dem Buch Feuer unter dem Arsch machen, wie wir vom Fach sagen würden. Ich könnte mich um die PR kümmern.«

»Sehr witzig.«

Der Volvo näherte sich dem Kreisverkehr am Ende der Main Street. In der Mitte des Platzes stand ein hoher, weißer Fahnenmast, an dessen Spitze die *Stars and Stripes* adrett im Wind flatterten, der vom Hafen her blies. Auf der anderen Seite stand in einiger Entfernung die berühmte Windmühle auf einem gepflegten Stück Rasen. Rechter Hand ging es zur Long Wharf, dem Hafen. Dort wimmelte es von Autos, Neugierigen und Fischhändlern. Segelboote dümpelten an ihren Leinen, und Tyson konnte das Quietschen und Klappern der Takelage hören.

»Jetzt erinnere ich mich«, sagte David. »Da drüben kam damals ein rotes Wasserflugzeug runter.«

»Ja, und wir haben mittags immer in dem Restaurant unten am Hafen gegessen. Da drüben, siehst du es?«

»Klar, ich hab' doch immer geholfen, wenn die Fischer ihren Fang ausgeladen haben!«

»Barsche, jeden Tag Barsche«, erinnerte sich Tyson. »Im Restaurant kostete dann eine Portion neun Dollar.«

»Für bestimmte Dinge hast du ein gutes Gedächtnis«, meinte Marcy.

Tyson nickte. »Kann sein, aber warte erst mal ab, wie es ist, wenn ich im Zeugenstand bei bestimmten Sachen an akutem Gedächtnisschwund leide.«

Sie schwiegen. Tyson fuhr um das Rondell herum, dann ging es in Richtung North Haven weiter, über eine Brücke, die mit Joggern, Radfahrern und Fußgängern verstopft war. An der Short Beach Road bog er nach links ab, fuhr ein Stück geradeaus und bog erneut nach links ab. Diese Straße führte zur Spitze einer kleinen Halbinsel namens Baypoint. »Sind wir hier richtig?«

»Ja, da drüben muß die Cliff Road sein, links von dem Aussichtspunkt. Das da ist das Haus – das mit dem grauen Schindeldach.«

Tyson blickte hinüber zu dem weißen Landhaus, während er das Auto die kurvenreiche Straße entlangsteuerte. Der Rasen war bräunlich und stand sehr hoch. Über dem kleinen Portico hingen die schweren rosa Blüten einer Mimose. Wilde Blumen wuchsen überall dort, wo man es ihnen nicht verwehrte. Auf der linken Hälfte des Anwesens erhoben sich dunkel ein paar Fichten und Zedern, die offensichtlich noch nie gestutzt worden waren. Wirklich hübsch. »Ob es hier überhaupt Strom gibt?« fragte Tyson.

»Fang nicht an zu meckern, Ben!«

Er fuhr den gekiesten Zufahrtsweg entlang, bremste und stellte den Motor ab. Schweigend betrachteten die Tysons eine Weile das Haus und das Grundstück vom Auto aus.

»Und das soll neuntausend Dollar für den ganzen Sommer kosten?« fragte Tyson schließlich.

»Allerdings, und wir haben Glück gehabt, überhaupt etwas zu finden«, gab Marcy ungehalten zurück. »Das ganze East End ist total ausgebucht. Es ist doch malerisch – und außerdem liegt es direkt an der Bucht!«

David öffnete die hintere Tür. »Ich schau' mich mal ein bißchen um.« Er sprang aus dem Auto und war gleich darauf hinter der Garage verschwunden.

Marcy und Ben blieben sitzen und schwiegen. Der Motor knisterte beim Auskühlen leise, irgendwo zirpte eine Grille. »Du hast recht«, meinte Tyson nach einer Weile. »Das Haus ist fast so wie das, das wir vor ein paar Jahren hatten.«

»Vor *acht* Jahren!«

»Wirklich? Wie die Zeit verfliegt!« Wieder ließ er den Blick über das Haus und die Bäume schweifen, und er erinnerte sich an jenen Sommer. Jeden Freitag hatte er nach der Arbeit den Zug von der Penn Station nach Bridgehampton genommen, eine eintönige Fahrt von drei Stunden, die kaum dadurch erträglicher wurde, daß man sie im Speisewagen verbrachte. Marcy und David hatten ihn immer am Bahnhof abgeholt, und meistens waren sie abends in einem Landgasthaus, an dessen Namen er sich nicht mehr erinnern konnte, essen gegangen. Montag morgens hatte er dann wieder in aller Herrgottsfrühe den klapprigen Bus nach Hampton genommen, zusammen mit anderen Männern und Frauen, die ebenfalls zurück an die »Arbeitsfront« mußten. Marcy hatte damals gerade keine Stellung gehabt und hatte den ganzen Sommer mit David in Sag Harbor verbringen können.

Marcy riß ihn aus seinen Gedanken. »Wo bist du gerade?«

Er blickte sie an. »Ich denke an den Sommer, du weißt schon.«

»Ja, du hattest dir damals fast den ganzen August freigenommen.«

»Stimmt. In der Firma war nicht viel los. Niemand schien in dem Jahr viele Kampfbomber und -hubschrauber zu benötigen. Das hat sich inzwischen ganz schön geändert.«

»Ja, leider.«

»Und du? Braucht man dich diesen Sommer nicht, um irgendwelche pfiffigen PR-Gags zu erfinden?«

»Ich hab' dir doch gesagt, daß ich einen langen, unbezahlten Urlaub genommen habe«, erwiderte sie. »Meinen Job kriege ich jederzeit wieder. Tom ist wirklich nett zu mir, sehr verständnisvoll.«

»Jaja, der gute alte Tom.«

Sie saßen noch eine Weile schweigsam nebeneinander, dann öffnete Tyson die Wagentür und sagte: »Gut, sehen wir mal nach, was für einen Schuppen du diesmal gemietet hast!«

Sie gingen quer über den von Unkraut überwucherten Rasen. Marcy fand nach einigem Suchen den Hausschlüssel, und sie betraten ein kleines, ganz in Weiß gehaltenes Wohnzimmer. Das gilt also hier im East End als schick, sagte sich Tyson: Chrom, Glas, Plastik und beigefarbene Baumwollstoffe.

An anderen Ende des Wohnzimmers gab es eine Schiebetür und dahinter eine Terrasse mit Holzfußboden.

Marcy ging hinaus und holte tief Luft. »Riecht nach Ozean«, sagte sie.

Tyson trat zu ihr und blickte sich um. Am Rand des Grundstücks, das steil zur Bucht abfiel, wuchs zwischen großen Steinen ein undurchdringliches Gewirr von Brombeerbüschen. David kletterte zwischen den Steinen herum. »Ich hoffe, daß er hier einen netten Freund findet«, sagte Tyson.

Marcy lehnte sich an das Geländer der Veranda und sah ihrem Sohn zu. »Und ich hoffe, daß er hier alles findet, was er braucht«, sagte sie. Draußen auf dem Meer glitt ein Katamaran mit gelben Segeln westwärts auf die Meerenge zu. »Segelboote vor dem Wohnzimmerfenster – ist das nicht schön, Ben?«

»Ja, aber dir wird trotzdem der *Big Apple* fehlen. Vielleicht vermißt du sogar nach einer Weile Garden City.«

»Mir wird New York fehlen, aber Garden City bestimmt nicht. In den letzten Wochen war es dort nicht auszuhalten!«

»Das kommt auf einen selbst an.« Tyson warf ihr von der Seite einen Blick zu. Der Wind zauste an ihrem Haar, und die Sonne schien ihr voll ins Gesicht. Sie hatte die Augen geschlossen und sah zehn Jahre jünger aus.

Tyson ging zu einer zweiten Schiebetür aus Glas und spähte ins Innere des Hauses. »Die Küche scheint in Ordnung zu sein, aber mein Gott! Ich sehe keine Geschirrspülmaschine. Und es gibt weder einen Müllschlucker noch einen Mikrowellenherd! Marcy, ist dies auch bestimmt das richtige Haus?«

»Red keinen Stuß, Ben! Im übrigen habe ich tiefgefrorene Fertiggerichte von anderthalb Dutzend verschiedenen Herstellern mitgebracht.«

»Braves Mädchen! Die treusorgende Hausfrau läßt uns nicht verkommen. Aber warum solltest du nicht auch deine Ferien genießen, verdammt noch mal!«

»Dies sind keine Ferien, Ben. Wir mußten abhauen!«

Marcy wandte sich ab und schaute wieder aufs Meer hinaus.

»Komm, laß uns die Koffer ins Haus bringen und auspacken«, sagte Tyson.

Tyson saß in einem Rattan-Schaukelstuhl auf der Terrasse, in einer Hand ein Glas Scotch, in der anderen ein dünnes Zigarillo. Er trug ausgebleichte Jeans, Sandalen und ein ärmelloses Sweatshirt mit dem hier in Sag Harbor unvermeidlichen Wal quer über der Brust. Auf einem runden Tisch lagen die Reste eines improvisierten Picknicks. Drüben, auf der anderen Seite der Bucht, ging die Sonne gerade hinter einem Zedernwald unter, und in dem mit Bojen markierten Fahrwasser strebten ein paar Boote dem Hafen entgegen.

Andrew Picard kam ihm wieder in den Sinn. Er wohnte hier irgendwo in Sag Harbor, mehr wußte er nicht. Dafür hätte er genau sagen können, wo sich Picard 1968 während der Schlacht um Huê aufgehalten hatte – dank der genauen Schilderungen in Picards Buch und der Skizzen über den Verlauf der Schlacht. In der Nacht des Tet-Festes hatte sich Picard im Hauptquartier der 1. südvietnamesischen Infanteriedivision aufgehalten, einer Enklave im nordöstlichen Teil der Zitadelle. Tysons Zug war nach Osten vorgerückt und hatte sich nach einem kurzen Stopp im *Hôpital de la Miséricorde* bis auf wenige Kilometer an die Festungsmauern herangearbeitet. Der Auftrag hatte gelautet, Verbindung mit den Resten der 1. südvietnamesischen Division aufzunehmen. Die Vietnamesen waren aus der Umzingelung ausgebrochen und hatten sich mit ihren Fahrzeugen westwärts durch die engen Straßen innerhalb der Zitadelle vorgearbeitet. Tyson vermutete, daß er Picard vielleicht tatsächlich begegnet wäre, hätte er seinen ursprünglichen Auftrag ausgeführt; denn Picard war einer von höchstens einem Dutzend Amerikanern und Europäern gewesen, die sich zu der vietnamesischen Division geflüchtet hatten. Er ging auch davon aus, daß Picard sich gefreut hätte, Landsleuten zu begegnen. Vielleicht hätte er sogar ein Foto von Tyson gemacht und einen kleinen Artikel über ihn geschrieben. Oder sie hätten zusammen japanischen Gin aus einer Feldflasche getrunken. Doch wenn Tyson damals in die Zukunft hätte sehen können, dann hätte er Picard bestimmt seine 45er-Automatik an die Schläfe gesetzt und ihm eine Kugel in den Kopf gejagt.

Tyson blickte hinaus auf die Bucht. Dort drüben am anderen Ufer glommen in den Gärten bunte Lampions und Holzkohlenfeuer auf. Der unverkennbare Geruch von Gegrilltem wurde herübergeweht. Jemand, der anscheinend den Nationalfeiertag am 4. Juli nicht abwarten konnte, schoß Feuerwerksraketen in den schwarzen östlichen Himmel. Der Geruch brennender Holzkohle in der feuchten Nachtluft erinnerte Tyson stark an die durchdringenden Gerüche in vietnamesischen Dörfern zur Essenszeit. Und er mußte auch an die Lampions aus buntem Papier denken, die man in Vietnam zum Neujahrsfest aufhängte. Auch damals war der Himmel hell erleuchtet gewesen, aber nicht von Feuerwerkskörpern. Tyson stellte sich vor, die engste Stelle der Bucht sei der Perfume River und die hellerleuchteten Boote seien Sampans, die flußabwärts zum Südchinesischen Meer fuhren. Nachts war es einfach, sich selbst in seltsame Stimmungen, Phantasiegebilde oder Alpträume hineinzusteigern. Man konnte Frieden finden oder im Geiste noch einmal die Kämpfe vergangener Kriege erleben. Tyson blickte wieder hinüber zu dem Ufer mit den bunten Lampions: Irgendwo dort drüben mußte Andrew Picard leben. Er wußte, daß er, bevor dieser Sommer vorbei war, an Picards Haustür klopfen würde.

Die verglaste Küchentür wurde aufgeschoben, und Marcy trat zu ihm auf die Terrasse. Sie blieb am Geländer stehen und blickte hinaus auf die Bucht. »Weißt du noch, wie wir da draußen nackt gebadet haben? Es war eine Vollmondnacht. Irgend so ein Kabinenkreuzer fuhr dicht an uns vorbei. Die Leute an Bord entdeckten uns und bestanden darauf, daß wir an Deck kletterten und mit ihnen ein Glas tranken.«

Tyson betrachtete sie lächelnd. Sie trug locker sitzende, sportliche Hosen aus blauer Baumwolle und einen passenden Seemannspullover mit Kapuze. Ihm fiel auf, daß sie barfuß war. Sie hatte sich kaum geschminkt und trug außer ihrem Ehering keinen Schmuck. Morgen würde sie schon ein bißchen Farbe im Gesicht und Sand zwischen den Zehen haben. Sie würde nach Meer und Holzkohle riechen, genau wie in jenem Sommer. »Erinnerst du dich auch noch an die Nacht, als wir in dem Schlauchboot gevögelt haben und rausgetrieben sind, ohne es zu merken?«

»Ja, wir mußten zwei Stunden lang gegen die Strömung ankämpfen, bis wir endlich zurück waren.« Marcy setzte sich auf den Rand des runden Tisches und stellte ihre nackten Füße auf einen Stuhl. Nachdem sie sich ein Glas Rotwein eingegossen hatte, sagte sie: »Wie war es eigentlich heute morgen?«

Tyson schwenkte seinen Drink, daß die Eiswürfel klimperten. »Na ja, ich fürchte, daß ich ein bißchen die Kontrolle verloren habe. Leider. Für Kimura-san und Shimamura-san war das bestimmt sehr peinlich.«

»Hör auf mit dem japanischen Quatsch, Ben. Hat man dich rausgeschmissen?«

»Nein, seltsamerweise nicht.«

»Hat man dir etwa eine Gehaltserhöhung gegeben?« fragte Marcy.

»Auch nicht. Man hat mir nur nahegelegt, mich um eine Versetzung nach Tokio zu bemühen.«

Marcy betrachtete ihn im flackernden Lichtschein einer Kerze. »Tokio?« Sie dachte kurz nach und fuhr dann fort: »Ich habe einen Beruf, und ich wüßte nicht, warum ich auf meine eigene Karriere verzichten sollte.«

Tyson beugte sich im Schaukelstuhl nach vorn und erwiderte mit scharfer Stimme: »Die haben mich ganz schön am Wickel, meine Liebe. Und außerdem: die Karriere, um die es geht, ist nicht deine, sondern meine! Du hast einen *Job* – den du anscheinend problemlos für drei Monate aufgeben kannst. Wer sagte übrigens, daß du eingeladen bist, mit nach Tokio zu kommen?«

Die Grillen zirpten, und das Meer schlug klatschend gegen die felsige Küste. Eine Brise ließ das Laub eines Apfelbaumes rascheln. »Verzeih mir«, sagte Tyson.

Marcy schwieg.

»So hab' ich es nicht gemeint.«

»Schon gut.« Sie goß sich den restlichen Wein ein. »Du gehst also nach Tokio?«

Tyson hatte nicht die Absicht, nach Japan zu gehen, aber zu seiner eigenen Überraschung stellte er jetzt fest, daß er auch nicht die Absicht hatte, Marcy dies wissen zu lassen. Deshalb sagte er stattdessen: »Ich muß mir das noch überlegen.«

Weshalb belüge ich sie? fragte er sich gleich darauf. Lügen ist offensichtlich für mich zu einer Angewohnheit geworden. Ich mache meinem Anwalt was vor, meinen Kollegen, diesem Brown, meinen Freunden – und jetzt auch noch meiner eigenen Frau! Vielleicht trainiere ich schon für das große Ereignis, den Prozeß vor dem Kriegsgericht.

Er lehnte sich wieder in seinem Liegestuhl zurück und fragte: »Wo ist eigentlich David?«

»Er hat ein paar gleichaltrige Jungens kennengelernt. Sie machen zusammen eine nächtliche Angelpartie.«

»Hast du ihm noch einmal eingeschärft, daß er hier Anderson heißt?«

»Ja.«

Tyson blies Zigarrenrauch in die feuchte Nachtluft. »Ich komme mir vor wie ein Verbrecher.«

»Tatsächlich?«

Er blickte sie im flackernden Lichtschein an, erwiderte jedoch nichts.

»Übrigens glaube ich, daß mich der Häusermakler, zu dem ich gegangen bin, erkannt hat, obwohl ich meinen Mädchennamen angegeben habe.«

»Dein Mädchenname und dein Foto, meine Dame, sind genauso bekannt wie mein Name und mein Foto. Du hättest dir einen *nom de guerre* einfallen lassen sollen!«

»Aber hier draußen werden wir bestimmt nicht belästigt.«

Sie schaute ihm nach, als er über die dunkle Rasenfläche zu den Büschen und den großen Steinen ging. Plötzlich wurde sie von namenloser Furcht gepackt. Sie sprang auf. »Warte, ich komme mit!«

Schweigend gingen sie nebeneinanderher. Am Rand des Grundstücks fanden sie einen glatten, breiten Stein, auf den sie sich beide setzten. Nach einer Weile begann Marcy zu frieren. »Es ist kalt hier.«

»Dann geh zurück und hol dir einen Pullover.«

»Leg den Arm um mich!«

Ein wenig unbeholfen kam er der Aufforderung nach. Sie kuschelte sich an ihn. »Worüber machst du dir Sorgen, Ben?«

»Soll das ein Scherz sein?«

»Es ist nur eine Frage. Ich kann dir übrigens genau sagen, worüber du dir *keine* Sorgen machst, nämlich über das Gemetzel in Vietnam. Zumindest heute nicht. Du hast dich in den vergangenen Wochen übrigens sehr tapfer gehalten.«

Tyson schwieg.

Sie fuhr fort: »Du machst dir meinetwegen Sorgen. Genauer gesagt, ärgerst du dich über das, was die schmierigen Revolverblätter über mich schreiben und was die seriöseren Zeitungen andeuten.«

Er machte eine wegwerfende Handbewegung. »Das ist unwichtig. Auf einer Skala von eins bis zehn würde eine Anklage wegen Mordes ganz oben rangieren – und deine Vergangenheit ganz unten.«

»Das glaube ich nicht.«

Tyson nahm den Arm von ihrer Schulter. »Weißt du, wenn die erst einmal anfangen, diesen scheinbar unerschöpflichen Vorrat deiner ehemaligen... Freunde zu interviewen, dann –« Er schleuderte den Rest seines Zigarillos von sich.

Marcy hatte die Beine angezogen und die Arme vor der Brust verschränkt. »Bist du meinetwegen in eine peinliche Lage geraten?«

Er antwortete nicht.

»All dies wäre nicht passiert, wenn man nicht plötzlich auf *dich* aufmerksam geworden wäre! Aber ich mache dir deswegen natürlich keinen Vorwurf.«

»Na gut, ich mach' dich ja auch nicht für meine Probleme verantwortlich. Schließlich war ich derjenige, der –« Tyson brach ab und holte tief Luft. »Verstehst du wenigstens«, fuhr er fort, »daß diese anzüglichen Artikel, das Foto und der ganze andere Quatsch das Interesse der Öffentlichkeit an meinem Fall wachgehalten haben? Die ganze Angelegenheit ist dadurch hochgeschaukelt worden. Und David? Ich hab' versucht, ihm alles zu erklären – ich meine alles, was mich betrifft. *Du* hast nie mit ihm geredet. Nie hast du ihm klarzumachen versucht, was es mit eurer sexuellen Revolution und dem ganzen Mist auf sich hatte. Alles, was er weiß, hat er aus den Zeitungen. Und er liest *alles*, das kannst du mir glauben!«

Marcy nahm einen Stein und warf ihn hinunter ins Wasser. Irgendwo quakte ein Frosch, und in der Ferne stieg wieder eine Feuerwerksrakete in den Himmel. Sie stand auf. »In Ordnung, ich rede mit David. Aber wie steht es mit dir? Was hältst *du* eigentlich von dem ganzen Zeug, das über mich geschrieben wird?«

Tyson hatte sich ebenfalls erhoben. »Du scheinst ja auch alles zu glauben, was über *mich* in den Zeitungen steht.«

Sie schwiegen wieder, dann sagte Marcy mit ruhigerer Stimme: »Ich nehme an, daß in allem, was über uns beide geschrieben worden ist, ein Quentchen Wahrheit ist. Aber meine angeblichen Seitensprünge – nein, Ben, da war wirklich nichts!«

»Schon gut.«

Sie zwang sich zu einem Lächeln und berührte ihn leicht am Arm. »He, Ben Tyson, irgendwann lassen wir uns beide vollaufen, und dann erzählen wir uns gegenseitig unsere finstersten, intimsten, gefährlichsten und peinlichsten Geheimnisse. Danach können wir ja dann die Scheidung einreichen. Oder wir verlieben uns wieder ineinander.« Sie lachte leise.

Tyson mußte lächeln, aber er fühlte sich nicht sehr viel wohler in seiner Haut. Sein Verstand sagte ihm, daß das, was er 1968 getan hatte, viel schlimmer war als alles, was Marcy im selben Jahr gemacht hatte. Dennoch wurde sie von der Öffentlichkeit und sogar von ihm selbst unnachsichtiger beurteilt. Sie mußte als Frau gewissermaßen den traditionellen Sündenbock spielen, nämlich das Flittchen. Er holte tief Luft.

»Jedenfalls scheinst du wenigstens mehr Spaß gehabt zu haben als ich. Möglich, daß ich einfach nur eifersüchtig bin.«

Ihre Hand umklammerte seinen Arm. »Ich bin mir ziemlich sicher, Ben, daß wir beide damals genau das getan haben, wonach uns zumute war. Vergiß nicht, daß du nach Vietnam *wolltest*!«

Tyson blickte ihr voll in die Augen. »Ja, darüber habe ich auch schon nachgedacht.«

Ihre Finger glitten an seinem Arm entlang. Sie ergriff seine Hand und drückte sie.

Er blickte hinaus auf die Bucht. »Ich würde jetzt gern ein bißchen allein sein«, sagte er.

»Aber spring nicht ins Wasser!« sagte sie nach kurzem Zögern.

»Nein.«

»Versprichst du es?«

»Bis später.«

»Versprich es!«

Er schien sekundenlang verwirrt, dann nickte er. »Ich verspreche es.«

Sie drehte sich um und ging zurück zum Haus. Tyson beobachtete, wie sie barfuß über die runden, bleichen Steine kletterte, von denen sich ihre dunkle Kleidung im Mondlicht abhob. Wie anmutig sie sich bewegte! Dies war ein Bild, das es lohnte, im Gedächtnis aufbewahrt zu werden, damit man es eines Tages, wenn sich ihre Wege getrennt hätten, wieder heraufbeschwören konnte.

In dem nächtlichen Haus war es ziemlich kühl. Vermutlich war die Zentralheizung abgestellt. Marcy lag schlafend auf der Couch. David lag in seinem Zimmer im Bett. Tyson kniete sich vor den Kamin, zündete ein Streichholz an und hielt es an das zusammengeknüllte Papier und das trockene Anmachholz unter den Eichenkloben. Das Holz fing rasch Feuer. Tyson setzte sich in einen Lehnstuhl. Er starrte in die Flammen. Nach einer Weile zog er ein Päckchen Zigaretten aus der Tasche, entzündete eines von diesen großen Kaminstreichhölzern und sah zu, wie der Phosphor grellweiß verbrannte...

Tyson trat aus der Tür und ging einen kurzen Korridor entlang. Vor dem Eingang zur Entbindungsstation stand Tony Scorello. Tyson sah sofort, daß jemand eine Phosphorgranate in den großen Raum geschleudert haben mußte. Falls es Scorello gewesen ist, dachte er, dann sieht er jetzt so aus, als würde er es am liebsten ungeschehen machen. Aber dafür war es nun zu spät. Weißer Phosphor entwickelte ganz spezielle Eigenschaften, wenn er erst einmal brannte. Er war klebrig wie Napalm und verbrannte weißglühend, ohne dabei Sauerstoff zu benötigen. Seine Flammen waren weder mit Wasser zu löschen noch zu ersticken. Die GIs nannten das Zeug »Willy Peter«. Sie mußten eben allem einen Namen geben. Hier, in der Entbindungsstation, waren auch die weißgetünchten Wände mit »Willy Peter« bespritzt, und Tyson bemerkte, daß selbst das an der hinteren Wand hängende große Kruzifix brannte.

Tony Scorello wandte sich ihm zu. Die Tränen liefen in Strömen über sein schmutziges Gesicht. Sein Mund formte Worte, aber er brachte nur ein gequältes Stöhnen heraus. Vor ihm auf dem Fußboden lag sein Sturmgewehr, und er wedelte mit den Armen wie ein aufgeregtes Kind.

Tyson schob Scorello beiseite und betrat durch die Bogentür die Entbindungsstation. Etwa die Hälfte der zwei Dutzend Betten brannten. Über ihnen hingen angesengte Moskitonetze wie riesige Spinnweben. Fast alle Kinderbettchen standen lichterloh in Flammen. Eine nackte Frau kam den Gang zwischen den Betten entlanggetaumelt, sonst bewegte sich nichts im Raum. Auch das Bett, das Tyson am nächsten war, brannte. Durch Rauch und Flammen erkannte er die Umrisse einer Frau, die still dalag – wie eine Hindu-Frau, schoß es ihm durch den Kopf, die sich nach dem Tod ihres Mannes verbrennen läßt. Tyson bemerkte, daß die Fensterläden offenstanden. Draußen regnete es. Irgendwo in diesem todgeweihten Hospital funktionierte offenbar noch ein Generator, denn die drei Ventilatoren an der Decke drehten sich, und über dem Eingang zum Schwesternzimmer brannte eine Lampe.

Tony Scorello kam plötzlich in den brennenden Saal gerannt, und Tyson ging ihm nach. Der Gestank war unerträglich: Es roch nach verbranntem Fleisch, Haar, Bettzeug und Phosphor – und nach verkohlten Knochen, als der Phosphor sich tiefer in die menschlichen Körper hineinfraß.

Scorello hatte sich auf den Fußboden gehockt und hatte die Hände vors Gesicht geschlagen. »Heilige Mutter Gottes, ich war es nicht! Ich hab' es nicht getan!« schluchzte er.

Tyson ließ ihn sitzen und ging in den Raum zurück, aus dem er zuvor gekommen war und über dessen Tür *Salle de Contagion* stand. Er trat ein und schloß die Tür hinter sich.

Schwester Theresa saß, ganz in weißes Leinen gekleidet, auf dem Rand des einzigen Bettes, die Hände im Schoß. Sie machte einen sehr gefaßten Eindruck. Er ärgerte sich, daß sie nicht unter das Bett gekrochen war, wie er ihr befohlen hatte. *»Le feu!«* sagte er. Dann erinnerte er sich an einen vietnamesischen Satz: »*O day khong duoc yen* – es ist nicht sicher hier!«

Sie nickte zustimmend, blieb jedoch sitzen.

»*Est-ce qu'il y a une porte de toit?* – Gibt es eine Tür, die aufs Dach führt?« fragte er sie.

»Oui.«

»*Où?*«

»Ich will nicht fliehen«, sagte sie auf englisch.

»Das wollen wir doch mal sehen!« Tyson packte ihren Arm und zerrte sie von dem Bett hoch. Sekundenlang standen sie sich von Angesicht zu Angesicht gegenüber. Es war ihr anzusehen, daß sie mit den Tränen kämpfte.

»Warum machen Sie das?« fragte sie.

Tyson hatte ein Dutzend Erklärungen parat, aber er brachte es nicht über sich zu antworten.

Schwester Theresa legte ihren Kopf an seine Schulter und weinte.

Tyson warf einen raschen Blick auf die Zimmerdecke und sah, daß der Ventilator sich nicht mehr drehte. Durch die Sohlen seiner Stiefel hindurch spürte er die Hitze des Feuers im darunterliegenden Stockwerk. Das Knallen von Gewehrschüssen drang durch die dicken Wände, und die Luft war geschwängert von dem längst vertrauten beißenden Gestank schmorenden Menschenfleisches. Draußen regnete es noch immer, und aus der Gegend des Stadtzentrums von Huê kam ein Geräusch wie rollender Donner. Benjamin Tyson fühlte ein Grauen in seiner Seele, wie er es nie zuvor in seinem Leben empfunden hatte. Er wurde sich bewußt, daß er Schwester Theresa eng an sich gepreßt hielt, und er hörte ihr leises Schluchzen. »Mein Gott!« sagte er. »Mein Gott, ich hatte geglaubt, meine Leute zu kennen!« Aber tief in seinem Inneren, irgendwo in einem dunklen Winkel seiner Seele, antwortete ihm eine Stimme: *Du kanntest sie, du hast sie immer gekannt. Du wußtest genau, was sie eines Tages anrichten würden.*

»Nein!!!« Tyson ließ das Streichholz fallen und betrachtete seine rußgeschwärzten, angesengten Finger. Dann starrte er Marcy an, die sich über ihn beugte.

»Möchtest du einen Drink?« fragte sie.

»Nein, danke.«

Sie musterte ihn prüfend. »Du siehst aber aus wie jemand, der einen gebrauchen könnte!«

»So sehe ich immer aus.« Er wandte sich wieder dem Feuer zu und schwieg lange. Dann sagte er: »Später, nachts im Bunker, sah er wieder ganz normal aus.«

»Wer?«

»Tony Scorello. Na ja, nicht *ganz* normal. Ich glaube, daß wochenlang keiner von uns normal aussah oder sich normal benahm. Immerhin schaffte es Scorello, Kaffee zu kochen und seine Feldflasche zu füllen. Seine Hände waren bandagiert. Er hatte sie sich verbrannt, nehme ich an. Später spielte er Karten. Ich habe ihn im Kerzenlicht beobachtet.«

Marcy sah ihn fragend an.

»Weißt du, mir ist gerade etwas klargeworden«, fuhr Tyson nach kurzem Schweigen fort. »Vielleicht werde ich diesen Scorello wiedersehen – und die anderen auch.«

Sie kniete sich neben ihn hin und nahm seine Hand. »Ben... bitte!« sagte sie besorgt. »Bitte halt durch!«

Am nächsten Morgen saß Ben an dem runden Tisch auf der Terrasse und nippte an einer Tasse kochendheißem Kaffee. Die Tischplatte war feucht, und er achtete darauf, nicht versehentlich mit den Ärmeln seines Anzuges darüberzuwischen.

Zu dieser frühen Stunde war es noch so kühl, daß Tyson beim Ausatmen eine kleine Dampfwolke vor dem Mund hatte. Er blickte hinaus auf die Bucht, über der ein leichter Dunstschleier hing. Die Morgensonne stand tief über der North Haven Bridge, umrahmt von rötlich gefärbten Wolken. Möwen zerrissen die Stille immer wieder jäh mit ihrem schrillen Schrei.

Marcy kam aus der Küche. Sie trug einen kurzen roten Morgenmantel und war barfuß. »Du bist ja früh auf«, sagte sie mit schlaftrunkener Stimme. »Der Fußboden im Wohnzimmer war wohl nicht sehr bequem?«

»Du hättest mich aufwecken sollen!«

»Ich hab's ja auch mit allen Mitteln versucht – Fußtritte ausgenommen.«

Er starrte wieder hinaus aufs Wasser. Ein sechs Meter langes Motorboot tuckerte im Nebel zwischen den Bojen, die das Fahrwasser markierten, entlang. Es war Ebbe. Tyson konnte am Bug des Bootes einen Mann erkennen, der mit einer Stange im Wasser herumstocherte.

»Ich wußte nicht, daß du schon heute früh zurückfährst. Ich hatte gedacht, daß du wenigstens ein paar Tage hier bei David und mir bleiben würdest.«

Er zuckte wortlos mit den Schultern.

Marcy ging über die Terrasse und blickte über die Rasenfläche. Tyson betrachtete ihre Beine. Unter dem dünnen Stoff des engen Morgenmantels zeichneten sich deutlich ihr Rücken und ihr Gesäß ab. Sie drehte sich um und blickte ihn unverwandt an. Schließlich fragte sie: »Und was macht dir heute Kummer? Deine traurige Berühmtheit oder meine?«

»Deine«, antwortete er, bevor er es sich anders überlegen konnte.

»Herrgott, beschäftigt dich das noch immer?«

»Hat sich denn etwas geändert?« fragte er zurück.

»Warum kannst du nicht einfach damit aufhören!«

»Ich weiß es nicht.« Er starrte in seine Kaffeetasse und sagte dann leise: »Eigentlich hatte ich geglaubt, über Eifersucht und Besitzansprüche erhaben zu sein, aber jetzt, wo das gesamte sexuelle Vorleben meiner Ehefrau im ganzen Land Schlagzeilen macht, komme ich mir ein bißchen blöd vor. Wahrscheinlich bin ich nicht ganz richtig im Kopf.«

»Männer!« sagte sie erbost. »Mein Gott, ihr denkt immer nur darüber nach, wie viele Männer eine Frau –« Sie holte tief Luft. »Vergiß es! Ich werde jedenfalls nicht noch mehr Öl ins Feuer gießen.«

»Ich will es versuchen.« Aber im stillen fand er, daß Marcys Einstellung zu dem fraglichen Foto und den Zeitungsberichten etwas zu distanziert war. Er hatte entdeckt, daß das Foto inzwischen in mehreren ziemlich anrüchigen Magazinen abgedruckt worden war – und man hatte es an einer bestimmten Stelle nicht geschwärzt. Dazu kamen ein paar weitere Artikel über Marcy Clure, die zwar weniger sensationell aufgemacht waren als die Story im *American Investigator*, aber immerhin wurde behauptet, daß es sich dabei um die seriöse Bestandsaufnahme der Lebenserfahrungen einer jungen Radikalen handle, die sich in späteren Jahren für eine bürgerliche Existenz in einer Vorstadt, für die Rolle der Hausfrau und für eine berufliche Karriere entschieden habe. Trotzdem war dieses Geschmiere wenig mehr als geschickt getarnter Enthüllungsjournalismus, dachte Tyson. Erst vor einer Woche hatte Sloan ihm eine Poster-Version des *Life*-Fotos gezeigt. Einer seiner Bekannten hatte es irgendwo im Village in einem dieser ausgeflippten Kramläden aufgestöbert. Auf dem Poster prangten die Worte: »HAPPY DAYS«.

Marcys Vorleben, das war Tyson klar, hatte keinerlei Bezug zu seiner eigenen Vergangenheit. Dennoch wußte er instinktiv, daß das Foto und die Zeitungsartikel seinen Untergang noch beschleunigen konnten. Er begriff auch, daß er sich fast zwanghaft immer mehr mit der Vergangenheit seiner Frau beschäftigte. Er hätte das zwar gern abgestellt, aber er brachte es nicht fertig.

Tyson stand auf und stellte fest, daß ihm die Knie zitterten. In Marcys Augen standen Tränen.

»Aber ich habe doch nichts Schlimmes getan!« rief sie. »Du wußtest Bescheid, verdammt noch mal! Ich habe dir alles gesagt, als wir uns kennenlernten. Nie habe ich etwas verheimlicht. Ich habe ein bißchen rumgebumst, na und? Du hast Leute *umgebracht*! Du hast mehr Leute umgebracht, als ich Männer im Bett gehabt habe!«

»Wer weiß!«

»Mach, daß du verschwindest!«

Tyson ging ins Haus, nahm seinen Aktenkoffer und trat durch die vordere Tür ins Freie. Vor ihm lag ein Fußmarsch von drei Kilometern. In der Main Street würde er den klapprigen Bus nach Manhattan nehmen.

Als die kleine Halbinsel Baypoint hinter ihm lag und er in die Küstenstraße einbog, bremste neben ihm ein Wagen, und der junge Fahrer bot ihm an, ihn in die Ort mitzunehmen. Tyson nahm dankend an.

Sie fuhren über die North Haven Bridge und dann die Main

Street entlang. »Können Sie mich hier rauslassen?« fragte Tyson. »Ich geh' das letzte Stück zu Fuß.«

Der junge Mann fuhr rechts ran. »Für den Bus sind Sie sehr früh dran. Da hinten ist der ›Paradise Grill‹. Die haben guten Kaffee.«

»Danke.« Tyson öffnete die Wagentür und stieg aus.

Plötzlich wurde dicht hinter ihm gehupt, aber er drehte sich nicht um. Ein Auto folgte ihm langsam, und das Gehupe wurde immer hartnäckiger. Die Passanten auf den Gehwegen blickten sich um. Ein alter Mann winkte Tyson zu und deutete auf das Auto hinter ihm. Tyson ging stur weiter.

Eine Stimme hinter ihm rief: »Ben Tyson, sperr endlich deine Ohren auf!«

Er drehte sich um. Marcy saß am Steuer des Autos. »Los, steig ein!« sagte sie durch das heruntergekurbelte Seitenfenster.

Er stieg ein, und sie gab Gas. Schweigend fuhren sie die Main Street entlang. Als die Ortschaft hinter ihnen lag, sagte sie: »Ich bringe dich zum Bahnhof.«

»Ich wollte eigentlich mit dem Bus fahren.«

»Quatsch, du fährst mit dem Zug. Da bist du besser aufgehoben.«

Tyson zuckte nur die Achseln. Der Volvo fuhr nach Süden durch die letzten Ausläufer des Städtchens. Die Straße führte durch ein Wäldchen von Krüppelkiefern und Sumpfeichen. So früh am Morgen waren nur wenige Autofahrer unterwegs. Zwischen den knorrigen, mißgestalteten Bäumen und über der verlassenen Straße hing Bodennebel. Tyson bekam beim Anblick dieser Landschaft immer böse Vorahnungen. »Tut mir leid, die Sache von vorhin«, sagte er.

»Was tut dir leid?«

»Na ja, diese Bemerkung.«

»Welche Bemerkung? Sag mir, *welche* dir leid tut!«

»Die über... ach was, vergiß es!«

»Nein, ich will wissen, was dir leid tut! Etwa deine Anspielung, daß ich mit mehr als hundert Männern rumgevögelt habe?«

»Richtig, die meinte ich.«

»Na und? Was ist, wenn es stimmt? Immerhin hätte ich sie ein bißchen glücklich gemacht! Aber wie sahen *deine* hundert Leute hinterher aus?«

»Hör auf!«

Marcy trat aufs Gaspedal. Die Tachonadel stand auf sechzig Meilen und kletterte noch immer.

»He, langsamer!«

»Nutten fahren eben schnell.«

»Hör auf mit dem Quatsch und geh vom Gas runter!«

Sie drückte das Gaspedal bis zum Anschlag nieder und nahm eine Linkskurve auf der Innenseite. Tyson streckte die Hand aus, drehte den Zündschlüssel um und zog ihn aus dem Schloß. Das Auto wurde langsamer. Als er Marcy anblickte, sah er, daß sie mit den Tränen kämpfte.

Der Volvo wurde an einer leichten Steigung noch langsamer. Tyson packte das Lenkrad und steuerte den Wagen auf den sandigen Seitenstreifen. Er zog die Handbremse an, stieg aus, ging um den Wagen herum. »Rutsch rüber!« forderte er seine Frau auf.

Sie gehorchte ihm, und Ben setzte sich ans Steuer. Während der ganzen Fahrt bis zum Bahnhofsparkplatz sprachen sie kein einziges Wort.

»Ich brauche ein bißchen Zeit, um über alles nachzudenken«, brach Tyson schließlich das Schweigen.

Marcy schien sich wieder unter Kontrolle zu haben. Sie nickte. »Ich auch.«

»Ruf mich unter der neuen Nummer an, die nicht im Telefonbuch steht.«

Sie starrte wortlos durch die Windschutzscheibe.

Tyson räusperte sich. »Nächstes Wochenende komm' ich nicht raus.«

»Wie du meinst.«

»Ihr müßt wegen mir 'ne Menge durchmachen.« Er zögerte kurz, dann öffnete er die Tür. »Ist wieder alles in Ordnung mit dir?«

Sie nickte und reichte ihm den Aktenkoffer.

Er stieg aus, schloß die Tür und beugte sich zu dem offenen Seitenfenster hinab. »Fahr vorsichtig! Und sag David, daß ich leider keine Zeit hatte, mich von ihm zu verabschieden.«

»Da kommt dein Zug.«

Tyson warf einen Blick über die Schulter. Eine große Diesellokomotive mit eingeschalteten Scheinwerfern zerteilte den über den Gleisen hängenden Dunst. Tyson wandte sich wieder seiner Frau zu. Ihre Blicke trafen sich und ließen sich nicht wieder los. Dann, nach einer endlos langen Zeit, drang das Pfeifen des Zuges in Tysons Bewußtsein. Er drehte sich um und ging.

# TEIL 2

*Wer, obwohl er es könnte, ein Verbrechen*
nicht *verhindert, begünstigt es.*

SENECA, TROADES

## *Kapitel 15*

Miss Beale sieht blaß aus, dachte Tyson. Ihm war auch aufgefallen, daß sie während der vergangenen Wochen immer nervöser und angespannter geworden war. Wahrscheinlich schlägt sie sich mit irgendwelchen persönlichen Problemen herum, sagte er sich, doch dann durchzuckte es ihn, daß sie sich vielleicht seinetwegen Sorgen machen könnte.

»Was gibt's?« fragte er.

Sie reichte ihm einen großen bräunlichen Briefumschlag. Ihm fiel sofort auf, daß das Papier dunkler war als bei irgendeiner geschäftlichen Postsendung, die er bislang erhalten hatte. Als zweites bemerkte er die amtliche Frankierung. Erst dann fiel sein Blick auf den Stempel des Armeeministeriums.

»Es kam per Einschreiben. Ich habe den Empfang bestätigt«, sagte Miss Beale.

Er las die Adresse: Lieutenant Benjamin J. Tyson, bevor er den großen Umschlag auf die Schreibtischunterlage legte. »Vielen Dank. Haben Sie schon den Taylor-Vertrag geschrieben?«

»Er ist fast fertig.« Miss Beale schien etwas auf dem Herzen zu haben.

»Noch etwas?« fragte Tyson.

»Nein...« Sie wandte sich zur Tür, doch dann sagte sie: »Werden Sie uns verlassen?«

»Sieht so aus«, antwortete Tyson.

»Oh, wir finden das alle so schlimm, Mr. Tyson!« platzte es aus Miss Beale heraus. »Wirklich schlimm! Das ist... das ist *ungerecht*, und wir sind alle so wütend...«

Tyson nahm an, daß sie sich mit dem »wir« auf ihre Tischrunde in der Kantine bezog. Sicher hatte man dort alles lang und breit durchgehechelt. In der Chefetage brachte man ihm nicht so viel Sympathie entgegen. Er erinnerte sich, wie es bei der Infanterie gewesen war, wenn ein paar Beförderungen zur Debatte standen. Den Leuten, die darauf spekulierten, war es herzlich egal gewesen, ob die Planstellen durch das Feuer aus 81-mm-Mörsern oder 122-mm-Raketen frei geworden waren. In der Welt der großen Firmen und Konzerne lagen die Dinge nicht viel anders.

»Ich danke Ihnen für Ihre Anteilnahme«, sagte Tyson, und als er bemerkte, daß Miss Beale noch immer keine Anstalten machte, den Raum zu verlassen, fügte er hinzu: »Übrigens können Sie die Stelle hier so lange behalten, wie Sie wünschen. Ich habe mit Mr. Kimura über Sie gesprochen.«

»Vielen Dank.« Endlich ging sie.

Tyson war von diesem Sympathiebeweis ebenso gerührt wie überrascht. Er hatte nicht geglaubt, beim »Fußvolk« sonderlich beliebt zu sein.

Aber man war offenbar zu dem Schluß gelangt, daß ihm Unrecht geschah, und das war etwas, womit sich solche Leute identifizieren konnten. Den Berichten in Presse und Fernsehen war zu entnehmen, daß sich immer mehr eine unterschwellige Solidarisierung der sogenannten »einfachen Leute« mit ihm abzeichnete. Er hatte sogar irgendwo gelesen, daß in Virginia ein »Benjamin-Tyson-Hilfsfonds« gegründet worden war, dessen Initiatoren allerdings bislang weder an ihn noch an Sloan herangetreten waren. Es ist schon seltsam, dachte er, wie viele Amerikaner auf groß aufgemachte menschliche Dramen reagieren. Gern hätte er geglaubt, daß echte Nächstenliebe dahinterstand. Vielleicht war es auch so, und vielleicht lernte er auch noch irgendwann, daran zu glauben.

Er blickte auf den Briefumschlag – und schob ihn beiseite.

»Ihre Frau ist am Apparat«, meldete sich Miss Beale über die Gegensprechanlage.

»Danke.« Tyson drückte auf einen blinkenden Knopf.

»Hallo!«

»Hallo.«

Marcys Stimme klang sehr weit weg.

Kurzes Schweigen. Schließlich sagte Tyson: »Gib mir mal eure Telefonnummer da draußen.«

Sie nannte sie, dann berichtete sie, daß es an den letzten beiden Tagen geregnet habe. »Wie ist es bei euch?«

Tyson warf einen Blick durchs Fenster. »Genau wie bei euch.«

»Manchmal ist das Wetter hier anders als in New York.«

»Stimmt. Wie geht's David?«

»Gut. Er hat ein paar Freunde gefunden. Sie gehen sogar beim Regen zum Angeln. Die übrige Zeit hängen sie in einer Disco in einer Parallelstraße zur Main Street herum.«

»Gibt's so was überhaupt in Sag Harbor? Wie heißt der Schuppen? ›Der alte Walfänger und seine Heulbojen‹? Mein Gott, wohin steuert diese Welt?«

»Wer weiß? Abends spielt übrigens unten im Sporthafen eine Steel Band.«

»Ach ja?«

»Ja, und die Kneipe, in der John Steinbeck damals immer rumgesessen ist, du weißt schon, die ›Schwarze Boje‹, na ja, die ist auch ganz umgemodelt worden.«

Wie gut sie Bescheid weiß, dachte Tyson. Laut sagte er: »Es ist manchmal nicht ratsam, alten Erinnerungen nachzuhängen, oder? Ich meine, das kann ganz schön weh tun.«

»Ja, manchmal.«

Tyson drehte sich in seinem Schreibtischsessel zum Fenster und starrte die regennassen Scheiben an. Früher hatte er sich über Regen mal geärgert und mal gefreut, aber nachdem er zweimal den Monsun erlebt hatte, geriet er bei solchem Wetter immer in gereizte Stimmung.

»Sind wir noch Freunde?« hörte er Marcy sagen.

»Sicher.«

»Gut. Irgendwas Neues bei der Arbeit?« Ihre Stimme hatte noch immer diesen forschenden Unterton.

»Nein, das Wettrüsten macht alle hier nach wie vor überglücklich. Wir haben jede Menge zu tun.«

»Weißt du, ich dachte mir... wenn du... ich meine, ich würde mir die Sache mit Tokio überlegen... nein, ich wollte dir sagen, daß ich auf jeden Fall mitgehe, falls du dich dazu entschließt.«

»Tokio steht nicht mehr zur Debatte.«

»Warum nicht?«

»Weil ich jetzt wieder bei der Army bin.«

»*Wie bitte?*«

Tyson blickte auf die Papiere, die vor ihm auf dem Schreibtisch lagen. »Der Brief beginnt ganz höflich mit: *Sehr geehrter Mr. Tyson.* Alles andere ist weniger erfreulich.«

»O Ben!«

»Ja, so ist das. Ich bin bei Kimura gewesen und habe ihn über meine berufliche Veränderung informiert.«

Die Besprechung hatte erst vor einer knappen Stunde stattgefunden. Diesmal war Mr. Kimuras Gesicht alles andere als undurchdringlich gewesen. Tyson konnte genau sehen, was in seinem Chef vorging, und ihm war klar, daß Kimura von dem Wiedereinberufungsbescheid gewußt hatte, obwohl er es nicht zugab.

»Er hat mir angeboten, mein halbes Gehalt weiterzuzahlen, solange ich bei der Army bin. Ich weiß nicht, ob er damit auch die Zeit meint, die ich eventuell im Zuchthaus werde verbringen müssen.«

Marcy erwiderte nichts darauf.

»Plus Urlaubsgeld, Krankenversicherung und Weihnachtsgeld«, fuhr Ben fort.

»Das... das ist sehr großzügig von ihm.«

»Ja, sehr.« Insgeheim war Tyson allerdings überzeugt, daß von Großzügigkeit hier keine Rede sein konnte. Die ganze Angelegenheit wurde gewissermaßen von der Regierung »subventioniert«. Man ließ ihn eben nicht verkommen – wenn auch nicht aus Nächstenliebe, so doch als Teil einer PR-Strategie. Er war sich nicht sicher, ob er dieses Spielchen mitspielen wollte. Zu Marcy sagte er: »Ich weiß nicht, wieviel Sold ein Leutnant heutzutage bekommt, und im Grunde ist es mir auch scheißegal, aber auch wenn du dazuverdienst, wären wir bestimmt in einem Jahr pleite!«

»Was soll das heißen? Hast du das Angebot etwa abgelehnt?«

»Ja. Ehrlich gesagt habe ich sogar vor, aus prinzipiellen Gründen zu kündigen.«

»Aber warum? Das ist doch absurd, Ben! Nimm das halbe Gehalt! Du hast jahrelang für die Firma geschuftet –«

»Und was ist mit meinen Prinzipien? Du hast doch selbst welche. Ich hatte geglaubt, du würdest mich verstehen und dich hinter mich stellen. Du bist gegen jede Art von Materialismus, also kann es nicht das Geld sein, das dir Sorgen macht.«

»Willst du mich damit etwa ködern?«

»Gut möglich.«

Marcy schwieg sekundenlang, dann sagte sie: »Und aus welchen prinzipiellen Gründen erwägst du eine Kündigung?«

»Es ist mein gutes Recht, finanziell vor die Hunde zu gehen, Geld abzulehnen, das ich nicht verdient habe, und die Folgen meiner eigenen Handlungsweise zu tragen. Ich habe auch das Recht, unsere Regierung in eine peinliche Lage zu bringen. Wie gefällt dir diese Anti-Establishment-Rhetorik? Bist du nicht stolz auf mich?«

»Hör mal, ich habe dich nicht angerufen, um mit dir zu streiten. Ich glaube, daß ich dich verstehe, aber du hast eine Familie!«

»Wir schaffen es schon irgendwie.«

Marcy dachte kurz darüber nach, dann sagte sie: »Ja, wir werden es schaffen. Tu, was du für richtig hältst.«

Ben war sich ziemlich sicher, daß sie es ernst meinte.

»Was bedeutet diese Wiedereinberufung konkret?« erkundigte sich seine Frau. »Wirst du jetzt irgendwohin versetzt?«

»Ja, und ich weiß auch schon, wohin.« Er warf einen raschen Blick auf einen der Briefbogen. »Könnte schlimmer sein...«

»Wohin?«

»Fort Hamilton, in Brooklyn. Weißt du, wo das ist? Nicht weit von der Verazzano-Brücke.«

»Tja, das ist wirklich nicht schlecht. Kannst du... wirst du dich frei bewegen können?«

»Keine Ahnung. Ich weiß nur, daß ich am fünfzehnten Juli einrücken muß, wie die Arschlöcher bei der Army das nennen.« Er dachte kurz nach. »He, wann ist eigentlich die geplante Haifischjagd?« Er blätterte in seinem Terminkalender. »Am Vierzehnten. Das paßt gut. Ich kann den Haifisch ja mit in die Kaserne nehmen, falls ich einen fange.« Kurze Pause, dann: »Eine ganz schöne Scheiße ist das!«

Marcy blieb stumm. Tyson glaubte am anderen Ende der Leitung unterdrücktes Schluchzen zu hören. Er zündete sich eine Zigarette an und legte die Füße auf das Fenstersims. Wenn ich ledig wäre, überlegte er, dann hätte ich hier schon längst die Arbeit hingeschmissen und wäre in Hongkong. Alle Beteiligten, besonders aber die Leute von der Regierung, würden sich freuen. Aber nein, Hongkong kam als britische Kolonie nicht in Frage. Er würde woandershin müssen, da hatte der alte Chet Brown recht – in irgendein Land, demgegenüber die amerikanische Regierung nicht einmal so *tun* müßte, als wäre sie an Tysons Auslieferung interessiert.

Ja, genau das würde er tun, wäre er nicht Ehemann und Vater eines Sohnes. Doch auch so hatte die Sache ihren Reiz. Er sah zu, wie Regentropfen über die große Fensterscheibe rannen. »Was hältst du eigentlich davon, wenn ich einfach abhaue?« fragte er. »Ich meine: Wäre das eine Alternative zu dem Mist, in dem wir hier stecken?«

»Allerdings. Aber dein Ego und dein übertriebenes Verantwortungsgefühl werden dafür sorgen, daß du hierbleibst.«

Jetzt ist wieder mehr Kraft in ihrer Stimme, dachte Tyson. Das ist wieder meine gute alte Marcy. Sie fängt sich jedesmal schnell. »Aber ich würde dir, David und der Regierung eine Menge Kummer und Ärger ersparen«, erwiderte er. »Wahrscheinlich beten die in Washington darum, daß ich verschwinde und ihnen ihre Ruhe lasse.«

»Nun, wenn das stimmt, dann solltest du mit ihnen vielleicht irgendeinen Deal aushandeln.«

Marcy würde mit Chet Brown gut zu Rande kommen, überlegte sich Ben. »Mag sein. Freies Geleit und Pensionsanspruch. Familie wird nachgeschickt... Aus Brasilien würde man mich nicht ausweisen, aber ich mag kein tropisches Land. Vielleicht Schweden? Die liefern nur in bestimmten Fällen aus. Ich könnte mich um einen Job bei Volvo bemühen und die Leute dort überreden, elektronische Zielvorrichtungen für Raketen in das viertürige Modell einzubauen. Was hältst du davon?«

Marcy versuchte unbefangen zu klingen: »Und du könntest dir so ein blondes Wikingermädchen schnappen! Auf blond hast du doch schon immer gestanden.«

Tyson lächelte. »Tja, das wäre eine Überlegung wert. Aber die Frage ist jetzt: kämpfen oder flüchten? Mir bleiben nur noch wenige Wochen.«

Beide schwiegen, dann sagte Marcy: »Und wie steht es mit uns?«

Tyson war selbst überrascht, als er sich sagen hörte: »Ich liebe dich.«

Sie antwortete ohne Zögern: »Ich liebe dich auch... Übrigens ahne ich irgendwie, daß du dich entschlossen hast, vorerst in der Stadt zu bleiben.«

Tyson wartete ab.

»Ich nehme an«, fuhr sie fort, »daß du auch ohne eheliche Probleme genügend Sorgen hast. Stimmt's?«

Tyson ließ sich mit der Antwort Zeit. »Ich habe in der Innenstadt Unterschlupf gefunden, bei Paul Stein. Du kennst ihn. Er ist den ganzen Sommer über in Hampton. Ich übernehme die Unterhaltskosten seiner Wohnung, verjage die Einbrecher, schicke ihm die Post nach und nehme seine Anrufe entgegen.«

Nach einem langen, bedrückenden Schweigen fragte Marcy: »Glaubst du, daß sie dich –«

»– draußen wohnen lassen? Ich hoffe es. Wäre jedenfalls besser als ein Quartier im Heim für ledige Offiziere. In meinem Horoskop stand heute morgen: ›Sie werden Ihren gut dotierten Managerposten gegen den eines Hausmeisters eintauschen. Gleichzeitig eröffnen sich für Sie bei den Streitkräften neue berufliche Perspektiven. Möglicherweise werden Sie auf Staatskosten eine lange Reise machen, sofern Sie nicht auf eigene Kosten in ein Land fahren, wo die Behörden Sie nicht finden. Ihre Ehefrau wird verständnisvoll reagieren, wenn sie eines Tages eine mit João unterschriebene Postkarte aus Rio de Janeiro erhält.‹«

»Halt mich auf jeden Fall auf dem laufenden«, sagte Marcy.

Tysons Drehsessel schwang herum. Jetzt hatte er wieder den Schreibtisch vor sich. »Okay. Du hast ja Paul Steins Telefonnummer. Ich ziehe dort dieses Wochenende ein.«

»Gut, aber nimm dich vor diesen geilen kleinen Sekretärinnen in acht!«

»Grüß David von mir.«

»Wird gemacht.«

»Und paß auf dich auf!«

»Ja, du auch.«

»Wiedersehen.«

»Wiedersehen.«

Keiner von ihnen legte auf. »Tschüs!« sagte Tyson.

»Tschüs!«

Als Tyson den Hörer auf die Gabel legte, sah er, daß seine Hand zitterte. »Verdammte Scheiße!« murmelte er und schlug mit der flachen Hand auf die Tischplatte. Die Schreibutensilien machten einen Luftsprung. Tyson stand auf und gab dem Papierkorb einen Fußtritt, daß er in hohem Bogen durch das Zimmer segelte.

## Kapitel 16

Ben Tyson stand im hinteren Teil des Gartens vor dem runden Holzkohlengrill, einen Scotch in der einen, eine Grillzange in der anderen Hand. Er blickte auf die einsame Frikadelle hinab, die da vor sich hin brutzelte. Das Ding sieht irgendwie traurig aus, sagte er sich. Er packte sie mit der Zange und schleuderte sie ins nahe Gebüsch. Dann trank er seinen Scotch aus.

Ein paar Häuserblocks weiter unten dröhnte Musik aus Lautsprechern, und Tyson hörte Gelächter. Der 4. Juli war kein Feiertag, den er sonderlich mochte, aber ihn allein zu verbringen war auch nicht eben amüsant. In den vergangenen Jahren war er meist mit Marcy und David in den »Country Club« gegangen – sofern er nicht gerade auf Reisen war. Im Club strengte man sich jedesmal mächtig an, den Nationalfeiertag nach alter Tradition zu feiern: mit gestreiften Zelten auf der Rasenfläche, Hot dogs, Hamburgern, Lampions und Zuckerwatte. Die Leute saßen auf der Veranda herum und tranken Bier. Man organisierte Spiele für die Kinder, und eine Blaskapelle spielte Militärmärsche. Reden wurden – Gott sei Dank – nicht gehalten.

Tyson spielte mit dem Gedanken, sich den Feiernden draußen anzuschließen, aber dann sagte er sich, daß er für einen öffentlichen Auftritt nicht in der richtigen Stimmung war und daß er seine Nachbarn lieber nicht in eine peinliche Situation bringen wollte. Das Ziel, das er sich für diesen Abend gesteckt hatte, war, sich derartig zu betrinken, daß eine Fahrt im Leihwagen nach Sag Harbor nicht mehr in Frage kam.

Tyson öffnete die Terrassentür und trat in das kleine rückwärtige Zimmer. Er goß sich noch einen Scotch ein, nahm ein paar Bücher vom Regal und packte sie in einen Karton. Morgen früh wollte er nach Manhattan fahren und sich in Paul Steins Apartment häuslich einrichten.

Das Telefon klingelte, aber Tyson achtete nicht darauf. Er wühlte in der Schublade seines Schreibtisches herum und suchte nach seinem Taschenrechner. Das Telefon klingelte hartnäckig weiter. Nur eine Handvoll Leute kannten die neue Geheimnummer, und er hatte keine Lust, mit einem dieser Menschen zu sprechen. Endlich fand er den Taschenrechner und verstaute ihn in seinem Aktenkoffer. Das Telefon klingelte noch immer. Vielleicht ist es David, schoß es ihm durch den Kopf. Er nahm den Hörer ab.

Es war eine Frauenstimme, die er noch nie zuvor gehört hatte.

»Mr. Benjamin Tyson?«

»Wer sind Sie?« fragte Tyson.

»Hier spricht Major Harper –«

Er spürte, wie sich sein Magen zusammenkrampfte.

»Ich bin vom JAG, dem Amt für Militärjustizwesen, beauftragt worden, Ermittlungen gemäß Artikel einunddreißig des Militärrechts durchzuführen und alle Sachverhalte zu überprüfen, die mit einem mutmaßlichen Verbrechen in einem vietnamesischen Krankenhaus zu tun haben.«

»Ist das Ihr Ernst?«

»Ja, Lieutenant, allerdings.«

Tyson setzte sich auf seinen Schreibtischstuhl. »Wie haben Sie die Nummer herausgefunden?«

»Man gab sie mir zusammen mit den Unterlagen«, erwiderte Major Harper.

»Die Nummer steht aber nicht im Telefonbuch!«

»Ich verstehe nicht, warum Sie das so wichtig finden. Auf jeden Fall möchte ich mich bei Ihnen entschuldigen, weil ich Sie an einem Feiertag anrufe.«

»Von wo aus rufen Sie an?«

»Aus Washington, aber das tut nichts zur Sache, Lieutenant.«

»Ich mag nicht, wenn man mich Lieutenant nennt!«

»Haben Sie Ihren Wiedereinberufungsbescheid erhalten?«

Tyson lehnte sich vor und kritzelte gedankenverloren auf der Schreibunterlage herum. Dieser Anruf kam nicht gänzlich unerwartet, aber er war doch innerlich nicht darauf vorbereitet gewesen. Noch vor ein paar Tagen hätte er das Land ganz legal verlassen können. Jetzt aber war er wieder Offizier der Streitkräfte der Vereinigten Staaten von Amerika, und er genoß nicht mehr dieselben Freiheiten, wie sie die meisten Bürger dieses Landes für sich beanspruchen durften.

»Ich habe hier vor mir die Empfangsbestätigung eines Einschreibens liegen«, hörte er wieder ihre Stimme.

»Ja, ich habe den verdammten Brief erhalten!«

»Ich wäre Ihnen sehr verbunden, wenn Sie es im Gespräch mit mir nicht an dem Respekt mangeln ließen, der meinem Rang gebührt.«

Tyson rieb sich das Kinn. »Möchten Sie vielleicht, daß ich Sie Madam nenne?«

»Ja, denn das ist die korrekte Anrede gegenüber einem ranghöheren weiblichen Offizier.«

Tyson atmete hörbar aus. Sein Kopf begann zu schmerzen, und sein Magen hatte sich noch mehr verkrampft. Er schlug einen versöhnlicheren Ton an: »In Ordnung. Ich werde mich bemühen, es nicht an der vorgeschriebenen Höflichkeit fehlen zu lassen, Madam.«

Ihre Stimme klang augenblicklich freundlicher. »Tut mir leid, daß ich ein bißchen streng werden mußte.«

»Keine Ursache. Was kann ich für Sie tun?«

»Nun, wie gesagt, ich führe inoffiziell Ermittlungen durch, um herauszufinden, ob gewisse in einem Buch mit dem Titel *Huê – Tod einer Stadt* gemachte Behauptungen fundiert sind oder nicht. Ich nehme an, Sie kennen dieses Buch.«

»Das kann man wohl sagen!«

»Eigentlich wollte ich mit meinen Nachforschungen woanders beginnen und mich erst später an Sie wenden«, fuhr Major Harper fort, »aber dann sagte ich mir, daß Sie vielleicht gerne die Gelegenheit ergreifen würden, als erster Stellung zu nehmen.«

»Sehr rücksichtsvoll.«

»Ich habe die Pflicht«, fuhr Major Harper fort, »Sie gemäß Artikel einunddreißig auf Ihre Rechte aufmerksam zu machen. Sie haben das Recht, die Aussage zu verweigern und einen Anwalt hinzuzuziehen. Im übrigen obliegt es mir, Sie darüber zu informieren, daß Sie möglicherweise mit einer Anklage wegen vorsätzlichen Mordes rechnen müssen.«

Als Tyson schwieg, fuhr sie fort.

»Weiterhin haben Sie das Recht, eventuelle Zeugen zu befragen, aber das ist vorläufig noch gegenstandslos. Wie gesagt, ich habe mich zuerst an Sie gewandt. Als Offizier kennen Sie wohl Ihre eigenen Rechte. Jetzt möchte ich erst einmal wissen, ob Sie bereit sind, sich mit mir zu treffen?«

Tyson überlegte sich seine Antwort. Diese Frau wirkte ungewöhnlich offen. Sie hatte sogar zugegeben, daß sie vor diesem Anruf noch nichts unternommen hatte. Tyson erinnerte sich, wie man normalerweise bei der Army in solchen Fällen vorzugehen pflegte: Man verhielt sich einem Verdächtigen gegenüber so, als hätte man schon ein ganzes Bataillon Belastungszeugen, Schubladen voll unterschriebener Aussagen und schrankweise belastendes Beweismaterial beisammen.

Vielleicht gibt es doch noch einen kleine Chance, diese Angelegenheit im gegenwärtigen Stadium zu bereinigen, sagte er sich. Ihm war klar, daß es dabei vor allem auf diese unbekannte Frau und ihn selbst ankam. Gewiß, es mußten noch andere Faktoren in Betracht gezogen werden, aber wenn der mit der Voruntersuchung beauftragte Offizier empfahl, den Fall nicht weiter zu verfolgen, konnte dies den Ausschlag geben. »Also gut, ich möchte mich mit Ihnen treffen«, sagte Tyson.

»Schön. Wollen Sie nach Washington kommen?«

»Lieber nicht.«

»Nun, dann fliege ich nach New York. Wie wäre es morgen?«

Tyson dachte kurz nach. »In Ordnung.«

»Wann würde es Ihnen passen?«

»Wollen wir nicht lieber erst den *Ort* vereinbaren, Major?«

»Ja, da gibt es mehrere Möglichkeiten – der Flughafen, Fort Hamilton...«

»Kommt nicht in Frage.«

»Ihr Büro?«

»Ich glaube, das wäre nicht gerade das richtige, es sei denn, Sie kommen in Zivil.«

»Das ließe sich machen. Aber könnten wir uns nicht bei Ihnen zu Hause treffen?«

»Nehmen Sie doch die Maschine um neun Uhr früh und dann ein Taxi. Sie können dann kurz vor elf Uhr hier eintreffen.«

»Gut. Ich bin also gegen elf bei Ihnen zu Hause. Kann ich davon ausgehen, daß Sie von Ihrem Recht der Aussageverweigerung keinen Gebrauch machen werden, nachdem Sie sich bereit erklärt haben, sich mit mir zu treffen?«

»Ich würde Sie nicht bitten, nach New York zu kommen, wenn ich das vorhätte.«

»Wunderbar. Es gibt nämlich immer noch die Möglichkeit, daß... ich meine, ich will Ihnen ja keine falschen Hoffnungen machen, aber wenn wir beide diese ganze Sache durchsprechen, dann sehen wir vielleicht viel klarer. Mag sein, daß sich alles von selbst erledigt, nachdem ich mit Ihnen und Ihren ehemaligen Untergebenen gesprochen habe.«

»Das klingt gut.«

»Darf ich Sie fragen, ob Sie die Absicht haben, gegen den Verfasser des fraglichen Buches eine Zivilklage anzustrengen? Sie müssen mir darauf nicht antworten.«

»Ich spiele mit dem Gedanken.«

»Werden Sie bei unserem Gespräch einen Anwalt hinzuziehen?«

»Ja, eventuell.«

Sie zögerte einen Moment, bevor sie wieder redete. »Das ist natürlich Ihr gutes Recht, aber als Offizier und gebildeter Mensch brauchen Sie in diesem Stadium wohl noch keinen Anwalt. Sie könnten sich während unserer Besprechung telefonisch von einem Rechtsanwalt beraten lassen, aber ich weiß nicht, ob man die Angelegenheit unnötig aufbauschen sollte. Wenn Sie einen Anwalt rufen, dann muß ich übrigens einen Stenografen mitbringen, und dann –«

»– dann brauche ich ein Tonbandgerät, und ehe wir es uns versehen, ist das ganze Haus voller Leute, das Fernsehen eingeschlossen. Also gut, keinen Anwalt.«

»Ich möchte Ihnen nichts ausreden. Nach dem Gesetz haben Sie ein Anrecht auf –«

»Ich kenne die entsprechenden Gesetze. Ich habe meine Kenntnisse in der Bibliothek aufgefrischt.«

»Gut.«

»Darf ich Sie etwas fragen?«

»Aber sicher.«

»Ich bin nur ein Lieutenant, und Sie sind Major. Finden Sie es richtig, daß ich den Kopf für alles hinhalten muß? Schon gut, Sie brauchen nicht darauf zu antworten. Als Vertreterin der Justiz können Sie die Frage als unzulässig zurückweisen.«

Die Frau am anderen Ende der Leitung zögerte wieder. »Lassen wir die Ränge einmal beiseite; ich kann Ihnen sagen, daß ich mich bemühen werde, Verständnis für Ihre Lage aufzubringen. All dies muß für Sie sehr verwirrend sein.«

»Nein, verwirrt und aufgeregt war ich nur damals, als ich zum erstenmal eine Uniform anzog. Diesmal ist es das reinste Honigschlecken!«

Karen Harper schwieg.

»Ich hoffe, daß Sie Ihre Aufgabe schnell hinter sich bringen, Major.«

»Das hoffe ich auch.«

»Trinken Sie Kaffee?« fragte er plötzlich. »Ich hasse es, eine ganze Kanne Kaffee zu kochen, den dann niemand trinkt.«

»Kaffee wäre genau das richtige.«

»Dann sehen wir uns also morgen. Ich wünsche Ihnen noch einen schönen Feiertag.« Tyson legte auf. Er lehnte sich zurück, atmete tief durch und versuchte sich das Gesicht der unbekannten Frau vorzustellen. Ihre Stimme hatte angenehm, sanft, fast melodisch geklungen, und wenn er sich nicht täuschte, dann stammte sie aus dem Mittelwesten. Wie offen sie alle Dinge ausspricht, dachte Tyson. Richtig entwaffnend. Das lag nicht nur daran, daß sie außerordentlich behutsam vorging, sondern an der Art und Weise, wie sie Fragen stellte. Er würde sich davor in acht nehmen müssen.

Die Tatsache, daß er sich ihr gegenüber allerlei hatte herausnehmen können, hatte nichts damit zu tun, daß sie eine Frau war. Nein, man hatte sie bestimmt instruiert, sich vorsichtig an ihn heranzumachen. Die Militärjustiz, das Pentagon und vielleicht sogar das Weiße Haus hielten es für ratsam, ihn mit Samthandschuhen anzufassen. »Sehr gut«, sagte er laut. »Ich mag es, wenn so mächtige Leute vorsichtig mit mir umgehen.« In letzter Zeit hatte er sich nur mit seinen eigenen Ängsten herumgeschlagen und dabei übersehen, daß auch die Gegenseite Befürchtungen hegte.

Tyson stand auf und goß sich noch einen Scotch ein. Er betrachtete die halbvollen Pappkartons. Schließlich ging er zu der Terrassentür, stieß sie auf und blickte in den dunklen Garten mit dem glosenden Holzkohlengrill. Die Häuserwände warfen das Echo explodierender Feuerwerkskörper zurück. Im Osten war der Himmel über dem Stadtpark hell erleuchtet. Fast freute sich Tyson auf die Unterredung mit der Frau; es war ihm nur recht, daß sein Schicksal von seinen eigenen Fähigkeiten abhing. Zum Teufel mit den Rechtsanwälten! Endlich sah er sich in seinem Leben, in dem es schon seit langem keine wichtigen Bewährungsproben mehr gegeben hatte, vor eine große Herausforderung gestellt. In der Magengegend verspürte er ein seltsames Flattern, ein Gefühl, das er schon längst vergessen hatte. Dies war der Vorabend der großen Schlacht, die Nacht vor dem Angriff im Morgengrauen. »Kein einziges Spiel, kein Kampf ist bisher halb so schlimm ausgegangen, wie ich es befürchtet hatte. So kann es meinetwegen bleiben«, murmelte er leise.

## *Kapitel 17*

Um zehn vor elf läutete es an der Tür. Tyson ging in die Diele, stellte sich vor den großen Spiegel und zupfte seinen marineblauen Blazer sowie das rote Seidentuch in seiner Brusttasche zurecht. Die Bügelfalten seiner beigefarbenen Hose waren rasiermesserscharf. Seine schwarzen Schuhe hatte er auf Hochglanz poliert, und das weiße Baumwollhemd ließ seinen sonnengebräunten Teint noch dunkler erscheinen. Seine Absicht war es, wohlhabend, selbstbewußt und unangreifbar zu wirken. Dieses Haus war seine Burg, die Kleidung seine Rüstung.

Wieder klingelte es an der Tür. Tyson ging hin und machte rasch auf. Insgeheim hatte er wohl erwartet, eine Frau in einer hellen Uniform vor sich zu sehen, aber sie trug das, was bei der Army die »Klasse-A-Uniform« genannt wurde: dunkelgrüner Rock, Uniformjacke in derselben Farbe, hellgrüne Bluse, Krawatte mit Zickzackmuster. Auf dem Kopf saß keß eine grüne Schirmmütze, deren goldener Litzenbesatz sie als Offizier auswies. Sie trug eine schwarze Handtasche an einem Schulterriemen und in der linken Hand einen Aktenkoffer aus schwarzem Leder.

»Mr. Tyson?« sagte sie und lächelte liebenswürdig.

»Nein, ich bin Lieutenant Tyson. Es hat Sie wohl aus dem Konzept gebracht, daß ich in Zivil bin?« Er streckte die Hand aus. »An dem goldenen Eichenblatt erkenne ich, daß Sie Major sind, und auf Ihrem Namensschild steht Harper. Guten Tag, Major Harper!«

Sie gab ihm die Hand. »Es gibt keinen Grund, warum Sie Uniform tragen sollten«, ging sie auf seine Anspielung ein.

»Gut.« Er nahm sie schnell in Augenschein. Sie hatte honigblondes Haar, blaßblaue Augen und sah aus, als käme sie frisch aus der Badewanne. Irgendwie mußte er an wogende Weizenfelder und Kirchengemeinden denken, obwohl sich unter der nicht sehr schmeichelhaften Uniform ein wohlgeformter Körper verbarg.

Tyson nahm ihr die Mütze ab und legte sie auf das Tischchen in der Diele. »Möchten Sie die Jacke ablegen?« fragte er.

Nach kaum merklichem Zögern antwortete sie: »Ja, gern.« Sie stellte den Aktenkoffer und die Handtasche auf den Fußboden, knöpfte die vier Messingknöpfe auf und schlüpfte aus der Jacke. Die hellgrüne Bluse darunter war gut geschnitten und lag ein bißchen enger an, als es bei der Army gern gesehen wurde. Er hängte die Jacke an die Garderobe und wandte sich ihr wieder zu. Sekundenlang blickten sie sich in die Augen, dann sagte er: »Hier entlang, bitte.«

Er ging voran und führte sie in den kleinen, rückwärtigen Raum.

»Ein nettes Zimmer«, sagte sie höflich und nahm Platz.

»Vielen Dank.« Er hatte die Kartons und alles, was auf eine Aufgabe seines Hauptwohnsitzes hindeutete, weggeräumt. Jetzt ging er zu der kleinen Hausbar, auf der eine Kaffeemaschine stand. Er goß zwei Tassen ein. »Möchten Sie ein Gläschen Likör oder Cognac dazu? Oder trinkt die neue Offiziersgeneration nicht mehr im Dienst?«

»Doch, das tut sie, aber ich warte noch ein bißchen.«

Tyson goß ein wenig Sahne in seine Tasse. »Ich bin ein bißchen verkatert.« Wahrscheinlich sind ihr meine blutunterlaufenen Augen sowieso schon aufgefallen, sagte er sich und entschloß sich zu ein paar klärenden Worten. »Habe gestern mit ein paar Freunden ein bißchen zuviel getrunken. Nach Ihrem Anruf. Übrigens war das bei einer Art Spendensammlung für mich«, log er. »Am vierten Juli ist in meinem Club immer was los. Gestern waren alle in patriotischer Stimmung, und man hat den Hut rumgehen lassen.« Tyson wußte, daß sein Auftritt nicht gut war, aber er redete trotzdem weiter. »Ich werde hier bei uns von vielen Leuten aktiv unterstützt. Angeblich soll es sogar einen landesweiten Hilfsverein zu meiner Verteidigung geben. Ob ich den überhaupt brauchen werde?«

Karen Harper entnahm ihrem Aktenkoffer ein kleines bedrucktes Blatt und sagte: »Am besten, wir schaffen erst einmal die Formalitäten aus dem Weg. Ich meine, die Rechtsbelehrung und so weiter. Ich muß Sie darüber jetzt noch einmal persönlich informieren. Okay?«

»Sahne?«

»Ja, bitte.«

»Zucker?«

»Ja ... also, ich lese Ihnen jetzt Ihre Rechte vor.« Sie warf einen raschen Blick auf das Blatt.

»Ich höre.« Er gab Sahne und Zucker in ihren Kaffee.

»Nun gut. Sie haben das Recht der Aussageverweigerung –«

»Pardon, ein oder zwei Stück Zucker?«

»Nur eins bitte. Sie haben das Recht, Zeugen zu befragen. Sie haben das Recht, sich von der Army einen Verteidiger stellen zu lassen.« Während sie weiterlas, stellte Tyson die Kaffeetasse vor sie hin. Er überlegte, ob er sich nicht besser hinter seinen Schreibtisch setzte, aber er entschied sich dagegen. Statt dessen nahm er ihr gegenüber auf der anderen Seite des Tischchens in dem Eames-Lehnstuhl Platz. Seine Tasse stellte er auf den Boden. Er beobachtete sie, während sie die kurze Aufzählung seiner Rechte herunterlas. Er selbst hatte das als Offizier mindestens fünfzigmal getan, und jedesmal hatte sich zwischen ihm und dem jeweiligen Soldaten vor ihm ein Gefühl der Verlegenheit und der inneren Anspannung eingestellt.

Karen Harper schaute von dem Blatt Papier auf. »Sind Sie sich Ihrer Rechte gemäß der geltenden Militärgesetzgebung bewußt?«

»Ja, Madam.«

»Wünschen Sie, daß die Army Ihnen einen Verteidiger stellt?«

»Nein, Madam.«

»Wünschen Sie einen Rechtsbeistand Ihrer Wahl zu dieser Besprechung hinzuzuziehen?«

»Der spielt gerade Golf.«

Sie blickte ihn abwartend an.

»Nein, keinen Anwalt. Das sagte ich Ihnen schon am Telefon«, erklärte er.

Sie nickte kaum merklich. »Ich habe die Pflicht, Sie über die gegen Sie erhobenen Anschuldigungen aufzuklären. Von einer Anklageerhebung ist noch nicht die Rede, aber es geht in dieser Angelegenheit um nichts Geringeres als Mord.«

Tyson schwieg.

»Ich sagte Ihnen auch schon, daß es noch keine belastenden Zeugenaussagen gibt«, fuhr sie fort, »aber sobald eine offizielle Untersuchung gegen Sie eingeleitet wird, haben Sie das Recht, alle Zeugen ins Kreuzverhör nehmen zu lassen. Zum gegenwärtigen Zeitpunkt können Sie selbst Zeugen benennen, deren Aussagen geeignet sein könnten, Sie zu entlasten, Ihnen mildernde Umstände zuzubilligen oder Ihre Schuld sonstwie zu mindern. Können Sie solche Zeugen benennen?«

»Nein, Madam.«

»Sie haben das Recht, eine Aussage zu machen. Wollen Sie davon Gebrauch machen?«

»Nein, Madam.«

Sie schwiegen beide eine Weile. Schließlich sagte Tyson: »Ich bin bereit, Ihre Fragen zu beantworten. Schießen Sie los.«

Sie warf einen Blick auf ihre Notizen. »Nun gut. Haben Sie das Buch *Huê – Tod einer Stadt* gelesen?«

»Ja, Madam.«

»Das ›Madam‹ können Sie sich jetzt schenken. Sind Sie der Lieutenant Benjamin Tyson, der in dem Buch erwähnt wird?«

»Sieht so aus.«

»Waren Sie Führer der in Kapitel sechs genannten militärischen Einheit?«

»Ja, der war ich.«

»Waren damals ranghöhere Offiziere zugegen?«

»Nein. Mein Zug operierte unabhängig von meiner Kompanie und meinem Bataillon.«

»Hatten Sie Funkkontakt zu Ihren Vorgesetzten?«

»Sporadisch. Die Batterien von dem Funkgerät waren ziemlich schwach. Es war schwer, neue aufzutreiben.«

Karen Harper stellte noch ein paar ähnliche Fragen, und Tyson wußte, daß es ihr darauf ankam, ihn daran zu gewöhnen, Antworten zu geben. Die Kernfrage, das eigentliche Massaker, klammerte sie wohlweislich aus. Sie versteht ihr Handwerk, dachte er. Aber da er selbst schon mehrmals solche Befragungen durchgeführt hatte, wußte er, worauf es ankam.

Irgendwann hielt er es für geraten, die stetige Folge von Fragen und Antworten zu unterbrechen. Er stand auf und schenkte Kaffee nach. »Lassen Sie uns eine Pause machen«, schlug er vor.

Sie lächelte, als fände sie das eine gute Idee, aber Tyson ließ sich nicht täuschen. »Zigarette?« fragte er.

»Nein, danke.«

»Haben Sie etwas dagegen, wenn ich rauche?«

»Durchaus nicht.«

Tyson lehnte sich an seinen Schreibtisch und zündete sich eine an. Er warf einen Blick auf Karen Harper und sagte sich, daß sie innerlich bestimmt nicht so ruhig war, wie sie sich nach außen hin gab. Sie hatte einen großen Fisch an der Angel, aber er konnte sich jederzeit losreißen.

Sie schlug jetzt einen Plauderton an und tat so, als gehörte dies alles nicht zur Befragung, aber Tyson ließ sich nicht täuschen. »Ich bin in Ihrer Personalakte auf eine interessante Sache gestoßen«, sagte sie. »Ich meine diese Anmerkung, die Sie auf ein Formular der Army gekritzelt haben. Erinnern Sie sich?«

Er ließ ein paar Sekunden vergehen, dann antwortete er: »Ach das! Ich muß an dem Tag ganz schön wütend gewesen sein.«

»Anscheinend. Es war eine ziemlich harte Äußerung für einen Offizier.«

»Ich war damals nicht mehr Offizier.«

»Doch, und Sie sind es immer noch. Sie sind es immer gewesen – seit dem Tag, als Sie nach Ihrem College-Abschluß den Fahneneid geleistet haben.«

»Hätte es einen Unterschied gemacht, wenn ich genauer hingeschaut und das richtige Kästchen angekreuzt hätte, um meinen endgültigen Abschied zu erhalten?«

»Keine Ahnung. Das gehört nicht zu meinem Ressort. Mich interessiert nur, wie Sie dazu kamen, so etwas zu schreiben.«

»Was wissen Sie eigentlich von diesem Krieg? Was über den Fall von Saigon? Ich meine – Sie sehen noch so jung aus.«

»Ich war 1968, im Jahr der Tet-Offensive, fünfzehn Jahre alt –«

»Fünfzehn? Mein Gott, ich wünschte, ich wäre damals auch fünfzehn gewesen. Übrigens bedeutet Tet einen Zeitpunkt, ein Datum, nicht einen Ort. Wußten Sie das?«

»Natürlich. Als Saigon 1975 fiel, war ich schon zweiundzwanzig. Ich weiß noch, wie ich mir damals darüber Gedanken machte, daß dieser Krieg schon so lange andauerte, wie ich zurückdenken konnte. Als er endlich vorbei war, fühlte ich mich erleichtert.«

»Meine Frau auch. Sie brachte einen Trinkspruch auf die Nationale Befreiungsfront aus.«

»Ich glaube«, meinte sie, »daß einer der Gründe, warum man mich mit diesen Ermittlungen beauftragt hat, der ist, daß mich mit den fraglichen Vorgängen keine persönlichen Erfahrungen verbinden.«

»Mag sein.« Sie stellt eine Naivität zur Schau, sagte sich Tyson, hinter der sich eine gewisse Schlauheit verbirgt. Aber vielleicht ist sie wirklich so geradeaus und naiv, korrigierte er sich gleich wieder. Er ertappte sich dabei, daß er sie eingehender betrachtete. Gewiß, der Schnitt und die Farbe ihrer Uniform standen ihr nicht besonders, aber ihr Gesicht, ihr Haar, ihre Stimme und ihre Gesten machten das mehr als wett. Ihr Mund ist ausdrucksvoll und kann in gewissen Situationen bestimmt sehr sinnlich wirken, dachte er. Laut sagte er: »Und die anderen Gründe, derentwegen man sich für Sie entschieden hat? Warum ausgerechnet Sie?«

Sie zuckte die Achseln.

»Wahrscheinlich, weil Sie eine erfahrene Ermittlerin in Mordsachen sind.«

»Ich habe noch nie in einem Mordfall ermittelt.«

»Und ich wurde noch nie des Mordes verdächtigt. Wie klein doch die Welt ist!«

Sie griff nach der Likörflasche. »Darf ich?« Nachdem sie sich ein wenig Likör in den Kaffee gegossen hatte, blickte sie ihn neugierig an. »Wissen Sie, als ich gelesen hatte, was Sie auf dieses Formular geschrieben hatten, fragte ich mich, ob Sie sich nicht vielleicht doch gegen Ihre Wiedereinberufung zur Wehr setzen würden.«

»Hören Sie, Major, sobald man in die Mühlen des Gesetzes geraten ist, ist man ziemlich machtlos, es sei denn, man verfügt über unbegrenzte Geldmittel.«

Sie lehnte sich über den kleinen Tisch hinweg zu ihm hin. »Sie sollten sich keinesfalls überrumpelt fühlen. Wenn Sie glauben, daß Ihre Wiedereinberufung nicht Rechtens war, dann sollten Sie alles versuchen, dagegen vorzugehen. Das ist Ihre erste Verteidigungslinie, wie man bei der Infanterie sagen würde.«

Beide schwiegen für kurze Zeit, dann stand Tyson auf, ging zum Bücherregal, öffnete ein Fach und nahm ein Holzkästchen heraus, dessen Inhalt er auf den Tisch leerte.

Sie schauten auf das bunte Durcheinander von Medaillen und Auszeichnungen, darunter die beiden *Purple Hearts,* das Infanterie-Kampfabzeichen, die Luftangriff-Medaille und das Vietnamesische Tapferkeitskreuz. Tyson nahm das Messingkreuz, das an einem gelben und orangefarbenen Band hing, und ließ es hin und her baumeln. »Dies ist eine vietnamesische Auszeichnung. Sie wurde mir feierlich in den Ruinen der Zitadelle von Huê verliehen – an einem glühendheißen Nachmittag, kurz nachdem die Stadt wieder eingenommen worden war. Ich werde nie den kleinen vietnamesischen Oberst vergessen, der die Abzeichen verteilte. Er hatte ein paar schlimme Verbrennungen und roch nach Fisch, billigem japanischem Whisky, Schweiß und verfaultem Fleisch. Als er mich umarmte und auf die Wange küßte, dachte ich, ich müsse kotzen.« Tyson starrte das Abzeichen an. »Aber er war ein Teufelskerl von einem Soldaten, und ich bin sicher, daß er den Krieg nicht überlebt hat – genausowenig wie seine Regierung. Ich halte also eine nutzlose Auszeichnung einer nicht mehr existierenden Regierung in der Hand.« Er ließ das Ding auf den Tisch fallen. »Kann mir das irgendwie helfen?«

Sie nickte. »Selbstverständlich. Bei einem Verfahren vor dem Kriegsgericht – sofern es dazu kommt – wird so etwas immer in die Überlegungen mit einbezogen. Haben Sie die entsprechende Urkunde?«

»Nein, ich muß sie verlegt haben. Aber ich erinnere mich noch, daß darin meine besondere Tapferkeit erwähnt wurde – im Zusammenhang mit Kampfhandlungen, die am 15. Februar 1968 in und um das Dorf An Ninh Ha herum stattfanden. Der Text ist in schlechtem Englisch verfaßt und ziemlich allgemein gehalten, aber vielleicht wird es der Army schwerfallen, mich wegen Mordes zu belangen, der in derselben Schlacht begangen worden ist, derentwegen ich eine Tapferkeitsmedaille erhalten habe. Was halten Sie davon?«

»Versuchen Sie, die Urkunde zu finden.«

»Ist denn in meiner Akte keine Abschrift?«

»Nein, und ich glaube nicht, daß die gegenwärtige Regierung in Saigon – pardon: in Ho-Chi-Minh-Stadt – sehr hilfreich sein wird.«

»Eigentlich sollte ich auch nach den erwähnten Kämpfen den *Silver Star* erhalten. Meist ließen sich die Vietnamesen von den Amerikanern die Kandidatenliste für solche militärische Auszeichnungen geben und richteten sich danach. Auf diese Weise hab' ich das Tapferkeitskreuz erhalten. Aber den *Silver Star* habe ich nie gekriegt.«

»Warum nicht?«

»Ich habe mit eigenen Augen das Empfehlungsschreiben von unserem Kompanie-Chef gesehen«, meinte Tyson achselzuckend. »Er hieß Browder und ist längst tot. Wahrscheinlich ging das Schreiben irgendwie verloren. Das war damals ziemlich normal.«

»Oder es wurde abgelehnt.«

»Kann sein, aber das glaube ich nicht.«

»Captain Browder hat das Empfehlungsschreiben aufgrund mündlicher Berichte Ihrer Untergebenen verfaßt, nehme ich an. Er selbst war, wie Sie selbst gesagt haben, nicht bei der Sache in dem Krankenhaus dabei. Wer von Ihren Männern hat Sie denn lobend erwähnt?«

»Kelly, mein Funker, hatte sich dafür eingesetzt, daß ich den Stern bekam. Ein anderer von meinen Leuten muß seinen Bericht über meine Heldentaten bestätigt haben, aber ich weiß nicht mehr, wer das war. Von meinem Zug haben sowieso nicht viele überlebt. Haben Sie eigentlich ein paar ausfindig gemacht?«

»Ja.«

»Wie viele? Und wen?«

»Ich werde Ihnen oder Ihrem Anwalt eine Liste mit den Namen und Adressen schicken – falls das überhaupt notwendig ist. Vielleicht wird ja die Sache fallengelassen.« Sie streckte die Hand nach ihrem Notizblock aus. »Ich mache mir auf jeden Fall mal eine Notiz wegen des *Silver Star*.«

»Sie sind sehr hilfsbereit, Major.«

»Lassen Sie sich noch einmal von mir sagen, daß ich nicht für die Anklage arbeite. Ich bin hier, um Fakten zusammenzutragen«, erwiderte sie darauf.

Sie starrte auf die Auszeichnungen auf dem Tisch. Tyson beobachtete ihr Gesicht. Sie war anscheinend beeindruckt, aber sie wirkte auch ein bißchen unglücklich darüber, daß es soweit gekommen war. Das ist natürlich nur Schauspielerei, dachte er. Sie macht *mir* etwas vor, und ich mache *ihr* etwas vor. *Souvenirs de guerre* – ähnlich wie die respektvollen Schweigeminuten für die Gefallenen. Natürlich würden sie und die Leute von der Army jede Medaille äußerst skeptisch betrachten, die für jenen berüchtigten 15. Februar 1968 verliehen worden ist. Aber so etwas auszusprechen würde an Gotteslästerung grenzen.

»Ich habe die Verleihungsurkunden für die beiden *Purple Hearts* gelesen. Und ich kann auch die Narbe an Ihrem rechten Ohr sehen – ich hoffe, das ist Ihnen nicht peinlich.«

Tyson schwieg, und er zog dieses Schweigen in die Länge, um alles herauszuholen, was darin war. Erst dann erwiderte er: »Ja, das war in einem Dorf namens Phu Lai, am ersten Tag der Tet-Offensive. An dem Tag fielen fast alle meine Männer. Und dann kam diese Kugel angeflogen, auf der anscheinend *mein* Name stand – aber ein Engel saß auf meiner Schulter und hat meinen Kopf ein bißchen beiseitegedrückt. Später wurde ich dann am rechten Knie durch einen Schrapnellsplitter verwundet. Wahrscheinlich wissen Sie auch darüber Bescheid. Es war am 29. Februar. Das Jahr 1968 war ein Schaltjahr. Offiziell war die Schlacht von Huê am 26. Februar zu Ende, aber irgendeiner von diesen schlitzäugigen Kerlen schien davon nicht gehört zu haben.«

Karen Harper nickte mit ernstem Gesicht, und Tyson hielt es für besser, die düstere Stimmung zu verjagen. »Wollen Sie meine Kniewunde sehen?« sagte er und grinste.

Sie beeilte sich, ebenfalls zu lächeln. »Nein, nicht jetzt. Aber sie sieht bestimmt toll aus!«

»Sie hat später wie ein Zauber gewirkt«, sagte Tyson noch immer grinsend, aber in Gedanken kehrte er zu jenem 29. Februar zurück. Der glühendheiße Schrapnellsplitter hatte ihn von links getroffen, und er war zu Boden gestürzt. Als er an sich herabgeblickt hatte, ohne recht zu wissen, was er zu sehen erwartete, hatte er festgestellt, daß die Hose seines Kampfanzuges voll Blut war. Er hatte den leichten Baumwollstoff aufgerissen – und da lag es vor ihm wie ein großes, blutiges Stück Fleisch: Fett, Muskelgewebe, Sehnen. Alles klaffte auseinander, so daß seine Kniescheibe bloßlag. Er erinnerte sich daran, wie er in ungläubigem Staunen den nackten Knochen angestarrt hatte. Nie zuvor hatte er dergleichen gesehen. Und wenn er noch den geringsten Zweifel an seiner eigenen Sterblichkeit gehegt hatte, dann wurde dieser Zweifel angesichts des Stoffes, aus dem er bestand, endgültig zerstreut. Tyson setzte sich wieder auf seinen Stuhl. »Wollen wir weitermachen?«

Karen Harper lehnte sich vor. Sie stellte noch ein paar belanglose Fragen, und dann, ohne die geringste Veränderung in Tonfall und Gesichtsausdruck, sagte sie unvermittelt: »Können Sie mir bitte in Ihren eigenen Worten die Geschehnisse jenes 15. Februar 1968 schildern?«

Tyson musterte sie aufmerksam. »Wenn ich Ihnen davon berichte, dann möchte ich nicht, daß Sie sich irgendwelche Einzelheiten notieren!«

Sie legte Block und Stift beiseite. »Sie sehen ja selbst, daß ich kaum etwas aufschreibe. Außerdem sagen Sie hier nicht als vereidigter Zeuge aus.«

»Und geben Sie mir Ihr Ehrenwort als Offizier, daß Sie keine geheimen Aufzeichnungsgeräte am Leib tragen?«

Sie lehnte sich zurück und schlug die Beine übereinander. »Ja, das gebe ich Ihnen.«

Tyson brauchte ein paar Augenblicke, um sich zu konzentrieren. Dann begann er.

»Wir hatten uns ungefähr fünf Kilometer westlich von Huê rings um eine kleine Baumgruppe eingegraben. Die ganze Nacht über waren wir mit Mörsern und leichterem Geschütz beschossen worden, und wir hatten zwei Verwundete. Bei Tagesanbruch sorgte ich dafür, daß die beiden von Sanitätern fortgebracht wurden. Das Wetter war regnerisch und kühl. Im Februar kann es in den nördlichen Provinzen von Vietnam richtig kalt werden. Nun ja, irgendwann verließen wir unsere Verteidigungsstellung und rückten gegen Huê vor, genau wie man es uns per Funk befohlen hatte...«

Aus dem Funkgerät kam zuerst ein Rauschen, dann knackte es, und schließlich war Captain Browders Stimme zu hören: »Mustang Eins-Sechs, hier Mustang Sechs. Könnt ihr mich hören? Ende.«

Tyson nahm Daniel Kelly, seinem Funker, den Hörer aus der Hand. »Hallo Sechs, hier ist Eins-Sechs. Wir hören euch schwach, aber deutlich. Wie ist euer Empfang?«

»Genauso. Befehl von der Großen Sechs. Ihr sollt südöstlich nach Huê vorrücken.«

»Verstanden. Irgendwelche genaueren Anweisungen?«

»Nein. Seht zu, wie ihr am besten zurechtkommt. Und geht noch nicht in die Stadt rein! Wir treffen uns heute abend und gehen dann zusammen weiter vor.«

»Verstanden. Aber vielleicht sollten wir jetzt schon Verbindung aufnehmen. Wir sind nur noch neunzehn Männer, und wenn mich nicht alles täuscht, wimmelt es in dieser verdammten Gegend von Vietnamesen. Hab' gestern abend vor Sonnenuntergang ›Hufspuren‹ gesehen. Schätzungsweise fünfhundert oder mehr. Führten alle Richtung Stadt.«

»Nicht drum kümmern, Eins-Sechs! Befehl ist Befehl. Wir haben auch nicht genug Leute... He, macht ihr schon wieder Quatsch?«

Tyson blickte zu Kelly, der mit einer Hand die Antenne des Funkgerätes umklammerte und sie auf und nieder bewegte. Auf diese Art drückte er aus, daß er von dem ganzen Palaver nichts hielt. Nachdem Tyson tief Luft geholt hatte, sagte er in den Hörer: »Wie geht es meinen beiden Verwundeten?«

»Die sind in Ordnung.« Browder schien zu zögern, bevor er hinzufügte: »Haltet euch immer an die offenen Reisfelder. Vermeidet Wälder und kleine Dörfer.«

Das klang eher nach »Vermeiden und Ausweichen« als nach der allgemeinen Anweisung, zu suchen und zu zerstören. Ob wohl jemand vom Nachrichtendienst oder vom Oberkommando mithörte? »Der Große Bruder hat große Ohren.«

»Scheiß drauf!« schimpfte Browder, der anscheinend ziemlich nervös war. »Noch was?«

»Ja, ich brauch' Zigaretten. Und ich habe nur eine Landkarte, die nur noch An Ninh Ha einschließt.«

»Vielleicht gibt's 'ne bessere an der nächsten Tankstelle! – Also gut, ich kümmere mich um die Landkarte und die Zigaretten. Noch was?«

Tyson überlegte. Eigentlich hätte er wohl melden müssen, daß seine Männer wunde Füße hatten. Ihre Kampfanzüge waren in einem üblen Zustand, ihr Schuhwerk ging aus dem Leim, und das mit Halogen behandelte Wasser, das sie tranken, machte sie alle krank. Aber so etwas war für Browder nichts Neues.

»Nichts weiter.«

»Prima. Dann macht also schön weiter wie bisher. Ende.«

Tyson gab Kelly den Hörer zurück. »Wir brechen auf. Marschordnung: Eins, B, Drei, A und dann Zwei.«

Kelly brüllte so laut, daß ihn jeder im weiteren Umkreis verstehen konnte: »Packt eure Sachen. Es geht los! Gruppe eins an die Spitze!«

Tyson verließ die Stellung mit ihren Schützenlöchern. Er kletterte die Böschung eines breiten Deiches hinab und nahm gleichzeitig die Gegend in Augenschein. Kelly und Specialist 4, Steven Brandt, der Sanitäter des Zuges, schlossen sich ihm an.

Tyson beobachtete, wie seine Leute in kurzen Abständen die schützende Baumgruppe verließen und über den Deich auf ihn zukamen. Gruppe eins bestand aus fünf Männern. Ursprünglich waren es zehn gewesen, lauter Eingezogene. Normalerweise wurde die Gruppe von einem Sergeanten geführt, doch jetzt hatte Bob Moody, ein neunzehnjähriger Schwarzer, das Kommando. Tyson hatte es ihm übertragen, weil er schon einen Monat länger in Vietnam war als die anderen vier. Außerdem war er der einzige gewesen, der diesen Posten hatte haben wollen.

Hinter der ersten Gruppe kam das »Team B«. Diese drei Männer – ein Schütze, sein Helfer und ein Munitionsträger – hatten eines der beiden M-60-Maschinengewehre. Die dritte Gruppe bestand ebenfalls aus drei Soldaten und wurde von PFC Larry Cane angeführt. Am Schluß war wieder eine Dreiergruppe mit einem Maschinengewehr und Paul Sadowski, ein Zwanzigjähriger, der erst vor fünf Tagen zum Sergeanten ernannt worden war und die beiden Maschinengewehr-Teams führte. Es war eine altbekannte Tatsache, daß man hinter einem Maschinengewehr eine geringere Lebenserwartung hatte als beispielsweise Offiziere oder Funker.

In Phu Lai war jeder vierte Maschinengewehrschütze gefallen oder verwundet worden. Deshalb riß sich keiner der Soldaten darum, einem solchen Team zugeteilt zu werden, aber wenn sie erst eine Weile dabei waren, entwickelten sie einen absurden Stolz: Nur die besten, umsichtigsten und zähesten Männer taugten für einen so wichtigen und gefährlichen Job. Die Maschinengewehre mußten immer bemannt und gefüttert werden, und wenn ein Schütze fiel, dann mußte ein anderer ihn ersetzen und gewissermaßen die Fahne hochhalten, wie bei den Kavallerieregimentern vergangener Zeiten.

Tyson sah, wie der letzte seiner Männer zwischen den Bäumen hervortrat. Es war PFC Hernando Beltran, ein untersetzter Bursche kubanischer Abstammung, der einzige Überlebende der zweiten Gruppe. Dieser Beltran lehnte es ab, einer der Gruppen zugeteilt zu werden. Er bestand darauf, der Anführer seiner Gruppe zu sein, obwohl es die gar nicht mehr gab. Tyson hatte es dabei belassen und ihm die Nachhut übertragen. Dieser Beltran hatte in der einen Hand ein automatisches Browning-Schrotgewehr, an einem Schulterriemen trug er einen M-79-Granatwerfer, und in seinem Gürtel steckte ein verchromter Colt mit Ebenholzgriff – mit Sicherheit keine bei der Army übliche Standardwaffe. Ebenfalls aus den Staaten herübergeschmuggelt war Beltrans Machete. Sie hatte eine rasiermesserscharfe Edelstahlklinge und einen elfenbeinfarbenen Knauf. Beltran behauptete, er habe sie von seinem verstorbenen Vater, dem vor der Castro-Ära in Kuba eine Zuckerplantage gehört hatte, geerbt.

Tysons eigene, normalerweise fünfköpfige Kommandogruppe bestand nur noch aus ihm selbst, Brandt und Kelly. Johanson, sein zweiter Funker, war bei Phu Lai gefallen, und Fairchild, der Sergeant des Zuges, lag jetzt wohl irgendwo in Japan im Bett und betrachtete die Stelle unter dem glatten Laken, wo früher seine Beine gewesen waren. Die Sache mit Fairchild war ausgesprochenes Pech gewesen, dachte Tyson. Er war der einzige Berufssoldat in seiner Einheit gewesen, und mit seinen achtunddreißig Jahren hatte er eine stabilisierende Wirkung ausgeübt, hatte in dem aus lauter Halbwüchsigen bestehenden Zug gewissermaßen die Vaterrolle gespielt. Dieser Krieg wurde allmählich zum reinsten Kinderkreuzzug, und Kinder, das konnte jeder Schullehrer bestätigen, konnten bisweilen zu verblüffender Brutalität fähig sein, wenn man nicht auf sie aufpaßte.

Tyson blickte den Männern entgegen, die im Gänsemarsch auf ihn zukamen. Im Vorbeigehen tippte er jeden mit der Hand an und machte irgendeine aufmunternde Bemerkung. Brandt teilte Malariatabletten aus, die sich die Männer brav und gehorsam in den Mund steckten, doch jeder zweite würde sie nach ein paar Metern wieder ausspucken. Vor die Wahl gestellt, an Malaria zu erkranken oder irgendwann zu fallen oder verwundet zu werden, entschied sich die Hälfte der Männer für die Malaria.

Tyson schaute jedem seiner Männer in die Augen und bemerkte, daß allzu viele von ihnen den »Tausend-Meter-Blick« hatten, wie sie es nannten. Aber vielleicht würde die Alpha-Kompanie schon in den nächsten Tagen turnusmäßig für eine Zeitlang von der Front abgezogen werden, und das bedeutete Ruhe, Erholung, neue Ausrüstung und Verstärkung – ganz abgesehen von ein bißchen süßem Leben, sofern die Bordelle in Quang Tri die »Säuberungsprogramme« des Feindes überlebt hatten. Tyson wandte sich an seinen Funker: »Na, Kelly?«

Kelly nickte verstehend und sagte leise: »Ein, zwei Tage halten sie noch durch, wenn nichts dazwischenkommt – keine Minenfelder, keine Hinterhalte und vor allem kein Phu Lai. Bei diesem Scheißwetter könnten wir alle mal 'ne kleine Pause vertragen.«

Wie die meisten Funker war auch Kelly ein bißchen intelligenter als der Durchschnitt. Die Offiziere suchten sich Leute wie ihn aus, eben weil sie schneller schalteten und nicht auf den Mund gefallen waren. Andererseits konnten die Funker den Offizieren aus nächster Nähe so manches abschauen, so daß ein bißchen von den Führungsqualitäten ihrer Vorgesetzten auf sie abfärbte. Tyson war überzeugt, daß dieser Kelly für die Offizierslaufbahn taugte. Die beiden Männer waren unvermeidlich fast so etwas wie Freunde geworden.

»Ich glaube nicht, daß die scharf drauf sind, schnell nach Huê zu kommen«, bemerkte Kelly.

Tyson dachte über diese Worte nach und meinte dann: »In der Stadt sitzen 'ne Menge ›Marines‹ und warten darauf, von uns herausgehauen zu werden.«

Kelly zuckte die Achseln. »Dieser müde Haufen hier wird ihnen nicht viel helfen können. Außerdem: Warum holen sich die ›Marines‹ nicht selbst aus der Scheiße raus, in die sie sich reingeritten haben?«

Tyson warf seine durchnäßte Zigarettenkippe auf die Erde und fragte sich insgeheim, wieviel mehr dieser Kelly über den psychischen Zustand seiner Leute wußte als er selbst. »Befehl ist Befehl«, sagte er müde.

»Ach was, Lieutenant!« entgegnete Kelly wütend, dann riß er sich zusammen und fügte leiser hinzu: »Ich trau' den Kerlen einfach nicht mehr.«

»Wem? Den Lamettaträgern?«

Kelly schnaufte verächtlich. »Den Arschlöchern hab' ich mißtraut, seit ich hier angekommen bin. Nein, ich meine die da!« Er wies mit einer Bewegung seines Kopfes auf die langsam vorrükkenden Soldaten.

Tyson nickte. Er selbst hatte schon vor einer Woche das Vertrauen in seine Männer verloren, genauer gesagt an dem Tag, an dem Fairchild auf eine Mine trat. Plötzlich kam ihm der Gedanke – ein Gedanke, der seinen Leuten bestimmt auch schon gekommen war –, daß er, Lieutenant Tyson, hier den letzten Rest an militärischer Autorität verkörperte. Vielleicht waren diese Männer insgeheim davon überzeugt, daß man ihn nur aus dem Weg schaffen mußte, damit die Dinge ein bißchen erträglicher wurden. Doch zwischen dem Wunsch, einen Offizier loszuwerden, und der Umsetzung dieses Wunsches in die Tat lag so manches emotionale Hindernis. Die meisten seiner Leute respektierten ihn und vertrauten ihm. Sogar das Phu-Lai-Debakel hatte daran nichts geändert: Er hatte sie alle da reingebracht, aber er hatte sie auch wieder rausgeholt.

Kelly, der anscheinend seine Gedanken lesen konnte, bemerkte: »Sie sind hier der einzige, der diese Landkarten lesen und die Artillerie herbeirufen kann.«

»Die würden irgendeinen anderen Lieutenant aus der Etappe schicken, falls ich ausfalle.«

»Der würde bestimmt nicht lange durchhalten!«

Tyson nickte vor sich hin. Nein, der würde wirklich nicht lange durchhalten. Er blickte Beltran nach, der gerade als letzter an ihm vorbeiging. Im Abstand von zehn Metern rückten die Männer in einer weit auseinandergezogenen Linie auf dem vom Regen aufgeweichten Deich vor. Tyson kratzte sich an der Stelle, wo sich nachts an seinem Unterarm ein Blutegel festgesaugt hatte. Er sah, wie wässeriges Blut über seine blasse Haut lief. »Verdammte Scheiße!« fluchte er.

Brandt warf einen Blick auf den Arm. »Das gibt eine Entzündung, Lieutenant!«

Tyson quetschte die leicht geschwollene, kreisrunde Stelle aus. Der Blutegel hatte ihn im Schlaf erwischt. Als er am Morgen aufgewacht war, hatte sich das eklige Lebewesen schon zu einem grauen, pulsierenden Ding von der Größe eines Fingers vollgesogen gehabt.

Blutegel waren für die abgehärteten Veteranen dieses Krieges vermutlich das einzige, was ihnen noch Abscheu einflößte. Die Männer hatten sich längst an die widerliche Flora und Fauna Südostasiens gewöhnt. Sie durchsuchten sich gegenseitig das Haar nach Läusen, und sie waren immer darauf gefaßt, in kalten Nächten Giftschlangen in ihren Schlafsäcken zu finden. Blutegel aber hatten fast Symbolcharakter. »Sie sind wie das Land selbst, das uns aussaugt«, dachte Tyson.

Brandt spritzte ein bißchen Jodtinktur auf die Wunde. »Sie hätten den Blutegel nicht zerquetschen, sondern ihm eine brennende Zigarette an den Arsch halten sollen. Das können diese Viecher nicht leiden.«

»Ich weiß.« Doch Tyson hatte mit der Faust auf das obszöne Ding gehauen, und er bereute es nicht. »Los, gehen wir!« sagte er kurz.

Gefolgt von Brandt und Kelly marschierte er rasch bis zur Mitte des langgestreckten Zuges. Tyson drehte sich nach Brandt um, der, vom Gewicht seiner Sanitätertasche gebeugt, hinter ihm herstapfte. Der Regen troff aus seinem Tarnnetz. »Hat sich heute morgen schon jemand bei Ihnen gemeldet?« fragte Tyson.

Brandt blickte zu ihm hoch, und Tyson war schockiert über die Farbe seines Gesichtes. Er hatte schon oft in die kreidebleichen, fleckigen, gelblichen oder grauen Gesichter von Kranken geblickt, aber Brandts Haut war dunkelgrau. Sie hatte die Farbe von Tonerde. Tyson verdächtigte ihn, irgendeine toxische Substanz wie Nitrat geschluckt zu haben, um eine Krankheit vorzutäuschen.

Wahrscheinlich hatte er sich dabei ein bißchen in der Menge vergriffen. Scheißkerl!

»Hat sich jemand krankgemeldet, Brandt?« wiederholte er seine Frage.

»Nur Scorello«, antwortete Brandt mit tonloser Stimme. »Er sagt, er sei mit seinen Nerven am Ende.«

»Ich habe Ihnen doch gesagt, Sie sollen solche Fälle zu mir schicken!«

Brandt überging den Vorwurf mit einem Achselzucken. Tyson beobachtete den Sanitäter verstohlen, während sie nebeneinander hergingen. Brandt, der einzige seiner Untergebenen, der außer ihm einen College-Abschluß hatte, kam aus Bucknell und war ein Musterschüler gewesen. Da er nach dem College nicht gleich einen Studienplatz für Medizin bekommen hatte, hatte er – mit einiger Verspätung – den Wehrdienst aus Gewissensgründen verweigert und war prompt zum Sanitätsdienst eingezogen worden.

»Wenn Sie das nächste Mal Schießpulver schlucken, Herr Doktor, dann tun Sie mir bitte den Gefallen, auch gleich noch ein brennendes Streichholz nachzuschieben.«

»Was meinen Sie damit?« fragte Brandt, aber er blickte seinen Vorgesetzten nicht an.

Tyson mußte daran denken, daß Brandt nun schon seit sieben Monaten in Vietnam war. Viele der Wehrdienstverweigerer lehnten es anfangs ab, eine Waffe zu tragen, aber schon nach einem Monat hatten die meisten eine Pistole zur Selbstverteidigung. Je nachdem, wie echt ihre Überzeugungen waren und wie oft sie um Haaresbreite dem Tod entgingen, stiegen sie dann früher oder später auf ein M-16-Sturmgewehr um. Manche rüsteten sich auch mit erbeuteten Handgranaten und anderem Kriegsgerät aus. Brandt war eine Ausnahme, denn er hatte seinen Dienst voll bewaffnet angetreten. Tyson hatte ihm deshalb keine moralischen Vorhaltungen gemacht. Er hatte ihn gewissermaßen gewogen und in mancherlei Hinsicht für zu leicht befunden.

»Keiner der Männer hat irgendwelche körperlichen Beschwerden?« fragte er den Sanitäter.

Brandt schüttelte den Kopf.

Tyson dachte nach. Mit Sicherheit gab es in seiner Einheit keinen Mann, der physisch völlig in Ordnung war. Man brauchte kein Arzt zu sein, um ein Ohr für das trockene Gehuste zu haben und die Auswirkungen von Durchfall, Fieber und Erbrechen zu sehen. Die Füße der Männer in den aufgeweichten Stiefeln bluteten, und keiner von ihnen konnte noch richtig marschieren. Trotzdem hatte seit einer Woche niemand mehr versucht, sich krank zu melden.

Die Überlebenden des ersten Zuges der Alpha-Kompanie sind schon jenseits der Schmerzzone, dachte Tyson. Der Gedanke erschreckte ihn. Tyson, Brandt und Kelly ordneten sich irgendwo in der Mitte in die lange Reihe ein.

Die Männer marschierten langsam durch das stille, wie ausgestorben daliegende Land. Nach einer Stunde zog Tyson eine plastikbeschichtete Landkarte aus der Tasche und faltete sie auseinander. Er studierte die Karte im Gehen und hielt ab und zu nach bestimmten Orientierungspunkten Ausschau. Sie befanden sich jetzt schätzungsweise auf halbem Weg zwischen der Landstraße Nr. 1 im Nordwesten und dem Parfume River im Süden. Huê lag ungefähr drei Kilometer östlich von ihnen und war auf der Karte nicht mehr verzeichnet. Jedesmal, wenn der Regen ein bißchen nachließ und der Wind vom Südchinesischen Meer herüberblies, vernahm man aus der Ferne das dumpfe Grollen des Krieges.

Vom Verstand her war Tyson von dem Chaos fasziniert. Er begriff, daß er unmittelbar an einem Vorgang von historischer Bedeutung beteiligt war. Das normale Leben in einer Nation von nahezu zwanzig Millionen Einwohnern war praktisch zum Stillstand gekommen, das soziale Netz zerrissen, die Institutionen lahmgelegt, die Streitkräfte kurz vor dem Zusammenbruch. Hunger und Krankheiten suchten die Städte und Dörfer heim. Aus eigener Anschauung und aufgrund von Radiomeldungen beziehungsweise den in Lageberichten enthaltenen Informationen wußte Tyson, daß die Lage sehr ernst war. Und wenn man die Alpha-Kompanie als einen kleinen Teil der gesamten amerikanischen Kampfverbände betrachtete, dann ergab sich daraus, daß die ganze große Kriegsmaschinerie nur mit Müh und Not in Gang gehalten werden konnte.

In Kellys Funkgerät ertönte die Stimme von Moody, dem Anführer der ersten Gruppe: »He, da drüben sind 'n paar Schlitzaugen. Zweihundert Meter von hier, fast genau nördlich.«

Kelly reichte Tyson den Hörer. Der blickte über die verregneten Reisfelder. »Verstanden«, sagte er. »Ich kann sie sehen. Bleibt stehen! Ich schau' mal nach. Gebt mir Deckung.«

Die langgezogene Kolonne hielt an, und die Männer knieten sich auf dem breiten Deich in den Schlamm, wobei sie sich abwechselnd sicherheitshalber nach links und rechts umblickten. Die beiden Maschinengewehre wurden in Stellung gebracht und auf die kleine Gruppe von Vietnamesen gerichtet, die sich in einiger Entfernung auf einem kleinen Hügel abzeichnete.

Tyson gab Farley und Simcox ein Zeichen. »Los, kommt mit!«

Tyson, Kelly und die beiden Männer gingen noch ein Stück auf dem Hauptdeich entlang, dann bogen sie rechts ab und folgten einem kleineren Deich, der sich durch die überschwemmten Reisfelder zog. Tyson zog einen Feldstecher aus einer Plastikhülle und drehte an der Scharfeinstellung. Die Vietnamesen da drüben schienen Zivilisten zu sein. »Entweder harmlose Bauern oder gute Schauspieler«, murmelte er.

»Ich habe hier noch keinen einzigen harmlosen Zivilisten gesehen, seit ich aus San Francisco weg bin!« sagte der Funker.

Sie erreichten einen Deich, der so hoch unter Wasser stand, daß es ihnen bis an die Knie reichte. Tyson sah jetzt, daß die Vietnamesen auf einer Art Friedhofshügel standen. Er zählte fünf alte Männer, einen halbwüchsigen Knaben, zwei erwachsene Frauen und zwei junge Mädchen, und er hätte sich nicht gewundert, wenn dies die restlichen Überlebenden eines Dorfes waren. Anscheinend handelte es sich um Bauern. Sie trugen alle schwarze Pyjamas und kegelförmige Strohhüte. Unter normalen Umständen hätten sie bestimmt auch irgendein westliches Kleidungsstück getragen, aber seit der Tet-Offensive kleidete sich die Landbevölkerung wieder streng traditionell, wahrscheinlich, um sich bei den künftigen Siegern anzubiedern, vermutete Tyson. Für den Fall, daß die Offensive der Kommunisten fehlschlug, konnten sie dann ja wieder ihre Jeans und ihre Hawaii-Hemden hervorholen.

Ein paar der Vietnamesen blickten immer wieder zu den näher kommenden Amerikanern hinüber, ohne jedoch ihr trauriges Geschäft zu unterbrechen. »Ich kann die Leichen schon von hier aus riechen«, bemerkte Kelly.

Tyson war jetzt nur noch zwanzig Meter von dem Erdhügel

entfernt, der sich aus dem trüben Wasser erhob. »*Dung cu don!*« rief er. Die Vietnamesen hielten sofort mit ihrer Beschäftigung inne und wandten sich ihm zu. Anscheinend kannten sie sich in solchen Situationen aus, denn sie rückten ein bißchen auseinander, so daß jeder einzelne gut zu sehen war. Ihre Hände hielten sie vor sich hin. Der Halbwüchsige und eines der beiden jungen Mädchen ließen ihre Schaufeln fallen.

Tyson und Kelly kletterten den Hang des kleinen Hügels hinauf. Farley und Simcox gaben ihnen Deckung. Oben angekommen, stellte sich Tyson vor die kleine Gruppe. Er warf einen Blick auf die am Boden liegenden Leichen. Es waren acht, und man hatte sie in gute, weiße Baumwollaken gewickelt. Das brachte ihn auf den Gedanken, daß diese Toten vielleicht aus Huê stammten. Bei einer der verhüllten Leichen schien es sich um ein Kind zu handeln. Tyson registrierte sorgfältig jede Einzelheit dieser Begräbnisszene, dann blickte er einem der Vietnamesen nach dem anderen in die Augen. »*Cho toi xem giam can cuoc*«, sagte er. Augenblicklich zogen die zehn Vietnamesen ihre Ausweise aus den Taschen ihrer Pyjamas. Tyson warf einen flüchtigen Blick darauf, dann wandte er sich entsprechend den Gepflogenheiten an den ältesten Mann, einen kahlköpfigen Greis mit fleckigem Gesicht und einem schütteren, grauen Bart. »*Ong lam gi o day?*«

Der Greis blickte den halbwüchsigen Knaben an, der an seiner Stelle auf englisch antwortete. »Wir begraben Mama-san und Papa-san. Vietcong viel töten – *beaucoup!* Vietcong sehr schlecht –«

»Okay, hör auf mit dem Gequatsche!« Tyson registrierte, daß sechs Gräber fertig ausgehoben waren, mit den restlichen beiden war begonnen worden. Die vietnamesische Tradition verbot Massengräber, und es mußte Stunden gedauert haben, mit nur zwei Schaufeln diese Gruben auszuheben. Jede der Leichen, das wußte Tyson, war zuerst in schwarzes und dann in weißes Tuch gehüllt worden, und man hatte den Toten ein paar Reiskörner in den Mund gelegt. »Sogar noch am Ende setzt eine sterbende Kultur alles daran, ihre Toten gebührend zu bestatten«, dachte er.

»*Ong o dau den?*« wandte er sich wieder an den Greis, und wieder antwortete der Knabe.

»Wir alle aus An Ninh Ha. Viele Vietcong, sie töten Papa-san, Mama-san, Baby-san –«

»Okay, Kleiner, schon gut.« Tyson warf einen Blick auf die Landkarte und fand die Ortschaft An Ninh Ha. »Wo liegt euer Dorf? *Con bao xa nua den lang?*«

Der Junge wies auf eine dunstverhangene Baumreihe in der Ferne. Tyson schätzte die Entfernung auf ungefähr einen Kilometer. Er zog einen Kompaß aus der Tasche und warf abwechselnd einen Blick auf die Landkarte und die Nadel. Dann sagte er zu Kelly: »Auf der Landkarte ist dort ein Krankenhaus eingezeichnet.«

Der Funker warf einen flüchtigen Blick auf die Karte. »Verlassen Sie sich nicht darauf!«

Tyson betrachtete erneut die in weiße Laken gewickelten Leichen und fragte den Jungen: »*Nha thuong – hôpital?*«

Der Junge nickte eifrig. »*Beaucoup* Vietcong in *nha thuong.*«

»Grund genug, einen Haken zu schlagen«, bemerkte Kelly.

»Die Aufgabe der Infanterie ist es, Kelly, den Feind –«

»– den Feind aufzuspüren und zu vernichten. Ich scheiß' drauf, Lieutenant!« Kelly wies mit dem Kinn auf die beiden Soldaten unten am Rand des Erdhügels und fuhr mit ruhigerer Stimme fort: »Keiner braucht zu wissen, wo es von *beaucoup* Vietcong wimmelt. Das interessiert die doch sowieso einen Scheißdreck.«

Tyson wandte sich wieder an den Jungen: »*Vietcong in nha thuong? Bac si in nha thuong?*«

Wieder nickte der Junge. »*Français. Catholique.*«

Kellys Gesichtsausdruck verriet, daß ihm selbst die Anwesenheit des Papstes völlig gleichgültig gewesen wäre. Er drehte sich plötzlich um und kniete neben einer der Leichen nieder. An einer Stelle war Blut durch das weiße Laken gesickert.

»Die Sache stinkt«, sagte er, packte die Leiche an der Schulter und schüttelte sie. »Ein großer Bursche.« Er zückte seinen Dolch und schlitzte vom Kopf bis zur Gürtellinie die Umhüllung auf. Die Vietnamesen begannen zu jammern. Der Funker riß die doppelte Stofflage auseinander, und das bläulich angelaufene, blutleere Gesicht eines jungen Mannes kam zum Vorschein. Kelly riß das Laken noch weiter auf. Jetzt sah man deutlich die khakifarbene Uniform eines nordvietnamesischen Soldaten.

Das Gejammer hörte auf, und unheilvolles Schweigen senkte sich über die Begräbnisstätte. Kelly stand langsam auf. Grimmig betrachtete er das Häuflein Vietnamesen. »Diese Schweinehunde wollen ein paar tote Feinde begraben«, sagte er.

Tyson schien das egal zu sein. »Vergiß es«, sagte er.

»Den Teufel werde ich!« Kelly brachte sein Sturmgewehr in Anschlag. Sofort rückten die Vietnamesen zusammen und klammerten sich aneinander. »Ich leg' euch um!« brüllte der Funker.

Eines der Mädchen fiel auf die Knie und fing an zu weinen. »Nein! Nein! Nicht sterben!«

»Hör auf mit dem Quatsch, Kelly!« herrschte Tyson den Funker an.

Kelly ließ das Gewehr sinken. »Schlitzäugiges Scheißgesindel!«

Tyson drehte sich um. Er gab Farley und Simcox ein Zeichen. Die beiden Männer kletterten die Böschung des Hügels hinauf. »Schneidet sie alle auf!« befahl Tyson.

Die Männer zögerten, doch dann griffen sie zu ihren Messern. Kellys Blick war starr auf die beiden Schaufeln gerichtet. »Sieh mal an! Amerikanische Schanzspaten!« Er hob einen auf und tat so, als wolle er damit auf den Jungen losgehen. Der duckte sich flink. »Wo hast du den her, du kleiner Arschficker?« brüllte Kelly. »O *dau?*«

Der Junge zitterte, aber wie jeder Mensch, der in einem von einer fremden Macht besetzten Land alles daransetzt, um zu überleben, beherrschte er leidlich die Sprache des Gegners. Er hatte nicht nur gelernt, sich rechtzeitig zu ducken, sondern hielt wahrscheinlich auch für alle gefährlichen Fragen eine passende Antwort bereit. »Von Amerikaner gekauft – schwarzer Markt!« beteuerte er. »Achthundert Piaster.«

»Du kleine Kröte!« schimpfte Kelly.

»Noch zwei Nordvietnamesen!« rief Simcox.

»Werft sie ins Wasser!« befahl Tyson. Und zu den Vietnamesen sagte er: »Keine Beerdigung.« Er machte eine Handbewegung wie jemand, der einem anderen die Kehle durchschneidet. »Kapiert? *Biet?*«

Alle nickten eifrig und setzten ein zerknirschtes Gesicht auf. »*Biet! Biet!*«

Tyson hörte hinter sich ein klatschendes Geräusch. Er drehte sich um. Die Leiche des ersten nordvietnamesischen Soldaten schwamm mit dem Gesicht nach unten auf dem überfluteten Reisfeld. Farley und Simcox warfen den zweiten und dann den dritten Leichnam ins Wasser. Die Strömung trug sie nach Osten davon, dem Flachland an der Küste entgegen. Irgendwo dort hinten lag Huê, und wahrscheinlich hatten diese Toten dort ihre letzte Reise angetreten. Während Tyson so dastand, fiel ihm dicht neben den Leichen eine kleine Welle auf, und dann sah er, daß eine Wasserratte auf das unförmige Bündel kletterte. Das Tier schnüffelte mit seiner langen grauen Schnauze an den Falten des Bettlakens. Tyson wandte sich ab.

»Ich hoffe, daß diese drei Scheißkerle bei Phu Lai dabei waren«, meinte Farley.

Simcox nickte und ließ den Blick über die Vietnamesen schweifen. »Kommt, wir machen sie fertig!« sagte er mit tonloser Stimme.

»Ruhig bleiben, Simcox!« sagte Tyson; er kam sich plötzlich schwach und feige vor. Selbst wenn diese drei Soldaten in Phu Lai mitgekämpft hatten, verdienten sie ein ordentliches Begräbnis. Aber hier an der Front, wo es nicht im entferntesten so etwas wie eine funktionierende Gerichtsbarkeit gab, fühlte sich Tyson dazu verpflichtet, die Lebenden wie die Toten im Schnellverfahren zu bestrafen. Er überlegte gerade, was er mit den Vietnamesen anfangen sollte, als Kelly rief: »He, wir sollten das Gesindel durchsuchen!«

»Von mir aus.« Tyson war es gleichgültig, aber Kelly brüllte sofort einen Befehl auf vietnamesisch, und nach anfänglichem Zögern fingen die Dörfler an, sich auszuziehen. Da standen sie, splitternackt, in dem kalten Regen: fünf alte Männer, ein Knabe, zwei ältere Frauen und zwei Mädchen. Ihre seidenen Pyjamas und ihre kegelförmigen Strohhüte lagen im Schlamm. Kelly, Farley und Simcox gingen ein paarmal um sie herum, traten mit den Füßen auf ihre Kleidung und trampelten die mühsam geflochtenen Strohhüte in den Morast.

Tyson wandte sich ab und steckte sich eine Zigarette an. Im Funkgerät knackte es. Larry Canes Stimme war zu vernehmen. »Eins-Sechs, hier ist Eins-Drei. Was ist bei euch da drüben los?«

Tyson ließ sich von Kelly den Hörer geben und blickte hinaus auf die überschwemmten Reisfelder mit dem Schachbrettmuster. »Hier Eins-Sechs. Macht euch abmarschfertig und bewegt euch in einem Winkel von fünfundvierzig Grad auf die Baumreihe dort vorn zu! Haltet euch dabei auf den trockenen Deichen. Wir stoßen zu euch. Ende.« Er gab den Hörer zurück und starrte die Vietnamesen an, die verängstigt und vor Kälte zitternd an den offenen Gräbern standen.

»Mein Gott, wir sind wie die Nazis!« sagte Tyson leise zu Kelly.

Der nickte zustimmend. »Ja, wir sind wirklich Scheißkerle, Lieutenant.«

Farley schrie plötzlich ohne erkennbaren Anlaß: »Verdammte Schlitzaugen!« Und auch Simcox fühlte sich bemüßigt, »Scheißkerle!« zu brüllen. Er funkelte wütend die wehrlosen Vietnamesen an, die sich trotz der peinlichen Situation eng aneinanderschmiegten, um sich gegenseitig ein wenig Wärme zu geben. Tyson fiel auf, daß die Männer sich vor die Frauen gestellt hatten. Der Junge stand ganz vorn. »Offenbar hält er sich für eine Vermittlerrolle bereit«, dachte Tyson.

»Ihr seid alle Vietcong, ihr Arschlöcher!« schrie Farley.

Diese Standardbeschuldigung wurde wie zu erwarten mit heftigem Kopfschütteln und Protestrufen beantwortet.

»Nein! Nein! Wir nicht Vietcong!«

Tyson hatte den Eindruck, daß er sich nur umzudrehen brauchte, und Farley, Simcox, vielleicht sogar Kelly würden diese Leute einfach abknallen. Sie würden dabei vermutlich nicht mehr empfinden, als wenn sie mit einer Machete eine hinderliche Schlingpflanze durchschlügen. Das Unglaubliche an der Sache ist, ging es ihm durch den Kopf, daß dieser Farley immer eifrig an der Bibelstunde der Kompanie teilnimmt und daß Simcox in den Dörfern gern kleine amerikanische Luxusartikel an die Dorfschullehrer verteilt, beispielsweise Seife und Kugelschreiber. Und Kelly verstand sich immer gut mit den Dorfältesten und den alten Mama-sans. Doch all dies mochte noch vor einem Monat gestimmt haben. Da hatte noch die Sonne geschienen, und die großen, grüngrauen Säcke, die zum Transport von Leichen dienten, hatten noch nicht dazu herhalten müssen, Mitglieder der Alpha-Kompanie aufzunehmen.

Es war Tyson klar, daß seine Männer längst von diesem Krieg wie besessen waren. Er hatte sich tief in ihre Herzen und Seelen gefressen und sie krank gemacht. Zu sagen, der Krieg mache aus

Menschen wilde Tiere, war ungefähr so originell wie die Behauptung, eine Hungersnot erzeuge Appetit.

Plötzlich fühlte sich Tyson alt und müde. In uns *muß* doch noch ein Funke Anstand sein, dachte er. Mit leiser Stimme sagte er zu seinen Leuten: »Sie sollen sich in die Gruben legen, und dann erschießt sie!«

Kelly warf ihm einen raschen Blick zu, Farley riß weit die Augen auf, und Simcox ließ das Sturmgewehr sinken. Wie erstarrt standen sie da. Eine ganze Minute lang. Dann herrschte Tyson sie an: »Okay, ihr Helden! Nehmt ihnen wenigstens die Spaten weg! Sollen sie ihre Toten mit den Händen einbuddeln.«

Während Farley die beiden Spaten aufhob, gab Kelly den Vietnamesen ein Zeichen, sich wieder anzuziehen. *»Chao ong«*, sagte er. »Bis bald, ihr Affen! Besucht mich mal in den Staaten!«

Farley lachte, und Simcox gab einem Schlammklumpen einen Fußtritt. Das klebrige Zeug spritzte gegen den Unterleib des Jungen.

Die vier Soldaten gingen um die offenen Gräber herum, kletterten den Erdhügel hinunter und marschierten, Tyson vorneweg, einen schmalen, buschbestandenen Deich entlang.

Kelly marschierte direkt hinter Tyson. Er sagte so leise, daß die anderen es nicht hören konnten: »Gehen wir zu dem Krankenhaus?«

Ohne sich umzudrehen, erwiderte Tyson: »Vielleicht.«

»Treiben Sie's nicht auf die Spitze, Lieutenant!«

»Halten Sie endlich die Schnauze, Kelly!«

Sie gingen eine Weile schweigend weiter, dann sagte der Funker: »He, ich will doch nur, daß man Sie nicht am Arsch kriegt!«

»Passen Sie lieber auf Ihren eigenen auf.«

»Das tu' ich! Aber was ist mit mir, wenn Sie ins Gras beißen? Dann bin ich wieder ein einfacher Schütze.« Er lachte gekünstelt.

Tyson beugte den Kopf nach vorn und zündete sich mit seinem Zippo-Feuerzeug eine durchgeweichte Zigarette an. Er betrachtete das Feuerzeug aus rostfreiem Stahl. Seine Leute hatten es ihm zu Weihnachten geschenkt. Auf der einen Seite war eine Schulterklappe mit dem Emblem ihrer Division eingraviert, auf der anderen Seite eine ziemlich respektlose Verballhornung des 23. Psalms: »Und ob ich gleich wanderte durch das Tal der Schatten und des

Todes, fürchte ich kein Unheil, denn im ganzen Tal gibt es keinen schlimmeren Scheißkerl als mich.«

Tyson steckte das Feuerzeug in die Jackentasche und reichte die Zigarette an Kelly weiter. »Wir gehen nur mal nachschauen«, sagte er. »Ich bin neugierig. Wenn es brenzlig aussieht, können wir immer noch einen Bogen drum herum machen, oder ich fordere Artillerie an. Aber wenn alles in Ordnung ist, könnten wir da 'ne Weile bleiben. Vielleicht haben die richtige Duschen, warmes Essen, Wasserklos und wer weiß was noch. Vielleicht sogar ein paar heiße französische Krankenschwestern.«

Kelly lachte. »Okay, schauen wir uns mal um. Ich hab's sowieso nicht eilig, nach Huê reinzukommen.«

»Das sagten Sie schon.«

»Und das sag' ich morgen wieder.«

An einer Stelle, wo die beiden Deiche sich kreuzten, stießen die vier Männer zu den restlichen fünfzehn Soldaten des Zuges.

»Was, zum Teufel, war da los, Lieutenant?« fragte Moody.

»Irgend so eine Beerdigung. Bauern aus der Gegend haben ein paar nordvietnamesische Soldaten begraben. Wir haben ihnen die Schaufeln weggenommen.« Er wandte sich an Kelly. »Meldung an Browder: Leichen von drei nordvietnamesischen Soldaten entdeckt. – Und jetzt weiter!«

Der kleine Trupp setzte sich auf dem schnurgeraden Deich in Bewegung, der genau auf An Ninh Ha zulief.

»Wo geht es eigentlich hin, Lieutenant?« rief Simcox Tyson zu.

»Nach Huê, mein Freund, nach Huê!«

»Scheiß-Huê!«

»Sehr richtig. Aber in der Tihn-Tam-Straße gibt es ein kleines französisches Café mit ein paar flotten Bienen, Simcox. Lauter Mischlinge. Die servieren einem Martell und dazu Croissants.«

»Damit ist es längst vorbei. Was ist das eigentlich, ein ... ein ...?«

»Croissant? Das ist das französische Wort dafür, wenn sie dir einen unter dem Tisch blasen. Dazu gibt es immer einen Cognac.«

»Ehrlich?«

»Ehrlich.« Tyson ließ eine Minute verstreichen, dann sagte er zu Brandt, Simcox und ein paar anderen, die in Hörweite waren: »Marschziel: ein Krankenhaus, ungefähr zwei Kilometer von der westlichen Mauer der Zitadelle entfernt. Weitersagen!«

Die Männer trotteten langsam durch Schlamm und Regen nach Osten. Allmählich wurde die ferne Baumreihe größer, und die dumpfen Detonationen waren deutlicher zu unterscheiden. Huê, dachte Tyson, eine Stadt wie ein Fleischwolf. Welche andere Kreatur als der Mensch würde auf dieser gottverdammten Erde freiwillig in einen Fleischwolf hineinmarschieren? Aus dieser Sache konnte man sicher etwas lernen, wenn man nur wüßte, *was*!

Vor ihnen lag der stinkende, aufgedunsene Kadaver eines Wasserbüffels mitten auf dem Deich. Zahllose Ratten hatten sich in die Weichteile hineingefressen, und die Haut des Tieres war mit zukkenden Maden bedeckt. Die Soldaten machten einen weiten Bogen um das Aas und wateten durch das überflutete Reisfeld. Das Wasser, das nur so von Blutegeln wimmelte, reichte ihnen bis zur Brust. Sie hielten sich die Nase zu und fluchten zugleich laut.

Nach einer Weile kletterten sie zurück auf den schlüpfrigen Deich. Die Männer machten kurz halt, um nachzusehen, ob sich Blutegel an ihnen festgesaugt hatten. Tyson warf einen Blick auf seine Landkarte. Neben dem Dorf An Ninh Ha war ein kleines Quadrat mit einem Kreuz eingezeichnet: *Nha thuong* – wörtlich übersetzt »Haus der Liebe«. Hoffentlich, sagte er sich. Wir könnten jetzt alle ein bißchen Liebe vertragen.

Tyson blickte zu Major Harper hinüber. »Pardon, was sagten Sie gerade?«

»Nun, um den Faden wiederaufzunehmen: Sie marschierten damals nach Ihren eigenen Worten bei Tagesanbruch los. Per Funk hatte Ihnen Captain Browder Order erteilt, auf das Dorf An Ninh Ha, eine Art Vorort von Huê, vorzurücken. Der Ort befand sich Berichten zufolge in der Gewalt des Gegners und lag an der Hauptversorgungsstraße nach Huê. Ein Helikopter hatte in der Ortsmitte ein großes Gebäude aus Beton ausgemacht, auf dessen Dach die feindliche Fahne wehte. Sie hatten per Funk Befehl erhalten, die Lage in An Ninh Ha zu erkunden und herauszufinden, ob das Betongebäude in feindlicher Hand war. Falls ja, sollten Sie es erstürmen und die Fahne herunterholen. Stimmt das?«

Tyson nickte. »Richtig.«

Sie dachte einen Augenblick nach. »Natürlich gibt es keine Möglichkeit, dies zu überprüfen«, meinte sie dann.

Tyson tat die Bemerkung mit einem Achselzucken ab.

»In Picards Buch heißt es«, fuhr sie fort, »Sie hätten von der Existenz dieses Krankenhauses durch einheimische Bauern erfahren, die gerade ein paar Tote begruben. Weiter heißt es, *Sie* hätten auf eigene Faust beschlossen, zu dem Dorf beziehungsweise zu dem Betongebäude zu marschieren, von dem Sie wußten, daß es ein Krankenhaus war.«

»Stimmt nicht«, log Tyson. »Ich hatte Befehl, mich dorthin zu begeben und Feindkontakt aufzunehmen. Berichten des Nachrichtendienstes zufolge befand sich das Gebäude, von dem ich nicht wissen konnte, daß es ein Krankenhaus war, in der Hand des Feindes. Von einem Krankenhaus war bis dahin nie die Rede.«

»Sie waren also psychologisch darauf vorbereitet, auf den Feind zu stoßen?«

Tyson überlegte sich seine Antwort. »Ja, so könnte man es nennen«, sagte er schließlich.

»Sind Sie auf dem Weg zu dem Dorf auf Widerstand gestoßen?«

»Nein, aber es war unübersehbar, daß der Feind nicht weit war.«

»Woran haben Sie das gesehen?«

»Nun, das Übliche: Schützengräben, Erdlöcher, erloschene Feuerstellen und jede Menge ›Hufspuren‹ – so nannten wir frische Abdrücke von Vietcong-Sandalen aus alten Autoreifen. Es gab auch viele Abdrücke von nordvietnamesischen Armeestiefeln, und man konnte daraus folgern, daß sich vor uns eine große Anzahl feindlicher Soldaten in dieselbe Richtung wie wir bewegte – nach Huê!« Tyson steckte sich eine Zigarette an. »Es lagen auch Leichen herum, Vietcong und Nordvietnamesen. Ich glaube, Picard bestätigt das in seinem Buch. Jedenfalls befanden wir uns nicht eben auf heimatlichem Territorium.«

»Anscheinend nicht. Sie waren sich also sicher, daß der Feind vor Ihnen war?«

»Richtig. Wir gingen davon aus, daß er sich irgendwo weiter vorne herumtrieb, und wir kamen uns alle vor wie verirrte Lämmer auf einer Lichtung. Das Gefühl, von so vielen Schlitzaugen aus einem dunklen Wald heraus beobachtet zu werden, machte uns ein bißchen nervös.«

Sie stützte das Kinn in die Hand und betrachtete ihn eine Weile stumm, dann sagte sie lächelnd: »Wirklich? Ich habe mir ein Gruppenfoto von Ihnen und Ihren Männern angeschaut. Um den Herzog von Wellington zu bemühen: Ich weiß nicht, welche Wirkung diese Männer auf den Feind hatten, aber, bei Gott, *mir* jagten sie einen Schrecken ein!«

Tyson unterdrückte ein Lächeln. »Gut, sie sahen tatsächlich schlimm aus, aber sie waren in Wirklichkeit lammfromm.«

»Meinetwegen. Sie marschierten also zu dem Dorf?«

»Ja. Wie die meisten Dörfer war es von einem dichten Baumgürtel umgeben, dem wir uns vorsichtig näherten, nachdem wir den Deich verlassen hatten. Der Landkarte nach lag das Dorf in einer Biegung von einem kleinen Nebenfluß des Perfume River. Die westliche Mauer der Zitadelle von Huê war ungefähr zwei Kilometer entfernt. Auf meiner Landkarte war sie nicht mehr drauf. Ich bat per Funk um Luftaufklärung, aber das Wetter war zu schlecht, und alle Maschinen waren anscheinend woanders im Einsatz. Wir taten also, was alle Soldaten in unserer Lage getan hätten: Wir gaben den Dorfbewohnern per Megaphon Befehl, sich zu sammeln und sich dabei so aufzustellen, daß wir sie gut sehen konnten. Es zeigte sich jedoch niemand. Wir hatten zwar gehört, daß das Dorf in den ersten Tagen der Offensive verlassen worden sei, sicherheitshalber eröffneten wir aber das Feuer –«

»Sie beschossen das Dorf?«

»Ja. Das war das übliche Vorgehen – nach einer vorherigen Warnung. Unser Feuer wurde nicht erwidert, und so rückten wir im Schutz von zwei parallel zueinander verlaufenden Deichen weiter gegen die Baumreihe vor. So etwas ist immer besonders gefährlich, weil man nie weiß, ob der Feind einen nicht bis auf zehn, zwanzig Meter rankommen läßt, um einen dann mühelos abknallen zu können.«

»Aber niemand schoß zurück?«

»Nein. Sie müssen aber wissen, daß ein anderer Trick darin besteht, den Angreifer in ein Dorf hineinzulocken und die Falle dann zuschnappen zu lassen. Genau das passierte uns in Phu Lai, am ersten Tag der Tet-Offensive.«

»Sie waren also alle... ein bißchen nervös?«

»Nein, nur sehr vorsichtig und durchaus nicht schießwütig, falls Sie das meinen.«

»Bitte, fahren Sie fort.«

»Das Dorf war recht malerisch. Es war, wie Sie schon selbst sagten, eine Art Vorort von Huê und verriet einen gewissen westlichen Einfluß. Es gab da ein paar Villen in französischem Stil, mit Platten belegte Wege, gepflegte Gärten und rund um einen Marktplatz ein paar Geschäfte. So etwas sieht man normalerweise nicht in den kleinen Kaffs, wo alles aus Bambus ist und man ständig in Büffelscheiße tritt. Übrigens hatten die Vietcong und die Nordvietnamesen auf alle Betonmauern Parolen gepinselt –«

»Auf vietnamesisch?«

»Ja, die meisten.«

»Konnten Sie die denn lesen?«

»Nein...«

»Wie wußten Sie dann, daß es keine südvietnamesischen, sondern Vietcong-Parolen waren?«

»Weil sie rot waren! Das ist die Farbe der Kommunisten, verstehen Sie?«

»Sie sagten, die *meisten* dieser Parolen seien auf vietnamesisch gewesen.«

»Ja, aber es gab auch ein paar auf englisch, das übliche Zeug: *Werft die amerikanischen Eindringlinge, die imperialistischen, läufigen Hunde, aus dem Land!* – und ähnlich abgedroschene Parolen. Zwischen den Bäumen hingen auch ein paar Transparente aus roter Seide mit Sprüchen derselben Machart. Für mich stand fest, daß dieses Dorf sich ziemlich lange in feindlicher Hand befunden hatte.«

Karen Harper nickte. »Gab es irgendwelche Plakate und Transparente, die sich auf englisch direkt an die amerikanischen Soldaten wandten?«

»Ja, ich erinnere mich besonders an eines. Darauf stand: *GI, wer schläft jetzt mit deiner Frau?*« Tyson grinste. »Man konnte fast glauben, daß sich die Vietcong von einer Werbeagentur beraten ließen.«

»Waren auch irgendwelche Drohungen dabei?« fragte Karen Harper.

»Sicher. Eine Aufschrift lautete: *GI, heute abend bist du tot.*«

»Welche Wirkung hatte so etwas auf Ihre Männer?«

Tyson überlegte einen Augenblick, dann erwiderte er: »Nun, so ganz gleichgültig ließen uns diese Sprüche nicht. Aber warum fragen Sie?«

»Einfach nur so. Aber lassen wir das. Das Dorf war also menschenleer? Keine Zivilisten, keine Feinde?«

»Nein, nirgends, aber den Gegner bekam man ja meist sowieso nicht zu Gesicht. Jedenfalls sahen wir eine kleine Kirche aus Beton und bewegten uns darauf zu. Wir kamen zu einem weiteren offenen Platz. Er war mit Betonplatten belegt, und ringsum gab es stuckverzierte Häuser mit roten Ziegeldächern. Auf der anderen Seite des Platzes, ungefähr fünfzig Meter entfernt, erhob sich ein großer Betonbau. Links und rechts davon standen ein paar andere, kleinere Häuser, die so ähnlich aussahen wie das Hauptgebäude und die genauso cremefarben angestrichen waren. Das Hauptgebäude hatte zwei Stockwerke und zwei vorspringende Seitenflügel, so daß sich eine Art Hof ergab. Oben auf dem Dach, direkt über dem Haupteingang, befand sich eine Fahnenstange. Die Flagge des Vietcong wehte im Wind, vielleicht war es auch die Fahne der Nordvietnamesen. Von weitem war das nicht genau zu erkennen, aber es war sowieso egal. Plakate und Transparente sind eine Sache, die Kriegsflagge des Feindes eine andere. Der Feind würde seine Fahne genausowenig zurücklassen wie wir. Folglich bedeutete eine solche Fahne, daß der Feind in der Nähe war.«

»Stimmt es, wie im Buch behauptet wird, daß an einem Mast im Hof die Fahne des Roten Kreuzes wehte?«

»Nein, eine solche gab es nicht. Kein Rotes Kreuz, nur eine Fahne mit rotem Stern.«

Karen Harper griff in ihren Aktenkoffer und zog Picards Buch heraus.

»Ich habe das ganze Buch gelesen«, sagte sie. »Genauer gesagt, habe ich die Lektüre im Flugzeug auf dem Weg hierher beendet.«

»Wie schön für Sie.«

Sie schlug das Buch an einer markierten Stelle auf und begann vorzulesen.

> In jener Phase der Offensive war es auf dem Land üblich, zum Zeichen der Übergabe die feindliche Fahne zu hissen und mittels dieser Geste darum zu bitten, ein Gebäude und dessen Insassen zu verschonen. In Huê gab es zudem eine

Anzahl von Studenten und gewisse buddhistische Gruppen, die mit den Kommunisten sympathisierten. Das galt auch für ein paar Europäer, die in der Stadt wohnten. Als der Feind die Stadt im Lauf der großangelegten Offensive fast gänzlich besetzte, kam es vor, daß die erwähnten Bevölkerungsgruppen Siegesfeiern veranstalteten und die kommunistische Fahne hißten. Doch als sich das Kriegsglück wendete, wurden die Fahnen wieder ausgetauscht. Fairer- und korrekterweise soll hier darauf hingewiesen werden, daß die Nordvietnamesen und der Vietcong oft tatsächlich die eigene Fahne auf erstürmten Gebäuden wehen ließen. In diesem speziellen Fall konnte also niemand sagen, ob die provozierende rote Fahne auf dem Krankenhausdach vom Feind oder von der Belegschaft gehißt worden war. Falls letzteres zutraf: War das Motiv dann Selbstschutz, Aufgabe oder Sympathie? Oder war es vielleicht ein Gemisch aus allen drei Faktoren?

Karen Harper schaute vom Buch auf und sah Tysons Augen auf sich gerichtet. »Picard sagt also auch, daß dort eine Flagge des Gegners wehte, aber seiner Meinung nach hätte sie auch das Krankenhauspersonal aus den erwähnten Gründen gehißt haben können. Warum gingen Sie nach eigenem Bekunden davon aus, daß sich in dem Gebäude feindliche Soldaten befanden?«

Tyson drückte seine Zigarette aus. Mit einer Spur von Verärgerung erwiderte er: »Ich hatte damals Picards Buch nicht in der Tasche! Und ich hatte keine Ahnung, Major, was in der verdammten Stadt und ihrem näheren Umkreis vor sich ging. Als ich die Vietcong-Fahne sah, folgerte ich logischerweise, daß ich es mit einem vom Feind besetzten Gebäude zu tun hatte.«

»Ja, natürlich. Bitte fahren Sie fort.«

Tyson lehnte sich in seinem Sessel zurück und dachte nach: Sie stellt sich naiv und tut so, als wollte sie sich von mir etwas beibringen lassen. Aber sie weiß genau Bescheid und ist alles andere als dumm. Ihre Methode, mich zu verhören, ist sogar äußerst raffiniert. Aufpassen, Tyson!

»Mr. Tyson, Sie sagten vorhin etwas über eine Kirche und einen Platz.«

»Ja, wir gingen am Rand des Platzes gegenüber der Kirche in

Stellung. Ehrlich gesagt, hielt ich das große Betongebäude die ganze Zeit für ein ehemaliges französisches Verwaltungsgebäude oder etwas Ähnliches, in dem sich jetzt der Feind wie in einer Art Festung verschanzt hatte. Sie werden vielleicht nicht verstehen, Major, daß man ein Krankenhaus mit einem Verwaltungsgebäude verwechseln kann, genausowenig wie einen Wasserbüffel mit einem Elefanten. Aber jetzt stellen Sie sich bitte ein Land ohne Leuchtreklamen, McDonald's und Tankstellen an jeder Straßenecke vor – ein Land, wo das Wort Vorort nicht gleichbedeutend ist mit Reihenhäusern und Rasenmähern. Ähnlichkeit mit einer Stadt hat ein solches Scheißkaff nur insofern, als es dort ein paar Gebäude mit richtigen Scheiben in den Fenstern gibt und daß auf den Straßen keine Schweine rumlaufen.«

Karen Harper reagierte nicht gleich auf diesen Wortschwall. Nach einer Weile sagte sie kühl: »Ich habe gerade einen Monat in Japan und auf den Philippinen verbracht und war dort die meiste Zeit auf dem Land. Außerdem bin ich in den letzten vier Jahren in der ganzen Welt herumgereist. Sie können also ein gewisses Verständnis für fremde Kulturen bei mir voraussetzen, aber was Sie da sagen, ist natürlich trotzdem richtig. Dennoch sind Krankenhäuser besonders in Kriegszeiten meist auf die eine oder andere Weise deutlich gekennzeichnet. Bitte fahren Sie doch fort!«

Tyson starrte sie schweigend an.

Mit einer Spur von Sarkasmus fragte sie: »Brauchen Sie mal wieder eine kleine Pause?«

Er stand wortlos auf und ging zum Fenster. Es war ein grauer Tag, dunstig und kühl. Nach dem vielen Sonnenschein und der Hitze war dieses Wetter fast eine Erleichterung. Die Luft roch nach Regen.

Karen Harper liegt nach Punkten vorn, dachte Tyson. Ihm war klar, daß er das Gespräch jetzt hätte abbrechen sollen, aber sein Ego ließ das nicht zu. Genau wie sein Vater, eine Spielernatur, glaubte er fest daran, daß man nur gewinnen konnte, wenn man weitermachte. Er wandte sich wieder vom Fenster ab. »Nein, ich brauche keine Pause.«

Tyson nahm wieder im Sessel Platz und nippte an seinem Kaffee. »Wir gingen also in der Nähe der Kirche in Deckung. Kelly, mein Funker, der eine gute Stimme hatte, brüllte auf vietnamesisch quer über den Platz, daß alle Leute in dem Betongebäude sofort herauskommen sollten. Keine Antwort. Wir gaben ein paar Schüsse ab, aber es wurde nicht zurückgefeuert. Wir warteten ab, wiederholten die Aufforderung und feuerten erneut. Alles blieb still. Wir wußten jedoch, daß sie drin waren, wir konnten sie buchstäblich riechen.« Er blickte zu Karen Harper hinüber, aber die ließ diese Behauptung widerspruchslos durchgehen.

»Wir fingen aus allen Rohren zu feuern an, um die Gegenseite zu einer Reaktion zu provozieren, und dann, als ich schon glaubte, daß niemand in dem Gebäude sei, geschah es: Irgend jemand – wahrscheinlich ein verängstigter junger Bursche – schoß zurück. Jetzt wußten wir Bescheid! Wir ballerten wie wild drauflos und zerschossen sämtliche Fensterscheiben. Der Gegner fing an, das Feuer mit allem, was er zur Verfügung hatte, zu erwidern. Es handelte sich zumeist um kleinkalibrige Waffen, aber ein paar Raketen- und Granatwerfer waren auch dabei. Plötzlich begann oben auf dem Dach ein Maschinengewehr zu rattern. So ging das ungefähr fünf Minuten lang, bis ich beschloß, das Gebäude stürmen zu lassen. Auf dem Platz konnten wir ein bißchen Deckung hinter Bäumen, Ziersträuchern, ein paar niedrigen Mauern und einem Brunnen finden. Pausenlos feuernd rannten wir los. Bevor wir den Haupteingang des Gebäudes erreicht hatten, wurde einer von uns getötet und zwei weitere verwundet. Aber das steht ja alles in dem Buch –«

»Ja, aber in dem Buch heißt es auch, daß die Hauptstreitmacht des Gegners sich schon zurückgezogen hatte, bevor Sie mit Ihren Leuten dort ankamen. Die drei Getroffenen gingen angeblich auf das Konto eines einzigen Heckenschützen auf dem Dach. Picard gibt in seinem Buch die Aussagen zweier Zeugen wieder – sie gehörten beide zu Ihrer Einheit –, denen zufolge Sie keinen einzigen Schuß auf das Krankenhaus abgefeuert hätten, weil Ihnen von dort aus Zivilisten zugewinkt und ein weißes Bettlaken aus dem Fenster gehängt hätten. Sie, Mr. Tyson, seien davon überzeugt gewesen, daß sich in dem Haus keine feindlichen Soldaten aufhielten. Zusammen mit Ihren Männern seien sie quer über den Platz marschiert, und erst dann habe der Heckenschütze auf dem Dach das Feuer eröffnet. Ihr Bericht weicht also wieder einmal vom Buch ab.«

»Ich erzähle Ihnen eben alles so, wie es mir in Erinnerung geblieben ist. Der Gegner war nicht abgezogen! Er nahm uns unter schweren Beschuß, und wir erwiderten das Feuer.«

»Gut. Übrigens: War auf Ihrer Militärkarte ein Krankenhaus verzeichnet? Was ist eigentlich das Symbol für ein Krankenhaus? Ein Quadrat mit einem kleinen Kreuz darin, dessen vier Arme gleich lang sind – genau wie das Rote Kreuz?« Sie blickte ihm offen in die Augen.

Er erwiderte bedächtig: »Ja, da war solch ein Symbol auf der Landkarte, wenn ich mich nicht täusche, aber wissen Sie, nach dreißig Jahren Krieg stimmt oft nicht mehr alles, was auf Landkarten verzeichnet ist. Versuchen Sie mal, in einem Hotel abzusteigen, das auf einer Landkarte von Vietnam angegeben ist. Oder gehen Sie mal über eine Brücke, die vor zwanzig Jahren gesprengt wurde...«

»Das ist mir klar, aber –«

»Genauer gesagt, ich verlor für kurze Zeit die Orientierung und glaubte, ich sei auf der anderen Seite des Dorfes. Ja, ich war der Meinung, daß das auf der Karte als Krankenhaus verzeichnete Gebäude sich weiter nördlich befand.«

»Verstehe.« Sie schien über seine Worte nachzudenken, doch dann griff sie in ihren Aktenkoffer und zog eine plastikbeschichtete Landkarte heraus.

Tyson stockte der Atem.

Major Karen Harper stand auf und kam um den Tisch herum. Sie kniete neben Tysons Sessel nieder und faltete die Karte auseinander. Tyson warf einen Blick darauf. Es war eine ganz normale farbige Militärkarte mit dreisprachigen Legenden – französisch, vietnamesisch und englisch. Plötzlich war ihm wieder alles ganz vertraut: Reisfelder, schmale Pfade, Grabhügel, Flüsse, Ströme, Wälder und Hügel. Zwei Jahrzehnte waren vergangen, aber er kannte sich noch immer gut aus. Sein Blick fiel auf das Wort An Ninh Ha.

»Ist dies eine Standardkarte oder nicht?« fragte Major Harper.

»Sieht so aus.«

Sie schien die Karte zu studieren. Ihr Finger glitt über die glatte Plastikschicht und stoppte bei An Ninh Ha. »Da ist es ja.«

»Ja, das ist es.«

»Schauen Sie her! Sie sagten, auf dieser Seite, also westlich vom Platz, hätten Sie eine Kirche gesehen. Da ist auch wirklich eine Kirche auf der Karte, ein Kästchen, das deutlich mit einem christlichen beziehungsweise lateinischen Kreuz gekennzeichnet ist. Die einzige Kirche in der Ortschaft. Und auf der anderen Seite des Platzes, auf der Ostseite, ist das Krankenhaus. Das Kreuz in dem kleinen Quadrat hat vier gleich lange Arme. Soweit scheint alles klar. Nun frage ich: Wo haben Sie sich Ihrer Meinung nach befunden?« Sie warf Tyson über die Schulter einen Blick zu.

Tyson blickte von der Landkarte auf. Schweigend starrten sie sich an. Er empfand ihre körperliche Nähe irgendwie als beunruhigend. Er roch ihr Parfum, eine ungewöhnlich kräftige Duftnote. Auf ihrem Haar funkelten kleine Glanzlichter, die ihm vorher nicht aufgefallen waren. Zwischen zwei Knöpfen klaffte ihre Bluse ein wenig auseinander. Aus dem Augenwinkel registrierte er die schön geschwungene Linie ihrer Brust und stellte auch fest, daß sie einen dieser BHs trug, die fast die ganze obere Hälfte der Brüste frei ließen.

»Nun, was glaubten Sie denn, wo Sie waren?« fragte sie noch einmal.

Tyson holte tief Luft und lehnte sich vor. Rasch prägte er sich die Einzelheiten des kleinen Dorfes auf der Landkarte ein. Am nördlichen Ende, nahe der Flußbiegung, war eine Pagode eingezeichnet. Deren Symbol, ein Kästchen mit einem diagonalen Strich, konnte ohne weiteres mit dem einer Kirche verwechselt werden. Ungefähr hundert Meter weiter gab es ein Symbol für eine Schule: ein schwarzes Viereck mit einem Wimpel darauf. »Dort«, sagte Tyson. »Ich glaubte, dort zu sein.«

Major Harper nickte, als wäre sie damit zufrieden. »Sie glaubten also, die katholische Kirche, an der Sie vorbeikamen, sei eine Pagode und das Krankenhaus auf der anderen Seite des Platzes eine Schule? Vorhin meinten Sie doch, Sie hätten es für ein Verwaltungsgebäude gehalten.«

»Na ja, ich meinte irgend so ein öffentliches Gebäude...«

»Verstehe.« Sie warf ihm einen Blick zu, mit dem sie ihm wohl zu verstehen geben wollte, daß sie ein bißchen verwirrt sei. Dann sagte sie: »Aber die jeweilige Lage dieser beiden Gebäude zueinander ist sehr verschieden. Außerdem gibt es hier an dieser Stelle einen offenen Platz. Dort, zwischen der Pagode und der Schule, gibt es kleine schwarze Quadrate, die vermutlich Häuser bedeuten, und die Entfernung ist viel größer –«

»Hören Sie, Major, ich brauche keinen Schnellkurs im Lesen von Landkarten. Es ist leicht, in einem gemütlichen Raum vor einer hübschen neuen Landkarte zu sitzen und des Teufels Advokat zu spielen. Aber *meine* Karte war so oft zusammen- und auseinandergefaltet worden, daß die Plastikbeschichtung Risse hatte, durch die Wasser eingedrungen war. An Ninh Ha war auf *meiner* Karte fast nicht mehr zu erkennen!« Tysons Stimme nahm einen scharfen Klang an. »Also vergessen wir die Sache mit der Landkarte, ja?«

Karen Harper faltete die Karte zusammen. Noch immer auf den Knien, reichte sie sie Tyson. »Die sind heutzutage schwer zu kriegen, und ich nehme an, daß Sie Ihre von damals nicht mehr haben. Mit den besten Wünschen!«

Tyson nahm die Landkarte. »Vielen Dank für das Andenken.«

Sie erhob sich. »Vielleicht hilft das Ihrem Gedächtnis auf die Sprünge.«

Tyson antwortete nicht, und Karen Harper kehrte auf ihre Seite des kleinen Tisches zurück.

»Also gut, wo waren wir stehengeblieben?«

»Ich griff das Gebäude an. Möchten Sie, daß ich Ihnen den Sturmangriff Punkt für Punkt schildere? Oder wollen Sie lieber warten, bis die Story verfilmt wird?«

»Ehrlich gesagt, möchte ich noch einmal an der Stelle anfangen, wo Sie mit Ihren Männern bei der Kirche Position bezogen. Sie schauten zu dem Gebäude hinüber, fünfzig Meter entfernt, auf der anderen Seite des Platzes. Auf dem Dach eine gegnerische Fahne. Gab es wirklich keine schriftlichen Hinweise an dem Gebäude, in Französisch oder vielleicht sogar in Englisch? Sprechen Sie eigentlich Französisch?«

»Wie Sie bestimmt aus meiner Personalakte entnommen haben, habe ich Grundkenntnisse. Nein, es gab keine Schilder mit irgendwelchen Hinweisen.«

Sie reichte ihm einen Zettel. »Was heißt das?«

Tyson erblickte zwei vietnamesische Worte: *nha thuong*. Er ließ das Stück Papier auf den Tisch fallen. »Ich sagte Ihnen doch, daß ich die Schriftzeichen nicht verstand. Ich konnte ein paar Worte und Sätze sagen, aber die meisten dienten dazu, einer Frau klarzumachen, daß ich mit ihr eine bestimmte Sache machen wollte.« Er grinste.

Marjor Harper, die immer noch gestanden hatte, lächelte und nahm wieder Platz. »Nun, diese beiden Worte bedeuten bekanntlich Krankenhaus.«

»Ach ja?«

Sie zeigte auf die Landkarte, die auf dem Tisch lag. »Solche Karten haben dreisprachige Erläuterungen.« Sie nickte sich selbst zu, als sei sie endlich der Wahrheit auf der Spur. Dann fuhr sie fort: »Die Legende auf der fraglichen Landkarte enthielt auch die Worte *nha thuong, hôpital, hospital,* und Sie selbst hatten diese Worte Tag für Tag vor Augen, wenn Sie die Karte benutzten. Deshalb müssen Sie einfach wissen, was *nha thuong* bedeutet, wenn Sie diese Worte geschrieben vor sich haben. Meine Frage ist: Standen diese Worte auch an dem Betongebäude?«

Tyson erwiderte nichts.

Sie schien eine Weile ihren Gedanken nachzuhängen und fuhr sich mehrmals mit den Fingerspitzen über das Kinn. Schließlich sagte sie: »Die Frage, ob Sie wußten, daß es sich bei jenem Gebäude um ein Krankenhaus handelte, hat zwar eine gewisse Relevanz, berührt jedoch nicht den Kern des Problems. Gehen wir also ruhig davon aus, daß Sie es nicht wußten.«

»Richtig.«

»Sie gingen also in Stellung, nahmen ein Gebäude mit feindlicher Flagge unter Beschuß, wurden selbst unter Beschuß genommen und setzten zum Sturmangriff an. Ob Sie es mir nun glauben wollen oder nicht – ich mag gute Kriegsgeschichten, also fahren Sie bitte fort!«

Tyson lehnte sich in seinem Sessel zurück. Er hätte jetzt gern geraucht, aber er sagte sich, daß er nichts tun durfte, was ihm als eine nervöse Angewohnheit ausgelegt werden könnte. »Wir begannen den Feind mit schwerem Sperrfeuer zu belegen, zerschossen alle Fenster und Türen mit unseren automatischen Waffen und setzten dann zum Sturmangriff an –«

»Ich bitte nochmals um Verzeihung, aber im Buch heißt es, jemand habe aus einem der Fenster ein weißes Bettlaken gehängt, um zu signalisieren, daß man sich ergeben wolle beziehungsweise daß die Luft rein sei. Das hat Picard allem Anschein nach von seinen beiden Zeugen erfahren.«

»Herrgott, warum sollte der Gegner eine Fahne raushängen und kapitulieren? Ihm stand doch ein Fluchtweg offen! Und warum, zum Teufel, hätte ich wohl einen Sturmangriff befehlen sollen, nachdem ich oder irgendeiner meiner Leute eine weiße Fahne gesehen hatte?«

»Damit wären wir wieder beim Anfang. Der Feind hatte sich schon zurückgezogen, jedenfalls steht es so im Buch. Das Bettlaken sei vom Krankenhauspersonal herausgehängt worden, heißt es weiter. Man habe Ihnen und Ihren Leuten vom Fenster aus zugewinkt. Das streiten Sie jedoch alles ab.«

»Richtig. Wir arbeiteten uns schießend an das Gebäude heran. Die ganze Zeit lagen wir dabei selbst unter schwerem Beschuß –«

»Tut mir leid, aber ich habe mich zufällig ein bißchen näher mit den taktischen Grundregeln der Infanterie befaßt. Und ich habe mich mit einem Colonel unterhalten, der auch in Vietnam war. Er ist ein guter Freund von mir. Irgendwie habe ich geahnt, daß Sie mir etwas von einem Feuergefecht erzählen würden, falls ich überhaupt die Gelegenheit hätte, mir Ihre Version anzuhören. Bitte verzeihen Sie den Vergleich, aber die Dinge lagen nicht viel anders, als es um My Lai ging –«

»Worauf wollen Sie hinaus?«

»Mein Freund, der Colonel, meinte, ein Frontalangriff auf ein Betongebäude sei etwas, das er seinen Leuten niemals zumuten würde.«

»Vielleicht ist er ein Angsthase.«

»Wohl kaum. Er sagte, er hätte Brandgeschosse in das Haus gefeuert und es ausgeräuchert. Es gab da drinnen jede Menge Gegenstände aus Holz, nehme ich an. Erst danach, meinte er, hätte er eventuell einen Sturmangriff befohlen.«

Tyson ließ eine Zeitlang schweigend seinen Blick auf ihr ruhen, dann erwiderte er: »Wir hatten keine Brandgeschosse, die man von einem Granatwerfer abschießen konnte, wir hatten nur Hand-, Splitter-, Phosphor- und Sprenggranaten. Deshalb mußten wir ganz nah herangehen.«

»Und warum forderten Sie nicht Luftunterstützung, Luft-Boden-Raketen, Mörser oder Artillerie an? Gehört so etwas nicht bei der amerikanischen Infanterie zur Standardtaktik? Bomben statt Männer?«

»Ja, das war die übliche Methode, aber zu dem fraglichen Zeitpunkt war keine Unterstützung dieser Art verfügbar. Deshalb machten wir diesen altmodischen Frontalangriff und knackten das Erdgeschoß, genau wie in den alten Kriegsfilmen, die Ihnen anscheinend so gefallen.«

»Wo und wann erlitten Sie die erwähnten Verluste? War das außerhalb oder innerhalb dieses... dieses Gebäudes?«

»Ich... wir hatten beim eigentlichen Angriff gleich zu Anfang zwei Verwundete. Peterson hatte einen Lungenschuß, die Kugel traf ihn von der Seite und durchschlug beide Lungenflügel. Er drohte innerlich zu verbluten. Moody wurde am Oberschenkel getroffen, es war nicht sonderlich schlimm... der dritte, Larry Cane, kam im Gebäude ums Leben.«

»Oh, sagten Sie nicht vorhin, es habe alle drei Männer draußen erwischt? So steht es auch in Picards Buch. Allerdings behauptet er, ein einziger Heckenschütze sei schuld gewesen. Na ja, für ein festungsähnliches Gebäude waren das wirklich bemerkenswert geringe Verluste.«

»Jeder hat eben mal von Zeit zu Zeit Glück. Tut mir leid, daß ich nicht mit mehr Gefallenen und Verwundeten dienen kann.«

»Ich habe mir nur so meine Gedanken gemacht. Machen wir weiter!«

»Im Erdgeschoß war niemand, und es gab auch keinen Hinweis darauf, daß wir uns in einem Krankenhaus befanden. Da waren ein paar Büroräume, eine Kapelle, eine Halle, ein paar Räume mit Betten, eine Küche und ein Speisesaal. Zwei Treppen führten nach oben. Im ersten Stock mußten wir uns von Zimmer zu Zimmer vorkämpfen. So sah die Situation aus, als meine Leute Phosphorgranaten einsetzten. Der ganze Laden fing an zu brennen –«

»Wie viele feindliche Soldaten waren schätzungsweise in dem Haus?«

»Zwischen dreißig und vierzig. Wir waren auf jeden Fall zahlenmäßig unterlegen.«

»Aber als Sie angriffen, konnten Sie nicht wissen, wie viele in dem Gebäude waren. Es hätten zweihundert sein können.«

»Nun, ich merkte an der Feuerkraft des Gegners, daß da nicht zweihundert Mann drin waren.«

»Und einer Ihrer Männer wurde getötet, als Sie sich von Zimmer zu Zimmer vorkämpften? Ein Mann namens Cane? Nochmals: Vor einer Weile sagten Sie, alle drei Männer seien draußen verwundet worden, während des Sturmangriffes. Picard ist da mit Ihnen einig, obwohl seine Schilderung hinsichtlich der Heftigkeit des Kampfes von der Ihrigen abweicht. Und nun behaupten Sie, dieser Larry Cane sei *im* Gebäude umgekommen.«

Tyson steckte sich eine Zigarette an. Er nahm einen Zug und antwortete: »Hm, das kann eine Folge davon sein, daß ich Picards Buch gelesen habe. Wissen Sie, durch diese ganze Angelegenheit werden in mir längst vergangene Dinge wieder aufgerührt, aber Picards Buch hat offenbar mein Erinnerungsvermögen verfälscht. Cane wurde wirklich *im* Krankenhaus erschossen! Das weiß ich ganz genau. Ich habe gesehen, wie er getroffen wurde, oben, im großen Krankensaal.«

Karen Harper nickte. »Ich bin mir sicher, daß sich das notfalls aufklären läßt. Und ich verstehe auch, was Sie meinen, wenn Sie sagen, Ihr Erinnerungsvermögen sei dadurch beeinträchtigt worden, daß Sie das Buch erst kürzlich gelesen haben. Trotzdem, Mr. Tyson: Mir fällt es irgendwie schwer, all das zu glauben. Ich meine die Sache mit den neunzehn erschöpften Soldaten, die einen Frontalangriff auf ein Gebäude machen, das von einer beträchtlichen Anzahl regulärer nordvietnamesischer Soldaten gehalten wird. Warum haben Sie eigentlich das Gebäude nicht umstellen lassen, damit der Feind nicht entkommen konnte? Das hätte doch auch zur Standardtaktik gehört. Darf ich Sie auch fragen, was Sie zu einem solchen Akt des Heroismus motiviert hat? Wenn Sie schon keine Luftunterstützung bekommen konnten, um das Gebäude dem Erdboden gleichzumachen – warum haben Sie es dann nicht einfach links liegenlassen, als existierte es nicht? Bin ich zynisch, wenn ich davon ausgehe, daß amerikanische Soldaten manchmal dem Kampf aus dem Weg gegangen sind?« Sie beugte sich vor. »Ich erwarte von Ihnen keine Antwort auf eine dieser Fragen, denn sie setzen allesamt voraus, daß Ihre schöne Geschichte von dem Sturmangriff erlogen ist.«

Als Tyson nichts darauf erwiderte, fuhr Karen Harper fort.

»Bei den meisten Ermittlungen wegen Mordes suchen wir zuerst einmal nach einem Motiv. Im Fall kriegsbedingter Massaker jedoch tendiert man bei Untersuchungsverfahren dazu, die Frage des Motivs auszuklammern, denn die Verteidiger reklamieren für ihre Mandanten sowieso mildernde Umstände wegen nervlicher Zerrüttung und Erschöpfung. Vorhin erwähnten Sie Phu Lai. Ich frage mich, ob Ihre Männer vielleicht aus Rachsucht gehandelt haben...« Sie warf ihm einen durchdringenden Blick zu. »Das wäre doch immerhin verständlich.«

Tyson antwortete nicht sofort. Schließlich sagte er: »Ich würde lügen, wenn ich Ihnen gegenüber behaupten würde, keiner von uns habe Rachegefühle verspürt. Gewalt erzeugt Gegengewalt, wie Sie selbst wissen, aber die Toten eines Krieges machen andere Menschen nicht zu Mördern – jedenfalls sollte es so sein. Wir wollten uns auf dem Schlachtfeld revanchieren, und wir fanden es im *Hôpital de la Miséricorde*. Da haben Sie das Motiv für den Sturmangriff auf das Gebäude. Es erklärt auch, warum mir meine Männer gehorchten. Es war eine Abrechnung wegen Phu Lai nach dem Grundsatz: Wie du mir, so ich dir. Ein paar Zivilisten abzuknallen hätte das Konto nicht ausgeglichen, aber wenn wir solch ein vom Feind besetztes Gebäude stürmten, wären wir mit ihm wieder pari gewesen. So war das.«

Sie nickte. »Sie sind ein sehr kluger Mann.«

»Ich hoffe, ich werde nicht rot.«

»Trotzdem ist Ihr Bericht nicht... Er klingt nicht wie eine gute Kriegsgeschichte, sondern ist, ehrlich gesagt, unglaubwürdig!«

Tyson zog an seiner Zigarette. Rückblickend wurde ihm klar, wie unwahrscheinlich seine Story aus der Warte militärischer Taktik und Logik wirken mußte. Wenn sogar ein weiblicher JAG-Offizier, der – vermutlich – keinerlei Kenntnis von Infanterietaktik hatte, diese Geschichte zerpflücken konnte, dann würde sie auf keinen Fall einer genaueren Überprüfung standhalten. Dabei hatten sie alle die Story damals so gut gefunden! Sie entsprach dem üblichen Muster, nach dem damals in Vietnam gewisse Dinge vertuscht wurden. Jedesmal, wenn ein paar »unschuldige Zivilisten« aus Versehen – oder aus weniger entschuldbaren Gründen – getötet wurden, dann brauchte man sich später nur hinter irgendeiner haarsträubenden Geschichte von einer wilden Schießerei zu verschanzen, damit niemand Fragen stellte, beispielsweise, warum es auf der eigenen Seite keine Gefallenen gegeben habe. Ein guter Offizier achtete immer darauf, daß seine Untergebenen ein paar feindliche Waffen bei sich hatten, die man gegebenenfalls zusammen mit den toten Greisen, Frauen und Kindern vorweisen konnte. Das war typisch für diese Art von Krieg. Ja, die Geschichte klang damals gut, überlegte Tyson, weil wir sie uns sozusagen gegenseitig in einem Vakuum erzählt haben, ohne Kritik von außen – und weil wir an sie glauben wollten... Zum Teufel mit dieser Frau! War das Krankenhaus als solches erkennbar? Warum haben Sie keine Artillerie angefordert? Warum gab es bei einem solchen Sturmangriff so wenig Verluste?

Sie riß ihn aus seinen Grübeleien. »Also gut, Sie sagten, das Krankenhaus habe angefangen zu brennen, und ein Teil der gegnerischen Soldaten sei von Ihren Leuten getötet worden. Der Rest floh, nehme ich an. Aber wie?«

»Sie sprangen aus den Fenstern im zweiten Stock.«

»Haben Sie irgendwelche Patienten oder Mitglieder des Krankenhauspersonals gesehen?«

Ohne zu zögern, antwortete er: »Ja, Patienten *und* Personal.« – Bleib bei der verdammten Story, laß dich nicht davon abbringen! Sie ist das einzige, was wir haben, wir kennen keine andere. Vielleicht klingt sie unwahrscheinlich, aber sie ist nicht unmöglich. – »Die meisten Leute im Krankenhaus waren tot. Ich weiß nicht, ob sie bei unserem Sturmangriff ums Leben kamen oder ob der Feind sie exekutiert hat.«

Sie schwieg, und Tyson setzte seinen Bericht fort. »Zu dem Zeitpunkt herrschte ein totales Chaos. Ich glaube nicht, daß Sie sich so etwas vorstellen können: verwundete Vietcong und nordvietnamesische Soldaten, von denen niemand zu sagen wußte, ob sie sich als Patienten im Krankenhaus aufhielten, ob sie bewaffnet waren, ob sie sich ergeben oder uns umbringen wollten. Es gab auch ein paar Frauen, darunter eine Vietcong-Krankenschwester, die mit einer Pistole auf uns feuerte. Jemand von uns hat sie niedergeschossen. Es war ein unglaubliches Durcheinander! Ich werde es den verdammten Vietcong und Nordvietnamesen nie verzeihen, daß sie sich ausgerechnet ein vollbelegtes Krankenhaus für so etwas aussuchten – denn daß es sich um ein Krankenhaus handelte, hatten wir inzwischen natürlich begriffen... Wie gesagt, das Gebäude fing an zu brennen, und wir warfen ein paar der Patienten, vor allem junge Mütter und Kinder, aus dem Fenster, um sie zu retten... Unten am Haus stand dichtes Gebüsch...«

Tyson brach ab. Er hatte sich dabei ertappt, Einzelheiten hinzugedichtet zu haben. Nach einem kurzen Räuspern redete er weiter. »Na ja, ich nehme an, man kann so etwas ein Massaker nennen, aber was mich und meine Männer betrifft, geschah es bestimmt nicht vorsätzlich. Mir ist durchaus klar, daß diese eurasische Nonne das, was sie mit eigenen Augen sah, so oder so auslegen konnte. Trotzdem: Die meisten Toten waren das Ergebnis des Sturmangriffs, sofern sie nicht schon vorher vom Feind umgebracht worden waren. Ich bin überzeugt, daß er das Personal, die Patienten und die eigenen Verwundeten abgeknallt hat, als die Stellung nicht mehr zu halten war...«

»Und Dr. Monteau?« fragte Karen Harper.

»Ich erinnere mich nicht, mit einem Menschen dieses Namens zu tun gehabt zu haben, Major.«

»Aber einer von Picards Augenzeugen, also einer Ihrer früheren Untergebenen, hat von einem Vorfall berichtet, der –«

»Wie heißt der Mann?«

»Keine Ahnung. Ich sagte Ihnen doch, daß ich erst einmal mit Ihnen reden wollte.«

»Sie sind verpflichtet, mir die Namen von Picards Zeugen zu nennen, sofern Sie sie kennen. Genau das wollen Sie nicht, und deshalb sind Sie zuerst zu mir gekommen.«

Sie ging nicht darauf ein. »Der australische Arzt –«

Er unterbrach sie wütend: »Verdammt, ich sagte Ihnen doch, daß das Krankenhaus gerammelt voll war mit Patienten und Pflegepersonal! Ja, diese Leute sind alle umgekommen, und es stimmt auch, daß ein paar von ihnen wahrscheinlich auf unser Konto gehen, aber sie verloren ihr Leben aufgrund unglücklicher Umstände – bei einer militärischen Aktion gegen einen bewaffneten Gegner, der sich nicht scheute, ein Krankenhaus für seine Zwecke zu mißbrauchen. Ende der Aussage. Notieren Sie sich das!«

Nachdem Karen Harper ein paar Notizen gemacht hatte, fragte sie: »Warum gibt es zwischen Ihrer Version und den Berichten der von Picard zitierten Augenzeugen solche großen Unterschiede?«

»Vielleicht hat Picard die Aussagen der beiden verdreht.«

»Schon möglich.« Sie schien eine Weile angestrengt nachzudenken, dann sagte sie: »Aber Picard behauptet in seinem Buch, er sei überhaupt nur auf diese Angelegenheit gestoßen, weil er in Frankreich zufällig diese Schwester Theresa kennengelernt habe. *Sie* war es offenbar, die das Wort *massacre* benutzte.«

»In welchem Zusammenhang? Und wer hat das Massaker veranstaltet? Was genau wollte sie mit dem Wort sagen? Es wird im Englischen und im Französischen zwar gleich geschrieben, und es hat auch eine ähnliche Bedeutung, nur daß es im Französischen auch die Nebenbedeutung eines Blutbades hat, eines Gemetzels in einer Schlacht. Jedenfalls bedeutet es keineswegs ausschließlich eine vorsätzliche Ermordung unbewaffneter Menschen. Auch ich habe meine Hausarbeiten gemacht –«

»Das sehe ich. Sie haben da einen interessanten Punkt berührt. Ich werde mich an das Sprachinstitut der Army wenden und um eine Stellungnahme bitten.«

»Haben Sie diese Schwester Theresa ausfindig gemacht?«

»Nein. Erinnern Sie sich noch an sie?«

»Ja, ich glaube schon. Werden Sie auch Picard verhören?«

»Natürlich. Wußten Sie, daß Picard sich früher auch als Romanschriftsteller versucht hat? Er ist also daran gewöhnt, Geschichten zu erfinden. Vergessen Sie nicht, Ihren Anwalt darauf hinzuweisen! Es könnte natürlich auch sein«, fuhr sie fort, »daß Ihre beiden ehemaligen Untergebenen die Geschichte ausgeschmückt oder Picard regelrecht angelogen haben. Aber warum sollten sie das tun?«

»Ich weiß es nicht.«

»Es könnte Sie in Schwierigkeiten bringen! Hatten Sie in Ihrem Zug eigentlich Feinde?«

»Das sage ich Ihnen, wenn Sie mir die Namen der beiden Männer nennen.«

Sie nickte. »Auch Schwester Theresa könnte sich als absolut unbrauchbare Zeugin erweisen. Mag sein, daß sie überhaupt nicht verstanden hat, was sie gesehen hat – oder sie hat es Picard gegenüber nicht richtig dargestellt.«

»Wahrscheinlich.«

»Ich könnte mir vorstellen«, meinte Karen Harper, »daß sie irgendwann danach bei der katholischen Kirchenbehörde in Saigon, der das Krankenhaus unterstand, Meldung erstattet hat. Halten Sie das nicht auch für möglich?«

Tyson hatte schon häufig daran gedacht.

»Ja, vielleicht«, sagte er.

»Wenn ich mich nicht täusche«, setzte Karen Harper ihre Überlegungen fort, »dann gab es in der südvietnamesischen Regierung und bis zu einem gewissen Grad auch in der katholischen Kirche von Vietnam die Tendenz, alles zu vertuschen, was auf uns Amerikaner, die Freunde und Alliierten, ein ungünstiges Licht werfen konnte. Man wollte uns nicht in Verlegenheit bringen. Saigon versuchte sogar, die My-Lai-Ermittlungen zu torpedieren, als die Militärjustiz schon den Fall verfolgte. Wenn also der Bericht dieser Nonne – sofern es einen gab – auf irgendeine Weise abträglich für die amerikanischen Streitkräfte war, dann ist er bestimmt nie nach Frankreich gelangt. Das ist meine Theorie.«

»Sie haben gründlich darüber nachgedacht«, bemerkte Tyson.

»Ich habe über die *ganze* Angelegenheit gründlich nachgedacht.«

»Ich auch.« Tyson stand auf und ging zum Fenster. Mit dem Rücken zu ihr sagte er: »Wissen Sie, noch vor einem Monat hätte ich diese Geschichte vielleicht im Suff an einem Männerstammtisch erzählt und mich dabei kein bißchen geschämt. Wir waren ja auch so tapfer! Eine Menge Offiziere hätten um das Gebäude einen Bogen gemacht – genau wie Ihr Freund, der Colonel. Ich meine, es war Pech, daß damals so viele unschuldige Menschen umkamen, aber die Bösen waren nicht wir, sondern die Kerle in den schwarzen Pyjamas!« Er drehte sich zu ihr um. »Außerdem ist das alles schon sehr lange her.«

»Ja, sehr lange, und deshalb brauchen wir genaue Aussagen«, sagte Karen Harper. »Falls sich beispielsweise herausstellt, daß der Bericht dieser Schwester Theresa wahrheitsgetreu ist –« Sie blickte ihm in die Augen. »*Möchten* Sie eigentlich, daß sie ausfindig gemacht wird?«

Tyson verzichtete auf eine Antwort.

»Es ist seltsam, daß es außer ihr keine anderen Überlebenden gibt.«

»Ich sagte Ihnen doch, daß wir ein paar Leute gerettet haben.

Aber erwarten Sie bitte keine Ferngespräche aus Vietnam!« Tyson hatte sich wieder gesetzt.

»Nein, dazu ist die Sache zu kompliziert. Zu viele Jahre und zu viele Kilometer liegen dazwischen. Sie sagten vorhin, daß Sie sich noch an Schwester Theresa erinnern.«

»Ja, ich weiß, daß sie sehr verängstigt war, fast hysterisch. Jemand bugsierte sie aus dem Fenster, und das ist alles, woran ich mich im Augenblick erinnern kann, aber ich werde nachdenken.«

»Fein. Wissen Sie, ich dachte mir, daß wir für den Fall, daß dieses Ermittlungsverfahren weitere Kreise zieht, Kontakt mit den entsprechenden vietnamesischen Flüchtlingsorganisationen aufnehmen könnten. Vielleicht stoßen wir auf diese Weise auf weitere Überlebende.«

»Das halte ich für ziemlich unwahrscheinlich.«

»Mag sein. Glauben Sie, daß die gegenwärtige Regierung von Vietnam kooperieren würde?«

Tyson kam sich allmählich wie ihr Assistent vor, aber ihm war auch klar, daß dies zu ihrer Vernehmungsmethode gehörte. »Selbst wenn die Vietnamesen mitmachen, glaube ich nicht, daß ein von ihnen präsentierter Zeuge vor einem amerikanischen Kriegsgericht viel Glaubwürdigkeit haben würde. Was meinen Sie?«

»Bestimmt nicht. Das war keine gute Idee«, gab sie zu.

Tyson nickte. Sie versuchte offenbar, ihn mit dem Hinweis auf einen völlig unerwarteten Belastungszeugen auszutricksen. Aber sie konnte nicht wissen – noch nicht –, daß es außer Schwester Theresa keinen einzigen Überlebenden gegeben hatte.

Karen Harper schenkte ihnen Kaffee nach und nippte an ihrer Tasse. »Ich bin einfach bemüht, hinter die Wahrheit zu kommen, und zwar nicht nur im Interesse der Gerechtigkeit, sondern auch in Ihrem eigenen. Sie möchten doch selbst, daß diese Geschichte so rasch wie möglich abgeschlossen wird, nehme ich an – damit Sie wieder zu Ihrem normalen Alltagsleben zurückkehren können.«

»Major, ich werde nie mehr zu meinem normalen Alltagsleben zurückkehren, aber wenn ich mit dieser Sache fertig bin, würde ich gern mein Offizierspatent zurückgeben. Und diesmal werde ich das richtige Kästchen ankreuzen, verdammt noch mal! Ich werde zweimal hinschauen. Was meinen Sie, wie lange wird das alles dauern?«

»Oh, ein paar Wochen. Ich muß noch mit Picard Kontakt aufnehmen und mir von ihm die Namen der beiden Männer geben lassen, die ihm diese Geschichte erzählt haben. Notfalls müssen wir uns noch an andere Ihrer ehemaligen Untergebenen wenden. Wir haben schon ihre Spur aufgenommen.«

»Wen meinen Sie?«

»Ich sagte Ihnen schon, daß ich Ihrem Anwalt eine Namensliste schicken werde, sobald wir wissen, ob wir die Aussagen dieser Leute überhaupt benötigen. Ich hoffe wirklich, daß dieser Picard... Nun, daß er da ein bißchen Mist gebaut hat.«

Tyson mußte unwillkürlich lächeln.

»Wie fanden Sie übrigens unsere Unterredung?« fragte sie ihn. »Sind Sie der Meinung, daß diese Befragung von mir fair und korrekt durchgeführt worden ist?«

»Absolut.« Er überlegte kurz und fügte dann hinzu: »Sie sind eine bemerkenswerte Frau. Warum hängen Sie nicht die Uniform an den Nagel und suchen sich einen anständigen Job?«

»Meine Dienstzeit ist bald zu Ende«, erwiderte sie lächelnd.

»Tatsächlich? Sie sind also kein Berufsoffizier?«

»Nein, ich arbeite nur mein Stipendium ab.«

»Verstehe... darf ich Sie fragen, ob Sie verheiratet sind?«

»Das tut nichts zur Sache, aber wenn Sie es wissen wollen: Nein, ich bin nicht verheiratet. Warum fragen Sie?«

»Ich bin nur neugierig.« Ihm war inzwischen klar, daß sie erst gehen würde, wenn er sie dazu aufforderte, und da er die Sache hinter sich bringen wollte, bevor er etwas sagte, das er später bereuen würde, erhob er sich mit den Worten: »Ja, das war es dann wohl. Ich bin in einer halben Stunde zum Tennis verabredet.«

Sie stand ebenfalls auf. »Oh, natürlich.« Nachdem sie ihre Sachen im Aktenkoffer verstaut hatte, folgte sie Tyson in die Diele.

»Ich muß nach Manhattan. Es soll von hier eine Zugverbindung geben.«

»Ja.« Er warf einen Blick auf seine Uhr. »Der nächste fährt in ungefähr zwanzig Minuten. Sie können zu Fuß zum Bahnhof gehen.«

»Ich möchte mich vorher ein bißchen frisch machen.«

»Gut. Die Treppe hoch und dann links.«

Als sie die lange, gewundene Treppe hinaufging, blickte er ihr nach. Stipendium, Ausbildung auf Staatskosten überlegte er, das war ein Eingeständnis, daß man aus ärmlichen Verhältnissen stammte. Er versuchte sich vorzustellen, in welchen Verhältnissen sie aufgewachsen war. Ihr Tonfall war eindeutig der des Mittelwestens, aber zugleich waren ihre Worte wohlgesetzt, und sie machte in jedem Fall eine gute Figur. Wenn sie es innerhalb von vier Dienstjahren zum Major gebracht hatte, mußte sie ganz schön was auf dem Kasten haben. Tyson fragte sich, auf welch verschlungenen Pfaden man beim JAG zu der Entscheidung gelangt war, ausgerechnet sie auf ihn anzusetzen. Welche machiavellistische Logik verbarg sich dahinter? Er zuckte die Achseln. Es war die Logik der Militärs, also das genaue Gegenteil von echter Logik. Und dennoch hatte dieser Wahnsinn Methode. Ja, in diesem Fall steckt wirklich so etwas wie Methode dahinter, mußte er zugeben.

»Für die nächsten Tage bin ich mit Arbeit eingedeckt, aber ich würde Sie gerne wiedersehen. Ist das auch in Ihrem Sinne?« fragte sie, als sie wieder zurückkam.

Tyson antwortete nach sekundenlangem Zögern: »Das muß ich mir erst überlegen.«

»Gut. Für den Fall, daß Ihre Entscheidung positiv ausfällt, können wir uns ja schon vorsorglich für heute in einer Woche verabreden. Warum kommen Sie nicht einfach nach Washington?«

Tyson wußte, daß man ihn nicht zu einer Aussage zwingen konnte. Man konnte ihn jedoch hinschicken, wohin man wollte. Was nützte es ihm, daß sein Recht der Aussageverweigerung in jedem Teil der USA anerkannt wurde. Er spielte die Partie lieber in New York oder Washington als irgendwo in Alaska. Deshalb sagte er: »Ja, wir könnten uns in Washington treffen.«

»Gut. Ich rufe Sie an und vereinbare mit Ihnen alle Einzelheiten.« Sie reichte ihm ihre Karte. »Bitte informieren Sie mich telefonisch, falls sich in der Zwischenzeit irgend etwas Neues ergeben sollte. Lassen Sie mich auch wissen, ob Sie einen Rechtsbeistand mitbringen oder ob Sie einfach nur so mit mir reden wollen.«

»Die Masche kenne ich, Major, so etwas sagt man immer zu Verdächtigen.«

»Ich weiß, aber die Leute rufen mich trotzdem an.«

Er nahm ihre Uniformjacke von der Garderobe, half ihr hinein und öffnete die Tür. Draußen hatte ein leichter Regen eingesetzt.

Tyson nahm einen Regenschirm aus dem Schirmständer, und sie gingen nebeneinander über den Gartenweg zur Straße. »Vielen Dank für Ihre Hilfsbereitschaft«, sagte sie. »Ich habe das Gefühl, daß ich die ganze Angelegenheit allmählich besser verstehe.«

»Dann haben Sie viel mehr Verstand als ich«, erwiderte er. »Übrigens: Falls tatsächlich Anklage gegen mich erhoben wird – wie sind gegenwärtig die Richtlinien bei der Army in bezug auf Ausgangsbeschränkung?«

»Oh, darüber machen Sie sich natürlich Gedanken! Ich bin mir ziemlich sicher, daß Sie als Offizier angesichts all der heiklen Aspekte dieses Falles sich so gut wie frei bewegen können, und ich bin auch überzeugt, daß Sie privat wohnen können, sofern sich dies mit Ihren eventuellen dienstlichen Verpflichtungen vereinbaren läßt. Allerdings könnte man Ihnen eine Einschränkung auferlegen –«

»Ich darf das Land nicht verlassen.«

»Richtig.«

»Gilt dieses Ausreiseverbot schon jetzt?«

»Soweit ich weiß, nicht. Sie sind bis zu dem Tag vom Dienst beurlaubt, an dem Sie sich in Fort Hamilton melden müssen. Haben Sie denn die Absicht, das Land zu verlassen?«

»Nein. Das können Sie Ihren Vorgesetzten ausrichten.«

»Wen meinen Sie damit?«

»Jeden, der sich darüber Gedanken, Sorgen oder Hoffnungen macht. Ich nehme an, daß man sich Ihnen gegenüber diesbezüglich schon geäußert hat.«

Sie nickte. »Ja, Sie haben recht. Hören Sie, falls Sie unschuldig sind, dann ist es meine ehrliche Überzeugung, daß die Army, die Regierung und andere Instanzen, einschließlich der Massenmedien, Sie voll entschädigen werden. Dies ist ein Land, in dem man auch mal ›tut mir leid‹ zu sagen versteht.«

»Und wer wird sich bei meiner Frau entschuldigen?«

Sie blickte ihm in die Augen. »Niemand. Der Schaden ist angerichtet, und keiner kann ihn jemals ungeschehen machen. Wir leben eben auch in einem Land, dessen Bewohner ganz besessen sind von... von –«

»– Bettgeschichten«, ergänzte Tyson grinsend. »Wenn ich's mir recht überlege, sind Sie viel zu ehrlich, um den Beruf eines bürgerlichen Anwaltes auszuüben... Jedenfalls war es gut, daß Sie die weite Reise bis hierher gemacht haben. Mir ist klar, daß unser Gespräch anders hätte verlaufen können, und ich glaube, daß dieser inoffizielle Rahmen der beste war.«

»Das glaube ich auch.«

Er blickte auf den sacht fallenden Regen. »Ich würde Ihnen gerne diesen Schirm anbieten, aber wenn ich mich recht erinnere, trägt man als Offizier keinen Regenschirm.«

»Eine dumme Sitte – oder ist es eine Dienstvorschrift? Noch dümmer wäre es allerdings, naß zu werden. Ich nehme den Schirm gern, sofern Sie ihn nicht für Ihr Tennis-Rendezvous brauchen.«

Sie lächelten sich an, als er ihr den Schirm reichte.

»Sie bekommen ihn nächste Woche von mir zurück«, sagte sie.

Er blickte auf seine Uhr. »Sie müssen sich beeilen. Übrigens werde ich jetzt nicht vor Ihnen salutieren. Meine Nachbarn beobachten uns.«

Sie streckte ihre Hand aus, und er nahm sie. »Auf Wiedersehen.« Damit drehte sie sich um und ging davon. Er stand unter einem Baum und sah ihr nach, wie sie mit seinem Schirm die Straße hinuntereilte. Seine Gedanken schweiften ab. Bei solchem Wetter mußte er jedesmal an Vietnam denken – an warmen Regen und dampfende Luft, an Bodennebel und das stetige, leise, flüsternde Rauschen des Wassers im Laub der Bäume. Die nasse Erde roch modrig, und auch das ließ Erinnerungen an den Dschungel in ihm aufsteigen.

Vietnam ist hier, in diesem Vorort, durchzuckte es ihn plötzlich. Er roch es in dem dumpfen Geruch von vermoderndem Laub, hörte es im Rauschen des Regens und sah es in der dunstigen Luft. Rasch ging er ins Haus zurück.

## *Kapitel 18*

Tyson schlenderte über die weiten Rasenflächen der Constitution Gardens. Es herrschte dämmeriges Licht, nicht die leichteste Brise wehte, und die Luft war feucht. Tyson spürte, wie der Schweiß durch sein weißes Polohemd drang und die Popelinhose an seiner Haut klebte.

Eine Menge Leute waren unterwegs, sie ließen Drachen steigen, gingen spazieren oder lauschten, auf Decken liegend, der Musik aus ihren Kofferradios. Zur Linken erhob sich das dorische Parthenon des Lincoln Memorial, und rechts erstreckte sich der langgezogene schimmernde Teich, an dessen Ende der massive Obelisk des Washington-Monuments stand. Die sinkende Sonne tauchte alles in ein mildes Licht. An der nördlichen Seite der Anlage, jenseits der Constitution Avenue, erstreckte sich eine Phalanx vornehmer, respektgebietender Gebäude, die Tyson schon häufig auf Fotos gesehen hatte. Er kannte Washington nicht sehr gut, doch sogar ein Fremder, der rein zufällig in diese Stadt gekommen wäre, hätte sofort begriffen, daß er sich in der Hauptstadt eines Weltreiches befand, im Zentrum der Macht, in einer Art modernem Rom.

Das Denkmal war von weitem kaum mehr als ein schwarzer Fleck auf der grünen Wiese, ein unübersehbarer Kontrast zu dem luftig weißen Marmor und Sandstein dieser monumentalen Weltstadt. Es schien aus einem leicht ansteigenden, von Rasen bedeckten Hang herauszuwachsen, und kritische Stimmen hatten sich darüber beklagt, daß es nicht »heldisch« genug und leicht zu übersehen sei. Dennoch zog es den Blick genauso auf sich wie die beiden Standbilder amerikanischer Präsidenten, die es flankierten, nicht zuletzt, weil sich dort so viele Menschen eingefunden hatten.

Tyson ging langsam darauf zu, und je näher er kam, desto stiller wurde es um ihn herum, als wäre er in einer geschützten Zone, an einer Stelle, wo man unwillkürlich begriff, daß man hier keine Drachen steigen lassen, Frisbee-Scheiben werfen oder Radio hören durfte.

Die Atmosphäre, die dieses schwarze Mahnmal verbreitete, war der einer Friedhofskapelle nicht unähnlich: Stille, Sammlung, Feierlichkeit. Eine Totengedenkstätte unter freiem Himmel.

Tyson war zwar schon öfters geschäftlich in Washington gewesen, aber hierher hatte ihn sein Weg noch nie geführt. Dennoch kam ihm dieser Ort altvertraut vor nach all dem Rummel, den die Massenmedien in den vergangenen Jahren darum veranstaltet hatten. Beim Näherkommen mußte er sich jedoch eingestehen, daß kein Foto das wahre Wesen dieses riesigen steinernen Monumentes einzufangen vermocht hätte und daß kein Bericht im Fernsehen seine verhaltene Wucht hätte wiedergeben können. Im Gegensatz zu anderen Gedenkstätten dieser Art war dies etwas, das man berühren und direkt in sich aufnehmen konnte. Da gab es Menschen, die mit den Fingern über die eingravierten Namen fuhren, mit den Lippen die Buchstaben nachformten, darauf zeigten oder mit Hilfe eines Zettels und eines Bleistiftes »Rubbelbilder« von dem einen oder anderen Namen anfertigten.

Tyson trat näher an die Steinwand heran. Auf dem parallel verlaufenden gepflasterten Gehweg blieb er stehen. Er sah Männer in seinem Alter, die Uniform oder zumindest Teile einer Uniform trugen. Ein Invalide saß in einem Rollstuhl, zwei andere gingen an Krücken. Dann gab es noch solche, die sehr sorgfältig gekleidet waren und keine sichtbaren Spuren von Verwundungen hatten. Trotzdem konnte man sie aus unerfindlichen Gründen sofort als Kriegsveteranen identifizieren. Tyson entdeckte in all diesen Gesichtern etwas, das er seit zwanzig Jahren nicht mehr gesehen hatte: den »Tausend-Meter-Blick«. Er hatte das Gefühl, in eine Versammlung von Gespenstern geraten zu sein, und er hätte schwören mögen, daß von diesen Leuten der Geruch des Dschungels ausging und daß asiatischer Schlamm an ihnen klebte. Plötzlich packte ihn die Furcht, einem bekannten Gesicht zu begegnen. Am liebsten wäre er umgekehrt und rasch davongegangen, bevor diese schwarzen Steinmauern ihn wie unsichtbare Arme an sich zogen und erdrückten. Er holte tief Luft, machte kehrt und sah sich den Bronzestatuen von drei Soldaten im Kampfanzug gegenüber. Sie schienen in einem tranceähnlichen Zustand erstarrt, aber in ihren Augen lag nicht der »Tausend-Meter-Blick«, sondern ein seltsam lebloser Ausdruck, als hätte es der Bildhauer bewußt darauf angelegt, drei Geister darzustellen.

Tyson wandte sich wieder dem Denkmal zu und richtete den Blick auf die Namen, die in eine große, schwarze Steinplatte ganz oben am Rand eingraviert waren: *James B. Alexander, Robert J. Betz, Jack W. Klein, David J. W. Widder, Lawrence W. Gordon.* Ihm fiel auf, daß es keinerlei Hinweise auf den Rang und die Einheit beziehungsweise Waffengattung gab, ebenso fehlten jedwede Angaben zur Person. Hier waren lediglich Namen, chronologisch angeordnet, von den ersten Gefallenen im Jahr 1959 bis zu den letzten von 1975 eingraviert. Genauso war es richtig, dachte Tyson: nur Namen. Die Mütter, Väter, Ehefrauen, Kinder, Schwestern und Brüder wissen sowieso alles, was es in Verbindung mit diesen Namen zu wissen gibt.

Tyson sah, daß in den Ritzen zwischen den Steinplatten Blumen steckten. Blumen lagen auch über den ganzen Sockel des Monumentes verstreut, und an den Mauern lehnten Fotografien. Hier und dort gab es aufwendigere Blumenarrangements. Rechts hatte jemand auf ein niedriges schwarzes Steinsims einen Baseballhandschuh gelegt.

»Kann ich Ihnen helfen, einen Namen zu finden?«

Tyson blickte nach links. Neben ihm stand ein Mädchen von ungefähr sechzehn Jahren. Sie trug Jeans und ein T-Shirt. Ihr Gesicht war hübsch, aber insgesamt war sie ziemlich pummelig. In der Hand hielt sie einen Notizblock und einen Kugelschreiber.

»Wie bitte?« fragte Tyson.

»Ich könnte Ihnen helfen, einen Namen zu finden.«

»Oh, verstehe… Browder, Roy Browder.«

»Ich glaube, das ist ein ziemlich häufiger Name. Wissen Sie den Anfangsbuchstaben vom zweiten Vornamen? Und den Todestag?«

»Er ist am 21. Februar 1968 gefallen.«

»Okay, bin gleich zurück.« Das Mädchen ging rasch zum rechten Teil des Monumentes. Tyson sah, wie sie eine Frau ansprach, die die grüne Uniform des National Park Service trug. Die Uniformierte blätterte in einem dicken Verzeichnis. Tyson begriff, daß das Mädchen eine Art freiwillige Helferin war und als Bindeglied zwischen der überlasteten Beamtin und den Besuchern diente.

Er richtete wieder sein Augenmerk auf die glattpolierte, spiegelblanke Steinwand mit den weißen, eingravierten Namen. Der

Granit reflektierte die Gestalten der Davorstehenden, so daß sie sich selbst und zugleich in ihrem Spiegelbild die Namen der Toten sahen. Falls das beabsichtigt war, dann erfüllte dieses Mahnmal seinen Zweck.

»Sir?«

Das junge Mädchen stand wieder neben ihm.

»Platte 36 E, Zeile 95. Das ist da drüben.« Sie wies die Richtung.

»Danke.«

Das Mädchen drückte Tyson eine grün und schwarz gemusterte Broschüre in die Hand. »Dies wird Ihnen helfen, andere Namen zu finden, wenn Sie das ungefähre Todesdatum wissen.« Sie zögerte kurz und fragte dann: »Möchten Sie etwas für den Unterhalt des Mahnmals spenden?«

»Natürlich.« Tyson zog die Brieftasche und reichte dem Mädchen einen Fünfdollarschein.

»Vielen Dank.« Wieder zögerte sie. »Darf ich fragen... Ich meine, war das ein Freund, ein Verwandter oder –«

»Ein Freund.«

»Waren Sie dabei?«

»Ja.«

Sie nickte. »Mein Vater ist 1967 gefallen, kurz vor meiner Geburt.«

Tyson überlegte, daß sie vielleicht wissen wollte, ob er ihren Vater gekannt hatte. »Tut mir leid«, sagte er.

»Oh, es tut nicht weh, es ist nur traurig. Meine Mutter hat mal gesagt, die hätten fünfzigtausend Grabsteine vor dem Capitol aufstellen sollen. Dann müßten sie die Steine jeden Tag ansehen, ich meine die Kongreßmitglieder. Das hätte man schon machen sollen, als der Krieg noch in vollem Gang war. Jede Woche hätten sie auf der Rasenfläche Grabsteine abladen sollen. Verstehen Sie?«

»Das klingt gut.«

Das Mädchen lächelte.

Beide standen eine Weile in einträchtigem Schweigen beisammen, dann meinte Tyson: »Wissen Sie, wer ich bin?«

Das Mädchen betrachtete ihn, dann schüttelte es den Kopf.

»Ich bin Ben Tyson.«

Das Mädchen streckte ihm ein wenig unsicher die Hand entgegen. »Und ich bin Pam Majerski.«

Tyson nahm ihre Hand und drückte sie fest. Dann ließ er sie wieder los. »Vielen Dank für die Hilfe, Pam. Platte 36, sagtest du?«

»Richtig, Zeile 95, Roy Browder. Ich glaube, der Name ist mir schon mal untergekommen. Kann sein, daß seine Frau hier war.«

Tyson drehte sich um und ging an der Wand entlang. Er sah die Zahl 1968 in eine Platte eingraviert und blieb stehen. Es war nicht die einzige, viele Platten trugen diese Jahreszahl, wie er feststellte. Ein schlechtes Jahr. Das schlimmste Jahr. Es wäre besser gewesen, dieses Jahr woanders zu verbringen. Endlich fand er Browders Name, starrte ihn einen Augenblick lang an, versuchte sich den Mann vorzustellen und sich an sein etwas rundliches Gesicht mit der ewigen Zigarre im linken Mundwinkel zu erinnern. Browders Tod hatte ihn damals zutiefst erschüttert, obwohl er den Führer seiner Kompanie nicht sonderlich gemocht hatte. Aber Browder war der »Alte« gewesen, die Verkörperung von rauhbeiniger, väterlicher Disziplin, die Quintessenz von Autorität, der Mann, an dem in der Alpha-Kompanie niemand vorbeikam.

Nach Captain Browders Tod, sechs Tage nach dem Vorfall im *Hôpital de la Miséricorde*, war er, Lieutenant Benjamin Tyson, im Alter von sechsundzwanzig Jahren und kurz nach seiner Ernennung zum Offizier zum Kommandeur der Alpha-Kompanie ernannt worden. Hätte Browder damals noch gelebt, überlegte Tyson, dann hätte er bei ihm sicher irgendwann einmal sein Herz ausgeschüttet. Und irgendwie wäre all dies jetzt nicht passiert. Der »Alte« hätte es schon geradegebogen. Tyson ging ein Stückchen weiter und blieb vor der nächsten Platte stehen, dann vor einer weiteren. Er entdeckte die Namen von Männern, die er gekannt hatte, Männer, die er sterben gesehen hatte, Männer, die mit gräßlichen Wunden fortgeschafft worden waren, Männer, von denen er sich verabschiedet hatte, als er aus Vietnam weggegangen war. Er konnte nicht mit Gewißheit sagen, von wie vielen Männern der Alpha-Kompanie die Namen auf dieser Mauer zu finden sein würden, aber seiner Meinung nach waren es mindestens fünfzig.

Tyson blätterte in der Broschüre, ging von einer Platte zur anderen und fand die Namen von Männern, die er aus anderen Zeiten und von anderen Anlässen her kannte: Da gab es einen ehemaligen Freund aus der Kindheit, zwei Klassenkameraden aus dem

College und ein paar Männer, mit denen zusammen er in der Heimat ausgebildet worden war und mit denen er zusammen Dienst getan hatte. Ihm kam der Gedanke, daß er von den 57939 Amerikanern, die hier aufgelistet waren, nur eine verschwindende Anzahl gekannt hatte.

Langsam ging er an der Mauer entlang. Irgendwann wurde ihm bewußt, daß die Sonne schon fast untergegangen war, und er kehrte zu den Steinplatten, auf denen die Gefallenen des Jahres 1968 verzeichnet waren, zurück. Sein Blick fiel auf die Namen von Frederick Brontman und Erwin Selig, die noch am Leben gewesen waren, als er Vietnam verlassen hatte. Jetzt erfuhr er erstmals vom Tod der beiden.

Er entdeckte auch die Namen von Peter Santos und John Manelli, die am selben Tag wie Browder in Huê gefallen waren. Auch Arthur Petersons Name stand da. Er war im *Hôpital de la Miséricorde* an einem Lungendurchschuß gestorben. Tyson entdeckte den Namen von Michael DeTonq, dem einzigen von der Alpha-Kompanie, der nach einem Fronteinsatz als vermißt gemeldet worden war. Hinter DeTonqs Name war ein Kreuz, was bedeutete, daß er noch immer vermißt wurde. Er war allerdings überzeugt, daß DeTonq nicht bei einem Fronteinsatz verlorengegangen, sondern absichtlich untergetaucht war. DeTonq, der aus Louisiana stammte, sprach ein passables Französisch und hatte sich zweifellos dafür entschieden, seine kurze militärische Laufbahn aus eigenen Stücken zu beenden. Gut für ihn, dachte er. Hoffentlich hat er den Fall von Vietnam überlebt und irgendwie zurück in die USA gefunden.

Tyson zog ein Taschentuch heraus und wischte sich den Schweiß von der Stirn. Er wandte sich von dem steinernen Monument ab und ließ den Blick über den Park schweifen. Lange, purpurrote Schatten lagen zwischen den Baumgruppen. Ungefähr hundert Meter von ihm entfernt stand ein Mann in voller Ausrüstung, mit Tarnanzug und Stahlhelm. Einen unangenehmen Augenblick lang dachte Tyson, einem echten Geist gegenüberzustehen, den niemand außer ihm selbst sehen konnte. Doch da hob der Mann ein Signalhorn an die Lippen, poliertes Messing glänzte in den letzten Sonnenstrahlen, und plötzlich wurde die Stille von den wehmütig klagenden Klängen eines Zapfenstreichs zerrissen.

Die kleine Schar der noch verbleibenden Besucher drehte sich um, blickte hinüber und lauschte. Der letzte Ton schien in der warmen, feuchten Luft zu schweben. Der Mann nahm Haltung an, machte zackig kehrt und ging davon.

Nach und nach entfernten sich auch die übrigen Besucher vom Mahnmal. Tyson machte ein paar Schritte rückwärts, zögerte und trat wieder dicht vor die Steinmauer. Er strich mit der Hand über den glatten schwarzen Granit, spürte die Wärme, die der Stein ausstrahlte, tastete über die eingravierten Namen und die Fugen zwischen den Platten. Seine Hand glitt nach oben bis zu einer Höhe von fast eineinhalb Metern, und seine Finger verharrten auf dem Namen von Lawrence F. Cane. Gefallen im *Hôpital de la Miséricorde*. Tyson hatte eigenhändig das offizielle Beileidsschreiben an Canes Mutter verfaßt. *Liebe Mrs. Cane, vielleicht tröstet Sie es ein wenig zu wissen, daß Ihr Sohn Larry im Dienst für das Vaterland gefallen ist.* Das stimmt sogar, sagte sich Tyson. Manche Leute empfanden so etwas als Trost. Immerhin war es besser, als den Sohn in einem Gangsterkrieg zu verlieren. *Ich kannte Larry gut. Er war der beste Soldat und der feinste Kerl, mit dem gemeinsam Dienst zu tun ich jemals die Ehre hatte.* Na ja, über Tote soll man eben nur Gutes sagen. So übel war er ja auch wirklich nicht. *Larry war für meine Einheit von unschätzbarem Wert. Alle, die ihn kannten, werden ihn sehr vermissen.* Alle Soldaten sind von großem Wert, und alle werden vermißt. Das hat nichts mit ihm zu tun, es ist nun einmal so. *Ich war im Augenblick seines Todes bei ihm, und ich versichere Ihnen, daß er schnell und ohne Schmerzen starb.*

Das ist die einzige wahre Zeile in dem Brief gewesen, dachte Tyson. Ja, er war bei ihm gewesen und konnte bezeugen, daß Larry Cane rasch und ohne Schmerzen gestorben war – denn er, Tyson, hatte ihn selbst ins Herz geschossen.

*In aufrichtiger Anteilnahme*
*Lieutenant Benjamin J. Tyson*
*Infanterie der Armee der Vereinigten Staaten.*

## *Kapitel 19*

Benjamin Tyson saß in der Garden Terrace Lounge des eleganten, am Rand von Georgetown gelegenen »Four Seasons Hotel«, wo er immer abstieg, wenn er für *Peregrine-Osaka,* seine Firma, geschäftlich nach Washington mußte. Warum sollte er nicht auch da wohnen, dachte er, wenn er im Auftrag der Army unterwegs war? Allerdings hegte er gewisse Zweifel, ob die Army für die Spesen aufkommen würde. Eigentlich müßten sie das tun, sagte er sich. Das schulden sie mir für die dreihundertundzweiundzwanzig im Dschungel und in Sümpfen verbrachten Nächte voller Entbehrungen und Angst.

Er hatte sich nicht umgezogen, sondern trug noch immer das verschwitzte Hemd und die Hosen, die er im Mahnmal angehabt hatte. Jetzt, in der klimatisierten Luft des Hotels, fühlte sich seine Haut kalt und feucht an. Er mußte daran denken, wie es damals gewesen war, wenn er manchmal direkt nach einem Kampfeinsatz einen dieser eisigen Offiziersclubs aufgesucht hatte. Die vietnamesischen Kellnerinnen waren mit blaugefrorenen Zehenspitzen und tropfender Nase hustend zwischen den Tischen hin und her gelaufen, an denen Amerikaner saßen, kaltes Bier tranken und so munter gestikulierten, als hätte ihnen jemand gerade einen Kübel Eiswasser über den Kopf gekippt.

Tyson ließ sich tiefer in seinen Sessel sinken, streifte die Schuhe ab und legte die Füße auf den kleinen Tisch vor sich. Er betrachtete eine Weile seine Zehen, dann trank er sein Whiskyglas leer. Eine Kellnerin steuerte auf ihn zu, und er bestellte sich einen dritten Drink. Im Grunde war er sich bewußt, daß er sich eigentlich für diese Hotelhalle und für die bevorstehende Unterredung hätte besser anziehen sollen, aber da sein sozioökonomischer Status im Augenblick nicht sehr klar war, konnte er seiner Meinung nach herumlaufen, wie es ihm beliebte.

Er warf einen Blick auf die Uhr. Die Dame hatte Verspätung. Als Überlebenden des Krieges hatten ihn eigentlich nie nennenswerte Schuldgefühle geplagt. Aber hier, in der Hauptstadt der Nation, bequem herumzuhocken, inmitten all der Denkmäler und

Mausoleen, gab ihm ein unbehagliches Gefühl – oder war es nur eine Anwandlung von Rührseligkeit, ausgelöst durch das schwarze Mahnmal und verstärkt durch den Alkohol? Tyson kam zu dem Schluß, daß dies genau der richtige Gemütszustand für das vor ihm liegende Gespräch war.

Sie kam quer durch die Hotelhalle auf ihn zu, und er war zu seiner eigenen Überraschung enttäuscht, daß sie nicht Zivil trug. Die Offiziersmütze schaute aus ihrer schwarzen Handtasche heraus, und sie hatte auch diesmal wieder ihren schwarzen Aktenkoffer mitgebracht.

Karen Harper blickte sich in der dämmerigen Halle um, ihre Augen mußten sich erst an die Lichtverhältnisse gewöhnen. Tyson blieb sitzen, als sie auf ihn zutrat. »Guten Abend«, sagte sie und streckte die Hand aus. »Fast fürchtete ich, Sie seien schon fort.«

»Würde ein Offizier und Gentleman das tun?«

Sie lächelte, als er sie mit einer schwungvollen Geste einlud, ihm schräg gegenüber in einem Polstersessel Platz zu nehmen. Er gab einer Kellnerin ein Zeichen, und Karen Harper bestellte ein Glas Weißwein. »Wirklich ein nettes Hotel«, sagte sie zu ihm.

»Für unsere Jungs in Uniform immer nur das Beste!«

»Ihnen war das ›Presidential Hotel‹ zugedacht. Haben Sie denn nicht die Gutscheine per Post erhalten?«

Tyson schwenkte seinen Drink und starrte auf die Eiswürfel. Nach einer Weile sagte er: »Mein Anwalt hat mir geraten, keinerlei finanzielle Zuwendungen vom Staat anzunehmen. Übrigens steige ich immer im ›Four Seasons‹ ab, wenn ich in Washington bin.«

»Wenn Sie sich das Haar schneiden lassen und sich was Anständiges anziehen, könnten wir in einen der Offiziersclubs hier in der Nähe gehen. Da sind die Getränke billiger«, sagte sie und fügte hinzu: »Haben Sie die Absicht, in Fort Hamilton zum Dienstantritt in Uniform zu erscheinen, wie man es von Ihnen erwartet?«

»Da bin ich mir nicht sicher.«

»Ich würde es Ihnen aber dringend raten!«

»Mein Status ist noch unklar.«

»Durchaus nicht. Sie befinden sich wieder im aktiven Dienst.«

Darauf zuckte er nur die Achseln.

Etwas beiläufig erkundigte sie sich: »Haben Sie alles erledigt, was Sie sich für heute vorgenommen hatten?«

Tyson nickte. »Ja, ich habe mich mit einem Mann getroffen, der sich um den Behördenkram kümmern will, damit ein gemeinnütziger Verein gegründet werden kann, der sich meiner Sache annimmt. Dann hatte ich eine Besprechung mit einem Anwalt der Vereinigung der Reserveoffiziere, irgendwo da drüben in der Constitution Avenue. Anschließend habe ich mit ein paar Leuten vom Verein amerikanischer Kriegsinvaliden zu Mittag gegessen. Wie Sie wissen, bin ich selbst zu zehn Prozent körperbehindert. Meiner Meinung nach sind es nur siebeneinhalb Prozent, aber was soll's. Jedenfalls wurde ich aufgefordert, dem Verein beizutreten, und das habe ich auch getan. Nach dem Essen hatte ich eine Verabredung mit einer Delegation des Bundes der Kriegsveteranen, und dann stattete ich dem Kongreßabgeordneten meines Wahlkreises einen Besuch ab.«

»Da hatten Sie ja wirklich einen randvollen Tag!«

»Richtig. Ich habe mich ganz schön getummelt.«

»Es kann nicht schaden, wenn man immer etwas zu tun hat.«

»Ja, Major, man muß beweglich sein, wenn man dem Hinrichtungskommando ein Schnippchen schlagen will.«

»Werden Sie nicht melodramatisch!«

Tyson griff nach seinem Glas. »Ich habe seit heute das Gefühl, daß ich mit einer Menge Unterstützung rechnen kann – und daß sowohl Regierung als auch Army einen Kurs eingeschlagen haben, der beim gemeinen Volk nicht gut ankommt.«

»Nun, das ist die Stärke einer pluralistischen Gesellschaft, Mr. Tyson«, erwiderte Karen Harper. »Es steht den Menschen frei, sich für die eine oder andere Sache einzusetzen und gegen die Regierung zu sein. Mir scheint das durchaus gesund.«

»Haben Sie überhaupt verstanden, was ich sagen wollte?«

»Ja, und in Regierungskreisen ist man sich dessen wohl bewußt, aber um es anders zu sagen: Der Rubikon ist überschritten.«

»Sucht man denn wenigstens nach einem ehrenwerten Ausweg?«

»Nein, ich glaube nicht. Es gibt wohl keinen.«

»Dann zum Teufel mit ihnen!« sagte Tyson wütend. »Ich werde mich zu wehren wissen.«

»Ich war schon immer der Meinung«, sagte sie, »daß neunzig Prozent der Kriege, Prozesse und Schlägereien nur deshalb zustande kommen, weil kaum jemand weiß, wie man sich daraus zurückzieht, ohne das Gesicht zu verlieren. Wer weiß, ob man all die Konflikte nicht vermeiden könnte, wenn die Leute weniger auf ihr ›Gesicht‹ achten würden.«

Tyson schnaufte verächtlich. »Das ist eine sehr weibliche Einstellung. Aber was Sie ›Gesicht‹ nennen, ist wichtig, und nicht jeder Konflikt ist notwendigerweise schlecht.«

Die Kellnerin brachte den Wein. Tyson hob sein Glas. »Auf eine kurze Bekanntschaft!«

Sie stieß mit ihm an. »Seien Sie nicht so griesgrämig!«

Nachdem beide einen Schluck getrunken hatten, sagte sie: »Ich habe Ihren Regenschirm nicht dabei. Wahrscheinlich habe ich ihn im Flugzeug liegengelassen.«

»Er war ein Geschenk meiner Großmutter. Sie gab ihn mir kurz vor ihrem Tode.«

»Dann erfährt sie wenigstens nie, daß er weg ist.«

Sie starrten sich einen Moment lang an, dann lächelten sie gleichzeitig. Tyson bemerkte, daß sie heute in lockererer Stimmung als das erstemal zu sein schien, und er fragte sich, ob sie vielleicht eine gute Nachricht für ihn hatte. Nach dem bisherigen Gesprächsverlauf war das allerdings nicht sehr wahrscheinlich. Vielleicht hatte sie erst kurz zuvor ein schönes Erlebnis gehabt – Sex zum Beispiel. Oder sie freute sich über ihren neuen Lippenstift.

»Ich mache Sie erneut darauf aufmerksam, daß Sie die Aussage verweigern können, daß Sie einen Anwalt hinzuziehen dürfen und daß Sie im Zusammenhang mit dieser Untersuchung noch sonstige Rechte haben.«

»Die behalte ich mir einstweilen noch vor.«

»Okay.« Zu seiner Überraschung winkte sie die Kellnerin herbei, zeigte auf ihr fast volles Weinglas und sagte: »Bitte, nehmen Sie das wieder mit und bringen Sie mir ein Glas ›Principessa Gavia‹. Gibt es den hier?«

»Ja, Madam, aber nicht offen.«

»Na schön, dann eben eine Flasche.«

Die Kellnerin ging mit dem Glas fort. Tyson sagte: »Mit den Vandalen in Rom –«

»Der Wein kommt aus Piemont, genauer gesagt, vom Weingut Banfi in Gavia«, unterbrach sie ihn.

»Was Sie nicht sagen.«

»Ich habe die Weinkellerei mal besucht.«

»Sagen Sie bloß, daß Sie die ganze Flasche austrinken werden!«

»Nein, nur ein Glas.«

»Im ›Presidential Hotel‹ hätten Sie die Flasche nicht bestellt.«

»Nein, wahrscheinlich nicht. Übrigens bin ich mit meinen Ermittlungen ein bißchen weitergekommen. Ich habe eine Menge herumtelefoniert und in Bergen von Akten geblättert. Mit Andrew Picard habe ich mich auch am Telefon unterhalten. Er wollte zuerst nicht mit den Namen Ihrer beiden ehemaligen Untergebenen rausrücken, die ihm alles erzählt haben, aber ich konnte ihn davon überzeugen, daß es im Interesse der Justiz besser sei zu reden.«

Tyson erinnerte sich daran, daß Picard genau wie er ein ehemaliger Offizier war und vielleicht auch irgendeine schwache Stelle hatte. »Ich bin mir sicher, daß Sie sehr überzeugend waren«, sagte er zu Karen Harper und steckte sich eine Zigarette an.

Sie betrachtete ihn eine Weile schweigend, dann fragte sie: »Na, was ist, wollen Sie mich nicht fragen, wer die beiden sind?«

»Nein, das läßt mich ganz kalt.«

»Na gut, dann tu' ich einfach so, als hätten Sie mich gefragt, weil ich es Ihnen dann sagen muß. Einer der beiden Männer ist Steven Brandt, der ehemalige Sanitäter Ihrer Einheit.« Sie warf ihm einen verstohlenen Blick zu, aber er ließ sich nichts anmerken. »Brandt ist jetzt Arzt in Boston«, fuhr sie fort. »Genau gesagt ist er Facharzt für Orthopädie. Ich habe mit ihm telefoniert.«

»Ach ja?«

»Ja – und er hat Picards Schilderungen des Massakers in jedem einzelnen Punkt bestätigt.«

»Wirklich?«

»Er hat die Geschichte sogar noch ein bißchen ausgeschmückt. Natürlich hat er inzwischen auch Picards Buch gelesen und einfach ein paar Details übernommen.«

Tyson hatte gewußt, ja sogar gehofft, daß es Brandt sein würde, aber da war noch ein anderer, und er hatte keine Ahnung, wer das sein könnte.

»Ich bin von Rechts wegen verpflichtet«, fuhr Karen Harper fort, »Ihnen von der Unterredung mit Brandt zu berichten, weil er möglicherweise als Zeuge gegen Sie aussagen wird. Falls später ein offizielles Untersuchungsverfahren gegen Sie eingeleitet wird, wird Ihr Anwalt natürlich Gelegenheit haben, alle von Dr. Brandt gemachten Aussagen im Kreuzverhör zu überprüfen. Verstehen Sie diesen juristischen Sachverhalt?«

»Durchaus.«

»Gut.« Sie schien ein Weilchen ihren Gedanken nachzuhängen, dann sagte sie: »Hat es zwischen Ihnen und diesem Brandt böses Blut gegeben?«

»Damals war er noch kein Doktor, sondern ein junger Mann, der genausoviel Angst hatte wie wir alle. Der Doktortitel hat 'ne Menge Sozialprestige, deshalb möchte ich, daß er in diesem Verfahren ausgeklammert wird. Wie finden Sie diesen juristischen Sachverhalt?«

»Ich werde mir eine entsprechende Notiz machen. Nochmals: Gab es zwischen Ihnen beiden böses Blut?«

»Nein.«

»Ganz sicher? Dr. Brandt – pardon, der Sanitäter Brandt – war Kriegsdienstverweigerer aus Gewissensgründen. Solche Leute verstehen sich oft nicht mit den –«

»Das stimmt nicht. Die Sanitäter, die aus Gewissensgründen keine Waffe anfassen wollen, waren auf ihre Art genauso gute Soldaten wie alle anderen. Ich hatte Respekt vor ihrer Überzeugung und besonders vor ihrer Tapferkeit, denn es hieß schon etwas, an vorderster Front eine riesige Sanitätertasche mit sich rumzuschleppen und ein besseres Ziel abzugeben als beispielsweise ich mit meinen Lieutenants-Streifen.«

»Das klingt so allgemein dahingesagt. Haben Sie auch gegenüber Brandt so empfunden?«

»Darüber muß ich ein bißchen nachdenken.« Tyson drückte seine Zigarette im Aschenbecher aus. »Okay, wer war der zweite Mann, mit dem Picard gesprochen hat?«

»Richard Farley.«

»Farley?«

»Ja. Erinnern Sie sich an ihn?«

»Vage.«

»Und woran erinnern Sie sich?«

»An nichts Besonderes.«

»War er ein guter Soldat?«

»Schauen Sie doch in seiner Personalakte nach!«

»Ich möchte es von Ihnen hören.«

Tyson dachte einen Moment nach. *Farley!* Warum Farley? Warum auch nicht?

»Mr. Tyson?«

»Er war... Er war nicht sonderlich gescheit und auch nicht gerade der Tapferste, war in jeder Hinsicht ein bißchen unter dem Durchschnitt.«

»Gab es zwischen ihm und Ihnen böses Blut? Falls zwischen Ihnen beiden mal etwas vorgefallen ist, dann könnte vielleicht der Nachweis erbracht werden, daß Farley Ihnen gegenüber nicht unvoreingenommen ist. Deshalb frage ich.«

»Verstehe. Aber zwischen uns gab es nie böses Blut. Allerdings hatten sich die Offiziere und die Eingezogenen auch nicht gerade sonderlich gern. Man könnte ihre Beziehung zueinander durchaus mit dem Wort Haßliebe umschreiben.«

»Gilt das auch für Sie und Farley?«

»Für mich und Leute wie ihn.«

Ein Piccolo, ein Weinkellner und die Kellnerin näherten sich und begannen eine umständliche Zeremonie. Nach fünf Minuten standen schließlich zwei gefüllte Gläser auf dem Tisch.

Die Kellnerin verzögerte ihren Abgang noch ein bißchen, sie blickte zwischen Tyson und Karen Harper hin und her. »Kann ich noch etwas für Sie tun?« fragte sie.

»Die Rechnung bitte«, sagte Tyson, worauf sie verschwand.

Karen Harper nippte schweigend an ihrem Glas. Tyson setzte sein Glas ab. »Die Kellnerin hat mich übrigens erkannt. Sie vielleicht auch.«

Sie nickte. »Ja, das kam mir auch so vor.«

»In New York gibt es 'ne Menge Kellnerinnen, die von den Klatschkolumnisten dafür bezahlt werden, daß sie ihnen sofort Bescheid geben, wenn sich irgendwelche interessanten Leute in einer dämmerigen Hotelhalle zu einem Tête-à-tête treffen.«

Karen Harper schaute ihn etwas überrascht an. »Ich glaube nicht, daß –«

»Ich möchte jedenfalls nicht hiersein, wenn ein Fotograf vom *American Investigator* auftaucht«, unterbrach er sie und erhob sich.

»Ich kenne in Georgetown einen netten Pub. Da können wir hingehen. Es sind nur fünf Minuten zu Fuß –«

»Ich hab' genug von Bars. Zimmer 618 – falls Sie mit raufkommen wollen. Dann aber bitte im Abstand von fünf Minuten mit optischer und akustischer Sicherheitsüberprüfung. Klopfen Sie dreimal. Die Parole lautet: Lollipop. Das kann der Gegner nicht aussprechen, er sagt immer Rorripop. Wußten Sie das?« Tyson wies mit dem Kinn auf den Weinkübel. »Den da übernimmt die Army.«

Er drehte sich um und ging.

## *Kapitel 20*

Ben Tyson stand vor seiner Zimmerbar und goß den Inhalt einer kleinen Whiskyflasche in ein mit Eis und Sodawasser halb gefülltes Glas. Dann blickte er sich im Raum um. Eine Deckenlampe verbreitete über der Sitzgruppe sanftes Licht, und eine Nachttischlampe beleuchtete das überbreite Doppelbett. Tyson ging hin und knipste sie aus. Nun lag das Bett im Dunkeln.

An der Tür wurde dreimal laut geklopft. Er ging in den kleinen Vorraum. »Parole?« fragte er. Nach ein paar Sekunden vernahm er Karen Harpers Stimme: »Rorripop.«

Er lächelte und machte die Tür auf.

Sie blieb einen Augenblick auf der Schwelle stehen, dann trat sie wortlos ein.

Er wies mit der Hand auf die Couch am anderen Ende des Zimmers. Sie ging hin, setzte sich jedoch nicht.

Tyson entnahm dem Kühlschrank eine kleine Weißweinflasche und goß den Inhalt in ein Stielglas.

»Einheimisches Gewächs«, sagte er. »Okay?«

Sie antwortete nicht, und Tyson nahm mit seinem Drink in der Hand auf einem Polstersessel gegenüber der Couch Platz.

Nach einer Minute beiderseitigen Schweigens sagte sie: »Eigentlich sollte ich nicht hiersein.«

»Ich auch nicht.«

»Ich muß das in meinem Bericht erwähnen – ich meine, den Ort, an dem diese Unterredung stattfindet.«

»Wenn Sie wollen, können Sie auch gehen.«

»Ich habe auch Ihr eigenes Interesse im Auge«, meinte sie. »Sie sind ein verheirateter Mann...«

»Das ist das geringste aller Probleme. Hören Sie, Major Karen Harper, ich habe nicht darum gebeten, daß eine Frau diese Ermittlungen durchführt. Und wenn ich mich dafür entscheide, mich in der privaten Atmosphäre meines Zimmers mit Ihnen zu unterhalten, und wenn Ihnen das unangenehm ist, dann können wir uns ja zu einem anderen Zeitpunkt und an einem anderen Ort treffen. Allerdings kann ich Ihnen nicht versprechen, daß ich dann genauso gesprächig bin – und vielleicht erscheine ich dann auch mit einem Anwalt.«

Sie schien einen Augenblick lang unentschlossen, doch dann nahm sie auf der Couch Platz. »Wo waren wir stehengeblieben?«

»Wir saßen unten in der Halle und redeten gerade über Farley und mich.« Tyson lehnte sich in seinem Sessel zurück.

»Ach ja. Dieser Farley ist übrigens querschnittgelähmt. Ungefähr zwei Monate nachdem Sie Vietnam verlassen hatten, wurde er am Rückgrat durch ein Schrapnell schwer verwundet. War Ihnen das bekannt?«

»Ja, ich glaube, jemand hat es mir geschrieben.« Tyson hatte noch mehrere Monate lang mit ein paar Männern seiner Einheit brieflich in Verbindung gestanden. Dann waren alle Kontakte allmählich eingeschlafen, weil die Soldaten seines Zuges entweder fielen, verwundet wurden, erkrankten, in die Heimat zurückkehrten oder zu einem anderen Truppenteil versetzt wurden. Irgendwann war keiner mehr übriggeblieben. Der erste Zug der Alpha-Kompanie hatte sich im Lauf der Zeit von innen heraus völlig verändert, bis nur noch der Name übrig war: neues Blut rein – altes, müdes und totes Blut raus. Ein steter Strom neuer Offiziere und einfacher Soldaten, die man als alte Hasen bezeichnete, wenn sie neunzig Tage überlebten, hatte die Lücken aufgefüllt. Wahre und erfundene Geschichten wurden mündlich weiterüberliefert. Sie handelten von Mut und Feigheit, und die volkstümliche Ausdrucksweise der GIs machte aus ihnen eine Art komprimierte epische Dichtung. Tyson fragte sich oft, welchen Beitrag er selbst dazu geleistet hatte.

Karen Harper riß ihn aus seinen Grübeleien. »Dieser Farley lebt jetzt in Jersey City. Die meiste Zeit verbringt er in irgendwelchen Heilanstalten. Er ist drogensüchtig und psychisch gestört.«

»Ein idealer Zeuge für die Anklage«, sagte Tyson und fügte rasch hinzu: »Tut mir leid um ihn.«

»Ich habe kurz mit ihm telefoniert. Was er sagt, scheint in etwa Brandts Bericht zu bestätigen.«

Tyson kickte seine Slipper in eine Ecke. »Machen Sie es sich doch auch bequem!« forderte er Karen Harper auf.

»Danke, ich finde es so ganz gemütlich.« Sie blickte sich in dem diskret beleuchteten Raum um. »Richtig nett hier. Ihre Firma bekommt ja auch genug Regierungsaufträge.«

»Das sagen Sie nicht einfach so daher.«

»Nein.«

»Wissen Sie, ich habe hart gearbeitet, um dorthin zu kommen, wo ich jetzt bin – oder sollte ich *war* sagen?«

Sie schüttelte den Kopf. »Ich wollte Ihnen nicht zu nahetreten.«

»Nein, sicher nicht. Wir gehören verschiedenen Welten an, Major.« Er überlegte sekundenlang. »Um es in der Sprache der Liebenden zu sagen: Mit uns klappt es nicht so recht.«

Sie schenkte ihm einen langen Blick und erwiderte dann: »Strengen wir uns an, damit es klappt.«

Er zuckte die Achseln.

»Dieser Richard Farley kommt theoretisch als Zeuge der Anklage in Frage«, fuhr sie fort. »Sie haben natürlich das Recht, ihn ins Kreuzverhör nehmen zu lassen, falls –«

»Wie hat Picard ihn ausfindig gemacht? Ihn und Brandt?«

»Ja, das ist interessant. Picard hat, nachdem er in Frankreich zufällig Schwester Theresa begegnet war, hier in Amerika im internen Mitteilungsblatt der Ersten Luftlandedivision eine Suchanzeige aufgegeben.« Sie öffnete ihren Aktenkoffer und reichte Tyson eine Fotokopie der entsprechenden Seite. Das Datum darauf lag ungefähr zwei Jahre zurück.

Tyson las die Anzeige, um die Karen Harper mit dem Stift einen Kreis gezogen hatte: *Historiker sucht Veteranen der Alpha-Kompanie, 5. Bataillon, 7. Regiment, die in den ersten drei Monaten des Jahres 1968 Dienst getan haben. Besonders erwünscht sind ehemalige Mitglieder des ersten Zuges, der an den Kampfhandlungen um das ›Hôpital de la Miséricorde‹ in Huê beteiligt war. Die Nachforschungen erfolgen in privatem Auftrag, sämtliche Aussagen werden vertraulich behandelt. Absolute Anonymität wird zugesichert.*

Erstunken und erlogen, dachte Tyson. Sein Blick fiel auf die Adresse: Sag Harbor, Postfach. Er legte die Fotokopie auf den Tisch.

»Ich habe bei der Ersten Luftlandedivision in Erfahrung gebracht, daß man auch Ihnen das Mitteilungsblatt regelmäßig zuschickt.«

Tyson nickte. Das einzige, wofür er sich in dem Blättchen leidlich interessierte, war die Seite mit den Suchanzeigen: Soldaten suchten nach verschollenen Freunden, Frauen nach ihren vermißten Männern, Historiker nach Quellenmaterial – und so weiter. Diese Anzeige mußte er übersehen haben, ganz im Gegensatz zu Brandt. Pech!

»Brandt und Farley haben sich aufgrund dieser Anzeige gemeldet?«

»Nein, nur Brandt. Später hat er dann auf Picards Drängen in der Person von Richard Farley einen Zeugen beigebracht, der seine Aussage bestätigte.«

»Aber woher wußte Brandt, wo sich Farley aufhielt? Und warum hat sich Brandt überhaupt gemeldet?«

Sie hob die Schultern. »Brandt hat sich im Gespräch mit mir auf das beschränkt, was er damals angeblich im *Hôpital de la Miséricorde* gesehen hat. Falls er vor Gericht geladen wird, wird er Ihnen Rede und Antwort stehen müssen.«

»Könnte es sein, daß Brandt sich um Farley nach dessen Verwundung gekümmert hat?«

»Komisch, aber das habe ich Farley auch gefragt, und er hat es bejaht.«

»Interessant. Was hat Farley denn noch gesagt?«

»Nicht sehr viel, aus dem man schlau werden konnte. Er schien sehr durcheinander zu sein und begann sogar zu weinen.«

Ihre Blicke kreuzten sich, aber sie schlug die Augen nieder.

Tyson stand auf. »Noch ein Glas Wein?«

»Ich habe das erste noch nicht einmal angerührt!«

Er ging zum Kühlschrank und öffnete ihn. »He, da ist ja sogar eine Flasche Schampus!« Er ließ den Korken einer kleinen Flasche *Moët & Chandon* knallen, füllte zwei Kelche und kam damit zurück. »Bitte. Lassen Sie uns einen Trinkspruch ausbringen!«

Sie nahm das Glas. »Worauf denn?«

Tyson hob seinen Champagnerkelch. »Auf Richard Farley und die zwei Millionen siebenhunderttausend Amerikaner, die nach ihrer Rückkehr unser Land mit nicht mehr vorhandenen Gliedmaßen, beschädigten Chromosomen und übergeschnappten Gehirnen verseucht haben!«

Sie setzte ihr Glas ab. »Darauf kann ich nicht trinken.«

»Aber ich!« Er machte Anstalten zu trinken, doch dann schleuderte er das Glas plötzlich quer durchs Zimmer, daß es an der Wand über der kleinen Bar in tausend Splitter zerbarst. Er sprang auf, ging mit raschen Schritten ins Badezimmer und knallte die Tür hinter sich zu.

Karen Harper blieb reglos sitzen. Plötzlich bemerkte sie, daß ihre Hände zitterten. Sie griff nach ihrem Aktenkoffer, ließ ihn wieder los, griff wieder danach und stand schließlich auf. In diesem Augenblick kam Tyson zurück. Mit einer Geste forderte er sie auf, sich wieder hinzusetzen. Wortlos gehorchte sie ihm. Er hatte sich offenbar das Gesicht gewaschen und die Haare gekämmt. Außerdem roch er kaum wahrnehmbar nach einem guten Eau de Toilette.

»Machen wir weiter!« sagte Tyson kurz.

»Kann ich eine Zigarette haben?« fragte sie, nachdem sie sich geräuspert hatte.

»Ich dachte, Sie rauchen nicht?«

»Gelegentlich.«

Er hielt ihr ein Päckchen Zigaretten hin. Als er ihr Feuer gab, sah er, daß sie die Zigarette ziemlich ungeschickt hielt und daran wie an einem Strohhalm zog. »Wie ich Ihnen schon bei unserer ersten Begegnung sagte, konnte ich noch andere ehemalige Untergebene ausfindig machen – zwei, um genau zu sein. Ich habe auch schon mit ihnen telefoniert.«

Tyson schwieg.

»Einer von ihnen heißt Paul Sadowski. Er lebt in Chicago. Der andere ist ein Mann namens Anthony Scorello und wohnt seit einiger Zeit in einem Vorort von San Francisco. Erinnern Sie sich an die beiden?«

»Kaum.«

»Ich dachte, Ihr Männer erinnert euch immer genau an Frontkameraden.«

»Das ist typisches Macho-Gerede.«

Karen Harper betrachtete ihn eine Weile aufmerksam und fragte dann: »Möchten Sie wissen, was mir Sadowski und Scorello gesagt haben?«

»Na sicher.« Tyson spürte, wie sich sein Puls beschleunigte, und er mußte schlucken. »Was haben sie Ihnen denn erzählt?«

Sie lehnte sich vor, ließ ihn nicht aus den Augen und versuchte erst gar nicht so zu tun, als spürte sie seine Verlegenheit nicht. Tyson hielt ihrem Blick stand. Er war wütend, daß sie so mit ihm ihr Spiel treiben konnte.

»Also los, was haben die beiden gesagt, Major?« fragte er bissig.

»Sie haben mir genau das erzählt«, erwiderte sie gelassen, »was auch Sie mir erzählt haben.«

Noch immer starrten sie sich an, und keiner wollte den Blick abwenden. Schließlich ließ sich Tyson in seinen Sessel zurücksinken. »Soso. Da haben wir es also.«

»Haben *was?*«

»Die Bestätigung meiner Aussage. Zwei gegen zwei. Und wenn ich nun aus freien Stücken unter Eid aussage –«

»Weder ein Großes Schwurgericht noch ein Kriegsgericht würde sich bei der Urteilsfindung ausschließlich von Zeugenaussagen leiten lassen, Lieutenant. Allerdings würde man sich dafür interessieren, welche der beiden Seiten sich eines Meineids schuldig gemacht hat.«

Tyson fühlte, wie sein altes Selbstvertrauen zurückkehrte. Ziemlich barsch sagte er: »Für mich wäre nur von Interesse, warum Brandt und Farley eine Falschaussage unter Eid gemacht haben.«

Sie nickte scheinbar zustimmend, zog noch einmal an der Zigarette und drückte sie dann aus. »Wahrheit oder Meineid, das ist jetzt ziemlich egal, Mr. Tyson. Ich glaube, daß letzten Endes nur *Sie* mir sagen können, warum diese beiden Männer gegenüber Picard ausgepackt haben. Und nur *Sie* wissen, warum Sadowski und Scorello eine andere Story parat hatten.«

Sie starrte ihn durchdringend an, aber er antwortete nicht. Da lehnte sie sich noch mehr zu ihm hin und sagte mit leiser Stimme: »Lügen haben etwas Zerstörerisches an sich. Sie vergiften die Atmosphäre, egal, ob einer schuldig oder unschuldig ist. Ich will, daß jetzt Schluß gemacht wird damit. Und ich will, daß *Sie* damit Schluß machen – wenn schon nicht um Ihrer selbst willen, dann wenigstens im Interesse der Unschuldigen und zum Wohle unseres Landes. Ziehen Sie zugunsten aller Betroffenen einen Schlußstrich unter diesen Alptraum! Sagen Sie mir, was am 15. Februar 1968 passiert ist! *Was ist damals passiert?*«

Tyson antwortete ungerührt: »Falls ich die Wahrheit kenne und sie Ihnen nicht gesagt habe, dann ist meine Überzeugung daran schuld, daß weder Sie, dieses Land, die Army oder sonstwer es verdient haben, die Wahrheit zu erfahren.«

»Und was kann ich tun, damit Sie Ihre Meinung ändern?«

»Vermutlich nichts. Vielleicht können Sie sich nur Schritt für Schritt an die Wahrheit heranarbeiten. Eine Sache wie die Wahrheit sollte man sich hart erkämpfen müssen. Sie tritt erst als solche zutage, nachdem alle Lügen erzählt und entlarvt worden sind. Man lernt sie erst richtig zu schätzen und ihre ganze Tragweite zu ermessen, nachdem man sich mühselig und mit vielen Umwegen an sie herangetastet hat.«

Karen Harper nickte. »Aber Sie *werden* sie mir doch erzählen, nicht wahr? Ich meine, irgendwann, wenn dies alles vorüber ist. Sie werden mir alles persönlich und unter vier Augen erzählen, vielleicht sogar in aller Öffentlichkeit, oder?«

»Ja, mag sein.«

»Aber vorerst soll ich erst einmal hart arbeiten?«

»Ja, das mußte ich auch.«

»Da haben Sie sicherlich recht.«

Tyson betrachtete sie im dämmerigen Schein der Lampe. Ihm kam der Gedanke, daß sie sich von dieser Angelegenheit mehr als nötig in Beschlag hatte nehmen lassen, und er fragte sich, ob er ihr und damit auch der Army vielleicht ein Schnippchen schlagen könnte, wenn er dahinterkäme, warum sie so von diesem Fall besessen war.

Als Mensch, der sich auf die Kunst der Vernehmung verstand, war sie irgendwann in die Rolle eines Beichtvaters geschlüpft. Bei strammen Patrioten und fanatisch Gläubigen, die mit einer Märtyrerrolle liebäugelten, aber auch bei geistig minderbemittelten Menschen, die die Folgen einer solchen Beichte nicht vorauszukalkulieren vermochten, erbrachte ein solches Manöver häufig die gewünschte Wirkung. Er, Tyson, entsprach jedoch weder dem einen noch dem anderen Typus und verspürte folglich auch nicht den Drang, ein Geständnis abzulegen. Im übrigen war die Gegenseite sowieso nicht hinter der Wahrheit her, denn sie hätte das ganze System in einem unvorteilhafteren Licht erscheinen lassen als ihn selbst. Was diese Leute von ihm wollten, das war ein Opfer für Mars, den Kriegsgott, ein letztes armseliges Bündel aus Fleisch und Blut, denn die 57939 Blutopfer reichten offenbar nicht aus. Nein, das Orakel forderte das Opfer Nr. 57940, weil angeblich nur auf diese Weise der Krieg für alle Zeiten überwunden werden konnte. Aber, dachte Tyson, da er seines Wissens nichts zum Ausbruch des Krieges beigetragen hatte, gab es auch keinen triftigen Grund, warum er sich zur Schlachtbank führen lassen sollte, um ihn zu beenden. Diese Denkweise würde Marcy bestimmt gefallen. »Ich habe es geschafft, ich stehe wieder auf eigenem Terrain, und Sie können mich nicht herauslocken!« sagte er laut und deutlich.

Karen Harper stand auf und trat vor das große Panoramafenster. Sie blickte die Pennsylvania Avenue hinauf, zum hellerleuchteten Weißen Haus hin. »Dort hinten in dem prächtigen Gebäude wohnt und arbeitet der Mann, der Ihren Namen kennt. Auf seinem Schreibtisch liegen Aktennotizen, in denen von Ihnen die Rede ist.«

Tyson betrachtete ihr Profil, das sich vom dunklen Hintergrund des Fensters abhob.

»Jener Mann muß sich Tag für Tag mit Angelegenheiten von weltweiter Bedeutung und mit Überlebensfragen unseres Landes befassen. Von Zeit zu Zeit ist er aufgrund unserer Rechtsordnung auch gezwungen, persönlich in Fälle einzugreifen, bei denen es um einzelne Bürger dieses Landes geht. Er ist der Oberkommandierende der Streitkräfte, also unser höchster Vorgesetzter. Er kann Milde walten lassen, Straffreiheit gewähren und Gnadenerlasse unterzeichnen. Es steht in seiner Macht, Sie für den Dienst bei den Streitkräften zwangszuverpflichten, und er kann Sie degradieren. Irgendwann wird er nicht umhinkönnen, in Ihrer Angelegenheit eine Entscheidung zu fällen. Das kann vor, während oder nach einem Kriegsgerichtsverfahren sein.« Sie drehte sich um und blickte Tyson an. »In ein paar Tagen findet eine Pressekonferenz statt. Ihr Name steht auch auf der Tagesordnung. Der Präsident beziehungsweise seine Berater haben ein kurzes Statement zum Fall Tyson vorbereitet. Übrigens habe ich den starken Verdacht, daß der Präsident Ihren Namen am liebsten nie gehört hätte und daß er hofft, die ganze Angelegenheit sei nach der Pressekonferenz für ihn erledigt.«

»Dann sind wir zwei, die dasselbe hoffen.«

»Nein, Mr. Tyson, eigentlich wünschen alle Menschen in diesem Land, Ihren Namen nie gehört zu haben.«

»Dann sind wir uns ja alle einig. Und Sie?«

»Ich freue mich, Sie kennengelernt zu haben. Sie sind ein bemerkenswerter Mann, ein Mensch, der mir wahrscheinlich als Maßstab für viele andere Menschen dienen wird.«

Er starrte sie eine Weile an, dann bemerkte er: »Nachdem Sie das nun gesagt haben, möchten Sie jetzt wohl lieber gehen?«

»Soll ich?«

Er rieb sich nachdenklich das Kinn. »Nein, ich glaube nicht, daß wir jemals wieder so unter vier Augen miteinander reden werden. Deshalb sollten wir die Gelegenheit nutzen.«

»Ja, es entwickelt sich eine Art Eigendynamik, wenn zwei Menschen zusammen sind. Sobald eine dritte Person zugegen ist, wird alles kompliziert, und man fängt an, sich gegenseitig etwas vorzumachen.«

Tyson legte sein rechtes Bein auf den niedrigen Tisch und zog mit einem Ruck die Hose bis übers Knie hoch. »Kommen Sie her und schauen Sie sich das an!« sagte er.

In seiner Stimme lag etwas vom Kommandoton eines Offiziers, so daß Karen Harper fast automatisch reagierte.

Sie trat näher heran und blickte auf die große, unregelmäßige, dunkelrote Narbe.

»Es gibt schlimmere Wunden als diese, Major, aber wenn einem so etwas passiert, dann hebt sich einem der Magen, und der Schweiß bricht einem am ganzen Körper aus.«

Noch immer starrte sie auf die alte Wunde hinab, als suchte sie nach einem verborgenen Sinn.

»Ein Psychiater hat mir mal zwei Stunden lang auseinandergesetzt, welche Auswirkungen eine körperliche Verwundung auf die Psyche haben kann. Am Schluß verkündete er die große Wahrheit: Die körperliche Entstellung und die erlittenen Schmerzen rufen einem Menschen täglich das traumatische Erlebnis ins Gedächtnis zurück.« Tyson nahm sein Bein vom Tisch. »Das ist kein Witz.«

Sie schaute ihn an und fragte: »Ein Psychiater?«

Tyson begriff, daß er diese Information besser nicht preisgegeben hätte. »Ja, ein Freund von mir. Cocktailparty-Geschwätz.«

Sie nickte, aber er sah ihr an, daß sie ihm nicht glaubte.

»Hat dieser Brandt Sie damals versorgt?«

Tyson warf ihr einen raschen Blick zu, antwortete jedoch nicht.

»Hat Brandt Sie versorgt?«

»Nein.« Tyson stand auf, ging eine Weile im Zimmer hin und her und blieb schließlich vor ihr stehen.

»Hat er, oder hat er nicht?« fragte sie. »Er war doch der Sanitäter Ihrer Einheit.«

Tyson antwortete wieder nicht.

»War er in Ihrer Nähe, als Sie verwundet wurden?«

»Fragen Sie ihn doch selbst!«

»Nein, ich will es von Ihnen wissen.«

»Ich sagte: Fragen Sie *ihn*!«

Sie schien sekundenlang aus dem Konzept gebracht zu sein, doch dann hatte sie sich wieder gefangen. »In Ordnung, ich werde es tun.« Nach kurzem Schweigen meinte sie: »Abgesehen von dem Kapitel in Picards Buch, das die Vorfälle im *Hôpital de la Miséricorde* schildert, werden Sie noch in zwei weiteren erwähnt.« Sie beugte sich vor, entnahm ihrem Aktenkoffer das Buch und legte es auf den Tisch, direkt unter die niedrig hängende Lampe. »Sie kommen ziemlich weit vorn in einem Kapitel vor, in dem es um das Gefecht bei Phu Lai geht, am ersten Tag der Tet-Offensive. Und dann sind Sie noch einmal gegen Ende des Buches erwähnt, im Zusammenhang mit den Nachwehen der Schlacht um Huê.« Sie schlug das Buch an einer markierten Stelle auf und begann vorzulesen.

Der Kampf um Huê wurde offiziell am 26. Februar für beendet erklärt, und in Kommuniqués der Army war nur von »letzten Geplänkeln« die Rede. Aber die Schlacht war noch nicht ganz zu Ende, mochten die amerikanischen Militärs das auch behaupten. Marinesoldaten und Einheiten der Army lieferten sich nach wie vor in und auch vor den Toren der Stadt so viele Feuergefechte, daß es zwischen den eigentlichen Kämpfen und dem darauf folgenden sogenannten »Geplänkel« im Grunde kaum einen Unterschied gab.
Ironischerweise war einer der letzten Verwundeten auf amerikanischer Seite jener Mann, dessen Einheit zu Beginn der Tet-Offensive als erste Feindkontakt gehabt hatte: Lieutenant Benjamin Tyson.
Tysons Zug, der am 30. Januar auf dem Marktplatz von Phu Lai stark dezimiert worden war, rückte am 15. Februar bis zum *Hôpital de la Miséricorde* vor und wurde wenig später von dort aus per Hubschrauber an einen sicheren Ort in Küstennähe geflogen, wo sich die Männer ein paar Tage lang ausruhen konnten. Aber die Schlacht um Huê tobte weiter. Zusammen mit den Resten der Alpha-Kompanie des 5. Bataillons wurde Tysons nur begrenzt einsatzbereiter Zug per Helikopter in ein Gebiet nördlich von Huê geflogen, keine zwei Kilometer von der Stadtgrenze entfernt. Von dort aus stieß die Kompanie, damals noch unter dem Befehl von Captain Roy Browder, nach Süden auf die Stadt vor.
Am 21. Februar erreichte sie das Nordufer des Perfume River. Auf der anderen Seite lag der Vorort Gia Hoi, der zu jenem Zeitpunkt noch fast ganz von den Kommunisten kontrolliert wurde.
Captain Browder ließ offenbar auf eigene Initiative eine Anzahl recht primitiver Boote bei den Einheimischen beschlagnahmen und überquerte damit in der Abenddämmerung den Fluß. Auf der anderen Seite angekommen, stießen die Amerikaner auf Widerstand, denn der Feind hatte sich an der Fluß-

böschung eingegraben. Es gab bei der Alpha-Kompanie mehrere Verwundete, und in dem von Tyson befehligten ersten Zug fielen zwei Soldaten: Peter Santos und John Manelli. Kurz darauf wurde auch Captain Browder tödlich verwundet.

Bei Tagesanbruch wurde Tyson, der letzte überlebende Offizier, per Funk zum Kommandeur der Alpha-Kompanie ernannt. Der Feind hatte nachts den Rückzug angetreten. Tyson rückte mit seiner Einheit in eine Gegend vor, die von den amerikanischen Soldaten »Strawberry Patch« – Erdbeerfeld – genannt wurde. Das war ein ländlich wirkender Außenbezirk des Vorortes Gia Hoi. Heutzutage würde man so etwas eine ziemlich vornehme Wohngegend im Grünen nennen. Tyson und seine Leute stießen dort auf Tausende von Flüchtlingen – und sie entdeckten dort auch die ersten Massengräber, die insgesamt rund dreitausend Leichen von Bürgern der Stadt Huê enthielten. All diese Menschen waren vom Vietcong und von den Nordvietnamesen umgebracht worden. Ungefähr zur selben Zeit hatte auch ein südvietnamesisches Pionier-Bataillon den Fluß überquert und rückte nun nach Süden vor. Am 26. Februar stürmte diese Einheit unter dem Feuerschutz der Alpha-Kompanie das letzte Gebäude, in dem sich der Gegner in Gia Hoi verschanzt hatte: die kambodschanische Pagode gegenüber der Oberschule. Von da an galt Gia Hoi als »gesäubert« und die Schlacht um Huê als beendet. Das erwies sich jedoch als voreilig, denn aufgrund eines bestimmten Planes oder aber durch situationsbedingte Umstände verblieben noch immer Hunderte von gegnerischen Soldaten in diesem wichtigen Vorort von Huê.

Am 29. Februar wurde die Alpha-Kompanie dazu eingesetzt, Flüchtlingen zu helfen und Mitglieder des Vietcong ausfindig zu machen, die in der Masse evakuierter Zivilisten untergetaucht waren. An einer Straße, die zum Osttor der Zitadelle führte, hatte Tyson Posten aufgestellt, die die Papiere von Zivilpersonen überprüften, Notrationen verteilten und dafür sorgten, daß Verwundeten Erste Hilfe geleistet wurde. Plötzlich kamen aus einem nahe gelegenen Obstgarten Raketen angezischt. Mehrere Soldaten und Zivilisten wurden von

Schrapnellsplittern verletzt. Gleichzeitig eröffnete der Feind mit automatischen Waffen das Feuer auf die Amerikaner, die in einem Entwässerungsgraben in Deckung gegangen waren und das Feuer erwiderten. Nach zehn Minuten gab der Feind auf und zog sich zurück.

Die Verwundeten der Alpha-Kompanie, darunter auch deren letzter Offizier, Benjamin Tyson, wurden zu einem im Südchinesischen Meer kreuzenden Lazarettschiff geflogen. Es entbehrt gewiß nicht der Ironie, daß derselbe Lieutenant Tyson, dessen Einheit sich im *Hôpital de la Miséricorde* so unmenschlich verhalten hatte, ausgerechnet bei der Durchführung einer humanitären Aktion verwundet wurde. Die Alpha-Kompanie selbst, die jetzt über keinen Offizier mehr verfügte und die nach den schweren Verlusten nur noch die halbe Sollstärke hatte, wurde nun endlich von der Front abgezogen und per Hubschrauber nach Camp Evans geflogen, dem vorgeschobenen Basislager der 1. Luftlandedivision. Dort teilte man die Kompanie zum relativ ungefährlichen Patrouillendienst am Rand des eigentlichen Kampfgebiets ein. Die gelichteten Reihen der vom Pech verfolgten Einheit wurden aufgefüllt, die gefallenen Offiziere und Unteroffiziere durch neue ersetzt.

Huê, dieser brennende, qualmende Hexenkessel, in dem so viele ihr Leben gelassen hatten, wirkte am Morgen des 1. März still und friedlich. Die Vögel waren zurückgekehrt, und seit über einem Monat wurde zum erstenmal nicht geschossen. Doch die stolze Stadt, oft als wertvollstes Juwel Vietnams bezeichnet, war verwüstet, ihre Bewohner waren völlig demoralisiert, und der legendäre Geist, der diese Stadt einst beseelt hatte, schien für alle Zeiten zerstört.

Und noch immer hatte das Blutvergießen kein Ende! Nach wie vor gab es Racheakte. Der Verfasser dieser Zeilen hat mit eigenen Augen gesehen, wie die sogenannten Schwarzen Brigaden der vietnamesischen Polizei Hunderte von Frauen und Männern zusammentrieben, nachdem sie von Nachbarn als angebliche Kollaborateure der kommunistischen Invasoren denunziert worden waren. Diese unglücklichen Menschen wurden an verschiedene Orte in und außerhalb der Stadt geschafft und dort wahrscheinlich exekutiert, denn sie blieben spurlos verschwunden.

Als junger Offizier der Marine beobachtete ich von einem Turm der Zitadelle aus endlose Leichenzüge in den mit Trümmern übersäten Straßen. Der Stadt Huê war in diesem Krieg das Rückgrat gebrochen worden, und davon würde sie sich nie wieder ganz erholen – genausowenig wie die amerikanischen Soldaten, die hier gekämpft hatten.

Karen Harper schlug das Buch zu und schaute Tyson an. Im Raum herrschte tiefe Stille.

Nach einer Weile sagte Tyson: »Mir ist gerade aufgegangen, daß für Picard das Schreiben dieses Buches genauso unbehaglich gewesen sein muß wie für mich das Lesen. Er hatte dabei bestimmt denselben üblen Geruch in der Nase wie ich.«

Karen Harper nickte. »Ich würde gern von Ihnen hören, wie es Ihnen während dieser zehn, fünfzehn Minuten des Feuergefechts ergangen ist.«

»Ich blutete.«

»Ja natürlich, und Sie hatten bestimmt auch Schmerzen. Irgendwann hat sich wohl ein Sanitäter um Sie gekümmert, aber...« Sie stand auf. »Also, Sie sagten, zwischen Ihnen und Brandt habe es keine Mißhelligkeiten gegeben, aber ich werde das Gefühl nicht los, daß das nicht stimmt.«

Tyson hatte sich auf die Bettkante gesetzt. Er sagte: »Falls Sie den Verdacht haben, daß Brandt Picard nicht alles erzählt hat, was auf dem ›Erdbeerfeld‹ passiert ist – warum glauben Sie dann Brandts subjektiven Schilderungen von den Vorfällen im *Hôpital de la Miséricorde*?«

»Das habe ich nie gesagt. Was hat Brandt eigentlich getan – oder unterlassen?«

»Das müssen Sie selbst herausfinden. Danach sage ich Ihnen dann, ob Sie richtig liegen.«

»Na schön. Dieser Picard wohnt übrigens in Sag Harbor auf Long Island. Wußten Sie das?«

»Ja, das steht im Klappentext seines Buchs.«

»Richtig. Ist es nicht ein seltsamer Zufall, daß Sie mit Ihrer Familie dort die Sommerferien verbringen?«

Tyson stand vom Bett auf und trat an den kleinen Tisch. Er griff nach seinem Glas und sagte: »Es ist nur zum Teil Zufall oder Schicksal. Als ich den Klappentext las, wurde ich an den Ort erinnert. Früher waren wir oft dort, aber das ist lange her.«

»Sie könnten ihm dort zufällig über den Weg laufen«, sagte sie.

»Stimmt. Die Leute dort draußen auf dem Land haben immer so hübsche Briefkästen. Ich glaube, Sie wissen, was ich meine. Manchmal stehen richtig berühmte Namen drauf. Aber es gibt das ungeschriebene Gesetz, daß die Privatsphäre respektiert werden muß. Wissen Sie, ich habe den Namen Picard öfters gesehen, aber mit Andrew Picard, dem Romanschriftsteller, habe ich ihn nie in Verbindung gebracht – wahrscheinlich, weil ich noch nie von ihm gehört hatte. Aber jetzt überlege ich, ob ich mir nicht von ihm sein Buch signieren lassen soll.«

Karen Harper runzelte die Brauen. »Tun Sie bloß nichts, was Sie später bereuen müßten«, warnte sie.

Tyson setzte sich auf die Sessellehne und starrte aus dem Fenster.

»Leben Sie getrennt?« fragte sie abrupt.

Die Frage schien ihn ein bißchen aus der Fassung zu bringen, aber er antwortete: »Ja.«

»Und gibt es eine Chance für eine Versöhnung?«

»Ja, ich nehme an ... Ich meine, wir haben uns nur so lange getrennt, bis dies alles vorüber ist. Geschieden sind wir nicht. Warum?«

»Ich war nur neugierig.«

»Wirklich?« Tyson steckte sich eine Zigarette an.

»Tut mir leid für Sie. Ich meine, Ihre Ehe – und Ihre Arbeit.«

»Nun, so etwas kommt vor. Wenn man verdächtigt wird, einen Massenmord begangen zu haben, dann muß man eben mit gewissen Konsequenzen rechnen.«

»Ich verstehe Ihre Verbitterung –«

Plötzlich sprang Tyson auf die Füße. Er fühlte sich müde und wütend. Von wegen Mord! Die ganze Sache hing ihm zum Hals raus. »Herrgott, Major, ich brauche Ihre Sympathie nicht, verdammt noch mal!« entfuhr es ihm. »Für heute hab' ich genug.«

»Bitte –«

»Falls ich ein Massenmörder bin, dann verdiene ich kein Mitgefühl. Wenn ich aber keiner bin, dann prozessiere ich, bis euch allen das Sehen und Hören vergeht. Danach setze ich mich dann in der Schweiz zur Ruhe. Wissen Sie eigentlich, wo ich heute sonst noch hingegangen bin? Ich war bei diesem Mahnmal! Wenn Sie wollen, setze ich Ihnen bis morgen früh auseinander, was mir in der Zeit, die ich dort war, durch den Kopf gegangen ist. Aber es ist ja schon alles gesagt – ich meine, es steht ja alles auf diesem verdammten schwarzen Steinklotz. Bitte tun Sie mir einen Gefallen und gehen Sie hin! Schauen Sie sich Ihr eigenes Spiegelbild an, und dann ziehen Sie Ihre gottverdammte Namensliste von der Alpha-Kompanie raus! Mir ist egal, was aus mir wird, aber wie zum Teufel kann die Regierung es wagen, diese armen Schweine noch mehr in Verruf zu bringen? Ja, gehen Sie hin, Major, und reden Sie mit den Toten! Erklären Sie ihnen, was Sie vorhaben!«

Sie nickte und sagte mit Nachdruck: »Ich werde hingehen.«

Tyson fühlte sich plötzlich wie ausgepumpt. Er ließ sich in seinen Sessel fallen und schloß die Augen.

Karen Harper ging wieder zum Fenster und starrte hinaus. Nach einer Weile drehte sie sich um und fragte: »Soll ich Ihnen einen Drink machen?«

Er nickte, und sie ging zur Bar, mixte ihm einen Whisky Soda und brachte ihm das Glas.

»Ich bin heute nicht gut in Form«, sagte sie. »Wollen wir nicht ein andermal weitermachen?«

»Nein, bringen wir es hinter uns!«

»Wirklich?«

»Ja, machen wir Schluß! Heute abend.«

Sie nickte und setzte sich wieder ihm gegenüber auf die Couch. »Ich empfinde kein Mitgefühl für Sie, aber ich tu' mir selbst ein bißchen leid«, sagte sie.

»Gut. Nur weiter so, Frau Major!«

Karen Harper warf ihm über den kleinen Tisch hinweg einen Blick zu, dann zog sie ein Blatt Papier aus ihrem Aktenkoffer und überflog den maschinengeschriebenen Text. »Ausgehend von Picards Buch, von Archivunterlagen der Army und den Aussagen von Brandt, Farley, Sadowski und Scorello habe ich eine kleine Liste von fünf weiteren Männern zusammengestellt, die bei den Vorfällen in dem Krankenhaus dabei waren und von denen wir annehmen, daß sie noch am Leben sind. Ihre Namen lauten: Dan Kelly, Hernando Beltran, Lee Walker, Harold Simcox und Louis Kalane.« Sie reichte Tyson das Blatt und fragte: »Können Sie dem noch weitere Namen hinzufügen?«

Tyson wiederholte die fünf Namen und meinte dann: »Nein... Das heißt doch – Holzman und Moody.«

»Kurt Holzman kam vor vierzehn Jahren bei einem Motorradunfall ums Leben, und Robert Moody starb vor zwei Jahren an Krebs. Deshalb sind sie nicht auf der Liste.«

»Verstehe...« Er legte das Blatt Papier auf den Tisch. Picard hatte die meisten Namen von Tysons ehemaligen Untergebenen in dem Buch genannt, jedoch nicht, wie es bei Büchern dieser Art sonst üblich war, im Anhang geschildert, was inzwischen aus diesen Männern geworden war. Offenbar wußte er nicht, wo sie sich aufhielten, denn sonst hätte er mit ihnen Kontakt aufgenommen wie mit Brandt und Farley.

Tyson sah Karen Harper an. »Ich habe erst heute erfahren, daß Brontman und Selig im Kampf gefallen sind, kurz nachdem ich Vietnam verlassen hatte.«

»Wer hat es Ihnen gesagt?«

»Ich habe ihre Namen auf dem Mahnmal gesehen.«

Sie nickte. »Ja natürlich. Übrigens, haben Sie Ihr persönliches Tagebuch, Ihre dienstlichen Aufzeichnungen oder wie immer man es nennen will, wiedergefunden?«

»Ich habe kein Tagebuch geführt.«

Sie hob ungläubig die Brauen. »Man hat mir gesagt, daß alle Offiziere ein Tagebuch oder eine Art Logbuch führen. Wie konnten Sie sich ohne irgendwelche schriftlichen Aufzeichnungen Funkfrequenzen, Namenslisten, Beförderungen, Zeitpläne für den Wachdienst, Chiffren oder Koordinaten merken?«

Tyson starrte auf einen Punkt dicht über Karen Harpers Kopf. Daheim im Keller stand ein Schiffskoffer, der die meisten seiner Kriegserinnerungen enthielt. Darin hatte er auch sein ziemlich ramponiertes und fleckiges Tagebuch wiedergefunden. Es war in graues, samtweiches Leder gebunden, angeblich Elefantenhaut, wenn man dem chinesischen Straßenhändler Glauben schenken durfte, der es ihm verkauft hatte. Tyson hegte jedoch eher den Verdacht, daß es sich um das Fell einer Ratte handelte. Die täglichen Eintragungen waren damals mit einem blauen Kugelschreiber gemacht worden, und die Schrift hatte sich seitdem ein bißchen ins Violette verfärbt. Das Papier war vergilbt und hatte Wasserflecken. Zum Teil war der Text kaum noch zu lesen, aber was man entziffern konnte, weckte alte Erinnerungen. Tyson hatte beim Blättern so stark an bestimmte Namen, Orte und Geschehnisse denken müssen, wie es Picards Buch bei ihm niemals hätte bewirken können.

Die Tagebucheintragung vom 15. Februar begann fast so wie an allen anderen Tagen: *BMD (Beginn der morgendlichen Dämmerung) um 6.32 Uhr. Temperatur 20° C. Regen, kühler Wind.* Danach kamen der Dienstplan, ein paar Krankmeldungen, ein paar den Nachschub betreffende Notizen, eine Änderung der Funkfrequenz, geographische Koordinaten und Zielangaben sowie weitere Daten und Details, die für einen Infanterieoffizier an der Front von Belang waren. Tyson hatte an jenem Morgen nur eine kurze persönliche Bemerkung zu Papier gebracht: *Sehr schlechte Moral.* Die nächste Eintragung vom gleichen Tag war irgendwann nach Sonnenuntergang bei totaler Finsternis gemacht worden. Tyson hatte die Worte quer über zwei Seiten gekritzelt. Sie lauteten: *Meine Einheit ist am Rande einer Meuterei. Habe heimlich mit angehört, wie mir der Tod angedroht wurde. Heute nachmittag gefälschten Bericht über Kämpfe im Krankenhaus per Funk durchgegeben. Vorfall soll untersucht werden. Gott –*

Das war alles. Gott *was?* dachte er. *Gott vergebe uns? Gott helfe uns?* Er hatte vergessen, was er damals hatte schreiben wollen.

Jemand war in der Dunkelheit zu ihm getreten und hatte ihn angesprochen. Da hatte er sich das Buch rasch unter der Uniformjacke in den Gürtel gesteckt.

*Vorfall soll untersucht werden.* Jetzt war es soweit, leider noch zu seinen Lebzeiten. Die Eintragung besagte zwar nicht viel, aber im Licht der jüngsten Entwicklungen wirkte sie trotzdem belastend genug, um ihn hinter Gitter zu bringen. Trotzdem hatte er es nicht über sich gebracht, das Buch zu vernichten, sondern es nach Atlanta zu seiner Schwester Laurie geschickt, mit der Bitte, es für ihn aufzubewahren.

»Lieutenant Tyson? Haben Sie ein Tagebuch geführt oder nicht?«

Er blickte ihr ins Gesicht und sagte: »Ja, das habe ich tatsächlich, aber nachdem man mich zu dem Lazarettschiff geflogen hatte, kam es mir abhanden.«

»Abhanden?«

»Ja, zusammen mit anderen persönlichen Dingen. Wissen Sie, ich wurde per Hubschrauber zu dem Schiff transportiert, von hübschen Krankenschwestern ausgezogen, abgeschrubbt und mit Medikamenten vollgepumpt. Alles, was man an persönlichen Gegenständen bei sich hatte, kam in eine kleine Plastiktüte, dienstliche Dinge in eine andere. Man war einfach nur ein beschädigter Körper, der repariert und zusammengeflickt werden mußte. Wenn das nicht klappte, kam man selbst in einen Plastiksack.«

Sie hatte offenbar einige Mühe, ihm zu folgen, denn sie sagte: »Dieses... Das Tagebuch wurde also –«

»– wahrscheinlich in die Tüte mit den dienstlichen Gegenständen getan und zusammen mit den blutigen Kleidungsstücken und den Ausrüstungsgegenständen verbrannt beziehungsweise weggeworfen oder was weiß ich. Als man mir später den Beutel mit meiner persönlichen Habe wiedergab – Uhr, Geldbörse, Briefe, Feuerzeug –, stellte ich fest, daß mein Tagebuch fehlte.«

Sie nickte, und Tyson hatte den Eindruck, daß sie eine wohlüberlegte Lüge zu schätzen wußte. »Das Buch wäre eine hübsche Erinnerung gewesen, die Grundlage für Ihre Memoiren.«

»Ich glaube nicht, daß sich irgend jemand für meine Memoiren interessiert.«

»Das stimmt nicht.«

Tyson steckte sich eine Zigarette an. »Diese fünf Männer – Kelly, Beltran, Walker, Simcox und Kalane – sind also noch nicht gefunden worden?«

Karen Harper nickte. »Aber wir suchen nach ihnen.« Sie zog erneut einen Bogen Papier aus ihrem Aktenkoffer. »Sie waren neunzehn Mann stark, als Sie an jenem Nachmittag des 15. Februar 1968 zum Sturm auf das Krankenhaus ansetzten. Entspricht das den Tatsachen?«

»Ich nehme es an – nur wußten wir nicht, daß es ein Krankenhaus war.«

Sie wirkte leicht verärgert. »Also gut – Gebäude, Bauwerk, Haus.«

»Ja.«

»Mit fünf von den neunzehn haben wir Kontakt aufnehmen können: Brandt, Farley, Sadowski, Scorello und Sie selbst. Arthur Peterson erhielt einen Lungenschuß und starb, als Sie zum – wie Sie es nannten – Sturmangriff auf das Krankenhaus ansetzten. Korrekt?«

»Korrekt.«

»Moody wurde leicht verwundet, meldete sich jedoch schon nach einer Woche zum Dienst zurück.«

»Richtig.«

»Larry Cane wurde, wie Sie mir selbst berichtet haben, bei den Kämpfen im Inneren des Gebäudes getötet. Im Totenschein der Army ist von einem Herzschuß die Rede. Richtig?«

Tyson schwieg.

Sie musterte ihn ein paar Sekunden lang und wiederholte dann: »Herzschuß?«

Er nickte.

»Zwei der Männer«, fuhr sie dann fort, »Peter Santos und John Manelli, kamen in Huê ums Leben, und zwar so, wie Picard es in seinem Buch beschrieben hat. Korrekt?«

»Korrekt.«

»Das war an dem Tag, als Captain Browder fiel und Sie zum Befehlshaber der Kompanie aufrückten.«

»Richtig.«

»Michael DeTonq verschwand in Huê am 29. Februar, dem Tag, an dem Sie verwundet wurden. Er ist nie wieder aufgetaucht.«

Tyson schwieg wieder.

»Sie wurden noch am selben Tag ausgeflogen, und zurück blieben die dreizehn Männer Ihres Zuges, die bei dem Feuergefecht dabeigewesen waren. Später, als Sie wieder in den Vereinigten Staaten waren, fielen Brontman und Selig, wie wir beide wissen. Holzman und Moody starben als Zivilisten, das erwähnte ich schon, und damit bleiben fünf Augenzeugen übrig, deren jetziger Aufenthaltsort uns bekannt ist. Dazu kommen fünf weitere Zeugen, von denen wir glauben, daß sie am Leben sind, deren Verbleib gegenwärtig jedoch noch nicht geklärt ist: Kelly, Beltran, Walker, Simcox und Kalane. Schließlich möchte ich noch als potentiellen

Zeugen Michael DeTonq erwähnen, der offiziell als vermißt gilt und vermutlich tot ist. Entspricht das alles den Tatsachen?«

Tyson blickte auf das Blatt Papier, das er in der Hand hielt. »Ja, das ist wohl richtig.«

»Haben Sie jemals wieder von einem der Männer gehört, die wir noch nicht ausfindig machen konnten?«

Tyson schüttelte den Kopf. Viele Männer, die zusammen im Krieg gewesen waren, blieben später miteinander in Verbindung. Tatsächlich hatte er selbst an mehreren Treffen ehemaliger Mitglieder der 1. Luftlandedivision teilgenommen. Aber wir, dachte er, wir haben zusammen etwas erlebt, das nicht gerade zu solchen Treffen alter Kameraden oder zum Schreiben von Weihnachtspostkarten einlädt.

»Was ist Ihrer Meinung nach mit Michael DeTonq passiert?«

»Wie soll ich das wissen?«

»Glauben Sie, daß er desertiert ist?«

»Er gilt als vermißt. Warum soll man sein Andenken besudeln?«

»Wenn er desertiert ist, dann verdient er kein ehrenvolles Andenken.«

»Aber warum soll man seiner Familie Kummer bereiten?« beharrte Tyson ungehalten.

»Kummer? Falls er desertiert ist, lebt er eventuell noch. Das würde seiner Familie vielleicht sogar ein bißchen Hoffnung machen.«

»Hoffnung ist nichts weiter als Verzweiflung, die man vor sich herschiebt. Hören Sie auf damit!«

»Aber das ist wichtig!« beharrte sie. »Der Mann ist ein potentieller Zeuge, vielleicht einer, der für Sie aussagen könnte. Die für Vermißte zuständige Dienststelle der Army wird nach seinem Verbleib forschen, sofern auch nur der geringste Verdacht besteht, daß er noch am Leben ist... Es würde reichen, wenn Sie in einer Erklärung darlegen, warum Sie glauben, daß er desertiert und nicht, wie von offizieller Stelle angenommen wird, vermißt beziehungsweise vermutlich tot ist.«

»Selbst wenn er damals abgehauen ist, bezweifle ich, daß er den Fall von Vietnam überlebt hat.«

»Vielleicht ist er schon vorher in die USA zurückgekehrt. Er könnte beispielsweise bei Verwandten irgendwo auf dem Land in

Louisiana untergetaucht sein. Und seine Fahnenflucht ist ja inzwischen verjährt.«

»Tatsächlich? Wer macht eigentlich solche Gesetze? Und wem bedeuten sie etwas? Michael DeTonq anscheinend nicht und mir auch nicht.«

Sie schien in Gedanken versunken. Nach einer Weile sagte sie: »Wir wollen versuchen, die Sache von der guten Seite her zu betrachten, okay? Wenn schon nichts weiter dabei herauskommt, dann könnten Sie doch wenigstens der Army helfen, das Schicksal eines Vermißten aufzuklären. Erzählen Sie mir etwas, was ich an die zuständige Dienststelle weitergeben kann.«

Tyson stützte sein Kinn nachdenklich auf die Hand, und seine Stimme schien von ganz weit her zu kommen.

»Nach meiner Verwundung, gerade als der Helikopter landete, um mich abzuholen, kniete Michael DeTonq neben mir nieder, steckte mir eine Zigarette an und sagte: ›Der Krieg ist heute für dich vorbei – und für mich auch. Wir werden uns irgendwo auf der Welt wieder begegnen. *Adieu, mon ami.*‹«

Karen Harper lehnte sich vor. »Darf ich mir das aufschreiben?«

»Ja.«

Sie entnahm ihrer Handtasche ein kleines Notizbuch und einen Kugelschreiber. Nachdem sie etwas in das Buch geschrieben hatte, reichte sie es Tyson und fragte: »Ist das so korrekt?«

»Ja.«

»Und aus der Art und Weise, wie er diesen Satz unter den damaligen Umständen sagte, folgerten Sie, daß er an Desertieren dachte?«

»Ja.«

»Vielen Dank. Irgendwo auf der Welt... Meinte er damit die Staaten? Das würde bedeuten, daß er zurückwollte.«

»Das wollte doch jeder.«

»Wären Sie bereit, diese Männer – DeTonq, Dan Kelly, Hernando Beltran, Lee Walker, Harold Simcox und Louis Kalane – durch einen öffentlichen Aufruf aufzufordern, sich zu melden?«

»Nein.«

»Warum nicht? Würden sie Ihre Version der Geschehnisse nicht bestätigen? Wenn Sie genügend Zeugen zu Ihrer Verteidigung aufmarschieren lassen, dann kommt es vielleicht nicht zu einem Verfahren vor dem Kriegsgericht. Ich hatte Ihnen zugesagt, daß ich Ihnen helfen würde, Entlastungszeugen zu finden. Das gehört zu meinem Job.«

»Dann tun Sie es! Strengen Sie sich an!«

Tyson blickte in sein Whiskyglas. Mit einem Finger drückte er den Eiswürfel nach unten. Nach einer ganzen Weile sagte er: »Ich habe gerade über Ihren Vorschlag nachgedacht, und ich bin zu dem Schluß gekommen, daß es unfair wäre, einen solchen Appell zu machen. Jeder dieser Männer muß von Ihnen gefunden werden, und jeder muß selbst entscheiden, ob und auf welche Weise er sich meldet. Verstehen Sie?«

Sie nickte. »Aber werden Sie mir wenigstens ein paar Hinweise geben? Ein paar Hintergrundinformationen?«

»Mit gewissen Einschränkungen.«

»Gut, dann lassen Sie uns weitermachen. Haben Sie jemals wieder von Dan Kelly gehört?«

»Allmählich klingt das alles wie bei einem Klassentreffen, zu dem nur wir beide erschienen sind«, bemerkte Tyson. »Nur daß Sie nicht in meiner Klasse waren.«

»Wie lange war Kelly Ihr Funker?«

»Möchten Sie noch eine Zigarette?«

»Wenn ich mich nicht täusche, war er sieben Monate lang als Funker bei Ihnen. Mir ist auch bekannt, daß Sie sich gut mit ihm verstanden haben. Deshalb frage ich mich, ob Sie in letzter Zeit etwas von ihm gehört haben.«

»Nein.«

»Dann vielleicht vor längerer Zeit?«

Es war Tyson klar, daß sich die Ermittlungen gegen ihn in dem Maß ausweiteten, in dem Karen Harper mit anderen Leuten über ihn sprach und dabei etwas erfuhr – oder zumindest so tat, als hätte sie etwas erfahren. Damit wuchs die Wahrscheinlichkeit, daß sie ihn irgendwann einmal bei einer Lüge ertappte. Wahrscheinlich hatte Kelly schon längst ausgepackt und ihr alles auf Tonband erzählt. Wer weiß, vielleicht holte sie das Gerät irgendwann aus ihrer schwarzen Handtasche und spielte ihm das Band vor. »Haben Sie mit Kelly geredet?« fragte er sie.

»Nein. Andernfalls hätte ich es Ihnen sagen müssen.«

»Aber ich mußte Sie erst danach fragen.«

Sie zuckte die Achseln.

»Hören Sie, ich habe mehr Rechte als Sie. *Ich* stehe unter Verdacht!«

»Und ich muß die ganze Arbeit machen.«

»Richtig.«

»Haben Sie nun von Kelly gehört oder nicht?«

»Ehrlich gesagt, ja. Es war im August 1968, und dann noch einmal vor ungefähr acht Jahren.«

Sie wartete ab.

Tyson zündete sich wieder eine Zigarette an. »Kelly war gern Soldat. Er mochte den Krieg. Es gibt immer ein paar wie ihn ... Jedenfalls schrieb er mir im August '68, daß er in einem amerikanischen Stützpunkt in Äthiopien auf seine Entlassung aus der Army warte. Sie haben wahrscheinlich inzwischen seiner Personalakte entnommen, daß er tatsächlich in Übersee seinen Abschied genommen hat.«

»Ja, und ich fand es seltsam, daß er sich ausgerechnet für Äthiopien und nicht beispielsweise für Rom entschieden hat.«

»Nun, damals war in Rom gerade kein Krieg. Aber in Biafra! Erinnern Sie sich? Egal, Kelly schrieb jedenfalls, er gehe zu den Söldnern nach Biafra. Ich dachte schon, er sei dort umgekommen, doch dann, es war 1976, schrieb er mir wieder, aus Portugal ...«

»Entschuldigen Sie, aber wie konnte er nach so langer Zeit Ihre Adresse haben?«

»Tja, er machte eine Anspielung, daß er für eine ›private Firma‹ tätig sei. In Vietnam war das die Bezeichnung für die CIA, und die haben doch alle Adressen, oder?«

»Was hat Ihnen Kelly geschrieben?« erkundigte sie sich.

»Er fragte mich, ob ich nicht nach Portugal kommen und mit ihm dann einen Abstecher nach Angola machen wolle, um uns mal im Bürgerkrieg ein bißchen umzusehen. Einen Tausender die Woche auf ein Schweizer Bankkonto, zuzüglich Spesen.«

»War das für Sie verlockend?«

Tyson dachte einen Augenblick nach. »Ich war damals schon verheiratet, und wir hatten einen kleinen Sohn. Ich weiß noch, was ich damals dachte: Die Army hat dir als Infanterieoffizier in Vietnam achtzig Dollar die Woche gezahlt, aber die CIA zahlt für die gleiche Dreckarbeit zwölfhundert Prozent mehr. Wenn Sie übrigens die dunklen Hintergründe für den Tod vieler Menschen aufklären wollen, dann brauchen Sie nur die CIA nach der ›Operation Phoenix‹ in Vietnam zu fragen. Sie ermordeten dort beziehungsweise veranlaßten die Ermordung von ungefähr fünftausend Zivilisten, die angeblich mit dem Vietcong sympathisiert hatten. Gehen Sie noch heute abend nach Langley in Ihr Hauptquartier und erkundigen Sie sich, Major. Die arbeiten rund um die Uhr. Ich komm' gerne mit.«

»Haben Sie auf Kellys Brief geantwortet?«

»Nein.«

»Haben Sie noch einmal von ihm gehört?«

»Nein. Ich erinnere mich daran, in der Presse die Namen von amerikanischen Söldnern gelesen zu haben, die gefangengenommen und hingerichtet worden waren, nachdem die Linken in Angola den Krieg gewonnen hatten. Kellys Name war nicht dabei.«

»Das könnte ich vielleicht überprüfen lassen.«

»Gut. Fragen Sie diese Dunkelmänner, ob sie etwas über ihn oder seinen Verbleib wissen. Falls Sie glauben, daß ich mich hier hinter einem Nebelvorhang verstecke, warten Sie ab, bis Sie mit diesen Witzbolden gesprochen haben. Vielleicht können Sie etwas Neues über Recht und Ordnung erfahren.«

»Angenommen, Sie hören von einem der Männer als Ergebnis der landesweiten Aufmerksamkeit, die die Medien diesem Fall schenken – lassen Sie es mich dann wissen?«

»Vielleicht.« Tyson drückte seine Zigarette aus.

»Ich werde Ihnen sofort Bescheid sagen, wenn ich einen von ihnen ausfindig mache.«

Tyson schaute auf seine Uhr.

»Nur noch ein paar Fragen.« Karen Harper blickte ihn forschend an und sagte mit leiser Stimme: »Da wäre natürlich noch ein Zeuge, nicht wahr, dessen Aussage über jeden Zweifel erhaben wäre.«

»Und wer sollte das sein, Major?«

»Das wissen Sie genau. Die französische Regierung hilft uns, die Frau zu finden. Der Vatikan auch.« Major Harper nahm einen kleinen Schluck von ihrem Wein. »Eigentlich sollte es nicht schwierig sein, eine französisch-vietnamesische Nonne zu finden, aber es ist leider doch so. Immerhin ist in den Personalunterlagen der katholischen Hilfsorganisation aus jener Zeit tatsächlich eine Schwester Theresa verzeichnet, mit Angaben zu ihrem Alter und ihrer Herkunft. Was wissen Sie noch über sie?«

»Die eurasische Nonne, die ich damals kennenlernte, muß ungefähr Mitte Zwanzig gewesen sein. Sie war atemberaubend schön, doch das hat die Kirche wohl sicher nicht in ihrer Akte vermerkt. Sie arbeitete in der Ausgabestelle für Medikamente gleich neben der ›Jeanne-d'Arc-Schule‹, und sie wohnte in einem nahe gelegenen Kloster.«

»Woher wußten Sie, daß sie eine Nonne war?«

»Das war unübersehbar: Sie war wie eine Nonne gekleidet, trug ein Kreuz am Hals, lebte in einem Kloster und ging wenig mit Männern aus.«

»Ganz schön sarkastisch! Ich habe gefragt, weil aus den Unterlagen des Vatikans hervorgeht, daß sie nie ihr endgültiges Gelübde abgelegt hat.«

Tyson mußte an die Worte denken, die Schwester Theresa einmal zu ihm gesagt hatte: *Wenn wir sündigen, ist unsere Sünde nicht so groß, wie Sie glauben.* Zu Karen Harper sagte er: »Wissen Sie, in Vietnam achtete man nicht sonderlich auf Papiere und Zeugnisse. Es reichte, wenn eine junge Frau katholisch erzogen worden war, dazu noch in einem Kloster, und wenn sie sich irgendwie ein paar medizinische Grundkenntnisse angeeignet hatte, dann konnte sie sich als Krankenschwester oder Nonne ausgeben, ob sie es nun war oder nicht.«

»Dann nehmen wir einmal an, daß sie damals gemogelt hat. Aus dem gleichen Grund kann sie vielleicht auch Picard angeschwindelt haben, als er ihr in Frankreich in einem Krankenhaus begegnete.«

»Gut möglich«, antwortete Tyson achselzuckend. »Aber ich würde das nicht unbedingt als Mogeln bezeichnen. Sie müssen wissen, daß Eurasier innerhalb der vietnamesischen Gesellschaft als Parias gelten. Eine Frau wie Theresa suchte und fand in der katholischen Kirche Schutz, Trost und eine Möglichkeit zu überleben. Ich bin mir sicher, daß sie sich das alles sauer verdient hat.«

»Ich auch«, sagte Karen Harper, und es klang aufrichtig. »Für uns ist so etwas wohl schwer zu verstehen. Ich meine, in eine Gesellschaft hineingeboren zu werden, in der man von Anfang an wie ein Aussätziger behandelt wird und kaum eine Chance hat, so daß man sich als Nonne verkleiden und auf gewisse Dinge verzichten muß...«

»Sie spielen auf den Zölibat an?«

»Ja.«

»Nun, die meisten eurasischen Frauen, zumeist Töchter von französischen Soldaten und Vietnamesinnen, hatten die Wahl zwischen dem Kloster und dem Bordell. In einem Puff waren sie ähnlich sicher und geborgen, allerdings ohne Keuschheitsgelübde.«

»Natürlich. Kannten Sie diese Schwester Theresa eigentlich schon vor den fraglichen Ereignissen?«

Tyson wollte in nebensächlichen Angelegenheiten keine Unwahrheiten sagen, aber er wollte natürlich auch vermeiden, daß die Henker der Army ihm aus lauter einzelnen Fäden einen Strick drehten. Je weniger er über Schwester Theresa sagte, desto besser. Andererseits konnte sie, wie die anderen Beteiligten auch, jederzeit auftauchen. »Ja, ich kannte sie schon vorher«, sagte er.

»Wie haben Sie sie kennengelernt?«

»Es war eine flüchtige Begegnung – in glücklicheren Zeiten, vor der Tet-Offensive.«

»Wie?«

»Zufällig. Beim Gottesdienst in der Phu-Cam-Kathedrale.«

»Was hatten Sie dort zu suchen?«

»Meinen entlaufenen Hund.«

»Ich meine, Sie sind doch nicht katholisch!«

»Ich bin mit einem katholischen Offizier hingegangen, weil ich mir die Kathedrale ansehen wollte.«

»Und wann sind Sie Schwester Theresa das nächstemal begegnet?«

»Eine Woche vor Weihnachten. Ich lieferte im Kloster ein paar... Freßpakete ab, und sie war zufällig dort. Ein, zwei Tage später fand in der ›Jeanne-d'Arc-Schule‹ in Huê eine Weihnachtsfeier für die Kinder statt, und der für die Zivilbevölkerung zuständige Verbindungsoffizier brauchte jemanden, der Klavier spielen konnte.«

»Sie spielen Klavier?«

»Genauso gut, wie ich Französisch spreche, aber ein paar Weihnachtslieder kann ich auswendig. Ich spiele sie Ihnen eines Tages mal vor.«

»Damit warten wir lieber bis Weihnachten. Sie sind ihr also auf der Weihnachtsfeier begegnet und haben mit ihr geredet?«

»Ja, aber es war nur eine kurze Unterhaltung.«

»In welcher Sprache?«

»Französisch, Vietnamesisch und Englisch.«

»Worum ging es?«

»Um nichts, das für diesen Fall von Belang ist. Wir redeten vom Krieg, von den Kindern, vom lieben Gott und so weiter.«

»Sind Sie Christ?«

»Ja, das ist ja jetzt modern. Nur in meiner Firma nicht, da bin ich von neun bis fünf Uhr Buddhist.«

»Waren Sie damals, im Jahr 1968, auch schon Christ, als das noch nicht schick und modern war?«

»Ich habe versucht, einer zu sein. Warum?«

Sie überging seine Frage mit einem Achselzucken. »Haben Sie Schwester Theresa nach der Weihnachtsfeier noch einmal wiedergesehen?«

»Ja.«

»Wie oft?«

»Vielleicht viermal.«

»Unter welchen Umständen?«

»Was meinen Sie damit?«

»Haben Sie sie dienstlich aufgesucht? War es eine zufällige oder geplante Begegnung? War es ein gesellschaftlicher Anlaß?«

»Alles zusammen. Was macht das schon für einen Unterschied?«

»Ich versuche herauszufinden, wie es um ihre Glaubwürdigkeit steht. Nachdem ich festgestellt habe, daß Sie sie recht gut gekannt haben, könnte sie nicht mehr eine so unvoreingenommene Zeugin abgeben, wie ich anfänglich geglaubt habe. Aus diesem Grund muß ich wissen, wie eng Ihre Beziehungen waren.«

Als Tyson schwieg, fragte sie weiter.

»Nach dieser Weihnachtsfeier – wann und wo haben Sie sie da getroffen?«

»Ich habe mich kurz nach Weihnachten zweimal mit ihr getroffen. Es gab einen kurzen Waffenstillstand. Bei der Weihnachtsfeier hatte ich anscheinend derartigen Eindruck gemacht, daß die MAC-V – das war die Einheit, die bei der vietnamesischen Zivilbevölkerung Kontaktpflege betrieb – mich für einige Zeit in Huê behalten wollte und sogar ein entsprechendes Gesuch einreichte.«

»Hatte Schwester Theresa vielleicht etwas mit diesem Gesuch zu tun?«

»Aha, Sie wittern dramatische Verknüpfungen, nicht wahr?«

»Nun?«

Tyson machte eine wegwerfende Handbewegung. »Möglicherweise.«

»Sie haben sie also noch zweimal während der Feuerpause um Weihnachten herum getroffen. Und danach?«

»Noch einmal Mitte Januar. Ich war nach Huê beordert worden, um mit den Leuten von der MAC-V über meine eventuelle Versetzung zu sprechen.«

»Die boten Ihnen also einen Job an?«

»Ja.«

»Und sagten Sie ja?«

»Ja. Ehrlich gesagt hatte ich von der Front die Nase voll.«

»Wie kommt es dann, daß Sie doch bis zum Ende einen Zug von Infanteriesoldaten befehligten?«

»Das war eine reine Zeitfrage. Ich sollte mich bis zum 30. Januar bei der MAC-V melden und mich von da an meiner neuen Aufgabe widmen, uns Amerikanern die Herzen der Einheimischen zu gewinnen. Ein Stabsoffizier hatte mir empfohlen, möglichst schon zum vietnamesischen Neujahrsfest dazusein. Ich weiß noch, daß er das Wort *Tet* verwendete, aber ich wußte damals noch nicht, was das bedeutete. Der 30. Januar kam immer näher, und die Alpha-Kompanie befand sich wie gewöhnlich im Fronteinsatz. Ich entschloß mich, nicht mit dem Versorgungshubschrauber am Vormittag, sondern mit dem am Nachmittag zum Nachschublager zu fliegen. Wahrscheinlich fühlte ich mich ein bißchen schuldig, weil ich von meiner Einheit wegging. Browder hatte mich die ganze Zeit damit aufgezogen, daß ich als Etappenhengst Karriere machen wolle. An jenem Vormittag ging ich also noch einmal auf eine Patrouille, von der ich annahm, daß es meine letzte sein würde.«

»Und am Morgen des 30. Januars passierte dann die Sache mit dem Marktplatz von Phu Lai?«

»Ja. Als ich dort lag und auf den Tod wartete, bedauerte ich natürlich, nicht den Hubschrauber am Vormittag genommen zu haben. Doch dann gefiel es dem Schicksal, mich am Leben zu lassen, und am 31. Januar wurde das Quartier der MAC-V von kommunistischen Soldaten umzingelt. Ihre Angriffe blieben zwar stekken, aber eine Menge Amerikaner starben bei der Verteidigung des Geländes. Noch mehr wurden außerhalb der befestigten Stellungen vom Feind geschnappt. Sie hatten an Neujahrsfeiern teilgenommen und wurden später mit auf dem Rücken gefesselten Händen gefunden. Man hatte ihnen eine Kugel in den Kopf gejagt.«

Er zündete sich eine Zigarette an. »Das steht bestimmt irgendwo in Gottes Notizbuch vermerkt, meinen Sie nicht auch? 30. Januar, vormittags: Tyson läßt den Hubschrauber ohne ihn zurückfliegen. Er wird statt dessen in Phu Lai vom Vietcong unter Beschuß genommen. Streifschuß am Ohr. Abends: Tyson diniert mit seinen Männern auf einem Friedhof. Es gibt die übliche Marschverpflegung. Wenig später Beginn der Tet-Offensive.« Er blickte dem Rauchkringel seiner Zigarette nach. »Mir war es nicht bestimmt, in Phu Lai, bei der MAC-V, im *Hôpital de la Miséricorde* oder auf dem ›Erdbeerfeld‹ zu sterben. Statt dessen hat es das Schicksal so eingerichtet, daß ich heute abend mit Ihnen in diesem Zimmer bin.«

Sie saß mit gesenktem Kopf da. Sie schien über etwas nachzudenken. Schließlich schaute sie auf und fragte mit ausdrucksloser Stimme: »Als Sie Mitte Januar wegen Ihrer eventuellen Versetzung in Huê waren, hatten Sie also Gelegenheit, Schwester Theresa wiederzusehen? Wie oft haben Sie sich mit ihr getroffen?«

»Daran erinnere ich mich nicht genau. Ein- oder zweimal. Ich blieb nur zwei Tage.«

»Und danach sind Sie ihr erst wieder am 15. Februar im *Hôpital de la Miséricorde* begegnet?«

»Das ist richtig.«

»Für Sie muß das eine Überraschung gewesen sein.«

»Das kann man wohl sagen.«

»Sie wußten nicht, daß sie dort arbeitete?«

»Ich wußte gar nicht, daß es dieses Krankenhaus gab, Major!«

»Natürlich. Aber hat sie nie erwähnt, daß sie in einem Hospital arbeitete?«

»Nein, ich wußte nur, daß sie in einer von den Katholiken betriebenen Verteilungsstelle für Medikamente tätig war, nicht weit von der ›Jeanne-d'Arc-Schule‹ und der Kirche entfernt.«

»Wo haben Sie sich um die Weihnachtszeit mit ihr getroffen? Was kann man denn so in Huê unternehmen? Ich meine, wo geht man als amerikanischer Offizier mit einer Nonne hin?«

»Sind Sie jetzt sarkastisch oder einfach nur neugierig?«

»Ich mache mir so meine Gedanken.«

»Vielleicht sollte ich doch meine Memoiren schreiben.«

»Exotisches Lokalkolorit, eine ahnungslose Stadt am Vorabend der großen Katastrophe, ein junger Offizier, der bald an die Front zurück muß und der eine atemberaubend schöne junge Frau kennenlernt, noch dazu eine Nonne…«

»Wenn Sie das so sagen, klingt es wie ein richtiges Melodram. Eine Geschichte aus einem Frauenblatt.«

»Seien Sie kein Chauvi! Also, wo gingen Sie mit ihr hin?«

»Das geht nur mich etwas an.«

»In Ordnung. Aber wie ist sie dann Ihrer Meinung nach in dieses Krankenhaus am Rand der Stadt gelangt?«

»Ich habe keinen blassen Schimmer.«

»War es Zufall oder Schicksal?«

»Schicksal.«

Major Harper nickte. »Und dort im Krankenhaus sahen Sie sie zum letztenmal?«

»Ja.«

»Haben Sie sich nie gefragt, was aus ihr geworden ist?«

»Oft.«

»Dann war in Picards Buch doch eine gute Nachricht für Sie enthalten.«

»Ja, das ist richtig.«

»Würden Sie sie gern wiedersehen?«

»Nein.«

»Warum nicht?«

»Aus dem gleichen Grund, warum ich nicht an Klassentreffen teilnehme.«

»Und der wäre?«

»Ich wüßte nicht, was ich sagen sollte.«

»Und Ihre Erinnerungen?«

»Junge Leute streben nach Dingen, die sich nie verwirklichen, und alte erinnern sich an Dinge, die niemals passiert sind.«

»Wer hat das gesagt?«

»Ich.«

»Stammt es von Ihnen?«

»Das weiß ich nicht mehr.«

»Haben Sie damals mit ihr gesprochen? Im Krankenhaus?«

»Nur ein paar Worte.«

»Zum Beispiel?«

»Ich erinnere mich nicht mehr. Sie können sich vorstellen, was man in solch einer Situation sagt, irgend etwas Belangloses, vielleicht ein paar tröstende Worte. Dann... kam jemand und nahm sie mit. Das Gebäude stand in Flammen.«

»Und danach haben Sie sie nie wiedergesehen?«

»Das sagte ich schon.«

»Aber wo ist sie hin? Bestimmt hat sie sich bis zum Ende der Schießerei in der Nähe aufgehalten, und ich könnte mir auch denken, daß sie bei Ihnen oder bei Ihren Leuten Schutz gesucht hat. Den hätten sie ihr doch gewährt, oder?«

»Nein, das hätten sie nicht«, sagte Tyson leise.

Sie ließ ein paar Sekunden verstreichen, bevor sie fragte: »Ist das wahr?«

»Ja, ich meine, die... die Situation erlaubte es ihnen nicht...«

Ihre Blicke kreuzten sich. Keiner wollte wegschauen. Schließlich sagte sie: »Haben Sie nach ihr gesucht, als die Schießerei vorüber war?«

»Ja natürlich, aber wir mußten weiter, wir mußten den Feind verfolgen. Ich ging davon aus, daß sie umgekommen war...«

»Die Verfolgung des Gegners war wichtiger, als den Überlebenden im Krankenhaus Schutz anzubieten?«

»Leider ja. Für so etwas gibt es einen Namen: Krieg.«

»Aber dort gab es Europäer, vietnamesische Katholiken, Verletzte –«

»Wir machten keine Unterscheidung zwischen den einzelnen Flüchtlingen.«

»Wirklich nicht? Wie oft begegneten Ihnen denn Europäer? Oder katholische Nonnen? Verzeihen Sie mir, aber Sie hätten sich eine große Feder an den Hut stecken können, wenn Sie diese Leute gerettet und zu einem amerikanischen Stützpunkt gebracht hätten. Wo sind sie denn hin, die Überlebenden dieser Kampfhandlungen?«

Tyson merkte ihr an, daß sie müde war. Ihre Stimme hatte einen leicht streitbaren Unterton angenommen. Er hatte den Eindruck, daß sie irgendwie frustriert war und sich in diese Sache verbohrt hatte.

»Wo sind sie geblieben, Lieutenant?« wiederholte sie scharf.

»Geflohen.«

»Und warum sind sie vor Ihnen geflohen?«

»Sie sind nicht vor uns abgehauen, sondern einfach geflüchtet.«

»Die Verwundeten auch?«

»Die Verwundeten? Ach ja, die wurden von den anderen Überlebenden mitgenommen.«

»Es *gab* keine Überlebenden, Lieutenant!« hielt ihm Karen Harper erregt entgegen. »Sie sind alle umgekommen! Das hat Schwester Theresa zumindest diesem Picard erzählt. Die Soldaten Ihres Zuges haben alle ermordet. So hat sie es ausgedrückt. Und das ist auch der Grund, warum in den Unterlagen der katholischen Hilfsorganisation all diese Ärzte und Krankenschwestern als verschollen geführt werden. Sie sind im Krankenhaus getötet worden!«

Tyson sprang auf. »Sie sind von diesen gottverdammten Kommunisten umgebracht worden!« schrie er beinahe. »Vor, während und nach dem Gefecht! Es brach eine Panik aus, sie rannten weg und wurden von feindlichen Soldaten in und in der Nähe von An Ninh Ha abgeknallt.«

»Nein! Sie sind im Krankenhaus umgekommen.« Auch Karen Harper war aufgestanden. »Es geht hier nur um eine einzige Frage: Hat diese Schwester Theresa, vor Todesangst halb hysterisch, als Augenzeugin einen schlecht geplanten, vielleicht sogar dilettantischen Sturmangriff miterlebt, der zum Tod vieler unschuldiger Menschen und zur Zerstörung des ganzen Krankenhauses geführt hat? Oder wohnte sie einem kaltblütigen Massaker bei, an dessen Ende das Krankenhaus angesteckt wurde, um alle Spuren zu vertuschen?« Sie blickte ihm starr in die Augen. »Falls Sie etwas falsch gemacht haben, dann geben Sie es jetzt in Gottes Namen zu, damit der Verdacht auf Massenmord fallengelassen wird. Vergessen Sie Ihr Ego und Ihren Stolz, erzählen Sie mir, ob Ihnen tatsächlich ein furchtbarer Fehler unterlaufen ist, der so viele Menschen das Leben gekostet hat. Für Totschlag gibt es Verjährung, und die gesetzliche Frist ist abgelaufen. Also los!«

»Angenommen, ich erzähle Ihnen alles so, wie Sie es verlangen – werden Sie dann in Ihren Bericht aufnehmen, daß ich gestanden habe, des Totschlags, nicht jedoch des Mordes schuldig zu sein? Und werden Sie auch schreiben, daß sich das mit Ihren eigenen Recherchen deckt?«

»Ja, das würde ich tun.«

»Und dann ist die Sache ausgestanden für mich? Und für meine Leute?«

Sie zögerte sekundenlang. »Ich würde alles tun, damit die Sache schnell zum Abschluß gebracht wird.«

»Das würden Sie? Warum?«

Sie schüttelte den Kopf. »Weil mich das alles ganz krank macht.«

»Das macht *Sie* krank? Ich glaube, daß *alle* Beteiligten die Schnauze voll haben! Aber was ist mit der Wahrheit und der Gerechtigkeit?«

»Zum Teufel damit!« Sie rieb sich mit dem Handrücken die Augen. Die Geste hatte fast etwas Kindliches, aber dann nahm sie sich zusammen und sagte: »Tut mir leid, ich bin müde.« Sie räusperte sich und blickte ihn an. »Natürlich müssen wir diese Angelegenheit weiterverfolgen, und unser Ziel wird sein, Sie entweder vollständig zu rehabilitieren oder aber gegebenenfalls alles belastende Material an die zuständige Stelle weiterzuleiten.«

Er begriff, daß er eine Gelegenheit hatte verstreichen lassen, und es tat ihm ein bißchen leid. »Ich glaube, Sie sollten jetzt besser gehen«, sagte er.

»Ja.« Sie nahm ihre Sachen an sich, stand auf und ging zur Tür. Tyson sah ihr nach, während sie den langgestreckten Raum durchquerte. In der offenen Tür drehte sie sich noch einmal um, blickte ihn einen Moment lang an und ging.

Tysons Blick fiel auf das Durcheinander auf dem kleinen Tisch: Aschenbecher, Gläser, Papiere. Seine Augen wanderten zu der Bar, neben der die Scherben von dem zerschmetterten Champagnerkelch auf dem Boden lagen. Wie ein Detektiv registrierte er alles, so als wollte er ergründen, was sich hier abgespielt hatte. Dann trat er ans Fenster und blickte auf die nächtlich erleuchtete Stadt hinab. Sechs Stockwerke tiefer entdeckte er Karen Harper, die die Pennsylvania Avenue hinunterging. Er folgte ihr mit den Blicken. Ihr Gang hatte nichts Beschwingtes und Zielstrebiges. Nein, sie bewegte sich genauso, wie sie sich fühlte: erschöpft und unsicher.

Jetzt bin ich nicht mehr allein, sagte sich Tyson und freute sich fast.

## *Kapitel 21*

Benjamin Tyson knipste die Lampen in seinem Hotelzimmer aus, mixte sich noch einen Drink, setzte sich in den Sessel und legte die Füße auf den kleinen Tisch. Müde und teilnahmslos beobachtete er, wie draußen am abendlichen Sommerhimmel ein Flugzeug nach dem anderen in einer weiten Schleife den National Airport anflog.

Eine Kaiserstadt, eine Stadt der Monumente, Huê, Washington – beide verschmolzen in seiner Phantasie. Er schloß die Augen.

Lieutenant Benjamin Tyson warf einen Blick auf die Landkarte, die auf dem Beifahrersitz seines offenen Jeeps lag, beschwert mit einem Colt Automatic Kaliber 45.

Huê bestand aus drei Teilen: der von den Mauern der Zitadelle umgebenen Altstadt am Nordufer des Perfume River; dem Stadtteil Gia Hoi, einer ziemlich neuen Vorstadt außerhalb der Stadtmauern – und der sogenannten »Südseite«, dem Europäerviertel am linken Flußufer.

Vorsichtig bog Tyson in eine nicht beschilderte Straße in der »Südseite« ein und blickte prüfend die Häuserfassaden entlang. Als er sich den Jeep vom MAC-V, dem für Fragen der einheimischen Zivilbevölkerung zuständigen *Military Advisory Command-Vietnam,* ausgeliehen hatte, hatte ihm ein Unteroffizier, der im Fuhrpark Dienst tat, ein paar Instruktionen für das Fahren in der Stadt mit auf den Weg gegeben. »Vermeiden Sie menschenleere Straßen«, hatte ihm der hagere, aus South Carolina stammende Sergeant geraten.

»In Ordnung.«

»Halten Sie sich an die Straßen, wo viele Kinder rumlaufen. Sogar der Vietcong ballert da nicht gern rum. Nehmen Sie unterwegs niemanden mit, auch keine Miezen, und achten Sie auf die Motorräder. Die Kerle sind glatt imstande, Ihnen im Vorbeifahren irgend so einen Knallfrosch ins Auto zu werfen.«

»Vielleicht sollte ich mir lieber einen Panzer ausleihen!«

»Ach was, Huê ist eigentlich ganz schön sicher, jedenfalls viel sicherer als die Straßen von New York, Lieutenant.«

Mag sein, dachte Tyson, aber ich wäre jetzt trotzdem lieber in der Third Avenue.

»Und bringen Sie mir meinen Jeep wieder heil zurück, ja?«

Tyson hatte dem Sergeanten versprochen, sich die größte Mühe zu geben.

Jetzt saß er in dem Fahrzeug und ließ den Blick über weiße, stuckverzierte Häuser mit Vorgärten schweifen. Es sah alles ganz friedlich aus. Langsam fuhr er durch die geschäftigen, von Bäumen gesäumten Straßen, wo es von dreirädrigen Lambrettas, Peugeots, Fahrradtaxis und Motorrädern jeder Farbe und Machart wimmelte. Es waren kaum Militärfahrzeuge unterwegs. Die Luft an diesem späten Nachmittag war von durchdringenden exotischen Gerüchen geschwängert. Eine Gruppe hübscher, in weite seidene *ao dai* gekleideter Gymnasiastinnen überquerte im Gänsemarsch die Straße. Die Mädchen warfen Tyson, dem jungen Lieutenant, verstohlene Blicke zu, kicherten und tuschelten. Ihre Lehrerin, eine alte Nonne, tadelte sie mit strengem Blick. Schon war die kleine Prozession vorbei, und Tyson fuhr weiter.

Es war die Woche vor Weihnachten, und solange er in dieser tropischen Stadt keine Anzeichen für das bevorstehende Fest entdeckte, verspürte er keine Wehmut und auch kein Heimweh. Doch hier, in dem vorwiegend von Europäern und vietnamesischen Katholiken bewohnten Stadtviertel, entdeckte er einiges, das ihn an das Fest erinnerte: einen Weihnachtsbaum in einem Fenster, einen kleinen Jungen mit einem eingewickelten Geschenk und, hinter den heruntergelassenen Jalousien einer Villa, die Klänge eines Klaviers: *Stille Nacht, heilige Nacht.*

Tyson fuhr über den Platz vor der Phu-Cam-Kathedrale. An der Nordseite befand sich hinter Sandsäcken eine Maschinengewehrstellung. Ein paar Soldaten der südvietnamesischen Armee bummelten Hand in Hand, wie es unter vietnamesischen Männern üblich ist, über den Platz. Ansonsten gab es nirgends Anzeichen dafür, daß in Huê Krieg herrschte. Quang Tri im Norden und Phu Bai im Süden waren von Stacheldrahtzäunen, Geschützstellungen und grünlichen Plastiksandsäcken entstellt. Huê hingegen schien unversehrt, eine Illusion von betörender Schönheit. Die Lebenskraft und der Zauber der Stadt wurden durch die von Krieg und Schrecken gekennzeichnete Realität jenseits der nutzlosen Befestigungsmauern nur noch erhöht.

Tyson bog in eine enge Gasse ab und hielt vor dem Zaun eines Vorgartens an. Er sprang aus dem Jeep, hängte sich den Karabiner um und hievte einen schweren, in PX-Weihnachtspapier gewikkelten Karton vom Rücksitz.

Bevor er das verrottete hölzerne Gartentor öffnete und den von Hibiskus und Weihnachtssternen überwucherten Garten betrat, blickte er prüfend nach links und rechts die Straße hinunter. Er zog an einer Klingelschnur, und eine Minute später wurde die Mahagonitür von einer alten Dienerin geöffnet. »*Allo. Toi dai-uy* Tyson«, sagte er. »*Sœur Thérèse, s'il vous plaît.*«

Die Alte lächelte und entblößte dabei eine Reihe unregelmäßiger, durch das Kauen von Betelnüssen rötlich gefärbter Zähne. Mit einer Handbewegung forderte sie ihn auf, ihr in den dunklen Vorraum zu folgen. Dann führte sie ihn in ein Wohnzimmer.

Tyson lehnte den Karabiner gegen eine Anrichte und setzte sich in einen muffigen Polstersessel, in dessen abgewetztem Bezugsstoff ein paar hin und her sausende Silberfischchen hausten. Der Sessel wirkte wie alle Möbelstücke im Raum europäisch und stammte anscheinend aus der Zeit vor dem Zweiten Weltkrieg. Eine Eidechse huschte über die schmuddlige, weiß verputzte Wand und verschwand hinter einer billigen Reproduktion der Heiligen Jungfrau. Die Mörtelfugen zwischen den roten Terracottafliesen waren grünlichschwarz vor Schimmel. Dagegen wirkte der Fußboden so, als wäre er erst vor kurzem geschrubbt worden. Die Tropen, sagte sich Tyson, sind den Schöpfungen des Menschen nicht wohlgesonnen. Wenn man bedachte, daß hier schon seit vierzig Jahren Krieg herrschte, dann konnte man nur darüber staunen, daß in diesem unglücklichen Land überhaupt noch etwas funktionierte.

Tyson hörte sie nicht kommen, aber er sah, wie sich ihr Schatten über die Wand bewegte. Er stand auf und drehte sich um. Sie trug einen *ao dai* aus weißer Baumwolle mit einem hohen Mandarinkragen. Das Gewand war seitlich bis zu den Oberschenkeln geschlitzt, aber darunter schauten die üblichen knielangen Hosen aus Seide hervor. Anscheinend ist es ihr ein bißchen peinlich, daß ich sie hier im Kloster besuche, sagte sich Tyson, und ehrlich gesagt war er selbst ein bißchen verwirrt. Der Krieg rechtfertigte jedoch so manches, was sonst als ungehörig galt. Wenn ein Mann eine Frau besuchte, sollte er dafür allerdings immer einen guten Grund haben. *»Je suis en train de venir... à MAC-V...«*, sagte er und dachte im stillen, daß »zufällig vorbeigekommen« auf französisch genauso trivial klang wie auf englisch. *»Comment allez-vous?«*

Sie neigte den Kopf. *»Bien. Et vous?«*

*»Bien.«* Er hob den Karton vom Fußboden auf und stellte ihn auf die Anrichte. *»Pour vous... Et pour les autres sœurs. Bon Noël.«*

Sie warf einen Blick auf den Karton, sagte jedoch nichts.

Tyson war unschlüssig, ob er den unangemeldeten Besuch abbrechen oder unter einem Vorwand verlängern sollte. Wäre ich reinen Herzens hier, erfüllt von christlicher Nächstenliebe und vom Geist des Weihnachtsfestes, würde ich mich nicht so plump benehmen, sagte er sich. Aber er mußte sich eingestehen, daß ihn ganz andere Absichten hierhergeführt hatten.

Schwester Theresa trat einen Schritt vor und berührte den Karton mit ihren schlanken Finger. Tyson zog sein Kampfmesser aus dem Futteral, schlitzte das Geschenkpapier auf, öffnete den Karton und förderte einen wahren Schatz an PX-Gütern zutage: Seife, Briefpapier, Obstkonserven, Wundpuder, eine Flasche kalifornischen Wein und andere Konsumgüter.

Schwester Theresa zögerte, dann griff sie nach einem Stück in goldene Folie gewickelter Seife. Sie schnüffelte daran, und unwillkürlich formten sich ihre Lippen zu einem Lächeln.

*»Pour tout«*, sagte Tyson, um den persönlichen Charakter des

Geschenks abzuschwächen. *»Pour les enfants, le dispensaire. Une donation.«* Sie nickte. *»Merci beaucoup.«* Dann legte sie das Stück Seife in die Kiste zurück. *»Bon Noël.«*

Sie standen eine Weile schweigend da, dann sagte Tyson: *»Je vais maintenant.«*

»Könnten Sie... mich mitnehmen... ein Stück?«

Er mußte darüber lächeln, daß sie so unerwartet Englisch gesprochen hatte. »Wohin?«

*»Le dispensaire.«*

»Aber sicher.«

Tyson hängte sich den Karabiner um, und sie ging ihm voran zur Haustür.

Er folgte ihr durch den Garten und half ihr, in den Jeep einzusteigen. Dann machte er eine Kontrollrunde um das Fahrzeug, um nachzusehen, ob irgendwelche Teile abmontiert waren oder, schlimmer noch, ob vielleicht eine Sprengladung angebracht worden war. Einigermaßen beruhigt stieg er ein, drehte den Zündschlüssel und drückte auf den Starterknopf. Der Jeep explodierte nicht, und der Zeiger der Benzinuhr stand noch immer auf halb voll. Der sonst allgegenwärtige Vietcong und die ausgekochten Straßenjungen der Gegend hatten offenbar geschlafen. Dieses Land ist alles in allem doch gar nicht so übel, sagte er sich.

Wortlos fuhren sie am Phu-Cam-Kanal entlang, überquerten die An-Cuu-Brücke und folgten in nördlicher Richtung der Duy-Tan-Straße. Dann und wann kamen sie an kleinen Häusergruppen vorbei, zumeist schmalbrüstig, aus Holz, mit Stegen davor und durch schmale Gassen voneinander getrennt. Tyson fühlte sich an eine alte Westernstadt erinnert.

Hier, am Südufer des Flusses, befanden sich die Universität, das Zentralkrankenhaus, das Sportstadion und auch die Finanzverwaltung, das Hauptpostamt und das im französischen Stil errichtete Kapitol der Provinz. Innerhalb der alten, von Mauern umgebenen Kaiserstadt hatte es diese Institutionen nie gegeben. Die Franzosen hatten sie kurzerhand in dieser südlichen Gegend der Stadt angesiedelt, während die Kaiser noch in ihrer Abgeschiedenheit innerhalb der Zitadelle herrschten. Doch inzwischen regierten hier weder ein Kaiser noch die Franzosen. In Wirklichkeit regierte hier überhaupt niemand mehr. Statt dessen war die Stadt in eine Reihe von Pfründen unter die Militär- und Zivilregierung, die katholischen und buddhistischen Hierarchien, die Studentenschaft und die Europäer aufgeteilt worden. Den Amerikanern war diese Stadt zu schillernd und zu undurchschaubar, und so kam es, daß Huê in ganz Vietnam die einzige Stadt ohne stationierte amerikanische Truppen war. Das ziemlich kleine Kontingent des MAC-V ähnelte dem verbotenen Palast des Kaisers, denn es war genauso von der Außenwelt isoliert. Überall, in jedem Stadtviertel, in jedem Verwaltungsgebäude, in jeder Schule und Pagode und in jedem Häuserblock war die unsichtbare Präsenz der kommunistischen Kader zu spüren. Diese Leute waren in Huê geboren und aufgewachsen, sie bewegten sich zwanglos und unauffällig, aßen an einem Tag mit einem französischen Café-Besitzer und am nächsten mit dem Chef der vietnamesischen Polizei – und die ganze Zeit schienen sie auf etwas zu warten.

Tyson gab Gas, warf einen prüfenden Blick in den Seiten- und Rückspiegel, hielt sich in der Mitte der Straße und achtete besonders auf die Motorräder, die ihn überholten. Huê zerrte mehr an seinen Nerven als der Dschungel. Er warf Schwester Theresa, die friedlich und mit den Händen im Schoß neben ihm saß, einen flüchtigen Blick zu. »Werden Sie vom Vietcong behelligt?« erkundigte er sich. »Ich meine, in der Schule?« Sie blickte starr geradeaus. »Nein, die lassen uns in Ruhe.«

»Warum wohl?«

Sie zuckte die Achseln. »In Huê lassen sich alle Leute gegenseitig in Ruhe.«

»Es heißt aber, daß es in Huê viele Vietcong gibt und daß viele Leute mit ihnen sympathisieren.«

»Hier gibt es eben viele Intellektuelle.«

»Man sagt auch, diese Stadt sei sehr antiamerikanisch.«

»Die Europäer in Huê sind manchmal antiamerikanisch.«

Tyson lächelte. »Die ganze Stadt ist gegen den Krieg.«

»Die ganze *Welt* ist gegen den Krieg!«

»Huê erinnert mich sehr an Greenwich Village. Die Leute ziehen sich hier sogar genauso an.«

Sie blickte ihn an. »Wo ist das?«

»In Amerika.«

Sie nickte. »In Amerika gibt es Straßenkrawalle.«

»Davon habe ich auch gehört.« Tyson fühlte sich manchmal zwischen einer einstmals vertrauten Welt, die ihm immer fremder wurde, seit er sie zum letztenmal gesehen hatte, und einer wirklich fremden Welt, die ihm auf beunruhigende Weise immer vertrauter wurde, hin und her gerissen. Es hieß allgemein, daß man an dem Tag reif für den Psychiater sei, an dem man anfing, den Fernen Osten in seinem ganzen Wesen zu erfassen.

Der Jeep näherte sich der Jeanne-d'Arc-Kirche, einem gelblichen Stuckgebäude mit Säulen und einem imposanten, spitzen Turm. Ganz in der Nähe gab es eine Schule, und das Gebäude einer kleinen Sanitätsstation war durch ein rotes Kreuz gekennzeichnet. »Ich gehe von hier aus zu Fuß«, sagte Schwester Theresa.

Tyson hielt am Rand der geschäftigen Straße. Schwester Theresa blieb neben ihm sitzen. Nach einer Weile fragte sie: »Wann gehen Sie fort?«

Tyson drehte sich ganz zu ihr hin. »Aus Vietnam? Am 17. April. Spätestens.«

Sie nickte bedächtig.

»Warum fragen Sie?«

Sie hob eine Schulter. Typisch französisch, dachte Tyson und überlegte, welcher Elternteil wohl Franzose war. »Haben Sie Verwandte in Huê?« erkundigte er sich.

»*Oui.* Die Familie meiner Mutter. Mein Vater ist ein… *un para.*«

»Ein französischer Soldat, ein Fallschirmjäger?«

*»Oui, un para.«*

»In Frankreich?«

Wieder zuckte sie mit der Schulter. »Ich habe ihn nie kennengelernt.«

»Waren Sie schon mal in Frankreich?«

»Nein, nur in Da Nang. In der Klosterschule.«

»Sie sprechen gut Französisch. Sie hatten eine gute Erziehung, Sie sind Nonne und zur Hälfte Französin. Warum gehen Sie nicht von hier weg? Nach Frankreich?«

»Warum sollte ich?«

Ja, warum sollte sie wohl? Tyson wechselte das Thema. »Warum sind Sie eigentlich Nonne geworden?«

»Meine Mutter wollte es so. Mein Vater war Katholik.«

»Wie alt sind Sie?«

Die Frage schien sie zu überraschen, doch sie antwortete: »Dreiundzwanzig.«

Sie war also 1945 geboren, am Ende des Zweiten Weltkrieges, in dem Jahr, als die Japaner in Vietnam kapitulierten. Damals hatten die Franzosen und die Kommunisten ihren eigenen Krieg angefangen, um zu entscheiden, wer in diesem Land die Macht haben sollte. Tyson blickte Schwester Theresa an, zögerte kurz und fragte dann: »Ist es nicht schwierig für Sie? Ich meine, daß Sie nicht... heiraten können?«

Sie wandte sich ab.

»Das war eine indiskrete Frage«, entschuldigte er sich rasch.

»Ich bin zufrieden«, antwortete sie. »Es gibt hier in Huê viele Mischlinge, und wir sind... Wie sagt man doch gleich? Wir sind... *les parias.*«

»Ausgestoßene.«

»*Oui.* Unser Volk hat uns verstoßen. Die Europäer behandeln uns gut, aber wir sind nicht soviel wert wie sie. Wir finden unseren Frieden in der Kirche.«

Tyson begriff, daß ihr Weltbild ziemlich beschränkt war. Er hatte eine Abneigung gegen Menschen, die mit Frauen anderer Kulturkreise oder niedrigerer Gesellschaftsschichten Professor Higgins spielten. Deshalb ließ er das Thema fallen und wandte sich einer näherliegenden Sache zu. »Wann kann ich Sie wiedersehen?« fragte er.

Sie drehte sich zu ihm um und blickte ihm direkt in die Augen. Er hielt ihrem Blick stand. Eine ganze Weile verstrich, bis sie schließlich sagte: »Morgen, wenn Sie wollen. Da ist eine... *une soirée pour les enfants. A l'école. Pour le Noël...* Wollen Sie –« Sie machte mit den Fingern eine flatternde Bewegung. »*Le piano?*«

»Oh, gern.«

»*Bien. Les chansons de Noël?*«

»Das ist so ziemlich alles, was ich spielen kann. Außer *Moon River.*«

»*Bien, à onze heures. A l'école.*« Sie wies auf die Schule.

»Ich werde versuchen, dort zu sein.«

»Gut.« Sie lächelte, hob ihre Beine über die Seitenwand des Jeeps und drehte den Kopf zu ihm um. »*Merci, Lieutenant.*«

»*A demain,* Thérèse.«

Es schien sie zu überraschen, so angeredet zu werden. »*A demain*... Benjamin«, sagte sie, ließ sich aus dem Fahrzeug gleiten und ging auf die Sanitätsstation neben der Kirche zu. Tyson sah ihr nach. Sie drehte sich um, lächelte scheu und ging eilig weiter.

Er mußte daran denken, wie er sie vor einem Monat bei seinem ersten Besuch in Huê kennengelernt hatte. Er war mit einem katholischen Offizier zur Messe in die Phu-Cam-Kathedrale gegangen. Zwei Dutzend Nonnen hatten gemeinsam die Kommunion empfangen, unter ihnen eine Eurasierin von einzigartiger Schönheit. Mit zusammengepreßten Händen war sie nach der Kommunion zu ihrer Kirchenbank zurückgekehrt. Der Offizier in Tysons Begleitung hatte sie auch bemerkt, genau wie die anderen Europäer. Jedenfalls hatte Tyson diesen Eindruck gehabt.

Nach der Messe hatte er sie auf dem Platz im Gespräch mit einer vietnamesischen Familie gesehen. Auf Tysons Drängen hin war der andere Offizier mitgegangen, und sie hatten die junge Nonne angesprochen, sich beide vorgestellt.

Schon damals, überlegte er, war es ihm unvorstellbar gewesen, sie nicht wiederzusehen. Heute hatten sie sich erneut getroffen, und es war ihnen beiden klargeworden, welches Risiko jedes weitere Wiedersehen bedeutete.

Er blieb noch ein Weilchen im Jeep sitzen, bis er merkte, daß es schon fast dunkel war. In Huê war die Ausgangssperre spät angesetzt, von Mitternacht bis fünf Uhr morgens, aber die Jungens vom MAC-V hatten es gerne, wenn sich ihre Leute nach Einbruch der Nacht wieder in der Sicherheit des Militärgeländes befanden – es sei denn, man besorgte sich ein anderes Quartier und informierte sie über die genaue Adresse der betreffenden Dame.

Tyson legte den Gang ein und fuhr die paar hundert Meter bis zu den Gebäuden des MAC-V. Der Wachtposten winkte ihn durch das mit Stacheldraht bewehrte Tor.

Ben Tyson schlug die Augen auf und sah, daß die Zeiger auf dem beleuchteten Zifferblatt seines Weckers auf drei Uhr fünfzehn standen. In der Stadt war es noch dunkler geworden. Hoch über dem Horizont funkelten Sterne.

Mehrere Bilder kämpften in seiner Seele um die Oberhand:

Theresa, Karen Harper, Marcy, das Mahnmal, das Krankenhaus, Huê... Es war, als würde die Vergangenheit die Gegenwart überwältigen und sich anschicken, selbst die Zukunft zu werden.

## *Kapitel 22*

Die Fahrt in dem Leihwagen hatte von seiner Wohnung in Manhattan bis nach Sag Harbor fast drei Stunden gedauert, und inzwischen war es hier am östlichen Ende von Long Island schon fast Abend. Die Straßenbeleuchtung war noch nicht eingeschaltet, so daß die von Bäumen gesäumten Straßen im Dunkeln lagen.

Tyson stellte fest, daß er diesen Teil der Stadt nicht kannte. Er fuhr rechts ran und stieg aus. Die Luft war feucht und roch nach Meer. Die Lampen an den Hauseingängen hatten eine dunstige, schimmernde Aura.

Tyson bückte sich und nahm ein Buch aus dem Auto. Er schloß den Reißverschluß seiner Windjacke und ging in westlicher Richtung davon, der sinkenden Sonne entgegen. Nach einer Weile fand er die Straße, die er gesucht hatte. Wenige Minuten später ging er die Main Street entlang. Es waren ziemlich viele Leute unterwegs. Die meisten machten einen Bummel nach Long Wharf. Einige saßen mit einem Drink in der Hand auf der Veranda des alten »American Hotel«.

Tyson überquerte die Main Street und bog in eine schmale Gasse ab, die mit leichtem Gefälle zum Meer hinabführte. Ihm war wieder eingefallen, wo er einen bestimmten Briefkasten zum letztenmal gesehen hatte, und so fand er wenig später das Haus, ein sehr altes, mit Schindeln aus Kiefernholz gedecktes, fast quadratisches Gebäude, das auf einem kleinen Hügel über einer Bucht stand. Ein wackeliger Holzzaun lief rund um das ziemlich ungepflegte Grundstück. Auf dem Briefkasten standen noch immer dieselben Namen: Picard/Wells. Im Haus brannte Licht.

Tyson öffnete das Tor und ging über einen schmalen Gartenweg, der mit zerstampften Muscheln bestreut war, auf das Haus zu. Ohne zu zögern – er hatte ja schließlich nicht den ganzen weiten Weg zurückgelegt, um am Ende doch noch klein beizugeben –, hob er den Türklopfer aus Messing und ließ ihn heftig auf die schwarzgestrichene Tür fallen. Er vernahm das Geräusch von Schritten, und dann ging die Tür auf. »Ja bitte?«

Andrew Picard musterte seinen Besucher im schwachen Licht der Lampe über dem Hauseingang, dann zog er die Augenbrauen in die Höhe. »Oh, Sie...«

Tyson starrte ihn an, und es verging eine ganze Weile, ohne daß einer von beiden etwas sagte. Picard wirkte ziemlich kühl und beherrscht, aber Tyson sagte sich, daß das vielleicht am Alkohol lag, denn er hatte eine Fahne.

Tyson schaute sich den hochgewachsenen, schlaksigen Mann, der so dicht vor ihm stand, etwas genauer an. Picard trug Bluejeans und ein sportliches Hemd mit hochgekrempelten Ärmeln. Er war tief gebräunt, und sein ziemlich langes Haar wirkte wie von der Sonne und der salzigen Luft gebleicht. Tyson wußte, daß er einen Absolventen der Yale-Universität vor sich hatte, und er hatte auch schon Picards Stimme im Radio und im Fernsehen gehört. Unwillkürlich kamen ihm die Worte »feiner Pinkel« und »elitärer Schreiberling« in den Sinn, aber die Realität sah anders aus als solche unfreundlichen Vorurteile. Tyson rief sich selbst ins Gedächtnis, daß dieser Picard ein ehemaliger Offizier der Marine war, der in jeder Hinsicht seine Pflicht erfüllt hatte.

»Kommen Sie rein!« sagte Picard, und Tyson folgte ihm ins Wohnzimmer. Aus einer Stereoanlage tönte gerade Paul McCartneys Lied *Hey Jude*. Tyson mußte sich erst an das dämmrige Licht gewöhnen. Er befand sich in einer Art Saal. Offenbar waren alle Trennwände herausgerissen worden, und nur die handbehauenen Trägerbalken standen noch. Die schlichten lackierten Möbel sahen samt und sonders aus, als wären sie bei einem Trödler gekauft worden. Drei geknüpfte Teppiche bedeckten den aus groben Dielenbrettern bestehenden Fußboden, und die Wand linker Hand wurde von einem aus runden Bachkieseln gemauerten Kamin beherrscht. In diesem Kamin brannte ein kleines Kohlenfeuer, das die feuchte Meeresluft erwärmte und leidlich trocknete.

Die Fenster der angrenzenden Küche gingen auf die Bucht hinaus. Tyson konnte die Lichter von Baypoint auf der anderen Seite des Wassers sehen und glaubte sogar, die Außenbeleuchtung seines eigenen Sommerhauses erkennen zu können. Draußen vor der verglasten Schiebetür bewegten sich Schatten. Er spürte, wie sich sein Puls beschleunigte.

»Sind Sie gekommen, um mich umzubringen?« fragte Picard.

Tyson wandte sich von dem Fenster ab.

»Auf den Gedanken bin ich noch nicht gekommen.«

»Schön. Wie wäre es dann mit einem Drink?«

»Ich brauche keinen, aber tun Sie sich meinetwegen keinen Zwang an.«

Picards Blick fiel auf das Buch in Tysons Hand.

»Ich bin gekommen, um Sie um ein Autogramm zu bitten«, sagte Tyson und hielt ihm das Buch hin.

Picard nahm es, warf einen Blick darauf und lächelte. »Aha, eines meiner Frühwerke. Hat es Ihnen gefallen?«

»Ja, nicht übel.«

»Romane zu schreiben macht viel Spaß, Tatsachenberichte dagegen können manche Leute ganz schön auf die Palme bringen.« Er legte das Buch auf den ovalen Eßzimmertisch und schlug es auf. »Aber das Buch stammt ja aus der Bibliothek von Garden City!« Doch dann machte er eine lässige Handbewegung. »Haben Sie was zu schreiben?«

Tyson reichte ihm einen Kugelschreiber.

Der Schriftsteller dachte einen Augenblick lang nach, dann schrieb er: *Für Ben Tyson. Sag, wo die Soldaten sind, wo sind sie geblieben? Alles Gute! Andrew Picard.*

Er reichte Tyson das aufgeschlagene Buch zurück, der die Worte las und es zuklappte. »Sehr zutreffend«, sagte er.

Picard ging zur Stereoanlage und schaltete sie aus. Beide Männer standen sich schweigend gegenüber, aber für Tyson war es kein verlegenes Schweigen. Nein, dieses Schweigen gab ihnen Zeit, um über eine gemeinsame Erfahrung nachzudenken und sich innerlich auf die gegenwärtige Situation einzustellen. Schließlich sagte der Schriftsteller: »Angenommen, Sie hätten doch gern einen Drink – was sollte es dann sein?«

»Scotch.«

Während Picard die Getränke zubereitete, fragte er: »Wie haben Sie mich überhaupt gefunden? Ich stehe doch in keinem Adreßbuch.«

»Der Briefkasten.«

»Ach ja, richtig, der Briefkasten. Ich sollte die Namen übermalen. Seit einiger Zeit ist viel los.«

Er kam aus der Küche und reichte Tyson ein Glas. »Ich trinke auf die, die in Huê ihrem Schicksal begegnet sind – uns eingeschlossen«, sagte er und hob sein Glas. Tyson stieß mit ihm an. Seine Augen wanderten durch den Raum. Unter einem seitlichen Fenster stand ein mit Papieren und Schreibutensilien bedeckter Schreibtisch. »Woran arbeiten Sie gerade?«

Picard zuckte die Achseln. »Mir fällt zur Zeit nicht viel ein.«

»Na ja, Sie könnten ja über den Kriegsgerichtsprozeß gegen Benjamin Tyson berichten.«

Zum erstenmal schien sich Picard nicht so recht wohl in seiner Haut zu fühlen. »Ich glaube, das lass' ich lieber bleiben.«

Tyson stellte sein Glas auf die Tischkante und betrachtete eine steile Treppe ohne Geländer, die zum Dachgeschoß hinaufführte. »Wohnen Sie hier allein?« fragte er.

»Ja, aber ich erwarte jeden Augenblick Besuch – fünf mit Schrotflinten bewaffnete Jagdfreunde.« Er grinste.

Tyson hatte für diese Art von Humor im Augenblick nichts übrig. Picard nahm noch einen großen Schluck von seinem Drink, und Tyson argwöhnte, daß er schon ein bißchen angetrunken war. »Ein paarmal hätte ich Sie fast angerufen«, sagte der Schriftsteller.

»Aber? Sie haben mich doch angerufen, allerdings ist das schon ein paar Jahre her. Wahrscheinlich hätte ich mich damals mit Ihnen treffen sollen.«

»Für mich war es leichter, über Sie zu schreiben, ohne Sie kennengelernt zu haben. Wenn wir uns auch nur ein einziges Mal zusammen betrunken hätten, dann wäre dieses ganze Kapitel von meinem Buch vielleicht ins Feuer geflogen.«

»Und dann wären Sie jetzt noch ein unbekannter Autor.«

»Aber ein glücklicherer Mensch! Wissen Sie, ich bin nicht scharf auf Ruhm.«

»Nein, das sind Sie vielleicht wirklich nicht.«

Picard nippte nachdenklich an seinem Glas. »Ich nehme an, Sie haben das ganze Buch gelesen und wissen deshalb, daß auch ich in Vietnam Freunde verloren habe. Die meisten von ihnen hatten noch nicht einmal die Chance, im Kampf zu fallen. Sie waren Offiziere beim MAC-V, genau wie ich, und sie wurden außerhalb des Hauptquartiers von den Kommunisten geschnappt. Man schleppte sie zu einem Straßengraben und schoß ihnen eine Kugel in den Kopf. Ein paar wurden auch lebendig begraben.« Er starrte sekundenlang vor sich auf den Fußboden, dann fuhr er fort. »Manche Menschen gehen zum Psychiater, Schriftsteller *schreiben* sich alles von der Seele.«

Tyson nickte. »Und wie fühlen Sie sich jetzt, Picard? Sind die Alpträume weg? Wie geht es den Gespenstern aus Ihrem Leben?«

Picard rieb sich nachdenklich das Kinn. »Nun, ich denke seit einiger Zeit mehr darüber nach. Wissen Sie, ich habe wohl die falsche Tür aufgemacht... Es fing alles an, als ich mit den Recherchen für das Buch begann und mich mit den Überlebenden unterhielt. Da kam die Sache ins Rollen...«

»Sie haben den Überlebenden nicht gerade einen Gefallen getan«, warf Tyson ein.

Der Schriftsteller hatte es anscheinend überhört. »In der ersten Zeit war in Vietnam nicht viel los – bis zur Tet-Offensive. Dann mußte ich Dinge mitansehen, auf die ich überhaupt nicht vorbereitet war. Sachen, die mir kaum in den Kopf wollten. Ich hatte in Huê schon fast ein Jahr gelebt und war von der Stadt wie verzaubert. Huê war ein helles Licht inmitten eines Landes, auf das sich die Nacht herabgesenkt hatte. Ich glaubte absolut daran, daß Huê etwas Besonderes darstellte. Als ich später nach der Schlacht durch die graue Asche und über verkohlte Leichen hinwegging, sagte ich mir: Nichts auf dieser Welt ist heilig. Plötzlich tat mir diese ganze verdammte Gattung Mensch leid.«

Picard strich sich mit den Fingern durch das lange Haar. Nach einer Weile fuhr er fort: »Sie fragen nach den Gespenstern in meinem Leben. Wissen Sie, ab und zu habe ich einen Traum. Sie erinnern sich bestimmt an einen Ausdruck der Sanitäter bei der Army – *die gehfähigen Verwundeten*. Damit waren die ambulanten Fälle gemeint. Aber in meinem Traum sehe ich solche bandagierten Wesen, halb Zombie, halb Mumie, und diese Wesen wandern durch die graue Asche. Sie strecken die Hände aus, als würden sie betteln, und nach einer Weile brechen sie zusammen, aber immer mehr von ihnen tauchen aus dem weißen Qualm auf...« Er blickte Tyson an. »Ihnen kann ich das erzählen.«

Tyson nickte nur.

Picard starrte eine Weile ins Leere, dann sagte er: »Ich habe einen ungefähr sechs Jahre alten Jungen gesehen, der splitternackt die Straße entlangtaumelte. Eine Explosion hatte ihm die Genitalien abgerissen, aber seltsamerweise schienen ihn die Glassplitter in seinen Armen mehr zu erschüttern. Ich kann sein Gesicht nicht vergessen. Er war ganz allein, weit und breit gab es keine Hilfe für ihn, Tränen rannen über sein Gesicht...« Wieder blickte Picard Tyson an. »Aber bestimmt haben Sie noch Schlimmeres erlebt... Ich meine, bei der Infanterie...«

Tyson schwieg längere Zeit. Schließlich sagte er: »Bei der Infanterie ist man nicht einfach nur Zuschauer, sondern sehr oft die Ursache von all dem Leid, wie Sie so trefflich bemerkt haben. Wissen Sie, es kommt vor, daß man erst schießt und sich dann Fragen stellt, und wenn dann eine alte *Mama-san* oder ein kleines *Baby-san* keinen Ton mehr von sich gibt, dann fühlt man sich wie das schlimmste Monstrum, das Gott jemals erschaffen hat. Das nächstemal reagiert man dann angesichts einer Bedrohung vorsichtiger und kriegt für soviel Rücksicht prompt eine Kugel verpaßt. Daraufhin schwören die Kameraden, beim nächsten Anlaß gleich zu schießen, gewissermaßen im Angedenken an das, was einem passiert ist. So dreht sich das tödliche Karussell immer schneller, bis niemand mehr herunterkann. Jeder versucht als erster zu schießen und alles kaltzumachen, was sich bewegt. So schlagen die Menschen eine fürchterliche Schneise durch Reisfelder und Obstgärten. Es ist wie die vorzeitige Ernte des Todes...« Tysons Blick wanderte zu der Glut im Kamin. Eine Minute lang beobachtete er die bläulichen Flammen, dann wandte er sich wieder Picard zu. »Und Sie? Haben Sie dem kleinen Jungen geholfen?«

Picard antwortete mit stockender Stimme: »Ich... er... er sah mich... und er hob die Arme... wie einer, der sich ergibt... aber er wollte mir nur die Schnitte in seinen Armen zeigen... Große Glassplitter steckten in seinem Fleisch.« Picard schloß sekundenlang die Augen, dann fuhr er fort. »Ich hätte ihn am liebsten angebrüllt: Nicht deine Arme, du Idiot, dein Schwanz und deine Eier! Aber er war ja nur ein kleiner Junge. Unwillkürlich machte ich einen Schritt rückwärts, als er auf mich zukam... Ich hob mein Sturmgewehr und schrie: Hau ab! *Di-di!* Dann drehte ich mich um und rannte weg.« Picard atmete schwer. »Ich konnte ihn einfach nicht näher ranlassen. Es war zuviel für mich.«

»Ja, so was kommt vor«, sagte Tyson mit dem Kopf nickend.

Picard trank sein Glas leer. »Richtig, aber andere Männer in meiner Nähe haben sich besser verhalten.«

Picard ging langsam zur Küche und goß sich noch einen Scotch ein. »Mag sein, daß Sie recht haben«, sagte er. Offensichtlich hatte er sein Stimmungstief überwunden. »Manche Tage sind eben besser als andere. Für Sie war jener 15. Februar ein schlechter Tag. Dafür haben Sie am 29. Februar für die Kranken und Verwundeten gesorgt. Später am Tag traf es Sie dann selbst. *C'est la guerre,* wie unsere kleinen vietnamesischen Verbündeten zehnmal am Tag zu sagen pflegten.«

Tyson trank seinen Whisky aus. Er wurde sich bewußt, daß Picard der erste ehemalige Vietnamkämpfer war, mit dem er sich über den Krieg unterhielt. Gewiß, sie hatten unterschiedliche Erfahrungen gemacht und sahen die Dinge mit anderen Augen, aber sie hatten beide dasselbe ungute Gefühl, daß sie kleine Zeitbomben mit sich herumtrugen, die jederzeit hochgehen konnten.

»Noch einen Drink?« fragte Picard.

»Nein.«

»Nehmen Sie doch Platz!«

»Ich stehe lieber.«

Picard setzte sich in einen Schaukelstuhl neben dem Kamin. »Ich habe zu Ihrer Freundin Karin Harper gesagt, daß ich nur bereit bin, als unparteiischer Zeuge auszusagen, was meine Quellen angeht. Damit meine ich besonders Schwester Theresa. Sie können das auch Ihren Anwälten mitteilen.«

Tyson wunderte sich, warum Picard Karen Harper als seine Freundin bezeichnete.

»Mir liegt nicht daran, daß man Sie ans Kreuz nagelt«, sagte der Schriftsteller.

»Das ist genau das, was ich an euch Schreiberlingen so mag, Picard. Ihr tanzt immer hübsch um den großen Scheißhaufen rum, aber ihr tretet nie rein, und ihr müßt auch nie ein Stück Scheiße fressen. Mein Gott, ich glaube, ihr riecht die Scheiße nicht mal!«

Picard lehnte sich in seinem Stuhl vor. »Ich habe ein paarmal bis über die Ohren dringesteckt!«

»Nein, Sie sind aus Versehen reingefallen. Und als sich der Gestank nach zwei Jahrzehnten verzogen hatte, haben Sie sich kurzerhand hingesetzt und die Welt mit einer Schilderung Ihrer Kriegserlebnisse beglückt.«

Picard schaukelte eine Weile hin und her. Im Haus war es sehr still, nur die dicken Dielenbretter unter dem Schaukelstuhl knarrten leise. »Ich habe das berichtet, was ich selbst gesehen oder was ich von Augenzeugen gehört habe«, sagte Picard schließlich. »Aber manchmal glaube ich, ich hätte das Kapitel über Sie nie schreiben sollen.«

»Und warum glauben Sie das?«

»Nun, es war nicht allzugut... dokumentiert, und... Sie könnten mir deswegen einen Verleumdungsprozeß anhängen...«

»Das ist nicht der eigentliche Grund.«

Ohne zu zögern, antwortete Picard: »Sie haben recht, ich hätte das Kapitel nicht schreiben sollen, weil ich dem kleinen Jungen nicht geholfen und weil ich diesen Vorfall in meinem Buch weggelassen habe. Ich habe auch verschwiegen, daß ich mir fast in die Hosen gemacht habe, als die Kommunisten nachts zum Sturmangriff auf die südvietnamesischen Stellungen ansetzten, und daß ein vietnamesischer Oberst mir eine runterhauen mußte, damit ich wieder zu mir kam. Inzwischen ist mir klargeworden, daß man so was erst bewältigt hat, wenn man sich dazu in aller Öffentlichkeit bekannt hat. »Er blickte Tyson an. »Vielleicht habe ich Ihnen einen Gefallen getan, den ich mir selbst nicht erweisen konnte.«

»Vielen Dank, lieber Freund. Ich werde die Gefälligkeit bei der erstbesten Gelegenheit erwidern.«

Picard lächelte gequält.

Tyson überlegte einen Augenblick, dann sagte er: »Über Ihre eigenen Heldentaten haben Sie ja ausgiebig berichtet. Ich meine zum Beispiel den Tag, als die Südvietnamesen aus ihrem Stützpunkt ausbrachen und den Gegenangriff auf die Zitadelle starteten. An dem Tag benahmen Sie sich wie ein Held. Mitten im dicksten Maschinengewehrfeuer haben Sie verwundete Vietnamesen in Sicherheit gebracht. Stimmt das?«

»O ja, immer zwei von diesen kleinen Kerlen auf einmal. Die ganze Zeit flogen mir alle möglichen Geschosse um die Ohren.« Picard schlug die Beine übereinander und schwenkte sein Glas.

»Vermutlich sollte man als ehrlicher Schriftsteller nicht verschweigen, daß man sich ein paarmal fast selbst in die Hosen gepißt hat. Und ich gehe davon aus, daß Sie und Ihre Untergebenen damals Dinge getan haben, auf die die Army stolz sein kann. Vielleicht hätte ich so etwas in meinem Buch ausführlicher erwähnen sollen.«

»Na ja, vielleicht erinnern Sie sich an diese Erkenntnisse, wenn Sie im Lauf des Ermittlungsverfahrens meinen Männern gegenübergestellt werden, Picard.«

»Ganz bestimmt, aber ich weiß nicht, ob das dann noch etwas nützen wird.«

Tyson blickte dem Rauch nach, der von seiner Zigarette aufstieg. »Ich bin nicht gekommen, um Sie als Entlastungszeugen zu gewinnen, Picard. Ich bin hier, um mich davon zu überzeugen, daß wir wirklich in demselben Krieg gekämpft haben. Wahrscheinlich haben wir das tatsächlich.« Er warf seine Zigarette in den Kamin. »Wir alle haben Geheimnisse, und manchmal erzählen wir sie uns sogar, weil wir uns gut verstehen, aber normalerweise behalten wir solche Sachen für uns. Manches, was wir getan haben, ist uns peinlich, oder wir sind sogar entsetzt darüber, aber mit unseresgleichen können wir darüber reden, ohne etwas erklären oder uns entschuldigen zu müssen. Ich will damit nicht sagen, daß der Vorfall im *Hôpital de la Miséricorde* besser nicht ans Licht gekommen wäre, aber ich bin nicht der Meinung, daß Sie der Richtige waren, um diese Sache an die große Glocke zu hängen!«

Picard erhob sich. »Aber ich *habe* es getan.«

»Ja, und wo Sie nun schon die stillschweigende Abmachung gebrochen haben, daß man über so etwas besser den Mund hält, könnte ich eigentlich die ganze Geschichte erzählen.«

»Aber dieser Dr. Brandt behauptet, alle Beteiligten hätten sich Stillschweigen geschworen, und zwar mit einem feierlichen Eid! Wie werden Sie gegenüber Ihren Männern rechtfertigen, daß Sie die Wahrheit erzählt haben?«

»Ich werde zu ihnen sagen: Wahrheit macht frei.«

»Ist die Wahrheit... Ich meine, ist alles mehr oder weniger so, wie ich es beschrieben habe?«

Tyson mußte lächeln. »Das wird sich vor Gericht herausstellen.«

»Wollen Sie mich verklagen?«

»Gut möglich.« Tyson blickte sich interessiert in dem großen Raum um. »Hübsches Haus. Gemietet oder gekauft?«

Picard lachte, doch dann wurde er nachdenklich. Nach einer Weile sagte er: »Sie sind keiner, der sich auf Erpressung einläßt. Und ich bin keiner, der sich erpressen läßt.«

Tyson warf ihm einen abschätzenden Blick zu, dann wechselte er abrupt das Thema. »Wer ist eigentlich Wells?«

»Wells? Ach so, Sie meinen den Namen auf dem Briefkasten. Eine Dame, die hier früher gewohnt hat. Ich sollte den Namen wohl übermalen.«

»Wohnen Sie allein hier?«

»Manchmal.«

»Ach, wirklich? Waren Sie nie verheiratet?«

»Doch, einmal. Ich habe eine zwölfjährige Tochter. Sie lebt bei ihrer Mutter und ihrem Stiefvater in Kalifornien. Ich vermisse sie. Wissen Sie, das Leben in den guten alten USA ist auch nicht mehr so wie früher, als ich klein war. Nennen Sie mir ein Land, das nicht so lausig ist, ich fahre sofort hin. Kennen Sie eines?«

»Ich fürchte, nein. Verkehren Sie eigentlich mit den hiesigen Schreiberlingen?«

»Um Gottes willen! Das sind doch noch größere Arschlöcher als ich.« Picard ging wieder zur Küche hinüber. »Noch einen Drink, Tyson, dann können Sie meinetwegen gehen.« Er konnte kaum noch geradeaus laufen.

»Okay, noch einen ganz kleinen«, sagte Ben, zündete sich noch eine Zigarette an und warf das Streichholz ins Kaminfeuer. Schweigend beobachtete er, wie Picard in der Küche herumhantierte. Er fand ihn als Menschen nicht sonderlich sympathisch, aber er verspürte auch keine ausgesprochene Abneigung gegen ihn. Picard und er waren gewissermaßen Mitglieder derselben Bruderschaft, und deshalb mußte man ihm einiges nachsehen. Und wenn er gestanden hatte, daß er sich ein paarmal wie ein waschechter Feigling benommen hatte, dann mochte das eine Art Buße sein. Tyson jedoch fühlte sich in die Rolle eines Menschen versetzt, dem man ein Geschenk aufnötigte, das er nicht haben wollte. Jedenfalls lag ihm nichts daran, mit einem weiteren schrecklichen Geheimnis belastet zu werden. Wären sie Freunde gewesen, dann hätte Picard ihn wahrscheinlich am nächsten Morgen gehaßt.

»Waren Sie nicht schon seit einem Jahr in Huê, als die Tet-Offensive begann?« fragte Tyson ihn.

»Richtig.«

»Sie kannten sich also dort aus.«

»Ziemlich gut.« Picard kam mit zwei Drinks ins Wohnzimmer zurück.

Tyson nahm ihm ein Glas ab. »Waren Sie jemals in einem Café an der Tihn-Tam-Straße, das ›Le Crocodile‹ hieß?«

Picard nippte an seinem Scotch. »*Certainement.* Der Scheißkerl, dem der Laden gehörte, hatte seine Finger in allem drin.«

»Was wohl aus ihm geworden ist?«

»Waren Sie mit ihm befreundet?«

»Nein, ich bin ihm nur ein einziges Mal begegnet. Er gab mir den Rat, schnell nach Hause zu fahren.«

»Daran hätte er sich selbst halten sollen.«

»Warum?«

»Nun, ich kann Ihnen nur erzählen, was ich selbst gehört habe. Vielleicht stimmt es auch nicht. Sie wissen ja, was der Vietcong mit den Vietnamesen gemacht hat, die sich mit den Amerikanern eingelassen haben, beispielsweise Friseure, Prostituierte, Putzfrauen und so weiter.«

»Ja, ich hab' davon gehört.«

»Also, dieser Monsieur und das Personal von seinem Café tauchten angeblich eines Tages im Zentralkrankenhaus auf – ohne Hände!«

Sie schwiegen eine Weile, dann meinte Tyson: »Mein Vater sagte einmal zu mir über *seinen* Krieg: Den würde ich gern noch mal mitmachen. Ich glaube nicht, daß wir dasselbe über *unseren* Krieg sagen würden.«

»Nein, bestimmt nicht.«

Tyson trank sein Glas leer.

»Ich möchte Ihnen noch etwas sagen.« Picard räusperte sich. »Dieser Dr. Brandt würde gern Ihren Kopf rollen sehen. Fragen Sie mich nicht, woher ich das weiß. Er wirkte cool, logisch und objektiv, aber mein Gott, Tyson, er hat keinen Moment gezögert, Sie einen Mörder zu nennen!«

»Das kann ich mir denken.«

Im Zimmer war jetzt nur das Ticken der Uhr auf dem Kaminsims zu hören. Tyson warf einen Blick darauf. »Ich muß jetzt gehen.« Er machte den Reißverschluß seiner Windjacke zu.

»Gehen Sie... nach Hause? Ich meine, zu Ihrem Ferienhaus?«

Tyson warf ihm einen raschen Blick zu. »Vielleicht. Warum?«

»Ich hab' mich mit ihr getroffen.«

»Mit wem?«

»Mit Ihrer Frau. Sie war hier.«

Ben überraschte merkwürdigerweise diese Mitteilung überhaupt nicht.

»Sie war sehr nett. Keine Vorwürfe, keine Wutausbrüche. Eine bemerkenswerte Frau. Sie wollte nur wissen, ob das, was ich in meinem Buch geschrieben habe, wahr ist.«

Tyson erwiderte nichts darauf.

»Was sagt man einer Ehefrau, die einen auffordert, die Wahrheit über den eigenen Mann zu sagen? Ich habe sie darauf hingewiesen, daß ich damals nicht als Augenzeuge dabei war, sondern daß ich gewissermaßen nur Reporter bin. Typisches Verhalten für einen ›Schreiberling‹, stimmt's, Tyson? Ich tanz' wohl mal wieder um einen Scheißhaufen rum. Na ja, sie hat's mir nicht schwergemacht. Sie meinte, ich hätte wahrscheinlich genau das getan, was ich für richtig hielt.«

»Sehr witzig. Und jetzt können Sie besser schlafen, trotz Ihrer Gespenster?«

Tyson ging zur Tür, drehte sich jedoch noch einmal zu Picard um. »Wie sah sie aus?«

»Marcy? Gut. Eine gutaussehende Frau.«

»Nein, ich meine Schwester Theresa. Wie sah sie aus, Picard?«

Der Schriftsteller warf ihm einen prüfenden Blick zu, bevor er antwortete. »Gut, sehr gelassen –«

»Ich meine äußerlich! Sah sie gut aus?«

Picard dachte kurz nach. »Wissen Sie, sie hat nach dem Sieg der Kommunisten eine schwere Zeit durchmachen müssen.«

Tyson nickte. Sie mußte ungefähr vierzig sein, sah aber bestimmt nicht wie eine amerikanische Vierzigerin aus – eher wie eine echte. Nun ja, Gefangenenlager, Zwangsarbeit und so weiter. Picard blickte Tyson eine Weile abwartend an, bevor er fortfuhr. »Ihren Namen hat sie nie erwähnt, sie nannte Sie immer nur den Lieutenant. Aber seit ich mit Karen Harper gesprochen habe und auch jetzt, nachdem Sie sich nach Schwester Theresa erkundigt haben, habe ich irgendwie den Eindruck, etwas übersehen zu haben.«

Tyson öffnete die Tür. »Vielen Dank für die Drinks.«

»Sie haben Ihr Buch vergessen.«

»Ich brauche es nicht. Guten Abend.«

»Gehen Sie nach Hause, Tyson, ich glaube, sie vermißt Sie.«

Tyson zog die Tür hinter sich ins Schloß und ging den mit zerkleinerten Muscheln bestreuten Weg entlang.

## *Kapitel 23*

Ben Tyson verließ die dunkle Straße und bahnte sich einen Weg durch das Binsengestrüpp hinunter zum Wasser. Über der Bucht lag leichter Dunst, der Mond war durch cinc Wolke verdunkelt. Dennoch konnte Tyson auf der andern Seite des von leichtem Seegang bewegten Wassers Lichter ausmachen. Lautlos steuerte ein Segelboot auf die schmale Einfahrt zu. Es war Ebbe, und der breite Strand war mit rundgewaschenen Steinen, Muscheln und Algen übersät.

Die Lichter von Baypoint schienen ihn zu locken, fast unwiderstehlich zogen sie ihn immer näher ans Wasser, wo sich mit leisem Klatschen die Wellen überschlugen. Plötzlich erinnerte er sich an eine Nacht kurz vor der Tet-Offensive in Vietnam. Er hatte am Nordufer des Perfume River gestanden und auf die funkelnden Lichter des Europäerviertels am anderen Ufer gestarrt.

Jetzt fühlte er in sich dieselbe innere Ruhe wie damals, er war im Frieden mit sich selbst, bezaubert von den Farben des Wassers und wie hypnotisiert vom rhythmischen Auf und Ab der Dünung. Impulsiv streifte er Hemd und Shorts ab und warf die Kleidungsstücke über einen nahen Strauch. Er watete ins Wasser, drehte zuerst schwimmend ein paar Runden und genoß das Gefühl, wie die Fluten seine warme, verschwitzte Haut kühlten und reinigten.

Dann schwamm er – ohne sich dessen recht bewußt zu sein – mit kräftigen Zügen hinaus in die Bucht, den Lichtern von Baypoint entgegen.

Die starke Strömung wollte ihn nach Osten ziehen, zum äußeren Hafen, und er verstärkte seine Bemühungen, die Richtung nach Nordwesten einzuhalten. Hier draußen waren die Wellen höher, als er am Ufer vermutet hatte. Schon bald verspürte er die ersten Anzeichen von Müdigkeit. Wohl oder übel steuerte er auf eine Boje am Rand des Fahrwassers zu und hielt sich an ihr fest.

Von hier aus konnte er jetzt deutlich sein Haus erkennen. Es lag ungefähr dreihundert Meter weiter nördlich. Tyson holte tief Luft und schwamm weiter. Ungefähr auf halbem Weg bis zum gegenüberliegenden Ufer verspürte er in seinem Knie ein schmerzhaftes Pochen, und gleich darauf versagte das Gelenk seinen Dienst. Sein Bein hing im Wasser, und er konnte es nicht mehr bewegen. Er fluchte im stillen und drehte sich auf den Rücken. So trieb er mit dem Gezeitenstrom nach Osten, einer kleinen, von einer Brücke überspannten Bucht entgegen.

Das Wasser kam ihm warm vor, und die Dünung schaukelte ihn mit beruhigender Gleichmäßigkeit. Der Mond, von einem großen Hof umgeben, blickte auf ihn hinab. Tyson fühlte sich seltsam eins mit der Welt.

Er achtete kaum darauf, als er unter der Brücke hindurch, quer über die kleine Bucht und – in einer Entfernung von nur knapp zweihundert Metern – an Long Wharf, dem Sporthafen, vorbeigetrieben wurde. Er versuchte, sein linkes Bein zu bewegen, mußte jedoch feststellen, daß sein Kniegelenk stark angeschwollen war. »Verdammt!« fluchte er. So etwas war ihm schon einmal passiert, und er wußte, daß das einzige, was in diesem Fall helfen konnte, die Ruhigstellung des Knies war.

Nach einer ziemlich langen Weile spürte er, daß der Gezeitenstrom nachließ. Wenig später merkte er, daß er in eine andere Richtung trieb. Die Ursache war der aufgefrischte, ablandige Wind, der aus Norden von Shelter Island herüberwehte. Nach einigem Überlegen kam Tyson zu dem Schluß, daß er bei gleichbleibendem nördlichem Wind und bei Einsetzen der Flut in Long Wharf landen würde, ungefähr an der Stelle, wo die Diskothek war. Und das nur mit einer Unterhose bekleidet! Er lachte und fluchte gleichzeitig. Wieder versuchte er, sein Knie zu bewegen, aber es war ganz steif geworden.

Nach einer Weile mußte sich Tyson eingestehen, daß der Wind immer mehr auffrischte. Kurze, schaumgekrönte Wellen schlugen bedrohlich über ihm zusammen. Schlimmer noch: der Wind hatte gedreht und kam jetzt von Südwesten, so daß er von Sag Harbor fortgetrieben wurde, hinaus auf die offene See. Das Wasser, das ihm noch vor kurzem so warm erschienen war, kühlte ihn jetzt rasch aus, und auch der Wind strich kalt über ihn hinweg. Es fiel ihm immer schwerer, tief und kräftig durchzuatmen. Er schob seinen Körper möglichst weit aus dem Wasser heraus und ruderte heftig mit dem gesunden Bein und beiden Armen. Angestrengt suchte er den Horizont nach Booten ab, aber sein Blickfeld wurde durch die hohe Dünung und die ersten größeren Brecher eingeschränkt.

Jetzt fühlte er zum erstenmal so etwas wie Angst in sich aufsteigen. Eine besonders hohe Welle hob ihn in die Höhe. Im weiten Umkreis sah er die Positionslichter mehrerer Boote, aber keines schien nahe genug, daß die Leute an Bord seine Rufe hören würden. In knapp fünfhundert Meter Entfernung blinkten ihm im Südwesten lockend die Lichter von Sag Harbor zu, doch kamen sie ihm so weit entfernt vor wie der von bläulichem Dunst verhangene Mond. Die Strömung der langsam einsetzenden Flut war noch zu schwach, um ihn zurück zum Ufer zu tragen. Die Richtung, in die er driftete, wurde deshalb von dem noch immer auffrischenden Wind bestimmt, der in den offenen Atlantik blies. Nächster Halt Frankreich, dachte Tyson grimmig.

Wie erwartet, türmten sich die Wellen immer höher auf. Nun konnte er sich nicht mehr auf dem Rücken liegend treiben lassen. Er versuchte sich so lange auf den Wellenkämmen zu halten, bis die Welle sich brach und er hinter der weißen Gischt in das Wellental hinabglitt, um sich von der nächsten Woge wiederum in die Höhe heben zu lassen. Der Abstand zwischen den Brechern war noch immer groß genug, daß ihm dies leidlich gelang, und noch waren die Wellen kaum höher als anderthalb Meter, aber es hatte den Anschein, als würde sich die Lage rasch verschlechtern.

Einmal, als er gerade wieder von einer großen Welle emporgehoben wurde, glaubte er ganz in der Nähe die Lichter eines Bootes zu sehen, aber das Tosen des Wassers war schon zu laut, als daß es sich gelohnt hätte, es mit Rufen zu versuchen und seine Kraft zu verschwenden. Inzwischen waren seine Sichtweite und der Bereich, den er noch überblicken konnte, schon stark durch die sich immer höher auftürmenden dunklen Brecher mit ihren weißen Kämmen eingeschränkt. Mond und Sterne waren verschwunden. Dunkle Nacht war um ihn. Der Geruch und der Geschmack des Seewassers erzeugten in ihm ein Gefühl von Übelkeit, und als er wieder einmal von dem salzigen Wasser schluckte, würgte er es förmlich heraus.

Er kämpfte jetzt um sein Leben. Plötzlich durchzuckte ihn der Gedanke: Wenn ich es nicht schaffe, glauben alle, ich hätte mich umgebracht. »Nein! Nein!« schrie er.

Er versuchte sich sein Haus in Baypoint vorzustellen. Auf der Terrasse brannte eine Lampe, und er sah sich im Geist auf das Haus zugehen. David und Marcy saßen am Tisch und aßen schweigsam zu Abend. Zwischen ihnen brannte flackernd eine Kerze. Tyson betrachtete im zuckenden Lichtschein ihre Gesichter. Aus dem dunklen Haus drang leise, sanfte Radiomusik...

Wie er es befürchtet hatte, verringerte sich der Abstand zwischen den Wellen in dem Maße, in dem sie höher wurden. Die Wellentäler waren jetzt nicht einmal mehr drei Meter breit. Vor ihm baute sich plötzlich ein Wasserberg auf, der den Himmel verdunkelte, bevor er sich überschlug und ihn unter sich begrub. Halb taub und blind kam Tyson strampelnd an die Oberfläche. Keuchend rang er nach Luft. Ihm war klar, daß er dies nicht sehr lange durchhalten würde. Noch eine oder zwei Wogen wie diese, und es wäre aus mit ihm. Er konzentrierte sich auf sein steifes, gefühlloses Knie und bot seine gesamte Willenskraft auf, um es zum Gehorsam zu zwingen. Als junger Mann, damals vor dem Vietnamkrieg und bevor sie ihm für seine Tapferkeit das Purple Heart verliehen hatten, war er manchmal bei rauherer See weit raus in den trügerischen Atlantik geschwommen, bis kein Land mehr in Sicht gewesen war. Dies ist ein Hafen, Herrgott noch mal! ermahnte er sich. Benjamin Tyson wird doch nicht mitten in einem Hafen bei mittelhohen Wellen absaufen! Und dann brüllte er mit lauter Stimme: »Scheiß Vietnam! Scheiß Vietnam!« Er schrie so lange, bis ihm die Stimme versagte.

Er staunte darüber, daß Lichter so hell und Hände so sauber sein konnten. Kühle Laken schmiegten sich an seinen nackten Körper, und über ihn beugten sich Krankenschwestern, die ihn prüfend anschauten. Ich bin auf einem Schiff, dachte er, es heißt *USS Repose*, und es ist eine Station auf halbem Weg zwischen Tod und Leben, eine Rettungsinsel, von der aus man all das Treibgut auffischt, das von der Küste des von Krieg und Gewalt verheerten Landes herübertreibt.
*Bald bist du wieder zu Hause, Soldat!*
*Dein Knie wird verheilen.*
*Hier ist Ihre persönliche Habe, Lieutenant.*
*Nein, Sie werden nicht behindert sein.*
*Sie haben ganz schön was mitgemacht, stimmt's, mein Guter?*
*Heute abend wird in der Bibliothek ein Film gezeigt, Ben. Möchten Sie, daß ich Sie hinbringe?*
*Dieser Krieg ist obszön – jawohl, obszön!*
*Captain Wills und Lieutenant Mercado sind auf eine andere Station verlegt worden. Nein, Sie dürfen nicht zu ihnen.*
*Nein, dieser Patient braucht keine psychiatrische Hilfe. Er hat noch alle Tassen im Schrank.*
*Euer Brigadegeneral kommt an Bord, um euch ein paar Medaillen an den Pyjama zu heften. Manche Patienten tun dann immer so, als würden sie schlafen. Dann steckt er ihnen die Abzeichen einfach ans Bettlaken. – Nur damit Sie Bescheid wissen.*
*Morgen werden Sie nach Da Nang geflogen. Sie sollen nächste Woche in Huê unbedingt bei der feierlichen Verleihung von Medaillen dabeisein.*
*Nein, ich weiß nicht, was mit den Leichen geschieht, Lieutenant. Aber ist das nicht egal?*
*Sie werden laufen, springen, schwimmen und Tennis spielen können, ja Sie werden sogar in den Bergen herumklettern können.*
*Nein, Sie kommen nicht mehr an die Front.*
*Viel Glück, Ben Tyson!*
*Auf Wiedersehen, Ben!*
*In einem Monat ist Ihr Knie so gut wie neu. Besonders Schwimmen wird Ihnen guttun.*

Der weiße Rettungsring schaukelte ungefähr drei Meter zu seiner Linken auf den Wellen, dann wurde er von einem Brecher gepackt und verschwand, aber er tauchte gleich wieder auf und schoß durch das schäumende Wasser direkt auf ihn zu, als würde er per Fernsteuerung zu seinem Ziel gelenkt. Tyson packte den Ring mit beiden Händen, tauchte kurz unter und stülpte ihn sich über. Das Tau durchbrach die Wasseroberfläche und straffte sich. Tyson folgte dem tropfenden Hanfseil mit den Augen, und jetzt erblickte er auch das hellerleuchtete Boot, keine zwanzig Meter von ihm entfernt. Es war ein großes Motorboot, ungefähr fünfzehn Meter lang und mit einem besonders hohen Brückenaufbau. Tyson wurde hüpfend über die Wellen im Kielwasser des Bootes gezogen, und je näher er kam, desto stärker spürte er den Schwall schäumenden Wassers, der von den Schiffsschrauben nach hinten gedrückt wurde. Er konnte gerade den Namen am weißen Heck erkennen: *Tranquillity II,* dann wurde es dunkel um ihn.

Er schlug die Augen auf. Ihm wurde bewußt, daß er in einen Bademantel gehüllt war. Er versuchte aufzustehen, aber es gelang ihm nicht.

Neben ihm kniete ein Mann und betrachtete sein rechtes Knie. »Eine Kriegsverletzung?«

Tyson nickte wortlos.

»Die Dinger sind unverkennbar«, dozierte der Mann. »Außen herum gibt es lauter kleine Narben, wie bei Pocken. Das sind die Stellen, wo kleine Partikel mit explosionsartiger Wucht eingedrungen sind. So was holt man sich nicht beim Fußballspielen. Ich bin übrigens Dick Keppler. Arzt. Sie sollten sich wohl besser für Ihr Hobby ein Hallenbad aussuchen.«

»Ich hatte nur einen Krampf...«, versuchte Ben zu erklären.

»Schon in Ordnung. Ist ja noch einmal gutgegangen. – Kommen Sie, ich helfe Ihnen auf.«

Tyson ergriff seinen Arm und zog sich hoch. Eine Frau stellte sich als Alice vor und reichte ihm einen langen Bootshaken, auf den er sich stützen konnte. Er fragte die beiden, ob sie ihn nach Baypoint bringen könnten, und schon fünfzehn Minuten später umrundete das Boot die kleine Halbinsel. Tyson spähte angestrengt zur Küste hinüber und wies auf einen Punkt. »Da drüben!«

Keppler drosselte das Tempo, ließ das Boot nach Steuerbord drehen und hielt auf die langgestreckte Mole zu. Tyson spürte, wie der Kiel ein- oder zweimal im flachen Wasser über den Meeresboden schabte, bevor das Boot endlich an der Mole lag. Die drei verabschiedeten sich händeschüttelnd.

»Wenn Sie einen Moment warten, komme ich gleich wieder und gebe Ihnen den Bademantel und den Bootshaken zurück!«

»Behalten Sie beides als Andenken«, erwiderte Dr. Keppler. »Kommen Sie allein weiter?«

»Ich glaube, ich brauche nur ein bißchen Starthilfe.«

Keppler sprang auf die Mole, ergriff Tysons Hand und half ihm beim Aussteigen.

»Nochmals vielen Dank!« sagte Tyson. Er blieb auf der Mole stehen und beobachtete, wie die *Tranquillity* langsam wendete und auf die sichere Fahrrinne zusteuerte. Seine beiden Lebensretter winkten ihm zu. Er erwiderte den Abschiedsgruß. Dann stützte er sich auf den Bootshaken und machte sich auf den Heimweg.

Auf der Terrasse brannte Licht, und er konnte sehen, daß sich jemand in einem der Sessel rekelte. Humpelnd und auf den Bootshaken gestützt, überquerte er den Rasen. Beim Näherkommen erkannte er, daß zwei Menschen in dem Sessel lagen. Ihre Gesichter waren einander zugewandt, und sie hielten sich eng umschlungen. Die Frau lag mit dem Rücken zu Tyson, und er konnte von weitem sehen, daß ihr T-Shirt bis zu den Achseln hochgerutscht war. Tyson hustete laut und machte noch ein paar Schritte vorwärts.

Die männliche Person sprang auf, zog die Hose hoch und trat rasch an den Rand der Terrasse. »Wer ist da?«

»Hallo David!«

»Dad! Dad!«

David flankte über das Geländer, landete auf dem Rasen und blieb wie angewurzelt stehen. »Was ist passiert?«

»Passiert? Wieso?«

David schien völlig durcheinander. »Was... Warum...?«

Tyson hatte aus den Augenwinkeln beobachtet, daß das Mädchen aufgesprungen war, rasch seine Kleidung in Ordnung gebracht hatte und an den Rand der Terrasse getreten war. Er stellte sich vor, was für ein seltsames Bild er in seinem weißen Bademantel, barfüßig, mit wirrem Haar und einem Bootshaken in der Hand abgeben mußte.

»Ich hab' mit ein paar Freunden eine Fahrt in einem Boot gemacht. Wir sind schwimmen gegangen, und ich hab' einen Krampf gekriegt. Sie haben mich hier abgesetzt. Willst du mir nicht deine Freundin vorstellen?«

»Oh, entschuldige!« David warf einen Blick über die Schulter zu dem Mädchen, dann schaute er seinen Vater an und anschließend wieder das Mädchen. »Melinda, dies ist mein Vater. Und das ist Melinda, Dad!«

»Hallo Melinda!«

Melinda lachte. »Nett, Sie kennenzulernen.«

Tyson setzte sich in Richtung Treppe in Bewegung, aber David packte ihn am Arm. »Ist wirklich alles in Ordnung mit dir?«

»Ja, ich hab' nur einen schlimmen Krampf im Bein.« Tyson ging die paar Stufen zur Terrasse hinauf und ließ sich auf einen Gartenstuhl sinken. »Wo ist deine Mutter?«

»Oh, sie ist ausgegangen. Gegen zehn wollte sie zurück sein.«

Tyson nickte.

»Bleibst du heute...« David warf erst seinem Vater, dann Melinda einen raschen Blick zu.

Tyson gähnte. »Ja, ich glaube schon. Schließlich wohne ich hier, oder etwa nicht? Wie wär's mit einem Schnaps? Ich könnte dringend einen gebrauchen.«

»Sofort.« David flitzte ins Haus.

Tyson und Melinda musterten sich schweigend. Sie wirkte ein paar Jahre älter als David. Die Sonne hatte sie goldbraun gebrannt, und sie war ein wenig pummelig, aber sehr niedlich.

»Wohnst du hier?« fragte Tyson.

»Nur im Sommer. Normalerweise leben wir in Manhattan.«

»Und wo wohnst du hier?«

»Da unten, am Ende der Straße, das Haus mit dem grauen Schindeldach.«

»Davon gibt es in dieser Straße mindestens zwanzig.«

Wieder lachte sie. »Es hat grüne Fensterläden. Mein Nachname ist übrigens Jordan. Mein Vater kommt immer nur am Wochenende hierher. Und meine Mutter ist heute abend mit Ihrer Frau essen gegangen, Mr. Tyson.«

Damit war die Frage beantwortet, die er David nicht hatte stellen wollen – und nebenbei hatte er auch erfahren, daß er seinen Decknamen Anderson getrost vergessen konnte. Egal, dachte er. »Und du und David – ihr spielt wohl füreinander Babysitter, oder?« erkundigte er sich.

Sie lächelte ein wenig verschämt, gerade genug, um ihm zu verstehen zu geben, daß sie sich eigentlich überhaupt nicht schämte. Tyson mußte an den Sommer denken, als sein Vater ihn vor vielen Jahren am Strand in einem kleinen Ruderboot mit einem Mädchen unter der Persenning erwischt hatte. Das hin und her wackelnde Bötchen mußte ziemlich komisch, vielleicht sogar ein bißchen gespensterhaft ausgesehen haben. Er mußte grinsen.

David kam mit einem halbvollen Glas zurück.

»Crême de Cacao. Okay?«

Nein, es war nicht okay, aber Tyson sagte nichts. »Tut mir leid, daß ich hier einfach so reingeplatzt bin«, entschuldigte er sich.

David und Melinda protestierten der Form halber, aber Tyson wußte, daß sie enttäuscht waren. Er nahm einen kleinen Schluck von dem Likör. Das Zeug brannte seltsam in der Kehle und im Bauch. Fast fürchtete er, sich übergeben zu müssen. Er stellte das Glas auf die Armlehne des Stuhls und atmete tief durch.

»Du siehst irgendwie krank aus«, sagte David.

»Ich bin nur müde, weiter nichts. Am besten, ich geh' jetzt hoch, spül' mir das Salzwasser vom Körper und leg' mich ins Bett.« Er stemmte sich mit den Armen hoch und packte mit der rechten Hand den Bootshaken. »Nein, laß nur, ich brauch' keine Hilfe. Mach mir nur die Tür auf.«

Melinda öffnete die Schiebetür, und Tyson humpelte ins Wohnzimmer. »David!« rief er über die Schulter zurück. »Ich habe für morgen ein Boot zum Haifischangeln gechartert. Sei um fünf Uhr früh unten.«

»In Ordnung, Sir!«

Tyson erklomm unter Schmerzen die Treppe. Fast kriechend erreichte er das große Schlafzimmer. Er legte den Bootshaken an der Wand auf den Boden, kletterte auf das niedrige Bett und streckte gähnend die Glieder aus. »Duschen!« sagte er laut und gähnte noch einmal. Der ganze Abend kam ihm plötzlich seltsam unwirklich vor: das alte Städtchen, der Dunst über der Bucht, Picard, das Meer, die *Tranquillity* mit dem Ehepaar an Bord, der mühsame Weg bis zum Haus – und dann David beim wilden Petting. Der kleine David! Wie die Jahre verflogen. Tyson schloß die Augen, und sein letzter Gedanke war, daß er eigentlich nicht hiersein sollte. Ja, eigentlich sollte ich auf dem Grund des Meeres liegen, dachte er.

## *Kapitel 24*

»Du riechst nach Fisch.«

»So fühle ich mich auch, wie ein Kabeljau, glaube ich.«

»Was ist passiert?«

Tyson rieb sich die Augen und gähnte. Jetzt konnte er Marcy schon ein bißchen deutlicher sehen. Sie saß neben ihm auf dem Bettrand und beugte sich über ihn. Er bemerkte, daß der Bootshaken noch immer neben dem Bett an der Wand lag. Das Fenster stand weit offen, und die Vorhänge raschelten leise im Wind. Die Lampen auf den beiden Nachttischen brannten und verbreiteten im Raum sanftes Licht.

»Wessen Bademantel ist das?« wollte sie wissen.

»Er gehört einem gewissen Dick.«

»Sieht aber nach dem Bademantel einer Frau aus!«

»Dann gehört er eben Alice.«

»Und wer ist Alice?«

»Dicks Frau.« Tyson stemmte sich hoch und lehnte sich gegen das Kopfende des Bettes.

»Na schön. Und warum bist du splitternackt mit diesen Leuten in der Bucht schwimmen gegangen?« fragte Marcy und schlug seinen Bademantel auseinander.

Rasch bedeckte er seine Blöße wieder. »Am Anfang hatte ich was an. Sag mal, willst du mir eigentlich nicht guten Abend sagen?«

»Guten Abend! Wie hast du diese Leute kennengelernt?«

»Hab' sie beim Schwimmen getroffen. Sie luden mich ein, an Bord zu kommen.«

»Verstehe.« Sie warf einen Blick auf sein Knie. »Wie geht es dem?«

»Gut. Ich hab' es ordentlich in Salzwasser eingeweicht.«

»Sehr witzig. Kannst du es bewegen?«

Er versuchte es. »Nein, noch nicht«, antwortete er und betrachtete seine Frau eingehender. Ihr olivfarbener Teint war von der Sonne schwarzbraun gebrannt, so daß sich ihre schneeweißen Zähne und Ihre Augen stark abhoben. Sie trug eine weiße Sportjacke, die vorne weit offenstand und viel von ihren schöngeformten, gebräunten Brüsten sehen ließ. Als sie sich nach vorn beugte, konnte Tyson sehen, daß sie keinen BH trug und daß ihre Haut bis kurz über den Brustspitzen weiß war.

»Bist du nur zu Besuch hier, oder bleibst du?« fragte sie ihn.

»Ich habe mich für morgen früh zum Haifischangeln angemeldet und dachte, ich könnte hier über Nacht bleiben.«

Sie lächelte gekünstelt. »Ich dachte, du hättest vom Meer für eine Weile genug!«

»Kommt drauf an, wie sich morgen mein Knie anfühlt.«

»Wie bist du eigentlich hierhergekommen? Ich meine nach Sag Harbor?«

»Mit einem Leihwagen.«

»Und wo hast du den gelassen?«

»Drüben auf der anderen Seite der Bucht.«

»Und deine Kleidung?«

»Die hab' ich in die Tasche gesteckt. Schluß jetzt mit dem Verhör. Ich brauche morgen den Volvo und ein bißchen Geld. Vielleicht bring' ich einen richtigen Hai mit nach Hause, den kannst du dann auseinandernehmen.«

Sie schien einen Moment ihren Gedanken nachzuhängen, dann fragte sie leise: »Du hast doch nicht versucht, dich... Na, du weißt schon, was ich meine?«

Tyson wollte schon heftig widersprechen, doch dann besann er sich und sagte: »Ich weiß nicht recht... Ich glaube, eigentlich wollte ich nur schwimmen. Ehrlich gesagt, wollte ich zu euch schwimmen!«

Marcy wiegte zweifelnd den Kopf hin und her.

»Um ein Haar hätte es mich erwischt. Ich war schon ganz nahe dran – das reicht mir für eine Weile.«

»Das hoffe ich.« Marcy stand auf und trat vor die große Glastür, die auf den Balkon ging. Sie blickte auf die Bucht hinaus. »Wie kommst du eigentlich in der ›großen fremden‹ Stadt zurecht?«

»Oh, sehr gut. Paul Stein hat eine nette Wohnung. Du warst ja einmal da, kurz bevor er sich scheiden ließ. – Ein bißchen einsam ist's manchmal«, fügte er noch hinzu. »Und wie geht es dir?«

»Danke, auch gut. Ich habe hier eine Menge Bekannte getroffen.«

Sie wandte sich vom Fenster ab und blickte ihn an. »Jim, mein Boß, hat mich auch besucht. Wir sind zusammen schwimmen gegangen. Und letztes Wochenende war Phil Sloan da.«

»Das klingt ja, als hätten wir ein öffentliches Erholungsheim. Ich dachte, wir seien untergetaucht!«

»Ich verstecke mich nicht.« Sie ging einen Schritt auf ihn zu. »Das ist mir einfach zu idiotisch. Außerdem funktioniert es nicht. Die beiden Kerle, die nebenan wohnen, wußten sofort, wer ich bin.« In gleichgültigem Ton fuhr sie fort: »Und wie schlägst du so die Zeit tot?«

Tyson zuckte die Achseln. »Ich lese, geh' viel spazieren. Was tut man, wenn man keine Arbeit hat? Für mich ist das schließlich neu.«

»Du machst doch hoffentlich keine dummen Sachen?«

Er lächelte.

Halb spöttisch, halb verärgert runzelte sie die Brauen. »Ich hab' dich gern in Sichtweite, Ben Tyson!«

Er reagierte nicht auf ihre Worte, aber innerlich fühlte er sich schon viel besser. Gegen seinen Willen entschlüpfte ihm die Frage: »Und du? Machst du dumme Sachen?«

Marcy schwieg und trat dann neben sein Bett. »Jim war mit seiner Frau hier«, sagte sie. »Phil auch, und die beiden Kerle nebenan sind verheiratet – miteinander.« Sie mußte lachen. »Mein Gott, es stimmt: Alle Männer sind entweder vergeben, schwul, reif fürs Irrenhaus, zu jung, zu alt oder pervers.«

»Unterschätz die Perversen nicht!«

Sie schaute ihn ernst an. »Ich bin nicht frei – *noch* nicht.«

Tyson versuchte, sich gerade aufzusetzen. »Am besten, du gewöhnst dich daran, daß ich nicht bei dir bin«, sagte er. »Ich meine, abgesehen von unseren Problemen in letzter Zeit besteht die Möglichkeit, daß ich für eine Weile Ausgangssperre bekomme... Mach dich also darauf gefaßt –«

»Ich will aber, daß du *hier* bist! Ich will, daß du bei deiner Familie bleibst, bis die Sache ausgestanden ist!«

Marcy holte tief Luft. »Schau mal, Ben, ich verstehe ja, warum du weggegangen bist. Deine Frau war für dich ein Ärgernis geworden. Deine Sportkameraden fingen an, im Umkleideraum schmutzige Witze über mich zu erzählen, und es gibt Leute, die dich hinter deinem Rücken auslachen. Deshalb hast du das getan, was alle Männer tun, die sich für den Nabel der Welt halten. Jetzt kannst du wenigstens zu deinen Kumpels sagen: ›Hört mal, Leute, ich hab' die Schlampe verlassen.‹ So ist es doch, oder?«

Seine Antwort kam etwas zögernd. »Ich habe dir doch gesagt, daß deine Vergangenheit nur dich etwas angeht. Leider gilt das nicht für mich. Ich bin weggegangen, um *dir* Ärger zu ersparen!«

»Quatsch!« Marcy, die noch immer neben dem Bett stand, beugte sich über ihn. »Was empfindest du für mich? In deinem Herzen?«

»Ich liebe dich.«

»Dann kann mich die ganze Welt – und besonders die Vergangenheit! Laß uns zusammen fortgehen!«

Ben schüttelte den Kopf. »Ich habe Befehl, mich übermorgen in Fort Hamilton zu melden.«

»Tu es nicht! Hast du eigentlich noch deinen Paß?«

»Ja, aber –«

»Dann hau doch ab, um Gottes willen! Geh, solange du noch kannst! Ich bring' hier unsere finanziellen Angelegenheiten in Ordnung. Gib Phil Sloan eine Generalvollmacht. Wir können für unser Haus eine hübsche Stange Geld bekommen. David und ich kommen in ein paar Monaten nach.«

»Und wohin soll ich deiner Meinung nach gehen?«

»Das ist doch egal! Irgendwohin, wo man uns in Ruhe läßt.«

»Ich bin Amerikaner, dies ist meine Heimat.«

Sie schnaubte verächtlich. »Die letzte Zuflucht eines Patrioten ist irgendein Land, das ihn nicht an seine Heimat ausliefert.«

Tyson lächelte grimmig. Er sah seine Frau eine Weile an, bis sich ihre Blicke trafen. »Flüchten oder standhalten, das ist die Frage. Ich glaube, ich möchte lieber standhalten.«

Sie setzte sich auf den Bettrand. »Ich möchte dich etwas fragen: Wenn ich diejenige wäre, der eine lange Gefängnisstrafe drohte, würdest du dann daran denken, mit mir das Land zu verlassen?«

»Ja.«

»Nun, ich bin bereit, mit dir fortzugehen. Du brauchst mich nicht zu überreden, sondern ich schlage es selbst vor. Und ich werde dir deswegen nie einen Vorwurf machen.«

»Das läßt sich jetzt leicht sagen.«

»Ben, warum willst du unbedingt hierbleiben?«

»Weil ich ein Optimist bin. Und weil ich glaube, daß ich gewinnen kann.«

»An dem Tag, an dem dies alles angefangen hat, sagtest du zu mir unter anderem, bei dieser Partie würde die Army die Spielregeln diktieren. Damit hattest du völlig recht. Vergiß das nicht!«

»Seither habe ich die Militärjustiz so, wie ich sie jetzt kennenlerne, aber auch in der Erinnerung mehr respektieren gelernt.«

»Weißt du, was ich glaube? Daß die Army schon an den Direktor vom Zuchthaus Leavenworths eine Notiz geschickt hat, in der sie ihn anweist, welches Quartier er dir dort zuteilen soll.«

Tyson räusperte sich. »Wenn es so weit kommt, dann habe ich nach meiner Entlassung wenigstens alle meine Schulden gegenüber unserem Land beglichen. Und dann kann ich wieder ein normales Leben führen.«

»Dein Land? Hierzulande interessiert man sich einen Rattenschiß für das, was du vor zwei Jahrzehnten in irgendeinem finsteren Winkel der Welt getan oder nicht getan hast! Die Hälfte aller Amerikaner kümmert es nicht, ob du schuldig bist oder nicht, und die andere Hälfte klatscht vor Begeisterung in die Hände, weil du hundert von diesen schlitzäugigen Kerlen in einem Aufwasch erledigt hast.«

»Nein, so, wie du es schilderst, sieht es bei uns nicht aus.«

Sie warf ihm einen verwunderten Blick zu und erwiderte: »Tut mir leid, aber so ist es. Die Leute hierzulande wollen Picards Kopf, nicht deinen.«

»Unsinn.«

»Glaubst du? Du bist anscheinend nicht auf dem laufenden!«

»Du redest so daher wie ich damals vor zwanzig Jahren, als ich zur sogenannten schweigenden Mehrheit gehörte.«

»Ja, ich habe ein bißchen dazugelernt. Übrigens ist mir vor ungefähr einer Woche etwas Merkwürdiges passiert. Ich war mit Gloria Jordan, Melindas Mutter, im ›American Hotel‹, und das ist nun wirklich kein Treffpunkt für Reaktionäre im Blaumann. Dort treffen sich Leute aus der Stadt und Lokalgrößen. Was glaubst du wohl, worüber man sich an der Bar unterhielt?«

»Über den Aufstieg und Verfall der Bühnenkunst am Broadway?«

»Nein, Sir. Über dich!«

»Im Ernst?«

»Ja, und das allgemeine Urteil lautete: *schuldig, aber wen juckt das?* Ein paar plädierten auch für: *schuldig, aber mit jeder Menge mildernder Umstände.* Und dann gab es da noch welche, die äußerten, du seist vielleicht unschuldig wegen zeitweilig verringerter Zurechnungsfähigkeit.«

»Von wegen zeitweilig! Wäre ich dann noch mit dir verheiratet?«

»Ein Gentleman meinte sogar, man solle dir irgendeine Medaille verleihen, aber er sagte nicht, welche sich seiner Meinung nach am besten eignete.«

»Ich habe doch schon das vietnamesische Tapferkeitskreuz. Die sollen bloß nicht übertreiben!«

»Eine Lady bezweifelte ernsthaft, daß ›ein so gutaussehender Mann‹ etwas so Abscheuliches tun könnte.«

»Du hast dir doch hoffentlich ihren Namen und ihre Telefonnummer aufgeschrieben?«

»Tatsache ist doch, Ben, daß die meisten Leute offenbar glauben, du und deine ehemaligen Untergebenen werden schlecht behandelt – egal, ob ihr hundert Frauen, Kinder und Männer umgebracht habt. Für die öffentliche Meinung ist Picard der Scheißkerl.«

»Der Arme! Aber sag mal, was hattest du eigentlich in der Bar zu suchen?«

»Ich wollte mich betrinken.«

»Es wäre mir lieber, du hättest gesagt: ›Ich hab' nach meinem Hund gesucht.‹ Wie lautete dort übrigens *dein* Urteil über mich?«

»Ich fühlte mich sehr versucht, meinen Standardvortrag über den unmoralischen Charakter des Vietnamkrieges zu halten, aber dann erinnerte ich mich daran, daß ich nicht gegen meinen eigenen Mann Stellung beziehen durfte. Deshalb hakte ich mich bei Gloria unter und haute mit ihr zusammen ab.«

»Bevor die anderen dich erkennen und auf den Schultern die Main Street heruntertragen konnten?«

»Die ganze Situation war peinlich genug. Ich meine, weil Gloria dabei war.« Marcy rieb sich nachdenklich das Kinn. »Die öffentliche Meinung wird genausowenig dafür sorgen können, daß du freigesprochen wirst, wie sie bewirken kann, daß Picard an den Pranger kommt. In einer solchen Demokratie leben wir nun wirklich nicht.«

»Nein, wohl kaum.«

»Irgend jemand hat mir gesagt«, fuhr sie nach einem schnellen Blick auf ihren Mann fort, »daß Picards Haus von Polizisten in Zivil bewacht wird – angeblich, um ihn zu beschützen. Wußtest du das?«

»Nein. Woher hast du das?«

Ich hätte es mir denken können, dachte er. Es hätte mir auffallen müssen, daß Picards Gelassenheit nicht von ungefähr kam. Interessant. Ich darf nicht vergessen, daß dies kein persönliches Problem, sondern eine Angelegenheit von landesweiter Bedeutung ist, und daß es hinter den Kulissen ein paar anonyme Darsteller gibt – abgesehen von Leuten wie diesem Chet Brown, der die Bühne nur für einen Augenblick betreten hat, um gleich darauf wieder zu verschwinden.

»Meinst du, daß wir auch überwacht werden?« fragte er.

Sie zuckte mit den Schultern. »Wenn ja, dann bestimmt nicht, um uns davor zu schützen, vom Mob gelyncht zu werden. Abgesehen von den Massenmedien hat sich niemand an uns vergriffen, und wir sind auch nicht ein einziges Mal bedroht worden. Was sagt das deiner Meinung nach über unser Land aus?«

»Es bedeutet, daß ich unschuldig bin, bis man mir das Gegenteil bewiesen hat.«

»Aber Picard ist schuldig, er hat den Namen eines Kriegshelden in den Schmutz gezogen. Du, mein Freund, bist nämlich, genau wie dein ehemaliger Boß, General Westmoreland, eine Art heilige Kuh. Du hast für dein Land gekämpft, wurdest im Kampf verwundet und wirst nun von einer undankbaren Army und einer parteiischen Presse verfolgt. Das ist jedenfalls die allgemeine Einstellung. Aber wir wissen beide, daß die Regierung dieses Landes nur ihre Pflicht tut, mag ihr Vorgehen auch noch so unpopulär sein. Man kann gegen die Presse sagen, was man will, immerhin wacht sie darüber, daß unsere Behörden nicht mauscheln.«

»Auf wessen Seite stehst du eigentlich?« wollte Tyson wissen.

»Herrgott, auf deiner natürlich!« Sie nahm sich zusammen und fuhr leise fort: »Wie man wirklich zu seinen eigenen Überzeugungen steht und ob man bereit ist, öffentlich für sie einzutreten, zeigt sich immer erst, wenn man persönlich betroffen ist. Hätte ich über deinen Fall in der Zeitung gelesen, dann wäre ich wohl eher dafür, daß man dir den Prozeß macht und dich verurteilt, aber zufällig bist du mein Ehemann, und ich liebe dich. Deshalb sage ich: Hau ab, entzieh dich dem Arm des Gesetzes! Ich hab' nämlich Angst, du... du könntest wirklich schuldig sein...« Sie wandte sich ab, und Tyson merkte, daß sie den Tränen nahe war.

Er wartete eine Weile, dann sagte er: »Irgendwie kann ich mir Marcy Clure Tyson nicht so recht vorstellen, wie sie einen angeblichen Kriegsverbrecher unterstützt und mit ihm gemeinsame Sache macht. Aber du hast recht: Wenn dieser Kriegsverbrecher zufällig der Mann ist, den du liebst, dann mußt du dich entscheiden. Ich fühle mich verdammt geschmeichelt! Aber Weglaufen kommt trotzdem nicht in Frage. Ich bin zwanzig Jahre lang vor den Gespenstern der Vergangenheit weggelaufen, und sie hätten mich bis an mein Lebensende rennen lassen. Das war meine Sühne in diesem Leben. Ich weiß nicht, was diese Gespenster mit mir vorhaben, nachdem ich mich ihnen angeschlossen habe, aber ich bete zu Gott, daß sie mir gegenüber Gnade walten lassen.«

»Hör auf! Hör auf damit!«

»Warum? Das mindeste, was man jetzt von mir verlangen kann, ist, daß ich mich unserer Justiz stelle, mag sie auch unvollkommen sein. Wie gesagt, meine Strafe habe ich eigentlich schon gehabt, und alles, was die Army jetzt mit mir macht, ist belanglos.«

»Für dich, aber nicht für mich!« Marcy gab sich Mühe, ihre Stimme betont kühl klingen zu lassen, als sie sagte: »Ich werde nicht auf dich warten.«

Tyson spürte, wie sich etwas in seinem Bauch verkrampfte, doch sagte er leichthin: »Das hätte ich auch nicht erwartet.«

»Ich werde nicht auf einen Narren warten!«

Er schwieg.

Marcy senkte den Kopf, als würde sie nachdenken. Nach einer Weile sagte sie: »Kämpfen oder standhalten – das waren deine Worte. Es gibt aber Leute, die weder das eine noch das andere machen. Menschen, die so lange warten, bis die Schergen des Staates mitten in der Nacht an ihre Tür klopfen!«

»Ach, erspare mir solche Schauermärchen à la Kafka. Ich hab' schon genug eigene Alpträume. Wir sind hier in Amerika, und die einzigen Leute, die nachts an fremde Türen klopfen, sind Betrunkene. Ich will nicht abwarten wie ein hypnotisiertes Kaninchen. Ich werde kämpfen!«

»Du kämpfst vielleicht in deiner Einbildung, aber nach außen hin ist davon nichts zu merken. Phil Sloan –«

»Scheiß auf ihn!«

Sie rückte ein wenig von ihm ab und meinte: »Warum bist du so optimistisch? Hat Major Harper vielleicht etwas verlauten lassen?«

Der Name fiel für ihn überraschend – ungerechtfertigterweise, sagte er sich. »Nein, aber ich habe irgendwie das Gefühl, daß die Jungs von der Army nicht viel gegen mich im Ärmel haben. Vielleicht empfiehlt Major Harper sogar, daß die Sache fallengelassen wird.«

»Glaubst du?« Marcy stand auf, ging zur Kommode, öffnete die oberste Schublade, schob ein wenig Unterwäsche beiseite und zog eine Zeitung hervor. »Ich wollte nicht, daß David dies sieht.« Sie hielt die Zeitung in die Höhe. Es war der *American Investigator*. »Schon gelesen?«

»Nein, im Supermarkt waren schon alle Exemplare weg, und da hab' ich statt dessen ein paar Rollen Klopapier gekauft.«

Sie legte ihm die Zeitung aufgeschlagen auf den Schoß. »Ich weiß, daß es ein Revolverblatt ist, aber was sie schreiben, wird manchmal sogar von angeseheneren Blättern übernommen, und – was besonders schlimm ist – die buddeln dann manchmal noch tiefer auf der Suche nach einem Körnchen Wahrheit.«

Tyson warf einen Blick auf die Zeitung. Der Artikel trug die Überschrift: *Die Tysons: getrennt von Tisch und Bett?* Und darunter stand in kleineren Lettern: *Major Karen Harper ist nicht die*

*Ursache, behaupten Freunde.* Klug ausgedacht, schoß es Tyson durch den Kopf. Er betrachtete das Foto, auf dem Marcy und er abgebildet waren. Sie war im Abendkleid, er im dunklen Anzug, und sie lächelten beide ziemlich blöd. Tyson erinnerte sich an das Foto. Es war auf dem Wohltätigkeitsball in Garden City aufgenommen worden. Die Zeitung brachte auch ein Bild von Karen Harper in Uniform, wahrscheinlich ein offizielles Pressofoto aus der PR-Abteilung der Army.

»Soll ich dir einen Drink holen?« fragte Marcy.

»Ja, wie wär's mit einem Glas Eiswasser?«

Sie verließ das Schlafzimmer.

Tyson überflog den Artikel und las aufs Geratewohl ein paar Zeilen: *Marcy hat im vornehmen East End auf Long Island ihre Zelte aufgeschlagen, während Ben auf Manhattans vornehmer East Side ein Junggesellenquartier bezogen hat. Freunde der beiden behaupten, sie seien nicht geschieden, sondern »lebten nur getrennt«.*

Tyson las weiter unten im Text: *Tyson wurde dabei beobachtet, wie er in der Cocktailbar von Washingtons exklusivem ›Four Seasons Hotel‹ mit Major Karen Harper bei einem Drink saß. Ein Sprecher des Hotels wollte nicht zugeben, daß Tyson dort abgestiegen war, obwohl andere Bedienstete des Hauses dies bestätigten. Uns ist nicht bekannt, wer die Rechnung für Tysons Hotelzimmer und die Cocktails mit Major Karen Harper beglichen hat, doch hoffen wir, daß sie nicht zu Lasten des Steuerzahlers geht.*

»Das hoffe ich auch«, sagte Tyson laut. »Wie können auch Leute wie ich elegant gekleidet in exklusiven Hotelbars herumsitzen und Steuergelder verschleudern!« Er las noch ein paar Zeilen, bis er die unterschwellige Botschaft kapiert hatte, die der *American Investigator* seinen Lesern zu vermitteln versuchte. Das alles hatte weniger damit zu tun, daß der amerikanische Steuerzahler geschröpft wurde, als mit der Möglichkeit, daß ein gewisser Tyson eine gewisse Karen Harper aufs Kreuz legte. Er ließ die Zeitung zu Boden fallen, zog die Nachttischschublade auf und fand das Päckchen Zigaretten, das er dort verwahrt hatte. Gerade als er sich eine angesteckt hatte, kam Marcy zurück. Auf einem Tablett brachte sie ein Glas Eiswasser und ein Glas Weißwein. Sie reichte ihm das Wasser.

»Am liebsten würde ich jetzt mit dir ins South Hampton Hospital fahren.«

»Warum? Um mich kastrieren zu lassen?«

»Keine schlechte Idee.« Sie nahm die Zeitung vom Boden auf und verstaute sie wieder in der Schublade. Nachdem sie einen Schluck von ihrem Wein genommen hatte, sagte sie: »Interessanter Artikel, nicht wahr?«

Tyson zuckte nur die Achseln.

»Ich wußte gar nicht, daß neuerdings auch in Hotelbars gegen Schwerverbrecher ermittelt wird.«

»Besser als eine Zelle im Untersuchungsgefängnis«, erwiderte Tyson.

»Ich nehme an, du versuchst, ihr Honig ums Maul zu schmieren. Du probierst bestimmt deinen ganzen Charme an ihr aus!«

Tyson war klar, daß in dieser Bemerkung kein versteckter Vorwurf gelegen hatte, sondern nur der Versuch, eine Erklärung für sein Interesse an dieser Karen Harper herauszukitzeln.

»Du erfährst jetzt etwas von mir«, sagte er, »was du niemals in diesem Revolverblatt oder sonstwo lesen wirst: Selbst wenn ich die Möglichkeit hätte, diese Frau zu kompromittieren und dadurch den ganzen Fall abzuschwächen oder gar zu Ende zu bringen, ehe er begonnen hat, würde ich es nicht tun – nicht ihretwegen, nicht deinetwegen und auch nicht meinetwegen.«

»Aber die ganze Story ist so abgefaßt, daß sie klingt, als wäre tatsächlich etwas daran. Übrigens hat die *Washington Post* ähnlich berichtet, allerdings viel vornehmer verpackt. Falls du es wirklich mit dieser Methode versuchen willst, Ben, dann gebe ich dir hiermit mein Placet – unter einer Bedingung.«

»Und die wäre?«

»Daß etwas Positives dabei herauskommt.«

Tyson trank das Glas Wasser fast leer.

»Ist sie nett?« fragte Marcy scheinbar teilnahmslos.

Er hatte diese brisante Frage schon oft genug von ihr gehört, um die richtige Antwort zu kennen. »Das Aussehen kannst du ja selbst beurteilen. Mein Typ ist sie jedenfalls nicht. Und vom Wesen her ist sie mir zu schroff, außerdem ist sie ein bißchen zickig und insgesamt zu ›dienstlich‹. Typisch für Menschen, die erst kurze Zeit ein bißchen Macht haben.« Verstohlen beobachtete

Ben seine Frau über den Rand seines Glases hinweg. Sie schien über seine Worte nachzudenken, und falls ihr das alles bekannt vorkam, zeigte sie es nicht.

»Na ja, was soll's; solange du damit ein bestimmtes Ziel erreichen willst, kannst du tun, was du für richtig hältst. Ich mach' das ja auch so«, sagte sie schließlich und lächelte ein wenig tückisch.

Tyson stellte sein Glas ab, nahm einen letzten Zug aus der Zigarette und warf die Kippe ins Glas.

»Was hat dich eigentlich dazu veranlaßt, Andrew Picard zu besuchen?« fragte er dann.

»Reine Neugier«, antwortete Marcy gleichgültig. »Weißt du, ich kann sein Haus von hier aus auf der anderen Seite der Bucht sehen, und einmal, als ich mit dem Ruderboot unterwegs war, habe ich einfach bei seinem Haus angelegt. Er mähte gerade den Rasen. Ich habe mich vorgestellt, wir haben uns miteinander unterhalten, und nach einer Weile bin ich wieder gegangen.«

»Wenn er weiter landeinwärts wohnen würde, dann hätte dieses Gespräch nie stattgefunden, nehme ich an.«

Sie warf ihm einen langen Blick zu. »Warst du heute abend etwa bei ihm?« fragte sie dann.

»Ja. Und ich kam mir verdammt blöd vor, als ich herausfand, daß du vor mir dagewesen warst. Wahrscheinlich glaubt er jetzt, daß alle Tysons nacheinander bei ihm antanzen werden, um ihm auf den Zahn zu fühlen. Vielleicht sollte ich meiner Mutter sagen, daß sie mal eben von Florida herfliegt und ihm eins mit dem Spazierstock überzieht.«

»Ich kann besuchen, wen ich will! Diese Sache geht auch mich etwas an, vergiß das nicht.«

»Ich vertrau' darauf, daß du ihn nicht gebeten hast, zu meinen Gunsten auszusagen.«

Sie schüttelte den Kopf. »Nein, das habe ich nicht.«

»Gut.« Er rückte das Kissen hinter seinem Kopf zurecht. Das Gefühl, in seiner Beweglichkeit eingeschränkt zu sein, war ihm unbehaglich, und er verstand jetzt, warum körperbehinderte Menschen nicht selten zänkisch waren. »Picards Zeugenaussage ist nicht so von Bedeutung«, sagte er schließlich. »Du brauchst also nicht besonders nett zu ihm sein, wenn du ihm in der Stadt begegnest. Du kannst ihm ruhig die kalte Schulter zeigen.«

»Wenn du meinst. Aber ich bezweifle, daß er mir so ohne weiteres über den Weg läuft.«

Tyson warf ihr einen raschen Blick zu. Die Antwort paßt irgendwie nicht zu ihr, sagte er sich. Aber vielleicht sehe ich das alles vor Müdigkeit ein bißchen falsch. Marcy setzte sich auf den Stuhl vor der Kommode und streifte ihre Sandalen ab. Sein Blick wanderte von ihren Zehen zu dem Weinglas, das sie mit beiden Händen auf dem Schoß hielt. Am liebsten wäre er jetzt allein gewesen. Irgendwie brachte er es fertig, recht überzeugend zu gähnen.

»Ich kann jetzt wohl ein bißchen Schlaf gebrauchen«, meinte er. »Könntest du bitte das Licht ausknipsen?«

Marcy blieb sitzen. »Ich möchte gern mit dir über David reden«, sagte sie. »Er hat was mit diesem Mädchen.«

»Schön. Sieht ja auch nett aus. Tolle Titten.«

»Ich glaub', die beiden schlafen miteinander.«

»Na großartig!«

»Das ist doch nicht... Ich meine, wie sollen wir darauf reagieren?«

»Nun, wenn wir selbst eine Tochter hätten, dann müßten wir jetzt beunruhigt, wütend und ratlos sein, aber bei einem Sohn kann man einfach sagen: großartig!«

»Du machst dich über mich lustig, aber die Sache ist ernst. Der Junge ist erst sechzehn. Abgesehen von allen moralischen Aspekten hat die Sache auch ein paar praktische, psychologische Seiten.«

»Richtig.«

Tyson war sich sehr wohl bewußt, daß ein Appell an die väterlichen Pflichten für eine Ehefrau manchmal nur eine Methode darstellte, um den verirrten Partner wieder an die Leine zu bekommen.

»Hast du schon mit ihm geredet?« erkundigte er sich.

»Nein, das ist eine Angelegenheit zwischen Vater und Sohn.«

»Was meinst du damit?« fragte er scheinbar gleichgültig.

»Das weißt du genau. Solche Sachen sollten zwischen Vater und Sohn besprochen werden. Es wäre ihm nur peinlich, wenn ich mich da einmischen würde.«

»Aber mir könnte es auch peinlich sein, wenn ich ihn fragen muß, ob er seine kleine Freundin vögelt. Wie kommst du eigentlich darauf, *daß* er es tut?«

»Nun, manchmal spürt man so etwas einfach«, sagte sie.

»Tatsächlich? Wie denn?«

»Ach, hör doch auf, mich zu verarschen, Ben! Irgendwie merkt man, wenn es zwei Leute miteinander treiben.«

»Du machst mich ja richtig nervös!«

»Wirst du mit ihm reden?«

»Ja, morgen im Boot.«

»Überleg dir noch mal die Sache mit dem Haifischangeln.«

»Nein, ich mache auf jeden Fall mit.«

»Warum ist das so wichtig für dich?«

»Meine Großmutter wurde von einem Hai gefressen. Und was das Thema Sex angeht: Mach die Tür zu!«

Marcy zögerte, dann stand sie auf und ging zur Tür. »Ich dachte, du seiest müde.«

»Das war ich auch, aber du hast mich auf gewisse Gedanken gebracht.«

Sie lächelte. »Vergiß Melinda Jordan, Ben Tyson!« sagte sie, schloß die Tür und kam zu ihm ans Bett. »Willst du mal ein paar wirklich tolle Titten sehen?«

Tyson schälte sich aus dem Bademantel und warf ihn auf den Fußboden. »Und willst du dir vielleicht meine Narbe ansehen?«

Marcy lächelte. Sie machte den Reißverschluß ihrer Jacke auf und zog sie aus. Ihre weißen, festen Brüste hoben sich hell von der bronzefarbenen Haut ihres Oberkörpers ab.

Tyson spürte, wie sich sein Penis bewegte und rasch steifer wurde.

»Möchtest du noch ein bißchen mehr sehen?« fragte sie.

»Alles!«

Rasch stieg sie aus der Hose, zog auch den Slip aus und kickte das kleine Bündel achtlos in eine Ecke. Tyson starrte auf ihr schwarzes Schamhaar. Es schien eine größere Fläche zu sein als das Fleckchen helle Haut, wo sie beim Sonnenbaden ein Bikinihöschen getragen hatte. Sie trat ans Bett.

»Wie willst du das eigentlich bewerkstelligen?«

»›Die Frau-oben-Stellung‹, wie es in einem praktischen Ratgeber heißt. Ich fürchte allerdings, daß ich nicht einmal hierbei mein Bein bewegen kann.«

»Bist du sicher, daß du auch wirklich willst?«

»Absolut. Ich hab' sogar daran gedacht, als ich am Ertrinken war.«

Sie kletterte zu ihm ins Bett und kniete sich über ihn. »Zu schwer?«

»Nein, gut so.« Er streckte eine Hand aus, massierte ihre Brüste und ließ den Mittelfinger seiner anderen Hand zwischen ihre Schamlippen gleiten. »Es ist lange her, Marcy«, sagte er.

Sie nickte. »Es fühlt sich gut an.« Sie umschloß seine Hoden mit einer Hand und streichelte seinen halbsteifen Penis mit der anderen. »Wenn wir den so steif kriegen wie dein Knie, dann werden wir uns handelseinig«, sagte sie.

Er lächelte und spürte, daß ihr Schoß schon ganz feucht war.

Sie lehnte sich vor und küßte ihn auf die Lippen. »Schmeckt nach Salz«, sagte sie.

Tyson spürte, wie sie ihn mit der Hand führte und wie sein Glied ganz leicht in sie hineinglitt. Sie bewegte ihr Gesäß ein paarmal hin und her, bis sie ihn ganz in sich aufgenommen hatte. Dann, noch immer über ihm kniend, begann sie sich langsam und rhythmisch auf und ab zu bewegen. »Ben, o Ben!« stöhnte sie.

Er streichelte ihren Rücken und ihren Hintern.

Marcy streckte sich auf ihm aus, so daß sie seinen Körper unter sich begrub. Sie umschlangen sich mit den Armen. Langsam wurde sie schneller, und Tyson hörte an seinem Ohr, wie ihr Atem immer keuchender ging.

»Mein Gott, Ben, wie ich deinen Schwanz vermißt habe!« murmelte sie leise.

»Er dich auch.« Er fühlte, wie sie kam – nicht auf einmal, sondern in Abständen, mit einem kleinen, bebenden Erschauern nach jeder Welle der Lust. Es ist wie das Meer, dachte er, das urzeitliche Meer, aus dem wir alle stammen, die salzigen Gezeiten, die uns noch immer wie Ebbe und Flut überkommen. Als er spürte, wie sie mit einem heftigen, kurzen Atemzug die Luft einzog und sich dann langsam entspannte, warf er kraftvoll sein Becken hoch, aber da durchzuckte ein stechender Schmerz sein Knie und sein ganzes Bein. Trotzdem stieß er wieder zu, und der Schmerz rang mit der Lust. Als es ihm kam, wurde er fast ohnmächtig.

Nach einer Weile beruhigte sich sein Atem. Er fuhr mit dem Finger durch die Spalte zwischen ihren Pobacken und spürte den

Schweiß, der sich dort immer bildete, wenn sie einen heftigen Orgasmus gehabt hatte.

»Alles in Ordnung?« flüsterte sie in sein Ohr.

Er nickte.

»Tut es weh?«

»Ein bißchen.«

Sie rollte behutsam von ihm herunter und legte sich neben ihn. »Du bist so blaß!«

»Das Blut ist alles da unten im Süden«, erwiderte er. »Laß mir ein bißchen Zeit.«

Marcy glitt aus dem Bett und ging ins Badezimmer. Sie kam mit Aspirin und einer Tube Salbe zurück.

Tyson schluckte das Aspirin, und sie rieb ihm etwas von der Salbe aufs Knie. Er fühlte sich benommen, aber er war noch wach genug, um zu merken, daß sie wieder fortging und diesmal mit einem Schwamm und einer Waschschüssel zurückkam. Sie wusch sein Glied, dann tupfte sie mit dem Schwamm die Salzkruste von seiner Haut. Am Ende legte sie sich neben ihn und deckte sie beide zu. »Du hast einen Schock und bist vollkommen übermüdet«, sagte sie. »Jetzt brauchst du erst einmal Ruhe und Körperwärme.«

»Weck mich bitte um vier.«

»Okay.« Sie kuschelte sich an ihn, und er schlief in ihren Armen ein.

Marcy wartete eine Weile, dann stand sie auf. Sie stellte den Radiowecker auf den Fußboden, knipste die Nachttischlampen aus, zog einen Bademantel an und ging zur Tür. Dort drehte sie sich noch einmal um und betrachtete ihren Mann in dem Lichtschein, der aus dem Flur ins Schlafzimmer fiel. Er schlief nie in Rückenlage, und die Tatsache, daß er das heute tat, bereitete ihr irgendwie Sorgen. Sie sah, wie sich seine Brust hob und senkte, und sie dachte darüber nach, wieviel sie für ihn empfand. Warum muß der beste Mann, den ich jemals kennengelernt habe, stellvertretend für eine ganze Armee und ein ganzes Land die Sünden der Vergangenheit büßen? fragte sie sich. Sie verließ den Raum und zog die Tür leise hinter sich zu.

# *Kapitel 25*

Ben Tyson fuhr in westlicher Richtung den Shore Parkway entlang. Er hatte das Verdeck des *Triumph* zurückgeklappt, und vom südwestlichen Himmel schien die Nachmittagssonne hell auf ihn hinab. Zu seiner Linken sah er die Türme von Cone Island und dahinter das tiefe Blau des Atlantischen Ozeans. Es war ein idealer Nachmittag für eine kleine Spritztour.

Tyson hatte sich dafür entschieden, seinen Dienst in einem flotten, hellbraunen Anzug aus leichtem Wollstoff anzutreten, obwohl die Army dafür eigentlich etwas Grünes vorschrieb, genauer gesagt, eine Uniform. »Ach was«, sagte er laut, »vielleicht fällt es ihnen nicht einmal auf.«

Im Autoradio ertönten goldene Oldies. Gerade säuselte Bobby Darin sein *Somewhere, beyond the Sea*. Tyson summte die Melodie mit.

Ein Blick auf die Uhr am Armaturenbrett sagte ihm, daß er vor fünf Uhr in Fort Hamilton ankommen würde, früh genug, um sich zur Stelle zu melden, aber zu spät für die lästige Aufnahmeprozedur einschließlich ärztlicher Untersuchung, Ausstellung des Dienstausweises, Registrierung beim Zahlmeister und so weiter. Alles Formalitäten, an die er sich nur mit Widerwillen zurückerinnerte. Er schaute auf den Tacho: 65 Meilen. Da er es nicht eilig hatte, ging er vom Gas runter und ordnete sich in die rechte Fahrspur ein. Im Radio ertönte der Song *Mr. Tambourine Man* in Bob Dylans Version.

Ungefähr einen Kilometer vor ihm spannte sich die riesige Verrazzano-Brücke von Fort Hamilton nach Fort Wadsworth über die *Narrows*. Auf der äußeren Fahrspur bewegte sich eine lange Autoschlange vorwärts, und darüber kreisten Möwen. Tyson näherte sich der Abzweigung nach Fort Hamilton. Er schaltete herunter, schlug das Lenkrad scharf ein, fuhr die Rampe des Autobahnverteilers hinunter und sah dann, nachdem er noch einige Male nach rechts abgebogen war, schon von weitem das Haupttor. Er hielt kurz an, holte tief Luft und fuhr dann auf das kleine Wachhäuschen der Militärpolizei zu.

Der wachhabende Militärpolizist war eine rund zwanzig Jahre alte Frau mit kurzgeschnittenem rotem Haar und einer Stupsnase. Sie trat aus dem Wachhäuschen, und Tyson reichte ihr seinen Einberufungsbefehl. Sie warf einen kurzen Blick auf das Papier und gab es ihm zurück. »Melden Sie sich im Hauptquartier. Wissen Sie, wie Sie dorthin kommen?«

Tyson kam es vor, als hätte er in ihrer Stimme einen leicht schnippischen Unterton gehört. Wäre er ein ganz normaler Zivilist gewesen, hätte er das vielleicht durchgehen lassen, aber so blickte er streng auf das Namensschild der jungen Uniformierten und sagte: »Wenn ich das nächste Mal durch dieses Tor fahre, PFC Neeley, dann klebt an meinem Auto ein Offizierskennzeichen, und Sie werden anständig salutieren! Falls ich anhalte und das Wort an Sie richte, haben Sie mich gefälligst mit Sir anzureden.«

Die Frau nahm Haltung an. »Jawohl, Sir!«

Tyson kam sich kein bißchen gemein vor. Es ist wie mit dem Fahrradfahren, dachte er. Wenn man es erst mal begriffen hat, vergißt man es nicht wieder. »Weitermachen!« sagte er ungnädig.

Sie salutierte, er erwiderte den Gruß, den ersten militärischen Gruß nach fast zwei Jahrzehnten, und fuhr durch das Tor in die Lee Avenue hinein. Zu seiner Rechten war eine Anzahl betagter Geschütze zur Schau gestellt, und links stand ein altes, weiß lackiertes Holzgebäude mit einem Schild auf der Rasenfläche davor, das den Besucher darüber aufklärte, daß dieses Haus einst Robert E. Lee gehört hatte. Im Weiterfahren mußte sich Tyson eingestehen, daß er nicht wußte, wo sich das Hauptquartier befand, aber er war sicher, es leicht finden zu können. Ihm fiel die außerordentliche Sauberkeit des Geländes auf. Nirgends lag auch nur ein Schnipsel Papier herum. Er mußte daran denken, daß damals manchmal die gesamte Garnison vor dem Frühstücksappell losgeschickt worden war, um das Kasernenareal nach Abfällen abzusuchen.

Er bemerkte auch, daß die Uniformen sich verändert hatten. Männliche wie weibliche Soldaten trugen jetzt gleichermaßen Kampfanzüge, die jenen ähnelten, die früher nur für den Einsatz in Südostasien genehmigt waren. Er versuchte sich vorzustellen, wie er selbst darin aussehen würde, aber es gelang ihm nicht.

Nach kurzer Zeit hatte er das Hauptquartier gefunden. Er steuerte den Wagen in eine der für Besucher reservierten Parklücken und schaltete den Motor aus. Das Gebäude war ein zweistöckiger Kasten aus roten Ziegelsteinen und sah fast wie eine Grundschule aus den fünfziger Jahren aus.

Tyson rückte seine Krawatte zurecht, ergriff seinen Aktenkoffer und stieg aus. Sein Knie war so steif, daß er humpeln mußte. Durch eine Glastür betrat er eine Vorhalle, deren Betonwände getüncht waren und den Eindruck eines Schulgebäudes der unteren Kategorie noch verstärkten. Allerdings waren die Kunststofffliesen des Fußbodens derartig auf Hochglanz poliert, wie man es nur in militärischen Gebäuden antrifft.

Tyson trat vor eine Art Fahrkartenschalter an der rechten Seite. Dahinter erhob sich der diensthabende Unteroffizier von seinem Schreibtisch, ebenfalls eine junge Frau. Sie kam zum Schalter. »Ja bitte?«

Tyson reichte ihr durch die kleine Öffnung seinen Einberufungsbefehl. Die junge Frau blickte darauf. »Oh!« entfuhr es ihr.

»Werde ich erwartet?«

»Ja, Sir, wir haben Sie schon erwartet.« Erst jetzt schien sie zu bemerken, daß er in Zivil war. Sie zögerte sichtlich, sagte jedoch nichts, sondern schob ihm eine Anwesenheitsliste zu und einen dieser schwarzen Kugelschreiber, wie sie in den Dienststellen der Regierung üblich sind. Tyson überlegte kurz, dann nahm er den Kuli und trug seinen Namen ein.

»Willkommen in Fort Hamilton, Lieutenant«, sagte die junge Frau und gab ihm seinen Einberufungsbefehl zurück. »Bitte gehen Sie ins Büro des Adjutanten, die Treppe hoch und dann gleich rechts.«

»Vielen Dank.«

Er ging die Treppe hinauf und kam zu einer offenen Tür mit einem Schild, auf dem in großen Lettern das Wort ADJUTANT stand. Dahinter war ein kleines Vorzimmer, in dem vier junge Uniformierte ihren Dienst verrichteten: zwei Männer und zwei Frauen. Tyson fand den Anblick von so viel weiblichem Personal ziemlich irritierend. Immerhin verlieh dessen Anwesenheit einem Gebäude wie diesem, das ihm irgendwie unnatürlich vorkam, einen Hauch von Realitätsbezogenheit.

Einer der jungen Männer erhob sich hinter seinem Schreibtisch und erkundigte sich: »Kann ich Ihnen behilflich sein?«

»Lieutenant Benjamin Tyson. Ich soll mich beim Adjutanten melden.«

Der Mann blickte über Tysons Schulter, als suchte er seinen Vorgesetzten mit den Augen, dann sah er wieder Tyson an und sagte: »Oh! Ja, sofort.«

»Gut.« Tyson war sich bewußt, daß die anderen drei Uniformierten ihn unauffällig beobachteten. Er reichte dem jungen Mann seinen Einberufungsbefehl, der warf einen Blick darauf und sagte: »Bitte kommen Sie mit mir, Lieutenant.«

Tyson folgte ihm in ein kleines Büro, an dessen Tür CAPTAIN S. HODGES, 2. ADJUTANT stand. Der Raum war spärlich möbliert.

»Ich werde dem Adjutanten Bescheid geben, daß Sie da sind«, sagte der Soldat. »Sie können hier im Büro des Captains warten.« Er ging durch eine Verbindungstür in einen angrenzenden Raum.

Tyson trat an das Fenster hinter dem Schreibtisch. Er konnte von hier aus die Verrazzano-Brücke sehen. Ihre riesigen grauen Stahlpfeiler ragten am nördlichen Ende des Garnisonsgeländes in den Himmel und dominierten völlig den Ausblick. Auf der anderen Seite der *Narrows*, etwa eineinhalb Kilometer entfernt, war die Brücke in ihrem Fundament am Ufer von Staten Island verankert. Dort lag Fort Wadsworth, das genau wie Fort Hamilton über eine alte Küstenbatterie verfügte. Sie hatte einst den Hafen von New York gegen Angreifer von See her beschützen sollen. Die Verteidigung unseres Landes, überlegte Tyson, war noch vor einem Jahrhundert viel einfacher gewesen. Ein feindliches Kriegsschiff brauchte sich nur der engen Einfahrt zu nähern und – damit Freund und Feind säuberlich auseinandergehalten werden konnten – ostentativ die eigene Flagge zu hissen, damit die Küstenbatterie das Feuer eröffnete und das Schiff zurückschießen konnte. Die steinernen Festungen hatten etwas Malerisches, so wie die damaligen Schiffe. Die Verteidigung von New York muß damals ein Kinderspiel gewesen sein, überlegte Tyson.

Die Verbindungstür ging auf, und ein Offizier betrat mit strammen Schritten den Raum. »Tyson?«

Tyson wandte sich vom Fenster ab. Rasch nahm er alles in sich auf, was eine Uniform an Informationen zu bieten hatte: Auf dem Namensschild stand *Hodges*, das Rangabzeichen wies seinen Träger als Captain aus. Keine Orden oder sonstige Auszeichnungen, aber Tyson bemerkte den Ring des Absolventen der Militärakademie von West Point. Der Mann war etwa Mitte Zwanzig, er hielt sich etwas zu steif, und sein Gesicht hatte einen unsympathischen, fast arroganten Ausdruck. Tyson hatte etwas gegen die Art, wie der Captain ihn angesprochen hatte; am liebsten hätte er ihm mit der Faust in die hochmütige Visage geschlagen. Er riß sich jedoch zusammen, und obwohl es ihn sichtbar Mühe kostete, nahm er Haltung an und salutierte.

»Lieutenant Tyson meldet sich zur Stelle, Sir!«

Hodges erwiderte den Gruß nur flüchtig, dann blätterte er raschelnd in den Papieren, die er in der Hand hielt. »Hier heißt es, daß Sie in Uniform zum Dienst zu erscheinen haben.«

»Ich besitze keine eigene Uniform.«

»Und kennen Sie auch keinen Friseur?«

»Doch, Sir, ich kenne einen.«

»Wie wagen Sie es dann, hier in diesem Aufzug zu erscheinen?«

Der Captain wies mit dem Finger auf Tyson, der schwieg.

»Nun?«

»Ich hab' mir nichts dabei gedacht, Sir.«

»Nichts dabei gedacht!« Erst jetzt schien Captain Hodges zu merken, daß Tyson hinter seinem Schreibtisch stand und er selbst davor. »Kommen Sie hierher!« befahl er und tauschte mit Tyson den Platz. Nachdem er sich in seinem Bürostuhl niedergelassen hatte, sagte er: »Bevor Sie sich beim Adjutanten melden, haben Sie sich eine korrekte Uniform anzuziehen und sich das Haar auf vorschriftsmäßige Länge schneiden zu lassen!«

»Ich möchte den Adjutanten aber jetzt sehen.«

Hodges' Gesicht lief rot an. »Was?!«

»Captain, ich muß meinen Dienst offiziell bis Mitternacht angetreten haben. Dies ist ein inoffizielles Gespräch. Ich ersuche Sie hiermit um eine Unterredung mit dem Adjutanten.«

Hodges' Gehirn schien auf Hochtouren zu arbeiten und nach einer Dienstvorschrift zu fahnden, die auf ein derartiges Ersuchen angewendet werden konnte. Er starrte Tyson an, der den Blick furchtlos erwiderte. Nach einer Weile nickte Hodges ein paarmal mit dem Kopf, als wäre er zu dem Schluß gelangt, daß es vielleicht gar keine schlechte Idee war, Tyson zu erlauben, beim Adjutanten einen schlechten Eindruck zu hinterlassen. Er stand auf und sagte barsch: »Warten Sie hier!« Dann verschwand er im angrenzenden Büro.

Tyson holte tief Luft. Plötzlich überfielen ihn lebhafte Phantasievorstellungen, wie er ausgeklügelte Gewalttaten gegen diesen Captain S. Hodges verübte. Zweifellos hatte er diesen Burschen allein schon durch seine äußere Erscheinung provoziert. Er hätte genausogut barfuß, in schmutzigen Jeans, mit schulterlangem Haar und einem T-Shirt mit der Aufschrift SCHEISS AUF DIE ARMY! in dieser Kaserne auftauchen können. Hodges hatte nicht einmal das Mindestmaß militärischer Höflichkeit gezeigt, auf das auch ein Offizier der niederen Ränge Anspruch hatte.

Er blickte sich in dem kargen Büroraum um. An der Wand hingen Hodges' Ernennungsurkunde, sein West-Point-Diplom und ein paar Zeugnisse, die die Teilnahme an irgendwelchen Seminaren und Lehrgängen bescheinigten. Außerdem gab es noch ein eingerahmtes Schriftstück, das mit Schreibmaschine geschrieben war. Tyson trat näher und las: *Auszug aus General McArthurs Abschiedsrede in West Point.*

»Die Schatten werden länger für mich, die Dämmerung ist hereingebrochen. Die Tage von einst sind verblaßt, aber im Vergehen überzogen sie die Träume von einst mit einem Glanz. Die Erinnerung an sie ist von wundersamer Schönheit, von Tränen benetzt, doch auch angeregt und verklärt vom lächelnden Gestern. Vergeblich lausche ich nach den entfernten Klängen der Fanfaren, die, begleitet von anhaltendem Trommelwirbel, den Zapfenstreich blasen. In meinen Träumen höre ich wieder das Donnern der Geschütze, das Knattern der Gewehre, das ganze befremdliche, düstere Murmeln des Schlachtfeldes.

Doch am Abend meiner Erinnerungen komme ich stets zurück nach West Point. Immer schallen mir von dort in vielfach gebrochenem Echo drei Worte zurück: Pflicht – Ehre – Vaterland. Heute erteile ich euch den letzten Tagesbefehl, doch sollt ihr wissen, daß an dem Tag, an dem ich den Strom des Lebens überschreite, meine letzten bewußten Gedanken sein werden: *Das Corps, das Corps und nochmals das Corps.*

Ich sage euch Lebewohl.«

Tyson wandte sich von der Wand ab und starrte aus dem Fenster. »Alles klar, jetzt verstehe ich endlich«, murmelte er. Dieser Captain Hodges, ein junger West-Point-Absolvent, zur Zeit der Tet-Offensive ungefähr zehn Jahre alt, betrachtete ihn, Benjamin J. Tyson, als Schande für das Corps, für das Vaterland, für die ganze Menschheit.

Tyson dachte darüber nach, und als er sich in Gedanken an Captain Hodges' Stelle versetzte, mußte er feststellen, daß er selbst diesen Benjamin Tyson nicht leiden konnte. Ich fühle mich irgendwie erleichtert, dachte er, daß sich endlich jemand ganz offen über mich moralisch entrüstet. Vermutlich würde er vor Abschluß dieser Angelegenheit noch ein paar professionelleren Militärs als diesem Captain Hodges begegnen. Militärs sprangen mit ihresgleichen viel strenger um, als es im zivilen Leben üblich war.

Die Tür ging auf, und Hodges meldete mit herrischer Stimme: »Der Colonel will Sie jetzt sehen.«

»Vielen Dank, Captain«, erwiderte Tyson.

Hodges stand innen neben der Tür, als Tyson den Raum des Adjutanten betrat. Er blieb in der Mitte des Zimmers dem Schreibtisch zugewandt stehen, wie es Brauch war, und salutierte. »Lieutenant Tyson meldet sich zur Stelle, Sir!«

Der Colonel erwiderte den Gruß wortlos und ohne aufzustehen. Hodges verließ den Raum und schloß die Tür hinter sich. Tyson stand kerzengerade da und mußte die Augen ein wenig verdrehen, um den Mann hinter dem Schreibtisch richtig sehen zu können. Der Adjutant war untersetzt, ungefähr fünfzig Jahre alt und hatte schütteres graues Haar. Sein Gesicht wirkte schwammig, und seine Backen hingen wie Pfannkuchen herunter. Tyson fiel ein, daß er nicht einmal den Namen des Mannes kannte, aber im Grunde war es auch egal. Nach kurzem Schweigen forderte der Colonel ihn auf, Platz zu nehmen.

Tyson setzte sich auf einen Stuhl vor dem Schreibtisch. Er blickte sich ungeniert im Büro um – das hätte er als Zivilist nicht getan –, und ihm fiel die spartanische Einrichtung auf: ein stahlgrauer Schreibtisch, eine Anzahl Stühle mit Sitzflächen aus Plastik, einfache Jalousien vor den Fenstern und asphaltgraue Kunststofffliesen auf dem Fußboden. Die Wände waren aus Beton und mit der bekannten Farbe gestrichen. In dieser Umgebung mußte

Tyson fast liebevoll an sein Büro bei *Peregrine-Osaka* zurückdenken. Allerdings gab es hier etwas, was an seinem Arbeitsplatz gefehlt hatte: Hinter dem Schreibtisch war die Wand mit militärischen Auszeichnungen, Fotos, Zeugnissen und sonstigen Symbolen für Leistung und Anerkennung bedeckt. Eigentlich könnte ich auch meine gerahmten Zeugnisse und Urkunden aus meiner Militärzeit aufhängen, sobald ich ein neues Büro beziehe, sagte er sich. Doch zugleich wußte er, daß er dies nicht tun würde.

»Sind Sie schon mal in Fort Hamilton gewesen?« wollte der Adjutant von ihm wissen. Er hatte eine rauhe Stimme, und der Zigarrenrauch, der in der Luft hing, erklärte auch, warum.

»Nein, Sir«, antwortete Tyson.

»War wohl trotzdem nicht schwer, uns zu finden, oder?«

»Nein, Sir.«

Tyson schaute sich den Mann genauer an und entdeckte an seiner Uniform die silbernen Eichenblätter eines Lieutenant Colonel. Seine Augen wanderten nun zu dem schwarzen Namensschild über der rechten Jackentasche: *Levin.* Auf einem zweiten Namensschild, das auf dem Schreibtisch stand, las er: *LTC Mortimer Levin.*

»Überrascht es Sie, daß hier ein Jude am Schreibtisch sitzt?« fragte Colonel Levin geradeheraus.

Tyson überlegte sich mehrere mögliche Antworten, aber ihm gefiel keine. So sagte er nur: »Sir?« – was in Militärkreisen die übliche Art war, einem Vorgesetzten zu antworten, ohne etwas zu sagen.

Colonel Levin gab einen Grunzlaut von sich und steckte sich eine Zigarre in den Mund. »Ich nehme an, daß dies ein inoffizieller Besuch ist?«

»Ja, Sir, eigentlich wollte ich mich in aller Form bei Ihnen zur Stelle melden, aber nach der Begegnung mit Captain Hodges habe ich es mir anders überlegt.«

»Ich bin mir sicher, daß auch dem guten Hodges bei Ihrem Anblick gewisse Überlegungen gekommen sind.«

Tyson räusperte sich. »Colonel, ich erwäge, wegen des ungebührlichen Verhaltens von Captain Hodges mir gegenüber laut Artikel 138 des geltenden Militärrechts Beschwerde einzureichen.«

»Tatsächlich?« Der Colonel nickte scheinbar zustimmend. »Angriff ist die beste Verteidigung. Aber warum fordern Sie Captain Hodges nicht einfach auf, sich mit Ihnen unten im Turnsaal zu treffen? Mir ist es am liebsten, wenn die Offiziere dort ihre Meinungsverschiedenheiten austragen. Fünf Runden mit sechzehn Unzen schweren Handschuhen, im Beisein eines Schiedsrichters.«

Tyson blickte dem Colonel in die Augen. Er begriff, daß der Mann nicht scherzte und sich auch nicht über ihn lustig machte. »Ja, vielleicht wäre das das beste«, sagte er.

»Gut. Und nun hören Sie mal zu, Tyson! Es ist meine Pflicht als Adjutant, Sie in Fort Hamilton willkommen zu heißen und Sie kurz dem Kommandanten, Colonel Hill, vorzustellen. Aber im Vertrauen möchte ich Ihnen sagen, daß der Colonel Sie am liebsten nicht hierhätte und daß er Sie auch nicht sehen möchte. Ersparen Sie uns also die Peinlichkeit, eine Unterredung mit ihm zu verlangen. Und tauchen Sie bitte auch nicht bei all den öffentlichen Anlässen auf, zu welchen man Sie gewohnheitsgemäß einladen wird. Auch in der Offiziersmesse sollten Sie sich besser einen Tisch für sich allein suchen. Habe ich mich klar ausgedrückt?«

»Ja, Sir.«

Levin zupfte an seiner Hängebacke und schien nachzudenken. Schließlich blickte er zu Tyson auf und meinte: »Sagen wir doch einfach, daß Sie sich jetzt offiziell bei mir melden, damit Sie später nicht noch mal in Uniform antreten müssen. Okay?«

»Ja, Sir.«

Levin raschelte mit ein paar Papieren auf dem Schreibtisch und fand, wonach er suchte. »Sie waren speziell darauf hingewiesen worden, Ihren Paß mitzubringen. Haben Sie das getan?«

Tyson zögerte, dann antwortete er: »Ja, Sir.«

Colonel Levin streckte eine Hand aus. »Kann ich ihn sehen?«

Tyson griff in die Brusttasche und zog den Paß hervor. Er legte ihn dem Colonel in die offene Hand.

Der blätterte darin und sagte: »Sie haben sich ja ganz schön in der Welt umgesehen.«

»Ja.«

Levin ließ den Paß in seine Schreibtischschublade fallen und schloß sie. Dann legte er seine gefalteten Hände vor sich auf die Schreibtischplatte und blickte Tyson an.

»Haben Sie das Recht, mir den Paß wegzunehmen?« fragte Tyson.

Levin hob die Schultern. »Keine Ahnung. Ich habe meine Befehle. Beklagen Sie sich im Außenministerium oder beim Justizminister. Für alle genehmigten Reisen können Sie den Paß weiterhin benutzen. Sie sind mir für ungewisse Zeit vom Pentagon zugeteilt worden, ich bin jetzt also Ihr vorgesetzter Offizier. Da ich jedoch annehme, daß Sie Captain Hodges lieber aus dem Weg gehen, werde ich versuchen, es so einzurichten, daß Sie Ihren Dienst außerhalb dieses Gebäudes verrichten.«

»Ja, Sir.«

Levins Atem rasselte, als er tief Luft holte. »Gibt es irgend etwas, das Sie dienstlich in dieser Garnison interessieren könnte?«

Tyson war über den irritierten Unterton seiner eigenen Stimme verblüfft, als er antwortete: »Nein, Sir, nichts.«

Levins teigiges Gesicht schien sich zu verhärten, doch dann entspannte es sich wieder. Er entzündete umständlich eine Zigarre und paffte eine Rauchschwade in die Luft. »Die Army«, sagte er, »hat mir unter anderem ein paar spezielle Instruktionen für Sie erteilt. Ich soll Ihnen einen Aufgabenbereich zuweisen, der Ihrer Erfahrung und Ihren Befähigungen angemessen ist.« Er klopfte mit dem Finger auf eine dicke Personalakte. »Sie waren früher Offizier der Infanterie.«

»Ja, für knapp zwei Jahre – vor langer Zeit. Bis vor kurzem war ich Vizepräsident eines großen Flugzeug- und Raumfahrtkonzerns.«

»Ach ja?« Levin klopfte die Asche seiner Zigarre in eine große Kaffeetasse. »Nun, wir werden für Sie etwas finden. Hat man Ihnen übrigens gesagt, wieviel Sie verdienen werden? Ich meine hier.«

»Nein, Sir.«

»Ihr Sold wird sich auf 1796 Dollar im Monat belaufen. Bedeutet diese Wiedereinberufung für Sie eine große finanzielle Belastung?«

»Das kann man wohl sagen. Falls sich meine Dienstzeit sehr in die Länge zieht, müßte ich eventuell mein Haus verkaufen.«

Levin rieb sich die Hängebacken und meinte: »Ich glaube nicht, daß Sie sehr lange bei uns bleiben werden. Aber bitte halten Sie mich hinsichtlich Ihrer finanziellen Lage trotzdem auf dem laufenden.«

»Aus welchem Grund, Sir?«

»Nun, die Army wird Ihnen nach Kräften helfen. Beispielsweise hat sie eine eigene Kreditkasse. Sie verstehen?«

»Ja, vielen Dank.« Es war Tyson klar, daß Levin sich nicht aus persönlichen Gründen um sein Wohlergehen Gedanken machte, sondern stellvertretend für die Regierung. In Amerika gab es für einen normalen Bürger – abgesehen von einer Gefängnisstrafe – nichts Schlimmeres, als seine Kreditwürdigkeit zu verlieren. Ein ruinierter Ruf, eine kaputte Ehe oder psychische Zerrüttung waren nichts im Vergleich zum Verlust der Kreditwürdigkeit. Deshalb registrierte Tyson erfreut, daß sich die Regierungsstellen um diesen Aspekt zu kümmern schienen.

»Ich bin zuversichtlich«, hörte er Levin sagen, »daß Sie Mittel und Wege finden werden, um Ihr Haus nicht verkaufen zu müssen. Das erinnert mich daran, daß ich Weisung habe, Ihnen hier bei uns eine Familienunterkunft zuzuteilen, obwohl ziemlicher Platzmangel herrscht.«

»Vielen Dank, Colonel, aber ich glaube nicht, daß ich mit meiner Familie hierherziehen werde. Außerdem würde ich nur ungern einem anderen Offizier mit seiner Familie den Platz streitig machen. Falls es von seiten der Army keine Einwände gibt, würde ich gern weiterhin außerhalb der Garnison wohnen und auf eine hiesige Unterbringung verzichten.«

Levin beugte sich über den Schreibtisch zu ihm vor. »Lassen Sie mich ein wenig deutlicher werden, Lieutenant: Sie haben den *Befehl*, hier eine Familienunterkunft zu beziehen. Offen gesagt will die Army den Medien und der öffentlichen Meinung nicht den Eindruck vermitteln, daß Sie in einer Notlage sind. Ein nettes Reihenhäuschen aus rotem Ziegelstein mit zwei Schlafzimmern wartet auf Sie, und an der Haustür wird schon morgen früh Ihr Name stehen. Die Unterkunft ist teilweise möbliert, und Sie haben das Recht, auf Staatskosten eigene Haushaltsgegenstände herzuschaffen. Desgleichen sind Sie berechtigt, Frau und Kind hierherzuholen, aber natürlich sind Sie dazu nicht verpflichtet. Ist das klar?«

»Nein, Sir. *Muß* ich nun hier in der Garnison wohnen oder nicht?«

»Ich fürchte, ja«, antwortete Levin.

»Für mich stellt dies einen unzumutbaren Härtefall dar, und eine derartige Beschränkung ist nicht gerechtfertigt«, sagte Tyson mit Nachdruck.

Levin hüstelte. »Leider ist es nicht so, wie Sie sagen. Laut Artikel einunddreißig des geltenden Militärrechts wird gegen Sie eine Voruntersuchung durchgeführt. Die Army ist befugt, die Bewegungsfreiheit des betroffenen Personenkreises einzuschränken, damit Sie im Verlauf der Ermittlungen stets verfügbar sind. Solche Auflagen sind, wie Sie selbst wissen, eher ein Appell an unsere soldatische Moral, und man sollte sie nicht nur aus rechtlichen, sondern aus moralischen Gründen befolgen.«

Tyson nickte. »Das ist mir bekannt, Colonel. Welche spezifischen Auflagen werden mir also gemacht?«

Levin blickte auf das Blatt Papier, das vor ihm lag. »Sie haben sich zwischen vierundzwanzig Uhr und sechs Uhr morgens in der Garnison aufzuhalten, doch können Sie jeweils die Nacht vor Ihrem freien Tag außerhalb verbringen. Ihre außerdienstlichen Reisen sind auf einen Umkreis von hundert Kilometern beschränkt.«

Tyson sagte lange nichts, dann wandte er ein: »Meine Familie wohnt zur Zeit im East End von Long Island. Das ist bekanntlich rund einhundertsechzig Kilometer von hier entfernt.«

»Dann können Sie nicht hinfahren.«

»Für mich wäre das eine unzumutbare Härte.«

»Ich glaube kaum, Lieutenant, daß die Weigerung der Army, Sie zur Sommerfrische in die Hamptons fahren zu lassen, einen Härtefall schafft. Sie werden hier gewisse dienstliche Verpflichtungen haben, und es wäre unvernünftig, wenn Sie Tag für Tag nach der Arbeit eine so weite Strecke fahren und vor Mitternacht zurück sein wollten. Hundert Kilometer! Reisen per Schiff oder Flugzeug sind nicht erlaubt, sofern sie nicht ausdrücklich von mir oder vom Kommandanten genehmigt werden.«

Levin dachte kurz nach, dann fügte er hinzu: »Ich glaubte vernommen zu haben, daß Sie derzeit nicht mit Ihrer Ehefrau zusammenleben.«

»Nein, aber ich hatte vor, es wieder zu tun.«

»Tja, dann...« Levin warf einen Blick auf Tysons Einberufungsbefehl. »Sie haben Ihren Hauptwohnsitz in Garden

City. Das liegt innerhalb des Hundertkilometerbereichs, nicht wahr?«

»Ja, Sir. Es handelt sich um das Haus, das ich vielleicht irgendwann verkaufen muß.«

»Bis es soweit ist, Lieutenant, könnte Ihre Frau doch wieder nach Garden City ziehen. Um es deutlich auszusprechen: Sie könnten dort mit ihr die Wochenenden verbringen. Außerdem wollen Ihre Frau und Ihr Sohn vielleicht ab und zu am Wochenende hier in Ihrer Familienunterkunft übernachten.«

»Colonel, ich glaube nicht, daß meine Frau jemals Militärgelände betreten wird.«

Levin reagierte verärgert. »Dann müssen Sie selbst zusehen, wie Sie das regeln, Lieutenant. Es gehört nicht zu meinen Pflichten, mich darum zu kümmern.«

»Nein, Sir.«

Levin trommelte mit den Fingern auf die Schreibtischplatte. »Ich sehe ein«, sagte er nach einer Weile, »daß all dies sehr schwierig für Sie ist, aber wenn Ihnen damit geholfen ist: die Sache wird bald ausgestanden sein.«

»Tatsächlich?«

»Ja. In Wirklichkeit ist die Einschränkung Ihrer Bewegungsfreiheit nur erforderlich, damit Ihr Fall möglichst rasch ad acta gelegt werden kann. Laut Gesetz muß die Entscheidung, ob das Verfahren gegen Sie eröffnet oder eingestellt wird, innerhalb einer Frist von neunzig Tagen fallen. Die zivilen Justizbehörden kennen keine Rechtsprechung in einem solchen Eiltempo. Man kann gegen die Militärjustiz sagen, was man will – schnell arbeitet sie auf jeden Fall. Die Ihnen erteilten Auflagen sind also indirekt ein Segen für Sie. Während Sie hier sitzen, hat für die Army schon der Countdown begonnen, und bis Mitte Oktober ist die Angelegenheit abgeschlossen, egal, wie sie ausgeht.«

Tyson nickte. »Verstehe.«

Etwas freundlicher fuhr Levin fort: »Wir nehmen es mit den Auflagen auch nicht allzu genau, und Sie werden hier nicht bewacht. Aber seien Sie um Ihrer selbst willen vorsichtig!«

»Jawohl, Sir.«

»Gibt es übrigens noch andere Adressen von Ihnen, die ich wissen sollte?« fragte Levin.

»Ja, Sir, Sie haben vielleicht der Presse entnommen, daß ich gegenwärtig an der ›vornehmen East Side‹ wohne...«

»Mein Gott, Sie haben mehr Adressen, als wir hier Badezimmer haben!«

»Ja, Sir.«

»Also, ich brauche diese East-Side-Adresse und auch die in Sag Harbor! Geben Sie sie bei Hodges an.«

»Ja, Sir.«

Levin blätterte in Tysons Personalakte. »Zwei *Purple Hearts.* Wofür?«

»Rechtes Knie und rechtes Ohr, Sir.«

Levin nickte und richtete den Blick auf Tysons vernarbtes rechtes Ohr. »Mir ist aufgefallen, daß Sie humpeln. Ist das eine Folge Ihrer Verwundung?«

»Jawohl, Sir.«

»Wären Sie frontdiensttauglich?«

»Nein, Sir.«

»Na ja, Sie sind bestimmt fit genug für das, was man mit Ihnen vorhat.«

Tyson erwiderte nichts darauf.

»Ich war halb darauf vorbereitet, daß Sie nicht kommen würden, Tyson«, meinte Levin.

»Und ich zu neunzig Prozent.«

Levin lächelte.

»Mein Anwalt hat beim Bundesbezirksgericht Einspruch gegen meine Zwangseinberufung erhoben.«

»Das geht mich nichts an. Sie sind jetzt hier, und Sie haben gut daran getan, sich bei mir zu melden – ob in Uniform oder nicht.«

»Ja, Sir. Das sagte auch mein Anwalt.«

»Noch etwas: Ihre Vereidigung. Sie müssen das noch einmal über sich ergehen lassen, und ich habe Anweisung, Sie sofort nach Ihrer Ankunft zu vereidigen.«

Levin nahm einen Zettel vom Tisch und reichte ihn Tyson. »Sie brauchen das nicht laut herunterzubeten. Lesen Sie es einfach nur durch und unterschreiben Sie.« Er sog an seiner Zigarre.

Tyson las: *Ich, Lieutenant Benjamin J. Tyson, Offizier der Armee der Vereinigten Staaten von Amerika, schwöre (versichere) hiermit feierlich, daß ich die Verfassung der Vereinigten Staaten gegen alle äußeren und inneren Feinde verteidigen werde, daß ich meinem Vaterland treu und gehorsam dienen werde, daß ich diese Verpflichtung aus freien Stücken eingehe, ohne innere Vorbehalte und Ausflüchte, und daß ich die mir kraft meines Amtes obliegenden Pflichten nach bestem Wissen und Gewissen erfüllen werde, so wahr mir Gott helfe.*

Tyson blickte von dem Papier auf und sah, daß Levin ihm quer über den Schreibtisch einen Füllfederhalter hinhielt. Er zögerte einen Moment. »Ich habe einige innere Vorbehalte«, sagte er.

»Tatsächlich?«

»Ja. Kann ich eine entsprechende Anmerkung machen? Darf ich etwas ausstreichen und etwas anderes hinzufügen?«

»Das sollten Sie lieber nicht tun, Lieutenant. Hören Sie, Sie sind hier bei der Army! Dies ist ein Fahneneid und keine Handwerkerrechnung. Unterschreiben Sie ihn so, wie er ist, oder lassen Sie es bleiben!«

»Dann weigere ich mich zu unterschreiben.«

»Fein. Geben Sie her!«

Tyson reichte dem Adjutanten das Stück Papier und den Füller zurück.

Für einen Moment herrschte Schweigen im Raum, dann sagte Levin unvermittelt: »Gehen Sie gern angeln oder einfach sonnenbaden?«

»Beides.«

»Nicht weit von hier, in der Sheepshead Bay, kann man gut angeln«, meinte der Colonel und warf einen raschen Blick auf die Uhr. »Übrigens möchte ich wetten, daß Captain Hodges Sie nicht gerade herzlich empfangen hat, aber das heißt noch lange nicht, daß Sie hier als schuldig gelten.«

»Was heißt es dann, Colonel?«

»Wir machen uns sozusagen auf kommende Probleme gefaßt. Bald schnüffeln hier bestimmt die Leute vom Fernsehen und von der Presse herum, von eventuellen Demonstrationen und neugierigen Passanten ganz abgesehen. Das hier ist immer eine ruhige kleine Garnison gewesen, mit weniger als fünfhundert Mann Besatzung. Unsere Leute sind gern hier. Ich selbst bin nur ein paar Kilometer von hier entfernt geboren und aufgewachsen – in Brighton Beach.«

»Ich habe nicht darum gebeten, hierherversetzt zu werden, Colonel.«

»Nein, aber die Army hat Sie uns zugeteilt, weil man Ihnen gefällig sein wollte. Uns hat man damit keine große Freude bereitet. Ich persönlich bin der Meinung, daß man Sie auf einem der größeren Stützpunkte hätte stationieren sollen, vielleicht irgendwo im Süden. Wir sind schlecht für die erforderlichen Sicherheitsvorkehrungen gerüstet, für den Fall, daß... nun, daß hier ein Gerichtsverfahren stattfindet. Das Ganze würde zu einem riesigen Presserummel ausarten. Sie müssen verstehen, Tyson, daß die Karrieren mehrerer Offiziere, beispielsweise meine eigene und die von Hodges, darunter leiden könnten, denn wir sind hier für Sie verantwortlich. *Wir* müssen hier für Ordnung und Disziplin sorgen!«

»Ich habe Verständnis für Ihre Probleme und möchte Ihnen keine weiteren hinzufügen.«

Levin nickte, drückte seine Zigarre aus und blickte wieder auf die Papiere, die vor ihm auf dem Schreibtisch ausgebreitet lagen. Als er schließlich weitersprach, klang er ganz wie der stellvertretende Kommandant einer Garnison, der einem Neuling ein paar nützliche Ratschläge erteilt. »Ich weiß nicht, wie Sie in letzter Zeit von den Zivilpersonen Ihrer näheren Umgebung behandelt worden sind, aber hier sind Sie Offizier, und wenn Sie sich entsprechend verhalten, werden Sie auch als solcher behandelt werden – sogar von Leuten wie Captain Hodges. Sie sollten versuchen, das Beste aus Ihrem Aufenthalt bei uns zu machen. Ob Sie hier nun als freier Mann fortgehen oder unter polizeilicher Bewachung – wichtig ist nur, daß Sie hinterher sagen können: Ich habe mich korrekt und ehrenhaft verhalten.«

»Jawohl, Sir. Das ist auch meine Meinung.«

»Gut.« Levins Stimme nahm einen leichteren Tonfall an. »Ich würde gerne heute abend mit Ihnen essen. Wir könnten gewisse Dinge besprechen. Wir treffen uns um achtzehn Uhr im O-Club.«

Tyson hatte sich in Manhattan mit seinem Steuerberater zum Abendessen verabredet. Schon wollte er den Kopf schütteln, doch dann erinnerte er sich daran, daß er hier bei der Army war und daß der Wunsch eines Colonels einem Befehl gleichkam. »Jawohl, Sir«, sagte er, »Offiziersclub, sechs Uhr.«

»Gehen Sie jetzt zu Captain Hodges. Er wird Ihnen ein bißchen

Informationsmaterial aushändigen. Und geben Sie ihm die Adressen. Das ist alles.«

Tyson stand auf. »Jawohl, Sir.« Er salutierte, drehte sich auf dem Absatz um und verließ das Büro.

Tyson zog sein Notizbuch aus der Brusttasche, schrieb die Adressen, die Levin haben wollte, auf und legte den Zettel auf Hodges' Schreibtisch. »Colonel Levin hat mich aufgefordert, Ihnen dies hier zu geben.«

»In Ordnung«, sagte Hodges, ohne aufzublicken. »Nehmen Sie die Unterlagen hier, lesen Sie alles gut durch, und machen Sie sich mit den Einrichtungen der Garnison vertraut.«

Tyson nahm ein dickes, braunes Kuvert, das mit Papieren vollgestopft war, entgegen und verstaute es in seinem Aktenkoffer.

»Dienstantritt morgen früh«, schnarrte Hodges.

»Jawohl, Sir.« Tyson wollte zur Tür gehen.

»Tyson?«

»Ja, Sir?«

Jetzt blickte Hodges auf. »Wir haben uns nicht um Sie gerissen«, sagte er.

Tyson war sich nicht sicher, ob er mit *uns* nur sich selbst, Levin, Fort Hamilton, die Army, das ganze Offizierscorps oder die gesamten Vereinigten Staaten meinte. Wahrscheinlich alles zusammen. »Jawohl, Sir«, sagte er.

»Falls Sie jemals wieder dieses Büro betreten, wozu es hoffentlich keinen Grund geben wird, erwarte ich von Ihnen, daß Sie wie ein Soldat aussehen.«

Tyson machte einen Schritt auf ihn zu. Am liebsten hätte er diesen jungen Schnösel gefragt, was zum Teufel er überhaupt unter Soldatenleben verstand. Er holte tief Luft, während Hodges ihn unverwandt anstarrte. Schließlich sagte Tyson: »Guten Tag, Sir«, drehte sich um und ging.

Er wußte kaum, wie er auf den sonnenbeschienenen Parkplatz gelangt war. Wütend riß er die Autotür auf, warf den Attachékoffer auf den Beifahrersitz, dann holte er mit dem Fuß aus und trat eine Beule in die Tür. »Verdammte Scheiße!« fluchte er. Dann besann er sich wieder. Er drehte sich um und blickte zu dem Gebäude zurück, das er gerade verlassen hatte. Im ersten Stock entdeckte er in einem offenen Fenster die untersetzte Gestalt von Lieutenant Colonel Mortimer Levin, der, die Arme hinter dem Rücken verschränkt, seine Zigarre paffte und ihn beobachtete.

Tyson riß sich zusammen, stieg in das Auto und machte, daß er davon kam. Während er durch die engen Straßen des Garnisonsgeländes fuhr, dämmerte es ihm allmählich, daß er wirklich wieder Soldat war. »Ich bin bei der Army, ich bin bei der Army!« sagte er laut.

Damals, als er zum erstenmal seinen Dienst bei den Streitkräften angetreten hatte, und auch später, bei seiner Entlassung, hatte er immer das Gefühl gehabt, etwas zu tun, das er sich, seinem Vaterland und dessen Verteidigung schuldig war. Doch diesmal, das war ihm klar, ging es aufs Ganze. Dies war das letzte Mal, daß man ihn zu den Waffen rief. Dennoch stellte diese Wiedereinberufung letztlich nur eine Fortsetzung seiner ersten Dienstzeit nach einer langen Pause dar. Tyson hatte keine Ahnung, wie dies alles enden würde, doch zum erstenmal verspürte er hier in Fort Hamilton die Gewißheit, daß ein Ende in Sicht war.

## *Kapitel 26*

Die Eingangshalle und die Flure zur Linken und zur Rechten hatten gewölbte Decken und bestanden aus Natur- beziehungsweise Ziegelsteinen. An manchen Stellen waren sie mit Stuck verziert. Der Fußboden war mit glatten Steinplatten belegt, und schmiedeeiserne Wandlampen spendeten Licht. Da dies früher eine Festung gewesen war, gab es nur wenige Fenster oder sonstige Öffnungen nach außen, sondern lediglich Schießscharten für die Geschütze, aber die meisten waren inzwischen zugemauert worden.

Ein Mann Mitte Zwanzig, in einen grauen Anzug gekleidet, saß an der Rezeption hinter einem Tisch. »Ihr Name, Sir?« fragte er.

»Tyson. Wo ist bitte die Bar?«

Der Mann überhörte die Frage. »Darf ich Sie bitten, sich auszuweisen, Lieutenant?«

»Warum?« wollte Tyson wissen.

»So verlangt es die Hausordnung des Clubs.«

Tyson holte seinen Führerschein hervor. Der Mann suchte und fand Tysons Namen auf einer Liste und forderte ihn auf, sich einzutragen. Erst danach sagte er zu Tyson: »Vielen Dank, Sir. Zur Bar geht es rechts lang.«

Tyson folgte dem überwölbten Korridor, von dem auf der einen Seite im rechten Winkel kurze Flure abgingen, an deren Enden man durch größere Schießscharten auf die Meerenge der *Narrows* hinabblicken konnte. Dies waren früher die Kasematten gewesen, hier hatte das schwere Geschütz gestanden.

Tyson gelangte in einen langen, fensterlosen Raum, wo man damals vielleicht das Schießpulver und die Kugeln gelagert hatte. Jetzt beherbergte er die Bar des Offiziersclubs. Auf der einen Seite nahm eine lange Theke aus Mahagoni die gesamte Länge des Saales ein, an der gegenüberliegenden Wand standen Tische aufgereiht. Über der Theke hing ein handgemaltes Schild mit der Aufschrift: PATRIOT'S BAR. Die Bar war gut besucht, und es überraschte Tyson, mehr Zivilisten als Uniformierte zu sehen. Er vermutete, daß es sich dabei zu einem großen Teil um pensionierte Militärs, Beamte, Gäste, Ehefrauen handelte.

Die Inneneinrichtung hätte zu einem Pub an der East Side gepaßt, nicht jedoch die Gäste. Es fiel auf, daß in dem vollbesetzten Raum keine einzige laute, ausgelassene Stimme zu hören war, wie man es nach Feierabend in einem solchen Lokal erwartet hätte. Statt dessen war die Luft von gedämpftem Murmeln erfüllt. Nur dann und wann wurde es von einem Lachen übertönt, das so klang, als würde sich irgendein Lieutenant pflichtschuldigst über die witzige Bemerkung seines Vorgesetzten amüsieren.

Tyson erspähte Colonel Levin. Er saß ohne Begleitung am hinteren Ende der Bar, und Tyson ging quer durch den Raum auf ihn zu. »Guten Abend, Colonel.«

»Guten Abend, Lieutenant, bitte nehmen Sie Platz.«

Tyson ließ sich auf einem Barhocker neben Levin nieder.

»Hatten Sie schon Gelegenheit, sich im Club umzusehen?« fragte Levin.

»Nein, Sir, ich bin gerade erst angekommen.«

»Ein interessantes Gebäude, nicht wahr? So etwas wird heutzutage nicht mehr gebaut. Es steht übrigens unter Denkmalschutz.«

»Tatsächlich?«

»Ja, das steht auch in der Informationsbroschüre. Ich empfehle Ihnen, sie zu lesen.«

»Jawohl, Sir.«

»Möchten Sie hier Mitglied werden?«

Tyson steckte sich eine Zigarette an. »Ich weiß nicht recht.«

»Den Offizieren wird empfohlen, dem Club beizutreten.«

»Ja, Sir, ich weiß.«

»Ehrlich gesagt habe ich mir die Freiheit genommen, Sie in die Mitgliederliste einzutragen.«

Tyson zog an seiner Zigarette. »Vielen Dank, Colonel.«

Levin betrachtete ihn aufmerksam. »Was trinken Sie?«

Er fragt, als ob er wissen will, welchem Glaubensbekenntnis ich angehöre, dachte Tyson. Er warf einen kurzen Blick auf Colonel Levin. Dieser Mann war ein seltsames Gemisch aus Berufsoffizier und New Yorker Jude. Tyson hätte es ohne weiteres mit dem einen oder anderen Menschentypus aufgenommen, aber beide in einer einzigen Person vereint, das war fast etwas zuviel.

»Tyson? Sie sollten vielleicht etwas für Ihre Ohren tun.«

»Entschuldigung, Colonel. Einen Dewar's mit Soda.«

Colonel Levin wandte sich an die Kellnerin hinter der Bar: »Sally, dies ist Lieutenant Tyson, ein neues Clubmitglied.«

Sally war eine Frau mittleren Alters. Sie lächelte Tyson freundlich an und sagte: »Willkommen in Fort Hamilton, Lieutenant!«

»Danke, Ma'am.«

Sie musterte ihn neugierig, vor allen Dingen sein ziemlich langes Haar. Wahrscheinlich wundert sie sich, daß ich schon über vierzig und immer noch Lieutenant bin, sagte sich Tyson. Plötzlich hellte sich ihr Gesicht auf, und sie sagte: »Oh, von der Polizei?«

Sehr logisch gedacht, sagte sich Tyson. Ein Polizeileutnant konnte durchaus über vierzig sein. Für Sally war das die Lösung des Problems. Tyson wartete ab, ob Levin vielleicht etwas Taktvolles sagen würde, doch der Colonel meinte kurz und bündig: »Nein, dies ist Lieutenant Benjamin Tyson von der Army. Gegen ihn wird gerade wegen Mordverdachts ermittelt.«

Sally sperrte den Mund weit auf. »Oh... aha.«

Wahrscheinlich ist es so am besten, dachte Tyson. Er beschloß, Levin sympathisch zu finden.

Der Colonel bestellte bei Sally den Scotch und für sich einen weiteren Manhattan, dann sagte er zu Tyson gewandt: »Waren Sie schon beim Zahlmeister? Ihnen steht ein bißchen Geld zu.«

»Nein, Sir. Mein Anwalt hat mir geraten, keines anzunehmen.«

»Hat er das? Nun, dann versuchen Sie doch mal, *ihm* kein Geld zu geben. Mal sehen, ob er dann noch genauso daherredet.«

»Jawohl, Sir. Übrigens bin ich mir aus dem gleichen Grund nicht sicher, ob ich dem Club beitreten soll. Ich habe mich zwar ordnungsgemäß eingetragen, aber es gibt da gewisse Dinge, die ich auf den Rat meines Anwalts lieber nicht tun sollte. Andererseits wäre es bestimmt klug, Ihren Ratschlag zu befolgen und mich wie ein normaler Offizier zu verhalten, mich in die Garnison und ihre Gemeinschaft einzufügen. Ich befinde mich gewissermaßen in einer Zwickmühle, und ich hoffe, daß Sie verstehen, wenn ich nicht so hopplahopp auftrete wie ein frischgebackener Lieutenant.«

Levin antwortete ein wenig barsch: »Ich bin mir sicher, daß nicht nur Ihr Anwalt an Ihrem Zögern schuld ist!«

»Das stimmt, Colonel. Nichts für ungut, aber ich fühlte mich als Zivilist sehr wohl.«

Levin zündete sich eine Zigarre an und schwieg.

»Wie Sie selbst eben miterlebt haben«, fuhr Tyson fort, »bin ich wohl doch ein wenig zu alt für die Uniform eines Lieutenant, Colonel.«

Die Kellnerin stellte die Getränke vor sie hin und machte auf der Rechnung des Colonel einen entsprechenden Vermerk.

Levin hob sein Glas. »Willkommen!«

Tyson erhob ebenfalls sein Glas, stieß jedoch nicht an. »Vielen Dank, Colonel Levin.«

Die beiden Männer tranken.

»Morgen erhalten Sie Ihre Kennkarte, Ihre Dienstnummer, eine Uniform und so weiter. Ich erwarte von Ihnen, daß Sie übermorgen um sechs Uhr nachmittag alle Formalitäten hinter sich haben und wieder ein fester Bestandteil der Army sind.«

»Jawohl, Sir. Zu welchem Dienst werden Sie mich einteilen?«

»Der Kommandant hatte Anweisung vom Stabschef der Army, mich zu instruieren, Ihnen sozusagen einen Bummeljob zu geben, damit Sie viel Zeit haben, sich um Ihre persönlichen Probleme zu kümmern, die sich möglicherweise aus Ihrer Wiedereinberufung ergeben haben. Sie sollen auch genügend Zeit für alle rechtlichen Angelegenheiten im Zusammenhang mit dem Ermittlungsverfahren gegen Sie haben.« Levin aß die Kirsche von seinem Manhattan-Cocktail. »Anders ausgedrückt, Sie sind zu meiner Abteilung abkommandiert worden, damit ich für Sie dienstliche Pflichten erfinde, die Ihnen keine Zeit wegnehmen.«

»Warum kann ich mich dann nicht einfach jeden Morgen bei Ihnen melden und für den Rest des Tages verschwinden?«

»Daran habe ich auch schon gedacht, Tyson, aber das wäre nicht mit der militärischen Ethik vereinbar – und mit Ihrem persönlichen Pflichtgefühl wohl auch nicht. Müßiggang ist oftmals langweilig, demoralisierend und schädlich für den Charakter.«

»Ja, Sir.« Tyson erinnerte sich daran, daß er schon einmal einen solchen Bummeljob bei der Army gehabt hatte. Es war anstrengend gewesen, so zu tun, als hätte man etwas zu tun. Aber das war damals gewesen. *Jetzt* hätte er die Zeit bis zur endgültigen Erledigung seines Falles lieber mit seiner Familie oder im Büro seines Anwalts verbracht.

»Ist Ihnen auf dem Weg zum Club der Granitbau mit dem dreieckigen Grundriß aufgefallen?« fragte Levin.

»Ja, Sir.«

»Dort ist jetzt das Küstenschutz-Museum untergebracht. Wußten Sie, daß wir hier ein Museum haben?«

»Ja, Sir, das stand auch in der Broschüre.«

»Richtig. Der Leiter des Museums ist Dr. Russell. Er ist ein netter Kerl, aber ein bißchen exzentrisch. Außerdem ist er Zivilbeamter. Da drüben sitzt er.« Levin wies mit dem Kinn auf einen Tisch in der Ecke. »Der mit der Brille.«

Tyson blickte zu dem Tisch hinüber und sah einen hochgewachsenen, schlaksigen Mann, der bestimmt nicht älter als dreißig Jahre war. Neben ihm saßen drei andere Zivilisten.

»Ich habe ihn vorhin gefragt, ob er Sie als Assistenten brauchen könnte.«

»Assistent von wem?«

»Vom Museumsdirektor.«

Tyson schwieg.

»Paßt Ihnen das nicht?« wollte Levin wissen.

»Nun, ich... ich weiß nicht recht...«

»Hören Sie, Tyson, ich versuche Ihnen einen Gefallen zu tun. Erstens wäre das ein Job, der Sie weder viel Zeit noch Energie kosten würde. Zweitens brauchen Sie sich einer solchen Arbeit nicht zu schämen, ganz im Gegensatz zu anderen Pflichten, die ich Ihnen aufhalsen könnte. Und schließlich könnten Sie sich außerhalb der normalen Aktivitäten hier betätigen, im sicheren Abstand von Ihren lieben Kollegen, was für alle Beteiligten von Vorteil wäre. Dr. Russell wäre Ihr unmittelbarer Vorgesetzter, und er ist wirklich in Ordnung, obwohl er Zivilist ist. Vom Museum aus brauchen Sie nur über die Straße zu gehen, dann sind Sie im Offiziersclub. Da können Sie sich die Zeit vertreiben, wenn Sie sich langweilen. Es ist übrigens ein richtig nettes Museum und sogar ein bißchen interessant. Also, was sagen Sie?«

»Ich... ich weiß nicht... Muß ich da auch Uniform tragen?«

»Nur bei besonderen Anlässen, beispielsweise wenn irgendwelche Würdenträger kommen – oder Schulklassen.«

»Schulklassen?«

»Ja, die müssen Sie dann herumführen. Genau wie die Seniorenvereine.«

»Ich soll Führungen...?«

»Brauchen Sie noch einen Drink, damit Sie besser hören?« fragte der Colonel und rief der Frau hinter der Theke zu: »Noch eine Runde, Sally!« Zu Tyson gewandt, fuhr er fort: »Sehen Sie, Lieutenant, ich habe Befehl, Sie wie ein rohes Ei zu behandeln, aber das bleibt unter uns. Außerdem fang' ich an, ein bißchen mehr als früher die Massenmedien einzukalkulieren. Der Job im Museum ist gut. Und er macht sich auch gut. Nehmen Sie ihn!«

»Einverstanden.«

»Gut.« Levin hob sein Glas, und Tyson stieß mit ihm an.

»Ich werde Sie später mit Dr. Russell bekannt machen.«

»Jawohl, Sir.«

Levin trank sein Glas zur Hälfte leer, und Tyson merkte ihm an, daß der Alkohol nicht seine Wirkung verfehlte. Die bleiche Gesichtsfarbe des Colonels machte einem hübschen Rosa Platz, und sein Atem pfiff und röchelte weniger. Tyson kam der Verdacht, daß Colonel Levin allabendlich um diese Stunde so gut aussah.

»Unsere PR-Abteilung hat sich den ganzen lieben Tag mit Presseleuten rumschlagen müssen«, berichtete Levin.

Tyson blickte von seinem Drink auf. »Tatsächlich, Sir?«

»Ja, diese Garnison ist jedermann zugänglich. Wir können den Presseleuten nicht verbieten, unser Gelände zu betreten, es sei denn, wir erhalten von höherer Stelle ausdrücklich Anweisung.«

»Verstehe.«

»Aus diesen Räumlichkeiten hier können wir sie aber jederzeit raushalten, denn dies ist ein privater Club.«

Tyson nickte. »War gar nicht leicht, hier hereinzukommen.«

»Ja, das mußten heute abend Ihretwegen eine Menge Leute feststellen. Die Sache ist die, daß die Jungs von Presse und Fernsehen Ihnen hier in der Garnison überall auflauern können, vom Club und Ihrem zukünftigen Arbeitsplatz, dem Museum, abgesehen. Das Büro des Stabschefs der Army hat der Presse schon entsprechend Mitteilung gemacht. Im Museum und im Club sind Sie also sicher. Die Entfernung zwischen beiden und bis zum Parkplatz beträgt höchstens dreißig Meter. Die Entscheidung, ob Sie sich mit der Meute einlassen wollen oder nicht, liegt also letztlich bei Ihnen. Nach allem, was ich von Ihnen gehört habe, haben Sie sich in letzter Zeit ziemlich vernünftig benommen.«

»Ist das Ihre persönliche Meinung, Colonel, oder sind Sie beauftragt, mir ein solches Kompliment zu machen?« erkundigte sich Tyson.

»Beides. Und damit Schluß«, antwortete Levin. »Nehmen Sie Ihren Drink mit!« Er stand auf und näherte sich ein wenig schwankend dem Tisch, an dem der Museumsdirektor saß. »Dr. Russell, darf ich Sie mit Lieutenant Tyson bekannt machen?«

Dr. Russell stand auf und schüttelte Tyson herzlich die Hand. »Hat Ihnen Colonel Levin schon gesagt, daß ich einen Assistenten brauche?«

»Ja, das hat er«, erwiderte Tyson. Er mochte den angenehm professoralen Tonfall in Dr. Russells Stimme. Der Mann war größer als er selbst, ausgesprochen schlank und trug die Art von zerknautschtem Anzug, der einen an einem Museumsdirektor nicht überrascht, geschweige denn an einem Beamten.

Dr. Russell stellte Tyson die anderen drei Männer vor, man tauschte ein paar Höflichkeiten aus, dann wandte sich Dr. Russell an Tyson: »Ich habe mir immer einen richtigen Offizier in Uniform für bestimmte Führungen im Museum gewünscht«, sagte er.

»Und ich freue mich, daß mein Wunsch jetzt anscheinend in Erfüllung geht.«

»Danke, ich freue mich auch«, erwiderte Tyson höflich.

Dr. Russell runzelte die Stirn, als dächte er angestrengt über seine eigenen Worte nach. Dann meinte er: »Mir ist natürlich klar, daß dieses Arbeitsverhältnis wahrscheinlich nicht von langer Dauer sein wird, oder täusche ich mich?«

»Ich glaube nicht.«

Colonel Levin nahm Tysons Arm und verkündete: »Unser Tisch im Restaurant wartet auf uns.«

Die beiden Männer verließen die Bar und traten hinaus in den Korridor. »Dr. Russell scheint sich ja ziemlich gefreut zu haben, daß Sie mitmachen«, bemerkte Levin.

Sie betraten den mittelgroßen Speisesaal, der recht modern wirkte. Durch große Fenster strömte das rötliche Licht eines prächtigen Sonnenuntergangs. »Dies ist ein ziemlich neuer Anbau«, erläuterte Levin. »Außen ist er mit Granit verkleidet, damit er zu der Anlage paßt, aber Dr. Russell war trotzdem entsetzt. Macht nichts. Alle anderen freuen sich, daß es diesen Raum gibt.«

Nur ungefähr die Hälfte der Tische war besetzt. Levin bat die Kellnerin um einen Tisch weitab von den anderen Gästen. Die junge Frau führte sie zu einer Nische mit einem großen Fenster, von dem aus man die gesamte Meerenge überblicken konnte.

»Das wäre ein hübscher Raum für ein Kriegsgerichtsverfahren«, sagte Tyson.

Es dauerte ein Weilchen, bis Levin antwortete: »Daran hab' ich schon selbst gedacht, aber das kann man wohl kaum den anderen Leuten zumuten, die hier normalerweise essen.«

»Die Aussicht ist jedenfalls großartig. Wo finden eigentlich bei Ihnen solche Gerichtsverfahren statt?«

»Oh, dafür gibt es im Gebäude der Militärstaatsanwaltschaft einen kleinen Saal, aber für Ihren Fall würde er nicht ausreichen.«

»Ich habe mich manchmal gefragt, warum es bei der Army für solche Zwecke keine speziellen Gebäude gibt.«

Levin zuckte die Achseln. »Das liegt vielleicht daran, daß es keine ständige Militärgerichtsbarkeit gibt. Die Rechtsprechung findet bei uns ad hoc statt, ganz im Gegensatz zur zivilen Justiz. Deshalb taugt theoretisch jeder Raum dazu.«

Eine andere junge Kellnerin trat an den Tisch und begrüßte Levin. »Einen Manhattan, Sir?« fragte sie.

»Richtig. Ann, dies ist Lieutenant Tyson, über den in letzter Zeit so viel berichtet worden ist. Er trinkt Dewar's mit Soda. Ich möchte Sie dringend bitten, dem restlichen Personal zu sagen, daß es sich nicht von den Reportern aushorchen lassen soll.«

Die Kellnerin brauchte ein paar Sekunden, bis sie begriff, dann warf sie Tyson einen raschen Blick zu und stammelte: »Oh, hallo... Guten Abend, Sir!«

»Guten Abend.«

»Soda... und Wasser?«

»Nein, Dewar's und Soda.«

»Sehr wohl, Sir.« Sie ließ zwei Speisekarten auf den Tisch fallen und eilte davon, um die Getränke zu holen. Levin steckte sich eine neue Zigarre an.

Tyson überflog die Karte. »Wie ißt man hier, Colonel?«

»Verglichen womit? Mit einem Luxusrestaurant oder einer Kantine?«

»Mit einem Luxusrestaurant, beispielsweise dem ›Four Seasons‹.«

»Kenne ich nicht. Wollen Sie mich auf den Arm nehmen? Na ja, was können Sie dafür, daß es Ihnen als Zivilist so gutgegangen ist. Ich empfehle das Steak. Gutes Fleisch. Hier gibt's sogar einen Holzkohlengrill.«

Tyson ließ die Speisekarte sinken. »In Ordnung.« Er steckte sich eine Zigarette an, und sie schwiegen eine Weile. Eine dritte Kellnerin kam und nahm die Bestellungen auf. Als sie fort war, sagte Levin: »Bis zum Dessert hat uns das gesamte Personal begafft.« Er hob sein Glas, und Tyson begriff, daß der Colonel einer jener Männer war, für die ein alkoholisches Getränk gewissermaßen einen heiligen Nektar darstellte, dem es irgendeinen feierlichen Augenblick zu weihen galt, bevor man es zu sich nahm. Im übrigen war Levin anzumerken, daß er schon einen kleinen Schwips hatte. »Ich wünsche Ihnen einen glücklichen Aufenthalt bei uns«, sagte der Colonel.

Sie tranken und unterhielten sich anschließend eine Weile über dieses und jenes, über die Garnison, über Veränderungen in der Army und über das, was gleichgeblieben war.

Levin bestellte sich noch einen Drink. Tyson bewunderte allmählich sein Fassungsvermögen.

»Ich erzählte Ihnen wohl schon«, sagte Levin plötzlich, »daß ich in Brighton Beach großgeworden bin. Mein Vater arbeitete damals hier in Fort Hamilton. Als Angestellter des öffentlichen Dienstes war er verantwortlich für die Wartung und den Unterhalt aller technischen Anlagen, aber mein Bruder und ich erzählten überall herum, er sei ein Müllmann.« Levin mußte lachen.

Tyson rührte in seinem Drink herum. Er hatte keine Ahnung, wo dieses Gespräch enden würde, aber ihm gefiel die eingeschlagene Richtung nicht.

Levin redete weiter: »Na ja, manchmal bin ich eben mit ihm zur Arbeit gegangen, besonders an Wochenenden. Damals war ich schon auf der High School. Das war während des Koreakonflikts.«

»Koreakrieg.«

»Egal. Jedenfalls muß ich ziemlich davon beeindruckt gewesen sein, wie die Offiziere rumstolzierten. Sie trugen damals noch hübschere Uniformen, und manche hatten sogar Offiziersstöckchen. Wirklich sehr eindrucksvoll!«

»Mein Vater behauptete, er sei bei Lindberghs Start nach Paris dabeigewesen und habe seitdem den Wunsch gehabt, Flieger zu werden. Er wurde dann später auch Pilot – bei der Navy... Wann ist eigentlich der Club um diesen Anbau erweitert worden?«

Levin ließ sich nicht von seiner eigenen Geschichte abbringen. »Ich kehrte damals die Fußböden und wechselte kaputte Glühbirnen aus, genau hier – ich meine im alten Gebäude. Da war schon damals der Offiziersclub drin. Sonntags sah ich dann diese Gentlemen im Kasino, und als Sohn nicht gerade wohlhabender Eltern hat sich mir das wohl für alle Zeiten eingeprägt. Deshalb machte ich schon im College das Trainingsprogramm für künftige Reserveoffiziere mit... Na ja, und hier bin ich nun.« Levin trank einen Schluck Wasser und räusperte sich. »Ein Jude in der Army – das geht durchaus, Tyson, aber ein hundertprozentiger Militarist wird er nie. Ich weiß selbst nicht, warum ich dabeigeblieben bin. Wahrscheinlich gibt es etwas, das mir gefällt.«

»Eine militärische Laufbahn kann auch ihre guten Seiten haben«, sagte Tyson.

»Ja, aber vor allem ist sie eine Methode, um relativ schnell gesellschaftlich anerkannt zu werden. Bei den Südstaatlern war es schon immer so, warum sollte es also nicht für einen Juden aus Brighton Beach in Brooklyn gelten? Stimmt's, Tyson?«

»Ja, warum nicht?«

»Glauben Sie mir – ich bin nicht so betrunken. Ich weiß genau, was ich sage. Die Bürger dieses Landes sind alle gleich, und unsere Verfassung bescheinigt uns allen dieselbe Menschenwürde.«

»Ja, Sir.«

Levin beugte sich über den Tisch zu ihm hin. »Ich möchte Sie trotzdem auf eine Ungerechtigkeit in unserem System aufmerksam machen. Bei uns in der Army ist es zwar völlig egal, welchem Milieu, welcher Gesellschaftsschicht und welchen Familienverhältnissen einer entstammt, wenn es um Beförderungen, Versetzungen oder die Zuteilung besonderer Aufgabenbereiche geht, aber bei *einer* Sache zählen all diese Dinge: bei einem Verfahren vor einem Kriegsgericht. Können Sie mir folgen?«

»Einigermaßen.«

Levin zog an seiner Zigarre und redete leiser weiter: »Wissen Sie, Lieutenant, ich hab' nicht den leisesten Schimmer, was damals in diesem Krankenhaus passiert ist, aber gehen wir mal davon aus, daß etwas passiert ist und daß es nicht ganz koscher war, nicht völlig im Einklang mit den militärischen Vorschriften oder den Konventionen von Den Haag. Okay? Sie, Benjamin Tyson, hätten sich doch von einem feineren ethischen Unterscheidungsvermögen leiten lassen müssen als ein Mann wie dieser Kelly, der durch My Lai zu traurigem Ruhm gelangt ist. Können Sie mir folgen?«

Tyson verzichtete auf eine Antwort, und Levin fuhr fort.

»Von einem Mann wie Ihnen erwartet man einfach mehr Verantwortungsgefühl und Verständnis als von den armen Schweinen, die einfach herumknallen und dabei wehrlose Leute treffen. Niemand wird voller Mitgefühl und Verständnis zu Ihrer Verteidigung vorbringen können, daß Sie ja auch nur einer von diesen gesellschaftlich benachteiligten, halbwüchsigen Wehrpflichtigen gewesen seien, die eigentlich besser in die Rolle des Opfers als in die des Täters paßten. Nein, Sie waren ein gebildeter, erwachsener Mensch, ein Freiwilliger – und ein Offizier.« Levin wies mit der Zigarre auf Tyson. »Mag sein, daß Sie nicht selbst abgedrückt haben, aber falls Sie nichts getan haben, um das Massaker zu verhindern, selbst wenn dadurch Gefahr für Ihr eigenes Leben bestand, dann gnade Ihnen Gott!« Bei den letzten Worten machte er eine Bewegung, als wollte er Tyson mit der brennenden Zigarre erstechen. Die beiden Männer starrten einander an, bis Levin schließlich sagte: »Nur darum geht's hier.«

»Ja, soziales Ansehen hat eben auch seine Schattenseiten«, meinte Tyson.

»Stimmt.« Levin lehnte sich entspannt zurück. »Ich hab' diese ganze Sache im Fernsehen verfolgt, und ich versuche mir vorzustellen, wie ich mich fühlen würde, wenn ich bei einem Kriegsgerichtsverfahren gegen Sie Richter wäre. Ich sitze da, höre mir die Zeugenaussagen an und beobachte Sie. Vielleicht beneide ich Sie ein bißchen, weil Sie so gut aussehen und weil Sie vom Leben so bevorzugt worden sind. Möglicherweise empfinde ich eine Mischung aus Bewunderung und Abscheu, während ich mir überlege, daß Leute wie Sie eigentlich die Krönung unserer Zivilisation sein müßten, das Endprodukt des großen amerikanischen Experimentes. Doch dann sehe ich Sie auf der Anklagebank, und mir will nicht in den Kopf, daß Sie bei dieser scheußlichen Sache mitgemacht haben, die damals angeblich passiert ist. Eines erschreckt mich daran besonders, Lieutenant Tyson: Wenn ein Mann wie *Sie* dazu in der Lage war, welche Hoffnung gibt es dann noch für uns und alle anderen?«

»Ich möchte ehrlich mit Ihnen sein, Colonel«, entgegnete Tyson. »Nach Vietnam konnte ich nie wieder daran glauben, daß es für irgend jemanden von uns noch Hoffnung gibt.«

Levin wirkte traurig und bedrückt.

Tyson trank sein Glas leer und steckte sich wieder eine Zigarette an. Nach längerer Zeit sagte er leise: »Was Ihre Feststellung angeht, daß ich ein Produkt dieses Landes sei, so haben Sie nur teilweise recht. Meine Auffassung von Gut und Böse, aber auch mein Verhältnis zur Pflicht waren damals, im Jahr 1968, weniger von der Army geprägt als von dem, was in Amerika vorging. Es fiel mir schwer, einem Land gegenüber die Pflicht zu erfüllen, das seine Pflichten mir gegenüber vernachlässigte. Das Wesen der Loyalität, Colonel, besteht in der Gegenseitigkeit. Ein Bürger oder ein Soldat ist dem Staat Treue und Pflichterfüllung schuldig, wenn er vom Staat dafür Schutz und Beistand erhält. Das ist sozusagen ein unabdingbarer Bestandteil des Gesellschaftsvertrages. Mag sein, daß ich das 1968 nicht so gut ausdrücken konnte, aber tief in meinem Inneren fühlte ich damals, daß mein Land mich und meine Männer, ja letztlich sogar unsere gesamten Streitkräfte in Südostasien im Stich gelassen hatte!«

Levin nickte verständnisvoll. »Ganz schön schweres Geschütz vor dem Essen«, meinte er. »Aha, da kommt es ja schon! *Bon appétit.*«

Die beiden Männer aßen schweigend, danach unterhielten sie sich einige Zeit wie gute, alte Freunde.

»Möchten Sie vielleicht jetzt Ihren Treueid unterschreiben?« fragte Levin, nachdem er einen Schluck Wasser getrunken hatte.

»Haben Sie ihn denn mit?«

»Ja, hier drin.« Er klopfte auf seine Jackentasche. »Wollen Sie, oder wollen Sie nicht?«

»Nein, ich wollte nur wissen, ob Sie ihn mitgebracht haben.«

»Sehen Sie sich vor, Lieutenant!«

»Entschuldigen Sie bitte, Colonel.«

Levin zuckte die Achseln. »Halb so schlimm. Ich hab' bei der Militärakademie in Virginia die Abteilung für Rechtswissenschaften angerufen und um eine rechtliche Beurteilung gebeten. Man sagte mir, daß der von Ihnen 1967 geleistete Eid noch Gültigkeit hat. Deshalb weise ich Sie hiermit darauf hin, daß Sie nach wie vor an diesen Eid gebunden sind.«

»Verstehe.«

Levin kaute nachdenklich an einem Stück Brot und schluckte es hinunter. »Darf ich Ihnen einen guten Rat geben?«

Ich habe in den letzten paar Wochen so viele gute Ratschläge bekommen, daß sie für zwanzig Jahre reichen, dachte Tyson. Laut sagte er: »Ich glaube nicht, daß Sie in Ihrer Stellung –«

»Lassen Sie das meine Sorge sein! Sie sind mir unterstellt worden, also kann ich Ihnen auch als Ihr Vorgesetzter Ratschläge erteilen.«

»Ja, Sir.«

Levin trank wieder einen Schluck Wasser. »Falls Sie es noch nicht wissen sollten: Bei der Army ist man wegen dieser Angelegenheit ziemlich nervös. Die haben richtig Angst vor Ihnen!«

»Es hat also doch gewisse Vorteile, ein respektiertes Mitglied der Gesellschaft zu sein?«

»Ja. Und ich will Ihnen auch sagen, wovor man bei der Army Angst hat: vor einem Riesenskandal.«

»Ein Skandal?«

»Richtig. Hören Sie mir gut zu, Tyson! Es könnte Ihnen den Hals retten.« Levin blickte sich im Speisesaal um, dann lehnte er sich noch weiter vor und fuhr in vertraulichem Tonfall fort: »Für die Army ist ein Offizier, der solchen Mist baut und sich erwischen läßt, sowieso eine Art Verräter, der nicht ins Offizierscorps paßt, egal, aus welchen Verhältnissen er stammt. Das Offizierscorps ist wie eine Priesterschaft. Offizier zu sein ist eine Berufung, und wenn man dieser Berufung folgt, verläßt man eine Welt und betritt eine andere. Das ist nicht so, als wenn man Vizepräsident irgendeiner Firma ist. Das Verhalten eines Offiziers der Streitkräfte der Vereinigten Saaten von Amerika wirft ein Licht auf die ganze Army und das gesamte Offizierscorps. Es ist so ähnlich wie mit einem Priester und seiner Kirche. Deshalb geht es hier nicht darum, daß *Sie* be- oder verurteilt werden, sondern es geht um uns alle – um mich, Captain Hodges und den ganzen Vereinigten Generalstab. Kapiert?«

»Ja, Sir. Aber dieser Captain Hodges war ungefähr zehn Jahre alt, als die Sache damals passierte, und die Mitglieder des Vereinigten Generalstabs sind inzwischen auch ein paarmal ausgetauscht worden.«

»Trotzdem gibt es beim Militär eine Kontinuität und so etwas wie ein kollektives Erinnerungsvermögen. Wenn man sich bei uns auf die Ruhmestaten der Vergangenheit berufen will, dann muß man auch die Verfehlungen akzeptieren. In der Division, zu der Sie damals gehörten, versucht man das Gedenken an die Schlacht von Little Big Horn wachzuhalten. Wenn man also die Uniform dieser Einheit anzieht, dann trägt man gleichermaßen alle damit verbundenen Traditionen, auch wenn sie aus einer Zeit stammen, in der man noch gar nicht auf der Welt war. Für Sie kommt es jetzt darauf an, die Leute bei der Army davon zu überzeugen, daß Sie ein *typisches* Produkt dieses beschissenen militärischen Systems sind – oder zumindest damals waren. Und daß Sie, ein empfindsamer junger Mann, der als Knabe schon todunglücklich war, wenn sein Kanarienvogel mal ein bißchen heiser krächzte, bereits während der Ausbildung bei der Infanterie einen psychischen Knacks gekriegt haben. So wurden Sie zum Opfer eines Systems, das einem kleine Plastikkarten mit den sogenannten ›Kriegsartikeln‹ in die Hand drückte, die einem in weniger als hundert Worten erklärten, wen man umbringen durfte und wen nicht. Danach wurden Sie mit einem Haufen schlecht ausgebildeter, undisziplinierter und demoralisierter siebzehnjähriger, bis an die Zähne bewaffneter Wilder aus den Ozark-Bergen und den Slums der Großstädte auf die Menschheit losgelassen, um zu erleben, daß Ihre Untergebenen Sie für die eigenen Untaten verantwortlich machten. Hahaha! Wie lustig! Oder? Sie hatten doch nicht mehr Kontrolle über Ihre Männer als ich über das Wetter, nicht wahr?«

Tyson zog es vor zu schweigen. Levin fuhr fort: »Wenn Sie denen von der Army glaubhaft androhen können, daß Sie notfalls den ganzen schönen Tempel über ihren Köpfen einstürzen lassen, und wenn Sie ihnen irgendwie klarmachen können, daß junge Amerikaner nicht nur wahllos andere Menschen umgebracht haben, sondern *selbst* aufgrund schlechter Ausbildung, unfähiger militärischer Führung und dilettantischer Taktik in großen Scharen gefallen sind, dann... Verstehen Sie, was dann los ist, Tyson? Es fällt mir nicht leicht, dies zu sagen, aber ich *weiß*, was damals los war. Ich war selbst dabei, Tyson, zwar nicht bei der Infanterie, aber nahe genug an der Front, um alles zu sehen und zu hören, was ich sehen und hören wollte.« Levin starrte sein Gegenüber eindringlich an und fuhr dann fort: »Sagen Sie ihnen, daß man Sie nur vor ein Kriegsgericht zu stellen braucht, damit Sie eine Woche lang auspacken, die ganze Army schonungslos anklagen und den Massenmedien jede Menge Interviews gewähren. Machen Sie denen klar, daß Sie nicht allein untergehen würden!«

Tyson schob den Teller von sich und zündete sich eine Zigarette an. Er mußte an Chet Brown denken, der ihn gewarnt hatte, genau das zu tun, was ihm Colonel Levin riet. Offenbar waren alle der Meinung, daß er, Tyson, großartige Geheimnisse lüften könnte. Tyson konnte sich jedoch nicht daran erinnern, damals in irgendeiner Weise der Army die Schuld für die Vorfälle im *Hôpital de la Miséricorde* zugeschoben zu haben. Nein, er hatte die Army nicht für seine eigene und die Handlungsweise seiner Männer verantwortlich gemacht, er hatte nicht gegen die schlechte Ausbildung, die Unerfahrenheit seiner Untergebenen, die mangelnde militärische Führung oder seine eigene begrenzte Tauglichkeit als Führer einer Infanterieeinheit protestiert. Besäße er auch nur die Spur eines Beweises dafür, daß er jemals so gedacht und gefühlt hatte, beispielsweise einen Brief nach Hause oder die Kopie eines Berichtes an seine Vorgesetzten, dann, aber nur dann hätte er vielleicht die Schuld von sich abwälzen und die ganze Army für das Massaker in jenem Krankenhaus verantwortlich machen können. Er hatte damals jedoch die Tatsache seines eigenen Versagens hingenommen, und es war nicht zu rechtfertigen, ein Kapitel der Geschichte umschreiben zu wollen, nur um sich selbst zu retten. »Ich glaube, ich werde diesen schweren Weg allein gehen müssen, Colonel«, sagte er nachdenklich.

Levin seufzte. »Jaja, Sie und Jesus Christus, Tyson! Mensch, wachen Sie auf!« Er nahm den vor sich liegenden Bestellzettel, zog einen Kugelschreiber aus der Tasche und ging die einzelnen Posten durch. »Wie viele Drinks hatten Sie?«

»Vier.«

»Sie trinken zuviel! Aber bei den hiesigen Preisen kann man es Ihnen nicht verdenken.« Levin schaute Tyson direkt in die Augen. »Hören Sie, ich hab' nicht gemeint, daß Sie die ganze Army auf die Anklagebank bringen sollen. So was würde ich nie sagen. Aber Sie sollten keinen Zweifel daran lassen, daß Sie die Gefälligkeit erwidern werden, falls man Sie vor Gericht stellt. Dann macht die Gegenseite bestimmt einen Rückzieher.«

»Ich kann nicht so gut bluffen, Colonel, aber ich danke Ihnen für den Rat.«

»Ach was, wir haben uns doch nur über Baseball unterhalten.« Levin stand auf. »Noch ein abschließendes Wort, Lieutenant: Nehmen Sie sich die besten bei Kriegsgerichtsprozessen zugelassenen Anwälte, die man für Geld kriegen kann. Lassen Sie sich bloß nicht mit einem dieser Pflichtverteidiger ein, die Ihnen der JAG stellen will. Die kosten zwar nichts, aber von denen haben Sie auch nichts zu erwarten.«

Tyson hatte sich ebenfalls erhoben. »Ich hab' schon von Anwälten gehört, die bei Kriegsgerichtsverfahren zugelassen sind, aber viel weiß ich nicht über sie.«

»Es gibt auch nur ein paar. Erkundigen Sie sich bei der Anwaltskammer.«

»Könnten Sie mir nicht einen empfehlen?«

»Nein, das wäre zuviel verlangt.« Levin nahm wieder den Bestellzettel und schob ihn Tyson zu. »Den müssen Sie unterschreiben, Lieutenant. Vielen Dank für das Essen!« Er drehte sich um und ging.

Tyson nahm den Zettel und sah, daß der Colonel auf die Stelle, die für die Unterschrift frei gelassen war, mit Bleistift den Namen *Vincent Corva, New York City* gekritzelt hatte.

## *Kapitel 27*

Benjamin Tyson stand vor dem tunnelartigen Eingang zu einer der geräumigen Kasematten. Er wandte sich einer Gruppe von rund zwanzig älteren Damen und Herren zu, die ihn gespannt anblickten und auf einen weiteren Haufen nutzloser Informationen warteten. Abgesehen von dieser Gruppe gab es heute keine anderen Besucher im Museum. Tyson vermutete, daß sich wenige Leute aus eigenem Antrieb hierherverirrten.

Er legte seine Hand auf ein schmiedeeisernes Gitter, das quer über den Eingang zur Kasematte verlief, und lächelte die Besuchergruppe an.

Mehrere vollendet weiße Gebisse wurden entblößt und lächelten zurück. Um nichts in der Welt konnte er verstehen, warum Menschen dieses Alters an dem Zeug interessiert waren, das er erzählte. Doch sie waren immer sehr aufmerksam und höflich. Im Gegensatz zu ihnen hatte sich gestern eine Gruppe von Pfadfindern, von denen man aus Altersgründen ein gewisses Maß an Neugier, um nicht zu sagen von hormonal bedingtem Interesse erwartet hätte, gelangweilt und ungeduldig gezeigt. Vielleicht habe ich noch nicht den richtigen Dreh gefunden, sagte sich Tyson, und zu der Gruppe gewandt, verkündete er mit lauter Stimme: »Dieses Gitter stammt ungefähr aus dem Jahre 1840. Sie sehen hier inmitten dieses meisterhaft ausgeführten Blattwerks aus Schmiedeeisen das Bundeswappen und den amerikanischen Adler, in jenen Tagen ein sehr geläufiges Motiv.«

Er sehnte sich nach einer Zigarette oder zumindest ein bißchen frischer Luft. Das dicke Gemäuer des Kaponniere schützte zwar einigermaßen gegen die Mittagshitze, dafür war die Luft im Inneren des Gebäudes jedoch muffig und roch nach einer Mischung aus verblühten Blumen und dem Staub vieler Jahre.

Ben warf einen Blick nach rechts, um sich zu vergewissern, was es als nächstes zu erklären und zu erläutern gab, und dabei erblickte er in einem verglasten Schaukasten sein eigenes Spiegelbild. Immerhin war er ehrlich genug, um zuzugeben, daß er in Uniform eine ganz gute Figur machte. Aber das ging wohl den meisten Männern so. Tyson rückte den Knoten seiner Krawatte zurecht.

Eine Frau wollte von ihm wissen, ob er in Vietnam gewesen sei.

Er wandte sich in die Richtung, aus der die Stimme gekommen war. Die Frau stand ganz hinten in der letzten Reihe, und sie war etwas größer als die anderen Frauen in der Gruppe, die wohl fast alle um die Jahrhundertwende geboren waren. Die meisten der weißhaarigen oder ergrauten Besucher hatten sich nach der Fragestellerin umgedreht.

»Wofür haben Sie all die Auszeichnungen erhalten?« fragte die Frau weiter – es war Karen Harper.

Tyson räusperte sich und erwiderte: »Fast alle für gute Führung. Ich habe jedesmal eine Medaille gekriegt, wenn ich artig war – und ich habe sieben davon.«

Ein paar Leute lachten.

Tyson wandte sich an die Gruppe: »Wie wär's, wenn Sie sich ein Weilchen auf eigene Faust umsehen? Ich bin bald zurück.« Damit ging er quer durch die Gruppe auf Karen Harper zu, nahm sie am Arm und steuerte mit ihr auf den Ausgang zu. Draußen, auf der Straße zwischen dem Museum und dem Offiziersclub, löste sie ihren Arm aus der Umklammerung seiner Hand und sagte: »Es ist nicht üblich, daß ein Lieutenant einen weiblichen Major so anfaßt.«

»Gehen wir etwas trinken?«

»Nein, das letzte Mal, als ich mit Ihnen zusammen etwas getrunken habe, kam ich deswegen in die Zeitung.«

Er lächelte. »Und ich hatte auch ein bißchen Ärger – zu Hause.«

»Ach ja?« Sie blieb einen Augenblick unschlüssig stehen, dann sagte sie: »Ich auch. Ich meine... Nun, da gibt es diesen Freund, von dem ich Ihnen berichtet habe, diesen Oberst in Washington. Aber das sollte ich vielleicht besser für mich behalten.«

Tyson verspürte einen Anflug von Eifersucht. Eigentlich war er davon ausgegangen, daß sie einen Freund hatte, aber ihm lag nicht sonderlich daran, dies bestätigt zu bekommen. Er zwang sich zu einem Lächeln und meinte: »Ich werde ihm einen Brief schreiben und alles erklären. Aber nur, wenn Sie mir auch einen für meine Frau schreiben.«

»Gern. Hören Sie, Lieutenant, ich glaube, Sie werden ein bißchen zu vertraulich.«

»Entschuldigung. Ich habe Sie vermißt.«

»Hören Sie auf damit! Übrigens sind Sie ein lausiger Museumsführer.«

»Ich weiß.«

»Ich habe Ihnen ein paar wichtige Mitteilungen zu machen.«

Tyson holte heimlich tief Luft und sagte dann leichthin: »Sie sind also bei Ihren Ermittlungen zu einem Ergebnis gelangt?«

»Zu vielen Ergebnissen.« Sie wandte sich dem Offiziersclub zu. »Kommen Sie bitte mit.«

Tyson betrat hinter ihr den Club, folgte ihr quer durch die große Eingangshalle und ging neben ihr die enge, gewundene Steintreppe hinauf, die ins Obergeschoß führte. Oben angekommen, sagte Tyson: »Bitte beachten Sie, daß dieses Stockwerk aus Ziegelsteinen und nicht aus Granit gebaut ist, ein Hinweis dafür, daß es sehr viel später errichtet worden ist. Früher standen hier unter freiem Himmel hinter einer Brustwehr die schweren Geschütze, und –«

»Das weiß ich alles, ich habe den ganzen Rundgang mitgemacht. Was wird eigentlich aus Ihrer Gruppe?«

»Ach, die gehen irgendwann zurück zum Bus und reden auf dem ganzen Heimweg über uns beide.«

Sie unterdrückte ein Lächeln. »Sie sind wirklich ein schlimmer Mensch! Die Leute waren doch richtig goldig.«

»Der schlimme Mensch sind Sie. Diese Leute goldig zu nennen! Ich möchte nicht so bezeichnet werden, wenn ich alt bin.«

»Vielleicht werden Sie auch gar nicht so alt«, erwiderte sie. Sie hatten eine langgestreckte, überdachte Terrasse erreicht, die zur Seeseite hin verglast war. Helles Sonnenlicht flutete durch die Scheiben und warf bunte Flecken in allen Regenbogenfarben auf den Fußboden.

»Hier oben gibt es zwei Säle, die sich perfekt für ein Kriegsgerichtsverfahren eignen würden. Möchten Sie sie anschauen?« fragte er sie.

»Den Washington-Saal und den Jackson-Saal? Die kenne ich schon.«

»Und was halten Sie davon? Der Washington-Saal hat eine wirklich hübsche Decke, dafür ist der andere viel *intimer*, wenn Sie verstehen, was ich damit meine.«

»Sie sind ja heute ausgesprochen witzig.«

Tyson blickte durch die großen Glasscheiben nach draußen. Rechter Hand erhob sich der neue Anbau mit dem Speisesaal, dahinter verlief der Shore Parkway, die Küstenautobahn. Und noch weiter hinten schwang sich die Verrazzano-Brücke über die Meerenge, die *Narrows*. Die Küste von Staten Island lag ungefähr eineinhalb Kilometer entfernt auf der anderen Seite. Tyson konnte von hier aus Battery Weed, die altersgraue Festung, erkennen, die gewissermaßen eine Zwillingsschwester von Fort Hamilton war. »Hübsches Panorama«, sagte er und zündete sich eine Zigarette an. »Sehe ich in Uniform so gut aus, wie Sie es sich vorgestellt haben?«

»Ich versichere Ihnen, daß ich keinen Gedanken darauf verschwendet habe, wie Sie in Uniform aussehen könnten. Aber Sie sehen wirklich gut aus. Das Haar hat man Ihnen allerdings nicht sehr kurz geschnitten.«

»Doch, aber es wächst so schnell nach. Haben Sie übrigens meinen Regenschirm wiedergefunden?«

»Nein, ich sagte Ihnen doch, daß ich ihn im Flugzeug vergessen habe. Soll ich Ihnen Geld dafür geben?«

»Nein, er war ein Geschenk. Warum kaufen Sie mir nicht einfach einen ähnlichen? In Schwarz?«

»Gut, einen schwarzen Schirm.« Karen Harper schwieg sekundenlang, dann sagte sie: »Ich bin aufgefordert worden, meinen Bericht über den Fall in spätestens fünf Tagen abzuliefern.«

»Gut. Dann werden wir alle endlich wissen, wo wir stehen.«

»Ja, die Warterei ist immer das schlimmste. Es war nicht meine Absicht, die Sache in die Länge zu ziehen, aber laut Artikel einunddreißig des geltenden Militärrechts, der, wie Sie selbst wissen, lediglich eine gesetzliche Regelung für eine Voruntersuchung darstellt, waren meine Befugnisse eingeschränkt. Ich kann jetzt zwei Dinge empfehlen: Erstens, der Fall wird fallengelassen, oder zweitens, es gibt begründeten Anlaß zu der Vermutung, daß das geltende Militärrecht verletzt worden ist und daß folglich jegliches belastende Material gesammelt und nach Artikel zweiunddreißig an einen Untersuchungsausschuß weitergeleitet werden muß. Meine Empfehlungen sind nicht bindend, wie Sie wissen.«

»Aber sie haben einiges Gewicht, und deswegen fragen Sie sich jetzt, was die Army wohl gern von Ihnen hören möchte.«

Sie verwahrte sich energisch dagegen. »Mir ist egal, was man von mir erwartet!«

Tyson sprach ungerührt weiter. »Sie machen sich Gedanken darüber, ob man von Ihnen ein Ja oder ein Nein erwartet. Wenn Karen Harper sagt: ›Weitermachen!‹ – dann wird die ganze Maschinerie in Gang gesetzt, um den Fall vor ein Schwurgericht zu bringen, und dann sind Sie es gewesen, die den Stein ins Rollen gebracht hat. Doch wenn Karen Harper ›Stop!‹ sagt, dann zucken die Herren Generäle nur die Achseln und lassen den Fall, wenn auch etwas widerstrebend, auf sich beruhen, ob Ihre Empfehlungen nun bindend sind oder nicht. In letzterem Fall schießen sich die Massenmedien auf Sie ein, und Sie sind dann nicht zu beneiden.«

Karen Harper atmete tief durch, dann sagte sie: »Kann ich Ihnen etwas im Vertrauen mitteilen?«

»Natürlich.«

»Nun«, begann sie stockend, »ich habe immer den Eindruck gehabt, daß an dieser Sache gedreht wird und daß man mich nur vorgeschoben hat. Ich frage mich: Warum packt *mir* die Army die ganze Verantwortung auf? Warum ausgerechnet mir?«

»Jetzt denken Sie wirklich gründlich nach.«

»Dieses Ermittlungsverfahren hätte von Anfang an von geschulten Leuten durchgeführt werden müssen. Ich denke dabei an CID, FBI, Justizministerium und so weiter. Außerdem hätte es nur so lange dauern dürfen, wie man für die Feststellung braucht, ob die Fakten eine offizielle Untersuchung mit Blick auf ein Verfahren vor einem Schwurgericht rechtfertigen.«

»Stimmt. Aber bisher ist doch nichts Illegales geschehen, oder?«

»Nun, vielleicht ist es nicht illegal, aber doch zumindest ungewöhnlich.« Sie blickte ihm gerade in die Augen. »Ich möchte Sie etwas fragen: Ist jemand... irgendeine Person im Dienst der Regierung an Sie herangetreten – ich meine, mit einem Angebot?« Karen Harper wartete ab. »Nun? Hat Sie außer mir noch jemand aufgesucht?«

»Nein.«

»Sehen Sie, Lieutenant, ich mag mich ebensowenig zum Narren halten lassen, wie Sie den Sündenbock für alle spielen wollen.«

»Das kann ich gut verstehen.«

»Und ich glaube auch nicht, daß einer von uns sich gern als Bauer in einem Schachspiel hin und her schieben lassen will, über das wir nichts wissen.«

»Nein, bestimmt nicht. Hören Sie, Major, falls Sie geglaubt haben, daß dieser ganze Fall um der Gerechtigkeit willen aufgerollt werden sollte, dann waren Sie geradezu sträflich naiv. Diese Angelegenheit reicht weit über alles hinaus, was zwischen uns zur Sprache gekommen ist – und auch über alles Beweismaterial, das Sie vielleicht zusammengetragen haben. Seien Sie nicht zu erstaunt, wenn sich jemand an *Sie* heranmacht und Ihnen sagt, was Sie der Army empfehlen sollen.«

Sie wandte sich von ihm ab und starrte durch die Glasscheibe in die Ferne. Unten fuhr gerade ein großer Ozeandampfer unter dem Mittelteil der Brücke hindurch, gefolgt von einem in seinem Kielwasser schaukelnden Sportboot. Am südlichen Himmel erschien ein Flugzeug und begann den Anflug auf den Kennedy Airport. Tyson mußte an die mit Marcy verbrachten Ferien denken, an all die Orte, wo sie zusammen glücklich gewesen waren. Mit unglaublicher Wucht traf ihn die Erkenntnis, daß dieses schöne Leben endgültig hinter ihm lag und daß die Zukunft mit düsteren Bildern von Zuchthaus, Scheidung, finanziellen Problemen verhangen war, vom Stigma eines Verbrechers – gleichgültig, ob überführt oder nicht.

Karen Harper riß ihn aus seinen Gedanken. »Ich muß Ihnen etwas sagen, was Sie wahrscheinlich schon wissen, Lieutenant: Ich habe genügend Fakten sammeln können, um eine Anklageerhebung gegen Sie vor einem Schwurgericht wegen Mordes zu befürworten.«

»Dann tun Sie es.«

»Mir ist andererseits jedoch auch der... Verdacht gekommen, daß bestimmte Dienststellen der Regierung an diesem Fall herummanipulieren. Falls das stimmt, dann könnte es sein, daß Ihre Rechte irgendwann im Verlauf dieser Voruntersuchung verletzt worden sind.«

»Ach was, Major, meine Rechte wurden an dem Tag zum erstenmal vergewaltigt, als mir die Hebamme ohne ersichtlichen Grund einen Klaps auf den Po gab. Vielleicht müssen die Behörden im Dienst des Gemeinwohls manchmal gewisse Dinge tun und dem einen oder anderen Bürger den Hintern versohlen. Wo haben Sie eigentlich Jura studiert? In einem Nonnenkloster?«

»Das klingt so, als wollten Sie die Regierung in Schutz nehmen.«

»Nein, das tue ich bestimmt nicht, aber mir ist klar, daß man auf der Gegenseite bemüht ist, den Schaden zu begrenzen.«

»Haben Sie mit der Army oder dem Justizministerium irgendeinen Kompromiß geschlossen?«

»Nein.«

»Würden Sie sich eventuell auf so etwas einlassen?«

»Kommt drauf an. Klugerweise geht man nie auf den ersten Vorschlag ein.«

»Dann ist also doch jemand an Sie herangetreten? Laut Artikel einunddreißig ist das gegen das Gesetz. Nur *ich* darf mich in dieser Sache an Sie wenden, und auch nur, wenn Sie nichts dagegen haben.«

»Ihnen liegt vielleicht an der Einhaltung des Protokolls, aber *ich* versuche, mich aus dem Zuchthaus von Leavenworth herauszuhalten!«

»Wie ist man an Sie herangetreten?«

»Kommt das in Ihren Bericht?«

»Natürlich. So etwas darf ich mir nicht anhören, ohne es in den Bericht aufzunehmen. Ich muß es auf jeden Fall weitergeben.«

»Dann vergessen Sie es.«

Sie nickte widerstrebend und sagte dann: »Darf ich Ihnen einen wichtigen Rat geben?«

»Ja, aber Sie müssen eine Nummer nehmen und Schlange stehen.«

Sie überging die Bemerkung. »Nehmen Sie sich einen tüchtigen Anwalt, nicht diesen Sloan. Ich habe mit ihm geredet. Er ist dieser Sache nicht gewachsen. Suchen Sie sich einen guten Experten auf dem Gebiet des Kriegsrechts oder einen, der bei den Militärgerichten zugelassen ist.«

»Das ist ein ausgezeichneter Rat, Major, obwohl er ausgerechnet von der Person kommt, die gegen mich ermittelt. Ich nehme an, Sie wollen mir zu verstehen geben, daß Sie mit mir fertig sind?«

»Ja, ich fliege morgen nach Washington zurück, um meinen Abschlußbericht zu schreiben. Das ist einer der Gründe, warum ich Sie sprechen wollte. Ich wollte wissen, ob Sie meinem Bericht eine schriftliche oder mündliche Aussage hinzufügen möchten.«

Das hätte sie mich auch am Telefon fragen können, dachte Tyson. Laut sagte er: »Ich werde es mir überlegen. Was ich Sie übrigens fragen wollte: Sagten Sie nicht, daß Sie in diesen Wochen aus dem aktiven Dienst ausscheiden würden?«

»Das war richtig, aber man will mich nicht gehen lassen. Sobald ich meinen Bericht abgegeben habe, wäre ich eigentlich mit dieser Sache fertig, doch da mich meine Vorgesetzten lieber nicht als Zivilistin vorladen lassen wollen, falls noch irgendwelche Dinge geklärt werden müssen, werde ich erst entlassen, wenn der Fall endgültig abgeschlossen ist.«

»Ganz schön hart. Ich nehme an, die Army will auch verhindern, daß Sie gegenüber der Presse irgendwelche Aussagen machen. Das ist der wahre Grund, warum man Sie nicht gehen läßt. Anders ausgedrückt: Sie haben zuviel gesehen und gehört, um jetzt frei herumzulaufen. Das hätte Ihnen klarsein müssen, als Sie diese Aufgabe übernahmen. Na ja, irgendwann kommen Sie da schon raus.«

»Ich ärgere mich nicht darüber, daß ich noch länger Uniform tragen muß, obwohl meine Zukunftspläne dadurch ein bißchen über den Haufen geworfen werden. Ich hatte nämlich vorgehabt, hier in New York in eine Anwaltssozietät einzutreten.«

»Ich schau' mal vorbei, wenn ich ein neues Testament brauche.«

»Verglichen mit Ihnen, habe ich also kaum Probleme.«

»Aber das wird sich schlagartig ändern, wenn Sie Ihre Theorie beziehungsweise Ihren Verdacht weiterverfolgen, daß die Regierung an diesem Fall herummanipuliert. Die werden Sie bei lebendigem Leib rösten, Major! Lassen Sie sich also von einem älteren Mann, der den Filz und die Vetternwirtschaft in einer großen Firma, aber auch den asiatischen Dschungel überlebt hat, einen guten Rat geben: Versuchen Sie nicht, die Heldin zu spielen. Und lassen Sie lieber *mich* herausfinden, was die Jungs von der Regierung im Schild führen.«

»Um Sie persönlich mache ich mir keine Sorgen, das können Sie mir glauben, ich will nur, daß die Gerechtigkeit –«

»Bitte, dieses Wort reizt seit einiger Zeit ganz furchtbar meinen Lachmuskel. Spielen Sie einfach das Spiel mit, aber immer schön mit dem Rücken zur Wand, und passen Sie auf, wenn jemand zur Tür rennt oder das Licht ausknipsen will.«

Sie schnaubte verächtlich. »Das ist doch Unsinn!«

»Es gibt Zeiten, Karen, da wünsche ich mir, Sie wären ein Mann, aber dann freue ich mich wieder, daß es nicht so ist.«

»Sie reden daher wie ein Macho, und außerdem geht mir das ein bißchen zu weit. Niemand hat Ihnen erlaubt, mich beim Vornamen anzureden!«

Sie schwiegen eine Weile, dann fragte Tyson: »Von Ihrem Freund abgesehen – hatten Sie auch dienstlich Ärger?«

Sie strich nachdenklich mit einem Finger über ihre Unterlippe. »Nun ja«, gab sie zu. »Sie haben mich unter Druck gesetzt, damit ich die Sache schnell abschließe.«

Er lachte belustigt.

»Was ist denn so komisch daran?«

»Alles. Aber sagen Sie mal: Wer versucht denn Druck zu machen? Dieser aufgeblasene Heini van Arken? Über den Typen hab' ich 'ne Menge gehört und gelesen.«

Sie ging nicht auf seine Frage ein, sondern sagte: »Ich glaube, Sie werden überwacht.«

»Das macht nichts. Ich habe nicht vor, das Land zu verlassen, mich mit ausländischen Spionen zu treffen oder mit wer weiß welchen Frauen zu schlafen.«

»Gut. Kann ich bitte eine Zigarette haben?«

»Noch eine? Aber ich habe Ihnen doch schon letzte Woche eine gegeben!« Er zog ein Päckchen Zigaretten aus der Tasche und hielt es ihr hin. Nachdem er ihr auch Feuer gegeben hatte, machte sie einen Lungenzug und mußte husten. Als sie endlich wieder reden konnte, sagte sie: »Sie sollten jetzt wirklich aufgeben.«

»Aber Sie sind diejenige, die husten muß!«

»Hören Sie, Lieutenant, keiner von uns kann wohl bestreiten... Na ja, ich meine, wir sollten nicht so tun, als ob... Als ob es zwischen uns nicht –« Sie nahm noch einen Zug aus der Zigarette und warf einen Blick auf die Uhr. »Ich muß jetzt gehen.«

»Aber beenden Sie doch bitte erst den Satz.«

»Gut, ich wollte sagen, daß es zwischen uns gewisse Worte und Gefühle gegeben hat, die, wie Sie sich wohl ausdrücken würden, nicht unbedingt mit meinen dienstlichen Pflichten und dem Ziel der von mir geleiteten Untersuchung im Einklang standen.«

»Das ist mir zu kompliziert ausgedrückt. Wollen Sie damit sagen, daß sich zwischen uns eine persönliche Beziehung entwickelt hat?«

»Ja, genau das meinte ich.«

»Eine Art gegenseitiger Anziehungskraft?«

»Ja, vermutlich.«

»Nun, das glaube ich auch.« Er blickte ihr in die Augen. »Erinnern Sie sich, daß Sie bei unserem ersten Gespräch sagten, dies könne und dürfe nicht geschehen?«

»Sagte ich das?«

»Ja. Wissen Sie, ich habe Sie sehr gern. Jetzt ist es raus, und die Luft ist wieder klar.«

»Ja.«

Ihm entging nicht, wie ihre Hand mit der Zigarette zitterte, aber er selbst war auch so verwirrt, daß er nur stammeln konnte: »Nun gut... wie... Ich meine, was sollen wir jetzt tun?«

»Nichts.« Sie gab sich einen Ruck und warf die Zigarette auf den Boden. »Falls Sie also meinem Bericht doch noch eine Aussage hinzufügen wollen, lassen Sie es mich bis morgen mittag wissen.«

»Wo wohnen Sie hier?«

»Im Gästehaus.«

»Können wir heute abend zusammen essen?«

»Absolut unmöglich – es sei denn, Sie wollen mir noch mehr Ärger bereiten.«

»Nein, tut mir leid, das war nicht meine Absicht.«

»Wenn Sie es nicht wären, dann würde ich sagen, das sollte wohl ein gut überlegter Schachzug sein, der Ihnen einen eventuellen Vorteil verschafft. Aber ich bin in allem genauso schuld wie Sie.«

Sie hielt ihm ihre Hand hin. »Auf Wiedersehen, Lieutenant!«

Er ergriff die Hand. »Ich bleibe heute abend zu Hause in meinem Quartier.«

»Ich auch«, entgegnete sie, drehte sich auf dem Absatz um und ging fort.

Tyson blickte ihr nach, wie sie mit federnden Schritten über die sonnenbeschienene Terrasse ging. Na also, sie ist eben doch aus Fleisch und Blut, dachte er. Er hatte die Gewißheit, ihr wieder zu begegnen, aber zugleich wußte er, daß dabei nichts herauskommen würde, jedenfalls nicht im »fleischlichen« Sinn. Eines jedoch war ihm genauso klar wie vermutlich auch ihr: daß die Dinge unter anderen Umständen einen anderen Lauf genommen hätten. Und wenn der Augenblick kommen würde, an dem sich ihre Wege für immer trennten, würden sie in der Gewißheit auseinandergehen, daß einer des anderen Leben verändert hatte – und zwar positiv.

## *Kapitel 28*

Ben Tyson lag in seinem dämmerigen Wohnzimmer lang ausgestreckt auf der Couch. In dem kleinen Raum war es zum Ersticken heiß, und Ben trug nichts als eine Turnhose. Auf dem kleinen Couchtisch stand eine feucht beschlagene Flasche Bier. Tyson setzte sich auf und atmete tief durch. Er war nach seinem 3000-Meter-Lauf rund um die Garnison ziemlich erschöpft. »Du rauchst zuviel, du trinkst zuviel, und du wirst allmählich alt«, sagte er laut zu sich selbst. Unwillkürlich mußte er an die harte Ausbildung bei der Infanterie denken, die ihm damals relativ wenig zu schaffen gemacht hatte: Eilmärsche über fünfzig Kilometer in voller Ausrüstung, hundert Liegestütze hintereinander und später, in Panama, beim Training für den Dschungelkrieg, das Erklettern einer hundertfünfzig Meter hohen Felswand an einem Wasserfall. »Mein Gott, was waren wir damals für Kerle!« sagte er nochmals laut.

Er stemmte sich langsam in die Höhe und stellte sich vor den Ventilator, der in das Fenster eingelassen war. Ihm war nicht bekannt, ob man hier in der Garnison etwas gegen Klimaanlagen hatte, aber er hatte sich sowieso gleich gegen einen dieser Apparate entschieden, obwohl er den Entschluß jetzt schon zu bereuen begann. Du bist ein Schlappschwanz, Tyson, ein richtiger Schlappschwanz! Er machte fünfzig Kniebeugen und begann dann eine Reihe von Lockerungsübungen. Dabei schaute er sich in dem Zimmer um. Es mußte erst vor kurzem neu gestrichen worden sein, und bestimmt hatte ein Liter Farbe gereicht, so klein wie es war. Neben dem Wohnraum gab es noch eine kleine Küche, und eine Treppe höher zwei Schlafzimmer sowie ein winziges Bad. So sahen alle Wohneinheiten in diesem langgestreckten, roten Ziegelbau aus. Links und rechts wohnten Familien mit einem oder zwei Kindern.

Ein paar billige Möbelstücke aus Ahornholz – Staatseigentum – standen im Zimmer herum. Man hatte ihm zwar gesagt, daß er seine eigenen Möbel mitbringen dürfe, aber als er versuchte, sie sich in diesem Rahmen vorzustellen, kam er zu dem Schluß, daß sie hier nur hochkant hineingepaßt hätten. Am liebsten hätte er eines der Quartiere im Heim für ledige Offiziere bezogen, denn das waren Zimmer wie in einem Motel: Sie versuchten gar nicht erst, den Anschein von Gemütlichkeit zu erwecken. Aber irgendwo in einem der Verliese des Pentagon hatte ein Schwachkopf bestimmt, daß Marcy und Ben Tyson Gelegenheit haben sollten, auf Wunsch zu kohabitieren. Eine solche Entscheidung war vermutlich mit der inneren Einstellung eines Zoowärters gefällt worden, also eines Menschen, der sich darüber Gedanken macht, wo und wann sich seine lieben Pandabären paaren dürfen.

Auf dem Fußboden lagen weder Teppiche noch Läufer, aber er war in bester Army-Tradition auf Hochglanz poliert. Die Fenster hatten Jalousien, jedoch keine Gardinen, und die Einrichtung des Schlafzimmers bestand aus einer Federkernmatratze auf einem stählernen Bettgestell, einer Art Nachttisch und einer geschmacklosen Kommode mit Schubladen. In dem zweiten, kleineren Schlafraum stand nur ein einziges schmales Bett. Wahrscheinlich war es für David bestimmt. Tyson hatte sich an der Wäscheausgabe Bettzeug und Laken gegen Unterschrift geben lassen, aber offenbar erwartete man, daß er irgendwann seine eigene Wäsche mitbrachte.

In der Küche gab es einen Herd und einen Kühlschrank. Das war so ziemlich alles. Das Fehlen einer Geschirrspülmaschine bereitete Tyson kein Kopfzerbrechen, denn er hatte sowieso kein Geschirr. Er fragte sich, ob er sich eine Kaffeekanne und ein paar Tassen besorgen sollte, um den Colonel und dessen Gattin einladen zu können – mit sämtlichen Medaillen an der Uniformbrust. Notfalls konnten die beiden ja ihre eigenen Tassen und Löffel mitbringen.

Er reckte sich und atmete mehrmals tief durch. Die Sonne war inzwischen untergegangen, und das spärliche Licht, das in schmalen Bahnen durch die Jalousien ins Zimmer drang, stammte von den Straßenlaternen. Man hatte Tyson keinen Fernseher gegeben, und er hatte sich auch nicht die Mühe gemacht, ein Radio zu kaufen. Jetzt erst begriff er, wie zerbrechlich und zugleich privilegiert sein Leben in jener magischen Vorstadt gewesen war.

Ich stehe hier nicht unter Hausarrest, ermahnte er sich selbst. Ich muß nur zwischen Mitternacht und sechs Uhr früh hiersein. Niemand würde es ihm verwehren, mit der U-Bahn nach Manhattan zu fahren und irgendwo mit irgend jemandem essen zu gehen. Er konnte sogar nach Garden City fahren, in seinen Club gehen oder daheim herumsitzen, die Klimaanlage einschalten, einen Film im Fernsehen anschauen oder sich in seiner großen Badewanne aalen. Aber danach stand ihm nicht der Sinn. Er wollte hierbleiben, schwitzen, sich langweilen, einsam sein, nachdenken, leiden und hart werden. »Ja, hart!« sagte er laut.

Er beendete seine Gymnastikübungen und stellte sich wieder vor den Scheibenventilator. Draußen bewegte sich etwas. Er spähte durch die Jalousie hinaus. Auf dem schmalen Weg, der die gegenüberliegenden Reihenhäuser miteinander verband, näherte sich die Gestalt einer Frau, die mit einer leichten Sommerhose und einer dunklen Bluse bekleidet war. In der Hand hielt sie irgendeinen Gegenstand, und offenbar suchte sie nach einer bestimmten Adresse, denn sie ging von Haus zu Haus und las die Namensschilder. Schließlich blieb sie vor Tysons Haus stehen, zögerte und machte dann ein paar Schritte auf die Tür zu. Im Schein der Lampe über dem Eingang erkannte Tyson Karen Harper. In der einen Hand hielt sie einen zusammengerollten Regenschirm.

Er sah, daß sie den Schirm gegen die Tür lehnte, dann wurde der Deckel des Briefkastenschlitzes geöffnet, und einer dieser bräunlichen, bei der Army üblichen Briefumschläge fiel hindurch. Tyson trat rasch an die Tür, kniete sich nieder und schob den Umschlag nach draußen zurück. Er erschien jedoch gleich wieder, und als Tyson ihn erneut zurückschieben wollte, spürte er einen gewissen Widerstand, und er hörte Karen Harper leise sagen: »Was soll das? Hören Sie auf damit!«

Durch den Briefkastenschlitz sagte er zu ihr: »Ist das eine Rechnung?«

»Machen Sie keinen Unsinn und nehmen Sie den Umschlag!«

Er packte das bräunliche Kuvert und zog es mit einem Ruck nach innen, dann stand er auf und öffnete die Tür. Der Regenschirm fiel um und blieb vor seinen Füßen liegen. Als Tyson aufblickte, hatte Karen Harper schon die Hälfte des Weges zwischen den Häuserreihen hinter sich gebracht. Er nahm den Regenschirm, bemerkte flüchtig das PX-Preisschild daran und schleuderte ihn hinter sich ins Wohnzimmer. Dann ließ er die Tür ins Schloß fallen und lief mit schnellen Schritten hinter ihr her. Als sie gerade in den Hauptweg einbog, holte er sie ein. Schweigend gingen sie eine Weile nebeneinanderher. Schließlich sagte sie: »Ziehen Sie sich etwas an, wenn Sie beabsichtigen, neben mir herzulaufen.«

»Es ist so heiß! Was ist in dem Umschlag?«

»Sie brauchen ihn bloß aufzumachen. Wann bekommen Sie eigentlich ein eigenes Telefon?«

»Sobald ich Lust habe, jemanden anzurufen.«

»Man hat Sie aufgefordert, einen eigenen Anschluß zu beantragen, weil die Ermittlungen dadurch erleichtert werden.«

»Ich habe Telefone in Garden City, Sag Harbor und auch in Manhattan in meiner Wohnung. Mehr kann ich mir bei meinem Sold nicht leisten, glaube ich.«

»Nun, niemand kann Ihnen befehlen, sich hier in Ihrem Quartier ein Telefon zuzulegen, aber es wäre doch sehr praktisch für alle Beteiligten, für Sie genauso wie für Ihre Familie.«

»Ich werde darüber nachdenken. Kommen Sie mit zurück, ich lade Sie zu einem Bier ein.«

»Nein, ich habe noch zu tun.«

»Ich möchte mit Ihnen aber die Sache mit meiner Zusatzerklärung besprechen.«

Sie ging ein bißchen langsamer und sagte: »Also gut, aber das können wir nicht bei Ihnen tun.«

»Ich ziehe mir nur etwas an, und dann gehen wir spazieren. Kommen Sie ruhig mit und schauen Sie sich meine Unterkunft an.«

Sie zögerte, doch dann ging sie mit ihm zurück. Er ließ ihr den Vortritt. In der Wohnung schaltete er die Lampe auf dem Couchtisch ein. Karen Harper trug eine schlichte blaue Bluse mit kurzen Ärmeln und eine leichte Baumwollhose. Ihre Füße steckten in weißen Tennisschuhen. Sie blickte ein paarmal zu ihm hin, und es war ihr anzumerken, daß sie sich krampfhaft bemühte, ihre Augen nicht von seinem Gesicht abwärts über seinen fast nackten Körper wandern zu lassen.

Tyson fand sie in Zivil sehr vorteilhaft. Sie wirkte noch viel schlanker als in Uniform. Sie hatte kleinere Brüste, schmalere Hüften und längere Beine, als er gedacht hatte. Mit einer schwungvollen Gebärde umfaßte er das ganze Zimmer und meinte: »Nicht schlecht für einen Offizier und Gentleman, nicht wahr? Vielleicht sollte ich einen großen Spiegel aufhängen, damit die Bude ein bißchen geräumiger wirkt.«

Sie antwortete nicht, sondern warf ihm nur einen seltsamen Blick zu.

»Ach so, richtig, die Wanzen! Hier gibt's keine, genausowenig wie Kakerlaken. Ich hatte heute morgen eine Privatfirma hier, die alles abgesucht hat. Das Quartier ist also frei von Wanzen. Andernfalls hätte ich auch einen ganz schönen Terror gemacht. Und wenn Sie glauben, ich hätte meinerseits etwas in der Richtung installiert, dann gebe ich Ihnen mein Ehrenwort als Offizier und Gentleman, daß das nicht der Fall ist.«

»Das können Sie sich sparen«, entgegnete sie.

»Meinen Sie? Ich würde lieber auf Nummer Sicher gehen und möchte Sie deshalb fragen, ob Sie etwas dagegen haben, wenn ich Sie nach verborgenen Recordern oder Mithörvorrichtungen untersuche.«

Sie mußte lächeln. »Allerdings habe ich etwas dagegen.«

Tyson zuckte lässig die Achseln. »Man wird ja wohl mal fragen dürfen. Aber finden Sie nicht auch, daß dieses Spielchen allmählich verdammt ernst wird? Ich meine, die haben mir den Paß weggenommen, sie lassen mich mit ziemlicher Sicherheit überwachen, und frei bewegen kann ich mich auch nicht mehr.«

»Aber die Ausgangsbeschränkung dürfte Sie doch kaum belasten.«

»Dieses Haus belastet mich! Möchten Sie sich den Rest von meinem Palast ansehen?«

»Nein. Falls Sie sich wie ein Märtyrer vorkommen, dann fehlt Ihnen wohl die richtige Perspektive.« Sie blickte sich in dem Zimmer um. »Die meisten Leute träumen davon, ein Leben wie Sie zu führen und ein Haus wie dieses zu haben. Ich verstehe nicht, warum man Mitleid haben soll, wenn man hört, daß jemand seinen Herrensitz verloren hat und jetzt im Pförtnerhäuschen wohnen muß. Die halbe Menschheit würde sich für ein solches Pförtnerhäuschen eine Hand abhacken lassen.«

Tyson wartete ab. Nach einer kurzen Pause fuhr sie fort: »Sie wissen selbst, daß Ihr wirkliches Problem darin besteht, daß man Sie vielleicht wegen Mordes anklagt. Ihre beschränkten Wohnverhältnisse sind dagegen doch wirklich nichts. Ich rate Ihnen, sich mehr Gedanken über das eventuelle Strafverfahren zu machen als über Ihr leibliches Wohlbefinden. Tut mir leid, wenn ich Ihnen hier eine Gardinenpredigt halte.«

»Aber Sie haben ja recht! Ich habe mir das alles selbst schon gesagt, und ich glaube, daß ich hier so viel Zeit wie möglich verbringen sollte. Wenn ich dann im Zuchthaus von Leavenworth lande, trifft mich die Umstellung nicht so hart. Doch falls ich nach Hause entlassen werde, dann küsse ich vor Freude bestimmt unseren Mülleimer.« Er lächelte sie an.

Sie erwiderte sein Lächeln und sagte: »Übrigens ist es hier wirklich sehr heiß.«

»Möchten Sie ein Bier?«

»Ja, gern.«

Tyson ging in die Küche und kam mit zwei offenen Bierflaschen zurück. Er reichte ihr eine und sagte: »Leider habe ich keine Gläser.«

Er hob die Flasche an die Lippen und leerte sie zur Hälfte. Nachdem sie ebenfalls einen Schluck genommen hatte, fragte er wieder: »Was ist in dem Umschlag?«

»Nur ein paar Formulare, die Sie unterschreiben sollen.«

»Ich unterschreibe keine Army-Formulare.«

»Ja, das sagte man mir schon.«

»So? Das spricht sich ja rasch herum.«

»Sie werden seit einiger Zeit von 'ner Menge Leute beobachtet. Passen Sie auf, daß Ihnen das nicht zu Kopf steigt! Aber was diese Formulare betrifft: Sie sollen nur bestätigen, wann und wo wir miteinander geredet haben – und daß ich Sie über Ihre Rechte belehrt habe. Wenn Sie wollen, können Sie mit Ihrem Anwalt sprechen, bevor Sie unterschreiben, aber ich würde Ihre Bestätigung gern übermorgen bei meiner Abreise haben.«

»Und was ist, wenn ich meinen Anwalt nicht erreiche?«

»Nun, dann schicken Sie sie mir eben nach Washington nach.«

»Sie brauchen sie für Ihren Bericht?«

»Ja.«

»Und der soll in fünf Tagen fertig sein?«

»Nun ja, deswegen wollte ich das ja auch erledigen, solange ich noch hier bin. Außerdem war da die Sache mit dem Regenschirm...«

»Es war eine gute Idee, quer durch die ganze Garnison zu gehen, um mir den Umschlag und den Schirm zu bringen, besonders wenn ich bedenke, daß Sie beides morgen früh im Museum hätten abliefern können. Mir gefällt diese persönliche Note an Ihnen.«

»So bin ich eben.« Sie wechselte das Thema: »Wird Ihre Familie zu Ihnen ziehen?«

»Wenn man ihnen die Wahl zwischen einem Sommerhaus am Meer und dieser Behausung hier läßt, dann entscheiden sich meine Frau und mein Sohn bestimmt für das Sommerhaus.«

Karen Harper schwieg, aber Tyson ahnte, was sie dachte, deshalb versicherte er rasch: »Hier geht es nicht um Loyalität oder Hilfsbereitschaft, sondern um ganz praktische Dinge. Ich möchte meine Familie nicht hierhaben, und das habe ich auch klargestellt. Lieber fahre ich nur am Wochenende hin.«

Sie nickte wortlos.

»Beengte Wohnverhältnisse erzeugen nur vermeidbaren Streß. Mein Sohn hätte hier keine Freunde, und Marcy würde hier möglicherweise belästigt werden, von Reportern zum Beispiel.«

Tyson räusperte sich. »Natürlich könnten sie nach Garden City zurückgehen, wir wären dann viel näher beieinander, aber ich halte es für besser, wenn die beiden zumindest den Sommer über da bleiben, wo sie sind.«

»Das glaube ich auch.« Sie stellte die Bierflasche auf den Tisch und warf einen Blick auf die Uhr. »Wir sind schon seit zehn Minuten hier. Länger sollten wir wirklich nicht bleiben.«

»Für den Fall, daß uns jemand beobachtet?«

»Ja. Man hat schließlich auch mitbekommen, daß ich an jenem Abend im Hotel in Ihrem Zimmer gewesen bin. Glücklicherweise hatte ich das sowieso in meinem Zwischenbericht vermerkt, aber ich möchte mich nicht schon wieder rechtfertigen müssen.« Sie machte einen Schritt zur Tür.

Tyson setzte seine Bierflasche ab, fuhr mit den Füßen in ein Paar Sandalen und zog ein T-Shirt an. Er machte die Haustür auf, und beide traten hinaus.

Nebeneinander gingen sie den Sterling Drive entlang. Von hier oben hatte man einen guten Blick auf den Shore Parkway. Tyson schaute aufs Wasser hinaus. Die funkelnden Lichter eines Hafens und die hellerleuchteten Schiffe hatten an einem Sommerabend einen unbestreitbar magischen Zauber.

»Sie nehmen sicher an, daß ich Sie in Ihrem Quartier aufgesucht habe, weil ich Sie sehen wollte«, begann Karen Harper. »Ehrlich gesagt bin ich mir nicht ganz sicher, ob es tatsächlich so ist. Als ich mich Ihrem Haus näherte und sah, daß drinnen keine Lichter brannten, dachte ich zuerst, Sie seien nicht daheim, und da fühlte ich... ich empfand –«

»– eine Mischung aus Erleichterung und Enttäuschung?«

»Ja. Zuerst wollte ich einen Spaziergang machen, aber dann beschloß ich, den Umschlag und den Schirm bei Ihnen abzuliefern...«

»Irgendwann kam Ihnen dann der Gedanke, daß ich vielleicht

im Gästehaus nach Ihnen suchen und daß wir uns verpassen könnten, nicht wahr?«

Sie nickte. »Richtig. Aber warum komme ich mir dabei nicht ein bißchen dumm vor?«

»Weil Sie wissen, daß ich das nicht für dumm halte.« Er blieb stehen, sah sie jedoch nicht an, sondern blickte statt dessen in die Ferne, auf die verschwommene Linie des Horizonts, wo das dunkle Meer und der ebenso dunkle Himmel ineinander übergingen. »Die Umstände, unter denen wir uns kennengelernt haben, waren außergewöhnlich und von unterschwelligen Emotionen belastet. Deshalb mußten wir damit rechnen, mit der einen oder anderen heftigen Empfindung zu reagieren: mit Haß oder ... nein, nennen wir es lieber Abneigung oder Anziehung.«

»Ja, ich weiß, und ich frage mich, ob ich Sie mir näher angeschaut hätte, wenn wir uns unter normalen Umständen begegnet wären.«

Tyson lächelte. »*Mir* wären Sie unter normalen Bedingungen bestimmt aufgefallen!«

Sie setzte sich wieder in Bewegung, und er folgte ihr.

Nach einem Weilchen meinte sie: »Lassen Sie uns über etwas anderes reden. Ich wollte Ihnen den einen oder anderen Fingerzeig geben, für den Fall, daß Sie vor Abschluß meines Berichtes noch eine Aussage machen wollen.«

»Ich habe Ihnen doch gleich zu Anfang alles erzählt. Wozu sollte also eine zweite Aussage gut sein?«

»Nun, das erstemal sagten Sie aus, Sie seien damals im Rahmen einer militärischen Operation gegen einen bewaffneten Feind vorgegangen. So weit, so gut, aber das reicht nicht. Sie müssen kategorisch alle Anschuldigungen bestreiten, die von den Zeugen gegen Sie vorgebracht werden, von Brandt und Farley. Sehen Sie, solche Zeugenaussagen sind alles, was die Anklage gegen Sie in der Hand hat! Schwester Theresas Bericht, den sie Picard gegeben hat, liegt nicht schriftlich und von ihr bestätigt vor und ist deshalb ohne Beweiskraft. Für die Army steht und fällt die ganze Angelegenheit also mit den Aussagen von Brandt und – in geringerem Maß – auch von Farley.«

Tyson nickte. Dieselben Überlegungen hatte er schon selbst angestellt. »Sie meinen also, ich soll einfach alles abstreiten?«

»Ja. Oder versuchen Sie darzulegen, warum die beiden lügen und warum sie keine unvoreingenommenen Zeugen der Anklage sein können. Anders gesagt: Schwächen Sie ihre Glaubwürdigkeit, indem Sie erklären, zwischen Ihnen und den beiden Zeugen hätte es damals Mißhelligkeiten gegeben – ob es nun stimmt oder nicht. Fechten Sie die Zeugenaussagen an, wie wir Juristen das nennen.«

»Nett, daß Sie mich darauf hinweisen.«

»Das könnte Ihnen jeder Rechtsanwalt sagen. Ich will Sie nur darauf hinweisen, daß die Army vielleicht den ganzen Fall ad acta legt, wenn es Ihnen gelingt, Brandt zu diskreditieren – und Brandt ist tatsächlich der Schlüssel zum Ganzen.«

Tyson nickte wieder.

»*Können* Sie Brandt diskreditieren?«

»In gewisser Hinsicht ja. Aber das würde bedeuten, daß ich schildern müßte, wie er damals drüben in Vietnam war. Ich weiß nicht, was er seitdem gemacht hat, ich habe nur gelesen, daß er anscheinend ein tüchtiger Arzt geworden ist, seit sechzehn Jahren verheiratet ist, eine Tochter hat und einen Sohn, der so alt wie meiner ist. Warum sollte ich mit einer Geschichte rausrücken, die sich vor fast zwanzig Jahren abgespielt hat? Ist es so wichtig, meine eigene Haut zu retten?«

»Ich hoffe es.«

»Aber das würde allem zuwiderlaufen, woran ich glaube – und ich glaube eben auch daran, daß man Vergangenes vergeben soll. Wenn ich möchte, daß man mich nach dem Lebenswandel beurteilt, den ich seit Vietnam geführt habe, wie könnte ich es dann rechtfertigen, selbst in der Vergangenheit herumzustochern und diesem Brandt irgendwelche Verfehlungen vorzuhalten?«

»Er hat damit angefangen!«

»Das ist sein Problem, nicht meines.«

Sie schüttelte den Kopf. »Colonel Levin hatte recht.«

Tyson warf ihr von der Seite einen Blick zu und meinte: »Es stimmt nicht, daß ich keinen Selbsterhaltungstrieb habe, wirklich nicht. Jeder einzelne Ratschlag, den man mir bisher erteilt hat, war mir irgendwie zuwider. Ich bin derjenige, der in seiner eigenen Haut leben muß, sobald ich all dies hinter mir habe! Ich versuche mich durchzusetzen, aber nicht durch Täuschungsmanöver,

Kompromisse oder Denunziation. Ich will ein sauberes Urteil, selbst wenn es auf schuldig lautet.«

»Es ist Ihr gutes Recht, Ihren eigenen Weg zu gehen, aber angesichts der Fakten, die ich zusammengetragen habe, und vor den Sachverhalt gestellt, daß Sie Brandts Aussagen nicht durch einen Widerspruch anzufechten gedenken, muß ich in meinem Bericht leider die Empfehlung aussprechen, ein Verfahren gegen Sie zu eröffnen. Hoffentlich verstehen Sie, daß ich keine andere Wahl habe.«

»Ich nehme es Ihnen nicht übel.«

Sie verließ den Weg, ging die sanft ansteigende Grasfläche hinauf, blieb oben stehen, die Hände in den Hosentaschen, und blickte auf den verkehrsreichen Shore Parkway hinab. Als würde sie zu sich selbst sprechen, fügte sie hinzu: »Was sonst kann ich noch tun?«

Tyson war hinter ihr stehengeblieben. Vom Festland her war eine Brise aufgekommen, die ihr Haar ein wenig durcheinandergebracht hatte. Tyson blickte zu ihr hin und hatte plötzlich das Gefühl, daß sie sich hier im Freien außerordentlich wohl fühlte, daß sie die Natur liebte. »Warum glauben Sie eigentlich nicht, was Sadowski und Scorello ausgesagt haben?« erkundigte er sich. »Halten Sie die beiden für unverschämte Lügner? Und mich vielleicht auch?«

Sie drehte den Kopf zu ihm hin. »Nein. Aber praktisch gibt man der Anklage einer Untat mehr Gewicht als deren Leugnung.«

»Warum?«

»Das ist doch klar! Es ist eine Frage des gesunden Menschenverstandes. Steven Brandt ist ein geachteter Arzt, und –«

»Ja, lassen Sie nur, ich weiß Bescheid.« Tyson blickte nach links. Ungefähr hundertdreißig Kilometer weiter östlich lag irgendwo an der Küste Sag Harbor. Er empfand ein wenig Wut und Verbitterung darüber, daß er jetzt nicht mit seiner Frau und seinem Sohn auf der Terrasse seines Sommerferienhauses sitzen konnte. Ob das wohl an *Thanksgiving Day* der Fall sein würde?

»Neunzig Tage?« fragte er.

»Ja, das ist die gesetzliche Frist.«

»Kann die Army den Fall wirklich in neunzig Tagen abschließen?«

»Sie könnten es in einer Woche, wenn sie sich entschließen würden, die Sache auf sich beruhen zu lassen. Doch wenn der Fall mit Hochdruck weiterverfolgt werden soll, dann bleibt jetzt nur noch eines zu tun: Die noch lebenden Augenzeugen müssen ausfindig gemacht werden, und es muß festgestellt werden, *wessen* Zeugen sie sind.«

»Haben Sie noch ein paar gefunden?«

»Das steht auf einem Zettel in dem Umschlag.«

»Können Sie es mir nicht so sagen?«

Sie blickte ihn lange an. »Falls Sie es nicht schon in den Nachrichten gehört haben, wird es bestimmt morgen in den Zeitungen stehen: Harold Simcox ist bei einem Autounfall ums Leben gekommen, nicht weit von seinem Haus entfernt in Madison/Wisconsin. Sein Auto ist mit hoher Geschwindigkeit gegen einen Brückenpfeiler geprallt. Er hatte ziemlich viel Alkohol im Blut.«

Tyson betrachtete eine Weile die schimmernde Wasserfläche. Er versuchte, sich Simcox' Gesicht in Erinnerung zu rufen, aber zu seiner Verblüffung gelang ihm das nicht. Erst vor kurzem hatte er das Fotoalbum mit den Bildern aus seiner Militärzeit durchgeblättert, aber Simcox war entweder nicht auf dem Foto, oder er wandte gerade das Gesicht ab, oder sein Kopf war von einem dieser grotesken Tarnnetze verhüllt. *Harold Simcox.* Tyson empfand so etwas wie Bedauern, aber zugleich hatte er eine schlimme Vorahnung. »Ein Unfall?« fragte er Karen Harper.

»Ich weiß nichts Genaueres. Er war geschieden, arbeitslos, Alkoholiker und nach allem, was ich gehört habe, ein Einzelgänger. Er hat keinen Abschiedsbrief hinterlassen.«

»Na ja, manchmal gibt es ja auch nichts mehr zu sagen«, meinte Tyson, aber im stillen dachte er: Manchmal gibt es auch so viel zu sagen, daß man lieber den Mund hält. Vielleicht hat Simcox Selbstmord begangen. Moody ist jedenfalls an Krebs gestorben. Tyson erinnerte sich an gemeinsame Patrouillen durch entlaubte Wälder. Diesem Krieg fielen noch immer Menschen zum Opfer. Vielleicht war Richard Farley der nächste.

»Ich bin nicht abergläubisch«, sagte er langsam, »aber irgendwie ist es mir immer so vorgekommen, als würde das siebente Regiment vom Pech verfolgt. Die Schlacht von Little Big Horn war nicht der einzige schlimme Tag in der Geschichte dieser Einheit.«

Er holte tief Luft. »Na ja, vielleicht ist das alles auch keine Frage von Glück und Pech.«

Karen Harper schwieg, und beide standen eine Weile stumm nebeneinander. Der Wind frischte noch mehr auf, und über Staten Island wurde der Himmel von einem Blitz erhellt. Nach längerer Zeit wandte sich Karen Harper um und ging den Weg zurück, den sie gekommen waren. Tyson folgte ihr. Als sie zu einer Parkbank kamen, nahm sie darauf Platz. Tyson setzte sich ans andere Ende.

»Waren Sie beim Mahnmal?«

Sie nickte.

Er wartete ab, und als sie schwieg, sagte er: »Das ist eine Art von Denkmal, dessen Besuch man gern immer wieder aufschiebt. Jedenfalls war es bei mir so.«

»Ja, bei mir auch. Weil es ein Grabmal ist. Aber als ich dann diese Wand mit all den eingravierten Namen gesehen habe, da wurde meine Perspektive ein bißchen zurechtgerückt. Ich mußte die ganze Zeit daran denken, daß kaum einer dieser Männer allein gestorben ist, sondern im Kampf inmitten seiner Freunde, und daß diese Freunde über Mittel verfügten, die Gefallenen zu rächen, ganz anders als im zivilen, bürgerlichen Leben. Ich dachte auch darüber nach, daß das Mahnmal die Form eines V hat und daß dieses V genausogut Vietnam als auch Vergeltung bedeuten könnte. Mir ging durch den Kopf, daß Krieg, mag er noch so sehr von globalen Strategien bestimmt sein, letztlich von Männern ausgefochten wird, die dabei Leib und Leben einsetzen. Unter diesem Blickwinkel versuchte ich zu verstehen, was vielleicht damals im *Hôpital de la Miséricorde* vorgefallen ist.«

Tyson blieb stumm. Nach einer Weile fuhr sie fort: »Aber was soll's! Reden wir lieber über diese Zeugen. Sofern nicht noch einige von ihnen ums Leben gekommen sind, würden bei einem Gerichtsverfahren mindestens vier auftreten können. Zwei davon sind Zeugen der Anklage, nämlich Brandt und Farley. Die beiden anderen, Sadowski und Scorello, wären auf der Seite des Angeklagten. Louis Kalane, Hernando Beltran und Lee Walker werden bestimmt irgendwann gefunden. Dan Kelly und Michael DeTonq muß man wahrscheinlich abschreiben. Und dann wäre da noch Schwester Theresa.«

Tyson sah sie gespannt an.

»Bei ihr hatten wir bisher kein Glück«, sagte sie. »Allmählich frage ich mich, warum sie sich nicht meldet.«

»Und ich frage mich, ob es sie je gegeben hat. Ich meine, diese ganze Sache hat für mich etwas Unwirkliches. Deshalb fällt es mir auch so schwer, sie ernst zu nehmen. Irgendwie ähnelt das alles meinem ersten Fronteinsatz. Das war eine gespenstische Erfahrung: Irgendwelche Leute schossen mit *scharfer* Munition auf mich! Wissen Sie, was ich machte? Ich fing an zu lachen. Es war ein Spiel, und es ähnelte einem Kriegsfilm. Und jetzt, fast zwei Jahrzehnte später, soll ich noch einmal eine Erfahrung durchleben, die mir völlig unglaubwürdig vorkam, als ich sie *tatsächlich* machte! Drücke ich mich deutlich aus?«

»Ja, ich habe so was schon mal gehört, auch die Sache mit dem Lachen bei einem Fronteinsatz.« Sie schaute von ihm weg und sagte beiläufig: »Das erinnert mich daran, daß die Army früher oder später von Ihnen verlangen wird, sich einer psychiatrischen Untersuchung zu unterziehen. Heutzutage ist das ein ganz normaler Bestandteil einer Untersuchung von Kapitalverbrechen.«

»Wirklich? Und was sagt das über den Zustand unseres Landes aus? Warum stellt man mich nicht vor ein Gremium von Geistlichen, damit sie testen, ob ich in *moralischer* Hinsicht gesund bin? Falls meine Moral krank ist, dann brauche ich eine religiöse und ethische Therapie, aber kein Kriegsgerichtsverfahren!«

Sie lächelte. »Das ist gar nicht mal so absurd, wie es klingt. Trotzdem, Sie werden gründlich untersucht – psychologisch. Wahrscheinlich finden Sie das ziemlich ärgerlich, ich meine die Tatsache, daß man Sie so herumkommandiert.«

»Das ist eine Untertreibung. Ich habe mich schon geärgert, als ich mich ärztlich untersuchen lassen mußte, als man von mir Fotos für die Kennkarte machte, als ich hier einquartiert wurde, als man mich zum Friseur schickte, als mir erklärt wurde, wie eine Tagesuniform auszusehen hat – und so weiter und so weiter.«

»Sie sind eben Zivilist. Aber man gewöhnt sich an alles.«

»Genau davor habe ich Angst. Ich *möchte* mich nicht daran gewöhnen, sondern meine eigene Persönlichkeit behalten!«

»Beim Militär muß man sich eben ein bißchen anpassen. Seien Sie nicht so zornig und verbittert. Und wenn es nicht anders geht, dann zeigen Sie es wenigstens nicht. Es bringt Ihnen nichts ein.«

»Sie haben recht. Ich will die Army ja auch nicht hassen, genausowenig wie unser Land oder irgendeine Person, die mit dieser Sache zu tun hat. Es gibt keine bösen Geister, die mich ans Kreuz schlagen wollen, sondern es gibt nur ein paar Bürokraten, die ihre Arbeit verrichten, wie das Gesetz es von ihnen verlangt. Vielleicht sind viele von ihnen selbst schuldig, aber büßen muß immer nur einer. Trotzdem will ich die Weisheit des Gesetzes deshalb nicht in Frage stellen.«

»Mein Gott, Sie haben wirklich eine Wut im Bauch!«

»Egal. Es gibt nur eine Methode, um sich in unserem Rechtssystem durchzusetzen: gute Anwälte. Deshalb habe ich Ihren Rat, mir einen besseren Rechtsbeistand zu suchen, beherzigt und einen angerufen, der mir empfohlen worden ist. Er hat mich heute nach dem Mittagessen im Museum zurückgerufen.«

»Haben Sie ihm ein Mandat erteilt?« wollte sie wissen.

»Noch nicht, aber ich tu' es vielleicht. Der Bursche klang gescheit. Ich könnte ihn morgen vormittag treffen, aber leider muß ich eine Schulklasse durchs Museum führen. Was raten Sie mir?«

Sie lächelte. »Gehen Sie zu dem Anwalt! Übrigens: Haben die alten Leutchen eigentlich auf Sie gewartet?«

»O ja, wenn die etwas haben, dann Zeit. Sie stellten mir eine Menge peinlicher Fragen wegen Ihnen. Sie wollten unbedingt wissen, welche Absichten ich Ihnen gegenüber hege.«

Wieder lächelte Karen Harper, aber sie ging nicht auf seine Worte ein, sondern sagte: »Wenn Sie diesen Anwalt beauftragen, lassen Sie es mich wissen, damit ich seinen Namen und seine Adresse in meinen Bericht aufnehme.«

»Den Namen kann ich Ihnen jetzt schon sagen: Er heißt Vincent Corva.«

Sie nickte nachdenklich. »Ja, ich kenne ihn, er ist bei den Militärgerichten zugelassen.«

»Ja, das sagte er. Heißt das, daß er gut ist?«

»Nun, das zu beurteilen ist nicht meine Sache. Aber ich habe ihn einmal in Fort Jackson bei einer Gerichtsverhandlung erlebt.«

»Und wer hat gewonnen?«

»Die Army. Es war aber auch ein ziemlich aussichtsloser Fall. Der Angeklagte, ein Captain, stand wegen Mordes vor Gericht. Er hatte seine Ehefrau mit einem anderen Mann im Bett erwischt.«

»Was passierte mit dem Angeklagten?«

»Er wurde zu zehn Jahren verurteilt, aber dann brummten sie ihm noch zwei Jahre drauf, weil er sich für diese Tat unerlaubt vom Dienst entfernt hatte.«

»Typisch Army«, kommentierte Tyson. »Es wäre ihm bestimmt noch schlimmer ergangen, wenn seine Pistole aus Versehen losgegangen wäre, weil sie nicht gereinigt war!«

Karen Harper streckte die Beine aus und lehnte sich auf der Bank zurück. »Das ist wohl ein bißchen übertrieben. Aber ich nehme an, Sie wollen darauf hinaus, daß es beim Militär für bestimmte Straftaten andere Bewertungen gibt als vor einem Zivilgericht. Daran sollten Sie und Mr. Corva auf jeden Fall immer denken. Nach allem, was ich gehört habe, muß er ein ziemlich guter Anwalt sein, obwohl er nicht viele Erfolge aufzuweisen hat. Das liegt daran, daß er viele hoffnungslose Fälle übernimmt.« Sie blickte auf den Ozean hinaus. »Ich glaube, es gibt ein Unwetter.«

Tyson wandte sich von ihr ab und blickte aufs Meer. Auf der dunkelblauen Fläche waren weiße Schaumkronen zu erkennen, und am Rand des Horizonts waren die Sterne hinter einem Dunstschleier verdeckt.

Karen Harper stand auf. »Ich gehe jetzt besser zurück. Es gibt noch viel zu tun.«

Tyson erhob sich ebenfalls, und sie machten sich gemeinsam auf den Rückweg. Ein paar Regentropfen fielen auf die Straße und verdampften auf dem warmen Asphalt. »Wenn Sie mir versprechen, ihn nicht zu verlieren, leihe ich Ihnen den Schirm noch einmal«, sagte Tyson.

Sie beschleunigte ihre Schritte. »Abgemacht.«

Es regnete heftiger. Vor ihnen tauchten die erleuchteten Häuser für die Offiziere auf. Bis zum Gästehaus waren es noch etwa vierhundert Meter. »Kommen Sie!« forderte sie ihn auf und steuerte eilig auf die Häuser zu. Jetzt prasselte der Regen herab, und sie begannen zu rennen. Als sie vor der Haustür ankamen, waren sie beide bis auf die Haut durchnäßt. Tyson hatte nicht abgeschlossen. Er stieß die Tür auf und blieb drinnen atemlos neben ihr stehen. Nachdem er sich den Regen aus den Augen gewischt hatte, sagte er: »Warten Sie, ich hole Ihnen ein Handtuch.«

»Ja, das wäre nett.«

»Ich habe drei von der Army. Möchten Sie hier warten, bis das Unwetter vorbei ist?«

»Nein, ich leihe mir lieber den Regenschirm.«

»Ich könnte Sie mit dem Auto zum Gästehaus bringen.«

»Ich gehe zu Fuß.«

»Ein Bier?«

»Nein, danke. Nur ein Handtuch.«

Er blickte sie an. Das Regenwasser lief aus ihrem Haar und über ihr Gesicht. Er wischte ihr Stirn und Wangen mit der flachen Hand ab. Ihre Blicke bohrten sich ineinander. Als er ihr die Hände auf die Schultern legte, hielt sie zuerst ganz still, dann legte sie ihre linke Hand an seine Taille und die rechte nach kurzem Zögern auf seinen linken Unterarm. Tysons Herz pochte so heftig, daß er es zu hören vermeinte. An ihrer Kehle entdeckte er eine winzige blaue Ader, die aufgeregt pulsierte. Seine Hände zitterten genauso wie ihre, als er sie näher an sich zog.

Das Geräusch von Schritten unterbrach die Stille. Sie ließen sofort voneinander ab. Marcy erschien in der offenen Haustür. »Hallo! Ich dachte doch, ich hätte Stimmen gehört!«

»Marcy, darf ich dich mit Major Karen Harper bekannt machen?« sagte Tyson.

## *Kapitel 29*

General William van Arken saß in einer der letzten Reihen des Auditoriums und hörte sich an, was der Vortragende, Colonel Ambrose Horton, den rund zwei Dutzend Studenten in den ersten beiden Sitzreihen am Schluß seiner Ausführungen zu sagen hatte. Hortons Stimme mit dem für Virginia typischen Akzent war kräftig genug, um auch ohne Mikrofon den großen Hörsaal auszufüllen. Schauplatz war die *Judge Advocate General's School* – die juristische Fakultät der Militärakademie, die sich auf dem Campus der University of Virginia in Charlottesville, drei Stunden Autofahrt vom Pentagon entfernt, befand.

Colonel Hortons Blick wanderte zu den hinteren Sitzreihen zu

General van Arken, der einen dunkelblauen Anzug trug. Korrekterweise hätte Horton die JAG-Studenten wohl auf die Anwesenheit von ihrem obersten Boß aufmerksam machen müssen, und bestimmt hätten sich die jungen Leute geehrt gefühlt, aber instinktiv hatte er begriffen, daß der General wohl lieber unerkannt bleiben wollte. Horton richtete sein Augenmerk wieder auf die vor ihm sitzenden Studenten und sagte: »Es ist immer wieder von fronterfahrenen Befehlshabern geäußert worden, das Schlachtfeld sei ein Ort der Wahrheit wie sonst keiner auf der Welt. Andererseits haben Juristen wie Sie und ich im Zusammenhang mit der Problematik von Kriegsverbrechen auf die einzigartige Komplexität hingewiesen, vor die man gestellt wird, wenn es zu entscheiden gilt, ob und bis zu welchem Grad ein Soldat bei einem Fronteinsatz lediglich seine Pflicht getan hat.«

General van Arken saß ruhig da und ließ das Echo von Colonel Hortons Worten in der Leere des Raumes verhallen. Irgendwo schlug eine Turmuhr achtmal, aber keiner der Studenten sprang auf. Durch die hohen Fenster fiel fahles Sonnenlicht und ließ die Konturen im Saal schärfer hervortreten. Colonel Horton schloß mit den Worten: »Das nächstemal wollen wir diese beiden Standpunkte genauer überprüfen und versuchen, sie auf einen Nenner zu bringen. Dabei werden wir speziell das Problem von Grausamkeit und Gewalt erörtern, weiterhin die Ursachen für Gewalttaten und die Haltung, die wir als Militärjuristen ihnen gegenüber einzunehmen haben. Ich danke Ihnen.«

Die Studenten erhoben sich wie auf Kommando. Colonel Horton trat hinter dem Rednerpult hervor und ging den Mittelgang entlang. General van Arken kam ihm auf halbem Weg entgegen. »Guten Abend, General«, sagte Horton. »Ein unerwartetes Vergnügen.«

Sie gaben sich die Hand. »Ich bin inoffiziell hier«, sagte van Arken. »Gehen wir ein Stück?«

Die beiden Männer verließen den Hörsaal und traten in die warme Nacht hinaus. Das Universitätsgelände lag nahezu verlassen da. »Ich würde gern Ihre Meinung zum Fall Tyson hören«, sagte van Arken.

Colonel Horton nickte. »Inoffiziell?«

»Natürlich.« Van Arken warf Horton von der Seite einen Blick zu. Der Colonel war schon weit über siebzig und konnte für sich beanspruchen, das letzte noch lebende Mitglied der Army zu sein, das an den Nürnberger Prozessen beteiligt gewesen war. Er galt als Nestor auf dem Gebiet des Militärrechts, und er war nicht nur Dozent für Rechtsphilosophie und Ethik an dieser Militärakademie, sondern auch an der hiesigen Universität.

»Wollen wir uns ein Weilchen hinsetzen?« fragte van Arken und wies auf eine Holzbank.

Horton nickte und ließ sich auf die Bank sinken. »Mein Stundenplan war heute ziemlich vollgepackt«, meinte er.

Der General setzte sich auf eine gegenüberstehende Bank und erwiderte diplomatisch: »Die Hitze hat mir auch sehr zu schaffen gemacht.« Er blickte dem alten Mann offen in die Augen und fragte dann: »Kann ich vertraulich mit Ihnen reden?«

Colonel Horton knöpfte seine grüne Uniformjacke auf und lockerte den Knoten seiner Krawatte. »Gern – solange wir uns nicht auf verbotenes Gebiet verirren, General«, meinte er nachdenklich.

Van Arken betrachtete sein Gegenüber und mußte sich eingestehen, Horton war ihm nicht sonderlich sympathisch, und bei der Army waren seine Ansichten auch nicht immer auf Gegenliebe gestoßen – einer der Gründe, warum Horton über den Rang eines Colonels nie hinausgekommen war. Heute jedoch brauchte van Arken eine klare Antwort, und Horton sollte sie ihm erteilen.

»Ja, Tyson.« Horton blickte sein Gegenüber lange an. »Wenn Sie mich fragen, General, dann sollten Sie einen Schlußstrich darunter ziehen. So bald wie möglich.«

»Das habe ich getan«, sagte van Arken.

»Und darf man erfahren, welche Empfehlungen Major Harper ausgesprochen hat?«

Van Arken schüttelte den Kopf. »Dieser Tyson hat die Möglichkeit, Dr. Brandts Aussagen anzufechten. Falls er das tut und umgekehrt Brandt etwas vorwerfen kann, dann ist das, was Brandt über Tyson behauptet, nicht mehr viel wert. Ich möchte aber vor Gericht nicht nur mit zwei leicht zu erschütternden Zeugenaussagen dastehen, und der Ankläger der Army bestimmt auch nicht.«

»Aber so, wie die Dinge jetzt liegen«, wandte Colonel Horton ein, »ist Dr. Brandts Position doch unangreifbar?«

»Meines Wissens ja. Aber ich habe aus rein formalrechtlichen Gründen noch nicht mit Major Harper Kontakt aufgenommen.«

»Gehen wir noch ein Stückchen?«

»Ja, gern.« Horton stand auf und knöpfte seine Uniformjacke zu. Sie gingen einen Weg entlang, der diagonal die große Grünfläche zwischen den Universitätsgebäuden durchschnitt. Die vielen kleinen, erleuchteten Fenster warfen helle Muster auf die dunkle, grasbewachsene Fläche.

»Beim My-Lai-Prozeß gab es innerhalb der Militärjustiz wenig Sympathie für den Angeklagten, aber diesmal ist die Situation anders. Gewisse Leute in Spitzenpositionen – ich meine auch das Weiße Haus und das Justizministerium – werden allmählich schwankend. Ich glaube jedoch, daß wir es der Army und dem ganzen Land schuldig sind, den Fall mit Nachdruck weiterzuverfolgen. Und ich fragte mich, ob Sie vielleicht genauso denken«, sagte van Arken.

Nach einer längeren Pause meinte Horton: »Sind wir es unserem Land eigentlich schuldig, diesen Fall weiterzuverfolgen, trotz unseres... nun, trotz unserer Mitschuld an den Ereignissen vom 15. Februar 1968?«

Er lächelte ein wenig bitter. »Hätten Sie gern, daß ich Ihnen irgend etwas schriftlich gebe, General? Beispielsweise eine Stellungnahme für das Weiße Haus oder das Justizministerium?«

»Ehrlich gesagt, ja. Ich denke an eine Art Gutachten von Ihnen, dem respektierten Rechtswissenschaftler. Nach den Buchstaben des Gesetzes sind wir auf dem richtigen Weg, aber es gibt auf beiden Seiten Leute, die auf die moralischen Implikationen dieses Falles hinweisen. An diese Leute wollen wir uns wenden, indem wir unseren formaljuristischen Rahmen durch ein festes philosophisches Fundament untermauern.«

Colonel Horton rieb sich den Nasenrücken mit einem seiner verknöcherten Zeigefinger. Dann sagte er bedächtig: »Wissen Sie, General, als ich ein junger Lieutenant war und bei den Nürnberger Kriegsverbrecherprozessen auf der Seite der Anklage stand, da wußten wir alle, daß wir buchstäblich die ganze Welt hinter uns hatten. Es gab damals kein vorsichtiges Abwägen wie heute, folglich unterliefen uns eine Menge Fehler. Ich meine vor allem Verfahrensfehler. Wichtiger war jedoch, daß wir im Laufe der Prozesse das Gesetz in unserem Sinn zurechtfrisierten. Wir hängten die auf, die unserer Meinung nach hängen sollten, und wir staunten über uns selbst, wenn wir einmal nur eine Zuchthausstrafe verhängten. Eine Berufungsmöglichkeit gab es natürlich nicht. Ein Todesurteil war ein Todesurteil.« Horton dachte einen Moment lang nach, bevor er fortfuhr: »Es gab nur eine Handvoll Leute, die ihre Stimme gegen dieses Tribunal der Alliierten erhoben. Ich war nicht unter jenen, die die Weisheit oder Voraussicht hatten zu erkennen, daß wir nicht *Recht* sprachen, sondern *Rache* übten. Und selbst wenn ich es begriffen hätte, so hätte mir die moralische Stärke gefehlt, meine Stimme zu erheben.«

Horton schwieg eine Weile, dann fuhr er fort: »Als Sie dann als junger Captain beim My-Lai-Verfahren auf der Seite der Anklage standen, da handelten Sie in einem anderen moralischen Klima. Die Massenmedien stellten ihre eigenen Nachforschungen an, und sie erzwangen praktisch das Untersuchungsverfahren der Army. Für den Präsidenten unseres Landes war das nichts, worauf er stolz sein konnte, und Meinungsumfragen im ganzen Land ergaben, daß die Mehrheit der Bürger einen Freispruch der Angeklagten wünschte.«

»Ja, ich erinnere mich noch genau.«

»Und nun stehen wir beide hier, Augenzeugen von zwei der bedeutsamsten Fälle der Militärjustiz, und ich hoffe, daß wir beide nicht die Lektionen vergessen haben, die uns dabei erteilt wurden. Wir werden nichts zu unserer Rechtfertigung anführen können, wenn wir ein Fehlurteil fällen!«

In van Arkens Stimme lag eine Spur von Entrüstung, als er antwortete: »Ich habe aus dem My-Lai-Prozeß eines gelernt, Colonel, und zwar, daß dieses Land und die ganze Welt in den Streitkräften der Vereinigten Staaten keine Akte von Barbarei dulden, mögen gewisse Leute auch noch so angestrengt versuchen, solche barbarischen Handlungen als normale Kriegshandlungen hinzustellen.« Van Arken holte tief Luft, dann redete er weiter. »Und Nürnberg hat der Welt trotz aller Mängel vor Augen geführt, daß die zivilisierten Länder keine Barbarei hinzunehmen bereit sind, selbst wenn sie zum politischen Grundsatz eines souveränen Staates erhoben wird. Es ist meine dezidierte Meinung, daß wir, falls wir jemals wieder rechtlich und sittlich über unsere Feinde urteilen wollen, auch vor unserer eigenen Tür kehren müssen, mag dies ein noch so schmerzlicher Prozeß sein. Deshalb soll ein eventuelles Verfahren gegen Benjamin Tyson jedem aktiven Offizier vor Augen führen, daß er bis an sein Lebensende für seine Taten geradestehen muß.«

Colonel Horton fragte sich, inwieweit sich van Arken vom Interesse der Justiz, der Menschlichkeit, der Army oder seines Landes leiten ließ und wieweit er dabei seine eigene Karriere im Auge hatte. Vielleicht aber meinte er es ja wirklich ehrlich. Deshalb sagte Horton in versöhnlichem Ton: »Was Sie da sagen, General, ist bestimmt richtig, aber auf einer weniger theoretischen Ebene möchte ich Sie darauf hinweisen, daß wir tatsächlich vor Sachverhalte von einzigartiger Komplexität gestellt werden, wenn wir das Verhalten eines Soldaten bei einem Kampfeinsatz beurteilen wollen. Dieser Tyson wurde nach Vietnam geschickt, um zu töten. Ein Kriegsgericht hätte demnach nicht zu entscheiden, *ob* er andere Menschen getötet hat oder nicht, sondern ob er die *richtigen* Menschen auf die *richtige* Weise umgebracht hat.«

Van Arken entgegnete schroff: »Ich mache mir Sorgen, daß die Gegenseite die Frage nach der moralischen Rechtfertigung eines Krieges zu ihrer Verteidigung aufwerfen wird. Damals in Nürnberg handelten Leute wie Sie aus einer Position moralischer Gewißheit heraus.«

»Das taten die Nazis auch. Wer solche philosophischen Fragen aufwirft und einen Menschen wie mich als Apologeten der Regierung zu gewinnen versucht, weitet den Fall noch mehr aus – und spielt damit der Verteidigung in die Hände. Das möchte ich Ihnen zu bedenken geben, aber ich tue es nur widerstrebend, weil ich, ehrlich gesagt, nicht daran glaube, daß es hier um die Gerechtigkeit geht.«

»Warum nicht?«

»Weil das gesellschaftliche Klima des Jahres 1968 nicht nur das Verbrechen begünstigte, sondern auch das ungehinderte Vertuschen von Verbrechen. Etwas lief damals grundsätzlich schief mit der Ethik und den Prinzipien des Offizierscorps, der Army und des ganzen Landes. Inzwischen konnten wir so manchen Mangel beheben, aber wir können das Rad nicht einfach zurückdrehen und ein paar Lieutenants verurteilen, ohne auch die Generäle zur Verantwortung zu ziehen – und die Zivilisten, die damals Regierungsämter innehatten. Das gehört zu den Dingen, die ich aus Nürnberg gelernt habe.«

Van Arken nickte. »Genau das wird die Verteidigung vorbringen, befürchte ich. Wahrscheinlich wird sich die Gegenseite genau auf das stützen, was manche Leute die ›Nürnberger Verteidigung‹ nennen.«

»Um so besser!« meinte Horton bissig. »Ich träume manchmal davon, ein Volkstribunal zu veranstalten und jeden einzelnen von diesen Scheißkerlen, die uns Vietnam eingebrockt haben, vor Gericht zu stellen.«

Die beiden Männer gingen schweigend nebeneinanderher, bis sie zu einer Wegkreuzung kamen. Van Arken blieb stehen. »Kann ich Sie zum Abendessen einladen, Ambrose?«

Colonel Horton schüttelte den Kopf. »Vielen Dank, General, aber ich muß noch an meiner Vorlesung für morgen arbeiten.« Er starrte van Arken eine Weile an, dann meinte er: »Wissen Sie, Bill, Sie haben kräftig daran mitgewirkt, diesen Fall ins Rollen zu bringen, aber ich bin mir nicht ganz sicher, ob das zu Ihren Aufgaben gehörte. Ich will nicht an Ihnen herumkritisieren – Sie haben eine Lücke gefüllt, die das Justizministerium offengelassen hat. Doch eigentlich sollte gerade das Ministerium diesen Fall verfolgen. Ich gratuliere Ihnen zu Ihrer hingebungsvollen Tätigkeit, aber wissen Sie, irgendwie habe ich das Gefühl, daß unsere obersten Bosse in den Zivilbehörden uns nur vorschieben wollen. Die haben auch etwas aus My Lai gelernt. Ein einfacher Soldat würde wohl sagen: ›Die haben uns einen Scheißjob verpaßt.‹«

Van Arken nickte. »Das hab' ich mir auch überlegt, aber es ändert nichts an unseren Pflichten, jedenfalls nicht an meinen.«

Der Colonel erwiderte ungeduldig: »Sie sind ziemlich selbstsicher, nicht wahr? Ich meine, Sie scheinen genau zu wissen, daß Sie auf der Seite der Wahrheit und der Moral stehen, aber *ich* bin mir da nicht so sicher!«

»Was meinen Sie damit?«

»Sie haben von Verantwortung gesprochen, Bill. Angenommen, dieser Lieutenant Benjamin J. Tyson hat tatsächlich eine Handvoll Soldaten befehligt, die ungefähr hundert Frauen, Kinder und Männer umgebracht haben – wo ist dann die sittliche Rechtfertigung dafür, daß den noch lebenden Tätern, also Männern, die tatsächlich den Finger krumm gemacht haben, als Zeugen der Anklage Straffreiheit zugesichert wird, Sir?«

Van Arken ließ die Frage unbeantwortet.

»Sie sehen also, General«, fuhr Horton fort, »daß Sie mir nicht weismachen können, Sie würden diesen Fall aus rein moralischen Erwägungen verfolgen. Eine absolute Moral gibt es nicht. *Das* ist die Hauptlektion, die mir in Nürnberg erteilt wurde.«

Van Arken wollte etwas sagen, aber Horton kam ihm zuvor: »In Nürnberg habe ich mich oft darüber gewundert, warum die SS-Leute, die Schergen, Henker und Folterknechte nicht in größerer Zahl zur Rechenschaft gezogen wurden. Doch dann begriff ich, daß sie vor Gericht einfach gesagt hätten: ›Ich habe nur Befehle befolgt.‹ Wie Sie selbst wissen, General, gibt es beim Militär eine völlig einmalige Subkultur, deren Lehren und Grundsätze alles überwuchern, was ein Mensch in der Kirche, im Kindergarten, von seinen Eltern, in der Schule und in seinem sozialen Umfeld gelernt hat – kurzum alles, was er im Grunde seines Herzens für richtig hält. Wenn also ein Soldat sagt: ›Ich habe nur Befehle ausgeführt‹, dann hat er ein schwerwiegendes Argument zu seiner Verteidigung vorgebracht und seine Vorgesetzten in eine peinliche Lage versetzt. Das ist es, was man die ›Nürnberger Verteidigung‹ nennt. So schiebt man die Schuld hin und her, von oben nach unten und umgekehrt, und auf jeder Stufe der Hierarchie hören wir dasselbe: ›Ich habe nur Befehle ausgeführt.‹ Es gibt direkte, indirekte, stillschweigende, selbstverständliche Befehle und so weiter. Wenn man sich bis zur Spitze durchgearbeitet hat, dann fließt die ganze Kloake auf der anderen Seite wieder abwärts. Das habe ich in Nürnberg erlebt. Die obersten Nazis sagten damals: ›Ich konnte unmöglich wissen, daß meine Befehle derartig falsch interpretiert wurden.‹ Einen Satz hörte ich immer wieder: ›Ich hatte keine Ahnung, was meine Untergebenen trieben.‹«

Van Arken schnaufte hörbar. Dann sagte er leise, aber mit Nachdruck: »Sie halten schon zu lange Vorlesungen über Rechtsphilosophie, Ambrose. Sie sollten sich mal wieder auf den Boden der Tatsachen stellen, wie es bei uns heißt. Doch es wäre wohl müßig, wenn wir beide diesen Fall bis in alle Einzelheiten erörterten.«

Colonel Horton lächelte. »Schön, General, dann lassen Sie es mich einmal anders ausdrücken. Wenn ein Soldat wegen eines Kapitalverbrechens, ob es nun Mord ist oder Einschlafen beim Postenstehen an der Front, verurteilt wird, dann muß man sich als Richter unbedingt gewärtig sein, daß der Verurteilte durchaus hingerichtet werden kann. Auf keinen Fall darf man stillschweigend voraussetzen, daß die Exekution durch eine nachträgliche Revision des Urteils oder durch Begnadigung aufgehoben wird, denn sonst wird alles zu einem Spiel. Die Rechtsprechung ist jedoch kein Spiel. Sofern man es also vor seinem eigenen Gewissen nicht verantworten kann, daß ein Mensch von einem Erschießungskommando zehn Kugeln verpaßt bekommt, oder falls man nicht die Nerven hat, ein solches Urteil auszusprechen, muß man den Betroffenen von vornherein wegen einer Straftat anklagen, die eine geringere Höchststrafe zuläßt.«

»Aber in diesem Fall sind alle geringeren Straftaten längst verjährt«, wandte der General ein.

Colonel Hortons Augen verengten sich zu schmalen Schlitzen. »Aha, verstehe, jetzt kommen wir zum Kern der Sache. Hätte man diesen Lieutenant Tyson zu einem früheren Zeitpunkt vor Gericht gestellt, dann hätte man ihn beispielsweise wegen Anstiftung zu einer Verschwörung oder Vertuschung eines Verbrechens anklagen können, aber *jetzt* heißt es: vorsätzlicher Mord oder gar nichts.«

Van Arken nickte kaum merklich.

Colonel Horton blieb stehen und hob den Kopf, als hätte er soeben eine wichtige Tatsache entdeckt. »Ich muß jetzt gehen. Mir ist für meine morgige Vorlesung ein guter Einfall gekommen, glaube ich. Vielen Dank, General.« Der Colonel salutierte, machte auf dem Absatz kehrt und ging davon.

General van Arken blickte ihm ein paar Sekunden lang nach, dann wandte er sich um und schlug die entgegengesetzte Richtung ein. Zum erstenmal fühlte er sich weniger zuversichtlich, was die Richtigkeit seiner eigenen Position anbetraf. Als Privatperson hielt er Tyson für schuldig, doch es stimmte, was Horton gesagt hatte: er, van Arken, wünschte nicht, daß Tyson zum Tode verurteilt und hingerichtet wurde. Er wollte ihn nur dem ganzen Offizierscorps als schlechtes Beispiel vor Augen führen. Doch in seinem Eifer, der sittlichen Neubesinnung innerhalb der Streitkräfte seit Vietnam mehr Schwung zu verleihen, hatte er an Dinge der Vergangenheit gerührt und alte Fragen neu aufgeworfen, die er wohl besser in Ruhe gelassen hätte.

Dennoch: Die Sache war ins Rollen gekommen, und es gab kaum noch eine Möglichkeit, sie zu bremsen. Ein einzelner Schrei hatte genügt, um eine Lawine auszulösen, die rasch größer und schneller wurde. Mit tödlicher Wucht donnerte sie auf Benjamin Tyson zu.

## *Kapitel 30*

Ben Tyson starrte seine Frau an, die auf dem Treppenabsatz in der offenen Haustür stand. Sie trug Holzpantinen, abgeschnittene Jeans und ein weißes T-Shirt, auf dem vorn in großen blauen Lettern zu lesen stand: *Laßt keinen guten Soldaten gehen!* Wo zum Teufel hat sie das Hemd her? fragte er sich. Ihm fiel auf, daß ihre Hände rot waren und daß sie schwach nach Ammoniak roch. Sie hatte also geputzt.

Marcy Tyson ging quer durch den kleinen Wohnraum und streckte Karen Harper die Hand entgegen. »Ich freue mich, Sie endlich kennenzulernen«, sagte sie.

Karen Harper ergriff sie und erwiderte: »Ich auch.«

Die beiden Frauen musterten sich ein paar Sekunden länger, als es nach Tysons Ansicht notwendig war. »Major Harper und ich sind spazierengegangen. Wir haben uns ein wenig unterhalten.«

Marcy blickte erst ihn, dann sie an. »Wollen Sie nicht mit nach oben kommen und sich abtrocknen?« fragte sie.

»Eigentlich wollte ich mir nur einen Regenschirm ausleihen«, antwortete Karen Harper. »Bis zum Gästehaus ist es nicht weit.«

»Bleiben Sie doch ein Weilchen«, forderte Marcy sie auf.

»Nein, vielen Dank.«

»Ich habe eine Flasche Champagner mitgebracht. Helfen Sie uns, sie leer zu machen.« Marcy nahm Karen Harper beim Arm und zog sie zur Treppe.

Karen Harper hatte das Gefühl, daß es weniger peinlich wäre, wenn sie nachgab. »Vielen Dank!« sagte sie deshalb und ging die Treppe hinauf.

Marcy warf ihrem Mann einen nicht zu definierenden Blick zu und verschwand wortlos in die Küche.

»Scheinst nur noch Pech zu haben, Tyson«, murmelte er vor sich hin und ging ebenfalls nach oben. Er betrat das größere der beiden Schlafzimmer und blieb überrascht stehen: Auf dem Bett lagen Kleiderbeutel, auf dem Fußboden standen Koffer. Rasch trocknete er sich ab und zog eine Jeans, ein Tennishemd und Sandalen an. Nachdem er sich mit dem Kamm durch das feuchte Haar gefahren war, trat er in den kleinen Vorraum hinaus. Fast wäre er mit Karen Harper zusammengestoßen. Ihr Haar und ihre Bluse, die sie offensichtlich mit einem Fön bearbeitet hatte, waren jetzt wieder trocken. Sie hatte ihr Make-up in Ordnung gebracht und sah ziemlich gut aus, wie Tyson feststellte.

»Ich bin fertig – falls Sie den Fön benutzen wollen.«

»Ja, danke.«

Sie schauten sich an. »Bitte, bleiben Sie auf einen Drink«, bat Tyson.

»Nein, lieber nicht.«

»Ich spüre, daß sich meine Frau wegen irgend etwas aufgeregt hat. Wenn Sie mit uns noch ein Glas trinken, fühlt sie sich bestimmt besser.«

»Das bezweifle ich, aber falls *Sie* zehn Minuten benötigen, um sich auf den Sturm vorzubereiten, dann bleibe ich natürlich.«

Tyson lächelte. »Das wollte ich wohl damit sagen, nehme ich an.« Er machte eine Geste zur Treppe hin. »Nach Ihnen.« Hintereinander und im Gleichschritt, als säßen sie auf einem Tandem, gingen sie die Treppe hinab. Marcy begrüßte sie im Wohnzimmer: »Da seid ihr ja beide. Ihr seht schon viel besser aus!« Sie ließ den Korken einer Champagnerflasche knallen, füllte drei Plastikbecher und stellte sie auf den kleinen Couchtisch. »Weil ich weiß, daß du hier keine Geschirrspülmaschine hast, hab' ich einen Haufen Geschirr aus Pappe und Plastik mitgebracht«, sagte sie zu Ben.

»Wunderbar. Wo ist David?«

»Die Jordans kümmern sich um ihn. Melinda ist überglücklich.«

»Sie ist die Freundin meines Sohnes«, erklärte Tyson. »Die Jordans verbringen auch ihre Sommerferien in Sag Harbor. Das Ehepaar Tyson scheint ja nun seinen Sommerurlaub in Brooklyn verleben zu wollen.«

»Sie wollen also hierbleiben?« wandte Karen Harper sich an Marcy.

Bens Frau reichte ihr einen Becher. »Ja, ich dachte mir, daß Ben sich hier einsam fühlt.« Lächelnd wandte sie sich zu ihm um. »Ist mir die Überraschung geglückt? Du sahst jedenfalls so aus.«

»Tatsächlich?« Tyson nahm sich ebenfalls einen Becher. »Sicher kann man es auch Überraschung nennen, aber vor allen Dingen freue ich mich sehr.«

»David kommt auch bald nach.« Marcy drehte ihren Becher in der Hand hin und her.

»Ich glaube, daß das keine gute Idee ist«, wandte Tyson ein.

»Wir werden trotzdem hierherziehen, um bei dir zu sein.« Und an Karen Harper gewandt, fragte sie: »Wann ist diese Sache endlich ausgestanden?«

»Ungefähr Mitte Oktober. Das Gesetz –«

Tyson fiel ihr ins Wort. »Willst du mit David nicht lieber wieder nach Garden City ziehen, Marcy? Das ist nicht so weit, und –«

»Nein, Darling, wir wollen hier bei dir sein. Jawohl, hier!« Sie machte mit dem Glas in der Hand eine Bewegung, die den ganzen Raum umfaßte. »Es ist hübsch hier, richtig süß! Wie damals in unserer ersten Wohnung.«

Tyson fand den Vergleich mit ihrer ersten Behausung etwas weit hergeholt. »Major Harper meint, es kann nicht schaden, wenn ich meinen Lebensstandard für eine Weile zurückschraube.«

»Es freut mich zu hören, daß Major Harper sich Gedanken über die Entwicklung deines Charakters macht. Übrigens habe ich das Haus in Sag Harbor für eine nette Summe weitervermietet. Es gibt also keinen Weg zurück. Und was Garden City anbelangt, nun, ich glaube, daß das dortige gesellschaftliche Klima David und mir gegenwärtig nicht sehr guttun würde.« Sie blickte Karen Harper starr in die Augen. »Wissen Sie, unser Sohn hat in letzter Zeit ziemlich viel einstecken müssen. Kinder können ja so grausam sein! Haben Sie selbst welche?«

»Nein. Ich bin unverheiratet, wie Sie bestimmt gehört haben.«

Marcy hob ihren Becher. »Na denn! Laßt uns auf unser neues Zuhause trinken, solange das Zeug noch schmeckt.«

Nachdem Tyson einen Schluck getrunken hatte, stellte er seinen Becher auf den Tisch und sagte: »Es freut mich wirklich, daß die beiden wichtigsten Frauen in meinem Leben sich endlich kennenlernen.«

Karen Harper wandte sich Marcy zu. »Ich möchte Ihnen etwas sagen, Mrs. Tyson, das ich auch schon Ihrem Mann erklärt habe: Ich persönlich finde es übel, wie die Presse über Ihre ... Ihre oppositionellen Aktivitäten und sonstigen Formen des Protests während des Vietnamkriegs hergezogen ist. Ich selbst war damals noch nicht alt genug, um das alles zu begreifen, aber ich glaube, ich kann trotzdem Ihr Engagement für die Friedensbewegung und Ihr damit verbundenes Vorgehen verstehen. Ich möchte Ihnen auch versichern, daß die negative Publicity, der Sie ausgesetzt sind, keinerlei Einfluß auf die Entscheidungen der Army ausüben wird.«

Marcy Tyson blickte Karen Harper lange schweigend an. In dem kleinen Raum war nur das Prasseln des Regens draußen zu hören. Schließlich sagte Marcy: »Ich hatte angenommen, daß Sie alt genug seien, um sich an den Krieg zu erinnern, aber Sie müssen das ja schließlich besser wissen.«

Jetzt ist es Zeit für einen Themenwechsel, dachte Tyson, aber irgendein fast perverser Charakterzug drängte ihn, sich noch mehr davon anzuhören.

Marcy rückte näher an Karen Harper heran und sagte: »Sie müssen wissen, daß ich den schwachsinnigen Anspielungen über Sie und meinen Ehemann in der Regenbogenpresse nie Glauben geschenkt habe.«

»Gut, daß Sie das sagen«, erwiderte Karen Harper kühl. »Ich wünschte mir, daß alle Menschen so vernünftig denken.« Sie setzte ihren Becher ab und hielt Marcy die Hand hin. »Vielen Dank für den Champagner.«

Marcy ergriff die Hand, ließ sie aber nicht sofort wieder los. »Ich bin allerdings auch nicht so dumm und naiv, um nicht zu sehen, daß sich zwischen Ben und Ihnen etwas angebahnt hat. Mit Sicherheit haben Sie inzwischen entdeckt, daß mein Mann ein bemerkenswerter und sehr angenehmer Mensch ist.«

Karen Harper hielt Marcys Blick stand. »Ja, genau das habe ich entdeckt«, erwiderte sie, »aber leider auch nicht viel mehr. Guten Abend.«

Karen Harper nahm ihre Handtasche und ihren Aktenkoffer, und Tyson ergriff den Regenschirm, der noch neben der Tür an der Wand lehnte. Im Gehen wandte sich Karen Harper noch einmal zu Marcy um. »Ich hatte Sie mir ganz anders vorgestellt. Wahrscheinlich haben mich Presse und Fernsehen beeinflußt. Ehrlich gesagt dachte ich, Sie seien der Sache Ihres Mannes eher hinderlich, aber jetzt habe ich festgestellt, daß Sie gewissermaßen ein Pluspunkt sind, und davon kann er jede Menge gebrauchen. – Ich wünsche Ihnen viel Glück!« sagte sie zu Tyson gewandt.

Der lächelte. »Ach, Ben Tyson ist so ziemlich vom Glück verlassen worden«, sagte er. »Jetzt muß er sich eben mit Witz, Charme und Intelligenz aus der Affäre ziehen. Gute Nacht, Karen!«

»Gute Nacht, Ben.«

Tyson reichte ihr den Regenschirm und öffnete die Tür. Er sah ihr nach, wie sie mit aufgespanntem Schirm im prasselnden Regen davonging. Plötzlich mußte er an den Tag denken, als sie sich zum erstenmal vor der Tür seines Hauses verabschiedet hatte – vor einem anderen Haus, vor langer Zeit, im Mairegen, unter einem Regenschirm, den er ihr geliehen hatte. Er schloß die Tür und drehte sich zu seiner Frau um.

Marcy starrte ihn schweigend an, und er wußte, daß er als erster reden mußte, um sie zum Sprechen zu bringen.

»Frauen sind so steif und förmlich, wenn sie sich zum erstenmal begegnen, aber sie können einander trotzdem ganz schön fertigmachen. Alles in allem freue ich mich, daß du endlich etwas von den Damen in Garden City gelernt zu haben scheinst.«

Marcys Augen verengten sich.

Er hüstelte verlegen. »Es gibt Zeiten, wo *savoir faire* unkontrollierten Temperamentsausbrüchen vorzuziehen ist. Schließlich bist du die Frau eines Offiziers. Ich bin richtig stolz auf dich!«

»Rutsch mir den Buckel runter!«

»Na, na!«

»Ihr wart beide hier im Haus, *bevor* ihr spazierengegangen seid, stimmt's? Wie lange warst du hier mit ihr?«

»Nicht lange genug für einen Mann in meinem Alter, um mit ihr einen Liebesakt zu vollziehen.« Er schenkte sich von dem Champagner nach und fuhr fort: »Hör mal, es schmeichelt mir, daß du eifersüchtig bist, dabei war ich dir absolut treu und hab' mich ihr gegenüber sehr ritterlich benommen.«

Marcy schien sich ein bißchen zu beruhigen. »Na gut. Aber manchmal passieren gewisse Sachen, ohne daß man es darauf anlegt.«

Tyson nahm einen Schluck Champagner. »Verdammt, was ist das für ein Zeug?«

»Cordón Negro.«

»Was? *Afrikanischer* Champagner?«

»Nein, du Idiot, spanischer! Er ist nicht übel und außerdem billig.«

»Boykottieren wir Spanien etwa nicht mehr?«

»Nein, Franco ist schon eine Weile tot. Hab' ich dir das nicht erzählt?«

»Nein. Ich kann jetzt also auch Sherry kaufen?«

»Aber ja. Und echte spanische Oliven für deine Martinis. Hör mal, ich glaube, daß du sie gevögelt hast, zumindest in Gedanken. Sie ist alt genug, um einen Mann wie dich zu verstehen, aber auch jung genug, um sich von dir verführen zu lassen.«

»Was kostet so eine Flasche?«

»Knapp sieben Dollar. Es klang irgendwie endgültig, als sie dir viel Glück wünschte. Heißt das, daß eure dienstliche Verbindung vorbei ist?«

»Ja. Ich finde, Champagner ist nicht der richtige Stoff zum Entspannen.«

»Du hast garantiert amerikanisches Bier im Eisschrank.«

»Nicht weitersagen! Übrigens hab' ich draußen den Volvo nicht gesehen.«

»Allerdings nicht. Sonst wärst du nicht mit ihr ins Haus gerannt, als könntet ihr es nicht mehr erwarten.«

»Das ist eine Unterstellung! Wir sind nur vor dem Regen geflüchtet. Also, wo ist der Volvo?«

»Er hat den Geist aufgegeben, und ich hab' ihm ein richtiges Wikingerbegräbnis gegönnt. Der neue Toyota da draußen ist unserer.«

»*Was?* Du hast ein *japanisches* Auto gekauft? Bist du verrückt? Den rühr' ich nicht an! Wie konntest du so etwas tun? Du weißt doch, was ich davon halte, daß die Japaner unser Land mit ihren Waren überschwemmen, und außerdem –«

»Lenk nicht vom Thema ab! Wirst du sie in Washington wiedersehen?«

»Nein. Die Voruntersuchung ist abgeschlossen, und ich rede jetzt mit niemandem mehr, wenn mein Anwalt nicht dabei ist.«

»In Ordnung.« Marcy trank wieder einen Schluck. »Du hast Geschmack. Sie sieht ziemlich gut aus, eine richtige gesunde Naturschönheit. Sogar klatschnaß war sie hübsch. Ich frage mich, warum sie nie geheiratet hat. Hat sie's dir gesagt?«

Dies war kein Thema, über das sich Tyson länger unterhalten wollte. »Sie ist mit einem Colonel verlobt. Komisch, so was steht nie in der Presse«, sagte er müde.

»Ich hab' keinen Verlobungsring gesehen.«

»Na ja, sie ist auch nicht richtig verlobt. Aber sag mal, willst du hier wirklich einziehen?«

»Ja, und David kommt nach, sobald wir den Umzug hinter uns haben.«

»Warum?«

»Weil wir einen Familienrat abgehalten haben und zu dem Schluß gelangt sind, daß dir nicht zu trauen ist, wenn du allein bist. Außerdem hat deine Mutter schon wieder angerufen. Diesmal erklärte sie mir, daß der Platz einer Frau an der Seite ihres Mannes ist. Das war mir neu. Wußtest du, daß sie in einem umgebauten Hühnerstall gewohnt hat, als dein Vater in Fort Stewart irgendwo in Georgia beim Army Air Corps ausgebildet wurde?«

»Ich glaube, das hat sie in meiner Kindheit mindestens ein paar hundertmal erzählt. Tatsächlich wurde ich in diesem Hühnerstall gezeugt. Dafür kam ich in einer feinen Privatklinik an der Park Avenue zur Welt, aber gezeugt wurde ich wirklich in einem Hühnerstall.«

»Das erklärt eine Menge. Aber wenn *sie* so was konnte, dann kann ich es auch.«

»Übernimm dich bloß nicht meinetwegen!«

Marcy blickte ihn an. »Soll ich dir was sagen? David wäre auch ohne mich gekommen. Er hat gemerkt, wie sehr er dich liebt, und ist sogar bereit, auf seine erste Bettgeschichte zu verzichten, um bei dir sein zu können. Nach allem, was ich von Männern weiß, ist das das höchste aller Opfer. Manchmal verhalten sich halbwüchsige Burschen eben wie Erwachsene – leider ist es manchmal auch umgekehrt.«

»Ich hab' euch beide sehr vermißt, aber... aber es ist mir irgendwie peinlich, daß du mich in dieser Lage siehst...«

»Wir sind hier nicht in einem Armenviertel wie der Bowery«, erwiderte sie. »Du bist Offizier der amerikanischen Armee, und daran ist nichts Peinliches.«

Tyson zupfte sich am Ohrläppchen. »Ich glaube, ich höre nicht richtig!«

»Ich bin gar nicht so subversiv, wie du glaubst«, verteidigte sie sich. »Hieß es nicht bei unserer Hochzeit: *in guten wie in schlechten Tagen*? Ich habe damals ja zu dir gesagt, und solange wir verheiratet sind, ist es uns eher gut als schlecht gegangen. Jedenfalls hätte es schlimmer kommen können, verdammt noch mal! Ich liebe dich, und du fehlst mir wahnsinnig!«

Tyson schlang die Arme um seine Frau, und sie schmiegte sich eng an ihn. Nach einer Weile sagte sie: »Du bist ein stolzer Mensch, Benjamin Tyson, viel zu stolz, um in dieser Welt zurechtzukommen. Du solltest deine Schwächen mehr zeigen, damit deine Freunde und deine Familie deinen Kummer mit dir teilen können.«

Er zog sie noch enger an sich. »Weißt du, Marcy, ich war ein liebloser Ehemann, ein gleichgültiger Vater, ein schlechter Freund und ein lustloser Geldverdiener. Ich habe für dich, David, meinen Job und sonst was keine echte Hingabe aufgebracht, und das nicht erst, seit ich so tief in diesem Schlamassel stecke.«

»Ich weiß, andere Leute haben es auch gemerkt, aber sei nicht zu streng mit dir.«

»Warum nicht? Ich bin froh, daß ich durch diesen Tritt in den Hintern ein bißchen wach geworden bin. Ich will mein Leben vor dieser Sache ja nicht romantisieren, aber es war wirklich schön! Nur stimmte irgendwie etwas nicht an meiner Auffassung von Zuhause, Familie, Arbeit und Freundschaft.«

»Zum Teil war ich wohl daran schuld, Ben. Unsere Ehe und unser Zusammenleben verloren unnötigerweise immer mehr ihren

Sinn, aber aus dieser Sache werden wir als ein verdammt glückliches Paar hervorgehen!«

Tyson schwieg ein Weilchen, dann sagte er: »Vielleicht werde ich ziemlich lange fort sein.«

Ihre Finger krallten sich in seinen Rücken. »Nein! Nein, das wirst du nicht!«

Er küßte sie, und sie klammerten sich eng aneinander. Ihr Kopf lag an seiner Schulter, und er ahnte, daß sie weinte. So unbeschwert wie möglich fragte er: »Wo hast du eigentlich dieses idiotische T-Shirt her?«

Sie antwortete, ohne aufzublicken: »Oh, das habe ich mir in einem Laden in South Hampton machen lassen. Ich fand die Worte so doppelsinnig. *Laßt keinen guten Soldaten gehen!*« Sie mußte lachen. »Kapiert?«

»Nein, und lustig finde ich es auch nicht.«

Sie ließ ihn los, und er sah, daß ihre Augen feucht waren. »Dann zieh' ich das blöde Ding halt aus«, sagte sie, streifte das T-Shirt ab und warf es auf den Boden. »Besser so?«

Tyson konnte nicht anders, er mußte ihre nackten Brüste anstarren. »Ja, o ja!« antwortete er lächelnd.

Sie fuhr sich mit dem Handrücken über die Augen. »Was erwartet man eigentlich von mir als Offiziersfrau? Ich meine, abgesehen vom Latrinenputzen?«

Er goß den Rest Champagner in ihre Becher. »Na ja, du mußt dir erst einmal einen Ausweis als Familienangehörige besorgen und einen Aufkleber für das Auto, damit du hier herumfahren kannst. Danach solltest du dem Club der Offiziersgattinnen beitreten, dich an irgendeiner gemeinnützigen Sache beteiligen, das Wohnzimmer gemütlicher gestalten, ab und zu ein paar Offiziersfrauen zum Tee einladen und dich mit der ganzen Garnison vertraut machen.«

»Das ist 'ne ganze Menge. Fangen wir mit dem Aufkleber an!«

»Das erinnert mich –«

»Ach was, ich hab' keinen Toyota gekauft! Ich wollte dich nur ein bißchen aufziehen. Wir haben jetzt einen Jeep.«

»Einen was?«

»Einen Jeep! Der ist praktisch, gut für dein Image, und er steht draußen vor der Tür. Schau ihn dir mal an!«

Tyson blickte aus dem Fenster und sah ein hell lackiertes Fahrzeug, das im Regen glänzte.

»Ein Jeep Cherokee mit Vierradantrieb, Stereoanlage und Halterungen für Jagdgewehre.«

»Im Ernst?«

»Ja, und er ist erst ein Jahr alt. Ich hab' ihn irgendeinem Bauern abgekauft. Geh raus und sieh ihn dir an!«

»Vielleicht später.«

»Kann ich dabeisein, wenn du morgen im Museum eine Führung machst?«

»Wenn du willst.«

»Prima. He, zieh doch mal deine Uniform an!«

»Nein.«

»Doch! Ich will sehen, wie du darin aussiehst.« Sie packte ihn am Arm und zog ihn zur Treppe.

»Nein, ich will nicht!«

Sie rieb ihre Brüste an ihm. »Na komm schon, ich hab' es noch nie mit einem Soldaten getrieben«, meinte sie augenzwinkernd.

»Na ja, wenn du *das* meinst...«

Sie gingen hinauf in das größere der beiden Schlafzimmer. Marcy setzte sich auf den Bettrand und schlug die Beine übereinander. »Okay, Soldat, jetzt pell dich mal aus diesen Zivilistenklamotten und steig in deine Uniform!«

Tyson registrierte ein flaues Gefühl im Magen, als er sich auszog. Marcy pfiff anerkennend.

»Hör auf mit dem Quatsch!« Er stellte sich splitternackt vor sie hin, atmete tief durch und sagte: »Ziemlich warm hier oben.«

»Dreh dich mal rum, ich möchte deinen Alabasterkörper sehen.«

Tyson drehte sich einmal um die eigene Achse.

»Gutes Material für einen Offizier«, sagte sie anerkennend. »Komm her!«

Er trat ans Bett. Sie streckte den rechten Arm aus und umschloß seine Hoden mit der rechten Hand. »Drehen Sie den Kopf zur Seite und husten Sie!« befahl sie.

Er tat wie geheißen.

»Okay, tauglich!« rief sie fröhlich und gab ihm einen Klaps auf den Po. »Anziehen!«

Ben ging zum Kleiderschrank und stieg ohne Unterwäsche in seine Uniform. »Hör mal, was soll das Affentheater?«

»Sie reden nur, wenn Sie gefragt sind!«

Er murmelte etwas, band sich eine Krawatte um, zog seine Uniformjacke an, knöpfte sie zu und drehte sich zu ihr um.

Sie nickte. »Nicht schlecht. Paßt wie angegossen. Alle Messingknöpfe auf Hochglanz poliert, die Ordensbänder hübsch gerade. Okay, Sie können jetzt eine Dusche nehmen! Melden Sie sich danach bei mir!«

»Zu Befehl, Madam!«

Er zog sich wieder aus und ging ins Badezimmer. Nachdem er sich den Schweiß von der Haut geduscht und sich abgetrocknet hatte, kam er ins Schlafzimmer zurück. Auf dem Bett lagen keine Gepäckstücke mehr. Marcy hatte sich auf dem großen weißen Laken ausgestreckt, die Beine gespreizt und ein Kissen unter den Hintern geschoben. Sie trug das Hemd, das zu seinem Kampfanzug gehörte, aber sie hatte es bis über die Taille hochgeschoben. Auf ihrem Kopf saß sein Käppi. »Na, kommen Sie, Lieutenant, stoßen Sie sich bei mir die Hörner ab, bevor es zu spät ist!«

Er legte sich auf sie und fand ihren Schoß feucht und erwartungsvoll, als er in sie eindrang. Sie liebten sich in dem kleinen, von stickiger Luft erfüllten Raum, und es war ihnen beiden bewußt, daß dies eine Art Parodie auf das war, was mit Major Karen Harper hätte passieren können. Als sich Marcy dem Orgasmus näherte, wisperte sie in sein Ohr: »Normalerweise mach' ich so etwas nicht mit verheirateten Männern!«

»Meine Frau ist ein Biest.«

»Ich weiß, ich weiß.«

*»Laßt keinen guten Soldaten gehen«*, sagte sie und schlang die Beine um seine Taille.

# Kapitel 31

Marcy und Ben Tyson saßen sich an einem kleinen Tisch gegenüber. Tyson trug einen maisfarbenen Leinenanzug, Marcy einen gelben Baumwollpullover mit dazu passendem Rock.

»Dies war also mal eine Festung?« fragte sie.

»Nein, dieser Teil nicht. Das Restaurant ist neu. Die meisten Festungen haben keine Panoramafenster.«

»Sehr witzig.«

Tyson nahm die Speisekarte. »Das Steak ist gut hier.«

»Ich sehe keine *Quiche lorraine* auf der Karte.«

»Die wird es hier auch nie geben.«

»Das scheint dich ja zu freuen.«

»Ja, ich mag lieber Steak mit Soße.«

»Wollen wir wetten, daß du hierbleibst, wenn du freigesprochen wirst?«

»Das Soldatenleben hat eben einen gewissen maskulinen Appeal.«

»Bleib auf dem Teppich, Mensch! Würdest du wirklich noch mal freiwillig eine Uniform anziehen? Ich meine, unter gewissen Umständen, beispielsweise in einer besonders ernsten Lage wie einem neuen Krieg?«

»Ja, dann würde ich meinem Land wieder dienen«, antwortete Tyson.

»Nach allem, was die Army dir angetan hat?«

»Die haben mir nichts getan. Sie glauben, daß ich *ihnen* etwas getan habe.«

»Würdest du auch bei einem unpopulären, nicht offiziell als Krieg deklarierten Konflikt wie dem Vietnamkrieg mitmachen?«

»Mein eigenes Urteil wäre da nicht ausschlaggebend.«

»Junge, Junge, wenn es dich einmal erwischt hat, dann für immer, oder?«

»Ich fürchte, ja. Der Militärdienst hinterläßt in jedem Mann etwas, was weit über die relativ kurze Dienstzeit hinauswirkt. Mit einem Gefängnisaufenthalt ist es so ähnlich. Frag mal einen, der drin war – in der Army oder im Knast.«

»Ich glaube dir ja, aber ich verstehe es nicht. Ich habe nie begriffen, wie Millionen von Männern auf dem Schlachtfeld aufeinander losgehen können, Berge von Leichen hinterlassen und es trotzdem immer wieder tun.«

»Männer lieben den Krieg. Sie ficken sozusagen ihre Feinde, und wenn sie sich schließlich zurückziehen, haben sie tief im Inneren bis zu ihrem Lebensende eine Art postkoitale Depression.«

»Wie gräßlich, Ben!«

»Meinst du, ich weiß das nicht?«

Sie schwiegen minutenlang. Marcy blickte sich in dem fast leeren Speisesaal um. Ein Pärchen wandte die Gesichter ab. »Was glaubst du wohl, warum die Leute uns immer so anstarren?« fragte sie.

»Weil sie von dem tollen neuen Offizier und seiner Lady total geblendet sind.«

Marcy lächelte verdrießlich. »Meinetwegen, solange sie nicht sagen: ›Da ist ja der Kriegsverbrecher mit seiner Hure.‹«

»Meine Liebe, im Offizierscorps sind alle Männer tapfer, und sie haben nur tugendhafte Frauen.«

»Das wußte ich nicht.«

Sie nippte an ihrem Gin Tonic und blickte aus dem Fenster. Der Himmel hatte sich genauso schnell aufgeklärt, wie er vorher dunkel geworden war. Ein steifer Wind wehte von Süden und ließ das von Scheinwerferlicht angestrahlte Sternenbanner flattern. Im Innenhof war eine Grillparty in vollem Gang. Die Klänge der Steelband waren bis nach oben zu hören, ein Holzkohlenfeuer glomm, und Fackeln verbreiteten ihr flackerndes Licht. »Dieser Ort hat irgendwie etwas Anachronistisches an sich«, sagte Marcy.

»Das behauptest du auch von Garden City. In Wirklichkeit bist *du* ein Anachronismus, ein Überbleibsel aus den sechziger Jahren.«

»Mag sein, daß du recht hast. Trotzdem: Dies ist eine ziemlich geschlossene Gesellschaft, nicht wahr?«

»Das soll ja auch so sein. Hier lebt man in einer eigenen Welt, stützt sich auf Tradition und Geschichte, ist bewußt anders als die Gesellschaft jenseits der Kasernentore.«

»Seit ich mich in dieser Umgebung aufhalte, verstehe ich dich allmählich besser.«

»Mir geht es genauso.«

»Hat man dich eigentlich zu der Party da draußen eingeladen?«

Er warf einen Blick aus dem Fenster. »Alle Clubmitglieder sind zu allen Anlässen eingeladen, aber von mir erwartet man, daß ich höflich absage.«

»Verstehe.«

Die Kellnerin trat an den Tisch. Sie bestellten ihr Essen und eine Flasche *Mouton Cadet.* Danach plauderten sie miteinander – wie in den alten Zeiten, fanden sie beide. Sie hielten sogar über dem Tisch Händchen. Die Kellnerin lächelte sie an, als sie das Essen brachte. Marcy und Ben aßen in einträchtigem Schweigen.

Tyson war als erster mit seinem Steak fertig. Er schenkte seiner Frau Wein nach, blickte sich im Speisesaal um und meinte: »Ich glaube, wir bekommen Gesellschaft.«

Marcy drehte sich um. Sie sah einen großen, ungefähr fünfzig Jahre alten Mann mit rotem Gesicht und aschblonden Haaren auf ihren Tisch zusteuern. Er trug Freizeithosen und ein ziemlich albernes, geblümtes Hemd. »Wer ist das?«

»Das ist Reverend Major Kennard Oakes, der Kaplan der baptistischen Kirche. Er hat sich mit mir angefreundet.«

»Freunde kannst du jetzt gar nicht genug haben.«

Der Reverend trat mit einem breiten Lächeln an ihren Tisch. »Na, Ben, trinken Sie schon wieder, was der Teufel zusammengebraut hat?« sagte er mit tiefer Stimme und dem typischen Tonfall der Südstaatler.

Tyson reichte dem Geistlichen die Hand. »Ich bin Mitglied der Episkopalkirche. Bei uns ist Trunkenheit fast schon ein Sakrament.«

»Das ist Gotteslästerung. Ist das Ihre Frau?«

Tyson machte die beiden miteinander bekannt. Reverend Oakes nahm unaufgefordert Platz, griff quer über den Tisch nach Marcys Hand und streichelte sie. »Sie sind eine sehr schöne Frau«, sagte er.

»Vielen Dank.«

»Ich würde Ihnen ja gerne ein Glas Wein anbieten, aber ich möchte Sie nicht in Versuchung führen«, sagte Tyson scheinheilig.

Der Geistliche lächelte. »Warum sind Sie beide nicht da draußen?«

»Marcy und ich haben uns gerade wild geliebt. Wir wollten danach ein bißchen allein sein«, antwortete Tyson.

Marcy runzelte die Stirn, und am Tisch entstand peinliche Stille. Schließlich lächelte Reverend Oakes und sagte leichthin: »Wie war denn so Ihr Tag, Ben?«

»Fein.«

»Sind Sie morgen vormittag frei? Ich muß nach Fort Dix fahren, und ich hätte Sie gern dabei.«

Tyson steckte sich eine Zigarette an. »Morgen früh habe ich im Museum eine Führung.«

»Wie wär's dann mit morgen nachmittag? Ich kann meine Verabredung in Fort Dix verschieben.«

Tyson blies eine Rauchwolke gegen die Decke. »Major Oakes ist nur auf Zeit hier«, sagte er zu Marcy, »genau wie ich. Aber im Gegensatz zu mir erwartet ihn kein Kriegsgerichtsverfahren.« Zu dem Geistlichen gewandt, fuhr er fort: »Welchen Auftrag haben Sie eigentlich hier zu erfüllen?«

Oakes blickte Marcy an. »Mich hat die Militärseelsorge hergeschickt. Ich habe den Auftrag, im Bereich von New York die Qualität der geistlichen Truppenbetreuung zu überprüfen.«

»Wie interessant«, sagte Marcy höflich.

»Heißt das, daß Sie keine Gottesdienste in der Garnisonskirche abhalten?«

»Ja, leider. Aber Reverend Perry ist ein ausgezeichneter Prediger, falls Sie einmal an einer guten baptistischen Andacht teilnehmen möchten.«

Tyson nickte. »Gut, daß Sie hier sind.« Er legte dem Militärgeistlichen seine Hand fest auf den Arm und sagte: »Gestern abend hatte ich in der Vorhalle eine kleine Meinungsverschiedenheit mit einem Kollegen. Er behauptete, folgende Bibelstelle stamme aus dem Evangelium des Johannes: ›Die Pharisäer kamen auch zu ihm, forderten ihn heraus und sagten: Tut ein Mann recht, wenn er seine Frau aus dem nichtigsten Grund allein läßt?‹ *Ich* behaupte, das steht bei Lukas. Was meinen Sie?« Tyson starrte Reverend Oakes durchdringend an.

»Johannes.«

»Nein, Markus.«

»Ach ja, richtig.«

»Nein, wieder falsch«, sagte Tyson. »Matthäus! Sie sind durchgefallen.«

Reverend Oakes grinste. »Ist doch scheißegal, oder, Tyson?«

Marcy riß die Augen weit auf.

Oakes löste seinen Arm aus Tysons Umklammerung. Die beiden Männer erhoben sich gleichzeitig. »Verschwinden Sie lieber!« zischte Ben.

Oakes funkelte Tyson einen Moment an, doch dann sagte er in einem versöhnlichen Ton: »Wir Militärgeistlichen haben es eben manchmal nicht leicht, besonders mit Leuten wie Ihnen, Tyson.« Damit drehte er sich um und ging.

Tyson setzte sich wieder hin.

»Um Gottes willen, was –?«

»Ja, wirklich: um Gottes willen! Was für ein Schwein!«

»Wer?«

»Das ist die Frage.«

»Du meinst doch nicht etwa, daß er dich ausspionieren wollte?«

»So könnte man es wohl nennen.« Tyson trank sein Weinglas leer. »Du kannst aus dieser Sache etwas lernen: Paß auf, mit wem du redest!«

Marcy holte tief Luft. »Das ist wirklich grotesk.«

»Amen!« Tyson warf einen Blick auf seine Uhr. »Ich muß mal telefonieren. Corva, mein neuer Anwalt.« Er stand auf. »Bin in zehn Minuten zurück. Bestell mir einen Kaffee und einen Nachtisch.«

»Ich will ein eigenes Telefon«, sagte sie.

»Dann ruf morgen die Post an.«

»Geht nicht, hab' kein Telefon.«

Er lächelte ihr zu, dann verließ er den Speisesaal. Ohne von den Münztelefonen Notiz zu nehmen, steuerte er auf den Ausgang zu. Den Anruf, den er Marcy gegenüber erwähnt hatte, hatte er schon früher am Tag erledigt, und er hatte nicht seinem Anwalt gegolten, sondern dem *American Investigator.*

Tyson trat hinaus auf die kopfsteingepflasterte Straße, die noch immer regennaß glänzte. Er öffnete die Museumstür aus schwerem Eichenholz mit seinem Schlüssel, trat ein und ließ die Tür angelehnt. Die dämmerige Notbeleuchtung erhellte notdürftig die Kleiderpuppen in Uniformen mit Säbeln und Karabinern – ein makabrer Anblick. Wieder blickte Tyson auf die Uhr. Da hörte er am Eingang ein leises Geräusch. Jemand klopfte vorsichtig, dann wurde die Tür aufgedrückt. »Kommen Sie herein!« rief Tyson.

Ein Mann, von dem nur die Umrisse zu erkennen waren, trat in die Vorhalle des Museums. »Mr. Tyson?«

»Ja. Sind Sie Mr. Jones?«

»Genau.« Wally Jones blieb an der Tür stehen und versuchte etwas in dem dämmerigen Raum zu erkennen. Tyson sah seine Silhouette, die sich in der offenen Tür vor dem Hintergrund des hellerleuchteten Offiziersclubs deutlich abzeichnete. Der Mann war kräftig, von untersetzter Statur, trug eine schlechtsitzende Jacke und zerknautschte Hosen aus hellem Stoff. An seiner Schulter baumelte eine Ledertasche. Tyson konnte sein Gesicht nicht genau erkennen, aber irgendwie wußte er, daß der Mann Anfang Fünfzig war. »Kommen Sie rein und machen Sie die Tür zu!« forderte Tyson ihn auf.

Jones machte noch einen Schritt auf Tyson zu, schloß jedoch die Tür nicht hinter sich. »Wollen Sie etwa hier mit mir reden?«

»Ja, ich habe ein Büro da hinten.«

»Und Sie wollen mir Ihre Version von der ganzen Story erzählen?«

»Genau das hab' ich Ihrem Chefredakteur gesagt.«

»Okay, das ist prima. Das ist genau das, was wir brauchen. *Ihre* Auffassung von der ganzen Sache. Wir sind niemals unfair, und niemand wird Sie bei uns in die Pfanne hauen. Am wenigsten ich. Ich war selbst in Korea. Unsere Leser sind fast alle Patrioten. Verstehen Sie?«

»Ich will Ihnen erzählen, wie mich die Army reingelegt hat. Aber wenn Ihre Leserschaft aus lauter Patrioten besteht, dann wollen Sie so was vielleicht gar nicht drucken.«

»Ach was, wir bringen das auf jeden Fall. Wir drucken jedes Wort von Ihnen.«

»Okay, dann folgen Sie mir!« Tyson drehte sich um und ging ein paar Schritte voran. Er warf einen Blick über die Schulter. »Hier geht's lang.«

Jones kicherte nervös. »He, sind Sie wirklich allein?«

»Ja, und Sie?«

»Alles okay. Hören Sie, warum gehen wir nicht einfach raus? Irgendwo werden wir schon unter vier Augen reden können. Vielleicht unten am Wasser.«

»Ich darf mich mit Ihnen nicht sehen lassen«, erwiderte Tyson. »Aber meinetwegen, ich hol' nur meine Notizen.« Er verschwand in den hinteren Räumlichkeiten des Museums, streifte seine Schuhe ab, nahm sie in die Hand und schlich in großem Bogen zurück, bis er direkt hinter Wally Jones stand. »Fertig?«

Jones zuckte zusammen und fuhr herum. »Mein Gott, haben Sie mich erschreckt!« Tyson schlug ihm mit voller Kraft in die Magengrube. Jones krümmte sich zusammen. Tyson zog ruckartig das Knie hoch. Es traf den anderen mitten im Gesicht, und er spürte, wie das Nasenbein brach. Jones drehte sich vornübergebeugt ein paarmal um die eigene Achse, eine Hand auf den Magen gepreßt, die andere auf die gebrochene Nase. Ben fuhr in seine Schuhe und trat dem Mann mit aller Kraft in den Hintern. Jones landete auf dem Steinfußboden. Er streckte alle viere von sich und stöhnte vor Schmerz.

Ein Geräusch ließ Tyson herumfahren. Ein Blitzlicht blendete ihn, gefolgt von einem zweiten. Er rannte aus dem Museum, direkt auf den Fotografen zu, der noch einmal abdrückte, bevor er sich umdrehte und die Flucht ergriff. Tyson nahm die Verfolgung auf.

In diesem Augenblick bogen zwei Männer im Joggingdreß um die Ecke des Museums. Einer packte den Fotografen von hinten an beiden Armen, der andere entriß ihm die Kamera, zerschmetterte sie auf dem Pflaster und schien dann auf Tyson losgehen zu wollen. Tyson machte sich auf den Angriff gefaßt und wartete.

Der Mann blieb am Museumseingang stehen, knipste eine Taschenlampe an und richtete den Lichtkegel auf Wally Jones, der drinnen noch immer auf dem Boden lag. Um sein Gesicht hatte sich eine kleine Blutlache gebildet. Nun drehte sich der Unbekannte um und leuchtete mit seiner Taschenlampe Tyson in die Augen. »Bleiben Sie, wo Sie sind, und halten Sie Ihre Hände so, daß ich sie sehen kann!« befahl er.

»Wer zum Teufel sind Sie?«

»Einer, der mit einer geladenen Fünfundvierziger Automatik auf Sie zielt.«

Tyson vernahm das metallische Klicken, als der Hahn gespannt wurde.

Ein Auto kam mit aufgeblendeten Scheinwerfern um die Ecke und hielt neben Tyson. Ein Mann streckte den Kopf aus dem heruntergekurbelten Seitenfenster im Fond des Wagens. »Sie sind wirklich ein gewalttätiger Mensch«, sagte er.

Tyson erkannte sofort die Stimme von Chet Brown. »Los, steigen Sie ein, Sie Killer!« forderte Brown ihn auf.

Das Auto fuhr mit hoher Geschwindigkeit über die Verrazzano-Brücke. Tyson zündete sich eine Zigarette an. Der Fahrer, ein junger, ziemlich brutal aussehender Bursche, rief ihm über die Schulter zu: »Hätten Sie was dagegen, nicht zu rauchen?« Tyson pustete ihm von hinten eine Rauchwolke in den Nacken. Brown, der sich im Fond des Wagens in die andere Ecke zurückgelehnt hatte, lachte leise. Tyson sah ihn sich näher an. Er sah aus, als wenn er gerade vom Tennisspielen käme. »Wie gefällt Ihnen Ihr neuer Job?« erkundigte sich Brown.

Tyson zog an seiner Zigarette und blickte hinüber zur Freiheitsstatue, die, umgeben von einem unwirklichen grünen Lichtschein, in einiger Entfernung in den Himmel ragte.

»Jemand von uns wird übrigens Ihre Frau unter einem Vorwand zu Ihrem Quartier zurückbegleiten«, sagte Brown.

»Ist dieser Oakes auch einer von euch?« wollte Tyson wissen.

»Vielleicht. Geistliche haben manchmal wirklich einen ganz schön schweren Job.«

»Ich weiß.«

»Wir sollten vielleicht an eine Spezialausbildung für solche Leute denken.«

»Wir? Wer ist das?«

»Sie könnten mit dem Namen ja doch nichts anfangen. Unser Verein ist so geheim, daß sogar die CIA nicht ganz an unsere Existenz glaubt.«

»Sie reden ganz schönen Unsinn!«

Brown wechselte das Thema. »Die Sache mit Wally Jones kann ich Ihnen nicht übelnehmen, Ben, der Scheißkerl hatte es verdient. Wenn er solche Sachen über *meine* Frau geschrieben hätte, ich hätte dasselbe getan. Dieses eine Mal lasse ich es Ihnen deshalb auch durchgehen. Wir nehmen das auf unsere Kappe, aber wenn Sie noch einmal so etwas machen, müssen Sie selbst sehen, wie Sie mit der Polizei zurechtkommen. Ich kann der Justiz höchstens ein- bis zweimal pro Monat in den Arm fallen.«

»Ich brauche Ihre Gefälligkeiten nicht.«

»Na ja, die gehören aber zu meinem Job, Ben. Ich bin Ihnen als Schutzengel zugeteilt worden. Deshalb trage ich auch Weiß.« Tyson schwieg mißgelaunt.

Sie kamen zum Brückenzoll, aber das Auto fuhr ohne anzuhalten auf der äußersten rechten Fahrspur daran vorbei, bog rechts ab und fuhr weiter bis zum Haupteingang von Fort Wadsworth. Die Militärpolizei winkte sie durch, und dann mußte sich das Auto durch die düsteren, gewundenen Gassen der fast unbewohnten Festung schlängeln. Anschließend ging es über eine abschüssige Straße weiter in Richtung *Narrows*, an einem Dock vorbei, bis der Wagen schließlich vor den finsteren, aus Granit errichteten Festungsmauern von Battery Weed anhielt.

Brown stieg aus und gab Tyson durch ein Zeichen zu verstehen, ihm zu folgen. Sie gingen zu einem riesigen, doppelflügeligen Tor. Brown öffnete es, und sie betraten ein höhlenartiges Verlies, das schwach von einer einzigen nackten Glühbirne erhellt wurde. Eisentreppen an den Wänden führten in verschiedene Richtungen nach oben. Tyson ging hinter Brown eine dieser Treppen hinauf. Der stille, modrige große Raum hallte von ihren Schritten wider. Oben ging Brown einen breiten Korridor mit gewölbter Decke entlang, der auf einer Seite lauter hölzerne Türen hatte. »Suchen Sie sich eine aus!« sagte er zu Tyson.

Tyson wies auf eine der Türen. Brown machte sie auf, und sie betraten einen Raum, in dem durch zwei große, schießschartenähnliche Öffnungen spärliches Licht fiel.

Brown stellte sich vor eine dieser Öffnungen und blickte hinab auf die Meerenge. »Tolle Aussicht«, sagte er. »Fort Hamilton, der Shore Parkway, Coney Island, Kennedy Airport, die Brücke und der Hafen. Man riecht die salzige Meeresluft bis hierher.«

Als sich Tysons Augen an die Dämmerung gewöhnt hatten, sah er, daß die steinernen Wände mit grotesken Darstellungen tierartiger Geschöpfe in Leuchtfarbe bedeckt waren.

Brown folgte seinem Blick. »Schmierereien von irgend so einer

Sekte. Der militärische Geheimdienst behauptet, es seien Teufelsanbeter. Angeblich hat man hier schon geschlachtete Hunde, Katzen und Hühner gefunden.«

Tyson schwieg. Dieser Brown hatte zweifellos eine Nase dafür, sich hübsche Plätzchen zum Plaudern auszusuchen.

»Wie lange bespitzeln Sie mich eigentlich schon?« fragte Tyson endlich.

»Lange genug, um zu wissen, daß Sie und Karen Harper drauf und dran waren, ein Techtelmechtel anzufangen.«

Tyson lehnte sich vor und blickte über das einen Meter dicke Fenstersims in die Tiefe. Bis zum Ufer unten waren es ungefähr zehn bis zwölf Meter.

»Heute hätte es ja fast mit euch beiden geklappt«, fuhr Brown fort, »aber da kreuzte überraschend Ihre Frau auf. Als ich Sie und Ihre Karen im Laufschritt auf Ihr Quartier zueilen sah, blieb mir fast die Luft weg. Sie müssen sich danach ganz schön abgestrampelt haben, damit Sie schon eine Stunde später mit Ihrer Göttergattin Händchen haltend beim Dinner sitzen konnten. Was für ein Mann!«

Tyson stemmte sich in die Höhe und setzte sich seitlich auf das Sims der großen Schießscharte. Er lehnte sich mit dem Rücken an die Wand und stützte die Ellbogen auf die Knie. Nach einer Weile zündete er sich eine Zigarette an und ließ den Blick zum fernen Horizont schweifen. Ihm war aufgefallen, daß sich Brown heute weniger Mühe gab, höflich und rücksichtsvoll zu erscheinen, als bei ihrem ersten Zusammentreffen im *Athletic Club.* Hier kehrte er mehr den harten Burschen heraus, und Tyson vermutete, daß der Mann eine fast chamäleonartige Fähigkeit besaß, sich an seine jeweilige Umgebung anzupassen. Er fragte sich, welches der echte Brown war. Vielleicht gab es den gar nicht.

»Sie haben einen verdammt harten Tag hinter sich«, sagte Brown und bewegte sich unauffällig auf Tyson zu. »He, trainieren Sie etwa schon? Ich meine, bereiten Sie sich darauf vor, in einer Zelle zu sitzen und trübsinnig aus dem Fenster zu starren?«

Tyson schnippte die brennende Zigarette in Browns Richtung. »Schön Abstand halten!« warnte er.

Brown trat einen Schritt zurück. »Ich freue mich riesig, Sie wiederzusehen. Als Schutzengel kann ich gewisse Dinge tun, die das

Schicksal eines Sterblichen beeinflussen. Nur an meinen freien Tagen hängt es ganz von Ihnen ab, was aus Ihnen wird. Also passen Sie auf mit Ihren Weibergeschichten und Ihren Schlägereien! Und bestellen Sie keine Journalisten mehr zu sich. Okay?«

Tyson gähnte. »Sind Sie fertig?«

»Nein. Sagt Ihnen der Name Colonel Eric Willets etwas?«

»Nein.«

»Nun, *er* weiß aber ganz genau, wer Sie sind. Er ist Karen Harpers Geliebter, und er würde Ihnen gern an die Gurgel springen.«

»Sagen Sie ihm, er soll nicht alles glauben, was in den Zeitungen steht. Das habe ich auch zu meiner Frau gesagt.«

Brown lachte. »Ich werde es ihm ausrichten. Wissen Sie, Ben, ich kann Sie irgendwie leiden. Leider sind Sie jedoch die Ursache für eine Menge Ärger. Sie ziehen eine schwarze Wolke hinter sich her, und jeder, der Ihnen zu nahe kommt, kriegt davon etwas ab. Auf höchster politischer Ebene, in Washington, sorgen Sie sogar für Wirbel. Haben Sie heute morgen die *Times* gelesen?«

»Nein.«

»Nun, Ihretwegen hat der Kongreß eine parlamentarische Untersuchung angeordnet. Und die Menschenrechtskommission der UNO zeigt auch Interesse an Ihrem Fall. Es heißt sogar, man wolle eine Untersuchungskommission nach Huê schicken. Hanoi hat angedeutet, daß man dies begrüßen würde. Aber nun sagen Sie mal selbst, Ben: Für wen soll das alles gut sein?«

»Nicht für mich.«

»Und für Ihr Land auch nicht.«

Tyson starrte Brown im dämmerigen Licht an. Allmählich wurde ihm alles klar, und er spürte, wie sich sein Magen zusammenkrampfte. Er schwang die Beine vom Fenstersims und ließ sich langsam hinuntergleiten.

»Jetzt halten *Sie* bitte Abstand!« warnte ihn Brown. »Wissen Sie, eigentlich sollten wir auf diesen Brandt genauso wütend sein. Er hat den Mund zu voll genommen. Wenn es ihn nicht gäbe, könnten wir die ganze Angelegenheit vergessen.«

Tyson steckte unauffällig seine rechte Hand in die Jackentasche und tastete nach seinem Schweizer Offiziersmesser.

»Ich war dafür, Brandt abzuservieren«, fuhr Brown nachdenklich fort, »aber...« Er zuckte die Achseln. »...aber es gibt ein paar

Leute, die der Meinung sind, daß man besser *Sie* verschwinden lassen sollte.«

Tyson bemühte sich, die große Klinge des Taschenmessers aufzuklappen. Er spürte, wie er sich dabei ins Fleisch schnitt. »Wir haben Ihnen einen Deal angeboten«, erinnerte Brown ihn.

»Tun Sie's doch noch mal!« spottete Tyson.

»Na gut. Ja oder nein?«

»Sie können mich mal...!«

Brown lächelte dünn. »Sie sind ganz schön cool, aber mal sehen, wie Sie das hier finden.« Er blickte sich rasch im Raum um, dann sah er Tyson an und zog eine kleine automatische Pistole aus seiner Jacke hervor. Das stumpfe Schwarz des Schalldämpfers hob sich in scharfem Kontrast von der silbrig glänzenden Nickelummantelung der Waffe ab. »Los, klettern Sie auf das Fenstersims!« befahl Brown.

Tyson rührte sich nicht. Die Entfernung zwischen ihm und Brown betrug drei bis vier Meter, also fast zwei Meter zuviel, wenn die Nahkampfanweisungen in seinem alten Lehrbuch noch gültig waren.

»Los, los!« herrschte Brown ihn an.

»Lecken Sie mich am Arsch!«

»Ich will Ihnen nur helfen, das zu tun, was Sie beim Schwimmen in der Bucht nicht geschafft haben. Dies hier ist leichter und auch schneller als Ertrinken. Also los, rauf da, Ben. Machen Sie die Augen zu und lassen Sie sich nach hinten kippen.«

»Wovon reden Sie eigentlich, verdammt noch mal?«

»Was glauben Sie wohl?«

Tyson starrte Brown an. »Ich hab' mich nicht umbringen wollen, Sie Arschloch!«

Brown schien sekundenlang verwirrt, dann sagte er verärgert: »Schade. Die da oben sind davon ausgegangen, daß Sie sich wie ein Ehrenmann verhalten würden.«

»Kommen Sie mir nicht mit Ehre! Wenn Sie mich als Leiche haben wollen, müssen Sie es schon selbst tun.«

Brown schüttelte den Kopf und ließ die Pistole sinken. »Bis jetzt habe ich nur die Genehmigung, ein bißchen nachzuhelfen, wenn Sie Schluß machen wollen. Aber glauben Sie mir eines: Es ist auch darüber geredet worden, Sie beiseite zu schaffen. Allerdings muß es auf jeden Fall nach Selbstmord oder Unfall aussehen, genau wie bei Mr. Harold Simcox. Falls Sie mich erreichen wollen, hängen Sie einen Zettel an die Mitteilungstafel im Club. ›Buch gefunden: *Der Fremde* von Camus. Abzuholen im Clubbüro.‹ Ich setze mich dann mit Ihnen in Verbindung. Geben Sie in der Zwischenzeit gut acht auf sich, Lieutenant! Sie sind auf Patrouille in Feindesland.«

»Das brauchen Sie mir nicht zu sagen«, entgegnete Tyson.

Brown steckte die Automatik wieder hinter den elastischen Gürtel unter seiner Jacke und öffnete die Tür. Über die Schulter sagte er zu Tyson: »Am Haupttor können Sie sich ein Taxi rufen lassen. Genießen Sie jeden Tag!«

Tyson wartete ab, bis sich die Tür hinter Brown geschlossen hatte. Dann ging er hin und lauschte so lange, bis Browns Schritte in dem muffigen Korridor verhallten. Erst jetzt zog er seine Hand aus der Jackentasche. Sie war blutverschmiert. An der Innenseite seiner Finger waren tiefe Schnitte. Er wickelte sein Taschentuch um die Hand und machte die Tür auf. Der Korridor war leer. Wer braucht mit einem solchen Schutzengel noch den bösen Sensenmann? dachte er.

Als er langsam den dunklen Korridor entlangging, unterdrückte er ein Gefühl der Dankbarkeit dafür, noch am Leben zu sein, denn genau das war sicher Browns Absicht gewesen. Tyson wehrte sich auch gegen die aufsteigende Wut und Empörung. Chet Brown und Kompanie sollten keinen Einfluß mehr auf seine Emotionen und Entscheidungen haben! Diesen Chet Brown gab es für Tyson überhaupt nicht mehr.

*Genießen Sie jeden Tag!* Mein Gott, dachte Tyson, war das etwa eine neue Variante für *Ich wünsche Ihnen einen guten Tag?* Hoffentlich nicht. Es war schon alles schlimm genug.

# *Kapitel 32*

Tyson saß auf dem Besucherstuhl vor Vincent Corvas Schreibtisch.

»Kaffee?« fragte der Anwalt.

»Gern.«

Corva bestellte ihn über die Gegensprechanlage bei seiner Sekretärin. Tyson beobachtete den kleinen Mann im vormittäglichen Licht des nach Osten gehenden Fensters. Corva mochte ein paar Jahre jünger sein als er selbst. Er war sehr schlank, hatte hohle Wangen und hervorstehende Augäpfel, was den Eindruck von Unterernährung vermittelte. Das schwarze Haar trug er zurückgekämmt, und beim Reden hüpfte sein Adamsapfel so sehr auf und ab, daß sich der Knoten seiner Krawatte bewegte. Sein Anzug mußte von einem guten Laden wie *Brooks Brothers* stammen, aber Tyson vermutete, daß es vieler Änderungen bedurft hatte, bis er so gut auf dem schmächtigen Körper saß, wie er es tat.

Ben zündete sich eine Zigarette an und klemmte sie ein wenig umständlich zwischen zwei seiner bandagierten Finger. Der Anwalt warf einen Blick auf den Verband, sagte jedoch nichts. Die Arme auf dem Tisch ausgebreitet, lehnte er sich vor und fragte: »Wer hat Sie doch gleich an mich weiterempfohlen?«

Corvas Stimme war viel kräftiger und klang auch viel tiefer, als Tyson es bei einem Mann seiner Statur erwartet hätte. Sie hätte gut und gern zu einem hundert Kilo schweren Burschen gehören können.

»Niemand.«

»Wie sind Sie dann auf mich gekommen?«

»Ich hab' die Anwaltskammer angerufen. Dort gab man mir mehrere Namen.«

»Und Sie haben ausgerechnet Vincent Corva rausgesucht – weil Ihnen der Name so gut gefiel?«

»So ungefähr.« Tyson blickte sich im Büro um. Der Raum war überwiegend in Weiß gehalten, hatte eine schalldämpfende Decke, grauen Teppichboden und enthielt Möbel, die nicht gerade billig aussahen. An den Wänden hing eine Serie von sepiafarbenen

Drucken, und auf dem Femstersims stand eine einsame Topfpflanze, die verdächtig nach Marihuana aussah.

»Basilikum.«

Tyson blickte den Anwalt an. »Wie bitte?«

»Ich sagte: Basilikum. Riechen Sie es nicht? Sogar hier in New York ist es schwer, frisches Basilikum zu bekommen. Mögen Sie *pasta al pesto*?«

»Sehr.«

»Man muß die Soße mit frischem Basilikum machen, und es darf nicht länger als eine Viertelstunde dauern, sonst gehen die Essenzen des Gewürzes verloren. Das ist das wichtigste dabei.«

»Ganz bestimmt.«

Tyson spürte sekundenlang so etwas wie Sehnsucht nach Philip Sloan und dessen Büro in Holz und Leder.

»Mein Vater klemmte sich immer einen Zweig Basilikum hinters Ohr. Irgendein Aberglaube steckte dahinter. Ich habe das nie richtig begriffen.« Corva setzte sich kerzengerade hin und zog einen gelben Notizblock zu sich heran. Er schrieb etwas auf, und Tyson fragte sich, ob es etwas mit Basilikum oder Mord zu tun hatte. »Ich habe der Presse entnommen, daß man Ihre Bewegungsfreiheit eingeschränkt hat«, sagte der Anwalt. »Stimmt das?«

»Ja.« Tyson schilderte ihm die Einzelheiten.

Corva nickte nachdenklich. »Das ist merkwürdig. Damit begann dann ja eigentlich der Countdown. Es ist gut möglich, daß die Army einen Mordfall nicht in neunzig Tagen abschließen kann, aber irgend jemand – ziemlich weit oben an der Spitze – hat die Einschränkung Ihrer persönlichen Bewegungsfreiheit verfügt, um der Army damit Beine zu machen. Vermutlich geht man in Regierungskreisen davon aus, daß die Sache um so mehr Schaden anrichtet, je länger sie sich hinzieht.«

»Das ist auch meine Theorie. Können Sie in der noch verbleibenden Zeit eine wirkungsvolle Verteidigung vorbereiten?«

»Nun, die Gegenseite hat ein paar Monate Vorsprung, aber ich werde sehen, was sich machen läßt.«

Tyson zog an seiner Zigarette und betrachtete über Corvas Kopf hinweg die gerahmten Diplome und sonstigen Urkunden, die hinter dem Schreibtisch an der Wand hingen. Ihm fiel ein gerahmtes Farbfoto auf. Es zeigte ein paar Soldaten im Tropenkampfanzug auf einer unwirtlichen Ebene. Hinter ihnen stieg schwarzer Rauch in den Himmel. »Waren Sie auch in Vietnam?« erkundigte sich Tyson.

»Ja. Wenn Sie es genau wissen wollen, Mr. Tyson: 1967 habe ich mich in New York als Anwalt niedergelassen, aber kurz danach wurde ich eingezogen. Ich bekam einen Posten beim JAG – genauer gesagt, an der Militärakademie in Charlottesville. Danach wurde ich nach Fort Benning versetzt, und dort hatte ich manchmal Gelegenheit zu beobachten, wie die Infanterie-Spezialtruppen ausgebildet wurden. Es war unglaublich, was man den Männern zumutete. Eines Tages kam ich im Vorzimmer meiner Dienststelle an einem dieser mannshohen Spiegel vorbei. Ich blickte hinein und sah ein bleiches, klapperiges Männchen mit Schlagseite wie ein Schiff, weil ihm der Aktenkoffer zu schwer war. In einem Anfall von Wahnsinn beschloß ich, Offizier der Infanterie zu werden.« Er warf seinem Gegenüber einen raschen Blick zu.

Tyson lächelte und erwiderte: »Vielleicht war das ein Augenblick kristallklarer Vernunft.«

»Da sind Sie aber der einzige, der so denkt. Im ersten Monat der Ausbildung starb ich unzählige Tode, aber ich ließ mir nichts anmerken. Ich wurde befördert, und wenig später ging es per Schiff nach Vietnam. Dort kam ich zur 25. Infanteriedivision in der Nähe von Cu Chi.«

Tyson nickte.

»Genau wie Sie befehligte ich einen Zug Infanteristen«, fuhr Corva fort, »wir wurden in Kampfhandlungen verwickelt und haben auch die Tet-Offensive mitgemacht. Aber, anders als Sie, wurde ich nicht verwundet. Noch irgendwelche Fragen?«

»Nein, vorerst nicht.«

»Also gut, nach meiner Rückkehr kam ich ins Pentagon und wurde mit verschiedenen juristischen Aufgaben betraut. Ehrlich gesagt war ich eine Art Maskottchen des *Judge Advocate General's Corps*, das man gern vorzeigte: Ich war Jurist, Lieutenant und Träger einer Tapferkeitsmedaille in einer Person, also ein schlagender Beweis dafür, daß man auch als Anwalt kein Schlappschwanz sein muß.«

Tyson mußte unwillkürlich lächeln.

»Wenn man nur einsfünfundsechzig groß und spindeldürr ist«, fuhr Vincent Corva fort, »dann übt die Infanterie einen Reiz aus, den ein Mann wie Sie vielleicht nicht ganz verstehen kann. Vor der Erfindung des Schießpulvers wäre ich vielleicht nicht gerade ein Kriegsheld geworden, aber dann drückte uns der liebe Gott diese tollen Bleispritzen mit der Bezeichnung M-16 und leichtgewichtige Feldausrüstung in die Hand – und machte uns damit alle gleich tödlich. Aber hier oben« – er tippte sich an die Stirn – »hier oben gibt es noch gewisse Unterschiede bei den Menschen. Und genau da wird dieser Kampf stattfinden, Mr. Tyson!« Er stand auf. »Ich muß jetzt mal pinkeln gehen.«

»Okay.«

»Falls Sie nicht mehr hier sind, wenn ich zurückkomme, ist das auch okay«, sagte Vincent Corva und verließ das Büro.

Ben drückte seine Zigarette aus. Er stand auf und trat vor das gerahmte Foto hinter Corvas Schreibtisch. Es war ein gestelltes Foto, und die darauf abgebildeten Männer wirkten wie eine Fußballmannschaft: Die erste Reihe kniete, die zweite und dritte stand. Insgesamt waren es rund vierzig Männer, und nach ihrer Ausrüstung zu schließen, gehörten sie einer Infanterieeinheit an. Sie waren von einer flachen, schier endlosen Landschaft umgeben, und der Erdboden schien bis zum rauchenden Horizont von Asche und Ruß geschwärzt. Eigentlich war es ein Farbfoto, aber es gab nicht viel Farbe darauf. Lieutenant Vincent Corva stand in der Mitte der hinteren Reihe. Zwischen zwei riesigen Schwarzen eingeklemmt, wirkte er fast komisch, aber als Tyson genauer hinblickte, sah er etwas in Corvas Gesicht und in seinen Augen, das er kannte. Es war nicht der »Tausend-Meter-Blick«, sondern der Blick eines hungrigen Raubtieres, eines Mannes, der seine eigene Gefährlichkeit kannte.

Tyson ging zum Fenster und pflückte ein dunkelgrünes Blatt von der Basilikumpflanze. Er zerrieb es zwischen Daumen und Zeigefinger, hielt es an die Nase und zog den intensiven Duft ein.

Die Tür hinter ihm wurde geöffnet. »Gerüche heizen das Erinnerungsvermögen auf erstaunliche Weise an«, hörte er Corvas Stimme. »Bei Basilikum denke ich immer an mein Elternhaus, irgendwann im Frühherbst, wenn auf der Sonnenterrasse Tomaten eingemacht wurden.« Er reichte Tyson eine große Kaffeetasse. »Der Kaffee wird einem noch gemacht, aber nicht mehr gebracht.«

»Und warum nicht?«

»Weil meine Sekretärin meine Frau ist!«

»Dann dürfen Sie sich nicht wundern.«

Corva setzte sich wieder auf seinen Stuhl, während Tyson stehen blieb.

»Nach meiner Entlassung aus dem aktiven Dienst vergaß ich so ziemlich alles, was ich über Militärrecht wußte«, sagte der Anwalt. »Doch dann wurde der Calley-Prozeß eröffnet, und ich verfolgte ihn aufmerksam. Kriegsgerichtsverfahren sind außerordentlich faszinierend, finden Sie nicht auch?«

»Ja, absolut.«

»Ich nehme an, Sie selbst haben schon militärischen Strafverfahren beigewohnt?«

»Ja, ungefähr einem Dutzend.«

»Nun, mir fehlte diese Erfahrung. Als Anwalt hatte ich meist mit Grundbesitz und Liegenschaften zu tun, aber eines Tages setzte ich mich hin, büffelte Militärrecht und wurde bei den Militärgerichten als Anwalt zugelassen. In den letzten fünfzehn Jahren habe ich bei anderthalb Dutzend Kriegsgerichtsverfahren mitgewirkt.«

»Ich habe von einem gehört, in Fort Jackson. Ein Captain der Army, der den Geliebten seiner Frau erschossen hatte.«

Corva lächelte.

Tyson fragte sich, welchen Eindruck dieser Mann wohl auf die aus lauter Offizieren bestehende Jury bei einem Kriegsgerichtsverfahren machte. Immerhin blickt er nicht immer weg wie Philip Sloan, wenn man ihn anschaut, dachte er.

Corva lehnte sich vor. »Sehen Sie, Mr. Tyson, wir könnten hier noch den ganzen Vormittag um den heißen Brei herumreden: Ich tu' so, als wäre ich an dem Fall leidlich interessiert, und Sie tun so, als würden Sie damit doch lieber zu einem anderen Anwalt gehen. Ich habe für so etwas keine Zeit, und Sie wohl auch nicht. Ich weiß alles, was über diesen Fall berichtet worden ist, und noch ein bißchen mehr, und ich habe auch Picards Buch gelesen – zweimal. Ehrlich gesagt, ich will diesen Fall haben. Es gibt an der ganzen

Ostküste nur noch zwei bei den Militärgerichten zugelassene Anwälte, die so gut sind wie ich, aber ich weiß nicht einmal ihre Namen. Sie haben also Glück gehabt, als Sie von der Anwaltskammer die Liste bekamen und sich ausgerechnet für mich entschieden.«

»Okay, ich übertrage Ihnen meinen Fall«, sagte Tyson.

»Fein. Ich bekomme zweihundert Dollar die Stunde, bei Gerichtsterminen das Doppelte. Das wird Sie ein kleines Vermögen kosten.«

»Ich bin pleite.«

»Wer ist das heutzutage nicht? Haben Sie eine reiche Tante?«

»Jede Menge, aber es gibt da auch ein paar Vereine, die für meine Verteidigung Spenden sammeln.«

»Ich weiß«, sagte Corva. »Ich werde mit ihnen Kontakt aufnehmen. Das heißt, vermutlich werden sie sich an mich wenden. Machen Sie sich wegen des Geldes keine Sorgen. Wenn Sie nicht genug auftreiben, übernehme ich die Differenz. *Pro bono publico* – das ist lateinisch, nicht italienisch. Es heißt: *Für das Allgemeinwohl.*« Corva stand auf. »Abgemacht?«

»Abgemacht.«

Sie reichten sich die Hände.

»Ich habe jetzt keine Zeit für Einzelheiten«, fuhr der Anwalt fort, »aber zuallererst möchte ich Ihnen den Rat geben, kein Wort mehr mit Major Karen Harper zu wechseln. Unter keinen Umständen! Verstanden?«

Tyson nickte.

»Ich möchte gerne mit Ihrem persönlichen Anwalt, diesem Sloan aus Garden City, reden«, fuhr Corva fort.

»In Ordnung.«

Corva schien eine Weile nachzudenken, dann sagte er: »Übrigens kenne ich diesen van Arken von damals – im Pentagon. Ich bin ihm nie persönlich begegnet, aber ich wußte über ihn Bescheid. Als das My-Lai-Massaker an die große Glocke gehängt wurde, fiel sein Name sehr häufig. Er ist ein sturer Hund.«

»Die ganze Army, Mr. Corva, besteht aus solch sturen Hunden. Aber ich finde das so ganz in Ordnung.«

»Ich auch. Und beim JAG geht es nicht viel anders zu als in einer Infanterieeinheit. Selbst mit dem schönsten Plädoyer ist da, anders als bei einem zivilen Prozeß, nicht viel rauszuschinden.«

»Ich will auch nichts rausschinden.«

»Ich auch nicht, Mr. Tyson, aber manchmal kommt es vor, daß die Regierung die Army einfach überspringt und einen Kompromiß anbietet. Ist schon jemand an Sie herangetreten?«

»Nein.«

»Falls das passiert, lassen Sie es mich wissen.«

»Natürlich.«

Corva öffnete die Tür. »Kommen Sie, ich stell' Sie meiner Frau Linda vor. Sie ist die Brünette mit dem pinkfarbenen Kleid im Vorzimmer. Übrigens findet sie, daß Sie gut aussehen, und sie wird sich für Sie bestimmt mächtig ins Zeug legen. Irgendwann einmal sollten Sie und Ihre Frau zu uns zum Dinner kommen, vielleicht im Frühherbst, wenn das Basilikum am besten schmeckt.«

»Sofern ich dann noch auf freiem Fuß bin.«

»Sie werden auf freiem Fuß sein, Mr. Tyson.«

Tyson blieb in der Tür stehen und drehte sich zu Vincent Corva um. »Aber Sie wissen doch, nicht wahr, daß am 15. Februar 1968 die Gesetze des geltenden Militärrechts in schwerwiegender Weise verletzt worden sind? Daß ein Verbrechen begangen worden ist, für das es keine Verjährung gibt?«

»Ach ja?«

»Und Sie wissen auch, daß fast alles, was Andrew Picard in seinem Buch geschrieben hat, der Wahrheit entspricht?«

»*Wem* entspricht?«

»Der Wahrheit.«

»Woher wollen *Sie* das wissen?«

»Weil ich dabei war!«

»Tatsächlich?« Corva trat dicht an Tyson heran und sagte leise: »Ich will Ihnen einmal was sagen, Mr. Tyson, ich will Ihnen die ganz große Wahrheit über den Krieg verraten, und die lautet: Letztlich sind alle Kriegsgeschichten Quatsch, von den Memoiren eines Generals bis zu den Angebereien eines gemeinen Soldaten am Stammtisch, von der Ilias bis zur Grenada-Invasion. Lauter Unsinn! Ich habe noch nie eine wahre Kriegsgeschichte gehört – und auch selbst keine erzählt. Das gilt auch für Sie. Aber wenn wir zusammen einen Gerichtssaal betreten, dann werden wir einen Haufen Unsinn aus dem Zylinder zaubern, schneller und mehr, als die Army jemals gesehen oder gehört hat. Belasten Sie mich also bitte nicht mit der Wahrheit, Mr. Tyson. Die interessiert mich nicht!«

Tyson blickte dem Anwalt in die Augen. »Soll das heißen, daß Sie nicht wissen wollen, was –?«

»Nein. Was zum Teufel kümmert mich, was da wirklich passiert ist? Wenn man *eine* Kriegsgeschichte gehört hat, dann kennt man alle. Behalten Sie also Ihre Details für sich. Und wenn ich Sie mal nach der einen oder anderen Einzelheit frage, die für unsere Verteidigungsstrategie wichtig ist, dann tun Sie mir den Gefallen und tischen mir den Mist auf, den wir gebrauchen können.«

Corva zeigte mit dem Finger auf Tyson. »Die einzige Story, die ich von Ihnen hören will, mein Freund, ist die, auf die Sie sich mit Ihren Männern geeinigt haben, die Story, die Mr. Anton Scorello und Mr. Paul Sadowski zum Besten gegeben haben. Sehen Sie, Mr. Tyson, ich bin im Gerichtssaal kein sonderlich guter Schauspieler. Wenn Brandt und Farley in den Zeugenstand treten, um ihren eigenen Unsinn zu erzählen, möchte ich in der Lage sein, ein möglichst ungläubiges Gesicht machen zu können. Wir treffen uns morgen wieder, in Fort Hamilton. Sie können mich um sieben Uhr zum Abendessen einladen und danach zum Kaffee bei sich daheim. Ich möchte Ihre Frau kennenlernen.«

Tyson war in der Tür stehengeblieben. Er schien nachzudenken. Schließlich sagte er: »Ich hab' mal eine wahre Kriegsgeschichte gehört, die Schilderung, die ein konföderierter Soldat über die Schlacht von Gettysburg geliefert hat. Er schrieb unter anderem: ›Wir zogen alle nach Gettysburg, und ein paar von uns sind von dort zurückgekommen. Das ist alles, wenn man von den Einzelheiten absieht.‹«

Corva lächelte beifällig. »Ja – wenn man von den Einzelheiten absieht. Auf Wiedersehen, Mr. Tyson!«

»Auf Wiedersehen, Mr. Corva.«

# *Kapitel 33*

Tyson hatte die Ärmel seines Hemdes hochgekrempelt. Er lokkerte den Knoten seiner schwarzen Uniformkrawatte. »Heiß heute«, sagte er.

Marcy stand auf und ließ die Rollos herunter, um die Mittagssonne aus dem kleinen Wohnzimmer auszusperren.

Ben blickte sich im Raum um. Marcy hatte im garnisonseigenen Trödlerladen einen Eßtisch erstanden und ihn zusammen mit ein paar gerahmten Bildern, darunter ein mit schillernden Farben auf schwarzen Samt gemalter Fudschijama, im Jeep nach Hause transportiert. Tyson betrachtete das »Gemälde«, während er in seinem Gurkensalat herumstocherte. An der gegenüberliegenden Wand hing sein Offizierspatent.

»Noch ein bißchen Geflügelsalat?« fragte Marcy Vincent Corva.

»Nein, vielen Dank, Marcy, das war wirklich ein gutes Essen.«

Tyson knurrte: »Unsinn«

»Nein, wirklich –«

»Das ist Protestantenfraß, Vincent!« unterbrach ihn Tyson. »Man ißt, was man ißt, und heute ißt man Gurken- und Geflügelsalat und Weißbrot mit Butter. Bevor der Tag um ist, werden Sie in Aphorismen sprechen und Ihren Geschlechtstrieb verloren haben.«

Corva lächelte peinlich berührt.

Marcy warf Tyson einen halb belustigten, halb tadelnden Blick zu. »Solche ungezogenen Bemerkungen sind an meinem Tisch nicht erlaubt«, sagte sie und wandte sich Corva zu. »War das nicht das passende Essen für solch einen heißen Tag?«

»O ja!«

»Dad, ich fahr' heute nachmittag mit Bus und U-Bahn zur Sheepshead Bay«, ließ David sich vernehmen. »Ich möcht' mich ein wenig bei den Booten umsehen und vielleicht 'n bißchen mithelfen. Okay?«

»Warum nicht?« meinte Tyson.

»Weil ich glaube, daß er lieber nicht mit dem Bus und der U-Bahn fahren sollte«, mischte sich Marcy ein.

»Aber wie sollen wir in einem Armeleuteviertel wohnen, wenn er nicht die öffentlichen Verkehrsmittel benutzen darf?«

»Aber er hat doch keine Erfahrung damit, und außerdem –«

»Ich hatte auch keine Erfahrung mit dem Kämpfen auf Leben und Tod – bis dann jemand mit einem Maschinengewehr auf mich schoß. Hör auf, ihn wie das Muttersöhnchen aus dem vornehmen Vorort zu behandeln!« Tyson wandte sich an Corva. »Was denken Sie darüber, Vincent?«

»Nun, ich... Wie alt ist –«

Tyson fiel ihm ins Wort. »Was soll der Junge denn den ganzen Tag hier tun?«

»Und was soll *ich* den ganzen Tag hier tun?« fragte Marcy bissig.

»Und ich?« Tyson geriet jetzt richtig in Fahrt. »Ich brauche zwei Minuten, dann bin ich an meinem Arbeitsplatz, ich mache Museumsführungen für Leute aus dem Altersheim, und den ganzen restlichen Tag hocke ich herum und glotze diese blöden Kanonen an. Führe ich dich nicht abends zum Essen in den Club aus?«

»Ich kenne die ganze verdammte Speisekarte schon auswendig, einschließlich Name und Adresse der Druckerei!« gab Marcy wütend zurück.

David räusperte sich. »Also was ist, kann ich nun gehen oder nicht?«

»Ja.«

»Nein!«

Tyson haute mit der Hand auf den Tisch. *»Ja!«* Er drehte sich zu Corva um. »Italienische Ehefrauen sind bestimmt nicht so.«

»Na ja...«

»Würden Sie Ihren fünfzehn Jahre alten Sohn –« Marcy kam nicht weiter.

»Sechzehn!« sagten Tyson und David wie aus einem Mund.

»Also, würden Sie Ihren sechzehnjährigen Sohn in der U-Bahn fahren lassen?«

»Die U-Bahn ist sicher«, sagte Tyson entschieden. »Glaub doch nicht alles, was du in der Zeitung liest! Das ist ja gerade das Ärgerliche hierzulande, daß alle Leute glauben, was in der Presse steht.«

»Vielleicht gehe ich auch nur runter zum Baseballplatz«, meinte David jetzt.

»Okay«, sagte Tyson besänftigt, »aber dann geh am besten gleich!«

»Ja, mach' ich.« David stand auf, schnappte sich ein paar Teller und verschwand in der Küche.

»Warum müssen Sie heute mit Ben zu Colonel Levin?« wollte Marcy von Corva wissen.

»Irgendeine dienstliche Angelegenheit, nehme ich an«, erwiderte der Anwalt.

Marcy warf ihm einen forschenden Blick zu. »Erzählen Sie mir keine Märchen!«

»Jetzt hör endlich auf, unseren Gast zu malträtieren!« sagte Tyson zu seiner Frau, und zu Corva gewandt, fuhr er fort: »Das Essen war zwar ein wenig fade, aber sonst geht es heute bei uns ganz schön hoch her, nicht wahr?«

»Ich fand den Geflügelsalat wirklich gut.«

Marcy lachte humorlos. »Mein Gott, manchmal glaube ich, daß wir in dieser Bude völlig durchdrehen. Sagen Sie mal, Vincent: Sie sind jetzt seit drei Wochen an diesem Fall dran. Haben Sie schon irgend etwas unternommen oder zustande gebracht?«

»Nun ja, ich habe mit Philip Sloan geredet, mehrere Schriftsätze an das Bundesbezirksgericht geschickt, den Stabschef der Army, das Justizministerium, den JAG und das Weiße Haus mit Telegrammen bombardiert, ich habe eine Pressekonferenz abgehalten, ich habe mein Foto in *Newsweek*, *Time Magazine*, *U.S. News* und sogar im *American Investigator* gefunden.«

Marcy mußte über seine Worte lächeln. »Ich habe übrigens seit drei Wochen keinen Kommentar mehr von Wally Jones gelesen«, sagte sie zu Ben gewandt.

»Ach ja? Der ist wahrscheinlich in Urlaub.«

Marcy wandte sich wieder an Corva. »Und haben Sie schon mit den Zeugen Kontakt aufgenommen?«

»Nein, nur mit den Anwälten von den Zeugen der Anklage. Und mit Karen Harper. Sie konnte und durfte mir zwar nicht die Ergebnisse der Voruntersuchung mitteilen, aber sie zeigte sich ansonsten sehr hilfsbereit.«

»Ja. Ben gegenüber hat sie sich auch sehr hilfsbereit gezeigt. Was empfiehlt sie Ihrer Meinung nach in ihrem Bericht?«

Bevor er antwortete, warf Corva Tyson einen verstohlenen

Blick zu. »Angesichts der zu erwartenden Aussagen der beiden Zeugen der Anklage hat sie wahrscheinlich empfohlen, den Fall weiterzuverfolgen.«

»Noch weitere Ermittlungen? Eine formelle Anhörung? Noch mehr Monate wie die vergangenen?«

»Ich fürchte, ja.«

»Möchte jemand einen Drink? Wie wär's mit einem Gin Tonic draußen im Patio?« fragte Tyson.

Marcy stand auf. »Hier gibt es keinen Patio, Ben – und ich habe auch kein Gin Tonic oder Limonen im Haus.«

»Na, dann ruf doch bei *Gristedes* an und bestell alles, einschließlich Patio!«

»Wie wäre es statt dessen mit einem Glas gespritztem Weißwein auf dem Treppenabsatz vor der Haustür?« schlug Marcy vor.

»Großartig!« Tyson stand auf. Er ging um den Tisch herum und gab seiner Frau einen Kuß. »Das Essen war wirklich gut.«

Sie tätschelte seine Wange. »Quatsch!«

Corva erhob sich von seinem Stuhl. »Ich geh' schon mal ein bißchen vor die Tür.« Er nahm sein Jackett von der Stuhllehne und verließ die Wohnung.

»Traust du ihm was zu?« fragte Marcy ihren Mann, als sich die Tür hinter dem Anwalt geschlossen hatte.

»Und du?«

»*Ich* soll ja nicht wegen Mordes angeklagt werden. Also beantworte schon meine Frage!«

»Er hat eine seltsame Auffassung von Gerechtigkeit. Manchmal glaube ich, daß Wahrheit und Legalität bei uns Protestanten so etwas wie eine Obsession sind. Mr. Corva hat als Katholik offenbar eine subjektivere Anschauung vom Leben. Am Verbrechen an sich ist er nicht interessiert, sondern eher an den einschlägigen Gesetzen, den gegnerischen Zeugen und der Frage, warum sie für die Gegenseite aussagen. Sloan zitierte pausenlos irgendwelche Gesetze und fragte mich, was damals in dem Krankenhaus *wirklich* passiert ist. Corva will alles wissen, was über Brandt und Farley in Erfahrung gebracht werden kann. Er versucht sich sogar in ihre Denkweise hineinzuversetzen. Das ist eine ganz andere Methode.«

Marcy nickte. »Das ist irgendwie einleuchtend – besonders

nachdem so viele Jahre vergangen sind.« Ihr Gesichtsausdruck veränderte sich. »Ben, was haben die eigentlich heute noch mit dir vor?«

»Keine Ahnung, Liebes, aber ich bin sicher, daß man mir keinen Orden verleihen will. Sag mal, willst du nicht lieber mit David nach Hause zurück?«

»Wir sind hier zu Hause.«

Tyson machte eine ungeduldige Handbewegung. »Ich meine das schöne, geräumige Haus mit Klinaanlage, Garten und Patio.«

»Ach, du meinst unser Haus in Garden City? Ist da nicht auch unser *Country Club* mit all unseren Freunden? Und als Mitglieder dürfen wir den Swimming-pool benutzen. Und es gibt 'ne Menge netter Geschäfte dort, und die Militärpolizei muß mir nicht jeden Tag einen Strafzettel geben, weil ich keinen Aufkleber für den Parkplatz hab'. Meinst du das Haus?«

»Ja, genau das.«

»Warum sollte ich dorthin gehen, wenn es bedeutet, daß ich mich von dir trennen muß?«

»Laß das doch, Schatz! Hast du daran gedacht, daß Davids Schule bald wieder beginnt?«

»Ja, und ich glaube, daß er nicht zurück in eine staatliche Schule sollte, hier nicht, in Garden City nicht und auch sonst nirgendwo. Man würde ihm das Leben zur Hölle machen. Bei deiner Mutter ist Platz genug für ihn. Er könnte bei ihr in Florida wohnen und unter einem anderen Namen eine Schule besuchen oder sich von einem Hauslehrer unterrichten lassen.«

»Nein, er bleibt hier bei mir! Und falls es zu einem Gerichtsverfahren gegen mich kommt, soll er dabeisein.«

»Nein, das wird er nicht!«

»Doch, das wird er! Such eine Privatschule oder einen Hauslehrer für ihn.«

Sie starrten sich an. Dann warf Tyson einen Blick auf seine Uhr. »Ich muß jetzt gehen. Räum den Tisch ab, bring die Wäsche in die Reinigung und –«

»Hau ab!«

Tyson griff nach ihr und küßte sie leidenschaftlich. »Ich liebe dich!«

»Ich dich auch. Viel Glück!«

Tyson ging ins Wohnzimmer und nahm seine Uniformjacke vom Sofa. Vor dem Haus fand er Corva auf dem Treppenabsatz sitzend. Der Anwalt stöberte in seiner Aktentasche herum.

»Tut mir leid, daß ich Sie hab' warten lassen. Ich konnte die Weinflasche nicht finden«, entschuldigte sich Tyson.

»Schon gut.«

»Wie wär's mit einem Drink im Club? Der liegt fast auf dem Weg.«

»Danke, nein. Wir müssen uns beeilen. Eigentlich sollten wir schon dort sein.« Corva schloß die Aktentasche und stand auf.

Tyson ignorierte seine Worte und fragte: »Haben Sie als Slum-Kind auf der Straße Völkerball gespielt?«

»Um Sie aufzuklären, ich bin in einer recht ordentlichen Gegend auf Staten Island aufgewachsen.« Corva machte eine Handbewegung in die Richtung der *Narrows.* »Irgendwo da drüben, in einem großen Haus mit Garten.«

»Und Ihr Vater züchtete Basilikum, Tomaten und so weiter?«

»Richtig. Bei uns zu Hause gab es Zucchini und Auberginen. Wir hatten sogar Feigenbäume. Im Winter mußten wir sie einwikkeln und gegen die Kälte isolieren.«

Die beiden Männer gingen schweigend weiter. Nach einem Blick auf seine Uhr sagte Corva: »Ich glaube, wir sollten uns beeilen. Es wird wirklich Zeit.«

Während sie ihre Schritte beschleunigten, gab der Anwalt seinem Klienten Instruktionen. »Vergessen Sie nicht, daß das alles nur Worte sind, was Sie zu hören bekommen werden, nichts als Worte.«

»In Ordnung«, antwortete Tyson lächelnd.

»Und wenn uns das nicht paßt, was wir zu hören bekommen, dann verpassen wir denen ein paar Dinger, daß ihnen Hören und Sehen vergeht.«

»Können wir das denn?«

»Na klar. Artikel hunderteinundvierzig. Gehen wir!«

Benjamin Tyson und Vincent Corva saßen im Büro von Captain Hodges, Colonel Levins Assistenten. Tyson warf einen Blick auf die Verbindungstür, die in das Arbeitszimmer Levins führte, und sagte zu Corva: »Levin war der Mann, der Sie mir empfohlen hat.«

Corva gähnte.

»Kennen Sie ihn?«

»Nein, aber ich hatte vor ungefähr einem Jahr in Fort Dix einen Fall von Totschlag zu verteidigen, und Levin gehörte der Jury des Kriegsgerichts an. Er stellte mir eine Menge Fragen.«

»Gute Fragen?«

»Zu gute.«

»Sie haben verloren?«

»Nun, sagen wir, daß der Angeklagte für schuldig befunden wurde.«

»Ist das nicht dasselbe wie verlieren?«

»Mag sein.«

»Gewinnen Sie auch manchmal?« erkundigte sich Tyson.

Der Anwalt blätterte in seinem Notizbuch. »Was sagten Sie?«

»Ob Sie auch manchmal gewinnen!«

»Oh...« Corva schien in seinem Gedächtnis zu kramen. »Ja, gelegentlich.« Er beugte sich zu Tyson hin und fragte: »Wie viele Prozesse haben *Sie* eigentlich gewonnen? Ich meine, damals, als Sie bei standrechtlichen Verfahren den Verteidiger spielen mußten?«

»Das tut nichts zur Sache«, erwiderte Tyson ungeduldig. »Ich war und bin kein Anwalt, außerdem waren die meisten, die ich verteidigen mußte, eindeutig schuldig.«

»O ja, sonst hätten sie ja nicht vor Gericht gestanden.«

»Stimmt«, bestätigte Tyson.

»Bei der Army wird immer ein Kriegsgerichtsverfahren anberaumt, wenn man sicher ist, daß der Angeklagte schuldig ist. Und nun erzählen Sie mir mal, wie viele Verfahren Sie gewonnen haben, wenn Sie auf der Seite des Anklägers standen! Alle?«

»Meistens erklärten sich die Angeklagten selbst für schuldig, um eine mildere Strafe zu bekommen. Bei den anderen Fällen wurde nicht lange gefackelt, beispielsweise bei Leuten, die sich unerlaubt vom Dienst entfernt hatten. Entweder ist man da, wo man zu sein hat, oder man ist es nicht. Aber in meinem Fall dreht es sich nicht um ein standrechtliches Verfahren. Hier geht es um ein reguläres Kriegsgerichtsverfahren wegen eines Kapitalverbrechens. Ein sehr komplizierter Fall. Ich sehe wirklich keine Parallelen.«

»Aber es gibt Ähnlichkeiten. Die meisten Leute, die ich verteidige, sind genauso eindeutig schuldig wie jemand, der sich unerlaubt von seinem Posten entfernt hat. Wenn sie sich an mich wenden, haben sie meist schon dem von der Army gestellten Pflichtverteidiger den Laufpaß gegeben, und sie sind in einer ziemlich verzweifelten Lage. Ich bin als St. Judas, der Schutzpatron hoffnungsloser Fälle, bekannt.«

»Das erzählen Sie mir jetzt?«

Corva grinste. »Kopf hoch, Benjamin! Ich bin mal wieder mit einem Wunder dran.«

»Ich könnte auch eines brauchen.« Tyson stand auf und trat ans Fenster. Er ließ den Blick über das Gelände der kleinen Garnison schweifen. »Manchmal muß ich an die Gesichter der Angeklagten denken, wenn sie in den Raum vor das Kriegsgericht geführt wurden«, sagte er. »Ich habe den Ausdruck auf solchen Gesichtern nie leiden können. Es demoralisierte mich, Männer zu sehen, die so viel Angst hatten. Es ist für alle Beteiligten peinlich. Jedenfalls will ich *nicht* so aussehen, Vincent.«

»Sie dürfen Angst haben, Sie dürfen sie nur nicht zeigen«, antwortete der Anwalt. »Jedenfalls nicht im Gerichtssaal. Das wissen Sie doch.«

»Ja. Ich werde nicht einmal mit der Wimper zucken, wenn sie mich zu lebenslänglich verdonnern.«

»Lebenslänglich? Herrgott, ich würde nicht nur mit der Wimper zucken!«

Tyson wandte sich vom Fenster ab und starrte Corva an.

»Übrigens«, fuhr Corva fort, »halten Sie da drinnen nicht mit Ihrer Meinung hinter dem Berg. Sie sagten doch selbst, daß Sie sich mit diesem Levin gut verstehen. Also brauche ich nicht die ganze Zeit für Sie zu reden. Er ist ja schließlich nicht der Ankläger, sondern nur Ihr unmittelbarer Vorgesetzter, und er macht nur seinen Job.«

»Und worin besteht heute sein Job, Vincent?«

»Heute ist er Lückenbüßer.«

Die Tür ging auf, und Captain Hodges' Kopf erschien.

Tyson flüsterte Corva zu: »Wenn man vom Teufel spricht...«

Corva mußte lachen.

Hodges wirkte verärgert und verwirrt zugleich. Er räusperte sich erst einmal. »Der Colonel will Sie jetzt sehen.«

Corva stand auf und marschierte als erster in Levins Büro. Drinnen blieb er rechts vor dem Schreibtisch stehen. Hodges nahm links Stellung, und Tyson ging geradewegs auf den Schreibtisch zu. Er salutierte in der Mitte des Raumes. »Lieutenant Tyson meldet sich zur Stelle, Sir!«

Levin erwiderte den militärischen Gruß, dann stand er auf, reichte Vincent Corva die Hand und stellte ihn Captain Hodges vor, der Corva ebenfalls die Hand gab. Levin, Corva und Hodges nahmen Platz, nur Tyson blieb in Habtachtstellung stehen. Er wußte, daß alles nach dem dienstlichen Protokoll ablief, aber irgendwie fühlte er sich ausgeschlossen. Am liebsten hätte er die anderen daran erinnert, daß sie seinetwegen hier waren.

»Setzen Sie sich, Lieutenant!« sagte Colonel Levin schließlich, und Tyson nahm erleichtert auf dem einzigen noch freien Stuhl, der zwischen Corva und Hodges stand, Platz.

Der Colonel ließ einen Augenblick verstreichen, bevor er begann. »Ich habe hier eine Abschrift von Major Harpers Bericht über die Voruntersuchung laut Artikel einunddreißig des geltenden Militärrechts.« Er schlug einen Aktenordner auf, blickte Tyson an und fuhr fort: »Ich habe Captain Hodges aufgefordert, dieser Unterredung als Zeuge beizuwohnen, weil Sie selbst in Begleitung Ihres Anwalts erschienen sind.«

Tyson nickte.

»Bitte geben Sie eine deutlich hörbare Antwort, Lieutenant!« Das war Hodges.

»Jawohl, Sir«, sagte Tyson.

Levin blickte auf den Aktenordner. »Als Ihr Vorgesetzter habe ich Anweisung, Sie auf gewisse Aspekte dieses Ermittlungsverfahrens aufmerksam zu machen.«

»Darf ich Sie um eine Abschrift des Berichtes bitten, Colonel?« meldete sich Corva.

»Nein, das dürfen Sie nicht. Sie und ich wissen, Mr. Corva, daß dieser Bericht über ein Ermittlungsverfahren nach Artikel einunddreißig internen Charakter hat. Er ist von Major Harper verfaßt und an General George Peters weitergeleitet worden. Peters ist der Kommandant der Garnison von Fort Dix. Er ist befugt, in diesem Fall ein Kriegsgerichtsverfahren zu eröffnen. Auf Anraten des juristischen Beraters seines Stabes hat er mich angewiesen, dem

Beschuldigten die einschlägigen Passagen dieses Berichtes vorzulesen.«

»Darf ich Sie bitten, Colonel, mit dem Schlußresultat des Berichtes zu beginnen?« sagte Corva. »Zu welcher Folgerung ist Major Harper gelangt?«

Captain Hodges rutschte auf seinem Stuhl herum und gab durch einen Knurrlaut zu verstehen, daß er es gar nicht gern sah, wenn man den Colonel, seinen Vorgesetzten, unterbrach oder sonstwie verärgerte. Unter anderen Umständen hätte Tyson wegen Hodges' augenscheinlichen Problemen im Umgang mit einem Zivilisten Schadenfreude empfunden.

Colonel Levin schien nichts gegen Corvas Bitte zu haben. Er nickte und sagte: »Gern. Ich will diese Prozedur nicht unnötig in die Länge ziehen und Lieutenant Tyson auf die Folter spannen.« Er blickte Tyson direkt an. »Major Harper empfiehlt *nicht,* diesen Fall auf sich beruhen zu lassen.«

Tyson hatte nichts anderes erwartet – oder hatte er es doch in irgendeinem Winkel seines Gehirns gehofft?

»Heißt das, daß ein Untersuchungsverfahren gemäß Artikel zweiunddreißig eröffnet wird?« wollte Corva wissen.

Colonel Levin schien ihn nicht gehört zu haben. Er zog ein mit Schreibmaschine beschriebenes Blatt Papier näher an sich heran. »Ich lese Ihnen jetzt auf Anweisung einige Passagen vor.« Er räusperte sich. »Major Harper schreibt unter anderem: ›Bei meiner Voruntersuchung konnte ich keine schriftlichen oder greifbaren Beweise für ein Verbrechen sicherstellen, was angesichts des Tatorts des mutmaßlichen Verbrechens und des seither vergangenen Zeitraumes ohnehin nicht wahrscheinlich war. Weiteres Fahnden nach dieser Art Beweismaterial dürfte schwerlich positive Ergebnisse zeitigen. Aus diesem Grund habe ich lediglich bei der Abfassung meines Schlußberichtes die Aussagen der Zeugen in Betracht gezogen. Die Behauptungen von Dr. Steven Brandt und Mr. Richard Farley weisen, sofern sie den Tatsachen entsprechen, eindeutig darauf hin, daß das hierzulande geltende Militärrecht an dem zur Frage stehenden Ort beziehungsweise Zeitpunkt auf schwerwiegende Weise verletzt worden ist. Des weiteren geht aus besagten Aussagen hervor, daß dieser Rechtsbruch laut Artikel hundertachtzehn als Mord bezeichnet werden muß, und für diesen Straftatbestand gibt es keine Verjährung. Die Militärjustiz hat den mutmaßlichen Täter inzwischen ihrer Kompetenz unterstellt, nicht jedoch alle anderen Personen, die eventuell als Mittäter in Betracht kommen. Folglich beschränkt sich dieser Bericht auf die Person von Lieutenant Benjamin Tyson, obwohl gewisse Zeugenaussagen auch andere ehemalige Mitglieder der Streitkräfte dieses Landes belasten.‹«

Colonel Levin warf Tyson einen raschen Blick zu, dann fragte er Corva: »Soweit alles klar?«

»Ja, Sir.«

Levin nickte und las weiter. »›Die Aussagen von Paul Sadowski und Anthony Scorello stehen in nahezu direktem Widerspruch zu jenen von Brandt und Farley, und sie weisen alle von den beiden Letztgenannten vorgebrachten Anschuldigungen zurück. Bei ausführlichen Gesprächen mit Lieutenant Tyson gab dieser, wie bereits an anderer Stelle erwähnt, Erklärungen ab, die auf verblüffende Weise denen von Sadowski und Scorello glichen. Zugleich sei darauf hingewiesen, daß Lieutenant Tyson weder die Aussagen der ihn belastenden Zeugen anfocht noch sich abträglich über deren Charakter äußerte. Er legte lediglich eine andere Version der fraglichen Ereignisse dar. Aus einigen Bemerkungen, die Paul Sadowski gemacht hat, darf jedoch geschlossen werden, daß Dr. Brandt dem Beschuldigten gegenüber ein gewisses Maß an Feindseligkeit beziehungsweise Voreingenommenheit hegte. Diese Feindseligkeit beziehungsweise Voreingenommenheit könnte aus der Zeit stammen, in der Lieutenant Tyson und Dr. Brandt in derselben Einheit Dienst taten. Nichts deutet darauf hin, daß sie sich seit dem Tag, an dem Lieutenant Tyson nach seiner Verletzung aus Vietnam ausgeflogen wurde, wiedergesehen oder sonstwie miteinander Verbindung aufgenommen haben.‹« Colonel Levin blickte zuerst Tyson, dann Corva an. »Soweit richtig?«

Der Anwalt wandte sich Tyson zu. »Richtig?«

Tyson hob die Schultern. »Ich nehme es an. Erwartet man hier von mir, daß ich mich äußere oder etwas korrigiere?«

»Nein«, sagte Corva. »Hören Sie nur genau zu, denn zu sehen bekommen Sie nichts, die Tatsache, daß wir es vorgelesen bekommen, ist eine reine Gefälligkeit.«

»Und es ist im Interesse der Justiz«, warf Captain Hodges ein.

Corva wandte sich dem Captain zu und lächelte ihn an. »Vielen Dank, Captain, aber das wissen wir selbst.«

Hodges' Gesicht lief rot an.

Levin räusperte sich unmißverständlich. »Nun gut. Major Harper schreibt weiter: ›Im Zuge der von mir durchgeführten Voruntersuchung habe ich die Existenz von fünf weiteren Augenzeugen zur Kenntnis nehmen können: Daniel Kelly, Hernando Beltran, Lee Walker, Louis Kalane und Michael DeTonq. Nähere Angaben zu diesen Personen finden sich in einem Anhang dieses Berichts.‹« Levin blickte wieder zu Corva hinüber. »Diese Leute sind nicht ausfindig gemacht worden.«

Corva nickte nur, und Levin las weiter.

»›Zusätzlich zu diesen Augenzeugen wäre noch der Schriftsteller Andrew Picard zu nennen, dessen Rolle in dieser Angelegenheit bekannt ist. Mr. Picards mir gegenüber gemachte telefonische Aussagen haben bestätigt, daß er als Zeuge nur das wiedergeben könnte, was er selbst vom Hörensagen kennt. Er ist jedoch das Bindeglied zu einer weiteren Person, die möglicherweise auch Augenzeugin war: Schwester Theresa. Nähere Angaben zu ihrer Person finden sich ebenfalls im Anhang dieses Berichtes.‹« Levin blätterte eine Seite weiter und las. »›Abschließend möchte ich bemerken, daß die von mir zusammengetragenen Unterlagen zu der Annahme berechtigen, daß das geltende Militärrecht unseres Landes in schwerwiegender Weise verletzt worden ist. Infolgedessen lautet meine Empfehlung, daß der Fall gemäß Artikel zweiunddreißig Gegenstand eines Untersuchungsverfahrens wird.‹« Levin blickte von dem Bericht hoch.

Eine Weile schwiegen alle, dann fragte Corva: »Und ist General Peters dieser Empfehlung gefolgt?«

Levin entnahm der Schublade seines Schreibtisches eine Zigarre und befreite sie von ihrer Umhüllung. Tyson ertappte sich bei der Feststellung, daß der Colonel offenbar auf eine teurere Marke umgestiegen war. »Gleich nach Erhalt des Berichts«, sagte Levin, »hat General Peters ihn dem Rechtsberater seines Stabes vorgelegt, der ihm dann seinerseits eine Stellungnahme zukommen ließ, in der ein Untersuchungsverfahren gemäß Artikel zweiunddreißig befürwortet wird. General Peters hat sich dieser Empfehlung nicht verschlossen.«

»Die sind sich alle verdammt einig«, bemerkte Corva. »Ich hoffe, daß hier kein Fall von Mißbrauch der Amtsgewalt vorliegt.«

»Ein solches Vorgehen wäre gegen das Gesetz«, erwiderte Levin scharf. »Diese Angelegenheit wird nach streng rechtlichen Gesichtspunkten beurteilt, Mr. Corva.«

»Wirklich? Ich frage mich, ob die Entscheidung, diesen ziemlich schwachen Fall nicht einfach in der Versenkung verschwinden zu lassen, nicht doch das Resultat einer, wenn auch noch so diskreten Weisung von oben ist – oder der stillschweigenden Annahme, daß es eine solche Weisung gibt. Ich will in diesem Zusammenhang keine Namen nennen, sondern nur Titel: der Chef des Militärjustizwesens, der Oberste Bundesanwalt, der Stabschef der Army, der Verteidigungsminister oder der Präsident der Vereinigten Staaten. Ich, an General Peters Stelle, würde die Buschtrommeln nicht überhören, und ich bin mir verdammt sicher, daß ich kapieren würde, was die Stunde geschlagen hat.«

Levin war jetzt endlich soweit, seine Zigarre anzünden zu können. Er zog ein paarmal an ihr, bis ihre Spitze hellrot aufglühte, dann erwiderte er: »Das ist eine schwere Anschuldigung, aber bei mir kommt sie an die falsche Adresse.«

»Richtig«, meinte Corva, »aber seien Sie bitte so freundlich, meine Überlegungen an General Peters weiterzuleiten, bevor ich sie schriftlich niederlege und an alle erdenklichen Leute schicke.«

»Wie Sie wünschen.« Levin reichte Tyson ein Blatt Papier. »Dies hier ist die Aufforderung, eine Anhörung gemäß Artikel zweiunddreißig anzuberaumen. Wie Sie sehen, ist das Datum dafür der 9. September. Sie haben also genügend Zeit, weitere Entlastungszeugen ausfindig zu machen, sofern es welche gibt. Die Anhörung wird hier in Fort Hamilton stattfinden, genau gesagt im Jackson-Saal, also im Obergeschoß des Offiziersclubs. Öffentlichkeit und Presse sind ausgeschlossen. Irgendwelche Fragen?«

Tyson überflog das Blatt. »Nein, Sir«, antwortete er. Er reichte es an Corva weiter, der es sorgfältig durchlas, bevor er es in seine Aktentasche steckte. Zu Colonel Levin gewandt, meinte er dann: »Ich möchte, daß Sie General Peters und seinen Rechtsexperten noch etwas von mir ausrichten, genauer gesagt möchte ich Sie daran erinnern, daß der Angeklagte laut geltendem Militärrecht Anspruch auf Hilfe seitens der Army hat. Deshalb beantrage ich hiermit angesichts des bevorstehenden Untersuchungsverfahrens, daß auf Kosten der Army die Suche nach den fehlenden Augenzeugen fortgesetzt und der Beschuldigte während dieser Suche mit Rat und Tat unterstützt wird.«

Colonel Levin nickte. »Ich werde Ihren Antrag an die zuständigen Stellen weiterleiten.« Er blickte verstohlen zu Captain Hodges hin, dann zwinkerte er Corva zu und fuhr fort: »Allerdings möchte ich Ihnen und Lieutenant Tyson raten, die Suche nach diesen Zeugen selbst zu forcieren, falls Sie davon überzeugt sind, daß die Zeugen für die Verteidigung von Nutzen sein können.«

»Darüber hege ich nicht die geringsten Zweifel, Colonel«, erwiderte Corva. »Und ich bin auch überzeugt, daß die Regierung im Interesse der Gerechtigkeit alle ihr zur Verfügung stehenden Mittel mit demselben Eifer für die Auffindung der Zeugen einsetzen wird, den sie bei der Verfolgung dieses Falles bisher an den Tag gelegt hat. Falls dies jedoch nicht so sein sollte, werde ich alle notwendigen Schritte einleiten, damit der Fall ad acta gelegt wird. Ich werde dies schriftlich darlegen, damit Sie es an General Peters weiterleiten können.«

Levin zog an seiner Zigarre. »Noch etwas, Mr. Corva?«

»Nein, Colonel.«

Die Gegensprechanlage summte. Levin nahm den Hörer ab, lauschte und sagte zu Captain Hodges: »Sergeant Wolton braucht ein paar Unterschriften von Ihnen. Wir machen fünf Minuten Pause.«

Hodges stand auf und verließ das Büro.

Colonel Levin lehnte sich vor, blickte Tyson an und sagte: »'ne ganz schöne Scheiße, was, Tyson?«

Der abrupte Wechsel in Tonfall und Ausdrucksweise verschlug Tyson sekundenlang die Sprache. »Jawohl, Sir, 'ne ganz schöne Scheiße«, stimmte er seinem Vorgesetzten bei.

Levin funkelte Corva an, und ziemlich ungnädig sagte er: »Ihr gelehrtes Gequassel können Sie sich für die Anhörung aufsparen. Ich hab' schon richtig Kopfschmerzen.«

Corva grinste. »Sie haben mir damals in Fort Dix auch Kopfschmerzen bereitet.«

Levins Blick ruhte wieder auf Tyson. »Rauchen Sie, wenn Sie wollen!«

Tyson schüttelte den Kopf. Ihn durchzuckte der Gedanke, daß der Colonel den Captain vielleicht absichtlich unter einem Vorwand weggeschickt hatte.

»Tyson«, sagte Levin, »Sie verstehen doch, daß ich hier nur als Ihr Vorgesetzter meine Pflicht erfülle, nicht wahr?«

»Natürlich«, antwortete Tyson. »Genau das habe ich auch immer gesagt, wenn ich meine Leute bei der Ausbildung so richtig fertiggemacht habe.«

Corva mußte lachen.

Levin warf Tyson einen verärgerten Blick zu, aber dann lächelte auch er, wenngleich ein wenig verdrießlich. »Ich wollte nur sichergehen, daß Sie das bei dieser Besprechung nicht vergessen.«

»Jawohl, Sir.«

»Colonel«, schaltete sich Corva ein, »ich hätte gern, daß Sie als Lieutenant Tysons Vorgesetzter sich zu seiner Führung und seinem Charakter äußern, bevor irgendein Urteil über ihn gefällt wird.«

Levin kaute nachdenklich an seiner Zigarre. Nach einer Weile sagte er: »Ich hoffe, daß es nicht zu einer Verurteilung kommt, und wenn ja, dann bin ich nicht sicher, ob meiner kurzen Bekanntschaft mit Lieutenant Tyson viel Wert beigemessen werden würde.«

»Ich glaube trotzdem, daß Sie der Militärjustiz einen Gefallen tun würden, wenn Sie darauf hinwiesen, daß Lieutenant Tyson seinen dienstlichen Pflichten hier in zufriedenstellender Weise nachgekommen ist. Also, Colonel: ja oder nein?«

Colonel Levin legte seine Zigarre in den Aschenbecher. »Es dürfte Ihnen aufgefallen sein, Mr. Corva, daß ich für den Rang eines Lieutenant Colonel eigentlich schon ein bißchen alt bin. Gewiß haben Sie ebenfalls bemerkt, daß Fort Hamilton nicht das Pentagon oder das NATO-Hauptquartier ist. Um es kurz zu machen: Man hat mich mehrmals um eine längst fällige Beförderung gebracht und mir statt dessen diesen miesen Posten gegeben. Aber egal, ich mag Fort Hamilton, selbst wenn diese Garnison als Abstellgleis gilt. Jetzt bin ich mal wieder im Gespräch, und manche meinen sogar, ich würde zum Kommandanten dieser Garnison ernannt, wenn Colonel Hill im Oktober in den Ruhestand tritt. Sie müssen eines wissen, Mr. Corva: Mein Vater war hier einfacher

Arbeiter beim technischen Wartungsdienst, und für mich wird dies nach dreißig Jahren Dienst die letzte Station auf meinem Weg sein. Danach kehre ich heim nach Brighton Beach, irgendwo da hinten am Shore Parkway. Dann wird sich für mich der Kreis geschlossen haben. Ab und zu werde ich bestimmt noch mit meiner Frau zum Dinner im Club hierherkommen oder zu ein paar gesellschaftlichen Anlässen, zu denen man mich als ehemaligen Kommandeur einladen wird. Ansonsten werde ich all das tun, was alte Soldaten an ihrem Lebensabend so zu tun pflegen, und ich werde mir sagen können, daß ich ein gutes Leben gehabt habe.«

»Soll das heißen, daß die Antwort nein lautet?«

»Nein, durchaus nicht: Die Antwort lautet ja. Ich werde mit Vergnügen bezeugen, daß Lieutenant Tyson einen guten Charakter hat, aber ich möchte, daß er und Sie das zu schätzen wissen.«

Der Anwalt lächelte gewinnend, Tyson murmelte pflichtschuldigst: »Vielen Dank, Colonel.«

Levin gab einen Grunzlaut von sich, auf den minutenlanges Schweigen folgte. Dann ging die Tür auf, und Captain Hodges nahm wieder wortlos auf seinem Stuhl Platz.

Levin raschelte mit den Papieren auf seinem Schreibtisch, holte röchelnd tief Luft und sagte: »Ich habe Instruktion, Ihnen, Lieutenant Tyson, die gegen Sie vorgebrachten Anschuldigungen vorzulesen.« Er entnahm dem Aktenordner ein doppelseitiges Formblatt, hielt es so, daß es sein Gesicht verdeckte, und las.

»Gegen Lieutenant Benjamin J. Tyson wird folgende Anschuldigung erhoben: Verletzung des geltenden Militärrechts gemäß Artikel einhundertachtzehn (Mord). Begründungen:

1. Lieutenant Tyson von der United States Army, gegenwärtig dem Adjutanten von Fort Hamilton in Brooklyn/New York unterstellt, soll am 15. Februar 1968 als aktiver Offizier der Alpha-Kompanie, 5. Bataillon, 7. Regiment der 1. Luftlandedivision in oder in der Nähe der Stadt Huê, Provinz Thua Thien, Republik Vietnam im *Hôpital de la Miséricorde* durch seine Handlungsweise nicht nur andere Personen fahrlässig in Lebensgefahr gebracht, sondern unter willkürlicher Mißachtung menschlichen Lebens die Ermordung einer unbekannten Zahl, mindestens jedoch von neunzig namentlich unbekannten Asiaten beiderlei Geschlechts und unterschiedlichen Alters sowie

des Personals des obengenannten Krankenhauses verschuldet haben, indem er besagte Personen entweder selbst erschoß oder durch Gewehr- beziehungsweise Pistolenschüsse, Phosphor-Brandgranaten und/oder durch andere, bislang noch nicht ermittelte tödliche Waffen umbringen ließ.«

Levin blickte über den Rand des Formblattes kurz zu Tyson hin. Der saß, das Kinn in die Hand gestützt, schweigend da und starrte auf einen Punkt an der Wand. Er schien in Gedanken weit fort, an einem anderen Ort und in einer anderen Zeit, zu sein. Im Raum herrschte tiefe Stille.

Levin räusperte sich und las weiter.

»2. Zu den unter Punkt 1 genannten Personen, die auf die oben geschilderte Weise ums Leben gekommen sind, gehörten auch mindestens vierzehn Personen weißer Hautfarbe, deren Namen wie folgt lauten: Jean Monteau, männlichen Geschlechts, Arzt, französische Staatsangehörigkeit, 46 Jahre alt; Evan Dougal, männlichen Geschlechts, Arzt, australische Staatsangehörigkeit, 34 Jahre alt; Bernhard Rueger, männlichen Geschlechts, Arzt, deutsche Staatsangehörigkeit, 29 Jahre alt; Marie Broi, weiblichen Geschlechts, Krankenschwester, französische Staatsangehörigkeit, 25 Jahre alt; Schwester Monique (Yvette Dulane), weiblichen Geschlechts, Nonne, Krankenschwester, französische Staatsangehörigkeit, 21 Jahre alt; Schwester Aimée (Henriette Le Blanc), weiblichen Geschlechts, Nonne, Krankenschwester, französische Staatsangehörigkeit, 21 Jahre alt; Schwester Noëlle (Reine Mauroy), weiblichen Geschlechts, Nonne, Krankenschwester, belgische Staatsangehörigkeit, 23 Jahre alt; Pierre Galante, männlichen Geschlechts, Krankenpfleger, französische Staatsangehörigkeit, 30 Jahre alt; Henri Taine, männlichen Geschlechts, Krankenpfleger, französische Staatsangehörigkeit, 31 Jahre alt; Maarten Lubbers, männlichen Geschlechts, Labortechniker, holländische Staatsangehörigkeit, 23 Jahre alt; Bruder Donatus (bürgerlicher Name unbekannt), männlichen Geschlechts, medizinischer Assistent, Staatsangehörigkeit unbekannt, 41 Jahre alt; Schwester Juliette (bürgerlicher Name unbekannt), weiblichen Geschlechts, Nonne, Krankenschwester, Staatsangehörigkeit unbekannt, 53 Jahre alt; Susanne Dougal, weiblichen

Geschlechts (Ehefrau von Evan Dougal), australische Staatsangehörigkeit, 35 Jahre alt; Linda Dougal, weiblichen Geschlechts (Tochter von Evan und Susanne Dougal), australische Staatsangehörigkeit, 15 Jahre alt.«

Colonel Levin starrte das Papier in seinen Händen noch ein paar Sekunden lang an, dann legte er es auf den Tisch. Er zündete seine Zigarre neu an und paffte eine Weile vor sich hin.

Aus dem Nebenraum drang das klappernde Geräusch einer Schreibmaschine in Tysons Bewußtsein, und durch das offene Fenster vernahm man die Klänge eines Militärmarsches. Die 27. US-Army-Band übte auf dem Exerzierplatz.

Der Colonel entnahm dem Aktenordner eine Abschrift der Anklageschrift und reichte sie Tyson, der sie, ohne einen Blick darauf zu werfen, an Corva weitergab. Der Anwalt steckte das Dokument ohne weitere Umstände in seine Aktentasche.

Als nächstes händigte Levin Corva mehrere zusammengeheftete Schriftstücke aus. »Dies sind die Verzeichnisse der Opfer weißer Hautfarbe, von denen in der Anklageschrift die Rede ist, einschließlich einer Kurzbiographie«, sagte er. »Major Harper erhielt diese Angaben von der katholischen Hilfsorganisation in Paris, die in ihren Unterlagen das ehemalige Personal des Krankenhauses als vermißt führt. Noch irgendwelche Fragen, Mr. Corva?«

»Dutzende, Colonel, aber leider könnten Sie mir keine beantworten.«

»Nein, wahrscheinlich nicht.« Levin drückte seine Zigarre aus.

»Ist das alles, Colonel?«

»Der Colonel wird Sie wissen lassen, wann er fertig ist«, schaltete sich Captain Hodges ein.

Corva beugte sich lächelnd zu Hodges hinüber und sagte freundlich: »Hätten Sie Lust, den Rest dieses Tages in einem Krankenhaus zu verbringen?«

Hodges sprang auf. »Sie wagen es, mir zu drohen?«

Der kleine Anwalt war ebenfalls aufgestanden. »Das war keine Drohung, das –«

»Ruhe!« brüllte Colonel Levin. »Hinsetzen, Captain!« Zu Corva gewandt, sagte er etwas leiser: »Ich muß Sie bitten, wieder Platz zu nehmen, Mr. Corva!«

Hodges und Corva setzten sich; Tyson starrte betont uninteressiert aus dem Fenster. Draußen spielte die Militärkapelle inzwischen *Sweet Georgia Brown*, und er klopfte den Takt der Melodie mit der Schuhspitze mit.

Levin holte tief Luft. »Captain«, sagte er dann zu Hodges, »Sie werden Mr. Corva mit der Höflichkeit behandeln, die ein Offizier der US-Army allen Zivilisten schuldet. Wir sind hier nicht in Preußen, und wir sind auch nicht Offiziere der preußischen Armee. Seien Sie ein bißchen lockerer, Mensch!«

Hodges' puterrote Gesichtsfarbe war einer Leichenblässe gewichen. »Jawohl, Sir!« antwortete er zackig.

Tyson lächelte geistesabwesend und klopfte noch immer den Takt der Musik mit, deren Rhythmus sich um einiges beschleunigt hatte.

Zu Corva gewandt, sagte Levin: »Ich lasse Ihre Bemerkung diesmal durchgehen, weil man Sie provoziert hat.« Und zu Tyson: »Lieutenant, falls Sie vorhaben, hier einen Steptanz aufzuführen, möchte ich Sie bitten, damit zu warten, bis Sie dieses Gebäude verlassen haben!«

Tyson hörte auf zu klopfen. »Jawohl, Sir!«

Der Colonel nahm nun ein weiteres Schriftstück in die Hand und las es offensichtlich konzentriert durch, bevor er es wieder auf den Tisch legte und sagte: »Colonel Hill, der Kommandant dieser Garnison, hat mich angewiesen, Sie unter Arrest zu stellen, Lieutenant Tyson.«

Tyson verständigte sich durch einen schnellen Blick mit Corva, dann blickte er unverwandt zu Levin hin. Der wich seinem Blick aus. »Sie wissen wohl noch aus Ihrer ersten Dienstzeit«, fuhr er fort, »daß Hausarrest beim Militär eher eine moralische und formelle als eine physische Einschränkung der Bewegungsfreiheit darstellt. Allerdings ist sie einschneidender als die Beschränkungen, denen Sie gegenwärtig unterliegen. – Nein, Mr. Corva, bitte unterbrechen Sie mich jetzt nicht, sondern hören Sie zu! – Im Zusammenhang mit Ihrem Hausarrest haben Sie folgende Einzelheiten zu beachten, Lieutenant Tyson: Sie werden von der Ausübung Ihrer militärischen Pflichten teilweise entbunden. Konkret bedeutet dies, daß Ihr Dienst im Museum beendet ist. Sie dürfen ferner die Garnison nicht ohne meine oder die Erlaubnis eines anderen zuständigen Offiziers verlassen, und Sie müssen sich tagtäglich um neun Uhr morgens bei mir, Captain Hodges oder an Wochenenden beim wachhabenden Offizier melden. Sie haben sich täglich im Abstand von drei Stunden bis neun Uhr abends in einem eigens zu diesem Zweck ausgelegten Buch einzutragen. Nach neun Uhr abends haben Sie sich bis zur nächsten Meldung um neun Uhr früh in Ihrem Quartier aufzuhalten. Sie dürfen keine Waffen tragen. Innerhalb der Garnison bleiben Ihre Aktivitäten auf den PX-Laden, die Ausgabestelle, den Offiziersclub, Ihr eigenes Quartier und die Sporthalle beschränkt, sofern Sie sie zu benützen wünschen. Der Kommandeur der Militärpolizei hat Anweisung, darauf zu achten, daß Sie diese Ausgangsbeschränkung einhalten.« Levin reichte Tyson ein Blatt Papier. »Dies ist der Arrestbescheid. Irgendwelche Fragen?«

Tyson schüttelte den Kopf, was ihm unter normalen Umständen eine Ermahnung von Hodges eingetragen hätte, doch der schien einen nachhaltigen Dämpfer erhalten zu haben, wenngleich das Resultat dieser Zusammenkunft letztlich gewiß zu seiner Zufriedenheit ausgefallen war.

»Ich beabsichtige, bei Colonel Hill Protest gegen diesen Arrestbescheid einzulegen«, verkündete Corva. »Er ist ehrenrührig, ungerechtfertigt und verstößt gegen alle Regeln in bezug auf die angemessene Behandlung eines Offiziers. Im übrigen scheint er nur darauf abzuzielen, meinen Mandanten zu zermürben.«

Levin nickte scheinbar zustimmend, doch dann sagte er: »Das Gesetz sieht keine Einspruchsmöglichkeit gegen einen solchen Arrestbescheid vor, doch falls Sie ein Gespräch mit dem Kommandanten wünschen, kann ich es arrangieren.«

»War das alles?« fragte der Anwalt. Er stand auf und warf Hodges einen herausfordernden Blick zu.

Levin nickte. »Das ist alles, was *ich* zu sagen habe. Aber wie steht's mit Ihnen und Ihrem Mandanten?«

»Mein Mandant bittet Sie hiermit um Erlaubnis, die Garnison in meiner Begleitung um achtzehn Uhr mit dem Zweck verlassen zu dürfen, sich zusammen mit mir anständig zu betrinken«, sagte Corva.

»Genehmigt«, erwiderte Levin, und zu Tyson sagte er: »Melden Sie sich hier bei mir morgen früh um neun Uhr.«

»Jawohl, Sir!«

## *Kapitel 34*

Sowie die beiden das Gebäude verlassen hatten, zündete sich Tyson eine Zigarette an. »Wußten Sie, daß das passieren würde?« fragte er seinen Anwalt.

»Ich ahnte es.«

»Warum haben Sie mir nichts gesagt?«

»Weil Sie selbst Bescheid wußten, Ben. Wir sollten aufhören, so zu tun, als wäre diese ganze Geschichte nur ein Formfehler. Die meinen es wirklich ernst, und die Anklage gegen Sie lautet auf Mord! Seien Sie ehrlich, Sie waren seit dem Tag darauf gefaßt, als Ihr Bekannter Ihnen Picards Buch in die Hand drückte.«

Tyson zog an seiner Zigarette. »Nein, ich wußte es schon lange vorher. Aber sagen Sie mal, Vincent, warum haben wir es denen nicht richtig gegeben?«

Corva lächelte. »Jetzt klingen Sie wie ein richtiger Hitzkopf.«

Sie gingen die Lee Avenue hinunter, kamen an den alten Kanonen vorbei und näherten sich dem Haupttor.

»Wo wollen Sie hin?« fragte Corva. »Sie dürfen hier nicht vor sechs Uhr raus.«

»Ich scheiss' drauf! Außerdem weiß ich nicht einmal, wie spät es ist.« Er ging durch das schmale Fußgängertor, erwiderte geistesabwesend den Gruß des Militärpolizisten und bog nach links ab zu der von Pfeilern getragenen Auffahrt zum Shore Parkway.

»Ich sagte sechs Uhr! Kommen Sie, gehen wir zurück!« drängte Corva. »Ich bin verantwortlich für Sie.«

»Niemand außer mir ist verantwortlich für mich. Meinetwegen können die sich ihren Arrestbescheid zusammenrollen und in den Hintern schieben. Und wenn *Sie* Angst vor der Verantwortung haben, können Sie von mir aus gehen!«

Corva holte tief Luft, zog es aber vor zu schweigen. Sie durchquerten eine kleine Grünanlage, bis sie ans Ufer kamen. Tyson ging am Wasser entlang, Corva war ein paar Schritte zurückgeblieben. »Menschen, die ein furchtbares Verbrechen begangen haben«, sagte er unvermittelt, »geben sich manchmal der Selbsttäuschung hin, daß sie es nicht getan haben. Wenn die Justiz dann den

Arm nach ihnen ausstreckt, reagieren sie manchmal mit großer Wut. Hören Sie, Ben, ich habe Sie bisher nicht nach vielen Einzelheiten gefragt, aber Sie wissen, ich weiß es und die Army weiß es, daß in dem Krankenhaus eine Menge Unschuldige bei dem grauenhaften Gemetzel umgekommen sind. Sie haben sich gerade selbst die Namensliste der Opfer angehört, wie es der Ankläger unzweifelhaft nennen würde. Vergessen Sie auch nicht die *mindestens neunzig Asiaten!*«

»Das hat mir gefallen, ich meine die Art und Weise, wie fein säuberlich zwischen Weißen und Asiaten unterschieden wurde.«

»Man kennt nur die Namen der Personen weißer Hautfarbe. Deshalb die Formulierung, und nicht etwa wegen irgendeines rassischen Vorurteils –«

»Unsinn! Würde ich etwa hier mit Ihnen reden, zwanzig Jahre später, wenn es sich nur um einen Haufen *gooks, slopes, dinks, zipperheads, slants* oder wie wir sie sonst noch genannt haben, handeln würde? Nein, das waren ja bloß Asiaten! Ich stecke jetzt nur bis zum Hals in der Scheiße, weil ich angeblich vierzehn *richtige* Menschen abgemurkst habe.«

»Okay, das brauchen Sie mir nicht zu sagen, ich weiß, was wir damals in Vietnam angerichtet haben. Mein Gott, wenn ich noch einmal von vorne anfangen könnte...«

»Ja – wenn!«

Corva hielt mit Tysons rascher Gangart Schritt. »Die Sache ist die«, fuhr er fort, »daß Sie, ich und die Army genau wissen, daß das Massaker von Männern begangen worden ist, die damals direkt Ihrem Befehl unterstanden. Darüber hinaus gibt es Anlaß zu der Vermutung, daß Sie bei dem Blutbad zugegen waren oder es zumindest teilweise als Augenzeuge miterlebt haben. Man ist sogar so weit gegangen zu behaupten, daß Sie möglicherweise selbst ein paarmal abgedrückt haben.«

»Nein, das habe ich nicht!« Tyson blieb stehen und starrte auf das Wasser hinaus. Kleine Wellen leckten an den steinigen Strand. Tyson atmete die salzige Seeluft tief ein. »Nein, das habe ich nicht«, wiederholte er.

Corva stellte sich vor ihn hin. »Wen interessiert das schon? Mich nicht! Sie wissen genausogut wie ich, daß es der Army auch egal ist, ob Sie jemanden erschossen haben oder nicht. Es ist ihnen auch gleichgültig, warum es passiert ist, ob Sie versucht haben, dagegen einzuschreiten, ob Ihre Soldaten meuterten und Sie mit einer Waffe in Schach hielten oder ob Sie gerade mal für eine Minute zum Pinkeln gegangen waren und deshalb das Ganze verpaßt haben. Für die zählt nur eines: Sie haben das Massaker nicht gemeldet, obwohl es Ihre gesetzliche Pflicht gewesen wäre, von der christlichen ganz zu schweigen. Aus Gründen, die nur Sie selbst kennen, wollten Sie nicht, daß die Mörder vor Gericht gestellt wurden. Das Ironische an der Sache ist, daß Ihre Untergebenen das Verbrechen wahrscheinlich im Affekt begangen haben. Vielleicht sind ihnen nach all den Fronteinsätzen die Nerven durchgegangen, was die Army als mildernden Umstand gelten lassen würde. Unzweifelhaft litten Ihre Männer auch an einer unheilvollen seelischen Störung – unheilvoll für andere Menschen. Aber Sie selbst, Tyson, haben mit jedem neuen Tag, den Sie verstreichen ließen, ohne das Verbrechen zu melden, ganz leidenschaftslos eine Schuld auf sich geladen. Sie hatten fast zwei Jahrzehnte Zeit, um die Sache in Ordnung zu bringen, aber Sie haben es nicht getan. Jetzt macht sich die Army daran, die Dinge zurechtzurücken, und zwar nicht nur um ihrer selbst willen, sondern auch für Sie. Was die eigentlichen Mörder anbelangt, so hätten die viele Argumente zu ihrer Verteidigung, aber sie brauchen sie gar nicht vorzutragen. Die Besonderheiten unseres durchaus nicht vollkommenen Rechtssystems bringen es mit sich, daß diese Leute wahrscheinlich nicht zur Rechenschaft gezogen werden. Sie handelten in einem Augenblick des Wahnsinns, und dieser Augenblick ist vorüber; aber Ihre Verfehlung, Ben, dauert noch immer an. Mag sein, daß die Militärjustiz ihre Mängel hat, doch sie ist instinktsicher, ungetrübt von irgendwelchem zivilen Hokuspokus und oft sogar verblüffend gerecht. Das wissen Sie selbst, und Sie wissen auch genausogut wie ich und die Army, daß Sie schuldig sind. Möglicherweise gibt die Anklageschrift Ihre Rolle bei dem Massaker nicht genau wieder, aber eines kann ich Ihnen versichern: Nachdem alle Zeugen ausgesagt beziehungsweise ihre Lügen erzählt haben werden, wird die Jury des Kriegsgerichtes, die aus Leuten wie Colonel Levin bestehen wird, also Männern, die täglich als Offiziere und Führungspersönlichkeiten menschliches Verhalten einzuschätzen und auszuwerten gelernt haben – ja, dann wird diese Jury die

Wahrheit aufdecken. Das Urteil steht gewissermaßen schon fest. Machen Sie sich damit vertraut. Ich kann Ihnen nur eines garantieren, nämlich, daß Sie, wenn Sie eines Tages – vielleicht in Handschellen und von bewaffneten Wärtern begleitet – den Gerichtssaal verlassen, daß Sie dann frei sein werden. Sie verstehen doch, was ich mit *frei* meine?«

»Ja.«

»Gut. Schicken Sie mich jetzt zum Teufel?«

»Nein, aber ich hätte große Lust, Sie zu vermöbeln.«

»Später. Wollen Sie sich heute abend vollaufen lassen?«

Tyson nickte geistesabwesend. »Komme ich nicht besser weg, wenn ich mich gleich schuldig bekenne?«

»Nein, das ist eine weitere Besonderheit des Militärrechts. Es wirkt sich nicht strafmildernd aus, wenn man sich zu Beginn eines Mordprozesses für schuldig erklärt.«

»Ach ja, jetzt erinnere ich mich. Ein guter Grundsatz.«

»Lassen Sie mich rekapitulieren: Sie haben mir nicht das Mandat entzogen, und Sie wollen sich heute abend mit mir betrinken. Richtig?«

»Richtig. Hauptsache, ich komme aus dieser Garnison raus. Sogar ein Besäufnis mit Ihnen ist mir dazu recht.«

Sie drehten um und gingen langsam in Richtung Brücke zurück. Nach einer Weile sagte Corva: »Wenn wir dann richtig betrunken sind, können wir uns ja gegenseitig mit ein paar hübschen Geschichten erheitern. Ich muß Ihnen unbedingt von einem Bordell erzählen, das etwas außerhalb von Tay Nihn in einer alten französischen Villa untergebracht war. Es wurde von einer absolut verrückten *Madame* geleitet, einem Mischblut.«

Tyson mußte lächeln. »Klingt ganz nach dem Puff bei Quang Tri, den ich kannte. Muß 'ne richtige Kette gewesen sein.«

Sie gingen unter der Brücke hindurch. Der Autoverkehr über ihren Köpfen erzeugte einen ständigen dumpfen Summton. Zwischen den Pfeilern des riesigen Bauwerks kreisten Möwen.

»Ich war ein verdammt guter Frontoffizier«, sagte Tyson. »Aber als sie mich dann ins Krankenhaus brachten, war ich nur noch eine ausgebrannte, leere Hülse. Meine Aufgabe bedeutete mir nichts mehr, aber das war mir scheißegal. Es interessierte mich nicht einmal, ob ich sterben oder am Leben bleiben würde.«

»Irgendwann wären Sie bestimmt umgekommen, aber Sie hatten Glück und wurden vorher verwundet. Ausgerechnet dieser Brandt kümmerte sich um Sie! Der Krieg ist voller Widersprüche.«

»Das kann man wohl sagen.«

Sie waren beim Haupttor der Garnison angekommen. Tyson schaute es eine Weile an. »Fast wie ein Zuchthaus«, sagte er dann.

Sie waren vor dem schmalen Durchgang für Fußgänger im Haupttor stehengeblieben. »Sind Sie eigentlich mit der U-Bahn gekommen?« fragte Ben.

»Ja, ich wollte Ihnen eine unnötig hohe Taxirechnung ersparen. Von hier aus kann ich bequem zu Fuß zum Bahnhof gehen. Ich bin übrigens bereit, mit allen Entlastungszeugen zu reden«, sagte der Anwalt. »Notfalls fahre ich auf Kosten der Army zu Sadowski und Scorello. Sie können übrigens mitkommen. Sadowski wohnt in Chicago, Scorello in einem Vorort von San Francisco. Auf diese Weise kämen Sie hier für ein paar Tage raus. Das wäre doch auch ein nettes Wiedersehen.«

Tyson schüttelte den Kopf. »Ich will die beiden nicht sehen.«

»Warum nicht?«

»Weil sie mich auch nicht sehen wollen. Keiner von uns will den anderen sehen.«

»Okay, verstehe. Ist ja auch nicht weiter wichtig. Aber was ist mit Brandt und Farley? Wenn die beiden ins Kreuzverhör genommen werden, können Sie darauf bestehen dabeizusein. Wenn Sie wollen, werden sie Ihnen auch vor der Anhörung beziehungsweise dem eigentlichen Verfahren gegenübergestellt.«

»Können wir sie dann so richtig auseinandernehmen?«

»Darauf können Sie sich verlassen.«

Tyson grinste. »Sie reden nur immer, Corva. Ich meinte das mit dem Auseinandernehmen wortwörtlich. Diesen Brandt könnte ich glatt umbringen.«

»Ach ja? Damit wäre natürlich die Angelegenheit sehr schnell erledigt. Gewissermaßen die Vietnamlösung für ein ärgerliches Problem. Einfach in die Luft jagen!«

»Leider werde ich jetzt scharf bewacht. Ich würde nicht damit durchkommen.«

»Leute Ihres Schlages verstehen eben nichts davon. Man sucht sich einen bezahlten Killer. Wenn Sie wollen, kümmere ich mich darum.«

»Im Ernst?«

»Meinen *Sie* es denn ernst?«

Tyson schüttelte den Kopf. »Nein.«

»Warum fangen Sie dann davon an? Also was ist: Wollen Sie ihn sehen? Und Farley auch?«

»Nein, nur Brandt. Irgendwann vor dem Prozeß.«

»Gut. Sagen Sie mal, haben Sie eigentlich mit Karen Harper geschlafen?« fragte der Anwalt plötzlich wie beiläufig.

Tyson warf ihm einen erstaunten Blick zu und erwiderte kurz: »Nein.«

»Schade.« Corva sah auf seine Uhr. Die beiden Männer standen einen Moment nachdenklich nebeneinander.

»Das Komische an so einem Fall ist doch«, begann Tyson, »daß manchmal nicht einmal das Opfer weiß, ob es an der Tat gänzlich unbeteiligt ist. Als dieser Dr. Jean Monteau beispielsweise sterbend auf dem Fußboden des Krankenhauses lag, muß ihn auch der Gedanke durchzuckt haben, daß er vielleicht zu seinem eigenen Tod beigetragen hatte.« Tyson starrte Corva durchdringend an.

»Und was ist mit den Tätern?« fragte Corva, der sich ein wenig wunderte, daß sein Mandant so schnell vom Thema Karen Harper weggegangen war.

»Das ist irgendwie noch seltsamer. Ein Mann, der gerade mit einer Frau schläft oder einen anderen Menschen umbringt, kann nie mit letzter Sicherheit sagen, ob er sich nicht auch der Vergewaltigung schuldig macht oder einen Krieg vom Zaun bricht.«

»Dafür gibt es die Geschworenen.« Corva dachte einen Moment nach, dann fuhr er fort: »Ich erwähnte schon vorhin, daß das Urteil im Grunde bereits feststeht.«

»Ja, das sagten Sie. Und als Mandant freut man sich natürlich, so etwas von seinem Anwalt zu hören.«

»Nun, ich wollte Ihnen nur das ungünstigste Szenarium vor Augen führen. Das gehört zu den ältesten Tricks eines Anwalts. In Wirklichkeit ist die Situation viel ausgewogener. Wir haben es mit einem Haufen ehemaliger Soldaten zu tun, die alle unter derselben Decke stecken. Möglicherweise wird das Kriegsgericht sich von ihren Aussagen so beeindrucken lassen, daß es zu der Schlußfolgerung gelangt, die Anklage sei nicht ausreichend begründet. Man müßte Sie dann freisprechen, obwohl man von Ihrer Schuld überzeugt ist. Lassen Sie mich jedoch etwas anderes sagen: Diese Nonne bereitet mir ziemliches Kopfzerbrechen. Hat sie eigentlich viel gesehen?«

»Genug«, sagte Tyson leise.

»Wenn sie plötzlich aus heiterem Himmel auftaucht und in den Zeugenstand tritt, dann wird man ihre Aussagen für bare Münze nehmen. Und ich gehe ehrlich gesagt davon aus, daß das, was sie zu sagen hätte, für Sie ziemlich vernichtend wäre.«

»Wollen Sie wissen, was sie sagen würde?«

»Nein, es interessiert mich nicht sonderlich. Falls man sie findet, können Sie mich ja rasch in ein paar Einzelheiten einweihen. Wenn man sie jedoch nicht aufstöbert, ist die Sache sowieso gegenstandslos. Aber vergessen wir eines nicht: Nonnen lügen nie! Zumindest geht man bei Gericht im stillen Einvernehmen davon aus. Und Verteidiger versuchen nie, die Aussagen von Nonnen, Priestern, Rabbis oder sonstigen Geistlichen zu zerpflücken oder in Zweifel zu ziehen. Das ist ziemlich riskant.«

»Ich frage mich, warum sie noch nicht gefunden worden ist oder sich noch nicht gemeldet hat«, sagte Tyson.

Corva rieb sich nachdenklich das Kinn. »Wenn ich zu Verfolgungswahn neigen würde, würde ich sagen, daß die Leute von der Justiz schon längst nicht nur Schwester Theresas Aufenthaltsort, sondern auch den von Hernando Beltran, Lee Walker und Louis Kalane kennen. Bei Kelly und DeTonq liegen die Dinge wohl ein bißchen anders. Bestimmt hat man Ihren ehemaligen Busenfreunden geraten, sich im Hintergrund zu halten. Vielleicht werden sie nie vor Gericht erscheinen, aber wenn es dazu kommt, sagen sie bestimmt *für* Sie aus, stimmt's?«

»Vermutlich.«

»Weil ihr alle hoch und heilig geschworen habt, dieselbe Lügengeschichte zu erzählen. Ihr habt euch gegenseitig euer Ehrenwort gegeben, euch nicht im Stich zu lassen. Ist das richtig?«

»Sie sind sehr klug, Vincent.«

»Klug? Was Sie nicht sagen! Wie schrieb diese Karen Harper doch gleich in ihrem Bericht? *Lieutenant Tyson gab Erklärungen ab, die denen von Sadowski und Scorello auf verblüffende Weise glichen.* Was meinen Sie wohl, was sie damit sagen wollte? Daß ihr euch alle vor fast zwanzig Jahren diese Geschichte ausgedacht und sie so gründlich auswendig gelernt habt, daß ihr sie am Ende fast selbst geglaubt habt. Herrgott, selbst wenn mir die Regierung fünf weitere Entlastungszeugen liefern würde, würde ich mich wahrscheinlich hüten, sie alle aufmarschieren zu lassen, damit sie alle genau dasselbe erzählen. Dabei wird niemand auf die Idee kommen, *ich* hätte ihnen die Story eingetrichtert. Nein, Ben, dahinter stecken *Sie* und sonst niemand. Damals, vor zwanzig Jahren, waren *Sie* der Boß, und *Sie* allein hatten genug Phantasie, ein Massaker in ein heroisches Epos umzuwandeln. Nur so konnten Sie Ihre Haut retten.«

»Seien Sie nicht zu bescheiden, Vincent«, sagte Tyson. »Sie sind wirklich ein kluges Kind.«

»Meinetwegen. Aber eins steht fest: Diese ganzen Kriegsgeschichten sind durch die Bank Quatsch. Habe ich Ihnen das nicht schon einmal gesagt?«

»Ja, haben Sie. Und tun Sie nicht so, als wüßten Sie es nicht.«

»Und Sie sollten es nicht vergessen! Bis heute abend! Wir treffen uns in meinem Büro.«

Tyson wandte sich ab und machte sich auf den Weg zurück in die Garnison. Nach jedem Gespräch mit Corva fühlte er sich ein bißchen unsicherer, paradoxerweise jedoch auch mehr mit sich selbst versöhnt. Irgendwo am Ende des Weges erwartete ihn die Freiheit, mochten ihn die Mauern dieser Festung auch noch so sehr an das Zuchthaus von Leavenworth erinnern.

Die Militärpolizisten im Wachhäuschen salutierten, aber er erwiderte den Gruß nicht.

## *Kapitel 35*

Der Zug lief in den Bahnhof von Garden City ein. Tyson stieg aus. Es war einer dieser heißen, trockenen Augustnachmittage, an denen sich alles in Zeitlupe zu bewegen scheint und von der reglosen Luft eine seltsame Stille ausgeht. Tyson lockerte seine Krawatte und warf sich das leichte Jackett über die Schulter. Er verließ den Bahnsteig und steuerte auf den Taxistand zu.

Drei schwarze Cadillacs warteten auf ihren Standplätzen. Unter dem vorragenden Dach des Bahnhofsgebäudes saßen im Schatten ihre farbigen Fahrer. Sie lasen Zeitung und tranken Coca-Cola aus der Dose. Als Tyson näher kam, stand einer der Männer auf und grinste ihn breit an. »Mr. Tyson! Gerade mit dem Zug gekommen?«

»Hallo Mason. Ich komme nur für ein paar Stunden. Können Sie mich fahren?«

»Gerne.«

Tyson ging neben Mason, einem kräftig gebauten Mann zwischen fünfzig und sechzig in schwarzer Chauffeursuniform, zum Wagen. »Ziemlich heiß heute«, bemerkte Tyson.

»Allerdings, aber wenigstens ist es trocken.« Mason hielt Tyson die hintere Tür seines Cadillacs auf. Tyson stieg ein. Mason setzte sich hinters Steuer und ließ den Motor an. »Ich mach' die Klimaanlage an«, sagte er.

»Wie geht's denn so?« erkundigte sich Tyson.

»Gut, Sir, sehr gut. Und selbst?«

»Geht so.«

»Sie sehen gut aus. Viel Sport?«

Tyson lächelte. »Ich renne jetzt jeden Tag sieben bis acht Kilometer.«

»Prima. Wann hören Sie auf zu rauchen?«

»An Neujahr.«

Mason mußte lachen. »Wo fahren wir hin?«

»Erst mal nach Hause zu mir.«

Mason setzte seine Schirmmütze auf, ließ den Wagen vorsichtig aus der Parklücke rollen und fuhr langsam die von schattigen Bäumen und eindrucksvollen Privathäusern gesäumte Straße hinunter. Die Stadt wirkte verlassen.

»Ist hier 'ne Neutronenbombe runtergekommen, während ich weg war?« fragte Tyson.

Wieder lachte Mason. »Nee, im August hauen die Leute alle ab. Kaum was zu tun. 'n paar Fahrten zum Flugplatz am Tag, manchmal auch 'n Pärchen, das irgendwo an den Strand will. Ziemlich flau.«

»Warum machen Sie dann nicht einen Monat frei?«

»Weil die einem auch im August Rechnungen schicken.«

»Stimmt. Wie geht's denn der guten Mrs. Williams?«

»Wird allmählich 'n bißchen alt, genau wie ich. Kommt kaum noch die Treppe hoch. Muß mir wohl was mit 'nem Fahrstuhl suchen. Und mit Klimaanlage.«

Tyson erwog einen Augenblick lang die Möglichkeit, das Ehepaar Williams während der nächsten Monate sein Haus hüten zu lassen, aber er war sich nicht sicher, ob er den beiden Leuten damit einen Gefallen tat. Wahrscheinlich war Mason mit seiner Frau lieber daheim. Tyson blickte sich in dem tadellos gepflegten Wagen um. »Erinnern Sie sich noch an den Lincoln, den Sie damals hatten?«

»Na klar. Baujahr vierundsechzig. Halb so lang wie ein Häuserblock und so breit wie der Hintern von meiner Schwiegermutter. So was wird ja leider nicht mehr gebaut. Mir kann 'n Schlitten nicht groß genug sein. Was die Spinner in Detroit sich wohl denken?«

»Die Welt wird auch immer kleiner und enger, Mason. Aber tun Sie mir bitte einen Gefallen: Kaufen Sie nie ein japanisches Auto!«

»Um Gottes willen! Ha'm Sie sich die Kisten mal genauer angeschaut? Mein Kühlschrank ist größer!«

Sie unterhielten sich noch ein paar Minuten lang über Autos, dann stoppte der Fahrer vor Tysons Haus. »Kommen Sie mit rein«, forderte Tyson ihn auf. Er stieg aus, blieb auf dem Gehweg stehen und starrte sein eigenes Haus an. Der Gärtner hatte wie immer gute Arbeit geleistet, und das Dienstmädchen sicherlich auch. Bestimmt waren die Leute von der Schädlingsbekämpfung hiergewesen und hatten alle Pflanzen besprüht. Das in sieben Zonen eingeteilte Sprinklersystem war auf Zeituhr geschaltet, genau wie die Außenbeleuchtung. Die Alarmanlage gegen Einbruch und Feuer wurde von der Zentrale einer privaten Wachdienstgesellschaft aus überwacht. Insgesamt war dieses Haus der reinste Automat. Es brauchte die Tysons eigentlich nicht. Ben hatte schon oft die Vision einer voll durchorganisierten Vorstadt der oberen Mittelklasse gehabt: Nirgends eine Spur von den Bewohnern, überall nur Maschinen und Leute, die sie bedienten.

Er ging den gepflasterten Weg entlang zum Haus, schaltete mit einem Schlüssel die Alarmanlage aus, schloß die Tür auf und trat, von Mason gefolgt, ein.

Innen im Haus roch es anders, als er es in Erinnerung hatte, und er fühlte sich nicht wie bei sich zu Hause. Wahrscheinlich war dieser Geruch ein Gemisch verschiedener Reinigungsmittel. Piedad, die Putzfrau, machte sich vermutlich lustig darüber, daß sie Woche für Woche ein leeres Haus putzen mußte.

Tyson hängte sein Sportjackett an die Garderobe und ging zu dem Tischchen in der Diele, auf dem ein Stapel Post lag. Er sah die Briefe rasch durch, aber es war nichts Wichtiges dabei. Phil Sloan hatte einen Hausschlüssel, damit er sich um derlei kümmern konnte. Die wichtigsten Schreiben sandte er ihm nach Fort Hamilton nach. Auf dem Fußboden lagen auch ein paar Päckchen, die Sloan wahrscheinlich im Postamt hatte abholen müssen. Tyson hob eines von ihnen auf. Es hatte die Größe eines Schuhkartons, und auf einem Aufkleber stand das Wort *Zerbrechlich*. Tyson machte es mit seinem Taschenmesser auf, kramte in der Schaumstoffpolsterung herum und zog eine besonders scheußliche Figurine heraus, die Darstellung eines jungen Pärchens. Tyson stellte es auf den Tisch und las das beiliegende Kärtchen: *Mein lieber kleiner Bruder, seit uns Tante Millie diesen schönen Gegenstand vor fünf Jahren schenkte, haben wir ihn immer in Ehren gehalten; doch dann habe ich mich erinnert, wie sehr Du ihn immer bewundert hast, und deshalb schicke ich ihn Dir in dieser Stunde der Not. Halt die Ohren steif! Alles Liebe für Dich, Marcy und David. Deine Schwester Laurie.*

Tyson legte das Kärtchen auf den Tisch und kramte wieder in dem Paket herum, bis er sein Offizierstagebuch fand. Er schob es in die Gesäßtasche seiner Hose. Dann wandte er sich nach Mason um: »Können Sie mir mal eben behilflich sein?«

»Na klar.«

Die beiden gingen in den Keller, und Tyson kniete sich dort vor einem alten Schiffskoffer nieder. Das Vorhängeschloß war zu, aber die verwischte Staubschicht ringsherum deutete darauf hin, daß sich jemand daran zu schaffen gemacht hatte. Die Scheißkerle! dachte Tyson. Sie hatten tatsächlich seine Alarmanlage und die angeblich diebstahlsicheren Schlösser überlistet. Wahrscheinlich hatten sie sich im ganzen Haus umgesehen, in jeder Schublade, jedem Schrank und jedem Schreibtisch gewühlt, in Fotoalben, Tagebüchern, Scheckbüchern, Adressenverzeichnissen und Aktenordnern geschnüffelt. Diese Leute waren bis in den Kern seiner Privatsphäre vorgedrungen, und mit großer Wahrscheinlichkeit hatten sie alles fotografiert, fotokopiert und katalogisiert. »Scheißkerle!«

»Was sagten Sie?«

»Ach, nichts.« Tyson war sich ziemlich sicher, daß auch seine Post geöffnet wurde. Immerhin deutete an dem Päckchen seiner Schwester nichts darauf hin, daß man auch daran herumgefummelt hatte. Irgendwie erfüllte es ihn mit Genugtuung, daß er diese blöden Dunkelmänner mit ihren eigenen Methoden geschlagen hatte.

»Kommen Sie, Mason, schaffen wir diesen Schiffskoffer nach oben!«

Jeder packte einen der Griffe, und so schleppten sie das schwere Ding nach oben ins Wohnzimmer vor den Kamin. Tyson nahm ein Päckchen Kaminanzünder aus Wachs, warf es mitsamt der Schachtel in den Kamin und zündete sie mit einem Streichholz an.

Mason blickte sich im Wohnzimmer um. »'nen ganz schönen Palast haben Sie hier, Mr. Tyson.«

»Ja, das kann man wohl sagen.« Tyson stand auf und ging in die Küche. Er kam mit zwei Krügen voll kühlem Bier zurück. Er gab Mason einen und hob seinen eigenen. »Auf meine Freiheit – und möge mir Gerechtigkeit widerfahren!«

»Amen«, sagte Mason und stieß mit ihm an.

Tyson trank seinen Krug mit einem Zug halb leer. Dann entnahm er seiner Geldbörse einen Schlüssel, kniete sich vor den Schiffskoffer und sperrte ihn auf.

Im linken Teil des aus zwei Fächern bestehenden Koffers lagen sorgsam zusammengefaltet mehrere Kampfanzüge und khakifarbene Uniformen, dazu ein Paar Stiefel aus starkem Segeltuch, wie sie in den Tropen üblich sind, eine Offiziersmütze und eine lederne Schultertasche. Rechts kamen ein Fotoalbum, diverse Landkarten und Broschüren sowie ein Bündel Briefe zum Vorschein. Die Briefe stammten von Hope Lowell, dem Mädchen, mit dem Tyson befreundet gewesen war, bevor man ihn nach Vietnam verschiffte. Ganz unten lag noch eine Munitionsschachtel aus Blech, die einen Kompaß, eine Uhr, eine Taschenlampe und ähnliche der Army entwendete Gegenstände enthielt.

Diese Sachen schienen nicht angerührt worden zu sein, doch als Tyson in dem Fotoalbum blätterte, merkte er, daß ein paar Bilder fehlten. Er konnte auch nicht das vietnamesische Tapferkeitskreuz finden, das ihm nach den Ereignissen des 15. Februar 1968 verliehen worden war.

Tyson drehte sich zu Mason um, der neugierig den Inhalt des Schiffskoffers betrachtete. »Ich weiß nicht, warum wir Männer solchen Kram aufheben«, sagte Tyson grinsend.

»Ich hatte einen Bruder, der war in Korea«, meinte Mason. »Damals, als da Krieg war. Das einzige, was er mit nach Hause gebracht hat, war ein Haufen Unterwäsche, drei Kartoffelsäcke voll. Alles geklaut!«

»Der muß ganz schön praktisch veranlagt gewesen sein«, bemerkte Tyson und nahm ein Bündel Briefe aus dem Koffer. Nach kurzem Zögern warf er den Packen auf die lichterloh brennenden Wachsanzünder und sah zu, wie die Flammen daran leckten. Danach verbrannte er einen Gegenstand nach dem anderen, bis nur noch die Dinge aus Metall, die Stiefel und das Fotoalbum übrig waren. Er nahm einen Stiefel in die Hand und zerbröselte ein bißchen von der trockenen Erde, die an der Sohle klebte. »Ein Stück Südostasien«, meinte er. »Instant-Vietnam – sofort löslich. Nur in Wasser verrühren.« Im stillen dachte er: Was für ein seltsamer Schlamm! Dreitausend Jahre Recycling: Reis, Dung, Blut, Reis, Asche, Blut, Reis, Dung und so weiter und so fort. Er ließ den Stiefel zurück in den Koffer fallen, blätterte wieder in dem Fotoalbum und nahm ein Bild heraus. Es war ein Schnappschuß von ihm und Theresa, aufgenommen vor der Kathedrale von Huê. Eigentlich hätten noch zwei andere, ähnliche Fotos dasein müssen, aber sie fehlten. Tyson schob das Bild in seine Brusttasche und warf das ganze Album ins Feuer. Der Schweiß rann ihm übers Gesicht, und er vermeinte, den muffigen Geruch feuchter Erde und kalter Asche zu riechen. Schnell schloß er den Schiffskoffer und gab Mason den Schlüssel. »Sie können das Ding haben, wenn Sie wollen, mitsamt der Taschenlampe und den anderen Sachen. Die Stiefel und alles andere, womit Sie nichts anfangen können, schmeißen wir in die Mülltonne.«

»Ja, Sir.« Mason stellte seinen Bierkrug vorsichtig auf den Tisch. Er warf Tyson einen langen Blick zu. »Fühlen Sie sich jetzt besser oder schlechter?« fragte er.

»Ich fühle überhaupt nichts.«

Mason nickte nur.

»Können Sie den Koffer alleine tragen? Ich muß hier noch ein paar Sachen erledigen.«

»Klar, Sir.« Mason wuchtete sich den fast leeren Koffer auf die Schulter.

»Wir treffen uns gleich draußen«, sagte Tyson und zog das kleine, in Leder gebundene Offizierstagebuch aus der Gesäßtasche. Er hockte sich mit gekreuzten Beinen auf den Fußboden, schlug das Buch auf und blätterte darin mit vor Schweiß klebrigen Fingern herum. Ein Schweißtropfen rollte ihm übers Kinn und fiel auf eine der Seiten, die schon vor zwanzig Jahren von Feuchtigkeit und Schweiß fleckig geworden war. Tyson fand den Eintrag vom 15. Februar und las die letzten Zeilen: *Meine Einheit ist am Rand der Meuterei. Habe heimlich Morddrohungen mitangehört. Nachmittags gefälschten Bericht über Gefecht im Krankenhaus durchgegeben. Muß die Angelegenheit genauer untersuchen. Gott –*

Er versuchte, sich daran zu erinnern, wie er sich nach dem Massaker gefühlt hatte, aber er wußte nur noch, daß er um sein eigenes Leben Angst gehabt hatte. Im nachhinein versuchte er sich einzureden, er habe angestrengt überlegt, wie er Captain Browder oder dem Kommandeur des Bataillons die Angelegenheit am besten hätte beibringen können, aber etwas in seinem Kopf spielte nicht mit. In Wirklichkeit war ihm klar, daß er nicht einen Augenblick lang im Ernst daran gedacht hatte, seine eigenen Untergebenen des Mordes zu bezichtigen.

Er blätterte weiter. Ihm fiel auf, daß die Eintragungen nach jenem 15. Februar meist nur noch aus ein oder zwei Zeilen mit lauter unwichtigen Einzelheiten bestanden, beispielsweise geographischen Koordinaten oder Funkfrequenzen. Er kam zum 29. Februar, dem Tag seiner Verwundung. Es gab an dem Tag nur eine einzige Eintragung, und die lautete: *Hilfeleistungen für Flüchtlinge. Kampf um Huê offiziell beendet (Funkspruch).*

Bis zum 3. März waren die Seiten leer, dann las er: *An Bord der*

*USS »Repose«, Südchinesisches Meer. Tagebuch heute von Krankenwärter zurückerhalten. Ob jemand die Eintragung vom 15. Februar gelesen hat? Egal. Es ist schön, noch zu leben. Das Knie tut weh. Erhalte nur Schmerzmittel, aber kein Morphium. Der Arzt sagt, ich vertrage Morphium schlecht. Ihm würde es auch nicht bekommen, wenn man ihm eine dreifache Dosis verpassen würde.*

Tyson ließ das kleine Buch sinken. Seine Gedanken wanderten zurück zu jenem Tag auf dem »Erdbeerfeld«.

Ben Tyson lag auf dem Rücken in einem Entwässerungsgraben, der den Einheimischen auch als eine Art Kompostgrube diente, denn hier wurden alle Abfälle aufbewahrt und später an die Gemüsebauern weiterverkauft. Vor dem Hintergrund eines trüben, grauen Himmels zischten Garben von grünen Leuchtspurgeschossen über den Graben. Tyson hörte in einiger Entfernung das gedämpfte Knattern automatischer Waffen und dann und wann die Detonationen von Fünfzigmillimetergewehrgranaten, Sechzigmillimetermörsern und kleineren Raketen. Es war ein müdes Gefecht zwischen zwei erschöpften Armeen, die wie ausgepumpte Boxer mit bleiernen Gliedern versuchten, sich gegenseitig noch einen Haken zu verpassen. Einen Monat zuvor hätte Tyson dies noch sehr ernst genommen, aber heute, am 29. Februar, konnte er eine solche Feindberührung nur noch als leichtes Geplänkel bezeichnen. Der einzige bemerkenswerte Unterschied zu ähnlichen Kampfhandlungen an anderen Tagen bestand für ihn persönlich darin, daß es nun endlich auch ihn erwischt hatte.

Als der erste Schock nachließ, meldete sich der Schmerz, der bald so schlimm wurde, daß er alles andere aus seinem Bewußtsein verdrängte. Der Gestank im Graben ringsumher zählte nicht mehr, genausowenig wie das Wasser, das einem die Knochen auskühlte, oder die dumpfen Detonationen feindlicher Artilleriegeschosse, die einem Graben galten, in dem unter anderem auch Dutzende von Zivilisten in Deckung gegangen waren.

Es hatte nur wenige Minuten gedauert, bis der Graben von Vietnamesen überfüllt war. Da gab es alte Männer, aber auch jüngere ehemalige Soldaten mit amputierten Gliedmaßen, ganz abgesehen von den Frauen und Kindern, von denen nur die ganz kleinen weinten.

Irgendwie hatte sich auch ein Schwein in den Graben geflüchtet. Es schnüffelte an Tyson herum und begann, das Blut von seinem Knie zu lecken. Tyson gab ihm mit dem gesunden Bein einen Tritt auf den Rüssel. Ungefähr zehn von Tysons Männern suchten ebenfalls Schutz im Graben. Sie fluchten über den stinkenden Dreck und die vietnamesischen Flüchtlinge. Harold Simcox sah Tyson im Schlamm liegen. »Sanitäter!« brüllte er. »Der Lieutenant ist verwundet!«

Von den beiden letzten Sanitätern der Kompanie war es Brandt, der den Ruf vernahm. Rasch und professionell untersuchte er Tyson zuerst auf schwerere Verwundungen, bevor er sich um die Knieverletzung kümmerte. Er prüfte Tysons Puls, legte ihm die Hand auf die Stirn und blickte in seine Augen. Erst dann schnitt er Tysons Hosenbein auf und drückte den Inhalt einer Tube mit einer antibiotischen Salbe in die offene Wunde. Anschließend faltete er die losen Fleischlappen und das rosige, sehnige Bindegewebe so zusammen, daß die bloßliegende Kniescheibe wieder bedeckt war. Tyson hob den Kopf, um Brandt bei der Arbeit zuzusehen, aber der Sanitäter drückte ihn zurück in den weichen Schlamm. »Nicht hinschauen«, sagte er, wie er es immer tat, wenn er eine Wunde zu verbinden hatte. »Sonst kotzen Sie mich bloß voll.«

Tyson knurrte verärgert: »Ich hab' schon Schlimmeres gesehen.«

»Aber nicht an sich selbst! Schön ruhig bleiben.« Brandt legte ihm einen Druckverband an. »Tut es sehr weh?«

»Ein bißchen.«

»Wollen Sie 'ne Morphiumspritze?«

Ben hätte gern etwas gegen den Schmerz gehabt, aber er wollte nicht schläfrig werden, solange die Schießerei noch anhielt. »Nein, nur ein paar Aspirin«, sagte er.

»In Ordnung.« Der Sanitäter steckte ihm zwei Tabletten in den Mund und schob die Röhre mit den restlichen Tabletten in Tysons Brusttasche. Dann zog er einen roten Filzstift aus der Tasche und malte auf Tysons Stirn die Buchstaben »KM«, was »Kein Morphium erhalten« bedeutete. »Sobald Sie im Hubschrauber sind, kriegen Sie 'ne Spritze«, sagte er zu Tyson.

»Gut.«

Der Artilleriebeschuß hatte nachgelassen. Tyson beobachtete, wie noch mehr von seinen Leuten angerobbt kamen und sich in den Graben rollen ließen, nachdem sie das kahle Feld überquert hatten, auf dem der Gegner sie festgenagelt hatte. Brandt fand einen Helm in einer Pfütze. Er schob ihn Tyson unter den Kopf.

»Danke«, sagte Tyson.

Der Sanitäter starrte ihn an, dann zündete er eine Zigarette an und steckte sie Tyson zwischen die Lippen. Anschließend steckte er sich selbst eine an, nachdem er sich kurz vergewissert hatte, daß im Augenblick keine neue Kundschaft auf ihn wartete. »Das ist 'ne gute Wunde«, sagte er zu Tyson. »'ne richtige Abschiedswunde.«

»Ist sie 'ne Million Dollar wert?«

»Nein, nur achthunderttausend. Sie werden humpeln, aber in New York.«

»Schön.« Tyson stützte sich auf einen Arm und blickte den breiten, flachen Graben entlang. Nicht weit vor ihm kniete ein rundes Dutzend Soldaten im Schlamm und feuerte kurze Garben auf eine Reihe von Obstbäumen ab, die drüben auf der anderen Seite des Feldes standen. Von dort waren zu Anfang die Raketen und die leichten Artilleriegeschosse gekommen. Tyson hatte den Eindruck, daß der Gegner das Feuer nicht mehr erwiderte. Jedenfalls hatte der Rest der Alpha-Kompanie offenbar beschlossen, nicht länger bei diesem Geplänkel mitzumachen. Die Männer hockten beieinander, rauchten Zigaretten, verspeisten ihre Frontrationen und unterhielten sich radebrechend mit den Einheimischen. Farley hatte sich ein Huhn auf den Kopf gesetzt. Die Vietnamesen fanden das sehr komisch. Michael DeTonq redete mit großem Eifer auf ein junges Mädchen ein. Tyson brauchte kein Wort zu verstehen, um zu ahnen, worum es ging. Lee Walker hielt das Schwein im Würgegriff und malte mit Filzstift irgend etwas auf den Kopf des Tieres. Die Männer um ihn herum fanden die Szene offenbar sehr lustig. Tyson war froh, daß alle so entspannt wirkten.

Er ließ den Kopf wieder auf den Helm sinken. Nicht zum erstenmal mußte er daran denken, wie sehr er all dies vermissen würde, beispielsweise die Möglichkeit, jede exzentrische Anwandlung und jeden atavistischen Trieb voll auszuleben. Jetzt, wo für ihn fast alles vorüber war, gestand er sich auch die erregende Wirkung des Kampfes ein. Ja, es war aufregend, am Rand des Abgrundes zu leben und die Freiheit zu haben, rückhaltlos alle aggressiven Energien abzulassen. Bestimmt würde ihm auch der Gemeinschaftsgeist fehlen, der sich in der Not des Kampfes entwikkelte, das enge Band zwischen Männern, das ebenso stark oder stärker war als das zwischen Liebenden. Anders als in einer Ehe konnte es nicht durch Scheidung oder Trennung, sondern nur durch den Tod zerrissen werden. Während Tyson so im Schlamm lag, wanderten seine Gedanken zurück zu dem Krankenhaus und zu dem, was sie dort getan hatten. Einmal mehr hatte er das Gefühl, seine Pflicht nicht vernachlässigt zu haben, mochte er auch nach allen rechtlichen, vernunftmäßigen und moralischen Prinzipien kläglich versagt haben.

Er wandte seinen Kopf in Brandts Richtung und fragte: »Wer ist noch verwundet worden?«

»Zwei Jungs vom dritten Zug, aber nicht schlimm.«

»Hat jemand den Sanitätshubschrauber gerufen?«

»Ich nehme an, daß Kelly es getan hat.«

»Wo ist Kelly?«

»Irgendwo da draußen. Mit ihm ist alles in Ordnung. Ich hab' ihn noch vor kurzem mit seinem Funkgerät gesehen. Wie sind Sie beide eigentlich getrennt worden?« Tyson hatte seinen Funker immer auf Armeslänge bei sich gehabt. Jetzt fühlte er sich seltsam machtlos ohne Kelly und ohne das beruhigende Gefühl, jederzeit persönlich per Funk mit der Außenwelt Kontakt aufnehmen zu können. »Als die Schießerei anfing«, sagte Tyson, »ist ein Haufen flüchtender Vietnamesen zwischen uns geraten. Sind Sie sicher, daß ihm nichts passiert ist?«

»Ja, Sir, ganz bestimmt. Sie sind nicht so schlimm verwundet, daß ich Sie anlügen müßte.« Brandt nahm noch einen Zug von seiner Zigarette und schnippte sie dann in Richtung eines vietnamesischen Knaben, der ein paar Meter weiter entfernt kauerte. Der Kleine fing die brennende Kippe geschickt auf und hatte sie schneller zwischen den Lippen, als Brandt den Rauch ausatmen konnte.

»Ich fühl' mich schon wieder ein bißchen besser«, sagte Tyson. »Vielleicht sollte ich mich jetzt etwas um diesen Sauhaufen kümmern.«

»Nein, bleiben Sie liegen, Ihr Puls ist ein bißchen schwach, und wenn Sie sehen könnten, was für 'ne Farbe Ihr Gesicht hat, dann würden Sie von allem die Finger lassen.«

Tyson versuchte sich daran zu erinnern, wer nach ihm der ranghöchste Soldat seiner Einheit war, aber sein Kopf schien plötzlich seltsam leer zu sein. »Tun Sie mir einen Gefallen, Brandt«, sagte er. »Holen Sie mir den dienstältesten Unteroffizier. Er soll sich bei mir melden.«

Der Sanitäter erwiderte gleichgültig: »Okay, aber ich glaub' nicht, daß jemand auf die Ehre scharf ist, die Alpha-Kompanie zu befehligen.«

»Versuchen Sie auch Kelly zu finden«, befahl ihm Tyson. »Und wenn ich selbst nicht mehr dazu komme, sagen Sie allen *adios* von mir. Okay?«

»Okay.« Der Sanitäter machte keine Anstalten, Tysons Anweisungen nachzukommen, statt dessen sagte er: »Wir sind erledigt. Wir haben keinen einzigen Offizier oder erfahrenen Unteroffizier mehr. Unsere Einheit wird jetzt sicher zurückgenommen, oder?«

»Schätze, Sie haben recht. Mensch, Brandt, ich wünsche Ihnen viel Glück.«

»Danke.«

»Ich fühl' mich irgendwie komisch«, sagte Tyson nach einer Weile.

»Das ist der Schock.«

»Nein, richtig komisch, so schwummerig...«

»Wirklich?«

»Haben Sie... Haben Sie mir irgendwas gegeben...?«

Tysons Bewußtsein trübte sich, alle Dinge um ihn herum schienen zu schweben. Michael DeTonq erschien aus dem Nichts und erzählte ihm irgend etwas von Desertieren. Zuerst dachte Tyson, er hätte eine Halluzination, doch dann merkte er, daß DeTonq aus Fleisch und Blut war. – Dann kam Bob Moody und beugte sich über ihn. Er war erst vor kurzem nach einer Verwundung aus dem Lazarett entlassen worden. »Sie sind bestimmt in einer Woche wieder zurück, genau wie ich, Lieutenant«, tröstete er Ben.

»Nein, nicht ich«, antwortete Tyson oder glaubte es zumindest, obwohl er sich nicht sicher war, auch nur ein einziges Wort gesagt zu haben.

Und dann war plötzlich Kelly an seiner Seite. Er sagte nicht viel zu ihm, sondern rief per Funk Colonel Womrath an, den Kommandeur des Bataillons. Der Colonel verlangte Tyson zu sprechen. Er lobte dessen Tapferkeit und meinte, Tyson sei der Alpha-Kompanie ein guter Führer gewesen. Tyson antwortete mit ein paar ähnlichen Floskeln über Ehre und Weitermachen, die allerdings ein bißchen zusammenhanglos waren.

DeTonq kommentierte das mit: »So 'n Quatsch!«, und Kelly fügte hinzu: »Amen!«

Danach kam eine ganze Reihe Männer hintereinander auf ihn zugekrochen. Jeder schüttelte ihm die Hand und salutierte ganz gegen die Dienstvorschriften, die für einen Fronteinsatz galten. Richard Farley war der erste. Noch immer saß das Huhn auf seinem Stahlhelm. Ihm folgten Harold Simcox und Toni Scorello. Letzterer sagte: »Danke, daß Sie mir das Leben gerettet haben, Lieutenant.« Tyson konnte sich nicht daran erinnern. Hernando Beltran war der nächste, der sich über ihn beugte. »*Adios amigo!* Passen Sie auf diese Hippies in Frisco auf!« Kalane verabschiedete sich von ihm, dann Selig und auch Paul Sadowski, der ihm irgendein magisches Amulett umhängte. Kurt Holzman stieß versehentlich gegen sein Knie. Als letzter kam Lee Walker, ein Farbiger. Er hielt noch immer das Schwein umklammert und drückte die Schnauze des Tiers in Tysons Richtung. Ben konnte erkennen, daß Walker dem Schwein Schlitzaugen und einen chinesischen Mandarin-Schnurrbart aufgemalt hatte. »Charly will Ihnen auch auf Wiedersehen sagen«, rief Walker. Das Schwein quietschte und versuchte freizukommen, aber Walker hatte es fest im Griff. Tysons Blick trübte sich. Als letztes sah er nur noch die rötlichen Augen des Schweins, die ihm bösartig zuzwinkerten, dann wurde alles schwarz um ihn.

Tyson blickte auf das Buch in seinem Schoß. Er klappte es zu. Durch das Sitzen mit gekreuzten Beinen war sein Knie steif geworden. Er streckte das rechte Bein aus und erinnerte sich vage daran, wie es gewesen war, als er im Sanitätshubschrauber wie im Traum aufs offene Meer hinausgeschwebt war.

Viel später, als er im Lazarettschiff erwachte, erklärte ihm der Stationsarzt, er habe einen Schock erlitten – wahrscheinlich ein Morphiumschock –, und er sei fast gestorben. Der Arzt befragte ihn, wann und wo man ihm an der Front das Morphium verabreicht habe. Tyson erklärte ihm, daß er seines Wissens keines bekommen habe. Blut- und Urinanalysen ergaben jedoch einen hohen Morphiumspiegel. Er hörte, wie einer der Ärzte im Gespräch den Ausdruck *therapeutischer Unfall* verwendete. Allgemein wurde angenommen, daß Tyson sich als Offizier im Besitz einer Morphiumspritze befunden und sich die Injektion selbst verabreicht hatte, um die Schmerzen zu lindern. Danach hatte anscheinend einer, vielleicht auch beide Sanitäter der Kompanie in Unkenntnis der schon verabreichten Dosis ihm nochmals Morphium injiziert. Um das Maß voll zu machen, war ihm im Sanitätshubschrauber von einem ahnungslosen Sanitäter ein drittes Mal das Zeug gespritzt worden, was ihn dann fast umgebracht hatte. Man konnte sich jedenfalls nicht erklären, wie die Buchstaben »KM« – »Kein Morphium erhalten« – auf Tysons Stirn gekommen waren. Tyson selbst hatte den Eindruck, daß man diese unglückliche Geschichte möglichst ohne eine offizielle Untersuchung ad acta legen wollte, zumal dergleichen noch nie zuvor passiert war. Eine Weile spielte Tyson mit dem Gedanken, den Ärzten seine eigenen Vermutungen mitzuteilen, nämlich, daß der Sanitäter Brandt versucht hatte, ihn zu ermorden, aber warum sollte er das ganze Lazarettschiff in Aufruhr versetzen? Brandt hatte fast ein perfektes Verbrechen begangen, und es war kaum weniger perfekt, weil Tyson es überlebt hatte.

Tyson starrte das kleine Tagebuch an, das er in der Hand hielt. Dann schleuderte er es ins Feuer, nahm einen Blasebalg und fachte die Flammen zu einer wütenden Glut an, die seine Erinnerungsstücke aus dem Krieg restlos verzehrte. Er stand auf und wanderte durch das ganze Haus. Auch hier lauerten überall Erinnerungen. Auf jedem Stuhl schien ein Geist zu hocken, am Eßtisch saßen Freunde und Verwandte in bunter Reihe, andere Leute umringten das Klavier, im Hinterzimmer wurde Bridge gespielt, und er selbst sah sich in seiner Phantasie, wie Marcy und er sich vor dem Kamin liebten. Dort drüben stand der Sessel, in dem sein Vater immer gesessen hatte, und dort, in der Nähe des Fensters, stand immer der Christbaum. In der anderen Ecke des Zimmers war der Platz von Davids hohem Kinderstuhl gewesen, und draußen in der Diele hatte David seine ersten Schritte gemacht.

Tyson ging die Treppe hinauf in das Zimmer seines Sohnes. Nachdem er sich dort eine Weile aufgehalten hatte, begab er sich in die beiden Gästezimmer und den Raum, der hier oben als eine Art Wohnzimmer diente. Im zweiten Stock gab es eine Anzahl von Mansarden, die als geräumige Wohnung für ein Hausmädchen gedacht waren. Solche hohen Ansprüche hatte man damals gehabt, als das Haus gebaut wurde. Heutzutage waren Hausherrin und Hausgehilfin meist identisch und schliefen im ehelichen Schlafzimmer, wie Tyson gern zu scherzen pflegte. So stand das zweite Geschoß leer. *Wozu haben wir eigentlich so viel Platz gebraucht?* wunderte er sich. *Wollten wir uns gegenseitig aus dem Weg gehen?*

Er erinnerte sich an das Haus, in dem er aufgewachsen war, keine zehn Häuserblocks von hier entfernt. Sein Elternhaus war ungefähr genauso groß gewesen wie dieses, doch hatten sich dort ständig eine Menge Leute aufgehalten: seine Eltern, seine drei Schwestern, seine Großmutter mütterlicherseits, dann und wann eine altjüngferliche Tante – und eine nicht abreißende Reihe von Hunden, alles Promenadenmischungen.

Er ging ins Schlafzimmer zum Telefon, nahm den Hörer ab und wählte eine Nummer. »Hallo?«

»Ich bin's, Ben.«

»Hallo, du!« hörte er Marcys Stimme.

»Ich möchte noch ein Kind.«

»In Ordnung«, sagte Marcy.

»Vielleicht auch zwei. Und einen Hund.«

»Toll! Was macht unser Haus?«

»Es ist leer. Mein Gott, so viele Kinderzimmer!«

»Fehlt dir was?«

»Nein, mir geht's gut. Mason ist bei mir. Du weißt, ich mag ihn.«

»Obwohl er wahrscheinlich immer die Demokraten wählt?«

»Er wäre blöd, wenn er's nicht täte.« Tyson ließ ein paar Augenblicke verstreichen, dann sagte er: »Ich glaube nicht, daß einer von uns beiden Anwärter auf den diesjährigen Titel des ›Ehepartner des Jahres‹ ist, aber ich möchte, daß du eines weißt: Ich liebe dich!«

»Und ich liebe dich!« erwiderte Marcy. »Sogar sehr! Komm

schnell zu mir. Du mußt sowieso um neun Uhr zurück sein. Ich finde es gar nicht so übel, daß die Army dich so kurzhält.«

Tyson legte auf, rannte die Treppe hinab, schnappte sich in der Diele sein Jackett, schaltete die Alarmanlage ein und lief aus dem Haus. Der Wagen wartete schon mit laufendem Motor. Mason hielt ihm die Tür auf. Tyson stieg ein, und Mason setzte sich hinters Steuer.

»Wir haben noch 'ne Menge Stopps«, sagte Tyson. »Haben Sie Zeit?«

»Ich fahre, und Sie sagen halt«, erwiderte Mason.

Tyson mußte lachen. »Okay. Erster Stopp am *Country Club.*«

Mason fuhr zum Club. Tyson stieg aus, ging ins Büro und kündigte seine Mitgliedschaft. Danach war der *Men's Club* an der Reihe. Derselbe Vorgang wiederholte sich. Die Bank schafften sie gerade noch, bevor sie zumachte. Tyson ließ sich fast seine gesamten Ersparnisse in bar auszahlen. Als sie weiterfuhren, blickte er mehrmals in den Rückspiegel und sagte zu Mason: »Wissen Sie was? Wir werden verfolgt.«

»Ist mir auch schon aufgefallen.«

»Keine Angst, das sind nur meine Schutzengel.«

»Wie Sie meinen.«

Die Limousine fuhr die Franklin Avenue hinauf und hielt nacheinander vor den Zweigstellen von *Bloomingdale's, Saks, Lord & Taylor, Abraham & Straus* und vor einer Reihe anderer, kleinerer Geschäfte. Überall bezahlte Tyson seine ausstehenden Rechnungen in bar, was mit ziemlicher Verblüffung quittiert wurde. Außerdem kündigte er in jedem Laden sein Kundenkonto und hatte dabei jedesmal das Gefühl, sich selbst einen seit langem gehegten Wunschtraum zu erfüllen.

Als er mit allem fertig war, wies er Mason an, ihn zu einem Blumengeschäft zu fahren. Dort erstand er einen großen Strauß langstieliger Rosen. Er legte sie auf den Beifahrersitz. »Die sind für Ihre Frau, von Mrs. Tyson und mir. Sagen Sie ihr, daß wir ihr alles Gute wünschen.«

Mason warf einen Blick auf die Blumen. »O Mr. Tyson, vielen Dank, vielen herzlichen Dank!«

Ben ließ sich zurücksinken. »Wie wär's mit 'ner kleinen Rundfahrt durch die Stadt?«

»Geht in Ordnung, Sir.«

Tyson zündete sich eine Zigarette an und betrachtete durch das Wagenfenster die vertrauten Bilder, die an ihm vorbeizogen: Da war die Kathedrale, das Hotel, Kapellen, ein Clubgebäude, Grünanlagen, von Bäumen gesäumte Alleen, Geschäfte, Schulen, der Bahnhof...

»Wissen Sie, wie man so was nennt, Mason?«

»Nein, Sir.«

»Beim Militär nennt man das: *die Brücken hinter sich abbrechen* – damit man nicht zurück kann, sondern die Flucht nach vorne antreten muß. Zivilisten würden das vielleicht *Abschied* nennen.«

»Wollen Sie etwa nie wieder zurückkommen?« fragte Mason.

»Ich muß zumindest damit rechnen. Wenn ich diesen Ort nie wiedersehen soll, dann will ich mich wenigstens an die vielen glücklichen Tage erinnern können, die ich hier verbracht habe.«

Mason warf einen Blick in den Innenspiegel und sagte zu seinem Passagier: »Man kommt nie vollständig von dem Ort los, an dem man großgeworden ist. Mit siebzehn bin ich zum letztenmal in Dillon, unten in South Carolina, gewesen, aber ich häng' noch immer an dem Ort, obwohl ich da wirklich nicht sehr glücklich gewesen bin. Na ja, ganz so schlimm war's eigentlich auch nicht.«

»Fahren Sie noch einmal hin, und gehen Sie durch dieselben Straßen, durch die der kleine Mason Williams auf dem Weg zur Schule und zur Kirche gegangen ist.«

»Ja, vielleicht werde ich das tun.«

Tyson steckte sich wieder eine Zigarette an. »Mason, Sie haben doch alles im Fernsehen mitgekriegt, oder?«

»Ja, Sir.«

»Und? Was denken Sie darüber?«

»Na ja, schwer zu sagen, Mr. Tyson.«

»Wie lange kennen wir beide uns schon? Ich weiß noch, wie Sie mich immer in der Gegend rumgefahren haben, damals, als ich noch in der Volksschule war. Mein Vater hat mich manchmal in Ihr Auto gesetzt und gesagt: ›Bringen Sie diesen kleinen Dickkopf zur Schule! Er hat mal wieder den Bus verpaßt.‹«

Mason lachte.

»Oder: ›Fahren Sie ihn mit seiner ganzen jugendlichen Verbrecherbande ins Kino!‹ Ein paarmal haben Sie mich auch in die Stadt gefahren, wenn meine Eltern sich mit mir irgendwo zum Essen treffen wollten.«

»Genau. Das war 'ne gute Zeit. Ich mochte Ihren Vater.«

»Ich auch. Also raus mit der Sprache! Was denken Sie über diese Geschichte?«

»Na ja, ich denke, Mr. Tyson... ich meine, Sie haben hier ein paar Freunde... und Sie hätten sich mehr an die halten sollen, weil die auch zu Ihnen halten. Wirklich, Sie haben in dieser Stadt 'ne Menge Freunde.«

»Wirklich?«

»Ja, Sir, es gibt einen Haufen Leute, die auf Ihrer Seite sind. Die hatten sogar daran gedacht, Ihnen zu Ehren am 4. Juli im Club eine Party zu veranstalten. Wissen Sie, ich bekomme allerhand mit, obwohl die meisten Fahrgäste glauben, ich höre schlecht.« Mason kicherte. »Außerdem erzählen einem die andern Taxifahrer auch 'ne Menge. Über Sie hat niemand was Schlechtes gesagt, das können Sie mir glauben. Die meisten Leute haben sogar 'ne Menge Verständnis für Sie.«

Tyson nickte. »Vielleicht sehe ich wirklich nur Gespenster. Aber jetzt fühle ich mich richtig gut.«

»Das merkt man.«

»Tatsächlich?«

»Ja, man sieht es Ihrem Gesicht an, man hört es an Ihrer Stimme, und man merkt es an der Art, wie Sie sich bewegen. So hab' ich Sie schon seit Jahren nicht mehr gesehen.«

»Das haben mir auch schon ein paar andere Leute gesagt. Aber wie kann es mir so gutgehen, wenn man mich demnächst wegen Mordes vor Gericht stellt?«

Es dauerte lange, bis Mason antwortete. »Ich glaub', Sie starten noch mal richtig durch«, sagte er. »Die meisten Leute kriegen nie so 'ne Chance. Sie bringen die Sache schon hinter sich. Danach wird alles um so besser. Sie haben 'ne prima Frau, eine, die zu Ihnen hält.«

Tyson lächelte. »Ich bete zu Gott, daß Sie recht behalten. Wissen Sie was? Ich möchte jetzt an meinem Elternhaus vorbeifahren.«

Mason nickte und bog in die Whitehall Street ab. Er stoppte vor dem Haus, in dem Tyson großgeworden war, ein mit Stuck verzierter Ziegelbau im Tudorstil. Tyson hatte den Namen der Familie vergessen, die jetzt dort wohnte, aber es war ihm auch egal. Er blickte zu dem Fenster im zweiten Stock hinauf, hinter dem sein ehemaliges Zimmer lag. »Als mein Vater starb«, sagte er, »da machte der Leichenzug auf dem Weg zum Friedhof einen Umweg und zog hier vorbei. Alle Nachbarn standen vor ihren Häusern. Ich hab' damals gar nicht richtig begriffen, was passiert war. Die Sache traf mich so unvorbereitet. Ich habe schrecklich geweint.«

»Ich weiß, Sie saßen ja bei mir im Auto.« Der Wagen setzte sich wieder in Bewegung. »Aber jetzt haben Sie genug über die Vergangenheit nachgedacht, Mr. Tyson. Wo wollen Sie als nächstes hin?«

»Keine Ahnung. Ich muß erst um neun Uhr zurück sein. In Zukunft werde ich nicht sehr oft Ausgang haben.« Er warf einen Blick auf seine Uhr. Es war ein paar Minuten vor sieben, und die Schatten draußen wurden schon länger. Inzwischen waren schon alle Pendler wieder daheim, so daß Tyson eigentlich eine Menge Leute hätte besuchen können. Aber unter welchem Vorwand? Brauchte er überhaupt einen? »Fahren wir rüber nach Tulamore«, sagte er.

Mason fuhr in westlicher Richtung, und Tyson dirigierte ihn zu einem weißgestrichenen Holzhaus im Kolonialstil. Es gehörte Philip und Janet Sloan. Von außen war nicht zu sehen, ob jemand daheim war. Tyson mußte sich eingestehen, daß er eigentlich keine Lust hatte, Phil Sloan zu sehen. »Fahren wir weiter nach Brixton«, sagte er kurz entschlossen zu Mason.

Sie passierten noch die Häuser von ein paar anderen Bekannten. Einige schienen daheim zu sein, andere nicht. »Wollen Sie irgendwo anhalten?« fragte Mason.

»Ich glaube nicht. Ich würde mir nur wie ein ungebetener Gast vorkommen. Was meinen Sie? Sollten wir irgendwo reinschauen?«

Mason kratzte sich nachdenklich am Hinterkopf. »Schätze, das wissen Sie am besten.«

»Hm, ich bin in letzter Zeit seltsam schüchtern.« Tyson blickte wieder auf die Uhr. »Vielleicht schaff' ich noch den Zug um acht Uhr zehn nach Brooklyn.«

»Gut, Sir.«

Die schwarze Limousine hielt kurz darauf vor dem Bahnhof. »Wenn Sie eine Wette abschließen müßten – welche Chance würden Sie mir geben, Mason?« fragte Tyson, während der ihm die Tür aufhielt. Die beiden Männer standen sich gegenüber. »Ich sagte vorhin, daß Sie glücklich aussehen«, meinte Mason. »Kein Mensch, der das getan hätte, was man Ihnen in die Schuhe schieben will, würde so aussehen wie Sie. Erzählen Sie denen einfach die Wahrheit! Und sorgen Sie dafür, daß die Ihnen dabei in die Augen sehen.«

»Okay, ich werd' dran denken.« Tyson hielt Mason einen Fünfzigdollarschein hin.

Mason schüttelte den Kopf. »Sie haben mir schon damals als Kind zuviel Trinkgeld gegeben. Diese Fahrt geht auf mich. Passen Sie gut auf sich auf!« Sie gaben sich die Hand. »Beeilen Sie sich, ich hör' schon den Zug.«

Als Tyson den Bahnsteig erreichte, fuhr der Zug gerade ein. Eine sanfte Brise wehte von Norden, vom Ozean her. Die Sonne war schon hinter dem Horizont verschwunden, und die großen Häuser auf der anderen Seite des Bahnhofsplatzes lagen bereits in tiefem Schatten. Auf dem Parkplatz hielten noch ein paar Autos, und auf der anderen Seite des Bahnsteigs warteten ein paar Frauen auf den Zug, der stadteinwärts fuhr. In einiger Entfernung, dicht neben den Bahngleisen, lagen ein paar Tennisplätze. Tyson erkannte ein Ehepaar, das sich die Bälle zuschlug.

Der Bahnhofsplatz mit dem neuen Hotel, der Leihbibliothek und den Grünanlagen erinnerte an einen altmodischen Dorfanger. Dies war genau der Ort, der den sehnsüchtigen Träumen des Durchschnittsamerikaners entsprach. Genau wie alle anderen Pendlerparadiese an einer der Eisenbahnlinien, die wie ein Strahlenkranz von New York ausgingen, war dies zugleich die beste und die schlimmste aller Welten. Hier lebte man auf einer Insel und war gleichzeitig dem Herzen aller Dinge nahe.

Der Zug hielt, und Tyson stieg ein. Züge und Bahnhöfe sind irgendwie symbolisch, grübelte er. Die Schienen verlaufen nach beiden Richtungen, und die Züge fahren darauf hin und her, aber irgendwann kommt im Leben eines Menschen die Zeit, wo es nur in einer Richtung weitergeht, auch wenn man das nicht gleich merkt.

Er setzte sich in ein leeres Abteil und zog aus seiner Brusttasche das Foto, das Theresa und ihn vor der Kathedrale von Huê zeigte. Er starrte das Bild lange an und versuchte, den netten jungen Durchschnittsamerikaner mit dem Mann auf einen Nenner zu bringen, der knapp vier Wochen später zu einem Monster geworden war. Staunend stellte er fest, daß Theresa selbst nach einem halben Menschenalter voll Krieg und Tod naiv, scheu und unschuldig wirkte. Vielleicht gab es darauf eine Antwort: Sie war schon bei ihrer Geburt gegen die Krankheit der Seele geimpft worden, die die Menschen im Gefolge des Krieges befällt. Seine Seele hingegen hatte derartige Abwehrkräfte nicht besessen. Er war krank geworden an dem Tag, als er in einer ländlichen Gegend seine erste Patrouille machte und mit eigenen Augen sah, wie viele Menschenleben, wie viele Familien und wieviel mühsam erworbener Besitz zerstört worden waren.

Er verstaute das Foto wieder in seiner Jackentasche und schloß die Augen. Ihm war klar, daß Fort Hamilton vielleicht der letzte Ort war, an dem er sich in relativer Freiheit bewegen konnte, bevor bewaffnete Wächter ihn ins Zuchthaus eskortierten. Bei diesem Gedanken schlug er die Augen wieder auf und schaute aus dem Fenster. Noch nie war ihm das, was er sah, so schön vorgekommen. Er nahm sich vor, daran zu denken, falls er hier jemals wieder vorbeikommen sollte.

## *Kapitel 36*

Das Licht der Morgensonne fiel in schmalen, schrägen Bahnen durch die Jalousien in Tysons Wohnzimmer. Auf einem zusammenklappbaren, ziemlich wackeligen Gartentisch, den Tyson neben der Treppe an die Wand geschoben hatte, stand ein gemietetes Fernsehgerät. In einen bequemen Trainingsanzug gekleidet, saß Tyson auf dem Rand der Couch, eine große Kaffeetasse in der Hand, und sah sich die Nachrichtensendung des Senders PBS an. Marcy hatte sich in den einzigen Sessel gesetzt. Sie verzehrte zu ihrem Kaffee ein gebuttertes Roggenbrötchen. David hockte mit gekreuzten Beinen auf dem Fußboden, ein Glas Orangensaft neben

sich. »Könnten wir nicht einen Videorecorder mieten?« fragte er.
»Nicht bei meinem Sold«, erwiderte Tyson.
»Könnten wir nicht wenigstens einen von zu Hause holen?«
»Nein.«
David brummte irgend etwas. Tyson warf seinem Sohn einen Blick zu. Der Junge wurde immer quengeliger. Vielleicht langweilte er sich – oder machte ihn der bevorstehende Schulanfang nervös?
Der Nachrichtensprecher sagte gerade: »Der parlamentarische Rechtsausschuß wird in Kürze den Fall Tyson erörtern. Auf der Tagesordnung steht unter anderem eine Studie, die dazu beitragen soll, die Rechtslage und die rechtliche Zuständigkeit bei ähnlich gelagerten Fällen ein für allemal zu klären. Bislang hat das Justizministerium in derlei Angelegenheiten stets den Standpunkt vertreten, ein in Ehren entlassenes Mitglied der Streitkräfte könne nicht mehr für ein Verbrechen zur Rechenschaft gezogen werden, das vor der Entlassung begangen worden sei. Dafür sei weder ein Kriegs- noch ein ziviles Gericht zuständig. Tysons Status als ehemaliger Offizier machte es jedoch möglich, ihn erneut einzuberufen, und zwar mit dem Ziel, die aus dem hier zur Frage stehenden Vorfall gegen ihn abgeleiteten Anschuldigungen zu untersuchen.«
Tyson warf David einen raschen Blick zu. Der Junge las in einer Autozeitschrift. Der Fernsehbericht schien ihn herzlich wenig zu interessieren.
Der Kommentator fuhr fort: »Im Zusammenhang mit dem Fall Tyson hat Colonel Ambrose Horton – von der *US-Army's Judge Advocate General's School* – General William van Arken, dem Chef des amerikanischen Militärjustizwesens, ein Gutachten zukommen lassen, dessen Inhalt von unbekannter Seite der Presse zugespielt worden ist. Darin heißt es unter anderem: Gemäß der Genfer Konvention, die die Vereinigten Staaten als Signatarstaat mitunterzeichnet haben, ist unser Land verpflichtet, durch entsprechende Gesetzesvorlagen sicherzustellen, daß Personen, die in schwerwiegender Weise geltendes Kriegsrecht verletzt haben, gebührend bestraft werden können. Colonel Horton weist in der Folge darauf hin, daß der amerikanische Kongreß nahezu vier Jahrzehnte nach Unterzeichnung der Genfer Konvention im Gegensatz zu den meisten anderen Unterzeichnerstaaten noch im-

mer nicht die entsprechenden Gesetze verabschiedet hat. Deshalb empfiehlt er, Lieutenant Tyson nicht vor Gericht zu stellen, während andere Tatverdächtige straffrei ausgehen, nur weil der Kongreß es unterlassen hat, im Militär- beziehungsweise zivilen Strafrecht die entsprechenden Rechtsgrundlagen zu schaffen. Gegenwärtig spricht alles dafür, daß keiner von Lieutenant Tysons ehemaligen Untergebenen wegen eines gemeinsam begangenen Verbrechens angeklagt werden wird. So wird bei der Anhörung, die die Army für heute in einer Woche anberaumt hat, nur ein einziger Mann über das vor langer Zeit begangene Verbrechen befragt werden: Benjamin J. Tyson.«

Ben beugte sich vor und schaltete den Fernseher aus. Er hatte keine Ahnung, wer dieser Colonel Ambrose Horton war. Auf jeden Fall würde der Mann gut daran tun, möglichst bald freiwillig seinen Abschied zu nehmen.

Tyson nippte an seinem Kaffee. Im allgemeinen sah er sich Nachrichtensendungen, die sich mit ihm befaßten, nicht an, aber wenn es sich nicht vermeiden ließ, bemühte er sich, diesen Menschen Benjamin Tyson sachlich und objektiv zu sehen. Im allgemeinen hatten die Kommentare und Berichte einen positiven Tenor. Ab und zu wurde noch ein bißchen in Marcys Vergangenheit herumgestochert, aber selbst dabei spielte seit einiger Zeit mehr Sympathie als Schadenfreude mit.

»Ändert sich dadurch irgend etwas für dich?« wollte Marcy wissen.

»Für mich wohl kaum.«

»Manchmal ist ein besonders aufsehenerregender Prozeß nötig, um Justitia in unserem Land wieder aufzuschrecken. Sogar die Bürgerrechtsbewegung steht hinter dir. Das ist wirklich ein Trost.«

»Für dich vielleicht.«

David blickte von seinem Magazin auf. »Dad, warum sind alle Leute auf deiner Seite? Ich meine, da gibt es doch 'ne Menge Leute, die Geld spenden und so weiter. Warum will die Army dich trotzdem vor ein Kriegsgericht stellen?«

Tyson dachte einen Augenblick darüber nach. »Weil ich das in mich gesetzte Vertrauen enttäuscht und meinen Eid gebrochen habe«, antwortete er. »Deswegen wollen sie ein Exempel statuieren, das für alle Zeiten den anderen Offizieren eine Mahnung sein soll.«

»Aber das ist doch schon so lange her! Warum können die nicht einfach vergessen, was vor dreißig Jahren war?«

»Vor zwanzig.« Tyson hatte vor einiger Zeit im *Wall Street Journal* in der Titelgeschichte gelesen, wie wenig die Schüler und Studenten vom Vietnamkrieg wußten. Ein Professor war nach eigenem Bekunden von einem seiner Schüler gefragt worden, was Napalm sei, und ein anderer hatte die Behauptung aufgestellt, daß drei Viertel seiner Studenten nie etwas von der Tet-Offensive gehört hätten. »Weißt du«, sagte Tyson zu seinem Sohn, »die Army hat das Gedächtnis von einem Elefanten. Zum erstenmal in der Geschichte unseres Landes hat sie ihren Auftrag nicht erfüllt, und jetzt wird endlos über diese Niederlage diskutiert. Im Grunde ist man bei der Army auf eine Revanche aus. Diese Leute würden am liebsten noch einmal nach Vietnam ziehen, um dort für ihre verlorene Ehre zu kämpfen.«

»Mein Gott, Ben, nicht auszudenken!« entfuhr es Marcy.

»Es ist aber so, Marcy, glaube mir.« Tyson wandte sich wieder seinem Sohn zu. »Auf jeden Fall reagiert man bei der Army überempfindlich auf alles, was mit Vietnam zu tun hat.«

David schwieg. Er mußte die Worte seines Vaters erst einmal verdauen. Nach einer Weile sagte er: »Aber du hast doch niemanden umgebracht! Das hast du selber gesagt. Die andern waren es, stimmt's?« Er warf seinem Vater einen fragenden Blick zu. »So ist es doch, oder?«

Tyson hielt dem Blick seines Sohnes stand. »Angenommen, du treibst dich mit deinen Freunden auf der Straße rum, und dann begegnet ihr einem Haufen jüngerer Kinder. Deine Freunde fangen an, diese furchtbar zu verprügeln, und du siehst dir alles mit an, ohne etwas dagegen zu unternehmen. Du erzählst es auch nicht deiner Mutter und gehst auch nicht zur Polizei. Bist du dann genauso schuldig wie die anderen? Weniger schuldig? Mehr schuldig?«

»Mehr schuldig«, sagte David leise. »Wenn ich sie schon nicht stoppen kann, dann muß ich sie zumindest melden.«

»Würde es einen Unterschied machen, wenn es deinen Freunden leid täte, was sie gemacht haben – ich meine, wenn sie damit nicht angeben, sondern sich schämen würden?«

»Ich... ich glaub' nicht. Es ändert doch nichts an der Tatsache, daß sie anderen etwas angetan haben.« David stand auf. »Ich geh' jetzt.«

»Wo willst du hin?« fragte seine Mutter.

»Irgendwohin. Ich langweile mich. In dieser Bude werde ich ganz verrückt.«

»Hast du hier noch immer keine Freunde?«

»Nein.«

»Möchtest du dieses Wochenende nach Sag Harbor?«

David zögerte, dann sagte er: »Nein, lieber nicht.«

»Und Melinda? Vermißt du sie nicht?«

»Ja, aber wenn ihr beide es hier aushaltet, dann... Hör mal, Dad, ich bleib' hier, solange du unter Hausarrest stehst!«

»Aber *du* stehst nicht unter Arrest!« Tyson wandte sich an Marcy. »Hör mal, warum fährst du heute nicht mit David irgendwohin ans Meer und suchst euch ein schönes Plätzchen? Ich hab' mit Vincent eine Menge zu besprechen.«

Marcy schüttelte den Kopf. »Unser Entschluß steht fest, Ben, wir bleiben hier, bis wir dies hinter uns haben. Außerdem berichten die Medien über jeden Schritt, den wir machen. Wenn ich jetzt an den Strand fahre, dann lesen wir morgen im *American Investigator:* ›Marcy Tyson nimmt Sonnenbad, während ihr Mann daheim unter Hausarrest schwitzt‹ – oder so ähnlich.«

»Okay, wie du willst«, erwiderte Tyson. »Ich wollte ja nur das einzige Badezimmer wieder ganz für mich haben.« Er grinste sie an. »Ist dir übrigens aufgefallen, daß der *Investigator* uns in letzter Zeit fast wie mit Samthandschuhen angefaßt hat?«

»Ja, und Wally Jones' täglicher Kommentar fehlt ganz. Wie kommt das?«

Tyson warf seinem Sohn, der ungeduldig an der Tür herumdruckste, einen Blick zu. »David«, sagte er, »du hast doch deine Sachen noch in meinem Spind drüben in der Turnhalle, stimmt's? Wenn du willst, treffen wir uns dort in einer Stunde.«

»Okay«, murmelte David und verließ die Wohnung.

Tyson wandte sich wieder Marcy zu. »Körperlich bin ich jetzt ganz toll in Form. Was mir im Augenblick mehr Sorge macht, ist mein Kopf.«

»Gesunder Geist in gesundem Körper, heißt es doch. Aber sag

mal ehrlich, was glaubst du wohl, warum der *Investigator* auf einmal so nett zu uns ist?«

Tyson goß sich Kaffee aus der Thermoskanne nach. »Tja, vielleicht haben sie sich derart in ihrer eigenen journalistischen Schamlosigkeit überboten, daß ihnen die Puste ausgegangen ist – besonders, seitdem Major Harper in der Versenkung verschwunden ist. Soll ich dir was erzählen? Ich habe diesem Wally Jones eins in die Fresse geschlagen!« Tyson rührte in seinem Kaffee.

Marcy lachte. »Das würdest du wohl gern tun! Ich muß dir übrigens sagen, daß es mir nicht sonderlich gefallen hat, wie du Davids Fragen beantwortet hast.«

»Und warum nicht?«

»Ich weiß nicht, ich finde einfach nur, daß du ihn zu stark unter Druck gesetzt hast.«

Tyson zündete sich eine Zigarette an. Ihm schwante, daß dieser Tag nichts Gutes bringen würde. Der Streß in der engen Unterkunft und die Kombination von Untätigkeit und Ungewißheit fingen an, Marcy und David auf die Nerven zu gehen. Geistesabwesend nahm er ein paar Briefumschläge in die Hand, die auf dem Tisch lagen.

»Die Hypothek ist längst überfällig«, sagte Marcy. »In der letzten Mahnung steht, daß unser Haus zwangsversteigert wird, wenn wir nicht bald zahlen.«

»Tatsächlich?«

»Die Tysons haben immer schön brav ihre Steuern bezahlt, aber wenn sie mal eine von diesen gottverdammten Raten schuldig bleiben, dann... Verstehst du, was ich meine?«

»Nein.«

»Herrgott, ich meine, daß es überhaupt nicht wichtig ist, was für ein Leben man geführt hat, wie man seine Kinder erzogen und daß man immer brav alle seine Scheißrechnungen bezahlt hat. Du brauchst diese Leute nur ein paarmal warten zu lassen, dann bist du schon ganz oben auf ihrer schwarzen Liste, dann bist du wieder ein Niemand, eine Niete!«

»Ja, so ähnlich sehe ich auch meine eigene Situation«, stimmte Tyson ihr bei. »Nur ein einziges kleines Massaker, und du hast die ganze Meute auf den Fersen.«

»Der Vergleich hinkt.«

»Meinetwegen, aber laß den Kopf nicht hängen! Ich habe gestern von Phil Sloan gehört, daß unsere Bank die Zahlungen für die Hypotheken bis auf weiteres stundet und außerdem alle Steuern vorschießt, die auf unser Haus entfallen. Das ist natürlich eine Art Darlehen, das wir irgendwann zurückzahlen müssen.«

Marcy machte ein zweifelndes Gesicht. »Stimmt das?«

»Ja. Haben wir nicht eine nette Bank? Und stellt das nicht deinen Glauben an die Menschheit wieder her?«

»Ja, ein bißchen.«

»Aber freu dich nicht zu sehr! Wenn ich mich nicht ganz täusche, ist irgend jemand bei den Bankleuten aufgekreuzt und hat ihnen ein bißchen Dampf gemacht.«

»Wen meinst du?«

»Wer weiß, vielleicht ein Schutzengel oder ein professioneller Killer. Einer von dieser finsteren Bruderschaft, die in unserer Post herumschnüffelt und uns auf Schritt und Tritt überwacht. Ich will dir mal was sagen: Selbst wenn wir es darauf anlegen würden, mit aller Gewalt pleite zu gehen, würden die es nicht zulassen. Die Army will nicht, daß so etwas vor dem Prozeß in der Presse steht. Aber was ist, wenn ich freigesprochen werde und wirtschaftlich ruiniert bin, verdammt noch mal? Zur Zeit sind wir noch in einer so beneidenswerten Situation, wie sie den meisten Amerikanern nie vergönnt sein wird.«

Marcy dachte über seine Worte nach, dann erklärte sie: »Die Sache gefällt mir nicht. Ich kann es nicht ausstehen, wenn man mir nachschnüffelt und wenn man –«

»Psst!« unterbrach Tyson sie. »Nicht so laut! Du machst diesen Leuten die Mikrofone kaputt.«

Marcy stand auf, packte einen schweren gläsernen Aschenbecher, der auf dem Tisch stand, und schleuderte ihn mit solcher Wucht gegen das Fenster, daß er nicht nur glatt die Scheibe, sondern auch die heruntergelassene Jalousie durchschlug. »Ich scheiß' auf die Army!« schrie sie.

»Beruhige dich!« sagte Tyson und trat rasch zu ihr. Nach einem Blick auf den Schaden, den sie angerichtet hatte, fuhr er in ernstem Tonfall fort: »Du, wir werden *wirklich* überwacht. Ich möchte nicht, daß die miterleben, wie wir durchdrehen, verstehst du? Kopf hoch, tapfere Soldatenfrau!«

Sie schlang die Arme um ihn und vergrub ihren Kopf an seiner Schulter. »Ja, schon gut.«

Tyson zog sie eng an sich und blickte sich im Raum um. Jede Woche ließ er diese Wohnung nach elektronischen Abhöreinrichtungen durchsuchen, und das kostete eine hübsche Stange Geld. Trotzdem war er sich nicht ganz sicher. »Sag mal, hast du David eigentlich an der hiesigen Schule angemeldet?« erkundigte er sich.

»Ja, und die anderen Mütter sagen, es sei eine gute Schule. Ich habe auch mit dem Rektor gesprochen. Er weiß über unsere Probleme Bescheid.«

»Prima. Und wie hat David darauf reagiert?«

»Frag ihn selbst.«

»Mir gegenüber spielt er immer den starken Mann. Ganz wie der Vater. Was hat er zu dir gesagt?«

»Daß er nervös ist.«

»Verständlich.«

»Er vermißt auch seine Freunde.«

»Das geht uns allen so. Vielleicht haben wir gar keine mehr.«

»Er sagt, die Schule sei ein alter Kasten. Alt ist die übrigens wirklich, aber sauber und gepflegt.«

»Na ja, wir sollten eben eine Schule in einem Viertel wie diesem nicht unbedingt mit dem feudalen ›Country Club‹ vergleichen, an den er gewöhnt ist.«

»Seinem Charakter kann das nicht schaden – das hast *du* gesagt!«

Tyson lächelte. »Stimmt.« Er drückte sie noch fester an sich. »Weißt du, es mag vielleicht machohaft klingen, aber ein Mann will seiner Familie eben nur das Beste zukommen lassen. Wenn er das nicht schafft, dann fühlt er sich nicht gut genug als Mann. Ist dir das zu patriarchalisch?«

»Ja, aber ich versteh' dich trotzdem.«

»Die Privatschulen sind wirklich viel zu teuer, Marcy, und –«

»Mach dir keine Sorgen. Wir schaffen es schon irgendwie.«

»Aber vielleicht werden dadurch David alle Chancen für ein gutes College verbaut.«

Sie packte ihn an den Schultern und schüttelte ihn. »Hör auf! Du warst selber in einem lausigen College. Warum sollte er es besser haben?«

»He, sag nichts gegen Auburn! Dein Columbia-College war dagegen der reinste Affenstall!«

Sie lachte und schloß ihn wieder fest in die Arme. Nach einer Weile räusperte Tyson sich und fragte: »Hast du eigentlich schon darüber nachgedacht, was du machst, falls ich für ein paar Jahre hinter schwedische Gardinen muß?«

»Das Zuchthaus von Sing Sing ist ein Stück flußaufwärts, und Leavenworth liegt drüben in Kansas. Beides ist also nicht sehr weit von hier.«

»Du hast meine Frage nicht beantwortet!«

»Ich mache mir darüber keine Gedanken, deshalb kann ich deine Frage auch nicht beantworten.«

»Okay. Ist es vielleicht auch zwecklos, sich jetzt darüber den Kopf zu zerbrechen?«

»Bist du nervös wegen dieser Anhörung?«

»Nein, Corva meint, ich soll mir meine Nerven für etwas anderes aufsparen. Auf jeden Fall wird Anklage gegen mich erhoben.«

»Oh! – Hast du wegen Corva übrigens ein ungutes Gefühl?«

»Ja, ein bißchen, aber wirklich nur ein bißchen. Aus dem wird man nicht schlau. Manchmal glaube ich, er ist ein Genie, aber dann kommt er mir wieder wie eine Niete vor. Wenn er bloß nicht so fatalistisch wäre! Na ja, vielleicht ist *realistisch* der richtigere Ausdruck dafür.«

Marcy löste sich von ihm und schenkte ihnen beiden Kaffee nach. »Aber anscheinend mag er dich wirklich, Ben. Das ist doch ein gutes Zeichen, nicht?«

»Corva war genau wie ich Offizier bei der Infanterie«, sagte Tyson und nahm seine Kaffeetasse. »Wir haben auch ziemlich ähnliche Erfahrungen gemacht. Ich brauche nie zu ihm zu sagen: ›Wissen Sie, Vincent, Vietnam hat einen leergesogen, genau wie die Blutegel, und als man endlich wieder zu Hause war, war es auch nicht besser, aber man darf einfach nicht zulassen, daß man mitten in Friedenszeiten ausgelutscht wird.‹ Corva weiß Bescheid, und für den Fall, daß ich ins Gefängnis muß, kommt auch ein bißchen von ihm und von allen anderen Amerikanern hinter Gitter, das ist ihm klar.«

Marcy blickte wortlos auf ihren schwarzen Kaffee. Nach einer Weile hob sie den Kopf und sagte: »Ich glaube, ich verstehe, was du meinst. Es wird mir klar, wenn ich euch beide zusammen sehe. Bitte versprich mir etwas!«

»Was denn?«

»Daß du ihn und seine Frau, sobald dies alles vorbei ist, nie zu uns einlädst, damit ihr Männer uns nicht mit euren Kriegsgeschichten langweilen könnt.«

»Corva erzählt keine Kriegsgeschichten, und er mag sich auch keine anhören«, tröstete Tyson sie lächelnd. Nach kurzem Nachdenken erkundigte er sich bei ihr: »Was ist eigentlich mit Dienstag? Fängst du wirklich wieder zu arbeiten an?«

Marcy setzte sich auf die Lehne des Sessels. »Ja, weißt du, wenn ich nicht hingehe, bin ich praktisch entlassen.«

»Ich dachte, du seist dort unersetzlich und du hättest bei Jim einen großen Stein im Brett!«

»Bitte fang jetzt keinen blöden Ehekrach an, Ben. Jim muß meine Stelle irgendwie besetzen.«

»Aber er könnte doch noch eine Woche warten, bis feststeht, ob gegen mich Anklage erhoben wird oder nicht.«

»Jim hat viel Geduld mit uns gehabt, viel mehr als *deine* Arbeitgeber! Dabei hat es immer von dir geheißen, du seist unersetzlich.«

»Kein Lohnsklave ist unersetzlich, das ist mir längst klargeworden. Ich will kein Arbeitsverhältnis mehr, von dem meine ganze Existenz abhängt. Lieber bin ich als armer Schlucker mein eigener Herr. In den großen amerikanischen Konzernen ist kein Platz für persönliche Probleme. Trotzdem, wenn dein lieber Jim dir nicht noch ein bißchen mehr Zeit gibt, dann soll ihn der Teufel holen!«

»Aber wir brauchen doch das Geld, Ben! Komm runter von deinem hohen Roß und sei nicht so verdammt überheblich! Ab und zu muß man vor einem dieser Arschlöcher eben einen Knicks machen.«

»Nein, das stimmt nicht, ich weiß nur, daß ich dich brauche. Ich brauche deine Nähe und deine Hilfe. Auch David hat dich noch nie so gebraucht wie gerade jetzt.«

»Das ist mir klar«, erwiderte sie ernst und ruhig, »aber ehrlich gesagt, bringt mich das Leben hier ständig an den Rand der Verzweiflung, Ben. Das ist dir bestimmt nicht entgangen.«

»Ich finde, du bist so wie immer.«

»Wenn ich hier täglich ein paar Stunden rauskomme, dann ist mit mir abends und am Wochenende mehr anzufangen«, beharrte sie.

Tyson setzte seine Kaffeetasse ziemlich unsanft auf den Tisch. »Quatsch! Es bleibt doch nicht bei ein paar Stunden! Wie oft bist du spät nach Hause gekommen und hast dir noch Arbeit mitgebracht! Sogar beim Essen hattest du den Kopf voll mit deiner Arbeit und hast abends in der Gegend rumtelefoniert. Und dann diese Geschäftsreisen! Ist dir eigentlich klar, meine Liebe, daß dein Mann demnächst wegen Mordes angeklagt wird? Was meinst du wohl, wieviel Zeit uns beiden noch verbleibt?«

Sie schlug die Augen nieder und sagte leise: »Ich habe Jim versprochen, daß ich am Dienstag anfange. Unsere Firma hat neue Kunden in Atlanta. Ich fliege mit ihm am Donnerstag hin. Freitag abend bin ich zurück.«

»Gut. Dann kannst du ja Freitag nachmittag in der Zeitung lesen, ob man mir den Prozeß machen wird oder nicht.«

»Tut mir leid, Ben, aber es geht nicht anders.«

Tyson stand auf. »Ich geh' jetzt in die Turnhalle«, sagte er. »Weißt du, ich versteh' dich ziemlich gut, aber du mußt auch zu begreifen versuchen, was es für mich heißt, hier festgenagelt zu sein. Vielleicht bin ich einfach neidisch auf die Leute, die sich frei bewegen können.« Er wartete ab, ob Marcy etwas auf diese versöhnliche Bemerkung erwiderte, doch als sie schwieg, drehte er sich um und ging.

## *Kapitel 37*

Punkt sieben Uhr dreißig abends klopfte es an der Tür. Tyson machte auf und sah sich Vincent Corva gegenüber. »Schrecklich viel Verkehr heute«, sagte der Anwalt.

Tyson ließ Corva eintreten. »Danke, daß Sie selbst heute, an einem Feiertag, zu mir kommen.«

Der Anwalt trug Jeans und ein Polohemd. In dieser Aufmachung kam er Tyson noch winziger vor als im Anzug. Unwillkürlich fragte er sich, wie es dieser kleine Mann wohl geschafft haben mochte, bei fünfunddreißig Grad Hitze siebzig Pfund Grundausrüstung plus Proviant, Wasser und Munition zu schleppen.

Marcy kam ins Wohnzimmer. »Hallo, Vincent!« begrüßte sie den Anwalt und gab ihm einen Kuß auf die Wange. Tyson warf ihr einen anerkennenden Blick zu. Sie verstand es, mit Männern umzugehen und ihnen ein gutes Gefühl zu geben. Vincent Corva war von ihr angetan, das sah man ihm an. Bestimmt hatte sich auch Picard nicht ihren Reizen entziehen können.

»Tut mir leid, daß ich für Ben kein dienstfreies Wochenende rausschinden konnte«, meinte Corva. »Die sind hier wirklich stur! Normalerweise reicht es, daß ein Offizier sein Ehrenwort gibt, nicht abzuhauen.«

»Dieser ganze Offizier- und Gentleman-Quatsch hat nur dann Gültigkeit, wenn es der anderen Seite in den Kram paßt«, bemerkte Marcy.

»Na ja, ich glaube, es hat auch etwas damit zu tun, daß man Ben gegen die Massenmedien abschirmen will«, gab Corva zu bedenken.

Tyson kam sich vor wie ein Schwerkranker, über den sich die Verwandten unterhalten, als wäre er gar nicht da.

»Bevor ich es vergesse«, fuhr der Anwalt fort, »ein Verlag, sogar ein recht angesehener, hat mir ein sechsstelliges Angebot gemacht. Mein Gott, ich habe sogar extra noch eine Sekretärin für die vielen Anrufe einstellen müssen. Was ist, Ben: Würden Sie Ihre Story für eine Viertelmillion verkaufen?«

Tyson und Marcy blickten sich an. »Nein, das wird er nicht tun«, beantwortete Marcy die Frage des Anwalts. »Wir haben beide vor längerer Zeit beschlossen, daß wir an diesem Mist keinen Penny verdienen wollen. Uns reicht es, wenn wir Sie am Ende wie ausgemacht bezahlen können. Mehr wollen wir nicht.«

»Okay.« Corva nickte. »Ich werde über solche Angebote kein Wort mehr verlieren.« Er grinste Tyson an. »Aber selbst Engel sind nicht gegen Versuchungen gefeit.«

»Bitte nehmen Sie Platz«, sagte Marcy. »Ich hab' 'ne Flasche von dem fürchterlichen Zeug gekauft, das Sie so gern trinken. Wie hieß es doch gleich – *Strelger?*«

»Nein, *Strega.* Das heißt soviel wie Hexe oder Zauberin.«

Marcy zuckte die Achseln und verschwand in der Küche. Corva setzte sich in eine Ecke des Sofas und flüsterte Tyson zu: »Ich muß mit Ihnen unter vier Augen sprechen.«

Tyson nickte. »Marcy und David gehen heute ins Garnisonskino.«

Marcy brachte ein Tablett mit drei langstieligen Gläsern und einer langen, schlanken Flasche, die eine gelbliche Flüssigkeit enthielt. Sie setzte das Tablett ab und füllte die Gläser.

»Vorsichtig«, sagte Corva. »Es heißt nicht umsonst *Hexe.*« Er trank sein Glas mit einem Zug leer, und als Tyson und Marcy dasselbe taten, blieb ihnen fast die Luft weg. Sie wischten sich die Augen trocken und blickten sich verblüfft an. *»Mamma mia!«* hustete Tyson. »Das ist ja ein richtiger Rachenputzer!«

»Man gewöhnt sich dran«, sagte Corva trocken. Er griff in seinen Aktenkoffer, zog ein Weckglas heraus und stellte es auf den Tisch. »Hier ist das versprochene *pesto.* Das Glas sollte erst kurz vor Gebrauch geöffnet werden. Die Soße darf nicht zu stark erhitzt werden, sonst verliert sie ihren Geschmack. Am besten, man gibt sie so, wie sie ist, mit einem Löffel auf die heiße Pasta.«

Marcy betrachtete das Weckglas argwöhnisch. »Wird um all diese italienischen Spezialitäten nicht manchmal zuviel Theater gemacht? Ich meine, so was ist für Sie doch mehr als eine Marotte, oder?«

»Richtig! Es ist sozusagen mein italienisches Erbe«, erwiderte Corva und zwinkerte ihr zu.

»Sag mal, wolltet ihr nicht ins Kino?« mischte sich Ben ein.

Marcy blickte auf ihre Uhr. »O je!« Sie stand auf und ging zur Treppe. »David! Zeit fürs Kino!« rief sie nach oben.

David kam gleich darauf die Treppe herunter. »Hallo, Mr. Corva«, begrüßte er den Anwalt.

»Hallo, David, alles bereit für die Schule morgen?«

»Ja, glaub' schon.«

»Vergiß nicht: Kinder sind überall gleich, sogar wenn sie einen Brooklyn-Akzent haben.«

David zwang sich zu einem Lächeln. Er steuerte auf die Haustür zu. Marcy folgte ihm. »Viel Spaß im Kino«, rief Corva den beiden nach. »Und falls ich euch danach nicht mehr sehe: Viel Glück für morgen!«

Marcy und David gingen. Corva registrierte, daß sich die Eheleute nicht voneinander verabschiedet hatten. Er betrachtete Ben Tyson nachdenklich. »Meine Frage ist nicht persönlich gemeint, sondern rein beruflich«, sagte er nach einer Weile. »Haben Sie häusliche Probleme?«

Tyson nickte und steckte sich eine Zigarette an. »Die habe ich schon seit meinem Hochzeitstag vor siebzehn Jahren, aber wenn *ich* mir nichts draus mache – warum sollten *Sie* sich dann den Kopf darüber zerbrechen?«

»Was ist der Grund für Ihre Probleme?«

»Sind Sie ein Scheidungsanwalt?« Tyson goß sich noch einen *Strega* ein. »Also gut, Ihnen kann ich's ja sagen: Marcy will wieder arbeiten gehen.«

»Und Ihnen gefällt das nicht?«

»Nicht sonderlich.«

»Sie müssen hier den ganzen Tag den braven Hausmann spielen und darauf warten, daß man Sie des Mordes anklagt, während sie mit interessanten Leuten essen geht?«

»So ist es, Vinny! Mensch, Sie sind vielleicht ein helles Köpfchen!«

»Na, na, jetzt lassen Sie's bloß nicht an mir aus!«

»Ich bezweifle übrigens, daß ihre Kunden wirklich so interessant sind. Ich werde jedenfalls hier im Haus keinen Finger rühren! Herrgott, ich such' mir ein Dienstmädchen!«

Corva strich mit dem Zeigefinger über seinen schmalen Nasenrücken. »Vielleicht sind Sie im Recht«, meinte er. »Ich meine, vielleicht sind Sie zu Recht wütend und fühlen sich im Stich gelassen, aber das bringt mich als Ihren Verteidiger auch nicht weiter.«

Er lehnte sich über den Tisch. »Lassen Sie sich von mir gesagt sein – und Sie werden darin sicher mit mir übereinstimmen –: Dieser Prozeß gegen Sie ist wichtiger als Ihre Ehe. Versuchen Sie die Dinge in der richtigen Perspektive zu sehen, mein Freund, und hören Sie auf, so verdammt selbstzufrieden zu sein!«

»Hören Sie auf, mich zu beschimpfen!«

»Ihnen würde ich gern mal richtig den Kopf waschen!«

»Worte, nichts als Worte!«

Corva stand auf und zeigte mit dem Finger auf Tyson. »Hören Sie, Sie können sich jetzt nicht den Luxus erlauben, über Ihre Ehe und Ihren Lebensstil nachzugrübeln. Wenn Sie sich nicht völlig auf den Prozeß konzentrieren, sind Sie mich los!«

Tyson war ebenfalls aufgestanden. Immer lauter werdend sagte er: »Ich bin keiner von diesen gottverdammten Robotern! Ich hab' 'ne Stinkwut im Bauch, und ich fühle mich verraten!«

»Na und? Dagegen können Sie nichts machen. Bevor Sie aus dieser Sache raus sind, werden alle Beteiligten Sie bis zu einem gewissen Grad verraten haben. Sie sind jetzt nur sich selbst verpflichtet, und Sie müssen vor allem zusehen, daß Sie nicht ins Gefängnis kommen. Später, wenn Sie sich wieder frei bewegen können, können Sie immer noch ein paar Rechnungen begleichen. *Capito?*« Corva warf Tyson einen durchdringenden Blick zu.

Tyson nickte langsam mit dem Kopf. »Ja, *capito.*«

Corva streckte ihm die Hand hin. »Freunde?«

Tyson schlug ein. »Mit Ihnen werde ich dann auch noch ein Hühnchen rupfen, Sie Halunke!«

Corva mußte lachen.

Sie saßen ein Weilchen schweigend da und tranken. Dann meinte Tyson: »Das Zeug hat's ganz schön in sich.«

Corva schenkte nach. »Die Leute in unserer Straße brauten es damals nach einem alten Hausrezept, das ihnen eines Tages von der Regierung abgekauft wurde. So entstand das Entlaubungsmittel *Agent Orange.*« Corva kicherte ein bißchen beschwipst und mußte dann rülpsen.

»Haben Sie gehört oder gelesen, was dieser Colonel Horton von sich gegeben hat?« erkundigte sich Ben.

Corva nickte. »Ja, ich weiß über Horton Bescheid. Alle haben Respekt vor ihm. Er ist fast so etwas wie ein Gott. Und auf die Militärjustiz hat er auch echten Einfluß. Diesem van Arken hat er in intellektueller Hinsicht buchstäblich den Teppich unter den Füßen weggezogen. In der Praxis wird sich das für Ihren Prozeß allerdings nur geringfügig auswirken. Immerhin gibt es jetzt ein paar Leute mehr, die der Meinung sind, daß Sie verschaukelt werden, und das sind nicht nur Ihre Fans vom Veteranenverein und ein paar Intellektuelle. Die Army wird sich dadurch zwar nicht bremsen lassen, aber vielleicht tröstet es Sie, daß wenigstens ein paar interessante verfassungsrechtliche Probleme aufgeworfen worden sind.«

»Und dafür braucht man Märtyrer, Vincent, nicht wahr? Leute, die leiden, damit die Menschheit vorankommt auf dem Weg zu einer vollkommeneren Gesellschaftsordnung.«

»Spotten Sie nur«, sagte Corva. »Eines steht fest: Über *Die Regierung der Vereinigten Staaten gegen Benjamin Tyson* werden noch Millionen von Worten geschrieben werden. Ihr Fall geht mit Sicherheit in die Geschichte ein. Wußten Sie, daß der geltende französische Militärcodex als direktes Resultat der Dreyfus-Affaire zustande gekommen ist?«

Tyson zündete sich wieder eine Zigarette an und ließ sich gegen die Lehne des Sofas sinken. »Was kümmert mich das«, sagte er gelangweilt.

»Eines Tages«, fuhr Corva fort, der sich sichtlich für das Thema erwärmte, »eines Tages, wenn Sie im Himmel vor den großen Richter treten, dann wird die *Times* Ihnen einen großen Nachruf widmen – und ich werde bestimmt auch erwähnt werden.«

»Wirklich?« Tyson blies einen Rauchkringel in die Luft. »Was wird man wohl über Sie schreiben? Daß Sie nie einen Prozeß gewonnen haben?«

Corvas Blick war zum Wohnzimmerfenster gewandert. »Was ist damit passiert?« wollte er wissen.

»Marcy hat vor ein paar Tagen einen Wutanfall gehabt. Wissen Sie, sie ist gegen jede Art von Gewalt und kapiert nicht, warum die armen Scheißkerle in meiner Einheit durchgedreht sind und diesen Mist angerichtet haben. Aber das hindert sie nicht daran, die Fensterscheiben mit einem Aschenbecher einzuschmeißen. Ich will sie deswegen nicht verurteilen, aber meiner Meinung nach sollten Leute, die in so kleinen Häusern wohnen, lieber nicht mit Aschenbechern werfen.«

Corva nickte. »Wo wir schon beim Thema Spinnen sind: Die Army will, daß Sie sich einer ganzen Serie von psychologischen Tests unterziehen. Sind Sie damit einverstanden?«

»Nein. Unzurechnungsfähigkeit können wir jetzt, zwei Jahrzehnte danach, sowieso nicht mehr für mich beanspruchen, und wir können auch nicht erklären, ich sei vernehmungsunfähig. Deshalb weigere ich mich, für einen Haufen verrückter Psychiater das Versuchskaninchen zu spielen.«

»In Ordnung. Ich werde alles tun, um die Tests abzuschmettern«, sagte Corva. »Waren Sie eigentlich schon mal bei einem Psychoanalytiker?«

Tyson drückte seine Zigarette aus. »Ja, aber nur kurz.«

»Und könnten seine schriftlichen Aufzeichnungen uns vielleicht weiterhelfen?«

»Keine Ahnung.«

»Oder würde aus diesen Aufzeichnungen vielleicht hervorgehen, daß Sie von Schuld- und Reuegefühlen geplagt wurden, weil Sie die Sache mit dem Krankenhaus vertuscht haben?«

»Nein, ich glaube nicht. Ich habe dem Analytiker nie davon erzählt.«

»Wie können Sie zu einem Seelendoktor gehen und ihm das verschweigen, was Ihnen am meisten zu schaffen macht?«

»Genau das wollte ich ja von ihm erfahren«, erwiderte Tyson lächelnd.

»Hätten Sie etwas dagegen, wenn ich mich mit ihm in Verbindung setze?«

»Durchaus nicht, aber er müßte Ihnen als Geist erscheinen.«

»Wie meinen Sie das?«

»Er hat sich umgebracht. Falls Sie trotzdem mit ihm Kontakt aufnehmen, sagen Sie ihm bitte, daß ich ihm die Höhe seiner letzten Rechnung nie verziehen habe.«

»Ich glaube, Sie haben zuviel getrunken«, sagte Corva. »Was ist aus seinen Unterlagen geworden?«

»Keine Ahnung. Die sind doch streng vertraulich, oder?«

»Nur zu Lebzeiten eines Therapeuten. Danach... Ach, was soll's, ich schau' mal, ob ich an das Zeug rankomme.« Corva zückte einen Füller, zog seinen gelben Notizblock aus der Tasche und schrieb Dr. Stahls letzte Adresse auf. Danach entnahm Corva seinem Aktenkoffer eine zusammengefaltete Seite der *New York Times.* Er hielt das Blatt in die Höhe und fragte: »Haben Sie das schon gesehen?«

»Ich lese keine Zeitungen mehr, nur noch Romane von Agatha Christie.«

»Nun, dieser Artikel handelt von den völkerrechtlichen Implikationen Ihres Falles.« Corva überflog den Text. »Gerüchten zufolge will Vietnam die USA vor dem Internationalen Gerichtshof in Den Haag verklagen. Damit wäre in den Bemühungen, die Beziehungen zwischen beiden Ländern zu normalisieren, ein Rückschlag zu verzeichnen. Das ist ein weiterer Grund, warum gewisse Leute in Washington Sie nicht leiden können. Natürlich gibt es auf der anderen Seite auch welche, die sich diebisch über den von Ihnen angerichteten Salat freuen.«

»Das interessiert mich nicht. Ich scheiß' auf Hanoi und Washington.«

»Na gut. Es sieht aber auch so aus, als ob sich die Regierungen anderer Länder ernsthaft für die Angelegenheit zu interessieren beginnen, zum Beispiel Frankreich, Belgien, Deutschland, Holland und Australien. Wie Sie wissen, sind das lauter verbündete Länder.«

Tyson erwiderte achselzuckend: »Letzten Monat hieß es, die UNO plane, einen Untersuchungsausschuß einzusetzen. Mein Gott, das ganze Krankenhaus war eine UNO in Kleinformat! Wir haben da wirklich keine Unterschiede zwischen den einzelnen Nationalitäten gemacht. Warum will man uns jetzt deswegen ans Kreuz schlagen?«

»Die mögen uns Amerikaner nicht, Ben. Der vietnamesische Botschafter bei der UNO, heißt es in dem Artikel hier, hat geäußert, daß die Vietnamesische Volksrepublik der Bildung eines internationalen Untersuchungsausschusses, dem sogar ein Amerikaner angehören dürfte, positiv gegenüberstehe. Der Ausschuß soll auch den angeblichen Tatort besuchen – das *Hôpital de la Miséricorde* und die ganze Umgebung da. Weiterhin hat der Herr Botschafter angedeutet, daß eventuell ein paar Augenzeugen verfügbar seien. Hanoi hat sogar ein Foto des ehemaligen Krankenhauses geschickt, und die *Times* hat es veröffentlicht.«

Corva reichte Tyson den ganzseitigen Artikel.

Tyson schaute sich das Foto an. Es zeigte ein zweigeschossiges, weißes, stuckverziertes Gebäude ohne Dach. Die Wände waren viel weißer als an dem Tag, als Tyson die Flammen aus den Fenstern hatte züngeln sehen. Aber wer soll wohl auf die Idee verfallen, eine Ruine weiß anzumalen? Vielleicht hatte der Monsunregen das Haus weißgewaschen, und möglicherweise war es zusätzlich von der Sonne gebleicht worden wie ein Knochen. Wilder Wein rankte sich an den Seiten empor, und durch die leeren Fensterhöhlen sah man ein Stück Himmel.

Das Krankenhaus brannte lichterloh im schmutzigen Winterregen. Die Männer vom ersten Zug der Alpha-Kompanie standen nahe am brennenden Gebäude, um in ihren durchnäßten Kampfanzügen etwas von der Wärme abzubekommen. Tyson sah, wie der Stoff ihrer Uniformen dampfte und wie sich die rötlichen Flammen in ihren nassen, glänzenden Gesichtern spiegelten.

In der Ferne detonierten Artilleriegeschosse. Ein Düsenjäger donnerte über die Köpfe der Männer hinweg. Trotz der geringen Höhe war wegen des Dunstes nur sekundenlang der Flammenschweif der Triebwerke zu sehen. Tyson hörte, wie drinnen im Krankenhaus das Gebälk knisternd Feuer fing. Stinkende Rauchschwaden drangen aus den Fenstern – Medikamente und Chemikalien, Bettzeug, verschmortes Fleisch...

Unaufgefordert hatten die Soldaten um den rechteckigen Bau einen Ring gebildet. Sie sind ganz bei der Sache, dachte Tyson. Instinktiv und ohne ausdrücklichen Befehl haben sie sich richtig aufgestellt, als wüßten sie, daß das im Krankenhaus herrschende Grauen nicht auf sie übergreifen dürfe.

Eine Gestalt erschien in der Eingangstür. Es war eine in einen weißen Kittel gekleidete junge Frau mit einem Säugling auf dem Arm. Das Baby war fest in ein olivgrünes Stück Stoff gewickelt, das nach einem amerikanischen Militärhandtuch aussah. Die Frau bückte sich und bettete das Kleine dicht am Eingang behutsam am Boden auf ein Gewirr von wilden Weinranken. In diesem Moment wurde sie von einer Garbe aus einem Schnellfeuergewehr getroffen und taumelte zurück in das brennende Haus.

Tyson drehte sich nach dem Schützen um. Er sah, wie Richard Farley ein neues Magazin in sein M-16 schob.

Oben im zweiten Stock erschien an der Ostseite des Gebäudes eine Gestalt in einer offenen Balkontür. Tyson erkannte, daß es sich um einen splitternackten, etwa zwölf Jahre alten Knaben handelte, dem man ein Bein amputiert hatte. Der Junge zögerte, warf einen gehetzten Blick zurück durch die offene Tür, schloß die Augen und sprang mit einem Satz über die Balkonbrüstung. Er landete unten im Küchengarten auf dem gesunden Knie und dem Stummel seines amputierten Beines. Als er sich aufrappelte, sah Tyson, daß er mit einer Hand ein weißes Taschentuch umklammert hielt und damit winkte. Im selben Augenblick vernahm er schräg hinter sich das dumpfe Geräusch von Lee Walkers Granatwerfer – und dann explodierte der Brustkasten des Knaben buchstäblich, so daß Blut und Fleischfetzen in der Gegend herumflogen.

Plötzlich kam ein Mann mit bandagiertem Kopf aus dem Haupteingang des Hospitals geschossen. Wie von Sinnen raste er quer über den Hof, barfuß und nur mit einer Pyjamahose bekleidet. In einer Entfernung von knapp zwanzig Metern kam er an Tyson vorbei, und da erst ging es Tyson auf, daß der Mann die Umzingelung durchbrochen hatte.

Hernando Beltran schwang sein Maschinengewehr herum und feuerte wie wild auf den Mann, gerade als dieser am Ende des Platzes eine dichte Hecke erreichte. Offenbar handelte es sich um einen ehemaligen Soldaten, denn er schlug Haken und wich geschickt den MG-Salven aus. Beltran fluchte auf spanisch. Schon hatte der Mann die Hecke erreicht und setzte zum Sprung an, doch da krümmte er sich plötzlich zusammen. Vom Kugelhagel getroffen, blieb sein seltsam verrenkter Körper im dichten Gestrüpp der Hecke hängen. Eine Garbe roter Leuchtspurgeschosse tastete sich gleich einem Finger an ihn heran. Die Kugeln mähten einen Teil der Hecke nieder und zerfetzten die reglose Gestalt, bis sie nur noch ein unförmiger Haufen von totem Fleisch war.

Tyson wandte sich ab. Er blickte zum Krankenhaus hin und bemerkte, daß sich auf dem Dach etwas bewegte. Etwa ein halbes Dutzend Menschen war durch eine Dachluke geklettert, die zur Belüftung des Obergeschosses diente. Jetzt kauerten diese Leute dort oben und klammerten sich an die roten Dachziegel. Einer von ihnen, den sein weißes Hemd und seine weiße Hose als Mitglied des Krankenhauspersonals auswiesen, tastete sich vorsichtig an den dicken Ast eines weit ausladenden Banyan-Baumes heran. Er kletterte hinauf und näherte sich balancierend dem Stamm des Baumes. Gleich darauf war er im dichten Laubwerk verschwunden. Eine vietnamesische Krankenschwester folgte ihm. Tyson schaute mit gemischten Gefühlen zu. Er wünschte den beiden, daß ihre Flucht gelingen möge, doch es war ihm auch klar, daß sie dann irgendwann den Vorfall bei den vietnamesischen oder amerikanischen Militärbehörden melden würden.

Die Gedanken in Tysons Kopf überstürzten sich. Er sah im

Geiste, wie seine Einheit, von der Front zurückgerufen, im Nachschublager aus den Hubschraubern kletterte und von Militärpolizisten umringt, entwaffnet und zur Gefängnisbaracke geführt wurde. Tyson hatte das schon einmal in Camp Evans mitangesehen, er hatte jedoch niemals erfahren, worum es damals gegangen war. Aber allein der Anblick der einst stolzen, kampferprobten Männer, die sich mit erhobenen Armen von höhnischen, geschniegelten Militärpolizisten herumstoßen ließen, hatte ihn zutiefst schockiert. Und jetzt stand er hier und starrte auf die dichte Laubkrone eines Banyan-Baumes! Er begriff, daß die Leute dort oben wirklich eine Chance hatten. Irgendwie empfand er das als tröstlich, denn auf diese Weise hatte sich auch Theresa retten können, rechtzeitig bevor seine Untergebenen das brennende Gebäude verlassen und es umzingelt hatten.

»Haben Sie was entdeckt, Lieutenant?« hörte Tyson Paul Sadowskis Stimme neben sich. Ohne zu antworten, wandte er sich von dem Baum ab. Plötzlich riß Sadowski weit die Augen auf und sagte: »O Scheiße! Mein Gott!« Dann schrie er zu Beltran hinüber: »He, der Baum da drüben! Halt da mal drauf!«

Beltran packte das M-60-Maschinengewehr und feuerte eine Salve nach der anderen auf den Baum ab. Neben ihm kauerte Brontman auf dem Boden und speiste aus einer Metallkiste Munitionsgürtel in die Waffe ein. Das zweite Maschinengewehr, von Michael DeTonq und Peter Santos bedient, begann die Dachschräge zu beharken. Die roten Ziegel zerplatzten und flogen als Splitter durch die Gegend. Tyson sah, wem der Kugelhagel galt: Teilweise vom Geäst des Baums verdeckt, hockten dort oben zwei Frauen im Nachthemd, ein alter Mann und ein kleines Mädchen mit hellroten, gräßlich verbrannten Beinen, die fast die Farbe der Dachziegel hatten. DeTonqs Maschinengewehr fand rasch sein Ziel: Die vier menschlichen Gestalten kippten eine nach der anderen nach vorn, rollten das steile Dach hinab, prallten gegen die Regenrinne, machten dadurch einen kleinen Satz und schlugen gleich darauf nicht weit von der Hauswand entfernt auf dem Boden auf. Diese Leute waren vermutlich schon tot, aber das Maschinengewehrfeuer ließ nicht einmal ihre Leichen in Ruhe. Eine Salve nach der andern zerfetzte die Büsche, in die sie gestürzt waren. Als Infanterist hatte man eben schon allzuoft vermeintliche Leichen entweder aufspringen und davonlaufen oder das Gegenfeuer eröffnen sehen, wenn man sich ihnen näherte, dachte Tyson. Oder wie es bei den amerikanischen Soldaten hieß: »Sie sind erst tot, wenn sie richtig tot sind.«

Beltran nahm den Baum noch immer mit seinem Maschinengewehr unter Beschuß. Jetzt schlossen sich ihm DeTonqs MG sowie ein paar M-16-Sturmgewehre und mehrere Schrotgewehre an. Der Banyan-Baum verlor immer mehr Äste, Laub und Borke. Die Krankenschwester stürzte als erste aus dem Geäst und blieb auf der dem Krankenhaus zugewandten Seite des Baumes liegen, so daß Tyson sie nicht sehen konnte. Harold Simcox rannte hin, und Tyson registrierte, wie er neben dem dicken Stamm stehenblieb, den Karabiner hob und das ganze Magazin leerschoß.

Tyson blickte wieder hinauf in die Baumkrone. Dort oben versuchte sich der weißgekleidete Mann im Laub zu verstecken. Anscheinend war er verwundet, denn es schien Tyson, als hätte er auf der weißen Kleidung rote Flecken gesehen. Dennoch klammerte sich der Mann mit ganzer Kraft an den Stamm des Baumes. Lee Walker schoß eine Granate auf ihn ab. Sie prallte gegen einen dikken Ast über dem Kopf des Mannes und detonierte. Tyson hörte einen langgezogenen, klagenden Schrei... Der Griff des Mannes löste sich, und er stürzte von Ast zu Ast in die Tiefe. Simcox, der noch immer unter dem Baum stand, gab sicherheitshalber noch ein paar Schüsse auf den Mann ab.

Abgesehen vom Rauschen des Regens und dem Knistern des Feuers herrschte jetzt Stille. Niemand erschien mehr in der Tür oder in einem der Fenster des Krankenhauses. Tyson bemerkte, daß ihm einige seiner Männer einen verstohlenen Blick zuwarfen. Jetzt bist du selbst dran, sagte er sich. Sie hatten ihm im Krankenhaus sein Sturmgewehr und die 45er Automatik weggenommen. Ohne diese Waffen, die er fast ein Jahr lang Tag und Nacht bei sich gehabt hatte, fühlte er sich seltsam nackt.

Kelly war neben ihn getreten; er hatte sein PRC-25-Funkgerät geschultert und sprach gerade etwas in den Hörer. Nach ein paar Sätzen hielt er ihn Tyson hin: »Captain Browder.«

Es war Tyson nicht entgangen, daß ein paar seiner Untergebenen näher an ihn herangerückt waren. Er nahm den Hörer und sagte: »Hier Mustang Eins-Sechs. Bitte kommen.«

Browders Stimme klang ziemlich schwach. »Verstanden, Eins-Sechs. Brauche Sitzreihe und Habichtauge.« Das waren die Kennworte für eine genaue Positionsangabe.

»Liegen unter Beschuß von Heckenschützen im Dorf An Ninh Ha. Koordinaten Yankee Delta Sieben-Zwei, Fünf; Zwei-Eins, Sechs. Bitte wiederholen!«

Browder wiederholte die Koordinaten und fragte dann: »Braucht ihr Hilfe? Artillerie oder Kampfhubschrauber?«

»Nein, nur leichtes, unkonzentriertes Feuer aus nahe gelegenem Gebäude. Wir sehen mal nach.«

»Verstanden. Hab' lange nichts von euch gehört. Dachte schon, ihr pennt oder seid tot.«

Tyson fuhr sich mit der Zunge über die Lippen. »Keine besonderen Vorkommnisse«, meldete er.

»Heckenschützen *sind* ein besonderes Vorkommnis!« korrigierte ihn Browder. »Liegt ihr noch immer unter Beschuß?«

»Ja. Wir gehen jetzt näher ran.«

»Okay, aber seid vorsichtig und haltet mich auf dem laufenden. Ist wirklich alles in Ordnung, Tyson?«

Die Frage kam so unerwartet, daß Tyson mehrere Sekunden brauchte, bis er eine Antwort herausbrachte. »Ja, alles okay, wir sind nur müde.«

Ein kurzes Schweigen folgte auf seine Worte, dann sagte Browder: »Verstanden. Kümmert euch um die Heckenschützen und setzt euch danach in Richtung Huê in Bewegung.«

»Verstanden.«

»Ende.«

Tyson gab Kelly den Hörer zurück. Dann blickte er seine Männer an, einen nach dem anderen und ohne eine Spur von Furcht. Anschließend wandte er sich wieder dem Krankenhaus zu, das jetzt lichterloh brannte. Aus allen Fensterhöhlen züngelten orangerote Flammen. Tysons Zug hatte sich auf dem Platz vor dem Krankenhaus versammelt. Den Männern war klar, daß dort drinnen niemand mehr lebte. Keiner sagte ein Wort. Nur das Prasseln des Regens in den Wipfeln der Palmen, auf dem Pflaster des Platzes, in den großen Pfützen und auf den Helmen der Soldaten war zu hören. Es regnete jetzt so heftig, daß das Rauschen und Plätschern fast alle anderen Geräusche übertönte.

Plötzlich ließ ein lautes Krachen die Männer herumfahren. Ein paar von ihnen rissen die Waffen hoch und hielten auf das Krankenhaus, dessen Dachziegel vor Hitze zerbarsten und den kleinen Vorplatz mit einem Schauer glühend heißer Tonscherben bedeckten. Die Soldaten zogen sich ein Stückchen zurück und warteten ab. Wenig später fiel der Dachstuhl in sich zusammen und stürzte auf die Decke des ersten Stockwerks, die ihrerseits zusammenbrach und mit allen anderen Trümmern im Erdgeschoß landete. Das Gebäude war jetzt nur noch eine hohle Betonschale, die wie ein riesiger Backofen glühte. Als hätten sie nur auf dieses Signal gewartet, hoben die Männer ihr Marschgepäck, ihre Waffen und ihre Munition vom Boden auf und bildeten kleine Gruppen. Sie waren bereit zum Abmarsch. Ein paar von ihnen blickten zu Tyson hinüber. Aus reiner Gewohnheit erwarteten sie von ihm offenbar einen Befehl oder ein Zeichen, obwohl Lieutenant Tyson hier ganz offenbar nicht mehr das Sagen hatte. In diesem Augenblick zog Kelly eine 45er Pistole aus dem Koppel – Tysons Pistole! – und reichte sie seinem Vorgesetzten. Der steckte die Waffe ins Halfter und registrierte dabei, daß niemand Anstalten machte, ihm sein Sturmgewehr wiederzugeben. Kelly forderte ihn leise auf: »Los, sagen Sie was!«

Tyson brachte kein Wort heraus.

Kellys Stimme wurde drängender: »Na los, hauen wir hier ab, verdammt noch mal!«

Tyson blickte über die Köpfe seiner Männer hinweg auf die malerischen Häuser und die gepflegten Gärten rings um den kleinen Platz. Er fragte sich, wo *sie* sich jetzt wohl befand. Ob sie alles aus einem Versteck heraus beobachtete? Es war ihm klar, daß sie irgend jemandem erzählen würde, was sie erlebt hatte, und er rechnete auch mit der Möglichkeit, daß es in diesem anscheinend menschenleeren Dorf noch andere Augenzeugen gab.

Kelly schien zumindest teilweise zu erraten, was Tyson dachte. »Machen Sie sich wegen der Dorfbewohner keine Sorgen«, beruhigte er ihn. »Die haben bestimmt nicht alles mitgekriegt, und die Leute da drin« – er deutete mit dem Kopf auf das Krankenhaus – »die können nichts mehr sagen. Am besten, wir setzen uns jetzt ab, bevor irgend so ein hohes Tier im Hubschrauber vorbeikommt und uns dumme Fragen stellt.«

Tyson blickte seinen Funker lange an, dann hob er den Arm und rief: »Alle abmarschbereit machen! Wir ziehen weiter!« Er ließ den Arm sinken und zeigte mit dem Finger auf eine breite, ungepflasterte Straße, die in die Ostseite des Platzes mündete.

Die Männer setzten sich in Bewegung, und Kelly gab Tyson einen Stoß in die Rippen. »Verdammt hartes Gefecht, was?« sagte er so laut, daß es jeder hören konnte.

Tyson blickte an der langen Reihe seiner Untergebenen entlang und sah, daß Bob Moody von Brontman und Simcox auf einer Bahre getragen wurde, die wahrscheinlich aus dem Krankenhaus stammte. Moody rauchte eine Zigarette und redete munter drauflos, wie es viele Soldaten nach einer leichten Verwundung taten, sobald ihnen klargeworden war, daß es sie schlimmer hätte treffen können.

Ziemlich am Ende marschierten Holzman und Walker. Sie trugen gemeinsam eine Bambusstange auf der Schulter, an der eine graugrün gemusterte Gummiplane hing. In der Plane lag in einen Regenumhang gewickelt und zusammengekrümmt wie ein Fötus die Leiche von Arthur Peterson. Er war gestorben, kurz nachdem seine Kameraden begonnen hatten, die Ärzte und Krankenschwestern umzubringen, die ihn vielleicht hätten retten können. Als nächster kam Richard Farley. Er ging von einer schweren Last gebeugt, denn statt des üblichen Marschgepäcks hatte er sich Larry Canes Leiche aufgeladen. Der Kopf des Toten ruhte auf Farleys linker Schulter und pendelte hin und her. Das Gesicht war vorschriftsgemäß mit einem großen, olivgrünen Taschentuch verhüllt worden, aber das Tuch war verrutscht, so daß Tyson Canes Antlitz sehen konnte. Ein Auge stand weit offen. Irgend jemand hatte dem Toten das Blut abgewischt, das in Strömen aus Nase und Mund geflossen war, aber das Kinn war noch mit geronnenem Blut verschmiert, und auch die Zähne in dem weit geöffneten Mund waren rot.

Tyson starrte das weiße Gesicht an, während Farley mit seiner Last immer näher kam. Dieses Nebeneinander von Canes und Farleys Gesicht ergab ein groteskes Bild. Tysons und Farleys Blicke fanden sich und ließen sich nicht mehr los. Farleys Lippen bildeten Worte, aber Tyson hörte nichts. Er streckte den Arm aus und zog das Taschentuch wieder über Canes Kopf. Dabei berührte er die feuchte, kühle Haut des Toten. Er wandte sich ab und ging neben seinen Männern her. Immerhin haben wir zwei Gefallene als Beweis für eine echte Kampfhandlung, dachte er. Hoffentlich merkt niemand im Camp, daß Cane aus kürzester Entfernung mit einer amerikanischen Armeepistole Kaliber 45 erschossen worden ist.

»Wo gehen wir hin?« hörte er Kelly fragen.

»In die Hölle«, erwiderte Tyson.

»Na, dann holen Sie mal Ihre Landkarte raus, Lieutenant, und zeigen Sie uns den Weg!«

»Ben! Hören Sie mir überhaupt zu?«

Tyson kehrte aus der Vergangenheit zurück und richtete sein Augenmerk wieder auf das Foto von dem Krankenhaus. Der Banyan-Baum stand also noch, er war gewachsen, und seine Zweige überragten das ausgebrannte Gebäude. »Ich erkenne das Gebäude nicht wieder«, sagte er und gab Corva die Zeitungsseite zurück.

»Das spielt keine Rolle, die Regierung in Hanoi behauptet, dies sei das *Hôpital de la Miséricorde* gewesen.«

»Kommunisten lügen, das weiß jeder.«

»Ich frage mich«, fuhr Corva fort, »ob Experten an den Einschußlöchern im Beton erkennen könnten, welche Art von Feuergefecht da stattgefunden hat. Ich meine, daß vermutlich die Anordnung der Einschußlöcher beziehungsweise die Muster, die bei einem Massaker entstehen, anders aussehen als die bei einem regelrechten Gefecht.«

Tyson zog es vor zu schweigen.

»Übrigens läßt die Regierung in Hanoi jetzt den Schutt aus dem Erdgeschoß des Krankenhauses räumen. Eventuelle Leichen sind aber sicher schon unmittelbar nach der Tet-Offensive fortgeschafft worden.«

Ben steckte sich eine Zigarette an.

»Alles, was übriggeblieben ist«, fuhr Corva in seinen Überlegungen fort, »wurde später von den Dorfbewohnern bestimmt als Dünger verwendet, vor allem die Asche. Die Geier, die Käfer und die Würmer haben das Werk dann vollendet, aber möglicherweise enthält die Betonruine trotzdem etwas. Auf jeden Fall ist dies das erste greifbare Beweisstück, mit dem wir es zu tun haben.«

»Und ist es ein Grund zur Beunruhigung?«

Corva dachte einen Augenblick nach. »In dem *Times*-Artikel gibt es keinerlei Hinweis, daß unsere Regierung die Einladung angenommen hat.«

»Und diese Einladung kommt ausgerechnet von Leuten, die damals in Huê auf der anderen Seite des Flusses zweitausend Frauen, Kinder und Männer niedergemetzelt haben. Die haben Nerven! Ich würde gern mit einem internationalen Untersuchungsausschuß zum sogenannten ›Erdbeerfeld‹ fahren und diesen Leuten zeigen, wo ich die Massengräber gefunden habe!«

»Aber so geht es nun mal nicht, Ben. Amerikanische Greueltaten sind eben grausamer als kommunistische Greueltaten«, sagte der Anwalt ironisch. »Eines steht jedenfalls fest: Unsere Regierung ist überhaupt nicht glücklich über diese Sache.« Er stieß einen lauten Seufzer aus. »Verdammter Mist! Ich wußte schon immer, daß wir nach dem Vietnamkrieg schlecht aussehen würden. Warum müssen wir uns solche Dinge antun?«

»Weil wir es gründlicher und besser machen, als es irgend jemand sonst für uns tun könnte«, meinte Tyson sarkastisch.

Corva schüttelte nachdenklich den Kopf. »Wenn Sie mich fragen, dann möchte ich wetten, daß das Weiße Haus den Nordvietnamesen mitteilen wird, sie sollen doch bitte ihre freundliche Einladung nehmen und sie sich wer weiß wohin stecken – natürlich ganz diplomatisch.«

»Aber andere Länder werden Experten nach Huê schicken!«

Corva rieb sich die Unterlippe. »Ja, und vielleicht entdecken die sogar etwas. Ich habe schon vorsorglich dem Justizministerium mitgeteilt, daß man sich dort besser auf einen zehn Jahre langen Prozeß vorbereitet, falls man vorhat, bei einem amerikanischen Kriegsgerichtsverfahren Beweismaterial vorzulegen, das von Ausländern in einem kommunistischen Land gesammelt worden ist. Von der öffentlichen Empörung ganz zu schweigen. Ich glaube, die Herren werden mich verstanden haben. Na, warten wir's ab.«

»Sie haben großes Vertrauen in die öffentliche Meinung in unserem Land«, spottete Tyson.

»Und Sie sollten es auch haben! Gegen negative Reaktionen in anderen Ländern können wir nicht viel machen, aber ist es nicht unglaublich, daß ganze siebenundachtzig Prozent der Amerikaner laut Meinungsumfrage denken, daß man Sie zum Sündenbock stempeln will?«

»Das ist mir neu.«

»Ich habe extra 'ne Agentur beauftragt, mir alle Zeitungsausschnitte rauszusuchen und zu schicken, in denen Ihr Name vorkommt.«

»Prima.«

»Sie sind gewissermaßen zum Mittelpunkt vieler widersprüchlicher Auffassungen hier bei uns und im Ausland geworden, Ben.«

Tyson tat diese Worte mit einem Achselzucken ab. »Nicht meine Schuld. Ich hätte die ganze Sache am liebsten schon hinter mir.«

»Ähnlich wie damals in Frankreich beim Dreyfus-Prozeß gilt dieser Fall als etwas, bei dem weit mehr auf dem Spiel steht als das Schicksal von Benjamin Tyson und den ehemaligen Mitgliedern der Alpha-Kompanie.«

»Tatsächlich?«

Corva zog wieder ein Blatt Papier aus seinem Aktenkoffer. »Genug geredet über internationale Diplomatie und die Lage der amerikanischen Nation. Wenden wir uns lieber wichtigeren Dingen zu. Vergangene Woche hatte ich eine angeregte Unterhaltung mit Major Harper – in meinem Büro.«

»Ach ja?« fragte Tyson scheinbar teilnahmslos.

»Die ist nicht schlecht gebaut, Ben.«

»So genau hab' ich nicht hingeschaut.«

»Aber ich! Leider ist sie ein bißchen zu groß für mich.«

»Nein, Sie sind zu klein für sie! Was wollte sie von Ihnen?«

»Oh, sie wollte mich nur auf den neuesten Stand der Dinge bringen. Die wichtigste Information war, daß das FBI Hernando Beltran, Lee Walker und Louis Kalane ausfindig gemacht hat.«

Tyson schwieg.

»Bestimmt wußten sie die ganze Zeit, wo sich die drei aufhielten, aber das Justizministerium wollte wohl abwarten, bis offiziell Anklage gegen Sie erhoben würde.«

»Ich habe sowieso nie verstanden, warum man sie nicht früher ausfindig gemacht hat«, sagte Tyson.

»Die Justizbehörden haben wohl auch dichtgehalten, damit die Medien keinen Wind davon bekommen.«

Tyson nickte nachdenklich. »Wissen Sie was? Karen Harper schlug mir einmal vor, ich sollte die Männer durch einen Aufruf bitten, sich zu melden.«

»Karen Harper stand allein auf weiter Flur. Für jede Stunde, die *sie* auf ihre Nachforschungen verwandte, brachten wer weiß wie viele Bürokraten, JAG-Leute, Beamte des Justizministeriums und FBI-Agenten Hunderte von Stunden auf. Sie war nur die Spitze eines Eisberges, und sie wußte es nicht einmal. Inzwischen ist sie wohl dahintergekommen, aber das zählt nicht mehr. Jedenfalls hat man sie aufgefordert, sich telefonisch mit Beltran, Walker und Kalane in Verbindung zu setzen. Das hat sie getan.«

Tyson stand auf und ging zum Fenster. Er starrte die lange Autoschlange an, die sich mit eingeschalteten Scheinwerfern über die Brücke schlich.

»Major Harper sagt, sie habe mit jedem der drei Männer kurz telefoniert«, nahm Corva den Faden wieder auf. »Beltran und Kalane verwiesen sie an ihre Anwälte, Walker hatte sich noch keinen Rechtsbeistand genommen. Er ist Mechaniker, irgendwo in der Nähe von Macon in Georgia. Die Rechtsanwälte von Beltran und Kalane haben erklärt, daß ihre Mandanten keine Aussagen machen würden, allenfalls nach Vorladung vor Gericht. Beltran ist ein erfolgreicher Geschäftsmann in Miami, und Kalane hat irgendwas mit dem Tourismus in Honolulu zu tun. Karen Harper hat die beiden Anwälte auch gefragt, ob ihre Mandanten im Fall einer Aussage als Zeugen der Anklage oder der Verteidigung einzustufen wären.«

Tyson zündete sich eine Zigarette an und schaute weiterhin aus dem Fenster.

»Major Harper hat mich informiert, daß alle drei als Entlastungszeugen für Sie zu zählen wären«, sagte Corva.

Tyson blies eine große Rauchwolke gegen die Scheibe.

»Es sieht also so aus«, bemerkte der Anwalt, »als könnten Sie von Ihren Soldaten ein gewisses Maß an Loyalität erwarten, Lieutenant Tyson.«

»Sie halten eben Wort, Vincent«, entgegnete der.

»Ja, sieht so aus. Ich will Ihnen mal was sagen: Wenn einer von ihnen mein Mandant wäre, dann würde ich ihm raten, sich schleunigst auf die Seite der Anklage zu schlagen.«

»Warum?« fragte Tyson und wandte sich zu Corva um.

»Weil man sie keinesfalls des Mordes anklagen würde, selbst wenn sie in den Zeugenstand treten und das Massaker schonungslos in allen Einzelheiten schildern würden. Wenn sie aber die Vorfälle in dem Krankenhaus so erzählen, wie Sie es untereinander abgemacht haben, und wenn Sie verurteilt werden, dann könnte es sein, daß man sie wegen Meineids und Falschaussage belangt.«

»Ich bin mir sicher, daß ihre Anwälte sie darauf hingewiesen haben«, wandte Tyson ein.

»Ja, bestimmt, aber sie halten trotzdem den Kopf für Sie hin, Ben. Ich finde das fast rührend.«

»Was wollen Sie damit sagen?«

»Wenn dieser Fall 1968 oder zu irgendeinem Zeitpunkt vor der ehrenhaften Entlassung dieser Männer aus den Streitkräften verhandelt worden wäre, dann wären auch sie wegen Mordes angeklagt worden. Jetzt müssen sie zwar nicht mehr mit einer Bestrafung rechnen, aber sie sind natürlich trotzdem nicht bereit, in aller Öffentlichkeit ihre Mitschuld an einem Massenmord einzugestehen. Mir wäre es lieber, wenn ich glauben könnte, daß diese Männer aus reiner Loyalität für Sie eintreten, Ben, aber leider haben sie auch andere Motive.«

»Vielleicht, Vincent, vielleicht, aber es ist nicht an uns, sie wegen ihrer Beweggründe zu verurteilen.«

Corva stand auf. »Empfinden Sie ihnen gegenüber so etwas wie Loyalität?«

»Was verstehen Sie darunter?«

»Würden Sie den guten Ruf dieser Männer auch im Zeugenstand schützen?«

»Ja, wahrscheinlich, aber ich denke mit gemischten Gefühlen an sie. Sie haben etwas getan, für das ich jetzt allein die Rechnung begleichen soll, wie Sie so richtig gesagt haben.«

»Aber Sie sind selbst schuld daran, Ben! Ich verstehe, daß Sie nicht unmittelbar nach dem Vorfall die Verantwortung übernommen haben, aber später, als Sie sich auf dem Lazarettschiff in Sicherheit befanden und Zeit zum Nachdenken hatten – aus welchen Motiven heraus haben Sie da geschwiegen, wenn nicht aus Loyalität?«

»Ja, ich glaube, ich fühlte mich meinen Männern gegenüber verpflichtet. Als Soldat wird einem von Anfang an eingetrichtert, daß es zwischen Offizier und Untergebenen ein Treueverhältnis gibt; aber wenn etwas wie diese Sache mit dem Krankenhaus passiert, kann Treue leicht zu einem Rechtsbruch führen.«

»Das ist mir klar.«

»Nach meiner Verwundung haben sie sich alle von mir verabschiedet, und es tat ihnen wirklich leid, daß ich fort mußte. Das schien mir erst nicht weiter wichtig, aber als ich dann im Lazarettschiff im Bett lag, einen Notizblock in der Hand, und mich fragte, ob ich meiner Freundin einen Liebesbrief oder dem Kommandeur meines Bataillons einen wahrheitsgetreuen Bericht schicken sollte – da wurde es auf einmal zu einem riesengroßen Problem.«

»Verstehe.« Der Anwalt füllte ihre beiden Gläser erneut mit *Strega* und reichte Tyson seines. »Ich wollte mit meiner Frage über die Loyalität auf folgendes hinaus: Falls Sie für schuldig befunden werden, ist es absolut unerläßlich, daß Sie mit Blick auf eine eventuelle Strafminderung im Zeugenstand die Wahrheit sagen, bevor sich die Jury zur Urteilsfindung zurückzieht. Aber eine wahrheitsgetreue Aussage, sofern man im Zusammenhang mit Kriegsereignissen überhaupt von Wahrheit reden kann, würde den Herren Sadowski, Scorello, Beltran, Walker und Kalane allem Anschein nach sehr schaden. Es könnte – wie ich schon sagte – möglich sein, daß man sie wegen Meineids anklagen würde. Und Meineid ist wirklich keine Kleinigkeit.«

»Wollen wir uns mit dieser Sache nicht erst herumschlagen, wenn es wirklich soweit ist?« erwiderte Tyson. »Erzählen Sie mir jetzt lieber etwas über Lee Walker!«

»Na schön.« Corva nahm ein Schriftstück vom Tisch und überflog es. »Diese Karen – ich meine Major Harper – schreibt in ihrem Bericht, sie sei gleich zu Anfang durch die von Mr. Walker gemachten Aussagen zu der Überzeugung gelangt, daß er als Entlastungszeuge anzusehen sei.«

Tyson nickte. Aus irgendeinem Grund hatte er sich wegen Walker keine Sorgen gemacht.

»Anders als bei Ihnen, Sadowski und Scorello war Karen Harper von Rechts wegen verpflichtet, die Befragung von Walker in dem Moment abzubrechen, wo sie feststellte, daß er als Entlastungszeuge zu gelten hat und daß sie ihn folglich an den Anwalt des Beschuldigten verweisen mußte. Das tat sie dann auch, und ich unterhielt mich mit Walker telefonisch. Woran erinnern Sie sich eigentlich im Zusammenhang mit ihm?«

Tyson trank sein Glas leer. Er bemerkte, daß kaum noch etwas in der Flasche war. »Ich weiß nicht recht, aber ich glaube, er war ein einfacher Mensch, einfach und ehrlich. Nie machte er Scherereien. Er war der typische Farbige aus einer ländlichen Gegend im Süden. Sie wissen bestimmt, was ich meine.«

»Ja. Mir kam er am Telefon ziemlich nervös vor. Er betonte immer wieder, daß er nichts ausgefressen habe.«

»Von mir aus kann er als Zeuge aussagen.«

Corva lächelte. »Nun, das ist genau die Frage: Wer von den fünf soll in den Zeugenstand?«

»Alle.«

»Nein, das geht nicht. Es würde so aussehen, als würden sie alle eine Geschichte, die man ihnen eingetrichtert hat, auswendig hersagen. Ich muß nicht nur herausfinden, wer in der Öffentlichkeit am besten ankommt, sondern auch, wer beim Kreuzverhör das beste Stehvermögen hat. Das ist sehr wichtig.«

»Sie haben noch nicht mit Scorello und Sadowski gesprochen?«

»Nein, noch nicht.«

»Ich habe schon von Detektiven gehört, die einen Fall lösen, ohne aus dem Sessel aufzustehen«, sagte Tyson mit einem Anflug von Spott. »Sind Sie etwa ein solcher Anwalt?«

Corva ließ sich mit seiner Antwort Zeit. »Wissen Sie, man kann sich auch *zu* gut auf einen Prozeß vorbereiten«, sagte er schließlich. »Das habe ich schon selbst erlebt.«

Tyson mußte lachen. »Schon gut, Sie sind der Anwalt, nicht ich.«

»Stimmt«, pflichtete ihm Corva bei. »Übrigens hat mir Major Harper am Ende unseres Gesprächs noch mitgeteilt, daß weder Daniel Kelly noch Michael DeTonq ausfindig gemacht worden sind – und auch Schwester Theresa nicht.«

Die Jalousien klapperten leise in der Brise, die vom Meer her wehte. »Es wird kühler«, sagte Tyson wie zu sich selbst. »Der Sommer war schön warm. In der Rückschau sind die Sommer für mich gewissermaßen Meilensteine auf meinem Lebensweg. An diesen werde ich mich bestimmt noch lange erinnern. Ich weiß noch, wie es damals war, im Sommer 1966, kurz bevor meine Dienstzeit bei der Army begann. Ich hatte gerade das College beendet. Vor mir lag ein Sommer in absoluter Freiheit: keine Verpflichtungen, kein Druck, nur das Gefühl, etwas geleistet, einen guten Collegeabschluß geschafft zu haben, und die Vorfreude auf neue Abenteuer. Ein geradezu idealer Lebensabschnitt, wie er einem manchmal vergönnt ist. In meiner jetzigen Situation ist es durchaus normal, daß ich mich solcher vergangenen Zeit zuwende, auch wenn mir das nicht gut bekommen sollte. Meinen Sie nicht auch?«

»Ja, durchaus. Wenn Sie in Ihrer Phantasie einen solchen Zufluchtsort haben, dann sollten Sie sich dort ruhig für eine Weile verstecken, Ben.«

Tyson goß den Rest der Flasche in die Gläser.

Der Anwalt raschelte mit seinen Papieren, dann sagte er: »Diese Karen Harper hat mich übrigens ziemlich beeindruckt, und Sie haben bei ihr einen starken Eindruck hinterlassen.«

»Vielleicht wird sie noch vor dem Prozeß aus der Army entlassen. Dann könnte ich Sie davonjagen, Vincent, und Karen anheuern«, grinste Ben.

»Man läßt sie aber erst gehen, wenn diese Sache abgeschlossen ist«, erwiderte Corva und trank sein Glas leer. »Man will sie da haben, wo man sie im Auge behalten kann.«

Tyson ging in die Küche und kam mit einer Flasche Portwein zurück. »Echter portugiesischer Stoff«, verkündete er. »Fünfunddreißig Dollar die Flasche. Wir kippen ein bißchen von dem Zeug auf den *Strega* drauf.« Er füllte Corvas Glas bis zum Rand und goß danach sein eigenes voll. Sie tranken den Portwein, und Tyson schenkte sofort wieder nach. Der Anwalt murmelte etwas von Autofahren. Er unterdrückte einen Rülpser und sagte: »Übrigens würde Karen Harper Ihre Verteidigung nicht übernehmen, Ben. Sie glaubt nämlich, daß Sie schuldig sind.«

Tyson ließ sich tiefer in den Sessel sinken. »Und was ist mit Ihnen?«

»Ich hätte diesen Fall nicht übernommen, wenn ich nicht absolut davon überzeugt wäre, daß Sie nicht allein für das bezahlen dürfen, was in Vietnam passiert ist. Ich war selbst dort, mein Lieber, und *ich* wäre nicht bereit, noch einmal zu bezahlen!«

»Sie haben mir noch nicht gesagt, daß Sie mich für unschuldig halten.«

Der Anwalt schüttelte mehrmals den Kopf. »Nein, das habe ich nicht gesagt. Ich glaube nämlich, daß Sie schuldig sind, aber meiner Meinung nach sollen Sie nicht allein für alles büßen.«

Tyson beugte sich vor und starrte den Anwalt an. »Sie sagten gerade, *Sie* wären nicht bereit, noch einmal zu bezahlen. Könnte man Ihnen denn auch etwas anhängen? Was haben *Sie* eigentlich in Vietnam gemacht?«

Corva stand auf. Er schwankte ein wenig, und seine Augen schienen in die Ferne zu blicken. Nach einer Weile sagte er: »Ich hab' da so ziemlich dasselbe gemacht wie Sie, Ben, beispielsweise hab' ich absichtlich weggeschaut. Gewiß, zu einem richtigen Massaker ist es nicht gekommen, aber es sind 'ne Menge schlimme Sachen passiert...«

»Erzählen Sie mir davon!« drängte Tyson, von einer fast perversen Neugier getrieben. »Picard hat mir alles gebeichtet. Jetzt sind Sie dran!«

»Dieser Picard kann mich mal!« Corva schien vergessen zu haben, was er eigentlich sagen wollte, doch dann sprudelte es aus ihm heraus: »Mein Maschinengewehrschütze hat drei feindliche Soldaten niedergemäht, als sie mit einer weißen Fahne auf uns zukamen. Mir war danach eine Woche lang schlecht. Es waren drei junge Kerle, fast noch Kinder, die die Schnauze voll hatten und anscheinend überlaufen wollten. Er hat sie einfach abgeknallt. Einfach so!« Corva blickte Tyson an. »Und dann war da noch ein Scharfschütze in meiner Einheit, Ben, der hatte eins von diesen tollen Jagdgewehren mit einem supergenauen Zielfernrohr. Jedesmal, wenn er feststellen wollte, ob das Zielfernrohr richtig eingestellt war, knallte er einfach ein paar Vietnamesen ab, meist Bauern, die kurz vor Beginn der Ausgangssperre über die Felder zu ihrem Dorf liefen. Hinterher sagte er immer, seine Uhr sei wohl ein bißchen vorgegangen. Verstehen Sie? Seine Uhr ging vor! Er hat das dreimal gemacht, bevor ich ihn gestoppt habe. Einmal kamen wir in einem Dorf zu einem unterirdischen Bunker, in den sich ein paar Dorfbewohner geflüchtet hatten. Wir haben sie –«

»Aufhören!« Tyson war aufgesprungen. »Es reicht, Vincent! Herrgott, ich habe genug!«

Die beiden Männer standen sich schweigend eine Zeitlang gegenüber, dann machte Corva ein paar Schritte auf Tyson zu und umarmte ihn zu dessen größter Verblüffung. Tysons Körper versteifte sich in Abwehr. Er wußte nicht, wie er sich verhalten sollte. Seit – ja, seit Vietnam war er nicht mehr von einem Mann umarmt worden. Ziemlich unbeholfen hob er die Arme und klopfte Corva auf den Rücken.

Der ließ ihn los und trat einen Schritt zurück. »Sorry, aber Sie wisssen ja, wie wir Italiener sind.«

Tyson räusperte sich. »Oh, schon gut. Ich... mir ist die Sache auch an die Nieren gegangen.«

Der Anwalt holte tief Luft. »Das waren nur die Straftaten, derentwegen ich heutzutage noch belangt werden könnte – wegen Mord. Aber es sind noch andere Dinge passiert: Schlägereien, Vergewaltigungen... Sie wissen ja selbst. Aber warum hab' ich es dem Kerl mit dem Jagdgewehr dreimal durchgehen lassen, bevor ich eingeschritten bin, Ben? Warum?«

»Weil Sie die ersten beiden Male nicht glauben wollten, was Sie mit eigenen Augen gesehen haben«, erwiderte Tyson.

Corva nickte heftig. »Ja, genauso war es. Ich schätze, daß –«

»War das alles?« fiel ihm Tyson ins Wort und fuhr sich mit einer müden Geste über die Stirn. »Ich meine, haben wir alles besprochen?«

Der Anwalt begann, seine Papiere im Aktenkoffer zu verstauen. »Heute ist Montag«, sagte er. »Die Anhörung ist für Freitag morgen anberaumt. Schätze, daß wir uns damit das nächste Mal befassen sollten. Ich werde sehen, was sich machen läßt, damit keine Anklage gegen Sie erhoben wird.«

»Theoretisch könnte ich also am Freitagnachmittag wieder ein freier Mann sein«, sagte Tyson.

»Ja, theoretisch«, stimmte ihm Corva zu.

»Und nächste Woche könnte ich wieder Zivilist sein?«

»Durchaus möglich.«

»Aber leider wird das nicht passieren, nicht wahr?«

»Nein, wahrscheinlich nicht.«

Es war Corva anzusehen, daß er einen ziemlichen Schwips hatte und zugleich innerlich stark erregt war. Ohne ein weiteres Wort ergriff er seinen Aktenkoffer und ging zur Tür. Dort drehte er sich noch einmal um und sagte: »Ich habe versucht, für Sie die Erlaubnis zu erwirken, mich morgen in der Stadt zu treffen, aber ich glaube, Colonel Hill hat Angst, daß es um seine Karriere geschehen ist, wenn Sie abhauen. Wahrscheinlich hat er sogar recht.«

»Ich hau' aber nicht ab!«

»Das weiß ich, aber die anderen wissen es nicht. Ich komme also morgen kurz vor Mittag her. Sind Sie dann zu Hause?«

Tyson zwang sich zu einem Lächeln. »Rufen Sie doch meine Sekretärin an, damit sie Ihnen einen Termin gibt.«

»Wird gemacht.« Corva öffnete die Tür und holte tief Luft. Dann sagte er über die Schulter zu Tyson: »Ich bin von meinem Grundsatz abgewichen und hab' Ihnen doch ein paar Kriegsgeschichten erzählt. Tut mir leid.«

»Schon gut.«

»Es soll nicht wieder passieren.« Corva trat hinaus auf den Treppenabsatz. »Geben Sie Ihrer Frau und Ihrem Sohn einen Kuß von mir und sagen Sie ihnen, ich lasse sie grüßen.«

»Können Sie noch fahren?«

»Nein, ich nehm' mir ein Taxi.« Corva ging mit unsicheren Schritten den schmalen Weg entlang.

## *Kapitel 38*

Der Regen prasselte gegen die Fensterscheiben. Ben warf die Morgenzeitung auf den Fußboden und schaltete den Fernseher ein, doch nur für ein paar Sekunden. Dann schenkte er sich Kaffee nach, trank jedoch nicht davon, und die Zigarette, die er sich anzündete, drückte er nach ein paar Zügen im Aschenbecher aus. »Verdammt!« fluchte er.

Er starrte die zerbrochene Fensterscheibe an und roch die feuchte, kühle Luft, die durch das Loch von draußen hereinströmte. Unruhig begann er im Zimmer auf und ab zu gehen – fünf Schritte hin, fünf zurück. Schließlich ließ er sich auf den Boden nieder und machte dreißig Liegestütze. Danach wischte er sich das Gesicht mit dem Ärmel seines grauen Trainingsanzuges ab. Der

Anzug mußte dringend in die Wäsche, aber Tyson war sich nicht ganz sicher, ob er das Haus verlassen und zum garnisonseigenen Waschsalon gehen durfte oder ob er besser Marcy oder David nach der Schule hinschickte.

Sein Blick fiel auf die schmale Vase auf dem Fernsehgerät. Sie enthielt eine einzige gelbe Teerose. Irgendwie empfand er die Blume in dieser schäbigen Umgebung als eine Kränkung. Er nahm die Vase und steuerte gerade auf die Haustüre zu, als es läutete. Er blieb reglos stehen und widerstand der Versuchung, die Tür sofort zu öffnen. Wahrscheinlich war es Corva, und der konnte ruhig eine Weile im Regen stehen. Das tat seinem Charakter gut.

Wieder wurde geläutet. Tyson wartete noch eine volle Minute ab, dann machte er auf. Vincent Corva trat eilig ein und machte seinen Regenschirm zu. »Für mich?« fragte er, als er die Vase mit der Teerose in Tysons Hand erblickte.

Ben riß die Tür auf und warf die Vase hinaus auf den Rasen.

»Ein Mistwetter für den Schulanfang«, schimpfte Corva. »Ich mußte meine Kinder fast mit vorgehaltener Waffe zur Bushaltestelle treiben.« Er zog seinen schwarzen Regenmantel aus. »Das Wetter erinnert mich an den Monsun, bei dem wir damals zwei Monate lang marschieren mußten. Habt ihr im Norden auch den Monsun kennengelernt?«

»Ich erinnere mich nicht mehr.« Tyson nahm Corvas Regenmantel und hängte ihn in den winzigen Garderobenschrank. Er warf einen Blick auf seine Uhr. »Es ist nach zwölf. Was hat Sie aufgehalten?«

Der Anwalt stellte seinen Aktenkoffer auf den Couchtisch. »Der Verkehr. Eigentlich wollte ich vor zwölf hiersein. Ihre Sekretärin sagte, daß es um diese Zeit bei Ihnen Mittag gibt.« Er blickte Tyson aufmerksam an. »Sie sind wohl kurz vorm Durchdrehen?«

Tyson blieb stumm.

Der Anwalt öffnete seinen Aktenkoffer und entnahm ihm eine braune Papiertüte. »Meine Frau hat uns ein paar Sandwiches gemacht – mit italienischem Aufschnitt. *Provolone* und *caponata.* Das müssen Sie unbedingt probieren.«

»Ich hab' keinen Hunger. Ich langweile mich. Bei dem Scheißwetter kann man ja nicht einmal spazierengehen.«

»Sie müssen aber noch zum Hauptquartier und sich ins Buch eintragen. Das ist doch eine nette Abwechslung, nicht wahr?«

Corva begann die Sandwiches auszupacken.

»Die können mich alle mal! Ich habe mich seit drei Tagen nicht eingetragen.«

Corva blickte zu ihm auf. »He, halten Sie sich lieber an die Vorschriften, Ben, sonst ist es um Ihre Freiheit ganz geschehen. Die stecken Sie glatt in den Bau! Sie brauchen nur einen guten Vorwand.«

»Im Bau gibt es wenigstens ein paar Leute, mit denen ich mich unterhalten könnte.«

Corva zog zweifelnd die Schultern hoch. »Ich möchte Sie trotzdem bitten, hinzugehen und sich einzutragen, sobald wir hier fertig sind«, sagte er, ergriff die Kaffeekanne und goß sich eine Tasse ein.

»Ach, sollen mich doch…! Wetten, daß sie es nicht wagen, mich in den Bau zu stecken?«

»Und warum nicht?«

»Weil sie sich um ihr Image Sorgen machen, deshalb!«

Corva goß Sahne in den Kaffee. »Darauf würde ich mich nicht verlassen. Wenn Sie in der Gefängnisbaracke von Fort Dix landen, dann komme ich Sie nicht besuchen, das können Sie mir glauben. Da ist es nicht sehr bequem, mein Lieber, und außerdem liegt Fort Dix in New Jersey, und da würden Sie nicht mal als Leiche hinwollen, wenn ich Sie richtig einschätze.«

Tyson fand diese Bemerkung überhaupt nicht lustig.

Corva setzte sich. »Haben Sie Marcy und David heute morgen einen Kuß gegeben und meine Grüße bestellt?« erkundigte er sich.

»Nein.« Tyson steckte sich eine Zigarette an. »Niemand war zum Küssen aufgelegt. David war sauer, und Marcy war total überdreht, weil sie heute endlich wieder an ihren Arbeitsplatz zurück konnte. Sie ist fast aus dem Haus *geschwebt.* Ich habe übrigens heute nacht auf der Couch geschlafen. So was zehrt an den Nerven, Vincent.«

»O ja, ich weiß.«

»Was soll ich machen, wenn sie Geschäftsreisen macht? Dann bleiben David und ich allein hier, und ich darf mit ihm nirgendwo hingehen.« Tyson nahm den randvollen Metallaschenbecher und warf ihn mit voller Wucht an die Wand. Der Anwalt tat so, als hätte er nichts bemerkt. Scheinbar seelenruhig blätterte er in seinen Unterlagen.

Ben setzte sich auf den Rand der Couch. »Dabei hatte ich sie gebeten, in Sag Harbor und danach in Garden City zu bleiben! Aber nein, sie müssen unbedingt mein Märtyrertum und meine Qualen teilen! Und jetzt drehen sie genauso durch wie ich.«

Corva nahm ein Schriftstück und sagte geistesabwesend: »Tut mir leid wegen gestern abend.«

»Ach was, ehrlich gesagt war ich ziemlich betrunken und kann mich kaum noch an etwas erinnern.«

»Meine Frau war stinksauer, weil sie heute das Auto haben wollte. Ich mußte ihr versprechen, nüchtern zu bleiben und mit dem Wagen zurückzukommen«, sagte der Anwalt grinsend.

»Lassen Sie sich nicht zu sehr von ihr herumkommandieren!«

Corva schob Tyson ein Sandwich zu, das er ausgewickelt hatte, und nahm sich dann selbst eines. Eigentlich war es ein großes, längliches Stück von einem italienischen Brot. Tyson klappte die beiden Hälften auseinander und fragte verblüfft: »Was zum Teufel ist das?«

»Auberginen, Kapern, Oliven, Tomaten und andere leckere Sachen. Darunter ist *provolone,* dann kommt Salami aus Genua, *prosciutto, capocollo, mortadella* –«

»Das brennt mir bestimmt ein Loch in den Magen! Heute morgen beim Aufwachen ist mir als erstes Ihr gottverdammter *Strega* aufgestoßen.«

Corva biß in das Sandwich. Zwischen zwei Happen sagte er: »Die Anhörung findet übrigens um neun Uhr vormittags im Jackson-Saal statt, und sie wird so ähnlich verlaufen wie eine Verhandlung vor einem Schwurgericht, nur daß es keine Geschworenen gibt, sondern lediglich einen Offizier, der das Untersuchungsverfahren leitet. Es ist ein Colonel Farnley Gilmer, und er ist gewissermaßen der Nachfolger von Karen Harper.« Corva warf Tyson einen verschmitzten Blick zu. »Sagen Sie mal, wo nehmt ihr weißen Protestanten angelsächsischer Herkunft eigentlich eure Namen her?«

»Das sind lauter gute alte Familiennamen. In der Schule hatte ich einen Freund, der Manville Griffith Kenly hieß.«

»Ach du lieber Gott! Und wie habt ihr ihn genannt?«

»Matschauge.« Tyson packte sein Sandwich und biß hinein. Er kaute vorsichtig, doch dann nickte er und sagte: »Nicht übel.«

Corva überflog seine Notizen. »Also, dieser Colonel Gilmer soll sich unparteiisch verhalten, genau wie die Harper. Man erwartet nicht von ihm, daß er dem Ankläger den ganzen Fall klipp und klar auf den Tisch legt. Aber er weiß natürlich trotzdem, wer ihm jeden Monat seinen Sold zahlt. Dazu kommt, daß das von ihm geleitete Untersuchungsverfahren sich grundlegend von Karen Harpers Ermittlungen unterscheiden wird. Er hat nicht nur ihren Bericht, sondern er kann sich bei der Suche nach dokumentarischem Beweismaterial auf alle Dienststellen und Behörden stützen. Er hat Zugang zum Archiv der Army, und er kann sich schriftlich an die Regierungen anderer Staaten wenden und sie um Mithilfe bei der Suche nach Schwester Theresa bitten. Er ist auch mit dem erst vor kurzem nominierten Untersuchungsausschuß der Army in ständiger Verbindung, und er wendet sich nach Lust und Laune an mich. Am Telefon machte er einen ganz anständigen Eindruck, aber man merkt ihm an, daß er ein bißchen Schiß davor hat, Mist zu bauen. Wenn man ihn fragt: ›Wie geht es Ihnen?‹, dann antwortet er aus lauter Vorsicht: ›Eigener Aussage zufolge gut.‹«

Zum erstenmal an diesem Tag mußte Tyson lächeln.

»Bei der Anhörung selbst wird Gilmer gleichzeitig als eine Art Richter, als Jury und als Vorsitzender fungieren. Vielleicht muß er sogar ab und zu die Rolle des Staatsanwalts spielen. Schade, daß er sich dann nicht jedesmal einen anderen Hut aufsetzen muß. Es würde die Sache auflockern.«

»Kein Wunder, Vince, daß man die Presse nicht zuläßt.« Tyson räkelte sich auf der Couch. »Entschuldigung, aber ich trainiere schon mal 'n bißchen militärische Haltung für die Anhörung. Bitte reden Sie weiter!«

»Meinetwegen. Außer uns beiden wird bei der Befragung auch ein Protokollführer zugegen sein – und dann natürlich das Team der Ankläger. Wir haben also Gelegenheit, unseren Gegnern Auge in Auge gegenüberzustehen. Insgesamt sind es drei.«

»Drei gegen einen.«

»Ja, aber wenn Sie wollen, beantrage ich zusätzlich einen oder zwei JAG-Anwälte.«

»Brauchen Sie die?« fragte Tyson.

»Nein, ich arbeite lieber allein.«

Tyson dachte kurz nach, dann meinte er: »Aber wäre es aus psychologischen Gründen und auch aus Gründen des äußeren Anscheins nicht besser, wenn wir zwei Anwälte in Uniform hinzuziehen würden?«

Corva zupfte ein Stück Käse aus seinem Sandwich heraus und kaute darauf herum. »Ja, für Colonel Gilmer und jedes andere Mitglied eines Militärgerichts würde das gut aussehen, aber die Anwesenheit von uniformierten Pflichtverteidigern könnte auch als stillschweigendes Einverständnis dafür gewertet werden, daß wir mit dieser ganzen Justizfarce im Grunde einverstanden sind. Natürlich müssen *Sie* in Uniform erscheinen, aber ich möchte trotzdem, daß Sie irgendwie wie ein Zivilist auftreten und reden, wie jemand, der einen Zivilisten als Verteidiger hat und der eigentlich gar nicht vor ein Militärtribunal gehört. Mir wäre es am liebsten, wenn alles ganz unamerikanisch wirken würde.«

Tyson rieb sich nachdenklich das Kinn. »Na gut, dann also nur Sie und ich, Vince. Können Sie mir irgend etwas über die Ankläger sagen?«

»Ja, es sind knallharte Leute: Colonel Graham Pierce, Major Judith Weinroth und Captain Salvatore Longo.«

Tyson legte den Kopf auf die Armlehne der Couch und starrte zur Zimmerdecke. »Die Army gibt anscheinend wirklich allen die gleiche Chance«, bemerkte er.

»Sieht so aus«, sagte Corva. »Das eigentliche Problem ist übrigens dieser Colonel Pierce.«

Tyson steckte eine Zigarette an und blies Rauchringe in die Luft. Die Asche schnippte er auf den Fußboden. »Was wissen Sie über ihn?« fragte er.

Der Anwalt überlegte sich seine Antwort. »Wollen Sie es genau wissen?« fragte er zögernd.

»Klar.«

»Okay... Erstens: Er tritt meist nur bei Mordprozessen auf. Beispielsweise gehörte er im Calley-Prozeß mit van Arken zu den Anklägern. Davor war er Army-Staatsanwalt in Long Binh. Er machte dort einer ganzen Reihe von Schwerverbrechern den Prozeß und sorgte dafür, daß so mancher GI vorzeitig in die Heimat zurückgeschickt wurde – ins Zuchthaus von Leavenworth. Jetzt ist er ein Protegé von van Arken, und es kann gut sein, daß er eines Tages dessen Nachfolger wird.«

Tyson setzte sich auf und blickte Corva gespannt an. »Erzählen Sie mir mehr!«

»Wenn Sie wollen. Der Mann versteht es, im Gerichtssaal eine Schau abzuziehen, aber er ist kein Clown. Die Geschworenen merken nie, was für ein Possenreißer und Schlitzohr er ist. Man muß schon selbst Anwalt sein, um solche Qualitäten erkennen zu können. Im übrigen ist dieser Mensch wirklich ein Genie. Ich habe selbst erlebt, wie er schriftliches Beweismaterial vorgelegt und dann, ohne einen Blick darauf zu werfen, ganze Absätze *verbatim* daraus zitiert hat.«

Tyson lehnte sich vor, sein Gesichtsausdruck verriet Interesse.

»Wenn er aufsteht, um einen juristischen Sachverhalt zu klären«, fuhr der Anwalt fort, »zitiert er manchmal auswendig das Handbuch für Militärrecht, das Militärgesetz und früher ergangene Urteile in Präzedenzfällen – alles unter Angabe von Seitenzahl und Paragraph. Er betet das herunter wie ein frommer Pilger die Bibel. Dabei ist er nicht pedantisch, sondern von schneller Auffassungsgabe und hohen analytischen Qualitäten. Wenn er spürt, daß irgendwas nicht richtig läuft, verlegt er sich blitzschnell auf eine andere Taktik, wie ein Feldherr, der nicht lange rumfakkelt.« Corva schien jetzt erst richtig in Fahrt zu kommen. »Er riecht die schwachen Punkte in der Verteidigung und greift da so lange an, bis er durchbricht. Wenn er erst hinter den feindlichen Linien ist, dann sprengt er dir dein Munitionslager in die Luft, pinkelt in deine Brunnen und klaut dir den Proviant. Wenn du dann zum Rückzug bläst, schneidet er dir den Weg ab, zwingt dich in die falsche Richtung und läßt dich in eine Falle laufen. Falls du zum Gegenangriff ansetzt, tritt er selbst einen strategischen Rückzug an, aber dann kommt er von der Flanke, umzingelt dich und läßt erst locker, wenn du ihm die weiße Fahne zeigst. Dann gebärdet er sich großmütig, als wäre das alles nur ein spaßiges Turnier gewesen. Er tritt auf dich zu, reicht dir die Hand und lädt dich zu einem Drink ein.«

»Klingt ganz so, als würden wir mit ihm Probleme bekommen«, meinte Tyson.

Corva holte tief Luft. »Ja, aber ich wollte Sie nicht erschrekken.«

»Keine Sorge.«

»Ich meine, der Mann ist nicht unbesiegbar. Wir können ihn schlagen.«

»Hat er denn schon mal verloren?«

»Nein, nicht ein einziges Mal.«

»Dann paßt ihr beide ja gut zusammen.«

»Richtig, aber ich bin reif für ein Wunder.«

»Stimmt.«

Tyson stand auf, ging in die Küche und kam mit einer Flasche *Sambuca* zurück. Er goß ein wenig davon in Corvas, dann in seine Kaffeetasse. »Dies ist der erste und der letzte Drink, den Sie hier kriegen.«

Corva hob seine Tasse und sagte: *»Salute!«*

*»Cheers!«* Tyson trank und stellte seine Tasse ab. »Nicht schlecht. Schmeckt wie flüssige Lakritze.«

»Gut für die Verdauung.«

Ben setzte sich auf die Armlehne der Couch. »Sind Sie eigentlich jemals gegen diesen Colonel Pierce angetreten?«

Der Anwalt nickte. »Einmal, in Fort Bragg. Der Angeklagte war ein Major. Vom 82. Luftgeschwader. Übertretung von Artikel 114, Duellierverbot.«

»Was?«

»Er hat sich duelliert – Sie wissen doch: zehn Schritte, Kehrtwendung, Feuer. So was ist in der Army seit über hundert Jahren verboten. Seitdem ist das Leben in der Garnison noch langweiliger. Egal, ich hab' versucht, den Geschworenen klarzumachen, daß mein Mandant seine Ehre als Offizier und Gentleman verteidigt hat. Ein ziemlich ungewöhnlicher Fall.«

»Mit einem gewöhnlichen Resultat?«

»Seien Sie fair mit mir! Die hatten diesen Major fest in der Zange. Der Mann hatte einen jungen Captain geohrfeigt, von dem er glaubte, daß er an seiner Verlobten rumgefummelt habe. Nach der Ohrfeige forderte er den Captain auf, sich mit ihm im Wald auf einer Lichtung zu duellieren – mit einer 45er Automatik als Waffe und ohne Sekundanten.«

»Und dann?« fragte Tyson gespannt.

Corva klaubte die Überreste von seinem Sandwich aus dem Einwickelpapier und steckte sie sich in den Mund. »Oh, der Captain kam tatsächlich, aber er brachte sechs Sekundanten mit, lauter Militärpolizisten. Sie nahmen den Major mit. Dieser Captain war kein Dummkopf. Um es kurz zu machen, Colonel Pierce beschloß, diesen Fall vor Gericht zu bringen, obwohl Duellieren kein Kapitalverbrechen ist, selbst dann nicht, wenn einer der Beteiligten dabei ins Gras beißt.«

»Ich hätte nicht übel Lust, mich mit Captain Hodges ebenfalls zu duellieren«, sagte Tyson.

»Sie dürfen ja noch nicht einmal eine Waffe tragen!«

»Ach ja. Und was ist aus diesem ritterlichen Major geworden?«

»Es stellte sich heraus, daß in den Patronen seiner 45er Automatik nur ganz wenig Schießpulver war. Laut Expertise hätte es nicht ausgereicht, einen Menschen umzubringen. Der Major war also auch kein Dummkopf. Die Geschworenen fanden ihn ganz toll. Er hat ein Jahr auf Bewährung gekriegt und mußte nicht einmal seinen Abschied nehmen. Colonel Pierce war deswegen ganz schön sauer. Es war der einzige Fall, bei dem er den Angeklagten nicht hinter Gitter schicken konnte.«

»Das wird er Sie büßen lassen, Vince.«

»Nicht mich. Er hat es auf *Sie* abgesehen, Ben!«

Tyson lächelte grimmig.

»Ich bin jedenfalls gut auf den Scheißkerl vorbereitet«, fuhr der Anwalt fort. »Bei der Anhörung nächsten Freitag wird es folgendermaßen zugehen: Colonel Gilmer hat den Vorsitz, Colonel Pierce und seine beiden Adlaten sperren Augen und Ohren auf.« Corva lehnte sich vor. »Und Sie, Ben, sollten möglichst cool und souverän wirken.«

»Wie einer von diesen wohlhabenden, angeblich so blutleeren weißhäutigen Protestanten angelsächsischer Herkunft?«

»Ja, genau so, das ist die Rolle, die Sie spielen müssen.« Corva griff nach der Sambuca-Flasche, aber Tyson nahm sie ihm weg. »Das Zeug brauch' ich noch, wenn das Waschbecken wieder mal verstopft ist.«

»Na schön«, gab Corva nach. »Wissen Sie, es gibt zwei Theorien darüber, wie sich ein Verteidiger bei einer solchen Anhörung verhalten sollte. Erstens: Wir können den Saal mit der Absicht betreten, so lange jeden Zollbreit Terrain zu verteidigen, bis der Fall niedergeschlagen wird. Oder zweitens: Wir treten mit der sicheren Annahme an, daß man Sie auf jeden Fall anklagen wird, selbst wenn wir mit sechs Karmeliternonnen und dem Erzbischof von Huê aufkreuzen und sie schwören lassen, daß Sie an dem fraglichen Tag in Da Nang bei ihnen zur Heiligen Kommunion waren.«

»Wo sind die sechs Nonnen und der Erzbischof?«

»Das ist jetzt egal. Die Sache ist die, daß man Sie meiner Meinung nach aufgrund von Brandts Aussagen anklagen wird. Colonel Gilmer hat übrigens sowohl Brandts als auch Farleys Aussagen als eidesstattliche Erklärungen vorliegen. Er hat mir von beiden eine Abschrift zugesandt. Möchten Sie sie sehen?«

»Nein. Was macht Sie eigentlich so sicher, daß man gegen mich Anklage erheben wird?«

»Man könnte glauben, daß Sie diese Angelegenheit nicht mit dem nötigen Interesse verfolgen.«

Tyson zuckte mit den Schultern. »Wenn sie mich sowieso vor Gericht stellen wollen – warum muß ich dann überhaupt zu der Anhörung?«

»Nur pro forma. Sehen Sie, Ben, ich könnte Sadowski, Scorello, Beltran, Walker und Kalane aufmarschieren lassen, und vielleicht würde die ganze Sache auf einmal verdammt günstig für Sie aussehen. Aber dieser Colonel Gilmer würde sich sagen: Warum tischen mir diese Kerle eine Geschichte auf und Brandt und Farley eine andere? Und seine Antwort würde lauten: Um das herauszufinden, müssen wir sie alle vor ein Militärgericht stellen. Eine siebenköpfige Jury soll entscheiden. So oder so ähnlich würde er denken. Sehen Sie, Ben, im Gegensatz zu einem Schwurgericht, vor dem ein ziviler Fall verhandelt und geheim über das Urteil abgestimmt wird, zählt hier nur Gilmers Stimme. Wenn es dann heißt: Von einer Anklageerhebung wird abgesehen, dann weiß jeder sofort, wer hinter der Entscheidung steckt. *Capito?*«

Tyson nickte.

»Dieser unbekannte Colonel«, fuhr Corva fort, »wird plötzlich die Aufmerksamkeit seiner Vorgesetzten erregen. Nehmen wir mal an, Gilmer liest alle Zeugenaussagen, überprüft die Fakten, redet mit unseren Entlastungszeugen und kommt zu dem Schluß, daß keine Anklage erhoben werden sollte. Seine Empfehlung ist im Gegensatz zur Entscheidung eines zivilen Schwurgerichts nicht bindend.«

»Warum veranstaltet man dann überhaupt so eine Farce?«

»Weil die Army vor ein paar Jahren gezwungen wurde, eine Art Schwurgericht zu institutionalisieren. Dadurch sollten die Rechte des Angeklagten besser gegen diskrete Weisungen von höheren Dienststellen geschützt werden. Die Army führte daraufhin den – verwässerten – Artikel zweiunddreißig mit der Anhörung ein, der es den Militärs an der Spitze aber immer noch möglich macht, die bei solchen Voruntersuchungen getroffenen Entscheidungen zu verwerfen. Der Präsident hat das damals nicht richtig durchschaut und das entsprechende Gesetz unterzeichnet. Es ist mehrmals vor dem Obersten Bundesgerichtshof angefochten worden, doch bisher ohne Ergebnis. Sehen Sie, die zivilen Gerichte wollen dieses heiße Eisen der Militärjustiz nicht anpacken. Nach der Dreyfus-Affäre meinte der damalige französische Premierminister: ›Das Militärrecht verhält sich zur Gerechtigkeit wie ein Militärmarsch zur Musik.‹ Wenn die zivilen Gerichte für Sie zuständig wären, Ben, dann wären Sie jetzt selbst noch Zivilist, und ich hätte inzwischen schon mindestens dreihundert juristische Spitzfindigkeiten hervorgekramt und den ganzen Fall so weit runtergeboxt, daß Sie mit einer Geldstrafe von fünfzig Dollar davonkommen würden. Aber so liegen die Dinge leider nicht. Sie werden in einem Saal vor einem Colonel sitzen, der die Hosen voll hat und die Sache so schnell wie möglich hinter sich bringen will. Und wenn er dann abends nach Hause geht und vor dem Einschlafen um Beistand von oben bittet, dann wird er nicht zum lieben Gott, sondern zu General van Arken beten. Und wenn Colonel Gilmer wider Erwarten nicht für eine Anklageerhebung stimmen sollte, dann wird es General Peters, der Kommandant von Fort Dix, tun. Falls auch er dagegen ist, wird der Fall an den Stabschef der Armee weitergereicht, dann an den Verteidigungsminister und schließlich an den Oberbefehlshaber der Streitkräfte, nämlich den Präsidenten, und der ist bekanntlich Politiker. Die Regierung hat aber kein Interesse daran, daß irgendein Politiker in die Sache verwickelt wird und eine unpopuläre Entscheidung fällen muß. Ich bin fest überzeugt, daß der arme Colonel Gilmer den Braten gerochen hat und wild entschlossen ist, den großen Tieren jegliches Kopfzerbrechen zu ersparen. Er wird General Peters empfehlen, Anklage gegen Sie zu erheben, und der wird ihm nach Konsultationen mit seinen eigenen juristischen Beratern beipflichten und anschließend die entsprechenden Anweisungen für die Einberufung eines Großen Militärgerichts erteilen.«

Tyson stand auf und trat ans Fenster. Er schaute eine Weile in den Regen hinaus. »Das Drehbuch ist offensichtlich schon geschrieben«, sagte er.

»Geschrieben ist es nicht, aber jeder weiß, welche Rolle er zu spielen hat.«

»Ich hatte bisher vor der Militärjustiz ziemlichen Respekt.«

»Den habe ich immer noch. Ich sagte Ihnen schon, daß ich den Fall vor einem zivilen Gericht niederschlagen könnte, aber vor einem Militärgericht wird mir das verdammt schwerfallen. Tatsache ist doch, daß Sie schuldig sind. Sie haben also absolut keinen Grund, den Respekt zu verlieren.«

Tyson starrte noch immer aus dem Fenster. »Ich mag nicht ohne Kampf klein beigeben, selbst wenn der Kampf von vorneherein verloren ist«, sagte er müde.

»Wenn wir unsere Entlastungszeugen gleich zu Anfang aufmarschieren lassen, dann wird man sie auch ins Kreuzverhör nehmen. Wir würden diesem Colonel Pierce damit unsere Positionen, unsere Stärken und unsere Schwächen zu früh verraten. Aber die Entscheidung liegt natürlich bei Ihnen, Ben.«

Tyson betrachtete die düstere, verregnete Landschaft. »Okay, wir sparen uns die Zeugen für das Gerichtsverfahren auf. Werden Brandt und Farley bei der Anhörung gegen mich aussagen?«

»Colonel Pierce läßt sie vorläufig aus demselben Grund aus dem Spiel, aus dem wir unsere eigenen Truppen noch zurückhalten. Colonel Gilmer wird sich lediglich auf die beiden eidesstattlichen Erklärungen stützen können. Ich könnte Brandt und Farley eine Menge Fragen stellen, aber damit muß ich wohl bis zur Verhandlung vor dem Kriegsgericht warten.«

»Was für Fragen?«

»Ich freue mich, daß Sie sich dafür interessieren. Vielleicht können Sie mir jetzt schon ein paar beantworten.«

Tyson trat vom Fenster zurück.

»Sehen Sie, Ben, es gibt einen Weg, diesen Colonel Gilmer davon abzubringen, eine Anklageerhebung zu befürworten. Sofern er die richtigen Argumente vorbringt, werden sich ihm auch seine Vorgesetzten anschließen – und Sie sind wieder ein freier Mann.«

Tyson wartete ab.

»Gibt es irgend etwas«, fragte Corva und schaute Tyson dabei fest in die Augen, »beispielsweise irgendein Schriftstück aus dem Archiv der Army oder einen Augenzeugenbericht, anhand dessen Sie Colonel Gilmer oder sonstwem beweisen können, daß Brandt und Sie Feinde waren?«

Tyson dachte kurz nach. »Nein«, sagte er schließlich.

Der Anwalt starrte ihn noch immer an. »Warum haßt Brandt Sie dann?«

»Das habe ich nicht behauptet.«

»Und Sie? Hassen Sie ihn? Ich meine nicht wegen dieser Sache, sondern wegen irgend etwas, das damals in Vietnam passiert ist?«

Tyson dachte über die Frage nach. »Nein, ich hasse ihn nicht«, erwiderte er schließlich. »Er ist mir nur persönlich zuwider. Ich fand ihn gemein. Er war, vom moralischen Standpunkt gesehen, ein Schwein.«

»Will der Angeklagte bitte ein bißchen deutlicher werden?«

»Nein, nicht jetzt.«

»Interessiert es Sie vielleicht, was Sadowski zu mir gesagt hat? Was er gegenüber Karen Harper angedeutet und was sie daraufhin prompt in ihrem Bericht erwähnt hat?«

»Was denn?«

»Er hat gesagt, Sie hätten Brandt einmal vor den Augen Ihrer Männer so zusammengeschlagen, daß ihm die Scheiße aus den Ohren gequollen sei. Angeblich haben Sie ihm Fußtritte versetzt, ihn mehrmals mit der Faust ins Gesicht geschlagen, ihn anschließend in ein überschwemmtes Reisfeld gestoßen und ihn erst wieder rauskommen lassen, als er über und über mit Blutegeln bedeckt war.« Corvas Augen ließen Tysons nicht los. »Er sei wegen der Egel fast hysterisch geworden und habe weinend darum gebeten, wieder auf den Deich klettern zu dürfen.«

Tyson steckte sich eine Zigarette an und blies eine große Rauchwolke aus. »Ja, ich glaube, ich erinnere mich an so etwas Ähnliches.«

»Um Gottes willen! Was bringt einen Offizier der amerikanischen Army dazu, einen seiner Untergebenen derart zu mißhandeln und zu erniedrigen? Ausgerechnet einen Sanitäter!«

»Ich glaube, ich hatte keinen guten Tag.«

»Sparen Sie sich Ihre Witze, Ben!«

»Hören Sie mal, Vince, soll ich Ihnen das wirklich erzählen? Es ist eine Kriegsgeschichte!«

»Diese würde ich mir sogar anhören.«

»Gut, aber nicht jetzt. Das ist jetzt nicht von Belang.«

»Nicht von *Belang*? Es könnte erklären, warum Brandt diese ganze Geschichte ausgegraben hat!«

»Ja, aber an der Geschichte selbst und an den Tatsachen ändert es nichts.«

»Mich interessieren keine Tatsachen! Mir kommt es nur darauf an zu zeigen, daß Brandt, von Haß und Rachegelüsten getrieben, kein glaubwürdiger Zeuge ist!«

Tyson erwiderte ungerührt: »Aber er ist ein geachteter Arzt, und er kann sich auf eine zweite Zeugenaussage stützen.«

»Was hat denn dieser Farley gegen Sie?«

»Keine Ahnung.«

»Und wie kommt eigentlich Brandt dazu, diesem Andrew Picard zu erzählen, Farley würde seine eigenen Aussagen bestätigen? Andere Namen hat er Picard nämlich nicht gegeben, nur den von Farley.«

Tyson schüttelte den Kopf. »Vielleicht war Farley der einzige, dessen Aufenthaltsort ihm bekannt war. Vielleicht standen sie als ehemalige Kriegskameraden die ganze Zeit über in Verbindung.«

»Ein Doktor der Medizin und ein heruntergekommener, querschnittgelähmter Junkie? Das bezweifle ich. Waren sie denn damals miteinander befreundet?«

»Nicht daß ich wüßte.«

Corva setzte sich hin. »Muß ich Ihnen eigentlich jeden Zahn einzeln ziehen? Sie wollen mir nicht sagen, welche Motive Brandt und Farley haben, obwohl Sie meiner Meinung nach Bescheid wissen!«

»Vielleicht ein andermal, Vince – wenn es unbedingt nötig ist.«

Der Anwalt ließ seinen Aktenkoffer zuschnappen. »Na gut. Wie gesagt, am Freitag werden wir es, abgesehen von dem Protokollführer, nur mit Colonel Gilmer und dessen Gehilfen zu tun haben. Das heißt nein, es werden noch zwei weitere Personen zugegen sein.«

»Wer?«

»Die eine Person ist Karen Harper. Sie ist Colonel Gilmer als Beraterin zugeteilt worden.«

Tyson ließ sich nichts anmerken.

»Und dann wäre da noch Andrew Picard. Colonel Gilmer hat ihn vorgeladen.«

»Picard?«

»Ja. Er tritt gewissermaßen als Gilmers eigener Zeuge auf.«

»Und was für Aussagen verspricht sich Gilmer von Picard?«

»Nun, offenbar hat Mr. Picard Karen Harper ein paar Sachen erzählt, die er in seinem Buch und auch bei späteren Interviews verschwiegen hat, und nun glaubt Gilmer wohl, daß eine mündliche Befragung die beste Methode darstellt, um mehr zu erfahren. Übrigens haben Sie sich ja auch mit Picard unterhalten, Ben.«

»Stimmt.«

»War es ein angenehmes Gespräch?«

»Es war aufschlußreich.«

»Wird Picard uns als Zeuge schaden oder nützen?«

»Ehrlich gesagt sind wir recht gut miteinander ausgekommen. Aber Sie wissen ja selbst, wie Schriftsteller sein können. Manche glauben, sie hätten ein besonderes Verhältnis zur Wahrheit.«

»So, wie man diesen Fall aufgezogen hat, kann uns Picards Zeugenaussage nicht schaden. Einen Augenzeugen, der sich im Kreuzverhör ausquetschen läßt, kann ich zwar nicht gebrauchen, aber bei Picard lasse ich es drauf ankommen und erhebe keinen Einspruch gegen seine Vorladung. Es wird bestimmt interessant.«

»Schon möglich.«

Der Anwalt ging zum Garderobenschrank und nahm seinen Mantel heraus. »Wir sehen uns morgen wieder. Falls Sie sich noch daran erinnern, warum Brandt Sie am liebsten ins Zuchthaus von Leavenworth schicken würde, lassen Sie es mich bitte wissen.«

»Ich werde darüber nachdenken. Was mich nur erstaunt, ist die Tatsache, daß Sie und Karen Harper die logischste Erklärung für Brandts Handlungsweise nicht sehen wollen: Er konnte diese üble Geschichte einfach nicht mehr länger mit sich herumschleppen.«

»War er an dem eigentlichen Vorfall beteiligt?«

»Nein, das war er nicht. Aber er war damals, was Bildung und innere Reife anbetraf, – so wie ich – den anderen Männern um einiges voraus. Außerdem war er kein Infanterist wie die anderen. Er war zum Heilen ausgebildet worden und nicht zum Töten – war folglich besonders empfindlich. Jetzt will er vermutlich etwas Ehrenhaftes tun. Will nachträglich für Gerechtigkeit sorgen.«

Corva nickte nachdenklich. »Das wird er jedenfalls behaupten, stimmt's?«

»Ja. Aber er wird auch sagen, daß er für mich Achtung empfunden habe und daß ich ihn und seine Aufgabe respektiert hätte. Gegen mich auszusagen sei das Schlimmste, was er je in seinem Leben getan habe, wird er sagen, und er habe tiefstes Verständnis für mich – würde am liebsten schweigen. Dennoch sei es für alle Beteiligten am besten, wenn endlich die Wahrheit an den Tag käme – und so weiter und so weiter. Ich sehe das Ganze schon förmlich vor mir.«

Corva knöpfte seinen Regenmantel zu. »Tief in seinem Inneren empfindet er einen derartigen Haß gegen Sie, daß er bei dem bloßen Gedanken an Sie Galle auf der Zunge schmeckt. Er hat Ihnen tausendmal den Tod gewünscht; und auf dem ›Erdbeerfeld‹ hat er etwas gemacht... irgend etwas... Seitdem hat er zwanzig Jahre lang davon geträumt, Ihnen mit dem Gewehrkolben den Schädel einzuschlagen oder Sie in einen Wasserbottich voll Blutegel zu werfen, stimmt's?«

»Schon möglich.«

»Eines Tages sieht er dann eine Suchanzeige im Mitteilungsblatt der 1. Luftlandedivision. Für ihn ist es wie ein Fingerzeig des Schicksals. Er schlägt alle Vorsicht in den Wind, verschwendet keinen Gedanken an die möglichen Konsequenzen für ihn selbst, wenn er die Wahrheit ans Licht bringt, denn sein Urteilsvermögen ist vor lauter Haß stark gemindert. Er geht zu Picard und packt aus. Ich möchte wetten, daß er sein Vorgehen inzwischen mit ziemlich gemischten Gefühlen betrachtet. Die Sache hat ein bißchen mehr Wellen geschlagen, als er beabsichtigt hatte. Natürlich ist er vor Freude aus dem Häuschen, weil man Sie ans Kreuz schlagen will, aber er kapiert auch, daß es für ihn nicht ganz ungefährlich ist. Ist es nicht so, Ben? Er hat doch auch mitgemacht, als diese Sache vertuscht wurde. Übrigens hat Ben Tyson inzwischen längst einen Weg gefunden, um mit Brandt endgültig abzurechnen, stimmt's?«

»Was wollen Sie damit sagen, Vince?«

Corva zeigte mit dem Finger auf Tyson. »Sie wissen verdammt gut, was ich meine. Sie wollen, daß der Prozeß gegen Benjamin Tyson zugleich ein Prozeß gegen Steven Brandt wird. Habe ich recht?«

»Sie sind verdammt schlau, Vince, sogar für einen Italiener.«

»Und Sie sind verdammt nachtragend, Ben! Herrgott, ein Sizilianer würde vielleicht zwanzig Jahre mit seiner Vendetta warten, aber ein angeblich so kühler Kopf wie Sie?« Er schüttelte den Kopf. »Ich glaube, Sie sind total verrückt, aber Sie müssen richtig scharf auf diese Abrechnung sein. So scharf, daß Sie sich kaum gegen Ihre Wiedereinberufung gewehrt haben und sich überhaupt keine Mühe gegeben haben, Karen Harper davon zu überzeugen, daß Sie das Opfer eines Mannes sind, der Sie haßt. Sie haben sogar den Kompromiß ausgeschlagen, den Ihnen die Regierung angeboten hat. Ich verstehe jetzt genau Ihre Motive.«

Tyson reichte Corva den Regenschirm. »Sie mögen zum Teil recht haben, aber die Sache ist noch viel komplizierter. Ich brauche diesen Prozeß auch für mich selbst, *capito*?«

»Aber sicher.« Der Anwalt öffnete die Tür nach draußen. »Übrigens koste ich noch immer zweihundert Dollar die Stunde und vor Gericht das Doppelte, selbst wenn Sie verrückt sind und das Ganze nur amüsant finden.«

»Wohl kaum, Vince. Und ich verlasse mich noch immer darauf, daß Sie mich da raushauen.«

Corva lachte, aber es klang nicht überzeugend. Nachdem er sich ein paar Schritte vom Haus entfernt hatte, rief er Tyson über die Schulter zu: »Gehen Sie zur Hauptverwaltung und tragen Sie sich ein. Am besten gleich!«

»Vielen Dank für das Mittagessen!« erwiderte Tyson. Er schloß die Tür, drehte sich um und starrte in das leere Zimmer.

»O ja, Brandt und ich werden uns gegenseitig runterziehen, und nur einer von uns wird wieder nach oben kommen.«

## *Kapitel 39*

Ben Tyson stellte seine Kaffeetasse auf den weißgedeckten Tisch und warf einen Blick aus dem Panoramafenster des Offiziersclub-Restaurants. Weiße Möwen tummelten sich am grauen Himmel. Immer wieder tauchten sie hinab und strichen dicht über die schäumenden Brecher der windgepeitschten Meeresenge hinweg. »Vögel sind so frei«, murmelte er.

»Sehr tiefsinnig«, bemerkte Corva, blickte kurz von seinem Omelett auf und nahm sich eine Scheibe Toast. »Diese Uniform ist Ihnen übrigens ein bißchen zu weit, Lieutenant.«

»Ich werd's meinem Schneider sagen.«

Corva zeigte mit der Gabel auf Tysons Ordensband. »Was ist das da? Ist das das Kreuz, das Ihnen die *gooks* verliehen haben?«

»Ja, das Vietnamesische Tapferkeitskreuz. Aber man sagt nicht mehr *gooks*, Vince.«

»Das weiß ich.« Corva schluckte einen Happen von seinem Omelett hinunter. »Komisch, nicht? Ich meine, Sie tragen da eine Auszeichnung von einem Land, das es nicht mehr gibt. Bedeutet das, daß auch der Orden nicht mehr gültig ist? Kniffelige Frage.«

»Wieso?«

»Weil man unwillkürlich daran denken muß, wie hinfällig die Dinge sind, die scheinbar für die Ewigkeit gemacht sind. Denken Sie zum Beispiel an Babylon, Rom, Karthago und auch an Saigon ...«

»Sie meinen Ho-Tschi-Minh-Stadt.«

»Genau.« Corva widmete sich wieder seinem Frühstück.

Tyson goß sich Kaffee nach. »Haben Sie auch eine Tapferkeitsmedaille erhalten?« erkundigte er sich.

Der Anwalt nickte bedächtig. »Ja, den Bronze-Stern.«

»Erzählen Sie mir eine Kriegsgeschichte.«

»Die Geschichte gibt es in zwei Versionen. Für die erste hab' ich den Bronze-Stern bekommen.«

»Und die andere?«

»Dafür hätte ich ... aber was soll's! Die Sache hatte mit Tunnels zu tun, mit einem ganzen Tunnelkomplex in der Nähe von Dak

To. Die *gooks* machten ihre Tunnels an manchen Stellen so eng, daß niemand außer ihnen durchkam. Nun habe ich zufällig ihre Statur. Ich krieche also in einen von diesen beschissenen Tunnels rein und schlängele mich vorwärts wie ein Wurm, eine 45er mit Schalldämpfer in einer Hand. Um mich herum alles zappenduster, verstehen Sie? Nach 'ner Weile knipse ich meine Bergarbeiterlampe an, um mich mal kurz umzusehen. Und was erblicke ich? Einen von diesen schlitzäugigen Kerlen – direkt vor mir!« Corva ließ ein Stück Zucker in seinen Kaffee plumpsen.

»Den Rest der Geschichte werden Sie mir doch ersparen, oder?« sagte Tyson.

Corva lächelte verdrossen. »Ja, bloß keine Kriegsgeschichten.« Er beugte sich näher zu Tyson hin. »Wissen Sie, wer da hinten sitzt? Bitte nicht umdrehen!«

»Wie oft darf ich raten?«

»Da hinten an der Wand sitzen Colonel Pierce, Major Weinroth und Captain Longo beim Frühstück.«

»Und was verspeisen sie? Kleine Kinder?«

»Mit denen müssen wir uns noch für eine ganze Weile den Speisesaal teilen, falls die Gerichtsverhandlung wirklich hier in Fort Hamilton stattfindet«, bemerkte Corva. »Bitte geben Sie sich betont zuvorkommend, wenn Sie diesen Herrschaften irgendwo im Club begegnen. Die Bar ist nicht sehr groß und die Herrentoilette auch nicht. Ab und zu werden Sie also unweigerlich auf Tuchfühlung mit diesen Leuten kommen.«

»Und möglicherweise gewinnen sie mich richtig lieb! Glauben Sie übrigens, daß Major Weinroth die Herrentoilette benutzen wird?«

»Durchaus möglich. Andererseits traue ich Pierce und Longo zu, daß sie sich beim Pinkeln auf die Brille setzen. Die Räumlichkeiten, die der Army für Gerichtsverhandlungen zur Verfügung stehen, sind meist so beschaffen, daß peinliche Situationen unumgänglich sind. Überlegen Sie mal: Dieser Pierce versucht Sie für den Rest Ihres Lebens hinter Gitter zu bringen – und dann finden Sie sich in einer Ecke der Bar Schulter an Schulter mit ihm wieder! Dasselbe gilt für die Zeugen, die beide Seiten aufmarschieren lassen. Mag sein, daß Sie mit Ihrer famosen Anhängerschar eines Tages den Herren Brandt und Farley über den Weg laufen.«

Tyson nickte.

»Farley wäre vor Ihnen ja sicher, weil er im Rollstuhl sitzt.«

»Ja, aber darf ich nicht wenigstens diesen Brandt auseinandernehmen, wenn ich ihm begegne?« fragte Tyson.

Corva rieb sich nachdenklich den Nasenrücken. »Machen Sie mit ihm, was Sie für richtig halten. Ich will mich dazu nicht äußern.«

Tyson blickte zum Eingang des Restaurants hinüber. Der Anwalt folgte seinem Blick. In der offenen Tür stand Karen Harper. Sie wartete ganz offenbar darauf, zu einem Tisch geführt zu werden. In ihrer Begleitung befand sich ein gutaussehender, schon etwas älterer Mann in Uniform.

»Das ist Colonel Gilmer, der Offizier, der den Untersuchungsrichter zu spielen hat. Und die Tante neben ihm kommt mir auch bekannt vor.«

»Der Ausdruck *Tante* ist längst aus der Mode, Vince!«

»Richtig. Was ist heute bloß mit mir los?«

Die Empfangsdame eskortierte die beiden zu einem Tisch dicht neben Tyson und Corva, aber Colonel Gilmer sagte etwas zu der Frau, worauf sie auf einen anderen Tisch wies, unweit von dem, an dem Pierce saß. Gilmer schüttelte den Kopf, und nach einem kurzen Wortwechsel fanden er und Karen Harper schließlich in einer neutralen Ecke des Saales Platz.

»Wirklich, man sollte das Personal besser schulen!« spottete Corva.

Tyson beobachtete, wie sich Karen Harper auf den Stuhl setzte, den Gilmer ihr zurechtgerückt hatte. Als Gilmer um den Tisch herumging, nutzte sie die Gelegenheit, rasch zu Tyson hinüberzuschauen. Ihre Blicke kreuzten sich. Sie lächelte als erste. Es war das kurze, aber verständnisinnige Lächeln, das eine Frau in Begleitung ihres neuen Freundes in einem Restaurant ihrem ehemaligen Geliebten schenkt.

Auch Tyson verzog sein Gesicht zu einem Lächeln, von dem er hoffte, daß es gut ankommen würde. Dabei war er sich nicht einmal sicher, was er für Karen Harper empfand.

Corva nickte Karen Harper und Colonel Gilmer zu. »Er sieht genauso zugeknöpft aus, wie er am Telefon klingt«, meinte er. »Mit dem werde ich meinen Spaß haben. Übrigens ist diese Harper wirklich eine hübsche Frau. Ich frage mich, warum sie nie geheiratet hat. Wahrscheinlich bumst sie wild in der Gegend rum.«

»Sie reden heute morgen wirklich wie ein Neandertaler«, knurrte Tyson verärgert.

»Ja, ich weiß, aber ich muß mich ein bißchen abreagieren.«

Tyson warf einen Blick auf seine Uhr. »Es ist kurz nach acht. Was steht für die nächste Stunde auf dem Programm?«

»Ich habe dafür gesorgt, daß uns ein Konferenzzimmer zur Verfügung steht. Hier im Club. Da können wir uns ein bißchen unterhalten. Um genau fünf Minuten vor neun betreten wir dann den Jackson-Saal, und um zwölf sitzen wir wieder hier beim Mittagessen.«

»Wie kommt es, daß Sie nicht dick werden? Sie essen wie ein Scheunendrescher!«

»Ich wiege siebzig Kilo, alles Muskeln. Da fällt mir ein: Hat sich Ihre Frau heute morgen gemeldet?«

Tyson schüttelte den Kopf. »Sie ruft nie an, wenn sie auf Geschäftsreise ist. Ich mache es genauso. Wir halten uns beide an die Regel.«

»Was ist das für eine Regel?«

»Eine, die sich von selbst ergibt, wenn Mann und Frau häufig verreisen müssen.«

Der Anwalt wiegte den Kopf bedächtig hin und her. »Ich bin mir nicht sicher, ob ich meine Frau gern in der Gegend herumreisen lassen würde. Ist das nicht riskant?«

»Ja.«

»Ich bin eben wirklich ein altmodischer Levantiner.«

»Das ist Ihr Problem.«

»Sind Sie in Gedanken schon bei der Anhörung?«

»Erraten.«

Corva trank seine Kaffeetasse aus. »Dann lassen Sie uns jetzt gehen.« Er gab der Kellnerin ein Zeichen. Zu seiner Verblüffung kam einschließlich der drei Pikkolo und der Empfangsdame das gesamte Personal anmarschiert.

Stille senkte sich über den Speisesaal. Die Empfangsdame trat einen Schritt vor und sagte: »Lieutenant Tyson, wir alle möchten Ihnen das Beste und vor allem viel Glück wünschen. Sie sollen wissen, daß wir Sie, Ihre Frau und Ihren Sohn hier während der vergangenen Monate gern bedient haben, und wir möchten Ihnen außerdem sagen, daß wir Sie nicht nur als Offizier, sondern auch als einen echten Gentleman schätzen.« Sie hob die Hände, und die kleine Gruppe applaudierte kurz, aber nachdrücklich.

Tyson hatte sich erhoben. Erstaunt stellte er fest, daß er einen Kloß im Hals hatte. Er streckte der Empfangsdame die Arme entgegen, zog sie spontan an sich und gab ihr einen Kuß auf die Wange. Errötend stammelte sie: »Oh... ich... wir...«

»Danke, vielen Dank!« sagte Tyson mit belegter Stimme.

Diesmal applaudierte Corva, und eine Anzahl der Gäste folgte seinem Beispiel. Das Personal des Clubrestaurants verbeugte sich wie auf ein Zeichen hin und trat ab.

Tyson war stehen geblieben. Sein Blick wanderte zu dem Tisch, an dem Pierce, Weinroth und Longo saßen. Die drei widmeten sich ostentativ ihrem Frühstück. Auf der anderen Seite des Raums studierte Colonel Gilmer angestrengt die Frühstückskarte. Karen Harper zwinkerte Ben zu.

Corva erhob sich. »Wie kann ein Snob wie Sie beim einfachen Volk nur soviel Anklang finden?« spöttelte er.

»Ich sehe eben gut aus.«

»Ja, genau wie Billy Budd. Aber aufgeknüpft haben sie ihn trotzdem.« Corva nahm seinen Aktenkoffer. »Kein Kassenbon heute? Anscheinend gibt es das Frühstück hier gratis.« Er ging quer durch den Speisesaal auf den Ausgang zu.

In der nordöstlichen Ecke der ehemaligen Festung befand sich eine schwere Eichentür. Dort blieb Corva stehen und sagte zu Tyson: »Ich muß noch ein Stockwerk höher – irgendwelchen Papierkram erledigen. Gehen Sie schon mal da rein. Es gibt da Kaffee und Kuchen. Ich komme in ein paar Minuten nach.« Damit ließ er Tyson stehen.

Ben wußte nicht, wer oder was ihn hinter dieser Tür erwartete, aber es war ihm klar, daß es nicht nur Kaffee und Kuchen waren. Er öffnete die Tür und erkannte den Raum sofort wieder. Es war ein altes Pulvermagazin mit Wänden aus Stahlbeton, die jetzt einen hübschen beigefarbenen Anstrich hatten. Auf dem Fußboden lag ein königsblauer Teppich. Eine einzige Stehlampe erleuchtete den Raum nur spärlich, doch von der Decke des Raumes kam gedämpftes Licht. Tyson wußte, daß in dem dicken Betondach große runde Glasbausteine eingelassen waren. Auf diese Weise hatte man damals in dieser Pulverkammer auf offenes Licht, beispielsweise auch auf Öllampen, verzichten können.

Sie saßen alle an einem runden Tisch, tranken Kaffee, aßen und unterhielten sich mit gedämpften Stimmen. Schwaden von Zigarettenrauch hingen in der Luft und verstärkten in Tyson das Gefühl, in eine unwirkliche Traumwelt geraten zu sein. Er schloß die Tür hinter sich. Das Gespräch verstummte schlagartig. Die Männer saßen beklommen da, fummelten an ihren Zigarettenpäckchen herum oder schoben ihre Kaffeetassen hin und her.

Paul Sadowski stand lächelnd auf. »Alle Mann antreten!« kommandierte er. Die anderen vier erhoben sich widerstrebend, sie standen zwar nicht stramm, aber auch nicht sonderlich locker.

Tyson machte ein paar Schritte in den Raum hinein. Er registrierte, daß Sadowski ein Riese von einem Mann geworden war. Er hatte schütteres Haar und einen gezwirbelten Schnurrbart, der aussah wie zwei gekrümmte Raupen. Sadowski trug einen leichten Freizeitanzug, der bestimmt der letzte Schrei auf dem Lande war.

Tony Scorello war so hager wie immer, aber seine untere Gesichtshälfte wurde von einem dicken schwarzen Vollbart verdeckt, sozusagen als Ausgleich für seinen fast kahlen Glatzkopf. Tyson hätte ihn nicht wiedererkannt, wären da nicht die großen braunen Rehaugen gewesen. Tony war gut gekleidet. Er trug graue, bequeme Hosen und einen marineblauen Blazer. Statt einer Krawatte zierte seinen Hals eine schwere goldene Kette.

Louis Kalane hatte sich verblüffend wenig verändert. Sein polynesisches Gesicht war eher noch hübscher geworden. Der pechschwarze Haarschopf war so dicht und voll wie immer, und er trug einen grauen Kammgarnanzug, von einem Schnitt, wie ihn Tyson noch nie in New York gesehen hatte.

Lee Walker war ebenfalls fast der alte, wenngleich aus dem siebzehnjährigen Burschen, den Tyson damals gekannt hatte, inzwischen ein ziemlich hochgewachsener, muskulöser Mann geworden war. Er trug einen dunkelbraunen Anzug aus irgendeinem Synthetikmaterial und dazu ein Hemd mit offenem Kragen.

Hernando Beltran wirkte alt. Sein Anblick traf Tyson unvorbereitet. Er hatte ein aufgedunsenes Gesicht, und der maßgearbeitete perlgraue Anzug vermochte nicht seine Dickleibigkeit zu verbergen. An den Fingern trug er mehrere goldene Ringe und am Handgelenk eine Rolex. Er grinste breit und entblößte dabei eine Reihe von Goldzähnen.

Mein Gott! dachte Tyson. Ob ich mich in ihren Augen wohl auch so verändert habe?

Sadowski trat vor, als hätte er seinen Auftritt vorher geübt. Übertrieben zackig nahm er Haltung an, zog den Bauch ein, drückte die Brust raus und salutierte. »Sergeant Sadowski zur Stelle, Sir!«

Rein gewohnheitsmäßig hätte Tyson ihn fast daran erinnert, daß in der amerikanischen Army das »Sir« zuerst kam und nicht, wie in alten englischen Kriegsfilmen, am Schluß, aber Tyson erwiderte den Gruß kommentarlos. Er sagte lediglich: »Rühren!«

Sadowski ergriff Tysons Hand und schüttelte sie, als wollte er sie überhaupt nicht mehr loslassen. Wenn Corva jetzt dagewesen wäre, Ben hätte ihn zur Schnecke gemacht.

»Wie geht's denn so, Ski?« erkundigte er sich und schenkte Sadowski einen Blick, in dem Wärme lag.

»Gut, Lieutenant.«

»Ich heiße Ben.«

»Also gut, Ben.« Sadowski lachte. »Klingt komisch!«

Tyson ging zum Tisch, und Beltran packte ihn an den Schultern. »Sie haben sich damals zwanzig Dollar von mir geliehen, *amigo.* Mit Zins und Zinseszins sind das jetzt zwei Millionen!« Er lachte polternd.

Tyson ergriff seine Hand. *»Cómo está, amigo?«*

»Oh, Sie sprechen jetzt auch Spanisch?«

»Nein, nur Puertorikanisch.« Tyson gab Beltran einen Knuff in den Bauch. »Wie wollen Sie mit *der* Wampe eine M-60 schleppen?«

Beltran tätschelte lachend seinen Bauch. »Das kommt vom guten Leben. Mir gehört die Hälfte von West Miami. Kommen Sie mich mal besuchen, dann machen wir zwei ordentlich einen drauf.« Er zwinkerte Tyson zu.

Tyson wandte sich an Lee Walker. »Und wie ist es Ihnen ergangen?«

»Nicht übel, Lieutenant – Ben. Mir gehört zwar nicht die Hälfte von irgendwas, aber wenn Sie mal runter nach Macon kommen, nehm' ich Sie mit auf die Jagd. Können Sie noch immer so gut mit 'ner Schrotflinte umgehen?«

»Das wird sich rausstellen. Lust hätte ich schon.« Tyson ging rund um den Tisch zu Louis Kalane und zupfte am Revers von dessen elegantem Anzug. »Sind Sie etwa wieder unter die Dealer gegangen, *Pineapple*?«

Alle mußten lachen.

Kalane lächelte ein bißchen verlegen. »Nein, aber ich stoße mich gesund an diesen protzigen Touristen vom Festland. Ich verkaufe ihnen Pauschalreisen. Kommen Sie mal rüber auf die Inseln!« Kalane zögerte unmerklich, dann fügte er hinzu: »Sie sehen aber auch sehr gut aus, Lieutenant. Wo haben Sie denn all die schönen Medaillen her?«

»Haben Sie etwa den Krieg vergessen?« Tyson ließ ihn stehen und wandte sich an Scorello. Die beiden gaben sich die Hand, und Scorello murmelte: »Nett, Sie mal wiederzusehen.«

»Ja, ich freue mich auch, Tony«, antwortete Tyson. »Sie leben jetzt drüben in Frisco, nicht wahr? Tolle Stadt.«

»Ja, ich arbeite in der Stadtverwaltung.«

»Seit wann tragen Sie denn dieses Hundehalsband?«

Scorello zwang sich zu einem Lächeln. »Schon sehr lange.«

Es folgte ein kurzes Schweigen, dann sagte Tyson: »Vielen Dank, daß ihr alle gekommen seid.« Er wußte natürlich, daß diese Männer keine andere Wahl gehabt hatten. »Ich hatte keine Ahnung, daß wir uns hier wiedersehen würden.« Corva hat anscheinend seine Taktik geändert, überlegte er. »Sollt ihr heute aussagen?«

Beltran ergriff das Wort. »Nein, nein. Mr. Corva hat uns nur gebeten herzukommen, um Ihnen guten Tag zu sagen. Ein kleines Treffen von alten Kameraden. Aber wir kommen wieder, um bei der Gerichtsverhandlung als Zeugen auszusagen.«

Wieder schwiegen alle. Schließlich meinte Tyson: »Vielleicht kommt es ja auch zu keiner Verhandlung.«

»Um so besser«, antwortete Beltran.

»Setzen Sie sich, und trinken Sie eine Tasse Kaffee«, schaltete sich Sadowski ein. »Mensch, diese Festung ist wirklich toll. Sieht aus wie eines von diesen alten französischen Forts rund um Quang Tri.«

Tyson nahm auf einem leeren Stuhl Platz, und die anderen setzten sich ebenfalls wieder hin. Aus einer versilberten Kanne schenkte er sich Kaffee ein.

Beltran blickte von einem zum anderen, als hätte er den Vorsitz bei einer geschäftlichen Besprechung. »Das ist also alles, was vom ersten Zug der Alpha-Kompanie übriggeblieben ist. Von fünfundvierzig Mann! *Dios mio*, General Custer hatte mehr Überlebende.«

Ein paar der Männer lachten halbherzig.

»Vergiß nicht Kelly und DeTonq«, erinnerte ihn Sadowski. »Die treiben sich irgendwo in der Welt rum.«

Scorello schnaubte verächtlich. »DeTonq ist mit Sicherheit tot, Ski. Der hat es garantiert nicht bis nach Hause geschafft. Und Kelly lebt wahrscheinlich auch nicht mehr.«

Die Männer schwiegen, doch dann sagte Walker leise: »Da sind auch noch Doc und Red...«

Beltrans Faust landete krachend auf dem Tisch. »Diese *maricones*! Die Sache mit Doc könnte ich ja noch verstehen, er war nie einer von uns, aber Red, das kapier' ich einfach nicht.«

Tyson beobachtete die Männer durch den bläulichen Rauchschleier von Beltrans Zigarre. Er suchte in ihren Gesichtern nach etwas, aber er wußte nicht genau, was es war. Möglich, daß ihre Züge eine Spur von Schuld spiegelten, aber abgesehen davon war alles an ihnen Trotz und Selbstgerechtigkeit. Wenn man es nicht schaffte, den kaltblütigen Mord an Säuglingen, Kindern und Frauen vor sich selbst zu rechtfertigen, dann ging man innerlich zugrunde – oder, wie Harold Simcox, innerlich *und* äußerlich. »*Smallpox* wäre fast auch gekommen«, sagte Tyson und blickte Scorello an. »Er war doch ein guter Kumpel von Ihnen, stimmt's, Tony?«

Scorello strich sich nachdenklich über den Bart. »Hab' in den letzten Jahren nicht viel von ihm gehört. Er steckte irgendwie tief in der Scheiße drin.«

Tyson schüttelte eine Zigarette aus dem Päckchen. Kalane gab ihm mit einem goldenen Dunhill-Feuerzeug Feuer.

»Ich nehme an, ihr wißt, wie Moody gestorben ist.«

Niemand sagte etwas. Tyson hatte den Eindruck, daß die Männer mit ziemlich gemischten Gefühlen zu dieser Zusammenkunft gekommen waren. »Wo hat es eigentlich Brontman und Selig erwischt?« erkundigte er sich und blickte von einem zum anderen.

Sadowski antwortete für die Kameraden: »Freddy ist bei Khe Sahn gefallen. Er wurde von einer dieser kleinen Sechzigmillimetermörsergranaten getroffen, mit denen die *gooks* so gern in der Gegend rumballerten. Selig hat's im A-Shau-Tal erwischt. War das eine Schweinerei, Lieutenant! Die Scheiß-Vietnamesen hatten sogar Panzer, T-54, und 'n Haufen anderes übles Zeug. Selig trat auf eine Tellermine. Sie haben ihn in einem Briefumschlag nach Hause geschickt.«

Tyson nahm einen Zug aus seiner Zigarette.

»Huê war schon ziemlich schlimm«, meldete sich Kalane zu Wort. »Aber eins sage ich Ihnen: Im A-Shau-Tal ging uns erst richtig die Muffe auf! Und Khe Sahn war auch nicht gerade ein Spaziergang. Die guten Sachen haben Sie alle verpaßt.«

»Ja, ich hatte immer 'ne Menge Glück.« Tyson nickte.

Sadowski fuhr mit seinem Bericht über das Schicksal der Alpha-Kompanie fort: »Nachdem man Sie weggebracht hatte, wurden wir nach Fort Evans zurückbeordert, um uns auszuruhen und unsere Reihen aufzufüllen. Irgend so ein Spinner namens Neely wurde unser neuer Vorgesetzter. Später schickten sie uns noch vier junge Lieutenants, richtige Milchreisbubis, direkt von der Militärakademie. Sahen aus, als wären sie kaum älter als sechzehn. Insgesamt wurden uns hundert Mann zugeteilt, lauter einfache Soldaten, kein einziger Sergeant. Die pinkelten noch Wasser, das sie in der Infanterieschule gesoffen hatten. Na, ist jetzt ja egal. Ich wurde wenig später in die Etappe versetzt, und die Zeit von Hideway war sowieso um, er durfte nach Hause. Aber sag mal, *Ghost*, was ist eigentlich damals aus dir geworden?«

»Mich schickten sie nach Wonder Beach, Schiffe entladen«, antwortete Walker.

»Soso. Und Tony?«

»Ich hab' mir selbst ein Loch in meinen Scheißfuß geschossen«, sagte Scorello kurz und bündig. »Kam dafür vors Kriegsgericht und mußte einen Monat in Long Binh brummen.«

Tyson nahm diese Eröffnung schweigend zur Kenntnis. Die Atmosphäre entspannte sich zusehends. Man erzählte sich Kriegsgeschichten oder unterhielt sich über familiäre Dinge oder die Arbeit. Beltran zog eine Zigarre aus der Brusttasche und reichte sie Tyson. »Eine echte Havanna«, verkündete er. »Hab' nach da drüben gute Beziehungen.« Er zwinkerte ihm verschmitzt zu. Das hatte Beltran schon immer gern getan, aber diesmal tat er es besonders ausgiebig. »Ich kämpfe noch immer gegen die Kommunisten«, erklärte er. »Ich finanziere Gruppen, die gegen Castro sind. Ich weiß, wie man diese gottverdammten Schweine fertigmacht, jedenfalls besser als die *maricones* in Washington.«

Tyson verstaute die Zigarre in seiner Jackentasche.

»Wir haben in Huê 'ne Menge Kommunisten gekillt«, fuhr Beltran fort. »Warum ist man jetzt auf einmal mit uns unzufrieden?«

Niemand schien darauf eine Antwort zu wissen.

Nach einer ganzen Weile sagte Walker schließlich: »Lieutenant, wir möchten Ihnen sagen, daß... Na ja, wir haben uns vorhin unterhalten und sind alle der Meinung, daß das, was damals geschehen ist, niemanden etwas angeht. Wir werden Sie decken, genau wie Sie damals uns gedeckt haben.«

»Als Sie ausgeflogen wurden«, schaltete sich Kalane ein, »da habe ich zu den anderen gesagt, daß Sie uns jetzt bestimmt verpfeifen würden, aber die Militärpolizei ist nie bei uns aufgetaucht, und das hat keiner von uns vergessen.«

Beltran blickte in die Runde und erklärte: »Meinetwegen können die mich foltern und auf glühenden Kohlen grillen – *ich werde diesen Mann da nie verraten!*«

»Als Major Harper mich anrief, hab' ich mir fast in die Hosen gemacht«, gestand Sadowski lachend. »Mein Anwalt hat mir erklärt, warum man Sie jetzt am Arsch hat und nicht uns. Der Scheißkerl schlug mir glatt vor, ich solle mich auf die andere Seite schlagen. Aber ich habe ihm Bescheid gesagt, wohin er sich eine solche Idee stecken kann«, schloß er.

Tyson hatte den Eindruck, daß ihm diese Männer unbedingt weismachen wollten, sie täten ihm einen Gefallen oder sie erwiderten eine Gefälligkeit. Doch hätten sie damals nicht ein vollbelegtes Krankenhaus vernichtet, dann müßte jetzt von Gefälligkeiten keine Rede sein.

Tyson blickte Scorello an, der sich bislang mit solchen Äußerungen zurückgehalten hatte.

Der wich seinem Blick aus. »Hören wir auf mit dem Quatsch!«

sagte er. »Wir packen nicht aus, weil... weil wir Familien, einen Beruf und so weiter haben. Ich arbeite in einer Stadtverwaltung, in der es liberal zugeht. Seit diese Sache publik gemacht worden und mein eigener Name ins Gerede gekommen ist, stecke ich ziemlich in der Klemme. Klar, ich werde unserem Lieutenant auch helfen, aber vergessen wir nicht, daß wir das nicht zuletzt auch deshalb tun, um unsere eigenen Hälse zu retten. Kurz bevor ich damals nach Vietnam geschickt wurde, kam mein Sohn zur Welt. Ich bin längst geschieden, und er ist inzwischen einundzwanzig. Natürlich hat er die ganzen Geschichten gehört, wie wir damals angeblich rumgehurt und die Vietnamesen abgeknallt haben. Jetzt will er von mir wissen, was ich an dem fraglichen 15. Februar gemacht habe.«

»Meine Frau hat ziemlich schwache Nerven«, ließ sich Sadowski vernehmen. »Sie muß immer weinen, wenn über diese Scheiße im Fernsehen berichtet wird. Als neulich die Rede von den Kindern war, die wir umgebracht haben...« Sadowski räusperte sich. »Das kann einen wirklich schaffen.«

Beltran rieb sich das Doppelkinn. »Wir sollten lieber nicht so viel darüber reden. Uns ist klar, was wir zu tun haben. Vielleicht wollt ihr vor allem euren guten Ruf retten, aber mich lassen sie da unten in Miami absolut in Ruhe. Ich bin nur wegen Ben Tyson hier.« Er nickte mit Nachdruck.

Tyson mußte daran denken, daß dies derselbe Mann war, der ihn damals in dem Krankenhaus fast mit dem Maschinengewehr niedergemäht hätte. Na ja, dachte er, wir werden eben alle älter.

»Am liebsten würde ich Doc killen! So ein Scheißkerl!« platzte Sadowski plötzlich heraus. »Und dieses Arschloch von Red gleich dazu!« Alle blickten Tyson an, als erwarteten sie von ihm eine Stellungnahme, aber Tyson schwieg.

»Ich kenn' ein paar Kerle in Chicago«, fuhr Sadowski fort, »die den beiden ihre beschissenen Arme und Beine brechen würden, aber wenn es nach mir geht, dann... dann sollten sie allegemacht werden.« Sadowski wandte sich Beltran zu. »Hast du nicht 'n paar Jungs da unten, die so was übernehmen könnten?«

Beltran lehnte sich zurück und faltete die Hände vor seinem Schmerbauch. Nach einer Weile nickte er bedächtig und zwinkerte Tyson zu.

Bens Blick wanderte von einem zum anderen. Hätten diese fünf Männer nicht den Krieg miterlebt, dann wäre jeder von ihnen schockiert gewesen über den Verlauf, den diese Unterhaltung genommen hatte.

»Nur Doc. Red nicht«, schlug Walker vor.

Scorello hüstelte. »Es müßte vor der Gerichtsverhandlung passieren.«

Kalane warf Beltran einen Blick zu. »Ich bezahle, du arrangierst es.«

Tyson hielt den Moment für gekommen, etwas Vernünftiges zu sagen. »Ich glaube nicht, daß wir uns danach besser fühlen würden.«

Kalane lehnte sich weit über den Tisch zu ihm hin. »Wir haben unser Ehrenwort gegeben, Ben, auf Leben und Tod. Wir haben damals nicht lange herumgefackelt, und wir tun es auch jetzt nicht. Dieses Schwein Brandt gab auch sein Ehrenwort. Was, zum Teufel, macht ihn glauben, er könne seinen Schwur einfach brechen?«

Dies ist nicht der richtige Augenblick, um diesen Männern zu sagen, daß Corva mir geraten hat, alles zu erzählen, falls ich verurteilt werde, dachte Tyson.

»Hören Sie, Ben«, riß ihn Kalane aus seinen Gedanken. »In der Nacht nach dieser Sache im Krankenhaus hätte ich Sie am liebsten umgebracht. Nicht, weil ich Sie nicht leiden konnte, im Gegenteil, ich mochte Sie sehr gern, aber mich mochte ich noch lieber. Wenn ich euch verpetzt hätte wie dieser Brandt, dann hätte ich es auch verdient, daß man mich um die Ecke bringt.«

Tyson blickte sich in der Runde um. Dann sagte er mit leiser Stimme, die, wie er hoffte, trotzdem noch etwas von ihrer früheren Autorität enthielt: »Ich habe euch einmal gedeckt, und um euretwillen habe ich einmal meine Pflicht vergessen. Einmal und nie wieder! Wenn Brandt oder Farley etwas zustößt, dann könnt ihr mich meinetwegen auch auf eure Liste setzen, weil ich dann nämlich alles tun werde, damit *ihr* diesmal hinter Gitter kommt, das könnt ihr mir glauben!«

Die Männer wichen alle seinem Blick aus und schwiegen. Nach einer langen Pause meinte Scorello: »Schluß damit, Herrgott noch mal! Genug von diesem Gerede! Wir sind keine Killer.«

Auf diese bemerkenswerte Äußerung schien niemand eine Antwort parat zu haben. Tyson starrte verdrossen in den blauen Dunst, der über dem Tisch hing. Sein Blick wanderte nach oben zu der Betondecke mit den runden Lichteinlässen aus dickem Glas. Sie leuchteten bläulichgrün wie die Unterseite von Flaschen.

Tyson blickte zu dem stecknadelgroßen Lichtpunkt in der gewölbten Decke des Bunkers hinauf. Er fühlte sich an einen funkelnden Stern am nächtlichen Himmel im Hayden-Planetarium erinnert. Vermutlich hatte eine starke Granate bei einem jener längst vergessenen Gefechte zwischen den Franzosen und den Vietminh das runde, etwa dreißig Zentimeter dicke Betondach genau im rechten Winkel getroffen.

Jemand zündete ein Streichholz an. Das plötzliche Zischen der kleinen Phosphorflamme ließ mehrere der Männer zusammenfahren. Das Streichholz wurde an eine Kerze gehalten, Wachs tropfte auf den Boden, und die Kerze wurde in das flüssige Wachs hineingedrückt. Die kleine Flamme schien ungewöhnlich hell und warf die Schatten der Männer an die Wand.

Tyson zündete sich mit dem Feuerzeug, das ihm seine Untergebenen geschenkt hatten, eine Zigarette an. Er lehnte sich an die feuchtkalte Wand und zog die Knie an die Brust. Der Raum war erfüllt vom muffigen Geruch nasser Rucksäcke aus Segeltuch. Überall auf dem Boden lagen Ausrüstungsgegenstände verstreut. Im Halbdunkel konnte er jeden seiner Männer an der Silhouette erkennen: Kelly saß rechts, Brandt links von ihm. Beide lehnten mit dem Rücken an der Betonwand. Nach Brandt kamen Beltran, Scorello, Sadowski, Holzman, Brontman, Selig, Walker, Simcox, Kalane, Santos, Manelli und DeTonq. Tyson gegenüber, rund vier, fünf Meter von ihm entfernt, hockte Richard Farley zwischen den in Regenumhänge eingewickelten Leichen von Cane und Peterson. Direkt vor ihm und Brandt lag Moody auf dem Boden ausgestreckt. Er stöhnte leise. Tyson lehnte sich zu Brandt hinüber und flüsterte: »Hält er bis morgen früh durch?«

»Ja, ich hab' nur ein bißchen Angst, daß er eine Blutvergiftung bekommt«, wisperte Brandt zurück. »Sonst ist alles in Ordnung.«

Tyson lehnte sich vor und sagte zu Moody: »Wie geht's dir, mein Junge?«

Moody brauchte ein paar Sekunden, bis er eine Antwort herausbrachte, denn sein Geist war von Morphium umnebelt. »O Lieutenant... ich fühl' mich miserabel, aber irgendwie auch gut... Schickt mich nach Hause... Holt mich hier raus...«

»Okay. Nach Hause. Hab' verstanden.« Tyson legte dem Verwundeten die Hand auf den Kopf.

»Unterschreiben Sie den Schein?«

»Ja. Doc und ich unterschreiben beide.«

»Browder auch?«

»Ja, Browder auch.«

»Verarscht ihr mich auch nicht?«

»Nein, wirklich nicht.« Tyson wandte sich Brandt zu und flüsterte: »Kann er nach Hause?«

»Nein«, antwortete Brandt. »In ein paar Wochen ist er wieder fit. Leichte Verwundung. Nur die eventuelle Blutvergiftung macht mir Sorgen, weiter nichts.«

Tyson lehnte sich wieder an die Wand und nahm einen Zug aus seiner Zigarette. Der Bunker hatte in Augenhöhe vier enge Schießscharten. DeTonq spähte aus derjenigen hinaus, die in Richtung Huê ging, während Sadowski ihm genau gegenüber die Gegend beobachtete, in der das Dorf An Ninh Ha lag. Tyson konnte die am nächtlichen Himmel hin und her zischenden Leuchtkugeln und Leuchtspurgeschosse durch die Schießscharten erkennen. In der Ferne war das dumpfe Grollen von Artilleriefeuer und Bombeneinschlägen zu hören.

»Doc?« ließ sich Scorello vernehmen.

»Ja, was ist?«

»Fangen die beiden da drüben nicht bald an zu stinken?«

»Klar«, erwiderte Brandt. »Die sind schließlich tot.«

»Könnten wir sie nicht nach draußen bringen?«

Farleys Stimme durchschnitt die dumpfe Luft: »Nein! Wir können sie doch nicht den wilden Tieren überlassen!«

»Dann wickelt sie doppelt ein!« schlug Brandt vor. »Jeden in zwei Umhänge. Schlagt die beiden Enden ordentlich um. Aber garantieren kann ich euch trotzdem nichts.«

Ein paar Männer machten sich sogleich an die Arbeit.

Tyson drückte seine Zigarette auf dem Boden aus und tastete nach dem Griff seiner 45er Automatik. Er fragte sich, ob die anderen bemerkt hatten, daß Kelly ihm die Waffe zurückgegeben hatte. Und er fragte sich auch, ob er die Pistole benutzen würde – ob er überhaupt eine Chance haben würde, sie zu benutzen. Rings um ihn wurde geflüstert, und er hatte das Gefühl, daß dieses Geflüster jederzeit mit einem Gewehrschuß enden könnte. Unauffällig zog er sein kleines Tagebuch aus der Gesäßtasche, zog seine Beine noch näher an den Oberkörper, machte schnell einen Eintrag und schob das Buch unter dem Hemd zwischen seine nackte Haut und den Gürtel.

Die Nacht verstrich quälend langsam. Stiefel wurden ausgezogen, die Füße getrocknet, Socken gewechselt, die Stiefel erneut angezogen. Einige Männer zündeten Brennstofftabletten an und brachten über den kleinen Flammen Wasser in ihren Blechnäpfen zum Kochen. Der Geruch von Tee, Kaffee und Kakao vermischte sich mit dem giftigen Rauch der chemischen Tabletten, den muffigen Ausdünstungen des Betons und dem säuerlichen Geruch von Angstschweiß, der an siebzehn Soldatenkörpern klebte.

Ein Kartenspiel wurde begonnen und genauso schnell wieder abgebrochen. Die andern Männer wechselten sich mit der Wache an den Schießscharten ab. Das Funkgerät war zwar auf niedrigste Lautstärke gedreht, doch die Luft in dem kleinen Schutzraum war trotzdem von nicht enden wollendem Knacken und Knistern erfüllt. Jede halbe Stunde forderte Captain Browders Funker die einzelnen Züge der Kompanie auf, einen Lagebericht zu geben.

Tyson stieg der beißende Geruch von einheimischem Marihuana in die Nase, aber er fühlte sich nicht in der Lage, gegen die Schuldigen Maßnahmen zu ergreifen. Ja, er mußte sich sogar gestehen, daß er den Geruch komischerweise um so mehr mochte, je ausgiebiger die Männer das Zeug rauchten. Aus seinem Rucksack zog er ein Fläschchen Scotch, nahm einen kleinen Schluck und reichte den Whisky an Kelly weiter. Der trank ein bißchen davon und gab die Flasche an den nächsten weiter. Bis sie die Runde gemacht und Brandt erreicht hatte, war sie leer. Jemand sagte: »Laßt euch bloß nicht von Charly erwischen!« Der Mann lachte, und ein paar seiner Kameraden schlossen sich ihm an, aber Tyson klang dieses Lachen seltsam hohl in den Ohren.

Eine Stimme meldete sich aus dem Funkgerät: »Mustang Eins-Sechs-India, hier Sechs-India.« Das war das Erkennungswort von Browders Funker. »Meine Sechs will mit eurer Sechs sprechen.«

Kelly zögerte, dann reichte er Tyson den Hörer. Im Bunker wurde es still. Browder meldete sich mit seiner tiefen Stimme. Er sprach ziemlich leise, wie es nachts an der Kampflinie üblich war. »Eins-Sechs, hier spricht Sechs«, sagte er. »Ich brauche für die große Sechs ein paar Einzelheiten über eure Feindberührung von vorhin.«

Tyson fuhr sich mit der Zunge über die Lippen. »Verstanden. Aber hat das nicht Zeit bis zum Morgen? Wir wollen hier möglichst wenig Krach machen.«

»Gut, verstanden, ich geb's ans Bataillon weiter. Alles in Ordnung bei euch?«

»Alles okay. Wir haben draußen ein paar neugierige Horcher. Schlage deshalb vor, daß wir unseren Funkkontakt für eine Weile unterbrechen, sonst könnte es sein, daß es hier ganz schön laut wird. Werde irgendwann Lagebericht durchgeben.« Tyson hoffte, daß seine Stimme ungeduldig genug geklungen hatte.

»Verstanden. Nur nicht aufregen. Es wird bald hell werden.«

»Okay. Ende.«

»Ende.«

Tyson gab Kelly den Hörer, der gerade sagte: »Als wir uns dem Krankenhaus näherten, gerieten wir unter schweren feindlichen Beschuß. Peterson und Moody wurden getroffen. Wir gingen in Deckung und erwiderten das Feuer. In dem Gebäude hatte sich anscheinend eine größere feindliche Einheit verschanzt. Wir wußten nicht, daß es sich um ein Krankenhaus handelte. – Lieutenant?«

Tyson fuhr fort: »Ich entschloß mich zum Sturmangriff. Ununterbrochen feuernd arbeiteten wir uns zu dem Gebäude vor. Wir drangen ins Innere ein und mußten uns von Raum zu Raum vorkämpfen. – Sadowski?«

»Wir drangen ins Innere ein und mußten uns von Raum zu Raum vorkämpfen. – DeTonq?«

»Wir drangen ins Innere ein und mußten uns von Raum zu Raum vorkämpfen. – Beltran?«

»Wir drangen ins Innere ein und mußten uns von Raum zu Raum vorkämpfen. – Kalane?«

»Wir...«

So ging die Litanei im Kreis herum. Tyson hörte aufmerksam

zu, und als er wieder an der Reihe war, fügte er der Geschichte einen weiteren Satz hinzu, und wieder wurde sie wortwörtlich von allen nachgebetet.

Die Stunden verstrichen. Manchmal stellte sich längeres Schweigen ein, während sie alle überlegten, wie man die Geschehnisse im Krankenhaus noch plausibler darstellen konnte. Es entging Tyson nicht, daß die Regenumhänge, in die man die beiden Leichen gewickelt hatte, sich wie Ballons aufzublähen begannen. Außerdem fiel ihm auf, daß sich eine gewisse Lethargie der Männer bemächtigt hatte, zweifellos das Resultat von Streß, Strapazen und Marihuana. Sie schienen nun eher bereit, wieder auf ihn zu hören. Mit jeder Stunde, die verstrich, gewann er mehr von seiner Gewalt über sie zurück.

»Das Gebäude brannte vollständig nieder. Wir konnten keine Leichen oder Waffen sicherstellen. Nach meiner Schätzung gab es auf der gegnerischen Seite ein Dutzend Tote«, sagte er.

»Das klingt gut«, meinte Kelly. »Was ist, Ski?«

Sadowski legte sich seine Worte erst zurecht, bevor er antwortete. »Habt ihr die beiden mitgezählt, die Kalane erledigt hat?«

»Ich hab' die beiden gemeldet, stimmt's, Lieutenant?« sagte Kalane.

»Ja, ich habe sie mitgerechnet«, bestätigte Tyson. Er zündete sich eine Zigarette an und trank einen Schluck von dem abgestandenen Wasser in seiner Feldflasche. »Wir verfolgten den in Richtung Huê fliehenden Feind, verloren ihn jedoch aus den Augen.«

»Richtig«, sagte DeTonq. »Unterwegs entdeckte ich einen alten, halb zugewachsenen Bunker. Wir beschlossen, ihn uns näher anzuschauen.«

»Wir pirschten uns vorsichtig heran«, fuhr Beltran fort. »Walker warf eine Sprenggranate rein, und dann stürmten wir das Ding.«

»Der Bunker war leer«, kam es von Walker. »Also beschlossen wir, dort für eine Weile unterzukriechen, weil wir ziemlich am Ende waren.«

Tyson blickte durch die Schießscharten ins Freie. Die Bahnen der Leuchtspurgeschosse wurden allmählich blasser, während sich der neue Tag ankündigte. Es hatte zu regnen aufgehört, und über die ganze Gegend senkte sich eine seltsame Stille, denn wie gewöhnlich zog sich der Feind auch diesmal in der Morgendämmerung zurück, um irgendwo unterzutauchen.

Tyson starrte eine Weile die flackernde Kerzenflamme an, dann kroch er auf allen vieren zur Mitte des Raumes, wo die Kerze stand. Kelly, Sadowski und DeTonq folgten ihm, dann auch alle übrigen. Tyson streckte seine flache Hand aus, und Kelly legte seine Rechte darauf. Auch die übrigen Männer streckten ihre rechte Hand in den Kreis. Tyson betrachtete die Gesichter, über die im schwankenden Licht Schatten huschten. Er hätte nicht genau zu sagen gewußt, was er für diese Männer empfand, aber es war wohl hauptsächlich Mitleid. Mit feierlicher Stimme begann er: »Wir geben unser Ehrenwort als Soldaten, Brüder, Waffengefährten, Männer, Freunde, Schicksalsgenossen und gegebenenfalls auch als Christen, und wir sind uns alle bewußt, worauf sich dieses Ehrenwort bezieht. Es soll unbegrenzte Gültigkeit haben. Kelly?«

»Ich gebe mein Wort. Doc?«

»Ich gebe mein Wort. Sadowski?«

»Ich gebe mein Wort. DeTonq?«

»Ich gebe mein Wort. Beltran?«

»Ich...«

»Jeder von uns hätte zum Colonel rennen und alles verpetzen können, wenn wir uns damals nicht unser Ehrenwort gegeben hätten«, sagte Hernando Beltran. »Wir hatten geschworen, bis zu unserem Lebensende dichtzuhalten. Ich hab' niemandem was erzählt, nicht mal einem Priester. Deshalb trage ich jetzt diese Todsünde mit mir herum... Mein Gott, wenn ich allein an die Nonnen denke, die wir umgebracht haben! Tagtäglich bete ich, damit der Herr mir vergibt, wenn ich eines Tages vor ihn trete... Wenn er es nicht tut, bin ich bis in alle Ewigkeit verdammt.«

Tyson hörte noch eine Weile zu, dann sagte er unvermittelt: »Genug jetzt: Wir können uns über all das ein andermal unterhalten.« Er wechselte übergangslos das Thema. »Wo seid ihr eigentlich untergebracht?«

Sadowski antwortete für die anderen: »Die Jungs von der Army haben uns ihr Gästehaus zur Verfügung gestellt. Wir sind schon gestern abend angekommen, aber Ihr Rechtsanwalt wollte Sie überraschen.«

»Hört mal, ich möcht' euch alle in ein kubanisches Restaurant in der Innenstadt einladen«, verkündete Beltran. »Danach können wir dann noch woanders hingehen.« Er drehte sich zu Tyson um, aber diesmal kam ihm der zuvor und zwinkerte ihm zu. Beltran mußte lachen. »Na prima! Sie kommen also auch, okay?«

»Nein, ich stehe unter Hausarrest«, entgegnete Tyson. »Aber wir könnten uns heute abend hier im Clubrestaurant zum Abendessen treffen.«

»Hier dürfen keine einfachen Soldaten rein, Lieutenant«, meinte Kalane lächelnd.

»Doch, die einfachen Soldaten müssen nur in Zivil erscheinen.«

Alle lachten. Danach redete man noch eine Weile über dieses und jenes, bis plötzlich die Tür aufging und Corva eintrat. Er warf einen Blick auf die Runde und schaute dann Tyson fragend an.

»Noch so 'n Scheißoffizier, was?« rief Sadowski.

Der Anwalt lächelte nachsichtig. »Stimmt. Infanterieleutnant, 25. Division, genannt der ›Dschungelblitz‹. Bester Verein im ganzen beschissenen Vietnam.«

Die Bemerkung wurde mit Pfeifen und Johlen quittiert. Als sich der Tumult gelegt hatte, warf Corva einen Blick auf seine Uhr und sagte: »Ich glaube, es ist Zeit. Es wäre nett, wenn ihr alle hier noch 'ne Weile aushalten würdet, obwohl ich nicht glaube, daß ich euch rufen lassen muß.«

Tyson und die übrigen Männer erhoben sich. Beltran zauberte eine Rumflasche aus seinem Aktenkoffer und verteilte den Inhalt auf sieben unbenutzte Kaffeetassen. »Ich möchte mit euch anstoßen, Gentlemen!« Er packte eine der zerbrechlich wirkenden Tassen mit seiner klobigen Hand und erhob sie wie ein Mann, für den es nichts Ungewöhnliches ist, einen Toast auszubringen. »Ich trinke auf die Toten!« sagte er. »Der liebe Gott möge mir verzeihen, weil ich mich nicht an ihre Namen erinnere, aber er kennt sie alle.«

Sie tranken, und Walker sagte: »Wir wünschen Ihnen viel Glück, Lieutenant!«

Corva setzt seine Tasse ab und griff nach seinem Aktenkoffer. »Ins Tal des Todes ritt das *erste* Kavallerieregiment...«

Ben schüttelte jedem der Männer die Hand, bevor er mit seinem Anwalt den Raum verließ. Draußen im Korridor sagte Corva zu ihm: »Es tut gut, Leute zu sehen, die auf ihre alte Einheit stolz sind.«

»Ja, nach fast zwanzig Jahren ist das wirklich erstaunlich.«

»In der Tat«, pflichtete ihm Corva bei. »Und vor Gericht kann Ihnen das auch nicht schaden. War das für Sie eine freudige Überraschung?«

»Am Anfang hatte ich eine Stinkwut auf Sie.«

»Aber Sie sehen so aus, als hätte es Spaß gemacht.«

»Na ja, nach den ersten Peinlichkeiten habe ich mich ja auch tatsächlich über das Wiedersehen gefreut.«

»Scheint 'n prima Verein zu sein.«

Tyson ging eine Weile schweigend neben Corva her. Dann sagte er plötzlich: »Jeder einzelne von ihnen ist ein Mörder.«

»Mag sein, aber die Mörder sind auf unserer Seite.«

Sie gingen eine Treppe hinauf und blieben vor einer Tür mit dem Schild *Jackson-Saal* stehen.

»Schauen Sie beim Eintreten jedem einzelnen in die Augen«, sagte Corva. »Sie brauchen vor Colonel Gilmer nicht zu salutieren. Unser Tisch ist schräg rechts vom Eingang. Noch irgendwelche Fragen?«

»Ja – was habe ich hier eigentlich zu suchen?«

»Das ist eine lange Geschichte«, antwortete Corva, öffnete die Tür und ließ Tyson den Vortritt.

## *Kapitel 40*

Es war ein großer Raum mit auf Hochglanz poliertem Holzfußboden. Normalerweise fanden hier zwanglose Empfänge und Herrenabende statt. Die Außenwand bestand aus unverputzten Ziegeln. In ihrer Mitte befand sich ein mit Steinplatten verkleideter Kamin. Die anderen Wände waren mit dunklem Holz getäfelt.

Vor dem Kamin stand ein Rednerpult, und hinter dem Rednerpult wartete Colonel Farnley Gilmer. Zu seiner Rechten hatte man einen Bridgetisch aufgestellt. Dahinter hatte Major Karen Harper Platz genommen.

Tyson und Corva setzten sich an einen langen Eßtisch, der an der rechten Wand stand. Ihnen gegenüber saßen an einem gleichartigen Tisch Colonel Pierce, Major Weinroth und Captain Longo. Links von diesem »Anklägertisch« hatte man die Protokollführerin plaziert, eine hübsche junge Uniformierte mit blondem Haar, ein paar Sommersprossen und einem attraktiven Schmollmund. Sie saß hinter einem jener schäbigen, olivgrün gestrichenen Klapptische, die Tyson aus Vietnam kannte. Abgesehen von den Uniformen, besagtem Klapptisch und vielleicht noch dem Ölbild von Thomas Jackson über dem Kamin, gab es in diesem Saal nichts, das auf die Sitzung eines Untersuchungsausschusses der Militärjustiz hinwies.

Über die Eßtische hatte man bodenlange weiße Tischtücher gebreitet. Tyson glaubte einen schwachen Geruch von Bier und kaltem Rauch wahrzunehmen.

Im hinteren Teil des Raumes waren rund hundert Klappstühle übereinandergestapelt. Einer von ihnen stand genau in der Mitte zwischen den beiden Eßtischen und dem Rednerpult. Tyson vermutete, daß dies der Stuhl für die Zeugen war. Hinter Karen Harpers Tisch erblickte er eine amerikanische Fahne in einem Flaggenständer.

Ungefähr in der Mitte zwischen Fahne und Tür stand in strammer Haltung ein junger farbiger Sergeant. Vermutlich hatte er hier die Rolle des Gerichtsdieners zu spielen. Er war jedoch weder bewaffnet, noch trug er einen Helm, wie Tyson es früher bei anderen Verhandlungen vor Kriegsgerichten gesehen hatte.

Colonel Gilmer warf einen Blick auf die Uhr.

Tyson schaute zu Karen Harper hinüber. Sie las ein Schriftstück, das auf ihrem Schoß lag.

Pierce, Weinroth und Longo hatten die Köpfe zusammengesteckt und diskutierten miteinander.

Die Protokollführerin schlug ein paar Tasten ihrer Stenografiermaschine an.

Vincent Corva machte sich am Rand eines maschinengeschriebenen Schriftsatzes Anmerkungen. Nach einer Weile legte er den Stift beiseite, lehnte sich zu Tyson hinüber und flüstere: »Von mir aus kann's losgehen.«

In diesem Augenblick ergriff Colonel Gilmer das Wort. »Guten

Morgen. Wir sind hier zusammengekommen, um gemäß Artikel 32b des geltenden Militärrechts eine Untersuchung im Zusammenhang mit gewissen gegen Lieutenant Benjamin J. Tyson erhobenen Anschuldigungen durchzuführen.« Colonel Gilmer blickte Tyson an. »Lieutenant, Sie wurden auf Ihr Recht hingewiesen, sich entweder auf eigene Kosten durch einen Anwalt Ihrer eigenen Wahl oder durch einen von den Behörden der Militärjustiz gestellten Rechtsbeistand vertreten zu lassen. Sie haben daraufhin den Wunsch geäußert, Ihre Interessen von Mr. Vincent Corva aus New York City wahrnehmen zu lassen.«

Tyson musterte Gilmer. Der Mann war ungefähr sechzig, hatte kurzes graues Haar, einen kantigen Schädel und ein sympathisches, jedoch seltsam ausdrucksloses Gesicht.

»Wir wollen zu Protokoll nehmen«, fuhr Gilmer fort, »daß Mr. Corva heute anwesend ist. Mr. Corva, darf ich Sie bitten, vorzutreten und Ihr Erscheinen vor diesem Untersuchungsausschuß durch Eintragung Ihres Namens in Sparte drei des zum offiziellen Untersuchungsbericht gehörenden Vordrucks zu bestätigen?«

Corva erhob sich und ging zu Karen Harpers Tisch. Die beiden wechselten ein paar Worte, die Tyson nicht verstehen konnte, dann schob Karen dem Anwalt ein Formular zu.

Tyson bemerkte, daß Colonel Pierce ihn nachdenklich musterte. Tyson wich seinem Blick nicht aus. Pierce war höchstens fünfzig Jahre alt und mithin für einen Colonel noch ziemlich jung. Sein rotbraunes Haar trug er länger, als man es bei der Army gern sah. Er hatte eine Lesebrille auf, aber Tyson hatte ihn auch schon ohne Brille lesen sehen, ohne daß er deshalb näher an das Schriftstück herangegangen wäre. Das Gesicht des Colonels war ständig auf eine geradezu beunruhigende Weise gerötet. Tyson fragte sich, ob er zu lange in der Sonne gewesen war oder einen gefährlich hohen Blutdruck hatte.

Corva kehrte an den Tisch zurück und nahm wieder Platz.

Colonel Gilmer schlug die Strafprozeßordnung auf und begann zu lesen, wobei er hin und wieder Tyson einen Blick zuwarf.

»Lieutenant, ich möchte Sie daran erinnern, daß meine Funktion als Offizier, der mit dieser Untersuchung beauftragt worden ist, einzig und allein darin besteht, gründlich und unparteiisch alle relevanten Fakten zu prüfen, zu werten und zu beurteilen, um danach zu bestimmen, inwieweit die gegen Sie vorgebrachten Anschuldigungen der Wahrheit entsprechen. Ich werde Ihnen jetzt die Anschuldigungen vorlesen, deren Untersuchung mir aufgetragen worden ist. Sie lauten folgendermaßen: Verletzung von Artikel einhundertundachtzehn des geltenden Militärrechts – Mord. Begründung: ...« Gilmer las den langen, verschachtelten Satz der ersten Begründung vor. Tyson hörte schon nach kurzer Zeit nicht mehr zu, sondern richtete sein Augenmerk auf Major Judith Weinroth.

Sie war schätzungsweise um die Vierzig und trug keinen Ehering, was heutzutage allerdings keine Aussage war. Die Uniform stand ihr überhaupt nicht. Sie hatte eine ernste Miene aufgesetzt, den sachlichen Gesichtsausdruck einer Frau, die beruflich ihren Mann steht. Während Tyson sie beobachtete, flüsterte ihr Pierce etwas ins Ohr, und plötzlich verzogen sich ihre Züge zum hübschesten, strahlendsten Kleinmädchenlächeln, das Tyson je gesehen hatte. Das Gesicht leuchtete von innen heraus vor Schönheit, doch dann erlosch das Lächeln, und es war um den Zauber geschehen.

Gilmer war gerade mit Punkt 2 der Begründung zu Ende. »Lieutenant Tyson«, sagte er, »ich werde Ihnen jetzt den Schriftsatz mit den Anschuldigungen nebst Begründung aushändigen.«

Karen Harper stand auf, ging über den glänzenden Fußboden zu Tyson und reichte ihm das Schriftstück. Tyson streckte die Hand danach aus und sagte zu Corva so laut, daß jeder im Raum es hören konnte: »Haben wir das nicht schon bekommen?«

»Ja, aber es kann nicht schaden, es in zweifacher Ausführung zu haben.«

Die Protokollführerin kicherte leise, Gilmer schaute streng in die Runde. Auch Karen Harper schien sich zu ärgern und warf Tyson einen entsprechenden Blick zu, bevor sie sich umdrehte und zu ihrem Tisch zurückging.

Gilmer ließ eine volle Minute verstreichen, offenbar um Tyson Gelegenheit zu geben, die Anklageschrift zu lesen. Tyson tat jedoch nichts dergleichen, sondern blickte zu Captain Salvatore Longo hinüber. Der Mann war noch jung, kaum dreißig Jahre alt, und bestimmt hatte er die Militärakademie erst vor kurzem verlassen. Seine Uniform saß wie maßgeschneidert, und sein gelocktes, blauschwarzes Haar war tadellos frisiert. Sein Teint war tiefbraun. Es war jene Art von Bräune, wie sie Tyson bei Menschen gesehen hatte, die viel Wassersport treiben. Tyson hätte nicht zu sagen gewußt, ob man den Captain als gutaussehenden Mann bezeichnen konnte, aber für ihn stand fest, daß Longo mit Frauen bestimmt keine Probleme hatte.

Colonel Gilmer vertiefte sich hinter seinem Rednerpult wiederum in ein Schriftstück. »Lieutenant Tyson«, begann er, »ich mache Sie darauf aufmerksam, daß Sie nicht verpflichtet sind, sich zu den gegen Sie erhobenen Anschuldigungen zu äußern, daß jedoch jede von Ihnen gemachte Aussage vor einem ordentlichen Kriegsgericht gegen Sie als Beweismittel verwendet werden kann. Sie haben das Recht, eidliche und uneidliche Aussagen zu machen, und Sie können nach Belieben all das präsentieren, was zu Ihrer Entlastung oder gegebenenfalls zur Milderung des zu erwartenden Strafmaßes beitragen könnte. Alle von Ihnen gemachten Aussagen werden von mir genauso berücksichtigt und ausgewertet wie die Angaben anderer Zeugen.« Colonel Gilmer goß sich ein Glas Wasser ein.

Corva neigte seinen Kopf zu Tyson hin und raunte ihm ins Ohr: »Welches sind die ersten fünf Worte, die ein Farbiger zu hören bekommt, wenn er sich einen Anzug mit Weste anzieht?«

»Keine Ahnung.«

»Angeklagter, bitte erheben Sie sich!«

Tyson legte eine Hand auf den Mund, um nicht laut loszulachen. »Mensch, hören Sie auf!«

Gilmer blickte recht ungehalten zum Tisch des Angeklagten hinüber. »Lieutenant Tyson, darf ich um Ihre Aufmerksamkeit bitten?«

»Jawohl, Sir!«

»Danke. Ihr Verteidiger, Mr. Corva, hat ebenso wie die Vertreter der Militärjustiz, Colonel Pierce, Major Weinroth und Captain Longo, sämtliche Unterlagen erhalten, die es bislang zu Ihrem Fall gibt. Die Akte enthält auch die eidesstattliche Erklärung von Dr. Steven Brandt –«

An dieser Stelle erhob sich Corva. »Einspruch, Sir!« sagte er.

Colonel Gilmer zog fragend die Augenbrauen in die Höhe. »Wogegen richtet sich Ihr Einspruch, Mr. Corva?«

»Ich protestiere dagegen, daß hier im Zusammenhang mit der Person von Steven Brandt der Doktortitel verwendet wird.«

»Aber Mr. Brandt ist doch Doktor der Medizin, oder täusche ich mich?«

»Durchaus nicht, Colonel, aber der Titel ist für diesen Fall ohne Belang. Zum Zeitpunkt der hier zur Debatte stehenden Ereignisse, also vor fast zwanzig Jahren, war Steven Brandt Sanitäter. Wenn man hier von Mr. Tysons damaligem Rang als Lieutenant ausgeht, dann sollte man bei Mr. Brandt ein Gleiches tun. Heute und bei allen künftigen Anlässen sollten wir ihn einfach ›Mister‹ nennen. Ich hoffe, daß Sie sich meinem Argument nicht verschließen werden.«

Colonel Gilmer schien bemüht, die Triftigkeit des Arguments zu verstehen, da erhob sich Colonel Pierce.

»Mr. Corva – so darf ich Sie doch nennen? Oder würden Sie die Anrede *›Signore‹* bevorzugen?«

Weinroth und Longo lachten.

»Meinetwegen können Sie mich auch Vince nennen, Graham«, erwiderte Corva.

Diesmal kicherte die Protokollführerin unüberhörbar.

Gilmer sah wie ein Richter aus, der gleich mit einem Hämmerchen klopft, um für Ruhe zu sorgen. Aber es gab kein Hämmerchen, und so sagte er nur: »Bei einer Anhörung gemäß Artikel zweiunddreißig ist eine gewisse Lockerheit der Form durchaus statthaft, aber wir wollen nicht übertreiben, Gentlemen. – Colonel Pierce?«

»Meiner Meinung nach ist Mr. Corvas Einspruch nicht ausreichend fundiert und zudem haarspalterisch. Wenn er der Meinung ist, die Verwendung von Mr. Brandts Doktortitel könnte für seinen Mandanten von Nachteil sein, dann muß ich davon ausgehen, daß Mr. Corva offensichtlich den Ruf der Vertreter der medizinischen Zunft überschätzt. Ich könnte doch beispielsweise der Meinung sein, daß die meisten Ärzte arrogant, unsensibel und geldgierig sind.«

»Ich frage mich, ob Colonel Pierce diese Behauptung in Gegenwart seines Hauptzeugen der Anklage wiederholen möchte«, sagte Corva darauf.

Diesmal mußte auch Gilmer lächeln. Karen Harper stand auf,

ging zu ihm hin und unterhielt sich leise mit ihm. Dann sagte Colonel Gilmer: »Major Harper hat mich gerade informiert, daß Lieutenant Tyson ihr gegenüber schon einen diesbezüglichen Wunsch geäußert hat, bevor er Mr. Corvas Mandant wurde. Ich gehe also davon aus, daß der Beschuldigte echte Einwände gegen die Verwendung von Mr. Brandts Doktortitel bei diesen Untersuchungen hat, und ich persönlich kann mich diesen Einwänden nicht verschließen. Deshalb soll es künftig ›Mr. Brandt‹ heißen, wenn von der betreffenden Person die Rede ist. Dem Einspruch der Verteidigung wird stattgegeben.« Colonel Gilmer wandte sich wieder seinen Papieren zu. »Die erwähnte Akte enthält unter anderem auch die eidesstattlichen Erklärungen von Mr. Steven Brandt, Mr. Richard Farley, Mr. Paul Sadowski, Mr. Anthony Scorello, Mr. Hernando Beltran, Mr. Lee Walker und Mr. Louis Kalane. Dazu kommen noch die nicht eidliche schriftliche Aussage von Mr. Andrew Picard sowie eine Anzahl sachdienlicher Dokumente, Briefe und anderer Schriftstücke, deren Aufzählung hier zu weit führen würde.« Gilmer warf Corva einen Blick zu. »Einverstanden, Herr Anwalt?«

»Ja, Sir.«

Gilmer fuhr fort: »Ich beabsichtige nicht, Mr. Brandt oder Mr. Farley als Zeugen zu vernehmen, sondern will mich hier auf ihre schon erwähnten eidesstattlichen Erklärungen stützen.« Er blickte zuerst Tyson, dann Corva an. »Selbstverständlich haben Sie das Recht, die Zeugen ins Kreuzverhör zu nehmen, sofern diese verfügbar sind und sofern sich dabei alle Fragen auf den Inhalt ihrer eidesstattlichen Erklärungen beschränken. Auf Wunsch kann ich eine Vorladung der Zeugen zu diesem Zweck veranlassen. Wünscht der Beschuldigte, daß ich Mr. Brandt und/oder Mr. Farley auffordere, in ihrer Eigenschaft als Zeugen vor diesem Untersuchungsausschuß zu erscheinen?«

Corva beriet sich mit Tyson. »Wir könnten auf ihrer Anwesenheit bestehen, aber es könnte uns eine ganze Woche kosten.«

»Ich war der Meinung, daß der Ankläger verpflichtet ist, seine Zeugen zu laden.«

»Nein, Gilmer hat sich jetzt sozusagen den Hut des Staatsanwalts aufgesetzt, und das heißt, daß er nach Belieben Zeugen der Anklage vorführen oder nicht vorführen kann. Natürlich hat er das vorher mit der Anklagevertretung unter vier Augen abgesprochen.«

»Ich muß dauernd die Fahne da drüben anschauen, um mich davon zu überzeugen, daß ich wirklich nicht träume«, sagte Tyson.

Corva lächelte. »Ich finde es gut, daß Sie dies alles mitbekommen. So verstehen Sie vielleicht meine Strategie besser. Vorhin sagte Gilmer zu Ihnen, Sie könnten alles präsentieren, was zu Ihrer Entlastung oder zur Milderung des zu erwartenden Strafmaßes beitragen könnte. Sind Sie da nicht hellhörig geworden?«

»Ja. Es klingt so, als würde man mich schon für schuldig halten und als wollte man mir Gelegenheit geben, mich für meine Handlungsweise zu entschuldigen.«

»Ja, darauf läuft es ungefähr hinaus. Ich freue mich, daß Sie so gut aufpassen. Wissen Sie, wenn ich Brandt oder Farley vorladen lasse, darf ich ihnen im Kreuzverhör nur Fragen stellen, die sich auf den Inhalt ihrer eidesstattlichen Erklärung beziehen. Erst bei einer ordentlichen Gerichtsverhandlung kann ich ihnen wirklich auf den Zahn fühlen.«

Tyson nickte. »Ich habe keine Lust, eine Woche zu verlieren. Machen wir weiter!«

Corva stand auf. »Sir, ich möchte zu Protokoll geben, daß wir die eidesstattlichen Erklärungen von Mr. Brandt und Mr. Farley als Ersatz für die persönliche Anwesenheit der beiden nicht akzeptieren. Trotzdem verzichten wir auf unser Recht, diese Zeugen bei dieser Anhörung ins Kreuzverhör zu nehmen.«

Colonel Gilmer wandte sich an Karen Harper. »Vermerken Sie bitte Mr. Corvas Einlassung unter Punkt sechs a.« Gilmer blickte wieder Corva an. »Es ist gut möglich, daß ich Ihre Beanstandung bei meiner abschließenden Beurteilung berücksichtige.«

»Berücksichtigen Sie bitte auch meine Erwartung, daß Sie angesichts der Schwere der gegen meinen Mandanten erhobenen Anschuldigungen die Belastungszeugen von sich aus hätten vorladen müssen, um sie einem Kreuzverhör unterziehen zu können. Es ist höchst ungewöhnlich, sich in einem Fall von dieser Tragweite allein auf schriftliche Erklärungen zu verlassen.«

Gilmers Gesicht lief ein bißchen rot an. »Also gut«, erwiderte er. »Verlangen Sie, daß die Zeugen zum Kreuzverhör vorgeführt werden oder nicht?«

»Nein, Sir, wie ich schon sagte: Meiner Meinung nach hätten *Sie* für ihre Anwesenheit sorgen müssen, um sie in Gegenwart des Beschuldigten befragen zu können. Falls jedoch die schriftlich niedergelegten Aussagen für Sie triftig genug sein sollten, um die Anstrengung eines Mordprozesses zu befürworten, nun, so sei es denn. Ich möchte hier nur mein äußerstes Befremden darüber zu Protokoll geben.«

Gilmer warf Corva einen wütenden Blick zu.

Pierce stand von seinem Stuhl auf. »Wenn Sie gestatten, Colonel, so möchte ich *mein* Befremden darüber äußern, daß der Verteidiger des Beschuldigten an Ihnen Dinge bemängelt, die ihn nichts angehen.«

»Genausowenig wie Sie«, erwiderte Corva lächelnd. »Im übrigen kommt der Colonel bestimmt allein zurecht.«

Tyson lehnte sich auf seinem Stuhl zurück. Er hatte richtig Spaß an der Sache, auch wenn er offensichtlich der einzige war. Ein rascher Blick zur Protokollführerin belehrte ihn eines anderen. Auch sie schien sich zu amüsieren. Sie schaute von ihrer Maschine auf, und als sie Tysons Blick auf sich gerichtet sah, lächelte sie.

Colonel Gilmer klopfte mehrmals mit dem Knöchel auf das Rednerpult. »Würden Sie sich bitte wieder setzen?« forderte er die beiden Männer auf, und zu Corva gewandt, fügte er ziemlich barsch hinzu: »Also, wollen Sie nun Brandt oder Farley hierhaben? Ja oder nein?«

»Nein, Sir.«

Tyson lehnte sich zu Corva hin. »Müssen Sie sich mit denen wirklich derartig anlegen?«

Ohne die Augen von Pierce abzuwenden, antwortete der Anwalt: »Der soll wissen, was es heißt, gegen Vincent Corva anzutreten, und was diesen Gilmer betrifft, nun, der soll sich merken, daß wir uns nicht alles gefallen lassen und daß der Verteidiger des Angeklagten sich auch nicht vor einem Kriegsgericht scheuen wird, Form und Inhalt der Militärjustiz anzugreifen. Vielleicht ist den Herren in den oberen Etagen dann nicht mehr ganz so geheuer, wenn sie an den Prozeß gegen Lieutenant Tyson denken.«

»Darf ich hier rauchen?« fragte Tyson.

»Warum nicht? Gilmer und Pierce machen doch auch heiße Luft.«

Ben zog die dicke Zigarre heraus, die Beltran ihm geschenkt hatte, und zündete sie an. Große, blaugraue Rauchwolken stiegen in die Luft.

Gilmer blickte Tyson sekundenlang unentschlossen an, aber er konnte sich nicht dazu durchringen, Tyson das Rauchen zu verbieten, sondern ließ ihn etwas irritiert gewähren. »Lieutenant Tyson«, fuhr er fort, »Sie haben das Recht, Zeugen aufrufen zu lassen und alle Arten von Beweisen beziehungsweise Indizien vorzulegen. Ich habe dafür gesorgt, daß die von Ihnen namhaft gemachten Zeugen gegebenenfalls hier persönlich ihre Aussage machen können. Falls Sie weitere Zeugen hinzuziehen möchten, werde ich alles Notwendige veranlassen, damit sie vorgeladen werden.«

Tyson stellte fest, daß sich Major Weinroth mit einer Mappe Luft zufächelte. Plötzlich stand sie auf und sagte: »Colonel Gilmer, darf ich den Antrag stellen, daß das Rauchen hier im Saal untersagt wird?«

Gilmer blickte zu Tyson hinüber. »Müssen Sie diese Zigarre unbedingt jetzt rauchen, Lieutenant?«

Ben stand auf. »Leider ja, Sir.«

»Nun, dann machen wir jetzt eine Pause von zehn Minuten. Bitte rauchen Sie draußen im Gang weiter.«

Tyson und sein Anwalt gingen hinaus in den Korridor, dicht gefolgt von Major Weinroth, die eilig auf die Toiletten zusteuerte. »Das war rücksichtslos von Ihnen«, kritisierte Corva seinen Mandanten.

»Sie haben doch selbst gesagt, daß ich rauchen kann.«

»Ja, aber ich dachte, Sie rauchen nur Zigaretten.«

»Beltran hat mir dieses Ding geschenkt. Was meinen Sie, Vince, wie stehen die Aktien?«

»Nicht schlecht. Gilmer ist ziemlich angeschlagen, und sogar dieser Pierce hat einen Treffer abgekriegt.«

»Prima, Vince. Meinen Sie, daß Sie mich freikriegen, wenn Sie so weitermachen?«

»Wir müssen abwarten.«

Die Saaltür ging auf, und Karen Harper kam heraus. Sie zögerte kurz und ging dann zu den beiden Männern hin. »Hallo, Mr. Corva«, sagte sie. »Guten Tag, Lieutenant.«

»Haben Sie diesen Fall nicht allmählich satt?« fragte Tyson.

Sie ging nicht darauf ein. »Sie sind wohl beide sehr mit sich zufrieden, nicht wahr?«

»Ach, wissen Sie, Major, bei einer solchen Farce ist man fast gezwungen, sich wie ein Clown zu benehmen.«

»Dies ist aber eine sehr ernste Angelegenheit, und ich glaube, daß Sie Ihrem Mandanten damit keinen Gefallen tun.«

»Lassen Sie das bitte meine Sorge sein.«

Ben zog die Augenbrauen in die Höhe. Karen Harper wandte sich ihm zu und blickte ihn lange an. Schließlich sagte sie: »Ich habe darauf bestanden, daß Andrew Picard heute aussagt. Hoffentlich habe ich dadurch zur Klärung dieses Falles beigetragen.«

Tyson ließ seine Zigarre auf den Boden fallen und zermalmte sie mit dem Absatz. »Manchmal glaube ich fast, daß Sie die einzige Person sind, die die ganze Wahrheit und nichts als die Wahrheit an den Tag bringen will.«

»Ich bin mir nicht sicher, ob Sie damit recht haben, aber falls es stimmt, dann verhalten sich alle anderen Beteiligten falsch. Falls Sie übrigens vorhaben, heute persönlich in den Zeugenstand zu treten – wäre es dann nicht auch in Ihrem Sinne, daß die Umstände von Larry Canes Tod geklärt werden?«

Tyson holte möglichst unauffällig tief Luft. »Ich habe Ihnen doch geschildert, wie Larry Cane ums Leben gekommen ist!«

»Ja, aber vielleicht überlegen Sie es sich noch einmal«, sagte sie, drehte sich auf dem Absatz um und ging davon.

Colonel Pierce trat jetzt in den Flur hinaus und ging zur Vorhalle hinunter. Doch dann kehrte er um und kam zurück. Er blieb vor Corva stehen, und Tyson sah, daß er nicht nur einen ganzen Kopf größer war, sondern auch mindestens dreißig Pfund mehr wog. Auf seinem Gesicht lag ein boshaftes Lächeln. »Wissen Sie, ich habe damals leider vergessen nachzufragen, aus welcher Entfernung der Major sich mit seinem Gegner duellieren wollte. Nach dem Prozeß erfuhr ich dann, daß die Kugeln in seiner Waffe auf zehn Schritt Entfernung sehr wohl tödlich gewesen wären. Ihr anschauliches Bild von einem Duell mit reifen Tomaten hat das Gericht zwar seinerzeit beeindruckt, aber es stimmte leider nicht.«

»Wenn ich die Sache genau bedenke, Colonel, muß ich sagen, daß Sie wahrscheinlich recht haben. Wie unaufmerksam von mir, nicht an die Distanz gedacht zu haben.«

»Nein, Mr. Corva, *ich* war unaufmerksam! Aber diesmal werde ich besser aufpassen.«

»O ja, ich bin mir sicher, daß Sie aus dem Prozeß damals etwas Nützliches gelernt haben.«

Colonel Pierce warf Corva einen Blick zu, der alles andere als freundlich war. Dann blickte er Tyson einen Moment lang an, lächelte, als freute er sich diebisch über ein Geheimnis, drehte sich um und ging den Flur hinunter.

Corva sah ihm nach. »Der Kerl ist geradezu besessen. Er sollte auf seinen Blutdruck achten.«

»Wovon ist er besessen, Vince?«

»Anders als van Arken, der vielleicht gewisse Ideale hat, ist dieser Colonel Pierce ein Egoist. Er hat das Temperament eines Tennisstars. Wenn der jemals einen Prozeß verlieren sollte, ist er hinterher bestimmt monatelang impotent.«

»Na, das wäre aber sehr traurig für Mrs. Pierce.«

»Wahrscheinlich. Es ist nun mal so, daß man als Ankläger sozusagen ein Solist ist und die Schuld auf niemand anderen schieben kann, wenn man verkehrt gespielt hat. Pierce sucht sich seine Fälle deshalb sorgfältig aus. Keiner von ihnen ist ein ›Spaziergang‹, aber er läßt sich auch auf keinen Prozeß ein, bei dem seine Position als Ankläger so schwach wäre, daß er ihn verlieren könnte.«

»Da sind Sie anders, Vince, was?«

»Allerdings.«

»Immerhin hat Pierce meinen Fall übernommen, und als er das tat, wußte er wahrscheinlich schon, daß Sie mich verteidigen würden. Ich dachte, Sie hätten ihm das letztemal gehörig Respekt eingejagt.«

Corva blickte auf seine Uhr und lächelte. »Kommen Sie, wir müssen wieder rein. Und hören Sie bitte auf, der kleinen Protokollführerin schöne Augen zu machen. Die Harper ist schon ziemlich sauer auf Sie!«

Sie betraten den Sitzungssaal und nahmen wieder auf ihren Stühlen Platz. Eine Minute später kamen auch Karen Harper, Major Weinroth und Colonel Pierce zurück.

»Lassen Sie uns fortfahren«, sagte Colonel Gilmer und blickte sich im Raum um. »Neben den von der Verteidigung und von der Anklage vorgelegten eidesstattlichen Erklärungen liegt mir eine beeidete Aussage von Mr. Andrew Picard vor, dessen Rolle in dieser Angelegenheit allen bekannt ist. Als Offizier, der mit der Durchführung dieses Untersuchungsverfahrens beauftragt ist, bin ich befugt, Mr. Picard als zusätzlichen Zeugen zu vernehmen. Dies soll im Interesse von Gerechtigkeit und Fairneß, aber auch der Vollständigkeit dieses Ermittlungsverfahrens zuliebe geschehen.« Gilmer blickte zu Corva hinüber. »Habe ich ausreichend klargemacht, daß Mr. Picard *mein* Zeuge und nicht etwa ein Zeuge der Anklage ist?«

Corva stand auf. »Ich vermag zwar nicht den Unterschied zwischen Ihnen und der Anklage zu sehen, Colonel, aber ich drücke in diesem Fall beide Augen zu.«

Colonel Gilmer hätte ihm anscheinend gern den Unterschied erklärt, doch er überlegte es sich anders und ging zum nächsten Punkt der Tagesordnung über. »Sie haben den Wunsch geäußert, Mr. Corva, folgende Personen, deren Aussagen aktenkundig sind, hier vorladen zu lassen: Mr. Paul Sadowski, Mr. Anthony Scorello, Mr. Hernando Beltran, Mr. Lee Walker, Mr. Louis Kalane. Ich habe dafür gesorgt, daß ein Erscheinen besagter Personen auf Staatskosten ermöglicht wurde. Sie sind ohne Ausnahme gekommen, so daß Sie, Mr. Corva, diese Zeugen jetzt rufen lassen können. Sie brauchen nur Sergeant Lester« – Gilmer wies mit dem Kinn auf den Soldaten an der Tür – »zu erklären, wer von diesen Herren zuerst vorgeführt werden soll.«

Corva stand auf. »Ich verzichte auf Zeugen.«

Colonel Gilmer lehnte sich hinter seinem Rednerpult ein wenig vor. »Soll das heißen, Mr. Corva, daß Sie als Verteidiger keine Entlastungszeugen präsentieren wollen?«

»Ja, Sir, das ist meine Absicht.« Corva vertiefte sich scheinbar in seine Notizen auf einem gelben Blatt Papier.

»Mr. Corva«, sagte Colonel Gilmer, »diese fünf Männer sind auf Ihr Verlangen herbeigeschafft worden. Ihre Reise, ihre Unterbringung und ihre Verpflegung werden von der Staatskasse bezahlt. Falls Sie nicht die Absicht hatten, sie im Interesse Ihres Mandanten als Zeugen vernehmen zu lassen, warum mußte sich dann die Regierung der Mühe unterziehen, diese Personen auf Kosten der Steuerzahler herbeizuschaffen?«

Der Anwalt blickte von seinen Unterlagen auf. »Colonel, unsere Regierung hat diese fünf Männer auf Kosten der Steuerzahler für ein Jahr nach Vietnam geschickt. Folglich kann sie sie auch auf Staatskosten zu einer kleinen Wiedersehensfeier nach New York einladen, gewissermaßen als kleine Entschädigung.«

Colonel Gilmers Stimme schwoll an: »Mr. Corva, ich habe mit Ihnen sehr viel Geduld gehabt. Falls Sie nicht die Absicht hatten, diese Personen in den Zeugenstand zu rufen, dann gab es keinen Grund, sie hierherzuholen.«

»Colonel«, erwiderte Corva ruhig, »die Entscheidung, ob Entlastungszeugen aufgerufen werden oder nicht, liegt allein bei mir und bei meinem Mandanten. Wir haben beschlossen, auf diese Zeugen zu verzichten.«

Colonel Gilmer nickte knapp. »Das ist zweifellos Ihr gutes Recht.«

Tyson schaute zu Karen Harper hinüber. Ihre Blicke kreuzten sich, aber sie schaute schnell weg. Daraufhin wandte sich Tyson der Protokollführerin zu. Sie lächelte ihn auch diesmal wieder an. Sie hielten einen Moment mit den Augen stumme Zwiesprache, dann erklang wieder Colonel Gilmers Stimme. »Lieutenant Tyson, darf ich um Ihre Aufmerksamkeit bitten?«

»Jawohl, Sir.«

»Anstelle mündlicher Aussagen werde ich die eidesstattlichen Erklärungen der fünf von Ihrem Verteidiger benannten Zeugen meiner Beurteilung zugrunde legen, falls Sie dies wünschen.«

»Es ist unser Wunsch, Colonel«, antwortete Corva für Tyson.

»Nun gut. Möchten Sie, daß ich noch andere, zusätzliche Zeugen vorführen lasse, deren Namen noch nicht in der Zeugenliste enthalten sind?«

»Wir beantragen, folgende Personen als zusätzliche Entlastungs- beziehungsweise als unparteiische Zeugen vorzuladen: Daniel Kelly, Michael DeTonq und eine unter dem Namen Schwester Theresa bekannte Nonne halb französischer, halb vietnamesischer Herkunft.«

Colonel Gilmer schien auf diesen Antrag vorbereitet zu sein. Er fragte: »Haben Sie die Adressen, Mr. Corva?«

»Ja, ich bin im Besitz der Adressen, unter denen diese Personen vor ihrem Verschwinden zu erreichen waren. Wenn ich mich nicht irre, haben Sie sie ebenfalls.«

»Ja, das stimmt, und ich habe keine Mühe gescheut, um diese Personen ausfindig zu machen, leider ohne Erfolg.«

»Dann müssen die Ermittlungen als unvollständig angesehen werden.«

Colonel Gilmer schüttelte den Kopf. »Mr. Corva, es wird Ihnen gänzlich unmöglich sein, mich oder sonstwen davon zu überzeugen, daß das Erscheinen dieser Personen der Sache Ihres Mandanten zugute käme beziehungsweise daß es ihm schadet, wenn sie hier nicht aussagen. Die Anklage könnte sie mit demselben Recht für sich als Belastungszeugen beanspruchen. Im übrigen haben diese Personen seit zehn, achtzehn respektive zwei Jahren kein Lebenszeichen mehr von sich gegeben, was die Vermutung nahelegt, daß sie inzwischen verstorben sind.«

»Es soll gewisse Staatsdiener geben, die jahrzehntelang kein Lebenszeichen von sich geben und trotzdem befördert werden«, warf Corva ein. Sergeant Lester unterdrückte mühsam ein Lachen. Er verschluckte sich und mußte husten.

»Für diese Anhörung«, fuhr Corva fort, »werde ich meinen Antrag einstweilen zurückziehen, sofern Sie mir versichern, daß die Regierung so lange weiter nach diesen Zeugen fahnden wird, bis die gegen meinen Mandanten vorgetragenen Beschuldigungen auf die eine oder andere Weise gegenstandslos geworden sind.«

Gilmer dachte einen Augenblick nach. Tyson fragte sich, ob er wohl wieder den amerikanischen Steuerzahler im Sinn hatte. Doch dann sagte der Colonel: »Ihr Antrag erscheint vernünftig und wohl begründet. Ich gebe Ihnen hiermit die von Ihnen verlangte Zusicherung.«

»Vielen Dank, Colonel.«

Gilmer räusperte sich und wandte sich an Tyson. »Lieutenant, falls Sie Kenntnis von irgendwelchen Unterlagen haben, zu welchen Sie keinen Zugang haben, bitte ich Sie, jetzt die betreffenden Materialien zu benennen.«

Statt Tyson sagte Corva: »Durch Major Harper haben wir seit einiger Zeit versucht, die Urkunde ausfindig zu machen, die Lieutenant Tyson zum Tragen des *Silver Star* berechtigt. Dieser Orden wurde ihm verliehen für seine Tapferkeit im Kampf gegen einen bewaffneten Feind unseres Landes am 15. Februar 1968 in der Nähe der Stadt Huê.«

Colonel Gilmer warf Pierce einen raschen Blick zu und wandte sich dann an Karen Harper: »Bitte, Major!«

Sie stand auf. »Mr. Corva, ich habe die betreffende Verleihungsurkunde mitgebracht.«

Tyson drehte sich verstohlen nach seinem Anwalt um, während Karen Harper erklärte, daß die Urkunde offenbar nie abgeschickt wurde. »Vielleicht nahm man auch an, sie sei dem Adressaten zugeleitet worden. Jedenfalls befindet sie sich jetzt hier bei meinen Unterlagen«, schloß sie.

Corva erhob sich. »Darf ich sie jetzt im Namen des rechtmäßigen Besitzers in Empfang nehmen?«

Major Harper stand auf, ging um ihren Tisch herum zu Tyson und überreichte ihm einen großen braunen Briefumschlag. »Neben der Urkunde enthält diese Tüte auch den Orden selbst und das dazugehörige Ordensband.«

»Vielen Dank, Major«, erwiderte Tyson. »Sehr aufmerksam von Ihnen, daß Sie auch die Medaille besorgt haben.«

»Oh, keine Ursache.« Da sie den anderen Offizieren den Rükken zuwandte, konnte sie ihm kurz zulächeln. Dann drehte sie sich um und kehrte zu ihrem Platz zurück.

»Das hat sie für *Sie* getan, mein Lieber«, meinte Corva.

»Unsinn!«

Corva wandte sich wieder Gilmer zu. »Darf ich mir dies kurz anschauen?«

Er öffnete den Briefumschlag und ließ den Inhalt herausrutschen. Zuerst las er Daniel Kellys Augenzeugenbericht, den Captain Roy Browder zur Kenntnis genommen und gegengezeichnet hatte. Es handelte sich um eine kurze Schilderung von Tysons tapferem Verhalten, das ihm später den Orden eingebracht hatte. In der üblichen Weise wurde von heldenhaftem Einsatz, Opferbereitschaft und Pflichterfüllung gesprochen. Es gab kaum konkrete Einzelheiten, und das Krankenhaus wurde nicht ein einziges Mal erwähnt. Wichtig waren das Datum – der 15. Februar – und der Hinweis, daß die fragliche Kampfhandlung bei Tageslicht stattgefunden hatte.

Dann öffnete Corva eine kleine blaue Schachtel. Sie war innen mit weißem Satin ausgekleidet, und darauf lag der *Silver Star* mit dem dazugehörigen schmalen Ordensband in Rot, Weiß und

Blau. Der Anwalt nahm beides aus der Schachtel und flüsterte Ben zu: »Bitte stillhalten!«

»Ich kann das Ding nicht tragen, Vince!« protestierte Tyson.

Jetzt stand Colonel Pierce auf. »Mr. Corva, wir sind hier nicht auf einer Ordensverleihung!«

Corva beachtete ihn nicht, sondern befestigte das Ordensband oberhalb von zwei ähnlichen Bändern, die Tyson schon an seiner Uniform trug. »So, dieses gehört ganz oben hin«, sagte er. »Die anderen beiden wurden Ihnen ja erst später verliehen.« Er strich über die militärischen Auszeichnungen. »Sehr gut. Ein echter Held.« Dann stand er auf und sagte zu Pierce: »Colonel, wenn Lieutenant Tyson achtzehn Jahre warten mußte, bis die Army dies hier fand, dann können Sie wohl dreißig Sekunden warten, bis ich es ihm an die Uniform geheftet habe, verdammt noch mal!«

Pierce lag eine scharfe Erwiderung auf der Zunge, doch er besann sich eines Besseren und nahm wortlos Platz.

Corva drehte sich wieder zur Mitte des Raumes hin. »Vielen Dank, Colonel, und Dank auch Ihnen, Major Harper«, sagte er mit einer leicht angedeuteten Verbeugung.

Gilmer unterdrückte seine Ungeduld nur mit Mühe. »Gratuliere. Können wir jetzt vielleicht –«

Doch Corva fiel ihm ins Wort. »Entschuldigen Sie, Colonel, aber ich möchte darauf aufmerksam machen, daß diese Auszeichnung von Ihnen als Beweismaterial angesehen werden sollte, wenn Sie bei der Überprüfung der in der Anklageschrift enthaltenen Beschuldigungen alle vorhandenen Fakten erwägen und auswerten.«

Gilmer verzichtete auf eine Antwort, und Corva fuhr fort: »Ich brauche wohl nicht darauf hinzuweisen, daß diese Verleihungsurkunde und die Anklageschrift zwar zwei völlig unterschiedliche Schriftstücke sind, sich jedoch auf dieselbe Angelegenheit beziehen.«

»Richtig«, sagte Gilmer, »diesen Hinweis hätten Sie sich in der Tat ersparen können. Ich bin ganz von allein darauf gekommen.«

»Um so besser«, meinte Corva. »Aber man kann halt nicht vorsichtig genug sein, wenn man einen Mann verteidigt, der des Mordes angeklagt werden soll.«

Colonel Gilmer seufzte, blätterte eine Seite in der vor ihm liegenden Akte um und sagte: »Lieutenant Tyson, falls Sie noch irgendwelche Beweisstücke oder Zeugen benennen wollen, dann sollten Sie es jetzt tun.«

»Wir verfügen weder über solche Beweisstücke noch über zusätzliche Zeugen«, erwiderte Corva für seinen Mandanten.

»Gibt es eventuell Beweismaterial, von dem Sie Kenntnis haben, das herbeizuschaffen Ihnen jedoch nicht möglich war? Falls ja, lassen Sie es mich bitte wissen.«

Corva stand wieder auf. »Nein, wir wissen nichts von weiterem Beweismaterial. Gestatten Sie mir den Hinweis, daß sich die Anklage in derselben Lage befindet. Ich möchte Sie darauf aufmerksam machen, Colonel, daß die Vertreter der Justiz bisher keinerlei Nachweis dafür erbracht haben, daß sich die in der Anklageschrift aufgeführten Todesfälle tatsächlich in der geschilderten Form ereignet haben, sei es nun aufgrund rechtmäßiger oder unrechtmäßiger Handlungen. Genau gesagt, es gibt keine Leichen oder Fotos von Leichen, keine Totenscheine, keine Menschen, die eines der angeblichen Opfer persönlich gekannt hätten und die uns Auskunft über den Verbleib des angeblichen Opfers machen könnten. Mir ist bekannt, daß die Vertreter der Anklage zwar nicht verpflichtet sind, eine Leiche vorzuweisen, um einen Mordverdacht zu erhärten, aber ein, zwei Leichen sind doch wohl wirklich nicht zuviel verlangt bei einem Fall, bei dem es um die angebliche Ermordung von mehr als hundert Menschen geht.«

Colonel Pierce sprang auf und rief mit scharfer Stimme: »Mr. Corva, die Anklage kann in der Tat nicht mit Leichen aufwarten, um Ihre makabere Neugier zu befriedigen und Ihre Andeutung zu widerlegen, es habe in jenem Krankenhaus keine Toten gegeben. Falls Sie aber –«

Corva schnitt ihm das Wort ab. »Ich behaupte nicht, daß es keine Toten gegeben hat! Im Gegenteil: In dieser Verleihungsurkunde für den *Silver Star* ist ausdrücklich von Gefallenen die Rede, und wenn die Anklage keine Leichen präsentieren kann – die Verteidigung ist dazu in der Lage! Larry Cane und Arthur Peterson! Sie sind im Kampf gegen die Feinde unseres Landes gefallen, Colonel Pierce! Ich habe die Totenscheine mit genauer Angabe des Zeitpunkts, des Ortes und der Todesursache. Bis vor kurzem habe ich sogar zu wissen geglaubt, *wofür* sie gestorben sind, doch seit die Regierung unseres Landes darangegangen ist,

Männer wie sie, Lebende und Tote gleichermaßen, um ihre Ehre und Würde zu bringen – seitdem wüßte ich es nicht mehr zu sagen.« Der Anwalt nahm wieder Platz.

Im Saal war es sehr still geworden. Pierce ließ sich langsam auf seinen Stuhl zurücksinken. Tyson war beeindruckt von der Art, wie Corva seiner Empörung Luft gemacht hatte. Er war wirklich kein Anwalt, der vor Gericht ein Schauspiel aufführte. Nein, seine Wut und Empörung waren echt. Ganz bewußt hatte er sich geweigert, die Wahrheit über die Ereignisse an jenem 15. Februar kennenzulernen. So konnte er jetzt jedes Wort glauben, das in der Verleihungsurkunde stand.

Colonel Gilmer blickte von einem der Anwesenden zum anderen. »Hat die Verteidigung noch weiteres anzuführen?« fragte er.

Corva schüttelte den Kopf. »Nein, Sir.«

»Gut. Dann lasse ich jetzt Andrew Picard aufrufen.« Er wandte sich an Sergeant Lester. »Bitte holen Sie Mr. Picard herein.«

Der Sergeant schlug die Hacken zusammen, machte zackig kehrt und verließ den Saal.

Während Ben sich eine Zigarette anzündete, nahm Corva einen Schluck Wasser und lehnte sich nahe zu ihm hin. »Wie ist Larry Cane *wirklich* gestorben?« fragte er.

»Ich hab' ihn ins Herz geschossen«, antwortete Tyson.

Corva schien nicht sonderlich überrascht.

Die Tür ging auf, und Andrew Picard betrat den Saal. Er trug einen braunen Tweedanzug, der für die Jahreszeit ein bißchen zu warm war.

Kehrt ganz schön den Schriftsteller raus, dachte Tyson.

Sergeant Lester führte Picard vor das Rednerpult, und Colonel Gilmer vereidigte den Zeugen. Nach den üblichen Fragen zur Person fragte Gilmer den Schriftsteller: »Kennen Sie Mr. Tyson persönlich?«

Picard blickte zu Tyson hinüber. »Ja, wir sind uns einmal begegnet.«

»Mir liegt eine beeidete Erklärung in schriftlicher Form vor, die Sie in Anwesenheit von Major Karen Harper gemacht haben. Ich habe Sie hergebeten, um Ihnen Gelegenheit zu geben, sich ausführlicher zu äußern und einige sachdienliche Fragen zu beantworten. Dazu gehören auch Fragen, die Ihnen möglicherweise der

Verteidiger des Beschuldigten oder die Vertreter der Anklage stellen werden.«

Picard schlug die Beine übereinander.

»Ich möchte Major Harper bitten, die Befragung dieses Zeugen zu übernehmen«, schloß Gilmer.

Karen Harper stand auf und ging zu dem Zeugen. »Mr. Picard, ich glaube, wir können wohl ohne weiteres auf die üblichen Formalitäten und Routinefragen verzichten, denn es gibt in diesem Raum bestimmt keinen, der nicht über die Hintergründe dieses Falles und über die Rolle Bescheid wüßte, die Sie darin spielen.«

»Oh, durchaus, Major.«

»Mr. Picard, haben Sie irgend etwas unternommen, um die von Mr. Brandt und Mr. Farley Ihnen gegenüber gemachten Aussagen zu beweisen?«

»Ja, ich habe mich nach weiteren Augenzeugen umgesehen, jedoch keine gefunden. Aber da sich die Aussagen der beiden gegenseitig bestätigten, schienen sie mir für meine Zwecke ausreichend.«

»War es Ihr vordringliches Anliegen, Greueltaten, die angeblich während der Schlacht von Huê von Amerikanern begangen wurden, anzuprangern?«

»Durchaus nicht. Meine Absicht war es, die Greueltaten der Kommunisten anzuprangern, und das habe ich auch getan, sogar sehr ausgiebig. Ich habe manche dieser Verbrechen als Augenzeuge selbst miterlebt.«

»Aber bei den Vorfällen im *Hôpital de la Miséricorde* waren Sie nicht dabei?«

»Nein, zu dem Zeitpunkt befand ich mich in der belagerten Zitadelle.«

»Aber haben Sie vielleicht irgend etwas über das Krankenhaus *gehört*, während Sie dort waren?«

Corva stand auf. »Major, Dinge, die der Zeuge nur vom Hörensagen kennt, tun hier wirklich nichts zur Sache!«

»Mr. Corva«, mischte Colonel Gilmer sich ein, »wir sind hier nicht vor einem Schwurgericht und müssen uns deshalb nicht peinlich genau an die bei einem Verhör und bei der Beweisaufnahme üblichen Formalitäten halten. Dies ist eine eher formlose Anhörung, andernfalls hätte ich Sie schon längst des Saales verweisen müssen.«

Picard lachte, und ein paar der Anwesenden stimmten ein.

Corva machte eine übertrieben höfliche Verbeugung vor Karen Harper und sagte: »Bitte fahren Sie fort.«

»Vielen Dank.« Sie wandte sich wieder Picard zu. »*Haben* Sie etwas über das Krankenhaus gehört, während Sie in Huê waren?«

»Ja, aber nur, daß es zerstört worden war und daß bei den Kämpfen einige weiße Zivilisten und eine Menge vietnamesische Katholiken umgekommen waren. So was sprach sich irgendwie rum. Der Tod von einem Haufen *gooks* – so wurden die Vietnamesen von uns genannt – wurde dabei so registriert wie die Blutegel, von denen es in den Reisfeldern wimmelte. Traurig, aber wahr.«

»Erinnern Sie sich, ob damals irgendwelche Untersuchungen stattgefunden haben?«

»Nein. Man muß aber berücksichtigen, welche Zustände damals in Huê herrschten. Die Zerstörung von einem Krankenhaus erregte kaum Aufsehen. Außerdem waren wir viel zu sehr mit unseren eigenen Verlusten beschäftigt.«

»Sie meinen, daß die Nachricht von dem angeblichen Massaker sich bei den amerikanischen Truppen nicht in der gleichen Weise herumsprach wie beispielsweise das Blutbad von My Lai?«

Picard schüttelte den Kopf. »Nein. Trotzdem bin ich überzeugt, daß Mr. Tysons Untergebene genau wußten, was für eine Schweinerei sie begangen hatten. Ich glaube –«

Corva sprang auf und schnitt ihm das Wort ab: »Einspruch! Mr. Picard befand sich zu jenem Zeitpunkt *nicht* in dem Krankenhaus!«

»Ich will nur herausfinden«, antwortete Karen Harper, »aus welchen Quellen Mr. Picard als Schriftsteller geschöpft hat.«

»Dann fragen Sie ihn bitte, wo er die Story her hat, aber lassen Sie nicht zu, daß der Zeuge uns nach Gutdünken Geschichten auftischt, die er selbst nur vom Hörensagen kennt!«

Karen Harper wandte sich wieder an Picard. »Wer hat Ihnen von den fraglichen Vorfällen berichtet, und wann haben Sie davon erfahren?«

»Schwester Theresa hat mir alles erzählt, vor zwei Jahren in Frankreich, als ich in Orléans im Krankenhaus lag. Ich hatte eine Lungenentzündung.«

»Wie hieß das Krankenhaus?«

»Sie werden es nicht glauben, aber es hieß *Hôpital de la Miséricorde*!«

»Wie kamen Sie mit ihr überhaupt auf das angebliche Massaker zu sprechen?«

»Ich arbeitete im Krankenhaus an meinem Manuskript, und sie sah zufällig das Wort *Huê*. Daraufhin begann sie mir vom Krieg zu erzählen. Ich sagte ihr, daß ich auch dabeigewesen sei, und so ergab eins das andere. Schon nach kurzer Zeit hatte ich das sichere Gefühl, daß sich in dem Krankenhaus etwas Furchtbares abgespielt haben mußte.«

»Und deshalb verfolgten Sie die Sache weiter?«

»Ja. Als ich wieder in den Staaten war, teilte ich meinem Verleger mit, daß ich einer Sache auf der Spur sei und daß sich die Abgabe meines Manuskriptes deshalb ein bißchen verzögern würde. Ich war auf die Idee gekommen, eine Suchanzeige aufzugeben, besorgte mir deshalb die Adresse von dem Mitteilungsblatt der 1. Luftlandedivision und gab eine Annonce auf. Ein Monat verging, und es geschah nichts. Ich gab dieselbe Suchanzeige noch einmal auf, und nach einiger Zeit erhielt ich einen Brief von einem gewissen Dr. Brandt aus Boston. Ich fuhr hin, um mich mit ihm zu unterhalten.

Anfänglich weigerte er sich, mir die Namen einer oder mehrerer Personen zu nennen, die seinen Bericht bestätigen konnten. Immerhin rückte er damit heraus, wer seinen Zug befehligt hatte: Lieutenant Benjamin Tyson, wohnhaft in Garden City auf Long Island. Daraufhin habe ich mir Tysons Telefonnummer herausgesucht und ihn angerufen. Er behauptete, er sei nicht die von mir gesuchte Person.

Da ich zu diesem Zeitpunkt noch nicht vorhatte, den fraglichen Vorfall in mein Buch aufzunehmen, machte ich Brandt eine entsprechende Mitteilung. In seinem Antwortschreiben wies er mich auf Richard Farley hin, der seines Wissens über das Krankenhaus für Kriegsveteranen in Newark zu erreichen sei. Brandt schrieb weiterhin, der Benjamin Tyson, mit dem ich mich in Garden City in Verbindung gesetzt hätte, sei ganz bestimmt der Mann, nach dem ich suchte. Er sei sich dessen absolut sicher, aber er verriet nicht, warum. Ich rief Tyson also wieder an, und wieder sagte er, das Ganze sei ein Mißverständnis. Trotzdem fuhr ich zu Farley, um ihn zu befragen. Er war ziemlich mit den Nerven am Ende, aber er bestätigte im großen ganzen, was Brandt und Schwester Theresa mir erzählt hatten. Ich sagte mir, daß sich nach Erscheinen des Buches schnell genug herausstellen würde, ob etwas an der Sache dran war. Auf jeden Fall machte ich mich auf ein halbes Dutzend Verleumdungsklagen gefaßt, doch wie Sie selbst wissen, hat mich niemand angezeigt. Sollte Mr. Tyson allerdings ungeschoren davonkommen, werden alle über mich herfallen.«

»Sind Sie dagegen irgendwie versichert?« fragte Karen Harper.

»Nein, aber wenn Sie glauben, daß ich mich deshalb besonders anstrenge, Mr. Tyson hinter Schloß und Riegel zu sehen, dann täuschen Sie sich.«

»Aus welchen Motiven hat Mr. Brandt sich Ihrer Meinung nach an Sie gewandt und Ihnen die Geschichte erzählt?«

Picard lächelte. »Seit er die Suchanzeige gelesen hatte, glaubte er, ich sei sowieso auf der richtigen Fährte. Ich ließ ihn im Glauben, daß ich über die wichtigsten Einzelheiten Bescheid wisse. Ärzte sind manchmal ziemlich naiv. Übrigens wollte er diese Sache wohl auch loswerden. Es muß ja verdammt schwer sein, so etwas mit sich herumzuschleppen, finden Sie nicht auch?«

»Hatten Sie nie den Verdacht, daß er sich von ganz anderen Beweggründen leiten ließ?«

»Beispielsweise, Tyson eins auszuwischen? Ja, daran habe ich auch gedacht, aber ich weiß nicht, was ihn dazu treiben sollte – und es ist mir schließlich auch egal.«

»Warum gab Ihnen Brandt nur Farleys Namen und keine anderen?«

»Farley war der einzige, dessen Adresse er kannte, wenn man von Mr. Tyson absieht. Ich nehme an, daß sich Brandt irgendwann mit Farley ausgesprochen hat. Mit den anderen war das nicht möglich, weil er nicht wußte, wo sie sich aufhielten. Jedenfalls gab er mir keinen anderen Namen.«

»Woher wußte Brandt, wo Farley und Mr. Tyson lebten?«

Statt einer Antwort zuckte Picard mit den Achseln.

Die Potokollführerin blickte auf und fragte: »Colonel, soll ich vermerken, daß der Zeuge mit den Achseln gezuckt hat?«

Picard mußte lachen. »Nein, schreiben Sie lieber: ›Wie, zum Teufel, soll ich das wissen? Fragen Sie ihn doch selbst!‹«

»Was ist mit Ihren Notizen? Haben Sie die noch immer nicht gefunden, Mr. Picard?« fragte Karen Harper weiter.

»Ich sagte Ihnen doch schon, daß alle meine schriftlichen Aufzeichnungen und meine auf Band aufgenommenen Interviews in einem Textverarbeitungsgerät auf Disketten gespeichert und irgendwann irrtümlich gelöscht worden sind. Sie befinden sich jetzt in der großen himmlischen Datenbank, wo alle gelöschten Bänder und Disketten ihre letzte Ruhe finden. Mein Gott, *den* Speicher würde ich gern mal anzapfen!«

»Haben Sie denn keine ausgedruckten Texte aufbewahrt?«

»Niemand, der ein Textverarbeitungsgerät hat, lagert stapelweise Papier. Warum seid ihr vom Militär bloß immer zehn Jahre hintendran?«

»Ich habe noch ein, zwei Fragen«, fuhr Karen Harper unbeirrt fort. »Mir ist nie klargeworden, wie Schwester Theresa die an den fraglichen Ereignissen angeblich beteiligte militärische Einheit hat identifizieren können.«

»Sie merkte sich das Emblem der 1. Luftlandedivision, das auf den Schulterklappen der Männer war. Das erklärt auch, warum ich meine Suchanzeige in dem Mitteilungsblatt dieser Division aufgab. Wir Marinesoldaten hatten nicht solche Erkennungszeichen. Verrückterweise glaubten wir, daß es dem gegnerischen Nachrichtendienst so schwerer fallen würde, unsere Truppenbewegungen zu verfolgen.«

»Gut, aber worauf ich hinauswollte: Kannte diese Schwester Theresa einen oder mehrere dieser Männer – wie soll ich sagen – vom Sehen?«

Picard nickte bedächtig. »Wie ich Ihnen schon am Telefon sagte, erkannte sie den Offizier wieder, also Mr. Tyson, aber sie nannte ihn immer nur *dai-uý*. Das heißt soviel wie ›Lieutenant‹. An seinen Namen konnte sie sich nicht erinnern.«

»Was hat sie über ihn gesagt?«

Picard schwieg lange, dann antwortete er vorsichtig: »Sie hat in einem Gemisch aus Vietnamesisch, Englisch und Französisch zu mir gesagt, er sei in das Zimmer gekommen, in dem sie sich versteckt hatte. Er habe sie entdeckt und ihr Leben verschont.«

»Verschont?« wunderte sich Karen Harper. »Nicht *gerettet*? Laut Aussage von Lieutenant Tyson und fünf weiteren Augenzeugen haben die Soldaten von Tysons Zug mehrere Menschen mit Gewalt aus dem brennenden Krankenhaus getrieben und dadurch vor dem Tod bewahrt.«

»Tatsächlich? Nun, jedenfalls brannte das Krankenhaus, das hat die Nonne bestätigt.« Picard ließ mehrere Sekunden verstreichen. »Es ist nicht meine Absicht, Mr. Tyson ans Kreuz zu schlagen... Ich erinnere mich nicht mehr genau daran, wie Schwester Theresa sich ausdrückte. Sie sprach Französisch, und ich weiß nicht mehr, ob sie *sauver* sagte, was retten, aber auch bergen heißt, oder ob sie *épargner* sagte, was nicht nur verschonen, sondern ebenfalls retten bedeuten kann. Es kommt ganz auf den Zusammenhang an, glaube ich.«

»Mir scheint dies ein wichtiger Punkt. Aber für Sie war er nicht bedeutsam genug, um in Ihr Buch aufgenommen zu werden?«

Picard warf Tyson einen verstohlenen Blick zu. »Eine irrtümliche Unterlassung. Außerdem paßte es nicht zu Brandts Schilderung der Geschehnisse, und zu Farleys auch nicht. Tut mir leid.«

Karen Harper ließ ein wenig Zeit verstreichen, ehe sie sagte: »Sie haben mir berichtet, Schwester Theresa habe auch den *bac si* erwähnt.«

Picard nickte. »Ja, das ist auch eines der Details, die in meinem Buch weggelassen worden sind. Dafür gab es gute Gründe. Ich würde Ihnen wirklich gern mehr darüber sagen, aber ich muß gestehen, daß ich wohl ein bißchen zerstreut war. Ich wünschte, ich hätte noch diese verdammten Notizen. Mein Gedächtnis ist in letzter Zeit ziemlich strapaziert worden.«

»Was sagte nun diese Schwester Theresa über den *bac si* – den Sanitäter? Steven Brandt?«

Der Schriftsteller lehnte sich vor. »Sie sagte, sie habe auch den *bac si* wiedererkannt. Es gab damals so eine Art medizinisches Betreuungsprogramm. Die Sanitäter machten die Runde und besuchten Schulen, Kirchen, Dörfer und so weiter. Jedenfalls beschrieb sie Brandt als *›un homme qui viole les jeunes filles‹*. Man braucht nicht allzuviel Französisch zu können, um zu verstehen, was das heißt.«

»Ich übersetze es trotzdem«, sagte Karen Harper. Es heißt: *ein Mann, der junge Mädchen mißbraucht beziehungsweise ihnen Gewalt antut.*«

Wieder nickte Picard. »Das kann man natürlich so oder so interpretieren. Welcher Mann in einem medizinischen Beruf hätte sich noch nie einen solchen Vorwurf gefallen lassen müssen? Ich konnte das jedenfalls nicht in mein Buch aufnehmen. Mein Gott, das wäre ein Verleumdungsprozeß geworden!«

Karen Harper blickte Andrew Picard lange an, dann fragte sie: »Hat Ihnen Schwester Theresa noch irgend etwas über ihre Beziehung zu dem Lieutenant gesagt?«

Nach einem raschen Blick zu Tyson antwortete er: »Schwester Theresa erzählte mir, daß sie dem *dai-uý* schon früher begegnet sei, bei einem Gottesdienst in der Kathedrale von Huê. Sie habe gewußt, daß der *bac si* in der Einheit des *dai-uý* diente, und sie habe die Gelegenheit genutzt, um mit dem Offizier über die Vorliebe des Sanitäters für minderjährige, unberührte Mädchen zu reden.« Picard blickte sich im Raum um. »Ich glaube zwar nicht, daß uns dies vom Hauptthema ablenkt, aber ich möchte doch lieber darauf zurückkommen, worin sich die Nonne, Brandt und Farley einig waren: Sie haben alle drei ausgesagt, daß die amerikanischen Soldaten willkürlich und mit Vorsatz ein ganzes Krankenhaus voll unbewaffneter und wehrloser Menschen ermordet haben.«

»Das wird sich ohne Zweifel noch feststellen lassen«, sagte Major Harper. »Nun verhält es sich aber so, daß nur ein einziger Mann dieses Verbrechens bezichtigt wird, nämlich Lieutenant Tyson, also der Offizier, der damals das Kommando hatte. Es besteht Anlaß zu der Vermutung, daß seine Rolle bei dem angeblichen Verbrechen nicht so von Bedeutung gewesen ist, wie man uns glauben machen will – oder wie Sie es in Ihrem Buch angedeutet haben.«

»Wissen Sie, Major«, erwiderte Picard, »ich selbst war Marineoffizier, und ich weiß deshalb über Lieutenant Tysons Verantwortung Bescheid. Falls er seine Pflichten versäumt hat, sollte er dafür geradestehen, aber nicht auf diese Weise. Dies hier ist eine gottverdammte Farce –«

Colonel Pierce stand auf, aber Corva hatte sich genauso schnell erhoben und kam ihm zuvor. Mit lauter Stimme rief er quer durch den Saal: »Wenn der Zeuge Dinge erzählen kann, die er nur vom Hörensagen kennt, dann darf er wohl auch seine persönliche Meinung von sich geben!«

»Bitte hinsetzen, alle beide!« forderte Colonel Gilmer die beiden barsch auf. »Fahren Sie fort, Mr. Picard.«

»Ich möchte nur noch hinzufügen«, sagte Picard, »daß mich Dr. Brandt meiner Meinung nach in einer wichtigen Sache angelogen hat. Ich glaube nicht, daß Lieutenant Tyson jemals den ausdrücklichen Befehl erteilt hat, jemanden in dem Krankenhaus zu erschießen. Ich glaube, daß seine Untergebenen gemeutert haben. Und ich glaube auch, daß er ebenso ein Opfer war wie die anderen Leute in dem Krankenhaus. Wenn man ehrlich ist, muß man sogar in seinen Untergebenen so etwas wie Opfer sehen: Kriegsopfer, zermürbt von Kampfeinsätzen und schockierenden Erlebnissen. Wenn Sie Schwester Theresa finden, dann kann sie Ihnen bestimmt mehr über Lieutenant Tysons Handlungsweise an jenem Tag erzählen als irgend jemand sonst.«

Karen Harper wartete ein paar Sekunden ab, dann fragte sie: »Warum haben Sie nicht ein paar dieser Dinge in Ihrem Buch erwähnt, Mr. Picard?«

»Die Frage habe ich mir selbst schon gestellt«, erwiderte Picard. »Ich habe keine Antwort darauf.«

»Nun gut, aber hat Schwester Theresa Ihnen erzählt, *wie* Lieutenant Tyson ihr Leben verschont beziehungsweise gerettet hat?«

»Nein. Sie müssen verstehen, daß wir nicht nur das Problem mit der Sprache hatten, sondern daß ich auch ziemlich krank und in einer schlimmen Verfassung war. Ich habe mir oft gewünscht, noch einmal die Chance zu haben, sie zu interviewen.«

»Das geht uns allen so«, stimmte ihm Karen Harper zu. Sie holte tief Luft und erklärte: »Keine weiteren Fragen an den Zeugen.«

Colonel Gilmer wandte sich an Colonel Pierce. »Wünscht die Anklage den Zeugen ins Kreuzverhör zu nehmen?«

Auf diese Frage schien Pierce nicht vorbereitet zu sein. Er besprach sich mit seinen Assistenten und stand dann auf. »Keine Fragen.«

Jetzt fragte Colonel Gilmer Corva: »Wünscht die Verteidigung den Zeugen ins Kreuzverhör zu nehmen?«

Der Anwalt stand auf. »Ich möchte Mr. Picard eine Frage stellen.« Er drehte sich zu Picard hin. »Sie haben den fraglichen Vorfall nicht als Augenzeuge erlebt, und deshalb hat sich weder der Ankläger noch die Verteidigung in der Lage gesehen, Sie als Zeugen für sich zu beanspruchen. Sie sind jedoch das einzige Verbindungsglied zu Schwester Theresa. Deshalb frage ich Sie jetzt: Stimmte die Geschichte, die Sie von Schwester Theresa gehört haben, hinsichtlich der Rolle des Beklagten bei dem Vorfall im Krankenhaus, mit dem überein, was Ihnen Steven Brandt erzählt hat?«

»Nein, das tat sie nicht.«

»Vielen Dank.« Corva blickte zu Karen Harper hinüber. »Keine weiteren Fragen.«

Auch sie hatte keine weiteren Fragen mehr, und Colonel Gilmer entließ den Zeugen.

Bevor Picard den Saal verließ, ging er zum Tisch des Angeklagten und sagte leise zu Tyson: »Sind Sie nicht ein bißchen zu alt, um in solch einem Anzug rumzulaufen?«

»Sagen Sie das mal den Herren von der Army!«

Picard lächelte. »Viel Glück!« Er ging zur Tür, die ihm der Sergeant aufhielt.

Im Raum herrschte einen Moment lang Stille. Colonel Gilmer nahm einen Schluck Wasser aus seinem Glas, dann sagte er: »Lieutenant, wollen Sie sich bitte erheben?«

Tyson stand auf.

»Lieutenant Tyson, ich habe Sie schon zu Beginn dieser Sitzung auf Ihr Recht der Aussageverweigerung aufmerksam gemacht. Wünschen Sie, daß ich diese Rechtsbelehrung noch einmal wiederhole?«

»Ich gehe davon aus«, erwiderte Tyson, »daß ich, wenn ich hier eine vereidigte Aussage mache, nur in bezug auf den Inhalt dieser Aussage ins Kreuzverhör genommen werden darf, nicht jedoch im Zusammenhang mit anderen, dieses Verfahren betreffenden Sachverhalten.«

»Das ist im Kern korrekt. Wünschen Sie in irgendeiner Form eine Aussage zu machen?«

»Nein, Sir«, antwortete Corva für seinen Mandanten.

»Doch, Sir«, widersprach ihm Tyson, »ich will eine Aussage machen, allerdings nicht unter Eid. Was ich zu sagen habe, kann ich von hier aus tun, und ich werde mich bemühen, mich kurz zu fassen. Ich glaube begriffen zu haben, was es mit diesen Aussagen und Erklärungen auf sich hat, die ich zu meiner Entlastung oder zur Minderung des zu erwartenden Strafmaßes machen könnte. Deshalb möchte ich Ihnen hiermit mitteilen, Colonel Gilmer, daß ich durchaus bereit bin, mich vor ein Kriegsgericht stellen zu lassen, falls Sie überzeugt sind, daß es keine andere Art gibt, um die gegen mich erhobenen Anschuldigungen aus der Welt zu schaffen. Falls Sie sich jedoch dafür entscheiden, von einer offiziellen Anklageerhebung abzuraten, dann sollten Sie meiner Meinung nach der Army entsprechende Vorschläge unterbreiten, wie meine Ehre und mein guter Ruf in aller Öffentlichkeit wiederhergestellt werden könnten. Mit einer Einstellung des Verfahrens wäre nicht all das gutgemacht, was man mir angetan hat.« Tyson nahm wieder Platz.

Corva flüsterte ihm zu: »Ich glaube nicht, daß Ihre Forderung nach einer öffentlichen Entschuldigung Ihren Beliebtheitsgrad bei der Army oder bei General van Arken erhöhen wird. Die würden Sie eher vor ein Kriegsgericht stellen, aber darauf scheinen Sie ja auch aus zu sein.«

»Das Verfahren ist seit achtzehn Jahren überfällig«, erwiderte Tyson.

Colonel Gilmer wandte sich der Anklage zu. »Wünschen Sie Lieutenant Tyson zu irgendeiner seiner Äußerungen zu befragen?«

»Nein«, antwortete Colonel Pierce, »aber ich kann seine Erklärung nicht kommentarlos hinnehmen.« Er blickte zu Tyson hinüber. »Entgegen Ihrer Behauptung wäre eine Einstellung des Verfahrens das einzige, was die Army zu tun hätte, um Ihren guten Ruf und Ihre Ehre intern wiederherzustellen. Ihre Probleme als Zivilist gehen die Army nichts an.«

Tyson wollte wieder aufstehen, aber Corva zog ihn auf den Stuhl zurück.

»Hat die Verteidigung noch irgend etwas vorzubringen?« fragte Gilmer.

»Nein, Sir, das wäre alles.«

Gilmer warf einen Blick auf seine Uhr, räusperte sich und sagte: »Durch diese Anhörung sollte festgestellt werden, inwieweit die gegen Lieutenant Tyson erhobenen Anschuldigungen fundiert und ob sie in korrekter Form begründet sind. Die nach dieser Anhörung vorgenommene Beurteilung hat nur den Charakter einer Empfehlung und ist für die Behörde, die diese Untersuchung angeordnet hat, in keiner Weise bindend.« Gilmer blickte auf ein Blatt Papier, das vor ihm lag. »Bei meiner abschließenden Beurteilung werde ich nicht nur die mutmaßliche Straftat selbst und die von den Zeugen gemachten Aussagen berücksichtigen, sondern auch die militärischen Führungszeugnisse des Beschuldigten sowie die Gepflogenheit, auf ein Verfahren vor einem Kriegsgericht nur dann zurückzugreifen, wenn eine eventuelle Übertretung geltender Gesetze auf keine andere Weise, zum Beispiel durch ein militärisches Diziplinarverfahren, geahndet werden kann.« Colonel Gilmer blickte sich im Saal um, in dem absolute Stille herrschte. »Mein Bericht und meine Beurteilung wird den Behörden zugestellt werden, die diese Untersuchung angeordnet haben. Der Beschuldigte erhält eine Abschrift. Die Sitzung ist geschlossen.«

## *Kapitel 41*

Benjamin Tyson setzte zur letzten Runde um den weitläufigen Sportplatz hinter dem Hauptverwaltungsgebäude der Garnison an. Über dem Platz lag an diesem Abend im späten September so dichter Bodennebel, daß er, abgesehen von den hellerleuchteten Gebäuden ringsum, alles verhüllte. Tyson bewegte sich in gemäßigtem Tempo durch die wabernden Schwaden. Nach einer Weile stellte er fest, daß er in dem weiß schimmernden Dunst von der Bahn abgekommen war.

Er entdeckte die hohe, weißlackierte Fahnenstange, die wie ein Schiffsmast aus dem Nebel ragte, und steuerte darauf zu. Nachdem er einen betonierten Gehweg überquert hatte, erkannte er, daß er auf der Lee Avenue war. Im Schrittempo machte er sich auf den Weg zum Hauptgebäude.

Ein Jeep der Militärpolizei holte ihn ein und fuhr neben ihm her. Der Mann, der auf dem Beifahrersitz saß, rief zu ihm hinüber: »Noch immer unterwegs, Lieutenant?«

Tyson erkannte die Stimme. Er drehte den Kopf zu dem Jeep hin und erwiderte: »Ein bißchen Bewegung würde Ihnen auch nicht schaden, Captain!«

Captain Gallagher gab einen Grunzlaut von sich, dann rief er: »Wollen Sie sich nicht gleich im Hauptgebäude ins Buch eintragen, wenn Sie schon in die Richtung gehen? Es ist gleich neun Uhr.«

Tyson antwortete nicht. Er ging mal schneller, mal langsamer, so daß der Jeepfahrer abwechselnd bremsen und Gas geben mußte, um neben ihm zu bleiben.

»Und danach marsch nach Hause, Sonnyboy!« fuhr Captain Gallagher fort. »Schön brav sein! Sie haben uns schon genug Ärger gemacht, und deshalb paßt es uns nicht, daß Sie hier die ganze Nacht rumrennen.«

Tyson blieb weiter stumm.

»Vermißt Ihre Frau Sie nicht?« erkundigte sich Gallagher höhnisch.

»Lecken Sie mich am Arsch!«

»Vorsicht, Lieutenant! Sonst reiß' ich Ihnen den Arsch auf!« Er besann sich und meinte etwas versöhnlicher: »Ich will Ihnen ja nur helfen.«

»Bestimmt ist gerade irgendwo ein Dieb unterwegs«, sagte Tyson. »Warum fahren Sie nicht lieber los und schnappen sich den Bösewicht, Sie Plattfußindianer?«

Captain Gallagher sagte etwas zu dem Fahrer, der daraufhin Gas gab und davonfuhr.

Tyson ging einen schmalen Weg entlang, der zum Hauptgebäude führte. Bevor er mit der Schulter die Glastür aufdrückte, wischte er sich den Schweiß von der Stirn.

Hinter dem Fensterchen, das wie ein Fahrkartenschalter aussah, saß Sergeant Lester, den Tyson von der Anhörung her kannte. Der junge Farbige blickte von seinem Schreibtisch auf und sagte: »Hallo Lieutenant, wie geht's?«

»Nicht schlecht für einen, der am Tag ein Päckchen Zigaretten raucht«, erwiderte Tyson.

Lester lachte und stand auf. »Wollen Sie sich eintragen?«

»Nein, Sergeant, ich suche nach meinem Hund.«

»Hunde sind hier nicht erlaubt.«

»Genau das hab' ich zu ihm gesagt. Also, wo ist das Buch?«

»Oh... äh... ja, Sir – Colonel Levin hat es. Er ist oben. Sie sollen sich bei ihm melden.«

Tyson nahm drei Stufen auf einmal, als er die Treppe hochlief. Oben im Korridor übte er sich zur Belustigung von zwei Sekretärinnen, denen er begegnete, im Schattenboxen. Er marschierte quer durch das Vorzimmer und klopfte kräftig gegen die Tür von Colonel Levins Büro. »Herein!« hörte er dessen Stimme.

Tyson öffnete die Tür, marschierte zum Schreibtisch und salutierte. »Lieutenant Tyson meldet sich zur Stelle, Sir.«

Levin erwiderte den Gruß. »Setzen Sie sich. Sie sehen ziemlich abgekämpft aus.«

»Ja, Sir.« Tyson setzte sich auf den Stuhl vor dem Schreibtisch. Im Büro war es ziemlich dunkel. Nur eine Schreibtischlampe mit gebogenem Hals beleuchtete die Papiere, die vor Levin lagen. Das Gesicht des Colonels blieb jedoch im Schatten.

»Sie haben ziemlich oft versäumt, sich einzutragen«, kam Levins Stimme aus dem Dunkel.

»Jawohl, Sir.«

»Und heute haben Sie wieder einen Dauerlauf gemacht«, konstatierte Levin.

»Jawohl, Sir, ich trainiere für die Flucht.«

Levin lachte, stand auf, ging zu einem Aktenschrank und kam mit einer Flasche fertig gemixtem Manhattan und zwei Wassergläsern wieder. Er schenkte zwei Drinks ein und reichte Tyson einen.

Ben stellte sein Glas auf die Kante des Schreibtischs. Er betrachtete die Hand des Colonels, auf die der Lichtkegel der Lampe fiel. Es war die linke Hand, und die Finger waren fleckig von Nikotin. Tyson wartete eine Weile ab, dann brach er selbst das Schweigen: »Sie arbeiten noch so spät?«

»Ja, morgen ist Feiertag. Jom Kippur, das Versöhnungsfest. Ich nehme mir nachmittags frei.«

»Mein Sohn hat morgen auch schulfrei.«

»So? Wie findet er sich eigentlich zurecht?«

»So gut, wie man es von ihm erwarten kann. Es ist nicht leicht mit einem Jungen in seinem Alter.«

»Ich weiß, ich habe selbst drei Söhne, aber sie sind schon erwachsen.«

»Werden sie auch Berufsoffiziere?« erkundigte sich Tyson lächelnd.

»Nein, nein, die wissen zu gut Bescheid. Die Familie kommt bei unsereins immer zu kurz. Und die Frauen von Offizieren müssen ganz besondere Qualitäten haben. Wenn man lange und oft getrennt ist, muß viel gegenseitiges Vertrauen dasein.«

Tyson fragte sich, ob in diesen Worten wohl ein versteckter Fingerzeig für ihn enthalten war. Er trank ein bißchen von dem lauwarmen Manhattan.

»Es ist Herbst«, bemerkte Levin. »Früher mochte ich diese Jahreszeit, aber je älter ich werde, desto mehr freue ich mich auf den Frühling und den Sommer.« Levin nahm eine halb gerauchte Zigarre aus dem Aschenbecher und steckte sie an. Die Streichholzflamme beleuchtete sekundenlang sein Gesicht. Rauchschwaden verloren sich in der Dunkelheit. »Was mich an der Angelegenheit ärgert, ist die Tatsache, daß die Army eigentlich gar keinen Prozeß will«, sagte er – plötzlich sachlich werdend. »Aber man fühlt sich irgendwie gegenüber der Presse, dem Weißen Haus, dem Kongreß, der die Geldmittel bewilligt, gegenüber dem Armee- beziehungsweise dem Justizministerium und sogar gegenüber dem eigenen Justizapparat dazu verpflichtet.«

Tyson faltete ein Stück Aluminiumfolie auseinander, in das er eine einzige Zigarette und ein Streichholzheftchen gewickelt hatte. Er steckte die Zigarette an, ohne um Erlaubnis zu bitten. »Irgendwie paradox, eine Zigarette im Jogginganzug rumzuschleppen«, meinte er.

Levin schien ihn nicht zu beachten, sondern seinen eigenen Gedanken nachzuhängen. »Wenn diese Angelegenheit vor achtzehn Jahren ans Licht gekommen wäre – als Sie noch nicht aus dem Dienst ausgeschieden waren –, hätte die Army zwischen einem Dutzend Möglichkeiten wählen können. Aber ironischerweise hat die Zeit gegen Sie gearbeitet. Jetzt gibt es nur noch zwei Optionen: ein Mordprozeß oder die sang- und klanglose Einstellung des Verfahrens.«

Tyson drückte die angerauchte Zigarette in Levins Aschenbecher aus. »Ich habe der Gegenseite die Möglichkeit offengelassen, sich öffentlich bei mir zu entschuldigen.«

Levin lächelte etwas spöttisch. »Wie können Sie von der Army eine Entschuldigung erwarten, wenn die Army von den eigenen Offizieren keine Entschuldigungen entgegennimmt?«

»Komische Sitten.«

»Ich habe etwas Dienstliches mit Ihnen zu besprechen«, sagte Levin. Er entnahm der rechten Schublade einen großen bräunlichen Briefumschlag, legte ihn vor sich auf den Tisch und zog ein Bündel Dokumente heraus. »Der Kurier aus Fort Dix war vor einer Weile da. Dies« – er händigte Tyson ein paar mit Schreibmaschine beschriebene Blätter aus – »dies ist eine Kopie des Abschlußberichts der Voruntersuchung. Wenn Sie einen Blick auf Seite drei, Punkt siebzehn werfen, dann werden Sie feststellen, daß Colonel Gilmer sich für eine Anklageerhebung vor einem Kriegsgericht ausgesprochen hat.«

Tyson legte die Blätter auf den Schreibtisch, ohne einen Blick darauf geworfen zu haben.

»General Peters hat sich auf Anraten seiner Militärjuristen der Empfehlung angeschlossen«, fuhr Levin fort. »Hier« – er händigte Tyson ein weiteres Schriftstück aus – »ist Ihre Kopie der Einberufung des Kriegsgerichts.«

Tyson hielt das Dokument näher an die Lampe und überflog den kurzen Text.

»Von Generalmajor George Peters, Kommandant von Fort Dix/ New Jersey

Hiermit wird die Einberufung eines Allgemeinen Militärgerichts angeordnet. Es soll am 15. Oktober in Fort Hamilton, Brooklyn/New York zusammentreten und über die Personen befinden, die ihm ordnungsgemäß vorgeführt werden. Das Gericht wird sich aus folgenden Personen zusammensetzen:
Militärrichter: Colonel Walter Sproule.
Beisitzer: Colonel Amos Moore, Lieutenant Stanley Laski, Lieutenant Colonel Eugene McGregor, Major Donald Bauer, Major Virginia Sindel, Captain Herbert Morelli, Lieutenant James Davis.
Anklagevertretung: Colonel Graham Pierce, Major Judith Weinroth, Captain Salvatore Longo.
Verteidigung: Vincent Corva.
gez.: Peters, Generalmajor, United States Army.«

Tyson legte das Blatt Papier zu den anderen Dokumenten. Er blickte Colonel Levin eine Weile schweigend an, dann fragte er: »Was glauben Sie wohl, wer diese Personen sein werden, die dem Gericht ›ordnungsgemäß‹ vorgeführt werden?«

»Wenn Sie wollen, können Sie um eine Verschiebung des Termins bitten«, antwortete Levin. »Reden Sie mit Ihrem Anwalt darüber.«

Tyson schüttelte den Kopf. »Ich habe nichts gegen den 15. Oktober.«

Colonel Levin reichte Tyson einen Vordruck. »Die Anklageschrift.«

»Ich hab' schon mehrere davon. Warum noch ein Exemplar?«

»Diese hier ist von Colonel Pierce unterzeichnet worden«, erklärte Levin. »Langsam kommt eins zum andern. Der Form halber muß Ihnen der Colonel die Anklageschrift persönlich aushändigen. Deswegen werden wir morgen mit ihm einen Termin abmachen. Sie können Ihren Anwalt hinzuziehen.«

Tyson legte die Anklageschrift beiseite. »Jetzt ist es also soweit. Ich werde angeklagt, vor Gericht gestellt und abgeurteilt. Alles in bester Ordnung. Die Gerechtigkeit nimmt ihren Lauf.«

Levin schwieg.

Tyson stand auf und rieb sich den Nacken. »Mein Gott, wenn ich daran denke, daß ich noch im Mai mit dem Vorortzug ins Büro gefahren bin!« Er lachte. »Ich bin froh, daß alles so schnell geht. Dadurch bleibt mir weniger Zeit zum Grübeln.«

»Es gibt da einen Punkt in der Anklageschrift, der mir Sorgen bereitet«, sagte Levin nachdenklich.

»Welchen Punkt meinen Sie, Colonel?«

»Er steht unter den zusätzlichen Vermerken.«

»Was für Vermerke.«

»Auf Seite zwei. Da stehen normalerweise die besonderen Instruktionen der zuständigen Justizorgane für das Gericht.«

»Was für besondere Instruktionen meinen Sie?«

»Nun, im allgemeinen ist da vom Höchstmaß der Strafe die Rede, die das Gericht verhängen kann. Es fällt in die Zuständigkeit von General Peters beziehungsweise seiner Vorgesetzten bis hin zum Oberbefehlshaber der Streitkräfte, eine Höchststrafe festzusetzen. Im Fall eines Kapitalverbrechens« – Levin zeigte auf eine freie Zeile auf dem Vordruck – »steht hier meistens etwas in der Art von: *Die Verhängung der Todesstrafe ist ausgeschlossen...*«

Tyson nahm die Anklageschrift wieder zur Hand. Man hatte die entsprechende Zeile frei gelassen. Er blickte zu Levin auf und fragte: »Soll das heißen, daß ich erschossen werden kann?«

»Nun, das ist höchst unwahrscheinlich, letztlich wohl sogar unmöglich, aber es macht mich stutzig, daß General Peters die Todesstrafe nicht ausdrücklich ausgeschlossen hat –«

»Es macht Sie *stutzig*? Nun, ich bin entsetzt, Colonel!«

»Ja, das kann ich mir denken. Es ist eine Drohung. Ich bin wirklich überrascht. Normalerweise bietet die Anklagevertretung, der Justizminister oder wer auch immer dem Angeklagten eines Kapitalverbrechens irgendeine Art Garantie – natürlich als Gegenleistung für etwas anderes. Aber ich bin nicht qualifiziert, mich darüber auszulassen. Immerhin weiß ich mit Sicherheit, daß kein Kriegsgericht in diesem Fall die Todesstrafe verhängen würde.«

»Wie wollen Sie das wissen, Colonel? Wenn General Peters von seinen Vorgesetzten keine Anweisung erhalten hat, die Todesstrafe auszuschließen, dann kann dieses Gericht« – Tyson klopfte auf die Schriftstücke – »das als Hinweis dafür nehmen, daß die militärische Führungsspitze ein Todesurteil wünscht.«

»Das ist ein interessanter Gesichtspunkt«, gab Levin zu, »aber jede Einflußnahme von oben, und sei sie noch so behutsam, ist gegen das Gesetz.«

»Sehr tröstlich.« Tyson raffte die Unterlagen zusammen und stopfte sie wieder in den großen Umschlag. »Wenn das alles ist, will ich Sie nicht weiter bei Ihrer Arbeit stören.«

Levin hüstelte nervös. »Da ist noch eine Sache. Sie dürfen bis auf weiteres Ihr Quartier nicht verlassen. Die einzige Ausnahme wäre eine schwere Erkrankung. Für alle anderen Fälle müssen Sie bei General Peters in Fort Dix einen schriftlichen Antrag stellen.«

»Das ist doch der Kerl, der mich erschießen lassen will! Dabei sind wir uns noch nie begegnet.«

Levin goß Tyson noch einen Drink ein. »Hier ist nichts Persönliches im Spiel.«

»Das ist ja das Schlimme, Colonel!«

Levin trank sein Glas mit einem Schluck halb leer. »Sie haben recht. Die Sache mit dem Hausarrest tut mir leid. Ich habe ein gutes Wort für Sie eingelegt, aber dann kamen diese Jungs aus Fort Dix, sahen all die fehlenden Eintragungen in dem Buch, und schon war die Kacke am Dampfen.« Levin trank sein Glas leer. »Hätte noch schlimmer kommen können. Man hätte Sie auch ins Gefängnis stecken können!«

Tyson nahm noch einen Schluck von dem Manhattan und sagte ruhig: »Darf ich wenigstens in meinem Hinterhof spazierengehen?«

Levin starrte lange vor sich hin auf die Tischplatte. »Dagegen hat bestimmt niemand etwas einzuwenden. Der Hausarrest wird ja nicht sehr lange dauern, nur bis zum Ende des Prozesses.«

Tyson nickte. »Ja, und danach geht's ab nach Hause. Wo immer das sein mag.«

»Ja, danach dürfen Sie nach Hause.« Levin trat ans Fenster und blickte in den weißen Nebel hinaus, der alles wie ein flauschiger Teppich bedeckte. Nach einer Weile stellte er sein Glas auf den Tisch und legte die Zigarre in den Aschenbecher. »Ihr Paß ist in der mittleren Schublade. Ich bin in fünf Minuten zurück. Sie werden dann bestimmt schon fort sein. Deshalb verabschiede ich mich jetzt. Bitte salutieren Sie nicht.« Er streckte seine Hand aus, und Tyson ergriff sie.

Nachdem Levin das Büro verlassen hatte, ging Tyson um den Schreibtisch herum und zog das mittlere Schubfach auf. Sein blaugoldener Paß lag auf einer Zigarrenschachtel. Er starrte ihn ein paar Sekunden lang an, dann schloß er die Schublade wieder.

Tyson hatte nur den großen Umschlag mit den amtlichen Schriftstücken in der Hand, als er in die nebelige Nacht hinaustrat und sich auf den Weg zu seiner Unterkunft machte. Aus dem Dunst hinter ihm tauchte ein Paar Autoscheinwerfer auf und beleuchtete seinen Weg.

Tyson blieb vor seiner Haustür stehen. Der Jeep hielt am Straßenrand. Captain Gallaghers Stimme drang durch die naßkalte Luft herüber: »Gute Nacht, Lieutenant!«

»Lecken Sie mich am Arsch, Captain Gallagher!« Tyson trat ins Haus und warf die Tür hinter sich ins Schloß. Ihm wurde klar, daß er diese Tür erst am Morgen des Prozeßbeginns wieder aufmachen würde.

# TEIL 3

*Ich werde dir ein*
*großes Geheimnis verraten, mein Freund:*
*Warte nicht auf das Jüngste Gericht.*
*Es findet täglich statt.*

CAMUS

## *Kapitel 42*

Ben Tyson verließ das Haus und ging den schmalen Weg entlang zu dem wartenden Jeep der Militärpolizei. Der Fahrer salutierte und hielt ihm die Tür auf. Ben nahm seine Schirmmütze ab und zwängte sich auf die hintere Sitzbank neben Vincent Corva.

Captain Gallagher, der vorn neben dem Fahrer saß, warf einen Blick über die Schulter, grinste und sagte: »Wohin soll's denn gehen?«

Tyson würdigte ihn keiner Antwort, aber der Anwalt sagte: »Bringen Sie uns zur Kirche!«

Der Jeep fuhr an. Nach zwei Minuten erreichten sie das große rote Ziegelgebäude der Garnisonskirche. Sie hatte einen flachen Anbau, in dem Büros untergebracht waren. Die großzügige Anlage stammte noch aus der Zeit, als in Fort Hamilton Militärgeistliche ausgebildet wurden.

Der Jeep näherte sich der Kirche von der Südseite. Tysons Blick wanderte über die weiten Rasenflächen und die Ahornbäume, deren Laub sich schon zu einem satten Goldgelb verfärbt hatte. In der Ferne, fast genau hinter dem Kirchturm, ragte auf der Brooklyn zugekehrten Seite einer der grauen Pfeiler in den Himmel, an denen die Verrazano-Brücke aufgehängt war. Tyson erkannte, daß sich eine etwa hundertköpfige Menschenmenge an der Treppe vor dem Kircheneingang versammelt hatte.

Der Jeep fuhr den Kantstein hinauf, rollte über den Gehweg und überquerte den Rasen, um wenig später vor einem kleinen Nebeneingang an der Nordseite des Bürotraktes anzuhalten. Captain Gallagher drehte sich um. »Man wünscht, daß Sie diese Tür benutzen.«

Corva und Tyson stiegen wortlos aus. Sie standen im klaren Sonnenlicht dieses Oktobermorgens zwischen dem Fahrzeug und der kleinen Tür. Ben blickte über das Dach des Jeeps hinweg und fragte: »Warum stehen da so viele Leute herum?«

»Weil man sie nicht reinläßt. Man muß 'ne Einladung haben.

Diese Leute da wollen von sich einmal behaupten können, sie seien dabeigewesen, deshalb stehen sie da herum.«

Als Tyson stumm blieb, fügte Corva hinzu: »Wahrscheinlich sind es lauter Militärangehörige oder deren Verwandte. Seit gestern abend haben Zivilisten keinen Zutritt mehr zur Garnison, ausgenommen natürlich diejenigen Personen, die im Besitz von Passierscheinen sind.«

»Wir hätten Eintrittskarten verkaufen sollen, Vince.«

»Ja, das hätte meine Spesen gedeckt.«

Tyson sah, daß die Wartenden ihn erkannt hatte. Ein paar winkten ihm zu, andere machten Fotos. Bestimmt hätten sie sich ihm gern genähert, aber dieser Teil der Grünanlage wurde von einem runden Dutzend Militärpolizisten abgeriegelt.

»Genug Fotos fürs Familienalbum«, sagte Corva. »Lassen Sie uns reingehen.« Er streckte die Hand nach der Türklinke aus, doch in diesem Augenblick wurde die Tür von innen von einem Militärpolizisten geöffnet, der einen glänzend weißen Helm trug und ein ebenso weißes Koppel mit einem Pistolenhalfter, in dem eine 45er Automatik steckte. Corva forderte Tyson mit einem Wink auf einzutreten. Sie gingen einen langen Korridor entlang, bis sie zu einer Tür kamen, auf deren rotem Schild RABBI ELI WEITZ, MAJOR, MILITÄRGEISTLICHER stand. Corva blieb davor stehen und sagte: »Als ich vorhin mit dem Auto kam, habe ich draußen vor dem Haupteingang der Garnison buchstäblich Tausende von Menschen gesehen. Viele hatten Transparente, auf denen man so ziemlich alles lesen konnte, von *Gebt Tyson frei!* bis zu *Erschießt den Verbrecher!*. Wissen Sie, Ben, da draußen kocht die Volksseele ganz schön. Es sind eine Menge alter Probleme neu aufgeworfen worden, aber ich hab' noch keinen getroffen, der eine Antwort auf all die offenen Fragen hatte.«

»Weil die Fragen falsch gestellt werden, Vince.«

Der Anwalt klopfte an die Tür und drückte die Klinke nieder.

Rabbi Weitz, ein stämmiger Mann mit grauem, gelocktem Haar, erhob sich hinter seinem Schreibtisch. »Guten Morgen, Gentlemen!« Er reichte Tyson und Corva die Hand.

»Es ist sehr nett von Ihnen, daß Sie uns Ihr Büro überlassen, Rabbi«, bedankte Corva sich höflich.

»Überlassen? Davon kann nicht die Rede sein! Die sagten zu

mir: ›Das Gericht braucht Büroräume.‹ Wir mußten Lose ziehen, und auf meinem stand *Verteidigung*. Ich muß mich also für eine Weile von meinem Büro verabschieden, aber vorher wollte ich Ihnen wenigstens guten Tag sagen.« Rabbi Weitz ergriff seinen Aktenkoffer. »Wie lange wird es dauern?«

»Keine Ahnung«, antwortete Corva achselzuckend. »Heute ist Montag. Kann sein, daß die Sache am Freitag ausgestanden ist.«

»Ich brauche mein Büro am Freitagabend vor dem Gottesdienst – Sabbath.«

»Ja, Sir, ich weiß.«

»Werden Sie bei dem Prozeß unter den Zuschauern sein?« erkundigte sich Tyson.

Major Weitz drehte sich an der Tür noch einmal um. »Man hat mir Einlaßscheine angeboten als Gegenleistung für mein Büro, aber da gibt es bestimmt nichts zu sehen, was mich interessiert. Ich wünsche Ihnen viel Glück. Gott segne Sie!« Damit verließ er den Raum.

Corva legte seinen Aktenkoffer auf den Schreibtisch des Rabbi, und Tyson warf seine Mütze achtlos daneben. »Die räumliche Frage ist meines Erachtens ganz gut gelöst«, sagte der Anwalt.

»Ich finde das Ganze bizarr«, erwiderte Tyson.

»Wo hätten wir denn sonst hingehen sollen? Fort Dix kam für uns nicht in Frage.«

»Was hätte es schon für einen Unterschied gemacht?« Tyson trat ans Fenster und schaute durch eine Ritze in dem heruntergelassenen Rollo ins Freie. Auf der Roosevelt Lane parkte Stoßstange an Stoßstange eine lange Fahrzeugschlange, darunter auch Übertragungswagen des Fernsehens. Militärpolizisten regelten den Verkehr.

»Sie haben extra ein paar Dutzend MPs aus Fort Dix hergeschafft«, sagte Corva, »und die Stadtverwaltung läßt die Tore der Garnison von hundert Bullen bewachen.«

Tyson wandte sich vom Fenster ab. »Ich war noch nie der Mittelpunkt von einem öffentlichen Spektakel.«

»Oh, Sie werden sich schon dran gewöhnen.«

»Gab es keine Möglichkeit, das alles hinter verschlossenen Türen abzuwickeln?« fragte Tyson.

»Leider nicht, Ben. Ich hätte auch lieber nur so viele Presseleute und zivile Zuschauer dabeigehabt, wie unbedingt nötig gewesen wären, damit alles seine Ordnung hat, aber sobald sich die Army erst einmal Druck gebeugt und einem öffentlichen Verfahren zugestimmt hatte, wurde die Liste der Leute, die absolut dabeisein *müssen*, immer länger. Mrs. Hill, die Frau des Kommandanten der Garnison, hat beispielsweise um dreißig Einlaßkarten gebeten. Der große Andachtsraum der Kirche bietet Platz für ungefähr zweihundert Personen, aber anständigerweise hat die Army versucht, die Zahl der Zuschauer auf hundert zu begrenzen.«

Tyson lächelte grimmig. »Ich hab' hier beim Sonntagsgottesdienst noch nie hundert Menschen versammelt gesehen.«

Er entdeckte eine Kanne frischen Kaffee, die der Rabbi hinterlassen haben mußte, und schenkte sich eine Tasse ein. »Möchten Sie auch eine Tasse?« fragte er seinen Anwalt.

»Nein, ich muß an meine Blase denken. Die ist bei Verteidigern manchmal ein bißchen nervös.«

Ohne getrunken zu haben, setzte Tyson die Tasse ab und zündete sich eine Zigarette an. Er warf einen Blick auf die Uhr, nahm ein Buch zur Hand und blätterte ein paar Sekunden darin herum, bis er merkte, daß es in Hebräisch war.

»Jeder hat Lampenfieber, aber wenn wir erst da drin sind, ist es nach zehn Minuten vorbei«, tröstete Corva ihn.

»Ich habe mich unter Kontrolle«, behauptete Tyson.

»Um so besser.«

»Aber irgendwie warte ich immer noch darauf, daß jemand reinkommt und das ganze Theater abbläst.«

Corva ging nicht darauf ein.

Wieder warf Tyson einen Blick auf die Uhr. Er suchte nach einem Aschenbecher, und als er keinen fand, ließ er die Zigarette in die Kaffeetasse fallen.

Schwere Schritte näherten sich auf dem Korridor. Sie verstummten vor der Tür, dann wurde dreimal geklopft. Die Tür ging auf, und ein hochgewachsener junger Sergeant der Militärpolizei forderte Tyson auf, ihn zu begleiten.

Tyson ergriff seine Mütze, Corva seinen Aktenkoffer.

Der Militärpolizist, auf dessen Namensschild Larson stand, sagte: »Sie können Ihre Kopfbedeckung hierlassen, Sir.«

»Was? Oh – ja...«

Ben legte die Mütze wieder auf den Schreibtisch, rückte seine Uniformjacke und seine Krawatte zurecht und trat in den Korridor hinaus. Corva folgte ihm. Sergeant Larson ging ihnen mit großen Schritten voraus.

Das Gemurmel einer vielköpfigen Menge, die die Kirchenbänke bevölkerte, empfing sie, als sie über einen roten Teppich auf den etwas erhöhten Altar zugingen. Corva wies auf einen langen Eichentisch am hinteren Ende des Podestes. Tyson ging um den Tisch herum und setzte sich auf einen harten Holzstuhl. Corva nahm zu seiner Linken Platz.

Als erstes fiel Tyson auf, daß der Altartisch entfernt worden war. Auf der anderen Seite, am Rand des roten Teppichs, stand der lange Tisch, an dem die Beisitzer, gewissermaßen die Geschworenen des Kriegsgerichts, Platz nehmen würden. Noch waren die sieben Stühle leer. Tyson warf einen Blick nach links. Die Wand hinter dem Altarraum war bis zum Deckengewölbe mit hellem Hickoryholz getäfelt. In der Mitte hing von der Decke bis zum Fußboden ein breiter, golddurchwirkter Vorhang. Tyson wußte, daß sich dahinter das Presbyterium mit dem Hochaltar und einem großen Kruzifix befand. Bei jüdischen Gottesdiensten und nichtkirchlichen Anlässen wurde immer der Vorhang vorgezogen, so auch jetzt. Kaum etwas erinnerte daran, daß man hier in einer Kirche war.

Die hölzerne Kanzel war von ihrem normalen Standort entfernt und dicht vor dem geschlossenen Vorhang auf eine erhöhte Plattform gestellt worden. Vermutlich wird von dort aus der Richter das Verfahren leiten, sagte sich Tyson. Links von der Kanzel hatte man einen Fahnenständer mit der amerikanischen Flagge plaziert, und genau darüber, wo sonst Wandteppiche mit religiösen Motiven hingen, prangten jetzt – wie vorgeschrieben – große Fotos des Präsidenten der USA, des Verteidigungsministers und des Stabschefs der Army. Warum hier so ausdrücklich darauf hingewiesen wurde, wer sich an der Spitze der militärischen Hierarchie befand – diese Frage mußte sich jeder selbst beantworten. Jede Institution braucht eben ihre Symbole, sagte sich Tyson. Immerhin sind die Symbole des Militärjustizwesens weniger aufdringlich als all die Dinge, die diesen Saal normalerweise schmücken.

Rechts vom Richterpult befand sich wie bei einem Zivilprozeß die »Zeugenbank«, in diesem Fall ein einfacher Stuhl. Links davon – auch das entsprach den Gepflogenheiten bei einem zivilen Strafprozeß – stand der kleine Tisch des Protokollführers. Rechts am Rand der erhöhten Plattform, wo bei katholischen Gottesdiensten die Kommunion ausgeteilt wurde, war der Tisch aufgestellt, an dem die Vertreter der Anklage mit dem Rücken zum Publikum Platz genommen hatten: Colonel Pierce, Major Weinroth und Captain Longo. Die Tischplatte war mit allerlei Papieren bedeckt, wohingegen Corva noch nicht einmal seinen Aktenkoffer geöffnet hatte.

Corva prüfte, ob das Mikrofon noch ausgeschaltet war, und sagte leise zu Tyson: »Sieht nach mehr als hundert Personen aus!«

»Ich habe noch nicht hingeschaut«, erwiderte Tyson. Langsam wandte er den Kopf und ließ den Blick durch den Saal wandern, den er bei Andachten immer nur höchstens halbvoll gesehen hatte. Jetzt waren jedoch alle Bänke besetzt. Sogar in den Gängen standen ein paar Leute. »Jemand muß heimlich Einlaßkarten gedruckt haben«, sagte er. Gedämpftes Murmeln drang an sein Ohr. Die Leute waren zu einer öffentlichen Darbietung gekommen, aber sie benahmen sich wie vor einem Gottesdienst.

Tysons Blick wanderte die Bankreihen entlang zum hinteren Teil des Kirchenschiffs, wo sich über dem Haupteingang eine Empore befand, die sich über die gesamte Breite des Raumes erstreckte. Durch das bunte Glas von drei Spitzbogenfenstern fiel gedämpftes Licht. Corva hatte ihm erklärt, daß die Empore für die VIPs reserviert war – für General William van Arken nebst Gefolge, für weitere hohe Persönlichkeiten der Army, für Mitglieder der Regierung, für General Peters, den Garnisonskommandanten von Fort Dix, für ein paar Lokalgrößen aus der Politik und für die Sicherheitsbeamten. Tyson glaubte zu erkennen, daß sich dort oben im Dämmerschein schattenhafte Gestalten bewegten. Zweifellos ist auch mein alter Freund Chet Brown dabei, dachte er und sagte laut zu Corva: »Die Galerie der Dunkelmänner.«

Corva folgte seinem Blick. »Man tut so, als wüßte niemand, daß die da sind«, sagte er. »Sonst könnte man daraus eine ungebührliche Beeinflussung des Prozesses durch indirekte Ausübung der Befehlsgewalt herleiten.«

»Ich habe draußen die Dienstwagen mit Stander gesehen.«

»Ich auch.«

Tysons Blick glitt an den seitlichen Wänden des Kirchenschiffs entlang. Sie hatten jeweils vier hohe, bunt verglaste Fenster. An der Südseite schien die Morgensonne herein und erzeugte über den dicht besetzten Kirchenbänken ein leuchtendes, vielfarbiges Muster. Um allen Konfessionen gerecht zu werden, ähnelte die bunte Verglasung der Fenster eher abstrakten Mosaiken, die letztlich keiner der Religionen zugeschrieben werden konnten.

Er gab sich einen Ruck und schaute in die Zuschauermenge. Rund drei Viertel der Versammelten waren in Uniform, darunter auch eine Anzahl Frauen. Mehrere Reihen waren für eine Studentengruppe der Militärakademie in Charlottesville reserviert worden. Die meisten Zivilisten waren nicht mehr ganz jung und fielen durch ihre gepflegte Kleidung auf. Es war die Art von Leuten, denen man auf Matineen der Oberschicht begegnet.

Marcy hatte dafür gesorgt, daß auch Tysons Familienangehörige und einige seiner Bekannten zugegen waren. Sie war mit diesem kniffligen Problem so bravourös fertig geworden, wie man das eben nur von einer PR-Spezialistin erwarten konnte. Tyson erblickte linker Hand in den vorderen Reihen viele bekannte Gesichter, darunter John und Phyllis McCormick und andere Bekannte aus Garden City.

Nicht zu übersehen – wegen ihrer Körpergröße – waren die Herren Kimura, Nakagawa und Saito. Tyson mußte zweimal hinschauen, um sich zu vergewissern, daß sie es wirklich waren. Eigentlich hätte er erstaunt sein müssen, aber er hatte das Staunen längst verlernt. Die Herren aus Japan hatten übrigens seine ehemalige Sekretärin, Miss Beale, mitgebracht. Sie wirkte schlanker und trug ein Kleid, das ihr gut stand.

Tysons Blick fiel auf Andrew Picard, der irgendwie Philip und Janet Sloans Bekanntschaft gemacht zu haben schien, denn er unterhielt sich angeregt mit ihnen.

Aha, da drüben saß auch Paul Stein, in dessen Wohnung Tyson für kurze Zeit gehaust hatte. Ein Stückchen weiter entdeckte er Colonel Levin. Die Frau neben ihm war vermutlich Mrs. Levin. Zu den beiden hatte sich Dr. Russell gesellt. Am Ende der Reihe hatte Captain Hodges Platz genommen. Er blickte wiederholt auf seine Uhr, und Tyson fragte sich insgeheim, wer eigentlich wirklich in dieser Garnison das Sagen hatte.

Sein Blick wanderte weiter die Bankreihen entlang, bis er Karen Harper entdeckte. Sie saß ganz weit hinten und hatte neben sich einen gutaussehenden Offizier in Uniform. Der Mann redete gerade mit ihr in einer Weise, die die Vermutung nahelegte, daß er mit ihr nicht nur rein dienstliche Kontakte pflegte. Bestimmt würde er sich freuen, wenn er, Tyson, lebenslänglich bekam, und für den Fall, daß das passierte, wollte er wohl unbedingt als Augenzeuge dabeisein.

Vor ein paar Tagen hatte Tyson von Emily Browder, Captain Roy Browders Witwe, einen Brief erhalten, in dem sie ihn ihres Beistands und ihrer Sympathie versicherte. Gewiß saß sie jetzt irgendwo dort unten zwischen den anderen Zuschauern, aber Tyson wußte nicht, wie sie aussah, denn er kannte sie nicht persönlich.

In der ersten Reihe links sah er seine Mutter mit Reverend Syms, seinem Gemeindepfarrer in Garden City, reden. Offenbar klatschten sie über die versammelte Gemeinde, denn das war stets der einzige Grund für Tysons Mutter, sich mit dem Geistlichen zu unterhalten.

Rechts von seiner Mutter erblickte Tyson seine drei Schwestern Laurie, June und Carol. Sie hatten ihre Ehemänner mitgebracht. Noch weiter rechts saßen Marcy und David. Marcy fing seinen Blick auf. Sie lächelte und warf ihm eine Kußhand zu. Tyson erwiderte darauf mit einem etwas gequälten Lächeln. Er wandte sich zu Corva und fragte: »Ist Ihre Frau auch da?«

»Nein, ich werde immer nervös, wenn ich sie im Zuschauerraum sehe.»

»Wirklich? Vielleicht sollte ich dann auch nervös werden, wo sogar mein Volksschullehrer gekommen ist!«

»Durchaus nicht«, versicherte ihm Corva. »Sie müssen sowieso nicht viel sagen. Schauen Sie sich nur in aller Ruhe an, wie ich einen Narren aus mir mache.«

Tyson blickte in die Bankreihen, die für die Presse reserviert waren. Die erkennt man sofort, dachte er. Sie sehen aus wie Leute, die den sechziger Jahren nachtrauern.

Corva goß aus einer Glaskanne Wasser in zwei Pappbecher, und Tyson zündete sich eine Zigarette an, nachdem er einen metallenen Aschenbecher erblickt hatte.

»Sie sollten damit Schluß machen«, sagte Corva und zeigte auf die Zigarette.

»Warten wir erst mal ab, ob ich erschossen werde.«

»Vernünftiges Argument«, mußte Corva zugeben. Er entnahm seinem Aktenkoffer einige Dokumente und breitete sie vor sich auf dem Tisch aus. Tyson sah, daß auch die Anklageschrift dabei war. Eine Reihe von Namen fiel ihm ins Auge: *Jean Monteau, Evan Dougal, Bernhard Rueger, Marie Broi, Schwester Monique, Schwester Aimée, Schwester Noëlle, Pierre Galante, Henri Taine, Maarten Lubbers, Bruder Donatus, Schwester Juliette, Susanne Dougal, Linda Dougal.*

Tyson hielt sich nicht für einen verhinderten Mystiker, aber irgendwie glaubte er in dieser Pseudokirche die Anwesenheit der Toten zu spüren, und dazu gehörten nicht nur all die Menschen, die im *Hôpital de la Miséricorde* ihr Leben verloren hatten, sondern auch Captain Browder und die Gefallenen der Alpha-Kompanie.

Er warf Corva einen Blick zu. Ihm kam der Anwalt ein wenig fahrig vor, aber das war wohl verständlich. Trotzdem: Wenn Corva diesen Prozeß verlor, dann mußte nicht *er* ins Gefängnis. Während der Anwalt seine Schreibutensilien zurechtlegte, erklärte er: »Wie Sie selbst feststellen werden, besteht ein Kuriosum des Militärjustizwesens darin, daß der Ankläger einige der Funktionen übernimmt, die bei zivilen Verfahren dem Richter vorbehalten sind.« Er blickte zu Pierce hinüber. »Der Mistkerl da drüben hat damals bei dem Prozeß wegen des Duells versucht, mich mit Verfahrensfragen aufs Glatteis zu führen. Die meisten Militäranwälte würden einem normalen Strafverteidiger bei Verfahren dieser Art ein bißchen längere Leine lassen, aber dieser Pierce kennt kein Pardon.«

»Diesmal muß er sich vor einer Menge Zivilisten produzieren – und vor der Presse. Vielleicht kommt er dadurch ein bißchen aus dem Gleichgewicht.«

Corva nickte. »Ja, das wäre möglich. Schauen Sie, wie seine Hände zittern!«

Tyson musterte Pierce genauer, aber der Mann wirkte wie der Inbegriff von Ruhe und Selbstbeherrschung. »Ich sehe nichts«, sagte Tyson. Seufzend drückte er seine Zigarette aus.

Im Zuschauerraum wurden die Leute spürbar unruhig. Eine kleine Tür im Altarraum wurde geöffnet. Ein Uniformierter erschien, und im Saal verbreitete sich erwartungsvolle Stille. Der Mann in Uniform, ein Sergeant mittleren Alters, ging quer über den roten Teppich und nahm auf dem Stuhl hinter dem kleinen Tisch des Protokollführers Platz. Nachdem sich alle Anwesenden vergewissert hatten, daß sein Erscheinen keine wichtigeren Vorgänge ankündigte, nahmen sie die unterbrochenen Gespräche wieder auf.

»Typisch Militär«, kommentierte Tyson. »Viel Theater, und dann passiert nichts. Stimmt's Vince?«

»Richtig.«

Wieder wurde die kleine Tür geöffnet. Ein Militärpolizist trat heraus und stellte sich gleich daneben in strammer Haltung auf. Er war unbewaffnet. Zweifellos sollte gegenüber der Öffentlichkeit dadurch der Eindruck vermieden werden, daß man Tyson für potentiell gefährlich hielt. Jetzt erschienen die sieben Beisitzer des Gerichts, angeführt von Colonel Amos Moore. Er war sozusagen der Geschworenen-Obmann, war jedoch mit sehr viel mehr Macht ausgestattet.

Colonel Moore ging auf den langen Tisch zu und blieb hinter dem mittleren der sieben Stühle stehen. Die anderen sechs Beisitzer folgten in strikter Rangordnung und stellten sich ebenfalls hinter die ihnen zugedachten Stühle. Rechts von Colonel Moore standen Colonel Stanley Laski, Major Donald Bauer und Captain Herbert Morelli, links Lieutenant Colonel Eugene McGregor, Major Virginia Sindel und links außen der Jüngste der sieben, Lieutenant James Davis.

Tyson beobachtete alles mit einer gewissen Neugier. Er betrachtete die Männer, die so aussahen, als hätten sie den ganzen Morgen vor dem Spiegel gestanden und einen möglichst nichtssagenden Gesichtsausdruck geübt. Corva war über jeden gut informiert, während Tyson lediglich wußte, daß er es mit lauter Berufsoffizieren zu tun hatte.

Von Virginia Sindel und Lieutenant Davis abgesehen, prangten an den Uniformen eine Menge Orden und Auszeichnungen.

Der unbewaffnete Militärpolizist marschierte nun zu der Stelle, wo der vorher entfernte Altartisch auf dem roten Teppich eine sichtbare Druckstelle hinterlassen hatte. Mit dem Gesicht zum Zuschauerraum rief er laut: »Bitte erheben Sie sich!«

Die im Saal Versammelten standen geräuschvoll auf. Hinten auf der Empore konnte Tyson vor dem Hintergrund der Spitzbogenfenster die Silhouetten mehrerer Personen erkennen. Ein paar Presseleute traten an den Rand des Altarraumes. An ihren Zeichenblöcken erkannte man die Gerichtszeichner.

In der offenen Tür erschien jetzt Colonel Walter Sproule. Mit festem Schritt steuerte er auf die zum Richterpult umfunktionierte Kanzel zu. Er trug nicht die Robe eines Richters, sondern die grüne Uniform der Army. Colonel Sproule, der nach Tysons Schätzung schon fast siebzig Jahre alt sein mußte, blickte kurz in die Runde, um sich zu vergewissern, daß alle anwesend waren, dann schob er das Mikrofon beiseite. Mit einer Stimme, die so kräftig war, daß man sie bis zu den hintersten Sitzreihen deutlich vernehmen konnte, verkündete er: »Die Verhandlung ist eröffnet!«

## *Kapitel 43*

Colonel Pierce blieb stehen, nachdem sich alle hingesetzt hatten. Er zog das Mikrofon wieder näher zu sich heran und begann: »Dieses Gericht ist einberufen worden laut Kriegsgerichtorder einhundertneununddreißig, ausgefertigt im Hauptquartier von Fort Dix, New Jersey. Eine Abschrift ist dem vorsitzenden Militärrichter, jedem der Beisitzer, dem Beklagten und dessen Rechtsbeistand zugestellt worden.«

Tyson blickte sich im Zuschauerraum um. Noch nie hatte er so viele hingerissen lauschende Menschen versammelt gesehen.

Pierce verlas jetzt die Namen der sieben Beisitzer, des Militärrichters, der drei Anklagevertreter und des Verteidigers. Anschließend wandte er sich an Colonel Sproule. »Die Vertreter der Anklage sind bereit, das Verfahren der Vereinigten Staaten von Amerika gegen Benjamin James Tyson, Lieutenant der United States Army in Fort Hamilton, New York, zu eröffnen. Der Angeklagte ist anwesend.« Dann nahm er wieder Platz.

Colonel Sproule blickte in die Runde, dann sagte er: »Es ist meine Aufgabe, die Mitglieder dieses Gerichts auf ihre Pflichten hinsichtlich eines korrekten Ablaufs dieses Verfahrens aufmerksam zu machen.«

Tyson betrachtete Sproule eingehender. Der alte Mann wirkte etwas schrullig mit seinem aschfahlen Gesicht und den paar grauen Haarsträhnen, die er sorgsam über seinen Kahlkopf gekämmt hatte. Seine Augen schienen überall und nirgends hinzuschauen. Tyson vermutete, daß Sproule kurzsichtig war, obwohl er keine Brille trug. Hinter seinem rechten Ohr entdeckte Tyson ein Hörgerät.

Nach einem kurzen Blick auf Corva sagte Sproule: »Es ist die Pflicht des Verteidigers, die Interessen des Angeklagten in einer Weise zu vertreten, die im Einklang mit den besonderen Gegebenheiten militärischer Rechtsprechung steht. Der Verteidiger hat das Recht und die Verpflichtung...«

Die Worte plätscherten an Tysons Ohr vorbei. Jetzt kamen die Vertreter der Anklage an die Reihe. »Es ist die Pflicht der Anklage, dem Gericht zweifelsfrei darzulegen, daß die in der Anklageschrift enthaltenen Beschuldigungen der Wahrheit entsprechen.« Tyson hörte erst wieder zu, als der Colonel nach einer kleinen Pause mit Nachdruck zu den Beisitzern sagte: »Ich wiederhole: Nur die Beweise, *die diesem Gericht vorgetragen werden*, sind zur Kenntnis zu nehmen. Sofern dies einem Menschen überhaupt möglich ist, müssen Sie all das aus Ihrem Gedächtnis streichen, was Sie bisher über die hier zur Verhandlung stehende Sache gehört oder gelesen haben. Sie sind in allererster Linie hier, um zu entscheiden, ob der Angeklagte in der Weise gegen die Gesetze verstoßen hat, wie die Anklage es ihm vorwirft. Gegebenenfalls haben Sie über eine angemessene Bestrafung für die Verletzung des Rechts zu befinden.« Sproule wandte sich jetzt Colonel Moore zu. »Colonel, Sie haben schon öfter den Vorsitz bei solchen Verfahren gehabt. Ich vertraue darauf, daß Sie jenen mit Rat und Tat zur Seite stehen, die zum erstenmal als Beisitzer fungieren.« An die Zuschauer gerichtet, sagte er dann: »Das Publikum wird gebeten, sich während des Verfahrens so ruhig und gesittet zu verhalten, wie es der Ernsthaftigkeit und Tragweite der hier zu verhandelnden Sache gebührt.«

Wieder zu Colonel Moore und die Beisitzer gewandt, fuhr er fort: »Ich werde Sie jetzt mit den anderen Mitgliedern dieses Gerichts bekannt machen.« Er stellte den Protokollführer, Sergeant Reynolds, dann Corva und schließlich Pierce, Weinroth und Longo, die drei Vertreter der Anklage, vor. Zum Schluß forderte er Colonel Pierce auf, die Mitglieder des Gerichts zu vereidigen.

Pierce erhob sich. »Die Mitglieder des Gerichts werden jetzt vereidigt. Wollen sich bitte alle Anwesenden erheben!«

Alle, auch die Zuschauer, standen auf, nur bei den Presseleuten blieben einige sitzen und schrieben eifrig weiter. Colonel Sproule war das nicht entgangen, denn er sagte: »Wenn ein Mitglied des Gerichts alle Anwesenden auffordert, sich von ihren Plätzen zu erheben, dann gilt diese Aufforderung jedem, der auf seinen Beinen stehen kann.«

Verstohlenes Kichern war zu hören, als die Presseleute eiligst aufstanden.

Pierce, der noch immer hinter seinem Tisch stand, richtete das Wort an die Beisitzer: »Wenn ich Ihre Namen nenne, heben Sie bitte die rechte Hand.« Dann begann er die Eidesformel herzusagen: »Schwören Sie, Colonel Amos Moore, Lieutenant Colonel Stanley Laski, Lieutenant Colonel Eugene McGregor, Major Donald Bauer, Major Virginia Sindel, Captain Herbert Morelli und Lieutenant James Davis, daß Sie die Ihnen als Mitglieder dieser Jury obliegenden Pflichten getreulich wahrnehmen werden; daß Sie nach bestem Wissen und Gewissen entsprechend dem Ihnen vorgelegten Beweismaterial und unter Berücksichtigung des geltenden Militärrechts über den vor diesem Gericht angeklagten Benjamin James Tyson, Lieutenant der US-Army, befinden werden; und daß Sie weder die Meinung noch das Urteil irgendeines Mitgliedes dieser Jury aufdecken oder enthüllen werden, sofern Sie im Verlauf dieses Verfahrens nicht ausdrücklich dazu aufgefordert werden – so wahr Ihnen Gott helfe?«

»Ich schwöre«, antworteten die Beisitzer wie aus einem Munde. Sie ließen ihren rechten Arm sinken, blieben jedoch stehen, während sich Pierce Colonel Sproule zuwandte, der nun ebenfalls die rechte Hand hob.

»Schwören Sie, Colonel Walter Sproule, daß Sie nach bestem Wissen und Gewissen gemäß geltendem Militärrecht die Ihnen obliegenden Pflichten als Militärrichter erfüllen werden, so wahr Ihnen Gott helfe?«

»Ich schwöre.« Sproule ließ die Hand sinken und wandte sich seinerseits dem Tisch zu, hinter dem die Vertreter der Anklage mit zum Schwur erhobener rechter Hand standen. Nachdem Sproule sie und dann auch Corva vereidigt hatte, forderte Colonel Pierce die Anwesenden auf, wieder Platz zu nehmen, und Colonel Sproule verkündete: »Das Gericht ist ordnungsgemäß zusammengetreten.«

Tyson raunte Corva zu: »Jetzt verstehe ich, was Sie vorhin in bezug auf Pierces Sonderaufgaben gemeint haben. Ich habe noch nie gesehen, daß ein Staatsanwalt einen Richter vereidigt hat!«

Corva nickte. »Auf diese Weise zeigt die Army dem Richter diskret, wo er hingehört. Die Militärs würden einer Person, die völlig unabhängig Recht spricht, instinktiv mißtrauen – schon deshalb, weil sie über einen solchen Menschen keine Personalakte zum Nachlesen hätten.«

Colonel Sproule blickte jetzt in den Zuschauerraum. »Sofern ihre Anwesenheit nicht aus anderen Gründen erforderlich ist, möchte ich jetzt alle Personen, die bei dem Verfahren gegen Benjamin James Tyson als Zeugen aufgerufen werden könnten, zum Verlassen des Saales auffordern.«

Tyson sah, wie sich die Leute umblickten, um festzustellen, ob sich ein Zeuge unter ihnen befand. Ein Militärpolizist ging den Mittelgang entlang, blieb stehen und wies mit dem Finger auf Andrew Picard. Der zeigte auf sich selbst – mit jener läppischen Geste, die manche Menschen machen, wenn sie verblüfft fragen: *wer, ich?* Picard stand widerstrebend auf, sagte etwas zu Philip Sloan und drängte sich unter den neugierigen Blicken der Anwesenden etwas plump zwischen den Sitzreihen hindurch.

Tyson lehnte sich zu Corva hin. »Will Pierce ihn etwa als Zeugen aufrufen?«

Corva hielt das Mikrofon zu. »Nein. *Ich* habe ihn vorladen lassen«, antwortete er. »Ich kann ihn als Zeugen aufrufen lassen oder nicht. Jetzt soll er erst mal ein paar Tage im Büro des Militärkaplans schmoren, statt im Zuschauerraum zu sitzen. Das geschieht ihm recht.« Corva lächelte zufrieden.

Nachdem Picard von dem Militärpolizisten aus dem Saal geführt worden war, forderte Colonel Sproule Pierce auf, an die Beisitzer Kopien der Anklageschrift zu verteilen, die diese wiederum gründlich durchlesen sollten.

Captain Longo stand auf und ging mit einem Stapel Papier zum Tisch der Beisitzer. Er fing bei Colonel Moore an und achtete strikt auf die Einhaltung der Rangfolge. Jeder Beisitzer erhielt nicht nur die Anklageschrift, sondern auch einen gelben Notizblock und mehrere Bleistifte. Pierce blieb stehen, während die Beisitzer zu lesen begannen.

»In ein paar Minuten wird man uns fragen, ob wir Einwände gegen einen oder mehrere Beisitzer haben. Kennen Sie einen von ihnen?« fragte Corva Tyson.

»Nein, aber ich kenne diesen Menschentypus.«

Corva lächelte. »Das reicht nicht für einen Einspruch. Übrigens können wir einmal ohne Angabe von Gründen Einspruch gegen einen erheben, aber von diesem Recht möchte ich klug Gebrauch machen.«

»Klug? Inwiefern?«

»Indem ich Sie beispielsweise frage, ob Sie einen von ihnen absolut nicht leiden können.«

Tysons Blick wanderte von einem zu andern. »Ich kann sie alle nicht leiden. Könnten wir nicht gegen Colonel Moore als den Obmann der Jury Einspruch erheben?«

»Ja, aber Sproule hat Pierce und mir schon deutlich zu verstehen gegeben, daß er das nicht günstig aufnehmen würde. Die Erwähnung von Moores großer Erfahrung war eindeutig an unsere Adresse gerichtet.«

»Oh, verstehe. Ich bin froh, daß Sie mit der Sprache vertraut sind, die hier gesprochen wird.«

Corva nahm ein Blatt Papier zur Hand und ging rasch die einzelnen Namen durch. »Colonel Moore befehligte früher eine Kompanie der 4. Infanteriedivision. Wie Sie sehen, ist er ein hochdekorierter Offizier. Lieutenant Colonel Laski führte einen Infanteriezug – wie Sie und ich, Ben. Er war bei der *American Division,* Calleys ehemaliger Einheit. Seine Dienstzeit in Vietnam fiel mit der Tet-Offensive und dem Massaker von My Lai zusammen. Colonel McGregor hat ebenfalls einen Infanteriezug kommandiert. Er war bei einer Panzerdivision, und wenn Sie genau hinsehen, dann begreifen Sie, warum man ihm das *Purple Heart* verliehen hat.«

Tyson schaute sich McGregor genauer an und entdeckte, daß dem Mann ein großes Stück vom linken Ohr fehlte. Eine Narbe verlief schräg über den Nacken und verschwand unter dem Hemdkragen.

»Dann haben wir da noch Major Bauer«, fuhr Corva fort. »Er ist alt genug, um noch das bittere Ende des Krieges miterlebt zu haben. Bauer war in Vietnam Militärberater und hat in einem vietnamesischen Ranger-Bataillon mehrere Fronteinsätze mitgemacht. Das sind also die vier, die sozusagen den Blutgeschmack kennengelernt haben. Major Sindel ist in Fort Dix für Öffentlichkeitsarbeit zuständig. Sie war Journalistin, bevor sie zur Army ging. Wahrscheinlich wird sie sehr genau hinhören und viel zu viele Fragen stellen. Captain Morelli ist vom JAG-Corps und ist jetzt im Stab des Garnisonskommandanten von Fort Dix. Er ist höchstens dreißig Jahre alt, war also zwölf, als sich der hier zu verhandelnde Vorfall ereignete. Wer weiß, wie er reagieren wird, wenn die Zeugen anfangen, in Blut und Eiter herumzustochern!«

»Ich bin mir überhaupt nicht sicher, wie einer von denen reagieren wird«, meinte Tyson. »Diese Sache wird den alten Kämpen bestimmt ganz schön an die Nieren gehen.«

Corva warf Tyson einen prüfenden Blick zu, bevor er mit seiner Aufzählung weitermachte. »Lieutenant Davis hat die Militärakademie von West Point absolviert. Er weiß, daß er demnächst nach Deutschland versetzt wird. Als Offizier ist er ein typisches Produkt der ›neuen‹ Army – er hat zwar eine Menge über Ethik und innere Führung gelernt, aber noch kein einziges Mal unter Artilleriebeschuß gelegen. Was ein Mann wie Sie alles hinter sich hat, davon hat er keine Ahnung. Er war ungefähr drei oder vier Jahre alt, als diese Sache mit dem Krankenhaus passierte, und das in der Anklage genannte Datum muß für ihn etwa so weit in der Vergangenheit zurückliegen wie für uns der Tag der Invasion in der Normandie am 6. Juni 1944.«

Tyson nickte. Die Zusammensetzung des Gerichts wirkte auf den ersten Blick zufällig, aber vier der Beisitzer waren immerhin im Vietnamkrieg bei der Infanterie gewesen, und das bedeutete, daß diese Offiziere sehr genau wußten, worum es hier ging.

Colonel Moore blickte von einem zum anderen und stellte fest, daß sie mit dem Lesen fertig waren. »Die Beisitzer haben den Inhalt der Anklageschrift in allen Einzelheiten zur Kenntnis genommen«, verkündete er.

Pierce ergriff wieder das Wort. Was er sagte, galt dem ganzen Gericht: »Anlaß für dieses Verfahren ist eine Verletzung des Artikels hundertundachtzehn Absatz drei – Mord – des geltenden Militärrechts dieses Landes. Unter sträflicher Mißachtung menschlichen Lebens hat der Angeklagte durch seine Handlungsweise mutmaßlich den gewaltsamen Tod anderer Personen herbeigeführt.« Pierce machte eine kurze, wirkungsvolle Pause, bevor er fortfuhr. »Die Anklageerhebung ist von General George Peters, Garnisonskommandant von Fort Dix, vorbereitet worden, unter Berücksichtigung der Empfehlungen, die Colonel Gilmer und Major Karen Harper nach einer gemäß Artikel zweiunddreißig durchgeführten Anhörung beziehungsweise einer gemäß Artikel einunddreißig erfolgten Voruntersuchung ausgesprochen haben. In diesem Zusammenhang weise ich darauf hin, daß weder der Richter noch ein anderes Mitglied dieses Gerichts als Zeuge der Anklage aufgerufen werden darf.«

»Das hätte gerade noch gefehlt«, flüsterte Tyson Corva zu.

Der Anwalt erwiderte lächelnd: »Es gab Zeiten, da war das möglich. Aber jetzt geht alles mit rechten Dingen zu.«

»Wie schön.«

Pierce warf dem Verteidiger und dessen Mandanten einen ungehaltenen Blick zu. Er wartete ostentativ ein wenig länger, bevor er fortfuhr. »Nach Prüfung der vorhandenen Unterlagen wird festgestellt, daß es keinerlei Anlaß gibt, gegen die Person des Militärrichters oder gegen einen der Beisitzer Einspruch zu erheben.« Nach dieser feierlichen Proklamation erledigten Sproule und Pierce die restlichen Formalitäten, die bei Eröffnung eines solchen Verfahrens üblich sind. Tyson bemerkte, wie gut sich die beiden dabei ergänzten. »Können Sie mir etwas über Colonel Sproule sagen?« flüsterte er Corva ins Ohr.

»Ich kenne ihn ziemlich gut. Er ist etwas muffig, aber wie die meisten Richter kann er manchmal auch ganz schön zynisch sein. Er mag es nicht, wenn jemand vor Gericht eine Schau abzieht, aber im Grunde genommen ist er fair. Wenn er an mir etwas zu bemängeln hat, dann wird er die nächstbeste Gelegenheit nutzen, um auch diesem Pierce am Zeug zu flicken. Jemand hat sogar behauptet, daß er eine Art Strichliste führt. Aber darüber brauchen Sie sich keine Sorgen zu machen. Er hat nicht die Befugnisse eines normalen Richters bei einem zivilen Prozeß. Bei einem Kriegsgericht liegt die Macht woanders. Das war schon immer so.« Corva wies mit einem Kopfnicken auf den Tisch, an dem die Offiziere saßen, die als Geschworene fungieren würden.

»Ja, ich erinnere mich mehr und mehr«, sagte Tyson. »Ich war ja schließlich selbst einmal bei solchen Gerichtsverfahren dabei.«

»Dann wissen Sie wohl«, sagte Corva, »daß hier, anders als bei einem normalen Prozeß, keine Einstimmigkeit bei der Urteilsfindung herrschen muß. Für einen Schuldspruch reicht eine Zweidrittelmehrheit. Und da die Jury aus sieben Personen besteht, sind rechnerisch vier Komma sechs Stimmen für einen Schuldspruch erforderlich, de facto also fünf. Wenn wir von unserem Einspruchsrecht gegen einen der Beisitzer Gebrauch machen, sind es nur noch vier. Anders ausgedrückt: Bei einer siebenköpfigen Jury brauchen wir drei Stimmen, damit die Klage abgewiesen wird. Das müssen wir immer im Auge behalten. Wir dürfen auf keinen Fall durch unser einmaliges Einspruchsrecht einen von den Beisitzern, die für uns stimmen könnten, aus dem Verkehr ziehen. Und nachdem Sie nun ihre Gesichter genau angesehen haben, frage ich Sie noch einmal: Wer soll es sein? Oder sollen alle bleiben?«

»Was meinen Sie denn?«

Corva überflog seine handschriftlichen Notizen und sagte: »Morelli ist *paesano,* Sindel ist eine Frau, und Moore ist der Obmann. Alle sieben haben sich offensichtlich darauf geeinigt, daß Davis als der Jüngste für sie den Laufburschen spielt. Es bleiben also noch Laski und McGregor, beide im Rang eines Lieutenant Colonels, sowie Major Bauer. Drei Kriegsveteranen. Ich wäre dafür, daß einer von ihnen ausscheidet. Sie wissen zuviel und halten sich für qualifiziert, über Sie zu richten.«

Tyson nickte zustimmend.

»Warten wir mal ab, ob Pierce von *seinem* Einspruchsrecht ohne Angabe von Gründen Gebrauch macht.«

Tatsächlich fragte Colonel Sproule in diesem Augenblick Colonel Pierce, der inzwischen wieder Platz genommen hatte: »Macht die Anklage von ihrem Einspruchsrecht gegen ein Mitglied der Jury Gebrauch?«

Pierce antwortete, ohne aufzustehen: »Die Anklage verzichtet auf ihr Einspruchsrecht.«

Nun wandte sich Sproule an Corva: »Möchte die Verteidigung von ihrem Einspruchsrecht Gebrauch machen?«

Corva schaute zu den Beisitzern hinüber. Keiner der sieben Offiziere wich seinem Blick aus. Der Anwalt nahm einen Zettel, kritzelte etwas darauf, faltete ihn zusammen und forderte Tyson auf, ebenfalls einen Namen aufzuschreiben.

Tyson nahm die Mitglieder der Jury nochmals in Augenschein, überlegte kurz, notierte einen Namen und schob den Zettel zu Corva hin. Der faltete das Papier auseinander, und sie stellten fest, daß sie denselben Namen aufgeschrieben hatten: *Laski.*

Corva erhob sich. »Die Verteidigung erhebt Einspruch gegen Colonel Laski«, sagte er.

Der Richter wandte sich daraufhin Lieutenant Colonel Laski zu: »Ich muß Sie bitten, den Gerichtssaal zu verlassen.«

Laski stand auf, widerstrebend, wie es Tyson schien, und verließ den Raum durch die kleine Seitentür.

Captain Longo ging zum Beisitzertisch und half, die neue Sitzordnung entsprechend den Dienstgraden wiederherzustellen.

Nun wandte sich Colonel Sproule Tyson zu. »Angeklagter, wollen Sie sich bitte erheben!«

Tyson kam der Aufforderung nach.

Colonel Sproules Stimme klang lauter, als er verkündete: »Lieutenant Benjamin Tyson, Sie sind angeklagt, gegen Artikel hundertundachtzehn des geltenden Militärrechts verstoßen zu haben. Was haben Sie zu den in der Anklageschrift gegen Sie erhobenen Beschuldigungen vorzubringen?«

Tyson erwiderte mit klarer Stimme und ohne sichtbare Gefühlsregung: »Ich erkläre mich im Sinne der Anklage für nicht schuldig.«

Wie nicht anders zu erwarten, ging ein Raunen durch die Zuschauerbänke. Sproule achtete nicht darauf, sondern wandte sich dem Beisitzertisch zu: »Herr Vorsitzender, es ist nun Ihre und die Aufgabe der übrigen Beisitzer, sich alle Zeugenaussagen anzuhören und die Untersuchungsergebnisse zur Kenntnis zu nehmen.« Er blickte zu Pierce hinüber und fragte: »Möchte die Anklage eine einleitende Erklärung abgeben?«

»Ja, Euer Ehren«, erwiderte Pierce.

»Ich erinnere die Vertreter der Anklage daran«, sagte der Richter, »daß bei Kriegsgerichtsverfahren einleitende Erklärungen nicht vorgeschrieben und eigentlich auch nicht üblich sind. Falls dennoch eine abgegeben wird, sollte sie kurz sein und nur klarstellen, wie die Anklage diesen Fall zu präsentieren gedenkt.«

Pierce nahm diese Ermahnung kommentarlos hin. Er erhob sich, und es fiel Tyson zum erstenmal auf, daß er sein Haar jetzt militärisch kurz trug, vielleicht, um bei den Beisitzern Punkte zu sammeln.

Pierce ging um den Tisch herum zur Mitte des Raumes, wo vorher der Altar gestanden hatte. Er wandte sich den Beisitzern zu, so daß Sproule und die Zuschauer ihn im Profil sahen. »Herr Vorsitzender, meine Damen und Herren Beisitzer«, begann er, »der Angeklagte ist gemäß Artikel einhundertundachtzehn Absatz drei des Mordes angeklagt. Zwar legen wir ihm keinen vorsätzlichen Mord zur Last, doch beschuldigen wir ihn, daß er durch eigenes Handeln beziehungsweise dadurch, daß er anderen Personen nicht Einhalt geboten hat, auf mutwillige Weise den Wert menschlichen Lebens mißachtet, ja sogar einen Massenmord zugelassen hat.« Pierce sprach in ruhigem, gemessenem Tonfall. »Diese Mordtaten wurden vor fast achtzehn Jahren verübt«, fuhr er fort. »Die Namen der unter Punkt eins der Anklageschrift erwähnten Opfer sind nicht bekannt, ich kann sie Ihnen genausowenig nennen wie ihr Alter, ihr Geschlecht. Ja, ich kenne nicht einmal ihre genaue Anzahl. Ich habe weder irgendwelche sterblichen Überreste noch Totenscheine, Gräber oder wenigstens Bilder von ihnen vorzuweisen. Immerhin kann ich jedoch zwei Zeugen benennen, die die Ermordung dieser Personen bestätigen können.« Pierce machte eine Pause und schien nachzudenken. Tyson warf einen Blick in den Zuschauerraum. Ihm wurde bewußt, daß Pierces Stimme ohne Mikrofon nicht sehr weit trug, aber die Folge war, daß alle angestrengt lauschten und genau hinhörten. Dort saßen Hunderte von Männern und Frauen, und sie hielten buchstäblich den Atem an.

Pierce fuhr fort: »Unter Punkt zwei der Klageschrift finden wir Angaben zu Namen, Alter und Geschlecht eines zweiten Personenkreises. Wir haben diese Informationen von der katholischen Hilfsorganisation, für die diese Menschen damals im *Hôpital de la Miséricorde* tätig waren. Laut Auskunft der erwähnten Organisation waren es insgesamt vierzehn, und sie sind im Februar 1968, also während der Tet-Offensive, von einem Tag auf den anderen spurlos verschwunden. Seitdem hat man nie wieder etwas von ihnen gehört. Wir glauben zu wissen, was mit ihnen geschehen ist.« Pierce machte wiederum eine Pause, drehte den Kopf zu Colonel Sproule hin, warf dann über die Schulter noch einen Blick auf Tyson und wandte sich wieder den Beisitzern zu. »Um als Ankläger die Schuld des Angeklagten an diesen Mordtaten nachzuweisen, müssen wir zuvor einige grundlegende Feststellungen machen, nämlich, daß Lieutenant Tyson Führer der an den fraglichen Ereignissen beteiligten militärischen Einheit war; daß Lieutenant Tysons Einheit sich am 15. Februar 1968 in dem zuvor genannten *Hôpital de la Miséricorde* befand; daß Lieutenant Tyson bei der Verübung der hier zu verhandelnden Straftaten persönlich zugegen war; daß an dem erwähnten Schauplatz mutwillig und willkürlich gemordet worden ist; daß Lieutenant Tyson diese Mordtaten entweder selbst angeordnet oder zumindest geduldet hat; und daß Lieutenant Tyson sich mit anderen Personen verschworen hat, über die Umstände dieser Gewaltverbrechen gegenüber seinen militärischen Vorgesetzten Stillschweigen zu bewahren. Hier wird nicht behauptet, daß Tyson eines oder mehrere Opfer eigenhändig umgebracht hat, und die Anklage verzichtet von vornherein auf den Versuch, den Nachweis dafür zu erbringen.« Pierce schaute nacheinander jedem einzelnen Beisitzer in die Augen. »Als Offiziere wissen Sie selbst am besten, daß Lieutenant Tyson in seiner Eigenschaft als Zugführer die Pflicht hatte, ungesetzlichen Handlungen seiner Untergebenen entweder zuvorzukommen, sie zu verhindern, ihnen Einhalt zu gebieten oder sie gegebenenfalls seinen Vorgesetzten zu melden. Falls der Ankläger nachweisen kann, daß er diese ihm vom Gesetz auferlegten Pflichten vernachlässigt hat, dann ist Lieutenant Tyson nach geltendem Recht, nach militärischem Codex und nach der Genfer Konvention des Mordes schuldig.« Colonel Pierce blickte nachdenklich vor sich hin und holte tief Luft. »Ich möchte an dieser Stelle die Aufmerksamkeit des Gerichts auf das sogenannte Landkriegsrecht der Army lenken«, fuhr er fort. »Insbesondere auf Artikel fünfhundertundeins, dessen Wortlaut ich den Mitgliedern des Gerichts in schriftlicher Form vorlegen werde. Er ist überschrieben: Verantwortlichkeit für die Handlungsweise von Untergebenen und lautet folgendermaßen.« Pierce zitierte auswendig: »›In bestimmten Fällen können militärische Führer für Kriegsverbrechen haftbar gemacht werden, die von Untergebenen oder anderen ihnen unterstellten Personen begangen worden sind. Wenn beispielsweise Mitglieder der Streitkräfte unter der Zivilbevölkerung in besetztem Feindesland oder unter Kriegsgefangenen Massaker oder sonstige Verbrechen begehen, sind unter Umständen nicht nur die eigentlichen Täter dafür verantwortlich, sondern auch deren Vorgesetzte.‹« Pierce machte eine halbe Drehung und wies auf Tyson. »Als Offizier hatte Lieutenant Tyson Kenntnis vom Landkriegsrecht, ja es gehörte sogar zu seinen Pflichten, seine Untergebenen über den Inhalt dieses Gesetzestextes aufzuklären. Auf Anweisung des amerikanischen Oberkommandos in Vietnam hatte er jederzeit eine kleine, mit Plastik überzogene Karte mitzuführen, auf der die wichtigsten Bestimmungen dieses Rechts in komprimierter Form abgedruckt waren. Allein dies hätte ihn ständig daran gemahnen müssen, falls es einer solchen Mahnung überhaupt bedurfte, daß die Ermordung von unbewaffneten, wehrlosen und – in diesem Fall – kranken beziehungsweise verwundeten Zivilisten nicht nur eine Verletzung des Landkriegsrechts, sondern insgesamt des geltenden Militärrechts und natürlich auch der Genfer Konvention darstellte. Im übrigen stand ein solches Verhalten in direktem Widerspruch zu allem, was Lieutenant Tyson während seiner Ausbildung gelernt hatte und was er auftragsgemäß hinsichtlich der für den Einsatz in Vietnam geltenden militärischen Grundregeln an seine Männer hätte weitergeben müssen. Als Offizier und militärischer Führer mußte der Angeklagte genau wissen, worin seine Pflichten und Verantwortlichkeiten bei der Führung der ihm unterstellten Personen bestanden.« Pierce machte einen Schritt auf den Beisitzertisch zu. »Als Mitglieder der Jury und als Offiziere sind Sie sich natürlich voll bewußt, daß ein Offizier in seiner Eigenschaft als Vorgesetzter sich aufgrund der

Handlungsweise seiner Untergebenen einer Verletzung des Militärrechts schuldig machen kann, ja daß er sogar einen Mord verüben kann, ohne persönlich daran beteiligt zu sein. Es dürfte Ihnen auch bekannt sein, daß viele besonders brutale und verwerfliche Greueltaten, die von Soldaten an Zivilisten verübt worden sind, sich gerade in der Art und Weise abgespielt haben, wie es die beiden Punkte der Anklageschrift schildern. Die Zeugenaussagen, die Sie hier hören werden, dürften keinen Zweifel daran lassen, daß sich der Angeklagte im Sinne des Militärrechts und aller innerhalb des Offizierscorps gültigen Regeln, Dienstvorschriften, Gebräuche und Traditionen des Mordes schuldig gemacht hat. Ich danke Ihnen.« Pierce ging zurück zu seinem Platz und gestattete sich zum erstenmal einen raschen Blick in den Zuschauerraum.

Richter Sproule richtete das Wort an Corva. »Wünscht die Verteidigung eine einleitende Erklärung abzugeben?«

Corva erhob sich, blieb jedoch hinter dem Tisch stehen. »Ja, Euer Ehren, und die Verteidigung gedenkt sich an die richterlichen Weisungen hinsichtlich solcher Erklärungen zu halten.«

»Beginnen Sie«, forderte Sproule den Anwalt auf.

Vincent Corva blickte sich im Saal um. »Die Verteidigung«, sagte er, »hat im Interesse der Gerechtigkeit und unter Berücksichtigung der Tatsache, daß ein Kriegsgerichtsverfahren kein Vorwand sein darf, um selbstverständliche Wahrheiten zu verschleiern, schon vor Eröffnung des Verfahrens mehrere Sachverhalte als zutreffend erklärt. Erstens: Lieutenant Tyson war tatsächlich Führer des 1. Zuges der Alpha-Kompanie, 5. Bataillon, 7. Regiment, 1. Luftlandedivision. Zweitens: Seine Einheit befand sich zu jenem Zeitpunkt tatsächlich in der Nähe des mutmaßlichen Tatorts im Einsatz und wurde bei einem Gebäude, das, wie sich später herausstellte, ein Krankenhaus war, in Kampfhandlungen verwickelt. Wir sind sogar so weit gegangen zu akzeptieren, daß für die Zwecke dieses Verfahrens die Bezeichnung Hôpital de la Miséricorde für das fragliche Gebäude verwendet wird, von dem zum fraglichen Zeitpunkt niemand der Beteiligten wußte, daß es sich um ein Krankenhaus handelte. Drittens haben wir erklärt, daß Lieutenant Tyson persönlich am Schauplatz der fraglichen Vorfälle war. Die Ausführungen des Anklägers, er müsse eingangs auf gewisse Sachverhalte hinweisen, sind demnach irreführend, denn die Verteidigung hat diese Sachverhalte selbst schon dargelegt. Jegliche Befragung von Zeugen, die dem Gericht den Eindruck vemitteln könnte, der Ankläger habe neue und belastende Fakten vorzuweisen, müßte folglich als... nun ja, als Täuschungsversuch ausgelegt werden.« Corva unterbrach sich kurz und blickte zu Pierce hinüber. Dann wandte er sich an die Beisitzer. »Der Ankläger hat an Sie ausdrücklich als Offiziere appelliert – und an Ihr Verständnis für etwas, das Sie ohnehin schon wissen, nämlich, daß ein Offizier für seine Untergebenen verantwortlich ist.« Wieder machte Corva eine kurze Pause, als zögerte er, dieses Thema weiterzuverfolgen, doch dann sagte er: »Ich will hier niemandem zu nahe treten, aber was der Herr Ankläger zu Ihnen gesagt hat, klang genauso wie das, was man von einem Vertreter des *Judge Advocate General's Corps* in einer solchen Lage erwarten konnte. Doch Sie brauchen solche Ermahnungen und Gedächtnisstützen nicht, denn als Berufsoffiziere stehen Sie mitten im Geschehen und wissen folglich bestens Bescheid.«

Tyson blickte verstohlen zum Tisch der Ankläger hinüber und sah, daß Pierces Gesicht ziemlich rot angelaufen war, doch dieser interessante Anblick war nicht einem Anflug von Scham zu verdanken – Pierce ärgerte sich. Tysons Blick wanderte zurück zu den sieben Offizieren am Beisitzertisch. Deren Gesichter hatten noch immer den scheinbar teilnahmslosen Ausdruck, der für Schöffen und Geschworene so typisch ist.

Corva räusperte sich. »Ich hatte die Ehre, meinem Land als Infanterieoffizier in Vietnam bei zahlreichen Kampfeinsätzen zu dienen. Während jener Zeit fiel es mir nicht schwer, mich an meine Pflichten und an meine Verantwortung, an die Regeln militärischer Führung und an die Vorschriften des Landkriegsrechts zu erinnern, und ich vergaß auch nie, daß letztlich *ich* für die Handlungsweise meiner Männer verantwortlich war. Ich versichere Ihnen, daß sich auch Benjamin Tyson stets seiner Pflichten und Verantwortlichkeiten als Vorgesetzter bewußt war. Dennoch hat die Anklage Sie aufgefordert, sich solche Selbstverständlichkeiten vor Augen zu halten, als wären sie für dieses Verfahren von zentraler Bedeutung. Es geht hier jedoch nicht um die Frage, ob Benjamin Tyson für die Handlungsweise seiner Männer verantwortlich war. Das steht außer Frage. Zu klären ist vielmehr, was seine Männer tatsächlich *getan* haben.« Der Anwalt fuhr sich nachdenklich mit dem Finger über den Nasenrücken. »Und es muß natürlich auch geklärt werden, was Lieutenant Tyson getan hat – und was nicht«, fügte er eindringlich hinzu.

Tyson wurde bewußt, daß Corva keinerlei einleitende Erklärung vorbereitet hatte, sondern aus dem Stegreif die Ausführungen von Colonel Pierce anfocht. Er machte seine Sache wirklich gut.

Wieder blickte Corva jedem einzelnen Beisitzer in die Augen, bevor er weiterredete. »Der Ankläger hat an Sie als Offiziere appelliert und dabei Ihr Verständnis für die besonderen Umstände vorausgesetzt, die in diesem Fall angeblich zum schuldhaften Versagen eines militärischen Kommandierenden geführt haben. Ich hingegen appelliere an Sie als *Soldaten* – Soldaten, die schon Kampfhandlungen an der Front miterlebt haben oder sie zumindest aus den Schilderungen von Offizierskameraden oder Untergebenen kennen. Ich appelliere an Sie, sich stets vor Augen zu halten, daß alles, was Sie im Verlauf dieses Prozesses hören werden, die Aussagen der Entlastungszeugen eingeschlossen, sich auf ein Ereignis bezieht, das fast achtzehn Jahre zurückliegt. Wichtiger noch: Es sind subjektive Schilderungen von Männern, die damals schon sehr viel gesehen und erlebt hatten, deren Blick in der Hitze des Gefechts getrübt war von Angst und innerer Erregung. Es ist die Absicht der Verteidigung, den Nachweis dafür zu erbringen, daß der Tod so vieler Menschen im *Hôpital de la Miséricorde* – und dazu zählen auch die beiden amerikanischen Gefallenen – das Resultat eines Kampfeinsatzes gegen den Feind war und nichts weiter als das. Wenn sich die Berichte über jenen Einsatz in manchen Einzelheiten voneinander unterscheiden, dann erinnern Sie sich bitte an Ihre eigenen Kriegserlebnisse oder an Kriegsgeschichten, die man Ihnen erzählt hat. Bedenken Sie, daß ein heimkehrender Soldat sich nach einiger Zeit nur noch an einen Bruchteil des Erlebten erinnert, weil er dazu neigt, alles zu verdrängen, was ihm unangenehm ist. Letztlich sind alle Kriegserlebnisse, auch die, die man als Zeuge unter Eid berichtet, weder wahr noch falsch. Fakten vermischen sich mit Erdachtem, und jede Zeugenaussage fußt nicht nur auf edlen Motiven, sondern sie stellt zugleich eine Schutzbehauptung dar. Ich danke Ihnen.« Corva ließ sich langsam auf seinen Stuhl sinken.

Colonel Sproules Blick war starr auf einen Punkt irgendwo über den Köpfen der Zuschauer gerichtet. Niemand rührte sich, und im Saal herrschte atemlose Stille. Schließlich blickte Sproule zu Colonel Pierce hinüber und sagte: »Die Anklage kann jetzt ihren ersten Zeugen aufrufen.«

Pierce stand auf und wandte sich an den Sergeanten, der neben der kleinen Tür im Altarraum stand. »Die Anklage bittet, den ersten Zeugen, Mr. Richard Farley, vorzuführen.«

## *Kapitel 44*

Richard Farley kam hinter Sergeant Larson in den Gerichtssaal gerollt: Er saß in einem batteriebetriebenen Rollstuhl. Pierce rückte persönlich den für Zeugen vorbehaltenen Stuhl beiseite und wies Larson den Platz an. Larson drehte den Rollstuhl so, daß Farley den Zuschauerraum überblicken konnte. »Ist es Ihnen so recht?« erkundigte sich Pierce beflissen.

»Ja, Sir«, antwortete Farley mit leiser Stimme.

»Als Nächstes kommt bestimmt: ›Kann ich noch etwas für Sie tun?‹« brummte Corva, und tatsächlich fragte Pierce: »Kann ich noch etwas für Sie tun?«

»Nein, Sir«, erwiderte der Mann im Rollstuhl scheu.

Tyson starrte Richard Farley an. Er trug einen schlechtsitzenden blauen Anzug, hatte langes Haar und eine ungesunde Gesichtsfarbe.

Bevor Pierce eine weitere Höflichkeitsfloskel anbringen konnte, forderte Colonel Sproule zur Vereidigung des Zeugen auf. Es folgte die inzwischen vertraute Zeremonie, dann forderte Pierce den Mann im Rollstuhl auf, Namen, Beruf und Adresse anzugeben.

Farleys dünne Stimme trug nicht sehr weit, daran änderte auch das Mikrofon kaum etwas. »Ich heiße Richard Farley, bin arbeitslos und wohne in der Bergen Street in Newark, New Jersey.«

»Würden Sie bitte auch Ihren damaligen Dienstgrad und Ihre Einheit nennen?«

»Ja, ich war PFC, einfacher Soldat in der Alpha-Kompanie, 5. Bataillon, 7. Regiment, 1. Luftlandedivision.«

»Und welches waren Ihre Pflichten in dieser Einheit?«

Farley dachte über diese Frage nach. »Ich war Soldat«, sagte er schließlich.

»Schütze?« fragte Pierce.

»Ja.«

Ohne den Blick von Farley abzuwenden, sagte Tyson zu Corva: »Das ist ja kaum auszuhalten.«

Der Anwalt nickte.

»Ist Ihnen der Angeklagte bekannt?« fuhr Pierce mit der Befragung fort.

»Sie meinen Lieutenant Tyson?«

Pierce ließ sich nicht anmerken, daß er sich ärgerte. Geduldig fragte er: »Ja. Ist er Ihnen bekannt?«

»Ja, von früher.«

»Mr. Farley, wollen Sie bitte auf den Angeklagten zeigen und seinen Namen nennen?«

Farley blickte Tyson an, zeigte mit dem Finger auf ihn und sagte: »Lieutenant Tyson.«

Tysons und Farleys Blicke kreuzten sich, aber nur für einen Augenblick, dann ließ Farley die Hand sinken und schaute weg.

Corva erhob sich. »Euer Ehren, nachdem nun die dramatische Einleitung vorbei ist, möchte ich Einspruch erheben. Mit dem Finger auf andere zu zeigen und ihre Namen zu nennen ist nicht erforderlich, sofern es nicht um eine tatsächliche Identifizierung geht.«

»Einspruch stattgegeben«, sagte der Richter. »Colonel Pierce, unterlassen Sie das bitte, wenn Sie weitere Zeugen aufrufen.«

Der Vertreter der Anklage sah für einen Augenblick wie ein Junge aus, der etwas ausgefressen hat und dabei erwischt worden ist. Doch dann faßte er sich wieder und begann Farley eine Reihe von eher nebensächlichen Fragen zu stellen. Farley beantwortete sie immer flüssiger, je mehr er sich an diese Art von Fragen gewöhnte.

»Bevor Sie an dem fraglichen Morgen das Dorf An Ninh Ha erreichten«, wollte Pierce wissen, »sind Ihnen da vietnamesische Zivilisten begegnet?«

Farley nickte schon, bevor er die ganze Frage gehört hatte, und Tyson begriff, daß man diesen Teil der Zeugenvernehmung vorher geprobt hatte. Er hätte jedoch nicht sagen können, was Pierce mit dieser Frage bezweckte.

»Da waren ungefähr zehn Zivilisten auf einem dieser Friedhofshügel«, sagte Farley.

»Und was taten die?« fragte Pierce.

»Sie begruben gerade ein paar *gooks.*«

Pierce warf Farley einen strengen Blick zu, und es war unschwer zu erraten, daß er dem Zeugen vor dem Verhör eingeschärft hatte, auf keinen Fall dieses verächtliche Wort zu benutzen. Aber ein *gook* ist nun einmal ein *gook* und nichts als ein gook, dachte Tyson. Fast tat ihm Farley leid.

»Sind Sie zu diesen vietnamesischen Zivilisten hingegangen?« fuhr Pierce rasch fort.

»Ja, Sir.«

»Und wer war noch dabei?«

»Außer mir Lieutenant Tyson, der Funker Kelly und Simcox.«

»Können Sie uns bitte schildern, Mr. Farley, was geschah, nachdem Sie mit diesen vietnamesischen Zivilisten Kontakt aufgenommen hatten?«

Während Farley die Ereignisse auf dem Friedhofshügel schilderte, flüsterte Corva Tyson ins Ohr: »Worum geht es hier eigentlich?«

»Keine Ahnung«, antwortete der achselzuckend.

»Weder Farley noch Pierce haben dies vor dem Verfahren mit einem Wort erwähnt«, stellte Corva fest.

»Ich erinnere mich selbst kaum daran«, meinte Tyson. »Und ich staune über Farleys Gedächtnis.«

Er hörte Farley eine Weile zu und sagte schließlich zu Corva: »Ich glaube, ich weiß jetzt, worauf er hinauswill.«

Pierce sagte in diesem Augenblick zu Farley: »Und es war wirklich Lieutenant Tyson, der diesen Leuten befahl, sich auszuziehen?«

»Ja, Sir.«

»War so etwas üblich?«

»Na ja... manchmal, aber das lief dann nicht so ab. Normalerweise mußten die sich einer nach dem andern ausziehen, unter der

Aufsicht von einem Offizier, einem Sanitäter, vielleicht von einem älteren Soldaten, beispielsweise einem Sergeanten. Einer nach dem anderen, hübsch der Reihe nach.«

»Aber Lieutenant Tyson befahl allen, sich an Ort und Stelle auszuziehen?«

»Ja, Sir.«

»Menschen verschiedenen Geschlechts?«

»Ja, Sir.«

»Und was geschah dann?«

»Er befahl uns, die Leute zu zwingen, sich in die Gräber zu legen, und sie zu erschießen.«

Pierce richtete sich kerzengerade auf, als wäre er schockiert und verblüfft. Er blickte sich kurz im Gerichtssaal um und wandte sich wieder Farley zu: »Wurde der Befehl ausgeführt?«

»Nein, Sir, die Leute hatten ja auch nichts getan, außer daß sie ein paar tote nordvietnamesische Soldaten begraben hatten.«

»Sie meinen, niemand gehorchte? Die Männer weigerten sich, den Befehl auszuführen?«

»Ja, Sir.«

»Aber Sie hörten deutlich, wie Lieutenant Tyson den Befehl gab?«

»Ja, Sir. Er sagte: ›Sie sollen sich in die Gräber legen, und dann erschießt sie!‹ – oder so ähnlich. Die Bauern merkten irgendwie, was los war. Sie hatten mächtige Angst und fingen an zu betteln.«

Pierce blieb noch eine Weile bei diesem Thema, dann sagte er: »Nun gut. Und was passierte, als niemand den Befehl befolgte?«

»Der Lieutenant gab den Befehl zum Abmarsch, und wir gingen zurück zu den anderen.«

»Wie lautete eigentlich der Auftrag für Ihren Zug?«

»Ich glaub', wir sollten irgendwohin in die Nähe von Huê marschieren.«

»Und was sollten Sie da?«

»Einfach nur hin, angeblich waren unsere ›Marines‹ schwer in der Klemme.«

»War das Dorf An Ninh Ha beziehungsweise das dortige Krankenhaus für Ihre Einheit eine Art Zwischenstation?« wollte Pierce wissen.

»Ja, Sir, die *gooks* bei den Gräbern hatten was von einem Krankenhaus erzählt. Lieutenant Tyson ordnete an, daß das unser erstes Ziel sein sollte. Gegenüber einem von uns, ich glaub' es war Simcox, ließ er auch die Bemerkung fallen, dort gebe es bestimmt Weiber.«

»Frauen – im Krankenhaus?«

»Richtig. Frauen, Duschen und was Warmes zum Essen. Wir waren alle ganz versessen darauf, dorthin zu kommen.«

»Hatten Sie von Anfang an den Eindruck, daß Lieutenant Tyson die Absicht hatte, das Krankenhaus zu besetzen?«

»Na ja, ich glaub' schon. Normalerweise nahmen wir uns, was wir brauchten.«

»Und Sie sind sicher, daß Lieutenant Tyson und alle anderen genau wußten, daß sie zu einem Krankenhaus unterwegs waren?«

»Ja, Sir. Wie gesagt, wir konnten es kaum abwarten hinzukommen. Aber als wir dann da waren, wünschten wir, wir wären niemals dorthin gegangen.«

Pierce ließ die Worte ein Weilchen wirken, dann fuhr er fort. »Mr. Farley, schildern Sie uns mit Ihren eigenen Worten, was geschah, nachdem Sie das Dorf An Ninh Ha erreicht hatten. Lassen Sie keine Einzelheit weg, auch wenn sie noch so unwichtig erscheinen mag.«

»Okay.« Farley verstrickte sich in eine lange, umständliche Schilderung. Er wirkte verwirrt und unsicher, aber Pierce unterbrach ihn nie, sondern ermunterte ihn höchstens durch Bemerkungen wie: »Bitte fahren Sie fort« oder: »Und was geschah dann?« Tyson gestand sich ein, daß Pierce sehr schlau vorging, indem er den Zeugen so drauflosreden ließ.

Als Farley sich anschickte, das Blutbad zu beschreiben, blickte sich Tyson verstohlen im Saal um. Die meisten Zuschauer hatten sich vorgebeugt und hörten so atemlos zu, wie es in diesem Raum wohl noch kein Pastor, Priester oder Rabbi erlebt hatte.

Zögernd und nach Worten suchend berichtete Farley von den damaligen Ereignissen, er vergaß ein paar Namen, widersprach sich selbst ein dutzendmal, schien dabei frei von Reue zu sein und sagte unbeabsichtigt sogar ein paar Dinge, die dem Angeklagten zugute kamen. Insgesamt war die Wirkung dieser ersten Zeugenaussage jedoch verheerend. Schlimmer kann es nicht mehr kommen, sagte sich Tyson. Es gab wahrscheinlich im ganzen Saal keinen einzigen Menschen, der am Ende von Farleys Bericht nicht der Überzeugung war, daß der erste Zug der Alpha-Kompanie vor vielen Jahren tatsächlich die gesamte Belegschaft eines Krankenhauses niedergemetzelt hatte. Eine Stunde und fünfzehn Minuten waren verstrichen, als Farley schließlich sagte: »Als es draußen dämmerte, hatten wir die Geschichte endlich intus. Einer von unseren Leuten – ich glaube, es war Louis Kalane – forderte uns alle auf, sich im Kreis hinzuhocken und die rechte Hand in die Mitte zu strecken. Na ja, das haben wir dann auch gemacht und uns gegenseitig geschworen, daß wir für alle Zeiten darüber schweigen würden. Die Jungs waren wirklich in Ordnung. Haben immer gut zusammengehalten.« Farley wischte sich den Schweiß von der Stirn.

Pierce betrachtete lange seinen Zeugen, er schien sich nicht entscheiden zu können, ob er sich fürsorglich nach Farleys psychischem und körperlichem Befinden erkundigen oder ihm noch ein paar wichtige Fragen stellen sollte. Nach einer Weile sagte er: »Hat der Angeklagte auch seine Hand in die Mitte gelegt und zusammen mit den anderen gelobt, die Umstände des Massakers zu vertuschen?«

»Ja, Sir, er war es ja, der sich die ganze Geschichte ausgedacht hat. Er hatte wirklich 'ne Menge auf dem Kasten.«

»Wirklich?« Pierce gestattete sich ein Lächeln. Gelöst fragte er den Zeugen, ob er ein Glas Wasser wünsche.

Farley war im Geiste ganz woanders, er runzelte die Brauen, als verstünde er die Frage nicht.

»Wollen Sie sich ein bißchen ausruhen?« Pierce gab sich sehr besorgt.

Als Farley nickte, wandte sich der Anklagevertreter an den Richter: »Euer Ehren, die Verhandlung braucht nicht unterbrochen zu werden, der Zeuge braucht nur ein paar Minuten Ruhe, hier an Ort und Stelle.«

»Lassen Sie sich Zeit«, sagte Sproule.

Pierce gab Captain Longo ein Zeichen, der Farley daraufhin ein Glas Wasser brachte.

»Haben Sie eine Erklärung für diese Geschichte mit den Gräbern?« fragte Corva seinen Mandanten in gereiztem Tonfall.

»Ja, Vietnam«, gab Tyson ebenso gereizt zurück.

»Das reicht wohl kaum. Haben Sie befohlen, die Bauern zu erschießen?«

»Ja.«

Corva rückte unwillkürlich ein bißchen von ihm ab.

»Hören Sie mal, Vince, ich erzähl' Ihnen nachher, was passiert ist, dann können Sie selbst entscheiden, ob Sie ein Monster verteidigen oder nicht. Okay?«

Der Anwalt nickte. »Erzählen Sie mir es, bevor ich ihn ins Kreuzverhör nehme. Ich... ich bin mir sicher, daß es eine Erklärung gibt. Kapieren Sie, was Pierce vorhat?«

»Ja. Er will den Eindruck erwecken, daß ich damals in der richtigen psychischen Verfassung für ein Blutbad war.« Tyson besann sich einen Augenblick. »Dieser Farley klingt glaubwürdig, stimmt's?«

»Zeugen, die so unbeholfen daherreden wie er, machen mir immer angst«, erwiderte Corva. »Aber im Kreuzverhör gehen sie dann in die Knie. Ich werde Mr. Farley Stück für Stück auseinandernehmen.«

Tyson blickte zu dem Mann im Rollstuhl hinüber. »Es tut mir wirklich leid, daß es ihm so schlechtgeht.«

»Machen Sie sich seinetwegen keine Sorgen. Es könnte gut möglich sein, daß er Sie ins Zuchthaus bringt«, sagte Corva herzlos. »Wenn Sie mich übrigens nach seinem Motiv fragen, dann würde ich sagen, daß Brandt ihn irgendwie an der Leine hat. Vielleicht spielen da sogar Drogen eine Rolle, aber das werden wir wohl nie erfahren.«

»Mir ist etwas eingefallen, als Sie mich nach einem möglichen Motiv fragten«, sagte Tyson. »Ich habe mich damals kaum darum gekümmert, welche zwischenmenschlichen Beziehungen es in meiner Einheit gab. Das ist nicht Sache eines Offiziers. Jetzt erinnere ich mich jedoch, daß Farley und Cane dick miteinander befreundet waren. Seltsam, daß ich nicht früher darauf gekommen bin und zwei und zwei zusammengezählt habe. Farley hat nach dem Vorfall nie was zu mir gesagt, er hat wohl alles in sich reingefressen und allmählich vergessen. Brandt hat ihm vermutlich einen Floh ins Ohr gesetzt. Farley macht auf mich den Eindruck, als hätte er keinen richtigen Freund mehr gehabt seit dem Tag, als seine Wirbelsäule von einem Schrapnellsplitter durchschlagen wurde. Vielleicht hat er die Vergangenheit romantisch verbrämt, obwohl weiß Gott nichts Romantisches daran war.«

»Es ist aber was Romantisches daran, wenn man in der Vergangenheit auf seinen eigenen Beinen stehen konnte«, erwiderte Corva nachdenklich. »Jedenfalls wollen wir dieses Motiv im Auge behalten. In der Mittagspause brauche ich von Ihnen genügend Informationen über diesen Mann, damit ich ihn mir richtig vorknöpfen kann. Ich will ihn so auseinandernehmen, daß Pierce ihn nicht noch einmal in den Zeugenstand rufen läßt. *Capito?*«

»Ja, ich habe kapiert.«

In diesem Moment sagte Pierce zu Colonel Sproule: »Ich glaube, wir können jetzt weitermachen, Euer Ehren.« Er wandte sich Farley zu. »Mr. Farley, Sie haben ausgesagt, Sie hätten sich im Operationssaal des Krankenhauses aufgehalten, als Lieutenant Tyson einen heftigen Wortwechsel mit einem Französisch sprechenden Mann weißer Hautfarbe hatte, den Sie selbst für einen Arzt hielten. Es sei zu der Auseinandersetzung gekommen, weil der Arzt sich allem Anschein nach geweigert hatte, einen Verwundeten Ihrer Einheit, nämlich Arthur Peterson, zu behandeln. Ist das korrekt?«

»Ja, Sir.«

»Und Sie haben selbst gesehen, daß Lieutenant Tyson den Arzt ins Gesicht schlug?«

»Ja, Sir.«

»Sie haben weiterhin ausgesagt, daß Sie selbst dem Arzt anschließend einen Schlag mit Ihrem Gewehr versetzt haben.«

»Ja, Sir«, gab Farley zögernd zu.

»Warum haben Sie den Arzt geschlagen?«

»Ich... ich dachte, er wollte Lieutenant Tyson an den Kragen. Der Lieutenant hatte den Mann nicht k. o. geschlagen, sondern ihm nur eine gewischt. Deshalb hab' ich ihm eins mit dem Gewehr verpaßt.«

»Und wohin haben Sie ihn geschlagen?«

»In den Bauch.«

»Mit Ihrem M-16-Sturmgewehr? Sie hatten doch ein M-16?«

»Ja, Sir, das ist 'ne ziemlich leichte Waffe mit einem Kolben aus Plastik. Ich hab' dem Kerl nur einen kleinen Schubs gegeben. Grade genug, daß er sich ein bißchen zusammengekrümmt hat.«

»Sie haben ihn nicht niedergeschlagen?«

»Nein, Sir, er blieb auf den Beinen und hat schon 'ne Minute später wie wild drauflosgeredet.«

»Und Sie dachten, er könnte auf Lieutenant Tyson losgehen?«

»Ja, Sir, der Kerl war stinksauer. Deshalb hab' ich ihn ein bißchen abgekühlt.«

Farley schien einen Moment über die Zeiten nachzudenken, als er noch zu so etwas imstande gewesen war.

»Hielten Sie es für falsch oder für richtig, daß Sie den Mann mit dem Gewehr geschlagen hatten?«

»Man soll wohl nie jemanden grundlos schlagen, aber ich hab' eben geglaubt, daß ich einen guten Grund hatte; schließlich hatte der Lieutenant ihn ja auch geschlagen.«

Pierce nickte. Langsam und sehr betont fragte er den Zeugen: »Sie haben ausgesagt, daß nach diesem Vorfall Lieutenant Tyson Hernando Beltran den Befehl gab, einen Patienten von einem der Operationstische herunterzunehmen – es gab davon sechs in dem ziemlich geräumigen Operationssaal – und statt dessen Arthur Peterson auf den Tisch zu legen. Stimmt das?«

»Ja, Sir. Lieutenant Tyson kümmerte sich persönlich um Peterson, aber dadurch gab es noch mehr Streit mit den anderen Ärzten. Plötzlich ging der Doktor, der Englisch sprach, auf einen von uns los, der daraufhin reflexartig auf den Abzug drückte und den Arzt umlegte.«

»Hat Lieutenant Tyson zu diesem Zeitpunkt irgend etwas gesagt oder getan?«

»Nein, Sir.«

»Er hat nichts zu dem Mann gesagt, der den Englisch sprechenden Doktor erschossen hatte?«

»Nein, Sir.«

»Und danach hat, wie Sie sagen, einer den Französisch sprechenden Arzt erschossen?«

»Ja, Sir.«

»Sie erinnern sich nicht, wer die beiden Ärzte erschossen hat, aber Sie glauben zu wissen, daß es beide Male derselbe war?«

Farley fuhr sich mit der Zunge über die Lippen. »Na ja, wissen Sie, ich sag' so was ungern, wenn ich mir nicht ganz sicher bin, aber ich glaub', es war Simcox.«

»Harold Simcox?«

Corva stand auf. »Euer Ehren, bitte lassen Sie im Protokoll vermerken, daß Harold Simcox inzwischen verstorben ist und sich deshalb gegen derartige Behauptungen nicht mehr zur Wehr setzen kann.«

»Der Einwand wird ins Protokoll aufgenommen«, sagte Sproule. »Bitte fahren Sie fort, Colonel Pierce.«

»Wie kommen Sie darauf, daß beide Ärzte von derselben Person erschossen wurden?« fragte Pierce den Zeugen.

»Ich weiß nicht. Der erste hatte selber schuld, er hat es fast drauf angelegt, und der zweite war dieser Franzose, der sich geweigert hatte, Peterson zu helfen.«

»Sie meinen den Arzt, den Lieutenant Tyson ins Gesicht geschlagen hat?«

»Ja, Sir.«

»Was hat Lieutenant Tyson gesagt oder gemacht, nachdem der zweite Arzt erschossen worden war?«

»Nichts.«

»War er damit einverstanden?« wollte Pierce wissen. »Hat er ›Aufhören!‹ oder so ähnlich gerufen?«

»Nein, Sir, ihm war anscheinend alles egal. Wissen Sie, Brandt hatte kurz vorher gebrüllt, daß Peterson tot sei. Ich glaub', daß es Lieutenant Tyson von da an egal war, was mit den Ärzten passierte. Meiner Meinung nach war er furchtbar wütend.«

»Sie haben an einer Stelle ausgesagt, Lieutenant Tyson habe den Befehl erteilt – einen unmißverständlichen Befehl! –, im Krankenhaus alle gegnerischen Soldaten unter den Verwundeten und Kranken zu identifizieren und sie zu erschießen. Sagte er nicht: ›Macht sie fertig!‹?«

Farleys Lippen kräuselten sich zu einem fast verschmitzten Lächeln. »Ja, Sir, so sagten wir damals immer – macht sie fertig!«

»Und das bedeutete?«

»Bringt sie um!«

»Lieutenant Tyson ordnete also an, feindliche Soldaten umzubringen, die sich im Krankenhaus von ihrer Verwundung oder irgendeiner Krankheit erholten?«

»Ja, Sir. Also gingen ein paar von uns los und haben die Sache erledigt.«

»Haben Sie es selbst gesehen?«

»Nein, Sir, ich war noch im Operationssaal. Da hab' ich erlebt, wie zwei ›fertiggemacht‹ wurden. Jemand von uns zog seine Fünfundvierziger, nachdem er auf den Operationstischen zwei Nordvietnamesen entdeckt hatte – das heißt, der eine lag auf dem Boden, weil Beltran ihn dorthin gelegt hatte. Der Kamerad mit der Fünfundvierziger schoß den beiden eine Kugel in den Kopf.«

»Hat Lieutenant Tyson das beobachtet?«

»Na klar. Er war doch dabei!«

»Hat er irgend etwas gesagt oder getan?«

»Nein, Sir, er stand nur rum und schaute zu.«

»Sie haben vorhin gesagt, im Krankenhaus habe niemand Widerstand geleistet, weder mit Waffen noch sonstwie.«

»Ja, das stimmt, Sir.«

»Was führte dann Ihrer Meinung nach dazu, daß auch Patienten erschossen wurden, die *keine* kranken oder verwundeten Feinde waren? Und warum wurde das gesamte Krankenhauspersonal erschossen, nachdem man die beiden Ärzte umgebracht hatte? Anders ausgedrückt, Mr. Farley: Wie kam das ganze von Ihnen beschriebene Massaker zustande?«

»Wir sind eben alle durchgedreht«, erwiderte Farley. »Unsere Leute fanden sieben oder acht Nordvietnamesen in den Betten und erschossen sie. Da wollten ein paar andere wegrennen – Krankenschwestern und Ärzte –, aber sie wurden auch umgelegt. So kam eins zum anderen. Mehr weiß ich nicht, weil ich die ganze Zeit über im Operationssaal war. Ich kann nur erzählen, was ich da mit eigenen Augen gesehen hab'.«

»Haben Sie selbst im Operationssaal auf jemanden geschossen?«

Farley befeuchtete sich die Lippen mit der Zunge. »Ja, ich hab' ein paar Schüsse abgegeben, aber nur auf die Leute, die wegrennen wollten.«

»Nachdem die Männer angefangen hatten, die Patienten und das Personal zu erschießen, nachdem sie also weit über das hinausgegangen waren, was Lieutenant Tyson ihnen befohlen hatte, nämlich die verwundeten und kranken gegnerischen Soldaten zu erschießen – hat Lieutenant Tyson da irgend etwas unternommen, um das Blutbad zu stoppen?«

»Nein, Sir.«

»Haben Sie sich die meiste Zeit in seiner Nähe aufgehalten?«

»Ja, Sir. Die meiste Zeit waren wir im Operationssaal. Ich bin nur einmal für ein paar Minuten weg. Als ich zurückkam, war die Schießerei zu Ende, und Lieutenant Tyson war nicht mehr da. Ich hab' ihn erst draußen vor dem Haus wiedergesehen. Unsere Leute hatten inzwischen das Gebäude umzingelt. Ich hab' Ihnen schon gesagt, daß ein paar von uns Phosphorgranaten in das Krankenhaus geworfen hatten und daß der ganze Laden in Flammen stand. Deswegen waren wir alle draußen. Ein paar von den Leuten, die drinnen waren, versuchten noch ins Freie zu kommen, aber sie wurden von unseren Leuten erschossen. Lieutenant Tyson wartete ab, bis der Dachstuhl zusammenkrachte. Erst dann gab er den Befehl zum Aufbruch. In der Nähe von Huê fanden wir einen Bunker und richteten uns dort für die Nacht ein. Lieutenant Tyson rief Captain Browder ein paarmal über Funk an und erzählte ihm, wir seien in ein Gefecht verwickelt worden. Das sind wir ja auch fast, denn Peterson wurde von einem Heckenschützen verwundet und Moody getötet. Wenn ich mich nicht irre, behauptete Lieutenant Tyson, der Gegner habe zehn bis zwölf Gefallene gehabt.«

»Und Cane? War er nicht auch von dem Heckenschützen erschossen worden?« half Pierce nach.

»Richtig, dadurch kam die Sache ja überhaupt erst in Gang. Der Mann saß oben auf dem Dach des Krankenhauses und schoß auf uns. Wir waren alle mit den Nerven fertig. Also sind wir nichts wie rein in das Krankenhaus, und da haben wir dann ein bißchen verrückt gespielt. Ich meine, da lagen diese nordvietnamesischen Soldaten in den Betten, und die Ärzte, Weiße wie wir, sagten zu uns: ›Tut uns leid, wir können euch nicht helfen.‹ Logisch, daß wir stinksauer waren. Kann sein, daß viele von uns den Befehl vom Lieutenant nicht richtig verstanden haben.«

»Sie meinen den Befehl, die nordvietnamesischen Soldaten zu töten, die sich als Patienten im Krankenhaus befanden?«

»Ja, Sir.«

»Hat Lieutenant Tyson irgend etwas unternommen, damit sein Befehl richtig verstanden wurde?«

»Nein, Sir, aber ich glaube nicht, daß er sie alle umbringen lassen wollte. Sobald es aber richtig losging, bekam er es wohl mit der Angst und hielt sich raus. Die Zeit war sowieso reif für eine Abrechnung.«

»Eine Abrechnung?«

»Ja, Sir, so nannten wir das. Ab und zu mußten die Konten ausgeglichen werden. Einmal – Lieutenant Tyson hatte unseren Zug noch nicht übernommen – verloren wir ein paar Leute in einem Minenfeld dicht bei Quang Tri. Daraufhin haben wir die *gooks* aus dem nächsten Dorf zusammengetrieben und sie gezwungen, vor uns durch das Minenfeld zu gehen. Das war so eine ›Abrechnung‹, aber die Geschichte gehört vielleicht nicht hierher.«

Pierce wandte sich ab und zog die Augenbrauen in die Höhe, damit jeder sehen konnte, daß Farley zwar sein Zeuge, nicht jedoch sein guter Freund war. Er räusperte sich und sagte: »Die Sache mit dem Heckenschützen lief also auch auf eine Abrechnung hinaus?«

»Ja, wir wollten ihnen das heimzahlen und auch das Mörserfeuer der vergangenen Nacht und Phu Lai. Und alles andere. Und weil wir nach Huê marschieren mußten. Und weil die Leute im Krankenhaus uns wie ein Stück Scheiße behandelten. Entschuldigung.«

»Hat Lieutenant Tyson deshalb den Befehl gegeben, die nordvietnamesischen Soldaten zu erschießen? Und ist er deshalb nicht eingeschritten, als seine Untergebenen weit über den eigentlichen Befehl hinausgingen?« fragte Pierce, der versuchte, beim Thema zu bleiben.

»Ja, Sir, genau deshalb.«

»Und danach hat er sich diese Geschichte ausgedacht, um alles zu vertuschen?«

»Ja.«

»Weil alles eine *Abrechnung* war?«

»Ja, Sir.«

»Vielen Dank. – Euer Ehren, ich habe keine weiteren Fragen, aber ich behalte mir das Recht vor, den Zeugen erneut aufzurufen.«

Colonel Sproule blickte Corva an. »Wünscht die Verteidigung den Zeugen ins Kreuzverhör zu nehmen?«

Corva erhob sich. »Ja, Euer Ehren, aber es ist bald Zeit fürs Mittagessen. Darf ich deshalb vorschlagen, die Verhandlung zu unterbrechen?«

»Ich möchte Sie nicht um Ihr Mittagessen bringen, Mr. Corva«, erwiderte Sproule. »Geben Sie mir nur ein paar Minuten für die Rechtsbelehrung des Zeugen.«

Ein paar Leute, darunter Pierce, Weinroth und Longo, lachten. Auch die Beisitzer konnten sich ein Lächeln nicht verkneifen.

Corva schmunzelte gutmütig, sagte dann jedoch ziemlich streng: »Euer Ehren, ich bin durchaus bereit, zu Nutzen und Frommen der Gerechtigkeit das Mittagessen zu verschieben. Wenn also der Zeuge, der auf mich einen etwas verwirrten Eindruck macht, in der Lage ist weiterzumachen, werde ich sofort mit dem Kreuzverhör beginnen.«

Colonel Sproule musterte Corva sekundenlang, bevor er zu dem Beschluß kam: »Wir machen jetzt eine Mittagspause.« Sproules Blick wanderte zu Farley. »Mr. Farley, ich danke Ihnen für Ihre Aussage. Sie sind einstweilen entlassen. Bitte sprechen Sie während der gesamten Dauer dieses Prozesses nicht mit anderen Personen über Ihre Zeugenaussage oder über Dinge, die dieses Verfahren betreffen. Davon ausgenommen sind nur die hier anwesenden Mitglieder des Gerichts und der Angeklagte. Falls jemand den Versuch unternimmt, mit Ihnen ins Gespräch zu kommen, informieren Sie bitte sofort Colonel Pierce, Major Weinroth oder Captain Longo. Haben Sie diese Instruktionen gut verstanden, Mr. Farley?«

Es war Farley nicht anzusehen, ob er alles begriffen hatte, aber er sagte: »Ja, Sir« und setzte seinen batteriebetriebenen Rollstuhl in Gang, indem er auf einen Knopf drückte. Der Rollstuhl gab ein leises, sirrendes Geräusch von sich, als er losfuhr. Pierce mußte einen Schritt zur Seite machen, als Farley am Tisch der Beisitzer vorbei auf den Seitenausgang zusteuerte.

Sproule wartete ab, bis der Zeuge den Raum verlassen hatte. Erst dann sagte er: »Die Verhandlung wird um vierzehn Uhr fortgesetzt.«

Tyson und Corva standen auf. »Es ist äußerst deprimierend«, sagte Ben.

»Niemand hat behauptet, daß dies erbaulich sein würde. Wo wollen Sie essen?«

»In Paris.«

Das Auto der Militärpolizei setzte sie vor dem Wohnheim ab, in dem die unverheirateten Offiziere wohnten. Es lag am nördlichen Rand des Garnisonsgeländes. Sie betraten eine nüchterne Vorhalle und gingen in den dritten Stock hinauf. Corva öffnete eine Tür, die in einen ziemlich großen Wohnraum mit Eßecke führte, der recht ordentlich mit modernen schwedischen Möbeln eingerichtet war. Der rötliche Teppichboden schien von guter Qualität zu sein, und überall an den Wänden klebten Zettel – Corvas Notizen.

Der Anwalt forderte Tyson auf, an einem Tisch Platz zu nehmen, auf dem Bücher, Notizblöcke und allerlei Schriftstücke aufeinandergehäuft lagen. Auf dem Fußboden entdeckte Tyson mehrere Stapel Zeitungen, noch mehr Bücher und ein paar Aktenordner. »Und ich dachte, Sie schütteln sich alles aus dem Ärmel«, sagte er zu Corva.

»Das hier hat man mir als Quartier zugewiesen«, erklärte der Anwalt. »Von heute an werden wir hier unsere Besprechungen abhalten. Ich habe dem Garnisonskommandanten erklärt, daß wir keine anständige Verteidigung auf die Beine stellen können, wenn wir bei Ihnen im Haus im Beisein von Ihrer Frau und Ihrem Sohn arbeiten müssen. Sie dürfen ohne weitere Formalitäten jedesmal herkommen, wenn ich Sie rufen lasse. Okay?«

»Okay.«

»Falls es Ihnen zu Hause mal zu eng wird, rufen Sie mich einfach in meinem Büro oder daheim an. Dann komme ich sofort her, und Sie können sich bei mir ausweinen.«

»Danke.«

Corva ging zu einem kleinen Kühlschrank und kam mit zwei Flaschen Bier und zwei eingewickelten Sandwiches zurück. Er setzte sich Tyson gegenüber und wickelte sein Sandwich aus. Kauend sagte er: »Also eine *Abrechnung* war das?«

Tyson nickte. »›Habt ihr es damals nicht so genannt?«

»Ich glaube schon. Es wurde bei uns zwar nicht zu einer festen Einrichtung, aber ich weiß noch genau, welche innere Haltung dahinterstand.«

Tyson trank einen Schluck Bier. »Ich schätze, es war wirklich eine Abrechnung. Wie sagten die Nazis dazu? Repressalien?«

»Richtig. Repressalien dieser Art sind in dem von Pierce zitierten Landkriegsrecht ausdrücklich verboten. Ich bin froh, daß man sich auch im Krieg an Regeln halten muß. Können Sie sich vorstellen, wie gefährlich der Krieg sonst wäre?« spottete Corva.

Tyson zündete sich eine Zigarette an. »Eines hat Farley in seiner Beschränktheit richtig gesehen, nämlich daß die Leute in dem Krankenhaus uns nicht mochten. Es stimmt auch, daß sie uns mit Sicherheit nicht so gut behandelten wie unsere Feinde, die schon vor uns da waren. Ich weiß nicht, ob sie einfach nur mit dem Feind sympathisierten oder ob sie vor ihm mehr Angst hatten als vor uns. Vor uns hatten sie nämlich überhaupt keine. Ich nehme an, das war auch gut so. Zumindest bedeutet das, daß wir keinen schlechten Ruf hatten. Aber als sie uns dann ihre Verachtung spüren ließen... Na ja, sie wußten eben nicht, daß wir ganz scharf darauf waren, uns für all das zu rächen, was wir in den vergangenen Wochen hatten einstecken müssen.« Tyson warf Corva einen Blick zu. »Klingt wohl verdammt nach Selbstrechtfertigung, stimmt's?«

»Ich halte mich einstweilen mit meinem moralischen Urteil zurück«, erwiderte Corva und nahm einen Schluck Bier. »Erzählen Sie mir von dem Zwischenfall auf dem Friedhofshügel!«

Tyson berichtete alles so gut, wie er sich erinnern konnte, und schloß mit den Worten: »Farley ist eher ein schlichtes Gemüt, wie Sie bestimmt selbst gemerkt haben. Er nahm schon damals alles wörtlich. Einmal beklagte er sich über irgend etwas, und da sagte ich im Spaß zu ihm, er sei eigentlich zu schade für einen einfachen Schützen und es sei meine Absicht, dem Kommandeur des Bataillons vorzuschlagen, ihn als Analytiker beim Nachrichtendienst einzusetzen. Am nächsten Tag fragte er mich, was daraus geworden sei. Es war äußerst frustrierend, mit Leuten zu tun zu haben, die keinen Sinn für meinen Humor hatten.«

Corva grinste.

»Aber wenn ich an den Vorfall auf dem Friedhofshügel zurückdenke«, fuhr Tyson fort, »dann glaube ich, daß er sehr wohl verstand, was ich mit meinem Befehl, die Leute zu erschießen, meinte, nämlich daß meine Leute endlich die Schnauze halten sollten. Ich hatte diese idiotische Art satt, wie sie die Vietnamesen durch Drohungen einzuschüchtern versuchten. Natürlich hätte ich nie zugelassen, daß man diese Leute einfach abknallte.«

»Das brauchen Sie mir nicht zu sagen. Tut mir leid, wenn ich vorhin ein bißchen falsch reagiert habe. Die Sache ist die, daß uns diese Geschichte nicht sehr gutgetan hat. Sie wirft ein schlechtes Licht auf Sie. Lassen Sie uns jetzt über das Kreuzverhör reden.«

»Ich will kein Kreuzverhör.«

»Wie bitte?«

»Ich will nicht, daß Sie den Mann auseinandernehmen.«

»Aber warum nicht?«

»Wenn Sie Farleys Aussage zerpflücken, dann geben wir Pierce genug Zeit, um aus Brandts Story alle Schwachstellen auszumerzen, bevor der in den Zeugenstand tritt. Farley ist sozusagen der *gook* im Minenfeld, Vince. Pierce will, daß er ihm zeigt, wo die Minen versteckt sind, damit er für Brandt die gefährlichen Stellen markieren kann. *Capito?*«

Corva kaute eine Weile an seinem Sandwich herum. »*Capito*«, sagte er dann. »Sie meinen, wenn ich beispielsweise versuche, Farley zu dem Geständnis zu bewegen, Sie hätten Larry Cane erschossen, um das Blutbad zu stoppen, daß Brandt dann gewarnt ist und sich entsprechend vorbereiten kann?«

»Richtig.«

»Und je mehr ich Farley auseinandernehme, desto mehr wird Brandt in der Lage sein, uns eine Version von den Vorfällen aufzutischen, die der Wahrheit näher ist, selbst wenn er dadurch Farleys Zeugenaussage teilweise widerspricht? Wollen Sie das verhindern, weil es Ihnen darauf ankommt, Brandt als Lügner zu entlarven?«

Tyson ließ die Frage unbeantwortet.

»Nun«, gestand Corva ein, »Ihre Gedankengänge sind zwar ganz schön verwickelt, aber dahinter steckt eine gute Taktik. Ich darf mir nicht von Pierce in die Karten schauen lassen, damit er Brandt keinen Wink gibt. Sie sind an einer Abrechnung interessiert. Na schön, dann nehmen wir Farley eben nicht ins Kreuverhör. Wir können später auf ihn zurückgreifen. Und was die Sache mit dem Friedhofshügel angeht, so könnte ich ihn vermutlich einen Monat lang in die Mangel nehmen, ohne das Gericht von dem überzeugen zu können, was Sie mir gerade erzählt haben und was ich Ihnen auch glaube. Mag diese Runde getrost an den Gegner gehen. Mich interessiert jetzt nur eines: Wo, wann und wie können wir diesen Steven Brandt als Lügner entlarven?«

»Im Zeugenstand – nachdem er seine erste Lüge erzählt hat.«

»Ich kann es versuchen, indem ich ihn ins Kreuzverhör nehme, ich kann mich auch auf die Aussagen unserer eigenen musterhaften Zeugen berufen oder auf Ihre eigene Version.«

»Abwarten. Bleiben Sie flexibel.«

Corva schnaubte verächtlich durch die Nase. »Flexibel! Was Sie nicht sagen.« Er legte seine Hände auf einen Bücherstapel und lehnte sich vor. »Ich möchte Sie nur daran erinnern, daß *Sie* vor Gericht stehen, nicht Steven Brandt! Sie sind das, was man den Angeklagten nennt. Ich gehe oft auf die Wünsche meiner Mandanten ein, und vielleicht sind deshalb so viele von ihnen hinter Gittern. Aber diesmal decken sich Ihre Wünsche nicht mit meinen eigenen Bedürfnissen. Sie müssen mit dem fertig werden, was bei diesem Prozeß herauskommt, Ben. Wenn dies für Sie eine Art rituelle Teufelsaustreibung ist und wenn Sie unbedingt ins Zuchthaus von Leavenworth wollen, weil Sie sich dort wohler in Ihrer Haut fühlen, dann können wir es meinetwegen auf Ihre Art machen.«

»Gut. Ich bin froh, daß Sie das so sehen.«

»Okay. Wollen Sie noch ein Sandwich?«

»Nein.«

»Ich auch nicht.«

Um vierzehn Uhr wurde die Verhandlung fortgesetzt, und als auf Colonel Sproules Frage an Corva, ob er den Zeugen Farley zu befragen wünsche, der Anwalt mit einem knappen »Nein« antwortete, entstand im Publikum Geraune. Der Colonel warf einen wütenden Blick in den Zuschauerraum. Dann wandte er sich wieder Corva zu und fragte: »Sie verzichten auf ein Kreuzverhör?«

»Nein, Euer Ehren, wir behalten uns nur das Recht vor, den Zeugen zu einem späteren Zeitpunkt zu vernehmen.«

Der Richter sah etwas unschlüssig drein, dann richtete er das Wort an Colonel Moore: »Hat die Jury irgendwelche Fragen?«

»Jawohl, Euer Ehren«, antwortete Moore.

»Manchmal«, flüsterte Corva Tyson ins Ohr, »finde ich die Idee, daß auch Geschworene und Schöffen Fragen stellen dürfen, ganz gut, aber es kommt immer auf den jeweiligen Fall an. Mal sehen, was die wissen wollen.«

Inzwischen hatte Colonel Sproule zu einer ausführlichen Rechtsbelehrung der Beisitzer angesetzt. Zum Schluß forderte er Moore auf, mit dem Verhör zu beginnen.

Der warf einen Blick auf seine Notizen und erklärte: »Major Sindel wünscht dem Zeugen die erste Frage zu stellen.«

Major Virginia Sindel lehnte sich ein wenig zu Farley hin. »Mr. Farley, Sie haben ausgesagt, Sie hätten ein paar Schüsse auf Personen abgefeuert, die zu fliehen versuchten. Hat einer dieser Schüsse getroffen?«

Farley kaute auf seiner Unterlippe herum und antwortete nach einer Weile: »Nein, Madam.«

»Vielen Dank. Und noch eine Frage: Sie haben mehrmals geäußert, Lieutenant Tyson habe nichts gesagt oder getan, um dem Vorgehen seiner Leute Einhalt zu gebieten. Sie haben weiter behauptet, er habe Angst gehabt. Wovor hatte er Angst?«

Farley dachte über die Frage nach. Dann antwortete er: »Vor uns.«

»Danke.«

Tyson betrachtete Major Sindel. Sie war ungefähr vierzig Jahre alt, hatte dunkelblondes Haar und blaue, intelligente Augen. Dem Tonfall nach stammte sie aus den Südstaaten. Sie hatte auffallend schöne Hände. Die Art und Weise, wie sie mit einem Bleistift spielte, hatte fast etwas Sinnliches. Eigentlich ist sie nicht besonders attraktiv, dachte Tyson, aber wenn man genau hinschaut, ist sie als Frau durchaus begehrenswert.

Lieutenant Colonel McGregor stellte die nächste Frage. »Mr. Farley, Sie haben ausgesagt, Lieutenant Tyson habe den Befehl erteilt, alle kranken und verwundeten gegnerischen Soldaten in dem Krankenhaus zu erschießen. Mir ist klar, daß seitdem viel Zeit vergangen ist, aber könnten Sie versuchen, den Wortlaut seines Befehls wiederzugeben?«

Farley trommelte mit den Fingern auf die Armlehnen seines Rollstuhls. Nach einer längeren Bedenkzeit antwortete er: »Er sagte ungefähr: ›Los, sucht die *gooks*!‹ – Nein, er sagte nicht *gooks*, er sagte ›Nordvietnamesen‹, vielleicht auch ›die Vietcong‹ ... ›Los, sucht sie, und macht sie fertig!‹«

»Er meinte die Angehörigen der nordvietnamesischen Armee und die Vietcong, die in den Krankenhausbetten lagen?«

»Ja, Sir.«

»Hat er das ausdrücklich gesagt?«

»Ich glaube ja.«

»Woher wissen Sie so genau, daß er die Nordvietnamesen und die Vietcong, die im Krankenhaus in den Betten lagen, meinte?«

»Weil es weit und breit keine anderen gab.«

»Es waren also keine feindlichen Soldaten in der Nähe des Krankenhauses oder sogar im Gebäude?«

»Nein, Sir, sie waren weggerannt.«

»Vielen Dank.«

Captain Morelli, der Adjutant vom JAG-Corps, war an der Reihe. »Mr. Farley, ich möchte nur einen Ausdruck klären, und zwar das Wort *gooks.* Wurde so der Feind genannt? Die Zivilbevölkerung? Oder beide?«

Farley schien sich darüber zu freuen, daß ihm jemand mal eine einfache Frage stellte. »Das Wort *gooks* konnte für beide gelten, für Soldaten und für Zivilisten. ›Schlitzaugen‹ waren nur Zivilisten, und der Ausdruck *Charly* wurde immer nur für gegnerische Soldaten benutzt.«

»Heißt das, daß *Charly* immer ein *gook* war, aber ein *gook* nicht immer ein *Charly*?«

Zum erstenmal mußte Farley lächeln. »Man wußte nie genau, ob ein *gook* auch ein *Charly* war.«

»Verstehe. Vielen Dank.«

»Hat Lieutenant Tyson Ihnen persönlich im Krankenhaus irgendeinen Befehl erteilt?« fragte jetzt Colonel Moore.

Farley schüttelte den Kopf. »Nein, Sir, er gab nur diesen einen Befehl – die Kranken und die Verwundeten umzubringen. Er hat den Befehl so laut gebrüllt, daß jeder von uns ihn hören konnte.«

»Und er hat die Ausführung des Befehls nicht persönlich beaufsichtigt?«

»Nein, Sir, er blieb im Operationssaal.«

»Haben Sie mit eigenen Augen gesehen, wie der Befehl ausgeführt wurde?«

»Nein, Sir, ich war auch im Operationssaal.«

»Aber Sie haben doch gesagt, daß Sie gesehen haben, wie zwei verwundete gegnerische Soldaten im Operationssaal erschossen wurden.«

»Richtig, das hab' ich gesehen.«

»Mr. Farley, was kam zuerst: die Erschießung der beiden Ärzte im Operationssaal oder Lieutenant Tysons Befehl, alle kranken und verwundeten Gegner umzubringen?«

»Ich glaube, die Erschießung der beiden Ärzte«, antwortete Farley. »Aber genau kann ich mich nicht mehr erinnern, es ist schon zu lange her.«

»Wie konnten Ihre Kameraden die feindlichen Soldaten unter den Patienten identifizieren?«

Farley dachte eine Weile nach, dann erwiderte er: »Ich weiß es nicht.«

»Hat Lieutenant Tyson den Männern gesagt, wie sie bei der Identifizierung vorgehen sollten?«

»Nein, Sir.«

Farley schien eine günstige Gelegenheit zu wittern. »Deswegen war der Befehl ja so verrückt! Sobald er erteilt war, konnte man praktisch jeden erschießen. Frauen konnten genauso Vietcong sein wie alte Männer.«

»Aber die Frauen und die Säuglinge in der Entbindungsstation waren bestimmt keine Vietcong.«

»Kaum.«

»Und das Krankenhauspersonal bestand auch nicht aus Vietcong oder nordvietnamesischen Soldaten.«

»Nein, Sir, aber die versorgten und pflegten den Feind.«

»Hat irgendeiner Ihrer Kameraden versucht, die Schießerei zu stoppen?«

»Nein, Sir, aber ein paar von uns haben nicht geschossen. Jedenfalls hab' ich es nicht mit eigenen Augen gesehen.«

»Können Sie jemanden namentlich benennen, der nicht geschossen hat?«

»Einer hat mit Sicherheit nicht mitgemacht: unser Sanitäter, Doc Brandt. Er hat bestimmt nicht geschossen.«

»Vielen Dank«, sagte Colonel Moore, und zu Colonel Sproule gewandt: »Keine weiteren Fragen, Euer Ehren.«

Sproule blickte auf Richard Farley hinab. »Der Zeuge ist bis auf weiteres entlassen«, sagte er, und nach einem Blick auf seine Uhr fragte er Pierce: »Soll Ihr nächster Zeuge vorgeführt werden?«

Pierce stand auf. »Nein, Euer Ehren. Die Aussage des nächsten Zeugen zieht sich möglicherweise in die Länge. Ich würde daher vorschlagen, ihn morgen vormittag zu verhören.«

Nach kurzem Überlegen schien das der Richter auch für das beste zu halten. »Das Gericht vertagt sich bis morgen früh um zehn Uhr«, verkündete er ohne weiteren Kommentar und verließ den Saal.

»Die reinsten Amateure!« sagte Corva zu Tyson, während er seine Sachen zusammenräumte.

»Ich fand ihre Fragen ziemlich gut. Konnten Sie nicht irgend etwas daraus ableiten?«

»Ja. Sie haben die Geschichte mit dem Massaker geschluckt. Kein Mensch, der so stupide wirkt wie Farley, könnte mehr als eine Stunde lang von einer Sache erzählen, die überhaupt nicht passiert ist. Morgen wird Brandt der Story den letzten Schliff geben. Das Gericht will jetzt nur noch herausfinden, welche Rolle Sie gespielt haben – falls Sie überhaupt mitgespielt haben. Für die Schießerei und für die Kämpfe von Zimmer zu Zimmer im Krankenhaus interessiert man sich nicht.« Corva nahm seinen Aktenkoffer. »Ich dachte mir, daß es so kommen würde. Sowie Farley den Mund aufgemacht hatte, hatte ich das Gefühl, daß hier alle bereits davon überzeugt waren, daß Picards Schilderungen im Grunde der Wahrheit entsprechen.«

»Na ja«, sagte Tyson, »so ist es ja auch.«

Corva beobachtete, wie sich die Zuschauerbänke leerten. Auch Marcy verließ den Raum. Er wandte sich wieder Ben zu und fragte: »Wo wollen Sie jetzt hin? In mein Quartier oder Ihre Wohnung?«

»Ihr Quartier.«

Tyson blickte sich in der zweckentfremdeten Kirche um. Abgesehen von ein paar Militärpolizisten, die auf ihn warteten, und Colonel Pierce, der mit pedantischer Sorgfalt seine Unterlagen ordnete, war der Raum jetzt leer. Ben ging zu Pierce hinüber. Der Colonel blickte zu ihm auf und fragte: »Kann ich etwas für Sie tun?«

»Ja, das können Sie. Sie können Richard Farley von mir ausrichten, daß ich ihm nichts übelnehme. Wollen Sie das für mich tun?«

»Ja.«

»Und sagen Sie Dr. Brandt, daß die Zeit für die Abrechnung gekommen ist. Werden Sie das auch ausrichten?«

»Ich glaube, das weiß er selbst«, erwiderte Pierce.

Corva trat zu Tyson, legte ihm einen Arm um die Schulter und zog ihn mit sich fort. Rückwärts gewandt sagte Corva noch zu Pierce: »Sie sind besser geworden, Graham, ich bin sehr beeindruckt.«

Pierce lächelte dünnlippig. »Oh, das war erst der Anfang!«

»Ich glaube, Sie sollten heute nacht bei Dr. Brandt am Bett sitzen und sein Händchen halten«, spöttelte Corva. »Geben Sie ihm sicherheitshalber zwei Aspirin. Guten Tag!« Corva ging mit Tyson durch die kleine Seitentür und trat in den Korridor hinaus.

## *Kapitel 45*

Er hatte ihn schon erkannt, lange bevor der andere auf ihn aufmerksam wurde, obwohl sie um diese Zeit die beiden einzigen Fußgänger waren, die den grasbewachsenen Rand der schmalen Straße entlanggingen. Seltsamerweise war sich Tyson sicher, daß es sich nur um Brandt handeln konnte, noch ehe er dessen Gesichtszüge im spärlichen Licht der weit auseinanderstehenden Straßenlaternen erkennen konnte.

Es war kurz nach zehn Uhr abends. Tyson hatte gerade Corvas Behelfsquartier im Wohnheim der ledigen Offiziere verlassen. Ihr Gespräch hatte größtenteils ebenjener Person gegolten, die jetzt nur noch knapp zwanzig Meter von ihm entfernt war. Tyson sah, daß Brandt an diesem kühlen Abend einen ziemlich weiten Mantel trug. Die Hände hatte er tief in den Taschen vergraben, und er hielt den Kopf gesenkt, was wahrscheinlich der Grund dafür war, daß er den näher kommenden Tyson nicht bemerkte.

Ben blickte sich um, aber von der üblichen MP-Eskorte war nichts zu sehen. Als die beiden Männer nur noch fünf Meter voneinander entfernt waren, spürte Brandt anscheinend die Nähe eines anderen Menschen und machte unwillkürlich einen Schritt nach links auf die Rasenfläche, um den anderen vorbeizulassen.

Tyson bemerkte, daß nicht der weitgeschnittene Mantel an Brandts plumper Erscheinung schuld war, sondern vielmehr der

Körper, der in diesem Mantel steckte. Brandt war aufgegangen wie Hefeteig, und sein wabbeliges Gesicht hatte die Farbe von Buttermilch. Sein Kopf war fast kahl, wenn man von einer ziemlich albern wirkenden langen Haarsträhne absah, die bis auf den Kragen des dunkelblauen Mantels hing. Tyson wunderte sich darüber, wie er Brandt überhaupt aus größerer Entfernung hatte erkennen können, wo er ihn aus nächster Nähe wahrscheinlich für einen anderen gehalten hätte.

»Hallo Doc«, sagte er.

Brandt blieb stehen, er erstarrte geradezu. Nur noch zwei kleine Schritte trennten die beiden Männer voneinander, sie hätten sich also die Hand geben können, wäre ihnen danach gewesen. Brandt schien nicht sonderlich überrascht oder peinlich berührt zu sein, er wirkte eher wie ein Arzt, dem plötzlich ein längst vergessener Patient über den Weg gelaufen ist. Er musterte Tyson von Kopf bis Fuß, und in seinem Blick lag klinisch kühle Sachlichkeit. Tyson hingegen verspürte den Drang, dem Kerl an Ort und Stelle den Hals zu brechen, ihn zu packen, wie er es beim Nahkampftraining gelernt hatte: zwischen dem dritten und vierten Halswirbel – knack –, und aus war es! Statt dessen fragte er: »Kleiner Spaziergang?«

Brandt nickte. »Hm.«

»Sie kommen wohl aus dem Club?«

»Stimmt.«

»Nicht viel los hier«, bemerkte Tyson.

Brandt verharrte noch immer in der Stellung, zu der er vor wenigen Augenblicken erstarrt war. Er hatte einen Fuß vorgestellt und sich aus der Hüfte heraus zu Tyson hingedreht. »Ich darf nicht mit Ihnen reden«, sagte er abweisend.

»Das stimmt nicht, Doktor, ein Zeuge darf mit dem Angeklagten reden – sofern er mit ihm reden will.«

»Ich habe Ihnen nichts zu sagen.«

»Sie wollen Ihre Stimme wohl für morgen schonen?«

Brandt erwiderte nichts, rührte sich aber auch nicht von der Stelle. Er schien zu wittern, daß bei dieser zufälligen Begegnung irgend etwas auf eine Entscheidung drängte.

»Mensch, Doc, wann haben wir uns eigentlich zum letztenmal gesehen?« fragte Tyson in einem Tonfall, als erwartete er, daß der andere antwortete: »Auf der Party nach dem Match in Princeton.« Für den Fall, daß Brandt seine Frage für rein rhetorisch hielt, wiederholte er noch einmal: »Ja, wann war das eigentlich?«

»Auf dem ›Erdbeerfeld‹, im Straßengraben.«

»Ach ja, richtig. War das ein Tag! Wissen Sie noch, was später passiert ist?«

»Nein, hab' ich vergessen«, sagte Brandt achselzuckend.

»Sie haben mich im Straßengraben ganz schön verarztet!«

»Danke für die Blumen.«

»Die Chirurgen auf dem Lazarettschiff sagten, Sie hätten wirklich wie ein Profi gearbeitet.«

»Bei solch einer Wunde konnte man nichts falsch machen. Ich freue mich, daß Sie wieder gut laufen können.«

»Bei feuchtem Wetter tut es ein bißchen weh.«

»Ja, das ist immer so.«

»Tatsächlich? Und ich hoffte, daß es mit der Zeit nachläßt.«

Brandt richtete sich auf und blickte sich um.

»Sie haben geheiratet?« erkundigte sich Tyson.

Brandt nickte.

»Kinder?«

»Zwei. Ein Junge und ein Mädchen. Sechzehn und zwölf Jahre alt.«

»Eine perfekte Familie.«

»Ja.«

»He, ich habe vor einem Monat ein paar von der alten Truppe wiedergesehen«, sagte Tyson. »Beltran, Scorello, Sadowski, Walker und Kalane. Sie haben nach Ihnen gefragt.«

Zum erstenmal lächelte Brandt, aber es war eher eine Grimasse. »Ach, wirklich?«

»Ja, und sie haben sich auch nach Ihrem künftigen Gesundheitszustand erkundigt.«

Brandt zog es vor, nichts darauf zu erwidern.

»Farley sehen Sie wohl häufiger, was?«

»Ab und zu.«

Der Arzt nahm seine linke Hand aus der Manteltasche und warf einen Blick auf die Uhr. »Ich muß jetzt weiter.«

Tyson ging nicht darauf ein. »Was ist aus den Bildern geworden?« erkundigte er sich.

»Was für Bilder?«

»Na die Bilder eben, Doc, Ihre Feldstudien über weibliche Anatomie!«

Brandt machte einen Schritt nach vorn, aber Tyson verstellte ihm den Weg. Sie standen jetzt sehr nahe beieinander, so nahe, daß sie sich einen Haken verpassen konnten, falls einem von ihnen danach war.

»Kein Versteck ist sicher genug für diese Bilder«, sagte Tyson. »Sie könnten sterben oder irgendwie umkommen, und dann findet man die Fotos. Oder Ihre Kinder kramen in zehn Jahren in Daddys Souvenirkiste herum. So was kann dem guten Ruf schaden, auch nach dem Tod. Ich würde Ihnen raten, die Bilder schleunigst zu verbrennen, egal, wie sehr Sie an ihnen hängen.«

»Ich weiß nicht, wovon Sie reden«, sagte Brandt.

Tyson ließ sich nicht beirren. »Die paar, die Sie mir gezeigt haben, waren wirklich prächtig. Von so was trennt man sich natürlich schwer. Erinnern Sie sich an die Hängematte mit den großen Maschen? Wirklich clever von der vietnamesischen Polizei, eine Frau wie eine Wurst in so eine Hängematte einzuwickeln. Jedesmal, wenn sie ihr einen Stromstoß in die Vagina verpaßten, machte sie so einen tollen Hüpfer, erinnern Sie sich noch? Nicht leicht, so etwas in einem Schnappschuß festzuhalten.«

Brandt blickte sich suchend um, aber die lange, breite Straße lag verlassen da.

»Wissen Sie, Doc, jeder hat eine kleine Macke, aber den Leuten in den Dörfern ging es wirklich dreckig! Erinnern Sie sich noch an die Frau, die eine Fehlgeburt hatte, nachdem die Polizisten sie in dem Brunnen halb ertränkt hatten? Mich hat am meisten angeekelt, daß Sie den Vietnamesen gezeigt haben, wie pervers *Sie* sind. Es ist eine Sache, verrückt zu sein – das waren wir alle –, aber Sie haben uns diesen Leuten gegenüber kompromittiert.«

»Rassist!« war alles, was Brandt herausbrachte.

Tyson lächelte. »Meinetwegen. Aber noch einmal zurück zum Morphium. Daß Sie mir eine Extraration verpaßt haben, will ich gar nicht bemängeln, aber ich würde gern wissen, wo der Rest von dem Zeug hingekommen ist.«

Brandt sagte kaum hörbar: »Lassen Sie mich gehen!«

»Und trotzdem waren Sie ein guter Sanitäter«, fuhr Tyson fort.

»Sie waren zwar kein Held, aber auch kein Feigling. Und Sie verstanden etwas von Ihrem Handwerk. In menschlicher Hinsicht allerdings waren Sie eine Niete. Verwundete waren für Sie nur ein Haufen blutendes Fleisch, genau wie die Frau in der Hängematte mit der Elektrode in der Vagina. Sie sind eines der unmenschlichsten Wesen, das mir je begegnet ist. Was machen Sie jetzt? Orthopädische Chirurgie? Kann man daraus etwas folgern? Wahrscheinlich nicht. Ich zumindest nicht – das ist eher etwas für einen Psychoanalytiker.«

Zum erstenmal blickte Brandt Tyson direkt in die Augen. »Sie haben mich von Anfang an nicht leiden können«, sagte er.

»Das stimmt wohl.«

»Und ich sage Ihnen auch, warum: weil Sie keine Konkurrenz vertragen konnten. Sie wollten immer der Supermacker sein, der Typ mit dem College-Abschluß, umgeben von lauter kleinen Bewunderern. Ich war ein Außenseiter, aber ich hatte auch einen College-Abschluß – und außerdem einen eigenen Job, in den Sie mir nicht reinreden konnten. Mein Gott, habt ihr angegeben, bloß weil ihr angeblich zu einer Eliteeinheit gehörtet. Was für ein Witz! Wenn das eine Eliteeinheit war, dann möchte ich nicht wissen, wie es bei den anderen Divisionen zugegangen ist.«

Tyson starrte Brandt durchdringend an. »Da sind Sie vielleicht auf der richtigen Spur, Doc.«

»Wissen Sie, ich habe mir schon damals meine Gedanken gemacht. Im Gegensatz zu den meisten anderen hatte ich ein funktionierendes Gehirn im Kopf. Sie kamen sich vor wie ein Ritter, der hochgewachsene, gutaussehende Recke, umgeben von vierzig bewaffneten Kriegern. Ich war der Medizinmann, ein heilkundiger Zauberer, dessen Anwesenheit nur geduldet wurde, weil ich euch an eure eigene Sterblichkeit erinnerte. Elf Monate lang habe ich zugesehen, wie man euch durch den Fleischwolf drehte, und ich habe nie ein Wort gesagt. Sie haben mich gehaßt, weil Ihre Männer zu mir aufschauten. Dabei wollte ich Ihnen die Gunst solcher Menschen – sofern sie überhaupt welche waren – durchaus nicht streitig machen!«

Tyson nickte. »Doc, ich würde lügen, wenn ich behaupten wollte, daß Sie vollkommen im Irrtum sind. Aber das ändert nichts daran, was Sie getan haben und was Sie gewesen sind. Oder was ich getan habe oder gewesen bin. Ich kann von mir sagen, daß ich bis zu diesem 15. Februar immer meine Pflicht erfüllt hatte. Mir konnte man bis zu jenem Tag nichts vorwerfen.«

»Ja, Sie erfüllten Ihre Pflicht, wie Sie es für richtig hielten. Es gab bestimmt nicht viele Offiziere, die so wie Sie auf diese Sache mit der Hängematte reagiert hätten. Das war eben Ihr Weißer-Ritter-Komplex. Sie gefielen sich in der Rolle, allen anderen moralisch überlegen zu sein. Übrigens habe ich einmal gesehen, wie Sie in An Khe aus einem Puff kamen!«

»Woher wußten Sie denn, daß es ein Puff war?«

»Vielleicht sollten wir die Vergangenheit ruhen lassen, statt hier in der Kälte herumzustehen und über Dinge zu reden, die vor fast zwanzig Jahren passiert sind«, sagte Steven Brandt.

»Richtig, aber dann sollten wir auch morgen nicht darüber reden.«

Der Arzt schwieg.

»Wir haben alle keine weiße Weste, Doktor Brandt«, sagte Ben.

»Ich muß jetzt gehen.«

»Noch eine Minute, Doc. Ich bin noch immer der Krieger, und Sie sind nicht gerade in der besten körperlichen Verfassung, soweit ich das beurteilen kann. Ich möchte die Gelegenheit nutzen und Ihnen eine Frage stellen: Warum haben Sie damals nicht gemeldet, was im *Hôpital de la Miséricorde* passiert ist?«

»Wissen Sie das nicht selbst?« fragte Brandt zurück.

»Nein, ich habe darüber nachgedacht, aber ich habe nie verstanden, warum Sie, der eigentlich nichts damit zu tun hatte, keine Meldung gemacht haben.«

»Na gut, dann will ich es Ihnen sagen. Als ich merkte, daß Sie vorhatten, das Massaker zu vertuschen, da wußte ich, daß ich Sie am Wickel hatte. Jeden Tag freute ich mich beim Aufwachen, daß ich die Falle zuschnappen lassen konnte, wann immer ich wollte. Mir war auch klar, daß Sie mit jedem Tag, den Sie verstreichen ließen, ohne Meldung zu erstatten, immer tiefer in der Patsche saßen. Die ersten paar Tage waren ein bißchen kritisch, weil ich befürchtete, Sie würden doch noch Vernunft annehmen und mich um meine große Chance bringen. Ich dachte sogar, Sie hätten vielleicht schon heimlich Meldung gemacht, und ich bereitete mich innerlich darauf vor, daß man uns alle beim nächsten Fronturlaub verhaften würde. Trotzdem setzte ich alles auf eine Karte und wartete ab. Ende Februar war es dann soweit. Ich wollte Sie von Ihrem hohen Roß runterholen und dafür sorgen, daß Sie hinter Gitter kamen und ich den Rest meiner Dienstzeit im amerikanischen Hauptquartier in Saigon verbrachte, um den Herren vom JAG-Corps irgendwelche Fragen zu beantworten. Doch dann schlug auf dem ›Erdbeerfeld‹ wieder das Schicksal zu.« Der Arzt lächelte und schloß achselzuckend: »Und jetzt sind wir hier.«

Tyson schwieg lange, dann sagte er: »Trotzdem hätten Sie alles melden und mich anzeigen können. Es wäre nicht das erstemal gewesen, daß ein Mensch aus dem Krankenhausbett heraus verhaftet wird.«

»Stimmt, aber nach der Sache mit dem Morphium war ich ein bißchen nervös. Ich wartete eine Woche auf die Nachricht von Ihrem Tod, doch statt dessen hörte ich, man würde Sie nach Japan schicken und Sie kämen nicht mehr zurück nach Vietnam. Ich dachte scharf nach und kam zu dem Schluß, daß Sie klug genug waren, um zu begreifen, was ich getan hatte, aber Sie hatten nicht die Spur von einem Beweis gegen mich. Für mich war die Sache damit ausgestanden, zumindest einstweilen.« Brandt starrte Tyson lange an, bevor er weiterredete: »Genau wie Sie stamme ich aus einer guten Familie, und man hat auch mir immer gesagt, ich sei etwas Besonderes. Kein Wunder, daß wir beide solch ein übertriebenes Selbstwertgefühl entwickelt haben. Und dann kommen Sie daher und schmeißen mich in ein Reisfeld, in dem es von Blutegeln nur so wimmelt! Sie demütigen mich vor allen anderen und muten mir zu, daß ich danach Tag für Tag Ihnen und diesen Leuten ins Gesicht schauen muß. Und da wundern Sie sich, daß ich auf Picards Suchanzeige geantwortet habe? Ihnen will wohl kaum in den Kopf, daß jemand einen so charmanten Menschen wie Ben Tyson hassen kann, aber ich versichere Ihnen: Ich hasse Sie!« Brandts Augen bohrten sich in Tysons. »Ich habe jetzt noch Alpträume wegen der Egel. Manchmal wache ich auf und habe das Gefühl, daß sie an mir kleben und an meiner Haut saugen.«

»Tatsächlich? Ich würde Ihnen ja meinen Psychiater empfehlen, aber er hat sich leider umgebracht.«

»Kann ich jetzt gehen?« fragte Brandt.

Tyson nickte. »Na klar, Doc. Aber vergessen Sie nicht: Die Zeit für die Abrechnung ist da. Was morgen passiert, ist erst der Anfang.«

»Meinetwegen kann es zehn oder zwanzig Jahre dauern. Gute Nacht.« Brandt machte versuchsweise einen Schritt, und als er sah, daß Tyson nichts unternahm, um ihn aufzuhalten, ging er eilig davon.

Auch Tyson setzte seinen Weg fort – ohne sich ein einziges Mal umzublicken.

## *Kapitel 46*

»Steven Brandt«, sagte Colonel Pierce, »Sie schwören, daß die Aussage, die Sie jetzt hier vor Gericht machen werden, der Wahrheit entpricht, der ganzen Wahrheit und nichts als der Wahrheit, so wahr Ihnen Gott helfe?«

»Ich schwöre.«

»Bitte nennen Sie uns Ihren Wohnort und Ihren Beruf.«

»Ich wohne in Boston, Massachusetts, und ich bin Arzt.«

»Würden Sie bitte auch Ihren Dienstgrad und Ihre Waffengattung beziehungsweise die Einheit der Streitkräfte unseres Landes nennen, bei der Sie in Vietnam dienten?«

»Ich war Sanitäter im 15. Sanitätsbataillon und wurde als solcher der Alpha-Kompanie, 5. Bataillon, 7. Regiment, 1. Luftlandedivision zugeteilt.«

Tyson beobachtete Brandt, während er seine Aussagen zur Person machte. Brandts Kleidung verriet den teuren, schlechten Geschmack, der für den ärztlichen Stand anscheinend typisch war. Ob die sich wohl alle ihre Anzüge aus Katalogen aussuchen, die ihnen die amerikanische Ärztevereinigung zuschickt, fragte sich Tyson. Sein Blick wanderte zu der ersten Bankreihe im Zuschauerraum. Marcy lächelte ihm zu – ein wenig rätselhaft, wie ihm schien. Seit ein paar Wochen waren sie sich ziemlich fremd geworden, aber zu offenem Streit war es nicht gekommen. Tyson hatte Corvas Rat beherzigt und alle Eheprobleme für die Dauer des Prozesses aufgeschoben.

Während Brandt Fragen beantwortete, die vorerst nur Randprobleme berührten, sich jedoch immer mehr dem Kern der Sache näherten, wandte Tyson seine Aufmerksamkeit den sieben Beisitzern zu. Die altgedienten Veteranen mit Fronterfahrung, also Colonel Moore, Lieutenant Colonel McGregor und Major Bauer, nahmen Brandts Aussagen sichtlich gelassener auf als Farleys Erzählungen von *gooks*, menschlichen Minensuchern und Soldaten, die sich nahmen, wonach ihnen gerade der Sinn stand. Brandt hatte zwar von ähnlichen Dingen zu berichten, doch drückte er sich gepflegter aus.

Tyson blickte wieder zu Pierce und Brandt hinüber. Pierce ging sehr langsam und logisch vor, anders als bei Farley ließ er größte Umsicht walten. Brandt war wortgewandt und beantwortete alle Fragen so präzise, als sei er solche Verhöre gewohnt. Tyson vermutete, daß er schon bei dem einen oder anderen Schadenersatzprozeß wegen sogenannter ärztlicher Kunstfehler aufgetreten war.

Während Brandt und Pierce ihr Duett sangen, machte sich Corva Notizen. Bislang hatte der Anwalt nicht ein einziges Mal Einspruch erhoben. Es gab auch wenig Grund dazu, wenn man davon absah, daß Pierce entgegen der Vereinbarung, die vor Eröffnung des Verfahrens getroffen worden war, Brandt stets mit »Doktor« anredete. Tyson fand es klug von Corva, daß er das stillschweigend durchgehen ließ.

Pierce fragte gerade: »Wie weit waren Sie von dem Friedhofshügel entfernt, Dr. Brandt?«

»Ungefähr zweihundert Meter.«

»Und Sie sahen, wie die Vietnamesen sich auszogen?«

»Ja.«

»Konnten Sie erkennen, ob Lieutenant Tyson oder Farley, Simcox und Kelly die einheimischen Zivilpersonen irgendwie bedrohten?«

»Ja, obwohl ich nicht mehr mit Gewißheit sagen kann, wer es war. Auf jeden Fall wurden die Vietnamesen herumgestoßen, und man zielte mit den Gewehren auf sie. Ich konnte auch erkennen, daß einer der Soldaten die Leute durch einen Fußtritt mit Lehm bespritzte.«

Tyson warf erneut einen verstohlenen Blick in den Zuschauerraum. Die Leute hörten aufmerksam zu, aber nicht mit der gleichen Spannung, mit der sie Farleys Auftritt verfolgt hatten. Farley hatte sozusagen das Fundament gelegt, auf dem Pierce und Brandt aufbauten, Stein für Stein, bis schließlich ein festgefügtes Gebäude vor Corva stehen würde, das zu erschüttern ihm nicht leichtfallen würde.

»Wurden Sie oft hinzugezogen, wenn sich Zivilisten bei einer Durchsuchung splitternackt ausziehen mußten?« fragte Pierce.

»Immer. Das war allgemein üblich. Diese Art von Durchsuchung fand immer unter Aufsicht eines Offiziers oder eines erfahrenen Unteroffiziers statt. Laut Dienstanweisung war dabei mit soviel Taktgefühl vorzugehen, wie die Situation es erlaubte. Zu meinen Pflichten gehörte die Überprüfung der Intimbereiche.«

»Worin bestand diese Überprüfung?«

»In einer Untersuchung von Anus und Vagina. Manchmal wurden Dokumente des Gegners auf diese Weise transportiert – zusammengerollt in einem Aluminiumröhrchen.«

»Sind Sie der Meinung, daß unter Berücksichtigung aller bis dato von Ihnen gemachten Erfahrungen eine solche Durchsuchung in diesem konkreten Fall erforderlich war?«

»Nein, ich glaube nicht. Auf mich wirkte das Ganze eher wie eine… wie soll ich mich ausdrücken?… wie eine pseudosexuelle Angelegenheit.«

Corva und Tyson drehten gleichzeitig ihre Köpfe zueinander hin, und Corva sagte: »Der Bursche hat mehr Mumm als ein Stier!«

Pierce warf den beiden einen tadelnden Blick zu, bevor er Brandt aufforderte: »Ich möchte Sie jetzt bitten, sich zu der angeblichen Schändung mehrerer Leichen feindlicher Soldaten zu äußern.«

Corva erhob sich. »Die Verteidigung erhebt Einspruch, Euer Ehren!«

Der Blick, den Colonel Sproule Corva zuwarf, zeigte deutlich, daß er sich beim Anhören einer interessanten Geschichte gestört fühlte. »Wogegen erheben Sie Einspruch?« fragte er.

»Euer Ehren, es ist für die Verteidigung eindeutig und erwiesen, daß der Ankläger versucht, die angeblichen Vorfälle auf dem Friedhofshügel mit den späteren Ereignissen am selben Tag zu verknüpfen. Wir haben bisher auf einen Einspruch gegen diese Art der Zeugeneinvernahme verzichtet, aber jetzt ist unserer Meinung nach das Maß voll. Dieses Verhör nimmt allmählich einen schlüpfrigen Charakter an, der manchen Leuten zwar gefallen mag, bei dieser Verhandlung jedoch wenig zu suchen hat.«

Sproule dachte ein paar Sekunden nach. Dann sagte er zu Pierce: »Colonel, wir haben uns jetzt fast eine Stunde lang angehört, was der Zeuge bei dem Vorfall am Friedhofshügel aus einer Entfernung von zweihundert Metern gesehen haben will. Ich gestatte Ihnen fortzufahren, jedoch nur unter der Voraussetzung, daß das Vorgebrachte mit den eigentlichen Anklagepunkten zu tun hat. Einspruch abgelehnt.«

Pierce nickte, als hätte Colonel Sproule auf einen interessanten Punkt hingewiesen, dann drehte er sich um und stellte Brandt ungerührt weitere Fragen zu den Vorkommnissen am Friedhofshügel.

Bis ins kleinste Detail wurde dann rekonstruiert, wie der erste Zug der Alpha-Kompanie in Richtung des Dorfes An Ninh Ha und bis zum *Hôpital de la Miséricorde* vorgerückt war. Tysons eigene Erinnerungen an jenen regnerischen Tag stimmten mit Brandts Schilderungen weitgehend überein, und er war überrascht, wie gut Brandts Gedächtnis war. Wenn der Arzt sich einmal an irgend etwas nicht erinnerte, gab er das offen zu.

»Doktor Brandt, die Vorgänge, die ich hier durch meine Fragen zu klären versuche, haben allesamt mit den späteren Ereignissen in dem fraglichen Krankenhaus zu tun. Sie sind ziemlich ausführlich in einem Buch des Autors Andrew Picard mit dem Titel *Huê – Tod einer Stadt* geschildert worden. Haben Sie dem Verfasser irgendwelche Informationen geliefert?« fragte Pierce.

»Ja, das habe ich.«

»Und haben Sie das Buch gelesen?«

»Ja, ich habe es gelesen.«

»Ganz allgemein gefragt: Wieviel von Mr. Picards Bericht basiert auf Informationen, die von Ihnen stammen?«

»Ein beträchtlicher Teil des Textes stützt sich auf mündliche Aussagen, die ich Mr. Picard gegenüber gemacht habe, doch habe ich in dem Buch auch Details und Namen entdeckt, die nicht von mir stammen können.«

»Zum Beispiel?«

»Die Namen einiger Mitglieder des Krankenhauspersonals. Mr. Picard hat mir gegenüber geäußert, daß er eine Person interviewt hat, die die fraglichen Vorfälle überlebt hat, eine Nonne namens Theresa. Sie wird auch in dem Buch namentlich erwähnt.«

Pierce blieb noch eine Weile bei diesem Thema, dann fragte er: »Welches war im allgemeinen Ihr Platz als Sanitäter, wenn sich der Zug formierte?«

»Bei Patrouillen befand ich mich normalerweise bei der sogenannten Kommandogruppe. Sie bestand aus dem Führer des Zuges, einem oder zwei Funkern und dem Sanitäter, also mir. Wenn der Zug abends haltmachte und sein Lager aufschlug, kam noch der Unteroffizier des Zuges zu uns. Die anderen Männer bezogen rings um uns in einigem Abstand Verteidigungsstellungen.«

»Sie hielten sich also bei Tag und Nacht meist in unmittelbarer Nähe von Lieutenant Tyson auf?«

»Ja.«

»Kannten Sie ihn gut?«

»So gut, wie man einen Menschen kennen kann, mit dem man monatelang Tag und Nacht zusammen ist. Natürlich gab es zwischen uns eine Schranke, die keine Vertraulichkeiten zuließ, denn immerhin war er Offizier und ich nur ein einfacher Soldat. Trotzdem haben wir manchmal über persönliche Dinge gesprochen.«

»Wie würden Sie Ihr Verhältnis zu ihm beschreiben?«

Brandt drehte sich um und blickte zu Tyson hinüber. Er lächelte ihm in einer Weise zu, die Tyson selbst und jeder andere, der dieses Lächeln sah, für ziemlich idiotisch halten mußte.

Brandt wandte sich wieder Pierce zu und sagte: »Es gab Differenzen zwischen uns, aber ganz allgemein respektierten wir einander. Er hat oft meine Arbeit gelobt.«

»Und haben Sie auch die seine gelobt?«

Wieder lächelte Brandt. »Ich war manchmal von seinen Führungsqualitäten beeindruckt. Er schien ein natürliches Talent dafür zu haben. Möglicherweise habe ich mich hin und wieder anerkennend geäußert.«

Pierce wollte noch genauer wissen, welche Meinung Brandt von Tyson hatte, und Tyson war verblüfft über das hohe Ansehen, das er angeblich bei Sanitäter Brandt genossen hatte.

So ging das noch eine Weile weiter, und Ben mußte zugeben, daß es sehr klug von Pierce war, die Schilderung des persönlichen Verhältnisses von Brandt zu ihm zwischen die Erörterung des Vorfalls auf dem Friedhofshügel und der späteren Ereignisse einzuschieben.

»Doktor Brandt«, fuhr Pierce mit der Vernehmung fort, »ich möchte Sie noch um eine Auskunft bitten, bevor das Gericht eine Pause macht. Hatten Sie als Sanitäter das Gefühl, daß Lieutenant Tyson sich in angemessener Weise um den psychischen und physischen Zustand seiner Männer kümmerte?«

Corva sprang auf. »Einspruch, Euer Ehren! Der Zeuge hat meines Wissens keine psychiatrischen Fachkenntnisse, und ich muß außerdem darauf hinweisen, daß er zu dem fraglichen Zeitpunkt ein dreiundzwanzigjähriger Sanitäter und nicht ein Doktor der Medizin in den besten Jahren war!«

»Einspruch stattgegeben. Colonel Pierce, wünschen Sie jetzt eine Unterbrechung?«

Pierce hatte offenbar nicht die Absicht, sich an dieser Stelle unterbrechen zu lassen. »Ich würde gern die Frage noch einmal anders formulieren, Euer Ehren«, sagte er.

Sproule war damit einverstanden, und Pierce wandte sich wieder Brandt zu. »Doktor –«

Wieder sprang Corva hoch. »Einspruch, Euer Ehren!«

»Mit welcher Begründung?«

»Euer Ehren, ich habe die ersten dreißig oder vierzig Male keinen Einspruch dagegen erhoben, daß Colonel Pierce den Zeugen mit ›Doktor‹ tituliert, doch jetzt, wo er gewissermaßen im nachhinein ein medizinisches Urteil von dem Zeugen verlangt, versucht er ebendieses Urteil meiner Meinung nach dadurch ungebührlich aufzuwerten, daß er den Zeugen mit ›Doktor‹ anredet.«

Der Richter dachte kurz nach. »Einspruch stattgegeben«, sagte er schließlich. »Colonel Pierce, ich will Ihnen Gelegenheit geben, die Formulierung Ihrer Frage noch einmal zu überdenken. Die Verhandlung wird um dreizehn Uhr dreißig fortgesetzt.«

Im Wohnheim der ledigen Offiziere saßen sich Tyson und Corva auf zwei Stühlen in skandinavischem Design gegenüber, den Tisch aus hellem Holz zwischen sich. Corva hatte Lunchpakete aus dem

Offiziersclub bringen lassen. »Die gehen auf Ihre Rechnung«, sagte er zu Tyson. »Ich habe Ihre Mitgliedsnummer angegeben.«

»Danke«, erwiderte Tyson trocken. »Ziemlich kurze Pause, was?«

»Ja. Sproule hat natürlich gemerkt, daß Pierce und Brandt noch eine Weile brauchen. Ich habe bei Kriegsgerichtsverfahren schon erlebt, daß Zeugen bis zehn Uhr abends vernommen wurden. Man braucht eben keine Rücksicht auf Geschworene, Protokollanten oder Saaldiener zu nehmen.« Corva machte sich über einen Teller mit kaltem Nudelsalat her. »Erzählen Sie mir alles über die sittliche Verderbtheit unseres lieben Herrn Doktor. Aus welchem Grund haben Sie ihn in das Reisfeld mit den Blutegeln geschmissen?«

Tyson nickte. »Sind Sie mal dabeigewesen, wenn von unseren Leuten und der vietnamesischen Nationalpolizei ein Dorf umzingelt wurde?«

»Ja, einmal«, sagte Corva. »Aber das eine Mal war schon zuviel.«

»Da haben Sie zweifellos recht. Meine Kompanie war vier- oder fünfmal dabei. Meist haben wir das jeweilige Dorf vor Einbruch der Nacht umzingelt, und wenig später kam dann die vietnamesische Nationalpolizei mit amerikanischen Hubschraubern. Die Scheißkerle stolzierten in ihren gebügelten Uniformen herum, durchsuchten die Hütten und verhörten Verdächtige. War es bei Ihnen genauso?«

»Ja, ganz genauso.«

»Amerikaner durften im allgemeinen nicht in das Dorf. Was sich zwischen den Polizisten und den Dorfbewohnern abspielte, war nicht für unsere Augen bestimmt. In ganz seltenen Fällen durften amerikanische Offiziere rein, um sich mit dem Polizeikommandeur abzustimmen. Ich war ein paarmal dabei. Übrigens durfte Brandt als Sanitäter auch mit.«

»Und ist da auf seine Kosten gekommen, stimmt's?« fragte Corva.

»Auf seine Kosten? Er war im siebenten Himmel! Denken Sie nur an diese brutalen Leibesvisitationen. Diese Schweine von der Polizei haben Sachen gemacht, die wirklich in keiner Dienstanweisung standen. Natürlich wurde auch gefoltert – Peitschen,

Einläufe und so weiter. Ich persönlich fand das, was sie unter dem Vorwand der Spionageabwehr machten, zum Kotzen. Brandt jedoch geriet geradezu in Ekstase. Es war streng verboten, Fotos zu machen, aber Brandt stand mit diesen Sadisten auf bestem Fuß. Bei dem speziellen Einsatz, der dann zu dem Vorfall mit den Blutegeln führte, habe ich selbst gesehen, wie er mit seiner Kamera drauflosgeknipst hat. Er hat nicht gemerkt, daß ich ihn beobachtete. Kelly war bei mir, wir sind Brandt in eine Hütte gefolgt und haben ihn erwischt, wie er zusammen mit zwei vietnamesischen Polizisten drei blutjunge Mädchen vergewaltigte.«

»Ein sympathischer Zeitgenosse«, meinte Corva.

»Wollen Sie die Einzelheiten hören, oder wollen Sie vorher zu Ende essen?«

»Was raten Sie mir?«

»Erst essen.«

Die Verhandlung wurde um dreizehn Uhr dreißig fortgesetzt. Colonel Pierce erinnerte Brandt daran, daß er nach wie vor unter Eid stehe, und Brandt nickte zur Bestätigung.

Pierce hatte offenbar vergessen, seine letzte Frage neu zu formulieren, denn er sagte zu dem Zeugen: »Dr. Brandt, Ihrer Aussage zufolge hatten die Männer Ihres Zuges Kenntnis davon, daß Sie sich dem Dorf An Ninh Ha westlich von Huê näherten und daß es dort ein Krankenhaus gab.«

»Ja, das stimmt.«

»Wie reagierten die Männer darauf?«

Corva sprang auf. »Einspruch, Euer Ehren! Wie soll der Zeuge die Reaktionen von neunzehn Männern ermessen können, wenn sie zum fraglichen Zeitpunkt eine weit auseinandergezogene Formation bildeten, die vielleicht ein paar hundert Meter lang war?«

»Dem Einspruch wird stattgegeben«, sagte Sproule. »Formulieren Sie Ihre Frage anders«, forderte er Pierce auf.

»Ja, Euer Ehren.« Pierce blickte Brandt an. »Haben Sie irgendwelche Äußerungen der Männer gehört, als sie erfuhren, daß sie zu einem Krankenhaus unterwegs waren?«

Brandt schlug die Beine übereinander. Tyson sah, daß er hellgraue Slipper mit kleinen Quasten trug. Seine Socken waren fast durchsichtig, so daß die bleiche Haut durchschimmerte.

»Jedesmal, wenn wir Rast machten, ging ich an der Reihe entlang, um nachzusehen, ob alles in Ordnung war. Dabei konnte ich hören, wie die Männer auf Lieutenant Tysons Entscheidung reagierten, auf dem Weg nach Huê dem Krankenhaus einen Besuch abzustatten.«

»Wie würden Sie diese Reaktionen umschreiben?«

»Sie waren zumeist positiv. Die Männer schienen sich auf die Begegnung mit ein wenig Zivilisation zu freuen.«

»Sie hatten also nicht von vornherein negative Gefühle?«

»Ganz im Gegenteil. Ich habe selbst gehört, wie Lieutenant Tyson es einigen von ihnen schmackhaft machte, indem er von warmem Essen, Duschen und Frauen redete.«

»Könnten Sie das ein bißchen genauer schildern?«

»Ich hörte beispielsweise, wie er zu einem gewissen Simcox sagte, er, Simcox, solle sich darauf gefaßt machen, im Krankenhaus vielleicht einen geblasen zu bekommen.«

Ein paar Leute im Zuschauerraum holten hörbar tief Luft, und ein Mann begann sogar zu lachen, aber er verstummte sofort wieder.

Pierce wartete einen Augenblick, dann sagte er: »Sollte das Ihrer Meinung nach heißen, daß Lieutenant Tyson Simcox gegenüber andeutete, er... ich meine natürlich Simcox... nun, wie soll ich mich ausdrücken...?« Pierce lächelte scheinbar peinlich berührt.

Dr. Brandt war um ein paar klärende Worte nicht verlegen: »Einen geblasen bekommen ist bekanntlich die volkstümliche Beschreibung von Fellatio. Lieutenant Tyson stellte also Simcox eine solche Behandlung in Aussicht, vermutlich durch eine weibliche Person im Krankenhaus.«

»Vielen Dank. Hatten Sie den Eindruck, daß Lieutenant Tyson die Absicht hatte, das Krankenhaus zu besetzen?«

»Das entzieht sich meiner Kenntnis. Ich weiß nur eines: Durch seine Äußerungen über Frauen und andere Annehmlichkeiten im Krankenhaus wurden die Männer ziemlich erregt. Sie steigerten sich in unrealistische Erwartungen hinein, je mehr sie sich dem Ziel näherten.«

Pierce schlachtete dieses Thema noch eine Weile aus. Tyson fand es clever, daß er auf die erwartungsvolle Vorfreude der Männer auf dem Weg zum Krankenhaus hinwies und darauf, daß sich die Männer in diesem Gemütszustand befunden hatten, weil er, Tyson, ihnen Plünderung und Vergewaltigung in Aussicht gestellt hatte. Anscheinend wollten sich weder Pierce noch Brandt damit zufriedengeben, ihn »nur« zum Mörder zu stempeln. Nein, sie wollten auch beweisen, daß Tyson ein verdorbener Lüstling ohne Anstand und Moral war. Zweihundert Personen hörten sich das mit an, darunter Presseleute, Bekannte, Tysons Frau, sein Sohn und sogar seine Mutter. Ben fragte sich, ob es nicht doch besser gewesen wäre, diesem Brandt das Genick zu brechen.

Im weiteren Verlauf der Zeugenbefragung verstand Pierce es, das Gericht und die Zuschauer immer wieder an das Hauptgeschehen heranzuführen, doch im letzten Moment stellte er dann eine nebensächliche Frage oder verlangte eine unbedeutende Auskunft. Brandt schien es ebenfalls nicht eilig zu haben, zum Kern zu kommen, denn er beantwortete alle Fragen, die Pierce ihm stellte, mit großer Ausführlichkeit und scheinbarer Objektivität. Als Pierce endlich zu der Stelle gekommen war, wo sich Tyson und seine Männer auf dem offenen Platz vor dem Krankenhaus befanden, hörten alle Anwesenden nicht nur gespannt zu, sondern sie waren auch bereit, Brandts Behauptungen Glauben zu schenken.

»Wie viele Schüsse hörten Sie in der Nähe des Krankenhauses?«

»Ungefähr fünf oder sechs in rascher Folge.«

»Konnten Sie feststellen, woher die Schüsse kamen?«

»Nein, das hätte niemand von uns mit Sicherheit sagen können.«

»Es steht also Ihrer Meinung nach nicht fest, daß die Schüsse aus der Richtung des Krankenhauses kamen?«

»Nein.«

»Aber in Mr. Picards Buch und in den Aussagen anderer Zeugen heißt es, die Schüsse seien von einem Heckenschützen aus dem Krankenhaus abgegeben worden.«

»Das habe ich Mr. Picard gegenüber nie behauptet, und ich weiß nicht, woher er das hat. Ich fand es höchst unwahrscheinlich, daß sich ein Heckenschütze ausgerechnet ein Krankenhaus als Standort aussuchen sollte.«

»Hat jemand in Ihrer Umgebung geglaubt, die Schüsse kämen aus dem Krankenhaus?«

»Ja. Lieutenant Tyson. Er gab Befehl, das Krankenhaus unter Beschuß zu nehmen. In solche taktischen Fragen mischte ich mich fast nie ein, aber diesmal forderte ich ihn auf, das Feuer einstellen zu lassen.«

»Und was hat er darauf geantwortet?«

»Er sagte, ich solle mich um meine eigenen Angelegenheiten kümmern, und das tat ich dann auch. Wir hatten nämlich zwei Verwundete und einen Toten.«

»Können Sie ihre Namen nennen?«

»Ja. Robert Moody wurde am Bein verwundet. Es war ein harmloser Streifschuß. Arthur Peterson wurde hier getroffen –« Brandt wies auf einen Punkt rechts an seinem Oberkörper. »Das Geschoß durchschlug die – kann ich medizinische Fachausdrücke verwenden?«

Pierce lächelte entschuldigend. »Besser nicht.«

»Na gut. Die Kugel ging hier rein und auf der anderen Seite etwas tiefer wieder raus. Beide Lungenflügel waren verletzt. Peterson ertrank gewissermaßen in seinem eigenen Blut.«

»Und der dritte Mann?«

»Ja, das war Larry Cane... Er bekam einen Schuß ins Herz und war sofort tot.«

»Sie haben diese drei Männer unter feindlichem Feuer versorgt?«

»Nein, die Schießerei hörte auf, gleich nachdem ich angefangen hatte, so daß ich mich nicht in Gefahr befand«, antwortete Brandt bescheiden.

»Was geschah nach der Schießerei?«

»Unsere Soldaten feuerten noch ein paar Garben auf das Krankenhaus ab. Das Gebäude hatte keine Glasfenster, sondern nur Fliegengitter und Jalousien. Ich weiß noch, daß die allesamt zerschossen wurden. Wie ich schon sagte, kamen die fünf oder sechs Schüsse, die uns drei Männer kosteten, meiner Meinung nach nicht vom Krankenhaus her. Lieutenant Tyson gab nach einer Weile den Befehl, das Feuer einzustellen.«

»Und wie ging es dann weiter?«

»Anschließend wies Lieutenant Tyson vier oder fünf Männer an, sich dem Gebäude zu nähern. Sie erreichten den Haupteingang, ohne daß auf sie geschossen wurde. An dieser Stelle möchte ich darauf hinweisen, daß in mehreren Fenstern des Krankenhauses weiße Bettlaken hingen. Für mich hieß das, daß die Leute im Krankenhaus uns wohlgesonnen, zumindest jedoch neutral waren. Ich erwähnte wohl schon, daß an dem Gebäude an einer Fahnenstange die Fahne des Roten Kreuzes wehte.«

»Und aus dem Krankenhaus heraus wurde keinerlei Widerstand geleistet?«

»Nein.«

An dieser Stelle trat Pierce wiederum rhetorisch einen Rückzug an, aber nur sehr kurz, denn gleich darauf führte er die Zuhörerschaft bis an die Schwelle des Krankenhauses, ja sogar bis in die Vorhalle. Pierce benahm sich, als drücke er die Knöpfe an einem Kassettenrecorder – vorwärts, rückwärts und wieder vorwärts. Der Zeuge reagierte darauf, als wäre er das Tonband, das vor- und zurückgespult wurde. Corva erhob dann und wann Einspruch gegen eine Frage, jedoch längst nicht gegen alle, die einen Einspruch gerechtfertigt hätten. Das merkte sogar Tyson. Corva gab Pierce absichtlich die lange Leine, und tatsächlich wurde Pierce ein wenig übermütig, denn er ließ es zu, daß Brandt Aussagen machte, für die er bei einem späteren Kreuzverhör gewiß nicht gleich eine Erklärung parat haben würde.

Endlich war Pierce mit seinen Fragen soweit, daß Tysons Leute im Krankenhaus die Treppe zum ersten Stock hinaufgingen, also sich dem Hauptschauplatz des Dramas näherten.

»Wie würden Sie den Empfang beschreiben, den man Ihnen im Krankenhaus bereitete?« fragte er Brandt.

»Nun, der war ziemlich kühl. Wir hatten ja auch ein paar Garben auf das Gebäude abgefeuert, und wenn meine Vermutungen hinsichtlich des Heckenschützen richtig waren, dann war es nicht weiter verwunderlich, daß man uns nicht mit offenen Armen empfing.«

»Zeigten die Leute im Krankenhaus offene Feindseligkeit?«

»Das würde ich nicht ohne weiteres behaupten. Unsere Männer benahmen sich zwar nicht gerade wie freundliche Besucher, aber das konnte man ihnen auch nicht verdenken. Schuld daran war dieser Heckenschütze. Seinetwegen waren alle so mißtrauisch und übervorsichtig. Sie waren enttäuscht, schließlich hatten sie sich den Besuch dort lustiger ausgemalt.«

Pierce blickte ostentativ auf seine Uhr. Colonel Sproule tat dasselbe, und die beiden wirkten auf Tyson so, als machten sie den vor einem Angriff üblichen Uhrenvergleich. »Colonel Pierce«, sagte der Richter, »falls Sie nichts dagegen haben, werde ich die Verhandlung bis achtzehn Uhr unterbrechen.«

»Ich habe nichts gegen eine Verhandlung bis in die späten Abendstunden einzuwenden, Euer Ehren.«

Sproule blickte zu Corva hinüber. »Und die Verteidigung?«

»Ich habe auch nichts dagegen, Euer Ehren.«

»Dann wird die Verhandlung um achtzehn Uhr fortgesetzt.«

Tyson und Corva begaben sich wieder zum Quartier der ledigen Offiziere. An der Tür wartete ein Militärpolizist auf sie. Er überreichte Corva die Abschrift der Aussagen, die Brandt am Vormittag gemacht hatte.

Sie betraten die kleine Wohnung, und Corva nahm eine Flasche Martini aus dem Eisschrank. Er setzte sich an den Eßtisch und begann in der Abschrift zu blättern.

Tyson schenkte zwei Martini ein und steckte sich eine Zigarette an. »Wo essen wir heute abend?« fragte er.

»Hab' keinen Hunger«, sagte der Anwalt.

»Und was ist mit mir?«

»Essen Sie eine Olive!«

»Ich sehe nirgends eine.«

Corva hob die Schultern und nahm einen Schluck Martini.

»Wie macht sich die Anklage?« fragte Tyson.

»Nicht schlecht.«

»Und die Verteidigung?«

»Kann man noch nicht sagen.«

Ben ging im Zimmer auf und ab. »Gegen ein paar ziemlich irreführende Fragen haben Sie keinen Einspruch erhoben!«

»Warum sollte ich? Ich fand sie interessant. Wissen Sie, Brandt ist Pierces Zeuge. Ein Ankläger, der seinen eigenen Zeugen in eine bestimmte Richtung lenkt, erspart uns Zeit. Früher oder später hätte Brandt sowieso dasselbe gesagt. Meinetwegen sollen die beiden ruhig ihre Schau abziehen.«

Tyson quittierte die Bemerkung mit einem Achselzucken.

»Ich werde Ihnen zu einigen von Brandts Aussagen ein paar

Fragen stellen«, sagte der Anwalt. »Ihre Antworten sollten kurz und präzise sein. Ich brauche sie für das Kreuzverhör, das wahrscheinlich morgen stattfindet.«

»Okay.«

»Ich hoffe, daß unsere Zeugen genauso knapp und verständlich antworten werden«, sagte Corva.

»Und ich hoffe, daß *Sie* knappe und wohlüberlegte *Fragen* stellen werden.«

Corva warf Tyson einen Blick zu. »Ich wünschte, daß unsere Zeugen nicht von einem Kampf um jedes einzelne Zimmer in einem bestimmten Gebäude berichten würden, während Brandt und Farley denselben Vorgang als ein grausames Massaker bezeichnen. Das könnte die Jury verwirren.«

Um achtzehn Uhr wurde die Verhandlung fortgesetzt. Colonel Sproule stellte nach einem Blick in die Runde fest: »Das Gericht und alle an diesem Verfahren beteiligten Parteien sind vollzählig versammelt.« Dann erinnerte er Brandt nochmals an seinen Eid.

Pierce begann mit ein paar Fragen zum ›Aufwärmen‹, rekapitulierte den letzten Teil der Zeugenvernehmung und lenkte anschließend seine Fragen wieder auf den Haupteingang des *Hôpital de la Miséricorde*. Inzwischen hatten Brandt und Pierce längst jenes Gespür für das richtige Timing und das gegenseitige Verstehen entwickelt, das sich nach einem so langen Frage-und-Antwort-Spiel von selbst einstellt. Brandt kam jedoch nie einer Frage zuvor, und obwohl sein Auftritt so reibungslos verlief, wirkte er doch niemals gestellt oder eingeübt.

Pierce war nun endlich mit seinen Fragen bei den Ereignissen im ersten Stock des Krankenhauses angelangt. Im Gerichtssaal herrschte eine Atmosphäre angespannter Erwartung, als er fragte: »Was sahen Sie, als Sie den Raum betraten?«

»Ich erkannte sofort, daß es sich um einen Operationssaal handelte. Allem Anschein nach war dieses Hospital anfänglich nicht als richtiges Krankenhaus konzipiert gewesen. Es wirkte eher wie ein Sanatorium, und ich vermutete, daß die Franzosen es als eine Art Erholungsheim für Genesende geplant hatten.«

Pierce schien unendliche Geduld walten zu lassen, während Steven Brandt sich sachkundig über die bauliche Beschaffenheit, die

Aufteilung der Räume und die Ausstattung des Krankenhauses im allgemeinen ausließ. Wenn dieser Brandt ein verkrüppelter, arbeitsloser Kriegsveteran statt eines Doktors der Medizin wäre, überlegte Tyson, dann würde weder Pierce noch sonstwer für solche Schilderungen viel Geduld aufbringen. Endlich kam Brandt zur Sache.

»Der Operationssaal enthielt sieben Operationstische, die über eine Fläche von etwa zehn mal dreizehn Metern verteilt waren. Die Wände waren verputzt und weiß getüncht, genau wie die Decke. Die Fenster hatten Jalousien, waren jedoch nicht verglast, wie ich vorhin schon sagte. Der Fußboden bestand aus rötlichen Terrakottafliesen. Der ganze Raum war äußerst spärlich möbliert. Über den Operationstischen hingen OP-Lampen. Der Strom kam wahrscheinlich von einem Generator. An der Zimmerdecke drehten sich Ventilatoren, aber im Raum roch es trotzdem nach Blut und Eiter. Es wimmelte von Fliegen. In einem Nebenraum gab es ein Waschbecken und eine Toilette. Ich vermutete, daß das Regenwasser auf dem Dach in einer Zisterne gesammelt wurde. Insgesamt war alles sehr primitiv, um es gelinde auszudrücken, und sehr hygienisch ging es auch nicht zu. Ich empfand für die Frauen und Männer, die dort ihrer Arbeit nachgingen, große Bewunderung.«

Pierce nickte eifrig, aber Tyson argwöhnte, daß er überhaupt nicht zugehört hatte.

»Wer betrat gemeinsam mit Ihnen den Operationssaal?« wollte der Vertreter der Anklage wissen.

»Ich kann mich nicht an jeden erinnern, aber ich weiß noch, daß ich zusammen mit Lieutenant Tyson, dem Funker Kelly, Richard Farley und zwei weiteren Männern hineinging. Farley half Moody, der am Bein verwundet worden war. Die andern beiden Männer trugen Peterson, der schon halb das Bewußtsein verloren hatte und entsetzlich schrie.«

»Wie viele Personen waren sonst noch im Raum, und um wen handelte es sich?«

»Es waren ungefähr zwanzig Leute da, die zum Krankenhauspersonal gehörten. Das war eine ziemlich bunt durcheinandergewürfelte Gruppe. Die Ärzte waren lauter Männer weißer Hautfarbe. Die Krankenpfleger und -schwestern waren zumeist Asiaten, aber es gab auch ein paar Weiße. Die meisten Krankenschwestern trugen weiße Kittel, die mich irgendwie an die Gewänder von Nonnen erinnerten. Sie trugen alle Halsketten mit einem Kreuz. Überall im Krankenhaus gab es religiöse Symbole und Bilder, und ich vermutete deshalb, daß es sich um eine katholische Einrichtung handelte.«

Corva lehnte sich zu Tyson hin. »Ich war schon bei Kriegsgerichtsverhandlungen dabei, die bis Mitternacht dauerten.«

»Brandt wirkt noch ganz frisch«, erwiderte Tyson. »Ihm scheint die Sache Spaß zu machen.«

»Pierce ist auch noch gut in Form«, bemerkte Corva. »Ich glaube, er will die Sache mit Brandt heute abend durchziehen, weil beide jetzt richtig in Schwung sind. Es kommt vor, daß plötzlich die Luft raus ist, wenn man am darauffolgenden Morgen mit seinem Zeugen weitermacht.«

»Hat jemand vom Krankenhauspersonal Lieutenant Tyson beziehungsweise seine Männer begrüßt?« fuhr Pierce mit der Befragung seines Zeugen fort.

»Nein, aber Lieutenant Tyson sagte etwas zu dem Arzt, der der Tür am nächsten stand. Der Doktor behandelte gerade einen Patienten mit einem übel zugerichteten Bein. Lieutenant Tyson begann, auf den Arzt einzureden.«

»In welcher Sprache?«

»Zuerst in Englisch. Der Arzt ließ sich aber nicht von seinem Patienten ablenken. Er sagte ein paar Worte zu einer Krankenschwester – es klang wie Französisch. Daraufhin redete Lieutenant Tyson auch auf französisch weiter.«

»Sprechen Sie selbst diese Sprache, Doktor Brandt?«

»Nein, aber ich habe in Vietnam so viel Französisch gehört, daß ich die Sprache von anderen unterscheiden kann.«

»Unterhielten sich Lieutenant Tyson und der Arzt in freundlichem Tonfall miteinander?«

»Durchaus nicht. Mir war von Anfang an klar, daß sie einen heftigen Wortwechsel hatten.«

»Worum ging es?«

»Ich nehme an, Lieutenant Tyson bestand darauf, daß Arthur Peterson ärztlich versorgt würde. Übrigens hat sich Lieutenant Tyson zwischendurch immer wieder auf englisch an Kelly und mich gewandt. Deshalb wußte ich, worum es ging.«

Die nächsten Fragen und Antworten gingen viel mehr ins Detail als Picards Buch oder Farleys Zeugenaussage. Nachdem Pierce sich eine Viertelstunde lang mit einem Zeitraum befaßt hatte, der in Wirklichkeit kaum mehr als eine Minute gedauert haben mochte, fragte er: »Welchen Eindruck hatten Sie von Petersons Zustand – ich meine natürlich damals, nicht jetzt im Rückblick?«

»Ich habe Lieutenant Tyson mehrmals gesagt, wie meiner Meinung nach die Dinge lagen. Peterson hatte eine lebensgefährliche Verletzung. Nur ein Arzt, der etwas von Thorax-Chirurgie verstand, hätte ihn in einem gut ausgerüsteten Krankenhaus retten können. Ich hatte einen ähnlichen Fall in einem Dorf namens Phu Lai erlebt. Deshalb machte ich Lieutenant Tyson darauf aufmerksam, daß Peterson nur dann eine winzige Chance hatte, wenn er, Tyson, sofort einen Sanitätshubschrauber anforderte, was er längst hätte tun müssen.«

»Hat er diese Unterlassung irgendwie gerechtfertigt?«

»Nein, er hatte sich darauf versteift, daß es möglich sein mußte, Peterson an Ort und Stelle zu helfen, denn schließlich sei man doch in einem Krankenhaus. Ich versuchte ihm klarzumachen, daß dieses Krankenhaus nicht für einen Eingriff am offenen Brustkorb ausgerüstet sei, und ich glaube, daß auch der schon erwähnte Arzt versuchte, ihn davon zu überzeugen. Tatsächlich sagte ich sogar zu ihm, er könne Peterson vergessen. Sein Blutdruck fiel rapide ab, und er atmete nur noch schwach. Der Mann war schon so gut wie tot.«

»Wie hat Lieutenant Tyson auf Ihre Worte reagiert?«

»Nicht gerade positiv. Er war sehr aufgeregt, und ich hatte den Eindruck, daß ihm mehr daran lag, seinen Willen gegen den Arzt und die anderen Leute im Krankenhaus durchzusetzen, als Arthur Peterson zu helfen.«

Tyson sprang unwillkürlich auf, er nahm nur am Rande wahr, daß sein Stuhl nach hinten kippte. Im Saal verstummte jedes Geräusch, einschließlich des leisen Klapperns der Stenografiermaschine des Protokollführers. Sekundenlang hielten alle den Atem an, während Tyson Brandt anstarrte, und jeder konnte sehen, daß seine Hände zitterten.

Corva blickte zu Tyson hoch, machte jedoch keine Anstalten, ihn auf seinen Stuhl zurückzuziehen.

»Angeklagter, bitte nehmen Sie wieder Platz«, forderte Sproule Tyson auf. Und bevor Tyson sich entscheiden konnte, ob er der Aufforderung nachkommen sollte oder nicht, fügte der Richter hastig hinzu: »Die Sitzung wird für eine Viertelstunde unterbrochen.«

Tyson und Corva gingen schweigsam nebeneinanderher zu Rabbi Weitz' Büro. Corva schloß die Tür hinter sich und sagte: »Sie haben dem alten Sproule ganz schön Angst eingejagt.«

Tyson schwieg.

»Brandt ist auch ein bißchen weiß um die Nase geworden«, fuhr der Anwalt fort. »Jetzt fällt es dem Gericht bestimmt nicht mehr schwer zu glauben, daß Sie den französischen Arzt tatsächlich geohrfeigt haben.«

Tyson trat ans Fenster und steckte sich eine Zigarette an.

»Natürlich hat diese Sache auch eine positive Seite«, lenkte Corva ein. »Colonel Amos Moore hat zum erstenmal seit zwei Tagen gelächelt, ein hämisches, kleines, zustimmendes Lächeln.«

Tyson zuckte nur die Achseln.

»Die können den miesen Scheißkerl nicht ausstehen, Ben«, sagte Corva.

»Aber sie glauben ihm.« Tyson zog an seiner Zigarette. »Ob Pierce tatsächlich glaubt, ich hätte den Befehl erteilt, die gegnerischen Soldaten zu erschießen?«

»O ja, und genau das gibt ihm den moralischen Rückhalt, den er als Ankläger bei diesem Fall braucht. Die Tatsache, daß Sie das Blutbad nicht gemeldet haben, könnte Ihnen zumindest als Mittäterschaft oder Beihilfe zum Mord ausgelegt werden, aber die Herren von der Justiz hätten diese Sache nur ungern angefaßt, wenn das alles gewesen wäre, was man gegen Sie in der Hand hat. Nein, sie wollen unbedingt daran glauben, daß Ihr Befehl, einen bestimmten Personenkreis zu ermorden, der Auslöser für die Ermordung aller im Krankenhaus anwesenden Personen gewesen ist.«

Es klopfte an der Tür, und draußen sagte ein Militärpolizist: »Es ist Zeit.«

Der Anklagevertreter betrachtete seinen Zeugen lange, bevor er fragte: »Welche Folgen hatte der heftige Wortwechsel zwischen Lieutenant Tyson und dem Französisch sprechenden Arzt?«

»Lieutenant Tyson versetzte dem Mann eine Ohrfeige.«

Pierce nickte nachdenklich. Eingedenk der Tatsache, daß sowohl Picard als auch Farley die Situation nach der Ohrfeige als allgemeines Durcheinander bezeichnet hatten, forderte er Brandt auf: »Würden Sie uns jetzt bitte aus Ihrer eigenen Sicht schildern, was geschah, nachdem Lieutenant Tyson den Arzt geschlagen hatte? Bitte nehmen Sie sich Zeit, Doktor.«

Brandt schlug die Beine übereinander und lehnte sich in seinem Stuhl zurück. Er legte die Spitzen seiner Finger aneinander, neigte den Kopf leicht zur Seite und blickte den Anklagevertreter an. Er sieht so aus, als wollte er Pierce eröffnen, daß er ein schwerkranker Mann ist, dachte Tyson.

»Unmittelbar danach versetzte Richard Farley dem Arzt mit dem Kolben seines Gewehrs einen Stoß in den Unterleib«, begann Brandt seine Schilderung. »Der Arzt krümmte sich vor Schmerz zusammen. Lieutenant Tyson wandte sich an einen seiner Männer, an Hernando Beltran, und befahl ihm, den Patienten des Arztes vom Operationstisch zu heben. Beltran gehorchte. Er packte den Mann mit dem übel zugerichteten Bein und warf ihn buchstäblich auf den Boden. Zwei andere Männer hoben Peterson auf den Tisch. Eine Krankenschwester weißer Hautfarbe schob ein Saugrohr in Petersons Luftröhre und begann mittels einer Fußpumpe das Blut aus Petersons Lunge abzusaugen, aber der Mann hätte zur Stabilisierung seines Blutdrucks dringend Transfusionen gebraucht, und es hätte durch einen chirurgischen Eingriff festgestellt werden müssen, ob sich Blut in der Bauchhöhle angesammelt hatte oder nicht. Ich glaube, daß zumindest einige Mitglieder des Krankenhauspersonals durchaus bereit gewesen wären, so zu tun, als versuchten sie zumindest, Peterson zu retten.« Brandt blickte sich um. Seine Augen wanderten zu einem der Kirchenfenster mit den Buntglasscheiben, die nur noch schwach leuchteten. Plötzlich schien er sich bewußt zu werden, daß seine Vernehmung als Zeuge am Vormittag begonnen hatte. Er sank ein bißchen in sich zusammen, räusperte sich und fuhr fort: »Als Peterson endlich auf dem Tisch lag, begann Lieutenant Tyson Befehle zu erteilen, die andere

Dinge betrafen. Seine Hauptsorge war begreiflicherweise, das Krankenhaus nach versteckten feindlichen Soldaten durchsuchen zu lassen. Deshalb ordnete er an, jeden Raum zu überprüfen.«

Pierce schaltete sich ein. »Entschuldigen Sie, aber wem gab er diesen Befehl? Wer war im Operationssaal anwesend? Könnten Sie bitte schildern, wie die Befehlsgewalt in Lieutenant Tysons Einheit aussah und wo sich seine Untergebenen zu jenem Zeitpunkt befanden?«

»Insgesamt waren es neunzehn Männer«, antwortete Brandt. »Wie ich schon sagte, war die Einheit ziemlich dezimiert worden. Im Operationssaal herrschte ein Kommen und Gehen, so daß es schwer war, den Überblick zu behalten. Ständig kam jemand, um Lieutenant Tyson irgendeine Meldung zu machen. Unteroffiziere, die die anderen Männer hätten beaufsichtigen können, gab es nicht, von Paul Sadowski abgesehen, aber der war gerade erst zum Sergeanten befördert worden und hatte wenig Erfahrung. Von einer ordnungsgemäßen militärischen Führung konnte deshalb in dieser Einheit nicht die Rede sein. Ich weiß noch, daß am Schluß zwölf von Lieutenant Tysons Untergebenen im Operationssaal anwesend waren und daß Lieutenant Tyson in dieser Situation den Versuch machte, so etwas wie Ordnung zu schaffen. Aber seine Männer waren sozusagen einer solchen Lage nicht gewachsen, sie rannten rum und begafften das Krankenhauspersonal beziehungsweise die Patienten. Ein paar von ihnen hatten seit fast einem Jahr keinen Kontakt mehr mit... mit normalen Leuten gehabt. Das waren – ganz allgemein gesagt – meine Eindrücke. Ich würde sagen, alle verhielten sich disziplinlos.«

Pierce schien dies interessant zu finden. »Gab es dadurch Reibereien zwischen den Soldaten und dem Krankenhauspersonal?«

»O ja, es kam zu mehreren Zwischenfällen.«

»Hat Lieutenant Tyson seine Leute wegen ihres Verhaltens zur Rede gestellt?«

»Nicht daß ich wüßte. Er hatte ihnen ein kleines Vergnügen in Aussicht gestellt und ließ dementsprechend die Zügel schleifen. Aber wie ich schon sagte: Die meisten Männer fanden sich nach und nach im Operationssaal ein. Irgend jemand meldete, in der angrenzenden Krankenstation lägen sechs oder sieben verwundete nordvietnamesische Soldaten. Man habe ihre blutbefleckten Uniformen auf dem Fußboden gefunden und irgendwie festgestellt, zu wem die Uniformen gehörten. Vielleicht gab es auch noch andere Anzeichen, die einen Patienten als gegnerischen Soldaten auswiesen.«

»Ein Dutzend von Lieutenant Tysons Untergebenen befand sich also im Operationssaal?«

»Ja, und einer fing mit einem Englisch sprechenden Arzt einen Streit an. Da rief Beltran plötzlich, Peterson sei tot. Lieutenant Tyson befahl daraufhin, alle feindlichen Soldaten im Krankenhaus zu erschießen.« Brandt machte um der größeren Wirkung willen eine Pause.

»Sie haben selbst gehört, wie er diesen Befehl gab?« fragte Pierce.

»Ja. Er stand nur zwei Meter von mir entfernt.«

»Erinnern Sie sich an den Wortlaut des Befehls?«

»Nein, aber es war eher eine Antwort auf die Meldung, man habe in den Krankenhausbetten feindliche Soldaten gefunden. Lieutenant Tyson sagte einfach: ›Erschießt sie!‹ oder so ähnlich.«

»Und damit meinte er die feindlichen Soldaten?«

»Ja, das lag auf der Hand.«

»Und ist sein Befehl befolgt worden?«

»Ja, ein paar Männer liefen raus, und dann hörten wir fünf oder sechs Schüsse. Unmittelbar danach krachte im Operationssaal selbst eine Gewehrsalve. Ich drehte mich um, und der schon erwähnte Englisch sprechende Arzt lag blutend auf dem Fußboden. Ich hätte nicht zu sagen vermocht, wer ihn erschossen hatte und warum. Vorsichtshalber ging ich hinter dem Operationstisch in Deckung. Wieder peitschten Schüsse vorbei. Ich sah, wie der französische Arzt zusammenbrach. Dann fielen zwei einzelne Schüsse, und wie ich später feststellte, hatte jemand die beiden nordvietnamesischen Patienten im OP liquidiert. Ich habe die Einschußlöcher in ihren Köpfen gesehen. Übrigens hatte ich von der Stelle, wo ich hockte, keinen guten Überblick. Ich wußte nicht, woher das Gewehrfeuer kam, nur, daß aus nächster Nähe geschossen wurde. Einen Augenblick dachte ich, es seien feindliche Soldaten, aber dann begriff ich, daß das nicht sein konnte, sonst hätten sich unsere Leute anders verhalten. Niemand schrie: ›Alle Mann in Deckung!‹, und niemand erwiderte das Feuer. Unsere Leute standen noch genauso herum wie vorher. Dann befahl einer dem Krankenhauspersonal, in den angrenzenden Raum zu gehen und sich nicht weiter um die Patienten im OP zu kümmern.«

»Wie verhielt sich Lieutenant Tyson zu diesem Zeitpunkt?«

»Er tat nichts. Er hielt seinen Karabiner mit dem Lauf nach unten in der Armbeuge, rauchte eine Zigarette und sagte etwas zu Kelly, seinem Funker. Inzwischen herrschte im Krankenhaus das reinste Chaos. Immer wieder ertönten Schüsse, und ich hörte laute Rufe auf vietnamesisch. Die Soldaten unserer Einheit durchstöberten die restlichen Räume des Krankenhauses. Für kurze Zeit waren nur Lieutenant Tyson, Kelly und ich im OP. Tyson schien nicht gewillt, den Raum zu verlassen und nachzusehen, was in dem Gebäude passierte.«

»Haben Sie etwas zu ihm gesagt?«

»Ja, ich sagte zu ihm: ›Die erschießen alle!‹«

»Und was antwortete er?«

»Er meinte, er würde gleich mal nachschauen. Auf mich wirkte er gleichgültig und teilnahmslos. Er ging mit Kelly hinaus, und ich sah die beiden erst später wieder, als wir uns alle vor dem Gebäude versammelten.«

»Lassen Sie uns noch einmal zu dem Moment zurückgehen, als Lieutenant Tyson die Anwesenheit verwundeter feindlicher Soldaten im Krankenhaus gemeldet wurde«, schlug Pierce vor. »Von wie vielen Männern wurde ihm dies gemeldet?«

»Von zwei oder drei.«

»Hat einer von ihnen sich dazu geäußert, was seiner Meinung nach mit den Verwundeten geschehen sollte? Oder erwarteten die Männer von Lieutenant Tyson entsprechende Anweisungen?«

»Einer von ihnen, Sergeant Sadowski, meldete, man habe bei den feindlichen Soldaten Bewacher zurückgelassen. Er wollte wissen, wie es weitergehen sollte. Das war der Augenblick, als Lieutenant Tyson sagte: ›Erschießt sie!‹«

»Das sagte er wörtlich?«

»Ja. ›Erschießt sie!‹«

Pierce stellte in der Folge eine Reihe von Fragen, die nur dazu dienten, die Ereignisse im Operationssaal noch einmal durchzugehen. Er versuchte den genauen Zeitablauf, die räumlichen Bedingungen, den Standort der Männer und deren Namen festzustellen.

Brandt ließ sich jedoch nicht auf allzu viele Details ein, und Tyson fand, daß er damit aus seiner Sicht klug handelte, denn immerhin lag jenes chaotische Geschehen achtzehn Jahre zurück. Es entging Tyson auch nicht, daß Brandts Aussagen nicht immer absolut mit Farleys Schilderungen übereinstimmten, was wohl beabsichtigt war, damit niemand argwöhnisch wurde. Beim Gedanken an seine eigenen fünf Zeugen und die Geschichte, die sie erzählen würden, wurde es Tyson plötzlich klar, daß diese fünf Männer keinesfalls in den Zeugenstand treten durften. Brandt und Farley wichen nur ab und zu von der Wahrheit ab, nämlich immer dann, wenn sie ihn, Tyson, belasten wollten, aber Beltran, Sadowski, Kalane, Walker und Scorello würden gezwungen sein, eine Kampfhandlung zu schildern, die nie stattgefunden hatte. Tyson lehnte sich zu Corva hin und sagte: »Ich fürchte, wir haben keine Entlastungszeugen.«

»Wir hatten nie welche«, erwiderte Corva. »Heute abend müssen wir unbedingt darüber reden.«

Endlich war Pierce mit seinen Fragen da angelangt, wo Brandt und die anderen wieder draußen auf dem regennassen Hof vor dem Krankenhaus standen. Man konnte geradezu spüren, daß alle Menschen im Saal erleichtert aufatmeten, denn in ihrer Phantasie hatten sie gewissermaßen zusammen mit den Soldaten das brennende, von Todesschreien und Detonationen erfüllte Gebäude verlassen und waren in den sanften Regen hinausgetreten.

»Nun waren Sie also wieder alle versammelt«, sagte Pierce.

»Ja. Plötzlich sah Kelly, Lieutenant Tysons Funker, wie jemand aus einem Fenster des Krankenhauses sprang. Er schoß auf die Person, eine Frau, wie sich später herausstellte, und sie fiel aufs Gesicht. Lieutenant Tyson befahl einer Abteilung seiner Männer, vor den anderen drei Fassaden des Krankenhauses in Stellung zu gehen.«

»Warum?«

»Er gab Anordnung, jeden zu erschießen, der zu fliehen versuchte. Ich blieb mit ihm, Kelly und einem Maschinengewehr-Team auf der Hofseite des Krankenhauses.«

Tyson blickte auf seine Uhr. Es war Viertel nach acht. Corva ist bestimmt schon hungrig, dachte er. Die Bänke im Zuschauerraum waren nach wie vor voll besetzt, aber es herrschte ständig Unruhe, denn jedesmal, wenn jemand hinausging, ließen die Militärpolizisten einen anderen Neugierigen herein. Es schien einen unerschöpflichen Vorrat an Schaulustigen zu geben.

»Möchten Sie sich eine Weile ausruhen?« fragte Pierce den Zeugen fürsorglich.

»Nein, nicht nötig«, erwiderte Brandt, worauf Pierce zu Sproule gewandt sagte: »Falls das Gericht nichts dagegen hat, würden wir gerne fortfahren.«

Der Richter erteilte ihm die Erlaubnis, die Vernehmung bis zweiundzwanzig Uhr fortzusetzen, dann aber müßte die Verhandlung vertagt werden.

Der Anklagevertreter wandte sich wieder seinem Zeugen zu und fuhr mit der Befragung fort. »Sie sagten, Lieutenant Tyson habe seinem Kompaniechef, Captain Browder, per Funk eine falsche Meldung gemacht?«

»Ja, er meldete Feindberührung und behauptete auch, er rücke mit seiner Einheit gegen ein Bauwerk vor, das offenbar ein großes Dienstgebäude sei. Er drehte gewissermaßen den Uhrzeiger zurück und erfand Ereignisse, die nie stattgefunden hatten. In Wirklichkeit waren wir gerade dabei, uns so rasch wie möglich von dem brennenden Krankenhaus abzusetzen.«

Zu aller Überraschung machte Pierce jetzt zeitlich einen großen Sprung nach vorn zu dem ehemaligen französischen Bunker, denn er fragte Brandt: »Wie war die Stimmung im Bunker?«

»Ziemlich gedrückt. Wir hatten zwei Tote – Peterson und Cane. Ein paar von den Männern rauchten Marihuana, andere spielten Karten. Lieutenant Tyson reichte eine Flasche Scotch herum. Ihm schien sehr daran zu liegen, daß sich seine Leute mit einer Vertuschung des Vorfalls einverstanden erklärten. Deshalb nahm er sich jeden einzeln vor und bläute ihm ein, was er zu sagen hatte für den Fall, daß man Fragen stellte. Er lobte die Männer auch für ihr Verhalten. Einem von ihnen – Scorello – gratulierte er sogar, weil er das Krankenhaus mit einer Phosphorgranate in Brand gesteckt hatte. Er sagte sinngemäß, es würde nichts übrigbleiben, was man ihnen in die Schuhe schieben könnte. Vorsichtshalber legte er auch die Verluste der Feinde fest.«

»Hat Lieutenant Tyson durchblicken lassen, warum er sich all die Mühe machte, die wahren Sachverhalte zu vertuschen, statt

Captain Browder einfach den Vorfall mit dem Heckenschützen zu melden?«

»Ja, er meinte, es sei schon zuviel Zeit vergangen und er müsse irgendwie plausibel machen, warum er sich nicht vorschriftsgemäß mehrmals per Funk gemeldet hatte. Außerdem hätten wir eigentlich noch vor Anbruch der Dunkelheit zu Captain Browder stoßen sollen, was aber Lieutenant Tyson bei dem Gemütszustand seiner Männer verständlicherweise vermeiden wollte. Deshalb gab er per Funk durch, wir seien noch immer im Dorf An Ninh Ha und würden dort die Nacht verbringen. Ich hörte auch, wie er zu Kelly sagte, er könne nicht einfach mit zwei Toten und einem Verwundeten anrücken, ohne einen einzigen gefallenen Feind vorzuweisen. Er war eben ein Mensch, der gegenüber seinen Vorgesetzten nicht in ungünstigem Licht erscheinen wollte. Deshalb stellte er die Sache mit dem angeblichen Feuergefecht so dar, daß er selbst gut dabei abschnitt. Kelly, sein Funker, hat ihn ja später sogar für den *Silver Star* vorgeschlagen.«

Colonel Pierce konzentrierte sich jetzt auf Brandts Erinnerungen an die Nacht im Bunker. Brandt, dessen bisherige Aussagen fast lakonisch geklungen hatten, beschrieb die Atmosphäre im Bunker mit fast lyrischen Ausdrücken. Er erwähnte den flackernden Kerzenschein, das gedämpfte Gemurmel bis spät in die Nacht, die Detonationen von Artilleriegeschossen ganz in der Nähe und den Brand von Huê, dessen westliche Stadtmauer weniger als einen Kilometer entfernt war. Der Arzt schilderte, wie Tyson die Geschichte von dem erfundenen Feuergefecht ausmalte, und er vergaß auch nicht zu erwähnen, daß Moody vor Schmerzen schrie, so daß er, Brandt, ihm eine Morphiumspritze habe geben müssen. Auch habe er den anderen Männern Beruhigungsmittel angeboten, die jedoch abgelehnt worden seien, denn man habe Marihuana und den Scotch des Lieutenants vorgezogen.

Am Schluß berichtete Brandt, wie die Männer im Morgengrauen aus dem Betonbunker gekrochen waren und beobachtet hatten, wie über Huê vor dem Hintergrund der aufgehenden Sonne dicke Rauchschwaden in den Himmel stiegen.

Pierce machte eine angemessen lange Pause, bevor er fragte: »Gab es bei einem der Männer im Bunker Anzeichen von Reue?«

»Ein paar Männer waren ziemlich erschüttert, aber insgesamt

war man wohl der Meinung, daß die Leute im Krankenhaus bekommen hatten, was sie verdienten. Das brachten mehrere Männer auch auf unterschiedliche Weise zum Ausdruck.«

Pierce ging nun daran, mit Brandts Hilfe ein Bild der psychischen Verfassung der Soldaten zu zeichnen. Um fünf Minuten vor zehn sagte er: »Haben Sie jemals mit dem Gedanken gespielt, den Vorfall wahrheitsgetreu zu melden?«

»Ja, fast jeden Tag, aber in der ersten Zeit war es mir unmöglich, mit jemandem Kontakt aufzunehmen, dem ich hätte Meldung erstatten können. Später gönnte man uns dann eine kurze Ruhepause hinter der Front, aber auf dem Weg zum Nachschublager nahmen mich fünf oder sechs Männer von Tysons Einheit beiseite. Sie sagten mir, sie wüßten sofort Bescheid, wer nicht dichtgehalten hatte, falls die Geschichte durchsickerte, und sie machten mir auch klar, daß es sowieso nutzlos sei, Meldung zu erstatten, weil mir niemand glauben würde. Sie würden alle beschwören, daß kein Massaker stattgefunden habe. Das stimmte wohl auch. Jedenfalls sah ich angesichts der zeitlichen und örtlichen Gegebenheiten keinen Nutzen darin, Anzeige zu erstatten. Natürlich hätte ich das tun sollen. Seit fast zwanzig Jahren läßt mich diese Geschichte nicht los. Als sich mir dann plötzlich die Möglichkeit bot, diesem Schriftsteller, Mr. Picard, mit Details über den Vorfall zu helfen, ging ich sofort darauf ein. Mir schien, daß ein Buch genau das Richtige war, um die Ereignisse im *Hôpital de la Miséricorde* publik zu machen. Ich ging davon aus, daß die Army und die Justizbehörden von sich aus entscheiden würden, ob der Fall untersucht werden sollte, und ich war von Anfang an bereit, bei allen eventuellen Ermittlungen oder gerichtlichen Verfahren, die das Erscheinen des Buches eventuell nach sich ziehen würde, mitzuwirken. Das habe ich auch getan, und deshalb bin ich hier.«

»Vielen Dank, Dr. Brandt«, sagte Pierce und schaute zu Colonel Sproule hinüber.

Sproule warf einen Blick auf seine Uhr, nickte zufrieden und verkündete: »Die Verhandlung wird auf morgen vormittag zehn Uhr vertagt.«

Zwölf Stunden nach Beginn seiner Vernehmung als Zeuge erhob sich Steven Brandt von seinem Stuhl und ging auf die kleine Seitentür zu.

# *Kapitel 47*

Pünktlich um zehn Uhr vormittags eröffnete Colonel Sproule wieder die Verhandlung.

»Wünscht die Verteidigung den letzten Zeugen ins Kreuzverhör zu nehmen?« fragte Pierce Corva, nachdem die Anwesenden alle Platz genommen hatten.

»Allerdings«, erwiderte Corva, ohne aufzublicken.

Pierce gab dem Gerichtsdiener eine entsprechende Anweisung, und zwei Minuten später kam der Mann mit Brandt zurück. Brandt nahm Platz, und Pierce erinnerte ihn wieder an seinen Eid. Der Arzt hob nur lässig die Hand, eine Geste, die irgendwie unangebracht wirkte.

Tyson steckte sich eine Zigarette an und beugte sich ein wenig vor. Er betrachtete aufmerksam Brandts Gesicht, aber er konnte keinerlei Anzeichen darin entdecken, daß Brandt dem Kreuzverhör mit Unbehagen entgegenblickte.

Der Zuschauerraum war wieder bis zum letzten Platz besetzt. Tyson stellte fest, daß manche Leute anscheinend schon angestammte Plätze hatten – oder bildete er sich das nur ein?

Corva las in der Abschrift der Zeugenaussage des Vortages. Er machte keine Anstalten, aufzustehen und zu Steven Brandt hinüberzugehen. Dies schien Brandt zu verwirren. So verstrichen mehrere Minuten, bis Pierce sich schließlich erhob und zu Colonel Sproule sagte: »Euer Ehren, hatte die Verteidigung meine Frage nicht bejaht?«

»Ich glaube schon«, antwortete der Richter. »Wünscht die Verteidigung den Zeugen ins Kreuzverhör zu nehmen oder nicht?« wandte er sich an Corva. Der Anwalt erhob sich. »Ja, Euer Ehren.« Er ging um den Tisch herum zu Brandt hinüber, blieb dicht vor ihm stehen und sagte: »Erschießt sie!«

Brandt rutschte auf seinem Stuhl ganz nach hinten.

»Erschießt sie!« wiederholte Corva. »Hat er das gesagt?«

»Ja.«

»Und zu wem?«

»Zu... zu Sadowski.«

»Und Sadowski antwortete?«

»›Jawohl, Sir.‹«

»Was hatte Sadowski gemeldet, um Lieutenant Tyson zu einem solchen Befehl zu veranlassen?«

»Er sagte: ›Wir haben verwundete und kranke Nordvietnamesen gefunden.‹«

»Und wie hat Lieutenant Tyson darauf reagiert?«

Pierce sprang auf. »Einspruch, Euer Ehren! Der Herr Verteidiger versucht den Zeugen in ungebührlicher Weise zu nötigen.«

»Einspruch stattgegeben.«

Corva fuhr mit dem Verhör fort. »Und da ging Sergeant Sadowski los und erschoß sie?«

»Ja.«

»Haben Sie selbst gesehen, wie er sie erschossen hat?«

»Nein.«

»Wie können Sie dann wissen, daß er es getan hat?«

»Ich habe die Schüsse gehört.«

»Und deshalb wissen Sie, daß Sergeant Sadowski sie erschossen hat?«

»Nein... Ich erfuhr danach, daß er es getan hatte.«

»Wer sagte Ihnen das?«

»Das weiß ich nicht mehr.«

»Kalane?«

»Vielleicht war er es...«

»Oder Walker?«

»Nein, es war...«

»Einspruch!« Pierce war erneut von seinem Stuhl aufgestanden. »Der Verteidiger nötigt den Zeugen in ungebührlicher Weise.«

»Einspruch stattgegeben. Ich muß Sie ermahnen, Mr. Corva.«

»Ja, Euer Ehren.« Corva blickte Brandt durchdringend an. »Was sagten *Sie* zu Lieutenant Tyson, nachdem er Sadowski befohlen hatte: ›Erschießt sie!‹?«

»Nichts.«

»Verstieß Lieutenant Tysons Befehl Ihrer Meinung nach gegen das Gesetz?«

»Ja.«

»Aber Sie sagten nichts.«

»Ich war nur Sanitäter.«

»Nur Sanitäter?«

»Ja.«

»Hatten Sie Lieutenant Tyson gesagt, daß Peterson tödlich verwundet war?«

»Ja.«

»Warum hat er dann nicht auf Sie gehört?«

»Das weiß ich nicht.«

»Hatten Sie ihm auch gesagt, daß Peterson nur durch einen Sanitätshubschrauber gerettet werden konnte?«

»Ja.«

»Warum haben Sie nicht selbst eines der beiden Funkgeräte benutzt, um einen solchen Hubschrauber herbeizurufen?«

»Ich... es gehörte nicht zu meinen Aufgaben, Funksprüche durchzugeben.«

»Konnten Sie mit einem Funkgerät umgehen?«

»Nein.«

»Sie hatten das nicht in Fort Sam Houston gelernt?«

»Nein.«

»Aber gehörte Funken nicht zur Ausbildung – mit drei Wochenstunden?«

»Nein. Doch.«

»Warum haben Sie dann keinen Sanitätshubschrauber angefordert?«

»Ich konnte nicht... Ich kannte die Frequenz nicht.«

»Als Sanitäter kannten Sie die Funkfrequenz nicht, um einen Rettungshubschrauber zu rufen?«

»Nein.«

»Hätte ein anderer sie Ihnen auf Verlangen geben können?«

»Das weiß ich nicht.«

»Haben Sie einen der beiden Funker gebeten, einen Hubschrauber anzufordern?«

»Ja, das habe ich getan.«

»Wer hat den australischen Arzt erschossen?«

Brandt schien durch den unvermuteten Themawechsel sekundenlang aus dem Gleichgewicht gebracht. »Ich... ich weiß es nicht mehr.«

»Hat es einer von den Amerikanern getan?«

»Ja.«

»Aber Sie sagten doch gerade, Sie wüßten es nicht.«

»Ich hab' nicht gesehen, *wer* ihn erschossen hat.«

»Und wer hat den französischen Arzt erschossen?«

»Das weiß ich auch nicht.«

»Der Friedhofshügel war doch mitten in einem überschwemmten Reisfeld, nicht wahr?«

Brandt veränderte seine Körperhaltung, als machte der erneute Themawechsel dies erforderlich. »Ja«, antwortete er.

»Wo hätte die Durchsuchung der Vietnamesen mit der gebührenden Diskretion stattfinden können?«

»Das weiß ich nicht.«

»Gab es in der Nähe des kleinen Hügels Büsche oder Bäume?«

»Ja, ich glaube schon.«

»In Vietnam gibt es auf solchen typischen Friedhofshügeln keine Bäume oder Büsche. Wie hätten *Sie* denn die Durchsuchung durchgeführt?«

»Keine Ahnung. Wahrscheinlich überhaupt nicht.«

»Warum?«

»Weil sie nicht notwendig war.«

»Sie waren zweihundert Meter von der Stelle entfernt?«

»Ja.«

»War Larry Cane eigentlich sofort tot?«

Brandt fuhr sich mit der Zunge über die Lippen. »Ja. Die Kugel traf ihn genau ins Herz.«

»Sie sagten, er habe sich im Operationssaal befunden.«

»Ja.«

»Als Leiche?«

»Ja.«

»Wurde er auf Ihre Veranlassung dorthin geschafft?«

»Nein, das hat jemand von sich aus gemacht.«

»Warum?«

»Ich... ich weiß es nicht.«

»Warum hat wohl jemand seine Leiche die Treppe hoch in den ersten Stock getragen?«

»Das weiß ich nicht.«

»Wer hat Larry Cane getötet?«

»Ein Heckenschütze.«

»Er starb also nicht im Krankenhaus?«

»Nein, draußen.«

»Was machte er dann im ersten Stock?«

»Ich weiß es nicht.«

»Wurde er vielleicht *doch* im Gebäude erschossen?«

»Nein.«

»Hat Lieutenant Tyson Sie jemals geschlagen?«

»Nein.«

»Hat er Sie nicht einmal bei einem früheren Anlaß im Beisein der anderen Männer geschlagen?«

»Nein... Wir hatten nur einen heftigen Wortwechsel... Er hat mir wohl auch einen Stoß gegeben...«

»Mochten Sie Lieutenant Tyson?«

»Ja.«

»Und mochte er Sie?«

Brandt holte tief Luft. »Nein.«

»Warum nicht?«

»Das weiß ich nicht.«

»Und warum mochten Sie ihn?«

»Weil er ein guter Führer war.«

»War er auch am 15. Februar 1968 ein guter Führer?«

»Nein.«

»Und am Vortag?«

Wieder stand Pierce auf. »Euer Ehren, das geht wirklich zu weit!« protestierte er. »Diese Fragen zielen darauf ab, den Zeugen zu verwirren und ihn einzuschüchtern.«

Colonel Sproule erwiderte kurz: »Einspruch abgelehnt. Fahren Sie fort, Mr. Corva!«

Corva machte weiter, und wieder sprang er von einem Punkt des Geschehens zum anderen. Brandt schien sich bei dieser Verhörmethode nicht sehr wohl zu fühlen. Er begann sich in Widersprüche zu verwickeln und verlegte sich allmählich immer mehr auf Antworten wie: »Ich weiß es nicht« oder: »Ich erinnere mich nicht.«

Irgendwann sagte Corva plötzlich wieder: »Erschießt sie!«

Brandt zuckte sichtlich zusammen.

»War das ein direkter Befehl an Sergeant Paul Sadowski?« wollte Corva wissen.

»Ja.«

»Und Sie wußten, daß das ein verbrecherischer Befehl war?«

»Ja.«

»Sie sahen, daß Sergeant Sadowski wegging, um den Befehl auszuführen?«

»Ja.«

»Ist Sergeant Sadowski allein weggegangen?«

»Nein.«

»Wer war bei ihm?«

»Ich erinnere mich an keine Namen.«

»Wie viele waren es?«

»Zwei oder drei.«

»Und Sie hörten sechs oder sieben Schüsse?«

»Ja.«

»Hat Sergeant Sadowski oder ein anderer der Männer hinterher gemeldet, der Befehl sei ausgeführt worden?«

»Nein. Das heißt ja – jemand rief in den Operationssaal: ›Wir haben sie fertiggemacht!‹«

»Wen meinte man damit?«

»Die sechs oder sieben verwundeten feindlichen Soldaten.«

»Ganz sicher?«

»Ja.«

»Wer eröffnete das Feuer im Operationssaal?«

»Das weiß ich nicht.«

»Wie lange waren Sie nach dem 15. Februar noch bei der Einheit?«

»Noch einen Monat oder so.«

»Und Sie haben nie herausgefunden, wer damals in dem mit Soldaten, Patienten und Personal überfüllten Operationssaal zu schießen begonnen hat?«

»Nein.«

»Früheren Aussagen zufolge war es Simcox.«

»Das kann sein. Er war auch da.«

»Und Lieutenant Tyson hat ihn nicht zur Ordnung gerufen?«

»Nein.«

»Erwarten Sie, daß Ihnen das irgend jemand glaubt?«

»Einspruch!« rief Pierce mit gerötetem Gesicht. »Euer Ehren –«

»Einspruch stattgegeben. Mr. Corva, ich verwarne Sie hiermit zum letztenmal.«

»Sehr wohl, Euer Ehren. Sagen Sie, Mr. Brandt, Sie haben behauptet, Lieutenant Tyson habe das angebliche Massaker durch eine frei erfundene Geschichte zu vertuschen versucht.«

»Ja.«

»Und Sie haben zugegeben, daß Sie selbst mitgemacht haben.«

»Nein, ich bin nicht darauf eingegangen.«

»Sie haben also das Blutbad gemeldet?«

»Nein.«

»Warum nicht?«

»Weil mich die andern dann umgebracht hätten.«

»Wer?«

»Die Angehörigen von Lieutenant Tysons Einheit!«

»Glauben Sie etwa, Ihre Vorgesetzten hätten Sie zu der Einheit zurückgeschickt, nachdem Sie die Männer eines Massakers beschuldigt hätten?«

»Ich... ich konnte das nicht wissen –«

»Wirklich? Sie glaubten also, man hätte Sie wieder zu derselben Einheit zurückbeordert, nachdem Sie Ihre ehemaligen Kameraden zu Massenmördern gestempelt hatten?«

»Ja, ich ging davon aus, daß mir kein höherer Offizier Glauben schenken würde – oder daß man dic ganze Sache unter den Teppich kehren würde.«

»Tatsächlich?« Corva warf einen raschen Blick auf die Beisitzer, bevor er seine nächste Frage stellte. »Haben Sie den Vorfall gemeldet, nachdem Sie im Mai 1968 entlassen und nach Amerika zurückgekehrt waren?«

»Nein.«

»Warum nicht?«

»Ich... ich wollte alles vergessen.«

»Sie sagten aber, die Sache hätte Sie verfolgt!«

»So war es auch, und so ist es noch immer.«

»Wer hat, Ihren eigenen Beobachtungen zufolge, damals in dem Krankenhaus tatsächlich einen Mord verübt?«

»Das kann ich nicht genau sagen.«

»Können Sie irgendwelche Namen nennen?«

»Nein, wenn man von Beltran absieht. Ich sah, wie er den Verwundeten erschoß, den er vom Operationstisch gestoßen hatte.«

»Hat Lieutenant Tyson das auch gesehen?«

»Ja.«

»Hat er daraufhin irgend etwas gegen Beltran unternommen?«

»Nein.«

»Mr. Brandt, ich habe mir Ihre Zeugenaussage gestern stundenlang angehört, und mir fällt auf, daß sie sich mit Ihren heutigen Behauptungen vor allem dann deckt, wenn von Lieutenant Tyson die Rede ist. Die anderen an den fraglichen Vorfällen beteiligten Personen hätten sich manchmal an zwei verschiedenen Orten gleichzeitig aufhalten müssen, wenn alles, was Sie hier berichtet haben, der Wahrheit entspräche. Mir ist klar, daß niemand nach so vielen Jahren jede Bewegung, ja nicht einmal jeden Namen von neunzehn Männern im Gedächtnis behalten haben kann. Immerhin haben Sie gestern und auch heute behauptet, Lieutenant Tyson habe sich immer an derselben Stelle befunden, nämlich dicht neben dem ersten Operationstisch. Dort hat er sich angeblich fast die ganze Zeit aufgehalten. Können Sie uns das noch einmal bestätigen?«

»Ja, er stand an genau dieser Stelle im Operationssaal.«

»Und er hat nicht viel gesagt?«

»Nein. Er hat nur ein paar Befehle erteilt.«

»Zum Beispiel?«

»Zum Beispiel: ›Erschießt sie!‹«

»Er hat nicht versucht, das mutmaßliche Massaker zu stoppen?«

»Nein.«

»Hat er es geduldet oder sogar unterstützt?«

»Ja, indem er tatenlos zusah.«

»Hat er jemals einen Schuß aus seinem Gewehr abgegeben?«

»Meines Wissens nicht.«

»Sie bleiben also dabei, daß er nur herumstand?«

»Ja. Er hat nichts getan, um das Töten zu verhindern.«

»Er stand dort mit seinem Funker, Daniel Kelly, und rauchte eine Zigarette?«

»Ja.«

»Und Sie befanden sich im selben Raum?«

»Ja.«

»Hatten Sie Angst um Ihr Leben?«

Brandt zögerte mit der Antwort.

»Haben Sie *deshalb* nichts unternommen?« fragte Corva.

»Ja.«

»Fürchtete Lieutenant Tyson Ihrer Meinung nach ebenfalls um sein Leben?«

»Keine Ahnung.«

»Würden Sie sagen, daß seine Untergebenen von sich aus weit über den ursprünglichen Befehl hinausgingen, die verwundeten nordvietnamesischen Soldaten zu erschießen?«

»Ja. Sie haben auch alle anderen erschossen.«

»Hat Lieutenant Tyson den Befehl dazu gegeben?«

»Nicht daß ich wüßte. Ich habe nur gehört, wie er den ersten Befehl erteilte.«

»Hat Sie der erste Befehl überrascht?«

»Nein.«

»Warum?«

»Lieutenant Tyson war sehr wütend.«

»Weshalb?«

»Wegen des Krankenhauspersonals.«

»Und deshalb befahl er, die verwundeten nordvietnamesischen Soldaten zu erschießen?«

»Ja.«

»Aber niemanden sonst?«

»Meines Wissens nicht.«

»Hat irgend jemand Lieutenant Tyson bedroht?«

»Nein.«

»Hat jemand eine Waffe auf ihn gerichtet?«

»Nein.«

»Hat ihn jemand geschlagen?«

»Nein.«

»Was passierte mit den Angehörigen des Krankenhauspersonals, die in den angrenzenden Raum geschickt wurden?«

»Ich habe schon ausgesagt, daß einer der Männer eine Handgranate in den Raum geworfen hat.«

»Beltran?«

»Ja.«

»Sie haben aber zu einem früheren Zeitpunkt ausgesagt, Sie könnten sich nicht an den Mann erinnern.«

»Habe ich das? Jedenfalls erinnere ich mich jetzt.«

»Tatsächlich?«

»Ja, es war Beltran.«

»Beltran war Maschinengewehrschütze. Er hat angeblich mit seinem MG aus einem Fenster geschossen.«

»Das stimmt.«

»Trugen Maschinengewehrschützen üblicherweise Handgranaten mit sich herum?«

»Wie soll ich das wissen?«

»Hat Lieutenant Tyson den Operationssaal während des angeblichen Massakers verlassen?«

»Ja, gegen Ende. Ich habe ihn erst wiedergesehen, als wir uns alle draußen vor dem Krankenhaus versammelten.«

»Wo waren Sie die ganze Zeit?«

»Im Operationssaal. Von Anfang bis Ende.«

»Warum?«

»Ich wußte nicht, wo ich sonst hätte hingehen können.«

»Warum gingen Sie nicht ins Freie?«

»Ja, wahrscheinlich hätte ich das tun sollen.«

»Lieutenant Tyson versuchte seinen Willen gegen das Krankenhauspersonal durchzusetzen?«

Brandt zögerte, dann antwortete er: »Ich bin mir nicht sicher.«

»War Tyson um Arthur Peterson besorgt?«

»Das weiß ich nicht.«

»Und Sie?«

»Natürlich. Schließlich war ich ja Sanitäter.«

»Haben Sie alles für Peterson getan, was in Ihrer Macht lag?«

»Ich konnte für ihn nichts tun.«

»Höchstens einen Hubschrauber rufen?«

Wieder stand Pierce auf. »Euer Ehren, hier steht nicht Steven Brandt vor Gericht!«

Corva blickte zuerst Pierce an, dann die Beisitzer und schließlich Colonel Sproule. Sproule sagte: »Einspruch stattgegeben. Mr. Corva, Ihre Art, den Zeugen zu befragen, überschreitet allmählich die Grenze des Zulässigen.«

»Euer Ehren, meine Fragen, die die Person von Arthur Peterson betreffen, sind die Reaktion auf eine unbeabsichtigte Bemerkung, die der Zeuge zu einem anderen Zeitpunkt gemacht hat.«

»Das mag sich so verhalten, aber ich glaube dennoch, daß der hier zur Frage stehende Sachverhalt ausreichend geklärt ist.«

»Das glaube ich auch, Euer Ehren.«

»Dem Einspruch wird stattgegeben. Bitte fahren Sie fort, Mr. Corva.«

Tyson hörte genau hin, als Corva mit der Vernehmung fortfuhr. Ihm war klar, daß Brandt Corvas Art, ihm Fragen zu stellen, nicht sehr angenehm war. Der Verteidiger kam mehrmals zum selben Sachverhalt zurück, aber jedesmal formulierte er die Frage anders und bekam prompt eine leicht abgewandelte Antwort. Anschließend rekapitulierte Corva dann diese unterschiedlichen, auf dieselbe Frage erteilten Antworten. Brandt geriet dadurch in Bedrängnis, er verlor sein inneres Gleichgewicht und mußte sich sehr bemühen, Haltung zu bewahren. Sein Gesichtsausdruck und seine fahrigen Bewegungen verrieten, daß er sich wie ein gehetztes Wild fühlte.

So ging es fast zwei Stunden lang weiter. Plötzlich fragte Corva den Zeugen: »Haben Sie selbst jemanden erschossen?«

»Nein.«

»Haben Sie gesehen, wie Richard Farley jemanden erschoß?«

»Nein.«

»Haben Sie gesehen, wie Larry Cane jemanden erschoß?«

»Nein.«

»Larry Cane war tot, Mr. Brandt.«

Pierce wollte schon wieder aufspringen, aber da sagte Corva: »Euer Ehren, ich habe keine weiteren Fragen.«

Colonel Sproule schien vor Erleichterung aufzuatmen. »Die Verhandlung wird um dreizehn Uhr fortgesetzt«, gab er bekannt und verließ sein Pult.

Ben Tyson saß in Corvas provisorischem Büro und blickte aus dem Fenster. Nach einer Weile fragte er: »Was halten Sie von der Sache?«

Corva lag entspannt auf der Couch. Er gähnte. »Ich glaube, die Jury hat Zweifel, ob Sie wirklich den Befehl erteilt haben, die feindlichen Soldaten zu erschießen.«

Tyson konnte ein paar hundert Schritte entfernt das Gebäude des Offiziersclubs sehen. Er erblickte eine kleine Gruppe von Uniformierten. Wahrscheinlich die Beisitzer, dachte er. Er schaute genauer hin und konnte Brandt, Pierce, Weinroth und

Longo unterscheiden. Plötzlich beneidete er sie um ihre Bewegungsfreiheit. Vor dem Gebäude standen ein paar Zivilisten herum, die Tyson als Presseleute identifizierte. Neben dem Eingang zum Militärmuseum waren Übertragungswagen des Fernsehens geparkt. Nicht weit davon entfernt standen zwei Männer mit Kameras.

»Was ist daran bloß so faszinierend?« fragte er. »Presse und Fernsehen, eine Menschenmenge, die die Tore belagert. Ich kann sie von hier aus sehen. Schlagzeilen in der Presse – *Schlagzeilen!* Passieren in unserem Land denn keine wichtigeren Dinge?«

»Seien Sie nicht zu bescheiden«, meinte Corva und gähnte erneut.

Ben wandte sich vom Fenster ab. »Wie steht es mit der zweiten Behauptung, ich habe das Massaker geduldet, ja sogar unterstützt, indem ich nichts dagegen unternahm?«

»Das wird jetzt auch ernsthaft in Zweifel gezogen werden. Ich glaube, das Gericht hat begriffen, daß Ihre Untergebenen gemeutert haben und daß Sie nicht mehr Herr der Lage waren.«

Der Anwalt setzte sich auf. »Leider konnte ich Brandt nicht dazu bringen, sich in diesem Sinne zu äußern. Wenn ich einer der Beisitzer wäre, hätte ich eine Menge Fragen. Aber nach der Mittagspause werden sowieso eine Menge Fragen gestellt werden.«

»Dann kommt jetzt also die Vertuschung an die Reihe?«

»Ja. Wenn ich nur wüßte, wie ich das geradebiegen kann!«

»Wir könnten sagen, daß mich die Sache wie ein Alptraum verfolgt hat. Brandt hat das auch behauptet. Wir sagen, ich hätte ständig mit dem Gedanken gespielt, die Sache zu melden, ich sei jedoch aus dem einen oder anderen Grund immer wieder davon abgehalten worden.«

Corva stand auf. »Ja, das könnten wir sagen. He, machen Sie mal den Kühlschrank auf!«

Tyson ging zu dem kleinen Kühlschrank, öffnete ihn und entnahm ihm eine große, bräunliche Papiertüte und zwei Dosen Bier.

»Mal sehen, was es heute gibt.« Corva nahm Tyson die Tüte ab, öffnete sie und holte einen Plastikbehälter nach dem anderen heraus. »Etwas Chinesisches«, stellte er fest.

»Das Zeug ist kalt.«

»Na und?« Corva fischte ein paar Plastikgabeln aus der Tüte.

»Glauben Sie, daß das Gericht mich allein aufgrund der Vertuschungsaffäre schuldig sprechen könnte?« fragte Ben.

Der Anwalt nickte. »Ich fürchte, ja.« Er schaufelte den Inhalt eines der Plastikbehälter auf einen Pappteller. »Greifen Sie zu!«

Tyson nahm sich ein Bier. »An dem Tag, als ich Picards Buch zum erstenmal sah, habe ich abends auch etwas Chinesisches gegessen.«

»Ach ja?«

»Ja. Es kommt mir so unendlich lange vor.«

»Es ist bald vorbei, Ben.«

»Nachdem ich aus Vietnam zurückgekehrt war, konnte ich jahrelang keinen Reis essen.«

»Ich auch nicht.«

Tyson blieb stehen, während Corva aß. Nach einer Weile sagte er: »Sie haben Ihre Sache mit Brandt gut gemacht, Vince.«

»Danke. So muß man mit besonders wortgewandten Zeugen umgehen. Man läßt sie nicht zum Zug kommen. Außerdem hatten sowieso alle von dem geschwätzigen Scheißkerl die Schnauze voll. Der Protokollführer hätte Brandt gestern abend am liebsten erschossen.«

Tyson lächelte. »Ich hätte nicht gedacht, daß man Brandt derartig auseinandernehmen kann.«

Corva nahm einen Schluck Bier. »Mit einem einfachen Soldaten wie Farley hätte das nicht funktioniert, und ich hätte es auch nicht über mich gebracht, aber bei unserem Wunderdoktor hat mir der gute Colonel Sproule ganz schön lange Leine gelassen.«

»Ich glaube, Sie haben den Beisitzern 'ne ganze Menge Fragen in den Mund gelegt.«

»Ja, das glaube ich auch. Wir werden ja bald erleben, ob sie sich ihn entsprechend vorknöpfen.«

»In der Sache mit Larry Cane wollen Sie doch nicht noch mehr herumstochern, oder?«

»Nein. Brandt würde das genaue Gegenteil behaupten.« Corva schob eine Gabel voll Reis in den Mund. »Wollen Sie das hier wirklich nicht probieren?«

»Nein, das Zeug ist kalt.«

»Stimmt. Sagen Sie, Ben, was halten Sie von unseren fünf Zeugen?«

Tyson nahm Corva gegenüber Platz. »Die können nicht einfach vortreten und die Story mit dem Gefecht auftischen, oder?«

»Nein, das geht wohl wirklich nicht.«

»Die Story war vor achtzehn Jahren okay, als wir Browder und den Kommandeur unseres Betaillons verarscht haben, aber ich glaube nicht, daß sie uns jetzt noch jemand abkauft.«

»Richtig«, stimmte Corva zu. »Deswegen sollten wir gar nicht erst damit ankommen.« Er warf Tyson einen raschen Blick zu. »Ihnen ist doch klar, daß wir da ein Problem haben?«

»Ja, ich weiß«, sagte Tyson und steckte sich noch eine Zigarette an. »Die Frage ist die: Werden Sadowski, Scorello, Walker, Kalane oder Beltran in den Zeugenstand treten und die *Wahrheit* über das Blutbad erzählen? Werden sie aussagen, daß ich nie befohlen habe, irgend jemanden umzubringen? Daß ich Cane erschossen habe, um die Sache zu stoppen? Daß ich in Lebensgefahr war? Daß meine Untergebenen gemeutert haben? Und daß die Sache mit der Vertuschung nicht meine Idee war?«

Corva schluckte und wischte sich den Mund mit einer Papierserviette ab. »Genau das versuche ich gerade herauszufinden. Ich habe mit den Anwälten unserer Zeugen geredet, aber sie sind nicht sehr hilfsbereit. Seit das Verfahren läuft, haben sie alle Zweifel bekommen an dem schönen Spruch: *Alle für einen und einer für alle*.«

»Wirklich?«

»Ja, ich sagte Ihnen doch, Ben, daß Sie von allen irgendwie verraten sein werden, noch bevor der Prozeß zu Ende ist.«

Tyson schwieg lange. Ab und zu trank er einen Schluck Bier. »Wollen Sie damit sagen, daß die nicht zu meinen Gunsten aussagen werden?« sagte er endlich.

»Darüber sind wir noch am Verhandeln. Wissen Sie, da gibt es auch die Frage der Immunität, das Problem des Meineids und den Sonderstatus des Kronzeugen. Im Grunde will keiner von diesen Männern in den Zeugenstand treten, um sich von Pierce fragen zu lassen, ob er Säuglinge und schwangere Frauen umgebracht hat. Oder waren es nur Ärzte, Krankenschwestern und Nonnen? Wer hat übrigens die Babys umgebracht?«

»Scorello – mit einer Phosphorhandgranate.«

Corva schüttelte nur den Kopf.

Tyson trommelte mit den Fingern auf die Tischplatte.

»Und was hat Brandt getan?« wollte Corva wissen.

»Genau das, was er gesagt hat – nichts. Er war wie versteinert. Ich glaube, er war überzeugt, daß sie ihn auch umbringen wollten.«

»Sanitätern traute man nie über den Weg, stimmt's? Sie waren eben kein Bestandteil von dem aberwitzigen Zirkus. Sanitäter, Militärkaplane und deren Assistenten, vorgeschobene Artilleriebeobachter – all die seltsamen Figuren, die ab und zu bei uns auftauchten, hinterließen doch eher einen komischen Eindruck, nicht wahr? Es war, als würden sie eine ambulante Irrenstation besuchen, in der alle Patienten bis zu den Zähnen bewaffnet waren. Deshalb konnten sie es kaum abwarten, zu ihren Camps zurückzukommen, und wir lachten sie zum Abschied aus. Aber soll ich Ihnen was sagen? Wir waren *wirklich* Irre!«

Tyson trank seine Bierdose leer. »Meine Leute haben sich damals nicht in Brandt getäuscht, wie sich jetzt herausstellt. Sie hätten wirklich reinen Tisch machen sollen.«

»Reinen Tisch haben sie nur im Krankenhaus gemacht«, sagte Corva. »Sie wußten genau, daß sie nicht in irgendeinem vietnamesischen Dorf einfach ein paar Leute umlegen und trotzdem ungeschoren davonkommen konnten.«

»Nein. Das Krankenhaus verkörperte ein Stück Zivilisation. Deshalb haben sie es total zerstört.«

Corva und Tyson schwiegen eine Zeitlang. Als das Telefon klingelte, ging der Anwalt hin und hob ab. Er hörte eine Minute zu, dann sagte er: »In Ordnung. Halten Sie mich auf dem laufenden« und legte auf. »Das war mein Büro. Sie verhandeln noch immer mit den unentschlossenen Anwälten unserer Zeugen.«

»Und?«

»Ich weiß nicht. Es gibt schwerwiegende Gründe für sie, ihre Mandanten nicht unter Eid aussagen und ins Kreuzverhör nehmen zu lassen. Wenn Sie an deren Stelle wären und ich Ihr Anwalt, würde ich es auch nicht zulassen.«

»Und was ist mit all dem Gefasel von Waffenbrüdern und heiligen Schwüren bei Kerzenschein?«

»Als Anwalt würde ich sagen, daß sich mein Mandant nicht daran erinnert. Ich würde behaupten, daß man im letzten Drittel des 20. Jahrhunderts in einem Land, das von Juristen regiert wird, so etwas getrost vergessen kann. Um den Anschein zu wahren, würde ich außerdem sagen, daß der Schwur meines Mandanten, sofern er überhaupt einen geleistet hat, sich nur auf die Story mit dem angeblichen Gefecht bezog, nicht jedoch auf ein Massaker. Aber noch sind wir am Verhandeln.«

Corva holte tief Luft. »Manchmal glaube ich, je weniger gesagt wird, desto besser, Ben. Es kommt vor, daß versehentlich der Verteidiger bei den Mitgliedern der Jury die Zweifel an der Schuld des Angeklagten beseitigt und nicht der Ankläger. *Capito?*«

»Ja, ich glaube schon, aber wir haben sowieso nicht viel zu unserer Verteidigung anzuführen.«

»Die Argumente des Anklägers waren auch nicht besonders stark. Ich würde am liebsten so bald wie möglich den Beisitzern die Entscheidung zuschieben.«

»Möchten Sie, daß ich selbst in den Zeugenstand trete?«

»Das sage ich Ihnen dann rechtzeitig. Falls Ihnen inzwischen eine gute Erklärung dafür einfällt, warum Sie einen Massenmord ignoriert haben, lassen Sie es mich wissen.«

Wieder klingelte das Telefon. Der Anwalt nahm ab. Er hörte zu und sagte dann: »Okay, Sergeant, sagen Sie ihnen, daß sie schon ohne uns anfangen können.« Er legte auf und grinste Tyson an. »Die fangen garantiert nicht ohne uns an!«

»Die Verhandlung ist eröffnet«, verkündete Colonel Sproule, und zu Colonel Moore gewandt fuhr er fort: »Sie haben mich während der Pause wissen lassen, daß die Beisitzer dem Zeugen Steven Brandt einige Fragen zu stellen wünschen.«

»Ja, das trifft zu, Euer Ehren«, erwiderte Moore.

»Lassen Sie den Zeugen hereinholen«, ordnete der Richter an und blickte zu Pierce hinüber, der daraufhin dem Gerichtsdiener einen Wink gab.

Die Minuten verstrichen, aber Brandt tauchte nicht auf. Zwei Militärpolizisten wurden losgeschickt, um nach dem Gerichtsdiener und Brandt zu suchen. Nach weiteren fünf Minuten erschien Brandt endlich. Colonel Pierce sagte zu ihm: »Der Zeuge wird hiermit daran erinnert, daß er nach wie vor unter Eid steht.«

Brandt nahm Platz.

Lieutenant Davis, der Jüngste unter den Beisitzern, begann mit dem Verhör.

»Dr. Brandt, haben Sie die Vorgänge in dem Krankenhaus mit Ihrem vorgesetzten Offizier besprochen? Also mit dem Kommandeur des 15. Sanitätsbataillons?«

»Nein.«

»Können Sie uns sagen, warum nicht?«

Brandt rutschte unruhig auf seinem Stuhl hin und her und schlug die Beine übereinander. »Ich habe schon ausgesagt, daß ich Angst hatte.«

»Hätte Ihr vorgesetzter Offizier, immerhin ein Doktor der Medizin, Ihren Bericht ungünstig aufgenommen?«

»Das weiß ich nicht«, antwortete Brandt.

Corva lehnte sich zu Tyson hin. »Diese Art zu fragen wird dem guten Dr. Brandt noch weniger gefallen«, sagte er leise.

Die Vernehmung des Zeugen durch die sechs Beisitzer ging im gleichen Stil ungefähr eine Stunde weiter. Tyson konnte aufgrund der gestellten Fragen erkennen, daß Brandt bei den Offizieren nicht sonderlich gut ankam. Sie wollten offenbar vor allem in Erfahrung bringen, warum Brandt das Verbrechen nicht gemeldet und aus welchen Gründen er die Sache nach so vielen Jahren dann doch noch aufgerollt hatte. Sie befragten ihn über sein Verhältnis zu Tyson und zu den anderen Angehörigen der Einheit. Tyson hegte dabei keinen Zweifel, daß sie Brandts Geschichte von dem Massaker im großen und ganzen glaubten.

Colonel Moore stellte die letzten Fragen.

»Sie haben zu einem früheren Zeitpunkt ausgesagt, daß Sie und Lieutenant Tyson irgendwann vor dem fraglichen Vorfall eine Meinungsverschiedenheit hatten?«

»Ja.«

»Es war die Rede von einem Stoß.«

»Ja.«

»Wer stieß wen?«

»Lieutenant Tyson stieß mich.«

»Sind Sie hingefallen?«

»Ja.«

»Haben Sie sich daraufhin über ihn beschwert?«

»Nein.«

»Können Sie uns sagen, worum es bei dieser Meinungsverschiedenheit ging?«

»Daran erinnere ich mich nicht.«

»Hegten Sie danach Rachegefühle gegen ihn?«

»Absolut nicht.«

»Haben Sie mit Lieutenant Tyson über die Geschehnisse in dem Krankenhaus gesprochen?«

»Nein.«

»Warum nicht?«

»Weil er einer von denen war, die die Sache vertuschen wollten.«

»Haben Sie überhaupt mit jemandem über diese Ereignisse gesprochen, mit jemandem vom Militär oder mit einem Zivilisten?«

»Nein. Andrew Picard war der erste.«

»Haben Sie sich nach dem Gespräch mit Andrew Picard wegen dieser Sache an irgendeine Behörde gewandt?«

»Nein.«

»Heißt das, daß sich die Army in dieser Angelegenheit an *Sie* gewandt hat?«

»Ja.«

Colonel Moore blickte nach links und nach rechts, aber die Beisitzer schüttelten alle den Kopf zum Zeichen, daß es keine weiteren Fragen gab. Tyson glaubte den Ausdruck von Widerwillen in den Gesichtern der sechs Offiziere erkennen zu können.

Sproule entließ Steven Brandt mit den Worten: »Ich danke Ihnen für Ihre Aussagen. Sie werden bis auf weiteres nicht benötigt.«

Die Vertreter der Anklage, Pierce, Weinroth und Longo, wirkten nicht mehr ganz so selbstsicher und zuversichtlich wie nach Brandts Vernehmung durch Pierce, doch besorgt sahen sie auch nicht aus. Auf Tyson machten sie eher den Eindruck von Leuten, die gemerkt haben, daß das Schlimmste vorbei ist, daß es aufs Ende zugeht, daß sie einen Vorsprung haben, gewissermaßen schon wieder talwärts eilen, während die Gegenseite gerade erst den Aufstieg beginnt.

Nachdem Colonel Sproule Brandt entlassen hatte, fragte er Pierce, ob die Anklage einen weiteren Zeugen zu vernehmen wünsche.

»Nein, Euer Ehren«, antwortete Pierce.

»Hat die Verteidigung hierzu noch etwas vorzubringen?«

»Nein, Euer Ehren«, erwiderte auch Corva.

»Dann wird die Verhandlung auf morgen vormittag zehn Uhr vertagt«, schloß Colonel Sproule.

Tyson und Corva gingen nebeneinander den schmalen Weg zu Corvas Quartier entlang. »Wann werden wir wissen, ob wir Entlastungszeugen haben oder nicht?«

»Hoffentlich noch heute abend. Es kann durchaus sein, daß ich eine Unterbrechung des Prozesses beantragen muß.«

»Damit wäre ich aber nicht einverstanden!«

»Mir wäre es auch nicht recht, Ben, aber wir müssen Zeit gewinnen.«

»Nein, ich möchte, daß das Verfahren morgen fortgesetzt wird.«

»Lassen Sie uns das später besprechen.«

Sie kamen zu einer Stelle, wo sich zwei Wege kreuzten. Die Sonne ging gerade hinter einem der rötlichen Ziegelgebäude unter und warf lange Schatten über die Rasenfläche. Corva sagte: »Hier wird es nachts ziemlich kühl«, und nach einem raschen Blick auf Tyson: »Gehen sie jetzt nach Hause?«

»Ja, David ist allein. Marcy muß heute abend mit einem wichtigen Kunden essen gehen. Sie wissen ja, wie das ist. Es gibt Frauen, die sich in Stücke reißen, weil sie gleichzeitig Hausfrau, Mutter und Karrierefrau sein wollen – und dann noch stundenlang im Gerichtssaal sitzen!«

»Na, na«, sagte Corva beschwichtigend und blickte verstohlen auf seine Uhr. »Ich bin heute bestimmt lange auf. Kommen Sie um zehn vorbei, dann trinken wir noch einen zusammen.«

Die beiden Männer verabschiedeten sich.

## *Kapitel 48*

Ben Tyson und Vincent Corva saßen wieder an ihrem Tisch im provisorischen Gerichtssaal. Tyson blickte auf die Uhr. Es war zehn Minuten vor zehn. Der Zuschauerraum war voll, und auch die Vertreter der Anklage hatten sich bereits eingefunden. Gerade kamen nacheinander die Beisitzer herein.

»Ich kann mir denken, wie Sie sich jetzt fühlen«, sagte Corva zu Tyson.

Tyson steckte sich eine Zigarette an und erwiderte: »Ich fühle mich nicht verraten, und ich bin auch nicht niedergeschlagen. Wer weiß, ob das, was unsere fünf Zeugen ausgesagt hätten, etwas geändert hätte.«

»Die Zeugen haben angeboten, für den Fall einer Verurteilung zu Ihrer Entlastung eine Erklärung abzugeben, allerdings nicht unter Eid.« Corva machte eine abwehrende Handbewegung. »Es ist aber gut möglich, daß man Sie freispricht.«

Tyson schwieg.

»Möchten Sie angesichts der Tatsache, daß wir keinen einzigen Entlastungszeugen vorzuweisen haben, nicht doch lieber, daß ich eine Unterbrechung des Verfahrens beantrage?«

»Nein«, erwiderte Tyson. »Direkt neben Ihnen sitzt ein Entlastungszeuge.«

Corva dachte ein paar Sekunden lang nach und musterte die Beisitzer, die an ihrem Tisch saßen und sich in aller Ruhe miteinander unterhielten. »Bei Prozessen wie diesem hier ist es höchst unüblich, daß der Angeklagte zu seiner eigenen Verteidigung in den Zeugenstand tritt.«

»Aber Sie sagten mir gestern abend, ich könnte, wenn ich wollte, eine Aussage machen.«

»Habe ich das gesagt?«

»Ja.«

Corva legte eine Hand auf Tysons Arm. »Hören Sie, Ben, wenn Sie in den Zeugenstand treten und auch nur eine zweiminütige Aussage machen, ist das wie ein Griff in ein Hornissennest!«

Tyson schwieg wieder.

»Ich habe darüber nachgedacht«, fuhr Corva fort. »Gestern abend, nachdem Sie gegangen waren. Ich habe wach gelegen und mir alles genau überlegt. Sie müssen sich über eines im klaren sein: Wenn Sie sich vereidigen lassen und aussagen, dann wird Pierce Sie eine Woche lang wie eine Zitrone ausquetschen, Ben. Und wenn er endlich mit Ihnen fertig ist, kann Sproule von seinem Recht Gebrauch machen, Sie zu verhören. Nach ihm machen sich die sechs Beisitzer über Sie her. Sie sind jetzt so etwas wie eine Berühmtheit. Falls Sie sich entschließen, sich diesen Leuten in aller Öffentlichkeit auszuliefern, dann werden die so lange wie möglich auf Ihnen rumhacken. Ich könnte zwar versuchen, überflüssige oder nicht zulässige Fragen abzublocken, aber es würde trotzdem mehrere Tage dauern, bevor ich wieder zum Zug käme. Verstanden?«

Tyson nickte.

»Die Entscheidung liegt ganz bei Ihnen«, schloß Corva. »Sie können die Aussage verweigern, das ist Ihr gutes Recht. Wenn Sie davon Gebrauch machen, wird niemand das zu Ihren Ungunsten auslegen.«

Tyson schwieg mehrere Minuten lang. Dann sagte er: »Ich will trotzdem zu einem späteren Zeitpunkt zu meiner Entlastung in den Zeugenstand treten.«

»Falls man Sie schuldig spricht, werden Sie sowieso Gelegenheit dazu haben. Ich hoffe jedoch, daß es nicht soweit kommt. Mir ist klar, daß Ihnen dies hier gegen den Strich geht, aber Sie müssen mir vertrauen.«

»Natürlich.« In diesem Augenblick betrat Colonel Sproule den Saal, und die Verhandlung nahm ihren Fortgang. Der Richter fragte die Vertreter der Anklage, ob sie weiteres belastendes Material vorzulegen hätten.

Colonel Pierce erhob sich. »Nein, Euer Ehren, die Anklage hat ihre Beweisführung vorerst abgeschlossen«, sagte er, dann nahm er wieder Platz.

Sproule wandte sich nun Corva zu: »Hat die Verteidigung entlastendes Beweismaterial vorzulegen?«

»Nein, Euer Ehren.«

Ein Raunen ging durch den Saal. Sproule warf einen strengen Blick in den Zuschauerraum, und sofort wurde es wieder still.

Dann wandte er sich wieder Corva zu: »Soll das heißen, daß die Verteidigung vorerst auf weitere Ausführungen verzichtet?«

»Jawohl, Euer Ehren, so ist es.« Colonel Sproule nickte flüchtig und richtete das Wort wieder an Pierce: »Wünscht die Anklage eine abschließende Erklärung abzugeben?«

»Ja, Euer Ehren«, antwortete Pierce.

Der Richter blickte zuerst Pierce und dann Corva an. »Meine Herren«, sagte er, »ich möchte Sie beide daran erinnern, daß bei einem Verfahren vor einem Kriegsgericht solche abschließenden Erklärungen nicht vorgeschrieben sind. Wenn sie dennoch abgegeben werden, kann dies sowohl in mündlicher als auch in schriftlicher Form erfolgen. In beiden Fällen ist es üblich, sich kurz zu fassen. Zweck solcher Erklärungen ist es, dem Gericht in überzeugender Weise die Sachverhalte eines Falles und ihre rechtlichen Konsequenzen vor Augen zu führen. Bis zu einem gewissen Grad können sie auch den Charakter einer Zusammenfassung annehmen, sie sollten jedoch nicht zum zeitraubenden Rekapitulieren des ganzen Verfahrens mißbraucht werden.« Er blickte zu Pierce hinüber. »Colonel Pierce, Sie haben das Wort.«

Pierce kam um seinen Tisch herum und ging zur Mitte des Raumes, wie er es auch bei der Eröffnung des Verfahrens getan hatte.

Tyson schaute ihn eine Weile an und konzentrierte sich dann auf die Beisitzer. Sie sitzen alle kerzengerade da, wie es sich für Soldaten gehört, dachte er. Sein Blick wanderte zum Zuschauerraum. Heute, am vierten Tag der Verhandlung, waren wieder alle Bänke voll besetzt. Marcy war ziemlich spät erschienen. Sie hatte David in der Schule beurlauben lassen und ihn mitgebracht. Tysons Mutter, die bei Bekannten in Garden City wohnte und jeden Morgen mit dem Taxi kam, wirkte schlecht gelaunt. Während Ben die meist hellhäutigen Gesichter betrachtete, erblickte er plötzlich eines, das schwarz und rund wie der Mond war. Der Mann lächelte ihm zu und versuchte offenbar, seinen Blick aufzufangen. Es war Mason, der Taxifahrer. Tyson nickte und lächelte zurück.

Colonel Pierce begann mit der klassischen Eröffnungsformel: »Hohes Gericht, meine Damen und Herren! Im Fall Vereinigte Staaten von Amerika gegen Lieutenant Benjamin Tyson haben Sie die Aussagen von zwei Zeugen vernommen, nämlich von Richard Farley und von Steven Brandt. Sie hatten von einem kaltblütigen

Massaker zu berichten, das an Zivilisten und feindlichen Soldaten, am Personal und an den Patienten eines Krankenhauses, an Säuglingen und Kleinkindern verübt worden ist. Gewiß, diese Aussagen deckten sich nicht immer in allen Einzelheiten, ja sie waren bisweilen widersprüchlich, und das Erinnerungsvermögen der Zeugen in bezug auf Namen, Ereignisse und besondere Details ließ manchmal zu wünschen übrig. Eines läßt sich jedoch nicht bestreiten: Wir haben die Geschichte von einem Massaker gehört, und wenn auch gewisse Einzelheiten nach fast zwei Jahrzehnten verschwommen wirken, so sind die groben Umrisse der Geschehnisse um so klarer.« Pierce senkte einen Moment seinen Kopf und rieb sich das Kinn. Dann fuhr er fort. »Steven Brandt und Richard Farley haben den von ihnen geschilderten Ereignissen als Augenzeugen beigewohnt. Was geschehen ist, hat sich ihnen für alle Zeiten unauslöschlich ins Gedächtnis eingeprägt – und zwar nicht nur, weil sie jene Vorfälle mit eigenen Augen mitansehen mußten, sondern auch, weil sie unmittelbar daran beteiligt waren. Diese Beteiligung steht hier allerdings nicht zur Diskussion. Hier geht es nur darum, welche Rolle der Angeklagte bei dem Massaker gespielt hat. Wenn wir einmal die oft befremdliche Detailfülle der bei den Zeugenvernehmungen und bei den Kreuzverhören gemachten Angaben beiseite schieben und uns nur auf die Fakten konzentrieren, die die Person des Angeklagten beziehungsweise die gegen ihn vorgebrachten Beschuldigungen betreffen, dann ergibt sich folgendes Bild: Der erste Zug der Alpha-Kompanie hat damals ein Gebäude besetzt, das von zwei Augenzeugen als Krankenhaus bezeichnet wurde. Durch ihre Aussagen haben wir erfahren, daß sich zu jenem Zeitpunkt im Krankenhaus mindestens einhundert, möglicherweise sogar etwa zweihundert Menschen befanden. Der Führer des Zuges, Lieutenant Benjamin Tyson, gab den ausdrücklichen Befehl, alle verwundeten und kranken feindlichen Soldaten zu erschießen. Hohes Gericht, wenn bis hierher alles der Wahrheit entspricht und wenn wir den unter Eid erfolgten Aussagen zweier unabhängiger und unvoreingenommener Zeugen Glauben schenken können, dann kann die Anklage mit Recht die Beweisführung als abgeschlossen betrachten. Wenn wir aber ein schreckliches Verbrechen sühnen und die Ehre und das Ansehen der amerikanischen Streitkräfte wiederherstellen wollen, dann dürfen wir nicht die Augen verschließen vor den vielen verstümmelten Leichen, die die Zeugen mit ihren eigenen Augen gesehen haben – in den Krankenstationen übereinandergetürmt, in den Fluren und Gängen hingestreckt, auf Operationstischen liegend und auf dem Grundstück des Krankenhauses verstreut. Wir müssen uns vielmehr vor Augen halten, daß jene unbewaffneten, wehrlosen Menschen von Soldaten getötet wurden, die dem Kommando des Angeklagten unterstanden. Wir müssen uns vergegenwärtigen, daß die Zeugen übereinstimmend ausgesagt haben, der Angeklagte habe nichts gesagt oder getan, um dem Treiben seiner mordenden und brandschatzenden Untergebenen Einhalt zu gebieten, er habe vielmehr durch seine Untätigkeit das Blutbad geduldet, ja sogar unterstützt und durch seinen Befehl, unbewaffnete, kranke Soldaten zu töten, das allgemeine Massaker erst heraufbeschworen.«

Pierce drehte sich um, warf einen Blick auf Tyson und schaute dann zum erstenmal ins Publikum, bevor er sich wieder den Beisitzern zuwandte: »Jeder von uns – Sie, ich und alle anderen Personen, die auch nur zu einem Quentchen menschlichen Mitgefühls und Verständnisses fähig sind – könnte Gründe und Erklärungen dafür finden, was der Angeklagte damals in jenen zwanzig, höchstens vierzig Minuten tat beziehungsweise zu tun unterließ. Wie soll man jedoch das rechtfertigen, was anschließend geschah? Wer kann einen Offizier der Streitkräfte unseres Landes entschuldigen oder verstehen, der sich mit seinen Untergebenen in einer Art Verschwörung zusammentut, um ein großes Unrecht zu vertuschen, indem er eine Vielzahl angeblicher Tatsachen mit der Absicht erfindet, nicht nur die tatsächlichen Umstände jenes gräßlichen Verbrechens zu verschleiern, sondern dieses Verbrechen sogar in ein in allen Ehren bestandenes Feuergefecht mit feindlichen Soldaten umzuwandeln? Wer könnte dafür eine verständnisvolle Erklärung vorbringen? Wer kann ein bis auf den heutigen Tag andauerndes Täuschungsmanöver gutheißen, angezettelt von einem Offizier, der in eklatanter Pflichtvergessenheit mit großer Wahrscheinlichkeit den anderen Beteiligten eingeschärft hat, sie würden sich als Mitverschwörer nie für die von ihnen begangene Untat verantworten müssen? Wie könnte man dies einem Offizier der Streitkräfte unseres Landes verzeihen, also einem Mann, der einst bei seiner Vereidigung freiwillig die mit seinem Berufsstand verbundenen Pflichten und Verantwortlichkeiten akzeptierte und in den die Öffentlichkeit ein ganz besonderes Vertrauen setzte?« An dieser Stelle machte Pierce ein paar Schritte auf den Tisch zu, an dem Tyson und Corva saßen. Er blieb stehen, drehte sich um und schloß mit den Worten: »Die Anklage hat dem Gericht Tatsachen vorgelegt, die jenseits aller vernünftigen Zweifel beweisen, daß das geltende Militärrecht unseres Landes tatsächlich verletzt worden ist, und zwar durch Mord, wie in der Anklageschrift im einzelnen dargelegt ist. Weiterhin muß als bewiesen angesehen werden, daß der Angeklagte durch sein Verhalten andere Personen in Gefahr für Leib und Leben gebracht hat und daß er sich dadurch einer willkürlichen Mißachtung menschlichen Lebens schuldig gemacht hat.«

Pierce ging zu seinem Stuhl zurück und nahm Platz, und Colonel Sproule richtete das Wort an Corva. »Wünscht die Verteidigung eine abschließende Erklärung abzugeben?«

»Jawohl, Euer Ehren.« Corva stand auf.

»Dann erteile ich Ihnen hiermit das Wort.«

Der Anwalt stellte sich in die Mitte des freien Raumes zwischen den Tischen und begann: »Hohes Gericht, meine Damen und Herren, Sie haben in diesem Verfahren gegen Benjamin Tyson die Aussagen zweier Zeugen namens Richard Farley und Steven Brandt vernommen. Deren Behauptungen waren alles, was die Vertreter der Anklage gegen den Angeklagten vorzubringen hatten – und das bei einem Prozeß, bei dem es um nichts Geringeres als um Mord geht. Würde man uns glauben machen, daß die Zeugen tatsächlich vorurteilsfrei und unvoreingenommen gegenüber dem Angeklagten sind, dann hieße das, daß wir die wahre Natur und die tiefere Bedeutung von Zeugenvernehmungen im Rechtswesen verkennen. Doch nehmen wir einmal an, daß die Herren Brandt und Farley tatsächlich einem Blutbad beigewohnt haben – und die Verteidigung hat nichts Gegenteiliges behauptet –, dann müssen wir unser volles Augenmerk auf zwei Worte richten: ›Erschießt sie!‹ Das waren laut Mr. Brandt die Worte, die der Angeklagte gebrauchte, als er angeblich den gesetzwidrigen Befehl erteilte. Übrigens klangen die Aussagen, die Mr. Farley zu diesem Punkt gemacht hat, ein wenig anders. Man verlangt also von uns, darüber hinwegzusehen, daß zwei Zeugen der Anklage zwar nach achtzehn Jahren sich nicht mehr an gewisse Namen und Äußerungen von Kameraden oder an die äußeren Umstände erinnern können, doch andererseits sollen wir Steven Brandt glauben, wenn er behauptet, er habe Lieutenant Tyson sagen hören: ›Erschießt sie!‹ Und wir sollen es Mr. Brandt auch abnehmen, daß Lieutenant Tyson angeblich nichts getan hat, um seine Untergebenen vom Morden abzuhalten. Dabei erinnert sich Steven Brandt selbst nicht, wer diese Gewalttaten begangen hat, obwohl er behauptet, er habe sie mit eigenen Augen gesehen. Mr. Brandt hat offenbar ein sehr wählerisches Erinnerungsvermögen.«

Corva unterbrach sich. Sein Blick wanderte zuerst zu dem leeren Stuhl der Zeugen und dann zu Pierce. Anschließend fuhr er zu den Beisitzern gewandt fort: »Der Vertreter der Anklage hat Ihr Augenmerk auf die Tatsache gelenkt, daß die beiden Zeugen der Anklage nicht in allen Einzelheiten übereinstimmen. Doch jedesmal, wenn sich die Zeugen zur Person von Lieutenant Tyson äußerten, gab es so gut wie keine Abweichungen oder Unstimmigkeiten. Wenn man uns also glauben machen will, die Divergenz zwischen den Zeugenaussagen sei auf die unterschiedliche Sichtweise zweier unterschiedlicher Persönlichkeiten mit unterschiedlichem Wahrnehmungsvermögen zurückzuführen, warum sind sich dieselben Personen dann so verblüffend einig bei der Schilderung aller Sachverhalte, die den Angeklagten belasten?«

Wieder machte Corva eine Pause und zupfte nachdenklich an seiner Unterlippe. »Steven Brandt hat hier vor Gericht erklärt«, nahm er den Faden wieder auf, »er habe um sein Leben gefürchtet. Nach dem Vorfall seien Angehörige von Tysons Einheit an ihn herangetreten und hätten ihn bedroht. Wenn wir das glauben – warum gehen wir dann nicht davon aus, daß vielleicht auch Lieutenant Tyson Angst um sein Leben hatte? Die Anklage führte weiterhin aus, Lieutenant Tyson habe eine Art Verschwörung angezettelt, um das mutmaßliche Verbrechen zu vertuschen. Falls es stimmt, was Mr. Brandt behauptet, nämlich daß in jenem Bunker tatsächlich ein solches Komplott ausgeheckt wurde und daß er, Brandt, nur deshalb mitmachte, weil er sein Leben retten wollte, warum wollen wir dann dem Angeklagten nicht dasselbe zugestehen? Eines steht doch fest: Wenn es in Lieutenant Tysons Einheit so etwas wie Außenseiter gab, dann waren es er selbst und Steven Brandt. Im übrigen haben die Aussagen beider Zeugen nicht nur das Bild eines Massakers, sondern auch einer Meuterei gezeichnet. Mag die Verteidigung gewisse Sachverhalte als wahr akzeptiert haben, sie nimmt allerdings nicht als Tatsache hin, daß Lieutenant Tyson den fraglichen Vorfall weder in schriftlicher noch in mündlicher Form gemeldet habe. Die Anklage verlangt von Ihnen, aus dem Fehlen greifbarer Beweise zu folgern, daß damals keine Meldung gemacht wurde, doch eine solche Schlußfolgerung wäre nicht zulässig. Bei der Abwägung, ob Lieutenant Tyson ordnungsgemäß bei seinen Vorgesetzten Meldung erstattete oder nicht, sollte das Gericht in Betracht ziehen, daß kein vernunftbegabter Mensch eine solche Meldung machen würde, solange er sich in Lebensgefahr befindet. Falls es stimmt, daß Lieutenant Tyson per Funk falsche Berichte an seinen Kompaniechef durchgab, während er sich von einem Dutzend oder mehr Männern umringt sah, die gerade einen Massenmord begangen hatten, dann kann dies nur als vernünftig bezeichnet werden. Und wenn er auch an den darauffolgenden Tagen, also noch bei aktivem Kampfeinsatz mit intensiver Feindberührung, ebenfalls keine Meldung erstattete, dann liegt die Erklärung dafür auf der Hand. Kann jedoch die Anklage, können die beiden Zeugen oder sonstjemand hier im Saal mit Sicherheit behaupten, daß er in der Zeit zwischen dem 15. und dem 29. Februar, also dem Tag seiner Verwundung, keine schriftliche oder mündliche Meldung erstattet hat? Ist es gänzlich auszuschließen, daß Lieutenant Tyson Captain Browder, seinem Kompaniechef, mündlich von dem Ereignis berichtet hat und daß Captain Browder vor seinem Tod am 21. Februar keine Zeit mehr fand, die Meldung an seine Vorgesetzten weiterzuleiten? Ich frage mich, ob eine intensive Suche in den Archiven der Streitkräfte nicht irgendeinen schriftlichen Nachweis dafür zutage fördern würde, daß der Angeklagte damals seiner Pflicht nachgekommen ist und das Verbrechen gemeldet hat? Wahrscheinlich nicht. Das beweist jedoch noch lange nicht, daß der Angeklagte die Meldung unterlassen hat. Was ist jedoch, wenn er sich vorschriftsmäßig verhalten hat und feststellen mußte, daß niemand auf seine Meldung reagierte? Sollte er die Angelegenheit ein zweites Mal melden? Gewiß. Und wenn er das getan hat, ohne eine Antwort oder sonst eine Bestätigung zu erhalten? Was hätte er daraus schließen müssen? Daß sein Bericht verlorengegangen ist? Lieutenant Tyson wurde kurze Zeit später verwundet, per Hubschrauber ausgeflogen und nach seiner Genesung vom südostasiatischen Kriegsschauplatz nach Hause geschickt. Wie hätte er sich in der Folgezeit als verantwortungsbewußter Offizier und Mensch verhalten sollen? Hätte er die Angelegenheit nicht weiterverfolgen müssen? Zweifellos. Hat er das getan? Vielleicht. Hat die Anklage das Gegenteil bewiesen? Nein. Ist es Aufgabe der Anklage, die Schuld eines Angeklagten zweifelsfrei nachzuweisen? Oder ist es die Aufgabe der Verteidigung, die Unschuld ihres Mandanten zu beweisen?«

Corva trat ganz dicht an den Tisch heran, an dem die Beisitzer saßen. Sein Blick wanderte von einem zum andern, während er weitersprach. »Die Anklage hat meiner Meinung nach überzeugend dargelegt, daß an dem in der Anklageschrift genannten Datum und Tatort wirklich ein Blutbad an unschuldigen und wehrlosen Menschen verübt worden ist. O ja, davon bin ich überzeugt, aber das Ausmaß dieses Verbrechens sollte niemandes Urteilsfähigkeit hinsichtlich der schuldhaften Verstrickung des Angeklagten in diese Ereignisse trüben. Die Tatsache, daß ein Verbrechen begangen worden ist, bedeutet nicht, daß alle am Tatort anwesenden Personen mitschuldig sind. Falls es sich so verhielte, dann sollten dort drüben noch zwei weitere Angeklagte sitzen, nämlich die Herren Brandt und Farley.«

Corva drehte sich auf dem Absatz um und ging zu seinem Stuhl zurück.

Richter Sproule stand wie versteinert hinter seinem Rednerpult. Eine volle Minute verging, dann sagte er zu Colonel Pierce: »Wünscht die Anklage zu den Äußerungen des Verteidigers Stellung zu nehmen?«

»Ja, Euer Ehren«, antwortete Pierce und stand auf. Bissig fuhr er Corva an: »Die Bemerkung, daß die Zeugen der Anklage selbst auf die Anklagebank gehören, ist geradezu geschmacklos. Wenn der Angeklagte als Offizier seine Pflicht erfüllt hätte, wären wir alle nicht hier.«

Corva sprang wütend auf. »Wenn Ihre Zeugen sich vor achtzehn Jahren auf Lügen und Vertuschungsmanöver eingelassen haben, dann besteht kein Grund zu der Überzeugung, daß sie heute die ganze Wahrheit gesagt haben.«

Colonel Sproule mischte sich schroff ein: »Das genügt, meine Herren. Colonel Pierce, haben Sie als Vertreter der Anklage Ihren Ausführungen noch etwas hinzuzufügen?«

»Nein, Euer Ehren.«

»Und Sie, Mr. Corva«, fragte Sproule, »möchten Sie in Ihrer Eigenschaft als Verteidiger noch irgendwelche Ausführungen machen?«

»Nein, Euer Ehren.«

Sproule wandte sich an die Beisitzer. »Die Beweisaufnahme ist damit abgeschlossen. Jetzt obliegt es Ihnen, das vorhandene Material zu prüfen. Sie werden alle Abschriften der kompletten Zeugenaussagen erhalten, die Ihnen bei der Urteilsfindung behilflich sein könnten. Bitte denken Sie daran, daß Sie nicht untereinander diesen Fall diskutieren dürfen. Das Verfahren wird morgen vormittag um zehn Uhr fortgesetzt.«

Corva stopfte die Unterlagen in seinen Aktenkoffer und ließ das Schloß einschnappen. Tyson, der aufgestanden war und sich eine Zigarette angezündet hatte, sah zu, wie sich die Bankreihen leerten. Marcy und David gingen den Mittelgang entlang zur Tür. Zwei Militärpolizisten machten ihnen den Weg frei.

»Ja, das wär's, Ben«, sagte Corva.

»Die Verteidigung hat keine weiteren Beweise vorzubringen.« Tysons Lächeln mißlang ihm.

»So ist es.«

Tyson blickte achselzuckend auf die Uhr. »Gehen wir essen?«

»Ja, warum nicht.«

Sie gingen auf die Tür zu, an der Sergeant Larson von der Militärpolizei stand. Er nahm Haltung an. »Gut gemacht, Mr. Corva«, sagte er.

»Danke.«

»Auf Wiedersehen – bis morgen.«

Tyson nickte dem Mann zu, bevor er in den Korridor hinaustrat. Er mußte daran denken, daß die Militärpolizisten morgen Waffen tragen würden, wie es am Tag der Urteilsverkündung üblich war. Und daß Sergeant Larson ihn vielleicht in Handschellen abführen würde.

## *Kapitel 49*

Sproule sah müde aus. Sein Gesicht war blasser als sonst, und seine Augen schienen tiefer in den Höhlen zu liegen. Er wartete ab, bis im Zuschauerraum Ruhe eingekehrt war. Dann, als hätte jemand Luft in ihn gepumpt, richtete er sich auf, legte beide Hände seitlich an die Platte des Stehpults und lehnte sich ein wenig vor wie ein Priester, der zu einer Predigt über Höllenfeuer und Verdammnis ansetzt. Durch das Mikrofon klang seine ohnehin kräftige Stimme noch lauter. »Herr Vorsitzender, meine Damen und Herren Beisitzer«, sagte er. »Nachdem Sie im Fall Vereinigte Staaten von Amerika gegen Lieutenant Benjamin J. Tyson die Zeugen angehört haben, obliegt es mir, Sie einer Rechtsbelehrung zu unterziehen, bevor Sie sich zur Urteilsfindung zurückziehen.« Sproule begann einen ziemlich langen Sermon, den er von einem Blatt ablas. Er sprach mit gleichmäßig starker Stimme, ohne besondere Hebungen und Senkungen, die seinen Ausführungen an der einen oder anderen Stelle mehr Gewicht oder Farbe hätten verleihen können. Schon nach zehn Minuten war sich Tyson darüber im klaren, daß Sproule, der sich während des bisherigen Verfahrens eher wortkarg verhalten hatte, den sechs Beisitzern lang und breit ins Gewissen zu reden beabsichtigte, obwohl für jeden von ihnen wahrscheinlich längst das Urteil feststand. Zunächst wies Sproule auf dieselben Sachverhalte hin, die Pierce schon in seiner Erklärung zu Beginn des Verfahrens unterstrichen hatte. »Bei der Beurteilung der Zeugen«, sagte Sproule weiter, »gilt es, ihr Verhältnis zum Angeklagten in Betracht zu ziehen sowie das Maß ihrer Intelligenz und ihre Objektivität. Andererseits sollten bei der Beurteilung, inwieweit der hier angeklagte Offizier sich schuldig gemacht hat, dessen militärischer Rang, seine familiären Verhältnisse, seine Erziehung, seine militärische Ausbildung und seine Fronterfahrung vor den hier zu beurteilenden Geschehnissen, einschließlich seiner Erfahrungen mit feindlichen beziehungsweise freundlich gesonnenen Vietnamesen, in Betracht gezogen werden. Zu bedenken sind auch sein Alter zum fraglichen Zeitpunkt und jedes andere Indiz, das Ihnen die Entscheidung erleichtern könnte, ob der

Angeklagte einen Massenmord befohlen, ausgelöst, angestiftet oder verheimlicht hat. Zuerst einmal müssen Sie jedoch zu einer zweifelsfreien Entscheidung gelangen, ob die Zeugenaussagen über den mutmaßlichen Massenmord der Wahrheit entsprechen oder nicht.« In diesem ziemlich gewundenen Stil fuhr Sproule eine Weile fort. Er kehrte die Verdienste der Anklage genauso hervor wie die der Verteidigung. Nachdem er auf Schwachstellen auf beiden Seiten hingewiesen hatte, ermahnte er die Beisitzer: »Sie müssen entscheiden, ob das Ihnen vorgelegte Beweismaterial, das in diesem Fall lediglich aus Zeugenaussagen besteht, ausreicht, um den Angeklagten wegen eines Schwerverbrechens, genau gesagt wegen Mordes, zu verurteilen. An dieser Stelle erinnere ich Sie daran, daß der Angeklagte aufgrund der gesetzlichen Verjährungsfrist *nicht* eines geringeren Verbrechens für schuldig befunden werden kann, also auch nicht des Totschlags. Folglich scheiden auch Delikte wie die Vernachlässigung dienstlicher Pflichten, Verschwörung oder ähnliches aus. Ein Schuldspruch beziehungsweise ein Freispruch kann sich nur auf die in der Anklageschrift aufgeführten Straftatbestände beziehen.«

Colonel Sproule erklärte nun das Verfahren, an das die Beisitzer sich zu halten hatten, und es war offenkundig, daß seine Worte nicht nur der Jury galten, denn die wußte mit Sicherheit ohnehin Bescheid, sondern auch den Zuschauern und der Presse. »Bei einem Verfahren vor einem Kriegsgericht scheidet die Möglichkeit der Stimmengleichheit bei den Geschworenen aus. Die Entscheidung fällt gleich bei der ersten Stimmabgabe. Für einen Schuldspruch sind vier oder mehr Stimmen nötig, für einen Freispruch mindestens drei. Deshalb fordere ich Sie auf, sich so lange miteinander zu beraten, wie Sie es für erforderlich halten, um mittels einer einzigen Stimmabgabe das endgültige Urteil zu fällen. Falls Sie sich mehrheitlich für einen Schuldspruch entscheiden, muß auch über die einzelnen Anklagepunkte abgestimmt werden. Jeder von Ihnen kann dann einen oder beide Punkte der Anklageschrift durch sein Votum als zutreffend bezeichnen. Falls Sie nicht mit gutem Wissen und Gewissen zumindest einem der Punkte der Anklage zustimmen können, den Angeklagten insgesamt jedoch für schuldig halten, dann sind Sie befugt, den Wortlaut beider Punkte der Anklageschrift so abzuändern, daß er sich mit Ihrer Auffassung von der Schuld des Angeklagten deckt. Ich möchte Sie jedoch darauf hinweisen, daß eine Veränderung des Wortlautes der Anklageschrift unter Umständen darauf hinauslaufen kann, daß nicht mehr der Tatbestand des Mordes, sondern nur des Totschlags gegeben ist. Das würde bedeuten, daß der Angeklagte im Sinne des Gesetzes als nicht schuldig anzusehen ist.« Colonel Sproule holte tief Luft. »Falls Sie bis sechzehn Uhr dreißig die Urteilsfindung abgeschlossen haben, sind Sie aufgefordert, in den Gerichtssaal zurückzukehren, damit das Urteil verkündet wird. Andernfalls wird Ihnen ein Quartier angewiesen. Sie dürfen jedoch dort die Beratungen nicht fortsetzen, sondern nur in einem eigens dafür zur Verfügung gestellten Raum im Seitentrakt dieses Gebäudes. Ich muß Sie daran erinnern, daß Sie sich durch Eid verpflichtet haben, keinesfalls die Meinung beziehungsweise das Votum irgendeines Mitglieds der Jury zu enthüllen. Das heißt, Ihre einzelnen Entscheidungen und die ihnen zugrundeliegenden Überlegungen müssen für alle Zeiten geheim bleiben.« Colonel Sproule lehnte sich noch ein bißchen mehr vor und schloß mit den Worten: »Die endgültige Entscheidung über das Gewicht der Zeugenaussagen und sonstiger Beweismittel, aber auch über die Glaubwürdigkeit der Zeugen liegt einzig und allein bei Ihnen. Ich fordere Sie auf, jede von mir im Verlauf dieses Verfahrens gemachte Bemerkung und jede Feststellung außer acht zu lassen, die als Meinungsäußerung hinsichtlich der Schuld oder Unschuld des Angeklagten ausgelegt werden könnte, denn Sie sollen in völliger Unabhängigkeit über diese Frage befinden. Jeder von Ihnen muß in unparteiischer Weise die Frage der Schuld oder Unschuld für sich selbst entscheiden – unter Berücksichtigung des geltenden Rechts, der vorgelegten Beweise und des eigenen Gewissens.« Colonel Sproule richtete sich hoch auf und sagte laut: »Die Sitzung ist geschlossen.«

Die Belehrung der Beisitzer hatte volle fünfundvierzig Minuten gedauert. Alles, was diese sechs Menschen möglicherweise beeinflussen konnte, war gesagt worden.

Ben stand in Rabbi Weitz' Büro am Fenster und starrte schweigend hinaus. Offenbar hatten sämtliche Zuschauer den zum Gerichtssaal umfunktionierten Kirchenraum verlassen und vertraten sich jetzt draußen in der kühlen Herbstsonne auf dem Rasen die

Beine. Jenseits der von der Militärpolizei aufgestellten Straßensperren harrten mehrere hundert neugierige Menschen aus.

Corva goß sich eine Tasse Kaffee ein. »Wollen Sie ein bißchen an die frische Luft gehen?« fragte er Tyson.

»Nein.«

»Möchten Sie Ihre Familie sehen?«

Tyson starrte weiter aus dem Fenster. »Nein.«

Corva stellte sich neben ihn und warf einen Blick nach draußen. »Wie ernst die alle aussehen, richtig respektvoll. Es war nicht solch ein Zirkusrummel, wie ich eigentlich erwartet hatte.«

»Ja«, sagte Tyson einsilbig.

Der Anwalt ging zum Tisch zurück. »Sind Sie mit dem Prozeßverlauf zufrieden«? erkundigte er sich.

Tyson erwiderte mit einer Spur von Spott: »Wenn man bedenkt, daß es sich um einen Mordprozeß handelte, konnte ich wohl nicht mehr erwarten.«

»Ich meinte, ob Sie mit der Art, wie ich Sie vor Gericht vertreten habe, zufrieden waren«, sagte Corva ein bißchen ungeduldig.

»Das lass' ich Sie nach dem Urteil wissen«, erwiderte Tyson. Ihm war nicht entgangen, daß Corva sich ihm gegenüber ein wenig reserviert verhielt. Wahrscheinlich eine Geste der Selbstbehauptung, sagte er sich. Ihm tat der Anwalt leid, weil er hier mit ihm herumsitzen und warten mußte. »Wollen Sie sich nicht ein bißchen die Beine vertreten?« forderte er ihn daher auf.

»Ich würde keine fünfzehn Meter weit kommen, dann würden sich die Presseleute auf mich stürzen und mich unter sich begraben. Da bleibe ich lieber hier. Falls Sie übrigens rauchen wollen, machen Sie bitte das Fenster auf.«

Tyson öffnete das Fenster und spürte die kühle, frische Herbstluft auf seinem Gesicht. »Wie lange wird es Ihrer Meinung nach dauern?« fragte er.

»Das Verfahren war relativ kurz«, erwiderte Corva achselzuckend. »Und abgesehen von den Zeugenaussagen gibt es nicht viel zu überprüfen und zu bedenken. Kann sein, daß sie noch Abschriften vom heutigen Protokoll haben wollen.«

Tyson schwieg eine Weile, dann wiederholte er seine Frage: »Wie lange? Tage? Stunden? Minuten? Habe ich Zeit, meine Zigarette zu Ende zu rauchen?«

»Bei Verfahren vor einem Kriegsgericht wird das Urteil meist rasch gefällt. Es kommt nur zu einer einzigen Abstimmung, und die ist unwiderruflich. Außerdem glaube ich, daß das Urteil schon feststand, als sich die sechs von ihren Stühlen erhoben.«

Tyson nickte geistesabwesend.

»Die haben nichts davon, wenn sie so tun, als müßten sie sich tagelang quälen. Im Gegenteil, man konnte geradezu den leisen Druck spüren, dem sie ausgesetzt sind, damit sie möglichst schnell einen Schlußstrich ziehen. Das sind lauter Offiziere. Sie haben sich alles geduldig angehört, aber jetzt warten andere Pflichten auf sie. Bestimmt sind sie lieber möglichst schnell wieder in ihrer Garnison. Um also Ihre Frage präzise zu beantworten: Ich gehe davon aus, daß das Urteil vor sechzehn Uhr dreißig gefällt wird.«

Tyson warf einen Blick auf die Uhr. »Noch sechs Stunden.«

»Ja. Eine lange Zeit.«

Tyson brachte ein Lächeln zustande. »Nervös?«

»Gespannt.«

»Meinen Sie, daß Ihre Pechsträhne zu Ende ist?«

Corva lächelte nur etwas gequält.

Eine Weile lang unterhielten sie sich über allerlei nebensächliche Dinge, aber alles kam ihnen seltsam unpassend vor, und jeder Versuch, ganz locker miteinander zu plaudern, endete unweigerlich damit, daß sie ein Thema berührten, von dem sie lieber die Finger ließen. Nach anderthalb Stunden ging Corva zur Tür und bat den Militärpolizisten, der draußen stand, ihnen Zeitungen und Zeitschriften zu bringen. »Ich frage Sie noch mal, Ben«, sagte Corva. »Wollen Sie nicht doch lieber in Ihre Wohnung gehen? Das kann Ihnen niemand verbieten.«

»Nein.«

»Wollen Sie vielleicht im Club zu Mittag essen?«

»Nein. Ich habe keinen Hunger. Lassen Sie doch etwas rüberschicken.«

»Empfinden Sie so etwas wie Selbstmitleid?«

»Nein. *Sie* tun mir nur leid. Und meine Familie.«

»Soll ich dem Militärpolizisten sagen, er soll Ihre Frau holen lassen?«

»Nein.«

»Vielleicht Ihren Sohn?«

»Nein! Und auch nicht meine Mutter oder meine Schwestern oder einen Priester oder sonstjemanden!« Tysons Stimme war bedrohlich laut geworden. »Warum können Sie nicht verstehen, daß ich jetzt niemanden sehen will? Begreifen Sie denn nicht, daß ich in meinem jetzigen Zustand niemandem gegenübertreten kann? Kann ein Mann nicht mehr ganz alleine leiden und seine Haltung bewahren?« Er zeigte mit dem Finger auf Corva. »Würden *Sie* an meiner Stelle Ihre Familie hierhaben wollen?«

Corva erwiderte in besänftigendem Tonfall: »Vielleicht, Ben. Es könnte sein, daß ich ihren Beistand brauchen würde.«

»Ach was, ich scheiß' auf Beistand! Was für ein idiotisches Wort!«

Corva holte tief Luft und zwang sich, ruhig zu bleiben. »Ich wollte Ihnen doch nur klarmachen, daß dies das letztemal sein könnte – für lange Zeit –, daß Sie ohne... ich meine unbeaufsichtigt mit Ihren Leuten reden können.«

Tyson ging in dem engen Büro auf und ab. Nach einer Weile sagte er wieder etwas ruhiger: »Ich will meine Wut nicht an Ihnen auslassen, bloß weil Sie zufällig da sind, Vince. Also gehen Sie lieber.«

»Nein, Ben, ich habe es mir zum persönlichen Grundsatz gemacht, bis zum Schluß beim Angeklagten zu bleiben.«

Tyson blieb stehen und blickte den Anwalt an. »Nun, was ist? Wollen Sie nicht wenigstens mal raten? Solange Sie bei mir sind, müssen Sie mich unterhalten. Also, wie lautet Ihr Tip?«

»Als Jurist würde ich sagen, daß die Gegenseite Ihre Schuld im Sinn der Anklageschrift überzeugend nachgewiesen hat.«

»Worauf warten die dann noch so lange? Das sind doch Offiziere! Warum können sie sich nicht entscheiden?«

»Weil ich als Verteidiger ein paar andere Dinge nachgewiesen habe – Dinge, die weit über das hinausgingen, was man zu hören erwartet hatte. Ich bin übrigens nicht böse darüber, daß Sie mir manche Information vorenthalten haben. Im Gegenteil, mir war es sogar recht, daß alles zu seiner Zeit ganz spontan rausgekommen ist. Die Beisitzer haben genau hingehört, und zum erstenmal konnte man auf ihren ausdruckslosen Gesichtern so etwas wie Anteilnahme ablesen. Sie sind auch nur Menschen, und das bedeutet, daß sie sich selbst in Frage stellen können.«

Als Tyson schwieg, fuhr Corva fort: »In diesem Augenblick versucht bestimmt einer, vielleicht sogar zwei von ihnen, einen dritten mit Argumenten so weit zu bringen, daß er sagt: ›Zum Teufel mit dem Gesetz!‹ Nur so kann man sich erklären, warum es so lange dauert.«

»Und werden sie es schaffen? Werden drei von ihnen sagen: ›Zum Teufel mit dem Gesetz!‹?«

»Wenn sie das sagen, dann sagen sie auch: ›Zum Teufel mit der ganzen Army!‹ Sie sind Teil des Systems, sie verkörpern das Militärjustizwesen, und als Offiziere haben sie einen Eid geleistet. Ihr Interesse an diesem System ist größer als das eines zivilen Geschworenen bei der zivilen Justiz. Was würden Sie an ihrer Stelle tun? Worauf würden Sie plädieren?«

Tyson dachte einen Augenblick nach und antwortete dann: »Auf schuldig.«

»Ich auch.«

»Warum dauert es dann so lange?«

»Ehrlich gesagt: Ich weiß es auch nicht. Auf jeden Fall scheint es bei der Abstimmung Probleme zu geben. Colonel Moore kann wahrscheinlich noch nicht zur Stimmabgabe auffordern, weil der eine oder andere sich quergelegt hat und Sie raushauen will. Vielleicht ist es sogar Moore selbst, aber es könnte auch Davis sein. Wer weiß, vielleicht ist die Sindel diejenige, die einen raschen Schuldspruch herbeiführen will. Es ist gut möglich, daß Lasky der dritte gewesen wäre, den wir zu einem Freispruch gebraucht hätten. Ich weiß es nicht, niemand weiß es... Geschworene, Schöffen und Beisitzer sind immer wieder für eine Überraschung gut.«

»Sogar, wenn sie Offiziere sind?«

»Ja, manchmal.«

»Sie wären also wer weiß wie überrascht, wenn wir diesen Prozeß gewinnen würden?«

Corva lächelte und wollte etwas erwidern, aber in diesem Augenblick waren draußen im Flur Schritte zu hören. Corva sprang auf. Es klopfte an der Tür, und ein Militärpolizist trat ein. Er brachte einen Stapel Zeitungen und Magazine. »Der neue *Playboy* ist auch dabei«, sagte er. »Kann ich sonst noch etwas für Sie tun, Mr. Corva?«

»Nein, danke.« Nachdem der Polizist gegangen war, blätterten die beiden Männer eine Weile lustlos in den Zeitungen. Um halb eins waren draußen wieder Schritte zu hören. Jemand blieb vor der Tür stehen, klopfte an und machte auf.

Es war Sergeant Larson. »Soll ich Ihnen etwas zum Essen bringen?« fragte er. »Oder essen Sie woanders?«

»Lassen Sie uns ein paar Sandwiches und Kaffee schicken, Sergeant. Bringen Sie, was Sie wollen, aber bitte kein Weißbrot und keine Mayonnaise!«

Sie warteten eine halbe Stunde. »Normalerweise dauert es eine Viertelstunde, bis das Essen aus der Kantine da ist«, sagte Tyson. »Vielleicht liegt das daran, daß wir gleich in den Gerichtssaal zur Urteilsverkündung gerufen werden.«

»Wir würden trotzdem vorher etwas essen. Versuchen Sie jetzt, sich zu entspannen.«

»Ich bin ganz entspannt, ich langweile mich nur.«

Wieder näherten sich auf dem Gang Schritte, und dann betrat Larson wieder das Büro. Er stellte einen Pappkarton auf den Schreibtisch. Tyson überzeugte sich mit einem Blick, daß der Karton randvoll mit Sandwiches, Salaten und Nachspeisen war. »Von meiner Frau«, sagte Larson. »Sie hat darauf bestanden. Hoffentlich schmeckt's!« Es war dem Sergeanten anzusehen, daß ihm die Sache ein bißchen peinlich war.

Tyson nahm ein eingewickeltes Sandwich, obwohl er gar keinen Appetit hatte. »Das ist wirklich sehr nett von Ihrer Frau, Sergeant. Sagen Sie ihr unseren besten Dank.«

Larson lächelte und verließ wieder das Büro.

Corva fand ein Roggenbrot-Sandwich mit kaltem Huhn, in das er herzhaft hineinbiß. »Ich sagte Ihnen doch und sage es noch immer, daß Sie für die breite Masse kein Verbrecher sind!«

»Ich hab' von der öffentlichen Meinung in Amerika nie viel gehalten. Ich bin ein elitärer Snob. Deshalb darf ich mich jetzt nicht damit trösten, daß solche Leute zu mir halten.«

Corva machte eine Dose Coca-Cola auf. »Sie wissen offensichtlich ganz genau, wer Sie sind und wie die Welt aussieht, in der Sie leben, aber unglücklicherweise kommen Sie mit der Welt nicht gut zu Rande.«

Tyson entdeckte zwei Dosen Bier in dem Karton. Er trank sie beide aus, ohne Corva eine anzubieten.

Die Zeit verstrich quälend langsam. Allmählich verblaßte das Sonnenlicht, und von der See her wehte ein Wind, der das rötlich und golden gefärbte Laub raschelnd vor sich her über die Rasenflächen und Gehwege trieb. Ben trat ans Fenster. Draußen standen jetzt nicht mehr so viele Menschen herum wie mittags. Die meisten hatten vor dem kühlen Herbstwind in der Kirche Zuflucht genommen. Tyson sprach mehr zu sich selbst als zu Corva. »Letzten Herbst habe ich bei uns zu Hause Laub geharkt und mit meinem Sohn ein bißchen Fußball gespielt. Ich habe auch Holz gehackt und für ein hübsches Feuer im Kamin gesorgt. Einmal sind wir rausgefahren und haben auf einer Farm Kürbis gegessen und Apfelmost dazu getrunken. Danach machte ich uns zu Hause einen heißen Punsch. Ich habe es gern, wenn es nach Herbst riecht.«

»Ich auch«, erwiderte Corva ebenso gedankenverloren. »Damals, in Cu Chi, habe ich den Herbst sehr vermißt. Ich ließ mir sogar von meinem Bruder einen Schuhkarton voll Herbstlaub schikken.« Er lächelte. »Ich habe jedem, der wie ich den Herbst vermißte, etwas von dem Laub gegeben.«

»Als Psychiater würde ich sagen, daß Sie damals ein bißchen unter seelischem Druck gestanden haben müssen«, meinte Tyson spöttisch.

Corva ging nicht darauf ein. Er nahm die *Daily News* zur Hand. HEUTE URTEIL? lautete kurz und bündig die dicke Schlagzeile.

Ben warf einen kurzen Blick auf die Zeitung. »Gute Frage.« Er schaute auf die Uhr. Es war sechzehn Minuten nach vier.

Um sechzehn Uhr zwanzig schaute Corva aus dem Fenster. »Sie sind noch alle da, auch die Autos von den Zeitungsleuten und vom Fernsehen.«

Fünf Minuten später stand Tyson nervös auf. »Ich hätte es gern heute hinter mich gebracht.«

»Die Warterei ist zermürbend, aber sie ist kein schlechtes Zeichen«, versuchte der Anwalt ihn zu trösten. »Irgendwas muß im Beratungszimmer passiert sein.«

»Aber was?«

Um sechzehn Uhr dreißig klappte Corva seinen Aktenkoffer zu und nahm seinen Trenchcoat vom Garderobenhaken.

Weder Tyson noch Corva hatten diesmal die Schritte vernommen, aber sie hörten das leise Klopfen an der Tür. Irgendwie wußte Tyson, daß man nicht gekommen war, um ihn für den Rest des Tages zu entlassen.

Die Tür ging auf. Sergeant Larson stand im Rahmen und schaute die beiden Männer sekundenlang stumm an – ein wenig zu lang, denn Corva fuhr ihn ziemlich barsch an: »Nun? Können wir gehen?«

»Nein, Sir. Die Jury ist zu einem Urteil gelangt.«

Corva nickte kühl. »Vielen Dank.« Er hängte seinen Mantel wieder an den Haken und sagte mit einer Stimme, die seine innere Anspannung verriet: »Nun Ben, dann wollen wir uns mal anhören, was man uns zu sagen hat.«

Sergeant Larson hielt Tyson die Tür auf. »Sie sollten Ihre Kopfbedeckung mitnehmen, Sir«, sagte er.

»Ja, natürlich.«

Tyson blieb einen Moment lang reglos stehen. »Ich komme nicht wieder in diesen Raum zurück – so oder so, stimmt's?«

»Ja, Sir.«

»Sagen Sie dem Rabbi, daß wir uns bei ihm bedanken, wenn Sie ihn sehen.«

»Jawohl, Sir.«

Corva ging voran, aber Larson überholte ihn und setzte sich an die Spitze der kleinen Gruppe. Der Sergeant schien zu spüren, daß die beiden es nicht eilig hatten, denn er ging ziemlich langsam. Als sie den Gerichtssaal betraten, ging ein Raunen durch den Zuschauerraum. Tyson sah, daß er auch diesmal wieder brechend voll war. Sogar in den Gängen und im Vorraum drängten sich die Leute. Wie beim Weihnachtsgottesdienst, dachte er.

Mit festem Schritt ging er zu seinem Platz, vorbei an dem Tisch, an dem schon die Vertreter der Anklage saßen. Er würdigte Pierce, Weinroth und Longo keines Blickes, als er sich neben Corva stellte, der keine Anstalten machte, sich hinzusetzen. Jetzt erst fiel Tyson auf, daß auch die Vertreter der Anklage standen, obwohl dies nicht vorgeschrieben war.

Tyson überwand sich und warf einen Blick auf die ersten Bankreihen. Marcy trug ein eher konservativ geschnittenes Kostüm aus Tweed. Sie lächelte ihm ermutigend zu und schlug die Beine übereinander. David saß neben ihr. Er wirkte traurig, aber vielleicht war es auch einfach nur Angst. Tyson fragte sich, was wohl im

Kopf des Sechzehnjährigen vor sich ging. Seine drei Schwestern, hübsche, lebhafte Frauen, hatten betont optimistische Mienen aufgesetzt, aber seine Mutter, deren Gesichtsausdruck selten so etwas wie Gefühl verriet, höchstens Arroganz, Ungeduld oder Ärger, wirkte verstört und um Jahre gealtert. Tyson gab sich einen Ruck und versuchte möglichst sorglos dreinzuschauen, als er zu den Beisitzern hinüberblickte. Er versuchte in ihren Gesichtern zu lesen, aber sie waren so undurchdringlich wie eh und je. Der einzige Anflug einer Gefühlsäußerung kam von Major Virginia Sindel. Als sich versehentlich ihre Blicke kreuzten, schlug sie rasch die Augen nieder.

Tyson wurde sich bewußt, daß Corva ihm etwas zuflüsterte. »In der Strafprozeßordnung für Kriegsgerichte gibt es ein seltsames Detail. Freisprüche werden mit den Worten verkündet: ›Es ist meine Pflicht, Ihnen mitzuteilen ...‹ Bei Schuldsprüchen hingegen heißt es: ›Es ist meine Pflicht, Sie zu informieren ...‹ Das wollte ich Ihnen sagen, damit Sie gleich zu Beginn der Urteilsverkündung Bescheid wissen.«

Tyson sagte tonlos: »Vielen Dank.«

In diesem Augenblick schaltete Colonel Sproule das Mikrofon ein. »Die Verhandlung ist eröffnet«, hallte es durch den Saal. Nach einem Blick in den Zuschauerraum, auf die Vertreter der Anklage und die sechs Beisitzer richtete er das Wort an Colonel Moore: »Haben die Beisitzer ein Urteil gefällt?«

Moore stand auf. »Ja, Euer Ehren.«

»Ist das Urteil vorschriftsgemäß auf den dafür bestimmten Formblättern dargelegt worden?«

»Jawohl, Euer Ehren«, sagte Moore wieder.

Sproule blickte zum Tisch der Anklage hinüber. »Darf ich darum bitten, daß ein Vertreter der Anklage das Urteil ungelesen überreicht?«

Major Judith Weinroth stand auf und ging zu Colonel Moore, der ihr zwei Blätter aushändigte. Damit ging sie zu Colonel Sproules Rednerpult, reichte ihm die beiden Schriftstücke und blieb in abwartender Haltung stehen.

Der Richter überprüfte das Urteil ohne Eile, indem er die Bögen mehrmals umdrehte. Alle Anwesenden, Tyson, Corva und der Protokollführer inbegriffen, blickten gebannt auf sein Gesicht und versuchten darin die Anzeichen einer Gefühlsregung zu entdecken, aber die Züge des Mannes verrieten nur Konzentration. Er kam Tyson vor wie ein Lehrer, der einen langweiligen Schulaufsatz durchsieht.

Endlich blickte er auf und sagte zu Moore: »Ich kann an dem Schriftsatz keine Mängel entdecken.« Er händigte die beiden Blätter wieder Major Weinroth aus und bat sie gleichzeitig, sie dem Vorsitzenden der Beisitzer zurückzugeben.

Sie nahm die Blätter an sich, aber sie rutschten ihr aus der Hand und fielen auf den roten Teppich. Hastig kniete sie nieder, um sie aufzuheben. Als sie sich aufrichtete, war ihr Gesicht gerötet. Verlegen ging sie zu Colonel Moore hinüber, der ihr einen teilnahmsvollen Blick schenkte. Dann begab sie sich zu ihrem Platz zurück. Ihre Bewegungen waren die eines Menschen, der aller Augen auf sich ruhen fühlt. Während sie Platz nahm, blickte sie Pierce an und bewegte dabei kaum merklich den Kopf, aber niemand hätte mit Sicherheit sagen können, ob sie sich damit für ihre Ungeschicklichkeit entschuldigen wollte oder ob sich dahinter ein geheimer Triumph verbarg.

Colonel Sproule richtete nun das Wort an Tyson. »Lieutenant Benjamin Tyson, bitte begeben Sie sich zu dem Vorsitzenden.«

»Jawohl, Sir«, erwiderte Tyson mit fester Stimme.

Corva streckte den Arm aus, ergriff seine Hand und drückte sie kräftig. Tyson schritt über den roten Teppich zum Tisch der Beisitzer, machte in gebührlichem Abstand davor halt und salutierte.

Colonel Moore und Benjamin Tyson standen sich von Angesicht zu Angesicht gegenüber. Die Beisitzer waren sitzen geblieben. Auch die Vertreter der Anklage standen, und da sie einigen der Zuschauer die Sicht versperrten, erhoben sich diese Leute, darunter die meisten Berichterstatter von Funk und Fernsehen. Die Folge war, daß noch mehr Zuschauer von ihren Plätzen aufstanden, und es dauerte kaum eine Minute, bis sich sämtliche Anwesenden erhoben hatten. Erwartungsvoll starrten alle auf die Jury. Colonel Sproule wollte schon etwas ins Mikrofon sagen, doch dann besann er sich anders. »Bitte schreiten Sie zur Urteilsverkündung«, forderte er Colonel Moore auf.

Aus den Augenwinkeln heraus sah Tyson, daß alle Beisitzer starr geradeaus blickten, als wehrten sie sich gegen den natürlichen

Drang, ihn, Tyson, anzuschauen. Ohne den schriftlichen Text des Urteils zu Rate zu ziehen, blickte Colonel Moore Tyson in die Augen, so als wären sie die einzigen Menschen im Saal. »Lieutenant Benjamin Tyson«, begann er, »als Vorsitzender dieser Jury ist es meine Pflicht, Sie zu informieren –« Ein paar Leute im Zuschauerraum reagierten unüberhörbar auf diese einleitende Formel. Offenbar wußten sie Bescheid, was sie bedeutete. »– daß die Jury nach eingehenden Beratungen und in geheimer Wahl Sie mit der erforderlichen Zweidrittelmehrheit des Mordes für schuldig befunden hat.«

Tyson stand völlig reglos da, sein Gesicht war ebenso ausdruckslos, wie es die Gesichter der Beisitzer während der gesamten Prozeßdauer gewesen waren.

Aus dem Zuschauerraum ertönte ein lauter Ruf, dann schluchzte eine Frau hörbar, aber Tyson war sicher, daß es weder Marcy noch seine Mutter waren, denn keine der beiden Frauen neigte zu solchen Gefühlsäußerungen.

Colonel Moore fuhr fort: »Punkt eins der Anklageschrift: schuldig. Punkt zwei: ebenfalls schuldig. In beiden Punkten der Anklage werden auf Beschluß der Jury die Worte ›Erschießt sie‹ und ›Er befahl, sie zu erschießen‹ gestrichen und durch die Worte ›ließ zu, daß sie erschossen wurden‹ ersetzt.« Colonel Moore gab mit einem Kopfnicken zu verstehen, daß er zu Ende war.

Tyson salutierte, machte auf dem Absatz kehrt und ging zu seinem Platz zurück. Er vermied es, irgend jemandem in die Augen zu sehen, und schaute auch nicht ein einziges Mal zu seiner Frau und seinem Sohn hinüber. Colonel Sproules Blick wanderte über die Zuschauerreihen hinweg und verharrte schließlich auf den Beisitzern. Auf seinem Gesicht lag ein Ausdruck von Verwunderung, als hätte er dergleichen zum erstenmal erlebt. Er beugte sich zum Mikrofon hin und erklärte: »Das Gericht wird am Montag vormittag um zehn Uhr erneut zusammentreten, um ein dem Urteil angemessenes Strafmaß zu verkünden. Die Verhandlung ist geschlossen.«

Niemand machte Anstalten, den Saal zu verlassen. Statt dessen blieben alle stehen und sahen schweigend zu, wie Sergeant Larson, der bewaffnet war und einen Helm trug, mit weiteren Militärpolizisten auf Tyson zuging. Sichtlich verlegen blieben die Uniformierten vor dem Tisch stehen, hinter dem Tyson saß. Mit höflicher Stimme forderte Larson Tyson auf: »Sir, wollen Sie bitte mitkommen?«

Ben schüttelte Corva die Hand, nahm seine Offiziersmütze vom Tisch und ließ sich von den Polizisten in die Mitte nehmen. Noch immer brachte er es nicht über sich, seine Frau und seinen Sohn anzublicken. Flankiert von den Polizisten ging er quer durch den Altarvorraum auf die Seitentür zu und trat in den langen, weißgetünchten, menschenleeren Korridor hinaus. Durch eine Tür im rückwärtigen Teil des Gebäudes, vor der ein Militärpolizist stand, gelangten sie ins Freie. Tyson atmete tief die kühle Herbstluft ein. Nach Westen zu war der Himmel strahlend blau, aber jenseits der Verrazzano-Brücke verfärbte sich der Horizont schon zu einem phantastischen Orange. Kräftige Militärpolizisten umringten Tyson und eskortierten ihn zu einem schwarzen Dienstwagen. Drinnen im Flur war es still wie in einer Grabkapelle gewesen, doch hier empfing ihn ein lärmendes Treiben: Dutzende von Menschen riefen sich etwas zu und rannten zum rückwärtigen Teil der Kirche, wo sich rasch eine Traube bildete. Tyson erblickte eine Fernsehkamera, und dann wurde das sanfte Nachmittagslicht vom Zucken der Blitzlichter zerrissen. Mikrofone reckten sich ihm entgegen, aber die Militärpolizisten drängten die allzu Vorwitzigen rigoros zurück. In das Getümmel brüllte eine Männerstimme: »Laßt ihn los! Laßt ihn los!« Einer Frau gelang es irgendwie, sich an der Phalanx der Uniformierten vorbeizudrükken. Sie packte Tysons Hand und schluchzte: »Gott segne Sie, Gott segne Sie!« Ein Polizist packte sie am Arm und zog sie von ihm fort. Sie erreichten den Wagen, und gleich darauf saß Tyson im Fond. Sergeant Larson setzte sich rechts, ein anderer Militärpolizist links neben ihn. Die Türen wurden zugeknallt, und Sergeant Larson sagte: »Bitte strecken Sie die Hände gekreuzt aus.«

Tyson folgte der Aufforderung, und Sergeant Larson legte Handschellen um seine Gelenke und ließ sie zuschnappen. Tyson war überrascht, wie schwer sie waren.

Langsam bahnte sich der dunkle Wagen seinen Weg durch die aufgeregte Menschenmenge. Der Fahrer schaltete immer wieder das Fernlicht ein und aus, gleichzeitig drückte er in kurzen Abständen fluchend auf die Hupe.

Der Polizist links von Tyson sagte: »Jetzt muß ich abends nicht mehr aufpassen, daß Sie mir weglaufen, stimmt's?«

Tyson wandte ihm den Kopf zu und blickte in die Knopfaugen von Captain Gallagher. Er wollte schon eine Unflätigkeit von sich geben, doch dann besann er sich darauf, daß es ihm nicht mehr zustand, einem Menschen wie Captain Gallagher den Marsch zu blasen. Gallagher schien sich dessen ebenfalls bewußt zu sein. Sein Gesicht wurde freundlicher, so als machte ihm die Sache plötzlich keinen Spaß mehr. »Wir haben hier draußen eine Stunde auf Sie gewartet, Tyson«, sagte er, »aber glauben Sie mir, ich würde jetzt lieber nicht neben Ihnen sitzen.«

»Ja, Sir.«

Der Dienstwagen hatte sich einen Weg durch die Neugierigen gebahnt und wurde jetzt von zwei Jeeps eskortiert. In rascher Fahrt ging es die Lee Avenue entlang. Jetzt erst fiel es Tyson auf, daß vorne auf dem Beifahrersitz ein Zivilist saß. Der Mann drehte sich zu ihm um und sagte: »Wir haben noch einiges miteinander zu besprechen, Sportsmann, bevor man Ihnen ein paar Jährchen aufbrummt.« Es war Chet Brown.

»Das glaube ich kaum«, entgegnete Tyson.

Brown wandte sich achselzuckend ab. »Wir werden sehen«, sagte er lässig.

Gallagher zog einen Flachmann aus der Tasche und schraubte die Kappe ab. »Da, ich spendier' einen Drink!«

»Kann keinen gebrauchen«, lehnte Tyson knapp ab.

Gallagher schraubte das Fläschchen wieder zu. Er überlegte kurz und schob es dann in die Seitentasche von Bens Uniformjacke. »Da, Sie können es behalten.«

Tyson wurde sich plötzlich bewußt, daß das Auto nicht das Garnisonsgelände verließ. Die Fahrt ging also nicht nach Fort Dix. Gallagher hatte ihn beobachtet. »Übers Wochenende werden Sie hier bei uns eingelocht«, sagte er. »Am Montag erfahren Sie dann, wieviel Sie kriegen, und dann …«

»Dann kommt es auf den dickschädligen Holzkopf an, wohin sie ihn anschließend bringen«, ließ sich Brown vorne auf dem Beifahrersitz vernehmen.

»Sie können mich mal!« sagte Tyson leise. Niemand schien es ihm übelzunehmen.

Das Auto hielt vor der Kommandantur der Militärpolizei, und wenig später fand sich Tyson in einer kleinen Zelle wieder, deren Betonwände beigefarben gestrichen waren. Sergeant Larson nahm ihm die Handschellen ab, knallte die vergitterte Gefängnistür zu und verschwand in einem Büro, um den Papierkram zu erledigen. Brown blieb auf der anderen Seite der Gitterstäbe stehen. »Alles, was wir von Ihnen wollen, ist die schriftliche Zusicherung, daß Sie bis ans Ende Ihrer Tage kein Sterbenswörtchen über diese ganze Sache verlieren werden«, sagte er.

»Lecken Sie mich am Arsch!»

»Ausgenommen sind natürlich ein paar wohlüberlegte Worte, die Sie ab und zu über die positive Seite Ihrer Erfahrung mit den Behörden und der Militärjustiz fallenlassen können.«

»Hauen Sie ab!«

»Tatsächlich haben Sie ja Ihren Teil unserer Abmachung eingehalten, obwohl Sie dieser Abmachung nie zugestimmt haben«, fuhr Brown unbeirrt fort. »Sie haben gegenüber den Medien dichtgehalten, und das wissen wir zu schätzen. Auch Ihr Anwalt hat sich sehr anständig benommen.« Brown zog mehrere zusammengefaltete Blätter aus der Brusttasche seines Jacketts. »Lesen Sie das und unterschreiben Sie!«

»Ziehen Sie Leine, Chet!«

»Eines der Dinge, die da drinstehen, ist Ihre Zusicherung, daß Sie niemals darüber reden werden, wie Ihre Wiedereinberufung zur Army zustande gekommen ist und daß die Leute, die damals das Verbrechen wirklich begangen haben, für den Arm des Gesetzes unerreichbar sind. Gewisse Leute in der Regierung sind in dieser Beziehung sehr empfindlich.«

»Nicht empfindlicher als ich«, sagte Tyson.

Brown trat ganz nah an das Eisengitter heran. Er ließ dabei Tyson, der nur zwei bis drei Meter von ihm entfernt stand, nicht einen Augenblick aus den Augen, so als hielte er ihn selbst hinter Schloß und Riegel noch für gefährlich. »Soll ich Ihnen mal was sagen, Ben?« sagte er nachdenklich. »Von den fünfundzwanzig Mann, die damals in die My-Lai-Affaire verwickelt waren, konnten achtzehn nie vor Gericht gestellt werden, weil sie inzwischen aus der Army entlassen worden waren und deshalb nicht mehr der Militärgerichtsbarkeit unterstanden. Unsere Regierung hat inzwischen reichlich Zeit gehabt, um diese Gesetzeslücke zu stopfen, aber man hat trotzdem nichts unternommen. Übrigens wurden auch die anderen Mitschuldigen von My Lai, auch die, die noch Uniform trugen, in ihrer Mehrzahl nicht belangt, weil ihre jeweiligen Vorgesetzten nichts gegen sie unternahmen, genau wie General Peters in Ihrem Fall es vorhatte, so daß man erst ein bißchen nachhelfen mußte. Die Army hält eben an ihrem System fest. Im My-Lai-Prozeß wurden, wie Sie selbst wissen, alle außer Calley freigesprochen. Seitdem redet man vom *My-Lai-Trauma*, am System hat sich allerdings in all den Jahren nichts geändert. Die Regierung und ganz besonders das Justizministerium würden gern dafür sorgen, daß die Vereinigten Staaten nie wieder in die peinliche Lage geraten, Kriegsverbrecher aus den Reihen ihrer eigenen Streitkräfte nicht vor Gericht stellen zu können. Das ist doch ein nobles Ziel, nicht wahr?«

»Es ist so nobel, daß man es zwanzig Jahre lang vergessen hat.«

»Stimmt. Manchmal muß eben erst etwas passieren wie der Prozeß gegen Sie. Es steht jedenfalls fest, daß die Army sich gegen jede Reform sträubt. Hinter den Kulissen gibt es zur Zeit ein ziemliches Gerangel. Deshalb wäre es uns überhaupt nicht recht, wenn Sie jetzt auch noch 'ne Menge Wind machen würden.«

»Wer sind *wir*? Wenn ich wüßte, für wen Sie arbeiten, würde ich Ihnen vielleicht zuhören. Ich würde mich nicht wundern, wenn Sie selbst zur Army gehörten – oder zum JAG-Corps.«

»Warum nicht? Ich könnte aber genausogut Zivilist sein. Es spielt keine Rolle.«

»Das sagen Sie.«

Brown raschelte mit den Papieren, die er in der Hand hielt. »Wenn Sie dies hier unterschreiben, dann wird Ihnen der Präsident innerhalb von dreißig Tagen volle Amnestie gewähren, gleichgültig, wie hoch das Strafmaß ausfällt. Sie müßten nie nach Kansas und würden das Zuchthaus von Leavenworth nie von innen sehen, höchstens den Knast von Fort Dix.«

»Wo waren Sie eigentlich *vor* dem Urteil, Sie Schlauberger? Als ich Sie brauchte?«

Brown erwiderte grinsend: »Oh, gegen das Urteil konnten wir genausowenig unternehmen, wie wir das Strafmaß beeinflussen können. An ein Militärgericht komme ich nicht ran, aber meine obersten Bosse können dafür sorgen, daß Sie bald wieder in Garden City in Ihrem Wohnzimmer sitzen, sagen wir am Erntedankfest. Zu Hause schmeckt der Truthahn bestimmt besser als hinter Gittern.«

»Sie haben mein Haus durchsuchen lassen!«

»Nein, wir haben Ihr Haus nur von der Firma R + S Reinigungsdienste gründlich putzen lassen.«

»Sie widern mich an.«

Brown warf die zusammengefalteten Blätter durch die Gitterstäbe in Tysons Zelle. Sie landeten auf dem Betonfußboden.

»Sie erklären unter anderem, daß Sie keine Aussagen gegenüber der Presse machen werden, Sie sind einverstanden, keine öffentlichen Erklärungen abzugeben, Sie versichern, daß die Behörden Sie korrekt behandelt haben – und als Gegenleistung mache ich Sie wieder zu einem richtigen Menschen, das verspreche ich. Sogar Ihren überdotierten Job würden Sie wiederbekommen.«

Tyson warf einen Blick auf die Papiere. »Okay, Chet, ich werde alles durchlesen, aber nur, wenn Sie gleich abhauen.«

»In Ordnung. *Adios, amigo!* Ruhen Sie sich gut aus. Übrigens haben Sie sich wacker gehalten. Ich an Ihrer Stelle hätte mir bestimmt in die Hosen gemacht. Wenn die Ihnen am Montag zehn oder zwanzig Jahre aufbrummen, können Sie sich ins Fäustchen lachen.«

»Klingt gut.«

»Heute abend darf Sie niemand besuchen, also schlagen Sie sich die Idee aus dem Kopf, diese Papiere Ihrem Anwalt zu geben, damit er sie rausschmuggelt. Ich will das Zeug morgen um sechs Uhr früh zurückhaben – mit oder ohne Ihre Unterschrift.«

»Und was ist mit meinen Durchschlägen?«

Brown lachte, drehte sich um und ging.

Tyson inspizierte seine Zelle und setzte sich dann auf die Pritsche. Nach einem Blick auf die Papiere, die noch immer auf dem Fußboden lagen, zog er seine Schuhe aus, nahm die Mütze ab und streckte sich auf dem schmalen Feldbett aus. »Meine Wohnungen werden immer kleiner«, sagte er laut.

Sergeant Larson kam und fragte durch die Gitterstäbe: »Wollen Sie was zu essen?«

»Nein, danke.«

»Okay. Ihr Anwalt hat angerufen. Er läßt ausrichten, daß er morgen früh um sieben Uhr vorbeikommt.«

»In Ordnung.«

»Er bittet Sie, sich über eine Aussage Gedanken zu machen, die Sie zu Ihrer Entlastung machen können, bevor das Strafmaß verkündet wird.«

»Ja, ich werde darüber nachdenken.«

»Brauchen Sie noch irgendwas?«

»Die Schlüssel.«

Larson grinste. »Heute abend sind die Zeitungen bestimmt voll von dem Prozeß. Soll ich Ihnen nachher welche bringen?«

»Nein, danke. Wenn man einmal einen Bericht über einen Prozeß vor einem Kriegsgericht gelesen hat, weiß man über alle Bescheid.«

»Kann sein. War es nach Ihrem Geschmack?«

»Was?«

»Das Essen heute mittag. Meine Frau wird mich danach fragen.«

»O ja, die Kalbsschnitzel waren ganz toll!«

»Waren aber keine dabei, nur Huhn.«

»Was Sie nicht sagen!«

»Wie war's eigentlich da drüben?«

»Wo?«

»In Vietnam! Wie war es so an der Front?«

Tyson dachte einen Augenblick nach, dann antwortete er: »Das kann ich Ihnen nicht sagen.«

»Haben Sie denn nicht gekämpft?«

»Doch, ich denke schon. Aber jetzt bin ich zu Hause. Der Krieg ist vorbei.«

# Kapitel 50

Am Samstag morgen um fünf Uhr dreißig wurde Tyson von einem Militärpolizisten geweckt. Nur mit einer Unterhose bekleidet, führte man ihn zur Latrine und zum Duschen. Der Polizist gab ihm die üblichen Toilettenartikel und erklärte ihm auch die »Hausordnung«. »Sie haben zwanzig Minuten«, sagte er abschließend.

Tyson rasierte sich, faltete sein Handtuch vorschriftsmäßig zusammen und legte es auf den Rand des Waschbeckens. Kurz darauf erschien der Militärpolizist und befahl: »Zurück in die Zelle!« Tyson wurde zu seiner Zelle zurückeskortiert. Dort zog er seine Uniform an, ließ die Jacke jedoch einstweilen noch in dem Spind aus Eisenblech. Er kämmte sein Haar vor einem kleinen polierten Metallspiegel, wie er bei der Army zur Feldausrüstung gehörte. Das Ding hing zu tief und gab sein Spiegelbild auch nur mangelhaft wieder, aber Tyson dachte, daß dies eher ein Segen als ein Ärgernis war.

Punkt sechs Uhr erschien Chet Brown mit einer Thermoskanne voll Kaffee. Er warf einen Blick auf die Papiere, die noch immer an derselben Stelle auf dem Fußboden lagen, und sagte: »Unser Angebot gilt nur bis zur Strafmaßverkündigung. Versuchen Sie also nicht, ein Spielchen mit uns zu treiben.« Er hielt Tyson durch die Gitterstäbe die Thermosflasche hin.

»Behalten Sie sie«, sagte Tyson.

Brown drehte achselzuckend die Verschlußkappe auf und trank selbst von dem Kaffee, während Tyson sich auf den Rand der Pritsche setzte und eine Zigarette anzündete.

»Glauben Sie ja nicht, daß Sie Ihre Strafe auf einer Arschbacke absitzen können, auch wenn Sie nur ein bis zwei Jahre kriegen. Zuchthaus zermürbt, Ben – und gerade Leute wie Sie halten sich im Zuchthaus nicht besonders gut.«

»Was meinen Sie mit *Leute wie Sie?*«

»Kann sein, daß Sie zehn, vielleicht sogar zwanzig Jahre kriegen. Ich komm' jedenfalls nicht noch einmal mit demselben Angebot zu Ihnen. Wenn man Ihnen nämlich zehn oder zwanzig Jahre aufbrummt, dann braucht sich niemand mehr Sorgen zu machen, daß Sie in der Öffentlichkeit Stunk machen könnten.«

Tyson schnippte die Asche seiner Zigarette in eine mit Wasser gefüllte Konservendose.

»Ist Ihnen eigentlich klar, daß man Sie an den Galgen bringen kann?«

Tyson gähnte.

»Was ist eigentlich schlimm daran, etwas zu bestätigen, das Sie schon die ganze Zeit tun?«

Tyson blickte auf seine Zigarette und erwiderte: »Ich habe nicht den Kopf voll Scheiße wie Sie! Wenn ich etwas tue, dann aus freien Stücken. Ich lass' mir nicht die Pistole auf die Brust setzen. Kapiert?«

Chet Brown sah verärgert aus. In sarkastischem Tonfall sagte er: »Solche Skrupel kannten Sie doch nicht, als Sie zusahen, wie Ihre Männer Nonnen und kleine Kinder niedergemetzelt haben.«

Tyson holte tief Luft. »Nein, das stimmt, und deshalb bin ich jetzt hier. Aber es heißt noch lange nicht, daß ich mich mit Leuten wie Ihnen abgeben muß. Hauen Sie endlich ab!«

Brown wollte etwas sagen, überlegte es sich jedoch anders. Mit einem Blick auf die am Boden liegenden Papiere meinte er: »Die nehme ich mit.«

Tyson stand auf und kickte die zusammengefalteten Papiere näher zu den Gitterstäben hin.

»Gehen Sie ein bißchen zurück, Sie Killer!« forderte Brown ihn auf, und Tyson machte ein paar Schritte rückwärts.

Brown ging in die Knie und schnappte sich die Papiere. Dabei goß er ein bißchen Kaffee über seine Hose. »Mist!« fluchte er.

»Sie sind heute morgen etwas nervös, Chet.«

Brown betupfte die Kaffeeflecken mit einem Taschentuch. »Hören Sie, falls Sie einigermaßen aus der Sache rauskommen«, sagte er, »dann könnten wir uns noch mal zusammensetzen und uns über einen Regierungsjob unterhalten. Melden Sie sich bei mir.«

»Und wie soll ich das machen, Chet?«

»Sie brauchen nur öffentlich eine Erklärung abzugeben, die mir nicht gefällt, dann hören Sie von mir.«

»Keine Drohungen, Chet! So was macht mich wütend.«

»Ich versuche nur, Ihnen zu helfen. Sie gefallen mir.«

»Sie wissen nicht zufällig etwas über den Verbleib von Dan Kelly und Schwester Theresa?« fragte Tyson.

»Könnte schon sein.«

Die beiden Männer blickten sich eine Weile schweigend an, dann sagte Brown: »Vielleicht dauert es nicht mehr lange, bis Sie von den beiden hören. Vielleicht passiert auch gar nichts.« Er drehte sich um und ging ins Büro des Kommandeurs der Militärpolizei.

Eine Viertelstunde später erschien ein Polizist mit einem Frühstückstablett aus der Offiziersmesse und mit einer Zeitung. Der Mann schloß die Zellentür auf, stellte das Tablett auf das Feldbett und reichte Tyson die Zeitung. »Letzte Ausgabe von gestern abend«, sagte er.

Tyson warf einen Blick auf das Blatt. Es war die *New York Post.* Die knallige Überschrift lautete: SCHULDIG! »Sie können sie gleich wieder mitnehmen«, sagte er zu dem Mann. Achselzuckend nahm der Soldat die Zeitung wieder entgegen. Tyson stellte fest, daß er hungrig war. Er machte sich über das Frühstück mit Rührei, Schinken und Kaffee her. Es gab sogar ein Schälchen mit Griebenschmalz. Anscheinend wurde es bei der Army noch immer unverdrossen den Soldaten vorgesetzt, aber die drückten darin nur ihre Zigaretten aus. Er hätte gern noch eine weitere Tasse Kaffee getrunken, aber er versagte es sich, darum zu bitten. Aus einem Radio im Büro des Kommandanten drang jene Art von knallharter Rock-'n'-Roll-Musik, die vor sechs Uhr früh nicht hätte ausgestrahlt werden dürfen, wenn es nach Tyson gegangen wäre. Ein Leben hinter Gittern ist nichts für mich, sagte er sich.

In der Zelle war es ziemlich kalt. Er zog seine Uniformjacke an und band den Schlips um. Es gab kein Fenster, so daß er nicht wußte, wie das Wetter draußen war, aber da er sowieso nicht raus durfte, war es egal.

Um sieben Uhr wurde die Tür zum Büro des Kommandeurs geöffnet, und Corva erschien in dem schmalen Gang zwischen den drei Zellen. Der Militärpolizist ließ ihn in Tysons Zelle ein und verschloß die Gittertür hinter ihm.

Corva zog sich den einzigen vorhandenen Plastikstuhl heran, so daß er Tyson, der auf dem Rand des Feldbettes hockte, gegenübersaß. Er legte den Aktenkoffer auf seine Knie und öffnete ihn. Ohne Umschweife sagte er: »Unser Ziel ist jetzt, Sie aus dem Zuchthaus rauszuhalten.«

»Aber ich bin doch schon hinter Gittern, Vince!«

Corva zog eine Flasche Dewar's Whisky aus dem Aktenkoffer und warf sie aufs Feldbett. »Lassen Sie die verschwinden. Man hat nichts dagegen, daß Sie einen trinken, aber man will es nicht sehen.«

Tyson verstaute die Flasche unter seinem Kopfkissen und zog gleichzeitig den Flachmann hervor, den Captain Gallagher ihm gegeben hatte. Er war leer. »Geben Sie das Gallagher zurück«, sagte er und reichte Corva die Taschenflasche, der sie in den Aktenkoffer legte. »Brauchen Sie sonst noch was?« erkundigte sich der Anwalt. »Briefmarken –«

»– Briefpapier, Süßigkeiten?« Tyson lachte höhnisch. »Mein Gott, Vince, genau das hab' ich auch immer zu den Burschen aus meiner Kompanie gesagt, die für eine Weile eingelocht wurden.«

»Sie werden hier jedenfalls nicht lange bleiben müssen«, erwiderte Corva kühl.

»Werden Sie mich in Kansas besuchen? Wir könnten im Knast eine Wiedersehensfeier veranstalten – mit allen anderen Mandanten von Mr. Corva.«

Corva lächelte, dann lachte er plötzlich laut los. »Corvas Mandanten! Hübsch gesagt. Corvas Prozesse. Nein, Corvas Mandanten klingt besser.«

Tyson starrte ihn mit eisiger Miene an. Er lehnte sich vor und sagte langsam und deutlich: »Holen Sie mich hier raus, verdammt noch mal!«

»Schon dabei«, sagte der Anwalt und fügte dann spitz hinzu: »Nur, daß Sie's nicht vergessen: *Sie* wollten den Prozeß!«

Tyson schwieg lange. Schließlich sagte er: »Niemand läßt sich *gern* vor Gericht stellen. Vielleicht habe ich mir eingebildet, daß ich das brauchte. Wie sollte ich auch wissen, wie ich mich fühlen würde, als Sproule verkündete: ›Die Verhandlung ist eröffnet!‹ Im übrigen möchte ich, daß auch Sie nicht vergessen: Jeder Anwalt mit ein bißchen Grips im Kopf hätte seinen Mandanten davon überzeugt, daß solch ein Prozeß vor einem Kriegsgericht keine gute Sache ist. Jeder Mensch mit einem Funken Verstand hätte alles daran gesetzt, daß es erst gar nicht soweit kommt!«

Corva sah aus, als zählte er innerlich bis zehn. Schließlich erwiderte er: »Es gab mal eine Zeit – und das ist noch gar nicht so lange her –, da wurden solche Fälle stillschweigend ad acta gelegt. Ich glaube gar nicht, daß diese Zeit besser war als unsere. Die Sache ist eben die, daß die Army nicht mehr so ist wie früher.«

»Aber ich gehöre noch zur alten Schule!«

»Mag sein. Ich werde das als Argument benutzen.« Corvas Blick fiel auf eine Stelle oberhalb der linken Brusttasche von Tysons Uniformjacke. »Wie ich sehe, haben Sie sich selbst degradiert«, sagte er.

Tyson nickte. »Ich kann wohl schwerlich den *Silver Star* oder das Vietnamesische Tapferkeitskreuz für heldenhaftes Verhalten am 15. Februar 1968 tragen, oder?«

»Kaum«, pflichtete Corva ihm bei. »Kommen Sie, lassen Sie uns ein bißchen arbeiten. Wenn Sie bei der Verlesung des Urteils gut aufgepaßt haben, dann haben Sie mitbekommen, daß Colonel Moore von einer *Zweidrittelmehrheit* gesprochen hat. Die tatsächliche Stimmenverteilung wird geheimgehalten, aber man gibt stets den annähernden Prozentsatz bekannt. Hätten fünf Beisitzer für einen Schuldspruch und einer für einen Freispruch gestimmt, dann hätte Moore den Ausdruck *Dreiviertelmehrheit* verwendet. Jetzt steht fest, was wir vermutet haben: zwei der Beisitzer haben für Freispruch gestimmt, und das bedeutet, daß sie sich mit allem Nachdruck für eine milde Strafe einsetzen werden. Können Sie mir folgen?«

Tyson nickte.

»Pierce ist jetzt bestimmt stocksauer und macht sich Sorgen«, fuhr Corva fort. »Er hat sich garantiert darauf vorbereitet, schwerstes Geschütz aufzufahren, wenn man ihn vor der Verkündung des Strafmaßes um eine Empfehlung bittet. Er steht jetzt so stark unter Druck, daß er sogar mit einem Kompromißvorschlag an mich herangetreten ist, und der lautet so: Wenn wir das Verfahren nicht um eine weitere Woche in die Länge ziehen, indem wir beispielsweise dem Gericht all das lang und breit auftischen, was man als mildernde Umstände oder strafmindernde Sachverhalte interpretieren könnte – Levin oder Ihre Ehefrau, die Ihren guten Charakter bezeugen, die Verlesung von Verleihungsurkunden militärischer Auszeichnungen und so weiter und so fort –, wenn wir also darauf verzichten, dann würde Pierce fünf Jahre Zuchthaus als angemessene Bestrafung empfehlen. Vergessen Sie nicht, wie wichtig die Verhandlung am Montag im Rahmen eines Verfahrens vor einem Kriegsgericht ist. Ich habe schon erlebt, daß schwere Verbrechen mit nur einem Jahr Zuchthaus geahndet wurden, nachdem man alle möglichen mildernden Umstände geltend gemacht hatte. Bei der Army geht es eben anders zu als bei zivilen Prozessen, das dürfte Ihnen nicht entgangen sein. Ein Soldat kann degradiert werden, man kann ihm den Sold kürzen oder Stubenarrest über ihn verhängen. Jedenfalls fallen Gefängnisstrafen beim Militär meist milder aus, als man es erwartet hätte. Die Beisitzer lassen sich bei ihrem Urteil nicht ausschließlich davon leiten, was Sie tatsächlich getan haben, sondern sie berücksichtigen alles, was man über Sie als Zivilist und als Offizier sagen kann, ja sie bewerten sogar, wie Sie vor Gericht aufgetreten sind.«

»Und was ist mit *Ihrem* Auftritt?«

»Ja, das auch – und es ist kein Witz, Ben. Bei solchen Leuten würde ich mit meinem üblichen Bühnenzauber nicht ankommen. Es gibt da den berühmten Fall von einem Captain, der einen zivilen Strafverteidiger anheuerte. Der Anwalt war nicht nur ein Querkopf, sondern er kränkte die Herren Militärs sogar, indem er ihnen wegen der einen oder anderen Sache zivile Klagen androhte. Resultat: Der Captain wurde zur Höchststrafe verdonnert und kam nach Kansas ins Zuchthaus. Wenn ich also nicht aufgetreten bin wie irgend so ein Verteidiger in einer Fernsehserie, dann wissen Sie jetzt, warum. Okay?«

»Okay.«

»Was soll ich also Pierce ausrichten?«

»Wie wär's mit: ›Leck mich am Arsch‹?«

Corva lächelte. »Okay, aber ich werde es ein bißchen anders ausdrücken. Nächster Punkt: Das Gericht hat, wie Ihnen nicht entgangen sein dürfte, den Wortlaut der Anklageschrift verändert. Das bedeutet, daß man Brandt und Farley nicht abgenommen hat, Sie hätten Ihren Männern befohlen, alle Leute im Krankenhaus umzubringen. Für Pierce war das ein Schlag ins Gesicht, ganz zu schweigen von der Tatsache, daß die Beisitzer Brandt und Farley indirekt zu halben Lügnern gestempelt haben. Einer der Kommentatoren in einer späten Nachrichtensendung hat gestern abend im Fernsehen gesagt, Brandt sei als Lügner bloßgestellt worden. Sie haben also einen Pyrrhussieg errungen, und Brandt steht in der öffentlichen Meinung ziemlich mies da. Aber *Sie* sind derjenige, den man in der Mangel hat. Glauben Sie, daß sich das lohnt?«

»Das wird sich herausstellen, wenn die Strafe verkündet wird. Mit Dr. Brandt bin ich jedenfalls noch nicht fertig. Sobald man mir das letzte Wort erteilt, werde ich ein paar Sachen auspacken –«

»Das werden Sie nicht! Sie werden nur über sich selbst reden, nicht über Brandt. Wir hatten unsere Chance, Brandts Zeugenaussage anzufechten.« Corva musterte aufmerksam Tysons Gesicht. »Wenn Sie in den Zeugenstand treten, Ben, dann werden Sie die Wahrheit sagen! Sie werden dem Gericht sagen, wer all diese Leute ermordet hat – und wer nicht dabei war. Sie werden auch zugeben, daß Sie Larry Cane selbst umgebracht haben. Sie werden erzählen, daß Ihre Untergebenen gemeutert und das Gemetzel von sich aus angefangen haben und daß man Sie fast erschossen hätte, als Sie dagegen einschreiten wollten. Wer hat übrigens das Gewehr auf Sie gerichtet?«

»Farley, Simcox und Beltran.«

Corva schüttelte den Kopf. »Sagen Sie auf jeden Fall vor Gericht aus, Sie hätten eine Heidenangst gehabt und deshalb nicht Meldung erstattet. Außerdem hätten Sie gegenüber Ihren Männern so etwas wie Loyalität empfunden, mochte sie auch noch so unangebracht sein. Erwähnen Sie aber um Gottes willen nicht, daß Brandt dieses kleine Mädchen vergewaltigt hat. *Capito?*«

»Muß ich wirklich... ich meine, diese Sache mit Cane... ist das wirklich notwendig?«

»Absolut. Das Gericht dürfte begriffen haben, daß Brandt und Farley indirekt von einer Meuterei berichtet haben. So etwas haben Militärs nicht gern. Es beunruhigt insbesondere die Offiziere.«

Tyson nickte. »Verstehe.«

»Die Annalen der Militärgeschichte sind voll mit Geschichten von Offizieren, die Meutereien niedergeschlagen haben, obwohl die Meuterer ihnen zahlenmäßig zigfach überlegen waren. In vielen dieser Geschichten ist auch die Rede von Offizieren, die beim Versuch, eine Meuterei niederzuschlagen oder ein Massaker, eine Vergewaltigung oder eine Plünderung zu verhindern, ums Leben gekommen sind. Der Ehrenkodex der Offiziere ist ohne das Ideal der Ritterlichkeit nicht denkbar. Hat man Ihnen das auf der Militärakademie nicht gesagt?«

»Da muß ich gerade gefehlt haben.«

»Egal, Sie werden auf jeden Fall aufstehen und dem Gericht erzählen, daß Sie tatsächlich Ihr Leben aufs Spiel gesetzt haben, indem Sie einen der Meuterer, einen amerikanischen Soldaten, erschossen haben und hinterher selbst bewußtlos geschlagen wurden. Machen Sie dem Gericht klar, daß Sie Ihre Pflicht getan haben – bis zu dem Zeitpunkt, wo Sie sich im Nachschublager in Sicherheit befanden. Ihr eigentliches Problem ist, daß Sie dann die Meuterei, den Massenmord, die Brandstiftung und die Gewaltanwendung gegen einen Offizier noch immer nicht gemeldet haben. Aber darauf brauchen Sie niemanden ausdrücklich hinzuweisen.«

»Wird man mir das abkaufen?«

»Wenn Sie es ihnen erzählen, werden die Beisitzer es Ihnen glauben. Diese Story würde für sie eine Lücke füllen. Im übrigen entspricht sie der Wahrheit. Wenn das Gericht gemerkt hat, daß Brandt und Farley gelogen haben, dann wird man auch merken, daß Sie die Wahrheit sagen.«

Tyson dachte eine Weile darüber nach, dann sagte er: »Mir tun die andern leid. Ich meine diejenigen, die eidesstattliche Erklärungen unterschrieben haben – und die Toten, die bis zum heutigen Tag von ihren Familien für Helden gehalten worden sind. Larry Canes Angehörige glauben beispielsweise, er sei im Kampf gefallen. Aber vielleicht ist die Zeit gekommen, um die Dinge beim Namen zu nennen, nicht wahr?«

»Ja, es ist soweit, besonders wenn einige der Männer nicht geschossen haben. Trifft das zu?«

Tyson bejahte mit einem Kopfnicken. »Einige von ihnen sind inzwischen gestorben, aber Kelly, ich und auch Brandt haben nie auf den Abzug gedrückt.«

»Wie können Sie das wissen? Sie waren nicht die ganze Zeit dabei.«

»Ich habe es hinterher festgestellt, aber mir war von Anfang an klar, daß sie es nicht tun würden. Brandt war eine Menge zuzutrauen, aber er war kein –«

»– kein Mörder?«

»Richtig. Allerdings – wenn jetzt die Zeit gekommen ist, um die Wahrheit aufzudecken – warum sollten wir Brandt verschonen?«

»Weil man die Story nicht glauben würde, wenn sie von *Ihnen* erzählt wird. Deshalb möchte ich lieber, daß Kelly auspackt.«

Tyson sprang auf.

Der Anwalt blieb seelenruhig sitzen und erklärte: »Ich habe von Colonel Farnley Gilmer gehört, daß Daniel Kelly ein Lebenszeichen von sich gegeben hat. Gilmer war so entgegenkommend, das Ermittlungsverfahren nicht einzustellen, sondern sogar während des Prozesses weiterlaufen zu lassen. Eine Anwaltskanzlei, die behauptet, Kellys Interessen zu vertreten, hat mit Gilmer Kontakt aufgenommen. Übrigens handelt es sich um die Kanzlei Connors, Newhouse & Irving, der man nachsagt, sie würde häufig CIA-Leute rechtlich vertreten. Also muß irgend jemand in einer höheren Etage entschieden haben, daß gegen einen kurzen öffentlichen Auftritt von Kelly nichts einzuwenden sei.«

»Das war Kelly selbst. Er würde darauf bestanden haben.«

»Aber man hätte ihn nicht beim eigentlichen Prozeß als Zeugen aussagen lassen. Dadurch wäre er in die Zwangslage geraten, entweder zu lügen oder als Zeuge der Anklage die Wahrheit zu sagen – falls Pierce überhaupt auf ihn zurückgegriffen hätte. Jetzt, nachdem sich die Rauchwolken verzogen haben, kommt er ins Spiel, und zwar als nachträglicher Entlastungszeuge. Man kann ihn wegen jeder seiner Aussagen ins Kreuzverhör nehmen, aber ich nehme an, daß Pierce klug genug sein wird, das zu unterlassen.«

»Daniel Kelly...« Tyson schien zu sich selbst zu sprechen. »Mein Gott, er hätte diesen ganzen Prozeß sprengen können. Sein Bericht hätte anders geklungen als unsere Version oder die der Anklage. Er hätte die ganze Wahrheit gesagt.«

Corva nickte. »Die alten Veteranen der Jury werden begreifen, daß Kelly als Ihr Funker pausenlos an Ihrer Seite gewesen sein muß. Er war Ihr Schatten, Ihr Gehilfe, Ihr *consigliere*.«

»Ich weiß nicht genau, was Sie damit meinen, aber eins ist sicher: Er blieb sogar bei mir, wenn ich mich in die Büsche schlug, um mein Geschäft zu verrichten. Nur zweimal sind wir meines Wissens getrennt gewesen: das eine Mal im Krankenhaus für kurze Zeit und dann später auf dem sogenannten ›Erdbeerfeld‹, als eine Flüchtlingsgruppe zwischen uns geriet.«

»Ich könnte den ganzen Fall neu aufrollen, seit er aufgetaucht ist«, sagte Corva. »Aber ich glaube nicht, daß wir noch einen Freispruch erwirken können. Es bleibt bei dem Tatbestand, daß das von Ihnen angezettelte Vertuschungsmanöver als nachträgliche Billigung eines Massenmordes anzusehen ist und daß Sie das Massaker heraufbeschworen haben, indem Sie Dr. Monteau ins Gesicht schlugen.« Corva blickte Tyson scharf an. »So verhält es sich tatsächlich, das wissen Sie selbst.«

»Ja, ich weiß.«

»Wenn wir das Verfahren neu aufrollen, könnte Pierce auf den Gedanken kommen, die Anklageschrift entsprechend den neuen Fakten zu modifizieren.«

»Ich will nicht in die Revision gehen, Vince. Alle Beteiligten haben die Schnauze voll. Ich möchte nur nicht ins Zuchthaus! Mit dem Schuldspruch könnte ich leben.«

»Das ist mir klar. Und Sie könnten auch damit leben, wenn Kelly als Zeuge aussagt, daß er gesehen hat, wie Brandt das junge Mädchen vergewaltigt hat.«

Tyson holte tief Luft. »Ja, das könnte ich, weiß Gott!«

»Was ist übrigens auf dem ›Erdbeerfeld‹ wirklich passiert? Karen Harper ist der Ansicht, Brandt habe bei dem Gefecht seine Pflichten vernachlässigt und Sie nicht behandelt.«

Tyson schüttelte den Kopf. »Er hat mich verarztet – indem er mir eine Überdosis Morphium verpaßte.«

Corvas Augen weiteten sich. »Mein Gott!«

»Aber weder Kelly noch sonstwer könnte das bezeugen«, fuhr Tyson fort. »Ich bin mir selbst nicht hundertprozentig sicher. Das perfekte Verbrechen – fast.«

Corva schüttelte den Kopf. »Das können Sie dem Gericht nicht erzählen, Ben. Brandt würde Ihnen eine Verleumdungsklage anhängen, daß Ihnen Hören und Sehen vergeht. Vielleicht würde Ihnen das Gericht sogar glauben, aber ohne Beweise und erhärtende Indizien – nein, vergessen Sie's. Da ist nichts zu machen. *Das* Konto werden Sie nie ausgleichen können. Das muß ja wirklich eine phantastische Einheit gewesen sein, Lieutenant Tyson! Vergewaltigung, Mord, Verschwörung, Rache, Meuterei – was sonst noch? Habt ihr auch Hühner geklaut?«

»Das waren keine üblen Kerle – jedenfalls anfangs nicht!« erwiderte Tyson scharf. »Aber man kann Menschen nicht meilenweit durch den Busch marschieren lassen und sie allen möglichen Schweinereien aussetzen, ohne daß sie irgendwann durchdrehen. Das wissen Sie selbst, und deswegen können Sie sie auch nicht verurteilen!«

»Entschuldigung.«

»Ich gebe mir jedenfalls Mühe, nicht zu hart über sie zu urteilen. Das gilt auch für Brandt und seinen Versuch, mich umzubringen.«

»Weil Sie selber auch daran gedacht haben, ihn um die Ecke zu bringen?«

»Ja, genau.« Tyson mußte lächeln. »Irgendwie konnte ich ihn verstehen. Typisch Vietnam. Jemand geht dir auf die Nerven? Er ärgert dich? Er bringt dich auf die Palme? Eine Garbe aus dem M-16, und die Sache ist ausgestanden. Oder du verabreichst dem Betreffenden eine Abschiedsdosis reines Morphium, falls du zufällig Sanitäter bist.«

Der Anwalt erhob sich und griff nach seinem Aktenkoffer. »Ich komme morgen wieder. Um zehn gehe ich zur Messe in die Militärkapelle. Danach schau' ich hier vorbei. Wir können dann über entlastendes Material und mildernde Umstände reden.«

»Wie wär's mit heute nachmittag? Ich hab' nichts weiter vor.«

Corva grinste. »Nein, heute nehme ich mir Daniel Kelly vor – in der Kanzlei seiner Anwälte in der City.«

»Na gut. Er wird Ihnen bestimmt gefallen.«

»Vor achtzehn Jahren vielleicht, aber die Menschen verändern sich.«

»Tatsächlich? Ich glaube nicht.«

Der Anwalt ging zur Zellentür, blieb aber noch einmal zögernd stehen. »Noch etwas: Es steht noch nicht mit letzter Sicherheit fest, aber Colonel Gilmer hat durchblicken lassen, daß er von der Interpol gehört hat –«

Tyson war mit einem Schritt bei Corva. »Sie haben sie gefunden?«

»Ja, vielleicht. Aber nicht in Frankreich, wo alle nach ihr gesucht haben, sondern in Italien. Man glaubt, daß sie es tatsächlich ist. Ich bekomme noch heute Bescheid.«

»Ich glaube nicht, daß ich sie in die Sache hineinziehen möchte, Vince.«

»Nun, vielleicht ist das auch gar nicht möglich.«

»Was meinen Sie damit?«

»Lassen Sie uns später darüber sprechen, sobald ich mehr von Gilmer erfahren habe.«

»Es gibt keinen Grund, sie vorzuladen. Der Fall ist abgeschlossen. Wir haben Kelly als Entlastungszeugen, und ich werde in eigener Sache aussagen.«

Corva rieb sich nachdenklich den Nasenrücken. »Sie könnte dem Gericht zum Beispiel erzählen, daß Sie ihr im Krankenhaus das Leben gerettet haben.«

Tyson verzichtete auf eine Antwort.

»Ben, wenn diese Frau in Italien tatsächlich Schwester Theresa ist, würde ich mich gern mit ihr unterhalten. Wenn sie Ihnen freundlich gesinnt ist, wird sie bestimmt die Gelegenheit wahrnehmen, um Ihnen zu helfen. Sie haben ihr ja auch geholfen. Falls ihr beide jedoch nicht nur gute Freunde gewesen seid und die Sache damals schiefgegangen ist, dann wäre es vielleicht besser, die Finger davon zu lassen.«

Tyson blickte zu Boden und sagte nach einer Weile: »Sie war eine Nonne, Vince.«

»Ja, ich weiß.«

»Bitte keines von Ihren typischen Überraschungswiedersehen, ist das klar?« Tysons Stimme duldete keinen Widerspruch.

»Schon gut«, erwiderte Corva und zog einen Briefumschlag aus der Jackentasche. »Ein Brief von Ihrer Frau. Sie liebt Sie aufrichtig, tief und leidenschaftlich.«

»Schnüffeln Sie etwa in meiner Post rum?«

»Nein, das weiß ich von meiner Frau. Sie bleibt übrigens übers Wochenende bei Ihrer Frau.«

»Und was machen Sie übers Wochenende?«

»Ich bin bei Kelly und seinen ziemlich unorthodoxen Anwälten. Die Sache mit Schwester Theresa ist auch eine harte Nuß. Ich habe vorsorglich einen Dolmetscher engagiert.«

»Tatsächlich? Sie sind gar nicht so untüchtig, wie Sie wirken. Welche Sprache?«

»Französisch.«

»Warum nicht Vietnamesisch?«

»Erstens sind Dolmetscher für Vietnamesisch schwerer zu finden, und außerdem ist ein Vietnamese im Gerichtssaal das letzte, was ich mir wünsche. Verstehen Sie mich?«

Tyson nickte. *»Compris.«*

»Falls ich es nicht schaffe, bis Montag morgen um zehn Uhr die ganze Show auf die Beine zu stellen, beantrage ich, daß der Termin um ein paar Tage verschoben wird.« Corva warf einen Blick auf die Uhr. »Ich gehe jetzt frühstücken. Sie haben mir das ganze Wochenende versaut!«

»Meins ist auch ein bißchen vermasselt. Ich hatte für heute abend Theaterkarten. Hören Sie, Vince, *ich will hier raus!* Am Montag abend will ich mir zu Hause im Fernsehen ein Fußballspiel ansehen. In Garden City!«

»Ich werde alles tun, was in meinen Kräften steht. Bei der Army kann man nicht gegen Kaution entlassen werden, aber vielleicht kann ich eine einstweilige Aussetzung des Strafvollzugs erreichen, wie man hier sagt. Das würde bedeuten, daß Sie gewissermaßen wieder unter Hausarrest stehen würden, bis der Prozeß endgültig zu Ende ist – mit Revisionen, Berufungen und dem ganzen Drum und Dran.«

Tyson fiel Chet Brown ein. Er sagte: »Lassen die irgendwie mit sich wegen des Strafmaßes handeln? Ich meine, ist das erlaubt?«

»Nein, das ist in der Militärjustiz völlig ausgeschlossen. Aber warum fragen Sie? Ist jemand an Sie herangetreten?«

»Nein, ich habe mir nur so meine Gedanken gemacht.«

»Übrigens, Sie dürfen natürlich auch andere Besucher empfangen als Ihren Anwalt«, meinte Corva.

»Ich will keinen Besuch.«

»Gut, gut. Ich habe es aber für alle Fälle durchgesetzt.« Corva drehte sich um und drückte auf einen Klingelknopf neben der Zellentür.

»Sie scheinen sich hier wirklich gut auszukennen«, spottete Tyson.

»Ja, ich war schon mal hier. Lassen Sie sich einen guten Rat geben: Befolgen Sie alle idiotischen Regeln und Anweisungen. Militärgefängnisse sind nicht der geeignete Ort, um auf seine Rechte zu pochen.«

Ein Militärpolizist kam, und während er die Zellentür aufschloß, sagte Ben: »Vince, ich möchte gern einmal von Ihnen hören, wie Sie damals den *Bronze Star* in Vietnam nach dieser Sache in dem Erdtunnel bekommen haben.«

Corva grinste. »Vielleicht in den nächsten Tagen.« Er ging hinaus, und der MP schloß hinter ihm die Tür ab.

Tyson blieb eine volle Minute in der Mitte der kleinen Zelle stehen. Sein Blick fiel auf den Briefumschlag, den er in der Hand hielt. Er riß ihn auf und las:

»Lieber Ben,

ich verstehe, daß Du mich vor dem Urteil nicht sehen wolltest, und ich versuche auch zu verstehen, daß Du jetzt nicht von mir besucht werden willst, aber ich werde kein Verständnis dafür haben, wenn Du mir nicht noch heute einen Brief zukommen läßt und mir sagst, daß Du mich noch liebst.

David läßt Dir ausrichten, daß er Dich liebhat – genau wie ich.

Marcy.

PS: Du hast Dich tapfer gehalten. Deine Mutter sagt, Du solltest diesem Colonel Pierce ein blaues Auge verpassen.«

Tyson las den kurzen Brief ein zweites Mal durch, dann drückte er auf den Klingelknopf. Ein Militärpolizist erschien, und Tyson bat ihn um Briefpapier und einen Kugelschreiber.

## *Kapitel 51*

Die Zellentür wurde am Montag morgen um neun Uhr dreißig aufgeschlossen. Tyson und Corva begaben sich ins Büro des Kommandanten der Militärpolizei. »Keine Handschellen heute – einverstanden?«, sagte der Anwalt zu Captain Gallagher. Dieser nickte. »Aber wenn er abhaut, sind Sie verantwortlich!«

»Seien Sie kein Esel, Captain«, knurrte Corva.

»Ich werde mein Möglichstes tun, Sir.«

Corva und Tyson verließen das Büro und nahmen im Fond eines olivgrünen Dienstwagens Platz. Vorne saßen zwei Militärpolizisten, die Tyson noch nie zuvor gesehen hatte. Der Wagen fuhr zur Garnisonskirche und setzte sie am Hintereingang des

Bürotrakts ab. Dort warteten zwei weitere bewaffnete Militärpolizisten. Sie eskortierten Corva und Tyson direkt in den Gerichtssaal.

Es war ein besonders klarer Tag. Die vier nach Süden gehenden Fenster leuchteten in der Vormittagssonne. Tyson setzte sich auf seinen gewohnten Platz. »Ich fühl' mich hier schon richtig zu Hause«, sagte er zu Corva.

Außer den Zuschauern war noch niemand da. Tyson überflog mit einem Blick die Bankreihen. Die Presseleute waren vollzählig erschienen, aber die anderen Sitzplätze waren nur zu drei Viertel besetzt, und die meisten Zuschauer waren Militärs. Seine Schwestern waren wieder nach Hause gefahren zu ihren Ehemännern und zu ihrer Arbeit. In der ersten Reihe saßen nur Marcy, David und Tysons Mutter, alle anderen Plätze waren frei. Marcy vermied es, ihn anzublicken, aber David winkte ihm zu, und Tyson winkte zurück. Er hatte nicht erwartet, irgendwelche bekannten Gesichter zu sehen, Colonel Levin vielleicht ausgenommen. Er hatte gehört, daß der Colonel sich für jeden Verhandlungstag hatte beurlauben lassen.

Tysons Blick wanderte zurück zu den Tischen und Stühlen, wo die Mitglieder des Gerichts gleich Platz nehmen würden, doch da erregte eine Bewegung im Zuschauerraum seine Aufmerksamkeit. Er blickte hin und sah Steven Brandt, der den Mittelgang entlangkam. Brandt setzte sich fast genau hinter Marcy. Tyson gab Corva einen Stoß in die Rippen. »Sehen Sie mal!«

Corva schaute hin, und seine Augen weiteten sich.

»Was macht der hier?« fragte Tyson.

»Nach dem Urteil darf ein Zeuge im Zuschauerraum sitzen. Schätze, er möchte dabeisein, wenn man Sie hinter Gitter schickt.«

Tyson starrte so lange zu Brandt hinüber, bis dieser aufblickte. Er lehnte sich zurück, verschränkte die Arme vor der Brust und grinste zu Tyson hinüber.

Ohne den Blick von Brandt abzuwenden, sagte Tyson: »Ich bring' den Scheißkerl um!«

»Reißen Sie sich zusammen! Sie werden beobachtet«, ermahnte ihn Corva.

Tyson wurde bewußt, wie richtig das war: Einige der Zuschauer blickten zwischen ihm und Brandt hin und her. Tyson lehnte sich auf seinem Stuhl zurück und steckte sich eine Zigarette an. »Schweinehund!«

Nach ein paar Minuten hatte er sich soweit beruhigt, daß er wieder Augen und Ohren für seine Umgebung hatte. Er spürte, daß heute im Gerichtssaal eine weniger gespannte Atmosphäre herrschte, aber warum das so war, wußte er nicht zu sagen. Für ihn war die bevorstehende Gerichtsverhandlung nicht irgendein uninteressantes Nachspiel, sondern die wichtigste Sache der Welt. Heute, spätestens morgen, werde ich selbst in den Zeugenstand treten, sagte er sich. Er schaute wieder zu Marcy hinüber, aber sie mied nach wie vor seinen Blick und starrte unverwandt geradeaus. Seine Mitteilung an sie war kurz und bündig gewesen: »Ich liebe Dich, aber wenn ich ins Gefängnis muß, will ich nicht, daß Du auf mich wartest.«

Er fand das so richtig, aber laut Linda Corva war es das nicht. Typisch Frau, dachte er. Als junger Mann hatte er es nie gemocht, wenn sich eine andere Frau in eine seiner *affaires d'amour* als Vermittlerin einschaltete. Als Informationsquelle und gegebenenfalls als Mahnerinnen konnten sie jedoch sehr nützlich sein. Na gut, dann würde er eben noch ein paar Zeilen an Marcy schreiben müssen.

Seine Überlegungen wurden unterbrochen, denn die Vertreter der Anklage betraten den Gerichtssaal. Sie wirkten auf ihn wie Schweine, die zum Futtertrog trotteten, um sich einen Nachschlag zu holen.

Auch die übrigen Mitglieder des Gerichts hielten feierlich ihren Einzug – im Gänsemarsch und wie in den Tagen zuvor unter Einhaltung der Rangordnung.

Noch bevor die Gerichtsdiener die Anwesenden zum Aufstehen auffordern konnten, begannen sich die Zuschauer von ihren Plätzen zu erheben.

Colonel Sproule trat ein. Er begab sich hinter sein Rednerpult, knipste die kleine Lampe an, rückte das Mikrofon zurecht und blickte sich mit kurzsichtigen Augen im Gerichtssaal um, als wolle er sich vergewissern, daß er sich tatsächlich am richtigen Ort befand. »Die Verhandlung ist eröffnet«, verkündete er, und nachdem er ein vor ihm auf dem Pult liegendes Schriftstück überflogen hatte, fuhr er fort: »Zweck dieser Verhandlung ist die Anhörung von Zeugen sowie die Vorlage von Beweismaterial, das vom Gericht bei der Bemessung der Strafe als strafmindernd angesehen werden könnte. Zunächst sollen jedoch dem Gericht die Angaben zur Person des Angeklagten vorgetragen werden, wie sie in der Anklageschrift aufgeführt sind, weiterhin auch sämtliche sonstigen persönlichen Daten aus der Personalakte des Angeklagten, die für die Bemessung der Strafe relevant sind. Das Gericht soll auch über etwaige Vorstrafen unterrichtet werden.«

Captain Longo stand auf und begann mit dem Vorlesen aus Tysons neuangelegter Personalakte. Als er zu dem Punkt *Ende der Dienstzeit* kam, machte er eine kurze Pause und sagte dann in hämischem Tonfall: »Noch unbestimmt.«

Corva sprang auf. »Einspruch, Euer Ehren.«

Sproule machte sich nicht die Mühe, sich nach dem Grund für den Einspruch zu erkundigen. Er herrschte Captain Longo an: »Captain, dies ist keine Theaterprobe! Sie sollen vorlesen, nichts weiter!«

»Jawohl, Sir.« Longo ließ scheinbar zerknirscht den Kopf hängen und las mit monotoner Stimme weiter. Dann nahm er wieder Platz, und Major Weinroth stand auf. Sie verlas Tysons persönliche Daten aus dessen alter Personalakte, lauter Dinge, die jetzt keinerlei Belang mehr zu haben schienen. Tyson wurde bewußt, daß er bisher höchstens ein oder zwei Worte aus dem Mund dieser Frau vernommen hatte, und er stellte überrascht fest, daß sie eine tiefe, heisere Stimme hatte, die er sehr sexy fand. Als ihm klar wurde, daß er an Sex dachte, wanderten seine Gedanken unwillkürlich nach Kansas in eine Gefängniszelle. Dort würde es nicht jene Art von Sex geben, die ihm so gut gefiel. Plötzlich hatte er den fast unwiderstehlichen Wunsch, aufzuspringen und sich im Zuschauerraum in die Arme seiner Anhänger zu stürzen, damit sie ihn in Sicherheit brachten. »Ich muß hier unbedingt raus«, flüsterte er Corva zu.

»Bezahlen Sie erst Ihre Zeche – und beruhigen Sie sich!«

»Meine Nerven machen kaum noch mit.«

»Das merke ich. Soll ich eine Unterbrechung beantragen?«

»Nein, mir geht es gleich wieder besser.«

Der Anwalt goß ihnen beiden Wasser ein. Tyson steckte sich eine Zigarette an und blies den Rauch in Richtung von Judith

Weinroth, die daraufhin beim Lesen kurz aufblickte. Als sie fertig war, fragte sie Corva: »Hat der Angeklagte irgendwelche Einwände gegen die hier verlesenen Angaben zu seiner Person zu machen?«

»Nein, nicht wie Sie sie vorgetragen haben«, erwiderte Corva; ein paar Leute lachten. »Einen Augenblick, bitte.« Er lehnte sich zu Tyson hin. »War alles richtig?«

»Ich habe nicht zugehört«, meinte Tyson achselzuckend.

»Die Orden, Medaillen und lobenden Erwähnungen während Ihrer ersten Dienstzeit sind bei der Jury gut angekommen, und Levins schriftliche Beurteilung war eine kleine Überraschung. Jetzt weiß jeder, daß Sie damals gute Arbeit geleistet haben und daß Sie sich auch jetzt unter Levin wie ein guter Soldat benommen haben.« Er grinste und fügte scherzhaft hinzu: »Das verringert die Strafe automatisch um zehn Jahre.«

»Dann wären wir bei sechzig Jahren angelangt«, erwiderte Tyson trocken. »Was passiert, wenn ich das *Nachtgebet des Infanteristen* auswendig hersage?«

Colonel Sproule räusperte sich unüberhörbar.

Ohne aufzustehen, sagte Corva: »Der Angeklagte hat keine Einwände gegen die hier verlesenen Angaben zu seiner Person.«

»Warum werde ich eigentlich immer noch als ›der Angeklagte‹ bezeichnet?« fragte Tyson seinen Anwalt leise.

»Keine Ahnung. Habe nie darüber nachgedacht.«

Während Richter Sproule wieder zu einer formellen Erläuterung ansetzte, nahm Tyson jeden einzelnen der Beisitzer unter die Lupe. Zwei von ihnen hatten für Freispruch gestimmt, aber er hätte um nichts in der Welt zu sagen vermocht, wer die beiden gewesen waren.

Corva erriet, was in ihm vorging. »Major Sindel«, sagte er. »Meine Frau ist fest davon überzeugt.«

»Möglich. Aber wer noch?«

»Da fragen Sie mich zuviel. Die anderen sehen aus, als hätten sie das Wochenende damit verbracht, einen Scheiterhaufen zu errichten.«

»Vielleicht McGregor? Oder Morelli?« dachte Tyson laut nach. »Er mochte die Art, wie Sie aufgetreten sind. Sie erinnern ihn an seinen Onkel Vito.«

»Was ist heute los mit Ihnen?«

»Ich habe nicht gut geschlafen.«

»Das überrascht mich nicht.« Corva schaute seinen Mandanten besorgt an.

Colonel Sproule fragte die Anklagevertretung, ob sie weiteres belastendes Beweismaterial vorzulegen habe, und nachdem Pierce dies verneinte, wandte er sich Corva zu. »Hat die Verteidigung entlastendes oder strafminderndes Beweismaterial vorzulegen?«

»Jawohl, Euer Ehren.«

»Verfügt die Verteidigung über Beweismaterial, das dem Verhandlungsprotokoll als Anhang beigefügt werden soll?«

»Nein, Euer Ehren.«

»Wünscht die Verteidigung Zeugen zur Entlastung des Angeklagten zu vernehmen?«

»Jawohl, Euer Ehren.«

»Dann beginnen Sie bitte mit der Vernehmung des ersten Zeugen, Mr. Corva.«

Corva wandte sich an den Gerichtsdiener: »Die Verteidigung ruft Mr. Daniel Kelly in den Zeugenstand.«

Wenig später ging die Tür auf, und Daniel Kelly betrat mit elastischem Schritt den Gerichtssaal. Tyson bemerkte augenblicklich, daß aus dem eher schmächtigen einundzwanzigjährigen Burschen inzwischen ein kraftstrotzender vierzigjähriger Mann mit den Bewegungen eines Athleten geworden war. Kellys früher so helle Haut war tief gebräunt, und sein strohblondes Haar fiel ihm in langen Strähnen in die Stirn. Tyson beobachtete, wie Kelly sich blitzschnell nach allen Seiten umblickte. Er erfaßte sekundenschnell die gesamte Situation, registrierte jede als Hinterhalt, aber auch als Versteck und sichere Deckung geeignete Stelle, er hielt Ausschau nach Stolperdrähten mit Selbstschußanlagen und entschied, von wo aus er das beste Schußfeld hatte. Kelly trug schwarze Flanellhosen, einen weißen Rollkragenpullover und eine beigefarbene, sportliche Wildlederjacke. Vor dem für Zeugen vorgesehenen Stuhl blieb er stehen, blickte zu Tyson hinüber und hielt den Daumen in die Höhe. Tyson erwiderte den Gruß auf dieselbe Weise.

»Euer Ehren, wir beantragen, diesen Zeugen zu vereidigen«, sagte Corva.

Der Richter nickte Pierce zu, der daraufhin mit den ungeduldigen Bewegungen eines Menschen, der seiner Meinung nach längst andere Dinge tun müßte, zu dem Zeugen trat und ihn aufforderte, die rechte Hand zu heben.

Kelly hob, noch immer stehend, den rechten Arm, und Pierce leierte die Eidesformel herunter.

Danach setzte Kelly sich hin, ohne abzuwarten, daß Pierce ihn dazu aufforderte.

»Bitte nennen Sie Ihren Namen, Ihren Wohnort und Ihren Beruf.«

»Daniel Kelly, Edgerton in Ohio, Import und Export.«

Corva hatte Pierce schon ein paar generelle Vorabinformationen über den Zeugen Kelly zukommen lassen, aber Pierce hatte offenbar noch ein paar weitere Dinge in Erfahrung gebracht und schien zu beabsichtigen, Kelly von vornherein mit allerlei Fragen zu bombardieren. »Ist Edgerton in Ohio Ihr *fester* Wohnsitz?«

»Ja.«

Pierce machte eine skeptische Miene. »Könnten Sie sich ein bißchen deutlicher hinsichtlich Ihres Berufes äußern?«

»Ja. Ich im- und exportiere Waren.«

Jemand lachte.

»Von Edgerton in Ohio?« fragte Pierce zweifelnd.

»Ja.«

Corva schaltete sich ein: »Euer Ehren –«

Colonel Sproule gebot Corva mit erhobener Hand Einhalt und sagte zu Pierce: »Vielleicht sollten Sie mit dem Kreuzverhör des Zeugen warten, bis er von der Verteidigung vernommen worden ist, Colonel Pierce.« Wieder kicherten ein paar Leute.

»Sie haben das Wort, Mr. Corva«, sagte Colonel Sproule, und Pierce kehrte zu seinem Platz am Tisch der Anklagevertretung zurück.

Corva stellte sich mit dem Rücken zum Rednerpult vor Kelly hin. »Mr. Kelly«, begann er, »würden Sie uns bitte Ihren ehemaligen Dienstgrad, Ihre Einheit und Ihren Aufgabenbereich während Ihrer Dienstzeit in Vietnam nennen?«

Kelly antwortete mit einer angenehm klingenden Stimme. »Ich war Funker im ersten Zug der Alpha-Kompanie, 5. Bataillon, 7. Regiment, 1. Luftlandedivision.«

Tyson stellte fest, daß sich Kellys Ausdrucksweise und seine Art zu sprechen seit damals in Vietnam wesentlich verbessert hatten.

»Sie waren Lieutenant Tyson als Funker zugeteilt, nicht wahr?« wollte Corva wissen.

»Ja, die meiste Zeit hielt ich mich an seiner Seite auf.«

»Und als Funker hatten Sie mit dem Zugführer Ihrer Einheit häufigen und engen Kontakt?«

»Ja, Tag für Tag. Wir schliefen sogar im Schützengraben nebeneinander. Ich mußte immer bereit sein, blitzschnell Funksprüche für ihn durchzugeben. Deshalb waren wir immer so nahe zusammen.«

Corva stellte noch eine Reihe von Fragen, die mit Kellys Vergangenheit und seiner ehemaligen Beziehung zu Tyson zu tun hatten. »Wissen Sie im großen und ganzen Bescheid, worum es bei diesem Gerichtsverfahren geht?«

»Ja.«

»Wissen Sie auch, daß Lieutenant Tyson des Mordes für schuldig befunden worden ist?«

»Ja.«

»Und Sie haben sich bereit erklärt, zu seinen Gunsten auszusagen?«

»Ja, so ist es.«

»Mr. Kelly, können Sie dem Gericht schildern, was am Morgen des 15. Februar 1968 geschehen ist? Ich meine den Vorfall auf dem Friedhofshügel. Bitte beginnen Sie mit dem Tagesanbruch.«

»Bei Tagesanbruch«, begann Kelly, »verließen wir unsere nächtliche Verteidigungsstellung. Wir waren neunzehn Mann.«

In kurzen, präzisen Sätzen, wie sie bei Militärs beliebt sind, schilderte Kelly die damalige Situation. Er benutzte militärische Fachausdrücke aus jener Zeit, setzte sie aber sehr bedacht ein. Tyson hatte den Eindruck, daß Kelly etwas erzählte, was sich erst vergangene Woche zugetragen hatte. Viele der Anwesenden schienen diesen Eindruck zu teilen. Ein Blick auf die Beisitzer zeigte ihm, daß Moore, McGregor und Bauer von Kelly beeindruckt waren, aber er war sich nicht sicher, ob ihm das etwas nützen würde. Tyson blickte zu Brandt hinüber und entdeckte bei ihm erste Anzeichen von Unruhe.

Kelly kam zum Schluß seiner Schilderung.

»Wir marschierten in Patrouillenformation weiter nach Südosten, in Richtung Huê.«

»Außer Ihnen und Lieutenant Tyson sind also lediglich Richard Farley und Harold Simcox bei dem Vorfall auf dem Friedhofshügel zugegen gewesen?« fragte Corva.

»Ja.«

»Haben Sie gehört, daß Lieutenant Tyson irgendwann den Befehl gab, die Bauern zu erschießen, die gerade dabei waren, einige Tote zu begraben?«

»Ja.«

»Ich möchte jetzt zu einem Punkt Ihre Meinung hören, Mr. Kelly«, sagte Corva und warf Pierce einen durchdringenden Blick zu. »Wohlgemerkt nur *Ihre Meinung* als ein Mann, der vor dem betreffenden Zwischenfall schon fast acht Monate lang mit Lieutenant Tyson zusammen im Kriegseinsatz war: Was hielten Sie von dem Befehl?«

»Nun, wörtlich genommen war er gegen das Gesetz«, erwiderte Kelly, »aber meiner Meinung nach war er nicht wirklich im Ernst erteilt worden. Lieutenant Tyson wollte uns nur beschämen.«

»Uns? Wen meinen Sie damit?«

»Mich zum Beispiel. Farley, Simcox und ich versuchten die Bauern durch drohende Gesten einzuschüchtern, und dabei gingen wir wohl ein bißchen zu weit. Auch die Durchsuchung dieser Leute hätte taktvoller durchgeführt werden können. Ich konnte Lieutenant Tyson ansehen, daß er sich über uns ärgerte. Er überbot uns gewissermaßen beim Bluffen, denn genau das war es, was wir machten. Wir hatten nicht die Absicht, diese Leute zu erschießen, jedenfalls ich nicht. Es war ein Trick, den wir oft gegen Vietnamesen anwandten. Nachdem Lieutenant Tyson den Befehl gegeben hatte, geschah eine Weile nichts. Er wiederholte den Befehl nicht und tat auch sonst nichts, um ihm Nachdruck zu verleihen. Dann sagte er nur: ›Okay, ihr Helden, dann wollen wir mal weiterziehen‹ oder so ähnlich. Er sagte das mit ziemlichem Sarkasmus.«

»Haben Sie später mit ihm darüber gesprochen?« fragte Corva.

»Nein, es gab darüber nichts zu sagen. Wäre ich überzeugt gewesen, daß er den Befehl ernst gemeint hatte, dann hätte ich ihn bestimmt darauf angesprochen, aber der Befehl hätte so wenig zu ihm gepaßt, daß man ihn gar nicht anders auslegen konnte, als ich es tat.«

»Haben Sie sich mit Farley darüber unterhalten?«

»Nein.«

»Glauben Sie, daß Farley den Befehl auch für einen Bluff hielt? Für einen Versuch, Sie zu beschämen?«

Pierce stand auf, besann sich jedoch eines anderen und setzte sich wieder hin.

Tyson konnte den Beisitzern und Sproule ansehen, daß sie auf den Rest der Geschichte gespannt waren. Und genau wie Corva vorausgesagt hatte, wußte Pierce genau, wann es ratsam war, sich zurückzuhalten. Er mußte abwägen, was für seine Belange wirksamer war: Kelly erzählen zu lassen oder ihn daran zu hindern.

Corva wiederholte seine letzte Frage.

»Farley war kein Mensch, der feine Unterschiede zu machen verstand«, antwortete Kelly. »Diesmal hatte er jedoch meiner Meinung nach verstanden, daß Lieutenant Tyson nicht von uns verlangte, die Vietnamesen zu erschießen. Simcox hatte es auch kapiert. Als wir den Friedhofshügel hinter uns ließen, sagte er zu mir, Lieutenant Tyson sei viel zu nachgiebig mit diesen *gooks.* Ich glaube nicht, daß er das gesagt hätte, wenn er überzeugt gewesen wäre, daß Lieutenant Tysons Befehl, die Leute zu erschießen, ernst gemeint war. Farley hörte übrigens Simcox' Bemerkung und stimmte ihm bei.«

Corva nickte. »Vielen Dank. Nachdem dieser Punkt erledigt ist, wollen wir uns einem Vorfall zuwenden, der ein paar Monate zuvor passiert war, also Ende November oder Anfang Dezember. Ich meine einen jener militärischen Einsätze, die man damals ›Umzingelung‹ nannte. Die Alpha-Kompanie unterstützte in diesem speziellen Fall die südvietnamesische Nationalpolizei bei einer Aktion in einem Dorf südlich von Quang Tri. Erinnern Sie sich daran?«

»Ja, wir hatten schon vier oder fünf ähnliche Einsätze hinter uns. Alles lief wie am Schnürchen. Das Dorf wurde zwei Stunden vor Sonnenuntergang umzingelt. Wir schickten ein paar Patrouillen hinein, um sicherzugehen, daß sich in den Hütten keine feindlichen Soldaten versteckt hielten. Die Patrouillen kehrten wieder zurück. Ungefähr eine Stunde später landete ein großer Helikopter vom Typ *Chinook* mit vierzig bis fünfzig vietnamesischen Polizisten. Ihre Offiziere unterhielten sich kurz mit den unseren, die ihnen versicherten, daß im Dorf keine gegnerischen Soldaten seien. Daraufhin gingen die vietnamesischen Polizisten ins Dorf, um selbst gründlich nachzusehen. Sie suchten nach Vietcong, die sich vielleicht in Erdlöchern oder Tunnels verborgen hatten, nach Vietcong-Sympathisanten, Politkadern des Vietcong, Waffenlagern, Dokumenten und so weiter.«

»Was war Ihre persönliche Meinung über solche Einsätze? Ich frage Sie, weil ich selbst Offizier der Infanterie war und mir Gedanken darüber gemacht habe.«

»Solche Operationen waren mir persönlich zuwider, und ich glaube, daß es vielen anderen Männern in unserer Kompanie ähnlich ging. Die südvietnamesische Polizei benahm sich oft – nicht immer – ziemlich schlimm gegenüber der einheimischen Bevölkerung. Nachdem wir Amerikaner ein Dorf durchkämmt hatten, durften wir normalerweise nicht mehr hinein, um nachzusehen, was da passierte, aber wir konnten von weitem die Schreie hören.«

»Schreie?«

»Ja, im allgemeinen wurden die Dorfbewohner mit ziemlich grausamen Methoden verhört.«

»Zum Beispiel?«

»Normalerweise wurden sie mit Elektroschocks an den Genitalien behandelt. Die Polizisten brachten dazu extra kleine Generatoren mit. Manchmal hängten sie auch einen Verdächtigen an einem Draht oder einem Strick mit dem Kopf nach unten in einen Brunnen, bis er fast ertrank. Es gab noch andere Verhörmethoden, die typisch für den Fernen Osten sind und die ich hier lieber nicht in allen Einzelheiten schildern möchte.«

»Gewiß. Sie sagten also, Amerikaner durften während solcher Verhöre ein Dorf nicht betreten?«

»Ja, das stimmt. Manchmal allerdings durften die Offiziere der jeweiligen amerikanischen Einheit hinein, um mit den Kommandeuren der vietnamesischen Polizei taktische Fragen zu besprechen. Dann durfte ich natürlich als Lieutenant Tysons Funker mitgehen. Bei solchen Anlässen habe ich Beobachtungen gemacht, wie ich sie gerade geschildert habe.«

»Wie dachte Lieutenant Tyson über solche Einsätze?«

»Es gefiel ihm nicht, daß amerikanische Soldaten als Komplizen mitmachen mußten. Einmal schrieb er einen Protestbrief an den Kommandeur des Bataillons. Er beschwerte sich gegen unsere Kooperation bei diesen brutalen Akten und wies darauf hin, daß seine Leute durch das, was sie nach dem Abrücken der vietnamesischen Nationalpolizei in den Dörfern vorfänden, demoralisiert würden. Danach wurde die Alpha-Kompanie nie wieder zu solchen gemeinsamen Einsätzen mit der vietnamesischen Polizei herangezogen.«

»Was geschah bei jenem speziellen Einsatz? Ich meine den, der mit einem Eklat endete?«

»Lieutenant Tysons Einheit hatte in langgezogener Formation auf einem Deich Stellung bezogen. Von dort aus konnten wir einen Teil des Dorfes überblicken. Die südvietnamesische Polizei hatte ungefähr ein Dutzend Personen, alle nackt, vor einem Brunnen antreten lassen. Wir sahen mit an, wie die erste Person in den Brunnen hinabgelassen wurde.«

»Was bezweckte man damit?«

»Man wollte die Dorfbewohner dazu bewegen, die Verstecke der Vietcong, ihre Tunnels, Waffenlager und so weiter zu verraten. Meiner Meinung nach handelte es sich jedoch meist um eine sexuelle beziehungsweise sadistische Orgie unter einem armseligen Vorwand. Es kam vor, daß man den einen oder anderen Vietcong erwischte oder ein paar Waffen, aber der Preis dafür war zu hoch.«

Tysons Blick wanderte zu den Beisitzern, zu Colonel Sproule, zu Pierce und schließlich zu den Zuschauern. Kellys Schilderung hatte für große Spannung gesorgt. Nur am Tisch der Ankläger schien eher eine unbehagliche Atmosphäre zu herrschen.

»Fahren Sie bitte fort«, forderte Corva Kelly auf.

»Ja. Lieutenant Tyson machte den Vorschlag, ins Dorf zu gehen und mit dem zuständigen vietnamesischen Polizeioffizier zu reden. Das machte er immer.«

»Warum?«

»Um sie von den schlimmsten Brutalitäten abzuhalten. Die Anwesenheit von Amerikanern verhinderte oft das Ärgste – zumindest, solange wir in unmittelbarer Nähe waren. Lieutenant Tysons

Proteste gegen diese Art von Einsätzen erfolgten zum Teil aus moralischen Gründen, zum Teil waren sie jedoch auch praktischer Natur. Er bezweifelte, daß wir die Sympathie der Einheimischen gewinnen konnten, wenn die Bevölkerung ganzer Dörfer gefoltert und gedemütigt wurde. Schließlich hatte *er* es mit den Einheimischen zu tun, nachdem die vietnamesischen Polizisten längst in ihre Kasernen zurückgekehrt waren.«

»Sie sind also mit ihm ins Dorf gegangen?«

»Ja, und unterwegs sahen wir plötzlich Steven Brandt.«

Pierce stand auf. »Einspruch, Euer Ehren! Wir haben uns das lange genug mit angehört. Solche Aussagen sind irrelevant.«

Sproule blickte zuerst Corva, dann Pierce und schließlich wieder Corva an. »Bitte legen Sie dem Gericht dar, Mr. Corva«, sagte er, »inwiefern diese Art von Zeugenbefragung dazu dienlich sein soll, mildernde Umstände in bezug auf die Straftat zutage zu fördern, derentwegen Lieutenant Tyson verurteilt worden ist.«

»Euer Ehren«, erwiderte Corva, »ich möchte nachweisen, daß sich Lieutenant Tyson und der Zeuge der Anklage, Steven Brandt, feindselig gegenüberstanden und daß diese Feindseligkeit bis auf den heutigen Tag andauert. Ich will nachweisen, daß Mr. Brandts Behauptung, eine solche Animosität habe es nicht gegeben, eine Lüge ist.«

»Dazu ist es wohl ein bißchen zu spät, finden Sie nicht auch, Mr. Corva?« fragte der Richter.

»Euer Ehren, wenn ich mit Hilfe dieses Zeugen schlüssig nachweisen kann, daß Mr. Brandt gegenüber dem Angeklagten voreingenommen war und feindselige Gefühle hegte, dann ergibt sich logischerweise daraus, daß auch seine Zeugenaussage von solchen Empfindungen geprägt war, und dies wiederum könnte besagte Aussage gegenüber dem Gericht ins rechte Licht rücken beziehungsweise die Entscheidung über das Strafmaß beeinflussen – was Sinn und Zweck dieser Verhandlung ist.«

Sproule zog die Brauen in die Höhe. »Das scheint mir ein bißchen weit hergeholt, Mr. Corva. Ich weiß nicht, welche Absichten Sie wirklich verfolgen, aber ich erlaube Ihnen, mit der gebotenen Sorgfalt fortzufahren. Der Einspruch der Anklage ist abgelehnt.«

Pierce nahm wieder Platz und schlug mit der flachen Hand auf die Tischplatte, eine für ihn ungewöhnliche Unmutsäußerung.

»Sie sahen also Mr. Brandt in dem Dorf«, fuhr Corva an Kelly gewandt fort. »Was hatte er da zu suchen?«

»Nun, Sanitäter hatten wie die Offiziere manchmal die Erlaubnis, ins Dorf zu gehen, während die vietnamesische Polizei die Durchsuchungen und Verhöre durchführte. Sie wurden dabei oft benötigt.«

»Was geschah als nächstes?«

»Lieutenant Tyson sagte zu mir: ›Kommen Sie, wir gehen ihm nach.‹ Damit meinte er Brandt.«

»Aber warum? Was bezweckte er?«

»Lieutenant Tyson hatte beobachtet, daß Brandt sich manchmal nicht korrekt benahm.«

»Inwiefern, Mr. Kelly?«

»Brandt fotografierte – obwohl die vietnamesische Polizei das streng verboten hatte. Fotos konnten die nicht gebrauchen.«

»Und was fotografierte Mr. Brandt?«

»Meist nackte Frauen, während sie gefoltert und mißbraucht wurden.«

Corva wartete ab, ob Pierce Einspruch erheben würde, aber dieser hielt sich zurück. »Bitte fahren Sie fort«, forderte er Kelly auf.

»Es war Lieutenant Tyson aufgefallen, daß die Vietnamesen Brandt fotografieren ließen, ja sie schienen sich sogar ziemlich freundlich ihm gegenüber zu verhalten.«

»Ist das Ihnen auch aufgefallen?«

»Ja. Und bei einem ähnlichen Einsatz kurz zuvor sah ich, wie Brandt einem vietnamesischen Captain Medikamente aus seiner Sanitätertasche gab.«

»Danke. Wie ging es weiter?«

»Nachdem Brandt die Fotos gemacht hatte, betrat er mit zwei einheimischen Polizisten ein Haus – ich meine eine dieser vietnamesischen Hütten. Lieutenant Tyson und ich wechselten darüber ein paar Worte, dann gingen wir den dreien nach. Ein weiterer Polizist wollte Lieutenant Tyson am Arm festhalten, aber er stieß den Mann weg. Gemeinsam betraten wir die Hütte, in der Brandt verschwunden war.«

»Und was haben *Sie* da gesehen, Mr. Kelly? – *Sie!*«

Tysons Blick wanderte zu Steven Brandt, der reglos dasaß. Er behielt Brandt im Auge, während Kelly in seiner Schilderung fortfuhr. »Ich erblickte drei nackte weibliche Personen. Eine lag zusammengerollt in der Ecke des Raumes und weinte. Einer der Polizisten zerrte an ihrem Arm. Die zweite weibliche Person vollführte gerade an einem anderen Polizisten Fellatio, und die dritte wurde von Mr. Brandt vergewaltigt.«

Pierce sprang auf und rief etwas, aber es ging im allgemeinen Tumult unter. Tyson fing Brandts Blick auf, doch nur für eine Sekunde, dann schaute der Arzt wieder weg.

Auf ein Zeichen von Colonel Sproule trat der Gerichtsdiener in die Mitte des Vorraumes und hob eine Hand. Sofort verstummten die an Disziplin gewöhnten Zuschauer, und der Richter drohte nun an, den Saal räumen zu lassen, sollte es zu einer erneuten derartigen Störung kommen. Danach blickte er zu Pierce hinüber, der gerade den Mund öffnen wollte, um seinen Einspruch zu begründen. Mit barscher Stimme sagte Sproule: »Der Einspruch wird abgelehnt. Ich möchte dem Zeugen selbst einige Fragen stellen. Mr. Kelly«, wandte sich Sproule an den Zeugen, »das Gericht würde gerne erfahren, wie Sie zu der Annahme kommen, daß es sich bei dem, was Sie dort sahen, um Vergewaltigung und nicht um... nun, sagen wir – um normale Aktivitäten zwischen Männern und Frauen handelte.«

Kelly blickte kurz den Richter an, dann fuhr er mit gesenktem Kopf fort: »Euer Ehren, ich finde an Gruppensex nichts Normales, aber mag sein, daß das ein persönliches Vorurteil ist. Um jedoch Ihre Frage zu beantworten: Den Umständen glaubte ich entnehmen zu können, daß die Männer die weiblichen Personen noch nicht lange kannten, vielleicht fünf Minuten. Außerdem weinten die Mädchen – alle drei. Sie waren übrigens sehr jung, Euer Ehren. Diejenige, mit der sich Mr. Brandt beschäftigte, war höchstens zwölf oder dreizehn Jahre alt. Als Mr. Brandt aufstand, waren seine Genitalien und Schenkel blutig, und ich weiß noch, daß ich unwillkürlich dachte, das Mädchen sei noch Jungfrau gewesen, aber natürlich war es auch möglich, daß sie gerade ihre Periode hatte. Ich hatte auch den Eindruck, als wäre das Mädchen kurz zuvor ins Gesicht geschlagen worden, Euer Ehren. Aus all diesen Gründen folgerte ich, daß es sich um keine Party, sondern um eine Vergewaltigungsorgie handelte.«

Sproule nickte und schluckte schwer. »Verstehe.«

»Und als Mr. Brandt Lieutenant Tyson und mich sah, spiegelte sich auf seinem Gesicht Angst, Euer Ehren. Er sprang sofort auf die Füße – vorher hatte er mit dem Mädchen auf dem Boden gelegen – und rief: ›Nein!‹ «

»*Nein?* Was sollte das heißen?« fragte Sproule.

»Lieutenant Tyson und ich hielten beide aus der Hüfte heraus unsere Gewehre in Anschlag. Das war eine Vorsichtsmaßnahme für den Fall, daß die beiden anderen Polizisten nach ihren Waffen griffen. Solche Leute waren durchaus dazu fähig. Brandt rief also: ›Nein!‹, und gleich darauf rief er noch: ›Bitte!‹ Dann schnappte er sich seine Uniformhose – Jacke und Stiefel hatte er angelassen – und sprang durchs Fenster ins Freie. Seine Sanitätertasche und sein Gewehr ließ er zurück.«

»Sind Sie ihm gefolgt?« fragte Sproule.

»Ja, Euer Ehren, aber zuerst haben wir Brandts Ausrüstung eingesammelt und die beiden vietnamesischen Polizisten zum Verlassen der Hütte gezwungen. Draußen hatten sich inzwischen mehrere ihrer Kollegen versammelt, und wir machten uns auf eine häßliche Szene gefaßt. Die Vietnamesen – es waren ungefähr zehn oder zwölf – und wir beschimpften uns gegenseitig.«

»Hatten Sie das Gefühl, in Gefahr zu sein?« erkundigte sich Sproule.

»Ja, es war ziemlich brenzlig, aber schließlich machten wir einfach auf dem Absatz kehrt und gingen zu dem Deich zurück. Brandt war schon da – inzwischen wieder ordentlich angezogen. Lieutenant Tyson ging auf ihn zu. Ich hätte vielleicht erwähnen sollen, Euer Ehren, daß Lieutenant Tyson schon vorher mehrmals zu mir gesagt hatte, seiner Meinung nach nutze Brandt seinen Status als Sanitäter aus, um sich an einheimische Frauen heranzumachen. Lieutenant Tyson machte sich darüber große Sorgen.«

»Dieser Vorfall hat also die von Ihnen behauptete Animosität zwischen Lieutenant Tyson und Mr. Brandt heraufbeschworen?«

»Ja, Euer Ehren. Aber es wurde noch schlimmer, nach dem Vorfall oben auf dem Deich.«

»Was sagte Lieutenant Tyson zu Mr. Brandt. Hat er ihn auf dem Deich zur Rede gestellt?«

»Er sagte nicht viel, Euer Ehren. Lieutenant Tyson gab Mr. Brandt einen Fußtritt in den Unterleib, dann verpaßte er ihm eine Reihe von Ohrfeigen und schlug ihm wohl auch ein- oder zweimal mit der geballten Faust ins Gesicht. Anschließend stieß er Mr. Brandt in das überflutete Reisfeld und befahl ihm mit gezogener Pistole, sich in das Wasser zu setzen, andernfalls würde er ihm ein Loch in den Kopf schießen. Mr. Brandt hockte sich also hin, und nach einer Weile begann er zu jammern, daß sich immer mehr Blutegel an ihm festsaugen würden. Er regte sich furchtbar auf und fing schließlich an zu weinen. Am Ende hatte er einen regelrechten Weinkrampf.«

Colonel Sproule schwieg lange. Schließlich legte er nachdenklich einen Finger an die Lippen und fragte: »Gab es bei dem Vorfall auf dem Deich noch andere Augenzeugen?«

»Ja, Euer Ehren, alle Männer unserer Einheit konnten von der Stelle aus, wo sie auf dem Deich standen, die Sache mitverfolgen, aber niemand hielt es für klug, sich einzumischen, denn es handelte sich offensichtlich um eine persönliche Auseinandersetzung.«

»Keiner der Männer kannte den Grund für den Vorfall auf dem Deich?«

»Nein, Euer Ehren, und dabei ist es auch geblieben. Ich glaube jedoch, daß sich alle ihren Teil dachten.«

»Wissen Sie, ob Lieutenant Tyson irgendwelche rechtlichen Schritte gegen Mr. Brandt unternommen hat – oder Mr. Brandt gegen Lieutenant Tyson?«

»Nein, keiner von beiden hat etwas unternommen, Euer Ehren, jedenfalls nicht meines Wissens.«

»Und wie endete der Vorfall?«

»Nach ungefähr dreißig Minuten hatte sich Lieutenant Tyson einigermaßen beruhigt. Er sagte zu Mr. Brandt, daß er jetzt aus dem Wasser rauskommen dürfe. Mr. Brandt zog sich oben auf dem Deich aus, und ich sah, daß ungefähr dreißig Blutegel an seinem Körper hafteten. Er war sehr aufgeregt, weinte noch immer und bat die anderen, ihm zu helfen, die Egel loszuwerden. Mehrere Männer gingen hin, um ihm mit Insektenvertilgungsmitteln und brennenden Zigaretten beizustehen. Mr. Brandt war 'ne ganze Menge Blut an die Egel losgeworden. Angesichts seines psychischen und physischen Zustands hielten wir es für besser, einen Hubschrauber anzufordern und ihn wegbringen zu lassen.«

»Hätte ein Mann sich nach einem solchen Vorfall wieder zu seiner alten Einheit versetzen lassen?« fragte Sproule.

»Normalerweise wohl kaum, Euer Ehren, aber Lieutenant Tyson und ich flogen am selben Abend mit einem Versorgungshubschrauber ins Nachschublager und machten bei Mr. Brandt einen Krankenbesuch. Er lag in der Sanitätsstation unseres Bataillons. Lieutenant Tyson informierte Mr. Brandt, daß er sich binnen vierundzwanzig Stunden bei seiner Einheit zurückzumelden habe, andernfalls würde er dafür sorgen, daß Mr. Brandt wegen einer Reihe von Vergehen vor ein Kriegsgericht gestellt werden würde. Mr. Brandt ließ durchblicken, daß er auf keinen Fall wollte, daß die Sache aktenkundig wurde, denn er hatte vor, später Medizin zu studieren. Lieutenant Tyson war wohl der Meinung, daß die Sache damit erledigt war und daß Brandt seiner Einheit bei Kampfeinsätzen weiterhin nützlich sein könnte. Mr. Brandt war nämlich ein guter Sanitäter. Damit ist die Frage beantwortet, warum Mr. Brandt zu seiner alten Einheit zurückkehrte, Euer Ehren.«

Colonel Sproule nickte. »Und damit war der Vorfall beigelegt?«

»Nein, Euer Ehren. Endgültig beigelegt wird er erst jetzt.«

»Gewiß, Mr. Kelly«, pflichtete Colonel Sproule ihm bei. Sein Blick ruhte eine Weile auf Corva, dann gab er ihm mit einem Kopfnicken zu verstehen, daß er fortfahren dürfe.

»Wie würden Sie die Beziehung zwischen Lieutenant Tyson und Mr. Brandt *nach* diesem Vorfall umschreiben?« fragte daraufhin der Anwalt den Zeugen.

»Ich glaube nicht, daß es Mr. Brandt gefallen hat, in Gegenwart der anderen derart gedemütigt zu werden, und die Sache mit den Blutegeln hat ihm bestimmt noch weniger behagt. Deshalb würde ich sagen, daß das Verhältnis zwischen den beiden Männern eher kühl war.«

»Glauben Sie, daß Mr. Brandt Groll gegen Lieutenant Tyson hegte?«

»Ja, das glaube ich. Keiner der beiden gehört zu den Nachsichtigen.«

»Glauben Sie, daß Mr. Brandt diesen Groll auch noch gegen Lieutenant Tyson hegte, als sich zwei oder drei Monate später der Vorfall in dem Krankenhaus ereignete?«

»Ja. Tatsache ist, daß Lieutenant Tyson und Mr. Brandt am

Morgen davor, nämlich auf dem Friedhofshügel, einen heftigen Wortwechsel hatten.«

»Worum ging es da?«

»Es ging darum, daß Mr. Brandt eine Erkrankung vortäuschte, um sich vor dem Kampfeinsatz zu drücken.«

Corva stellte noch ein paar Fragen dazu, dann sagte er zu Colonel Sproule: »Ich habe zu diesem Vorfall keine weiteren Fragen mehr, Euer Ehren. Deshalb würde ich mich jetzt gern den Geschehnissen im Krankenhaus zuwenden, falls Sie selbst dem Zeugen keine weiteren Fragen zu stellen wünschen.«

»Ich habe keine, und falls die Beisitzer welche haben, können sie sie zum Schluß der Zeugenvernehmung stellen. Jetzt ist es jedoch Zeit für eine Pause. Die Verhandlung wird um vierzehn Uhr fortgesetzt. Während der Pause möchte ich Colonel Pierce und Mr. Corva zu mir in mein Büro bitten.«

Tyson warf einen Blick in den Zuschauerraum. Er sah, daß Brandt mit gesenktem Kopf zum Ausgang eilte. »Fühlen Sie sich jetzt besser?« fragte Corva.

»Nein.«

»Gut, das sollen Sie auch nicht. Aber *ich* kann es mir erlauben.«

## *Kapitel 52*

Die Verhandlung wurde fortgesetzt. Daniel Kelly nahm auf seinem Stuhl Platz, und nachdem Colonel Pierce ihn daran erinnert hatte, daß er noch unter Eid stehe, fuhr Corva mit der Vernehmung fort. Nach ein paar einleitenden Fragen forderte er Kelly auf, die Ereignisse zu schildern, die zu dem Vorfall im Krankenhaus geführt hatten.

»Ja, gern«, antwortete Kelly und begann einen klar gegliederten, detaillierten Bericht über den Marsch zum *Hôpital de la Miséricorde*. Seine Vortragsweise kam Tyson viel intelligenter vor als Farleys und selbst Brandts Aussagen, von dem im Zuschauerraum nichts mehr zu sehen war. Tyson vermutete, daß der wackere Doktor schon auf der Heimreise nach Boston war.

Mit einem Blick auf die Bänke der Presse- und Fernsehleute überzeugte sich Tyson, daß auch dort alle Plätze besetzt waren. Am Vormittag hatte er keinen einzigen Gerichtszeichner entdekken können, doch jetzt hockten gleich fünf von ihnen am Rand des erhöhten Altarvorraums, den Zeichenblock auf den Knien und den Blick unverwandt auf Kelly gerichtet.

Tysons Blick wanderte zur ersten Bankreihe. David war heute nicht da, wohl aber Marcy. Sie wirkte angespannt und ernst.

Tyson hatte in der Zelle lustlos in seinem Mittagessen herumgestochert und auf Corva gewartet. Erst zum Ende der Pause war er aufgetaucht. Sie hatten sich keine fünf Minuten lang miteinander unterhalten können, bevor die Verhandlung weiterging. In diesen kurzen Augenblicken hatte Corva ihn wissen lassen, daß es bei dem Gespräch in Sproules Büro – genauer gesagt, im Büro des Militärkaplans – ziemlich hitzig zugegangen war.

Tyson fragte sich, wieviel Spielraum Corva noch hatte. Es entging ihm nicht, daß Corva seine Fragen jetzt viel vorsichtiger formulierte, und bislang hatte er Pierce keinen Anlaß zu einem Einspruch geliefert. Corva arbeitete durch die Art seiner Befragung vor allem den psychischen und physischen Zustand von Tysons Untergebenen zum fraglichen Zeitpunkt heraus. Jetzt versuchte er nicht mehr, den Nachweis für Tysons Unschuld zu erbringen, sondern er bemühte sich, den Ursachen auf den Grund zu gehen. Tyson fühlte sich bei dieser Methode viel wohler.

»Sie betraten also das Krankenhaus«, sagte der Anwalt zu Kelly, »nachdem sicher war, daß der feindliche Heckenschütze geflohen war. In Ihrer Einheit gab es zwei Verwundete: Robert Moody, der einen Streifschuß am Bein abbekommen hatte, und Arthur Peterson, dessen Verletzung ernsthaft war. Sie haben ausgesagt, Sie hätten schon von weitem erkannt, daß es sich um ein Krankenhaus handelte, und es sei zu keinem größeren Feuergefecht gekommen, während Sie sich dem Gebäude näherten. Es handelte sich nur um einen einzigen Heckenschützen. Richtig?«

»Richtig.«

»Gut. Sie sind jetzt im Krankenhaus, Mr. Kelly, und hier gehen nun die Zeugenaussagen auseinander. Was geschah im Inneren des Gebäudes? Was löste die Ereignisse aus, derentwegen Lieutenant Tyson verurteilt worden ist?«

Zum erstenmal zögerte Kelly mit der Antwort. Dann sagte er: »Wir schafften Moody und Peterson rein. Das Krankenhauspersonal war völlig von seiner Arbeit in Anspruch genommen, und ich erinnere mich noch, daß ich mich darüber wunderte, wie wenig diese Leute von der Schießerei beeindruckt waren. Lieutenant Tyson hielt eine Krankenschwester an und erfuhr von ihr, daß sich alle Ärzte im oberen Stockwerk befanden. Wir brachten Moody und Peterson nach oben –«

Hier schaltete sich Colonel Sproule ein. »Mr. Kelly, über den Tod von Larry Cane gibt es offenbar zwei verschiedene Versionen. Der einen zufolge wurde er draußen vor dem Krankenhaus von dem Heckenschützen erschossen, aber die zweite läuft darauf hinaus, daß er bei den Kämpfen im Inneren des Gebäudes umkam. Wenn es jedoch stimmt, daß es im Krankenhaus überhaupt nicht zum Kampf kam, dann muß ich daraus folgern, daß Cane draußen im Freien den Tod fand. In Ihrer Schilderung haben Sie seinen Tod jedoch übergangen.«

»Das liegt daran, daß Larry Cane noch lebte, als wir das Krankenhaus betraten, Euer Ehren.«

Sproule überlegte einen Moment, dann forderte er Corva auf, mit der Befragung fortzufahren.

Auf seine Frage, was er im oberen Stockwerk vorfand, antwortete Kelly: »Es gab dort drei Abteilungen. Die eine – es war eine Art allgemeine Abteilung – war voll mit Verwundeten – zumeist Zivilisten, die aus Huê geflohen waren, wie ich annehme. Über der Tür der zweiten Krankenstation stand das französische Wort CONTAGION. Wir warfen nur einen raschen Blick hinein. Es war ein kleiner Raum mit zehn Betten, die alle belegt waren. In der dritten Station lagen Mütter und Kleinkinder. Alle dreißig Betten waren belegt. Dazu kamen eine große Zahl von Verwundeten und Kranken, die man in den Korridoren untergebracht hatte. Es gab auch eine Anzahl von Leuten, die offensichtlich weder verwundet noch krank waren. Es handelte sich einfach nur um Flüchtlinge. Schätzungsweise befanden sich an die hundert Menschen im Krankenhaus, aber es können genausogut zweihundert gewesen sein. Wir entdeckten auch einen Operationssaal. Dorthin brachten wir Arthur Peterson. Ich möchte hier darauf hinweisen, daß wir nicht sicher waren, ob uns im Krankenhaus irgendeine Gefahr drohte. Deshalb durchsuchten unsere Leute jeden einzelnen Raum. Wir stießen auf einen Haufen blutbefleckter khakifarbener Uniformen, die vermutlich von feindlichen Soldaten stammten, und fanden dann ein halbes Dutzend junger Männer, die krank oder verwundet in den Betten lagen und die wir für vietnamesische Soldaten hielten.«

»Wie reagierten die Leute Ihrer Einheit darauf?«

»Ungefähr so wie auf die Bauern, die sie beim Beerdigen von ein paar toten Gegnern erwischt hatten, also nicht sehr besonnen. Aber von Besonnenheit konnte sowieso bei niemandem die Rede sein. Nur im Rückblick wird einem klar, daß wir alle viel zu heftig reagierten.«

»Hat jemand diese feindlichen Soldaten bedroht?«

»Nein, soweit ich weiß, nicht, aber Sergeant Sadowski ließ ein paar unserer Leute in der Krankenstation zur Bewachung zurück.«

»Was geschah im Operationssaal?«

»Ich war dort zusammen mit Lieutenant Tyson und ein paar anderen. Es war ein großer Raum mit sechs bis sieben Operationstischen. Soweit ich mich erinnere, war alles ziemlich primitiv. Auf jedem Tisch lag ein Patient. Ärzte und Krankenschwestern kümmerten sich um die Leute. Lieutenant Tyson sprach einen Mann an, der sich selbst als Chefarzt vorstellte.«

»In welcher Sprache unterhielten sich die beiden?«

»Meist auf französisch, mit ein paar englischen Brocken. Wie ich später erfuhr, drehte es sich bei dem Gespräch darum, daß Lieutenant Tyson darum bat – nein, er forderte es –, Peterson und Moody ärztlich zu versorgen. Peterson lag auf dem Fußboden, Moody saß an eine Wand gelehnt. Der Arzt kniete neben Peterson nieder, untersuchte ihn rasch und verkündete, ihm sei nicht mehr zu helfen. Daraufhin verlangte Tyson von ihm, es wenigstens zu *versuchen.* Der Doktor erwiderte – und auch das erfuhr ich erst viel später von Lieutenant Tyson –, daß man im Krankenhaus nach einem Auswahlsystem vorgehe: Patienten mit tödlichen Verletzungen wurde nicht geholfen, weil sich der Aufwand nicht gelohnt hätte. Und um die Leichtverwundeten kümmerte man sich vorerst nicht, weil ihr Leben ohnehin nicht in Gefahr war. Man nahm sich vielmehr vorrangig einer mittleren Gruppe an, also der

Patienten, die zwar schwer verwundet waren, jedoch gerettet werden konnten. Offenbar gehörten weder Peterson noch Moody zu dieser Gruppe. Moody wurde übrigens an Ort und Stelle von Brandt versorgt, also auf dem Fußboden des Operationssaals.«

»Aber Peterson lag im Sterben?«

»Ja. Er hatte einen seitlichen Brustdurchschuß, rang nach Luft und hatte blutigen Schaum vor dem Mund. Offenbar erstickte er an seinem eigenen Blut. Er war schon halb ohnmächtig, rief jedoch immer wieder um Hilfe. Während er dort auf dem Fußboden lag, zupfte er an Lieutenant Tysons Hosenbein. Der Lieutenant kniete mehrmals neben ihm nieder, während er auf den Arzt einredete. Ich selbst hockte neben Peterson und hielt ihm die Hand.«

»Erinnern Sie sich, wer sonst noch im Raum war?«

»Die ganze Zeit kamen und gingen Leute, aber Farley und Cane waren fast ununterbrochen dabei. Auch Krankenschwestern und Pfleger, zumeist Asiaten, gingen ein und aus. Außerdem waren fünf oder sechs Personen weißer Hautfarbe anwesend. Das war einer der Gründe, warum unsere Leute immer wieder hereinschauten.«

»Wieso?«

»Sie wollten die Weißen begaffen, denn abgesehen von anderen GIs hatten sie lange keine gesehen. Für sie war das eine willkommene Abwechslung. Außerdem war auch eine ziemlich gutaussehende Frau dabei, und das erregte natürlich ihre Aufmerksamkeit. Wie ich schon sagte, es handelte sich um keinen Operationssaal, wie er bei uns üblich wäre, sondern einfach nur um einen großen, weißgetünchten Raum mit roten Fliesen auf dem Fußboden und sechs oder sieben Tischen.«

»Wie lange dauerte der Wortwechsel zwischen dem Arzt und Lieutenant Tyson?«

»Schwer zu sagen, vielleicht fünf Minuten. Am Ende zielte Lieutenant Tyson mit seinem Gewehr auf den Mann und befahl ihm, irgend etwas für Peterson zu tun.«

»Und was entgegnete da der Arzt?«

»Genau weiß ich es nicht, aber ich entnahm seinen Gesten und seinem Tonfall, daß er sich nicht einschüchtern ließ. Offenbar wollte er wieder zu seinem Patienten zurück, einem Asiaten männlichen Geschlechts, der gleich hinter ihm auf dem ersten

Operationstisch lag. Sein Bein war von einem Sprengkörper ziemlich übel zugerichtet worden. Die Kleidung des Patienten, eine khakifarbene nordvietnamesische Uniform, lag auf dem Fußboden. Der Doktor wandte sich also ab, aber Lieutenant Tyson riß ihn herum und schlug ihn mit der flachen Hand ins Gesicht.« Kelly verstummte.

Corva ließ ein paar Sekunden verstreichen, dann fragte er: »Und was geschah als nächstes?«

»Mehrere Dinge passierten gleichzeitig. Farley versetzte dem Arzt mit dem Gewehrkolben einen Schlag in den Unterleib, so daß er sich zusammenkrümmte und in die Knie ging. Hernando Beltran hatte kurz vorher den Raum betreten. Er ging zu dem Operationstisch, auf dem der feindliche Soldat mit der Beinverletzung lag. Beltran zog den Mann einfach vom Tisch und ließ ihn auf den Fußboden fallen. Der Verwundete schrie vor Schmerz. Peterson wimmerte vor sich hin, und der Arzt stöhnte laut. Die anwesenden Krankenschwestern waren erschrocken und hatten Angst. In diesem Augenblick stürzte aus dem hinteren Teil des Raums ein hochgewachsener Kerl auf uns zu, ein Weißer wie wir. Er schrie etwas auf englisch, nach seinem Akzent zu schließen war er Australier. Wir hatten einmal eine Woche lang mit einer australischen Einheit zu tun gehabt, deshalb erkannte ich ihn an seinem Akzent.«

»Was rief der Mann, Mr. Kelly?«

»Irgend etwas sehr Beleidigendes. Wir waren zuerst ganz verblüfft, als er auf englisch loslegte. Vorher hatte er kein einziges Wort gesagt.«

»Und was sagte er jetzt?«

»Zuerst forderte er Lieutenant Tyson auf, mit seinen Männern abzuziehen. Dann fing er an zu fluchen und nannte uns verdammte Mörder. Er steigerte sich immer mehr in seine Wut hinein und warf uns vor, wir hätten nur von einer Sache eine Ahnung, nämlich wie man Menschen umbringt und verwundet. Wir hätten überhaupt kein Recht, in Vietnam zu sein, und dieser ganze Krieg sei – na ja, all die Sachen, die man damals auch bei uns zu Hause in der Zeitung lesen konnte.«

»Was erwiderte Lieutenant Tyson?«

»Nichts. Der Arzt war offenbar nicht ganz zurechnungsfähig.

Unterdessen hatte jedoch Beltran Peterson auf den jetzt freien Operationstisch gelegt. Ein Arzt, der weder Englisch noch Französisch sprach und der meiner Meinung nach Deutscher oder Holländer war, beugte sich über Peterson. Der Arzt gab durch Zeichensprache zu verstehen, daß er bereit sei, Peterson zu operieren. Übrigens hatte schon jemand einen Plastikschlauch in Petersons Luftröhre geschoben, wahrscheinlich um das Blut abzusaugen. Es kümmerte sich jedoch kaum jemand um diesen anderen Arzt. Der französische Doktor hatte sich allmählich ein bißchen von dem Schlag mit dem Gewehrkolben erholt. Er war außer sich vor Wut, doch ansonsten hatte ich den Eindruck, daß das restliche medizinische Personal die Lage richtig einschätzte und kooperationswillig war. Zu schaffen machte uns nur noch dieser australische Arzt, der sich partout nicht beruhigen wollte. In diesem Augenblick fand Beltran auf einem der anderen Operationstische noch einen nordvietnamesischen Soldaten und schubste ihn ebenfalls runter. Lieutenant Tyson brüllte Beltran an, sofort den Raum zu verlassen. Ich erzähle hier alles, woran ich mich erinnere, aber es herrschte ein ziemliches Durcheinander, weil wir alle total übergeschnappt waren. Wahrscheinlich waren die Leute im Krankenhaus genauso übermüdet wie wir selbst und hatten deshalb schwache Nerven. Am provokantesten jedoch verhielt sich wie gesagt der australische Doktor.«

»Was verstehen Sie unter provokant?«

»Er fing an, mit dem Finger auf uns zu zeigen.«

»Ach ja?«

»Ja, auf jeden einzelnen von uns. Er zeigte auf uns und schrie uns an: ›Sie! Raus hier!‹ Oder: ›Sie sind ein verdammter blutiger Mörder! Sie auch! Und Sie! Wie können Sie es wagen!‹ Lauter solche Sachen sagte er zu uns.«

»Und wie reagierten die Männer darauf?«

»Nicht allzugut. Wie ich schon sagte: Wir waren klatschnaß, übermüdet und hatten Angst. Wir waren unterwegs nach Huê. Die meisten gingen wohl davon aus, daß sie von dort nie zurückkehren würden. Und dann kommt so ein Arzt, ein Weißer wie man selbst, und schmeißt einem wer weiß was für üble Sachen an den Kopf! Jemand brüllte ihn an, er würde sich so was beim Vietcong oder bei den Nordvietnamesen bestimmt nicht herausnehmen, und das stimmte wahrscheinlich auch. Insgeheim waren wohl alle davon überzeugt, daß der Feind schuld an dem ganzen Elend war, nicht wir Amerikaner. Ich sagte schon, daß das restliche Krankenhauspersonal kooperationswillig war, man wollte auch versuchen, Peterson zu helfen, aber insgesamt hatte ich den Eindruck, daß diese Leute uns Amerikaner nicht sonderlich gewogen waren. Sie hatten uns nicht eben herzlich begrüßt. Das bildete den psychologischen Rahmen für die Ereignisse, denen sie wenig später zum Opfer fielen.«

»Der australische Doktor hörte nicht auf zu fluchen und zu schimpfen?«

»Nein. Er hatte völlig die Beherrschung verloren. Irgend etwas in ihm mußte kaputtgegangen sein. Zwei Männer weißer Hautfarbe wollten ihn mit sich fortziehen, aber er stieß sie beiseite. Die meisten von uns beachteten ihn kaum, aber dann legte sich Larry Cane mit ihm an. Die beiden brüllten sich eine Weile an, bis der Australier Cane mit ausgestrecktem Finger einen kleinen Schubs gab und ihn anherrschte: ›Sie stupides Arschloch!‹ Da drückte Cane ab und schoß dem Arzt eine ganze Salve aus seinem Schnellfeuergewehr in den Bauch.«

»Waren das die ersten Schüsse, die im Krankenhaus abgefeuert wurden?«

»Ja, aber sie reichten. Beltran ging zu den beiden auf dem Fußboden liegenden Nordvietnamesen, zog seine Pistole und schoß sie in den Kopf. Dann ballerte Cane aus einem Grund, den ich nie verstehen werde, wahllos in die gegenüberliegende Wand, daß der Putz nur so spritzte. Die Leute schrien und ließen sich zu Boden fallen. Der australische Arzt lag dicht an der Wand, wohin ihn die Wucht der Geschosse geschleudert hatte. Er blutete stark aus dem Unterleib. Auf einmal brüllte Brandt: ›Peterson ist tot!‹, woraufhin Cane herumfuhr und den französischen Arzt von hinten erschoß.«

»Wie verhielt sich Lieutenant Tyson, während dies geschah?«

»Genau wie ich. Er hatte sich auf den Bauch geworfen. Cane benahm sich so, als hätte er völlig den Verstand verloren. Alles ging ganz schnell – jedenfalls kommt es mir jetzt so vor. Ich weiß noch, daß Lieutenant Tyson sich auf ein Knie aufsetzte und seine Pistole zog. Er zielte auf Cane und befahl ihm, das Gewehr fallen zu lassen. Cane lud gerade nach. Lieutenant Tyson wiederholte den Befehl. Es war eine brenzlige Situation.«

»Und hat Cane das Gewehr fallen lassen?«

»Ja, aber erst nachdem Lieutenant Tyson ihn in die Brust geschossen hatte.«

Ben Tyson hatte die Ellbogen auf den Tisch gestützt und das Kinn in die Hände gedrückt. Er starrte unverwandt zu Kelly hin – so wie alle anderen Zuschauer auch. Im Saal war es totenstill. Corva schien keine Anstalten zu machen, weitere Fragen zu stellen, und auch Kelly hatte dem Gesagten anscheinend nichts hinzuzufügen.

Schließlich fand Colonel Sproule seine Sprache wieder. »Wollen Sie damit sagen, Mr. Kelly, daß Lieutenant Tyson Cane erschossen hat?« fragte er.

»Ja, Euer Ehren. Er war sofort tot.«

Sproule nickte, ein wenig bekümmert. Tyson blickte zu den Beisitzern hinüber. Colonel Moore starrte ihn an, als würde er ihn zum ersten Mal sehen. Tyson bemerkte auch, daß Major Bauer langsam und rhythmisch mit dem Kopf nickte.

Corva kehrte zu seinem Platz zurück, goß sich ein Glas Wasser ein und trank es leer. Ohne einen einzigen Blick auf Tyson zu werfen, ging er wieder zu Kelly.

Tyson ließ sich auf seinem Stuhl zurücksinken und beobachtete die Vertreter der Anklage. Pierce schien weder sonderlich erregt noch beunruhigt zu sein. Tysons Blick wanderte weiter zu Colonel Sproule. Er hatte eine nachdenkliche Miene aufgesetzt. Wahrscheinlich blickt er allmählich durch, nachdem ihm die wichtigsten Tatsachen bisher verborgen geblieben waren, dachte Tyson.

Inzwischen setzte Kelly seine Schilderung fort.

»Im Operationssaal war die Hölle los. Ich weiß noch, daß Beltran an der Tür stand und niemanden rausließ. Richard Farley rannte zu Cane und kniete neben ihm nieder. Cane und Farley stammten aus derselben kleinen Stadt irgendwo in South Jersey. Sie hatten sich beide unter der Bedingung freiwillig gemeldet, daß sie während ihrer Dienstzeit garantiert zusammenbleiben durften. Farley war heftig erregt, er schrie Tyson an, er habe seinen Freund umgebracht, um einen Haufen *gooks* zu retten. In Wirklichkeit hatte natürlich Cane zuvor selbst zwei Personen weißer Hautfarbe erschossen, aber wie gesagt, Farley war sehr erregt. Niemand hatte damals den Überblick und benahm sich vernünftig. Sogar heute kommt mir alles noch so irrsinnig vor.«

»Hat Lieutenant Tyson irgendwann den Befehl erteilt, die verwundeten gegnerischen Soldaten oder sonstwen zu töten?«

»Nein, das hat er nicht getan.«

»Sie waren die ganze Zeit bei ihm?«

»Ja, abgesehen von einem kurzen Moment nach Beginn der Schießerei.«

»Wieviel Zeit war vergangen, seit Sie das Krankenhaus betreten hatten?«

»Ungefähr fünfzehn bis zwanzig Minuten.«

»Sie sagten gerade, im Operationssaal sei die Hölle los gewesen. Können Sie sich an Einzelheiten erinnern?«

»Ja, ich weiß noch, daß Beltran anfing, die andern herumzukommandieren. Inzwischen hatten sich fast alle Männer im Operationssaal versammelt. Beltran befahl ihnen, die *gooks* zu suchen und sie zu erschießen.«

»Hatte Beltran die Befehlsgewalt übernommen?«

»Nein, er war nur ein einfacher Soldat, genau gesagt, ein Maschinengewehrschütze, aber er gab gern Befehle. Lieutenant Tyson rief ihn zur Ordnung, aber Farley stand jetzt neben Tyson und zielte mit dem Gewehr auf ihn. Lieutenant Tyson kniete noch immer mit der Dienstpistole in der Hand am Boden. Seine M-16 lag neben ihm. Farley forderte ihn auf, die Pistole fallen zu lassen.«

»Tat er das?«

»Nein, Lieutenant Tyson stand statt dessen auf und befahl Farley, das Gewehr fallen zu lassen. Inzwischen hatte Beltran das Maschinengewehr in Stellung gebracht und zielte damit auf Lieutenant Tyson. Ein paar unserer Leute waren zu der Krankenstation gegangen, wo die anderen gegnerischen Soldaten im Bett lagen. Wir hörten sechs oder sieben Schüsse, und ich ging davon aus, daß man die verwundeten Nordvietnamesen umgebracht hatte.«

»Was machten Sie zu diesem Zeitpunkt?«

»Nicht viel. Es war eine äußerst chaotische Situation. Ich versuchte, ein paar Leute zu beruhigen, aber das war unmöglich. Ein weiterer der Männer zielte jetzt auf Tyson, ein gewisser Harold Simcox. Lieutenant Tyson befahl ihnen – ich meine Beltran, Farley und Simcox –, ihre Waffen fallen zu lassen, aber sie gehorchten nicht. Simcox war einer von diesen Menschen, die ein schlechtes Verhältnis zur Autorität haben. Zwischen ihm und Lieutenant Tyson gab es kein böses Blut, aber Simcox war ein Querulant. Sobald er eine Meuterei roch, schloß er sich den Meuterern an. Solche Leute wird es immer geben.«

»Jetzt zielten also drei Männer auf Lieutenant Tyson. Wie reagierte er?«

»Er teilte ihnen mit, daß sie unter Arrest stünden. Mir gab er den Befehl, mit dem Kommandeur des Bataillons Funkkontakt aufzunehmen und einen Bericht durchzugeben.«

»Befolgten Sie den Befehl?«

»Nein. Lieutenant Tyson schätzte die Situation falsch ein. Hätte ich versucht, einen Funkspruch durchzugeben, wäre ich mit Sicherheit erschossen worden – und er ebenfalls. Sein Temperament und sein Stolz trübten sein gesundes Urteilsvermögen.«

»Wie reagierten Beltran, Farley und Simcox auf die Ankündigung, sie stünden unter Arrest?«

»Negativ. Farley forderte Lieutenant Tyson erneut auf, seine Pistole fallen zu lassen, und diesmal drohte er ihm sogar, ihn zu erschießen. Es schien eine ausweglose Situation, doch da wurden wir alle für kurze Zeit abgelenkt, denn ein Mitglied des Krankenhauspersonals, ein junger Asiate, sprang aus dem Fenster. Wir befanden uns im ersten Stock, aber unten war dichtes Gebüsch. Beltran lief zum Fenster, brachte das Maschinengewehr auf dem Fenstersims in Anschlag und schoß.«

»Traf er den Flüchtigen?«

»Er behauptete es. Anschließend wandte er sich vom Fenster ab und befahl den anderen Mitgliedern des Krankenhauspersonals, sich in den Nebenraum zu begeben. Es war eine Art Waschraum mit Waschbecken und einer Toilette. Beltran schickte ein paar Männer los mit dem Befehl, das restliche Personal zusammenzutreiben, egal, ob Asiaten, Europäer oder Amerikaner.«

»Würden Sie sagen, daß Beltran *der* Anführer der Meuterer geworden war, oder war er nur *einer* unter mehreren?«

»Er war eher der Anführer. Die ganze Zeit gab er Befehle, und die anderen ließen sich von ihm herumkommandieren. Seine Macht war ihm wohl in den Kopf gestiegen. Er brüllte mehrmals, dies sei ein kommunistisches Krankenhaus. In Wirklichkeit war es katholisch. Überall gab es Kruzifixe und so weiter, aber das schien er nicht zu bemerken.«

»Farley und Simcox zielten also noch immer mit dem Gewehr auf Lieutenant Tyson?«

»Ja. Und der australische Doktor nahm sich Zeit mit dem Sterben. Er lag auf dem Fußboden und schrie vor Schmerzen. Farley ließ jedoch niemanden von den Krankenhausleuten an ihn ran. Wenn sie schon keine Zeit für Peterson gefunden hatten, dann sollten sie auch nichts für den Australier tun dürfen – so oder so ähnlich muß er gedacht haben. Eine gewisse Logik kann man dieser Haltung wohl auch nicht absprechen. – Während der nächsten Minuten versuchten noch ein paar Leute aus dem Krankenhaus zu fliehen, aber sie wurden von unseren Soldaten erschossen. Für sie war es eine fast natürliche Reaktion, auf jeden zu schießen, der wegrennen wollte. Das Blutbad nahm jetzt erst seinen richtigen Lauf, die Zahl der Toten erhöhte sich rasch, und ich glaube, daß einigen von unseren Leuten erstmals der Gedanke kam, alle Augenzeugen und Beweise zu beseitigen.«

»Einschließlich Lieutenant Tyson?«

»Ja, ich glaube schon. Farley und Simcox sahen aus, als hätten sie sich entschlossen, ihn zu erschießen. Beltran trieb alle an, die auf ihn hörten. Lieutenant Tyson befahl mir, ihm sofort das Funkgerät zu bringen. In dieser Lage wurde mir klar, daß Lieutenant Tyson ein Teil des Problems, nicht jedoch die Lösung war. Ich versetzte ihm einen solchen Schlag, daß er ohnmächtig zu Boden stürzte.«

»Was beabsichtigten Sie damit?« fragte Corva.

»Zuerst einmal wollte ich ihn da rausholen, denn aus freien Stücken wäre er nicht gegangen. Zum andern wollte ich ihm das Leben retten. Nachdem er zu Boden gegangen war, würden Farley und Simcox es nicht für nötig halten, ihn zu erschießen – jedenfalls hoffte ich das. Anscheinend habe ich mich nicht getäuscht, denn die beiden wandten sich ab, um sich Beltran und ein paar anderen anzuschließen, die immer noch Leute in den angrenzenden Waschraum trieben. – Ich bat einen Mann namens Walker, mir behilflich zu sein. Gemeinsam trugen wir Lieutenant Tyson aus dem OP hinaus, einen kurzen Korridor entlang und in ein Zimmer, das wie ein kleines Labor ausgestattet war. Dort legten wir ihn auf den Fußboden, und ich sagte Walker, daß er bei mir bleiben solle. Wir saßen eine Weile da und hörten zu, wie im Krankenhaus geschossen und geschrien wurde. Selbst habe ich die Erschießung all der Menschen nicht gesehen. Bislang war nicht wahllos getötet worden, sondern aus immerhin erklärlichen Gründen, mochten diese Gründe auch noch so widersinnig und unverzeihlich sein.«

»Wie lange blieben Sie dort?«

»Walker und ich blieben ungefähr zehn Minuten. Dann hörte die Schießerei auf, und wir gingen los, um nachzusehen, was passiert war. Im Rückblick muß ich sagen, daß ich besser bei Lieutenant Tyson geblieben wäre, aber ich glaubte nicht, daß er sich noch in akuter Gefahr befand. Nachdem ich mich im Krankenhaus umgesehen hatte, ging ich ungefähr zehn Minuten später ins Labor zurück, aber Lieutenant Tyson war nicht mehr da. Ich nahm an, daß er das Gebäude verlassen hatte, denn ich hatte ihn bei meinem Rundgang im Krankenhaus nirgends gesehen. Ich ging also raus und hielt nach ihm Ausschau.«

»Und haben Sie ihn gesehen?«

»Nein. Ich wollte nicht zurück ins Krankenhaus gehen, denn ich mußte auch um meine eigene Sicherheit fürchten. Außerdem war ich wütend auf Lieutenant Tyson, weil er nicht im Labor geblieben war.«

»Könnten Sie beschreiben, was Sie im Krankenhaus gesehen haben, nachdem Sie das Labor verlassen hatten?«

»Lieber nicht.«

»Verstehe. Was machten Sie draußen vor dem Krankenhaus?«

»Ich versuchte erst einmal, in mir selbst Ordnung zu schaffen. Deshalb setzte ich mich auf eine Steinbank im Hof und steckte mir eine Zigarette an. Da sah ich, daß das Krankenhaus zu brennen begann. Unsere Leute fingen an, sich draußen vor dem Gebäude zu versammeln. Lieutenant Tyson erschien als einer der letzten. Unsere Leute umstellten das Krankenhaus und sahen zu, wie es niederbrannte. Mehrere Personen, die der Schießerei entgangen waren, versuchten durch die Fenster und Türen zu entkommen, aber sie wurden niedergemäht. Wir standen im Regen herum und warteten ab, bis der Dachstuhl des Krankenhauses einstürzte. Dann formierten wir uns und marschierten in Richtung Huê davon.«

»Hat irgend jemand zu diesem Zeitpunkt Lieutenant Tyson bedroht?«

»Ja, jedesmal wenn Rast gemacht wurde, diskutierten die Männer, ob sie Lieutenant Tyson töten sollten oder nicht, aber keiner unternahm wirklich etwas. Lieutenant Tyson war sozusagen ihr Gefangener. Er sagte die ganze Zeit kein einziges Wort, auch zu mir nicht. Wir schleppten Moody auf einer Bahre mit uns. Petersons Leiche hatten wir in einen Regenumhang eingewickelt. Farley trug Cane eine Weile ganz allein, aber dann halfen wir ihm und wechselten uns ab. Wir marschierten im Gänsemarsch, so daß niemand die Gesichter der anderen sehen konnte. Es war alles ziemlich unwirklich. Je länger wir marschierten, desto mehr normalisierte sich unser Adrenalinspiegel. Es regnete in Strömen, und die Dörfer lagen wie ausgestorben da. Weit vor uns sahen wir die brennende Stadt Huê. Es war noch früh am Tag, aber wir beschlossen trotzdem, uns eine geeignete Stelle für die Nacht zu suchen. Alle waren furchtbar müde. Wir fanden einen alten französischen Betonbunker – wir nannten diese Dinger ›Pillendose‹ wegen ihrer runden Form – und schlugen dort unser Lager auf. Lieutenant Tyson gab in regelmäßigen Abständen Funksprüche an Captain Browder durch und berichtete von einem Gefecht mit Heckenschützen. Solange er das tat, konnte ihm nichts passieren, aber alle fragten sich, was er wohl sagen würde, sobald wir im Nachschublager ankämen.«

»Was geschah im Bunker?« fragte Corva.

»Wir zündeten ein paar Kerzen an und saßen rum. Alle waren bis auf die Knochen durchnäßt. Wir zogen uns trockene Sachen an und machten uns unsere Feldrationen warm. Die beiden Leichen mußten im Bunker bleiben, wegen der wilden Tiere. Normalerweise hätten wir einen Hubschrauber angefordert, um die Toten und Verwundeten ausfliegen zu lassen, aber pro forma waren wir ja noch in dem Dorf An Ninh Ha und lieferten uns mit den Heckenschützen ein Feuergefecht. Deswegen konnten wir nicht unsere tatsächliche Position durchgeben. Browder ließ mehrmals über Funk anfragen, ob wir Unterstützung durch Artillerie bräuchten und so weiter, aber Lieutenant Tyson sagte nein, es seien nur Zivilisten in der Gegend. Irgendwann meinte Browder, wir müßten jetzt endlich was gegen die Heckenschützen unternehmen. Daraufhin schwindelte ihm Lieutenant Tyson vor, daß wir gerade zum Sturm auf das Gebäude ansetzten, von dessen Dach wir beschossen würden. In Wirklichkeit waren schon zwei Stunden vergangen, seit wir das Dorf An Ninh Ha verlassen hatten. Bei seinem letzten Funkspruch meldete Lieutenant Tyson, wir hätten das Gebäude gestürmt, uns gegen den heftigen Widerstand von nordvietnamesischen Soldaten von Raum zu Raum vorgekämpft und seien jetzt Herr der Lage. Es war alles sehr absurd. Browder lobte uns, weil wir so gute Arbeit geleistet hätten. Er selbst sei inzwischen ganz in der Nähe von Huê, berichtete er. Wir waren auch nicht weit weg, aber das konnte er nicht ahnen. Er gab uns seine genaue Position durch, und es stellte sich heraus, daß er nur ungefähr einen Kilometer von uns entfernt war. Wir behaupteten jedoch, wir könnten vor Einbruch der Nacht nicht zu ihm stoßen und würden deshalb lieber in An Ninh Ha bleiben, um uns ihm am nächsten Morgen anzuschließen. Das war natürlich alles erfunden. Wir hatten es Lieutenant Tyson eingetrichtert, bevor er mit Browder Funkkontakt aufnahm. Nach diesem letzten Funkspruch unterhielten wir uns alle über das Gefecht, als hätte es tatsächlich stattgefunden. Ich glaube, daß die Männer sowieso alles in diesem Krieg unwirklich und absurd fanden und daß ihnen deshalb dieses erfundene Gefecht einschließlich der Meldung über soundso viele gefallene Feinde genauso wahr vorkam wie die Propaganda, mit der das amerikanische Oberkommando in Vietnam uns fütterte. Wir hatten uns einfach aus der Realität ausgeklinkt. Ich schrieb sogar einen Bericht mit der Empfehlung, Lieutenant Tyson für seine Tapferkeit den *Silver Star* zu verleihen. – Als endlich der Morgen graute, stießen wir zu unserer Kompanie. Moody und die beiden Leichen wurden per Sanitätshubschrauber weggebracht. Wir tauschten mit den anderen Männern der Kompanie unsere Kampferlebnisse aus, und Captain Browder lobte uns alle. Wenn ich mich recht erinnere, gaben wir die Verluste der Gegenseite mit zwölf an. Wir wollten es nicht übertreiben, aber ich bin überzeugt, daß Browder uns sowieso kein Wort glaubte. Viele kleine Details und auch der zeitliche Ablauf stimmten nicht so ganz. Beispielsweise hatten wir nicht ein einziges Mal Unterstützung durch Artillerie angefordert. Browder war ein Profi, und Tysons Funksprüche hatten nicht gerade sehr überzeugend geklungen. Immerhin konnten wir zwei Gefallene und einen Verwundeten vorweisen, aber wir hatten keine gegnerischen Waffen erbeutet. Die Sergeants der anderen Züge fragten uns spöttisch, ob die zwölf gefallenen nordvietnamesischen Soldaten unbewaffnet gewesen seien. Auf jeden Fall wurden die Einsatzberichte geschrieben, und kein Vorgesetzter hat jemals irgendeine peinliche Frage gestellt. Meines Wissens sind die näheren Umstände dieses Vorfalls auch in der Folgezeit nie untersucht worden. Damals ging es ziemlich drunter und drüber. Es gab Wichtigeres zu erledigen, und so kam es, daß sich schon nach einer Woche niemand mehr dafür interessierte, was in dem Krankenhaus, dessen Name jetzt erst bekannt geworden ist, tatsächlich passiert war. Ich habe dies alles erzählt, obwohl ich im Bunker geschworen hatte, für alle Zeiten zu schweigen. Als ich vorhin vereidigt wurde, versprach ich, die Wahrheit zu sagen, aber da ich mein damaliges Gelübde gebrochen habe, könnten Sie jetzt natürlich denken, daß meine Geschichte genauso erlogen ist wie alles andere, was Sie hier gehört haben.«

Corva ließ eine ganze Minute verstreichen, dann verkündete er: »Die Verteidigung hat keine weiteren Fragen.«

»Wünscht die Anklage den Zeugen ins Kreuzverhör zu nehmen?« fragte Sproule.

Pierce erwiderte verdrossen: »Nein, Euer Ehren.«

Der Richter blickte zu Colonel Moore hinüber. »Wünschen die Beisitzer dem Zeugen Fragen zu stellen?«

»Nein, Euer Ehren«, erwiderte der Colonel, und Kelly wurde als Zeuge entlassen.

Er stand auf, doch statt zur Tür zu gehen, schritt er auf Tysons Tisch zu. Er bewegte sich mit der Selbstsicherheit eines Mannes, der wußte, daß er sich von niemandem etwas sagen zu lassen brauchte.

Tyson stand auf, und die beiden Männer gaben sich die Hand. »Hallo Kelly«, sagte Ben leise.

»Hallo Lieutenant!«

»Danke fürs Kommen.«

»Schon gut. Sie hätten mit mir nach Angola gehen sollen, dann wären Sie jetzt nicht hier.«

»Nein, aber dann wäre ich jetzt tot.«

Colonel Sproule blickte flüchtig zu Kelly und Tyson hinüber

und warf dann einen Blick auf seine Uhr. »Die Verhandlung wird bis morgen um zehn Uhr vormittags vertagt«, sagte er feierlich.

Die Beisitzer, die Vertreter der Anklage und die Zuschauer erhoben sich von ihren Plätzen, und der Saal begann sich langsam zu leeren.

Tyson sah zwei Miliärpolizisten auf sich zukommen. »Sehen wir uns nachher?« fragte er Kelly.

»Nein, leider nicht. Ich sitze in zwei Stunden schon wieder im Flugzeug.«

»Wohin geht es denn?«

»Mal hierhin, mal dahin. Ich muß irgendwo in Mittelamerika einen heiklen Job erledigen.«

»Irgendwann erwischt es Sie, Kelly.«

»Kann sein, aber dann hat es wenigstens Spaß gemacht.«

»Sie haben das Wiedersehen mit Sadowski, Scorello, Kalane, Beltran und Walker verpaßt. Der einzige, der fehlte, war DeTonq. Er gilt noch immer als vermißt.«

»DeTonq ist noch immer *drüben*, Lieutenant.«

»Glauben Sie? Vielleicht hat er es damals geschafft und ist längst zu Hause.«

»Nein, er ist noch drüben.«

»Drüben?«

»Ja, in Huê. Er ist unser Mann vor Ort. Alle glauben, er sei Franzose. Nachrichten von da können wir immer gebrauchen.«

»Das kaufe ich Ihnen nicht ab.«

»Wie Sie wollen. Irgendwann rächen wir uns da drüben für unsere Schlappe.«

»Ohne mich.«

»Mit Ihnen oder ohne Sie – das ist ganz egal.«

»Nochmals vielen Dank«, sagte Tyson.

»Jederzeit, *amigo.* Wenn ich zurück bin, schaue ich mal bei Ihnen vorbei.«

»Versuchen sie's in Leavenworth.«

»Nein, zuerst in Garden City.«

Kelly zwinkerte ihm zu, drehte sich um und ging. Die beiden Militärpolizisten nahmen Tyson in die Mitte, um ihn abzuführen.

# *Kapitel 53*

Der Wagen der Militärpolizei hielt morgens um sieben Uhr dreißig vor Tysons Wohnung. Sergeant Larson schloß die Handschellen auf und sagte: »'ne halbe Stunde, Sir. Um acht Uhr hupen wir.«

»In Ordnung.«

»Am rückwärtigen Ausgang vor Ihrem Haus wird ein MP Wache halten, Sir«, sagte Larson.

»Prima.« Tyson stieg aus dem Auto und ging rasch den schmalen Weg entlang, der zu dem kleinen Reihenhaus führte. David öffnete die Tür, als er noch ein paar Schritte entfernt war, und blickte ihm lächelnd entgegen. »Hallo Dad!«

»Hallo David.« Sie gaben sich die Hand und umarmten sich dann, bevor sie ins Haus gingen. Marcy kam die Treppe heruntergetrippelt. In ihrem grauen Kostüm und mit den hochhackigen Schuhen sah sie aus, als wollte sie zu einer geschäftlichen Besprechung – oder zu einem Gerichtsverfahren.

Tyson küßte sie, aber sie verspürten beide etwas Fremdes zwischen sich. »Möchtest du frühstücken?« fragte sie.

»Nein, danke, ich habe schon. Im Gefängnis wird das Frühstück sehr früh serviert. Heute morgen gab es Eier mit Griebenschmalz.«

Marcy, David und Ben Tyson setzten sich an den Eßtisch, der zur Hälfte mit Geschäftsunterlagen von Marcy bedeckt war. Während der nächsten zwanzig Minuten drehte sich das Gespräch hauptsächlich um Davids schulische Probleme. Tyson trank Kaffee, David verspeiste zwei Schüsseln voll Cornflakes, und Marcy schlürfte einen schwachen Kräutertee. »Mein Magen«, sagte sie. »Es ist die Aufregung. Hab' nicht sonderlich gut geschlafen.«

Tyson blickte auf die Uhr. »Ich fang' jetzt wohl besser an, mich zu verabschieden«, sagte er und stand auf. »Wir sehen uns vor Gericht wieder, wie man so sagt.«

»Soll David mitkommen?«

Tyson blickte auf seinen Sohn hinab, der noch immer mit seinen Cornflakes beschäftigt war. »Möchtest du bei der Verhandlung dabeisein oder lieber zur Schule gehen?« fragte er ihn.

David lächelte dünn. »Lieber die Verhandlung.«
»Bestell Vince Grüße von mir«, sagte Marcy zu Tyson.
»Okay.« Er nahm seine Mütze von der Couch.
»Was passiert heute, Ben?« wollte Marcy wissen.
»Das weiß ich selbst nicht genau. Wir präsentieren wohl noch mehr entlastendes Material. Corva ruft heute vielleicht Levin in den Zeugenstand.«
»Und wie lange wird es heute deiner Meinung nach dauern?«
»Keine Ahnung. Es hängt davon ab, wie viele Leute Corva heute aufmarschieren läßt. Übrigens – möchtest du auch aussagen?«
»Ich?«
»Ja. Ehefrauen machen bei solchen Gerichtsterminen oft entlastende Aussagen zugunsten ihrer Männer.«
»Tatsächlich? Wie absurd.«
»Bei der Army sind wir eben alle eine große Familie«, meinte Tyson achselzuckend.
Marcy dachte einen Augenblick nach, dann fragte sie lächelnd: »Müßte ich denen die Wahrheit sagen?«
»Nein, von Ehefrauen erwartet man, daß sie schwindeln.«
»Das würde ich natürlich tun, aber du willst ja sowieso nicht, daß ich aussage.«
»Nein, es ist nicht meine Art. Corva dachte, es sei eine gute Idee. Du weißt ja, wie diese italienischen Familien funktionieren. Bei Gerichtsverhandlungen in Italien ist die ganze Sippe anwesend, von hochbetagten Omas bis zu kleinen Bambinos, und alles heult und kreischt.«
Marcy hatte die Brauen gerunzelt. »Ich mag deine Vorurteile in bezug auf andere nicht.«
»Corva scheint aber Spaß dran zu haben. Er treibt dasselbe Spielchen mit mir. Warum stört es dich?«
Marcy hob die Schultern und setzte zu einer Antwort an, doch dann überlegte sie es sich anders.
Ben wies mit dem Kinn auf die Papiere und den Aktenkoffer auf einem Stuhl. »Hast du heute nachmittag noch einen Termin?«
Sie nickte. »Ja, ich hab' mich um fünf Uhr in der City verabredet. Falls die Verhandlung nicht später als um sechzehn Uhr dreißig vertagt wird, kann ich es leicht schaffen.«

»Ich werde dem Richter einen Zettel auf den Tisch legen«, spottete Tyson.

Marcy schnaubte verärgert, sagte jedoch nichts.

In diesem Augenblick wurde draußen zweimal gehupt. »Da ist ja meine Limousine«, sagte Ben. David stand auf, und Vater und Sohn umarmten sich zum Abschied. Marcy hängte sich bei Tyson ein und begleitete ihn zur Haustür. »Ich weiß nie, wann ich dich das nächste Mal sehe«, sagte sie leise.

»Du brauchst nur um zehn in den Gerichtssaal zu kommen.«

»Du weißt genau, was ich meine.«

»Morgen«, sagte Tyson. »Ich werde sehen, daß es morgen klappt.«

Sie drückte seinen Arm. »Kannst du nicht fünfundvierzig Minuten beantragen?« fragte sie und zwinkerte ihm vielsagend zu.

Er lächelte sie an. »Ich werd' es versuchen.«

»Ich weiß, daß du gern ein bißchen netter zu mir wärst und daß du es mir leichter machen willst, indem du dich so ... so kühl gibst, aber für mich wird es dadurch nicht besser, Ben. Kellys Zeugenaussagen –«

»Ja?«

Sie nahm seine Hand. »Ich hatte ja keine Ahnung –«

»Ich bin kein Held! Aber es gibt mir ein schönes Gefühl, wenn du mich dafür hältst.«

Draußen wurde wieder gehupt.

Sie küßten sich, und Tyson verließ rasch das Haus.

Tyson schaute aus dem Fenster, während das Auto in gemächlicher Fahrt die kurze Strecke zum Wohnheim zurücklegte. Er mußte daran denken, wie oft er schon zu Fuß zwischen seinem Reihenhaus und dem Wohnheim hin- und hergegangen war und daß er dabei keine Umwege und Zwischenstopps hatte machen dürfen. Immer den schmalen geraden Weg entlang! Er hatte das gehaßt, aber jetzt kam es ihm vor wie ein Stück schrankenlose Freiheit. Dicke schwarze Wolken zogen am Morgenhimmel von Osten her auf, und die kühle Luft roch nach Regen. Die wenigen Bäume, die den Weg säumten, wirkten kahler als am Vortag, ihre Äste schienen schwärzer, und vor dem Hintergrund der nüchternen Zweckbauten verbreiteten sie den Eindruck von Trauer und Verlorenheit.

Das Auto stoppte vor dem Wohnheim für unverheiratete Offiziere. »Um neunzehn Uhr fünfzehn, Sir«, sagte Sergeant Larson.

»In Ordnung.« Tyson stieg aus und betrat das Gebäude. Corva ließ ihn ein, nachdem er angeklopft hatte. Sie setzten sich an den Eßtisch, und Tyson goß sich aus einer Thermosflasche, die aus der Offiziersmesse stammte, eine Tasse Kaffee ein.

»Wie geht es Marcy?« erkundigte sich Corva.

»Gut. Sie läßt Sie grüßen.«

Corva nickte und blätterte in seinem Notizblock. »Und David?«

»Auch gut. Der ganzen Familie Tyson geht es gut. Und wie steht's bei den Corvas?«

»Gut. Wie ist's im Gefängnis?«

»Das Gefängnis kann einen richtig fertigmachen. Ich habe jetzt den Oberbefehl über die Latrine. Mein erstes Kommando seit damals, als ich Offizier in der Alpha-Kompanie war.«

Der Anwalt kaute nachdenklich an seinem Bleistift und machte sich hin und wieder eine Notiz. Er sagte: »Heute ist wahrscheinlich der letzte Tag.«

Tyson nickte nur.

»Colonel Levin ist bereit, zu Ihren Gunsten auszusagen«, fuhr Corva fort.

»Abgelehnt.«

»Warum?«

»Verschonen Sie den Mann, Vince, er hat schon genug Probleme als alternder jüdischer Lieutenant Colonel. Er würde es gern vor dem Ruhestand noch bis zum Colonel schaffen.«

»Wie wär's dann mit Marcy?« fragte Corva ungeduldig.

»Auch abgelehnt.«

»Wieso?«

»Weil ich die Sache mit Haltung und Würde hinter mich bringen möchte, wenn Sie nichts dagegen haben.«

Corva dachte kurz darüber nach. »Und Ihr Gemeindepfarrer, Reverend Symes? Der ist scharf darauf, sich für Sie einzusetzen.«

»Symes redet gern und viel. Er bringt es glatt fertig und fängt mit meiner Taufe an.«

»Na schön. Aber wie wäre es mit –?«

»Nein, niemand, auch nicht mein ehemaliger Anführer bei den Pfadfindern! Lassen Sie's mit Kellys Aussage genug sein.«

Corva lehnte sich vor. »Hören Sie, Ben, nachdem Sie nun zweifelsohne festgestellt haben, daß das Gefängnis einen Menschen fertigmachen kann, sollten wir alles daransetzen, daß Sie heute abend nicht wieder in diese Zelle müssen.«

Tyson nickte.

»Jetzt kommen nur noch die Zeugenaussagen, die etwas über Ihren Charakter aussagen sollen, dann zieht sich das Gericht zurück und entscheidet über das Strafmaß.«

»Mein Charakter tut nichts zur Sache, und alle anderen Fakten sind dem Gericht bekannt.« Tyson stand auf und trat ans Fenster. Der Himmel hatte sich noch mehr verdunkelt. Ein paar Regentropfen prasselten gegen die Fensterscheibe.

»Sie sind heute morgen nicht besonders gut aufgelegt«, meinte Corva.

Tyson schüttelte den Kopf. »Nein, ich bin im Gefängnis aufgewacht.«

»Sagen Sie mir, was Sie bedrückt«, sagte Corva und stellte sich neben ihn.

Starr geradeaus blickend sagte Tyson: »Mich hat das alles sehr betroffen gemacht. Farley ist ein Häufchen Elend. Brandt ist von Kelly ruiniert worden. Sadowski, Scorello, Beltran, Walker und Kalane müssen jetzt nicht nur damit leben, was sie getan haben und daß alle Welt über sie Bescheid weiß, sondern sie müssen sich auch sagen, daß sie nicht den Mumm hatten, wie richtige Männer in den Zeugenstand zu treten, und daß sie sich statt dessen hinter ein paar Winkeladvokaten verschanzt haben.«

Corva legte begütigend eine Hand auf Tysons Schulter.

»Angenommen, ich muß ins Zuchthaus«, brach es aus Tyson heraus. »Was sagt ein Mann wie ich dann zu seiner Frau, wenn er nach ein paar Jahren entlassen wird? Wird meine Frau überhaupt auf mich warten? Was meinen Sie als erfahrener Mensch?«

»Hören Sie auf, Ben!«

»Und Davids Leben wäre auch ruiniert –«

»Aufhören!« Corva packte Tyson an der Schulter, wirbelte ihn mit erstaunlicher Kraft herum und stieß ihn gegen die Wand. »Genug!«

Tyson ballte die Fäuste und blickte mit zornig funkelnden Augen auf den kleineren Mann hinab, aber Corva hielt seinem Blick stand. Mehrere Sekunden verstrichen, dann sagte Tyson: »Okay. Ich hab' wirklich 'ne schlimme Nacht hinter mir.«

Corva ging zum Tisch und schenkte sich Kaffee nach. »Wollen Sie immer noch in den Zeugenstand treten?« fragte er.

»Ja.«

»Und Sie wissen genau, was Sie sagen werden?«

Tyson nickte.

Corva kramte im Stehen in seinen Unterlagen herum. »Übrigens sitzt jetzt das letzte Steinchen in diesem fernöstlichen Mosaik an der Stelle, wo es hingehört.«

Tyson warf ihm einen fragenden Blick zu.

Corva nahm ein Fernschreiben in die Hand und überflog es. »Anfänglich dachte ich, die Jungs von der Regierung hätten sie in der Versenkung verschwinden lassen, so ähnlich wie Kelly, aber ich hätte es besser wissen müssen...«

»Sie ist tot?«

»Nein, nein, sie ist sehr lebendig, und es geht ihr gut. Die Kirche hat sie gewissermaßen der Welt entzogen. Die Interpol vermutete sie in Italien, und das hat sich als richtig herausgestellt. Sie ist in einer Art Kloster auf einem Hügel bei Rom. Es heißt *Casa Pastor Anglicus*. Dort ist sie buchstäblich von der Außenwelt abgeschnitten.« Corva lächelte kaum merklich. »Ich glaube, daß eine gerichtliche Vorladung sie nie erreichen würde.«

Tyson fragte nach längerem Schweigen: »Was... wie kommt sie da hin?«

»Nun, vielleicht hat der Vatikan von der Sache Wind bekommen, als im Mai oder im Juni die ersten Presseberichte auftauchten, und man hielt es für besser, sie aus dem Verkehr zu ziehen. Ich zweifle daran, daß sie weiß, in welcher Klemme Sie stecken.«

Tyson nickte. »Gut, aber es ist sowieso egal, nicht? Es freut mich, daß es noch Plätze auf der Welt gibt, wo Menschen absolut in Ruhe gelassen werden. Damit wäre das Kapitel wohl abgeschlossen. Gott sei Dank ist wenigstens *einem* Menschen all dies erspart geblieben.«

»Vielleicht können Sie sie eines Tages besuchen, wenn Sie diese Sache hinter sich haben und sie wieder in einem Krankenhaus arbeitet.«

Tyson schüttelte den Kopf. »Nein, dies ist das Ende vom Lied, wie Kelly vielleicht gesagt hätte. Wer auch immer nach der Sache mit dem Krankenhaus einen eigenen Weg einschlagen konnte, soll diesen Weg weitergehen, jeder in eine andere Richtung, ohne sich umzudrehen und ohne nach den anderen Ausschau zu halten. Nie wieder.«

»Vielleicht haben Sie recht«, stimmte ihm Corva zu. »Keine Wiedersehensfeiern mehr. Trotzdem hätte ich gern dem Gericht und jedem, der es hören will, erzählt, daß Sie ihr das Leben gerettet haben. Dieser Teil der Geschichte sollte unbedingt bekannt werden.«

»Wirklich? Er wäre fehl am Platz, Vince. Vietnam – das bedeutet Verlust. Ein verlorener Krieg, verlorene Ehre, verlorene Unschuld, verlorene Seelen. Stiften Sie keine Verwirrung mit der Geschichte von zwei Menschen, die sich kurz begegneten und die sich gefielen.«

»Sie sind mir heute morgen zu zynisch.«

»Na gut, dann sag' ich eben einfach, daß das eine Privatangelegenheit ist, die die Öffentlichkeit nichts angeht. Ich hätte niemals zugelassen, daß Sie Theresa in den Zeugenstand rufen.«

»Das weiß ich. Ich wollte sie nur finden – Ihretwegen.«

»Es ist Zeit, wir müssen los.«

## *Kapitel 54*

Als Ben Tyson sich neben seinen Verteidiger setzte, sah er, daß die drei Vertreter der Anklage schon Platz genommen hatten. »Warum müssen die uns hier immer schlagen?« fragte er.

»Ich hab' Pierce mal bei einem Prozeß den Wasserkrug stibitzt. Seitdem achtet er darauf, daß das nicht noch mal passiert«, scherzte Corva.

Punkt zehn Uhr ertönte die Aufforderung des Gerichtsdieners: »Meine Damen und Herren, bitte erheben Sie sich!«

Colonel Sproule betrat den Saal und nahm seinen gewohnten Platz hinter dem Rednerpult ein. »Die Verhandlung ist eröffnet«, verkündete er.

Man setzte sich, und Tyson sah, daß immer noch Zuschauer in den Saal strömten. Heute schien die Militärpolizei jeden einzulassen, der hineinwollte. Dies versprach ohnehin eine kurze Verhandlung zu werden. Tyson blickte zur dämmerigen Empore über dem rückwärtigen Teil des Saals hinauf. Am Geländer stand Chet Brown. Er winkte Tyson fröhlich zu, aber Tyson erwiderte den Gruß nicht.

Marcy saß in der ersten Reihe. Sie warf ihm eine Kußhand zu. Neben ihr saßen David und Bens Mutter. Er hatte auf ihrer Anwesenheit bestanden. Ebenfalls in der ersten Reihe, und nur zwei Schritte von Marcy entfernt, saß Karen Harper – diesmal ohne ihren Begleiter. Die beiden Frauen tauschten hin und wieder ein paar Worte aus.

In der umfunktionierten Garnisonskapelle roch es nach regennasser Kleidung. Es war ziemlich kühl im Saal. Der nicht enden wollende Nieselregen rann an den bunten Kirchenfenstern herab und verlieh ihnen eine stumpfe, leblose Färbung.

Tysons Blick kehrte zum Tisch der Ankläger zurück. Pierce, Weinroth und Longo unterhielten sich flüsternd miteinander, und zum erstenmal kamen sie ihm richtig menschlich vor. Ja, er gestand ihnen echte menschliche Attribute zu – die Fähigkeit zu lieben, Probleme mit dem Geld und Sorgen um die eigene Familie. Jetzt bemerkte er auch, daß Major Judith Weinroth offensichtlich ziemlich viel für Colonel Pierce übrig zu haben schien. Ob die beiden ein Liebespaar waren?

Tyson blickte nun zu Colonel Sproule hinüber, der hinter seinem Pult mit Papieren raschelte. Dieser Mann war der Vertreter einer anderen Ära. Er hatte dort Tag für Tag gehockt und sowohl buchstäblich als auch im übertragenen Sinn auf die anderen Menschen im Gerichtssaal hinabgeblickt. Und er war von dem, was er hier vernommen hatte, auf eine altmodische Weise schockiert gewesen. Tysons Blick wanderte weiter über die freie Fläche in der Mitte des Raumes zum Tisch der Beisitzer, der noch leer war. Auf der anderen Seite, im Seitenflügel des Altarvorraumes, standen zwei bewaffnete Militärpolizisten in lockerer Haltung. »Die Bewaffneten und die Unbewaffneten«, sagte Tyson zu Corva, ohne die beiden Uniformierten aus den Augen zu lassen. »So könnte man die Welt *auch* unterteilen.«

»Ja, und so ist es immer gewesen«, erwiderte Corva und nickte zustimmend mit dem Kopf.

»Ich kann mir jetzt ein klein wenig vorstellen, wie sich die vietnamesischen Bauern gefühlt haben, wenn sie es mit uns zu tun hatten. Wie verhält man sich gegenüber einem Mann, der mit einem M-16-Sturmgewehr herumläuft, während man selbst einen Korb voll Gemüse schleppt?«

»Sehr vorsichtig.«

»Richtig. Der australische Arzt hat das nicht kapiert.«

»Anscheinend nicht«, pflichtete Corva Tyson bei und blätterte in seinen Papieren. »Sind Sie gut vorbereitet auf Ihr Debüt im Gerichtssaal?«

»Ich müßte es sein.«

»Stimmt. Wissen Sie, Geschworene oder Beisitzer wissen meist ziemlich genau, für welches Urteil sie stimmen werden, aber die Entscheidung über das Strafmaß ist viel komplizierter. Was Sie heute sagen, kann den Ausschlag geben.«

»Anders ausgedrückt: Reden Sie keinen Mist!«

Corva ersparte sich eine Erwiderung.

Richter Sproule fing Colonel Pierces Blick auf und gab ihm ein Zeichen, daß er bereit war. Dann wandte er sich an Tyson: »Würde der Angeklagte sich bitte erheben?«

Nachdem Tyson aufgestanden war, begann der Richter: »Lieutenant Benjamin Tyson, ich weise Sie hiermit darauf hin, daß Ihnen jetzt Gelegenheit gegeben wird, Aussagen zu machen, die die Straftat, derentwillen Sie verurteilt worden sind, in einem milderen Licht erscheinen lassen könnten. Auf Wunsch können Sie sich vereidigen lassen, bevor Sie sich dieserhalb äußern. Sie können jedoch auch schweigen, und Ihr Schweigen wird Ihnen vom Gericht nicht zu Ihrem Nachteil ausgelegt werden. Eine unbeeidete Aussage wird im Sinne der Beweiserhebung nicht berücksichtigt, und Sie können ihretwegen auch nicht ins Kreuzverhör genommen werden. Die Anklage ist jedoch befugt, alle von Ihnen gemachten Angaben gegebenenfalls durch Vorlage entsprechender Gegenbeweise zu widerlegen. Ihre Aussagen können Sie mündlich, schriftlich oder sowohl mündlich als auch schriftlich machen. Sie können Ihre abschließende Erklärung selbst vortragen oder Ihren Rechtsbeistand damit beauftragen. Während Ihrer Aussage dürfen Sie jederzeit Ihren Rechtsbeistand zu Rate ziehen. Bitte informieren Sie jetzt das Gericht über die von Ihnen getroffene Entscheidung.«

»Ich wünsche meine Aussage unter Eid zu machen, Euer Ehren«, antwortete Tyson.

Sproule nickte – beifällig, wie es schien. Er forderte den Gerichtsdiener auf: »Führen Sie bitte die Beisitzer herein!«

Zum erstenmal seit Beginn des Prozesses spürte Tyson, daß sein Herz heftig pochte. Er hätte gern einen Schluck Wasser getrunken, aber er versagte es sich, nach dem Glas vor sich zu greifen.

Corva lehnte sich zu ihm hinüber. »Ich werde Ihnen keine Fragen stellen oder Sie sonstwie zu irgendwelchen Äußerungen veranlassen. Sie sind jetzt ganz sich selbst überlassen, Lieutenant.«

»Das ist gut so. Ich habe Sie soviel reden hören, daß es mir bis ans Lebensende reicht.«

Corva gab einen Grunzlaut von sich.

Im Gänsemarsch und entsprechend der militärischen Rangfolge betraten die Beisitzer den Saal. Sie nahmen ohne weitere Umstände Platz, denn das Verfahren war schon eröffnet.

Colonel Sproule kam auch sofort zur Sache. »Lieutenant Tyson, wollen Sie bitte in den Zeugenstand treten?«

Tyson ging mit festem Schritt zu dem Stuhl in der Mitte des Raumes und traf sich dort mit Colonel Pierce. Die beiden Männer standen höchstens einen Meter voneinander entfernt, und auf diese Distanz konnte Tyson auf Pierces erstaunlich rotem Gesicht Sommersprossen erkennen.

»Heben Sie bitte die rechte Hand«, sagte der Colonel, und Tyson kam der Aufforderung nach. Sie blickten sich fest in die Augen, während Pierce die Formel sprach: »Schwören Sie, daß Ihre Aussagen der Wahrheit entsprechen werden, der ganzen Wahrheit und nichts als der Wahrheit, so wahr Ihnen Gott helfe?«

»Ich schwöre es.«

»Nehmen Sie bitte Platz.«

Tyson setzte sich auf den Stuhl. Er stellte fest, daß er seine Umgebung jetzt aus einer anderen Perspektive sah. Sproule, der ihn mit dem Gefummel an seinem Hörgerät nervös gemacht hatte, befand sich jetzt außerhalb seines Gesichtskreises. Dafür konnte er Pierce viel besser sehen. Der Colonel saß jetzt direkt vor ihm, keine drei Meter entfernt. Er hatte die gekreuzten Arme auf den

Tisch gestützt und beugte sich vor, als wäre er auf Tysons Worte gespannt. Tyson vermutete jedoch, daß Pierce ihn damit nervös machen wollte, und allein diese Vermutung reichte, um Pierces Verhalten albern zu finden. Weinroth und Longo saßen kerzengerade auf ihren Stühlen, wie es in dieser vom Militär geprägten Umgebung angemessen schien. Die Beisitzer saßen links von Tyson. Er brauchte nur ein wenig den Kopf zu drehen, um sie sehen zu können. Jenseits des Tisches mit den Vertretern der Anklage saßen Schulter an Schulter die vielen Zuschauer. Sie starrten ihn gebannt an.

Tyson begann zu sprechen, seine Stimme hatte dabei einen ganz normalen Klang. »Mir ist klar«, sagte er, »daß jede Aussage, die ich hier zu meiner Entlastung mache, von vornherein so wirken wird, als sei sie eigennützig und an den Haaren herbeigezogen, doch die Militärjustiz bietet einem Verurteilten nun einmal die einzigartige Möglichkeit, gewisse Fakten vorzubringen, die geeignet sein könnten, das Strafmaß zu verringern. Ich bin mir nicht sicher, ob es angemessen ist, von gewissen, sehr persönlichen Dingen aus meinem Leben zu berichten. Sie sind den hier im Saal Anwesenden ohnehin dank der großen Aufmerksamkeit, die die Massenmedien nicht nur diesem Prozeß, sondern auch meinem Vorleben geschenkt haben, sattsam bekannt. Ich weiß auch nicht, ob es notwendig sein wird, Ihnen die Schrecken des Krieges noch eindringlicher vor Augen zu führen, als dies schon getan worden ist. – Mir ist bekannt, daß die einschlägigen Gesetze die nervliche und körperliche Erschöpfung bei Frontsoldaten ausdrücklich als mildernden Umstand anerkennen, zumal bei einem Mordprozeß wie diesem. Ich weiß jedoch auch genausogut wie Sie, daß das Verbrechen, dessentwegen ich hier verurteilt worden bin, nicht *jenes* ist, das damals in dem Krankenhaus verübt wurde. Nein, das mir zur Last gelegte Verbrechen geschah wenige Tage später im Nachschublager, als ich mehrmals am Hauptquartier unseres Bataillons vorbeikam und nicht hineinging, um meine Pflicht zu erfüllen. Jenes Verbrechen wurde *nicht* infolge nervlicher und körperlicher Erschöpfung nach einem Kampfeinsatz begangen! Ich kann hier nicht mit reinem Gewissen sitzen und Ihnen erzählen, daß ich, würde ich noch einmal in dieselbe Lage geraten, meinen Pflichten, die mir damals sehr wohl bewußt waren, nachkommen würde.

Ganz im Gegenteil – ich würde in einer ähnlichen Situation noch einmal so handeln wie damals, und obwohl jetzt mein Leben und meine Freiheit davon abhängen, bin ich außerstande, Ihnen zu erklären, warum ich mich wiederum eines solchen Verbrechens schuldig machen würde. Gewiß, ich dachte eine Zeitlang daran, den Massenmord zu melden, aber nur kurz. Das war das Resultat meiner Ausbildung als Offizier und der mir beigebrachten sittlichen Maßstäbe. Allerdings mußte ich nicht lange mit meinem Gewissen ringen, um mich zu entschließen, meinen Pflichten *nicht* Genüge zu tun. Und nachdem die Entscheidung gefallen war, nie wieder ein Wort über dieses Verbrechen zu verlieren, hatte ich sogar das Gefühl, die richtige Entscheidung getroffen zu haben. Würde ich hier etwas anderes zu Ihnen sagen, dann würden Sie sich mit Recht wundern, warum ich damals meinen ersten Entschluß nicht revidierte – einen Entschluß, von dem ich wußte, daß er sowohl unmoralisch als auch gegen das Gesetz war. So stehe ich denn hier als ein Mann, der eines tatsächlich von ihm begangenen Verbrechens für schuldig befunden worden ist, und dabei sollten wir alle es bewenden lassen.« Tyson ließ den Blick über die Mitglieder des Gerichts schweifen, bevor er fortfuhr: »Was meine ehemaligen Untergebenen angeht, so könnten Sie die menschenfreundliche Vorstellung hegen, ich hätte sie aus einem Gefühl der Loyalität, der Kameradschaft und der väterlichen Fürsorge heraus zu schützen versucht. Eine solche Annahme ist nicht gänzlich falsch, aber Sie wissen genausogut wie ich, daß Loyalität, Kameradschaft und väterliche Fürsorge nicht so weit reichen dürfen. Natürlich empfinde ich ein gewisses Maß an Bedauern für die Existenzen, die wegen der hier in aller Öffentlichkeit gemachten Zeugenaussagen vielleicht ruiniert, zumindest jedoch beeinträchtigt worden sind, aber wenn man dies gegen den Tod all der Menschen damals im Krankenhaus aufrechnet, sollte man wohl nicht allzu viele Tränen für die ehemaligen Mitglieder des ersten Zuges der Alpha-Kompanie vergießen. Ich empfinde so etwas wie Mitgefühl für die Angehörigen dieser Männer, denn sie wissen jetzt Dinge über ihre Söhne und Ehegatten, die wohl besser im dunkeln geblieben wären. Einen Tag nachdem ich Larry Cane erschossen hatte, schrieb ich seiner Familie einen Beileidsbrief und behauptete, er sei tapfer und ehrenhaft gefallen. Tapfer war er ja auch in mancherlei Hinsicht gewesen, aber ehrenhaft ist er nicht gefallen. Dennoch versichere ich seine Familie jetzt erneut meines Mitgefühls.« Tyson wandte sich direkt an die Beisitzer. »Als Mr. Corva, mein Verteidiger, mich fragte, ob ich zu meiner eigenen Entlastung eine Erklärung abzugeben wünschte, antwortete ich ihm, ich sei außerstande, entlastende Argumente oder Umstände zu nennen, für deren Wahrhaftigkeit ich mich mit meinem Wort verbürgen könnte.« Tyson unterbrach sich und blickte einem Beisitzer nach dem anderen in die Augen. »Nun sitze ich hier vor Ihnen, und es hat sich daran nichts geändert«, schloß er.

Richter Sproule wartete eine Zeitlang ab. Als er begriff, daß Tyson nichts weiter zu sagen beabsichtigte, wandte er sich an Colonel Pierce: »Wünscht die Anklage etwas auf die Erklärung des Angeklagten zu erwidern?«

Pierce stand auf und setzte zu reden an, doch da überquerte Corva mit langen Schritten die freie Fläche zwischen den Tischen und blieb vor dem Rednerpult stehen. »Der Angeklagte ist noch nicht fertig, Euer Ehren«, sagte er.

»Es hatte aber den Anschein, Mr. Corva«, erwiderte Sproule und runzelte die Brauen.

»Nein, Euer Ehren.« Corva drehte sich zu Tyson um, der ihm einen wütenden Blick zuwarf.

»Würden Sie sagen, daß Sie nach den fraglichen Geschehnissen so etwas wie Reue empfunden haben?« fragte Corva seinen Mandanten.

Tyson lehnte sich auf seinem Stuhl zurück und schlug die Beine übereinander. Er starrte Corva sekundenlang an und antwortete dann: »Ja.«

»Und empfinden Sie auch jetzt Reue?«

Tyson erwiderte abweisend: »Ja, ich glaube schon.«

»Und würden Sie auch sagen, daß die damaligen Geschehnisse Sie während all der Jahre verfolgt haben?«

Tyson betrachtete seinen Verteidiger. Es war klar, daß Corva es auf keinen Fall bei den bisherigen Aussagen bewenden lassen wollte. Bei genauerem Hinsehen wurde sogar offenkundig, daß sich der Anwalt in einem Zustand höchster Erregung befand.

»Haben Sie die Geschehnisse im Krankenhaus verfolgt oder nicht?«

»Was würden Sie denn an meiner Stelle sagen?« fragte Tyson schnippisch zurück.

»Suchten Sie nach Ihrer Rückkehr aus Vietnam psychiatrischen Beistand?«

Aus den Augenwinkeln konnte Tyson die Beisitzer sehen. Einige von ihnen schienen sich nicht wohl in ihrer Haut zu fühlen. Tyson verzichtete auf eine Antwort.

»Sie haben einen Psychiater aufgesucht, nicht wahr?« fuhr Corva fort. »Nachdem Sie Larry Cane erschossen hatten – glaubten Sie da, das Menschenmögliche getan zu haben, um die Meuterei und das Massaker zu stoppen?«

»Schwer zu sagen.«

Corvas Stimme wurde immer lauter: »Würden Sie meine Fragen bitte genauer beantworten?«

Im Zuschauerraum entstand Bewegung. Tyson blickte an Corva vorbei zu Pierce hinüber, der jetzt Corva anstarrte. Weinroth und Longo warfen sich verstohlene Blicke zu.

»Glauben Sie nicht«, fragte Corva mit noch lauterer Stimme, »daß die Vorkommnisse in dem Krankenhaus nicht zumindest teilweise nervlicher und körperlicher Erschöpfung zuzuschreiben waren? Warum lassen Sie das nicht gelten, wenn es doch ausdrücklich von den Gesetzen anerkannt wird?«

Tyson lehnte sich vor, seine Beine waren jetzt nicht mehr übereinandergeschlagen. Er sagte mit gequälter Stimme: »Ich möchte diesen ganzen Prozeß nicht noch einmal von vorne anfangen.«

»Waren Sie körperlich und nervlich am Ende oder nicht? Antworten Sie!«

Tyson sprang auf. »Ich habe dem Gericht gesagt, was ich zu sagen hatte! Es gibt keine mildernden Umstände und keine Entschuldigungen!«

Corva wollte fortfahren, aber Sproule räusperte sich und kam ihm zuvor. »Mr. Corva, ist der Angeklagte mit seiner Aussage fertig?«

»Nein.«

»Doch!« widersprach Tyson ihm und wollte zu seinem Tisch zurückgehen, doch Corva vertrat ihm den Weg. Im Gerichtssaal erhoben sich laute Stimmen. Sproule sorgte sofort für Ruhe. »Dies ist höchst ungewöhnlich«, sagte er dann zu Corva.

Tyson blickte Corva in die Augen, und plötzlich begriff er, welch enormer Belastung sein Anwalt die ganze Zeit über ausgesetzt gewesen war. Er hatte sich kaum etwas anmerken lassen, aber jetzt sah er so aus, als wäre der Bogen endgültig überspannt.

Tyson nahm wieder Platz und sagte so ruhig wie möglich: »Ich nehme an, daß unsere körperliche und nervliche Belastung die Hauptschuld hatte.«

Corva schien sich rasch wieder unter Kontrolle zu haben. Er nickte eifrig.

»Wünschen Sie eine Unterbrechung?« fragte Sproule.

Corva massierte sich den Nacken. »Nein, Euer Ehren.«

»Ich habe meiner Aussage nichts mehr hinzuzufügen, Euer Ehren«, sagte in diesem Augenblick Ben Tyson.

Corva stand wie betäubt da.

»Gut«, sagte Sproule mit einer Spur von Erleichterung, und dann fragte er Pierce zum zweitenmal: »Wünscht die Anklage irgend etwas auf die Aussagen des Angeklagten zu erwidern?«

Pierce stand auf und hob mit einer übertriebenen Geste die Schultern. »Mir scheint, daß der Herr Verteidiger dies schon getan hat.«

Ein paar Leute lachten halbherzig, verstummten aber gleich wieder.

Der Richter wandte sich nun an Colonel Moore. »Haben die Beisitzer noch irgendwelche Fragen an den Zeugen?«

Colonel Moore machte sich nicht einmal die Mühe, die anderen zu befragen. Mit tonloser Stimme sagte er: »Nein, keine weiteren Fragen, Euer Ehren.«

»Dann ist der Zeuge entlassen«, verkündete Sproule.

»Jawohl, Sir.« Tyson stand auf und gab Corva einen leichten Schubs in Richtung ihres Tisches. Sie nahmen beide wieder auf ihren Stühlen Platz.

»Die Verhandlung wird für fünf Minuten unterbrochen«, sagte Sproule und begann ostentativ in seinen Papieren zu kramen.

»Alles in Ordnung?« fragte Ben seinen Anwalt.

Corva trank einen Schluck Wasser. »Ja, es geht schon. War nur ein kleiner Ausrutscher.«

»Engagieren Sie sich nie gefühlsmäßig für Ihre Mandanten«, riet Tyson ihm.

Corva antwortete nicht. Langsam verstrichen die Minuten. Nach einer Weile schaute Sproule von seinen Papieren auf und räusperte sich. »Hat die Verteidigung noch irgend etwas vorzubringen, das für die Bemessung der Strafe relevant sein könnte?«

Ohne sich erst von seinem Stuhl zu erheben, antwortete Corva: »Die Verteidigung ist der Meinung, daß dem Gericht alle Tatsachen bekannt sind, die es für die Festsetzung einer angemessenen Strafe benötigt.«

»Gut, dann wären wir ja soweit«, sagte Sproule mit einer für ihn völlig untypischen Lässigkeit. Dann richtete er das Wort an die Beisitzer: »Es ist meine Pflicht, Sie in bezug auf die Strafbemessung auf ein paar Punkte hinzuweisen. Sie allein haben nun die verantwortungsvolle Aufgabe, eine angemessene Strafe zu bestimmen. Sie sollten dabei alle mildernden und strafmindernden Umstände in Erwägung ziehen, nicht zuletzt auch Herkunft und Charakter des Angeklagten, seinen Leumund und die in seiner Personalakte enthaltenen Beurteilungen einschließlich aller Auszeichnungen, Medaillen, lobenden Erwähnungen, seiner Tüchtigkeit, Pflichtbewußtsein, Tapferkeit und anderer charakterlicher Vorzüge. Bedenken Sie auch, daß der eigentliche Zweck Ihrer Entscheidung nicht in der Bestrafung selbst, in der abschreckenden beziehungsweise erzieherischen Wirkung oder im Schutz der menschlichen Gesellschaft liegen kann. Oberstes Ziel des Militärjustizwesens ist die Pflege militärischer Wertmaßstäbe, und dazu gehören Ordnung und Disziplin, die stete Bereitschaft zum Dienst am Vaterland, Pflichtbewußtsein und – nicht zuletzt die Ehre. Handelt es sich bei dem Angeklagten um einen Offizier, verlangen Tradition und Gesetz von ihm in viel höherem Maße, sich für diese Zielsetzungen, Wertvorstellungen und Ideale einzusetzen, als man es von einem einfachen Soldaten erwarten würde. Allerdings sollten der Handlungsweise eines Offiziers andererseits auch keine Maßstäbe angelegt werden, die für einen Menschen seines Standes unrealistisch und unerreichbar erscheinen müssen. Bei der Beratung über das Strafmaß sind weiterhin die zum Zeitpunkt der Straftat vorherrschenden äußeren Umstände zu berücksichtigen. Jeder Versuch, Ihr Urteil zu beeinflussen, muß von Ihnen entschieden zurückgewiesen werden, und die Festsetzung des Strafmaßes soll in völliger Unabhängigkeit von irgendwelchen militärischen Hierarchien erfolgen.« Sproule blickte sich im Saal um, bevor er fortfuhr: »Für Mord gibt es zwar keine Verjährungsfrist, doch sollten Sie dennoch nicht außer acht lassen, daß die Straftat in diesem Fall vor mehr als achtzehn Jahren begangen wurde. Da der Verurteilte zudem in den vergangenen achtzehn Jahren Zivilist war, sollten Sie gegebenenfalls auch Dinge wie sein öffentliches Ansehen, sein Alter und seine Familie berücksichtigen.« Colonel Sproule warf Colonel Moore einen Blick zu: »Haben Sie in diesem Zusammenhang noch irgendwelche Fragen?«

Moore blickte sich nach links und nach rechts um und sagte dann: »Nein, keine weiteren Fragen.«

»Sie können sich zur Beratung in einen Raum zurückziehen, der eigens für diesen Zweck bereitgestellt worden ist«, erklärte der Richter. »Falls Ihre Entscheidung um vierzehn Uhr dreißig noch nicht feststeht, informieren Sie mich entsprechend und setzen die Beratung so lange fort, bis Sie sich über das Strafmaß geeinigt haben. Die Verhandlung ist geschlossen.«

Tyson und Corva waren wieder im Büro von Rabbi Weitz, der diesmal auch da war. »Heute war ich zum erstenmal dabei«, berichtete der Rabbi. »Sagen Sie mal, Tyson, auf wessen Seite waren Sie eigentlich?«

»Das hätte ich auch gern gewußt«, beantwortete Corva die Frage. »Das war die schlimmste Erklärung, die ich je gehört habe. Es geschieht Ihnen recht, Ben, wenn man Sie beim Wort nimmt«, fügte der Anwalt noch leicht gereizt hinzu.

Rabbi Weitz haute in dieselbe Kerbe: »Falls das als psychologischer Schachzug gedacht war, mein Lieber, dann kann ich nur hoffen, daß die Jury das verstanden hat.«

»Ich habe gesagt, was zu sagen war«, wehrte sich Tyson verärgert.

»Ihre Egozentrik wird Sie eines Tages noch an den Galgen bringen.« Der Anwalt hatte sich immer noch nicht beruhigt. »Vielleicht schon heute.«

»Sie haben selbst gesagt, daß ich vorbringen kann, was ich für richtig halte.«

»Ja, aber Sie sollten darauf aufmerksam machen, daß die tatsächlichen Mörder frei herumlaufen und daß man das berücksichtigen soll, bevor man Sie ins Gefängnis schickt! Ich dachte, Sie hätten unsere Taktik kapiert! Aber was soll's? Zum Teufel damit!«

Rabbi Weitz ergriff seinen Aktenkoffer und ging zur Tür. »Hoffentlich beraten die nicht nur über Ihre Strafe, sondern auch über einen geeigneten Ort für den nächsten Prozeß«, sagte er. »Der Herr segne euch beide!« Damit verließ er das Büro.

Corva setzte sich an den Schreibtisch des Rabbi und trank einen Schluck Eiswasser.

Tyson stand am Fenster und schaute in den Regen hinaus. Auf dem Rasen, keine zehn Meter entfernt, standen zwei Militärpolizisten im Regenmantel und mit geschulterten M-16-Sturmgewehren. »Hier gibt es kein Entkommen«, sagte er.

»Was?«

»Da draußen stehen zwei MP's mit Gewehren.«

»Was haben Sie denn erwartet?«

Tyson hob müde die Schultern und drehte sich zum Anwalt um. »Warum haben Sie das getan?«

*»Getan? Was?«*

»Das wissen Sie verdammt gut!«

Corva ließ sich mit seiner Antwort Zeit. »Ich habe es getan«, meinte er schließlich, »weil ich nicht einfach dasitzen und zusehen konnte, wie Sie mit Ihrer verdammten Oberschicht-Arroganz sich freiwillig dem Erschießungskommando auslieferten.«

»Nun, ich habe eben meine Methode, und Sie haben Ihre. Herausgekommen ist dabei eine Zirkusnummer.« Nach einem Blick auf die Uhr fragte er: »Wie lange wird das noch dauern, und wie viele Jahre kriege ich wohl?«

»Die haben eine Menge zu bedenken und zu berücksichtigen«, sagte der Anwalt. »Manchmal brauchen sie länger als für das eigentliche Urteil. Unter Umständen kann es mehrere Tage dauern.«

»Dann raten Sie doch mal, wieviel ich kriege! Sie kennen sich doch mit Zuchthausstrafen aus. Oder soll ich lieber nicht fragen?«

Corva lächelte etwas verbittert. »Selbst wenn ich auf eine fünfzigjährige Prozeßerfahrung zurückblicken könnte, würde ich in diesem Fall keine Voraussage machen. Es können ebensogut null wie – sagen wir mal – fünfzehn Jahre werden.«

Tyson setzte sich in den Besuchersessel und warf einen Blick auf die Wanduhr. »Elf Uhr fünfzehn.«

»Machen Sie sich lieber auf eine lange Wartezeit gefaßt.«

»Gehört es zu Ihren Gepflogenheiten, bei Ihrem Mandanten zu bleiben, während das Gericht über das Strafmaß berät?«

»Schätze ja. Wir können aber auch zurück in Ihre Zelle gehen, wenn Sie sich da wohler fühlen.«

»Ich glaube, ich bleibe lieber hier.«

»Na gut.«

Sie saßen eine Weile schweigend da, bis Corva begann: »Wissen Sie noch, was wir in Vietnam immer sagten, nämlich daß man die ›Guten‹ und die ›Schlechten‹ schwer auseinanderhalten kann? Deshalb hieß es dort: *Bringt sie alle um und überlaßt dem heiligen Petrus das Aussortieren!* Als ich das zum erstenmal hörte, fand ich es richtig komisch, aber als ich es dann erlebte, war es überhaupt nicht lustig, dieses Gemetzel unter der Zivilbevölkerung. Bis ich endgültig nach Hause entlassen wurde, hatte ich mich jedoch schon derartig daran gewöhnt, daß mir vor mir selbst angst und bange wurde. Ich glaube, nein ich *weiß*, daß man als Mensch in einer solchen Lage den Sinn für die äußere Realität verliert und sich eine Art innere Wirklichkeit schafft. Genau das war der Punkt, der in Ihrer Rede zu kurz gekommen ist. Man kennt seine Pflichten genau, hält sich aber nicht an sie, und man fühlt sich sogar wohl, wenn man allem zuwiderhandelt, woran man glaubte.« Der Anwalt schwieg wieder.

Tyson steckte sich eine Zigarette an. »Ich denke oft daran«, sagte er leise. »Ich versuche, alles noch einmal zu erleben, zu fühlen, was ich damals fühlte, und zu denken, was ich damals dachte. Aber je mehr ich mich anstrenge, desto mehr entgleitet mir die ganze Sache. Komischerweise erinnere ich mich am lebhaftesten und am genauesten an die ersten Wochen in Vietnam, also an die Zeit, als ich noch empfänglich für die *äußere* Realität war. Doch mit jeder Woche und jedem Monat, die verstrichen, blockierte, entstellte und verdrängte ich die Wirklichkeit immer mehr. Wir alle waren die großartigsten Verdrängungskünstler. Man konnte am Morgen fünf Menschen umbringen, und mittags war das vergessen. Man konnte aus Versehen einen Bauern töten, und bevor man ein neues Magazin eingeschoben hatte, war er schon zu einem gefährlichen, bis an die Zähne bewaffneten Vietcong geworden. Mag sein, daß das, was damals in dem Krankenhaus geschah, überhaupt nicht so war, wie Brandt und Farley es erzählt haben, aber auch nicht so, wie es von Kelly und mir geschildert worden ist. Vielleicht war alles ganz anders. Wer weiß, was geschehen wäre, wenn ich im Hauptquartier Meldung erstattet und einem Colonel berichtet hätte, was passiert war. Gut möglich, daß er mir gesagt hätte, ich sei verrückt. Er hätte vielleicht mit einem Einsatzbericht vor meiner Nase herumgewedelt und mir den Schrieb gezeigt, in dem ich für den *Silver Star* vorgeschlagen wurde – und dann hätte er mich ermahnt, mich gefälligst zusammenzureißen.«

»Mein Gott, Ben, was hatte man bloß mit uns getan! Ob wir jetzt wohl endlich geheilt sind?«

»Darauf können Sie sich verlassen!«

»Na hoffentlich. Übrigens läßt Ihnen Major Harper etwas ausrichten. Wollen Sie's hören?«

»Nein.«

»Wie Sie meinen.«

»Was will sie denn?«

»Sie läßt Ihnen mitteilen, daß sie ab heute um Mitternacht wieder Zivilistin ist und daß sie Sie morgen gern irgendwo in der City in einer Bar Ihrer Wahl zu einem Drink einladen würde.«

Tyson dachte ein Weilchen nach, dann sagte er: »Mein Gott, diese Frau! Fast wäre sie mir zum Verhängnis geworden!«

»Das ist sie doch, Ben, aber was soll's, das ist eine andere Geschichte. Verabreden Sie sich mit ihr in einer Hotelbar, und wenn alles gut läuft, zeigen Sie einfach mit dem Finger nach oben.«

Tyson lächelte. »Sie sind wirklich abscheulich. Wenn ich mich mit ihr treffe, nehme ich Sie als Anstandswauwau mit.«

»Einverstanden!«

Nach ein paar Minuten des Schweigens sagte Tyson: »Diese Sindel sieht übrigens auch nicht übel aus. Es muß an der Uniform liegen. Warum finde ich Uniformen so attraktiv?«

»Keine Ahnung. Fragen Sie Ihren Psychiater.«

»Mein Psychiater hat mal zu mir gesagt, einem Soldaten, der in den Krieg zieht, sei von vornherein alles vergeben.«

»Ach ja? Ich wünschte, er wäre einer der Beisitzer gewesen.«

Sie blickten beide gleichzeitig auf die Uhr.

»Wieso gehen Sie eigentlich davon aus, daß ich mich morgen mit Karen Harper in einer Bar treffen kann?« fragte Ben.

»Weil ich ein Optimist bin. Und die Harper ist offensichtlich auch einer. Ich glaube allerdings, daß es da ein paar Leute gibt, die Sie unbedingt im Zuchthaus sehen wollen – nur um zu demonstrieren, daß man sich bei der Army einen Teufel darum schert, *warum* Sie Ihre Pflichten als Offizier verletzt haben. Das würde ganz der Tradition entsprechen. Militärs demonstrieren gern Härte, wenn Mitleid gefragt ist – und umgekehrt. Damit wollen sie sagen, daß es für sie nicht die übliche Aufteilung in ›richtig‹ und ›falsch‹ gibt, daß sie ihren eigenen Kodex haben und ihre eigenen Maßstäbe.«

»Ja, ich hab' mir auch meine Gedanken gemacht«, erwiderte Tyson. »Sproule hat denen zwar durch die Blume gesagt, daß sie es nicht übertreiben sollen, aber die Entscheidung liegt eben nicht bei ihm. Und diese kampferprobten Offiziere sind aus anderem Holz geschnitzt als er. Stimmt's?«

»Wir werden es sehen.«

»Erzählen Sie mir eine Kriegsgeschichte, Corva! Ich langweile mich so. Erzählen Sie mir von dem Tunnel, und wie Sie zu dem *Bronze Star* gekommen sind.«

»Okay«, antwortete Corva und begann mit scheinbarem Enthusiasmus. »Ich kroch also in den Tunnel, und er wurde immer enger, bis ich nur noch dreißig Zentimeter Spielraum hatte.«

»Kenn' ich.«

»Ja. Ich schalte also meine Taschenlampe ein, und da sehe ich vor mir einen asiatischen Gentleman, von dem ich annehme, daß er zur Volksbefreiungsarmee gehört, obwohl er an Kragen und Schultern seines schwarzen Pyjamas keinerlei Abzeichen trägt. Ich taste mit meiner Hand nach meiner Gesäßtasche – vergessen Sie nicht, wie eng es in dem Tunnel war –, ziehe die kleine Plastikkarte raus und überfliege schnell die Kurzfassung der ›Kriegsregeln‹ –«

Tyson mußte lachen.

»Lachen Sie mich nicht aus! Es ging hart auf hart. Als ich bei Regel sechs oder sieben angelangt war, glaubte ich gefunden zu haben, wonach ich suchte: ›Auge in Auge mit einem *gook* in einem dunklen Tunnel.‹ Da hieß es unter anderem: ›Erst schießen, dann fragen.‹ Ich –«

Jemand klopfte an die Tür. Tyson warf einen Blick auf die Wanduhr. Fünf nach zwölf. Das Mittagessen, dachte er. Die Tür ging auf. Sergeant Larson trat ins Büro und sagte ohne weitere Umschweife: »Das Gericht ist zu einem Urteil gekommen. Wollen Sie mir bitte folgen!«

Tyson stand sofort auf, schnappte sich seine Mütze und trat, von Corva und Larson gefolgt, in den Gang hinaus. Fast liefen sie den Flur entlang, bogen nach links ab und standen gleich darauf im Saal. Tyson begab sich zu seinem Tisch und blieb dahinter stehen. Corva holte ihn ein und stellte sich neben ihn.

Mit einem Blick in den Zuschauerraum erkannte Tyson, daß die Hälfte der Plätze frei geblieben waren. Offenbar war niemand darauf gefaßt gewesen, daß die Sitzung so bald fortgesetzt werden würde. Marcy, David und Tysons Mutter wurden gerade von einem Militärpolizisten zu ihren Plätzen geführt. Andere Zuschauer kamen jetzt in den Saal geeilt.

Pierce, Weinroth und Longo saßen bereits an ihrem Tisch, auf dem zum erstenmal seit Prozeßbeginn keine Papiere lagen.

Auch die Beisitzer saßen mit stoischen Mienen auf ihren Stühlen, und diesmal unterhielten sie sich nicht, wie sie es bisweilen getan hatten, bevor Sproule den Saal betrat.

Nach dem üblichen Ritual, bei dem der Gerichtsdiener die Anwesenden aufforderte, sich zu erheben, kam Colonel Sproule steifbeinig herein und ging zu seinem Pult. Mit zusammengekniffenen Augen inspizierte er kurz die Bankreihen im Zuschauerraum, bevor er formell die Verhandlung eröffnete. Anschließend wandte er sich zu Colonel Moore: »Sie haben mir mitteilen lassen, daß Sie ein Urteil gefällt haben. Trifft das zu?«

Moore erwiderte, ohne aufzustehen: »Ja, Euer Ehren.«

Nun richtete Sproule das Wort an Tyson: »Lieutenant Benjamin Tyson, treten Sie bitte vor den Vorsitzenden der Jury!«

Noch immer strömten Leute in den Saal, aber abgesehen vom gedämpften Geräusch der Schritte und dem gelegentlichen Zischen, wenn draußen auf der regennassen Straße ein Auto vorbeifuhr, herrschte tiefe Stille im Raum.

Tyson überquerte den roten Teppich, stellte sich unmittelbar vor Colonel Moore hin und salutierte.

Moore blickte ihm direkt in die Augen, als er sagte: »Lieutenant

Benjamin Tyson, als Vorsitzender dieser Jury ist es meine Pflicht, Ihnen mitzuteilen, daß die Jury, unter Ausschluß der Öffentlichkeit und nach eingehenden Beratungen, in geheimer Wahl, an der alle Beisitzer teilgenommen haben, die Entscheidung gefällt hat, daß Sie unverzüglich aus den Streitkräften der Vereinigten Staaten von Amerika zu entlassen sind. Alle Zahlungen oder finanziellen Vergütungen, auf die Sie infolge Ihrer jetzigen beziehungsweise Ihrer damaligen Dienstzeit Anspruch erheben könnten, werden ab sofort eingestellt.«

Im Saal herrschte Totenstille. Es ist wie im Kino, wenn der Ton ausfällt, dachte Tyson. Er wartete auf irgendein Geräusch, aber es war keines. Offensichtlich war Colonel Moore mit seiner kurzen Rede fertig – aber nein, das konnte doch nicht sein! Tyson stand da und sah, daß Moore sich hinsetzte.

Jemand im Zuschauerraum schluchzte laut, und dann waren plötzlich alle auf den Beinen. Tyson blickte sich um und sah Corva neben sich. »Was ist«, sagte Corva, »wollen Sie hier den ganzen Tag rumstehen, oder wollen Sie nach Hause?«

»Nach Hause, ich will nach Hause!«

Richter Sproule warf Colonel Pierce einen Blick zu und stellte der Form halber die letzte Frage. »Hat die Anklage noch etwas vorzutragen, bevor ich das Verfahren für beendet erkläre?«

Pierce hatte schon seine Aktentasche in der Hand. Unter Nichtbeachtung des militärischen Protokolls drehte er sich zum Ausgang hin, und schon im Gehen sagte er: »Nein, Euer Ehren, das war alles.«

»Das Verfahren ist abgeschlossen«, gab Colonel Sproule bekannt, doch niemand hörte mehr hin.

Tyson wollte auf die seitliche Tür zueilen, aber Corva schob ihn mit sanftem Druck in Richtung Zuschauerraum. »Diesmal gehen wir durch die große Tür«, sagte er. »Da draußen wartet ein Haufen Leute, die hallo zu Ihnen sagen wollen.«

Militärpolizisten hatten sich am breiten Mittelgang aufgestellt, und Tyson und Corva gingen freudestrahlend an ihnen vorbei. Dann sah Ben Marcy, David und seine Mutter. Sie kamen auf ihn zu, fielen ihm um den Hals und küßten ihn. Keiner sprach ein Wort, als sie in den regnerischen Oktobertag hinaustraten. Marcy hatte Bens Hand ergriffen und drückte sie fest.

Auf den regennassen Stufen blieb Tyson stehen. Ein Meer von Regenschirmen begrüßte ihn, Hunderte von Schirmen, und als er mit seinen Angehörigen die Treppe hinabschritt, bildeten die Schirme über ihren Köpfen ein schützendes Dach gegen den Regen. Tyson ließ Marcys Hand nicht los. Er legte einen Arm um die Schulter seines Sohnes und sagte: »Kommt, wir gehen nach Hause!«